鷄林類事研究

陳泰夏 著

明文堂

鷄林類事研究

초판 인쇄 2019년 3월 20일
초판 발행 2019년 3월 26일

저 자 | 陳泰夏
기 획 | 田光培
진 행 | 洪素瑩, 申潤植, 金治弘, 兪章根
발행자 | 金東求
발행처 | 명문당(1923. 10. 1 창립)
주 소 | 서울시 종로구 윤보선길 61(안국동)
우체국 010579-01-000682
전 화 | 02)733-3039, 734-4797(영), 733-4748(편)
팩 스 | 02)734-9209
Homepage | www.myungmundang.net
E-mail | mmdbook1@hanmail.net
등록 | 1977. 11. 19. 제1-148호

ISBN 979-11-88020-90-4 (93810)
50,000원

刊行에 즈음하여

『鷄林類事』는 宋나라의 孫穆이 使臣團을 수행하여 書狀官으로 高麗 開城에 왔다가(肅宗 8년, 1103년) 당시 高麗의 조정 제도와 풍속, 고려인들이 사용하던 語彙 361단어를 수집한 일종의 見聞錄입니다.

『鷄林類事』는 본래 3卷의 單行本으로서 高麗의 朝制, 土風, 口宣, 刻石 등과 당시 宋代 漢字音으로 高麗語를 記錄한 遊記이며 譯語集이었으나, 元末에 이르러 陶宗儀가 본래 三卷의 내용 중에서 다만 朝制, 土風에 관한 것만을 10여 條項 拔萃하고, 譯語部를 『說郛』에 轉載하여 節錄本으로 남게 되고, 아쉽게도 본래의 單行本은 失傳되었습니다.

다행히 譯語 부분은 拔萃되지 않고 약 361개 語彙가 全載되어 오늘에 이르러,『鷄林類事』가 현재는 遊記로서의 史學的 價値보다도 譯語集으로서 語學的 價値를 더하게 되었습니다.

그러므로 『鷄林類事』는 訓民正音 創制 이전의 高麗朝語를 研究할 수 있는 唯一無二한 寶典이라고 할 수 있습니다. 또한 中國에서는 宋代의 漢字音을 研究하는 데도 귀중한 자료입니다.

淸凡 陳泰夏 선생님은 1967년 臺灣으로 留學의 길을 떠난 후 8년 여에 걸쳐서 『鷄林類事』의 연구에 몰두하였습니다. 그 결과 語彙가 총 361개에 12페이지에 불과한 자료를 가지고, 대만・중국・일본・홍콩・한국 등의 도서관을 뒤져 누구도 상상할 수 없는 총 950페이지에 40만 자에 이르고, 參考文獻 목록만도 총 27페이지에 달하는 論文을 이뤄냈습니다. 논문 심사위원 전원이 異口同聲으로 중국 학생들의 論文 가운데서도 이렇게 알찬 내용의 논문이 없었음에 한번 놀라고, 6개월이나 걸려 정성스럽게 筆者가 직접 筆寫한데 두 번 놀라면서 찬탄을 아끼지 않았습니다.

당시 論文은 國立臺灣師範大學에서 통과하고도 中華民國(臺灣) 教育部 심사에서 심사위원 2/3이상의 찬성을 얻어야 하는 까다로운 절차를 거쳐야 합격이 가능했습니다. 그럼에도 불구하고, 전원의 찬성으로 中華民國 신문에 大書特筆되기도 하였습니다.

원래 淸凡 陳泰夏 선생님은 中華民國 國立政治大學 敎授로 초빙되었을 때 1년만 머물 계획이었으나 이 논문을 쓰느라 8년간이나 머물게 되었던 것입니다.

淸凡 陳泰夏 선생님은 이 論文에서 중국 中原 音韻 등을 참고해 필사 과정에서 생긴 誤謬를 잡고, 20여 개 단어의 뜻을 새로 찾았습니다. 一例로 '明日曰轄載'로 적혀 있는 것은 '할'의 宋나라 시대 발음이 '하'였던 것에 비추어 '내일'의 순수 우리말이 '하제'라는 사실을 밝혔습니다. 또 淸板本에 '蟇曰蝎鋪'라 되어 있어 그동안『鷄林類事』연구자들이 '두텁(두꺼비)'으로 해석하여 온 것을 明板本에 근거하여 '蟇(두꺼비 마)'가 아니라 '臭虫'인 것을 고증하여 고려 때 '빈대'를 '갈보'라고 일컬었음을 밝혀 천 년 전의 고려 때 우리말을 다시 찾은 것은 큰 소득이라고 할 수 있습니다. 이밖에도 사라진 천 년 전 高麗語彙를 찾은 것이 적지 않습니다.

그리고『鷄林類事』는 여러 종류의 淸板本이 있어 틀린 글자도 많아 연구에 어려움이 적지 않았는데, 淸凡 陳泰夏 선생님은 우리 국어학사의 획기적인 사건이라 할 수 있는 明板本을 발굴하는 凱歌를 올려 불확실했던 편찬연대(1103년 7월)와 그동안 잘못 해석된 어휘를 밝혀내는 快擧를 거두었습니다.

淸凡 陳泰夏 선생님은 이 論文이 中國語로 되어 있어 일반인들이 잘 理解할 수 없음을 안타까워하시어 國文으로 出刊하고자 5년 여에 걸쳐 飜譯작업을 進行하였습니다. 그러나 2018년 3월 27일 老患으로 갑자기 逝去하시어 生前에 이루지 못한 國文論文을 弟子들이 整理 完刊하여, 逝去 1周忌를 맞이하여 先生님의 靈前에 올리게 되었습니다. 이 論文의 完刊을 계기로 淸凡 陳泰夏 선생님의 뜻을 이어받아 同學 後學들에게 큰 길잡이가 되기를 바랍니다.

李 河 俊

가톨릭大學校 名譽敎授

(社)全國漢字敎育推進總聯合會 理事長

目次

제1장 序說

1. 머리말

『鷄林類事』는 12세기초 北宋 말기 때의 孫穆이 高麗의 朝廷制度·風俗과 高麗語에 대해 편찬한 일종의 고려에 대한 紀行文과 高麗語를 宋의 언어로 번역한 譯語集이다. 단행본으로 된『鷄林類事』는 전해지지 않고 있으며, 그 일부가『說郛』,『五朝小說』,『古今圖書集成』등에 남아 있다. 현재 전해지는 傳本도 元나라 말 陶宗儀[1]의 拔萃本(발췌본)으로 고려의 조정제도와 풍속에 대해 실린 것은 겨우 10여 조항뿐이지만, 다만 고려 어휘에 대해서는 비교적 소상하며 최초의 韓語 譯語集이므로 매우 가치가 높다.

---

1) 陶宗儀의 生平 : 昌彼得이 고증한 바에 의하면, 元나라 仁宗 延祐 3년(1316년) 전후에 태어나서, 明나라 惠帝 建文 3년(1401년)까지 생존. 黃巖사람, 字는 九成. 元나라 때 진사시험을 봤지만 낙방하여 포기하고 옛날 서적들을 섭렵해서 시문을 공부하였다. 집안이 가난하여 학생들을 가르치는 것으로 생활하였다. 洪武 초에 누차 나라에서 불렀으나 나가지 않고, 말년에 초빙되어 교관이 되었다. 늘 송강에 노닐며 부모님을 모시고 농사짓고, 때로는 나무그늘에서 휴식을 취하며 생각나는 것을 나뭇잎에 써서 한 항아리에 담아 10년을 모은 결과 열항아리가 되어, 그것들을 모두 기록해서 30권의 책이 되었고, 이름하여『輟耕錄』이라고 하였다. 또한『國風尊經』,『南村詩集』,『滄浪櫂歌』,『說郛』,『書史會要』,『四書備遺』,『草莽私乘』,『古刻叢鈔』등이 있다.

有史以來 각 민족의 언어가 동일하지 않으므로 모두 통역인이나 번역서에 의뢰하여야 했다. 『禮記』에 이르기를, "五方의 백성들이 언어가 不通하고 嗜好(기호)와 慾求가 서로 같지 않으니, 그들이 뜻을 傳達하고 욕구를 소통시키려면 통역이 필요하다. 그 통역을 東方에서는 '寄'라 하고, 南方에서는 '象'이라 하고, 西方에서는 '狄鞮(적제)'라 하고, 北方에서는 '譯'이라 하였다."고 하였다.

孔穎達의 『注疏』에 이르기를, "五方의 백성들이 言語가 不通하고 嗜好와 慾求가 서로 다른 것은 風土가 서로 다르므로 언어가 통하지 않고, 좋아하고 싫어하는 것이 매우 달라서 기호와 욕구가 달라진 것이다. 뜻을 전달하고, 욕구를 소통시킨다는 것은 이를테면 帝王이 전문적인 通譯人을 두어 五方에게 뜻을 분명하게 알리고, 五方의 역할을 거침없이 전달함으로써 서로 이해하도록 하는 것이다. 東方을 통하게 하는 語官을 '寄'라 하는데, 內外의 言語를 전하는 것이라 했다. 南方의 언어를 전문적으로 통하게 하는 명칭을 '象'이라 하고, 안팎의 말을 통하게 하는 것이라 했다. 西方의 언어를 전문으로 통하게 하는 관리를 일러 '狄鞮(적제)'라 하였는데 '鞮'는 안다는 뜻이다. 夷狄의 언어를 전문적으로 통하게 하는 것이며, 中國과 더불어 서로 알게 했다. 北方의 언어를 전문적으로 통하게 하는 관리를 일러 '譯'이라 하였는데, 譯은 陳述한다는 뜻으로 곧 안팎의 언어를 베풀어 설명한다는 뜻이다."(卷第12, 王制第27)라고 하였다.

이로써 漢나라 이전에 일찍이 東西南北 異民族 言語의 通譯을 擔當하는 語官 곧 譯官을 두고 있었음을 알 수 있는데, 한국어는 東方의 譯官인 '寄'에 속한다. 추측컨대 당시에 응당 寄가 지은 譯語集이 있었을 터인데 다만 전하여지지 않을 뿐이었는데, 『鷄林類事』에 이르러 이전에 韓國語彙集의 片貌를 알 수 있다. 宋나라 陶穀이 편찬한 『淸異錄』[2]에 다음과 같은 기록이 있다.

---

2) 淸異錄 : 宋나라 新平人 陶穀이 편찬. 6권. 『涵芬樓校印明鈔本說郛』 권61에 수록 총 71葉. 분류하면 天文, 地理, 君道, 官志, 人事, 女行, 君子, 么魔, 釋族, 仙宗, 草, 木, 花, 果, 蔬, 藥, 禽, 獸, 蟲, 魚, 肢體, 作用, 居室, 衣服, 粧飾, 陳設, 器具, 文用, 武器, 酒漿, 茗荈, 饌羞, 薰燎, 喪葬, 鬼, 神, 妖 등 37종류이다. 이 가운데 『博學記』

"迷空步障世宗(後周) 때 水部郎 韓彦卿이 高麗의 使臣으로 가서 한 책을 보았는데 이르기를 『博學記』라고 하였다. 몰래 그 책을 베껴서 삼백여 조항을 얻었다. 지금 天部 일곱 가지를 베끼면 迷空步障은 霧이고, 威屑은 霜, 敎水는 露, 冰子는 雹, 氣母는 虹, 屑金(설금)은 星이고, 秋明大老는 天河이다."(涵芬樓校印本 『說郛』 卷 61 淸異錄 天門條)

이밖에 같은 책 중의 『博學記』에 인용된 기록이 있는데, "草創刀圭 고려 博學記에 이르기를 酥(수)는 大刀圭라 하고 醍醐(제호)는 小刀圭라 하고 酪은 水刀圭라 하고 乳腐는 草創刀圭라 한다."(前書, 藥條)고 하였으며, "平一公 博學記에 …度量衡이라 하고, 有虞(유우)는 이를 감히 폐할 수 없다 하였다. 舜典에도 度量衡이라고 같이 했다. 孔安國 註에는 丈尺斛斗斤兩이라고 일렀다. 오늘날 글에 그것을 일러 平一公이라 하였다. 尺度를 大殿이라 하고, 斗量을 斗昌王이라 하고, 또한 일러 吉佃王이라 하고, 升을 夕十이라 하고, 드디어 雞林 사람들이 또한 이해하여서 통하였다."(前書, 器具條)고 하였다.

韓國의 문헌 가운데 또한 『博學記』라는 기록이 있는데, 『博學記』 원본과 韓彦卿 筆寫本은 볼 수 없고, 『說郛』에 실린 필사본에 따를 뿐이다.

朝鮮 英祖 때 安鼎福이 편찬한 『東史綱目』[3]에 이르기를, "周나라에서 水部員外郎 韓彦卿 등을 파견하여 비단 수백 필과 동전을 가지고 와서 주었다. 후에 왕이 사신을 보내어 구리 5만근과 자색, 백색 수정을 각각 2천顆를 보냈다. 註에 이르기를 주나라 사신 수부원외랑 한언경을 보내왔다고 밝혔다. 『說郛』에 이르기를 사신 彦卿이

에서 인용한 것이 천문, 약, 기구 등 세 곳이다.
陶穀 字는 秀實, 號는 金鑾否人, 唐彦謙의 손자로 後晉나라로 피신해서 이름을 고쳤다. 後晉 後漢에서 벼슬하여 後周에 이르러 翰林學士가 되고 兵部侍郎을 거쳐 宋나라에 들어가서 예조, 형조, 호조 3부상서가 되었다. 乾德(963~967)初에 천자가 하늘과 땅에 지내는 제사의 법물제도를 연구하여 모두 실어서 정리하고 開寶(963~975) 연간에 졸하였다.

3) 『東史綱目』 20권 20책. 필사본 朝鮮 英祖 때 順菴 安鼎福(1712~1791). 朱熹의 『通鑑綱目』을 모방하여 한국과 중국의 역사를 참조하고, 箕子로부터 고려말까지의 사적을 편찬한 교과서이다.

고려에서 한 책을 보았는데 『博學記』라 하고, 그 가운데 '안개'를 '迷天步障'이라 하고, '서리'를 '威屑'이라 하고, '이슬'을 '教水'라 하고, '우박'을 '氷子'라 하고, '무지개'를 '氣母'라 하고, '별'을 '屑金'이라 하는데 그 말이 매우 새롭다. 『博學記』라고 하는 책이 지금 어떤 책인지 알 수 없다. 이것으로써 말하면 곧 우리나라에 옛 책이 본국에 전하지 않는 것이 매우 많다."(卷6上 後周 世宗 顯德 戊午 5年條)고 하였다.

이로써 고려초에 편찬자 미상의 『博學記』가 역시 일종의 語彙集임을 알 수 있다. 『淸異錄』에 이르기를 한언경이 고려의 사신으로 와서 책 하나를 보았는데 이를 『博學記』라 하고, 몰래 그것을 베껴 삼 백여 조항을 얻었다고 했는데 미루어볼 때, 『博學記』 원본이 곧 『鷄林類事』의 어휘보다 더 풍부한 어휘집이었음을 알 수 있다. 다만 『淸異錄』 중에 인용된 십 여 어휘는 『鷄林類事』 중에 실린 고려 어휘와 모두 다르다. 대개 『淸異錄』에 실려 있는 것들은 漢字로 된 새로운 어휘들이고 번역된 것은 아니다.

韓彦卿이 고려에 파견된 연대는 後周 世宗 顯德 戊午 5年(서기 958)이고, 곧 高麗 光宗 9年이다. 이 해는 고려가 일찍이 後周 사람 雙冀[4]의 進言에 의해서 科擧制度를 처음으로 실시했던 해이다.

이로써 고려와 후주 사이에 교류가 빈번하고 당시 한문학이 발달

4) 雙冀 : 『高麗史』 列傳에 이르기를 "雙冀는 後周 사람으로, 그 나라에서 벼슬하여 武勝軍節道巡官·將任郎·試大理評事를 지냈다. 광종 7년(956)에 封冊使 薛文遇를 따라 고려로 왔다가 병 때문에 그대로 머물렀다. 병이 낫자 왕이 접견하고는 매우 흡족히 여겼다. 광종이 그의 재주를 아낀 나머지 後周 황제에게 표를 올려 그를 관료로 삼겠다고 요청한 후 발탁하여 관직에 임용하였다. 급히 元甫·翰林學士로 승진시켰고, 한 해를 못 넘겨 文柄을 맡기니 지나치다고 비판하는 여론이 일었다. 광종 9년(958) 쌍기가 과거제도의 설치를 처음으로 건의하였으며, 知貢擧가 되어 詩·賦·頌·策을 시험과목으로 삼아 進士 甲科에 崔暹 등 2명을 뽑았고, 明經業에 3명, 卜業에 2명을 각각 선발했다. 그 뒤로부터 여러 차례 知貢擧를 맡아 후학을 북돋우니 비로소 학문을 숭상하는 기풍이 흥기하게 되었다. 광종 10년(959) 그의 부친인 侍御 雙哲이 당시 後周 淸州의 수령으로 있다가 쌍기가 총애를 받는다는 소문을 듣고 回使 王兢을 따라 고려로 오니 광종이 그를 佐丞으로 임명하였다. 그 뒤의 일은 기록이 남아있지 않다.(권93 열전 권 제6 제23 page) 이 밖에 권2, 권73, 권74 가운데 또한 관계기록이 있다.

했음을 알 수 있다. 그때에 신라에서 창안한 吏讀式 및 鄕札式[5] 표기방법에 따라 사용했는데, 예를 들면 光宗 때 僧侶 均如大師[6]가 향찰식 표기방법으로 『願往歌』[7] 11首를 지었다.

위에 인용한 『博學記』의 高麗語는 아마도 吏讀式 표기였겠는데, 그러나 그 읽는 방법을 알 수 없다. 오늘날 『博學記』 原本과 한언경 필사본이 모두 전해지지 않아 그 책의 원 모습이 어떠한지를 알 수가 없는 것은 매우 애석한 일이다.

이 밖에 『鷄林類事』 이전에 중국 역대 각종 문헌 가운데 또한 일찍이 나타난 약간의 한국어의 片貌를 볼 수 있는데, 예를 들면 다음과 같다. 燕之外郊朝鮮洌水之間凡㬥肉，發人之私，

揚雄이 지은 『方言』 가운데, "木細枝謂之杪 … 燕之北鄙朝鮮洌水之間謂之策."(가는 나뭇가지를 일러 '杪(초)'라 하고 연나라 북쪽변

---

5) 吏讀 : 또는 吏頭, 吏道, 吏吐, 吏套 등으로 칭했다. 한국어와 중국어는 音韻 및 어법이 달라서 신라 때부터 漢字의 음과 뜻을 빌어서 한국어를 표기하는 방법이다. 吏讀에 대해서 『東國文獻備考』에 이르기를 新羅 薛聰이 처음으로 이두를 지어 관부와 민간에게 지금까지 쓰이는 것이다. 그러나 모두 한자를 빌려서 쓰는 것이다.(권123 樂考條) 또한 『三國遺事』에 이르기를 "설총이 나면서 총명하여 경사에 널리 통하여 신라 10현 중의 한사람이다. 方音으로 중국과 方俗物名에 널리 통하여 육경문학을 풀이했다."(권4) 그러나 설총이 처음으로 시작한 것이 아니라 吏讀를 집성한 사람일 따름이다. 이두식 표기는 예를 들면 "辛亥年 二月 二十六日 南山 新城作節 如法以作後三年崩破者罪教事爲 聞教令 誓事之"(경상북도 경주 남산 신성비 서기591년 건립)
鄕札 : 또한 漢字의 음과 훈을 빌어서 한국어를 표기한 것인데, 그러나 이두식 표기와 조금 다르다. 곧 이두는 다만 허사 부분에 다음과 같은 방법으로 사용했고, 향찰은 전부를 다음과 같은 방법으로 사용한 것이다. 향찰의 유래에 대해서 『均如傳』 중에 崔行歸 서문에 이르기를 "우리나라의 才子名公은 唐詩를 읊어 알 수 있으나, 저 나라의 鴻儒碩德도 향가는 해독하지 못하였다. 게다가 한문은 인드라의 구슬이 그물처럼 얽어져 있는 것 같아서 우리나라에서는 쉽게 읽지만 인도범서처럼 이어 써서 저 나라 사람들은 이해할 수가 없다." 향찰식 표기는 예를 들면 "善化公主主隱 他密只嫁良置古 薯童房乙 夜矣卯乙抱遣去如"(600년경 百濟 武王이 지은 薯童謠 三國遺事)

6) 均如大師 : 속성은 邊씨, 이름은 均如. 新羅 神德王6년(971년) 黃州 荊岳 남쪽에서 태어나 15세에 중이 되어 송학산 밑 귀법사 주지가 되다. 高麗 光宗 24년(宋 開寶 6년, 973년)에 돌아가다. 저서에 『搜玄方軌記』 10권, 『孔目章記』 8권, 『五十要問答記』 4권, 『探玄記釋』 28권, 『教分記釋』 7권, 『旨歸章記』 2권, 『三寶章記』 2권, 『法界圖記』 2권, 『十句章記』 1권, 『入法界品抄記』1권

7) 願往歌 : 또는 普賢十願歌, 또는 均如歌라 칭함. 균여대사 지음. 11수, 내용은 보현보살의 10종 원왕을 칭송한 것인데 향찰식으로 표기한 10구체의 사뇌가(향가)이다. 가명은 禮敬諸佛歌, 稱讚如來歌, 廣修供養歌, 懺悔業障歌, 隨喜功德歌, 請轉法輪歌, 請佛住世歌, 常隨佛學歌, 恒順衆生歌, 普皆廻向歌, 總結无盡歌이다. 고려 문종29년(1075년) 赫連挺이 지은 『大華嚴首座圓通兩重大師均始傳』을 참조.

두리 조선 洌水 사이에서는 이르기를 策이라 했다.)라는 내용이 있고, "膊普博反 曬霜智反 晞暴也… 燕之外郊朝鮮洌水之間, 凡暴肉發人之私, 披牛羊之五藏, 謂之膊."(膊普博反, 曬霜智反, 晞暴(희폭)라 하고, 연나라 북쪽 朝鮮 洌水 사이에서는 무릇 고기를 말리는 것은 사람의 사사로운 일이며, 소와 양의 오장을 벗기는 것을 膊이라고 하다.)라고 하였다.

"貔狸別名也. 音毗 … 燕, 朝鮮之間謂之豾, 今江南呼爲豾狸, 音丕."(貔(비)는 狸의 다른 명칭이다. 燕나라와 朝鮮 사이에서는 豾(비)라 하였다. 오늘날 江南에서는 豾狸(비리)라 한다. 음은 丕(비)이다.) 등 29어휘가 있다.

또한 許愼이 지은 『說文解字』 가운데, "朝鮮謂藥毒曰癆"(조선에서는 毒草를 로(癆)라 하고), "朝鮮謂釜曰錪"(조선에서는 솥을 錪(전)이라 하고), "鱳, 魚名, 出樂浪潘國."(鱳은 고기 이름인데 樂浪, 潘國에서 난다) 등 16어휘가 있다. 이 밖에 『後漢書』, 『三國志』, 『後魏書』, 『梁書』, 『後周書』, 『北史』, 『南史』, 『周書』 등 각 史書 가운데 또한 國名 地名 官名 등의 고대 한국어가 인용되어 있다. 단 오늘날 이러한 어휘에 대해서 시대가 오래되고 자료가 또한 부족하여 그 명확한 어휘를 고찰하여 연구하기 쉽지 않다.

『鷄林類事』 이후에 또한 한국어를 수록한 책이 있는데 『宣和奉使高麗圖經』[8], 『宋史』, 『中州集』, 『花鏡』과 『華夷譯語』 가운데 『朝鮮館譯語』[9]와 『朝鮮賦』[10] 등이 있다. 위에 인용한 여러 책 중에 『朝

8) 『宣和奉使高麗圖經』 : 宋 徽宗 宣和6년(1124년) "奉議郞充奉使高麗國信所提轄人船禮物賜緋魚袋 徐兢이 편찬하였다. 40卷 28門 300여조항. 宣和5년 癸卯에 提轄官 徐兢(字 明叔)이 正使 給事中 路允迪, 副使 中書舍人 傅墨卿을 수행해서 고려에 파견되어 왕도 개성에 한 달여를 머물면서 견문한 것과 널리 많은 사람들의 이야기를 모아서 고려의 建國, 世次(누대 왕들의 차례), 城邑, 門闕, 宮殿, 冠服, 人物, 儀物, 仗衛, 兵器, 旗幟, 車馬, 官府, 祠宇, 道敎釋氏, 民庶, 婦人, 阜隷, 雜俗, 節仗, 受詔, 燕禮, 館舍, 供張, 器皿, 舟楫, 海道, 同文 등의 조항이다. 그러나 위 기록을 앞서서 靖康之變(金나라의 침입)을 당하여 이미 그 도면은 없어지고, 乾道 3년(1167년) 그 아들 蕆(천)이 "澂江郡齋仁和趙氏小山堂"에서 판각하여 지금에 전하게 되었다. 뒤에 明末 海鹽 鄭休中이 重刊本, 淸나라 乾隆 癸丑(1793) 端陽歙鮑廷博 知不足齋 총서본으로 간행했다. 昭和 7년(1932) 일본인 今西龍 교정본이 간행되었다.

9) 『朝鮮館譯語』 : 明 永樂(1403~1424) 사이에 會同館에서 편찬한 華夷譯語인데 그 안

鮮館譯語』는 明나라 永樂年間(1403~1424)에 會同館에서 편찬한 朝鮮 譯語集인데, 이것과 『鷄林類事』의 편찬 시차는 약 300여 년 이전이다. 단 『朝鮮館譯語』는 또한 한글 창제이전의 譯語集이며, 이 책에 수록된 어휘는 곧 朝鮮初期의 어휘들이다. 그러므로 『鷄林類事』는 어휘 연구상 매우 중요한 참고자료 중의 하나이다.

종합해서 말하면, 『鷄林類事』는 곧 中世 韓國語 연구상 가장 중요한 자료이고, 당시 아직 한글[11]이 없었기 때문에 한국 내 高麗語를 수록한 책이 거의 없고, 그래서 宋나라 孫穆이 편찬한 『鷄林類事』는 곧 高麗語를 실은 유일한 자료이며, 현재까지 약 900여 년 동안 중국문헌 중에 보존해 내려온 것은 매우 다행한 일이다. 이후 남북한이 통일된다면 응당 900년 전의 孫穆이 직접 고려어를 채록한 오늘날 開城에 孫穆의 기념비를 세워 그 공을 영원히 잊지 말아야 할 것이다.

더욱 나아가 『鷄林類事』 중 한국어 부문은 곧 당시 宋나라 때 발음으로 기록한 것이므로 宋代 漢字語音을 연구하는 데에도 중요한 가치가 있다.

에 朝鮮, 琉球, 日本, 安南, 占城 暹羅, 韃靼, 畏兀兒, 西番, 回回, 滿剌加, 女眞, 百夷 등 13국 사신관의 번역집이다. 그 가운데 『朝鮮館譯語』는 한문으로 조선어 597어휘를 표기한 것이다. 그것을 분류하면 다음과 같다. 天文(55항) 地理(64항) 時令(40항) 花木(36항) 鳥類(43항) 宮室(27항) 器用(38항) 人物(37항) 人事(63항) 身體(35항) 衣服(26항) 聲色(13항) 珍寶(18항) 飮食(18항) 文史(14항) 數目(22항) 干支(12항) 卦名(12항) 通用(24항) 등 19개 문이다. 현존 필사본으로 倫敦本 河內本(단 朝鮮館譯語는 빠져 있음) 靜嘉堂本(역시 빠져 있음) 등 3종이다.

10) 『朝鮮賦』 : 明 弘治元年(朝鮮 成宗 19년, 1488) 董越 편찬. 동월 58세 때 조선 頒詔正使와 부사 王敬 및 수행자 14인이 弘治 원년 윤정월 중순 북경을 출발하여 2월 25일 압록강을 건너 3월 13일 한성에 도착하여 4일간 머무르고, 같은 달 17일 한성을 떠나 같은 해 4월 5일 압록강을 건너 약 40일간 견문한 바에 의해서 이 책을 지은 것이다.

11) 訓民正音의 創製 : 朝鮮 제4대왕 世宗 25년(1443년) 世宗과 集賢殿 여러 학자 成三問, 鄭麟趾, 申叔舟, 崔恒 등이 먼저 한국과 중국의 聲韻의 차이를 연구하여 왕께서 訓民正音을 親製했다. 창제 당시 자음 17자 모음 11자 합쳐 28자를 뒤에 그중 4자를(자음 3자, 모음 1자) 不用했음으로 현재 24자를 사용하고 있다. 訓民正音 世宗序를 보면 세종의 훈민정음 창제의 목적을 알 수 있는데 서에 이르기를 "나라의 말이 중국과 달라 한자만 가지고는 서로 통할 수 없어서 어리석은 백성이 말하고자 할 바가 있어도 마침내 그 뜻을 펼 수 없는 사람이 많다. 내 이를 불쌍히 여겨 새로 28자를 만드니 사람 사람으로 하여금 쉽게 익혀서 날로 사용하는데 편하게 하고자 할 따름이니라." 라고 말하였다.

여기에 국내외에서 『鷄林類事』를 연구한 사람들을 열거하면 다음과 같다.

(1) 중국인 연구자

宋나라 때 孫穆이 편찬한 『鷄林類事』 이후 지금까지 다만 『說郛』, 『五朝小說』, 『古今圖書集成』 등 叢書 가운데 수록되어 보존되어 있을 뿐이다. 中國 역대 문헌 중에 약간의 書目과 史書 내에 언급된 書名 외에 『鷄林類事』에 어휘부분이 인용된 것은 『康熙字典』[12]만이 있다. 수록된 어휘 다섯 가지를 들면 다음과 같다.

"潑 孫穆 鷄林類事 高麗方言에서는 足을 潑이라 하였다."(水部 12획)
"毛 高麗方言에서는 苧曰毛라 하고 苧布曰毛施背라 하였다."(毛部)
"漢 高麗方言에서는 白曰漢이라 하였다."(水部 11획)
"濮 孫穆 鷄林類事 高麗方言에서는 鼓曰濮이라 하였다."(水部 14획)
"活 鷄林類事 高麗方言에서는 弓曰活이라 하였다."(水部 6획)

위에 인용된 어휘 중에 '毛'자를 제외하고는 모두 '水'部에 있고 또한 毛部와 水部 모두 4획의 部인데 360여 語彙 중에 다만 이 다섯 어휘를 인용한 것은 어떠한 기준에서 택한 것인지 알 수 없는데, 이는 혹 『康熙字典』 편찬자 중에 한 사람이 참고했기 때문일 것이다.

---

12) 『康熙字典』 : 『中文大辭典』에 이르기를 "康熙 49년 대학사 張玉書와 陳廷敬 등이 황제의 명을 받들어 편찬한 것으로 전 42권 12집 119부 『說文解字』와 『玉篇』 두 책을 바탕으로 하여 많은 책을 총망라 하였다. 매 글자마다 상세히 發音과 訓詁를 나열하였다. 먼저 현재의 발음을 밝히고 뒤에 고문으로 썼다. 먼저 바른 뜻을 쓰고 뒤에 파생된 뜻도 썼다. 또한 고문도 실리고 아울러 속체를 나열하고 그 오류를 교정하였다. 47,035자가 실려 있고, 고문 1,995자를 합쳐 49,030자 이다. 오직 소리를 철저히 고증해서 뜻을 풀고 관계되는 내용도 나열하여 완벽하게 정리 하였다. 道光 연간에 王引之가 2,500여 조항의 오류를 개정했으나 모두 미미한 작은 것이고 크게 달라진 것은 없었다.

그 다음에 淸나라 梁章鉅가 편찬한 『稱謂錄』[13] 가운데 일찍이 십여 조항이 인용되어 있다. 열거하면 다음과 같다.

"方言에 祖를 일러 漢了祕, 花箋錄 高麗國方言 祖曰 漢了祕"(卷1 第11條)

"方言에 父를 일러 子了祕, 花箋錄 高麗國方言 父曰 子了祕"(卷1 第27葉)

"方言에 아버지의 형의 아내를 일러 了子彌, 鷄林類事 方言에 백모 숙모를 모두 일러 了子彌, 이모 또한 了子彌라고 했다."(卷3 第6葉)

"方言에 어머니의 형제의 아내를 일러 了子彌, 아버지의 형의 아내는 注를 보라."(卷3 第16葉)

"方言에 아버지의 처제를 일러 孑子彌[14], 아버지의 형수는 注를 보라."(卷3 第9葉)

"方言에 어머니의 자매를 일러 了子彌, 아버지의 형수는 注를 보라."(卷3 第19葉)

"方言에 형을 일러 長官, 花箋錄 高麗國方言에 형을 長官이라고 말했다."(卷4 第5葉)

"方言에 형의 아내를 일러 長嘆吟, 花箋錄 高麗國方言에 형수를 일러 長嘆吟이라고 말했다. 위의 兄長官 注를 參見."(卷4 第7葉)

"方言에 남편을 일러 沙會, 花箋錄 高麗國方言에서는 자신의 남편을 일러 沙會라 했다."(卷5 第5葉)

"方言에서는 아내를 일러 陡臂, 花箋錄 高麗國方言에서는 아내를 일러 陡臂라 했다."(卷5 第16葉)

"方言에서는 아들을 일러 了加, 花箋錄 高麗國方言에서는 아버지가 그 아들을 불러 了加라 하고 손자를 일러 了寸了姐라 했다."(卷6, 第17葉)

"方言에서는 딸을 일러 了寸이라 하고, 아들을 일러 了加라 하는 注

13) 『稱謂錄』: 淸나라 退菴 梁章鉅(1775~1849)가 편찬한 것으로 모두 32권이다. 고금의 명칭들을 명확히 분별하여 부분별로 분류해 놓았다. 同治 甲子(1864년)에 교정을 시작해서 光緖 乙亥(1875년)에 간행하여 甲申(1884년)에 완성했다. 서문에 이르기를 도광 28년 무신 24절기 중 상강이래 복주 74세 梁章鉅 자신이 동구군제에서 집필하였다라고 말하였다.

14) 孑子彌는 了子彌의 잘못된 글자이다.

를 참견."(卷6, 第21葉)

"方言에서는 아버지의 姉妹를 일러 漢了彌라 하고, 『鷄林類事』 方言에서는 고모를 漢了彌라 했다."(卷8, 第15葉)

"乞, 丐剁 『鷄林類事』 方言에서는 거지를 丐剁이라 했다."(卷30, 第10葉)

위에 인용된 丐剁 외에는 親族의 명칭만을 인용했을 뿐이다.

이밖에 昌彼得이 편찬한 『說郛考』[15]라는 책에는 일찍이 『鷄林類事』를 다음과 같이 언급했다.

"雞林類事 3卷

宋奉使高麗國信書狀官孫穆撰이라는 제목이다. 直齋書錄解題와 通考傳記類, 宋志地理類에 모두 기록되어 있다. 陳振孫이 이르기를 저명한 사람이 아니라 했고, 대부분의 책에는 그 성명이 빠져있다. 孫穆의 始末이 상세하지 않다. 原書가 오랫동안 사라져서 四庫全書에도 수록되어 있지 않다.

이 책에 십 여 조항이 기록되어 있는데 重編說郛 卷55 및 五朝小說本에 수록되어 있어서 곧 여기에서 나온 것이다."(『說郛考』 p.105)

筆者의 所見으로는 中國學者가 『鷄林類事』를 언급한 것이 이것이 가장 詳細한 것이라고 생각된다.

(2) 韓國人의 硏究

『鷄林類事』는 비록 中國人이 편찬한 책이지만, 그것을 涉獵하고 한국어 및 고사를 연구한 것은 오히려 한국인들이 절실해서 韓國古文獻 중에 최초로 인용된 『鷄林類事』는 朝鮮 宣祖 때 權文海가 편찬한 『大東韻府群玉』[16]이다. 이 책은 『康熙字典』보다 128년이 앞

15) 중국 동아학술연구위원회연보 제1기(1962년 5월 대북발간) 참조

선다. 이 책에 인용된 『鷄林類事』는 記事部 2項, 方言部 40項이다. (李基文, 「鷄林類事의 再檢討」, 東亞文化 8輯 p.209 참조)

이밖에 『海東繹史』17), 『星湖僿說』18), 『古今釋林』 중 『東韓譯

16) 『大東韻府群玉』 : 朝鮮 宣祖 22년(1588) 權文海(1534~1591) 편찬. 총20권 20책 인쇄본. 元나라 陰時夫가 편찬한 『韻府群玉』을 모방하여 단군조선부터 조선 선조 때까지 지리, 국명, 성씨, 인명, 효자, 열녀, 수령, 산명, 목명, 화명, 동물명 등 11항목을 망라하여 운별로 배열하여 편찬하였다. 이 책 가운데 『鷄林類事』를 인용한 부분을 열거하면 다음과 같다.

註解編號	大東韻府群玉引用語項	卷, 葉
1	漢捺 東人呼天曰-- 方言也(說郛)	19, 20
4	屈林 高麗方言 雲曰--(說郛)	8, 27
5	孛纜 高麗人方言 風曰--(說郛)	17, 59
6	雪曰嫩 東人語呼—方言也(說郛)	15, 39
7	霏微 高麗方言兩曰--(說郛)	2, 43
8	嫩恥 高麗人以雪下爲—東人方言凡下皆曰恥(說郛)	9, 45
9	天動 高麗人方言以雹爲--(說郛)	9, 2
10	雹曰霍 東人方言號---(說郛)	19, 65
11	電閃 東人方言曰-(說郛)	12, 56
15	幾沁 高麗人方言以鬼爲--(說郛)	17, 56
40	阿慘 高麗方言以朝爲--(說郛)	12, 52
44, 47	母魯 高麗方言昨日曰於載後日曰--(說郛)	10, 16
59, 65	烏沒 高麗人以井爲—東人方言水皆曰沒(說郛)	19, 12
97	家豨 高麗人方言以犬爲--(說郛)	2, 50
122	員理 東人語命官曰--方言也(說郛)今之官主也	9, 34
147	阿兒 東人方言以弟爲--(說郛)	2, 10
150, 152	漢吟 高麗方言女子曰—妻亦曰--(說郛)	8, 35
151, 153	細婢 高麗人自稱其夫曰沙會自稱其妻曰--(說郛)方言也	9, 16
156	阿加 東人方言父呼其子曰--(說郛)	6, 22
161, 162	訓欝 高麗人方言以母之兄爲--模之弟爲次欝(說郛)	19, 2
167	嫩涉 東人語以眉爲-方言也(說郛)	20, 67
186, 187	漢菩薩 高麗人方言以白米爲---栗曰田--(說郛)	19, 20
189	豆太 東人呼-曰-方言也(說郛)	14, 45
191	酥孛 東人方言以酒爲--(說郛)	19, 13
194	蘇甘 高麗方言以塩爲--(說郛)	8, 49
224	毛施 東人方言以苧爲--(說郛)	2, 13
232	尼不 東人方言被曰--(說郛)	19, 2
255	升刀 東人以-爲-方言也(說郛)	5, 52
265	火炬 東人以燭爲--(說郛)	9. 57
270	聚笠 東人方言傘曰--(說郛)	20, 57
275	養支 東人方言以齒刷爲--(說郛)	2, 1
292	皮盧 東人方言以硯爲--(說郛)	3, 26
356, 358	及欣 高麗人方言高曰那奔涘田--(說郛)	4, 33

17) 본 논문 제1장 3.2 현전본 참조

語』[19], 『語源資料集成』(金根洙 編) 등 책 중에 또한 『鷄林類事』 譯語部分이 인용되어 있다. 오늘날 『鷄林類事』를 연구한 학자 및 그 논문을 출판연대순에 따라 열거하면 다음과 같다.

① 劉昌宣 : 鷄林類事高麗方言考(『한글』 통권 제54호, 1938년)
② 劉昌惇 : 鷄林類事補敲(『崔鉉培先生還甲紀念論文集』, 1954년)
③ 方鍾鉉 : 鷄林類事研究[20](延世大學校 『東方學志』 제2집, 1955년)
④ 李基文 : 鷄林類事의 考察(『一石李熙昇先生頌壽紀念論叢』, 1957년)
⑤ 高炳翊 : 鷄林類事의 編纂年代(『歷史學報』 10집, 1958년)
⑥ 金敏洙 : 鷄林類事(解題)(『한글』 通卷 제124호, 1959년)
⑦ 李敦柱 : 鷄林類事表記分析試圖(全南大學校 『國文學報』 1호, 1959년)
⑧ 文璇奎 : 鷄林類事와 朝鮮館譯語의 『ㄹ』 表記法考察(『國語國文學』 22호, 1960년)
⑨ 文璇奎 : 鷄林類事片攷(『國語國文學』 23호, 1961년)
⑩ 金喆憲 : 鷄林類事研究(『國語國文學』 25호, 1962년)
⑪ 金敏洙 : 高麗語의 資料(高麗大學校 『語文論集』 제10집, 1967년)
⑫ 李基文 : 鷄林類事의 再檢討(『東亞文化』 8호, 1968년)

---

18) 『星湖僿說』 : 朝鮮 肅宗 英祖時 星湖 李瀷(1682~1764) 편찬. 총 30권 30책 필사본. 천지문 3권 만물문 3권 인사문 11권 경사문 10권 시문문 3권 등 5문으로 분류했다. 권30 朝鮮方言條 중에 鷄林類事를 인용했다.

19) 『東韓譯語』 : 『古今釋林』 가운데 제8편 朝鮮 正祖 13년(乾隆 54년, 1789) 懶隱 李義鳳 편찬 총40권 20책 필사본 이 책에 부분은 다음과 같다. 別國方言, 歷代方言, 洛閩語錄, 道家語錄, 釋氏語錄, 傳奇語錄 華漢語錄(중국근대속어) 東韓譯語(신라이후 한반도내 제국어) 三學譯語(일본, 몽고, 만주어) 四夷譯語(안남, 섬나, 요, 금어) 元明吏學(吏文, 吏讀集成) 訓民正音을 부록한 것 등이다.

20) 方鍾鉉이 편찬한 「鷄林類事研究」 論文은 유고본으로 1955년 12월에 간행되었다. 그러나 그 논문 序文에 이르기를 '단기 4282년 5월 10일 方鍾鉉識'라고 되어 있어, 檀紀 4282년은 곧 1949년이므로 劉昌惇이 일찍이 이 유고본을 참고하여 「鷄林類事補敲」를 썼으므로 방 씨가 편찬한 이 논문은 실로 유 씨가 연구한 것보다 앞선다.

이상 논문 중에 方鍾鉉씨의 연구가 비교적 상세하다.

(3) 기타 외국인의 연구

前間恭作[21]은 일본학자로서 계림유사를 연구한 사람 가운데 제일 빠르다.

前間恭作은 『雞林類事麗言攷』를 1925년에 편찬했다. 일본사람으로서 『鷄林類事』를 전적으로 연구한 사람은 前間恭作 뿐이다. 이 책은 다만 어휘를 풀이했을 뿐 기타 방면에 대해서는 고증하지 않았다.

이밖에 독일 동양학자 제이 크라프로스(J. Klaproth)씨가 『아시아 폴리글러타(Asia Polyglotta)』(초판 1823년)에 어휘 약 370어휘를 들어서 설명했는데 대부분 『古今圖書集成本』에 수록된 『鷄林類事』에서 引用했을 뿐 고증은 하지 않았다. 중국 근대 발음에 의해서 해석했으므로 한국어 부분의 표기가 대부분 정확치 않다.

예를 들면 독일 말에 프로흐(Floh)를 한국어 삐리(pi-li)라고 했는데, 이것은 곧 '蚤왈 삐륵'의 해석이다. '勒'자는 宋나라 때 응당 喉內 入聲字로 읽어야 하므로, '삐륵'을 '삐리'라고 한 것은 '蚤'의 한국어 곧 '벼룩', '비륵'에 맞지 않는다. 그러나 제이 크라프로스씨의 이 글은 서양에 『鷄林類事』를 소개한 유일한 사람이다.

---

21) 前間恭作 : 日本 慶應 3년 12월 25일(1866년 1월 23일) 對馬島에서 출생하여 昭和 17년(1942년 1월 2일)에 卒하니 향년 75세이다. 明治 24년(1891년) 慶應義塾을 졸업한 후 동년 한국에 유학하여 明治 27년 일본영사관 書記生으로 임명되었다. 33년 호주 雪梨(시드니) 日本領事館에 파견되어 복무한 후에 명치 34년에 다시 한국에서 복무하고, 明治35년에 日本公使館 2등 통역관, 명치 39년에 統監府 通譯官, 명치 40년 代理統監官房人事課長, 43년 總督府 通譯官職 등을 역임한 후에 44년 의원면직으로 귀국하였다. 前間恭作은 한국에 전후 18년을 머물면서 한국 고서를 수집해서 일본으로 가져가 퇴임 후에 전적으로 한국서책을 연구하여 불후의 대저 『古鮮冊譜』 3책을 편찬하였다. 이밖에 『朝鮮之板本』, 『校正交隣須知』, 『韓語通』, 『龍歌故語箋』, 『鷄林類事麗言攷』, 『訓讀吏文』 등 미발간 원고본을 합쳐 70여 종이 있다. 前間恭作의 장서가 현재 東洋文庫에 보존되어 있다. 末松保和가 편찬한 『前間先生小傳』(東洋文庫叢刊 제11, 前刊恭作 編 『古鮮冊譜』 제3책 부록, 소화 32년 3월 발간)를 참조.

이상의 기록으로 볼 때 『鷄林類事』를 연구한 사람은 예로부터 지금까지 적지 않다. 그러나 여러 연구자들이 『順治版 說郛』, 『涵芬樓校印本 說郛』, 『古今圖書集成』, 『海東繹史』 등에 수록된 『鷄林類事』를 硏究하였음으로, 지금까지 각 板本의 차이와 오류를 해결하지 못한 것들이 많다. 동시에 여러 연구자들이 두 가지 매우 중요한 자료에 대해서 예를 들면 兩種 『明鈔本 說郛』에 수록된 『鷄林類事』를 모두 보지 못했다. 筆者가 中華民國 國立中央圖書館과 홍콩大學 馮平山圖書館에 소장되어 있는 板本을 처음으로 발견하게 되었다. 또한 現存하는 문헌 중에 『鷄林類事』와 관계된 것은 모두 수집한 결과 18종의 異本을 찾게 되었다. 먼저 각 異本 중에 같지 않은 것을 考證하고 前人의 연구를 참고한 뒤에 歸納的인 방법으로 『鷄林類事』를 연구 총정리 하였다.

2. 鷄林類事의 編纂

(1) 名稱

책의 명칭은 編纂者의 뜻에 따라서 이름이 지어지기 때문에 그 이름은 곧 그 책의 내용을 表現하는 것이다. 그러나 이 책의 名稱으로 본다면 사람들로 하여금 誤解하기가 쉽다. '鷄林'이라는 語彙는 원래 新羅國과 관계되는 명칭이다. 만약에 이 책을 新羅朝의 일로 여긴다면 곧 잘못이다. 筆者가 수집한『鷄林類事』板本 중에 그 명칭을 나누면 다음과 같다.

1) 雞林類事

① 涵芬樓校印 明鈔 說郛本
② 日本 京都大學 圖書館 近衛文庫 說郛本
③ 日本 京都人文科學硏究所 宛委山堂藏板 說郛本
④ 五朝小說本
⑤ 五朝小說大觀本
⑥ 順治板 說郛本
⑦ 中華民國 故宮博物院 四庫全書 說郛本
⑧ 雍正版 古今圖書集成 方輿彙編本
⑨ 光緒版 古今圖書集成 方輿彙編本
⑩ 光緒版 古今圖書集成 理學彙編本

2) 鷄林類事

① 香港大學 圖書館 明鈔 說郛本
② 中華民國 中央圖書館 明鈔 說郛本
③ 雍正版 古今圖書集成 理學彙編本

④ 海東繹史 鈔本
⑤ 海東繹史 印本

3) 鷄林遺事

① 朝鮮 烏絲欄 鈔本

위에 열거한 각 板本 중에 6종 판본에는 '鷄' 字를 쓰고, 기타 판본에는 모두 '雞' 자로 썼다. 雍正版 『古今圖書集成』 가운데 어떤 것은 '鷄'라 쓰고 어떤 것은 '雞'라고 쓴 것은 고의로 구별한 것이 아님을 알 수 있다. 『說文解字』에 의하면 '雞, 籒文鷄'(雞는 고문의 鷄)이다. 각종 字典에 모두 通用字로 되어 있다. 단 중국 홍콩 『明鈔本 說郛』와 『唐書』, 『宋史』 중에 기록으로 보면 이 책의 原名이 '鷄'로 쓴 것 같다. 『朝鮮 烏絲欄 鈔本』 중에 『鷄林遺事』의 '遺'는 『三國遺事』[22) 書名 중에 영향을 받아 잘못 기록된 것 같다. 鷄林 어휘에 관해서 살펴보면 다음과 같다.

① 한국에서 간행한 古今文獻 중에 관계 기록

"(新羅 昔脫解 尼師今) 九年春三月, 王夜聞金城西始林樹間, 有鷄鳴聲. 黎明遣瓠公視之, 有金色小櫝, 掛樹枝, 白鷄鳴於其下. 瓠公還告. 王使人取櫝開之, 有小男兒在其中, 姿容奇偉. 上喜謂左右曰: 此豈非天遺我以令胤乎? 乃收養之. 及長, 聰明多智略, 乃名閼智. 以其出於金櫝, 姓金氏. 改始林名雞林, 因以爲國號."(新羅 昔脫解 尼師今 9년 春 3월에 왕이 金城 서쪽 始林 수풀에서 닭이 우는 소리를 듣고 날이 밝자 瓠公을 보내어 살펴보니, 금빛 작은 궤짝이 나뭇가지에 걸려 있는데 흰 닭이 그 밑에서 울고 있었다. 瓠公이 돌아와 왕에게 고하자 사람을 보내어 그 궤짝을 가져와 열어보니, 그 안에 어린 사내아이가 있는데 모습이 뛰어났다. 임금이 기뻐 좌우 신하들에게 말하기를 "이 어찌 하늘이 내게 맏아들

---

22) 三國遺事 : 高麗 25대 忠烈王 11년(원 세조 22년, 1285) 僧 一然(속명 金見明) 삼국의 역사를 찬술한 것인데 전5권 3책이다.

을 보내준 것이 아니겠는가?" 하고 받아 길렀다. 성장하여 智略이 총명하여 이름을 閼智라 하였다. 금 궤짝에서 나왔기 때문에 성을 金씨라 하였다. 始林을 고쳐 雞林이라 하고 國號를 삼았다.)(金富軾 『三國史記』[23] 卷第1 新羅本記 第1 脫解尼師金)

"…初王生於雞井. 故或云雞林國以其雞龍現瑞也. 一說. 脫解王時得金閼智. 而雞鳴於林中. 乃改國號爲雞林. 後世遂定新羅之號."(처음 왕이 雞井에서 태어났으므로 혹은 雞林國이라 이르고 雞龍이 瑞氣를 나타냈다. 일설에는 脫解王 시에 金閼智를 얻어 수풀에서 닭이 울어서 국호를 雞林이라 고치고 후세에 드디어 新羅의 國號를 정했다.)(釋一然, 『三國遺事』 卷第1)

② 中國 刊行 古今文獻 중에 有關 기록

"龍朔元年, 春秋卒, 詔其子太府卿法敏嗣位, 爲開府儀同三司上柱國樂浪郡王新羅王. 三年, 詔以其國爲鷄林州都督府, 授法敏爲鷄林州都督."(龍朔元年 金春秋가 죽자, 그 아들 太府卿 法敏에게 왕위를 내려 開府儀同三司 上柱國 樂浪郡王 新羅主라 칭하였고, 3년에 그 나라 鷄林州 都督府에 조칙을 내려 法敏을 鷄林州都督으로 除授하다.…)(『舊唐書』 卷199上 列傳 第149 東夷中 新羅條)

"…龍朔元年, 死, 法敏襲王. 以其國爲鷄林州大都督府, 授法敏都督."(…龍朔元年에 돌아가니 法敏이 임금을 이어 그 나라의 鷄林州大都督府로서 都督에 除授되었다.…)(『唐書』 卷220 列傳145 東夷條)

"… 鷄林은 옛나라 國名으로 곧 新羅이다. 新羅王 脫解9년(東漢 明帝 永平 八年 西紀 65년) 그 왕도가 徐羅伐城 서쪽 始林에 닭 귀신이 있어 드디어 雞林이라 고치고 아울러 國號를 삼았다. 唐나라 때 劉仁軌가 雞林道行軍總官이 되어 신라를 정벌하여 평정한 뒤에 雞林州에 新羅를

23) 三國史記 : 고려 17대 仁宗 23년(南宋 高宗 15년, 1145) 金富軾, 金忠 등이 임금의 명을 받아 三國(高句麗, 百濟, 新羅)의 역사를 편찬한 것이다. 紀傳體로 전 50권 10책. 한국현존 가장 오래된 역사서이다.

설치하고 신라왕을 대도독으로 삼고 후에 드디어 雞林이 朝鮮의 별칭이 되었다.…"(臺灣 中華書局『辭海』隹부 10획)

이상의 引用으로 볼 때 '鷄林'이라는 말은 신라시대의 신라조의 명칭을 가리킨다. 오늘날 鷄林의 명칭은 신라의 舊都로 여겨 곧 慶州市 校里의 古跡 地名이 되고, 그곳의 나무들이 오늘에 이르러서는 神聖한 숲으로 숭상되고 있다. 그러나 신라시대 이후 鷄林이라는 말은 한국의 별칭으로 쓰이고 있다. 더욱 高麗시대에 있어서는 高麗의 별칭으로 쓰인 것이 더욱 많다. 鷄林이란 말은 항상 書名이나 封爵名으로 쓰였고 중국에서는 典籍上에는 鷄林이라고 인용된 것이 매우 많다.[24]『鷄林類事』편찬 전에는『唐書』중에 이미 鷄林이 고려의 별칭으로 인용되어 있는데 예를 들면 다음과 같다.

"居易於文章精切, 然最工詩. 初, 頗以規諷得失, 及其多更下, 偶俗好, 至數千篇, 當時士人爭傳. 鷄林行賈售其國相, 率篇易一金, 甚僞者相輒能辯之."(白居易가 문장에도 뛰어났지만 시를 짓는 것이 가장 우수하였다. 처음에는 너무 규격에 매어 잃는 것이 매우 많았으나, 뒤에는 속된 것을 좋아하여 시가 수천 편에 이르러, 당시의 선비들이 다투어 傳授하였으며, 계림의 行商들이 그들 나라에 가져다가 팔았는데, 시 한 편이 금

---

24) 中韓 典籍에 "鷄林"을 인용한 것을 열거하면 다음과 같다.
① "句滿鷄林賈 名齊鴈塔人"(宋无 寄馮壽之詩)
② "鷄林宮在王府之西, 扶餘宮在由巖山之東(鄭刻阜), 又有辰韓(鄭刻鼓), 朝鮮, 長(鄭刻常)安, 樂浪, 下韓(筆者註 : 下應爲卞), 金冠六宮, 分置城內, 皆王伯叔昆弟之居也."(계림궁이 왕부의 서쪽에 있는데, 부여궁은 유암산의 동쪽에 있다. 또한 진한이 있고 조선, 장안, 낙랑, 卞韓, 금관 육궁이 성내에 나누어져 있으며, 모두 왕의 백숙 곤제의 거처지이다.)(徐兢 宣和奉使高麗圖經 권6 宮殿2 別宮)
③ "…後長慶中白居易善作歌行, 鷄林之人引領嘆慕.…"(뒤 장경연간에 백거이가 시가행을 잘 지어 계림 사람들의 감탄하고 흠모함을 이끌었다.)(前書 권40 儒學)
④ "鷄林舊俗, 擇男子美風姿者, 以珠翠飾之, 名曰花郎, 國人皆奉之, 其徒至三千餘人.…"(계림의 옛날 풍속에 남자 중에 풍모가 좋은 사람을 택하여 구슬로 장식함으로써 이름하여 花郎이라고 했다. 백성들이 모두 받들어 그 무리가 삼천여 인에 달했다.…" (高麗 李仁老『破閑集』卷下)
⑤ "鷄林人金生用筆如神.…"(계림인 김생은 붓을 쓰는 것이 신과 같았다.…"(前書 卷上)
⑥ "鷄林雜編 : 이 책은 곧 신라 聖德王 때 金大問이 편찬한 삼국전설고사인데 전하여지지 않는다."

값이었으며, 심한 僞作은 곧바로 識別되었다.)(『唐書』 卷 119 列傳 제44 白居易條)

『鷄林類事』의 내용과 앞에 기술한 바를 종합해 볼 때, 『鷄林類事』의 '鷄林'은 곧 高麗의 별칭으로 가리킨 말이고, 新羅와는 아무 관계가 없는 것이다.

그 다음 '類事'에 대해서는 中國 歷代 書名 중에 '類事'로써 명칭을 삼은 것이 실로 『鷄林類事』가 가장 이르다. '類'는 곧 종류이고 분류의 뜻이 있으며, 소위 '類事'는 곧 분류별로 高麗와 관계되는 事蹟 語彙 등을 분류했다.

당시의 著者가 '高麗類事'라고 쓰지 않고 『鷄林類事』를 책의 제목으로 한 까닭은 지금 사람들이 통상 中國을 '華夏'라고 부르는 것처럼 당시 宋나라 사람들이 高麗를 통상적으로 그렇게 (鷄林) 부르는 것이지 특별한 含意가 있는 것은 아니다. 그러나 『宋史』에 이르기를,

> "運立四年卒, 子懷王堯嗣. 未閱歲, 以病不能爲國, 國人請其叔父鷄林公熙衛攝政. 未幾, 堯卒, 熙乃立.… 熙後避遼主諱, 改名顒."(運이 왕위에 오른 지 4년 만에 죽으니 그 아들 懷王 堯가 승계하였는데, 얼마 되지 않아 병으로 나라를 다스릴 수 없게 되자 백성들이 그 숙부인 鷄林公 熙에게 청하여 섭정하게 하였다. 얼마 안 되어 堯가 卒하니, 熙가 곧 왕위에 올랐다. 熙는 뒤에 이름이 같은 遼나라 임금을 忌諱하여 顒(옹)이라고 고쳤다.)(『宋史』 卷487 列傳 246 高麗條)

鷄林公 熙가 곧 顒이고 고려 제15대 王 肅宗이다. 『鷄林類事』의 編纂者 孫穆은 '奉使信書狀官'으로서 고려에 파견되었으니, 곧 肅宗 때이다. 또 같은 시대 使臣 吳拭의 『鷄林志』 20권과 王雲의 『鷄林志』 30권[25]이 있다. 3인의 著作이 모두 '鷄林'이라는 이름이 사용되

25) 『說郛』(涵芬樓校印本) 권6 광지(廣知)와 권77 가운데 『계림지(鷄林志)』와 유관한 이름이 있다. 내용은 총 13행 233자이다. 또한 『옥해(玉海)』 중에 다음과 같은 기록이

었으나 '鷄林公'의 칭호와는 별관계가 없다.

(2) 編纂年代

『鷄林類事』의 編纂年代에 대해 『鷄林類事研究』의 편찬자 方鍾鉉 씨가 考證한 것이 매우 상세하다. 그러나 方씨에 앞서 일본인 학자 前間恭作이 『鷄林類事麗言攷』 서문 중에 "이미 孫穆의 『鷄林類事』는 12세기 초이래 편찬한 것이라고 말했는데, 별로 정확치 않은 高麗語에 의거해서 베낀 것이 사실이 아닌 것 같다."고 말하였는데, 前間이 이른바 '12세기초 이래'라고 언급한 것이 무엇에 依據했는지 알 수는 없으나 실제연대와 매우 비슷하다.

方鍾鉉은 『鷄林類事』 '記事部' 중에 '貨幣' 부분을 고증하면서 『鷄林類事』 편찬연대에 대해서 일찍이 다음과 같이 論定하였다.

> "肅宗 8년 癸未(1093)[26]로부터 毅宗 17년 癸未(1153)[27] 以內에서, 이 鷄林類事가 編纂된 것이라고 해도 大過는 없을 것이리라 생각되는 바이다."(「鷄林類事研究」 p.30 참조)
>
> "孫穆이가 鷄林類事의 高麗方言을 記寫한 것은, 高麗 肅宗 8년 直後의 일일 것이라고 推定하는 것이 그 順序인 듯하다."(「鷄林類事研究」

있는데 "崇寧鷄林志 書目鷄林志二十卷 崇寧中吳拭使高麗撰. 載往回事跡及一時詔誥. 又三十卷, 王雲撰, 其類有八. 自高麗事類至解凍備檢. 雲從拭使高麗"(숭녕계림지 서목 계림지 20권 숭녕중 오식이 고려의 사신으로 다녀간 뒤에 편찬한 책이다. 왕복한 사실 유적과 당시 임금이 말한 것들이 실려 있다. 또한 30권 왕운이 편찬한 것인데 그 분류는 8가지이다. 고려사류부터 해동비검에 이르기까지이다. 왕운이 식을 따라 고려에 사신으로 온 것이다.(왕응린이 편찬한 『옥해』 권16 제14역) 불란서 학자 구랑(Courant)이 소장한 『계림지』 1권이 있음.(참조, 한국국회도서관 한국고서종합목록 p.40) 그러나 오늘날 이 책을 볼 수가 없어서 어떤 사람의 저작인지 알 수가 없다. 『계림지』에 관해 창피득(昌彼得)은 "…蓋卽王雲所撰. 宋志載王氏鷄林志三十卷, 又別吳拭鷄林志二十卷, 當卽一書而重出."(아마도 왕운이 지은 것 같다고 이야기했다. 『송지(宋志)』에 왕운 계림지 30권이 실려 있는데 또한 오식의 계림지 20권이 나오는 것은 당연히 한 책이 거듭나온 것으로 보인다.)(『설부고(說郛考)』 p.95)

26) 肅宗 8년 癸未(1093년)는 서기 1103년의 誤記이다.

27) 毅宗 17년 癸未(1153년)는 서기 1163년의 誤記이다.

p.30 참조)

그것의 유일한 증거는 곧『鷄林類事』중에 기재되어 있는데,

"…小一升有六合, 爲一刀. 以升爲刀以稗未定物之價, 而貿易之, 其他皆視此爲價之高下. 若其數多, 則以銀餠, 每重一斤, 工人製造用銀十二兩半, 入銅二兩半, 作一斤, 以銅當工匠之直. 癸未年倣本朝鑄錢交易, 以海東重寶, 三韓通寶爲記."(작은 한 되와 여섯홉은 한 되가 된다. 升을 되라고 했다. 핍쌀로써 물건의 값을 정해서 물건을 사고 팔았다. 기타는 모두 이것으로 값의 고하를 정하였다. 만약 그 수가 많으면 곧 銀甁으로써 했는데 매 중량이 1근인데 공인이 제조할 때에 은 12냥반과 동 2냥반을 넣어서 만들어 1근을 만들었다. 동에 해당하는 양은 공장 장인의 몫이었다. 계미년에 송나라의 돈을 모방해서 주조하여 교역하였는데 海東重寶, 三韓通寶라고 기재되어 있다.)(涵芬樓校印『明鈔 說郛』本[28])

이 글로써 癸未年은 孫穆이 高麗에 온 연대의 차이가 많이 나지 않음을 알 수 있다. 方씨가 編纂年代를 考證한 후에 더욱 나은 연구를 한 사람이 곧 高柄翊씨이다. 高씨는 方씨가 말한 肅宗 8년 癸未부터 의종 17년 癸未年 내에 편찬된 것이라고 한 것에 대해서 다음과 같이 지적했다.

"…鷄林類事 緖言 중 '癸未年'은 肅宗 8년(1103) 또는 毅宗 17년癸未(1153)라고 본다면, '肅宗 8년 癸未로부터 毅宗 17년 癸未 이내에 鷄林類事가 編纂된 것이라고 해도 大過는 없을 것이리라 생각되는 바이다.'고 推斷한 것은 잘못이고, 오히려 肅宗 8년 以後 어느 시기 또는 毅宗 17년 以後 어느 시기 중에 편찬된 것이라고 해야 할 것이다."(「鷄林類事의 編纂年代」, 歷史學報 제10집 p.117 참견)

高씨의 지적은 方씨의 견해에 대해서 실로 잘못 해석한 것이라고

---

28) 원본상에 誤字가 있음을 참조.(제2장 一. 기사부 1. 각전본지대조).

한 것은 아마도 方씨의 『鷄林類事硏究』 전문을 보지 못한 까닭일 것이다. 方씨가 鷄林類事 編纂年代를 考證한 것은 일찍이 여러 차례 언급하여 肅宗 때 일이라 하고, 일찍이 이르기를,

> "이 '癸未' 곧 孫穆이 生存 中에 두 번째 오지 않은 그 當時임을 말해주는 것이라고 보여진다."(「鷄林類事硏究」 pp.29~30 참조)

라고 하였다. 그러나 高씨는 宋末에 王應麟이 편찬한 『玉海』[29] 卷16 地理篇 異域圖書條 중에 "書目… 雞林類事三卷 崇寧初 孫穆撰 敘土風朝制方言 附口宣[30] 刻石 等 文"을 인용하여 고증한 뒤에 다음과 같이 結論을 하였는데,

> "…그러니 '癸未年'이라고 한 것은 肅宗8年 癸未를 指稱하는 것임은 거의 確實하다고 생각된다. 그렇다면 '崇寧初'에 著作되었다는 雞林類事는 崇寧年間(1102~1106)의 初期(1102~1104) 中에서도 肅宗8年(崇寧3年 1103) 癸未以後에 되었을 것이니, 結局 그 編纂年代는 肅宗8~9년

---

29) 『玉海』 : 송나라 왕응린(王應麟)(1223~1296년) 편찬. 모두 200권 부록 詞學指南 四卷 21부분으로 분류 240여 종류 그 부문은 다음과 같다. 天文, 律歷, 地理, 帝學, 聖文, 藝文, 詔令, 禮儀, 車服, 器用, 郊祀, 音樂, 學校, 選擧, 官制, 兵制, 朝貢, 宮室, 食貨, 兵捷, 祥瑞. 부록에 목록은 『詩考』 6권, 『漢書藝文志考證』 10권, 『通鑑地理通釋』14권, 『漢制考』 4권, 『急就篇』 4권, 『姓氏急就』 2권, 『踐祚篇』, 『周書王會』, 『主役鄭康成注』 각1권, 『小學紺珠』 10권, 『六經天文篇』 2권, 『通鑑答問』 5권 등

30) 趙士煒 編輯 『中興館閣書目輯考』 중 '口宣'의 '口'자가 빠진 것에 대해서, 고병익씨는 '勅'자가 빠진 것으로 여기고 번거로운 예를 들었다. '宣勅'의 전도로 고증하면 이것은 완전히 도로(徒勞)였다. 왜냐하면 『玉海』 중 기록에 분명히 '口宣'이고, 그러므로 『中興館閣書目輯考』 중에 '口'자가 빠진 것은 곧 글자를 나열하는 배자(排字)상의 오탈일 뿐이다. 고씨가 '口宣'에 대해서 이르기를 "임금이 구두로 하면하는 선지(宣旨)이다."(『鷄林類事之編纂年代』 p.122 주17 참견) 마땅히 "구두로 천자의 명을 전한 것"이라고 해야 한다. 명나라 徐師曾이 편찬한 『文體明辯』이란 책에 이르기를 "'구선'이라고 하는 것은 임금이 신하에게 내리는 말이다. 옛날에 천자가 그 신하에게 명이 있을 때 곧 사자로 하여금 전하는 말이니 만약 춘추내외전에 실려 있는 임금의 말이요, 송나라 사람이 비로소 이르기를 모시는 예가 더욱 융숭해서 신하들의 편찬이 더욱 번거로웠다. 대개 임금의 말인 유고의 변체이다. 오늘날 지금 몇 수를 채택하면 한체를 갖추어 이룬다. 이밖에 『고려도경』 중에 구선이라는 말이 있고 곧 이르기를 "遣拱衛大夫, 相州觀察使直睿思殿關弼, 口宣詔旨, 錫宴于明州之聽事.(14일 병인에 공위대부상주관찰사직예사전 관철을 파견하여 구선으로 임금의 명을 내리니 명주의 청사에서 연회를 베풀었다."(권34 해도(海道)1 초보산(招寶山))

(崇寧 2~3년, 西紀 1103~1104)의 兩年間의 어느 時期라고 推定되는 바이다."(前書, pp.120~121)

高씨는 王應麟의 『玉海』 중에서 상술한 자료를 『鷄林類事』 편찬 연대의 고증상 실로 중요한 진전을 발견했다. 필자는 方씨와 高씨 두 사람의 연구업적을 참고하여 더욱 나아가 확실한 연대를 밝혔다. 일찍이 『鷄林類事』에서 편찬연대와 관계있는 한 구절을 발견하였으니, 곧 "그 나라 軍民이 國官을 만나면 매우 공손하여 평상시 胡跪해서 앉았다.…" 이 가운데 胡跪(호궤)[31]라는 말로 편찬연대의 범위를 더욱 축소할 수 있다. 『高麗史』 중에 恭讓王 元年에 "司憲府에서 胡跪를 금지하는 榜을 걸었는데, 서서 구부려 예를 하도록 하였다."(권85 형법2 금령 제22엽) 이 구절로 그것이 高麗 恭讓王 元年(1389년) 이전의 기록임을 알 수 있다.

『鷄林類事』에 "…若其數多, 則以銀餠, 每重一斤, 工人製造, 用銀十二兩半, 入銅二兩半, 作一斤, 以銅當工匠之直. 癸未年倣朝鑄錢交易, 以海東重寶, 三韓通寶爲記."(또한 만약 그 수가 많으면 銀餠으로써 했는데 매 중량은 한 근으로 工人이 제조할 때 은12냥만을 쓰고 동 2냥반을 넣어서 한 근을 만들었다. 동에 해당하는 것은 장인의 몫이었다. 계미년에 송나라를 모방해서 돈을 주조하여 교역하고 해동중보, 삼한통보라고 기록하였다.)(張校本)라고 하였는데, 이 글귀 중에 '癸未年'은 편찬연대를 고증하는데 실로 중요한 증거가 된다. 다시 『高麗史』로써 고증하면,

"成宗十五年四月始用鐵錢."(성종 15년 4월 비로소 철전을 만들었다.)(『高麗史』 권79 食貨 화폐조)

"成宗丙申十五年夏四月辛未鑄鐵錢."(성종 병신 15년 여름 4월 신미에 철전을 주조하다.)(前書 권3)

31) 胡跪 : 호인들이 무릎을 꿇고 앉는 법이다. 慧琳이 편찬한 『一切經音義』에 이르기를 胡跪는 오른쪽 무릎을 땅에 꿇고 왼쪽 무릎은 세워 앉는 것이다.

이 양 구절로부터 위에 인용된 '癸未年'이 곧 成宗 15년(宋 太宗 至道 2년, 996年) 이후의 기록임을 알 수 있다. 肅宗時 또한 비교적 상세한 기록이 있는데 열거하면 다음과 같다.

"肅宗二年十二月敎曰, 自昔我邦, 風俗朴略, 迄于文宗, 文物禮樂於斯爲盛. 朕承先王之業, 將欲興民間大利, 其立鑄錢官, 使百姓通用."(숙종 2년 12월 敎旨를 내려 옛날부터 우리나라의 풍속이 소박하여 문종에 이르기까지 문물예약이 번성하였다. 짐이 先王의 업을 이어서 백성과 더불어 큰 이익을 일으키고 鑄錢官을 세워서 백성들로 하여금 통용하게 한다.)(권79 食貨 貨幣條)

"肅宗 六年四月鑄錢都監奏: 國人始知用錢之利, 以爲便, 乞告于宗廟. 是年亦用銀瓶爲貨, 其制以銀一斤爲之, 像本國地形, 俗名闊口. 六月詔曰: 金錢, 天地之精, 國家之寶也. 近來奸民和銅盜鑄, 自今用銀瓶, 皆標印以爲永式, 違者重論."(숙종 6년 4월 鑄錢都監이 상주하기를 백성들이 비로소 돈을 쓰는 편리함을 알게 되었고 편하게 여기기에 宗廟에 고하였다. 이해에 또한 은병을 화폐로 사용했는데 그 제도는 은 1근으로써 하고 본국의 지도모양으로 만들어서 속칭 闊口라고 하였다. 6월 조칙을 내려 금전은 천지의 정수이니 국가의 보배라고 하였다. 근래 간사한 백성이 구리를 넣어 돈을 주조해서 오늘날 은병을 사용함에 모두 도장을 찍어 영원히 표식을 해서 위배자는 중벌에 처하였다.)(권79 식화 화폐조)

"(肅宗) 七年十二月制: 富民利國, 莫重錢貨. 西北兩朝, 行之已久. 吾東方獨未之行. 今始制鼓鑄之法, 其以所鑄錢一萬五千貫, 分賜宰樞文武兩班軍人, 以爲權輿. 錢文曰『海東通寶』. 且以始用錢告于太廟. 仍置京城左右酒務, 又於街衢兩傍, 勿論尊卑, 各置店鋪, 以興使錢之利."(숙종 7년 12월에 만들어 백성을 부유하게 하고 나라를 이롭게 해서 화폐를 귀중히 하였다. 서북양조에서는 이미 행한지 오래였다. 우리 동방에서는 유독 행치 못하고 있었으나, 이제 돈을 만드는 법을 비로소 제정해서 일만오천관의 돈을 만들어 문무양반의 군인들에게 나누어 내림으로써 권위를 세웠다. 돈에 새긴 글에 해동통보라 하고, 또한 비로소 돈을 사용하는 것을 돌아가신 임금의 사당에 고하였다. 도성 좌우에 주막을 설치하고 또한 거리 양변에 높은 사람과 낮은 사람을 막론하고 각각 점포를 설

치하고 돈의 이익을 일으키게 하였다.)(권 79 식화 화폐조)

『高麗史』 중에 肅宗 6년 銀瓶의 사용 및 肅宗 7년 「海東通寶」를 처음 주조 한 것과 『鷄林類事』에 기록된 것이 서로 일치한다. 또한 成宗 15년 이후에서 恭讓王 元年 이전 기간까지 '癸未年'을 살펴볼 때, 肅宗 8년이 곧 『鷄林類事』의 編纂이 반드시 이 해에 이루어지고, 이후 수년 내에 發刊되었음을 알 수 있다.

그러나 『高麗史』 중에 "始鑄海東通寶"(해동통보를 비로소 만들었다)는 기록은 肅宗 7년 12월이므로, 肅宗 7년은 즉 '壬午年'이어서 『鷄林類事』에 기록한 '癸未年'과 1년의 차이가 있다.

이는 혹 '壬午年' 12월이므로 돈을 비로소 만든 것이 癸未年 초에 이르러서 비로소 통용되었으니, 그 기간이 또한 한 달의 차이가 있을 뿐이다.

이밖에 宣和 6年 宋나라 徐兢[32])이 편찬한 『宣和奉使高麗圖經』 중에 다음과 같은 기록이 있다.

"臣(徐兢)嘗觀崇寧中王雲所撰雞林志, 始疏其說, 而未圖其形. 比者使行取以稽考, 爲補已多.…"(신(서긍)이 일찍이 숭녕 중에 왕운이 편찬한 계림지를 보았는데 비로소 그 말만 듣고 그 도형은 그리지 않았다. 근래에 사신이 취한 것으로서 고증하여 보충한 것이 많다.)(前書, 서문)

"高麗故事, 每人使至, 則聚爲大市, 羅列百貨, 丹漆繒帛, 皆務華好, 而金銀器用, 悉王府之物, 及時鋪陳, 蓋非其俗然也. 崇寧大觀使者猶及見之, 今則不然. 蓋其俗無居肆, 惟以日中爲墟, 男女老幼官吏工伎各以其所有, 用以交易, 無泉貨之法. 惟紵布銀瓶, 以準其直."(고려의 故事에, 매번 사신이 이르면 곧 큰 저자를 이루어 백화를 나열하고, 붉은 옻칠 비단 모

32) 徐兢 : 『中國人名大辭典』에 이르기를 "송나라 서임(徐林)의 아우 자는 명숙(明叔). 어려서 영민하여 뛰어나고 18세에 태학에 들어갔다. 산수화 신물(神物, 귀신)을 잘 그렸다. 더욱이 전서(篆書)와 고주(古籀)에 뛰어났다. 蔭敍로 관리가 되었다. 옹구원 무두현의 벼슬을 지냈고 백성들이 그 지도에 잘 따르다. 선화(宣和)중에 고려의 사신으로 가서 『高麗圖經』을 편찬해 바치었다. 휘종이 기뻐하여 불러서 벼슬을 내리었다. 누차 높은 벼슬에 올랐다. 겸하여 장서학을 지내었다.(前項註 參朝11)

두 호화롭고, 금은 그릇을 쓰며, 王府의 물건이 모두 그때에 진열되어 있었다. 대부분이 속되지 않았다. 숭녕의 사신들로 미루어 보니 오늘날은 그렇지 않았다. 모두 그 풍속이 고정된 상점이 없고 한낮이 되면 빈 터만 있고 남녀노소 관리와 공장 기술인들이 각기 그 소유한 것으로써 교역을 하고 화폐를 사용하는 법이 없었다. 오직 모시와 은병으로써 그 가치를 기준하였다.)(전서 권3 무역)

"…崇寧間從臣劉逵吳拭等奉使至彼, 値七夕…"(숭녕간에 신 劉逵와 吳拭 등을 따라 사신으로 오니 칠월칠석날이었다.)(전서 권20 賤使)

또한 晁公武가 편찬한 『郡齋讀書志』33)에 이르기를,

"鷄林志三十卷先謙案袁本入地理類. 右皇先謙案舊鈔床朝崇甯中王雲編次. 崇甯中劉逵吳拭使高麗案拭字原本誤作城, 舊鈔本作成, 袁本通考作拭, 今據書錄解題改定. 先謙案舊鈔訛城, 雲爲書記官, 旣歸, 攟輯其會見之禮. 聘問之辭類分爲八門. 先謙案袁本無崇寧中王雲編次七字. 麗下有王字."(鷄林志 30권은 송나라 숭녕 중 왕운이 편찬한 것이다. 숭녕 중 육규, 오식이 고려의 사신으로 가서 왕운이 서기관이 되어 돌아와 만나는 예를 진행하였다. 초빙하여 묻는 글을 분류하면 8부분이었다.)(卷 第7 僞史類)

또한『高麗史』에 이르기를,

"肅宗 癸未 八年…夏…六月… 壬子宋遣國信使戶部侍郎劉逵, 給事中吳拭來, 賜王衣帶, 匹段・金玉器・弓矢・鞍馬等物. 甲寅, 王迎詔于會慶殿. 詔曰: 卿世紹王封, 地分日域. 奏函屢達, 常懷存闕之心, 貢篚荐豐, 遠效旅

33)『郡齋讀書志』: 송나라 晁公武(1143년 전후 생존) 편찬 총4권, 後志 2권, 考異 1권, 附志 2권. 考異 附志는 趙希弁이 편찬하였다. 처음에는 남양 井憲孟 사천으로 옮겨 집안에 장서가 많았고 모두 공무(公武)에게 기증하였다. 공무는 곧 직접 교정을 하여 그 대략을 풀이하고 이 책을 만들었다. 지금 영주(榮州)를 지켜 고로『郡齋讀書志』라고 칭하였다. 기록한 바가 모두 남쪽으로 옮겨가서 남겨놓았다. 附志는 곧 경원(慶元)이후에 지른 것이며, 아울러 경사자집 부분을 아울러서 각기 해제를 붙인 것은 장서가에 의거한 것이다. 각부에 앞에 서문은 각 책의 권수 편찬인의 이름 및 그 대략을 적었다. 판각본에 원주본(袁州本)과 구주본(衢州本) 2종이 있다.

庭之實. 載嘉亮節, 特致隆恩. 輟侍從之近臣, 將匪頒之異數, 事雖用舊, 禮是倍常, 宜承眷遇之私, 益懋忠勤之報. 幷遣醫官牟介, 呂昞·陳爾猷·范之才等四人來, 從表請也."(숙종 계미 8년…여름…6월… 壬子일 송나라에서 國信使로 戶部侍郞 劉逵와 給事中 吳拭을 보내 왕에게 의복과 포백, 금과 옥으로 만든 그릇, 활과 화살, 안장 갖춘 말 등의 물품을 하사했다. 갑인일. 왕이 會慶殿에서 宋나라 皇帝의 詔書를 받았는데, 조서의 내용은 다음과 같았다. '경은 대대로 이어온 왕위를 물려받아 동쪽의 영토를 통치하고 있으면서 늘 황제에게 문안 올리려는 생각으로 자주 표문을 올렸으며 멀리서 사신을 보내는 정성을 다해 거듭 풍성한 공물을 바쳐 왔다. 짐은 그 아름다운 충절을 가상히 여겨, 특별히 융숭한 은총을 내리고자 짐을 侍從하는 측근의 신하를 선발해 각별한 예우를 경에게 전달하게 조치했다. 이 일은 전례를 따른 것이기는 하나, 보통의 배가 넘는 예우이니 경을 각별히 대접하는 내 뜻을 받들어 더욱 충성을 다해 보답하도록 힘쓸지어다.' 아울러 醫官 牟介·呂昞·陳爾猷·范之才 등 네 명을 보내왔는데, 이는 왕이 그 전에 올린 표문에서 부탁한 일을 들어준 것이다.)(卷12)

"(肅宗) 癸未八年 … 秋七月辛卯 宋國信使劉逵等還, 王附表以謝, 兼告改名. 宋醫官牟介等館于興盛宮, 敎訓醫生."(숙종 계미 8년 추 7월 신묘일에 송나라 사신 유규 등 환국하다. 왕이 글로 사례하고 아울러 이름을 고쳐 고했다. 宋나라 醫官 牟介 등을 흥성궁에 머물게 하며 醫生을 가르치게 하였다.)(卷12)

또『宋史』列傳에 이르기를,

"崇寧二年詔戶部侍郞劉逵, 給事中吳拭往使."(숭녕 2년 호부시랑 유규 급사중 오식 사신으로 가다.)(卷487 列傳 제246 高麗)

위에 인용한 여러 문헌 가운데 '崇寧中', '崇寧', '崇寧間…値七夕', '肅宗 癸未八年 六月', '崇寧二年' 등 구절과 王應麟撰『玉海』에 인용된 "書目…鷄林類事 三卷 崇寧初 孫穆撰 …" 등으로 종합하여 볼

때 孫穆이 肅宗 8년(숭녕 2년) 6월 劉逵, 吳拭, 王雲 등 사신 일행과 고려에 온 것을 알 수 있다.

소위 崇寧年間은 곧 高麗 肅宗 7년(1102년) 睿宗 1년(1106년) 사이에 이르는 기간이며, 전후 불과 5년이다. 고려 肅宗 7, 8 양년은 곧 『中興館閣書目』 가운데 "…鷄林類事三卷, 崇寧初 孫穆撰"의 '崇寧初'에 해당한다. 그러나 肅宗 7년 곧 壬午年은 그것과 『鷄林類事』 기사부 부분 중에 "以銅當工匠之直. 癸未年倣朝鑄錢交易, 以海東重寶, 三韓通寶爲記."(구리는 장인의 몫이라고 하고 계미년에 송나라의 주전을 모방하여 교역하고 해동중보 삼한통보로서 기재했다)고 하는 癸未年은 干支상 결코 합일되지 않는다. 또한 崇寧年間 5년 중에 癸未年을 제외하면 『高麗史』 및 『宋史』 등 문헌 중에 실로 宋나라 使臣이 고려에 파견된 기록이 없다. 여기에 崇寧 年間 5년 중에 宋나라 및 기타 외국 사람이 고려에 온 기록을 뽑아 다음과 같이 증명할 수 있다.

"(肅宗)壬午 七年 四月… 甲辰東女眞酋長盈歌遣使來朝. 盈歌卽金之穆宗也."(숙종 임오 7년… 4월… 갑진일에 동여진 추장 盈歌 사신으로 고려에 파견됨. 영가는 곧 금나라의 목종이다.)(『高麗史』 卷11, 第34葉)

"(同)七年…六月…戊戌宋商黃朱等五十二人來."(동7년 …6월… 무술일에 송나라 상인 黃朱 등 52인 오다.)(『高麗史』 同卷 同葉)

"(同)七年…閏月甲寅朔宋商徐脩等三人來."(동7년 …윤달 갑인일에 그믐 宋나라 상인 徐脩 등 3인이 오다.)(前書 同卷 第35葉)

"(同)七年…(閏月) 丙子 宋商朱保等四十餘人來."(동7년 …윤달 병자일에 송나라 상인 朱保 등 40여 인이 오다.)(前書 同卷 同葉)

"(同)七年…九月…癸卯 宋商林白徇等二十人來."(동7년…9월… 계묘일에… 송나라 상인 林白徇 등 20인 오다.)(前書 同卷 第36葉~37葉)

"(同)七年…十月…癸巳 東女眞霜昆等三十人來獻馬."(동7년 …10월… 계사일에… 동여진의 霜昆 등 30인이 와서 말을 헌납하다.)(前書 同卷 第37葉)

"(同)七年…十月…丁未 東女眞盈歌遣使請銀器匠 許之."(동7년 …10

월…정미일에…동여진의 盈歌가 사신을 파견하여 은그릇 장인을 청하여 오니 이를 허락하다.)(前書 同卷 第38葉)

"(同)七年…十二月 壬子 遼遣橫宣使歸州管內觀察使蕭軻來. 癸丑又遣中書舍人孟初來賀生辰."(동7년 …12월 임자일에 요동 횡선 사신이 귀주관내 관찰사 蕭軻가 오다. 또 계축년에 중서사인 孟初 파견해 와서 생신을 축하하다.)(前書 同卷 第38葉)

"(同)七年…十二月 壬申 東女眞酋長古羅骨等三十人來獻馬."(동7년 …12월 임신일에 동여진 추장 古羅骨 등 30인이 와서 말을 헌납하다.)(前書 동 38엽)

"(肅宗) 癸未八年春丁月…己丑東女眞高羅骨等三十人來朝."(숙종 계미 8년 춘정월 기축일에 동여진 高羅骨 등 30인이 오다.)(前書 卷12 第1葉)

"(同)八年正月…辛卯西女眞芒閒等二十四人來朝."(동8년 정월…신묘일에 서여진 芒閒 등 24인이 오다.)(前書 同卷 同葉)

"(同)八年二月丙辰東女眞將軍豆門小等三十人來獻土物. 東女眞將軍高夫老等三十人來獻馬."(동8년 2월 병진일에 동여진장군 豆門小 등 30인이 와서 토산물을 헌납하고, 동여진장군 고부로 등 30인이 와서 말을 헌납하다."(前書 同卷 同葉)

"(同)八年二月 己巳 宋明州敎練使張宗閔許從等與綱首楊炤等三十八人來朝. 東女眞豆門恢八等九十人來朝."(동8년 2월 기사일에 송나라 명주교련사 張宗閔, 許從 등과 綱首 楊炤 등 38인이 오다. 동여진 豆門恢八 등 90인이 오다.)(前書 同卷 同葉)

"(同)八年六月…壬子宋遣國信使戶部侍郎劉逵, 給事中吳拭來賜王衣帶·匹段·金玉器·弓矢·鞍馬等物."(동8년 6월… 임자일에 송나라에서 國信使로 戶部侍郎 劉逵와 給事中 吳拭을 보내 왕에게 의복과 포백, 금과 옥으로 만든 그릇, 활과 화살, 안장 갖춘 말 등의 물품을 하사했다.)(前書 同權 第2葉)

"(同)八年六月…丙寅遼遣報冊使邊唐英來.…"(동8년 6월… 병인일에 요나라 보책사 邊唐英 오다.)(同權 第2~3葉)

"(同)八年秋七月辛卯 宋國信使劉逵等還, 王附表以謝, 兼告改名. 宋醫官牟介等館于興盛宮, 敎訓醫生."(동8년 추7월 신묘일에 송나라 국신사

劉逵 등 돌아가다. 왕이 글로 사례하고 겸하여 개명을 고하다. 송나라 의관 牟介 등 홍성궁에 머무르며 의생들을 가르치다.)(前書 同卷 第3葉)

"(同)八年七月…乙未東女眞酋長昆豆遣人獻黃毛一萬條."(동8년 7월 을미일에… 동여진 추장 昆豆가 사람을 파견하여 황모(쪽제비털), 만조를 헌납하다.)(前書 同卷 同葉)

"(同)八年七月…甲辰東女眞太師盈歌遣使來朝.…"(동8년 7월 갑진일에…동여진 태사 盈歌 사신을 파견해오다.)(前書 同卷 第3~4葉)

"(同)八年十月…庚申遼東京回禮使禮賓副使高維玉等來."(동8년 10월 경신일에… 요나라 동경 回禮使禮賓副使 高維玉 등이 오다.)(前書 同卷 第4葉)

"(同)八年十一月…丙申東女眞太師盈歌遣古洒率夫阿老等來獻土物."(동8년 11월 병신일에 동여진 태사 盈歌가 古洒(고쇄)를 파견하여 率夫・阿老 등을 보내 토산물을 바쳤다.)(前書 同卷 第5葉)

"(同)八年…十二月戊申遼遣烏興慶來賀生辰."(동8년… 12월 무신일에 요나라에서 烏興慶을 파견하여 생신을 축하하다.)(前書 同卷 第5葉)

"(同)八年…十二月壬申北蕃將軍從昆阿老等四十七人來獻土物."(동8년… 12월 임신일에 북번장군 從昆阿老 등 47인이 와서 토산물을 헌납하다.)(前書 同卷 同葉)

"(肅宗) 甲申九年… 二月戊申宋醫官牟介等還."(숙종 갑신 9년… 2월 무신일에 송나라 의관 牟介 등이 환국하다.)(前書 同卷 同葉)

"(同)九年… 八월…丁巳宋都綱周頌等來獻土物."(동9년… 8월… 정사일에 송나라 도강 周頌 등이 와서 토산물을 헌납하다.)(前書 同卷 第11葉)

"(睿宗) 丙戌元年…秋七月… 癸丑御重光殿西樓, 召投化宋人郎將陳養, 譯語陳高兪坦試閱兵手, 各賜物."(예종 병술 원년… 추7월… 계축일에 중광전 서쪽누각에서 투항한 宋나라 사람 낭장 陳養을 초청하고 陳高, 兪坦이 통역하여 병사들을 열병하고 각각 물건을 하사하다.)(前書 同卷 第25葉)

『高麗史』 중에 '宋使來往'의 기록뿐 아니라, 또한 宋나라 商人이

고려에 온 사실까지도 곧 내왕 연월일로 기록이 매우 소상하다. 이로 추측컨대 곧 '崇寧 年間' 중에 '癸未年'을 제외하고는 宋使가 파견되어 고려에 온 것이 곧 일기처럼 쓴 『高麗史』 중에 절대로 漏落할 리가 없다. 또한 기타 使臣 중에 崇寧 2년(癸未年)을 제외하고는 또한 전혀 宋나라 사신이 高麗에 파견된 기록이 발견되지 않는다.[34] 崇寧年間 중에 宋나라 사신에 대한 기록이 다음과 같다.

"劉逵字公路, 隨州隨縣人. 進士高第, 調越州觀察判官. 入爲太學太常博士, 禮部考功員外郎, 國子司業. 崇寧中, 連擢秘書少監, 太常少卿, 中書舍人, 給事中, 戶部侍郎, 使高麗. 遷尙書. 繇兵部同知樞密院, 拜中書侍郎. … 卒年五十, 贈光祿大夫."(劉逵 字는 公路 수주 수현인. 進士高第 越州觀察判官을 지내고 태학태상박사로 들어가 예부고공원외랑 국자사업을 역임하다. 숭녕중 연탁비서소감, 태상소경, 중서사인, 급사중, 호부시랑으로 고려에 사신으로 오다. 상서로 옮기다. 요병부동지루밀원 중서시랑을 역임하고 오십세에 졸하였다. 광록대부로 추증되다."(『宋史』 권351 열전)

"王雲字子飛, 澤州人. 父獻可, 仕至英州刺史, 知瀘州. 黃庭堅謫於涪, 獻可遇之甚厚, 時人稱之. 雲擧進士, 從使高麗, 撰《雞林志》以進, 擢秘書省校書郎, 出知簡州, 遷陝西轉運副使. 宣和中從童貫宣撫幕, 入爲兵部員外郎, 起居中書舍人.…"(王雲 字는 子飛. 택주 사람. 아버지는 獻可. 영주자사의 벼슬을 하고 지노주를 지내다. 黃庭堅이 涪에 유배되어 獻可와 깊이 사귀었다. 왕운이 진사에 합격하여 고려사신을 따라와서 『鷄林志』를 편찬하여 올리고, 비서성 교서랑에 발탁되고, 지간주로 출사하고 섬서성에 부사로 전임되다. 선화 중에 동관선무막에 따라 병부언해랑이 되고 중서사인을 지내다.)(前書 卷357 列傳)

"…崇寧元年命戶部侍郎劉逵, 給事中吳栻持節往使, 禮物豐腆, 恩綸昭回, 所以加惠麗國, 而褒寵鎭撫之, 以繼神考之志, 益大而隆. 二年五月由明

---

34) 조선 문종 2년(1451년) 金宗瑞가 편찬한 『高麗史節要』 중에 또한 같은 기록이 있는데, 숙종 2년 계미8년 송 숭녕2년 요 건통 3년 하6월 송나라에서 戶部侍郎 劉逵와 給事中 吳拭을 파견해 와서 왕에게 의대, 비단, 금옥기, 궁시, 안마 등 물건을 내리고, 아울러 醫官 牟介 呂昞 陳爾猷 范之材 등 네 사람을 파견하여 임금을 뵙기를 원하였다.(권7 제1엽)

州道梅岑絶洋而往….”(숭녕 원년 호부시랑 유규, 급사중 오식이 황제의 명을 받들어 사신으로 와서 예물이 풍부하여 고려국에 더욱 융성함을 더하였다. 2년 5월 명주로부터 매잠을 거쳐 바다를 건너오다.)(『高麗圖經』 권2 王氏)

위의 기술한 문헌 중에 劉逵 吳拭 王雲 등 모두 崇寧 2年(癸未年)에 高麗에 파견된 宋나라의 使臣이다. 孫穆이 書狀官의 자격으로 숭녕 2년 사신을 따라와서 高麗에 온 사실을 기록한 것은 의문의 여지가 없다. 이 숭녕 2년에 사신이 고려에 온 계절은 곧 6월 夏節이다. 孫穆이 편찬한 『鷄林類事』 기록에,

“夏日羣浴於溪流, 男女無別. 瀕海之人, 潮落舟遠, 則上下水中, 男女皆露形.”(여름날 시냇물에서 모여 목욕을 하는데 남녀구별이 없었다. 바닷가에 사는 사람이 썰물에 배가 멀어지자 상하가 물 가운데 남녀들의 모습이 모두 드러났다.)

는 기록이 있다. 이것은 孫穆이 직접 본 정경이며, 異俗의 풍경으로 여겨 기록해 놓았다. 이밖에 徐兢이 지은 『高麗圖經』 중에 또한 연관되는 기록이 있으니,

“…自元豐　以後, 每朝廷遣使, 皆由明州定海放洋, 絶海而北, 舟行皆乘夏至後南風, 風便, 不過五日, 卽抵岸焉.”(元豐 이후부터 조정에서 사신을 파견할 때마다 모두 명주 정해를 거쳐 바다로 나와서 육지에서 멀리 떨어진 바다에서 북행하는데, 배는 모두 하지가 지난 후에 부는 남풍을 타고 운항하여 바람이 순조로우면 5일 안에 바로 해안에 닿는다.(卷3 封境)

“…每人使至, 正當大暑, 飲食臭惡, 必推其餘與之.…”(매번 사신들이 이를 때에 큰 더위를 당하여 음식이 상해서 냄새가 나고 반드시 그 나머지도 이와 같았다.)(前書 卷21 房子)

이로 말미암아 孫穆이 여름철 중에 高麗에 파견되었음을 알 수 있으니 논쟁의 여지가 없다. 종합해서 말하면 『鷄林類事』의 採錄年代는 곧 肅宗 8年(崇寧 2年 癸未, 西紀 1103年) 6月 壬子, 곧 5일(陽曆 7월 10일)에서 同年 7월 辛卯 곧 14일(양력 8월 18일) 사이이다.[35)]

『鷄林類事』 중에 記事部分은 還國한 뒤에 기록이 가능하지만 譯語部分의 기록은 還國 후에 기록이 절대로 불가능한 일이다. 그러므로 역어부분은 상기 위의 기간 중에 채록되어 완성되었을 것이다.

(3) 編纂者

『鷄林類事』 각 傳本 중에 編纂者의 記錄을 分類하면 다음과 같다.

1) 朝名, 撰者名, 職名을 記錄한 板本

「涵芬樓校印 明鈔 說郛本」, 「香港大學 圖書館 明鈔 說郛本」, 「中華民國 中央圖書館 明鈔 說郛本」.

2) 朝名, 撰者名을 記錄한 板本

「日本 京都大學圖書館 近衛文庫 說郛本」, 「日本 京都人文科學研究所 宛委山堂藏板 說郛本」, 「五朝小說本」[36)], 「五朝小說大觀本」, 「順治板 說郛本」, 「朝鮮 烏絲欄 鈔本」.

---

35) 國民出版社 간행 『兩千年中西曆對照表』(民國47年 1月 臺灣刊)에 의거하여서 계산한 것이다.

36) 필자가 수집한 3종의 「五朝小說本」 『鷄林類事』는 다음과 같다.
中央研究院 所藏 「心遠堂藏板本」, 日本 內閣文庫本의 하나(內閣文庫 漢籍分流 목록에 이르기를 16冊 371函 13號), 內閣文庫의 둘(同目錄에 이르기를 江24冊 371函 6號). 앞의 두 가지는 다만 '宋 孫穆'이라 하고 후자는 '宋 孫穆撰 陶宗儀輯'이라고 기록. 앞의 두 가지는 기사부 가운데 '이(夷)'를 '기(其)'로 고치고, 그러나 후자는 아직도 '이(夷)'를 남겨놓았다.

3) 撰者名만 紀錄한 板本

「中華民國 古宮博物院 四庫全書 說郛本」, 「雍正版 古今圖書集成 理學彙編本」, 「光緖版 古今圖書集成 理學彙編本」.

4) 撰者名이 없는 板本

「古今圖書集成(雍正版, 光緖版) 方輿彙編本」, 「海東繹史本」(鈔本, 排印本)

이상 각 傳本으로 볼 때 『鷄林類事』의 編纂者는 宋代의 孫穆인 것이 의심의 여지가 없다. 編纂者 孫穆과 관계있는 기록이 있어 證明할 수 있는 것이 다음과 같다.

> "書目 …鷄林類事 三卷 崇寧初 孫穆撰…"(王應麟『玉海』卷16 第14葉).

『玉海』에 실린 것은 원래 『中興館閣書目』에서 나온 것인데('書目'은 中興館閣書目의 약칭한 것임) 『中興館閣書目』은 이미 망실되었지만, 『玉海』 중에 아직도 900여 조항이 남아있고, 『山堂考索』 중에 약 200여 조항이 남아있고, 『直齋書錄解題』 중에 또한 100여 조항이 남아있다. 이밖에 『困學記聞』, 『漢書藝文志考證』, 『詞學指南』, 『小學紺珠』, 『宋史藝文志』 등 책 가운데 소수가[37] 남아 있어 원본의 면모를 알 수 있다.

『中興館閣書目』 30권에 관해서 『直齋書錄解題』에 다음과 같은 기록이 있다.

> "秘書監臨海陳騤叔進等撰. 淳熙五年上之. 中興以來, 庶事草創, 網羅遺逸, 中秘所藏視前世獨無歉焉, 殆且過之. 大凡著錄四萬四千四百八十六卷,

37) 귀양(貴陽) 조사위(趙士煒)가 편집한 『中興館閣書目輯考』 第1葉(1933년 북평간행)을 참조.

> 蓋亦盛矣. 其間考究疏謬, 亦不免焉."(비서감 臨海, 陳騤, 叔進 등이 편찬하여 순희 5년에 바치다. 중흥이래 서사 초창기의 일들과 유일본을 망라해서 中祕에 소장되어 있는 것을 세상에 알린 것이다. 무릇 수록된 책은 44,486권이며 거의 다 실려 있다. 그간 오류를 고찰 구명했으나 또한 부족함을 면치 못한다." (卷8 目錄類 第10葉)

淳熙 5년 곧 1178년, 『鷄林類事』의 편찬연대는 곧 1103년과 그 거리가 별로 멀지않다. 『中興館閣書目』은 당시 황제 효종이 御覽하기 위하여 곧 비서감 임해, 진규, 숙진 등이 편찬한 서목인데 孫穆이 『鷄林類事』의 편찬자로 되어 있는 것이 거의 틀림이 없다.

孫穆의 일생기록에 대해서 비록 일찍이 有關書籍[38]에 올려져 있었겠으나, 아직까지 상세한 자료를 발견하지 못했다. 다만 위에 기술한 「明鈔 說郛本」에 근거해서 그가 奉使高麗國信書狀官이었음을 알 수 있다.

方鍾鉉씨는 「涵芬樓校印明鈔說郛本」의 기록에 대해서(方氏 약칭 '民國版說郛'라 함) 매우 회의를 가지고 언급하기를,

> "…이것이 「民國版說郛」에만 (奉使高麗國信書狀官의 이름이) 記載되었을 뿐이고, 이보다도 오랜 문헌인 「順治板 說郛」에나, 또는 『古今圖書集成』에 있는 '3권'이란 말도 '奉使高麗國信書狀官'의 9字도 들어있지 않으므로 張氏가 상당히 고증한 근거 밑에서 增註한 것이라 하더라도, 우리는 한 번 이것에 대한 검토가 없을 수 없는 것이다."(「鷄林類事研究」 p.27)

이것으로 볼 때 方鍾鉉씨의 연구에 치밀한 태도를 엿볼 수 있으나, 또한 方씨가 일찍이 「明鈔 說郛本」의 사실을 보지 못했음을 알 수 있다. 두 가지 「明鈔 說郛本」에는 모두 엄연히 '奉使高麗國信書

38) 『中國人名辭典』(臧勵龢 편)과 『歷代人物年里碑傳綜表』(姜亮夫편) 이외에 『宋史列傳』, 『中東部各縣志』, 『孫氏世乘』(淸나라 孫兆熙 등 편집, 건륭 20년 孫際謂補刊 현재 일본 京都大學 인문과학연구소에 소장) 등 모두 조사한 결과 지금까지 발견하지 못하였다.

狀官'에 기록이 있다. 張宗祥씨의 「涵芬樓校印 明鈔 說郛本」은 결코 위에 기술한 두가지 「明鈔 說郛本」을 참고하지 않고, 다만 장씨가 참고한 여섯 종의 明鈔本[39] 중 역시 '奉使高麗國信書狀官'의 기록이 있음을 알 수 있다. 이것에 근거하면 孫穆이 일찍이 '書狀官'[40]의 자격으로서 正副使를 수행해서 高麗에 왕래한 사실이 있음을 확실히 알 수 있다. 書狀官은 곧 사신을 외국에 파견할 때에 수행하는 사람의 임시 관명으로 당시 孫穆의 본래의 관직명은 무엇인지 알 수가 없다.

陳振孫의 『直齋書錄解題』에 이르기를,

> "鷄林類事三卷 不著名氏"(계림유사 3권 저명자의 저작이 아닌, 권7 전기류 제24엽) 또한 昌彼得씨는 말하기를 "…殆其藏本偶脫撰人姓名歟? 孫氏始末未詳. 原書久佚, 四庫未收…"(아마도 그 소장본이 우연히 찬자의 성명을 빠뜨린 것이 아닌가 하였다. 손씨의 생애는 미상이다. 원책이 이미 망실되어 사고전서에 수록되지 못하였다."(「說郛考」, 中國東亞學術硏究計劃年報 (第一期 p.105)

대개 孫穆의 관직이 미천해서 正史에 전하지 않으며, 『鷄林類事』를 제외하고는 기타 저술이 없다. 다만 오늘날 "崇寧初 高麗國信書狀官"의 기록만 있어서 대략 그가 崇寧 전후 50년 때의 사람임을 추측할 수 있다. 『鷄林類事』의 方言부분에서도 역시 孫穆의 생존지

---

39) 六種明鈔本 : 「涵芬樓藏本」(萬曆鈔本과 비슷함), 「京師圖書館殘卷」(隆慶과 萬曆사이에 寫本과 비슷함) 傅沅叔씨의 「雙鑑樓藏本」 3종, 즉 「弘農楊氏本」, 「弘治乙丑本」(1505년), 「叢書堂本」(吳寬 필사본), 「孫詒讓玉海樓藏本」(필사본 미완질) 등.

40) 書狀官 : 여러 사전 중에 이 어휘를 살리지 않았다. 그러나 『高麗圖經』 중에 서장관의 이름이 있다. 節仗條 중에 서장관의 서열이 다음과 같다. 正使→副使→都轄→提轄→法籙道官→碧虛郎→書狀官宣教郎→隨船都巡檢→指使兼巡檢→管勾舟船→語錄指使→醫官→書狀使臣→御仙花帶引接. 이밖에 充代下節, 宣武下節과 中節. 당시 서장관과 서장사신을 여하이 분별했는지는 알기 어렵다. 또 이르기를 "서장관은 都轄提轄의 동쪽에 위치하고, 그 다음에 또한 관리들의 서열에 따라 거처하였다.… 실내의 문발 등의 따위는 都轄 提轄의 위치와 비슷하고, 특히 은을 동으로 바꾸었을 뿐이다."(권27 관사). 이렇게 볼 때 書狀官의 관직의 서열이 都轄 提轄 아래임을 알 수 있다.

를 고찰할 수 없다. 당시 孫穆과 동행한 사신의 본적을 보면 곧 다음과 같이 고찰할 수 있다.

劉逵 - 隨州 隨縣人 湖北省
吳拭 - 甌寧人 福建省
王雲 - 澤州人 山西省

이밖에 宣和 6년(1124년), 『宣和奉使高麗圖經』을 편찬한 徐兢 또한 建州 甌寧人이다. 또한 元豊 元年(1078) 正使로서 고려에 파견된 安燾는 곧 開封人이다. 북송 때 손씨 중 名人들을 살펴보면 그 본적이 다음과 같다.

孫奭－博州 博平人(山東省)
孫僅－菜州 汝陽人(河南省)
孫復－晉州 平陽人(山西省)
孫忭－眉山人(四川省)
孫沔－越州 會稽人(浙江省)
孫甫－許州 陽翟人(河南省)
孫固－鄭州 管城人(河南省)
孫洙－廣陵人(江蘇省)
孫鼛－錢塘人(浙江省)
孫覿－武進人(江蘇省)41)

문헌상 비록 손목과 상기 여러 孫氏의 유관기록이 없으나, 다만 宋代에는 씨족 계통이 확고한 시절이므로 孫穆이 상기 여러 孫氏와 유관할 것이다. 그들 대부분이 中東部(河南, 江蘇, 浙江) 사람들이다. 또한 당시 황하 이북은 金나라와 宋나라가 대치하고 있었는데, 孫穆은 中東部 사람일 가능성이 크다.

오직 譯語부분의 내용을 참고할 때에 孫穆의 私生活面을 추측할

41) 姜亮夫가 편찬한 『歷代人物年里碑傳綜表』를 참조(중화서국 간행)

수 있다. 譯語부분으로부터 보면 '白米曰 漢菩薩', '粟曰 田菩薩', '綾曰 菩薩' 등 어휘에 관해서 나타난 바를 볼 수 있다. 세 '보살' 중에 마지막에 '綾曰 菩薩'은 뒤에 잘못 베껴 쓴 것이다.(註解部 參照) 앞에 두 가지 '菩薩'은 확실히 孫穆의 본래 기록이다. 가령 孫穆이 佛教信者였다면 절대로 곡식의 명칭으로 '菩薩'[42]을 쓰지 않았을 것이다. 만약에 당시 보살에 해당되는 漢字가 없었다면 부득이 사용했겠지만, 그러나 '菩薩'의 同音의 글자가 매우 많으니 예를 들면 '菩' 同音字를 들면 다음과 같다.

酺, 匍, 蜅, 莆, 樸, 蒱, 蒲, 捕(『廣韻』 上平 第11模)
蒲, 苻, 捕, 蒱, 箁, 莆, 酺, 匍, 蜅, 趙, 艄, 柿, 樸, 簠, 鮒, 䳝[43](『集韻』 平聲2 第11模)

'薩'字와 同音字는 다음과 같다.

蘧, 撥, 槃, 喢, 籔, 攃, 薆, 䊨(『廣韻』 入聲 第12曷)
躃, 殺, 䊨, 籔, 槃, 撥, 縩, 姍, 譈, 泧, 槃, 颫, 喢, 粣, 菝, 珊, 䕱[44](『集韻』 入聲 第12曷)

이로 볼 때 '菩薩'을 제외하고도 사용할 수 있는 기타 글자로 써도 되는데 孫穆이 '菩薩'을 가지고 쓴 것은 무슨 까닭일까? 徐兢이 지은 『宣和奉使高麗圖經』 중에 海路의 평안을 비는 기록이 있는데, 寺刹 중에서 부처님에게 佛齋를 올린 것이 적지 않다. 孫穆 일행이

42) 菩薩 : 梵語 Bodhisattva의 번역. 菩提薩垂의 약칭. 南宋 法雲(1088～1158)이 편찬한 『飜譯名義集』에 이르기를 "菩薩, 본래 菩提薩埵라고 이른다." 『大論釋』에 이르기를 "菩提(보리)는 佛道이다. 薩埵는 중생을 이룩하는 것이다. 『天台解』에 이르기를 "여러 불도를 써서 중생을 이룩하는 것이다. 그러므로 이름하였다. 그 두 자를 생략하여 곧 菩薩이라고 이른다. 경송 중에는 혹 '布薩'이라고도 했다."

43) 『集韻』에 이르기를 "箁或作菩"(箁 또는 菩)라고 곧 『集韻』에 다만 '竹'부의 '箁'를 싣고 '艸'부에 '菩'는 싣지 않았다.

44) 『廣韻』과 『集韻』의 '薩'은 곧 '薩'로써 쓰고, 다만 기타 字典상에는 이와 같은 字가 없다. 『康熙字典』에 다만 '艸'부 13획 중에 '薩'자가 실렸으나 『中文大辭典』과 『大漢和辭典』상에는 '艸'부 14획 중에 이 글자를 실렸다.

高麗를 왕래할 때에도 또한 여러 차례 부처에게 齋를 올린 것이 있다. 그러나 위의 '菩薩'의 기재로 볼 때, 孫穆 또한 혹 佛教徒가 아닐 수도 있다.[45)]

또한 孫穆이 술을 좋아했음을 알 수 있다. 譯語 부분 어휘 중 술의 어휘에 대해서 말한 것이 특별히 많다. 예를 들면,

> "酒曰酥孛, 飮酒曰酥孛麻蛇, 凡飮皆曰馬蛇, 暖酒曰蘇孛打里, 凡安排皆曰打里, 勸客飮盡食曰打馬此, 醉曰蘇孛速, 不善飮曰本道安里麻蛇[46)]"(『依涵芬樓校印明鈔本說郛』)

이로써 술을 직접 마시면서 採錄한 것임을 알 수 있다. 孫穆이 만약 술을 좋아하지 않았다면, 採錄한 바와 같이 이처럼 상세한 기록을 하지 않았을 것이다. 아마도 "酒曰酥孛" 외에는 모두 기록하지 않았을 것이다. 이상으로 編纂者 孫穆의 性行에 略述하였는데, 다만 이로써 추측컨대 그 상세함을 알려면 아직도 孫穆의 상세한 자료가

45) 『高麗圖經』 중에서 예를 들면 다음과 같다. "達定海縣, 先期遣中使武功大夫容彭年, 建道場於摠持院, 七晝夜, 仍降御香, 宣祝于顯仁助順淵聖廣德王祠."(정해현에 도달해서 먼저 중사무공대부 용팽년(容彭年)을 보내고 건도장 총지원에서 칠주야를 머물고 어향을 내리고 현인조순연성광덕왕사에서 축원을 하였다. 권34 海道 招寶山) 또한 예를 들면 "西北風勁甚, 使者率三節人, 以小舟, 登岸入梅岑… 麓中有蕭梁所建寶陁院, 殿有靈感觀音, 昔新羅賈人往五臺, 刻其像, 欲載歸其國, 暨出海遇焦, 舟膠不進, 乃還置像於焦. 上院僧宗岳者, 迎奉於殿, 自後海船往來, 必詣祈福, 無不感應,… 崇寧使者聞於朝, 賜寺新額, 歲度緇衣, 而增飾之.舊制, 使者於此請禱, 是夜僧徒焚誦歌唄甚嚴, 而三節官吏兵卒, 莫不虔恪作禮, 至中宵, 星斗煥然, 風幡搖動, 人皆懽躍, 云風已回正南矣."(서북 바람이 매우 세차서 사신이 세 節人을 통솔하고 작은 배로써 해안에 올라 매잠(梅岑)에 입항하였다. 산록 가운데 소량이 건립한 寶陀院이 있는데 大雄殿에는 靈感한 관음이 있다. 옛날 신라의 상인이 五臺를 갈 때 그 관음상을 조각하여 싣고 귀국하고자 하였는데, 바다를 나서자 바다의 암초를 만나 배가 움직이지를 않아서 곧 암초에 관음상을 버려두고 귀국하였다. 이에 寶陀院의 중 宗岳이 관음상을 가져다가 대웅전에서 받들어 모셔 뒤에 바다를 왕래할 때에는 반드시 와서 복을 빌면 감응하지 않음이 없었다. 숭녕의 사신이 조정에 여쭈어 이 절에 새로운 액을 내리고 매해 중의 옷을 건네주니 그 관음상 위에다가 장식을 하였다. 옛 제도에 사신이 이곳에서 기도를 청하면 그날 저녁 중들이 향을 피우고 범패를 염송하는데 매우 엄숙하고 삼절관리병졸이 경건히 예를 다하지 않는 사람이 없었고 밤중에 이르러 북두칠성이 빛나면 바람에 깃발이 요동하고 사람들이 모두 기뻐 뛰며 이르기를 바람이 이미 정남쪽으로 돌아갔다. 권34 海道1 梅岑)

46) 한국어 부분은 각 판본의 기재가 다름이 있어 주해부 191항과 201항에서 207항까지 참조.

발견될 때까지 기다려야 할 것이다.

(4) 編纂形式

1) 卷數

『鷄林類事』는 현재 전하는 판본 중에 「香港大學圖書館 明鈔 說郛本)」과 「涵芬樓校印 明鈔 說郛本」에는 서명 아래 '三卷'의 기록이 있다.

옛날 학자들은 「涵芬樓校印 明鈔 說郛本」 위에 '三卷'의 기재가 있는 것에 異議를 제기하였다. 方鍾鉉씨는 이르기를,

> "… 民國板 說郛의 '三卷'이란 記錄을 두고 이것을 어떻게 解釋할 것인가 한 것인데, 여기에 있어서는 그 '3卷 全部'도 아니고, 또 '第3卷'도 아니다. 만일 억지로 생각한다면, 오히려 高麗方言의 부분과 다른 몇 節의 풍속과 제도에 관한 것을 떼어다 합친 一卷의 모음 책이라고나 보는 것이 옳지 않을까 한다."(「鷄林類事研究」 p.32)

方씨는 또한 이르기를,

> "…張氏가 어떤 근거로, 이 새 記錄인 '三卷'이란 2字를 補增하였는지 우리는 이 2字에 대하여도 해석할 수가 없다. 만일 이 '三卷'의 기록을 살리려고 하면, 이렇게 생각할 수밖에 없으니 그것은 宋 孫穆이 지은 그 당시의 책은 3卷이었는데, 후에 明板 說郛에서 陶氏가 이것을 전부 移載하지 않고, 모아서 만들었기 때문에, 그 후 孫穆 당시의 古本은 전하지 않고, 다만 陶氏說郛만이 남아서, 이것이 「順治板 說郛」와 『古今圖書集成』과 「民國板 說郛」에 인용하게 된데 인함이라고, 생각할 수밖에 없지 않을까?"(前書 p.33)

아마도 方씨는 「民國板 說郛」(곧 涵芬樓校印 明鈔 說郛本)를 제외하고는 기타 자료에 보이지 않으므로 '三卷'의 記載를 의심하여 現傳本과 원본 내용이 不同하였다는 의견을 내놓았다. 金敏洙씨와 方씨의 의견 또한 大同小異하니 그 말에 이르기를 "만약에 현전본 내용만으로 말한다면 응당 '雞林方言' 또는 '高麗方言'이라고만 제목을 붙어야 마땅하다. 이미 '類事'라는 제목이 지어진 것은 곧 현전본에 더욱 그 내용을 갖추고 있어서 의심할 필요가 없다.(「鷄林類事攷」, 『新國語學史』[47], pp.141~142)고 하였다.

그 다음 高柄翊씨는 우선 『玉海』에 실린 "雞林類事三卷崇寧初孫穆撰 叙土風朝制方言 附口宣刻石等文"의 말만 인용하면서, 이 책이 실로 3권에 포함되었음이 확실하다고 말하였다. 그 뒤에,

> "宋·元·明을 거쳐서 順治板 『說郛』에 이르러 혹은 그 이전에 그 내용이 곧 이미 축소되었다. 다만 방언부분은 본래의 모습을 보존하고 있으나 土風部, 朝制部는 다만 일부가 남아 곧 서로 일치되며 그 부록은 곧 전부 망실되었다."(「鷄林類事의 編纂年代」, 歷史學報 제10집, pp.121~122)

高씨는 "宋·元·明을 거쳐 順治板 說郛에 이르기까지 혹 그 이전에 그 내용이 이미 축소되었다."고 말하였다. 이 말은 사람들로 하여금 이해기 어렵게 한다. 아마도 高씨는 說郛板本에 대하여 깊이 이해하지 못하여 오해를 한 것 같다. 다만 高씨가 『玉海』의 異域圖書條 중에서 鷄林類事의 기록에 대한 것을 發見하였으므로 이와 같은 해석이 「涵芬樓校印 明鈔 說郛本」 중 '3권'의 의문을 취하게 되었다. 오직 과거 『鷄林類事』의 연구자들은 모두 兩 明鈔本의 『說郛』를 보지 못하였으므로 그 연구 모두가 중요한 문제를 풀지 못했던 것이다.

「涵芬樓校印 明鈔 說郛本」에 '3권'을 더한 것은 「明鈔 說郛本」에 근거한 것이며, 『玉海』에 의한 것이 아닐 수 있다. 홍콩대학도서관

47) 『新國語學史』 : 고려대학교 교수 김민수 편찬(1964년 12월 일조각 간행)

所藏「明鈔說郛本」에 3권에 대한 기록이 있으므로 이의 증명이 될 수 있다. 이밖에 『宋史 藝文志』, 『直齋書錄解題』, 『文獻通考』, 『靑莊館全書)』, 『五洲衍文長箋散稿』 등 책 가운데 모두 3권의 기록이[48] 있어서 孫穆이 편찬한 『鷄林類事』는 본래 3권이었음을 충분히 알 수 있다. 『說郛』 중에 채록된 각 글은 대부분 단편으로 되어서 몇 권이란 기록이 있는 것은 다만 『鷄林類事』만 그런 것이 아니다. 『鷄林類事』와 더불어 제7권 중에 「牧豎閒談」이란 글은 모두 19행인데, 그러나 書名 밑에 또한 3권이란 기록이 있다. 또한 「夢溪筆談」[49]이란 글은 모두 96행인데 26권이란 기록이 있다. 책이름은 있으나 내용이 없는 것도 있다. 昌彼得씨가 말하기를,

"『類說』은 책에서 매 조항 다만 大要만을 추려서 채록된 것이므로

---

48) 『宋史』 : 卷204, 「藝文志」 제157, 藝文三第 19葉에 이르기를 "孫穆鷄林類事三卷"이라 하였다. 『直齋書錄解題』 권7, 傳記類 제24葉에 이르기를 "鷄林類事三卷 不著名氏"라 하였다. 『文獻通考』에 이르기를 "鷄林類事三卷 陳氏曰 不著名氏"라 함.(권199 史傳記經籍考 26). 『靑莊館全書』 권60 盎葉記 권7 華印記東事條에 이르기를 "…文獻通考 馬端臨 撰 載鷄林類事 三卷 陳氏曰不知姓名. 玉海 王應麟撰 載鷄林志 二十卷… 鷄林類事 三卷 崇寧初 孫穆撰 叙土風 朝制方言附口宣刻石等 文字…". 『五洲衍文長箋散稿』 卷50 史籍類 밑에 기록하기를 『靑莊館全書』와 같다.

① 『宋史』 : 元나라 中書右丞相總裁 托克托(또는 脫脫이라 함) 등이 至正 5년(1345년) 임금의 명을 받들어 편찬함. 496권. 宋나라 317년간의 사실을 기록하고 本紀는 紀 47권이고 志 162권 表 32권 列傳255권이다.

② 『直齋書錄解題』 : 宋나라 安吉人 陳振孫(字 伯玉 端平(1234~1236년)中 浙西提擧가 되고, 다시 知嘉興府 終侍郞이 되었다.)이 編纂. 원본은 일찍이 분실되었다. 오늘날의 판본은 『永樂大典』에 기록된 것으로부터 振孫 號 『直齋』 그 책에 역대 전적이 기록되어 있는데, 그 권질 및 찬자의 성명이 상세하고 또한 『讀書志』를 모방해서 그 득실을 제목으로 붙이고 '解題'라고 일컬었다. 馬端臨이 지은 『經籍考』는 『讀書志』로서 이 책의 藍本이 있다.

③ 『文獻通考』 : 元初 樂平人 馬端臨(字 貴與, 宋나라 咸淳 重 漕試에 제1인자이고, 元나라에 들어와 은거하여 벼슬하지 않았다. 뒤에 學官이 되었으나 얼마 되지 않아 귀향을 청하였다.) 편찬. 杜佑의 『通典』으로 널리 보면 『通典』을 8門 19로 나누고, 더욱 서적을 더하여 帝系, 封建, 象緯, 物異 등 5門 모두 24門이다. 서술된 事蹟制度를 위로는 『通典』을 이어 아래로는 南宋 寧宗에 이르다. 『宋史』 各志에 미비된 바를 모두 실었다.

④ 『靑莊館全書』 : 朝鮮 英祖時 李德懋(1739~1793년 號는 炯菴, 雅亭. 燕京에 들어가 考證學을 연구함)가 편찬. 무릇 71권 25책. 正祖 19년(1795년) 그 아들이 간행.

⑤ 『五洲衍文長箋散稿』 : 朝鮮 憲宗 때 李德懋의 손자 李圭景(號는 五洲, 嘯雲)이 편찬. 총60권 필사본.

49) 『夢溪筆談』 : 宋나라 沈括(1030~1094년)이 편찬. 총26권 또한 『補筆談』 2권, 『續筆談』 1권이 있다. 『四庫提要』, 子, 雜家類 참견.

원문과 모두 일치하지 않고 『說郛』는 곧 原文을 節錄한 것이다."(『說郛考)』 p.10)라 하고,

또한 이르기를,

"…이상의 고증으로 볼 때 『說郛』는 陶씨가 뽑아 모은 資料의 '讀書노트'임이 의심의 여지가 없다."(前書 p.11)라고 하였다.

『說郛』 중에 採錄된 것은 모두 발췌된 것이요, 『鷄林類事』 또한 이와 같음을 알 수 있다. 「明鈔說郛本」의 3권의 기록과 『中興館閣書目』 중에 "『鷄林類事』 三卷, 崇寧初孫穆撰, 敍土風朝制方言, 附口宣刻石等文"(『鷄林類事』 3권은, 숭녕초 손목찬으로 풍토, 조제, 방언을 서술하고 구선 각석 등 글을 부록한 것이다)은 서로 부합된다. 그러나 현전본 『鷄林類事』 내용으로 보면 '口宣 刻石' 등의 부분이 없을 뿐만 아니라, 또한 土風, 朝制의 구분도 없다.

내용으로 보면 다음과 같이 추측할 수 있으니 곧 陶宗儀가 『說郛』를 편찬할 때 '口宣 刻石' 등의 글은 부록에서 제거하였고 '土風朝制'의 부분은 陶씨가 다만 좋아하는 부분을 선택해서 채록한 것이며 '方言'부분에 대해서는 陶씨가 자세히 몰라 原文을 전부 실은 것이다.

2) 內容의 構成 樣式

現傳本 『鷄林類事』는 내용체재가 대략 아래 3개 부분으로 나누어져 있으니 標題部, 記事部, 譯語部이다.

(1) 標題部

각 현존본의 標題部에 대해서는 原標題의 樣式을 따라 다음과 같이 옮겨 놓았다.

① 涵芬樓校印明鈔說郛本…

雞林類事 三卷 宋孫穆 奉使高麗國 信書狀官

② 香港大學圖書館明鈔說郛本…

鷄林類事 三卷 宋孫穆 奉使高麗因 信書狀官 50)

③ 中華民國中央圖書館 明鈔說郛本…

鷄林類事 采孫稷 奉使高麗国信詈狀官51)

④ 日本京都大學圖書館 近衛文庫說郛本…

雞林類事

宋 孫穆

⑤ 日本京都人文科學研究所 宛委山堂藏板說郛本…

雞林類事

宋 孫穆

⑥ 五朝小說本…

雞林類事

宋 孫穆撰 陶宗儀輯52)

⑦ 五朝小說大觀本…

雞林類事

宋 孫穆

⑧ 順治版說郛本…

雞林類事

宋 孫穆

⑨ 中華民國故宮博物館四庫全書 說郛本…

雞林類事 孫穆

⑩ 朝鮮烏絲欄鈔本…

鷄林遺事附 宋孫穆

⑪ 雍正版古今圖書集成方輿彙編本…

雞林類事 高麗 方言

⑫ 雍正版古今圖書集成理學彙編本…

孫穆 鷄林類事 方言

---

50) '因'은 '國'의 誤字이다.

51) '采孫稷'은 '宋孫穆'의 誤字임. '詈'는 '書'의 誤字.

52) 本 論文 제1장, 2, 3 편찬자 참견.

⑬ 光緒版古今圖書集成方輿彙編本…
雞林類事 高麗
⑭ 光緒版古今圖書集成理學彙編本
孫穆 雞林類事 方言
⑮ 海東繹史(鈔・印)本…
高麗方言 天曰漢捺…
…淺曰眼底鷄林類事

각 판본의 표제부분이 조금씩 달라 비교하면 다음과 같다. ①, ②, ③의 「明鈔說郛本」에는 편찬자의 이름 외에 권수 및 관직명이 있고 (단 ③에는 권수가 기록되어 있지 않음), ④ 이하의 각 판본은 모두 권수와 관직명을 쓰지 않으며, ⑪, ⑬, ⑮는 또한 편찬자의 이름을 쓰지 않았다. 이로써 陶珽[53]의 「重校說郛本」부터 '권수' 및 '관직명'을 제거한 뒤에 각 傳本이 모두 이 두 항을 기재하지 않았다. 비록 「涵芬樓校印 明鈔 說郛本」은 곧 民國 이후에 출간된 책이지만, 「明鈔說郛本」에 의해서 간행되어 陶珽의 「重校說郛本」과 다르다. 『鷄林類事』 원본에는 응당 '卷數', '朝名', '編纂者名', '職名'의 기재가 있었다.

⑵ 記事部

記事部의 내용은 비록 각 傳本마다 약간의 脫字와 誤字가 있으나 대체로 같다. 그러나 문장의 分段은 매우 차이가 있어서 비교하면 다음과 같다.

---

53) 『陶珽』 : 창피득씨의 『說郛考』에 이르기를, 雲南 姚安사람. 淸나라 甘雨 『姚州志』 권7에 실린 전기에 이르기를, 珽의 字는 紫閬, 號는 不退. 일찍이 지혜로움이 있어 스스로 天台居士라고 부르고, 孔穉圭를 사모한 사람이다. 그러므로 또 穉圭라고도 號를 붙었다. 萬曆 辛卯(19년) 과거에 합격하고 萬曆 庚戌(38년) 進士가 되었다. 刑部 四川 司主事를 역임하고, 福建 司員外郞, 山西 司郞中, 大名府知府, 隴西道副使, 遼東 및 武昌 兵備道를 역임하다. 과거에 합격되기 전에 일찍이 西湖에서 공부하고 陶石簣, 袁中郞, 黃愼軒, 董元宰, 陳眉公 등 여러 명사와 교류하다. 그러므로 시문이 국내에 크게 떨쳤다. 저서에 『閬園集』, 『錢牧齋序之』가 있고 아울러 『說郛續』, 『伯敬史懷』 여러 책을 편찬하였다.(p.19)

①「涵芬樓校印 明鈔 說郛本」모두 아홉 부분으로 나누어져 있다.

(1) 高麗~君長 (2) 傳位~爲之 (3) 夏日~露形 (4) 父母~不送 (5) 國城~堅壯 (6) 國官~對拜 (7) 夷俗~得還 (8) 五穀~硾紙 (9) 日早~爲記.

②「香港大學圖書館 明鈔 說郛本」모두 세부분으로 나누어져 있음.

(1) 高麗~堅壯 (2) 國官~得還 (3) 五穀~爲記

③「中華民國 中央圖書館 明鈔說郛本」모두 5부분으로 나누어져 있음.

(1) 高麗~不送 (2) 國城~堅壯 (3) 國官~得還 (4) 五穀~硾紙 (5) 日早~爲記

④「日本 京都大學圖書館 近衛文庫 說郛本」모두 4부분으로 나누어져 있음.

(1) 高麗~不送 (2) 國城~堅壯 (3) 國官~得還 (4) 五穀~爲記

⑤「日本 京都人文科學研究所 宛委山堂藏板 說郛本」모두 4부분으로 나뉘어져 있음.

(1) 高麗~不送 (2) 國城~堅壯 (3) 國官~得還 (4) 五穀~爲記

⑥「五朝小說本」모두 4부분으로 나누어져 있음.

(1) 高麗~不送 (2) 國城~堅壯 (3) 國官~得還 (4) 五穀~爲記

⑦「五朝小說大觀本」모두 4부분으로 나누어져 있음.

(1) 高麗~不送 (2) 國城~堅壯 (3) 國官~得還 (4) 五穀~爲記

⑧「順治版 說郛本」모두 4부분으로 나누어져 있음.

(1) 高麗~不送 (2) 國城~堅壯 (3) 國官~得還 (4) 五穀~爲記

⑨「中華民國 古宮博物院 四庫全書 說郛本」세 부분으로 나누어져 있음.

(1) 高麗~堅壯 (2) 國官~得還 (3) 五穀~爲記

⑩「朝鮮烏絲欄鈔本」모두 세 부분으로 나누어져 있음.

(1) 高麗~堅壯 (2) 國官~得還 (3) 五穀~爲記

⑪「雍正版 古今圖書集成 方輿彙編本」모두 4부분으로 나누어져 있음.

(1) 高麗~不送 (2) 國城~堅壯 (3) 國官~得還 (4) 五穀~爲記

⑫「光緒版 古今圖書集成 方輿彙編本」모두 4부분으로 나누어져 있음.

(1) 高麗~不送 (2) 國城~堅壯 (3) 國官~得還 (4) 五穀~爲記

위에 서술한 각 傳本 중에서 記事部의 분단이 가장 세밀한 것은 아홉 분단으로 나누어진 「涵芬樓校印 明鈔 說郛本」이고, 가장 크게 구별한 것은 3분단의 「香港大學圖書館 明鈔 說郛本」과 「古宮博物院 四庫全書 說郛本」과 「朝鮮烏絲欄鈔本」이다. ④, ⑤, ⑦, ⑧, ⑪, ⑫ 각 전본은 똑같이 4단으로 나누어져 있고, ①, ②, ③의 「明鈔說郛本」은 분단이 각기 다르다. 「涵芬樓校印 明鈔 說郛本」은 9단으로 세분되어 있는 것은 무엇에 근거했는지 알 수가 없다. 그 내용을 살펴보면 土風과 朝制로서 구분한 것이 아니다. 따라서 각 판본의 분단이 결코 명확한 기준이 없으므로 원본이 어떻게 분단되었는지 또한 알기 어렵다.

⑶ 譯語部

方言部의 構成樣式에 대해서 비교하면 다음과 같다.

① 涵芬樓校印 明鈔 說郛本 : '記事部' 다음 맨꼭대기에(윗면에 공백이 없음) '方言 天曰漢捺'로 시작해서 매 句마다 한 칸을 띄어 놓았고 연속 기재해서 단락을 나누지 않았다. 每行 평균 5句節이며 每 半葉이 13行이고 모두 3葉 78行이다.

② 香港大學圖書館 明鈔 說郛本 : '記事部'에서 상면은 두 칸을 띄워서 따로 '方言'이라고 注를 붙이고, 다음 행부터 '天曰 漢捺'로 시작하여 每葉 마다 상하 양단으로 나누어 每 半葉 마다 14行 모두 6葉半 181行이다.

③ 中華民國 中央圖書館 明鈔 說郛本 : 涵芬樓校印 明鈔 說郛本과 같다. 다만 '記事部'의 다음 行 맨위에 '方言 天曰 漢捺'로 시작하였다. 每葉 여러 段으로 나누어 기재하고, 곧 第1葉을 5段으로 나누고 第2葉부터는 모두 4段으로 나누었다. 每 半葉 11行이고 모두 4葉 91行이다.

④ 日本 京都大學圖書館 近衛文庫 說郛本 : '記事部' 다음 行 상면에 한 칸을 띄우고 '方言 天曰 漢捺'로부터 시작하였다. 매 句節마다 한 칸씩 띄우고, 연속 기재하여 분단하지 않았다. 每行 평균 4句節이고 每半葉 9行 모두 6葉 103行이다.

⑤ 日本 京都人文科學硏究所 宛委山堂藏板 說郛本 : 日本 京都大學圖書館 近衛文庫 說郛本과 같다.

⑥ 五朝小說本 : 京都大學圖書館 近衛文庫 說郛本과 같다.

⑦ 五朝小說大觀本 : 記事部 다음 행 윗면에 한 칸을 띄우고 '方言 天曰 漢捺'로부터 시작하였다. 每 句節마다 1칸을 띄우고 연속 기재하여 분단하지 않았다. 每行 평균 6句節이다. 每半葉 15行이고 모두 2葉 59行이다. 每句節 오른쪽 밑에 圈點이 있다.

⑧ 順治板 說郛本 : 京都大學圖書館 近衛文庫 說郛本과 같다.

⑨ 中華民國 故宮博物館四庫全書 說郛本 : 構成樣式이 京都大學圖書館 近衛文庫 說郛本과 같다. 다만 行數가 다를 뿐이다. 每半葉 8行 모두 6葉 98行이다.

⑩ 朝鮮烏絲欄鈔本 : '記事部' 다음 행 맨위에(상면에 공간이 없음) '方言 天曰 漢捺'로부터 시작하였다. 매구절마다 1칸을 띄우고 연속 기재하여 분단을 띄우지 않았다. 每行 상면에 공간을 두지 않았다. 每半葉 10行이고 모두 5葉半 93行이다.

⑪ 雍正版 古今圖書集成(方輿彙編·理學彙編)本 : '記事部' 다음 행 위에 '方言'이라 별기하고 다음 행에 '天曰 漢捺'로 시작되었다. 每葉 3단으로 나누고 每段을 上下 兩小段으로 나누고 每小段 27行 모두 181行이다.

⑫ 光緖版 古今圖書集成 方輿彙編 : 雍正版本 구성양식과 서로 같다. 다만 행수가 다르다. 每 半葉 12行 모두 5葉 121行이다.

⑬ 光緖版 古今圖書集成 理學彙編本 : 方輿彙編本과 다르다. '記事部'가 없고 첫행에 '孫穆 鷄林類事 方言'이라 기재하고, 다음 행 윗면(공백을 남기지 않음)에 '天曰 漢捺'로부터 시작하였다. 매 구절 한 칸씩 띄우고 연속 기재하여 분단하지 않았다. 매반엽 12행이고 매행 평균 6구절이며 모두 2엽반 62행이다.

⑭ 海東繹史(鈔 · 印)本 : '記事部'는 없고 '高麗方言 天曰 漢捺'로부터 시작하였다. 매구절마다 한 칸을 띄우고 연속 기재하여 분단하지 않았다. 每半葉 10行이고 每行 평균 5句이고, 모두 4葉半 87行이다. 인쇄본의 構成樣式도 역시 동일하나 다만 페이지와 행수가 다를 뿐이다. 곧 매 페이지와 행수가 다를 뿐이다. 곧 매 페이지

17행이며 모두 55행이다.

위에 기술한 각 傳本의 구성양식을 비교하면 두 종류로 나눌 수 있는데, 곧 첫째는 분단하여 기재하였고 다른 한 종류는 분단하지 않고 기재하였다. 위에 기술한 각 傳本 중에 ①, ④, ⑤, ⑥, ⑦, ⑧, ⑨, ⑩, ⑬, ⑭는 곧 後者에 속하고, ②, ③, ⑪, ⑫는 곧 前者에 속한다. 종합하여 보면 원본의 구성양식에 대해서 어떻게 기록했는지는 추측하기 어렵다.

3. 鷄林類事 版本의 源流와 現傳本

(1) 源流

『鷄林類事』는 宋 徽宗 崇寧 2년(高麗 肅宗 8년, 1103) 孫穆이 편찬한 뒤 지금까지 단행본으로 된 원본은 발견되지 않았다. 現傳本의 『鷄林類事』는 모두 여러 書籍中에서 채록한 일부분이다. 채록은 『說郛』, 『五朝小說』, 『五朝小說大觀』, 『古今圖書集成』, 『海東繹史』 등의 책에서 했다. 그러나 내용상으로 보면 모두 『說郛』에서 연원된 것이고 다른 판본은 없다. 『說郛』本 이전의 상황은 다음에 열거하는 기록을 참고할 수 있다.

南宋末 王應麟의 『玉海』에 이르기를 "書目… 鷄林類事 三卷 崇寧初 孫穆撰 叙土風朝制方言, 附口宣刻石等文"(계림유사 3권은 숭녕초 손목 찬으로 風土 朝制 方言을 서술하고 口宣 刻石 등의 글을 부록하였다)(卷16 地理篇 異域圖書條 第14葉). 위에 인용한 書目은 곧 『中興館閣書目』의 약칭이다. 이로써 宋나라 淳熙 5년(1178) 陳騤(진규) 등이 『中興館閣書目』을 편찬할 때에는 『鷄林類事』가 단행본이 있었음이 분명하다. 그러나 그때의 단행본은 鈔本(筆寫本)이었는지 刊行本이었는지 확실히 알 수가 없다.

南宋初 尤袤(우무)가 편찬한 『遂初堂書目』[54] 地理類 第20葉에 중 "『鷄林類事』[55], 『高麗行程錄』, 『高麗日本傳』, 『高麗圖經』…" 등의 책이

---

54) 遂初堂書目 : 宋나라 常州 無錫人 尤袤(우무 : 1127~1194)가 편찬. 1권으로 『益齋書目』이라고도 한다. 네 부분으로 나누어져 있으며 여러 사람들이 약간 출입이 있고 또한 한 책에 여러본을 포함해서 함께 실었으며 체재 또한 각기 다르다. 모든 책이 다 書名만 있으며 解題가 없다. 그러나 권수와 편찬인을 실리지 않은 것은 곧 옮겨쓴 사람이 삭제한 것 같으며, 그 본래 책의 형태가 아니다. 그 書目은 經書部 9종, 史書部 18종, 子書部 12종, 集書部 5종으로 되어있다.

55) 遂初堂書目 중 분명히 鷄林類事의 書目이 있다. 그러나 高柄翊씨는 이르기를 "鷄林類事가 遂初堂書目에 나타나지 않고 萬卷堂書目, 國史經籍志 등 明代의 書目에는 나타나지 않고 淸代의 書目에도 大體的으로 보이지 않는 것 같다."("鷄林類事 編纂年代" p.122 주18) 이것은 高柄翊씨가 상세히 고찰하지 않고 잘못을 범한 것이다.

있다고 했다.(『說郛』 卷28 遂初堂書目 참조)

그러나 書名 외에는 기타 유관한 기록이 없다. 尤袤와 陳騤는 거의 동시대 사람이다. 『遂初堂書目』 가운데 『中興館閣書目』이 기재되어 있는데, 그 책의 편찬은 『中興館閣書目』보다 조금 늦다. 이 두 가지 書目 중에 모두 『鷄林類事』의 書名이 있으므로 당시 이미 『鷄林類事』의 간행본이 있었음을 알 수 있다. 필자의 추측이 틀리지 않다면, 이 刊行本은 반드시 淳熙 5년(1178) 이전의 出刊本일 것이다. 元나라 말 陶宗儀가 『說郛』를 편찬할 때에 이 單行本에서 채록한 뒤에 얼마 안 되어 망실되었을 것이며, 지금까지 그 단행본은 찾아볼 수가 없다. 그러나 『說郛』本 중의 『鷄林類事』는 곧 陶宗儀가 발췌한 板本이며 『中興館閣書目』과 『遂初堂書目』 상에서 『鷄林類事』의 完帙이라한 것과는 다르나 이 판본으로써 그 일부를 엿볼 수 있다.

『說郛』의 편집연대에 대해서는 昌彼得씨가 다음과 같이 말하였다.

> "『說郛』가 출판된 시대에 대해서 伯希和씨는 楊維楨이 일찍이 그 책의 서문에서 楊씨가 洪武 3년(明 太祖 3년, 1370)에 卒하였음으로 元代에 이루어졌음을 추측할 수 있다고 했는데 그 말이 매우 옳다. 陶씨가 『輟耕錄』을 至正 元年(元 順帝, 1366)에 출판하였는데 孫씨가 지은 『南村小傳』에 陶씨의 저작을 나열하면서, 『說郛』를 맨 처음에 쓰고 『輟耕錄』을 그 다음에 써놓았다. 이것은 孫씨 또한 『說郛』가 곧 陶씨의 맨 처음 저작이라고 여긴 것이다. 다시, 以上에 論議된 『說郛』 出刊의 성격을 근거로 한, 『說郛』와 『輟耕錄』의 관계와, 또 『說郛』 중에 元代의 저자가 항상 첫머리에 '皇元' 2字를 앞에 놓은 것은 볼 때, 『說郛』가 元代에 編纂된 것임이 定說이라 할 수 있다."(『說郛考』 p.11)

『中興館閣書目』의 편찬연대가 淳熙 5년(1178)이고, 陶宗儀 편찬연대가 至正 26년(1366)이므로 두 책의 편찬연대의 사이가 약 184년이다. 이로써 볼 때 『鷄林類事』 단행본은 약 200여 년을 전해오다가 망실되었다.

또 昌彼得씨는 「說郛之源流」에 대해서 논하기를

"『說郛』 원본은 100권이었는데, 陶宗儀가 사망한 뒤에, 원고가 그 집안에 소장되어 있다가 후일 30권이 없어졌다. 葉盛의 『水東日記』 권6 陶九成의 『說郛』條에 근거해서 이르기를 '근래 『說郛』 100권이 아직 그 집에 있는데 九成이 더 고친 것이 있었지만 어디로 갔는지는 알 수가 없다고 들었다. 그것 역시 未完成된 책이지 않을까?' 葉氏는 淞江 崑山 사람인데 正統 10년 進士가 되었고, 成化 10년에 卒하였다. 『水東日記』는 天順 成化 연간에 편찬되었을 것이다. 이때에 100권이 아직 있었으며 망실된 시기는 成化 初葉이었다. 成化 17년 郁文博이 고향으로 돌아간 뒤에 그 원고를 획득하였으나 30권은 망실되고 이에 『百川學海』 등의 책을 취하여 채워서 권68부터 보충하였다."(「說郛考」 p.16)

이로써 元末 陶宗儀가 편찬한 『說郛』는 처음에는 간행되지 않았음을 알 수 있다. 그중에 있던 『鷄林類事』 발췌 부분 또한 成化 17년(148년)까지 아직 『說郛』의 元代 筆寫本 가운데 있었다. 어느 시기에 이르러 비로소 『說郛』가 처음 간행된 것일까? 학자마다 그 설이 다르다. 胡應麟이 편찬한 『少室山房筆叢正集』[56] 九流緖論 下卷에 이르기를,

"戊辰年에 내 우연히 燕京에서 서점을 지나면서 낙질본 10여 장을 얻었는데, 제목이 『趙飛燕別傳』으로 되어 있어 읽어보니 곧 그것이 『說郛』 중 陶씨의 刪削本(拔萃本)임을 알 수 있었다." 伯希和[57]와 昌彼得씨는 곧 이 판본으로 논증하여,

56) 少室山房筆叢正集 : 明나라 蘭谿人인 胡應麟(1590년 전후 생존)이 편찬. 총32권. 그 밖에 續集 16권이 있다. 대부분 모두 고증한 글이다. 그 목록이 正集이고 제1에서 3책. 經籍會通 4권, 제4에서 6책, 史書佔畢 6권, 제7, 8책, 九流緖論 3권이다. 제9, 10, 四部正譌 3권이다. 제11책은 三墳補逸 2권이다. 제12·13책은 二酉綴遺 3권이다. 제14, 15책 華陽博議 2권이다. 제 16·17책은 莊嶽委談 2권이다. 제18·19책은 玉壺遐覽 4권이다. 제20책은 雙樹幻鈔 3권이다. 속집 제21~24책은 丹鉛新錄 8권이다. 제25~28책은 藝林學山 8권이다.

57) 불란서 한학자 pelliot, P. 1924년 통보(tome 23, p.163~220)에 說郛에 관해서 다음과 같이 발표한 문장은 Quelques remarquess sur le chouo fou)이다.

① 伯希和(Pelliot)씨가 이르기를

“『說郛』 원본은 비록 지금까지 전하는 것이 없지만, 元나라 業經에서 간행한 것 같다. 이 14세기 刊本이 이미 존재했음을 證明할 수 있는 다음과 같은 한 條目의 證據가 있다. 胡應麟(1551~1588)이 『少室山房筆叢』 권29 가운데 1568년이라고 하면서, 북경 서점에서 본 십여장의 『趙飛燕別傳』을 보고 곧 陶宗儀 『說郛』에 실린 删削本이라고 인정했다. 15, 16세기 때라고 보고 『說郛』 간행본이 결코 없었다고 생각한 胡應麟의 말이 틀리지 않다면 곧 14세기 때에 한 刊本이 있었음을 알 수 있다.”(伯希和 撰, 馮承鈞 飜譯, 「說郛考」, 國立北平圖書館刊 第6卷 第6號 p.23)

② 昌彼得씨는

“戊辰은 隆慶 2년이며, 隆慶 이전에 『說郛』가 이미 세상에 刊行되었음을 증명할 수 있다. 伯씨는 또한 이 부분의 자료를 인용하였으나 그것은 『說郛』가 15, 16세기에 이미 간행되었음을 믿지 않았으므로 胡씨가 본 『說郛』 殘葉이 元나라 때의 板刻임을 의심하였다. 陶씨는 집안이 가난하여 孫씨가 만든 小傳에 이미 그것을 언급하고, 그것의 저작이 그 판각 중에 가히 고증할 만한 것이 『輟耕錄』 30권, 『書史會要』 9권이 빠져있다. 前者는 그의 친구 邵亨貞의 疏에 시작함을 인용하고, 그 친구들이 자금을 거출하여 조판하고 뒤에 洪武本에 근거하면 매 권 말에 나열된 곧 松江지방 인사들 및 학생들 20여 명이 협조하여 간행하였다. 『說郛』의 권수가 많아서 당시 능히 간행할 수 있었다는 것이 실로 믿기 어렵다. 明나라 초 『文淵閣書目』, 『崑山葉氏菉竹堂書目』이 모두 이 책을 게재하지 않았다. 또한 陶씨가 이미 간행하였다면 마땅히 그 편차가 후세 전본이 이같이 혼란스럽지 않았을 것이다. 백씨의 추측은 실로 근거가 없다.(「설부고」 p.17) 伯希和씨가 『說郛』는 元나라 때 처음 발간되었다고 하는 말은 믿을 수가 없는데, 왜냐하면 『說郛』가 이루어진 시기는 元末 가까이에 일백권의 대 저서가 元나라 때 版刊됐다고 하는 것은 절대로 불가능한 일이기 때문이다. 昌彼得씨는 비록 그 확실한 年代를 밝히지 못했지만, 隆慶 2년(1568년) 이전에 처음 발간되었다고 하는 것이 확실하다. 日本의 倉田淳之助씨는 伯希和의 『說郛』가 元나라에서 처음 發刊되었다고 하는 것에 반대하여, 明나라 말 重校 『說郛』 간행본 이전에는 아직 刊行本이 없었을 것이라고 말하였다. 그러나 역시 구체적인 고증이 없다."(「說郛板本諸說與私見」, 京都大學人文科學研究所紀要 제14책 p.289 참조) 또한 일본 渡邊幸三씨는 "『說郛』 간행이 陶宗儀 생존 중 혹은 사후 얼마 되지 않아 간행되었을 것이다."라고 하였다.(「說郛攷」, 京都大學 東方學報 제9책 p.224 참조)

隆慶 2년 이전의 설에 대해서 한국의 매우 중요한 자료가 있다. 곧 朝鮮 宣祖 22년(明 神宗 萬曆 16년, 1588년) 權文海가 편찬한 『大東韻府群玉』[58] 중에 『說郛』가 인용되어 있으며, 또한 『說郛』의 『鷄林類事』 중 33개를 뽑아 인용하였다. 예를 들면 "漢捺東人呼天曰方言也(說郛)" (권19 入聲曷 제20엽)이다. 이 책의 편찬연대는 萬曆 16년이므로 '說郛刊本'이 朝鮮에 들어온 연대는 반드시 萬曆 16년 이전이다. 隆慶 2년(1568년)부터 萬曆 16년(1588년)까지의 사이는 이십년의 차이일 뿐이다. 이로 볼 때 胡應麟이 隆慶 2년 "說郛刊行本을 보았다고 하는 것"은 믿을만하다.

총체적으로 말하면, 成化 17년(1481년)부터 隆慶 2년(1568년)까지 사이인 87년 사이에 『鷄林類事』의 刊本이 존재해 있었다. 이밖에 莫伯驥가 편찬한 『五十萬卷樓藏書目錄』[59] 初篇에 이르기를,

"說郛一百卷 明刊本 "

---

58) 본 논문 제1장, 1. 도언(주16) 참조

59) 五十萬卷樓藏書目錄 : 淸나라 末 東莞人 莫伯驥가 편찬, 이 책 발문에 근거하면 "民國 25년 가을 즈음에 書目初編을 간행하고 계속 各種을 인쇄하고자 생각 하였는데 廣州에 난리가 일어나 각 원고가 모두 1300~1400 상자의 책이 모두 없어져 버렸다."(民國 56년 8월 廣文書局印本) 總目은 經部 3권, 史部 5권, 子部 6권, 集部 8권 총 22권 22책이다. 莫伯驥씨의 字는 天一, 光緖 4년생, 약관에 縣學으로 生員이 되었고 일찍이 서양의학을 배웠으며, 동시에 商業을 경영하였다. 또한 그 형이 하는 日報의 編輯을 도왔고 古書 구입을 좋아하였다. 그 藏書가 宋나라, 元나라 原本은 적고 모두 明나라본이며 鈔本으로써 近代 著述人에 이른다. 跋文에 자세히 編纂者가 벼슬한 경유와 收藏의 처음과 끝이 자세하지 않은 것이 적지 않다. 근대 藏書家의 일생이 전책을 살펴보면 莫伯驥씨가 모두 그 경력을 기술하였다. 莫씨의 藏書에 관해서 昌彼得씨는 이르기를 "莫씨 장서는 일본 침략기간 중에 없어졌으며 전후에 비록 일부가 수집되었으나, 目錄이 없이 세상에 남게 되었다. 이 책이 세상에 있는지 없는지는 자세히 알 수 없다. 莫씨의 藏書는 근래 듣건 데 이미 팔려 버려서 이 책의 存否가 더욱 상세치 않으며, 혹 이 책을 얻은 자가 있어 影印하여 세상에 전한다면 說郛 硏究에 있어서 매우 공헌하는 바가 클 것이다.(『說郛考』 p.18)

제목 하에 이르기를,

"明나라 陶宗儀가 편찬한 앞의 弘治 9년 上海 郁文博의 『較正說郛序』가 있는데…… 책은 이미 '弓'(권)자를 '卷'자로 바꿨으며 半葉 8行으로서 1행 17자이다."(廣文書局 영인본 권 12목록 子部4)

이 자료에 대해서 昌彼得씨는 다음과 같이 고증하였다.

"판각연대를 말하지 않았으며 또한 子目을 싣리지 않았다. 胡應麟씨가 隆慶 2년에 燕京의 서점에서 발견한 完帙이 아닌 『說郛』 節錄本인 『趙飛燕別傳』은 마땅히 이 책일 것이다. 지금 說郛 『趙飛燕別傳』은 약 2,000字인데 앞의 서문 및 서명, 저자의 표제가 이 간행본의 약 9葉남짓이 別傳 전후에 글로 이어져 있으며 胡씨가 말한 10여 장과 비슷하다. 이 간행이 어느 때인지 알 수 없으므로 정확히 고증할 수 없다. 오직 앞부분의 郁文博의 서문이 있으므로 곧 弘治 이후에 간행되었음을 알 수 있다."(「說郛攷」 p.17)

이로써 보면 『說郛』의 간행은 마땅히 弘治 9년(1496)에서 隆慶 2년 사이에 이루어진 것이다. 만약 莫伯驥씨가 편찬한 『五十萬卷樓書目錄』 初篇 중에 인용된 '八行本說郛'가 발견되었다면 곧 陶宗儀 節錄本에 가장 오래된 『鷄林類事』 本임을 알 수 있다. 오늘날 우리들이 다행스러운 것은, 張宗祥 重篇의 「涵芬樓校印 明鈔 說郛本」 외에, 또한 두 가지 明鈔 說郛本을 참고할 수 있다는 것이니, 곧 「中華民國 國立中央圖書館 所藏 明鈔本」과 「香港大學 馮平山圖書館 所藏 明鈔本」이다. 100권의 明鈔本의 出處에 관해서 饒宗頤씨와 昌彼得씨의 주장이 서로 같으니 열거하면 다음과 같다.

"百卷의 필사본 說郛로 미루어 볼 때 실로 모두 같은 데서 나왔으며, 또한 모두 弘治初 郁文博 重篇本에서 나온 것임을 알 수 있다."(「說郛新考」, 國立中央圖書館 館刊 新3卷 第1期 p.3)

이 明鈔本과『五十萬卷樓書目錄』初編 중에 간행된 說郛는 그 내용이 서로 같았음을 알 수 있다. 만약에 이 추측이 틀리지 않다면「中華民國 國立中央圖書館 所藏 明鈔本」은 곧『鷄林類事』연구상 매우 중요한 자료이다. 그러나 최근에 나타난 또 하나의 중요한 明鈔本은 곧 饒宗頤씨가 國立中央圖書館 館刊 新3卷 第1期 중에 소개한 香港大學 馮平山圖書館 所藏으로 明나라 嘉靖 吳江 沈澣 筆寫本 說郛이다. 이전에 說郛板本을 연구한 여러 사람들이 모두 보지 못한 또 하나의 明代의 筆寫本이다.

「中華民國 國立中央圖書館 所藏本」중에 또 하나의 明藍格 鈔本 闕本 說郛가 있다. 每 半葉 9行이며, 每行 18字이고 字體, 絲欄, 板心의 記載 등이 모두 위에 기록한 兩 明鈔本보다 정확한데 오직『鷄林類事』가 실려 있지 않다. 그러므로『鷄林類事』연구상에 있어서는 위에 서술한 兩 明鈔本이 곧 가장 중요한 자료이다. 홍콩大學 馮平山圖書館 所藏 明나라 鈔本 說郛에 관해서 饒宗頤씨는 이르기를,

"… 그러므로 分類해서 (따로 따로) 論해보면, 沈씨의 本이 마땅히 비교적 우수하며, 陶씨의 原稿도 대체로 그러한 것이 틀림 없으나, (이들 모두) 郁文博씨가 修訂(竄亂)하여 重篇한 책을 지나쳤으니 애석하도다.『說郛』를 정리한 여러 학자들이 이 책을 보지도 못하고 모두들 張씨 본을 틀림 없는 것이라고 看做하고 있으니 무시래기를 가지고 당돌하게 人蔘이라고 말한 것과 같다. 沈氏 鈔本 說郛는 책 제목을 나누어 책의 권수로 한 것을 보면 陶氏本이 원래 미완성 원고임을 알 수 있다. 진실로 陸樵가 말한 바와 같이 原書의 面貌에 가장 가깝다고 말할 수 있으며 說郛板本의 가장 좋은 자료이다.…"(「說郛新考」pp. 4~5)

이로써 보면 이미 사라진『鷄林類事』原本(單行本)이 다시 발견되기 이전에는 곧 이 明鈔本이『鷄林類事』의 가장 오래된 最古本이라고 할 수 있다. 위에서 설명한 明나라 鈔本 외에 아직 수종의 鈔本[60]이 있는

60) 饒宗頤씨가 열거한 것을 들면 다음과 같다. "祁承㸁藏本, 澹生堂書目「說郛 60책 100권", 鈕石溪 鈔本, 新刊北京圖書館 善本書目 "一百卷存, 世學樓鈔本 70책", 季

데 지금은 참고할 수가 없다.

앞서 『鷄林類事』를 연구한 모든 學者들이 참고한 것은 모두 「順治板 說郛本」이며, 이 「順治板說郛」는 원래 陶珽의 「重編 說郛本」에서 나온 것이다. 陶珽이 重編한 說郛本에 관해서 여러 학자들의 의견은 다음과 같다.

① 景培元씨가 이르기를,

"… 陶珽의 重校 및 補續이 뜻하는 것은, 혹은 萬曆 年間에 먼저 초고를 완성하고 宛委山堂에 간행된 것은 萬曆 末年이며 그 刊刻의 공정은 또한 泰昌 · 天啓 · 崇禎 3朝일 것이다."(「說郛版本考」, 中法漢學硏究所圖書館 館刊 제1호, p.24)

② 渡邊幸三씨는,

"이상의 서술로 보면 陶珽本은 두 가지가 있는데, 곧 陶珽刊本과 重較補刊의 李際期刊本이라고 여겨지며…, 陶珽의 說郛 編纂 刊行은 萬曆 38년(1610) 이전에 杭州로 옮겨 살 때이며, … 이로써 說郛의 編纂刊行은 아마도 萬曆 31년(1603) 이전일 것이며 혹은 그 전후일 것이다."(「說郛考」, pp.244~255 참조)

③ 昌彼得씨는 이르기를,

"渡邊씨의 논증에서 說郛는 陶珽이 重編한 것임을 확신하였다. 그러나 앞에 고증하여 校訂한 것에 근거하면, 이 책은 陶珽이 重編한 것인지 아닌지 아직 확신할 수 없다. 景씨의 추측이 비록 사실에 가깝다 하더라도 그것이 中法本이 明나라 때 간행한 原版인지 믿기는 아직 충분치 않다.(중략) 原版說郛本이 오늘날 이미 그 전모를 찾아볼 수 없으므로, 이것이 六叢書의 板本 중에 교정된 글자가 쓰여 있고, 혹은 생략되

振宜 藏本, 季滄韋書目을 보면 "鈔本 100권 40본", 錢曾藏本, 述古堂書目을 보면 "鈔本 100권 32본"(說郛新考, p.4) 또한 昌彼得씨는 이르기를 "萬曆이래의 저명한 藏書家로 祁承爜, 淡生堂, 趙琦美服望館, 毛晋汲古閣, 錢謙益絳雲樓, 錢曾述古堂, 徐乾學傳是樓, 徐秉義培林堂 및 季振宜 所藏 각 해당 藏書目錄에서 著錄者와 모든 抄本을 살펴보면 가히 볼 수 있다.(『說郛考』 p.18)

어 있고, 혹은 減筆된 원 판본이 萬曆(1573~1615) 말년에 刊行되었을 것이라고 또한 추측할 수 있으며 대부분 天啓年間(1621~1627)에 판각되었음은 의심이 없다."(「說郛考」 p.25)

이상 여러 사람들의 학설 중 昌씨의 설이 매우 타당함으로 陶珽 重編 說郛 刊行의 시기는 곧 明末에서 淸初임을 알 수 있다. 陶珽의 「重編說郛」와 「郁文博本」의 관계는 어떠한가? 이 점에 대해서 昌彼得씨는 다음과 같이 말하였다.

"… 楊維禎 說郛 서문에 이르기를 '陶九成이 經史傳記를 취하고 百氏雜說의 1,000여 명의 책을 취하였다.' 여기의 1,000여 명은 重編說郛本, 楊維禎 서문에는 2,000여 명으로 되어 있는데, 아마도 이것은 근거로 삼은 필사본이 잘못된 것일 것이다. 重編說郛의 編者는 아직 郁文博本의 전체 책과 전체 목록을 얻어 보지 못하였으므로 이 서문에 2,000여 명의 설이 있게 된 것이며, 이에 널리 수집하여 세상에 널리 퍼진 叢書·雜纂을 빠짐없이 網羅하여 그 數에 맞추려하였다. 이에 明나라 사람의 책과 또는 거짓 판본이 생기게 되었으며, … 한 책을 여러 부로 나누거나 혹은 책이름을 잘못 썼다. 그뿐만 아니라 잘못된 편찬자의 이름이 올라 그 잘못이 수를 헤아릴 수 없다. 이러한 논증으로 보면 重編說郛의 편집 체재상에 있어 舊章을 이리저리 變改하였고, 내용면에서도 說郛와 크게 달라졌다. 그러나 다만 說郛의 명칭을 그대로 썼으므로 '五經, 衆說郛也'라는 뜻과 '郁文博本'이나 '陶珽의 原本 說郛'의 관계가 다만 이 정도에서 끝났을 뿐이다."(「說郛考」 p.29)

明나라 鈔本과 陶珽 重編의 說郛本이 體裁上, 內容上 크게 다르다. 그러므로 『鷄林類事』 兩本의 내용 또한 다르다. 그 후의 간행본은 대부분 陶珽 重編 說郛本에 根據해서 刊行되었으므로, 「順治板說郛」와 『五朝小說』과 『古今圖書集成』 등 판본의 『鷄林類事』와 陶珽 重編 說郛本 『鷄林類事』의 내용은 大同小異하다.

이상 서술한 『鷄林類事』 판본의 원류를 도표로 보이면 다음과 같다.

<鷄林類事 圖表>

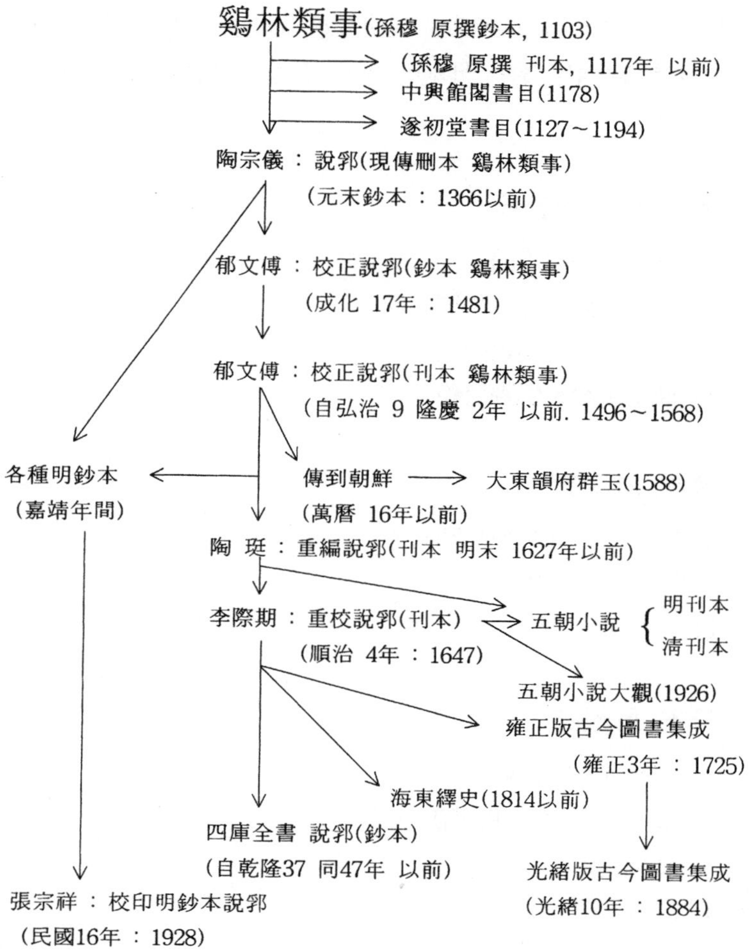
鷄林類事(孫穆 原撰鈔本, 1103)
(孫穆 原撰 刊本, 1117年 以前)
中興館閣書目(1178)
遂初堂書目(1127~1194)
陶宗儀 : 說郛(現傳刪本 鷄林類事)
(元末鈔本 : 1366以前)
郁文傳 : 校正說郛(鈔本 鷄林類事)
(成化 17年 : 1481)
郁文傳 : 校正說郛(刊本 鷄林類事)
(自弘治 9 隆慶 2年 以前. 1496~1568)
各種明鈔本
(嘉靖年間)
傳到朝鮮
(萬曆 16年以前)
大東韻府群玉(1588)
陶 珽 : 重編說郛(刊本 明末 1627年以前)
李際期 : 重校說郛(刊本)
(順治 4年 : 1647)
五朝小說
明刊本
淸刊本
五朝小說大觀(1926)
雍正版古今圖書集成
(雍正3年 : 1725)
海東繹史(1814以前)
四庫全書 說郛(鈔本)
(自乾隆37 同47年 以前)
光緖版古今圖書集成
(光緖10年 : 1884)
張宗祥 : 校印明鈔本說郛
(民國16年 : 1928)

(2) 現傳本

필자가 수집한『鷄林類事』現傳本을 그 所藏處를 분류하면, 中華民國에 9종, 韓國에 3종, 日本에 5종, 홍콩에 1종이 있는데 열거하면 다음과 같다.

1) 中華民國 所藏處

① 國立中央圖書館
② 中央研究院傅斯年圖書館
③ 故宮博物院圖書館
④ 國立臺灣大學圖書館

2) 韓國 所藏處

① 國立 서울대학교 圖書館
② 國立中央圖書館
③ 奎章閣

3) 日本 所藏處

① 京都大學圖書館
② 京都大學 人文科學研究所
③ 東洋文庫
④ 內閣文庫

4) 홍콩 所藏處

① 홍콩大學 馮平山圖書館

이상 各處에 소장된『鷄林類事』現傳本을 상세히 설명하면 다음과 같다.

① 涵芬樓校印 明鈔 說郛本(이하 약칭 張校本)

張校本은 100권으로 곧 近代人 張宗祥이 民國 8년부터 京師圖書館에 재직시 해당 도서관에 소장된 明鈔說郛 殘卷(낙질본)을 보고 傅沅叔이 소장한 三種 明鈔本, 涵芬樓 所藏 鈔本, 孫詒讓 玉海樓 所藏 鈔本 등 5종의 明鈔本을 대조 교정한 후, 全帙로 짜 맞추어 民國 16년(1927년)에 上海 涵芬樓(商務印書館)에서 活版印刷한 것이다. 40책으로 분류하여 725종을 수록하였다. 이 張校本 권7 중에 『鷄林類事』를 수록하였는데 그 권7의 목록은 다음과 같다.

卷7

諸傳摘玄	軒渠錄
戎幙閒談	牧豎閒談
豹隱記談	夢溪筆談
佩楚軒客談	桂苑叢談
葦航紀談	錢唐遺事
雞林類事	

中華民國 國立中央圖書館에 소장된 藍格舊鈔本 중에 『鷄林類事』가 또한 권7 내에 있으며, 권7의 목록 또한 서로 같다. 張校本은 每半葉 13행이며, 每 行 25字이고, 모두 4葉 半 55行이다. 내용은 중국중앙도서관에 소장된 藍格舊鈔本과 가장 합치된다.

張校本에 대해서 昌彼得씨는 이르기를 "그 판본이 비록 郁文博 서문 및 郁씨가 교정한 글자 모양이 없지만, 실로 국립중앙도서관에 소장한 明鈔本 郁文博 교정본의 목차와 권수가 서로 같아서 곧 그 판본 또한 郁文博本에서 나온 것을 알 수 있다.(『說郛考』 p.30)

張校本은 곧 6種의 明鈔本 교정에 근거해서 아주 많이 시정되었으나, 그 고친 것이 오히려 틀린 것이 적지 않다. 이 張校本은 상해 涵芬樓 간행본 외에 최근에 대만에서 영인한 본으로 또한 두 종류가 있다.[61]

---

61) 하나는 新興書局 간행 24개본 2책 양장본(民國 52년 12월 간행) 또 하나는 臺灣 商

② 香港大學 馮平山圖書館에 소장한 明代에 필사한 說郛本(이하 약칭 港大明鈔本)

港大明鈔本은 홍콩대학 馮平山圖書館의 所藏本이다. 현재 전하는 說郛板本과 鈔本 중에 이것이 가장 오래된 것으로서 희귀하다. 이 판본의 전래 경위를 饒宗頤씨가 다음과 같이 서술하였다.

> "…수년 전 여름 휴가 중에 이미 정리하여 資料目錄 初稿로 만든 것이다. 도서관에 明鈔本 說郛 69권 24책이 있는데, 이것은 沈瀚이 필사한 것으로 盧씨(址)의 抱經樓에 舊藏한 것이 뒤에 南潯 劉씨(承幹) 嘉業堂에 넘어간 것으로 最近에 비로소 홍콩대학에서 얻게 된 것이다." (「說郛新考」 p.2 및 香港大學 馮平山圖書館藏善本書錄序)

이 香港大學 明鈔本은 嘉靖 年間(1522~1566) 吳江 사람 沈瀚[62]이 필사한 것인데, 총 69권 24책이며, 100권본 및 120권본과 권책수가 완전히 다르며 순서는 더욱 차이가 심하다.

또한 홍콩대학 明鈔本의 형식에 대해서 饒씨는 이르기를,

> "이 판본의 매 책 표제가 '說郛卷第'로 되어 '第'자 밑에 숫자를 기록하지 않았고(오직 제20책만 제6이라고 썼음), 책의 每 半葉은 14行이며 1行은 22字이고 烏絲欄으로 白口 3魚尾, 白綿紙, 每葉 板心에 '沈'자가 있고, 每 책 첫 장에 모두 '嘉靖 乙未 進士 夷齋 沈瀚 私印'이라는 하나의 도장이 찍혀 있어(이 도장을 살펴보면 北平도서관에 소장된 明나라 唐愚士詩 鈔本에도 보인다) 아마도 심씨의 필사본일 것이다."(前書 p.3 및 p.158 참조)

筆者가 이 鈔本의 全帙을 보지 못하고, 다만 『鷄林類事』 부분만 영인하여 보았으므로, 『鷄林類事』가 어느 책 중에 끼어 있는지를 알

務印書館 간행본으로 24개월 정장 8책(民國 61년 12월 간행)

62) 沈瀚은 강남 吳江人 嘉靖 14년 乙未(1535) 進士로서 동30년 廣東 按察司副使를 역임하였다.

지 못한다. 饒씨가 이르기를 권수가 기재되어 있지 않았음으로, 『鷄林類事』 또한 어느 책에 있는지 알지 못하겠다고 하였다. 『鷄林類事』 부분은 총 7葉半이며 210行이다. 板匡의 높이는 22.2cm, 너비는 15.7cm이다. 字體는 楷書로 되어 있으나 또한 늘 보는 글자인데도 잘못 쓰인 글자가 있다. 예를 들면 '奉使高麗因信書狀官'의 '因'자는 '國'자의 誤字이다. 張校本 외에 기타 판본상에 '三卷'의 기재가 없고, 지금 보는 이 판본상에는 또한 '三卷'의 기재가 있어 서로 고증할 수가 있다.

③ 中華民國 國立中央圖書館에 소장된 藍格舊鈔說郛本(이하 약칭 藍格明鈔本)

藍格明鈔本은 중화민국 국립중앙도서관 소장본이다. 그 도서관 '善本目錄增訂(四)', 1445~1484 페이지 중에 藍格明鈔本 100卷 64冊에 실려 있으며, 곧 이것을 이른바 '百卷說郛明鈔本'이라고 이른다.

이 판본은 표지가 짙은 藍色이며, 米色 실로 매었고, 白綿紙이며 藍格鈔本으로 板心이 白口魚尾로 좌우 雙欄이며 板心上에 어떤 기록도 없다. 紙面의 높이는 27.5cm이고, 너비는 17.8cm이고 板匡의 높이는 18.8cm이고 너비는 14.2cm이다. 제1책 앞에 楊維楨의 說郛序가 있고 첫 페이지에 「希古右文」(希古右文)의 사각형 陽刻 朱印(인주색으로 된 글)이다. 권 제1 앞에 다음과 같이 記載되어 있다.

天台　南村　陶宗儀　九成 纂
上海　後學　都文博　校正

이 '都文博'의 '都'는 '郁'자의 誤字이다. 이 판본은 郁文博校正說郛刊本에서 나온 것이다.

『鷄林類事』는 권7에 編載되어 있으며 張校本과 같다. 그러나 권7의 목록은 다른데 열거하면 다음과 같다.

牧豎閒談　　　　豹隱記談
夢溪筆談　　　　佩楚軒客談
桂苑叢談　　　　葦航紀談
錢唐遺事　　　　雞林類事[63]

이 책의 행간 대부분에는 붉은 圈點이 있는데, 다만 『鷄林類事』 方言部上에는 권점이 전혀 없다. 每 半葉 11行이며, 1行 26字 前後이며, 작은 글씨는 雙行이다. 『鷄林類事』 부분은 총 5葉 半이며 118行이다. 字體는 楷書이며 단정하지만 아름답지는 않다. 잘못 쓴 글자를 제외하고 또한 筆劃이 괴이한 것이 있다. 예를 들면 '釆孫稷'은 곧 '宋 孫穆'의 誤字이며, '江曰海'는 곧 '江曰江'의 誤字이며, '奉使高麗国信翟狀官'에 '翟'자는 곧 '書'자의 오자이며 '翟'자는 또한 자전에 실려 있지 않다.

이와 같은 것은 혹 원래 불분명한 것인지 또는 필사자의 잘못인지 알지 못하겠다. 그러나 내용으로 보면 곧 홍콩대학 明鈔本 중의 『鷄林類事』가 가장 비슷하다. 이를 藍格明鈔本과 대조해보면 張校本이 잘못 고쳐진 이유가 매우 분명하다. 이로 말미암아 이 鈔本과 張校本의 底本이 서로 같음을 알 수 있다. 이 판본에만 楊維禎 서문이 있고, 郁文博의 서문은 없으며 '郁'자 또한 '都'자로 잘못 표기한 것으로 보아 郁文博의 原鈔本이 아님을 확실히 알 수 있다.

藍格明鈔本에 대해서 昌彼得씨는 이르기를,

> "국립중앙도서관에 明鈔本 說郛本 1부가 所藏되어 있는데, 대략 嘉靖 間에 필사되었으며 '天台南村 陶宗儀 九成纂 上海後學郁(郁을 都로 잘못 씀)文博校正'이라 題하고 책 앞에 '楊維禎序一篇'이라고만 쓰여 있다. 비록 郁文博 序는 없지만 그 책의 題로 근거해 보면 곧 郁文博 校正本에서 나온 것임을 알 수 있다."(「說郛考」 p.13)

---

63) 다만 藍格明鈔本 제1권 목록상에 기재된 것은 張校本의 목록과 서로 같으며 諸傳摘玄, 軒渠錄, 戎幙閒談 3편을 목록은 있으나 책은 없다.

藍格明鈔本은 대개 嘉靖年間(1522~1566)에 필사 되었으며 郁文博이 쓴 說郛序보다 비교적 정확하고, 郁文博 校正刊本이 弘治 9년(1496)에서 嘉靖末 이전에 출간되었음을 알 수 있다. 또한 그 출간 연대로 보면 희귀본의 하나이다. 이 필사본은 『鷄林類事』를 연구한 사람들이 지금까지 모두 보지 못한 것이므로 이전에 『鷄林類事』 연구 중에서 남아있던 문제들이 이 판본으로 말미암아 발견되고 해결을 보게 되어 매우 다행한 일이다.

④ 日本 京都大學圖書館藏 近衛文庫 說郛本(이하 약칭 近衛本)

近衛本은 현재 日本 京都大學圖書館에 소장되어 있다. 이 판본을 곧 「近衛家藏本」이라고도 한다. 近衛本에는 楊維楨과 郁文博의 서문만이 있고, 李際期와 王應昌의 서문은 없다. 李際期와 王應昌의 서문이 없는 판본은 현재 단지 4종본이 있는데, 이 近衛本·中華民國 國立中央圖書館所藏本[64]·日本 京都大學 人文科學研究所藏本과 北京中法漢學研究所藏本이다. 近衛本과 人文科學研究所藏本에 대해서 渡邊幸三씨는 이르기를

> "…近衛本은 조금 앞선 初印本이며 研究所本은 그 다음…"이라 하고, 또한 이르기를 "…近衛本과 研究所本을 대조해서 보면 그 본문이 서로 완전히 같으나 목록에는 매우 미세한 차이가 있다."고 하였다. (「說郛考」 pp.239~241 참조)

中法漢學研究所藏本에 대해서는 景培元씨가 이르기를,

> "…이 판본에 수록된 책은 총 1360종인데 內注가 빠진 것은 124종이

64) 國立中央圖書館 善本目錄 增訂本(民國56년 12월, 국립중앙도서관간행)에 이르기를 "說郛 120권 續集 46권, 160책은 明나라 陶宗儀가 편찬하고 陶珽은 속편을 아울러 편찬하였다. 清나라 順治 丁亥(4년) 兩浙督學 李際期 刊行本"(p.1486) 이 책은 곧 李際期와 王應昌의 서문이 있는 판본이며 또한 내용은 明나라 간행본과 같으므로 善本書目에 이르기를 "淸 順治 丁亥(4년) 兩浙督學 李際期 刊本"은 곧 자세히 살피지 않고 誤記한 것이며 이 판본은 응당 明나라 刊本이다.

며 목록은 있으나 책이 없는 것은 22종이며, 또한 속편 544종이 있고, 內注가 빠진 것은 6종이며, 목록은 있으나 책이 없는 것은 6종이다. 이 板本과 京都本의 중요한 차이점은 編目의 出入과 본문 뒤에 따로 異同表를 붙인 것 외에는, 오직 『說郛續』의 弓(=卷)의 配分은 대개 京都本에는 46弓(=卷)으로 본관본에서는 44弓이라고 한 것이다. (「說郛板本考」, 中法漢學硏究所圖書館館刊 第1號 p.23 참조)

筆者가 비록 中法漢學硏究所藏本은 보지 못했지만 景培元씨가 편찬한 「說郛板本考」 중에 '說郛子目異同表'로 볼 때 그 판본과 위에 기술한 京都兩種板本 중 『鷄林類事』 부분이 서로 같다고 추측할 수 있다. 이 판본의 간행연대에 대해서는 景씨가 이르기를, "…이는 곧 最低限度이다. 이 판본의 序文과 續의 판각이 天啓(1621~1627)보다 앞설 수 없다고 단언할 수 있다. 그러나 이 책 중에 '胡'와 '虜'의 글자가(아래를 참조) 확연히 竝存하는 것을 보아 明末보다 늦을 수 없다는 것도 추정할 수 있다."(「說郛板本考」 p.24)

中華民國 國立中央圖書館 所藏本에 대해서는 昌彼得씨가 이르기를,

"제1차 간행본은 『說郛』 120권이며, 총 수록된 책은 1,360종이고, 內注가 빠진 것은 124종이다. 또한 『續說郛』 44권에 수록된 책은 544종이며 內注가 빠진 것은 6종이니 곧 中法漢學硏究所 所藏本이다. 제2차 인쇄본 『說郛』는 120권이며, 총수록된 책은 1,364종이고 內注가 빠진 것은 113종이다. 『續說郛』 46권에는 542종이 수록되어 있고, 內注가 빠진 것은 8종이니 곧 京都本과 國立中央圖書館所藏本이다."(「說郛考」, p.26)

또한 이르기를,

"天啓 末年間에 '較'자를 대신 사용한 것은 그 例가 아직은 별로 많지 않았고 崇禎 때 비로소 널리 사용되었으며. 淸나라 順治 康熙年間까지도 그 습성이 고쳐지지 않고 이어져 갔다. 原版 『說郛』는 지금 그 전체를 볼 수 없으나, 이상의 板本 내용중에서 '校'字가 사용・생략 또는 減筆되어 여섯 개 叢書의 板本에 넣어 들어가 있음을 보아 原版의 板刻이 萬曆(1573~1619) 末年에 시작되었음을 알 수 있고 대부분 天啓年

間에 板刊되었음을 의심할 수 없다."(「說郛考」 p.25)

이 두 사람의 서술한 바로 위에 상술한 4종 판본이 모두 明末本임을 알 수 있다. 京都兩種板本에 『鷄林類事』 記事部分 중 또한 '夷'자가 있는데 이로써 明末本임을 확신할 수 있다. 線裝, 左右雙欄, 白口魚尾, 魚尾 위에 『鷄林類事』라는 제목이 있고, 아래에 페이지 수가 있다. 板匡의 높이는 19.3cm이며, 너비는 14.2cm이다. 『鷄林類事』 부분은 總 8葉이며, 137行이고, 每 半葉 9行이다.

『鷄林類事』는 이 판본의 弓第55 중에 있으며 7種 書目과 같이 실려 있고 열거하면 다음과 같다.

弓第 55

金志字文懋昭

遼志葉隆禮

松漠記聞洪皓

雞林類事孫穆

虜廷事實文惟簡

夷俗考 方鳳

北風揚沙錄 陳準

乾道奉使錄 姚憲 闕

宣和使金錄 連鵬擧 闕

接伴送語錄 沈季長 闕

北狩野史 闕

近衛本과 기타 3종본에 李王 序가 없는 판본은 곧 陶珽 重編의 明末刊本으로 현재 4종본만 존재하므로 『鷄林類事』 연구상 중요한 희귀본이며, 이전에 『鷄林類事』를 연구한 여러 學者들이 모두 참고하지 못한 판본이다.

⑤ 日本 京都大學 人文科學研究所藏 說郛本(이하 약칭 京都人文本)

京都人文本은 현재 日本京都大學 人文科學研究所(예전 東方文化研究所) 所藏本이다. 이 판본은 近衛本과 완전히 서로 같으니 近衛本의 항목을 참고하라.

⑥ 五朝小說本(이하 약칭 五朝本)

五朝小說은 明末 吳縣사람 馮夢龍이 편집하였으며 총 474권 80책이다. 『鷄林類事』는 이 판본의 「宋人百家小說」 部 중에 실려 있다. 필자가 수집한 '五朝本'은 다음과 같다.

㉠ 中華民國 國立中央圖書館의 所藏本(이하 簡稱 中圖本)
㉡ 中華民國 中央硏究院의 所藏本(이하 簡稱 中硏本)
㉢ 日本 內閣文庫의 所藏本(兩種)(이하 簡稱 內閣本)

中圖本은 이 도서관의 『善本書目』 중에 이르기를, "五朝小說은 四百七十四卷 八十冊이며, 明나라 馮夢龍編으로 明末 刊本이다". 곧 '明末刊本'이라고 분명히 기록했다. 中硏本은 그 연구원의 『善本書目』에 이르기를 '五朝小說, 明 佚名輯, 淸 康熙間 刊本'이라 하였다. 內閣本 兩種의 하나는 24책이고 또 하나는 16책이다. 內閣文庫 漢籍分類目錄에 의하면 內閣本 兩種은 모두 明나라 간행본이며, 서로 다른 것은 곧 24冊本에는 '桃源溪父編'의 기록이 있고, 16冊本에는 編者名이 기재되어 있지 않다. 中硏本은 표지 뒷면에 '馮猶龍先生輯'이라고 쓰여 있고, 「宋人百家小說」 뒷면에 '壬申春日桃源溪父題'의 기록이 있다.

馮夢龍의 일생에 대해서 楊家駱 선생이 이르기를,

"馮夢龍(?~1646)의 字는 猶龍 또는 耳猶·子猶이며, 號는 姑蘇詞奴 또는 顧曲散人·墨憨子이고, 龍子猶라는 別署가 있고 吳縣 사람이다. 출생년은 알 수 없고 淸 世祖 順治 3년에 卒하였다. 明나라 崇禎 중에

生員이 되었다. 淸나라 군대가 쳐들어오자 그는 곧 몇가지 小冊子를 인쇄하여 各地에 撒布하면서 抗戰의 소식을 전했다. 淸軍을 피하여 그 唐王이 閩땅에 明왕조를 세울 때에 그의 官職은 壽寧縣 知縣이었고, 明나라가 망하면서 殉國하였다. 馮夢龍은 많은 著述을 남겼으나, 『春秋衡庫』, 『春秋大全』, 『七樂齋稿』 외에는 모두 통속문학 또는 잡기같은 자질구레한 류의 서적들이다."(『中國文學家大辭典』, 世界書局 刊行)

이로써 馮夢龍은 곧 明末 사람임을 알 수 있다. 中央硏究院의 『善本書目』 중에 '明佚名輯'(明代의 失名集)에 기재되어 있는데, 이는 자세히 살피지 않은 잘못 때문이다. 『五朝小說』本의 내용에 대해서 글자의 모양과 板匡 등으로 비교해보면, 中圖本과 中硏本은 같은 板本에서 나온 것이며, 16책 內閣本과 이 兩種本 또한 서로 같다. 그러나 中圖本 중 다만 한 곳이 기타 兩種本과 다름이 있다. 곧 中圖本 「譯語部」 '燰酒曰蘇字打里'의 '字'는 다른 양종본 중에는 '孛'자로 되어 있다.

그러므로 中圖本은 다른 刊本임을 쉽게 알 수 있다. 그러나 글자 모양을 자세히 보면 中圖本의 '字'자는 원래 판각한 '字'자가 아니다. 곧 刻字의 글자를 새길 때 가로 획이 가늘고 세로 획이 굵어서 누차 거듭 인쇄하는 중에 자연적으로 가는 획이 마멸 또는 획이 떨어져 '孛'이라는 글자가 '字'라는 글자로 변해버린 것이다. 이로 보면 곧 中圖本은 同板刻本인데 비교적 후기의 重印本일 따름이다. 종합해서 말하면 中圖本, 中硏本과 16책 內閣本은 곧 同一 板本이다. 그러나 24책 內閣本과 위에 기술한 3종본과는 다르다. 3종본은 모두 글 제목 다음 행에 '宋 孫穆' 3자의 기록이 있을 뿐이고, 24책 內閣本에는 '宋孫穆撰 陶宗儀輯'의 8字가 있다. 이밖에 『鷄林類事』 기사 중에 다른 점이 있는데 列擧하면 다음과 같다.

"夷俗不盜"(記事部 第1葉 뒷면 第8行)
"夷性仁"(記事部 第2葉 앞면 第7行)

위에 인용된 '夷'자는 24冊 內閣本 외에는 기타 판본에는 모두 '夷'를 '其'자로 고쳤다. '夷'자를 고쳐 판각한 것에 대해서는 景培元씨가 다음과 같이 말한 것을 참고할 수 있다.

"江蘇 浙江 두 省에 各地의 文物이 集結(乾隆 41년 12월 13일 上論에 나온 말)하면서 생겨난 葛藤이 주목할만큼 더욱 더 깊어 졌다. 이에 광범위하게 퍼져 있는, 禁하거나 없애버려야 할 '規範의 準則', 말하자면 宋나라 사람들이 遼·金·元나라 사람들에 대하여서, 또 明나라 사람들이 元나라는 물론 明末·淸初 때의 著作物에 까지 적용하는 '規範의 準則' 곧 심지어 각종 서적에서 간혹 보이는 '夷, 狄, 胡, 虜'같은 글자 모두 사용을 禁해야 한다는 요행을 바라기는 거의 不可能하다.(「說郛板本考」, p.28)

이것으로 24책 內閣本 외에는 모두 淸나라 때 개편한 重印本임을 알 수 있다. 昌彼得씨는 『五朝小說』에 대해 말하기를,

"…淸나라로 들어선 이후에는 원판본에 殘缺이 다시 들어 있다. 順治 3년(1646) 李際期가 浙江省 提學道에 부임하면서 舊 板本을 정리하고 거듭 출간하면서 (중략) 이후 판본에 일부가 차츰차츰 손실되고, 또는 새 조정에서 꺼리는 것에 저촉되어 뽑아 없애어 고쳤다. 또한 판본의 수가 뒤바뀌고 그 종류도 점차 줄어들었을 뿐 아니라 남은 것은 본래의 면모를 상실하였다. 그 판본이 康熙年間에 마침내 합해져서 다시 분류되었다. 그래서 오늘날 전하기는 하지만 고증할 만한 것, 예를 들면 『五朝小說』 이른바 僞本인 『唐宋叢書』, 別本인 『百川學海』, 『合刻三志』 등 諸書들은 모두 이 닳아서 희미해진 설부판을 편집·인쇄된 것이다."(「說郛考」, p.27)

倉田淳之助씨의 의견은 昌彼得씨와 다르다. 倉田씨는 『五朝小說』이 「重刊說郛」 간행보다 앞섰다고 여겼다.(「說郛版本諸說과 私見」, pp.296~299 참조) 그러나 이상에 서술한 『鷄林類事』의 源流로 보면 倉田씨의 설도 미진하다. 『五朝小說』의 24책 內閣本 중에 '宋孫穆撰

陶宗儀輯'이란 말이 있다.『五朝小說』은 이미 馮夢龍이 편집한 것인데 어찌 또한 '陶宗儀輯'에 기재가 있겠는가? 곧 馮씨의 책이『說郛』에서 취해진 것임을 나타내는 것이다.『五朝本』중에 '宋人百家小說'部의 서문 끝에 '壬申春日桃源溪父題'라고 쓰여 있는데, 이 壬申은 곧 明나라 毅宗 崇禎5년(1632)이니 이로써 보면『五朝小說』이 明나라 말에 처음 간행되었음을 알 수 있으나, 陶珽의 重編『說郛』때보다 앞설 수는 없다.

五朝本의 體裁는 近衛本·順治板『說郛』本과 서로 같다. 이로써 위에 기술한 각종 판본은 곧 같은 판본에서 나왔음을 알 수 있다. 다만 몇 자를 고쳐 새긴 차이가 있을 뿐이다.

⑦ 五朝小說大觀本(이하 약칭 五大本)

五大本은 明나라 실명인이 편집했다. 民國 15년 上海 掃葉山房에서『石印板』으로 발행한 것이다. 전 40책이며『鷄林類事』는 제27책 宋人小說 맨 뒤에 실려 있다. 本 論文 중 참고본은 곧 中華民國 中央硏究院에 소장한 판본과 日本 東洋文庫에 소장한 판본이다. 이 두 판본은 동일한 판본이다.

雙邊線, 黑口魚尾, 每 板心의 魚尾 위에『鷄林類事』가 있고, 象鼻上(코끼리 코 위에)에 葉數가 있다. 板匡의 높이는 16.8cm이고, 너비는 11.2cm이다. 每 半葉은 15行이며 每行 34字이고 小字는 雙行이다.『鷄林類事』부분은 총 3葉이며 80行이다. 이 판본의 특징은 곧 每行 오른쪽에 圈點이 있는 것이다.

이 판권이 비록 民國 15年에 간행되었지만, 明代에 편찬되었으므로『鷄林類事』연구상 또한 소홀히 할 수 없다.『鷄林類事』記事部로 볼 때 또한 '夷'를 '其'자로 고친 것은 이 판본이 비교적 順治本에 가까움을 추측할 수 있다. 그러나 順治本과는 또한 다른 점이 있다. 譯語部의 注解項을 참고하라. 이 또한 지금까지『鷄林類事』연구자들이 참조하지 않은 판본이다.

⑧ 順治板說郛本(이하 약칭 順治本)

順治本은 곧 淸나라 世祖 順治4년(1647)에 浙江提學道 李際期가 옛 판본을 정리해서 重印한 판본이다. 이 판본은 곧 소위 '通行本'이라 한다. 과거 『鷄林類事』 연구자들이 대부분 이 판본을 참고하였다. 필자가 참고한 것은 國立臺灣大學圖書館의 所藏本[65]과 日本 東洋文庫의 所藏本이다. 順治本과 위에 서술한 近衛本과 五朝本으로 볼 때 앞에 서술한 '夷'字를 제외하고는 모두 다름이 없다.

내용은 체재가 서로 같을 뿐 아니라 板匡의 파손 및 자획의 마멸 부분이 또한 완전히 서로 같다. 그러므로 다만 『鷄林類事』 부분으로만 말하면, 順治本은 곧 明板을 重印한 것이 매우 확실하다.

昌彼得씨가 度邊幸三씨의 고증을 논급하여,

> "…順治本 곧 서문이 없는 판본을 간행한 것을 고증한 것이므로 李씨의 서문을 '重定較梓'라고 칭한 것은 지나친 말이다. 그 연구결과는 실로 중요한 발견이며 300년의 장서가의 의혹을 깨뜨리기에 족하다." (「說郛考」, p.21)

『鷄林類事』 부분으로 볼 때 昌씨의 설을 認定할만하다. 『鷄林類事』는 이 板本의 弖(卷)第55 중에 5種 書目과 함께 실려 있는데 열거하면 다음과 같다.[66]

弖第55

大事記 1卷 宋 呂祖謙 撰
三朝野史 1卷 元 吳萊 撰
五代新說 1卷 宋 徐炫 撰
三楚新錄 1卷 宋 周羽翀 撰

---

65) 國立臺灣大學 圖書館善本書目(民國 57년 8월 간행)에 이르기를 "說郛 1,204종 226책이 있는데 元나라 陶宗儀가 편집한 것이며 明나라 陶珽이 重校한 것이며 淸나라 順治 3년 李際期 宛委山堂 간행본이다."

66) 이 목록은 臺灣大學圖書館所藏本에 의거함.

鷄林類事 1卷 宋 孫穆 撰
青溪寇軌 1卷 宋 方勺 撰

近衛本과 順治本의 弓第55 目錄에 『鷄林類事』를 제외하고는 모두 같지 않다. 또한 『鷄林類事』 이외의 기타 6편은 모두 淸나라 先祖들과 관계가 있으므로 順治本에서는 이 6편을 제거하였고, 위에 서술한 5편으로 바꾸어 놓았다. 이로써 위에 서술한 4종본이 明나라 刊本임을 확실히 알 수 있다.

⑨ 欽定四庫全書[67] 說郛本(이하 약칭 四庫本)

四庫本은 현재 中華民國 國立古宮博物院 圖書館에 소장되어 있다. 이 책의 子部 10, 說郛雜家類 5, 雜纂之屬提要에 의거하면 『說郛』 120권은 144책으로 나누어져 있으며, 수록한 책 수는 총 1,292종이고, 32권 「劉餗傳載」 이하부터는 목록은 있으나 책이 없는 것이 76종이다. 乾隆 44년(1779) 9월에 總纂官 紀昀(기균), 陸錫熊, 孫士毅와 總校官 陸費墀 등이 順治板 『說郛』에 근거해서 저작한 것이다. 단 권55에는 『鷄林類事』 부분이 總校官編修 倉聖脉, 校對官檢討 龔大萬, 謄錄監生 賈捷三, 詳校官檢討 羅國俊, 員外郞 牛稔文이 교감해서 著錄한 것이다.

표지는 남색이며 雙邊線이고 朱絲欄鈔本이며, 紙面 종이의 높이는 31.6cm이며 너비는 25cm, 板匡의 높이는 22cm, 너비는 15.4cm이며 白口單魚尾이고 每 板心魚尾 위에 '欽定四庫全書'라 쓰여 있다. 아래

---

67) 欽定四庫全書 : 淸나라 乾隆 37년 四庫全書館을 열어 中祕所藏을 전부 펴서 다시 海內書籍을 모두 찾고 館臣에 명하여 뽑아서 채록하였는데 10년이 걸려 완성하였다. 총 3,464종이며 모두 79,339권이다. 經, 史, 子, 集 4부분으로 나누었으므로 四庫라 이름하였다. 淸나라 대궐의 文淵閣에 소장하고, 그 뒤 이어서 만든 3部는 奉天(지금의 遼寧省)의 文溯閣, 圓明園의 文源閣, 熱河에 文津閣에 나누어 소장하고, 또 江浙에 文人들로 하여금 다시 전책 3부를 보수하여 揚州의 文匯閣, 鎭江의 文宗閣, 杭州에 文瀾閣에 나누어 소장하고, 아울러 士民들로 하여금 閣檢에 부임하여 필사본을 검토하게 하였고, 咸豐間에 영국과 불란서 연합군이 北京에 침입하여 文源閣을 태워버렸고, 洪楊事變이 일어나 文宗, 文匯가 이어 불타버리니, 文瀾의 책들이 또한 모두 망실되어 뒤에 책을 보완하여 비로소 옛날의 모습을 복구하였다.

전면에 책이름이 있고, 같은 면 뒤에 卷數가 있고 象鼻 위에 葉數가 있다. 每 半葉 8行이며 每行 21字이며 小字는 雙行이다. 서체는 正楷書體이지만 혹간 필획이 부정확한 글자도 있다. 『鷄林類事』 부분은 총 약 8葉이며 65行이다.

이 책의 권55 중에 『鷄林類事』와 5종 書目이 같이 실려 있는데 열거하면 다음과 같다.

大事記呂祖謙	三朝野史吳萊
五代新說徐鉉	三楚新錄周羽沖[68]
鷄林類事孫穆	靑溪寇軌泊宅翁方勺

이 四庫本은 順治本의 著錄에 근거했으므로 그것과 順治本의 弓55 目錄이 서로 같다.[69] 이 또한 『鷄林類事』 연구자들이 지금까지 보지 못한 책이다.

⑩ 朝鮮烏絲欄鈔本(이하 약칭 朝鮮鈔本)

『朝鮮鈔本』은 현재 中華民國 中央硏究院 傅斯年圖書館에 소장되어 있다. 과거 北京 人文科學硏究所의 藏書簡目 第2冊 史部上 正史類에 이르기를,

"『宣和奉使高麗圖經』 四十卷坿 『鷄林類事』 『朝鮮賦』 宋徐兢撰 朝鮮鈔本 一函 三冊 二一六號"

또한 中央硏究院 歷史語言硏究所의 『善本書目』 84페이지에 이르기를,

68) 周羽沖은 곧 周羽翀의 오기이다.
69) 弓 第55의 목록에 있어서 順治本과 四庫本은 서로 같으나 景培元씨가 편찬한 『說郛板本考』 중에 "各本說郛子目異同表"에 근거해서 보면 전체 목록상에 약간의 차이가 있다.

“『宣和奉使高麗圖經』 40卷 3冊은 宋나라 徐兢의 編纂이며 朝鮮 烏絲欄 鈔本으로 『鷄林類事』 1卷이 붙어 있는데 宋 孫穆 撰이며 『朝鮮賦』 1卷은 明나라 董越 撰이다.”

이것으로 兩書目 상에 『鷄林類事』(鷄林遺事)는 동일본 임을 확신할 수 있다. 『鷄林類事』는 곧 『宣和奉使高麗圖經』 天·地·人의 3冊 중에 ‘人’冊 뒷면에 『朝鮮賦』와 함께 기재되어 있다.

이 판본의 체재는 紙面의 높이가 25.4cm이고 너비는 17cm이며 板匡의 높이는 19cm이며 너비는 14.2cm이다. 3冊1函(藍色)이다. 左右雙邊線으로 烏絲欄 鈔本이며, 白口魚尾로 板心 위에는 책이름이 기재되어 있지 않고, 象鼻 위에는 오직 葉數만 있다. 每 半葉 10行이며, 每行 21字이고 小字는 雙行이다. 字體는 行書體이다. 표지면 위에 ‘駐劄朝鮮釜山理事府’의 朱印이 있고, 또 第2葉 위에 ‘東方文化事業總委員會所藏圖書印’이라는 사각도장이 찍혀 있다.

오직 한국관계 기사만을 필사한 단행본인데, 이 밖에는 紙質로 볼 때 반드시 韓國人의 필사본이다. 3종 책 중에 『朝鮮賦』는 곧 明나라 弘治 3년(1490) 董越이 편찬한 책이므로 이 필사본은 틀림없이 弘治 3년 이후 필사된 것이다. 이 板本은 과거 北京 人文科學硏究所의 『藏書簡目』에 보인다. 이 목록은 民國 27년 5월에 간행되었으며 이 書目 중에 또한 「昭和10 民國25[70]年十月末現在」라는 附記가 있다. 이로 볼 때 이 朝鮮 鈔本은 民國 25년(1936) 이전에 한국으로부터 중국에 흘러들어온 뒤에 대만으로 전해져서 현재 中國中央硏究院에 소장되어 있다.

『鷄林類事』 부분은 총 약 6葉半이며 125行이다. 그 내용은 順治本과 大同小異하다. 기사부분 중에 ‘夷’자가 ‘其’자로 고쳐져 있으므로, 이 필사본은 틀림없이 淸나라에서 간행한 『說郛』를 근거로 한 필사본이다. 이 판본 또한 과거 『鷄林類事』 연구자들이 미처 보지 못한 판본이다.

---

70) 昭和 10년은 民國 24년에 해당되므로 昭和 10년은 昭和11년의 誤記일 것이다.

⑪ 雍正版 古今圖書集成本(이하 약칭 雍正本)

이 책의『鷄林類事』가 方輿彙編 邊裔典 第25卷 朝鮮部彙考 13(이하 약칭 雍正方輿本)에 실려 있으며, 또 理學彙編 字學典 第144卷 方言部彙考二(이하 약칭 雍正理學本)에 있다.

『欽定古今圖書集成』[71]은 康熙 年間에 처음 편찬되었는데, 10여 년을 걸려 雍正 3년(1725)에 완성되었다. 順治本은 順治4년(1649)에 간행되었고, 四庫本은 乾隆 44년(1779)에 편찬되었다. 雍正本은 順治本보다 78년이 늦으며, 四庫本보다 54년이 이르다. 이밖에『鷄林類事』記事部 중에 '夷'자 또한 '其'자로 고쳐져 있다. 기타 내용도 順治本과 大同小異하다. 이로써 雍正本은 곧 順治板『說郛』에 근거하여 발행되었음을 알 수 있다.

雍正本의 체재는 板匡의 높이가 22.1cm이고 너비가 14.1cm이다. 雙邊線으로 白口魚尾이며, 板心 상에 '古今圖書集成'이 있으며, 그 가운데 編·典·卷·部가 있고 아래에는 葉數가 있다. 每 半葉 3段이며 每段 27行이고 每行 20字이며 小字雙行의 활자본이다.

이 논문 중에 참고할 것은 곧 民國 23년 10월에 中華書局의 影印本이다. 雍正方輿本에는 說郛本『鷄林類事』가 전부 실려 있으나, 雍正理學本은 다만『鷄林類事』의 譯語部分만 실렸다. 이 두 책은 비록 일부가『古今圖書集成』에 실려 있으나 譯語部의 내용이 모두 일치하지는 않는다.『鷄林類事』부분은 총 1葉半이고 215行이다. 이 책의 특징은 어휘 밑에 이따금 "字典에 이 글자가 없다." 또는 "字典에 실려 있지 않다." 또는 "字典에 音釋이 없고 考證이 없다."는 등의 기록이 있다. 과거『鷄林類事』연구진들이 대부분 이 책과 順治板『說郛』를 참조하였다.

---

71) 欽定古今圖書集成 : 총 1만권으로 목록은 40권이다. 淸나라 康熙 연간에 본래 誠親王 胤祉가 進士 陳夢雷에 명하여 편찬된 것이며, 原 名稱은『古今圖書彙編』이다. 십 년을 걸려 책을 완성하여 바치니 황제가 명칭을『古今圖書集成』이라고 고치고 아울러 開館해서 重輯하게 하였다. 雍正初 胤祉가 죄를 짓고, 夢雷가 변방으로 유배가자 蔣廷錫 등에게 명해서 그 일을 이어가게 하고, 3년에 완성을 알리었다. 6,109부로 나뉘었다.

⑫ 光緒版古今圖書集成本(이하 약칭 光緒本)

光緒10년 甲申(1884) 蔣廷錫 등이 황제의 명을 받들어 편찬하였으며 上海 圖書集成局에서 活版 인쇄한 것이다. 그 내용은 雍正版과 大同小異하며, 다만 체재상 약간의 차이가 있다.

光緒本의 체재는 板匡의 높이가 14.9cm이고 너비는 11.2cm이다. 單邊線으로 白口單魚尾이며, 魚尾 위에 「古今圖書集成」이라 기재되어 있고 아래 앞면에 編·典·卷·部·葉數가 있다. 每 半葉 12行이며 每行 38字로 小字雙行이다. 『鷄林類事』 부분은 총 6葉으로 138行이다.

이 논문 중에 참고본은 곧 中央硏究院 所藏本이다. 光緒本에 실려 있는 『鷄林類事』 역시 두 곳에 편집되어 실려 있으니 곧 方輿彙編邊裔典 제15권 朝鮮部彙考 13의 1에서 7까지(이하 약칭 光緒方輿本)와, 또 理學彙編字學典 제144권 方言部彙考 2의 4에서 6까지(이하 약칭 光緒理學本) 등이다. 雍正本과 같으며 光緒理學本에는 오직 譯語部만 실려 있다. 이 또한 『鷄林類事』 연구자들이 대부분 참조한 것이다. 내용으로 볼 때 光緒本은 곧 雍正本에 근거하여 간행된 것이다.

⑬ 海東繹史本(이하 약칭 海史本)

『海東繹史』는 朝鮮 正祖 때 실학파 玉蕤堂 韓致奫(1765~1814)이 編纂한 것이다. 正祖 말 韓致奫이 사신을 따라 燕京에 가서 당시의 實事求是 考證學을 받아들이고 귀국하여, 전심연구 하였고 또 後進들을 지도하는데 전력하였다. 이때 韓國에 유관되는 자료를 찾아모았을 뿐 아니라, 中國, 日本 등 외국자료 550여 종을 찾아내어 百科事典式으로 『海東繹史』를 편찬하였다. 편찬체재는 아마도 淸나라 초 馬驌이 편찬한 『繹史』의 영향을 받은 것 같다. (黃元九 撰, 『韓致奫의 史學思想』[72] 참조) 韓致奫은 일을 마치지 못하고 작고하였

72) 『人文科學』 제7집 pp.339~361(延世大學校 文科大學 1962년 6월 간행)

으며 아들 韓鎭書가 초고를 정리하고 이어서『地理考』를 편찬하여 純祖 23년(1823)에 책을 완성하였다. 이 책은 韓致奫이 편찬한 것이 70권이며, 韓鎭書가 續撰한 것은 15권으로 총 85권이다. 현재 전하는 책은 3종이 있는데 韓致奫이 편찬한 필사본은 71권 26책(韓國國立圖書館所藏, 이하 약칭 海史鈔本), 朝鮮古書刊行會 刊本(양장 4책), 朝鮮光文會 刊本(漢裝 6책, 이하 약칭 海史刊本) 등이다. 필사본과 간행본이 서로 같으나, 그중『鷄林類事』에도 약간 차이가 있으나 대략 동일하다. 海史鈔本은 板心 위에 권수 및 페이지가 기재되어 있지 않다. 每 半葉 10行으로 총 4葉半이며 87行이다. 字體는 楷書體이다.

海史刊本은 매 페이지 17행이며『鷄林類事』부분은 총 3페이지인데 55行이다. 邊線의 바깥 쪽에「卷28 風俗志, 方言」이라고 기재되어 있다. 내용의 차이는 註解部 참조.

(3) 두 明鈔本의 比較

港大 明鈔本과 藍格 明鈔本의 體裁에 대해서는 앞에서 이미 敍述하였기에 여기서는 省略한다. 여기에 그 內容을 대조해서 보면 다음과 같다.(여기에 다만 그 중요부분만 뽑아 적고 나머지는 註解部에서 자세히 설명한다. 記事部의 '號'는 記事部의 校正 번호이며, 제2장 譯語 부분의 '號'는 註解部에 붙인 注의 번호이다.)

1) 記事部

號	港大明鈔本	藍格明鈔本	備註
7	米	來	張校本以外 各 傳本에는 모두 '米'
16	宂	冗	其他 傳本에는 모두 '穴'
20	司	月	其他 傳本에는 모두 '月'
21	文班百七十員	文班百七十員	其他 傳本에는 모두 '文班七百十'

35	巾但	巾但	其他 傳本에는 모두 '巾衣但'
36	唯	唯	其他 傳本에는 모두 '惟'字
54	以	以	其他 傳本에는 '以'字가 빠졌음.
62	每一羅直銀	每一銀直羅	其他 傳本에는 모두 '每羅一匹(疋)値銀'
77	他	他	其他 傳本에는 모두 '地'字
78	製	製	其他 傳本에는 모두 '制'字

2) 譯語部

號	港大明鈔本	藍格明鈔本	備註
7	霏微	霏霺	其他 傳本에는 모두 '霏微'
16	神道	神通	只張校本 作 '神道'
31	廝叉	廝及	只張校本作 '廝叉', 其他傳本各不同, 參見 註解部
36	鴉訓	穛訓	只張校本作 '鴉訓., 其他傳本에는 모두 '鴉順'
41	捻宰	捻宰	張校本 以外에는 모두, '稔宰'
43	訖載	訖載	張校本 以外에는 모두, '記載'
48	轄載烏受勢	轄載烏受勢	其他傳本均與兩明鈔本不同, 參見 註解部
70	果曰果	果曰果	張校本以外無此項
74	渴未	渴未	只張校本作 '渴未', 其他傳本에는 모두 '渴來'
84	鳩曰于雄	塢曰于雄	只張校本作 '鳩曰于雄', 其他傳本均無此項
91	崔譚	雀譚	其他傳本殆爲'雀譚', 參見 註解部
92	孫	孫	張校本以外 其他 傳本에는 모두 '孫命'
93	命官	命官	張校本以外 其他 傳本에는 모두 '官'
137	能	能[奴台反]	只張校本與藍格明鈔本同, 其他 傳本作 '奴台' 或'奴台切'
138	餧	矮箇	只張校本與港大明鈔本同, 其他 傳本各異, 參見註解部
145	長官漢吟	長官漢吟	張校本以外 其他 傳本에는 모두 '長漢(嘆)吟'

149	男子曰吵喃音耶南	男子曰吵喃	藍格明鈔本與長校本同, 港大明鈔本與其他本次序同
154	亦曰同婆記	易曰漢記	張校本作'亦曰案記', 其他 傳本與港大明鈔本同
167	嫩步	步	張校本與港大明鈔本同, 其他 傳本에는 모두'踈(疎)'
188	麥曰密豆日大	麥曰窗	張校本作'麥曰祕'以外, 其他 傳本均'麥曰密(蜜)頭目'
189	○○○	豆曰大	張校本作 '豆曰火' 以外, 其他 傳本均無此項
190	麻帝骨	麻帝谷	其他傳本各異, 參見註解部
197	飯曰飵	飯曰朴	其他傳本에는 모두 '飯(飯)曰朴擧'
198	孝飯曰謨做	孝曰飰謨椒	張校本作'餅曰謨做', 其他 傳本에는 모두 '粥曰謨做'
200	湯曰湯水	湯曰湯水	張校本與港大明鈔本同, 其他 傳本 '湯曰水'或無此項
224	毛施	毛施	只張校本作'謨施', 其他 傳本에는 모두 '毛'
230	腰帶	腰帶亦曰手帶 謁	張校本'亦曰子帶', 其他 傳本에는 모두 '亦曰謁子帶'
231	皂杉曰珂門	(謁)皂山曰珂門	張校本作'褐皂衫曰珂門', 其他傳本에는 모두 '皂(卑)衫曰軻門'
239	針曰板捺	斜曰板榛	只張校本作'斜曰', 其他 傳本에는 모두 '針曰'
253	雌孛	雌孛	張校本亦同, 其他 傳本에는 모두'雌字'
255	刀音佳	乃音堆	只張校本作'音堆', 其他 傳本에는 모두 '音佳'
260	席曰薆	席曰薆音帝席	張校本作'席曰薆音席' 其他 傳本에는 모두 '席曰薆音登'
261	席薦曰質薦	薦曰質爲	張校本作'薦曰質薦', 其他 傳本均與港大明鈔本同
264	状曰状	林曰林	張校本 '牀曰牀', 其他傳本에는 모두 '林曰林'
266	箈	箱音登	只張校本有 '音登'
268	下簾曰箈	下簾曰箈恥且囉	張校本作 '下簾曰箈恥具囉', 其他 傳本에는 모두 '下曰簾箈'
277	盤子曰盤	盤曰盤	只張校本與藍格明鈔本同, 其他 傳本均與港大明鈔本同

280	瓶碗	瓶砱	張校本作'瓶碗', 其他 傳本에는 모두 '瓶砣'
281	盏盤曰臺盏	盤曰臺盞	只張校本與港大明鈔本同, 其他 傳本에는 모두 '盞盤曰臺盤'
284	卒	窣	只張校本與藍格明鈔本同, 其他 傳本에는 모두 '宰'
285	己顗	己頭	張校本作'巳題', 其他傳本作'巳(己, 已)顯'
290	折[之吉反]	折[之吉反]	張校本同, 其他傳本에는 모두 '七吉反'
294	捶	搖	張校本作'捶', 其他 傳本에는 모두 '垂'
301	辔頭	辔頭	張校本同, 其他 傳本均無'頭'字
305	薩[亦曰矢]	薩[亦曰笑]	張校本及朝鮮鈔本與港大明鈔本同, 其他 傳本各異
307	大刀曰訓刀	大刀曰訓刀	張校本同, 其他 傳本에는 모두 '火刀曰割刀'
309	蘇子戊	蘇戌	張校本作'蘇戌', 其他 傳本에는 모두 '蘇戌'
313	那沒香	鄉木香	第二字, 只張校本作'木', 其他 傳本에는 모두 '沒'
314	活孛	活孛	張校本同, 其他傳本에는 모두 '活索'
331	孫集移室	孫集移宝	只張校本與港大明鈔本同, 其他傳本에는 모두'孫集利寶延'
332	延客入曰	延客入曰	張校本同, 其他 傳本에는 모두 '客入曰'
335	滅袈底	滅之衣底	張校本作'滅知衣底', 其他 傳本作'滅袈底'
354	釁合反	釁合友	張校本作'釁何支', 其他 傳本에는 모두 '覺合及'

이상 뽑아 놓은 것에 근거하여 比較하여 보면 다음과 같이 다름을 발견할 수 있다.

(1) 記事部에서 기타 現傳本을 비교하여 보면 兩 明鈔本은 공통점이 비교적 많다. 단 ⑦의 '米'와 '耒', ⑳의 '司'와 '月'은 兩 明鈔本의 차이점 상에서 곧 매우 중요한 것이다.
'國官月六參'의 글의 뜻은73) 港大明鈔本 외에는 모두 藍格明鈔本과 같음이 매우 분명하다. 글의 뜻으로 보아 '國官司六參'이라 함은 마땅하지 못하다. 港大明鈔本의 잘못임을 알 수 있다.

(2) ⑭의 '渴末'는 藍格明鈔本과 同系인 각 판본이 모두 다음과 같이

73) 官司 : 『春秋左氏傳』 定公 4년에 이르기를 "官司彝器"(註) 官司百官也.
六參 : 『唐書』 百官志에 이르기를 "武官 5품 이상 및 折衝當番者는 5日 1朝 號六參官"으로 되어 있다. 『宋史』 禮志에 이르기를 "百司 朝官이상 5日 1朝 紫宸爲 六參官"으로 되어 있다.

張校本에 의거해서 '渴未'를 '渴末'라고 고친 것인데 오히려 잘못 되었다. 港大明鈔本과 其他 傳來本이 모두 '渴未'로 되었으므로, 港大明鈔本으로 말미암아 陶珽『重編說郛』및 그 이후의 各 傳本에 이르기까지 모두 틀리지 않았다.

(3) ⑭9의 '男子曰'은 兩明鈔本의 순서가 같지 않으니 곧 藍格明鈔本의 순서는 張校本과 동일하다. 港大明鈔本과 기타 傳來本은 서로 같다. 그러므로 이 순서가 서로 같지 않은 까닭에 兩 明鈔本이 다른 板本임을 알 수 있다. 이밖에 小注가 있거나 없거나 한 것 또한 양 명초본의 다른 점이다.

(4) ⑮4의 小註 부분을 비교해 보면 藍格明鈔本의 '漢記'와 張校本의 '案記'는 서로 비슷하지만, 港大明鈔本과 기타 傳本은 모두 '同婆記'로 되어있다. 이로 볼 때 藍格明鈔本과 張校本을 제외하고는 모두 港大明鈔本으로부터 그 후의 각종본에 전래되었음을 알 수 있다.

(5) ⑱8의 '麥曰密'은 '麥曰密豆日大'와 ⑱9의 '豆曰大'는 이 두 明鈔本이 뒤섞인 것이며, 그 후의 각 판본에 매우 큰 영향을 주었다. 곧 藍格明鈔本에 근거한 '麥曰密'이 張校本에서는 '麥曰祕'라고 고쳐졌고 더 나아가 港大明鈔本에는 '麥曰密豆日大'로 두 항목이 이어져 쓰여지면서 '豆曰大'의 '曰'자가 '日'자로 誤記되었고, 이로 인하여 그 후의 각 전래본 중에서 '麥曰密(蜜)頭目'라고 쓰는 착오를 초래한 것이다. 또한 ⑱9의 항목에서 藍格明鈔本의 '豆曰大'와 張校本의 '豆曰火'는 港大明鈔本과 기타 傳來本에 모두 이 항목이 없다.

(6) 藍格明鈔本 ㉓0항의 '腰帶亦曰手帶謁'[74]의 記載는 확실치 않다. 그러므로 張校本에서는 잘못 고쳐 '腰帶亦曰子帶'와 다음 항목의 '褐皀衫曰'이라고 했다. 港大明鈔本에는 小註 부분을 쓰지 않았다. 이러한 점을 보면 兩 明鈔本의 底本은 모두 명확치 않아 알 수 없으며, 이로써 兩 明鈔本의 傳寫의 태도 또한 미루어 알 수 있다. 곧 藍格明鈔本의 轉寫者는 비록 誤記의 부분이라고 인정되어도 원본대로 썼으며, 港大明鈔本의 轉寫者는 원본에 분명치 않은

74) '謁'자는 응당 '小'자로 써야 한다.

것은 베끼지 않고 그대로 空白으로 남겨 두었다.

(7) 藍格明鈔本 ㉓⑨항의 '斜曰'이 張校本의 잘못된 改變을 초래하였다. 港大明鈔本의 '針曰'은 다른 본에까지 전해졌다.

(8) 藍格明鈔本 ㉕⑤항의 '乃音堆'의 '音堆'는 곧 張校本 교정의 근거가 되었는데 港大明鈔本 중 '刀音隹'75)의 '音隹'는 자획이 명확치 않아 각 傳本상에 '隹'와 '佳'가 섞여지는 혼란을 초래하였다.

(9) ㉖⓪항은 ㉓⓪항과 같은 예이다. 藍格明鈔本에서는 原本이 불명확하였고, 따라서 '帝曰蕟音帝席'의 轉寫를 港大明鈔本에서는 다만 '席曰蕟'이라 하였고 小註 부분은 베껴쓰지 않았다. 그러므로 張校本상에 '席曰蕟音席'과 기타 傳本上에서 '席曰蕟音登'과 섞이는 혼란을 초래하였다. 다음 ㉖①항도 같은 혼란이다. 이로써 底本上 字劃의 불명확함을 발견할 수 있게 되었다.

(10) ㉖⑥항의 小註 '音登'의 유무로 兩 明鈔本의 차이를 알 수 있다. 곧 藍格明鈔本과 張校本上에는 '音登'의 기재가 있으나, 港大明鈔本과 기타 傳本上에는 '音登'이 기재되어 있지 않다. '簾曰箔音登'은 뜻으로 보면 마땅히 '音發'이여야 한다. 그러나 張校本에서는 '音登'을 덧붙였음은 藍格明鈔本과 같은 系統의 판본에 의거해서 교정한 것이 틀림없다.

(11) ㉖⑧항의 藍格明鈔本의 '下簾曰箔恥且囉'와 港大明鈔本의 '下簾曰箔'을 비교해 보면 張校本은 곧 藍格明鈔本에 근거한 것이다. ㉖⑧의 甲項과 兩 明鈔本의 구별을 참고하면 더욱 분명하다.

(12) ㉗⑦항목에서 또한 두 明鈔本과 기타 傳本의 관계를 알 수 있다. 곧 藍格明鈔本의 同系와 張校本은 같고, 港大明鈔本과 기타 傳本이 같아지면서 두개의 支流를 이루었다.

(13) ㉘④항에서 藍格明鈔本의 '窣'은 張校本 교정의 근거가 되었다. 港大明鈔本에서 잘못 베껴 '宰'이 되었다. 그 후 기타 傳本上에 다시 '宰'라고 誤記 되었고 이는 자획이 서로 비슷하여 錯誤가 생긴 것이다.

(14) ㉘⑤항은 아마도 '椀曰巴賴(賴)'의 잘못인 듯하다. 그러나 兩 明鈔本 및 각종 傳本上에 달리 기재된 이유를 쉽게 알 수 있으니, 곧 藍

75) '隹'자와 매우 가깝다.

格明鈔本의 '己頭'와 港大明鈔本의 '己顋' 때문에 張校本은 두 자와 유사한 글자인 '巳題'로 썼다. 기타 傳本은 다시 유사한 글자를 통하여 '己(巳, 已)顋'로 하였다.

(15) ⑬항의 두 번째 글자 '木'만이 藍格明鈔本과 張校本에서 서로 같다. 이로써 張校本은 곧 藍格明鈔本에 근거해서 교정했음을 알 수 있다. 기타 傳本과 港大明鈔本은 모두 '沒'자로 되어있으므로 기타 傳本은 모두 港大明鈔本에서 온 것임을 알 수 있다.

(16) ㉟항은 완전히 두 종류로 나뉜다. 곧 藍格明鈔本과 張校本에서 두 번째와 세 번째 글자로 나뉘어 쓰인 글자를 港大明鈔本과 기타 傳本에서는 '㓞' 한 자로 합쳐진 것을 알 수 있다. 字典上에 이러한 '㓞'자는 없다. 이로써 陶珽『重編說郛』이래 각종 傳本상에 '滅㓞底'는 틀림없이 港大明鈔本 '滅㓞底'로부터 유래된 것이다.

이상에 서술된 모든 차이점으로 보면 이 두 明鈔本이 곧 陶宗儀가 편집한 原本『說郛』에 근거된 筆寫本으로서『鷄林類事』부분을 본다면 완전히 믿을 수는 없다. 다만 藍格明鈔本과 張校本이 비교적 밀접한 관계가 있음을 알 수 있고 陶珽의『重編 說郛』이래 각종 전래본은 곧 港大明鈔本의 影響을 비교적 많이 받았음을 알 수 있다. 비록 張宗祥씨가 藍格明鈔本을 직접 참고하지 않았으나 張씨가 參考한 6종의 明鈔本 중에 아마도 郁文博 校正의『說郛』本이 있었을 것이다.

昌彼得씨는 일찍이 藍格明鈔本과 張校本의 관계를 언급하기를,

"이 판본에 수록된 책은『涵芬樓校印明鈔說郛本』보다 종류가 적으며 아마도 이 판본간에 빠진 페이지가 있었으나, 분권하여 권수를 나누고 보니 兩本이 대체로 서로 비슷하다. (중략) 이로써 근세에 전하는 수많은『說郛』는 실로 같은 板本에서 나왔음을 알 수 있고, 모두 弘治初年 郁文博이 편찬 교정한 판본에서 나왔을 것이다."(「說郛考」 p.13)라고 하였다.

이밖에 張宗祥씨의 『涵芬樓校印名鈔本說郛』 서문에 이르기를 "이 책은 무릇 明鈔本 6종을 모아 비로소 완벽하게 만든 것이다." 하였다.

이 6종 鈔本의 解題로 보면 藍格明鈔本은 이 6종 明鈔本 중에 있지 않다. 그러나 위의 記述을 대조해보면 藍格明鈔本과 張校本의 중요한 점은 서로 같은 점이 매우 많다는 것이다. 이렇게 본다면 昌씨가 말한 '수많은 『說郛』'는 실로 같은 책에서 나와 모두 弘治 初年 郁文博이 편집 교정한 판본이다라는 주장을 믿을 수 있을 것 같다. 종합해서 말하면 『鷄林類事』의 現傳本은 두개의 주류로 나눌 수 있다.

(甲) 陶宗儀編原本說郛 → 郁文博校正說郛 → 藍格明鈔本系說郛 → 張校本說郛
(乙) 陶宗儀編原本說郛 → 港大明鈔本系說郛 → 陶珽重編說郛 → 各種現傳本說郛

兩 明鈔本을 제외하고도 또한 기타 근거본이 있을 수 있는바, 그 理由를 열거하면 다음과 같다.

(1) 『鷄林類事』 記事部 ㉑항의 '文班百七十員'은 兩 明鈔本과 張校本이 서로 같다. 그러나 陶珽의 『重編說郛』 이후 기타 전래본은 모두 '文班七百十員'으로 쓰여 있는데, 이는 기타본에 근거하여 고친 것 같으나 근거가 되는 전래본을 알 수 없다.
(2) 記事部 ㉟항에 '有犯不去巾但遞袍帶'도 또한 兩 明鈔本과 張校本이 서로 같지만, 기타 傳來本에서는 모두 '有犯不去巾衣但遞袍帶'로 되어 있는데, 이 또한 어떤 판본에 근거해서 고친 것인지 알 수 없다.
(3) 譯語部 ⑰항의 '果曰果'와 ㊹항의 '鳩曰于雄'은 기타 전래본에는

모두 이 항이 빠져있고 그 이유는 불확실하다.

⑷ 譯語部 ⑶⑭항의 '射曰活孛'의 '孛'자가 기타 전본에는 모두 '索'자로 되어있다. 그러나 해석상으로 볼 때 '索'자가 비교적 타당하다. 이와 같이 뒤의 개정본이 옳은 것은 아마도 다른 근거가 있었을 것이다.

4. 先行 研究의 紹介와 批評

(1) 前間恭作의 『雞林類事 麗言攷』

『鷄林類事 麗言攷』(이하 簡稱 麗言攷)는 日本학자 前間恭作[76]이 편찬한 것이다. 大正 14년(1925)에 日本 東京 東洋文庫에서 刊行되었다. 표지서명 오른쪽에 「東洋文庫論叢 第3」이라는 副題가 있다. 前間씨가 한국에서 전후 18년을 살면서 통역관직에 있었으며, 퇴임한 후에는 귀국하여 한국어문 및 역사연구에 전념하였다. 이 책은 前間씨가 58세 때에 간행되었으며, 菊大版, 石板으로 모두 134페이지(색인 4페이지 포함)이다.

이 책은 『鷄林類事』 譯語部 전부에 대한 최초의 研究物이며, 그 내용이 어떠한가는 논하지 않더라도 『鷄林類事』 研究史에서의 가치만큼은 매우 크다. 그중 『鷄林類事』 記事部에서는 오직 圈點만 있고 해석은 하지 않았다. 譯語部에서는 每 語彙마다 관계 자료를 朝鮮 初期 문헌 중에서 깊이 찾아보고 引用 對照만하였을 뿐 상세한 고증은 하지는 않았으나, 前間씨가 한국에 18년이나 살았다 할지라도 존경할 만한 일이다. 그러나 그 내용을 보면 誤謬가 적지 않은데 列擧하면 다음과 같다.

『麗言攷』 서문에 밝히기를 이 책은 곧 『古今圖書集成』本의 『鷄林類事』에 근거해서 연구한 것이라고 했으나, 그 실제로 인용된 語彙를 보면 『古今圖書集成』(雍正本, 光緒本)本과 같지 않으며, 또한 기타 傳本과도 일치하지 않는다. 어떤 본에 근거해서 연구한 것인지 전혀 분명하지 않다. 『麗言攷』와 『古今圖書集成』本(이하 簡稱 古今本)이 현저하게 같지 않은 곳이 있어 열거하면 다음과 같다.

---

76) 본 논문 제1장 1도언(주 21) 참조.

1) 四十曰䕯兩(古今本) → 䕯雨(麗言攷) : 麗言攷와 朝鮮鈔本 및 海史本에는 서로 같다.

2) 暮曰占槺或言古沒(古今本) → 占捺或曰占沒(麗言攷) : 麗言攷와 海史本에는 서로 같다.

3) 土曰轄帝(古今本) → 轄希(麗言攷) : 麗言攷와 張校本 및 朝鮮鈔本에는 서로 같다,

4) 土曰進寺儘切(古今本) → 寺儘反(麗言攷) : 麗言攷와 海史本에는 서로 같다.

5) 稱我曰能奴台(古今本) → 奴台切(麗言攷) : 麗言攷와 朝鮮鈔本 및 海史本에는 서로 같다.

6) 嫂曰長漢吟(古今本) → 長嘆吟(麗言攷) : 麗言攷와 海史本에는 서로 같다.

7) 男子曰吵喃(古今本) → 沙喃(麗言攷) : 麗言攷와 張校本에는 서로 같다.

8) 自稱其夫曰沙會(古今本) → 麗言攷와 海史本에는 이 항목이 없다.

9) 妻亦曰漢吟(古今本) → 麗言攷와 海史本에는 이 항목이 없다.

10) 粟曰田菩薩(古今本) → 粟曰菩薩(麗言攷) : 麗言攷와 海史本에는 서로 같다.

11) 湯曰水(古今本) → 麗言攷와 海士本에는 이 항목이 없다.

12) 金曰那論義(古今本) → 那論議(麗言攷) : 麗言攷와 海史本 및 藍格明鈔本에는 서로 같다.

이상의 對照로 보면 麗言攷와 古今圖書集成本과는 관계가 없음을 알 수 있고, 오히려 海史本과 직접적인 긴밀한 관계가 있음을 알 수 있다. 그러나 前間씨는 海史本은 전혀 언급하지 않고, 다만 序文 상에 古今圖書集成本에 의거했다고 말했다. 前間씨가 실제로는 海史本에 근거하고서도 말하지 않은 것은 그 뜻이 어디에 있는지를 알

수 없다. 그중 또한 張校本과 藍格明鈔本과 같은 것이 있다. 그러나 張校本이 民國 16년(1927)에 上海에서 출간된 것이며, 麗言攷는 1925년에 日本 東京에서 출간되었다. 곧 두 책은 출간된 연대로 말하면 麗言攷가 張校本보다 2년이나 앞섰으니, 前間씨가 결코 張校本을 참고하지 않았음을 알 수 있다. 또한 『前間先生小傳』[77]을 보면 그가 그때까지 중국에 가본 적이 없었으므로 中國 所藏의 明鈔本 『說郛』를 볼 수가 없었을 것이다. 당시 일본에 明鈔本 『說郛』가 있었는지 없었는지, 혹은 前間씨가 이미 그 책을 참고했는지는 다 알기가 어렵다.

李基文씨가 편찬한 「鷄林類事의 再檢討」에 다음과 같이 말했다.

> "『大東韻府群玉』 이후에 『海東繹史』(권28)에 『類事』(古今圖書集成本 方言部分)를 收錄하였다."(東亞文化 8집 p.205 참조)

李씨는 海東繹史本을 『鷄林類事』 譯語部로, 다시 말해 古今圖書集成本을 『鷄林類事』 譯語部로 인식하고서 자세히 살피지 않은 것 같다. 前間씨도 혹시 海史本에 근거하고서 海史本과 古今圖書集成本이 서로 같은 것으로 誤認하고서 자세히 살피지 않은 채 古今本을 기재하는 오류를 범하였을 수 있다. 그러나 記事部分에서 古今本과 비교적 서로 같은 것은 아마도 古今本에서 베낀 것일 가능성이 있다. 그러나 기사부분에만 圈點이 있고 베껴 쓴 것에 오류가 적지 않은데, 열거하면 다음과 같다.

㉓㉔ 膝(古今本) → 膝(麗言攷)
㉖ 步(古今本) → 歩(麗言攷)
㉙ 女(古今本) → 如(麗言攷)
㉚ 盜(古今本) → 資(麗言攷)

---

77) 東洋文庫叢刊 제11, 前間恭作 편 『古鮮冊譜』 제3책 부록(昭和 32년, 1957년 3월 東京刊行) 참조

⑤1 甚(古今本) → 其(麗言攷)
⑤7 穀(古今本) → 穀(麗言攷)
⑥7 參(古今本) → 蔘(麗言攷)

이밖에 譯語 部分 중 역시 잘못 필사한 것이 있는데 예를 들면,

⑩항의 "雹曰霍"은 '藿'자를 잘못 쓴 것이다.

⑤1항의 "上曰頂"의 '頂'은 '項'자를 잘못 필사하고서, 이를 '上曰頂'의 誤寫라고 했으니 이처럼 스스로 잘못 쓰고 이를 스스로 바로잡은 것은 헛된 수고일 뿐, 다른 간본에는 모두 '上曰頂'이라고 되어 있고 '上曰項'으로 된 것은 없다.

⑰8항의 '背曰腿馬末'의 '末'은 '木'자를 잘못 쓴 것이다.

麗言攷가 근거로 삼은 저본이 분명치 않은 것은 매우 큰 결점이 된다. 이로 인해 그 연구의 업적은 물론 어휘 해석상에도 영향을 주어 잘못 해석하고 억측한 것도 적지 않다. 그러나 필자가 변함없이 강조하는 것은 前間恭作씨가『鷄林類事』의 연구를 개척한 공로이다.

(2) 方鍾鉉의『雞林類事硏究』

『雞林類事硏究』(이하 簡稱 鷄硏)는 1949년 서울대학교 교수 方鍾鉉[78]씨가 편찬한 것이다. 1955년 12월 遺稿本으로 있던 것을 延禧大學校[79] 東方學硏究所『東方學志』 제2집에 실린 것이다. 前間씨가 편찬한『麗言攷』이후 이 논문이『鷄林類事』연구의 두 번째 저작이다. 前間씨는 다만 譯語部分의 어휘만을 연구했지만, 方씨는『鷄林類事』全體의 연구를 시도하였다.

遺稿本의 誤字 또는 脫字가 상당히 많다. 注解部를 참조바람.

이 논문 앞에『鷄林類事』全文이 있는데, 어떤 판본의 책에서 採

78) 方鍾鉉(1905~1952년) : 호 一蓑, 京畿道人, 한국어 학자, 일찍이 서울대학교 교수를 역임하고 문과대학장. 저서에『古語資料辭典』,『訓民正音通事』등이 있다.
79) 뒤에 연세대학교로 개칭함

錄하여 게재했는지 설명하지 않았고, 또한 方씨의 교정본도 아니다. 譯語部 每 項 앞에 번호를 덧붙였는데 총 353항이며, 註解는 곧 356항으로 서로 맞지 않는다. 그 근거본이 분명치 않은데 실은 麗言攷와 비슷하다.

이 論文은 앞에서 언급한『順治版說郛』,『古今圖書集成』및『民國版說郛』를 모두 참고한 것 같으나, 그 내용을 살펴보면 또한 위에 언급한 여러 판본과 같지 않은 점을 열거하면 다음과 같다.

1) ㉛항의 '四十曰麻忍'(雞硏) : 다른 판본들은 모두 雞硏과 다르다.
2) ⑪④항의 '蝨曰蟣'(雞硏) : 다른 판본에는 모두 '螘'자로 되어있다.
3) ㉖⑧ A항의 '耻曰囉'는 順治本과 古今本에는 모두 이 항이 있으나 雞硏 중에는 이 항목이 없다.
4) ㉚⑤항의 '箭曰薩亦曰矢'의 '薩'자는 다른 본은 모두 雞硏本과 다르다. 註解部 참조.
5) 古今本 중 다섯 곳의 註에 이르기를 '字典無此字, 字典不載, 字典無音'이라고 하였는데, 雞硏 중에는 이들 註가 없다. 이로 보면 順治本에 의거한 것 같으나, 順治本에서도 서로 같지 않은 곳이 있다.
6) ⑳⓪항의 '湯曰水'는 順治本에는 '湯水'로 되어 있고, 古今本에는 '湯曰水'로 되어 있는데, 雞硏本만 이 항목이 古今本과 같다. 이로 보면 順治本에 근거한 것 같고, 또는 古今本에 근거한 것 같기도 하고, 또는 본인이 고쳐 쓴 것 같기도 하여 이 때문에 혼란스러운 결과를 초래하게 되었다.

이밖에도 論議할만한 말들이 있는데 다음과 같다.

"民國板『說郛』중에는 다른 어느 板에도 들어 있지 않은 語項이 세 개 있으니, 그것은 '果曰果', '鳩曰于雌', '準曰笑利彖畿'이란 것이 그것이

요, 그 대신에 '雁曰哭利畿'[80]의 1項이 빠져서 없다."(鷄研 p.38)

이는 方씨의 소견이 廣範圍하지 못한데서 緣由한 것이니 張校本 이외에는 藍格明鈔本과 港大明鈔本 중에 모두 위 항목의 기록이 있다.

譯語部 註解 중의 漢字音은 『唐韻』·『廣韻』·『集韻』 등의 半切音으로 기록하였는데 잘못 기재한 것이 매우 많다. 또한 漢字 한 글자에 여러 가지 反切音이 있을 때에는 한두 개만을 골라 썼으므로 대조할 수가 없다. 註解部分에 있어서는 앞부분은 비교적 상세하게 考證했으나 ⑰항 이후부터는 漢字의 半切音을 註釋하지 않고 다만 朝鮮初期 문헌 중에서 관련 어휘를 찾았을 뿐이다. 그러므로 註解部分 후반부에서는 前間씨의 『麗言攷』보다 꼼꼼하지 못하다. 이밖에 考證上에 착오도 많으나 여기에서는 重言하지 않는다. 註解部 參照.

그러나 方씨가 『鷄林類事』 編纂年代를 추정한 공로는 없다 할 수는 없다. 다른 연구자[81]들은 거의 모두가 以上 두 사람의 연구에 의거하였고 어떤 사람은 그 일부의 잘못을 지적하고, 어떤 사람은 異見을 냈을 뿐이며, 전체적으로 연구한 사람은 거의 한사람도 없으므로 일일이 언급하지 않는다.

---

80) '弓'자가 빠진 것은 識字할 때에 誤脫되었을 것이다.
81) 본 논문 제1장 1 (2) 한국인의 연구자 참조.

제2장 記事部分의 校正

1. 각 傳本의 對照

지금까지 『鷄林類事』 연구자들이 거의 모두 記事部分을 중시하지 않고 오직 譯語部分만을 중시하였으므로, 이에 대해 지금까지 상세히 연구한 사람이 없다. 비록 현재 전하는 記事部分이 다만 高麗 朝制 및 風俗의 일부분만 남아있지만, 『鷄林類事』 연구상 소홀히 할 수 없는 매우 중요한 자료이다. 먼저 張校本 기사부분을 底本으로 하여 각 傳本과 대조해서 그 전문을 기록하면 다음과 같다.

高麗王建自後唐長興中, 始代高氏爲君長.

傳(1)位不欲與其孫(2) 乃及於(3)弟.

生女不與國(4)臣爲姻(5) 而令弟兄(6)自妻之.

言王姬(7)之貴 不當下嫁也.

國人婚(8)嫁無聘(9)財 令人通說 以來(10)食爲定 或男女相欲爲夫婦則爲之.

夏(11)日羣(12)浴於(13)溪流 男女無別.

瀕海之人 潮落舟遠 則上下水中(14) 男女皆露形.

父母[15]病 閉於室[16][17][18]中 穴[19]一孔 與藥餌[20] 死不送.

國城三面負山 北最高峻[21] 有溪曲折貫城中 西南當下流 故地稍平衍 城周二十餘[22]里 雖沙[23]礫築之 勢亦堅壯.

國官月[24]六參 文班百七[25]十員 武班五百四十員 六拜蹈[26]舞而退 國王躬身還禮 稟事則膝行[27][28]而前 得旨復膝[29]行而退 至當級 乃步[30] 國人[31]卑[32]者見尊者亦如之 其軍民見國官甚恭 尋常則胡[33]跪而坐 官民子拜父 父亦答[34]以半禮 女[35]僧尼就地低頭對拜.

夷[36]俗不盜[37] 少爭訟 國法至嚴[38] 追[39]呼 唯[40]寸紙不至 即罰 凡人詣官府少亦費米數[41]斗 民貧 其憚之 有犯[42]不去巾[43] 但褫[44]袍帶 杖笞頗輕 投束[45]荊[46] 使自擇 以牌記其杖數 最苦執縛[47] 交臂[48]反接[49] 量罪爲[50]之 自一至九[51] 又視輕重 制[52]其時刻而釋之 唯[53]死罪可久 甚者髀[54]脾[55]骨相摩 胸皮折[56]裂.

凡大罪 亦刑部拘役也 周歲待決 終不逃[57] 其法 惡[58]逆及罵[59]父母乃斬 餘[60]止杖肋 亦不甚[61]楚 有降[62]或不免[63] 歲以[64]八月論囚 諸州不殺 咸送王府 夷[65]性仁 至期多赦者[66] 或配送青嶼黑山 永不得還.

五穀[67]皆有之 粱[68]最大 無秫[69]糯 以粳[70]米爲酒 少絲蠶[71] 每一銀直羅[72]十兩[73] 故國中多衣麻[74]苧 地瘠[75] 唯[76]産人蔘[77] 松子 龍鬚[78]布 藤席 白硾[79]紙.

日早晚爲市 皆[80]婦人挈[81]一柳箱 小一[82]升[83]有六合 爲一刁[84] 以升爲刁[85] 以稗[86]米定物之價 而貿易之 其他[87]皆視此爲價之高下 若其[88]數[89]多 則以銀餅[90] 每重一斤 工人製[91]造用銀十二兩[92]半 入銅二兩[93]半, 作一斤 以銅當工匠之直 癸未年倣朝鑄錢交易 以海東重寶[94] 三韓通寶[95]爲記.

고려 왕건이 후당 장흥 때부터 비로소 고씨를 대신해서 군장이 되었다.

왕위를 그 자손에게 넘겨주고자 하지않고 곧 그 동생에게 전해주었다.

딸을 낳으면 신하와 혼인하지 않고 형제로 하여금 스스로 아내를 삼게 하였다.

왕의 딸이 귀한데 신분을 낮추어 결혼하는 것은 옳지 않다고 하였다.

백성들이 혼인함에 빙재가 없고 중매쟁이로 하여금 말을 통하여 쌀밥으로 정하였고 또는 남녀가 서로 좋아하면 곧 부부가 되었다.

여름날 시냇물에서 군욕을 하는데 남녀구별이 없었다.

바닷가의 사람들이 썰물이 되어 배가 멀어지면 곧 사람들의 몸 전체가 물 속에 있던 몸이 남녀 모두 노출되었다.

부모가 병들면 토실 중에 가두고 한 구멍을 내어 약과 음식을 넣어주다가 죽으면 장사지내지 않았다.

나라의 성이 삼면이 산을 등지고 있는데 북쪽이 가장 높고 험준하며 시냇물이 성을 꼬불꼬불 꿰뚫어나가니 서남쪽이 당연히 하류이며 그러므로 땅이 조금 서남쪽으로 평평하다. 성 주위는 20여 리이고 비록 모래와 자갈로 쌓았지만 매우 튼튼하였다.

나라의 관리는 매월 여섯 번 참예한다. 문반은 170명이고 무반은 540명이다. 여섯 번 절하고 춤추듯 뛰면서 물러난다. 국왕은 몸을 굽혀 답례한다. 일을 임금에게 아뢸 때는 무릎으로 기어서 앞으로 나아가서 임금의 재가를 얻으면 다시 무릎으로 기어서 물러났다. 해당 위치에 이르면 곧 걸었다. 백성들 중 신분이 낮은 사람은 신분이 높은 사람을 보면 또한 이와 같이 했다. 군인이나 백성들이 나라의 과리를 보면 매우 공손하였다. 평상시는 곧 무릎을 꿇고 앉았다. 관리의 자제들이 아버지에게 절하면 아버지는 반례로 답하였다. 여자와 중은 땅에 머리를 대고 절하였다.

고려 사람들의 풍속이 훔치지 않고 다투어 송사하는 일이 적었다. 국법이 지극히 엄격하여 호출할 때 오직 작은 종이쪽지로 해도 이르지 않으면 곧 벌하였다. 무릇 백성들이 관청을 잘 알아서 적으면 쌀 몇 알만 써도 되었다. 백성들이 가난해서 그것을 꺼리었다. 범법자가 있어도 두건은 벗기지 않고 다만 도포의 띠를 풀게 하고 매를 치는 것도 매우 가벼웠다. 구속하여 투옥하는 것은 자신이 택하게 하고 나무 조각에 그 매질의 수를 기록하였다. 가장 고통스러운 것은 잡아 묶는 것이고 팔을 반대로 접어 엮는 것이며 죄의 양에 따라 처리하는데 하나에서 아홉까지이며 또한 죄의 경중을 보아 그 시간을 정해서 풀어주었다. 오직 사형수의 죄는 오래가는데 심하면 넓적다리 뼈를 서로 마찰하고 가슴의 살을 찢어내었다.

무릇 대죄는 또한 형부에서 부역하였다. 일년을 기다려 결죄하지만 끝내 도망가지 않았다. 그 법이 악질적인 반역 및 부모를 매도하면 곧 참수하고 나머지는 갈비대를 치는 것으로 그치고 또한 별로 고초롭지 않았다. 항복이 있어도 면치 못하고 매해 팔월로써 범죄자를 절단하고 각 고을에서는 사형하지 않고 모두 도성으로 보냈다. 고려 사람들의 성품이 어질어서 시기에 이르면 모두 사면하고 혹은 청서도와 흑산도로 유배를 보내어 영원히 돌아오지 못하게 하였다.

오곡이 모두 있으며 수수가 가장 많고 찹쌀은 없어서 멥쌀로 술을 빚었다. 명주실은 적어서 한 필에 은 열 냥이라 나라 사람들이 대부분 삼베와 모시옷을 입었다. 땅이 척박해서 오직 인삼, 잣, 용수석, 등나무 자리, 백추지(한지)가 생산되었다.

하루에 아침부터 저녁까지 저자가 서고 부인들이 모두 하나의 버들상자를 끼고 시장에 가고 작은 한 되와 여섯 홉이 한 되이다. 승을 되라고 했다. 핍쌀로써 물가를 정하고 물건을 사고팔았다. 기타는 모두 이것으로 가치의 값의 고하를 정하였다. 만약 그 수량이 많으면 곧 은병으로 했는데 매 중량은 한 근이고 공인들이 은 열두 냥만을 사용하고 동 두 냥 반을 넣어서 한 근을 만들고 구리에 해당되는 것은 공장의 몫이었으며 계미년에 송나라를 모방해서 돈을 만들어 사용했는데 해동중보 또는 삼한통보라고 새기었다.

교열의 편리를 위해서 각 傳本의 약칭을 숫자로 바꾸어 쓰면 다음과 같다.

張校本	→ ①	港大明鈔本	→ ②
藍格明鈔本	→ ③	近衛本	→ ④
京都人文本	→ ⑤	五朝本	→ ⑥

五大本	→ ⑦	順治本	→ ⑧
四庫本	→ ⑨	朝鮮鈔本	→ ⑩
雍正方輿本	→ ⑪	雍正理學本	→ ⑫
光緒方輿本	→ ⑬	光緒理學本	→ ⑭
海史鈔本	→ ⑮	海史印本	→ ⑯
麗言攷	→ ⑰	雞硏	→ ⑱

상기 약호를 사용해서 각 傳本의 異同을 상세히 대조하면 다음과 같다.

(1) 傳 → 傅(⑨)
(2) 其孫 → 其子孫(張校本外에는 모두 '其子孫')
(3) 於 → 于(港大明鈔本과 張校本은 같음, 他本에는 모두 '于')
(4) 與國 → 與中國(②)
(5) 姻 → 婣(⑨)
(6) 弟兄 → 兄弟(張校本 外에는 모두 '兄弟')
(7) 姬 → 女(③)
(8) 婚 → 婚(④⑤⑥⑧)
(9) 聘 → 聘(②③), 娉(④⑤⑥⑧⑱)
(10) 來 → 米(藍格明鈔本과 張校本은 같음, 他本에는 모두 '米')
(11) 夏 → 卜(③)
(12) 羣 → 君(②)
(13) 於 → 于(張校本 外에는 모두 '于')
(14) 水中 → 水中中(⑩ ※ '中'字 右側에 '~' 表示가 있음)
(15) 父母病 → 父母之病(③)
(16) 閉 → 間(②)
(17) 於 → 于(張校本 外에는 모두 '于')
(18) 室 → 堂(③)
(19) 穴 → 冗(②③)
(20) 餌 → 無此字(③)
(21) 峻 → 浚(③)

(22) 餘 → 余(③)
(23) 雖沙 → 雖雜沙(張校本 外에는 모두 '雖雜沙')
(24) 月 → 司(②)
(25) 百七十 → 七百十(④⑤⑥⑦⑧⑨⑩⑪⑬⑰⑱)
(26) 蹈 → 蹈(④⑤⑥⑧)
(27) 膝 → 驂(③), 膝(②), 膝(④⑤⑥⑧), 膝(⑩), 膝(⑰), 膝(⑨)
(28) 行 → 打(③)
(29) 膝 → (27)項과 같음
(30) 步 → 歩(②③⑨⑰)
(31) 人 → 入(②)
(32) 卑 → 里(⑨)
(33) 胡 → 朝(④⑤⑥⑦⑧⑨⑩⑪⑬⑰⑱)
(34) 答 → 荅(②③), 荅(④⑤⑥⑧⑨), 各(⑩)
(35) 女 → 如(⑰)
(36) 夷 → 其(⑥⑦⑧⑨⑩⑪⑬⑰⑱)
(37) 盜 → 資(⑰)
(38) 嚴 → 厳(③)
(39) 追 → 이 글자 없음(③)
(40) 唯 → 喉(③)
(41) 數 → 数(③), 数(②), 數(④⑤⑥⑧)
(42) 犯 → 罪(⑦)
(43) 巾 → 巾衣(④⑤⑥⑦⑧⑨⑩⑪⑬⑰⑱)
(44) 褫 → 褫(③④⑤⑥⑧⑩), 褫(②)
(45) 束 → 束(④⑤⑥⑧⑨)
(46) 荊 → 棘(②)
(47) 縛 → 縛(②⑱)
(48) 臂 → 擘(③)
(49) 接 → 按(③)
(50) 爲 → 이 글자는 빠지고 空白이 있음(②)
(51) 九 → 九父(③)
(52) 制 → 制(⑨)

(53) 唯 → 惟(④⑤⑥⑦⑧⑨⑩⑪⑬⑰⑱)
(54) 牌 → 이 글자 없음(③), 胛(②), 髀(④⑤⑥⑦⑧⑨⑩⑪⑬⑰⑱)
(55) 脾 → 胛(②), 이 글자 없음(④⑤⑥⑦⑧⑨⑩⑪⑬⑰⑱)
(56) 拆 → 折(②③④⑤⑥⑦⑧⑨⑪⑬⑰⑱)
(57) 逃 → 避(③), 迯(②)
(58) 惡 → 悪(②)
(59) 罵 → 害(③), 詈(其他本에는 모두 '詈')
(60) 餘 → 余(③)
(61) 甚 → 其(⑰)
(62) 降 → 賂(張校本 外에는 모두 '賂')
(63) 免 → 免(②)
(64) 以 → 이 글자 없음(④⑤⑥⑦⑧⑨⑩⑪⑬⑰⑱)
(65) 夷 → 其(⑥⑦⑧⑨⑩⑪⑬⑰⑱)
(66) 者 → 宥(張校本 外에는 모두 '宥')
(67) 穀 → 穀(②④⑤⑥⑧⑩), 穀(⑬⑰), 穀(⑱)
(68) 梁 → 粱(②⑨)
(69) 秫 → 秋(②)
(70) 粳 → 粳(⑩)
(71) 蠶 → 蚕(②③④⑤⑥⑧⑩)
(72) 每一銀直羅 → 每一羅直銀(②), 每羅一匹値銀(⑪⑬⑰), 每羅一疋値銀(④⑤⑥⑦⑧⑨⑩⑱)
(73) 兩 → 兩(⑨)
(74) 廐 → 蔴(③)
(75) 瘠 → 瘠(②③④⑤⑥⑧), 瘠(⑩)
(76) 唯 → 惟(張校本 外 他本에는 모두 '惟')
(77) 參 → 蔘(⑩⑰⑱)
(78) 鬚 → 須(②)
(79) 硾 → 이 글자는 없고 空白이 있음(②), 硾(⑨)
(80) 市皆 → 이 句없음(②)
(81) 挈 → 挈(②)
(82) 小一 → 一小(張校本 外 他本에는 모두 '一小')

(83) 升 → 升(②)
(84) 刁 → 刀(張校本 外 他本에는 모두 '刀')
(85) (84)項과 같음
(86) 稗 → 稈(③), 稗(②)
(87) 他 → 地(④⑤⑥⑦⑧⑨⑩⑪⑬⑰⑱)
(88) 若其 → 其若(③)
(89) 數 → 数(③), 數(④⑤⑥⑧)
(90) 餅 → 瓶(張校本外, 他本에는 모두 '瓶')
(91) 製 → 制(④⑤⑥⑧⑩⑪⑬⑰⑱), 制(⑨)
(92) 兩 → 兩(⑨)
(93) (92)項과 같음
(94) 寶 → 宝(②)
(95) (94)項과 같음

이상 95항은 혹 誤字가 아닌 것도 있고, 다만 簡體로 된 것도 있고, 異體字로 된 것도 있다. 그러나 상세히 대조하기 위해서 열거했다. 그 옳고 그름을 논급하여 바로 잡으면 다음과 같다.

(1) 四庫本의 '傅'는 곧 '傳'의 誤字.
(2) 아래 위의 글로 보면 張校本이 '子'자를 잘못 빼놓았음.
(3) 비록 '於'와 '于'도 同意字이지만 明鈔本에 따라서 '于'자로 해야 옳음.
(4) 아래 위의 글로 보면 港大明鈔本 중의 '中'자는 잘못 더한 것임.
(5) 四庫本의 '姻'은 곧 '姻'의 變體임.
(6) 張校本의 '弟兄'은 곧 '兄弟'의 顚倒임.
(7) 그 글의 뜻으로 살필 때 張校本의 '姫'는 '女'의 잘못임.
(8) '婚'은 『康熙字典』에 '婚'자와 同字라고 하였음. 明鈔本에 '婚'으로 쓴 것이 옳음.
(9) '娉'은 『廣韻』, 『集韻』에 '聘'과 同字라고 하였음. 明鈔本에는 '聘'으로 한 것이 옳다. 이밖에 '聘'은 곧 '聘'의 誤字임.
(10) 아래 위의 글로 보면 '來'는 '米'의 誤字임.

(11) 아래 위의 글로 보면 藍格明鈔本의 '卜'은 '夏'의 잘못임.
(12) 港大明鈔本의 '君'은 '羣'의 잘못임.
(13) (3)항과 같음.
(14) 朝鮮鈔本의 '水中中'에서 '中' 한 글자는 삭제해야 함.
(15) 아래 위의 글로 보면 藍格明鈔本 중에 '之'자는 잘못 더한 것임.
(16) 港大明鈔本의 '間'은 '閉'의 잘못임
(17) (3)항과 같다.
(18) 藍格明鈔本의 '堂'은 그 글의 뜻으로 살피면 마땅히 '室'의 잘못임.
(19) '穴'자는 『篇海』의 '宂'과 같은 字라고 하였음. 그 글의 뜻으로 살피면 '穴'의 잘못임.
(20) 아래 위의 글로 보면 藍格明鈔本은 '餌'자를 잘못 빠뜨렸음.
(21) 藍格明鈔本의 '浚'은 '峻'의 잘못임.
(22) 비록 '余'는 '餘'의 簡體字이지만 '餘'로 써야 옳음.
(23) 그 글의 뜻으로 살피면 張校本은 '雜'字를 잘못 빠뜨렸음.
(24) 港大明鈔本을 제외하고는 다른 판본에는 모두 '月'자로 되어 있는데, 그 글의 뜻으로 살피면 '月'자로 해야 옳음.
(25) 未詳. 官案에 기재된 高麗(文宗 때) 官職表에 의거하면 文班 518명으로 되어 있으므로, 두 가지가 모두 실제 數와 부합되지 않으므로 뒤에 다시 연구를 기다려야함.
(26) '蹈'는 '蹈'의 잘못임.
(27) '膝'字 이외에는 모두 誤字임.
(28) 藍格明鈔本의 '打'는 '行'의 잘못임.
(29) (27)항과 같음.
(30) '步'자는 『俗書正訛』에 이르기를 "從少, 反止也. 從少非"로 되어 있으므로 '歩'는 '步'의 잘못임.
(31) 아래 위의 글로 보아 港大明鈔本의 '入'은 '人'의 잘못임.
(32) 四庫本의 '卑'는 '卑'의 잘못임.
(33) 『高麗史』 중에 "司憲府出榜禁胡跪行揖禮…."(권85, 刑法2, 禁令 第22葉)로 기록되어 있어 '朝'는 '胡'의 잘못임.
(34) '各'은 '答'의 잘못. '答'은 『廣韻』에 이르기를 또한 '荅'이라고도 쓴다 하였으므로 '答'과 '荅'은 같은 자이나 마땅히 '答'으로 써

야 옳음.

(35) 『麗言攷』의 ‘女’는 ‘如’의 잘못임.

(36) 淸刊本에 모두 ‘夷’를 ‘其’로 고친 것은, 明鈔本에 근거하면 다시 ‘夷’로 써야 마땅함.

(37) 『麗言攷』의 ‘資’는 ‘盜’의 잘못임.

(38) 藍格明鈔本의 ‘嚴’은 ‘嚴’의 잘못임.

(39) 아래 위의 글로 보면 藍格明鈔本은 ‘追’를 잘못 빠뜨렸음.

(40) 藍格明鈔本의 ‘喉’는 ‘唯’의 잘못임.

(41) 藍格明鈔本의 ‘数’는 ‘數’의 잘못임.

(42) 五大本의 ‘罪’는 ‘犯’의 잘못임.

(43) 그 글의 뜻으로 살피면 ‘巾衣’의 ‘衣’는 덧붙인 것으로 여겨짐.

(44) ‘裩’字는 『康熙字典』에 ‘褌’자와 같다고 하였으나, ‘裩’는 ‘裩’의 俗字임.

(45) ‘朿’자는 ‘束’의 잘못임.

(46) 港大明鈔本의 ‘棘’은 ‘荊’의 잘못임.

(47) 『古今韻會』에 “俗从專作縳誤”로 되어있으므로 ‘縳’은 ‘縛’의 잘못임.

(48) 아래 위의 글로 보면 藍格明鈔本의 ‘擘’은 ‘臂’의 잘못임.

(49) 藍格明鈔本의 ‘按’은 ‘接’의 잘못임.

(50) 港大明鈔本에는 ‘爲’자를 빠트림.

(51) 藍格明鈔本의 ‘父’자는 잘못 더하였음.

(52) 四庫本의 ‘制’자는 ‘制’의 이체자임.

(53) 비록 ‘唯’와 ‘惟’는 通用字이지만 明鈔本에 근거하면 ‘唯’로 써야함.

(54)(55) 『宣和奉使高麗圖經』에 “次則反縛髀骨相摩至胸次皮膚拆裂乃已亦車裂之類也.”(卷16 官府中囹圄)라 하였다. 이로써 미루어보면 港大明鈔本上의 ‘脾胛骨相摩’, 藍格明鈔本上의 ‘胛骨相摩’, 張校本上의 ‘牌脾骨相摩’ 등은 모두 ‘髀骨相摩’의 잘못임.

(56) ‘折’은 ‘拆’의 잘못임.

(57) ‘迯’자는 『康熙字典』에 ‘俗逃字’라고 하였으나 ‘避’는 ‘逃’의 잘못임.

(58) 港大明鈔本의 ‘悪’은 ‘惡’의 잘못임.

(59) 藍格明鈔本의 '害'는 '詈'의 잘못임. '罵'와 '詈'는 같은 뜻이지만 여기서는 '詈'의 잘못임.

(60) (22)항과 같음.

(61) 『麗言攷』의 '其'는 '甚'의 잘못임.

(62) 張校本의 '降'은 '賂'의 잘못임.

(63) 港大明鈔本의 '免'은 '免'의 잘못임.

(64) 張校本과 兩 明鈔本을 제외하고는 다른 본은 모두 '以'자를 빠뜨렸음. 글의 뜻으로 보면 마땅히 '以'자를 써넣어야 함.[1]

(65) (36)항과 같음.

(66) 위아래의 글로 보면 張校本의 '者'는 '有'의 잘못임.

(67) '糓'자는 『集韻』에 "或从米作糓"이라 하였는데, '穀'과 '糓'은 모두 正體字가 아님.

(68) '梁'은 '粱'의 잘못임.

(69) 港大明鈔本의 '秋'는 '秫'의 잘못임.

(70) 朝鮮鈔本의 '稷'는 '粳'의 잘못임.

(71) '蚕'은 '蠶'의 간체자임.

(72) 각 板本 중에 港大明鈔本의 "每一羅直銀十兩"은 비교적 타당하다. 藍格明鈔本의 '每一銀直羅一兩'은 張校本과 동일하다. 다른 판본의 "每羅一疋(匹)值銀十兩(兩)"은 곧 뒤에 고친 것들임.

(73) '两'은 '兩'의 잘못임.

(74) 藍格明鈔本의 '蔬'는 '疏'의 잘못임.

(75) '瘠'과 '瘠'字는 모두 '瘠'자의 잘못임.

(76) 비록 '唯'와 '惟'는 通用字이지만 明鈔本에 의거하면 '惟'가 옳다.

(77) 비록 '參'과 '蔘'은 通用되지만 明鈔本에 의거하면 '參'이 옳다.[2]

(78) 港大明鈔本의 '須'는 '鬚'의 本字임.

---

1) 기실 '以'자의 유무는 확정하기 어렵다. 이 항과 관계되는 기록이 있는데 예를 들면 『高麗圖經』에 이르기를 "…매해 8월 罪囚를 고려하여…"[4](卷16 囹圄條 참조.) 『宋史』에 이르기를 "…매년 8월로서 죄수를 줄이고…"[5](卷487 列傳 高麗條 20葉 참조.) 이 두 개와 『鷄林類事』 중에 "…매년 8월 죄수를 논하다…"가 서로 같다. 그러나 전자는 '以'자를 기록하지 않았고 후자는 '以'자를 기록했으므로 『鷄林類事』 원본상에 '以'자의 유무는 알 수가 없다. 그러나 문맥으로 보면 明鈔本에 의거해서 '以'자가 있는 것이 옳은 것 같다.

2) '參'과 '蔘'은 중국에서는 통용할 수는 있으나 한국과 일본에서는 '인삼'에는 반드시 '蔘'자를 쓴다.

(79) 港大明鈔本에는 '硾'가 빠져 있고 '硾'는 '硾'의 異體字임.
(80) 港大明鈔本에는 '市皆'가 잘못 빠져 있음.
(81) 港大明鈔本의 '挈'는 '挈'의 잘못임.
(82) 張校本上의 '小一'은 '一小'가 뒤바뀜.
(83) 港大明鈔本의 '卅'은 '升'의 俗體字임.
(84)(85) 張校本의 '刁'는 '刀'의 잘못임.
(86) '稗'는 '稗'의 俗字이고, '稈'은 '稗'의 잘못임.
(87) 위 아래의 글로 보면 '地'는 '他'의 잘못임.
(88) 藍格明鈔本의 '其若'은 '若其'가 뒤바뀜.
(89) (41)항목과 같음.
(90) 張校本의 '餅'은 '瓶'의 잘못임.
(91) '制'는 '製'의 잘못임. '制'는 '制'의 異體字임.
(92)(93) (73)항목과 같음.
(94)(95) 港大明鈔本의 '宝'는 '寶'의 簡體字임.

이상으로 보면 筆寫本 상의 自體의 오류가 비교적 많다. 예를 들면 四庫本上에 有傅(傳), 姻(姻), 卑(卑), 朿(束), 制(制), 硾(硾) 등과 朝鮮鈔本上에 膝(膝), 粳(粳), 瘠(瘠) 등의 글자와 兩 明鈔本上에 聘(聘), 冗(穴), 歩(步), 厳(嚴), 数(數), 縛(縛), 擘(臂), 悪(惡), 免(免), 挈(挈) 등의 글자들이 있다. 板刻本上에도 잘못된 刻字가 있으니 예를 들면 『說郛』 간본상에 蹈(蹈), 膝(膝), 朿(束), 瘠(瘠) 등의 글자들이 있다. 이밖에 張校本上에 잘못 교정한 것도 적지 않다. 涵芬樓校印明鈔說郛 발문 중에 張宗祥씨가 이르기를 "이 책은 明鈔本 6종을 모두 수집하여 처음으로 완벽하게 만든 것이다."하였다. 그러나 『鷄林類事』 記事部分의 잘못된 校正으로 보면 張씨가 말한 "始成完璧(처음으로 완벽하게 만들었다)"이라는 말은 거의 믿을 수가 없다. 다만 기사부분 약 一葉 28行 중에 잘못 교정한 것이 9곳이나 되며, 이 誤字들은 모두 다른 板本에서는 誤謬를 범하지 않았다. 그러나 張씨 序文에 이르기를 "…明鈔本을 얻어 곧 빠진 것은 반드시 鈔本을 베끼고, 중요한 것은 반드시 校閱하였으니 지금 6년을 걸려 마침내 전 책을 완성하였다. 그중의 字句는 억지로 고치거나 善本에 근거하지 않은 것이 없이 반드시 필사본에 따라서 다시 필사본을 교정하면서 가장 훌륭한 것을 택하여 따랐다."라고 하였다. 곧 張씨가 잘못 교정한 것은 張씨가 억지로 고친 것이 아니라 아마도 근거로 삼은 板本에 잘못이 있었을 것이다.

2. 內容의 考察

이 記事部分의 내용과, 『中興館閣書目』에서 말한 "…土風과 朝制를 서술하면…"이 一致하여 실로 高麗 肅宗시대의 固有 風俗 및 朝廷制度인 것임을 알 수 있다. 張校本에 근거해서 나누어 그 내용을 서술하면 다음과 같다.

第1分段 第2分段(前半部) 第5分段 第6分段(前半部) 第7分段 第9分段(앞의 일부분 제외)	朝制
第2分段(後半部) 第3分段 第4分段 第6分段(後半部) 第8分段 第9分段(前1部)	風土

위에 서술한 분단으로 보면 현재 전래하는 記事部의 내용이 朝廷制度에 관한 것이 비교적 많다. 『鷄林類事』 기사부분 내용과 서로 비슷한 것이 기타 문헌 중에도 다음과 같은 기록이 있다.

(1) 朝制方面

1) 제1분단과 관계있는 것

"高麗王建自後唐長興中 始代高氏爲君長."(고려 왕건은 후당 장흥 때부터 처음으로 高씨를 대신하여 군장이 되었다. 제1분단)

"…當高氏致衰, 國人以建賢, 遂共立爲君長. 後唐長興三年, 遂自稱權知國事…."(고구려가 쇠퇴하자 백성들이 왕건의 어짐을 보고 드디어 모두 일어나 임금을 삼았다. 후당 장흥 3년에 드디어 스스로 權知國事라 칭하였다. 『宣和奉使高麗圖經』 卷2 王氏條, 이하 簡稱 高圖)

"…長興中權知國王建承高氏之位…."(장흥 중 權知國 왕건이 고씨의 왕위를 잇다. 『宋史』 卷487列傳 高麗條 第1葉)

2) 제2분단과 관계있는 것

"傳位不欲 與其孫, 乃及於第. 生女不與國臣爲姻, 而令弟兄自妻之. 言王姬之貴, 不當下嫁也."(…왕위를 그 자손에게 넘겨주려 하지 않고 곧 아우에게 내렸다. 딸을 낳으면 신하와 혼인하지 않고 형제들끼리 아내를 삼았다. 말하기를 왕의 딸은 귀한 것이니 신분을 낮추어 혼인할 수 없다고 하였다.… 제2분단)

"…其俗王女不下嫁臣庶, 必歸之兄弟宗族, 貴臣亦然…."(…그 풍속이 왕의 딸은 신하에게 시집보내지 않고 반드시 형제, 친족에게 보내고 귀한 신하들도 그러하였다.… 『宋史』 卷487 列傳 高麗條 第13葉)

3) 제5분단과 관계되는 것

"國城三面負山 北最高峻 有溪曲折貫城中 西南當下流 故地稍平衍 城周二十餘里 雖沙礫築之 勢亦堅壯.(국성 삼면이 산을 등져 북쪽이 제일 높았으며 시냇물이 꼬불꼬불하게 성중을 꿰뚫어나가는 계곡이 있어 서남쪽이 하류였으며 고로 땅이 점점 평평하게 뻗쳐 성 주위가 20여 리이고 비록 모래와 자갈로 성을 쌓았으나 또한 튼튼하였다. 제5분단)

"其城北據崧山 其勢自乾亥來 至山之脊 稍分爲兩岐 更相環抱… 其水發源自崧山之後 北直子位 轉至艮方 委蛇鄭刻曲入城 由廣化門稍折向北 復從丙鄭刻南地流出巳上 … 自崧山之半 下瞰城中 左溪右山 後崗前嶺 鄭刻前崗後嶺林木叢茂 形勢若飮澗蒼虯."(…그 성의 북쪽은 숭산에 이어져 그 산세가 자연스럽게 뻗쳐내려 산등성이에 이르러 두 갈래로 나눠어지고 다시 서로 끌어안았다. …물이 숭산으로 부터 발원해서 북쪽으로 똑바로 子向이 되고 휘어져 간방에 이르고 委蛇(鄭刻曲) 뱀처럼 성으로 들어와 廣化門으로부터 좀 구부러져 북쪽을 향하고 다시 남쪽으로부터 흘러 위로 올라갔다. … 숭산의 반쯤부터 성 가운데로 내려다보이고 왼쪽은 계곡이고 오른쪽은 산으로 뒷산의 멧부리와 앞산의 고개까지(정각에는 정강후령으로 되어 있음) 수풀이 무성하고 형세는 물을 마시는 푸른 용과 같았다.… 『高圖』 卷3 形勢條)

4) 제6분단과 관계되는 것

"…六拜蹈舞而退 國王躬身還禮. 稟事則膝行而前 得旨復膝行而退…."(…6번 절하고 뛰어 춤추듯이 물러나면 국왕도 몸을 굽혀 답례하였다. 국사를 왕에게 아뢸 것이 있으면 무릎으로 기어 앞으로 나아가고, 재가를 얻으면 다시 무릎으로 기어서 물러났다.… 제6분단)

"其國官吏遇諸途心 跪拜鞠恭 言事則膝行而前 上手抵面…."(…그 나라의 관리들이 도중에 여러 사람을 만나면 무릎을 꿇어 절하고 매우 공손하며 아뢸 일이 있으면 곧 무릎으로 기어서 앞으로 나아가고 손을 들고 얼굴을 숙였다.… 『高圖』 卷21 皁隷)

"堂上設席 升必脫屨. 見尊者則膝行 必跪 應必唯 其拜無不答 子拜

父猶半答."(堂上에 자리를 펴고 올라 반드시 신발을 벗었다. 높은 사람을 만나면 무릎으로 기고 반드시 꿇어앉았고 반드시 그렇게 해야 하며 절만 하고 답하지 않음이 없었다. 아들이 아버지에게 절을 하면 아버지 역시 반례로 답하였다.) (『宋史』 卷487 列傳 高麗條 第20葉)

5) 제7분단과 관계있는 것

"杖笞頗輕. 投束荊 使自擇 以牌記其杖數. 最苦執縛 交臂反接 量罪爲之 自一至九 又視輕重 制其時刻而釋之. 唯死罪可久 甚者髀髀骨相摩 胸皮折裂. 凡大罪 亦刑部拘役也. 周歲待決 終不逃. 其法 惡逆及罵父母乃斬 餘止杖肋 亦不甚楚. 有降或不免 歲以八月論囚 諸州不殺 咸送王府. 夷性仁 至期多赦者 或配送靑嶼黑山 永不得還.(…杖笞가 매우 가벼웠다. 가시로 묶는 형벌은 스스로 택하게 하고 나무판에 그 매수를 기재하였다. 가장 고통스러운 것은 잡아 묶는 것이며 팔을 뒤로 엮어 묶어서 죄의 양을 보아서 처리하는데 1에서 9까지이고 또한 輕重을 보아 그 시각을 정해서 풀어주었다. 오직 사형의 죄는 오래갈 수 있었으며 심한 것은 넓적다리뼈를 서로 비비고 가슴살을 찢었다. 무릇 대죄는 형부에서 구금하였다. 일 년을 기다려 결정하지만 끝내 도망치지 않았다. 그 법이 악질적인 반역이거나 부모를 매도하면 참수하고, 나머지는 갈빗대를 때리는 것으로 그치고 그리 심하지 않았다. 항복이 있어도 면하지 않았고 매년 8월에 죄를 결정하고 각 주에서는 사형을 집행하지 않고 모두 도성으로 보냈다. 고려 사람들의 성품이 어질어 기간이 되면 모두 사면하고 혹은 청서도, 흑산도로 유배 보내어 영원히 돌아오지 못하게 하였다. 제7분단)

"然淹延不決 有至閱時經歲 唯贖金可免. 凡決杖 … 笞杖極輕 自百至十 隨其輕重而加損 唯大逆不孝乃斬 次則反縛 髀骨相摩 至胸次皮膚拆裂乃已 亦車裂之類也. 外郡不行刑殺 悉械送王城. 每歲八月慮囚

夷性本仁 死辠多貸 而流於山島.…"(…그러나 연기하여 결정하지 않고 시간을 살피어 1년을 거쳐 벌금을 바치면 면할 수 있었다. 무릇 매로 결정하고 …태장은 매우 가볍고 백대에서 십대에 이르며 그 경중에 따라서 처리하였다. 오직 대역과 불효죄는 참수하고 다음은 곧 손을 뒤로 엮어 묶고 넓적다리뼈를 서로 비비고 심하면 가슴의 살을 찢어내고 또한 수레로 찢어내는 것이었다. 지방에서는 사형을 집행하지 않고 모두 도성으로 보내었다. 매년 8월에 죄수를 처결하였다. 고려 사람들의 성품이 본래 어질어 사형하는 것을 피하고 산이나 섬으로 유배를 보내었다.… 『高圖』卷16 囹圄條)

"…刑無慘酷之科 唯惡逆及罵父母者斬 餘皆杖肋. 外郡刑殺 悉送王城. 歲以八月減囚死罪 貸流諸島. 累赦 視輕重原之.…"(…형벌에는 참혹한 처리는 없었고 오직 악질적인 반역과 부모를 매도하는 자는 참수하고 나머지는 모두 갈빗대를 때리는 것이다. 지방에서 사형하는 것은 모두 도성으로 보내었다. 매년 8월에 죄수의 사형죄를 감하여 여러 섬으로 유배를 보내었다. 누차 사면하여 경중에 따라 처리하였다.… 『宋史』卷487 列傳 高麗條 第20葉)

"國法至嚴 追呼唯寸紙不至卽罰.…"(…국법이 지엄해서 오직 작은 쪽지로 호출해서 오지 않으면 곧 처벌하였다.… 제7분단)

"…追胥呼索 但片紙數字. 民不敢失其期會也.…"(서리들이 불러 수색하는데 다만 종이쪽지에 몇 자만 적어도 백성들이 감히 그 시기를 어기지 않았다.… 『高圖』卷21 皁隷)

6) 제9분단과 관계있는 것

"以銅當工匠之直 癸未年倣朝鑄錢交易 以海東重寶, 三韓通寶爲記."(…구리에 해당하는 것은 장인들의 몫이었고, 계미년에 송나라를 모방하여 돈을 주조하여 교역하고 해동중보와 삼한통보로써 기록하였다. 제9분단)

"…中間朝廷賜予錢寶鄭刻注云闕六字 案文義似無闕文 今皆藏之府

庫 時出以示官屬傳玩焉."(…중간에 조정에서 錢寶를 내려주고, 중간 밑에 鄭刻注云闕六字, 案文義似無闕文 지금 모두 왕부의 창고에 저장하고 때로 꺼내어 관속들에게 전적으로 사용하도록 하였다. 『高圖』 卷3 貿易條)

"…地産銅 不知鑄錢 中國所予錢藏之府庫 時出傳玩而已. 崇寧後 始學鼓鑄 有海東通寶 重寶 三韓通寶三種錢 然其俗不便也."(…땅에서는 구리를 생산하였지만 돈을 만들 줄 몰랐고, 중국에서 준 돈을 왕부의 창고에 저장하고 때로 꺼내서 오로지 즐길 뿐이었다. 숭녕 뒤에 비로소 주조하는 법을 배워 해동통보, 중보, 삼한통보 3종의 돈이 있었으나 그 관습이 불편하였다. 『宋史』 卷487 列傳 高麗條 第19葉)

(2) 土風方面

1) 제2분단과 관계된 것

"國人婚嫁無聘財 令人通說 以來食爲定 或男女相欲爲夫婦則爲之." (…백성들이 혼인함에 聘財가 없고 남으로 하여금 말을 통하여 쌀밥으로 정하고 혹은 남녀가 서로 부부가 되고자하면 곧 이루었다. 제2분단)

"…貴人仕族婚嫁 略用聘幣. 至民庶 唯以酒米通好而已.…"(…벼슬하는 사람들이 혼인할 때는 대개 빙금을 사용하였다. 서민에 이르러서는 오직 술과 쌀로써 통할 따름이었다. 『高圖』 卷22 雜俗1)

"…男女自爲夫婦者不禁.…"(…남녀 스스로 부부가 되고자 하면 금하지 않았다. 『宋史』 卷487 列傳 高麗條 第20葉)

2) 제3분단과 관계있는 것

"夏日羣浴於溪流 男女無別. 瀕海之人 潮落舟遠 則上下水中 男女皆

露形."(여름날 시냇물에서 群浴을 하는데 남녀 차별이 없었다. 바닷가의 사람들이 썰물이 되어 배가 멀어지면 상하의 몸이 수중에서 남녀 모두 노출되었다. 제3분단)

"…夏月日再浴 多在溪流中 男女無別 悉委衣冠於岸 而沿流褻露 不以爲怪.…"(…여름철에 하루에 거듭 목욕하는데 모두 시냇물에서 있으며 남녀의 구별이 없고 모두 의관을 물가에 놔두고 물이 흐름에 따라 살이 노출되어도 이상하게 여기지 않았다.… 『高圖』 卷23 潮濯條)

"…夏月同川而浴.…"(…여름철에 같은 냇물에서 목욕하고…. 『宋史』 卷487 列傳 高麗條 第20葉)

3) 제4분단과 관계있는 것

"父母病 閉於室中穴一孔 與藥餌 死不送."(부모가 병들면 토실 중에 가두고 한 개의 구멍을 내어 약과 음식을 주다가 죽으면 장사지내지 않았다. 제4분단)

"…病不服藥 雖父子至親不相視 唯知呪咀厭勝而已.…"(…병들면 약을 주지 않고 비록 父子가 매우 친해도 서로 보지 않고 오직 저주하여 싫어할 뿐이었다.… 『高圖』 卷17 祠宇)

"…其疾病雖至親不視藥 至死 殮不拊棺.…"(…그 질병이 비록 친한 어버이라도 약으로 돌보지 않고 죽음에 이르면 염은 하지만 관을 쓰지 않았다. 『高圖』 卷22 雜俗1)

"…信鬼 拘陰陽 病不相視 斂不撫棺 貧者死 則露置中野.…"(…귀신을 믿고 음양에 매여 병들면 서로 살피지 않고 염은 해도 관을 쓰지 않고 가난한 사람은 죽으면 곧 들에다 그냥 놔두었다.… 『宋史』 卷487 列傳 高麗條 第19葉)

4) 제6분단과 관계있는 것

"…官民子拜父 父亦答以半禮. 女僧尼就地低頭對拜."(…관민의 아

들이 아버지에게 절하고 아버지도 반례로 답하였다. 여자와 중은 곧 땅에 머리를 대고 절을 하였다.… 제6분단)

"…婦人僧尼皆作男子拜.…"(…부인과 중은 모두 남자에게 절했다.… 『高圖』 卷22 雜俗1)

5) 제8분단과 관계있는 것

"五穀皆有之 粱最大 無秫糯 以粳米爲酒.…"(오곡이 다 있지만 수수가 제일 많고 찹쌀이 없어서 멥쌀로 술을 빚었다.… 제8분단)

"…其他宜黃粱 黑黍 寒粟 胡麻 二麥 其米有秔而無稬 粒持大而味甘.…"(…기타는 마땅히 누런 수수, 검은 기장, 좁쌀, 참깨, 보리, 쌀은 멥쌀은 있으나 찹쌀이 없고 낟알이 매우 크면서 맛이 좋았다.… 『高圖』 卷23 種藝條)

"國無稬米 而以秔合麴而成酒.…"(그 나라에 찹쌀이 없어서 멥쌀로써 누룩과 합쳐 술을 빚었다. 『高圖』 卷32 瓦尊條)

"…地寒多山 土宜松栢 有粳黍麻麥 而無秫 以粳爲酒…"(…땅이 척박하고 산이 많아 땅에는 소나무와 잣나무가 있고 멥쌀, 기장, 삼, 보리가 나고 찹쌀이 없어 멥쌀로 술을 빚었다.… 『宋史』 卷487 列傳 高麗條 第18葉)

"少絲蠶 每一銀直羅十兩 故國中多衣麻苧.…"(…명주실이 적어 매한 필이 은 10냥의 값이라 그러므로 그 나라에는 모두 삼베와 모시옷을 입었다.… 제8분단)

"其國自種紵麻 人多衣布 … 不善蠶桑 其絲線織紝 皆仰賈人 自山東閩浙來.…"(그 나라에는 모시와 삼베를 심어 사람들이 모두 베옷을 입었다.… 누에치기를 좋아하지 않아 그 명주실로 짠 옷감이 모두 비싸서 산동, 민, 절강에서 들어왔다.… 『高圖』 卷23 土産條)

"…少絲蠶 匹縑直銀十兩 多衣麻紵.…"(…명주실이 적어 한 필에은 열 냥 값이라 모두 삼베와 모시옷을 입었다.… 『宋史』 卷487 列傳 高麗條 第18葉)

"…地瘠 唯産人蔘 松子 龍鬚布 藤席 白硾紙."(…땅이 척박하여 오직 인삼, 잣, 용수포[3], 등석, 백추지(한지) 등이 생산된다. 제8분단)

"高麗人多織席 有龍鬚席 藤席. 今舶人販至者皆石草織之狹而密緊上亦有小團花."(고려인이 모두 자리를 짜서 용수석, 등석이 있다. 오늘날 뱃사람들이 모두 풀로 짠 자리가 좁으면서 빽빽하고 질기고 위에는 작은 둥근 꽃이 있어서 사가지고 갔다. 闕名, 鷄林志)

"…地瘠而磽 … 廣楊永三州多大松 松有二種 唯五葉者乃結實. … 方其始生 謂之松房 狀如木瓜. … 人參之幹特生 在在有之. … 紙不全用楮 間以藤造 搥搗皆滑膩 高下數等.…"(…땅이 척박해서 거칠고 광주, 양주, 영주 삼주가 모두 큰 소나무가 있는데 소나무에는 두 종류가 있어 오엽송만이 열매를 맺었다. 바야흐로 처음 나오는 잣을 일러 송방이라고 하고 모양은 모과 같았다. 인삼 줄기가 특별히 잘 자란 데가 곳곳이 있었다. 종이는 완전히 닥나무를 사용하지 않고 혹간 등나무로 만들고 찌어서 모두 윤기가 나고 지질의 등급이 여러 가지가 있다.… 『高圖』 卷23 土産條)

"…地産龍鬚席 藤席 白硾紙 鼠狼尾筆.…"(…땅에서는 용수석 등석 백추지 쥐나 족제비 꼬리로 만든 붓 등이 생산되었다.… 『宋史』 卷487 列傳 高麗條 第9葉)

이로써 보면 『高麗圖經』의 편찬자인 徐兢과 『宋史』의 편찬자 脫脫 등이 모두 일찍이 『鷄林類事』 기사부분을 참고했음을 알 수 있

3) 『鷄林志』와 『宋史』의 기록을 제외하고는 洪良浩의 『孔州風土記』에 이르기를 "龍鬚는 明川, 鏡城 바다 속에서 생산되는데 한 줄기가 곧게 자라 數尺이 되며 가늘어서 줄기가 뼈와 같으니 북쪽사람들이 붓대에 꽂아 쓰고 그것을 일러 龍鞭筆이라고 한다."하였다. 李白의 詩에 이르기를 莫捲龍鬚席(용수석을 말지 말라 하고)이 있으며, 『遼史』에 이르기를 고려에서 용수 풀로 짠 자리를 보냈는데 아마도 이것이 그 자리일 것이다."하였다.(『北塞記略』 p.115). 『爾雅』 釋草注에 "용수는 쥐의 완골같이 섬세해서 용의 수염과 같아 자리를 만들 수 있었다."하였으며, 『晉東宮遺事』에 이르기를 "태자가 홀로 龍鬚席, 赤皮席, 經席에 앉아 있다."고 하였다. 이로써 보면 『鷄林類事』 중에 '龍鬚布'는 '龍鬚席'의 잘못임.

4) 卷16 囹圄條를 참조

5) 卷487 列傳 高麗條 26葉을 참조

다. 이 세 책의 편찬연대는 다음과 같다.

『鷄林類事』	崇寧 2년(1103)		
		> 21년	
『高麗圖經』	宣化 6년(1124)		> 242년
		> 221년	
『宋史』	至正 5년(1345)		

『高麗圖經』과 『宋史』의 저술은 陶宗儀가 편찬한 『說郛』에 앞섰다. 그러므로 徐兢과 脫脫 등이 참고한 『鷄林類事』는 삭제되지 않은 단행본이었음이 틀림없다. 그 引用本은 당연히 현전본보다 내용이 비교적 풍부하였을 것이다.

『高麗圖經』 서문 중에 徐兢이 이르기를 “신이 일찍이 崇寧年間에 王雲이 지은 『鷄林志』를 보니 비로소 그 이야기가 소홀해서 그 전체를 완전히 알지 못하였다. 근래 사신행로를 고증하여 취하면 보충한 것이 이미 많다.…” 王雲이 편찬한 『鷄林志』는 이미 앞에 서술한 孫穆 編纂의 『鷄林類事』와 거의 동시대이다. 만약에 徐兢이 단지 『鷄林志』만 참고하고 『鷄林類事』를 보지 않았다고 한다면 믿을 수 없는 일이다. 徐兢이 같은 책 序文 중에 또한 이르기를 “다만 듣고 본 것에 그치고 여러 사람의 이야기를 널리 수집하면서 중국에 있는 같은 종류의 것을 찾아내어서 그 다름을 취하였다.…” 하고 여러 사람의 이야기를 널리 취급할 때 또한 『鷄林類事』가 그때에 있었는데도 특별히 그 書名을 거론하지 않았을 뿐이다.

제3장 譯語部分의 考察

1. 採錄 目的 및 方法

譯語部分은 비록 記事部分의 뒤에 실려 있지만, 그 重要性은 실로 記事部分보다 더 크다. 이는 高麗語를 연구하는데 이것이 唯一한 자료이기 때문이다. 孫穆이 어떤 목적과 방법으로 이처럼 많은 量의 語彙를 採錄하였을까? 오직 『鷄林類事』 이외에는 일찍이 취급된 바도 없고, 기타 문헌 중에도 별로 기재된 바가 없기 때문에, 오늘날 오직 있는 힘을 다해 제한된 자료로 추측할 뿐이다.

採錄 語彙가 많은 것으로 보면 단지 외국어에 대한 호기심이나 여행 기념으로만 채록한 것이 아님을 알 수 있다. 곧 당시 兩國 使臣이나 商人들의 빈번한 왕래[1]로 말미암아 언어의 불통으로 인한 곤란을 깊이 느끼고 通譯의 필요성을 절실히 느꼈을 것이다. 더욱이 孫穆은 書狀官의 직위에 있으면서 그러한 느낌이 다른 사람보다 더욱 절박해서 여기에 특별히 중요시했음이 틀림없다.

채록된 어휘가 顚倒된 것도 있고 誤字나 脫字도 있다. 이제 各 傳本을

1) 본 논문 제1장. 2. 編纂年代 참조. 劉伯驥 著『宋代政教史』下卷 第2章對高麗之影響, pp.1560～1574 (臺灣中華書局 民國60년 12月刊 참조)

대조 교감하여 보니 대부분 傳寫上의 錯誤이다. 간혹 孫穆의 誤記도 있으나 발음에서 뜻하지 않게 소홀했을 뿐 책잡을 일은 아니다. 孫穆이 기록한 것을 고증해보니 韓國語의 古音과 매우 비슷하여 孫穆이 기록한 발음이 대체적으로 정확함을 알 수 있다. 孫穆이 어떠한 방법을 썼기에 이같은 결과를 얻기 따지 하였을까? 筆者의 추측으로 몇 가지 실마리를 요약해 본다.

(1) 筆談으로 채록한 것

韓國 漢文學史로 보면, 高麗 때에 漢文學이 가장 왕성하여 그때 高麗人들이 비록 中國語는 못했으나, 지식인들은 모두가 漢文[2] 이해에 능숙하였으며, 두 나라 사람들이 왕래하면서 언어는 비록 통하지 않았지만 모두 筆談으로는 뜻을 통할 수 있었다. 그러므로 孫穆이 여러 필담자들을 통해서 채록한 것이 적지 않다.

예를 들면 다음 어휘와 같은 것들이다.

鷄林類事	鮮初語	現代韓語
毛曰毛	t'əl(털)	t'əl(털)
人曰人	saram(사람)	saram(사람)
黑曰黑	kəmta(검다)	kəmta(검다)
靑曰靑	p'wrwta(프르다)	p'urwta(프르다)
赤曰赤	pwlkta(븕다)	pulkta(븕다)
死曰死	cukta(죽다)	cukta(죽다)
生曰生	nata(나다)	nata(나다)
心曰心	mɐzɐm(ᄆᆞᅀᆞᆷ)	mawm(마음)
蠅曰蠅	p'ɐl(ᄑᆞᆯ)	p'ari(파리)
蛇曰蛇	pɐjam(ᄇᆞ얌)	pɜm(뱀)

2) 漢字가 한국 땅에 들어온 역사는 약 高麗朝 前 1000년 이상인데 高麗 光宗9년에 이르러 科擧制가 실시된 이후 한문학의 최융성기를 이루었다. 『高麗史』에 이르기를 "삼국이전에는 과거법이 없었으며 고려 太祖가 처음으로 학교를 건립하여 科擧 試驗으로 선비를 뽑은 것이 확실치 않다. 光宗이 雙冀의 진언에 의하여 과거제도로써 선비를 뽑아 이로부터 문풍이 비로소 일어났다. 이른바 과거법은 당나라 제도를 따랐다."(권73 제1엽)고 하였다. 光宗 9년(958)부터 肅宗8년(1103)에 이르기까지의 차이가 145년인데 이 기간 중에 漢文을 해독할 수 있는 사람들이 매우 많았다.

아마도 당시 韓國語 중 이미 위의 漢字 語彙들이 있었고, 孫穆이 筆談者들과 漢字를 숭상하는 사람들이 아래와 같은 글자를 썼을 때, 孫穆은 곧 중국과 한국의 어휘가 같은 것으로 여기어 그대로 쓰고 다른 한국어 어휘가 있는지는 몰랐을 것이다. 곧 오늘날 점잖은 장소에서의 대담에서는 漢字 어휘가 쓰기에 편한 것이 아직도 통상적인 현상이다. 예를 들면 한국에서 '父'를 '아버지', '母'를 '어머니'라고 칭하는데, 漢字를 아는 나이든 사람들이 곧 '父親', '嚴親', '母親', '慈堂'을 즐겨 쓰는 것이 그러한 예이다.

(2) 通譯官에 의한 채록

筆談 이외에 또한 通譯官에 물어서 채록한 것들이 있다. 『高麗圖經』으로 보면 都城 이외에도 高麗人 중에서 中國語에 능통한 자가 있었다. 『高麗圖經』의 기록에 다음과 같은 기록이 있다.

> "繼有譯語官閤門通事舍人沈起來參."(이어서 통역관 閤門通事 舍人 沈起가 와서 참여하다.) (卷36, 羣山島條)
>
> "舟次紫燕島 卽廣州也. (中略) 知廣州陳淑遣介紹與譯官卓安 持書來迎."(배가 紫燕島 곧 廣州에 이르다. (중략) 知廣州 陳淑이 파견하여 역관 卓安을 소개하고 글을 가지고 와 환영하였다.) (卷39 紫燕島條)

이들은 이른바 통역관이며, 당시 통역관은 대부분 귀화한 宋나라 사람이었다. 『高麗史』 중에 다음과 같은 기록이 있다.

> "(肅宗) 七年… 夏四月丁酉御乾德殿覆試…幷召試投化宋進士章忱賜別頭及第.…"(숙종 7년… 여름 4월 정유 乾德殿에서 복시를 보이는데… 아울러 귀화한 송나라 진사 章忱에게 과거시험을 보게 하여 특별히 급제시키다.…) (卷11 第33~34엽)

"(睿宗) 丙戌元年秋七月 … 癸丑御重光殿西樓 召投化宋人郎將陳養 譯語陳高兪坦 試閱兵手 各賜物."(예종 병술 원년 추7월…계축에 重光殿 西樓에서 귀화한 송나라 사람 낭장 陳養, 통역관 陳高, 兪坦 등을 불러서 병사들을 試閱하고 각기 예물을 내리다.)(卷12 제25엽)

高麗 국내에는 귀화한 宋나라 사람들이 通譯官으로 있었다. 이에 대하여 『宋史』에도 일찍이 高麗에 귀화한 宋나라 사람이 있다는 기록이 있다.

"…王城有華人數百 多閩人 因賈船至者 密試其所能 誘以祿仕 或强留之終身.…"(…도성에 송나라 사람이 수백 명이 있는데 모두 복건성 사람이다. 왜냐하면 상선으로 온 사람들이 그 능력에 따라 몰래 시험을 봐서 벼슬을 하게 하고, 또는 강제로 평생 머물게 하였기 때문이다.…)(『宋史』 卷487 列傳 高麗條 第19葉)

이미 高麗에 머물고 있는 이들 중국인들은 곧 고려말을 배워서 알고, 또한 대부분 과거에 응시해서 行政에 종사하거나 통역관이 되었다. 그러나 歸化人의 韓國語는 고려인들만큼 정확하지는 못하였다. 韓國語는 알타이어 계통의 膠着語이므로 항상 어미를 변형시켜서 문법을 표현하는 기능을 가지고 있다. 이 어미의 표현으로써 연장자, 동년배, 아랫사람의 구별이 매우 엄격하다.[3] 중국인들이 한국어를 배울 때 이러한 것들을 배우기가 쉽지 않다. 『鷄林類事』에 수록된 어휘들이 대부분 動詞가 아랫사람을 대하는 말이어서 존칭하는 말이 없고, 한국어가 별로 유창하지 않은 華僑들이 구술한 것 같다. 예를 들면 다음과 같다.

3) 중국어에 '去吧'의 한국어는 상대방의 연령에 따라서 다르니 곧 아랫사람에 대해서 말할 때는 '가거라', 평교간에는 '가게', 어른에게는 '가십시오'라고 말한다. 한 동사의 어미가 변형하는데 70여 종이며 그러므로 외국인들이 구별하기가 쉽지 않다.

鷄林類事	현 한국어 비칭어	현 한국어 존칭어
來曰烏囉	ora, onəra, oara (오라, 오너라, 와라)	osjəjo, osipsio (오세요, 오십시오)
飮酒曰酥孛麻蛇	masjə, masjəra (마셔, 마셔라)	masjəjo, masipsio (마셔요, 마십시오)

이상의 卑稱語들은 아마도 歸化한 宋나라 사람 통역관을 통해서 채록한 어휘일 것이다. 당시에 사정으로 보아 高麗사람들이 宋나라 使臣에 대해서 결코 무례한 말을 하지 않았을 것이며, 아래 사람으로 輕視하지 않았을 것이다. 다시 예를 들면 "客至曰孫烏囉" 이러한 말은 결코 한국 사람들의 말이 아니다. '來'를 '烏囉(오라)'라고 하는 명령형식과 '客'을 '孫(손)'이라고 하는 평칭어는 한국 사람들이 손님에 대해서 이러한 명령식 어휘를 쓰는 일은 드물고, 이런 것은 실로 외국인들이 한국어를 말하는 어투이다. 그러므로 역어부분의 어휘는 귀화한 통역관을 통해서 채록한 것으로 적지 않았을 것이 틀림없다.

譯語部分의 어휘는 대부분 筆談 및 通譯官의 通譯을 통한 것이다. 그러나 필담시에 고려인이 직접 써주고 고친 것도 있을 것이다. 예를 들면 "升曰刀音堆", "豆曰太"[4] 따위는 採錄時에 고려인의 발음에 따라 쓰면서, 한편으로는 흉내 내어 연습하고 한편으로는 표기했을 것이다. 또한 어휘의 풍부함으로 미루어보면 반드시 상당시간을 지난 뒤에야 완성되어야 하며 절대로 하루 이틀 사이에 수집하여 완비하거나 한두 사람이 口傳할 수 있는 것들이 아님을 알 수 있다. 다시 採錄 어휘의 내용과 순서로 미루어 보면 사전에 미리 계획이 있었던 것이 아니나, 다만 연상되는 것에 따라서 즉시 기재했을 것이다. 그 뒤 정리 교정하거나 또는 다른 사람을 시켜서 고치지 않아서 '硯曰皮盧', '筆曰皮盧'[5] 등 같은 잘못을 가져왔다.

---

4) 주해부분 참조.
5) 주해부분 참조.

2. 採錄의 時期 및 地域

譯語部分의 採錄時期는 앞 장에서 살펴본 바로는 宋나라 徽宗 崇寧 2년(1103) 癸未 6월 壬子(5일)에서 동년 7월 辛卯(14일)까지 39일간 高麗에 체류한 시기이다. 당시 채록된 한국 어휘는 모두 360여 어휘이다.

採錄地域에 대해서는 당시 事情으로 미루어 보면, 孫穆이 書狀官으로서 使臣을 隨行하여 왔으므로, 그 행적이 都城인 開城의 범위를 벗어날 수 없었을 것이다. 좀 더 자세히 따져보면 다음과 같다.

(1) 宋나라 使臣의 路程

『鷄林類事』의 내용만을 근거로 하면 당시 孫穆 일행의 路程을 알 수가 없다. 그러나 『高麗圖經』 중에 徐兢 일행의 路程으로써 孫穆의 노정을 미루어 알 수 있다. 孫穆과 徐兢 일행이 고려에 온 것은 그 차이가 21년에 불과하며, 또한 같은 宋나라 徽宗 때이다. 『高麗圖經』 중에 수차 '崇寧 使臣'의 일이 언급되는데, 이 '崇寧 使臣'이 곧 孫穆이 수행한 사신들이다. 『高麗圖經』 序文에 이르기를,

> "…臣嘗觀崇寧中王雲所撰雞林志 始疏其說 而未圖其形 比者使行 取以稽考 爲補已多."(…신이 일찍이 숭녕 중에 왕운이 지은 계림지를 보고 비로소 그 이야기가 자세하지 않아 그 전모를 이해할 수 없었다. 근래 사신의 행차를 더 고찰하여 보충한 것이 이미 많이 있다.)

고 하였는데, 徐兢 일행이 高麗에 파견되기 전에 일찍이 '崇寧 使臣' 들의 기록을 참조했음을 알 수 있다. 그 뒤에 이어서 곧 옛길을 따라서 온 것이다. 『高麗圖經』에 이르기를,

"其國在京師之東北 自燕山道陸走 渡遼而東之 其境凡三千七百九十里 若海道則河北 京東 淮南 兩浙 廣南 福建皆可往. … 自元豐以後 每朝廷遣使 皆由明州定海放洋 絶海而北 舟行 皆乘夏至後南風便 不過五日 卽抵岸焉.…"(…그 나라가 도성의 동북쪽에 있어서 燕山道로부터 육지로 걸어서 가고 遼河를 건너서 동쪽으로 가면 그 국경이 무릇 3,790里이다. 만약에 海道로 가면 河北, 京東, 淮南, 兩浙, 廣南, 福建으로도 갈 수 있다. … 元豐이후부터 매 朝廷에서 사신을 파견하면 모두 明州, 定海로 부터 바다로 나아가 바다를 건너 북상하여 배로 간 뒤에 모두 夏至를 틈타 남풍을 타고가면 불과 5일이면 곧 해안에 도착된다.…)(卷3 封境條)

元豐이후 高麗의 使臣을 파견할 때는 모두 明州로부터 출발해서 海路로 왕래했음을 알 수 있다. 元豐은 곧 神宗年間인데 1078년부터 1085년 사이이며, 崇寧 2년(1103년)은 곧 元豐 이후이므로 宣和 6년(1124년) 이전이다. 그러므로 孫穆 일행은 반드시 海路를 따라 往來하였음이 조금도 의심할 여지가 없다. 『高麗圖經』 중 또 이르기를,

"且高麗海道 古猶今也. 考古之所傳 今或不覩 而今之所載 或昔人所未談 非固爲異也."(또한 高麗 海道는 옛과 지금이 같다. 예부터 기록하여 전하는 바를 살피면 지금은 혹 기록은 볼 수 없으나, 오늘날에 기록되어 있는 것이 혹은 옛사람들이 말하지 않았을 뿐 반드시 다른 것이 아니다.)(卷34 海道)

이로써 보면 元豐 이후에 使臣 파견의 路程이 서로 같았음을 알 수 있다. 또한 崇寧과 宣和年間의 사신 파견 왕래 노정 역시 다르지 않음을 확신할 수 있다. 宣和 때 高麗에 파견된 사신들의 路程은 다음과 같다.

3월 14일 : 永寧寺에서 연회를 베풀고 이날 배를 풀어 汴京을 출발

하다.

5월 16일 : 神舟가 명주를 출발하다.

19일 : 定海縣에 도달하다. … 그러므로 招寶라고 이름 짓다. 이곳부터 곧 海口라고 한다.

24일 : 招寶山에 올라 御香을 피우다.

: 虎頭山을 건너다.(이미 定海까지 20리나 떨어져 있다.)

: 虎頭山을 넘어 수십 리를 가서 蛟門에 이르다.

: 松柏灣을 지나 蘆浦에 도달하다.

25일 : 浮稀頭를 출발해서 白峯, 窄額門, 石師顔 이후 沈家門에 이르다. … 아직 昌國縣에 속해 있다.

26일 : 작은 배로 상륙하여 梅岑에 들어가다.

28일 : 赤門을 나와 食頃 … 海驢焦를 지나다.

: 蓬萊山을 바라보니 매우 멀다. … 그 섬은 아직도 昌國 경내에 속해 있다.… 여기를 지나면 다시는 산이 나오지 않는다.

: 蓬萊山의 뒤쪽을 지나다. … 바다 가운데 바위가 있는데 半洋焦라 이른다.

29일 : 白水洋에 들어가다.

: 黃水洋 모래톱이다. … 그 모래는 서남쪽으로부터 와서 바다 가운데 가로로 천여 리에 걸쳐 있는데 황하가 바다로 들어가는 곳이다. … 중국에서 고려로 갈 때 明州道에서만 이곳을 거쳐 가는데, 만약 登州 版橋에서 건너갈 때는 이곳을 피해서 갈 수 있다.

: 黑水洋은 곧 북쪽해양이다.

6월 1일 : 正東쪽으로 병풍처럼 생긴 산 하나를 바라보니 곧 夾界山인데, 여기가 중국과 高麗의 경계선이다. … 앞에 두 봉우리가 있는데 雙髻山이라 이르고 뒤에 작은 암초들이 수십 개 있다.

3일 : 모두 五嶼라고 이른다. 오후에 이 섬을 지나다.

: 멀리 세 개의 산이 나란히 보이는데 가운데 담장처럼 생긴 한 산을 사공이 가리키며 排島라 하고 또한 排垜山이

라고도 이른다.

: 동북쪽으로 바라보니 한 산이 극히 큰데 城같이 잇닿아 늘어서 있고 햇빛이 이곳을 비추니 옥처럼 희다. … 白山이다.

: 黑山은 白山 동쪽에 있는데 … 가까이 다가사서 보니 산세가 겹겹으로 되었고 그 앞에 한 작은 봉우리가 있는데 가운데가 굴처럼 비어있고 양쪽 사이가 후미져서 배를 감출만 하다.

: 月嶼가 둘이 있는데 黑山으로부터 거리가 매우 멀다. 앞섬은 大月嶼라 이르고 뒷섬은 小月嶼라 이르는데 … 작은 배가 통행할 수 있었다.

: 闌山島는 또 天仙島라고도 한다.

: 白衣島는 세 봉우리가 서로 이어져 있어 앞에는 작은 암초가 그 옆에 붙어 있고 … 또한 백갑섬이라고 이른다.

: 궤섬은 백의도의 동북쪽에 있다.

: 춘초섬은 또한 궤섬 밖에 있다.

4일 : 檳榔焦는 모양이 비슷하여 붙여진 이름이다. … 거울처럼 파랗게 맑아서 바닥을 볼 수 있다. … 즐거이 지느러미를 움직이며 유유자적하고, 선박이 지나가는 것은 전연 아랑곳도 하지 않는다

: 午時 후에는 菩薩섬을 지나다.

: 酉時 뒤에 배가 竹島에 이르러 정박하였다. … 그 위에 역시 주민이 있었다. … 사신이 귀로에 이곳에 이르렀을 때 마침 추석달이 돋아 올랐었다.

5일 : 苦苫을 지나면 竹島와의 거리가 멀지않다. … 또한 주민이 있다. 고려 사람들이 배에 물을 싣고 와 바치다.

6일 : 辰時에 群山島에 이르러 정박하였다. 그 산은 열 두 봉우리가 잇닿아 둥그렇게 둘려 있는 것이 성과 같다. … 정사와 부사에게 군산정(群山亭)으로 올라와 만나주기를 청했다. … 서쪽 가까운 작은 산 위에는 五龍廟와 資福寺가 있다. 또 서쪽에 崧山行宮이 있다.

: 橫嶼는 群山島 남쪽에 있고 한 산이 특별히 큰데 안섬이 라고도 한다.

7일 : 午時에 배를 정박하고 橫嶼에서 자다.

8일 : 남쪽을 바라보니 한 산이 있는데 紫雲섬이라 이른다. 오후에 富用倉山을 지나니 곧 뱃사람들이 芙蓉山이라 이른다. 그 산은 洪州 경내에 있다. … 富用山.

: 洪州山은 또한 紫雲섬의 동남쪽 수백 리에 있다.

: 鵶子苫은 또한 軋子苫이라 한다.

: 곧 馬島에 정박하니 淸州 경내인 것 같다. … 객관이 있는데 安興亭이라 한다.

9일 : 九頭山을 지나는데 그 산에 아홉 봉이 있다고 한다.

: 唐人島는 그 이름에 관해서는 잘 모르겠으나, 그 산은 구두산과 가깝다.

: 雙女焦는그 산이 심히 커서 島嶼와 다름없다. 배가 지나갈 수 없다.

: 大靑嶼.

: 和尙島, … 산중에 호랑이가 많다.

: 牛心嶼는 小洋 중에 있다.

: 聶公嶼는 성씨로 이름을 얻은 것이다.

: 小靑嶼.

: 紫燕島는 곧 廣州이다. 산을 의지해서 관을 지었는데 현판에 慶源亭이라고 되어 있다.

10일 : 未時에 急水門에 이르다.

: 申時 후에 蛤窟에 이르러 정박하다. … 주민이 또한 많고 산등성이에 龍祠가 있는 데 중국 사람들이 오고 갈 때 반드시 기도하였다.

: 分水嶺 … 小海는 이로부터 분류되는 곳이다.

11일 : 국왕이 劉文志를 파견하여 먼저 글을 보내오다 사신이 예로써 글을 받고 酉時에 앞으로 나아가 龍骨에 이르러 정박하다.

12일 : 조수를 따라 禮成港에 이르고 사신들이 神舟로 옮기다.

… 碧瀾亭에 들어가 詔書를 봉안하다. … 다음날 육로를 따라 都城에 들어가다.(『高麗圖經』 卷39 海島 六禮成港條)

이상의 기록으로 보면 당시 상세한 바다의 路程을 알 수 있다. 徐兢이 이르기를 "風便 不過五日 卽抵岸焉."(바람이 순조로우면 불과 5일에 곧 해안에 도착한다.)하였다. 그러나 5월 16일에 明州를 떠나 6월 13일에 이르러 都城에 들어간 것을 계산하면 곧 26일간이다.[6] 回程 역시 같은데 順風을 만나지 못하여 비교적 늦었다. 『高麗圖經』에 역시 이르기를 "回程以七月十三日甲子發順天館 十五日丙寅 復登大舟. … (八月) 二十七日丙子(午)過蛟門 望招寶山 午刻到定海縣. 自離高麗到明州界 凡海道四十二日云."(회정은 7월 13일 갑자일에 순천관을 출발하여 15일 병인에 다시 큰 배에 오르고 … 8월 27일 병자에 교문을 거쳐 초보산을 바라보고 오시에 정해현에 이르렀다. 고려를 떠나 명주 경계에 이르니 무릇 바닷길로 42일이라고 이르다.)고 하였다.

이밖에 다음과 같은 기록이 있어 孫穆이 당시 바다를 건너던 배의 이름을 알 수 있다. 宋나라 張師正[7]이 편찬한 『倦游錄』에 이르기를,

"元豐 원년 봄 安壽, 陳陸 두 학사에 명하여 高麗에 사신을 보내는데 明州에 칙명을 내려 萬斛船 두 척을 만들어 곧 이름을 내려 하나는 '凌虛致遠安濟舟'라 하고 또 한 척은 '賡飛順濟神舟'[8]라 하고 어명을 내려

6) 6일간에는 定海縣 建道場에 이르러 總持院에서 7주야를 御香을 피우고 또한 군산도, 자운섬, 마도, 자연도 등에서 환영연을 받은 것을 포괄하면 26일이다.

7) 張師正은 字는 不疑인데 거주지 및 생존연대는 미상이다. 대략 宋 仁宗 嘉祐 중 전후해서 생존했다. 갑과에 발탁되고 太常博士를 지냈다. 熙寧 중에 辰州師가 되었다. 師正은 사십 년 동안을 관직에 있으면서 뜻을 얻지 못해 이에 괴이한 이치를 추적하고 들은 기이한 일들을 참고해서 『括異志』 10권, 『倦游錄』 8권 등을 저술했다.

8) 『倦游錄』 중에 이르기를 "하나는 凌虛致遠安濟舟이고 하나는 賡飛順濟神舟"라 하였고, 『宋史』에는 "두 배는 明州에서 건조하고 하나는 凌虛安濟致遠 또 하나는 靈飛順濟라 하였는데 모두 이름을 '神舟'라고 하였다"(卷487, 列傳 第13葉)고 하였다. 『高

명주에 비를 세우다."(張校本 說郛 卷37 第13葉)

元豐 元年 곧 西紀 1078년과 孫穆이 高麗에 파견된 崇寧 2년(1103년)은 서로의 차이가 불과 25년이다. 상기 두 神舟에 관해서 『高麗圖經』에 이르기를,

"臣側聞神宗皇帝 遣使高麗 嘗詔有司造巨艦二 一曰凌虛致遠安濟神舟 二曰靈飛順濟神舟 規模甚雄. 皇帝嗣服 羹墻孝思 其所以加惠麗人 實推廣熙豐之績 爰自崇寧 以迄于今 荐使綏撫 恩隆禮厚 仍詔有司 更造二舟 大其制而增其名 一曰鼎新利涉懷遠康濟神舟 二曰循流安逸通濟神舟 巍如山嶽 浮動波上 錦帆鷁首 屈服蛟螭 所以暉赫皇華 震懾夷狄 超冠今古 是宜麗人迎詔之日 傾國聳觀 而歡呼嘉歎也."(神宗皇帝께서 고려로 사신을 보내실 적에 有司에게 詔命을 내려 거대한 함정 두 척을 건조시킨 적이 있었다. 하나는 '凌虛致遠安濟神舟'이고, 하나는 '靈飛順濟神舟'인데, 그 규모가 심히 웅장하였다. 황제께서 제위를 계승하신 뒤에는 부황 신종 황제를 앙모하시는 효심이 지극하였으니, 고려인들에게 은혜를 더 베푼 까닭은 실로 熙豐(熙寧과 元豐, 1068~1085)의 治績을 확대시켜 나간 것이다. 崇寧부터 지금에 이르기까지 자주 사신을 보내어 위무하는 은혜가 융숭하고 예가 후하거니와, 또 有司에게 조명을 내려 다시 배 두 척을 건조케 하였다. 이에 그 전체를 확대하고 명칭을 크게 하니, 하나는 '鼎新利涉懷遠康濟神舟'이고 하나는 '循流安逸通濟神舟'이다. 높기가 산악 같은데 물결 위에 떠 움직이면 비단으로 만든 돛에 익새 船首는 교룡과 이무기를 굴복시키니, 이는 휘황한 사신이 夷狄에게 위엄을 보이는 것으로 고금에 으뜸이다. 따라서 고려인들이 조서를 맞이하던 날 나라 사람들이 몰려와 구경하고 환호 감탄하는 것이 당연한 일이다.) (卷34 海道1 神舟條)

麗圖經』에는 "神宗皇帝가 高麗에 사신을 파견하면서 일찍이 조칙을 내려 거함 두 척을 만들었는데 하나는 凌虛致遠安濟神舟이고 하나는 靈飛順濟神舟(卷34 海道1, 神舟條)"라고 한 것을 보면 하나는 '凌虛致遠安濟神舟'이고 하나는 '靈飛順濟神舟'의 잘못이고 『宋史』 중에 '凌虛安濟致遠'도 잘못임을 알 수 있다.

이상의 서술로 미루어보면 孫穆 使臣 일행이 元豐 때 만든 神舟를 이용해서 高麗에 파견되었음을 알 수 있다. 宋나라 使臣 路程으로 보면 고려 領海에 진입한 뒤에 開城에 이르기 전까지 고려 사람을 만난 것이 곧 苫苫(고섬), 群山島, 馬島, 紫燕島, 禮成港 등지인데, 이 여러 섬은 곧 고려와 송나라간의 정상적인 海路上의 섬이다.

孫穆이 往來한 海路도 이 海路와 같았을 것이다. 만약에 孫穆이 고려 사람을 만나서 고려어의 採錄을 시작하였다하더라도 그 범위가 서해안 일대를 벗어나지 못하였을 것이다. 곧 오늘날 全羅南北道, 忠淸南道, 京畿道 등지 일 것이다. 그러나 상술한 여러 섬에서는 酒宴을 대접만 받고 즉시 출발하였으므로 採錄의 시간이 없었을 것이다. 『高麗圖經』을 보면 群山島, 馬島, 紫燕島 등에 모두 譯官이 있었으므로 소수의 어휘를 채록했을 가능성은 있다. 그러나 대부분의 어휘는 반드시 開城에서 채록했음이 틀림없다. 『高麗圖經』 서문에 이르기를,

"然在高麗 纔及月餘 授館之後 則守以兵衛 凡出館不過五六."(고려에서 한 달 열흘 머물렀을 뿐이요, 숙소가 정해진 뒤에는 파수병이 지켜 문 밖을 나가 본 것이 5~6 차례에 불과하였다.)고 하였다. 이로써 보면 宋나라 사신들이 都城에 들어온 이후 開城 이외의 여러 곳을 돌아다녀 살펴볼 시간은 없었다.

(2) 語彙의 내용에 근거한 推論

韓國 歷史를 보면 新羅가 三國을 통일한 이후[9] 韓半島의 정치 및 문화중심은 곧 당시 수도 慶州였다. 그 다음 王建이 高麗[10]를 建國

9) 武烈王이 百濟와 高句麗를 침공하여 西紀 663년에 百濟가 망하고, 西紀 668년에 高句麗가 망하고 삼국을 통일하다.
10) 後梁 末帝 貞明4년(918) 王建이 後三國을 멸한 뒤에 高麗를 건립하다.

한 뒤에 開城으로 都邑을 옮겼다. 당시 開城地方의 언어는 어떠한 方言에 속해 있는지 알 수 없다. 그러나『鷄林類事』譯語部分의 어휘로 보면 오늘날 중서부 方言에 비교적 가깝다. 李成桂가 高麗를 멸한 뒤에 朝鮮[11]을 오늘의 서울에 建國하면서 다만 王朝의 名을 고쳤을 뿐, 언어상으로는 별로 변동이 없었다.

『鷄林類事』중 採錄된 어휘는 대부분이 名詞이며, 또 기본 어휘가 비교적 많다. 그러므로 방언의 특성이 별로 뚜렷하지 않다. 그중에 "臭虫曰虼鋪(빈대를 갈보)"[12]라고 한 '虼鋪(갈보)'는 방언연구상 매우 중요한 자료이다. '臭虫'을 일반적으로 '빈대(pinte)'라고 하는데, 다만 충청도, 경기도 등지에서는 나이 많은 사람들은 아직도 '갈보'라는 말을 사용하는데 다른 곳에서는 들을 수 없다. 만약 이후에 '갈보'의 방언구역을 상세히 조사하면 고려어를 채록한 지역 고증을 補完할 수 있을 것이다.

11) 明 太祖 洪武 26년(1393년)에 李成桂가 高麗를 멸하고 조선을 건립하다.
12) 주해부 참조.

3. 채록 범위 및 분류

『鷄林類事』 譯語部分에 채록된 어휘는 그 배열순서로 보면 비록 명확한 범위나 분류는 없지만 대체적으로 차이가 있다. 채록된 어휘의 대부분이 名詞이고, 그 뒤 일부분이 動詞, 形容詞 혹은 副詞인데 短句도 있다. 그러나 이러한 배열은 聯想作用에 의거하여 자연스럽게 구분된 것이다.

예를 들면 인체 각 부분의 명칭을 열거한 뒤에, 이어서 열거한 '面美曰捺翅朝勳'과 '面醜曰捺翅沒朝勳'과 관련이 있는 형용사임을 명확히 증명했다. 만약 연상작용이 아니라면 위에 인용한 두 구의 形容詞는 곧 마땅히 뒤에 배열했어야 할 것이다.

이와 같은 것이 23항이나 있는데 모두 연상작용에 의해서 배열한 것이며 名詞欄 내에 挿入하였다. 이 23항을 삭제할 것 같으면 곧바로 제312항까지 가게 되는데 모두 名詞語項이고, 제313항부터는 비로소 動詞, 形容詞, 副詞, 短句 등으로 한 곳에 뒤섞여 있다. 일반적인 어휘로부터 특수한 어휘로 나아가거나, 단순한 어휘로부터 복잡한 어휘로 나아가거나, 구체적인 어휘에서 추상적인 어휘로 나아가는 형태가 되는 것이 자연스러운 배열 형식이다.

方鍾鉉 씨는 『鷄林類事』 譯語부분에 대해서 다음과 같이 분류하였다.[13]

1. 天文類… 14항
2. 鬼神類… 2항
3. 仙佛類… 2항
4. 數詞類… 21항
5. 時日類… 10항
6. 上下類… 2항
7. 四方類… 1항

---

13) 『鷄林類事硏究』, pp.36~37 참조

8. 地理類… 4항
9. 水火類… 8항
10. 草木類… 14항
11. 禽獸類… 38항
12. 人事類… 18항
13. 親族類… 27항
14. 身體類… 18항
15. 穀　類… 4항
16. 飮食類… 11항
17. 金銀類… 5항
18. 麻布類… 9항
19. 衣裝類… 13항
20. 針線類… 5항
21. 染色類… 5항
22. 度量類… 4항

譯語部分은 합계 362항인데 方氏는 235항만 분류하였다. 方氏는 이르기를 "기타 120여 항은 모두 단편적인 語項이므로 나누지 않고 모두 일반류 중에 넣었다."고 하였다. 方氏가 이같이 처리한 것은 매우 矛盾이다. 곧 위의 22개類 중에서 제7의 '四方類'는 1개 항목뿐인데도 一般類 中과, 또 다시 같은 類 등 모두 2項에 위의 '四方類'가 들어가 있으니, 어떻게 설명해야 이해할 수 있을 것인가? 또한 方씨의 분류 기준은 그다지 분명하지 않다.

앞서 언급한 明代 『華夷譯語』 중의 『朝鮮館譯語』는 당시 한국어 통역에 사용된 책으로서 그 분류의 기준이 비교적 合理的이다. 『朝鮮館譯語』의 편찬자는 일찍이 『鷄林類事』의 語項을 참고 했을 것이다. 그러므로 오늘날 『鷄林類事』 語項을 『朝鮮館譯語』의 분류에 의거하여 배열하면 다음과 같다. 『鷄林類事』와 『朝鮮館譯語』가 같은 항목으로 된 것은 밑선을 그어 표시했다.

(1) 天文門 : 天・日・月・風・雲・雷・雨・霜露・雪・霧・雹・電・虹・雪下.(14項)[14]

(2) 地理門 : 山・ 江・海・水・井・田・土・石・溪・谷・泉.(11項)[15]

(3) 時令門 : 年春夏秋冬・旦・午・暮・前(日)・昨日・今日・明日・後日.(9項)

(4) 花木門 : 花・桃・梨・松・木・果・白米・豆・麥・草・竹・栗・胡桃・柿・林檎・粟・穀・茭.(18項)

(5) 鳥獸門 : 龍・虎・牛・馬・鹿・猪・羊・鷄・犬・鷺・鳩・雉・鴿・鵲・鶴・鴉・禽・雀・貓・鼠・乘馬・雁.(22項)

(6) 蟲魚門 : 魚・鱉・蟹・鰒・螺・蛇・蠅・螘・蝨・蚤・蟣・臭蟲.(12項)

(7) 器用門 : 鼓・紙・墨・筆・硯・弓・箭・刀子・傘・扇・卓子・椅子・碗・楪・匙・箸・盆・盞盤・鞍・轡・秤・尺・升・斗・車・船・席・薦・牀・燭・簾・燈・匱・笠・梳・篦・齒刷・合・盤・瓶・銀瓶・酒注・釜・鬲・盂・沙羅・剪刀・骰子・鞭・祺・劍・大刀・斧・索・香・針・漆.(57項)

(8) 人物門 : 吏・兵・父・母・兄・弟・姊・妹・妻・父呼其子・伯叔・叔伯母・男子・工匠・人・主・客・官・士・商・農・僧・尼・遊子・丐・倡・盜・倡人之子・樂工・稱我・祖・嫂・女子・自稱其夫・自稱其妻・男兒・女兒・孫・舅・姑・婦・母之兄・母之弟・姨妗・問你・誰何.(46項)

(9) 人事門 : 去・來・坐・立・走・凡飮皆・暖酒・凡安排皆・勸客飮盡食・醉・不善飮・飽・飢・染・下簾・索縛・射・寢・興・臥・行・笑・哭・客至・有客・迎客入・語話・繫考・決罪・借物皆・問此何物・乞物・問物多少・凡呼取物皆・相別・凡事之畢皆・勞問・生・死・老・少・存・亡・有・無・凡洗濯皆.(46項)

(10) 身體門 : 身・心・頭・面・耳・眼・舌・口・齒・髮・手・足・皮・肥・瘦・眉・洗手・面美・面醜・胸・背・腹・毛.(22項)

(11) 衣服門 : 羅・綾・錦・絹・布・線・袍・鞋・被・裙・絲・麻・苧・

---

14) 天文門 중에 '星'항을 두지 않은 것은 무슨 까닭인지 알 수 없다. 혹 孫穆이 본래 이 항을 빼논 것은 연상이 미치지 못한 한 예이다.

15) 地理門 중에 또한 '地'항이 빠진 것도 또한 주(14)와 같은 예이다.

苧布・幞頭・帽子・頭巾・帶・皀衫・袴・裩・襪・女子蓋頭・夾袋・女子勒帛・繡.(26項)

(12) 顏色門：青・黃・紅・白・黑・紫・赤・緋.(8項)

(13) 珍寶門：金・銀・珠・銅・鐵・銀瓶.(6項)

(14) 飮食門：茶・飯・酒・魚肉・油・鹽・醬・醋・湯・熱水・冷水.(11項)

(15) 文史門：印・讀書・寫字・畫・榜.(5項)

(16) 數目門：一・二・三・四・五・六・七・八・九・十・二十・百・千・萬・三十・四十・五十・六十・七十・八十・九十.(21項)

(17) 方隅門：東西南北・上・下.(3項)

※ 其 他：鬼・神・佛・僊人・火・炭・柴・雄・雌・大・小・多・少・高・低・深・淺.(17項)

위에 서술한 분류 중 '(6)蟲魚門'과 '(17)方隅門'은 『至元譯語』16)에 근거해서 보충한 것이고 '(12)顏色門'의 '顏'과 『朝鮮館譯語』 중 '聲' 자는 이 또한 『至元譯語』에 의해서 고쳐 쓴 것이다. 이밖에 『朝鮮館譯語』 중 '宮室門', '干支門', '卦名門' 등이 있는데 『鷄林類事』 譯語 部分 내에는 해당 항목이 없으므로 여기에 열거하지 않는다. 두 가지를 대조하면 혹 앞의 것이 상세한 것도 있어 아주 다르다. 그러나 『鷄林類事』 중에 '宮室門'이 없는 것은 의심할 만한 일이다.

비록 당시 孫穆은 문법에 관한 견해가 아직 없었겠으나, 우리가 品詞, 音節에 의거하여 基礎度17)를 統計하면 다음과 같다.

---

16) 중앙연구원에 소장된 『至元譯語』는 天文, 地理, 人事, 五穀, 飮食, 身體, 衣服, 器物, 蟲魚, 草木, 菜果, 時令, 方隅, 君官, 顏色, 人物(두 자가 빠져 있으나 어항은 있다), 鞍馬, 器, 文字, 珍寶, 飛禽, 走禽 등의 부분으로 나누어져 있다.

17) 日本 東京外國語大學 亞洲, 非洲語言文化硏究所에서 간행한 『亞洲, 非洲語言調査票(上)』(1967년 1월 東京刊)에 의거하다.

品詞 / 音節 및 基礎度		명사	대명사	수사	동사	형용사	부사	단구	계
1음절		127	2	7	2	2	1		141
2음절		119	1	14	13	11		4	162
3음절		29			4	3		7	43
4음절		5			5			7	17
5음절					1			3	4
6음절								1	1
기초도	A	69	3	10	12	7		3	104
	B	38		2	4	6		6	56
	C	48		9		2	1		60
	기타	125			9	1		13	148
계		280	3	21	25	16	1	22	368

圖表로 보면 採錄語彙 대부분이 名詞이고, 또한 單音節과 2음절어가 많음을 알 수 있다. 이것은 한국어의 명사 중 單音節과 2音節語가 본래 비교적 많은 까닭이다. 基礎度 중 A급은 200 기초어휘 내, B급은 300어휘 내, C급은 500어휘 내, 기타는 500어휘 내에 포함되지 않는 어휘들이다. 譯語部分 어휘 중 약 30%가 A범위, 약 46%가 B범위, 약 61%가 C범위에 속한다. 비록 당시 이 같은 방법에 의거해서 採錄한 것은 아니지만, 상당수가 基礎語彙 내에 속하여 이로써 약 900년을 널리 전해 내려오는 중에 그 音韻의 流動이 비교적 적은 까닭을 알 수 있다. 아직 상세히 해석하지 못한 네 項目의 어휘는 통계 숫자에 포함 되어 있지 않다.[18)]

18) (240) 夾袋曰男子木蓋, (293) 筆曰皮盧, (318) 榜曰柏子, (335) 決罪曰滅知衣底.

이밖에 유관어휘 분류의 문제는 상세한 주를 참조.[19]

---

19) 분류상 고려한 사항들은 다음과 같다.(인용한 것은 모두 장교본에 의거했다).
① ⑦ 雨曰霏微는 명사단음절어로 여겼는데 주해부분 참조.
② ⑧ 雪下曰敕恥凡下皆曰恥는 단구와 동사로 분류해야 한다.
③ ⑫ 霜露皆曰率는 두 어항으로 나누어야 한다.
④ ㊾ 凡約日至皆曰受勢는 동사 3음절로 여겨지는데 주해부분 참조.
⑤ ㊿ 明年春夏秋冬同는 5어항의 명사로 분류해야 하는데 주해부분 참조.
⑥ (53) 東西南北同는 4어항의 명사로 나누어야 한다.
⑦ (73) 松曰鮓子南은 명사 3음절어로 여겨지는데 주해부분 참조.
⑧ (77) 林禽曰悶子計는 명사 3음절어로 여겨지는데 주해부분 참조.
⑨ (91) 禽皆曰雀譯은 명사 단음절어로 여겨지는데 주해부분 참조.
⑩ (92) 雀曰賽는 명사 2음절어로 생각되는데 주해부분 참조.
⑪ (102) 乘馬曰轄打는 동사 1음절어로 여겨지는데 주해부분 참조.
⑫ (114) 螘曰螻蟻는 명사 단음절어로 되어 있는데 주해부분 참조.
⑬ (123) 士曰進은 명사 단음절어로 되어 있는데 주해부분 참조.
⑭ (138) 問爾汝誰何曰餧箇는 2어항 곧 대명사 단음절어와 2음절어로 분류해야 하는데 주해부분 참조.
⑮ (142) 伯叔皆曰了子祕는 두 항으로 분류해야 한다.
⑯ (143) 叔伯母皆曰了子彌는 두 항으로 분류해야 한다.
⑰ (155) 女兒曰寶姐는 명사 단음절어로 생각되는데 주해부분 참조.
⑱ (163) 姨妗亦皆曰了子彌는 두 항으로 분류해야 한다.
⑲ (177) 胸曰軻는 명사 단음절어로 되어있는데 주해부분 참조.
⑳ (186) 白米曰漢菩薩은 응당 형용사와 명사로 3분해야 하는데 그러나 여기서는 명사 3음절어로 되어있다.
㉑ (187) 粟曰田菩薩은 명사 3음절어로 되어 있다.
㉒ (196) 魚肉皆曰姑記는 두 어항으로 분류해야 한다.
㉓ (197) 飯曰朴擧는 명사 단음절어로 여겨지는데 주해부분 참조.
㉔ (208) 熱水曰泥根沒은 동사와 명사로 분류해야 하는데 여기서는 명사 3음절어로 되어있다.
㉕ (209) 冷水曰時根沒은 ㉔항과 같다.
㉖ (212) 金曰那論義는 형용사로 명사로 분류될 것으로 여겨지는데 주해부분 참고.
㉗ (231) 褐皂衫曰珂門은 형용사 2음절어로 여겨지는데 주해부분 참조.
㉘ (234) 裩曰安海珂背는 응당 명사, 조사, 명사 3어항으로 분류되어야 하는데 여기서는 명사 4음절어로 되어있는데 주해부분 참조.
㉙ (260) 席曰藝音席은 명사 2음절어로 여겨지는데 주해부분 참조.
㉚ (276) 合曰合子는 명사 단음절어로 되어있는데 주해부분 참조.
㉛ (308) 斧曰烏子蓋는 명사 3음절어로 여겨지는데 주해부분 참조.
㉜ (309) 炭曰蘇戌은 응당 명사와 조사로 분류해야 하는데 여기서는 명사 2음절어로 되어있다.
㉝ (317) 畵曰乞林은 역어부분의 배열 및 한어부분으로 보면 응당 동사여야 하는데 여기서는 명사로 되어있다.
㉞ (352) 大曰黑根은 형용사 단음절어로 여겨지는데 주해부분 참조.
㉟ 아래의 '亦曰'의 9항목은 통계표에 포괄되어 있지 않다. 곧 ㊷ 暮或은 占沒, (153) 自稱其妻亦曰陟臂, (154) 男兒亦曰索記, (155) 女兒亦曰古盲兒, (182) 肥亦曰鹽骨易戌, (230) 帶亦曰褐子帶, (291) 沙羅亦曰敖耶, (305) 箭亦曰矢, (312) 索又曰朴.

제4장 譯語部分의 註解

1. 凡例

1) 역어부분 각 항의 기재는 張校本을 저본으로 함.
2) 매 항 위에 아라비아 숫자는 장교본의 순서에 의거하고 이는 필자가 스스로 정한 번호이어서 역어부분 총 語項의 수와는 다르다.
3) 매 항의 기재는 漢語部와 對音部로 나누었는데 예를 들면 '天曰漢捺'의 '天'은 譯語部이고 '漢捺'은 對音部라 했다.
4) 먼저 19종 현전본의 기재를 대조하고 상세히 오류를 교정하였으나, 각 傳本의 기재를 동시에 하면서 그 '대조표'를 요약하였다. 각 傳本에 기재된 모습 그대로 表에 실었으므로 비록 실제 동일자이라도 혹시 筆劃에 약간의 차이가 있어도 모두 열거하였다. 그 각 현전본의 명칭은 기재의 簡便을 위해서 다음과 같이 번호로 표기하였다.(그 가운데 『麗言攷』, 『方鍾鉉 鷄林類事研究本』, 『大東本』 3종은 실로 현전본은 아니지만 그 옳고 그름을 대조하기 위하여 실려 있는 것을 여기에 인용하였다.)

各本略稱	編號
張校本	①
港大明鈔本	②
藍格明鈔本	③
近衛本	④
京都人文本	⑤
五朝本	⑥
五大本	⑦
順治本	⑧
四庫本	⑨
朝鮮鈔本	⑩
雍正方輿本	⑪
雍正理學本	⑫
光緒方輿本	⑬
光緒理學本	⑭
海史鈔本	⑮
海史印本	⑯
麗言攷	⑰
方氏研究本	⑱
大東本	⑲

5) 對音部의 韓語는 조선초기 문헌 및『朝鮮館譯語』에서 찾아낸 것이며 그 가운데 실리지 않은 것은 후기 문헌에서 인용하였다. 인용의 번거로움을 피하기 위해서 다만 그 출전 명칭과 권수만 쓰고 대부분 劉昌惇씨가 편찬한『李朝語辭典』과 南廣祐씨가 편찬한『古語辭典』에 근거하고 기타 방언은 李熙昇 선생이 편찬한『國語大辭典』을 참조하였다. 인용문헌의 약칭을 다음과 같이 열거하였다.

解例 : 訓民正音解例　　訓諺 : 訓民正音諺解
龍歌 : 龍飛御天歌　　釋譜 : 釋譜詳節
月曲 : 月印千江之曲　　月釋 : 月印釋譜

楞嚴 : 楞嚴經諺解
永嘉 : 永嘉集諺解
救方 : 救急方諺解
三綱 : 三綱行實圖
觀諺 : 觀音經諺解
樂軌 : 樂學軌範
四解 : 四聲通解
朴諺初 : 朴通事諺解初刊
小諺 : 小學諺解
杜諺重 : 杜詩諺解重刊
時用 : 時用鄕樂譜
朴諺重 : 朴通事諺解重刊
女諺 : 女四書諺解
同文 : 同文類解
物譜 : 物譜
五倫 : 五倫行實圖
松江 : 松江歌辭
漢淸 : 漢淸文鑑
雅言 : 雅言覺非
法諺 : 法華經諺解
金諺 : 金剛經諺解
杜諺初 : 杜詩諺解初刊本
金三 : 金剛經三家解
救簡 : 救急簡易方
續三 : 續三綱行實圖
訓蒙 : 訓蒙字會
類合 : 新增類合
家諺 : 家禮諺解
警民 : 警民編諺解
老諺 : 老乞大諺解
譯語 : 譯語類解
靑丘 : 靑丘永言
靑丘李 : 靑丘永言李漢鎭本
譯補 : 譯語類解補
癸丑 : 癸丑日記
柳物 : 柳氏物名考
閑中 : 閑中錄
倭語 : 倭語類解

6) 매 어항에 인용한 한국어는 본래 한글로 써서 기재하였으나, 인쇄의 편리를 위하여 한국어 음표로써 다음과 같이 표기하였다.

① 母音(vowels)

單複		單母音						複母音						備註
陰陽	音標													
陽性	韓文	ㅏ	ㅗ	ㅐ	ㅚ	ㆍ		ㅑ	ㅛ	ㅒ	ㅘ	ㅙ	ㆎ	* ㅟ : 亦有複母音 * ㅣ : 中性母音
	音標	a	o	ɛ	ø	ɐ		ja	jo	jɛ	oa	oɛ	ɐi	
陰性	韓文	ㅓ	ㅜ	ㅔ	ㅟ	ㅡ	ㅣ	ㅕ	ㅠ	ㅖ	ㅝ	ㅞ	ㅢ	
	音標	ə	u	e	y	w	i	jə	ju	je	uə	ue	wi	

② 子音(consonants)

清濁 \ 七音	牙		舌		脣		齒		喉		半舌		半齒		備註
音標	韓	音	韓	音	韓	音	韓	音	韓	音	韓	音	韓	音	
全淸	ㄱ	k	ㄷ	t	ㅂ	p	ㅈ	c	ㆆ	ʔ					
次淸	ㅋ	k‘	ㅌ	t‘	ㅍ	p‘	ㅊ	c‘	ㅎ	h					
全濁	ㄲ	kk	ㄸ	tt	ㅃ	pp	ㅉ	cc	ㆅ	hh					ㆁ:初聲時爲ŋ,
不淸不濁	ㆁ	ng, ŋ	ㄴ	n	ㅁ ㅱ	mṃ			ㅇ	,_	ㄹ	r, l	ㅿ	z	終聲時爲ng
全淸							ㅅ	s							ㄹ:初聲時爲r,
全濁					ㅸ	β	ㅆ	ss							終聲時爲l
合用竝書	ㅺ	sk	ㅼ	st	ㅽ	sp	ㅾ	sc							

7) 『廣韻』, 『集韻』 중에 對音字에 反切音을 찾아내었으나, 두 책이 같은 때에는 『廣韻』의 反切音만을 적었다. 두 책에 모두 기재되어 있지 않은 것은 기타 다른 韻書의 반절음을 적었다.
8) 前出字는 다시 책을 찾지 않고 다만 그 항목수만 적었다.
9) 각 전본에 기재가 명확치 않아서 해석할 수 없는 것은 보류해 두었다.

(1) 天曰漢捺

①	②	③	④	⑤	⑥	⑦	⑧	⑨	⑩	⑪	⑫	⑬	⑭	⑮	⑯	⑰	⑱	⑲
漢	〃	〃	〃	〃	〃	〃	〃	〃	〃	〃	〃	〃	〃	〃	〃	〃	〃	〃
捺	〃	捺	㮏	〃	〃	〃	〃	〃	〃	㮏	〃	〃	〃	捺	〃	〃	㮏	捺

對音部 첫째 자는 각 전본이 모두 같고[1] 다만 둘째 자는 도표와

1) '漢'자의 자체는 각 필사본에 약간의 차이가 있으나 모두 '漢'자이므로 여기서는 분별해서 쓰지 않았다.

같이 '捺, 捺, 榇, 榇'의 4종이 있다. 먼저 이 4자를 살펴보면 다음과 같다.

○ 捺 : '捺乃曷切'(玉篇 卷第6 手部), '捺手按奴曷切'(廣韻 入聲 第12曷), '捺乃曷切'…榇(乃曷切)[2] 榇生皃(集韻 入聲 第12曷).
○ 榇 : '榇那賴切…榇同上'(玉篇 卷第12 木部), '柰…俗作榇奴帶切…奈…本亦作柰又奴箇切'(廣韻 去聲 第14泰), '榇(乃計切泥去聲)'[3](集韻 去聲 第12霽).
○ 捺 : '捺…俗作捺'(康熙字典 手部 8畫)
○ 榇 · 捺 : 字典에 이 두 글자는 실려 있지 않음.

이것으로 보면 '榇'는 곧 '捺'의 잘못 새긴 것이며, '捺'자는 필사시에 습관상 획을 더한 것인데[4] 실은 '捺'자이다. '榇'자도 入聲이 있으나 『集韻』 외에 기타 韻書에는 去聲으로만 되어 있다. 그 다음 '漢'자의 반절음은 다음과 같다.

○ 漢 : '呼旰切'(廣韻 去聲 第28 翰), '虛旰切'(集韻 去聲 第28 翰).

'漢捺'의 발음은 조선 초기 文獻語(이하 간칭 鮮初語)는 '하놇'[5]이고 또한 '天'의 현대 한국어는 '하늘'이나 다만 조선 초기어와 약간의 차이가 있다. 이밖에 조선초에 중국인이 한자를 사용해서 '하놇'을 표기하여 [천-합눈이](朝鮮館譯語, 天門과 八紘譯史 권1)이라고 했다. 明鈔本으로 보면 原本上에 분명히 '捺'자로 쓴 것을 알 수 있는데, 陶珽의 『說郛』本부터 곧 잘못 板刻되었음을 알 수 있다.

조선초기 말 '하놇'과 '漢捺'의 音値를 대조하면 약간의 차이가 있다. '捺'자의 입성 음가에 대해서는 제5장에 상세히 고찰. 여기서는

2) '乃曷切'은 필자가 삽입한 것이다.
3) '榇'는 '泥乃計切' 밑에 있어서 이에 근거하여 삽입하였다.
4) 藍格明鈔本 중 또한 습관상 加劃字가 있는데 예를 들면 '漆, 嫁, 染, 升' 등이다.
5) 龍歌(85), 釋譜(6·35), 訓蒙(上·1)를 참조.

'ㄴ'음만을 몇 가지 고찰해보고자 하는데, '漢'자에 ㄴ韻尾가 있고, '捺'자에도 또한 ㄴ의 초성이 있어 '漢捺' 중 2개의 ㄴ음이 있다. 그러나 '天'의 鮮初語와 현대 한국어 중에는 오직 제2음절 초성에만 하나의 ㄴ음이 있을 뿐이다. 이와 같은 차이가 있는 까닭은 다음과 같이 추측할 수 있으니, 곧 제1음절 '하'와 제2음절 'ᄂᆞᆯ'이 실제로는 연이은 소리가 되어 이른바 '連音變讀(sandhi)' 현상으로 뚜렷하게 들리지 않고 두 개의 ㄴ으로 잘못 들리기 쉽다. 連音變讀 현상의 상세한 고찰에 대해서는 제5장 對音 고려어의 분석과 제6장 정리 및 결론을 참조.

(2) 日曰姮

각 傳本에 근거하면 모두 동일하다. 그러나 '日曰姮'의 '姮'자의 발음은 '胡登切'이고 그 발음과 '日'의 선초어 'ᄒᆡ'[6]와 맞지 않고 또한 '日曰姮'의 다음 항에 '月曰契黑隘切'도 鮮初語 'ᄃᆞᆯ'[7]과 맞지 않다.

前間恭作氏는 '日曰姮'의 '姮'자를 '烜'의 誤字로 보고 또한 다음 항의 '黑隘切'은 응당 '烜'자의 아래에 있어야 한다고 말했다.(『鷄林類事麗言攷』, p.3 참조) 또 말하기를 '月曰契黑隘切'의 '契'자는 곧 '突'자를 잘못 쓴 것이라고 했다.(前書 p.4 참조)

劉昌惇씨는 말하기를 "'契'를 '詰計切'이라 했는데 이는 當然히 '奚'의 잘못이며, '黑隘切'의 小注를 添加한 것은 '奚'를 中聲이 틀리게 '弘雞切'[8]이라고 했으므로 '黑隘切'로 音價를 정확히 표현하였다."고 말했다.(『鷄林類事 補蔽』, p.133 참조)

筆者의 견해로는 '姮'과 '契' 두 자가 잘못 바뀐 것 같다. '契'는 '楔'의 생략된 글자이고 '胡計切'로 읽으며 곧 조선 초기에 'ᄒᆡ'로 읽

---

6) 龍歌(50), 釋譜(13·6), 月釋(1·9) 참조.
7) 解例(用字), 杜諺初(8·36) 참조.
8) '弘雞切'은 '弦雞切'이 잘못 쓰인 것이며 『集韻』(奚弦雞切) 참조.

으면 서로 부합되며 '姮'은 '妲'의 誤字로 곧 鮮初語의 '돌'과 서로 합치된다. 조선초 중국인이 '日'의 한국어를 표기하기를 '日-害'라 했다.(『朝鮮館譯語』 天文門, 八紘譯史 卷之1) '日'의 현대 한국어는 '해'라 하고 鮮初語 '히'와는 모음상의 약간의 차이가 있으나 변동이 크지 않다. 이로써 '黑隘切'은 실로 '히'의 對音이며, 마땅히 '日'자 다음에 가 있어야 한다.

(3) 月曰契黑隘切

각 傳本의 기록이 모두 같다. 필자의 견해로는 이 항의 '契'자와 다음 항의 '姮'자가 잘못 바뀐 것이며, '姮'은 '胡登切'(『集韻』 平聲 第17登)[9] 이어서 '月'의 鮮初語는 '달'과 맞지 않다. '姮'자의 모양이 '妲'자와 비슷하고 '當割切'(『廣韻』·『集韻』 入聲 第12曷)과 '月'의 鮮初語 '달'이 합치되므로 이로써 '姮'은 곧 '妲'의 誤記임을 알 수 있다. 아래에 '男兒曰了妲', '女兒曰寶姐', '孫曰了寸曰了妲'의 여러 항목이 있다.[10] '了妲' 외에는 '寶姐'와 '了姐'의 '姐'자 역시 '妲'의 誤記이다. 이로 미루어 보아 '月曰姮'은 실제로는 '月曰妲'의 誤記임을 더욱 확신할 수 있다.

조선초에 중국인이 '月'의 한국어를 표기하기를 '月-得二'(『朝鮮館譯語』 天文門), '月-得'[11](八紘譯史 卷之1)라고 했는데 현대 한국어는 곧 '月'을 '달'이라고 한다. 이로써 '月'의 한국어는 고려 이래 큰 차이가 없음을 알 수 있다.

---

9) 『廣韻』에 '姮'자는 기재되어 있지 않음.
10) 張校本에 의거하였으니 154, 155, 157 항목을 참조.
11) 아마도 '二'자가 잘못 빠졌을 것이다.

(4) 雲曰屈林

五大本에서 '雲曰屈氷'[12]이라 한 것을 제외하고 기타 傳本이 모두 같다. '雲'의 鮮初語는 '구름'[13]인데 '屈林'이 이에 대응된다. '屈林'의 음가를 고찰하면 다음과 같다.

○ 屈 : 區勿切(廣韻 入聲 第8物), 曲勿切(集韻 入聲 第9迄), 丘月切, 居月切(同 第十月)
○ 林 : 力尋切(廣韻 平聲 第21侵). 犁針切(集韻 平聲 第21侵)

'屈'의 여러 反切音은 모두 入聲音이며 끝에 'ㄷ'음이 있고, '林' 또한 모두 'ㄹ'初聲이 있으므로 '屈林'의 발음 '굳름'과 '雲'의 鮮初語 '구름'과는 약간의 차이가 있다. 그러나 이 또한 '天曰漢捺'의 두 개 ㄴ음의 현상과 서로 비슷하므로 다시 더 설명하지 않는다.

朝鮮初 中國人이 '雲'의 한국어를 '雲-故論'(『朝鮮館譯語』 天文門)이라고 하였다. 현대 한국어는 '雲'을 '구름'이라고 한다. 여기에서 제2음절의 모음이 '이'에서 '우'나 '으'로 변한 것은 오늘날 한국 방언 중에 아직도 '구림'이라고 발음하는 곳이 있어 입증할 수 있다.

(5) 風曰孛纜

각 전본이 모두 같다. '風'의 鮮初語는 'ᄇᆞᄅᆞᆷ'[14]이다. '孛纜'의 음가를 고찰하면 다음과 같다.

○ 孛 : 蒲沒切(『廣韻』 入聲 第11沒), 蒲昧切(同·『集韻』 去聲 18隊). 方未切(『集韻』 去聲 第8未), 敷勿切(同入聲 8勿), 薄沒切(同11沒)

---

12) '屈氷'은 당연히 '屈林'의 잘못임.
13) 龍歌(42), 月曲(81), 楞諺(8·50)를 참조.
14) 朴諺重(上·36), 譯語(上·1), 漢淸(15) 참조.

○ 纜 : 盧瞰切(『廣韻』 去聲 第54闞). 盧瞰切(『集韻』 去聲 第54闞).[15]

'孛'자에는 入聲과 去聲 두 가지가 있는데, 去聲은 '風'의 鮮初語와 매우 가깝다. 그러나 '孛'자의 용례를 보면 모두 入聲을 취하여, 예를 들면 '佛曰孛', '二曰途孛', '火曰孛', '酒曰酥孛', '秤曰雌孛', '匱曰枯孛'[16], '扇曰孛采', '柴曰孛南木', '射曰活孛'[17] 등이다. 이로 보아 '孛纜'의 '孛'자는 당연히 입성이어야 하며 韻尾에 ㄷ이 있다. 그 현상은 '雲曰屈林'과 대강 같으므로 여기에서는 설명이 불필요하다. '蒲沒切', '薄沒切'의 음가는 곧 [ᄇᆞᄅᆞᆷ]의 첫음절 ᄇᆞ에 대응된다.

方鍾鉉씨는 "'孛'의 반절이 薄沒切, 敷沒切(集韻), '纜'의 반절은 盧敢切(廣韻, 集韻)이라고 하였다."(『鷄林類事硏究』, p.74 참조) 方씨가 어떠한 韻書에 근거했는지 알 수 없는데 혹 '敷沒切'은 '敷勿切'의 잘못이고 '盧敢切'은 '盧瞰切'의 잘못일 것이다.

鮮初 때 중국 사람이 '風'의 한국어 표기를 '風-把論'[18](『朝鮮館譯語』 天文門)이라고 하였다. 현대 한국어는 곧 '바람'이다. 이로써 보면 고려 이래 큰 변화가 없음을 알 수 있다.

(6) 雪曰敕

①	②	③	④	⑤	⑥	⑦	⑧	⑨	⑩	⑪	⑫	⑬	⑭	⑮	⑯	⑰	⑱	⑲
敕	嫩	〃	嫰	〃	〃	嫩	嫰	〃	〃	嫩	〃	〃	〃	〃	〃	〃	嫰	〃

위의 도표를 보면 대음부 중에 곧 '敕·嫩·嫰' 등 세 가지 다른

15) '瞰'과 '矙'자는 비록 字意는 다르지만 同韻에 실려 있다. 廣韻과 集韻 모두 '矙'이다.
16) '枯孛' 즉 '枯李'의 오기. p.269 참조.
17) '活孛'은 '活素'의 오기. p.314 참조.
18) ㅁ종성이 소실된 뒤이므로 비슷한 音標記이다.

자가 있는데 이 3자의 음가는 다음과 같다.

○ 敕 : 恥力切(『廣韻』 入聲 第24職). 蓄力切(『集韻』 入聲 第24職).
○ 嫩 : 奴困切(『廣韻』 去聲 第26慁), (『集韻』 去聲 第27恨)
○ 嫰 : '嫩'의 俗字. 『中華大字典』[19]에 …'嫰, 嫩의 俗字로 되어 있다.'

'雪'의 鮮初語는 '눈'[20]으로 '嫩'의 발음과 부합되어 張校本의 '敕'은 '嫩'의 잘못된 교정임을 알 수 있고, 陶珽의 說郛本에는 곧 '嫰'자로 썼다.

方鍾鉉씨는 "古今圖書集成이나 說郛의 諸本에 다 '嫩'字로 되어 있는데, 民國板說郛에만은 '女' 邊이 없는 '勅'으로 되어 있다. … '嫩'字는 '敕'字와 같은 字로서 그 音이 '눈'임을 알 수 있다."고 말했다.(『鷄林類事研究』, p.78 참조) 方씨가 이와같은 錯誤를 일으킨 것은 아마도 各 傳本을 자세히 살피지 않은 탓일 것이다. 『鷄林類事』 중에도 '嫩'자를 쓴 것이 있는데, 예를 들면 '眼曰嫩'이다. '雪'과 '眼'의 한국어는 현대 한국어에 있어서 뿐만 아니라 鮮初語에서도 모두 '눈'이다. 『朝鮮館譯語』에서도 '雪曰嫩'이다.

(7) 雨曰霏微

①	②	③	④	⑤	⑥	⑦	⑧	⑨	⑩	⑪	⑫	⑬	⑭	⑮	⑯	⑰	⑱	⑲
霏 微	〃 〃	〃 霺	〃 微	〃 〃	〃 〃	〃 〃	〃 〃	〃 〃	〃 〃	〃 〃	〃 〃	〃 〃	〃 〃	〃 〃	〃 〃	〃 〃	雹 〃	霏 〃

19) 『中華大字典』 : 歐陽溥存 등 편찬, 전12집. 수록된 글자는 48,000여 자이며 康熙字典에 오류를 교정한 것이 2,000여 곳이다.
20) 龍歌(50), 楞諺(7·55), 杜諺初(7·37)를 참조.

각 傳本을 살펴보면 藍格明鈔本 외에는 모두 張校本과 같다. 方鍾鉉씨의 『鷄林類事硏究』 중 '雨曰霏微'는 확실히 잘못 교정한 것이 틀림없다. 藍格明鈔本에는 '霏微'로 되어 있다. '微'와 '霺'는 모두 平聲 微韻으로 '無非切'이므로 音韻상으로 말하면 어느 자를 써도 괜찮다.

'雨'의 鮮初語는 '비'21)이다. '霏'자로써 譯音해도 된다. 그러나 '霏'자 다음에 '微, 霺'를 더한 것은 무슨 까닭일까? 前間씨는 "'微'자는 본래 음이 '미'로서 '霏'자의 주를 단 것인데 베껴 쓸 때 잘못 쓴 것이라고 말했다."(『鷄林類事麗言攷』, p.5 참조) 또 方鍾鉉씨는 "당시 '雨'의 한국어가 '비미'였는데 뒤에 '미'가 '미'의 脣輕音이 상실된 까닭에 '이'로 변해서 '비이'가 되었고, 다시 변해서 '비'가 되었다."고 말했다.(『鷄林類事硏究』, pp.82~83 참조)

두 사람의 말이 모두 일리가 있는 것 같지만, 前間씨는 '霏', '微' 두 자의 발음이 다른데도(霏, 廣韻芳非切, 屬敷母, 微, 廣韻無非切, 屬微母, 聲母不同) 같은 음으로 잘못 생각했다. 方鍾鉉씨는 '雨'의 한국어 변천을 매우 복잡하게 설명했지만 실제적인 증명이 없어 믿기 어렵다. 方씨는 또다시 "'霏'는 그 음이 우리가 至今 發音하는 것은 '비'이고, 중국에서는 'ᄫᅵ'인 것이 나타나고, 이 '微'는 우리음으로는 '미'이지마는, 中國서는 'ᄫᅵ'로 되는 것임을 알겠다. 그러므로 韻書의 字母로는 이 두 자가 다 脣輕音에 속하는 자로 되어 있다."고 말했다.(前書 p.81) 方씨가 말한 것은 모호하고 전후가 모순되어 그 주된 견해가 어디 있는지 알 수가 없다.

朝鮮初에 中國人은 '雨'의 한국어를 다음과 같이 표기하였다. '雨 - 必'(『朝鮮館譯語』 天文門) 현대 한국어는 '비'인데 '霏', '微' 두 발음이 모두 類隔에 속하여 음이 서로 비슷하므로 아마도 당시에 어느 것이 옳은지 알 수가 없어 이를 함께 써 놓은 것 같다.

---

21) 釋譜(6, 43), 杜諺初(7·32) 참조.

(8) 雪下曰敕恥凡下皆曰恥

兩 明鈔本 중에는 두 조항22)으로 나누어져 있는데 곧 '雪下曰敕恥'와 '凡下皆曰恥'로 되어 있다. 각 傳本 중에 '雪下曰敕恥'의 다름이 다음과 같다.

①	②	③	④	⑤	⑥	⑦	⑧	⑨	⑩	⑪	⑫	⑬	⑭	⑮	⑯	⑰	⑱	⑲
敕	嫩	〃	〃	〃	〃	〃	〃	嫰	嫩	〃	〃	〃	〃	〃	〃	〃	嫰	嫩
恥	〃	上	耻	〃	〃	〃	〃	〃	恥	〃	〃	〃	〃	耻	〃	〃	〃	恥

'雪'은 한국어로 '눈'이라고 읽는데 ⑥항의 '雪曰嫩'에서 이미 설명하였으므로 여기서는 생략한다. '下' 對音에는 세 가지가 있는데 곧 '恥·上·耻'이다. '下(落)'의 현대 韓語는 '지다'로 이것은 동사의 기본형이며 '지'는 語幹 '다'는 語尾이다. '지'의 선초어는 곧 '디'이다.23) 이로써 藍格明鈔本의 '上'은 곧 '耻'의 잘못임을 알 수 있다. '耻'는 '恥'의 俗字이며 '敕里切'로 읽는다.(『廣韻』 上聲 第6止) 혹은 '丑里切'(『集韻』 上聲 第6止) '凡下皆曰恥'는 각 傳本에 다음은 서로 다른 점과 같은 점이 있다.

①	②	③	④	⑤	⑥	⑦	⑧	⑨	⑩	⑪	⑫	⑬	⑭	⑮	⑯	⑰	⑱	⑲
恥	耻	恥	耻	〃	〃	〃	〃	〃	恥	〃	〃	〃	〃	耻	〃	〃	〃	恥

港大明鈔本에서는 '恥'와 '耻'가 함께 쓰였는데 藍格明鈔本의 앞부분에서는 '耻'로 쓰고 뒷부분에서는 '恥'로 썼으며 모두 붓으로 썼으므로 正字와 俗字가 뒤섞여 있다. 현대 한국어 중에 '落花·落淚·

22) 양 초본을 제외하고는 해사초본, 前間씨, 方씨가 모두 두 항목으로 나누었다. 다른 판본은 모두 나누지 않았다.

23) 杜諺初(二一·23), 月釋(一·29)을 참조.

落日·落水' 등에 '落(下)', '낙'은 모두 '지다'이다. 이로써 고려 때 '凡下皆曰恥'와 현대 한국어가 서로 같음을 알 수 있다.

(9) 雷曰天動

각 傳本이 모두 같다. 對音 부분의 '天動'도 중국어로 되어 있다. '雷'의 한국 고어는 곧 '텬동'이다. 중국어 중에 '天動'은 번개의 뜻이 없고, 오직 '天의 運行'(하늘의 운행)이라는 뜻만 있어 예를 들면 '天動地靜者常也'(公羊傳, 文, 九, 動地也, 注)[24]이다. '天動'을 '雷'라고 한 것은 아마도 고려 때 사람들이 引伸해서 쓴 것 같다. '雷'의 한국어는 '천동' 이외에 또한 '우레'가 있다. 한국 고문헌 중에 '천동'이 쓰인 것으로는 萬曆4年(1576)에 간행한 『新增類合』[25]이 가장 빠르다. 그러나 『鷄林類事』를 볼 때 고려 때에 이미 '천동'이라는 말이 상용되었음을 알 수 있다. 지금도 일상적으로 사용하고 있지만 발음은 달라서 '천둥'이라고 한다. 『朝鮮館譯語』에 '雷 - 別剌'의 '別剌'은 곧 '霹靂'의 한국음이다.

(10) 雹曰霍

각 傳本이 모두 같다. 다만 『鷄林類事麗言攷』는 '雹曰藿'이라고 했는데, 이것은 잘못 베낀 것이다. '雹'의 鮮初語는 '무뤼'이다.

'霍'은 '虛郭切'(廣韻 入聲 第19鐸). '忽郭切', '歷各切', '曷各切'(集韻 入聲 第19鐸) 등 여러 발음이 있다. '霍'의 초성은 'ㅎ', 'ㄹ' 두 가지 음인데 '雹'의 鮮初語에 대응되지 않는다. 『大戴禮』에 의거하면, "陽之專氣爲霰, 陰之專氣爲雹"이라고 되어 있다.

---

24) 이밖에 또한 '天動地靜主尊臣卑'(『宋史』, 葉清臣傳 "洶洶旭旭天動地岋."(『文選』, 揚雄, 羽獵賦)
25) 朝鮮 宣祖9년(1576)에 柳希春이 편찬한 것으로 2권1책이다.

'雹'과 '霰'은 서로 비슷하다. '霰'의 한국어는 '싸락눈'인데 이 말의 '락'과 '霍'(歷各切)의 발음이 서로 대응된다. 이 조항은 '雹曰霰霍'에서 '霰'자가 탈락되었을 가능성이 있다. '霰霍'의 음은 '싸락'에 대응될 수 있다.

기실은 한국 고문 중에 '雹'과 '霰'이 혼동되어 쓰인 것이 있는데 麗言攷[26]에 이르기를 '淚如霰䨨 … 무릐'(杜詩4·35)라 하였다. '霰'은 곧 번역하면 '무릐'로 번역하면 '雹'의 한국어이다.

이 조항에 대해서 前間씨는 '不明, 或誤聽者也'(명확치 않다. 아마도 잘못들은 듯하다)라 하였다.(『麗言攷』, p.6) 方씨도 "未詳, 그러나 두 가지로 추측할 수 있는데, 하나는 '霍'은 '雹'의 誤記이고, 또 하나는 '霍'자는 본시 '雨雹'이거나 '雨朴'의 두 字일 것이다."(『鷄林類事研究』, pp. 90~91)

두 사람과는 다른 필자의 설명이 어쩌면 그 희혹을 풀 수 있지 않을까? 『朝鮮館譯語』 중에 '雹'는 실려 있지 않고, '雹'의 현재 한국어는 '우박'이고 이것은 '雨雹'의 음과 합치하니 方씨는 아마도 현대 한국어로 미루어 주장한 것 같으나 고려시대의 말이 꼭 그렇다고는 할 수 없다.

(11) 電曰閃

각 傳本이 모두 같다. '閃'은 失冉切(廣韻, 集韻 上聲 第50琰), 舒贍切, 舒斂切.(同 去聲 第55豔) '電'의 鮮初語는 '번개'[27]이고, '閃'의 음과 맞지 않은데 어찌 '電曰閃'이라 칭했을까? 前間씨는 명확하지 않다하고, 方씨도 또한 '未詳'이라 하였다. 朝鮮 英祖 때 申景濬이 편찬한 『道路考』에 이르기를 "여름과 가을사이 밤에 하늘이 개이면서 멀리 번개가 보이는 것을 熱閃이라고 일컬었다. 남쪽에서 번개

26) 『鷄林類事麗言攷』 p.6 참조
27) 龍歌(30), 釋譜(六·32), 月曲(161)을 참조

를 치면 하늘이 개이고, 북쪽에서 번개가 치면 곧바로 비가 온다. 속담에 '南閃千里 北閃眼前'(남쪽 번개는 千里밖이요, 북쪽 번개는 바로 눈앞이다. 권3)이라고 한다."라고 한다. 이밖에 『譯語類解』에서는 '閃電'을 '번개'(上卷 p.2)라고 일컫고, 『齊諧物名考』에서도 '閃電'을 '번게(天文類)'라고 일컬었다.(『鷄林類事硏究』, pp.94~95 참조) 중국에서도 '打閃', '霍閃'이라는 말이 있다. 羅常培씨는 이르기를 "보통어휘 '打閃'을 臨川에서는 '霍閃(fuo'yse'my)'"이라고 말했다. 翟灝의 『通俗編』에 顧雲의 시 '金蛇飛狀霍閃過'(臨川音系, p.200)를 引用했다. 이로써 보면 '閃'이 본래 중국말인데 고려 때 문헌 중에도 이 말을 사용했음을 알 수 있는데 『朝鮮館譯語』에 실리지 않은 것은 아마도 그것이 본래 譯語가 아니었기 때문일 것이다.

(12) 霜露皆曰率

각 傳本이 모두 같다. '霜'의 鮮初語는 '서리'[28]이고, '露'의 鮮初語는 '이슬'[29]인데 『朝鮮館譯語』에서는 '霜曰色立', '露曰以沁'라고 하였다. 고려 때는 두 자가 본래 음이 같지 않았음을 알 수 있다. 여기서 '皆曰率'이라 한 것은 아마도 '露'의 한국어 음이 '이슬'이었기 때문일 것이다. '서리'를 들을 때 '이'음이 불명확하고, '이슬'을 들을 때 역시 '이'음이 불명확해서 '설(sər)'과 '설(səl)'이 비슷하여 결국 '所律切'의 '率'자를 택한 것이며 본래 이들이 차이가 있다는 것을 알지 못한 것이다.

---

28) 解例(用字), 月釋(序·15), 楞諺(七·1)을 참조.
29) 月曲(42), 月釋(序·15), 杜諺初(二一·52)을 참조.

(13) 霧曰蒙

각 傳本이 모두 같다. '蒙'은 '莫紅切'(廣韻 平聲 第1東). '霧'의 鮮初語는 '안개'[30]인데, 한국어 중에는 '운에', '운애', '으남' 등의 구어가 있는데 '蒙'과 일치되지 않는다. 『集韻』에 의거하면 '雺霿霚霧는 모두 謨蓬切(平聲 第1東)'로 '蒙'자와 같은 음이므로, 고려 때 '霧'자와 '蒙'자는 同音으로써 중국어에서 나온 것이며, 孫穆이 韓國語의 본래 음이라고 잘못 쓴 것임을 알 수 있다. 그러나 오늘날 한국 말로는 아직도 '霧'자를 '무'로 읽으며, 또한 '蒙'자 음에서 온 것이다.

이 조항에 대해서 前間씨는 '不明'이라 하였고, 方씨 역시 '未詳'이라 하면서, 또 '霧'자 음 중에 '몽'이나 '뭉'의 음이 없다고 하였다. (『鷄林類事硏究』 p.99 참조) 『朝鮮館譯語』에서는 '霧 - 按盖 - 五'라고 하였다. '霧'의 현대 한국어는 '안개'이다. 鮮初이래 '霧'의 한국어는 변하지 않았는데 前間씨와 方씨는 여전히 '霧曰蒙'에 대해서 그 結末을 밝혀내지 못하였다. 그러나 만약 방언에서 이를 추구하였더라면 찾아 낼 수 없지는 않았을 것이다.

(14) 虹曰陸橋

각 傳本이 모두 같다. '虹'은 곧 '햇빛이 물기에 서로 비쳐 하늘에 나타나는 활모양의 彩色 햇무리이다. 육상의 다리처럼 생겨서 '陸橋'라는 명칭이 생긴 것이다. 그러나 '虹'의 선초어는 오직 '무지개'[31]만이 있는데 '陸橋'의 발음과는 맞지 않다. 한국의 한자어휘 '雷曰天動'과 같은 예이다. 『譯語類解』[32] 중에 '虹橋'라는 말이 있는데 한국의 고어에서 '虹'을 '橋'로 칭하였음을 증명할 수 있다. 『朝鮮館譯語』에 이 語彙가 없는 것은 아마도 그것이 한자 어휘였

30) 楞諺(八·99), 杜諺初(十五·17)를 참조.
31) 龍歌(50), 杜諺初(十六·42), 訓蒙(上·3)을 참조.
32) 朝鮮 肅宗 16년(1690년)에 愼以行·金敬俊 등이 편찬함.

기 때문일 것이다.

(15) 鬼曰幾心

①	②	③	④	⑤	⑥	⑦	⑧	⑨	⑩	⑪	⑫	⑬	⑭	⑮	⑯	⑰	⑱	⑲
鬼	鬼	魁	鬼	〃	〃	鬼	鬼	〃	〃	鬼	〃	〃	〃	鬼	鬼	〃	〃	〃
曰	〃	〃	〃	〃	〃	〃	〃	〃	〃	〃	〃	〃	〃	〃	〃	〃	〃	〃
幾	幾	幾	幾	〃	〃	〃	〃	〃	〃	幾	幾	〃	〃	〃	〃	〃	〃	〃
沁	心	〃	〃	〃	〃	〃	〃	〃	〃	〃	〃	〃	〃	〃	〃	〃	〃	沁

漢語部는 藍格明鈔本을 제외하고는 모두 '鬼'33)로 되어 있으므로 '魁'는 '鬼'의 誤記이다. 그 다음의 對音部는 張校本과 『大東韻府群玉』을 제외하고는 모두 '幾心'34)으로 되어 있다. '沁'과 '心'은 모두 '思林切'로 되어 그 발음이 같다.

'鬼'의 鮮初語는 '귀신'35)인데 현대 한국어와 같다. 그러나 방언 중에 아마도 '그이신', '기신'의 발음일 것이다. '幾心'의 음과 바로 들어맞는다. 한국에서 '鬼'와 '神'을 구분하지 않는데 『鷄林類事』에서는 '鬼'와 '神'을 분별해서 채록하였으니 당시 중국에서는 '鬼'와 '神'을 이미 구별하고 있음을 알 수 있다.

(16) 神曰神道

張校本과 港大明鈔本에 '神曰神道'라 한 것을 제외하고는 其他 本은 모두 '神曰神通'으로 되어 있다. 李熙昇씨가 撰한 『國語大辭

---

33) 필사본 중 '鬼'의 異體는 필획상에 차이가 있으나 모두 '鬼'자임이 틀림없다.
34) '幾'의 이체 또한 '鬼'와 같은 현상이다.
35) 小諺(四·51) 참조.

典』[36]에서 '神道'는 귀신의 존칭이고, '神通은 ① 모든 일에 대해서 매우 신기하게 통달함. ② 기이하면서 묘함'이라고 풀이 하였다.

위 항에 이어서 말하기를 '鬼' 다음에 이 항을 '神曰神通'이 아니고 마땅히 '神曰神道이다'라고 했다. 아마도 원본상에 '道'의 자획이 명확치 않으므로 轉寫時에 '通'으로 잘못 썼을 가능성이 있다. 前間씨와 方씨가 모두 '神通'으로 본 것은 옳지 않다. '神道'는 中國語이기도 하며 당시 양국에서 '神道'의 발음이 서로 같았으므로 孫穆이 이와 같이 採錄했음을 알 수 있다.

(17) 佛曰孛

각 傳本이 모두 같다. '佛'은 '佛陀'의 뜻이다. 鮮初 문헌 중의 '釋迦佛', 불상의 한국어는 '부텨'[37]이다. 高麗初 均如大師는 '鄕札'로 편찬한 「普賢十願歌」[38] 중에도 '佛體'라는 말이 있는데 원문에 '慕呂白乎隱佛體前衣'[39]라고 하였다. 이로써 보면 '부텨'는 아마 '佛體'의 변음일 것이다. 현대 한국어는 다시 변해서 '부처'로 되었다. '佛'은 符弗切(廣韻 入聲 第8物)로 輕脣音이다. 朝鮮初 韻書 『東國正韻』[40] 중에 '佛'자의 음은 [p'ulʔ], [ppulʔ](卷之三 11). '佛'자의 현대 한국음은 '불'이다. 이로써 조선 초이래 '佛'자가 계속해서 重脣音을 보존되고 있다. 아마도 당시 '佛'자의 중국 음은 輕脣音이며 한국 음은 重脣音이므로 '佛曰孛'라 하였을 것이다.

---

36) 國語大辭典, 民衆書館간행(1961년 12월 서울간행)
37) 釋譜(六·4), 月曲(25), 楞諺(九·117)을 참조.
38) 본 논문 제1장 一(주7)을 참조.
39) '禮敬諸佛歌'에 이 구절은 곧 '敬慕之佛前'의 뜻이다 를 참조.
40) 『東國正韻』: 朝鮮 世宗 29년(1447년)에 成三問, 申叔舟 등의 勅撰. 전 6권6책.

(18) 僊人曰僊人

①	②	③	④	⑤	⑥	⑦	⑧	⑨	⑩	⑪	⑫	⑬	⑭	⑮	⑯	⑰	⑱	⑲
僊	仙	〃	〃	〃	〃	〃	〃	〃	〃	〃	〃	〃	〃	〃	〃	〃	〃	〃
人	〃	〃	〃	〃	〃	〃	〃	〃	〃	〃	〃	〃	〃	〃	〃	〃	〃	〃
曰	〃	〃	〃	〃	〃	〃	〃	〃	〃	〃	〃	〃	〃	〃	〃	〃	〃	〃
僊	僊	仙	遷	〃	〃	〃	〃	〃	〃	〃	〃	〃	〃	〃	〃	〃	〃	〃
人	〃	〃	○	○	○	○	○	○	○	○	○	○	○	○	○	○	○	○

'僊', 모든 字典에 이 글자가 실리지 않았다. 『集韻』에서는 '僊同仙'이라 하였다. '僊'은 '僊'의 誤字이다. 당시 양국에서 '仙人'의 발음이 서로 같았으므로 孫穆은 이와 같이 採錄했을 것이다. 陶珽의 『說郛』본에서 '遷'자는 이 '僊'자의 잘못이고, 또한 '人'자가 잘못해서 빠진 것이다. 그러나 '遷'자 역시 음이 '仙'이다. 예를 들면 『文選』 左思의 「吳都賦」에서는 '君遷平仲'의 주에 "西烟切音仙"이라고 하였고, 『漢書』 王莽傳에서는 "立安爲新遷王"의 주에 "服虔이 말하기를 '遷의 音은 仙'이라 하고 顔師古가 말하기를 '遷猶仙耳 不勞假借'"라 하였으며, 또 『釋名』에는 "老而不死曰仙, 仙遷也, 遷入山也, 故字從人旁山"이라고 한 것으로 보아 뜻이 서로 통하는 글자이다.

前間씨는 '仙人曰遷'에 의거해서 해석하였고, 方씨는 "民國板說郛에는 '僊人'[41]이라고 되어 있으니, '遷'이 아니고 '僊'인 듯하다."(『鷄林類事硏究』, p.105 참조)라고 말했는데, 두 사람이 모두 明鈔本을 보지 못했으므로 부정확하게 해석을 했다.

41) 張校本을 가리킴.

(19) 一曰河屯

각 傳本 중에 藍格明鈔本의 '一曰阿屯' 외에 다른 전본은 '一曰河屯'이다. '一'의 鮮初語는 'ᄒᆞ나', 'ᄒᆞᆫ'[42]인데 곧 ㅎ의 초성음이 있으므로 '阿屯'은 '河屯'의 오기임을 알 수 있다. 그러나 '河屯'의 음가는 실제로 '一'의 선초어에 대응시킬 수 없다. 『朝鮮館譯語』에 '一曰哈那'로 되어 있고, 현대 한국어는 '하나', '한'이어서 鮮初語와 비슷하다. 前間씨는 '河屯'이 新羅 鄕歌 중의 '一等'[43]에 附合하는 'ᄒᆞ둔'으로 해석하였다. 그러나 단정할 수 없으므로 후일의 상세한 고찰을 기대해 본다.

(20) 二曰途孛

각 傳本 중에 港大明鈔本의 '二曰逸孛' 외에 다른 판본에는 모두 '二曰途孛'이다. '二'의 선초어는 '둘'[44], '두을'[45], '두'이다. 이로써 港大明鈔本의 '逸孛'은 '途孛'의 誤記임을 알 수 있다. 『朝鮮館譯語』에 이르기를 '二曰覩卜二'로 되어 있어 '途孛'과 '覩卜二'의 음가가 서로 비슷하다.

(21) 三曰洒厮乃切

①	②	③	④	⑤	⑥	⑦	⑧	⑨	⑩	⑪	⑫	⑬	⑭	⑮	⑯	⑰	⑱	⑲
洒	洒	〃	〃	〃	〃	〃	〃	〃	〃	〃	〃	〃	〃	〃	〃	〃	〃	〃
厮	〃	斯	厮	〃	〃	〃	〃	〃	〃	〃	〃	〃	〃	〃	〃	〃	〃	〃
乃	〃	〃	〃	〃	〃	〃	〃	〃	〃	〃	〃	〃	〃	〃	〃	〃	〃	〃
切	〃	〃	〃	〃	〃	〃	〃	〃	〃	〃	〃	〃	〃	〃	〃	〃	〃	〃

42) 釋譜(六·22), 月曲(89), 楞諺(四·106)을 참조.
43) 禱千手觀音歌에 이르기를 '一等下叱放一等肹除惡支'라고 하였다.
44) 月釋(七·44), 月曲(52), 釋譜(六·1)을 참조.
45) 杜諺重(十七·10)

張校本의 '拪'를 제외하고 다른 전본은 모두 '洒'로 되어 있다. 『集韻』에 '拪, 親然切'(平聲3 第2僊), 또 '余支切'(平聲1 第5支)[46]로 되어 있다. '三'의 鮮初語 讀音인 '세'[47], '서', '석', '쎄' 등과 附合하지 않는다. '洒'는 先禮切(廣韻 上聲 第11薺)인데, 孫穆이 附記한 '厮乃切'의 발음과 서로 가깝다. '厮'와 '斯'는 같은 음이지만 藍格明鈔本을 제외하고는 모두 '厮'로 되어 있으므로 '厮'를 취한다. '洒厮乃切'의 음가는 비교적 '三'의 鮮初語 중 '세'에 가깝다. 『朝鮮館譯語』에 '三曰色一'(稻葉씨 판본에 의거, 水戶本)라고 했는데, 音 역시 그와 가깝다.

(22) 四曰迺

①	②	③	④	⑤	⑥	⑦	⑧	⑨	⑩	⑪	⑫	⑬	⑭	⑮	⑯	⑰	⑱	⑲
迺	廼	〃	〃	〃	〃	迺	廼	迺	〃	〃	〃	〃	〃	〃	〃	〃	〃	〃

각 傳本에 다만 자체상에 차이가 있을 뿐인데 그 본자는 마땅히 '迺'자 이어야 한다. '迺', 奴奚切(廣韻 上聲 第15海). '四'의 선초어는 '내'[48], '너', '넉', '네' 등이 있는데 『朝鮮館譯語』에는 '四曰餒一'이라고 했는데, '迺'의 음가가 비교적 '네'에 가깝다.

(23) 五曰行戊

①	②	③	④	⑤	⑥	⑦	⑧	⑨	⑩	⑪	⑫	⑬	⑭	⑮	⑯	⑰	⑱	⑲
行	打	〃	〃	〃	〃	〃	〃	〃	〃	〃	〃	〃	〃	〃	〃	〃	〃	〃
戊	〃	戊	〃	〃	〃	〃	〃	〃	〃	〃	〃	〃	〃	〃	〃	〃	〃	〃

46) 廣韻에 '拪'자가 실려 있지 않다.
47) 龍歌(32), 釋譜(十一·9), 月曲(40)을 참조.
48) 杜諺初(七·16), 三綱(忠·19)를 참조.

제1음절은 張校本을 제외하고는 모두 '打'이다. '五'의 鮮初語는 '다숫'[49], '닷', '대' 등이 있는데 初聲은 모두 ㄷ이므로 '打'자로 써야 옳다. '打'를 德冷切(廣韻 上聲 第38梗)라고 한 것은 현대음과 달리 韻尾에 모두 ㅇ종성이 있다. 그러나 『六書故』[50]에는 '打都假切'이라 하였고 『古今韻會』와 『洪武正韻』에는 '都瓦切'이라 하였고, 『中原音韻』에는 "打屬於 '家麻' 韻上聲"이라 하였다. '打'자 종성 'ㅇ'은 이미 사라져 '다' 음과 정확히 합치되고 있음을 알 수 있다.

제2음절에는 '戌'과 '戍' 두 종이 있다. '戌'은 '辛聿切'(廣韻 入聲 第6術)이다. '戍'는 '傷遇切'(廣韻 去聲 第10遇)이다. 『朝鮮館譯語』 중 '五'의 韓國語 譯音은 '打色'으로 되어 있고 현대 한국어 또한 '다섯'이다. '打戌'의 음이 '五'의 鮮初語에 부합되므로 '戍'는 '戌'의 誤記이다. 종래 『鷄林類事』 연구자들이 '打戍'를 '다숫'으로 해석하였는데, 이것은 '戌'과 '戍'의 발음이 다르다는 것을 자세히 살피지 않은 탓이며, 또한 明鈔本을 보지 못해서 잘못을 범한 것이다.

(24) 六曰逸戌

①	②	③	④	⑤	⑥	⑦	⑧	⑨	⑩	⑪	⑫	⑬	⑭	⑮	⑯	⑰	⑱
逸 戌	逸 〃	逸 戍	〃 〃	〃 〃	〃 〃	〃 〃	〃 〃	逸 〃	逸 〃	逸 〃	〃 〃	〃 〃	〃 〃	逸 戌	逸 戍	逸 〃	逸 〃

제1음절은 字體가 '逸, 逸, 逸' 3종이 있는데 '逸'자가 맞고, 제2음절은 張校本, 港大明鈔本, 海史鈔本의 '戍'을 제외하고는 다른 판본은 모두 '戌'이다. '六'의 鮮初語는 '여슷'[51]이고, 『朝鮮館譯語』에는 '六曰耶沁', 현대 한국어로 '여섯'이다. '戌'의 음가가 제2음절 '슷'에

49) 龍歌(86), 釋譜(六·8), 月曲(7)을 참조.
50) 宋나라 淳祐(1241~1252)에 進士 戴侗이 편찬. 전33권.
51) 龍歌(86), 釋譜(六·1), 月釋(九·58)을 참조.

대응되므로 ‘戍’는 ‘戌’의 誤記이다.

‘六’의 鮮初語는 제1음절에 終聲이 없으나, ‘逸’의 入聲字로서 ‘여’의 발음을 표기한 것은 아마도 인접한 제2음절의 초성 ‘ㅅ’으로 인해서 발음된 까닭일 것이다. 前間과 方씨는 모두 ‘戍’로서 ‘슷’을 해석했는데, 이것 또한 앞의 조항과 같으며 자세히 살피지 않아서 틀렸을 것이다. 이밖에 金喆憲씨는 ‘六曰逸戍’를 ‘여섯’(ja(a)-sjuəd)[52]으로 解釋하였는데, 역시 ‘戍’과 ‘戌’의 音을 혼동한 것이다. 이상 서술한 바로 ‘五’와 ‘六’의 제2음절은 실제로는 同音이며 현대 한국어와 같음을 알 수 있다.

(25) 七曰一急

각 傳本이 모두 같다. ‘一’은 於悉切(廣韻 入聲 第5質)이다. ‘急’은 居立切(廣韻 入聲 第26緝). ‘七’의 鮮初語는 ‘닐굽’[53], 『朝鮮館譯語』에는 ‘你谷’으로 되어 있으나, 현대 한국어는 ‘일곱’이며, 방언 중에는 ‘일급’도 있다. 이로써 보면 ‘一急’의 발음은 현대 방언의 ‘일급’에 비교적 가깝다. 아마도 당시 이미 현대 방언음의 계통이 있었을 것이며, 그렇지 않으면 ‘닐굽’의 초성 ‘ㄴ’음이 명확히 들리지 않아서 ‘일굽’이라고 했을 것이다.

(26) 八曰逸答

①	②	③	④	⑤	⑥	⑦	⑧	⑨	⑩	⑪	⑫	⑬	⑭	⑮	⑯	⑰	⑱
逸 答	逸 荅	〃 啓	逸 荅	〃 〃	〃 〃	〃 〃	〃 〃	逸 〃	逸 荅	逸 答	〃 〃	〃 〃	〃 〃	逸 〃	逸 〃	逸 〃	逸 荅

52) 『鷄林類事硏究』(국어국문학 제25호, pp.101~128, 1962년 6월, 서울. 국어국문학회 간행)

53) 龍歌(89), 釋譜(六·11), 月曲(8)을 참조.

‘逸’자의 異體에 대해서는 제㉔항에서 이미 언급하였으므로 여기에서는 생략한다. 제2음절은 藍格明鈔本에 ‘啓’로 쓴 것 외에는 다른 본에는 ‘答’이라 하고 혹은 ‘荅’이라 하였다. ‘答’과 ‘荅’의 字體가 서로 다른 것에 관해서 『說文通訓定聲』에 ‘荅’자는 ‘答’자의 잘못이라고 하였고, 『字彙』에는 ‘荅’과 ‘答’이 같다고 하였다. ‘八’의 鮮初語는 ‘여듧’[54] 또는 ‘여돓’[55]인데 이로써 ‘啓’는 ‘答’의 誤記임을 알 수 있다. 『朝鮮館譯語』에는 ‘八曰耶得二’라고 하여 終聲 ‘-ㅂ’이 없는데, 현대 한국어는 곧 ‘여덟’으로 모음어미가 없고 종성 ‘-ㅂ’이 默音이 되는 ‘여덟’이다. 한국어 음운상 ‘合用終聲’을 발음할 수 없으므로, 두 가지 음의 하나는 반드시 默音化된다. ‘逸答’은 묵음 ‘ㄹ’에 대응되며, 이로써 미루어보면 당시에는 본래 종성 ‘ㅡ’이 없거나 ‘ㄹ’ 默音이 아닌 ‘ㅂ’가 默音 ‘ㄹ’로 되었을 것이다. 오늘날 경상도 방언의 默音現象 ‘ㄹ’은 대체로 후자에 속한 것이다. ‘八’의 한국어는 제1음절이 본래 終聲이 없고, 입성 ‘逸’이 第一音節인데 ‘六曰逸戌’의 경우와 같다. 제㉔항 참조.

(27) 九曰鴉好

藍格明鈔本에 ‘九曰鴨好’를 제외한 다른 판본은 모두 ‘九曰鴉好’로 되어 있다. ‘九’의 鮮初語는 ‘아홉’[56]이니 이로써 ‘鴨’은 ‘鴉’의 誤記임을 알 수 있다. ‘好’는 ‘呼皓切’(廣韻 上聲 第31皓) 또는 ‘呼到切’(去聲 第37號)이다. ‘好’의 음가를 보면 제2음절 ‘홉’에 대응되지 않는다. 『朝鮮館譯語』에 ‘九曰阿戶’로 되어 있어, 역시 종성 ‘ㅂ’이 없는 것은 아마도 당시 이미 入聲이 없어져 終聲 ‘ㅂ’을 표기할 수 없었던 것이어서, 『朝鮮館譯語』의 기록을 따를 수 없다. 현대 한국어는 여전

54) 月釋(九·58), 楞諺(十·34), 釋譜(六·7)을 참조.
55) 朴通初(上·11), 續三(孝·19), 同文(下, 20)을 참조.
56) 釋譜(六·3), 月釋(一·33), 訓蒙(下·34)을 참조.

히 '아홉'이고 鮮初이래 각 문헌 중에 그 표기가 모두 같다. 종성 'ㅂ'이 '內破音'이므로 청취자가 분명히 분변하기가 쉽지 않으므로 이와 같이 표기했을 것이다.

(28) 十曰噎

각 傳本이 모두 같다. '噎'은 '烏結切'(廣韻 入聲 第16屑), '十'의 鮮初語는 '열'[57]이며, 현대 한국어와 같다. 『朝鮮館譯語』에는 '十曰耶二'라 하여 '噎'의 음가로 보면 '십'의 한국어에 대응된다. 이로써 보면 고려 이래 거의 발음의 변화가 없다.

(29) 二十曰戍沒

①	②	③	④	⑤	⑥	⑦	⑧	⑨	⑩	⑪	⑫	⑬	⑭	⑮	⑯	⑰	⑱
戌	〃	戌	〃	〃	〃	〃	〃	〃	〃	〃	〃	〃	〃	〃	〃	〃	〃
沒	浸	沒	沒	〃	〃	没	沒	没	浸	沒	〃	〃	〃	浸	沒	没	沒

張校本과 港大明鈔本의 '戌'을 제외하고는 다른 판본은 모두 '戍'로 되어 있다. 제2음절은 모두 '沒'로 되어 있으나 字體는 약간의 차이가[58] 있다. '戍'과 '戌'는 제㉓항목에서 이미 언급하였으므로 여기서는 생략한다. '二十'의 鮮初語는 '스믈(ㅎ)'[59]이고 『朝鮮館譯語』에는 '二十曰色悶二'라 하였고, 현대 한국어는 '스물'이다. '戍沒'의 反切音에 의거하면 그 말에 대응되는 것은 '戍沒'이 아니므로 '戍'은 '戌'의 誤記임을 알 수 있다.

57) 龍歌(46), 月曲(31), 杜諺初(七·19)를 참조.
58) 正字通에 '沒譌从殳'라고 하였으므로 '沒' 이외에는 모두 오기이다.
59) 楞諺(二·6), 法諺(二·57), 家諺(三·20)을 참조.

(30) 三十曰戌漢

각 傳本 중에 張校本에 '戌漢'이라 한 것을 제외하고 다른 傳本에는 모두 '實漢'으로 되어 있다. '三十'의 鮮初語는 '셜흔'[60]이고 현대 한국어는 '서른'으로, 종성 'ㄹ'이 초성 'ㄹ'로 변하는 표기법상만의 변천이 있을 뿐이다. '戌'과 '實'은 모두 '舌內入聲'이며 그 음운을 분석하면 다음과 같다.

○ 戌 → 辛聿切, 心母, 齒頭, 術韻, 三等合口.
○ 實 → 神質切, 神母, 正齒, 質韻, 三等開口.

이로써 두 개의 음운이 같지 않음을 알 수 있고, 어떤 것이 한국어에 대응되는지 단정하기 어렵다. 『訓民正音』에 이르기를 "ㅅ치음은 '戌'[61]자 초발성과 같다. 竝書하면 '邪'자 초발성과 같다."고 하였다. '戌'의 聲母는 '셜'의 초성과 일치한다. 오직 張校本 이외에는 다른 판본은 모두 '實'로 되어 있어, 이 또한 사람들이 의문을 품지 않을 수 없다.

(31) 四十曰麻刃

①	②	③	④	⑤	⑥	⑦	⑧	⑨	⑩	⑪	⑫	⑬	⑭	⑮	⑯	⑰	⑱
麻	〃	〃	〃	〃	〃	〃	〃	〃	〃	〃	〃	〃	〃	〃	〃	〃	〃
刃	双	及	兩	〃	〃	兩	兩	〃	雨	兩	〃	〃	〃	雨	〃	〃	忍

제2음절의 對音字는 圖示한 바와 같이 '刃, 及, 兩, 雨, 忍' 등의 5종이 있고 그중 方씨는 '忍'으로 하였는데, 어떤 판본에 근거했는지

60) 月釋(二·57), 杜諺初(八·21), 類合(下·23)을 참조.
61) 본래 '戊'로 적었는데 世宗御製訓民正音에 의하면 곧 '戌'의 誤記이다.

알 수 없고 아마도 '刃'의 誤記인 것 같다. '四十'의 鮮初語는 '마순'[62]인데 '刃'의 反切音에 의거하면 그 音價는 '순'에 대응되며, 이로써 '인(刃)' 이외에는 다른 대음자는 모두 틀렸음을 알 수 있다. 前間씨는 『麗言攷』에서 '麻雨'를 '마순(ma-z'e(n))'이라고 하였고, 또 方씨는 "'麻雨'와 '麻忍'의 두 가지가 있는데 '忍'이 비교적 '雨'보다 합치된다."[63]고 말했다. 두 사람이 아마도 각 판본을 자세히 살피지 않아서 이와 같은 잘못을 초래한 것 같다.

(32) 五十曰舜

각 傳本이 모두 같다. '五十'의 鮮初語는 '쉰'[64]이고 '舜'의 발음과 일치한다. 현대 한국어도 '쉰'이므로 이로써 '五十'의 한국어는 고려 이래 거의 變音되지 않았음을 알 수 있다.

(33) 六十曰逸舜

각 傳本이 모두 같은데 '逸'의 자체는 약간의 차이가 있으니 제㉔항을 참조할 것. '六十'의 鮮初語는 '여쉰'[65]이고 현대 한국어는 '예순'이며, 방언 중에는 '이순'이 있다. '逸舜'의 反切音에 의거하면 그 音價는 이 말에 대응된다. 제1음절도 종성 없이 입성으로 되었는데 역시 제㉔항을 참조.

---

62) 月釋(二·41), 龍歌(88), 釋譜(六·25)를 참조.
63) 『鷄林類事硏究』, p.109 참조.
64) 월석(月釋)(八·103), 능언(楞諺)(二·85), 두언초(杜諺初)(二十二·35)를 참조.
65) 월석(月釋)(二·58), 능언(楞諺)(二·7), 삼강(三綱)(忠·29)를 참조.

(34) 七十曰逸短

각 傳本 중에 張校本의 '逸短'을 제외하고는 다른 판본이 모두 '一短'으로 되어 있다. '逸'과 '一'의 반절음에 의거하면 곧 同韻母이며 前者는 喩母이고 後者는 影母이며 또한 모두 喉音이다. '七十'의 鮮初語는 '닐흔'[66]이고 현대 한국어는 '일흔'이며 '닐'의 'ㄴ'음은 곧 顎化音으로 그 음가는 '一'에 대응되는데, 兩 明鈔本은 모두 '一短'으로 썼는데 이로써 '逸'은 '一'의 誤記임을 알 수 있다. '短'은 端母舌頭音인데 제2음절의 '흔'으로 미루어보면 아마도 본래 고려 때 舌頭音이었는데 전 음절의 종성 'ㄹ'의 영향으로 'ㅎ'음으로 변하였다.[67]

(35) 八十曰逸頓

각 傳本이 모두 같다. '八十'의 鮮初語는 '여든'[68]이고 현대 한국어도 같다. '逸頓'의 음가는 이 말에 대응시킬 수 있다. 入聲으로써 '여'를 표기한 것은 제㉔항을 참조.

(36) 九十曰鴉訓

①	②	③	④	⑤	⑥	⑦	⑧	⑨	⑩	⑪	⑫	⑬	⑭	⑮	⑯	⑰	⑱
鴉	〃	鵶	鴉	〃	〃	鴉	鴉	鴉	鴉	鴉	〃	〃	〃	〃	〃	〃	〃
訓	〃	〃	順	〃	〃	〃	〃	〃	〃	〃	〃	〃	〃	〃	〃	〃	〃

제1음절의 대음자 중 藍格明鈔本의 '鵶'는 곧 '鴉'의 誤記이다. 제2음절의 표기에서는 '順'과 '訓' 두 종으로 나누어져 있는데 陶珽 說

66) 용가(龍歌)(40), 월석(月釋)(二·59), 두언초(杜諺初)(二十·15)를 참조.
67) 허웅(許雄), 국어음운학, p.475를 참조.
68) 釋譜(六·25), 月釋(二·59), 同文(下·20)을 참조.

郛本에서는 '訓'을 '順'으로 고쳤다. '九十'의 선초어는 '아훈'[69]이므로 '順'은 마땅히 '訓'의 誤記이다.

(37) 百曰醞

각 傳本 중에 港大明鈔本의 '醒'을 제외하고는 다른 본에는 모두 '醞'[70]으로 되어 있다. '百'의 鮮初語는 '온'[71]이다. 현대 한국어에서는 그 말뜻이 이미 변하여 '모든'의 뜻으로 변하였으나, 그 발음은 아직도 선초 때의 음이 존재하며 이로보아서 '醒'은 '醞'의 誤記임을 알 수 있다.

(38) 千曰千

각 傳本이 모두 같다. '千'의 鮮初語는 '즈믄'[72]이고 新羅 鄕歌 중에 이 어휘가 있어 高麗 때에도 역시 이 어휘를 사용했음을 알 수 있으나 '千曰千'으로 미루어 보면 아마도 '千'은 당시 비교적 일상적으로 사용한 한자어휘일 것이다. '千'의 선초 발음은 '쳔'[73]이며 『中原音韻』에는 'ts'iən'[74]으로 되어 있어 당시 양국 발음이 매우 비슷했음을 알 수 있다.

69) 釋譜(六·37), 月釋(二·4), 法諺(五·116)을 참조.
70) 『康熙字典』에 의하면 '醞'은 '醞'의 속자이다.
71) 龍歌(58), 釋譜(六·25), 月曲(68)을 참조.
72) 釋譜(十三·24), 杜諺初(七·14), 法諺(五·172)를 참조.
73) 朴通初(上·13), 救簡(一·14)를 참조.
74) 광문서국 간행, 『音注中原音韻』, p.58 참조.

(39) 萬曰萬

각 傳本이 모두 같다.『朝鮮館譯語』중에 '萬'의 음이 '蠻'으로 되어 있어서 鮮初音과 현대 한국음이 모두 '만'이다. 이로써 당시에 宋나라 발음도 '만'이었음을 알 수 있다. 선초 문헌 및 각 방언으로부터 아직까지 '萬'의 한국어를 찾지 못하여 이로써 또한 고려 때도 이 말이 없었음을 알 수 있다.

(40) 旦曰阿慘

①	②	③	④	⑤	⑥	⑦	⑧	⑨	⑩	⑪	⑫	⑬	⑭	⑮	⑯	⑰	⑱	⑲
阿	〃	〃	〃	〃	〃	〃	〃	〃	〃	〃	〃	〃	〃	〃	〃	〃	〃	〃
摻	慘	叅	慘	〃	〃	惨	慘	〃	〃	〃	〃	〃	〃	惨	慘	〃	〃	〃

제2음절 대음자의 '摻, 慘, 叅'[75] 등 3종이 있다. 여기서 反切音을 분석하면 다음과 같다.

○ 摻 : 所咸切(廣韻 平聲 齊26咸) 또는 所斬切(同 上聲 第53豏) 또는 倉含切(集韻 平聲 第22覃)
○ 慘 : 七感切(廣韻 上聲 第48感) 또는 楚錦切(集韻 上聲 第47寑)
○ 叅 : 所今切, 楚簪切(廣韻 平聲 第21侵) 또는 倉含切(集韻 平聲 第22覃) 또는 桑感切(同 上聲 48感).

'旦(朝)'의 鮮初語는 '아촘'[76]이고『朝鮮館譯語』에 이르기를 '早曰阿怎'이라 했으며 현대 한국어는 '아침'이다. 위에 열거한 반절음으로 보면 세 글자 모두 제2음절에 대응되지만 '摻', '叅'의 반절음 중에

75)『廣韻』에 '參俗作叅'이라 하였으므로 '叅'은 '參'의 속체이다.
76) 釋譜(六·3), 月釋(一·45), 楞諺(一·16)을 참조.

도 불합치한 것이 있으므로 港大明鈔本에 근거해서 '慘'자를 취한다.

(41) 午曰捻宰

①	②	③	④	⑤	⑥	⑦	⑧	⑨	⑩	⑪	⑫	⑬	⑭	⑮	⑯	⑰	⑱
捻	捻	〃	稔	〃	〃	〃	〃	〃	〃	稔	〃	稔	〃	〃	稔	〃	〃
宰	〃	〃	〃	〃	〃	〃	〃	〃	〃	〃	〃	〃	〃	〃	〃	〃	〃

제1음절 대음자는 張校本과 兩 明鈔本에 '捻'으로 되어 있고, 다른 판본에는 모두 '稔'으로 되어 있는데 이에 그 반절음을 분석하여 보면 다음과 같다.

○ 捻 : 奴協切(廣韻 入聲 第30怗) 또는 乃結切(集韻 入聲 第16屑)
○ 稔 : 如甚切(廣韻 上聲 제47寑).

'午'의 鮮初語를 살펴보면 '졈낫'[77]이고 현대 한국어는 '한낮'이고 저녁의 선초어는 '나죄' 또는 '나조' 이어서 대음 '捻宰'가 이 말에 대응될 수 있다. 이로써 두 항의 대음부가 그 위치가 뒤바꿨음을 알 수 있다. 응당 '午曰捻宰'는 '午曰占捺'로 고쳐야 한다.

77) 松江(一·13)을 참조.

(42) 暮曰占捺或言占沒

①	②	③	④	⑤	⑥	⑦	⑧	⑨	⑩	⑪	⑫	⑬	⑭	⑮	⑯	⑰	⑱
占	〃	貼	占	〃	〃	〃	〃	〃	〃	〃	詹	占	詹	占	〃	〃	〃
捺	搽	捺	㮈	〃	〃	〃	〃	〃	〃	〃	〃	〃	〃	捺	〃	〃	㮈
或	〃	○	或	〃	〃	〃	〃	〃	亦	或	〃	〃	〃	〃	〃	〃	〃
言	〃	○	言	〃	〃	〃	〃	〃	〃	〃	〃	〃	〃	〃	〃	曰	言
占	〃	○	古	〃	〃	〃	〃	〃	占	古	〃	〃	〃	占	〃	〃	古
沒	沒	○	沒	〃	〃	没	沒	没	沒	沒	〃	〃	〃	沒	沒	没	沒

제1음절의 대음자 중 藍格明鈔本 '貼'는 곧 '占'의 誤記이고 雍正理學本과 光緖理學本의 '詹' 역시 '占'의 誤字이다. 제2음절의 대음자는 제①항을 참조. 작은 글자 부분에 대해서 張校本과 港大明鈔本은 그 표기를 응당 '或言占沒'이라 해야 한다. 陶珽 說郛本은 자획이 비슷해서 '占沒'을 '古沒'로 誤記하였다. 朝鮮鈔本, 海史本, 麗言考에서는 모두 대음 한국어에 따라서 임의로 고쳤다. 그러므로 陶珽 說郛本과 다르다. '暮'는 한국어 중에서 앞에 인용한 명사 '나죄', '나조'[78]를 제외하고도 동사 '져믈', '졈글'[79]이 있는데 현대 한국어로는 '저물'이다. '占沒'의 음가는 '져물'에 대응되고 제1음절은 종성 'ㅁ'이 없으나 '占'으로 표기한 것은 이것이 곧 '連音變讀(sandhi)' 現象으로서 그 표기는 실제로 틀림이 없으니 제5장을 참조하면 제㊶항과 ㊷항은 응당 다음과 같이 교정해야 함을 알게 된다.

(41) '午曰捻宰'는 '午曰占捺'로 고쳐야 하고

(42) '暮曰占捺^或言占沒^'은 '暮曰捻宰^或言占沒^'로 고쳐야 한다.

이와 같이 고치면 두 항의 대음이 한국어와 일치하며 '或言'의 부기 역시 타당하다.

---

78) 月釋(十八·32), 楞諺(七·43), 杜諺重(二·2)을 참조.

79) 杜諺初(二十五·7), 法諺(二·7), 訓蒙(上·1)을 참조.

前間씨는 '占捺'은 '捺占'의 誤記[80]이다 하였는데, 前間씨는 이처럼 臆測하면서 '捺占'을 '나죄'라 하였으나 '捺占'의 음가는 대음한국어에 맞지 않다고 했다. 方씨는 단지 小字부분만으로 '저물'이라 하였다. 그러나 앞에 기술한 바와 같이 그 原形를 얻을 수 있다. 더욱 미루어보면 明鈔本의 '捻宰'는 '捺宰'의 誤記일 것이며 '捻'의 반절음은 『集韻』에 근거해서 舌內入聲이 될지라도 '捺宰'의 음가는 '나죄'와 합치되며 입성자로써 '나'가 되어 또한 '連音變讀' 현상이니 제5장을 참조바란다.

(43) 前日訖載

①	②	③	④	⑤	⑥	⑦	⑧	⑨	⑩	⑪	⑫	⑬	⑭	⑮	⑯	⑰	⑱
訖 載	〃 〃	〃 〃	記 〃	〃 〃	〃 〃	記 〃	記 〃	〃 〃	〃 〃	〃 〃	〃 〃	〃 〃	〃 〃	〃 〃	記 〃	〃 〃	〃 〃

漢語部 '前曰'은 마땅히 '前日曰'의 誤記[81]이며, 다음 항의 '昨日曰', '今日曰', '明日曰', '後日曰' 등으로 보면 誤記가 매우 분명하다. '前日'은 곧 '어제의 하루 전'을 의미하며, 한국어에서는 곧 '지난날'의 뜻이 된다. 대음부를 두 가지로 나눌 수 있는데, 그 하나는 明鈔本의 '訖載'로 되어 있는 것이고, 그 두 번째는 陶珽 說郛本을 따라 '記載'로 되어 있는 것이다. 그 反切音으로 보면 聲類가 모두 見母에 속하고 韻母는 곧 前者는 舌內入聲이고 後者는 去聲志韻이다. '前日'의 옛날 한국어는 '그제'[82]이고 현대 한국어도 같다. 다른 항목의 대음을 참고하면 '六曰逸戌', '八曰逸答', '六十曰逸舜', '八十曰逸頓', '暮曰捻宰' 등과 같이 곧 '記載'는 마땅히 '訖載'의 誤記이다.

---

80) 麗言攷, p.17를 참조.
81) 麗言攷에 실린 '前日曰'은 그 저본을 근거하지 않고 前間씨가 임의로 교정한 것이다.
82) 松江(一, 10), 靑丘(51)을 참조.

前間씨는 '記載'로써 '그제'라고 하였다. 또한 方鍾鉉씨는 "만약 民說本(張校本)대로 한다면 '글직' 또는 '흘직'로 읽게 되므로 '記'보다 지금 音에 가까웁다고 말할 수 없다. … '昨日曰'條와 混同되어 '前日'과 '昨日'과는 꼭 같은 말이 되고 만다."고 하였다.[83] 두 사람은 모두 '記載'로써 옳다고 한 것은 孫穆의 표기방식을 자세히 살피지 않고 다만 표음의 비슷함만을 보았으므로 오류를 범한 것이다.

(44) 昨日曰訖載

藍格明鈔本에 '昨曰日訖載'와 『大東韻府群玉』(이하 簡稱 大東本)의 '昨日曰於載'를 제외하고는 다른 판본은 모두 '昨日曰訖載'로 되어 있다. 전 항의 '昨日曰訖載'와 같으니 誤記되었음을 알 수 있다. '昨日'의 鮮初語는 '어제'[84]이고 大東本에 '어제'로 되어 있어 이것과 똑 같지만 어떠한 판본에 근거했는지를 알 수가 없다.

(45) 今日曰烏捺

①	②	③	④	⑤	⑥	⑦	⑧	⑨	⑩	⑪	⑫	⑬	⑭	⑮	⑯	⑰	⑱
烏	〃	〃	〃	〃	〃	〃	〃	〃	〃	〃	〃	〃	〃	〃	〃	〃	〃
捺	〃	捺	㮈	〃	〃	〃	〃	〃	〃	㮈	〃	〃	〃	捺	〃	〃	㮈

제2음절의 대음자가 역시 뒤섞였으니 제①항을 참조. '今日'의 鮮初語는 '오놀'[85]이고 『朝鮮館譯語』는 '今日曰我嫩'[86]으로 되어 있고,

83) 鷄林類事研究, p.117 참조.
84) 釋譜(六·9), 杜言初(十六·74), 訓蒙(下·2)를 참조.
85) 釋譜(六·28), 月曲(26), 杜言初(十六·60)을 참조.
86) 당시 이미 入聲이 없었으므로 ㄴ운미로써 취한 것이다.

현대 한국어는 '오늘'이며, 방언 중에는 아직도 '오날'이 있다. '烏捺'의 反切音으로 보면 그 음가와 한국어가 일치한다.

(46) 明日曰轄載

각 傳本이 모두 같다. 이 항의 대음 한국어는 古韓語 研究에 있어서 매우 중요하다. 韓國 古文獻 및 현대 한국어 중 '前日, 昨日, 今日, 後日'에 해당하는 말이 다 있으나 오직 '明日'에 대한 고유어는 없으므로, 한국인들이 부득이 不常用 한자어의 '明日' 및 '來日'을 썼고 『朝鮮館譯語』에는 '明朝曰餒直阿恁'이라 되어 있는데, 文璇奎의 『朝鮮館譯語研究』에 의하면 '餒直' 역시 '來日'의 표기라고 말하였다. '轄'의 반절음을 고찰하면 '胡瞎切'(廣韻 入聲 第15鎋). 또는 '苦蓋切'(同 去聲 第14泰) 또는 '何葛切'(集韻 入聲 第12曷)이다. 그 성류는 匣母와 溪母 두 종이 있으므로 그 音價를 추측하기 어렵다. 또는 ㊹항의 '土曰轄希'와 ⑩항의 '乘馬曰轄打'를 고찰하여 보면, 그 음가는 모두 匣母이므로 溪母를 취하지 않는다. 곧 '明日'의 옛날 한국어는 아마도 '하제'였을 것이다.

前間씨와 方씨는 모두 이것을 解讀하지 못하고, 劉昌惇씨에 이르러 곧 '올제'로 해석하였는데[87] 劉씨는 "轄 … 若會切(集韻)로써 그 음가를 零聲母"로 하였으며, 方씨 또한 "轄은 若會切(集韻)"[88]이라고 했다. 『集韻』을 고찰하면 이런 反切音이 없으므로 마땅히 '苦會切'의 잘못이니 劉씨의 論及은 잘못되었음을 알 수 있다. 종합해 보면 『鷄林類事』로 말미암아 한국어 '明日'의 소실시기가 약 高麗 肅宗 以後 朝鮮初 사이임을 알 수 있다.

---

87) 鷄林類事補敲, pp.134~139 참조.
88) 鷄林類事研究, p.119를 참조.

(47) 後日曰毋魯

①	②	③	④	⑤	⑥	⑦	⑧	⑨	⑩	⑪	⑫	⑬	⑭	⑮	⑯	⑰	⑱	⑲
毋	〃	毌	母	〃	〃	〃	〃	〃	毌	母	毋	母	毋	毌	母	〃	〃	〃
魯	〃	〃	魯	〃	〃	魯	魯	〃	魯	魯	魯	魯	〃	魯	〃	〃	〃	〃

제1음절 대음자는 '毋, 母, 毌' 3종으로 나누어진다. '後日'의 古韓國語는 '모릐', '모릐', '모릐'89) 등이고, 현대 한국어는 '모레'이다. 세 글자의 반절음을 살펴보면 '毌'의 성류는 '見'이고, '毋'는 경순음 微母이므로, 모두 그 대음이 한국어에 부합되지 않으니 '毌'과 '毋'는 '母'의 誤記이다. 劉昌惇씨는 "母 … 微夫切, 莫後切, 莫厚切"90)이라고 하였는데, 劉씨는 '母'와 '毋'의 성류를 자세히 살피지 않아서 이 같은 誤謬를 범한 것이다.

(48) 約明日至曰轄載鳥受勢

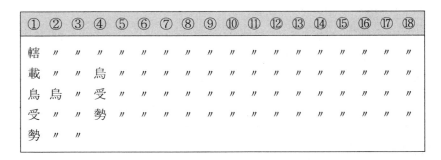

①	②	③	④	⑤	⑥	⑦	⑧	⑨	⑩	⑪	⑫	⑬	⑭	⑮	⑯	⑰	⑱
轄	〃	〃	〃	〃	〃	〃	〃	〃	〃	〃	〃	〃	〃	〃	〃	〃	〃
載	〃	〃	鳥	〃	〃	〃	〃	〃	〃	〃	〃	〃	〃	〃	〃	〃	〃
鳥	鳥	〃	受	〃	〃	〃	〃	〃	〃	〃	〃	〃	〃	〃	〃	〃	〃
受	〃	〃	勢	〃	〃	〃	〃	〃	〃	〃	〃	〃	〃	〃	〃	〃	〃
勢	〃	〃															

위의 도표를 보면 陶珽 說郛本에 '載'자가 잘못 빠져 있음을 알 수 있다. 漢語部 '約明日至'는 '明日'과 '約 … 至' 두 부분으로 나눌

89) 松江(二·2), 同文(上·3), 譯語(上·3)을 참조.
90) 前書, p.141을 참조.

수 있다. '明日曰轄載'는 제㊻에서 이미 서술하였으므로 여기서는 설명을 생략한다. '約 … 至'의 옛 한국어는 '오(a)쥬셰'이니 곧 '烏'는 '鳥'의 誤記이다. '烏, 受, 勢'의 反切音은 그 음가가 대음한국어와 일치한다. '烏, 受, 勢'에 대해서 前間씨는 '敬語命令法語尾'로써 '오쇼서'[91]로 해석하고, 또한 方씨는 '願望形語尾'로써 '오슈셔'[92]로 해석하여 양씨가 '烏受勢'의 한국음으로서 해석한 것은 또한 漢語部 '約 … 至'의 본뜻을 자세히 살피지 않은 것이며 모두 맞지 않다. '約 … 至'는 명령형, 願望形이 아니며 응당 '約定'의 뜻으로 해석해야 한다. 본편 중 ㊾항의 '烏受勢', ㉝항의 '替里受勢', ㊱항의 '皮離受勢', ㊳항의 '念受勢' 등이 모두 같은 예이다. 만약에 兩씨의 해석에 따르면 한국어에 대음되지 않는다. 만약에 '쥬셰'로 해석하면 그 어의와 대음이 딱 맞는다.

(49) 凡約日至皆曰受勢

각 傳本이 모두 같으며 다만 제㊽항의 '約明日至曰轄載烏受勢'로 미루어 보면 '受勢'의 앞에 마땅히 '烏'자가 빠졌음을 알 수 있다. 각 현전본 중 ㊽항과 ㊾항을 나누지 않은 것도 있고 두 항으로 나눈 것도 있는데[93] 이에 明鈔本에 근거해서 두 항으로 나눈다. '烏受勢'의 해석은 제㊽항을 참조.

---

91) 麗言攷, p.20을 참조.

92) 鷄林類事硏究, pp.120～121 참조.

93) 張校本, 港大明鈔本, 藍格明鈔本, 光緖理學本, 麗言攷 등에 모두 두 항으로 나누었고, 나머지 판본은 모두 나누지 않았다.(그러나 藍格明鈔本은 두 항을 이어 쓴 뒤에 횡선으로 구별하였다. 光緖理學本에서는 다음과 같이 나누었다. : '約明日至曰轄烏受勢凡 約日至皆曰受勢'

(50) 明年春夏秋冬同

각 現傳本 중 張校本 외에는 다른 판본들에는 '明'자가 없는데, 그 句節의 뜻을 살펴보면 '明'은 곧 衍文(덧붙어진 글자)이다. 한국어 중에 '年·春·夏·秋·冬'의 말이 있고, 신라 때부터 '秋'의 어휘가[94] 있었음을 미루어 알 수 있으니, 고려 때에도 마땅히 있었을 것이다. 『朝鮮館譯語』에 '春曰播妹, 蠢, 夏曰呆論, 哈, 秋曰格自, 處, 冬曰解自, 董'으로 되어 있으며, 『訓蒙字會』에 의하면 '年은 년', '春은 츈', '秋는 츄', '冬은 동'[95]이라고 되어 있어 당시 양국의 발음이 비슷하였을 것이다.

(51) 上曰頂

『麗言攷』에 '上曰項'라 한 것 외에는 다른 판본은 모두 '上曰頂'으로 되어 있다. 前間씨는 '項'은 '頂'의 誤記(p.22)라고 하였다. '上'의 鮮初語는 '웃', 이밖에 동의어들이 있는데 '마듸', '뎡바기'[96]가 있다. 이 어휘 중 '뎡바기'는 곧 '頂'의 古 韓音에 접미사 '바기'를 더한 복합단어인데, '頂'은 한자어휘이고 고유 한국어가 아니다.

劉昌惇씨는 '頂'을 '項'의 잘못으로 여기고 '上典, 主人, 家長' 등의 古韓語가 '항것'이라고 말하면서 '항'으로 해석[97]하였으나 옳지 않다.

(52) 下曰底

각 傳本이 모두 같다. '下'의 鮮初語는 '아래', '밑'[98]인데 곧 '底'는 한자어휘이고 고유 한국어가 아니다.

---

94) 三國遺事에 실린 鄕歌 '祭亡妹歌'와 '怨歌' 중에 '秋察'이라는 어휘를 참조.
95) 예산문고본(단국대학교부설 동양학연구소영인, 1971년 8월)을 참조.
96) 釋譜(六·43), 월석(月釋)(十八·16), 訓蒙(상·24)을 참조.
97) 前書 p.153 참조.
98) 龍歌(40), 釋譜(六·17), 月曲(11), 月釋(二·19), 龍歌(58), 月曲(70)을 참조.

(53) 東西南北同

각 傳本이 모두 같다. 『朝鮮館譯語』에도 그에 대한 固有漢字語를 실리지 않고 다만 그에 대한 漢字音이 실려 '東曰董, 西曰捨, 南曰赧, 北曰迫'99)(最後 通用文 條에 실려 있음)이라 하였다. 이밖에 『訓蒙字會』 중에 '南(alp-nam)'과 '北(ty-pwk)' 외에는 '東西'에 대한 고유한국어는 실리지 않았다. 방언 중에 비록 아직도 그에 대한 고유한국어100)가 있지만 당시 이미 잘 쓰이지 않고 常用된 어휘는 곧 한자어였다.

(54) 土曰轄希

①	②	③	④	⑤	⑥	⑦	⑧	⑨	⑩	⑪	⑫	⑬	⑭	⑮	⑯	⑰	⑱
轄	轄	〃	〃	〃	〃	〃	〃	〃	轄	轄	〃	〃	〃	轄	轄	〃	〃
希	帝	〃	〃	〃	〃	〃	〃	〃	希	帝	布	帝	布	帝	〃	希	帝

제2음절 대음자는 '希, 帝, 布' 3종으로 나눌 수 있고 그 반절음은 분석하면 다음과 같다.

○ 希 : 香衣切(廣韻, 集韻 平聲 第8微)
○ 布 : 字彙에 '同布'라 하고 說文解字에는 "布枲織也. 從巾父聲, 博故切"이라 하였다. '布'는 약간 잘못 쓴 것이다.
○ 帝 : 字典에 이 글자가 실려 있지 않다.

'土'의 鮮初語는 'ᄒᆞᆰ'101)이고 『朝鮮館譯語』는 '土曰黑二'라 하고, 현

---

99) 당시 이미 ㅁ韻尾가 없어서 '南'을 표기할 수 없었으므로 '赧'으로 기록한 것인데 '南'의 한국 발음은 '난'이 아니다.

100) 方鍾鉉씨의 설에 따르면 곧 '東'은 '세(sɛ)'이고 '西'는 '한(han)'이고 '南'은 '마(ma)' '北'은 '높(nop)'이라고 했다. 조선어학회보(제2호, 1931년)를 참조.

101) 釋譜(十三·51), 月釋(十八·40), 杜諺初(八·27)을 참조.

대 한국어는 '흙'이다. ㄺ은 '合用終聲'이라 하는데, 그 발음은 확실히 분별해서 듣기가 어렵다. '轄希'는 '흙'과 主格助詞 '이'의 표기와 비슷한데 '흙기'를 발음할 때에 帶音 사이에 'ㄱ'음이 약음화 되어서 'ㅎ'으로 변한 것이며 '轄希'와 서로 잘 부합된다. '帝'와 '㐫'는 모두 '希'의 誤記임을 알 수 있다.

(55) 田曰田

港大明鈔本의 '田曰曰' 외에는 다른 판본은 모두 '田曰田'으로 되어 있으며, 港大明鈔本의 '曰'자는 마땅히 '田'의 誤記이다. '田'의 鮮初語는 '받', '밭'[102]이고, 『朝鮮館譯語』에는 '田曰把'로 되어 있고, 현대 한국어는 역시 '밭'이며, 신라 때에도 '밭'[103]이었다. 이것으로서 고려 때에도 당연히 '밭'이었는데 또는 한자어휘를 겸용했을 것이다.

(56) 火曰孛

각 傳本이 모두 같다. '火'의 선초어는 '블'[104]이고, 현대 한국어는 '불'이며 新羅 때도 이 어휘가 있었다. '孛'의 反切音에 따르면 그 음가와 한국어가 일치한다. 이로써 新羅이래 그 음운이 줄곧 변하지 않았음을 알 수 있다.

(57) 山曰每

각 傳本이 모두 같다. '山'의 鮮初語는 '뫼(ㅎ)'[105]이고, 『朝鮮館譯

---

102) 龍歌(13), 杜諺初(七·18), 楞諺(八·86), 釋譜(六·19)를 참조.
103) 麗言攷, p.24를 참조.
104) 釋譜(九·37), 月曲(60), 杜諺初(七·6)을 참조.

語』에는 '山曰磨一'로 되어 있고. '每'의 反切音과 일치한다. 오늘날 이 말을 잘 쓰지 않고 한자어휘 '산'을 상용한다.

(58) 石曰突

①	②	③	④	⑤	⑥	⑦	⑧	⑨	⑩	⑪	⑫	⑬	⑭	⑮	⑯	⑰	⑱
突	灾	宊	突	〃	〃	突	突	突	突	突	〃	〃	〃	〃	〃	突	突

『篇海』에 "突과 突이 같다"고 한 것에 따르면 『說文解字』에 "… 곧 '灾'자로써 곧 '烖'의 다른 자체…"라 하고, 『集韻』에는 '宊'은 본래 '突'이라 하는데, 字典에 실려 있지 않다. 또 '宊'과 '灾'은 모두 '突'의 誤記라고 했다. '石'의 鮮初語는 '돌'[106]이고, 『朝鮮館譯語』에는 '石曰朶二'라 하고, 현대 한국어는 역시 '돌'이어서 '突'의 反切音과 일치한다.

(59) 水曰沒

각 傳本이 모두 같다. '水'의 선초어는 '믈'[107]이고, 『朝鮮館譯語』에는 '水曰悶二'라 하고, 현대 한국어는 '물'이다. '沒'의 反切音에 따르면 이 말에 대응된다. 『東言考略』[108]에는 "鷄林類事에 '水曰沒'이라고 말했고, 오늘날 '물'이라 이르는 것이 '몰'이며, 이로써 미루어 보면 물의 성질이 가라앉는 것이므로 '沒'이다."(上卷 俗諺 物條에 실려 있음) '沒'이라고 하였는데 이것은 억지로 붙인 설명이며, '물'

---

105) 龍歌(七·9), 楞諺(二·34), 釋譜(六·12)를 참조.
106) 龍歌(13), 月釋(七·55), 楞諺(八·101)를 참조.
107) 석보(釋譜)(十三·33), 월석(月釋)(一·11), 용가(龍歌)(2)를 참조.
108) 조선 정조 연간에 편찬자 미상, 전2권 1책 필사본.

은 본래 알타이어계의 공통어요, 중국말이 아니다.

(60) 海曰海

각 傳本이 모두 같다. '海'의 선초어는 '바롤', '바ᄅᆞ', '바ᄅᆡ', '바롤'[109] 등인데 『朝鮮館譯語』에는 '海曰把剌'이라 하고, 현대 한국어는 '바다'이며, 新羅 鄕歌 중에는 '海'의 한국고유어[110]가 있어 이것으로 보면 당시 아마도 한자어휘와 겸용했던 것 같다.

(61) 江曰江

藍格明鈔本에 '江曰海' 외에는 다른 본은 모두 '江曰江'이다. '海'는 당연히 '江'의 誤記이다. '江'의 선초어는 'ᄀᆞᄅᆞᆷ'[111]이고 『朝鮮館譯語』에는 '江曰把剌'과 '海曰把剌'이 같다. 이로써 보면 당시 큰 강을 또한 '바롤'이라 하고 현대 한국어는 이미 이 어휘를 사용하지 않으며 한자어휘 '강'을 상용한다. 이로서 보면 당시 이미 한자 어휘 '江'을 겸용했음을 알 수 있다.

(62) 溪曰溪

각 傳本이 모두 같다. '溪'의 鮮初語는 '시내'이고 현대 한국어도 같으며 '溪'는 한자어휘이다.

---

109) 용가(龍歌)(18), 두언초(杜諺初)(十五·52), 두언중(杜諺重)(九·24)를 참조.
110) 균여전(均如傳), '칭찬여래가(稱讚如來歌)' 중 '해등(海等)' 어휘를 참조.
111) 용가(龍歌)(20), 석보(釋譜)(十九·13), 훈몽(訓蒙)(上·4)을 참조.

(63) 谷曰丁蓋

①	②	③	④	⑤	⑥	⑦	⑧	⑨	⑩	⑪	⑫	⑬	⑭	⑮	⑯	⑰	⑱
丁 蓋	〃 盖	〃 〃	〃 葢	〃 〃	〃 〃	〃 蓋	〃 葢	〃 〃	〃 〃	〃 蓋	〃 〃	〃 〃	〃 〃	〃 葢	〃 蓋	〃 葢	〃 〃

각 傳本이 모두 같은데 자획이 약간 차이가 있다. '谷'의 鮮初語는 '골'112)이고 '丁蓋'의 音價는 이 말에 대응할 수 없다. 이 어항에 대해서 前間씨는 설명하지 않았고, 方씨는 '丁'은 '亅'의 잘못으로 보고 '亅蓋'를 '골개'113)로 풀이하였다. 忠淸道 方言 중에 '谷'의 골짜기가 튀어나온 것을 '등개' 또는 '등갱이'라고 칭하여 '丁蓋'의 반절음이 매우 '등개'에 가깝다, 그러나 語義에 조금 합당치 않음이 있는데 아마도 당시 孫穆이 물은데 대해서 대답하는 사람이 분명히 하지 못한 것 같다.

(64) 泉曰泉

각 傳本이 모두 같다. '泉'의 鮮初語는 '심'114)이고『朝鮮館譯語』에는 '淸泉曰墨根色'이라 하여 '泉曰色'인데 그 발음은 곧 '샘'이므로 아마도 당시 이미 'ㅁ'韻尾가 없었던 까닭일 것이다. 현대 한국어도 '샘'이다. 이로써 당시 아마도 한자어휘를 겸용한 것 같다.

(65) 井曰烏沒

각 傳本이 모두 같다. '井'의 鮮初語는 '우믈'115)이고,『朝鮮館譯

112) 龍歌(43), 釋譜(六·4), 訓蒙(上·3)을 참조.
113) 方鍾鉉,『鷄林類事研究』를 참조.
114) 龍歌(2), 解例(用字), 訓蒙(上·5)을 참조

語』에도 '井曰烏閦'이라 하였고, 현대 한국어는 역시 '우물'이며 '烏沒'의 반절음과 일치한다.

(66) 草曰戌

①	②	③	④	⑤	⑥	⑦	⑧	⑨	⑩	⑪	⑫	⑬	⑭	⑮	⑯	⑰	⑱
戌	〃	戍	〃	〃	〃	〃	〃	〃	戌	戍	〃	〃	〃	〃	〃	〃	〃

이 어항은 '戌'과 '戍'가 뒤섞여 있어 제㉓항을 참조. '草'의 鮮初語는 '플'116)이고, 현대 한국어는 '풀'이며 대음자의 음가와 그 발음이 합치되지 않는다. 이밖에 고한국어는 '프서리', '플서리'117)로 미루어 보면 '서리'는 곧 '설'이고, 그 어휘 또한 '풀'이 되며 '戌'의 反切音을 보면 이 말과 잘 맞으므로 '戍'는 당연히 '戌'의 誤記일 것이다. 前間씨는 '戌'은 '伐'의 잘못으로 생각하고, 方씨는 '戍'를 '새'라고 풀이하였는데 그 음가는 모두 한국어에 맞지 않는다.

(67) 花曰骨

각 傳本이 모두 같다. '花'의 鮮初語는 '곶'118)이고, 『朝鮮館譯語』에는 '花曰果思'로 되어 있고, 현대 한국어는 '꽃'이며 '骨'의 反切音으로 보면 이 말과 매우 합치된다.

---

115) 月釋(二·48), 楞諺(三·92), 訓蒙(上·5)을 참조
116) 月釋(九·23), 杜諺初(八·44)를 참조.
117) 杜諺初(七·8), 杜諺重(七·8), 同(十一·44)을 참조.
118) 龍歌(2), 月曲(7), 釋譜(十三·12)를 참조.

(68) 木曰南記

각 傳本이 모두 같다. '木'의 鮮初語는 '남기'[119], '나모' 두 가지인데 『朝鮮館譯語』에는 '樹曰那莫'으로 되어 있고, 현대 한국어 역시 '나무'이며 방언 중에는 아직도 '낭기', '낭구' 등의 발음이 있다. '南記'의 反切音으로 보면 '남기'와 잘 맞는다.

(69) 竹曰帶

각 傳本이 모두 같다. '竹'의 鮮初語는 '대'[120]이고, 현대 한국어도 같으며 '帶'의 反切音을 보면 이 말과 매우 일치한다.

(70) 果曰果

張校本과 兩 明鈔本에 모두 이 語項이 있는데, 陶珽 說郛本 이후 각 傳本에는 모두 빠져있다. '果'의 鮮初語는 '과실'로서 '果實'의 한국음이며, 『朝鮮館譯語』에는 '果曰刮世'로 되어 있고, 현대 한국어는 '과일'이다. 이것은 대음의 '果'가 곧 한자어휘임을 알 수 있다.

(71) 栗曰監[舗檻切]

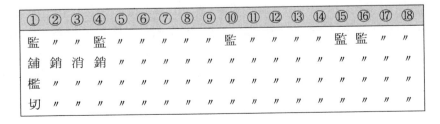

①	②	③	④	⑤	⑥	⑦	⑧	⑨	⑩	⑪	⑫	⑬	⑭	⑮	⑯	⑰	⑱
監	〃	〃	監	〃	〃	〃	〃	〃	監	〃	〃	〃	〃	監	監	〃	〃
舗	銷	消	銷	〃	〃	〃	〃	〃	〃	〃	〃	〃	〃	〃	〃	〃	〃
檻	〃	〃	〃	〃	〃	〃	〃	〃	〃	〃	〃	〃	〃	〃	〃	〃	〃
切	〃	〃	〃	〃	〃	〃	〃	〃	〃	〃	〃	〃	〃	〃	〃	〃	〃

119) 龍歌(84), 釋譜(十三·51), 楞諺(二·52)를 참조.
120) 釋譜(十三·53), 朴通初(七·70), 訓蒙(上·8)을 참조.

反切語 '上'자는 '餔, 銷, 涓' 등 3종류로 나눌 수 있다. '栗'의 鮮初語는 '밤'121)이다. 현대 한국어도 역시 같다. 孫穆이 이와 같이 표기한 것은 실로 한자 중에 '밤'음의 글자가 없었던 까닭이다. 세 글자의 반절음으로 보면 '餔'의 성모가 ㅂ에 맞게 대응된다. '銷'와 '涓'는 '餔'의 誤記이다.

(72) 桃曰枝棘

①	②	③	④	⑤	⑥	⑦	⑧	⑨	⑩	⑪	⑫	⑬	⑭	⑮	⑯	⑰	⑱
枝 棘	支 棘	杴 棘	枝 棘	〃 〃	〃 〃	〃 〃	〃 〃	〃 〃	〃 〃	〃 〃	〃 〃	〃 〃	〃 〃	〃 〃	〃 〃	〃 〃	〃 〃

兩 明鈔本의 표기에의 原本의 字劃이 명확치 않았음을 알 수 있다. '桃'의 鮮初語는 '복셩'122)이고, 『朝鮮館譯語』에는 '桃曰卜賞'이라 하고, 현대 한국어는 '복숭아'이고, 방언 중에는 '복숭', '복상', '복상아', '복사', '복상', 복소아', 복송', '복솨', '복수애', '복수와', '복승'123) 등이 있는데 모두 大同小異하며, 그 제1음절은 모두 같다. '扙棘'의 音價는 위의 여러 어휘들에 대응되지 않는다. 『集韻』을 고찰하면 "撲, 匹角切, 或作㩧, 撲, 扙, 扑, 攴"(入聲四覺). 『廣韻』에는 "攴, 擊也, 凡從攴者作攵同, 普木切"(入聲 1屋)이라 하였다. 대음부 제1음절자는 마땅히 '扙'자가 되어야 함을 알 수 있으므로 '枝, 杴, 支'는 모두 '扙'의 誤記임을 알 수 있다. '扙'의 음가는 '복'과 일치한다. 『集韻』을 살피면 "竦, 筍勇切, 說文, 敬也.… 或从手"(上聲 第2腫) '筍勇切'의 음가가 '桃'의 鮮初語 및 『朝鮮館譯語』에 표음된 것과 일치한

121) 杜諺初(七·21), 朴通初(上·4), 訓蒙(上·11)
122) 杜諺初(十五·22), 杜諺重(十·14)를 참조.
123) 李熙昇 박사 편찬의 『국어대사전』을 참조.

다. 제2음절 대음자는 원본에 모두 '揀'자였는데 자획의 분명하지 않음으로 인하여 곧 '棘'으로 잘못되었음을 알 수 있다. 方씨는 설명하지 않았고, 前間씨가 "枝棘은 '복숑'의 오기이다."라고 한 것은 옳지 않다.124)

(73) 松曰鮓子南

藍格明鈔本에 '鮓十南'이라 한 것을 제외하고는 다른 판본은 모두 '鮓子南'으로 되어 있다. '松'의 鮮初語는 '솔', '소나모', '소낡'이다. '鮓子(十)南'의 反切音으로는 '松'의 한국어에 대음되지 않는다. 『朝鮮館譯語』에는 '松曰所那莫'(稻葉氏 本에 의거)으로 되어 있어 한국어와 부합된다. '柏'의 古韓語는 '잣나모', '잣낡'125)인데 '鮓子南'의 음가가 '栢'의 한국어에 대응되니 '鮓十南'은 '鮓子南'의 誤記이다. 한국인들이 말하는 '栢'의 별칭으로 '果松, 松子松, 五鬣松, 五粒松, 五葉松, 油松, 海松' 등이 있다. '果松'은 寒冷地方에서 산출되며 그 잎은 반드시 群集한 5葉으로 일반 소나무는 2葉 또는 3葉으로 되어 있어 외모상 비슷하지만 한국인들은 확실히 분별한다. 中國(남방)에서는 예로부터 그 분별이 확실치 않아 『高麗圖經』에서 이르듯이 "소나무는 두 종류가 있는데, 다만 다섯 잎이 있는 것만이 열매를 맺는다. 羅州道(지금의 전라도)에도 있으나, 三州의 풍부함만 못하다. 열매가 처음 달리는 것을 솔방[松房]이라 하는데, 모양이 마치 모과[木瓜]와 같고 푸르고 윤기가 나고 단단하다가, 서리를 맞고서야 곧 갈라지고 그 열매가 비로소 여물며, 그 房은 자주색을 이루게 된다. 고려의 풍속이 비록 과실과 안주와 국과 적에도 이것을 쓰지만 많이 먹어서는 안 되니, 사람으로 하여금 구토가 멎지 않게 하기 때문이다.…"(卷23 雜俗2 土産條)라고 하였다. 이로써 미루어보면 徐

---

124) 麗言攷, p.34를 참조.
125) 楞諺(七·88), 解例(用子), 杜諺初(八·66) 三綱(孝·15)을 참조.

兢 또한 고려에 와서 처음으로 오직 5葉松만이 '松子'를 결실하는 것을 알았으므로 이와 같이 상세히 『高麗圖經』에 기재했을 것이다. 일반 소나무도 열매가 있기는 하지만 먹을 수 없고 중국 사람들이 일컫는 '松子'는 곧 5葉松의 열매이다. 이 5葉松을 한국인들은 '栢, 잣나무'라 하고 '栢'자는 '잣'이라 일컬었고 '松子'는 '솔바올'[126]이라 하고 현대 한국어는 '솔방울'이어서 두 가지가 완전히 다르다. 또한 『淸異錄』에 이르기를 "新羅의 사신들이 매번 올 때에 모두 '松子'를 파는데 여러 등급이 있어 '玉角香', '重堂棗', '御家長', '龍牙子' 등이 있는데 오직 '玉角香'이 가장 기이하여 사신들도 스스로 보배로 여겼다."[127] 이로써 보면 高麗의 '松子'는 중국에 이름을 떨친 지 오래 되었는데도 지금까지 '松子'라 일컫고 '栢子'라 일컫지 않음을 알 수 있다.

(74) 胡桃曰渴未

①	②	③	④	⑤	⑥	⑦	⑧	⑨	⑩	⑪	⑫	⑬	⑭	⑮	⑯	⑰	⑱
渴	渴	〃	渴	〃	〃	〃	〃	渴	〃	渴	〃	〃	〃	淐	渴	渴	渴
未	耒	未	來	〃	〃	〃	〃	〃	〃	〃	〃	〃	〃	〃	〃	〃	〃

'胡桃'의 古韓語는 '호도'이고, 현대 韓語는 '호두'인데 곧 '胡桃'의 속음일 따름이다. 對音部의 음가로 보면 모두 이 말에 대음되지 않는다. '楸子'(혹칭 山核桃)의 古韓國語는 'ᄀᆞ래'[128]이고 현대 한국어는 '가래'이다. 鮑山의 『野菜博錄』에 이르기를 "가래나무는 산야에서 나는데 나무가 높고 커서 거문고를 만들 수 있고, 잎은 오동나무와

126) 龍歌(89), 杜諺初(十六·34)를 참조.
127) 張校本 說郛 권61을 참조.
128) 解例(用字), 杜諺初(十六·39), 訓蒙(上·11)을 참조.

비슷하지만 얇고 적으며, 잎은 조금 뾰족하게 셋으로 갈라져 있고 흰 꽃이 피는데 맛은 달다."(卷下 木部 花可食條)고 하였다. 호도와 가래는 모양이 비슷하여 한국인들은 늘 혼동한다. '渴來'의 반절음이 '楸子'의 한국어와 일치한다. 그러므로 '未'는 '來'의 誤記이다. 제1음절은 무종성인데 설내입성자로써 표기한 것은 이것이 곧 連音變讀 현상이다.

(75) 枾曰坎

각 傳本이 모두 같다. '枾'의 鮮初語는 '감'[129]이고, 현대 한국어도 같다. '坎'의 反切音을 살피면 그 음가가 이 말에 대응된다.

(76) 梨曰販

張校本에 '販'으로 된 것을 제외하고는 다른 판본이 모두 '敗'로 되어 있다. 漢語部에 대해서 港大明鈔本에는 '棃'[130]로 되어 있다. '梨'의 鮮初語는 '비'[131]이고 『朝鮮館譯語』에는 '梨曰罷'로 되어 있고 현대 한국어는 '배'이며 '敗'의 反切音에 따르면 이 말과 일치되며 '販'은 곧 '敗'를 잘못 교정한 것이다.

---

129) 解例(用字), 訓蒙(上·12), 類合(上·9)을 참조.

130) 『集韻』에 이르기를 …'棃或作梨'라 하고 『說文解字』에는 "棃, 果也, 从木𥝢聲, 𥝢古文利", '棃'는 곧 '棃'의 오기이다.

131) 杜諺初(十五·21), 朴通初(上·4), 訓蒙(上·11)을 참조.

(77) 林禽曰悶子計

①	②	③	④	⑤	⑥	⑦	⑧	⑨	⑩	⑪	⑫	⑬	⑭	⑮	⑯	⑰	⑱
林	〃	木	林	〃	〃	〃	〃	〃	〃	〃	〃	〃	〃	〃	〃	〃	〃
禽	檎	〃	〃	〃	〃	〃	〃	〃	〃	〃	〃	〃	〃	禽	檎	〃	〃
曰	〃	〃	〃	〃	〃	〃	〃	〃	〃	〃	〃	〃	〃	〃	〃	〃	〃
悶	〃	問	悶	〃	〃	〃	〃	〃	〃	〃	〃	〃	〃	〃	〃	〃	〃
子	〃	〃	〃	〃	〃	〃	〃	〃	〃	〃	〃	〃	〃	〃	〃	〃	〃
計	〃	〃	〃	〃	〃	〃	〃	訃	〃	〃	〃	〃	〃	〃	〃	〃	〃

漢語部의 표기를 '林禽, 林檎, 木檎'의 세 가지로 나눌 수 있으며, 商務印書館 간행 국어사전에 '林禽卽林檎'이라고 하여 이로서 '木檎'은 곧 '林檎'의 誤記임을 알 수 있다. '林檎'의 古韓語는 '닝금', '링금'이고 현대 한국어는 '능금'이며 곧 '林檎'의 變音이다. 대음부의 음가로 보면 '林檎'의 한국어와 맞지 않다. 兪敏의 『古漢語裏的俚俗語源』에 이르기를 "香檳酒는 본래 포도로 만든 것인데 이것을 매우 좋아하는 사람들이 사과로 만든다고 여기며, 북경에서는 사과의 한 종류를 '檳子'라고 일컫는다."[132](p.49)라고 하였다. 또한 『植物學大辭典』에 이르기를 "文林郎果는 곧 '林檎'이다."라고 하였고, 陳藏器의 『本草拾遺』에 이르기를 "文林郎果는 渤海에서 생산되는데, 그 나무가 물에 떠 내려와 文林郎이 이 나무를 주워서 심었으므로 이름이 된 것이다."라고 하였다. 또 『洽聞記』에 이르기를 "永徽(唐 650~655) 중에 魏郡 사람 王方言이 과일나무를 얻어서 刺史紀 王愼에게 바치니 왕이 高宗에게 바치어 朱柰라 하고, 또 五色林檎이라고 이름하고, 王方言에게 文林郎을 내리어 또한 이 과일을 文林郎이라고 불렀다."[133](p.177)고 하였다. 중국어 중에 또한 '沙果, 蘋果, 來禽, 蘋婆[134], 蘋萲果[135]' 등의 다른 명칭이 있는데 한국어와는 맞지

132) 燕京學報 제36기(민국 38년 6월 간행)를 참조.
133) 홍콩 新亞書店에서 간행(민국 45년 4월 증정재판)을 참조.
134) 順義縣志(권12 風土誌 方言條)를 참조.

않아 뒷날에 다시 고찰하기로 한다.

(78) 漆曰黃漆

각 傳本이 모두 같으나 '漆'자의 필획이 약간 차이가 있다. '㓼', '㯃'로 쓰였는데 모두 '漆'의 誤記이며 異體字가 아니다. 『鷄林志』에 이르기를 "高麗의 黃漆이 섬에서 생산되는데 6월에 나무를 찔러서 즙을 채취하며, 색은 금빛과 같고 햇빛에 쬐어 건조한다. 본래 百濟 땅에서 나는데 지금 浙江 사람들은 新羅漆이라고 일컫는다."고 하였다. 또 『古今圖書集成』에 이르기를 "黃漆은 나무가 종려나무와 비슷한데 6월에 즙을 채취하여 물건에 칠하면 금빛같다."(朝鮮國 土産考條)라고 하였다. 이밖에 한국의 서적 『牛疫方』에 이르기를 "제주도에서 생산되는 것인데 이름하여 黃漆이라 하고, 이 땅에서 생산되는 것을 이름하여 火乙叱羅毛라고 한다.…"(9葉)이라 하였다. 이로써 보면 黃漆이라는 말은 高麗에서 연원된 것이다.

(79) 菱曰質姑

張校本의 '菱曰質姑' 외에는 다른 본은 모두 '茭曰質姑'로 되어 있다. '菱'과 '茭'를 고찰하면 본래 다른 물건이다. '菱'과 '蔆'은 같고 속칭 '蔆角'이라고 한다. '茭'는 『爾雅釋草』에 이르기를 '牛蘄'라고 하였다. 李時珍은 "강남 사람들은 菰를 茭라고 일컫는데 그 뿌리가 엇갈려 엮어있기 때문이다."(本草, 菰)이라 하였다. 또 『植物學大辭典』에 의하면 "慈姑 … 澤瀉科. 慈姑屬, 논에서 재배하며 다년생 초본으로 길이는 3~4척에 이르며 한여름에 땅속으로부터 줄기가 여러

---

135) 『朴通事諺解』에 이르기를 "임금과 비슷하면서 큰 것인데 反譯名義에 이르기를 인도말로는 頻波果이고 이것을 相思果色丹이라 이르는데 또한 윤이 나고 모양은 사과와 비슷하며 그 크기는 배와 같다."고 하였다.(上卷 제4엽)

가닥으로 솟아오르며 땅속 끝에 각각 둥근 줄기가 있다. 겨울에 발육하는데 길이가 한 치 정도이며, 간혹 더욱 큰 것도 있다. 잎은 끝이 갈라진 창의 형태이거나 화살형태이며 굵은 긴 잎자루가 있으며, 水中의 잎과 水上에 있는 잎의 모양이 서로 다르다. 가을에 잎 사이에서 꽃줄기가 나오며 원추형의 꽃이 차례로 피고 花冠은 세 잎으로 백색이다. 이 식물의 둥근 땅 속 줄기는 겨울에 캐내어 삶아서 식용으로 하고 또한 녹말을 낼 수도 있다. 그 이름이 일본과 중국의 여러 사람들이 지은 本草에 보이는데 혹은 '茨菰'라 하고 혹은 '藉姑', '河鳧茈' 또는 '白地栗' 등의 이름이 있으며, 그 싹은 '箭搭草', '槎丫草', '燕尾草' 등의 이름이 있다."(p.258)고 하였다. 이로써 보면 이 항목은 '茨曰慈姑'의 誤記이다.

(80) 雄曰體試

藍格明鈔本에 '雄曰鶻' 외에는 다른 본은 모두 '雄曰鶻試'로 되어 있다. 이 項은 '雌曰暗'의 대칭어로 '雄'의 고한국어는 '수'이고 현대 한국어도 같다. '鶻試'의 음가는 이 말에 부합되지 않는다.

前間씨는 '鶻試'는 곧 '髓試'의 잘못으로 보았다. 方씨는 '鶻'은 아마도 衍文(덧붙여진 글)이라고 하였다. 金喆憲씨는 '鶻'자 앞에 한 글자가 잘못 빠진 것[136]이라고 하였다. 이는 모두 억측한 것이어서 믿을 수 없고 훗날 재고할 것이다.

(81) 雌曰暗

港大明鈔本의 '鴟曰暗' 외에는 다른 본은 모두 '雌曰暗'으로 되어 있는데 『正字通』에 의하면 '雌'는 '鴜'와 같으며 또한 『類篇』에는

136) 鷄林類事研究, p.106 참조.

'鵮'와 '雌'는 같다고 하였으니 곧 '鵮'는 '雌'의 異體字이지 誤字는 아니다. '雌'의 鮮初語는 '암'137)이고, 현대 한국어도 같으며 '暗'의 반절음을 살피면 이 말과 일치한다.

(82) 雞曰啄音達

①	②	③	④	⑤	⑥	⑦	⑧	⑨	⑩	⑪	⑫	⑬	⑭	⑮	⑯	⑰	⑱
雞	鷄	雞	〃	〃	〃	〃	〃	〃	鷄	雞	〃	〃	〃	鷄	〃	雞	〃
曰	〃	〃															
啄	㖨	啄	㖨	〃	〃	〃	〃	〃	〃	〃	喙	㖨	喙	㖨	喙	〃	㖨
音	〃	〃	〃	〃	〃	〃	〃	〃	〃	〃	〃	〃	〃	〃	〃	〃	〃
達	達	〃	〃	〃	〃	〃	〃	〃	〃	達	〃	〃	〃	達	達	〃	〃

'雞'와 '鷄'는 앞 장에서 이미 서술하였으므로 여기서는 생략한다. 雍正方輿本, 光緖方輿本과 麗言攷는 대음부 아래에 모두 附記하기를 "字典에 조사하여도 이 글자가 없으며 곧 朝鮮土語"라고 하고 다른 판본은 이 注가 없다. 이로써 이것은 『古今圖書集成』의 편찬자가 기록한 것임을 알 수 있다. 그 대응자는 '啄, 㖨, 啄, 喙' 4종으로 나눌 수 있는데 여기에 그 反切音을 분석하면 다음과 같다.

○ 啄 : 竹角切(廣韻, 集韻 入聲 第4覺), 또는 丁木切(廣韻 入聲 第1屋)
○ 喙 : 許穢切(廣韻 去聲 第20廢), 또는 昌芮切(同 去聲 第13祭) 또는 丁候切(同 第50候)

'啄, 㖨'은 字典에 모두 실려 있지 않다. '鷄'의 鮮初語는 'ᄃᆞᆰ'138)이고 『朝鮮館譯語』에는 '鷄曰得二'로 되어 있고, 현대 한국어는 '닭'이며 方言 중에는 또한 '닥', '달' 등이 있다. '啄'의 음가는 '닥'에 대응되

137) 釋譜(十一·25), 月釋(七·17), 楞諺(二·87)을 참조.
138) 楞諺(十·43), 杜諺初(七·28), 類合(上·12)을 참조.

니 '㗇, 啄, 喙'는 곧 '啄'의 誤記이며, '達'의 음은 '달'에 대응된다. 前間씨는 "喙은 '喙'의 誤記"139)라 하였는데, 이것은 '喙'의 음을 자세히 살피지 못하여 誤謬를 범한 것이다.

(83) 鷺曰漢賽

海史本의 '漠賽' 외에는 다른 본은 모두 '漢賽'이니 '漠'은 '漢'의 誤記이다. '鷺'의 鮮初語는 '하야로비', '해야로비'140)이니 '漢賽'의 음가로는 이 말과 다르다. '鸛'을 고찰하면 古韓語는 '한새'141)로서, '漢賽'의 음가와 일치하니 '鷺'는 마땅히 '鸛'의 誤記이다. '鷺'와 '鸛'은 비슷해서 아마도 '鷺'를 묻는데 '鸛'을 대답한 것 같으며 오늘날 한국 사람들이 이 두 새를 뒤바꾸어 말하기 쉽다. 前間씨와 方씨는 모두 '白色鳥'를 '흰새'라 하여 그 발음은 비슷하지만 '鷺' 이외에도 흰색의 새 종류가 매우 많은데 어찌 '鷺'만 가리키어 白色鳥라 할 것인가? 그 해석은 옳지 않다.

(84) 鳩曰于雄

①	②	③	④	⑤	⑥	⑦	⑧	⑨	⑩	⑪	⑫	⑬	⑭	⑮	⑯	⑰	⑱
鳩	〃	𪀔	○	○	○	○	○	○	○	○	○	○	○	○	○	○	○
曰	〃	〃	○	○	○	○	○	○	○	○	○	○	○	○	○	○	○
于	〃	〃	○	○	○	○	○	○	○	○	○	○	○	○	○	○	○
雄	〃	〃	○	○	○	○	○	○	○	○	○	○	○	○	○	○	○

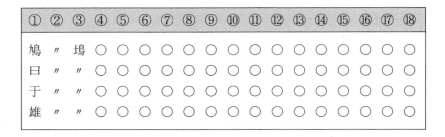

139) 麗言攷, p.38를 참조.
140) 杜諺初(九·38), 訓蒙(上·17), 東醫(湯液1·40)를 참조.
141) 訓蒙(上·15), 類合(上·11), 譯語(下·26)를 참조.

각 傳本을 살펴보면 陶珽 說郛本에서 처음 시작하여 이 항이 잘못 빠져있어 이 항목의 有無로써 板本의 先後를 구별할 수 있다. '鳩'는 비둘기와 비슷하지만 머리는 작고 가슴은 튀어나와 있으며 꼬리는 짧고 날개는 길다. 오늘날 한국에서는 '鳩'와 '鴿'의 구별이 명확하지 않아 대부분 '鳩'를 '비둘기'라 하고, 옛 문헌 중에 '鴿'도 '비두리'142)이라 하였는데 제㊱항에서만 또 '合日弼陀里'가 나오니, 이로써 高麗 때에는 그 말이 구별이 분명하였는데 조선시대에 이르러서는 분별이 없었음을 알 수 있다. 愼河濱의 『豚窩雜著』에 이르기를 "鳩俗稱雨收"143)라고 하였는데 '于雄'의 음가를 살펴보면 이와 비슷하므로 이로써 고려 때 '鳩'의 한국어임을 찾아낼 수 있다.

(85) 雉曰雉賽

각 傳本이 모두 같다. 여기에 '雉賽'의 反切音을 분석하면 다음과 같다.

○ 雉 : 直几切(廣韻, 集韻 上聲 第5旨), 또는 口駭切(集韻 上聲 第13駭).
○ 賽 : 先代切(廣韻, 集韻 去聲 第19代)

'雉'의 선초어는 '쭹'이고 현대의 한국어는 '꿩'이어서 이 음가와는 맞지 않는다. '雄稚'의 한국어는 '장끼'이고 곧 雄(장)과 雉(끼)의 복합어인데 『集韻』의 '雉'의 반절음 '口駭切'과 이 말이 비슷해서 '끼'가 아마도 '口駭切'의 變音일 것이다. '鳥'의 한국어는 일반적으로 '새'이고, '雉賽'는 곧 한자어휘와 고유한국어의 複合語이다. 또한 충청도 방언 중 꿩새끼를 '꿰새(꿰)'라고 칭하는데 '꿰'의 古韓語는 '긔'로 '口駭切'의 음가와 매우 같다.

142) 朴諺初(上·5), 杜諺初(九·23), 訓蒙(上·16)을 참조
143) 方鍾鉉의 『鷄林類事硏究』(p.131)을 참조.

前間씨는 '치새'144)로 해석하고, 또 方씨는 "雉는 唐韻과 集韻에 '直几切'로 되어 … 그러므로 '티새'145)로 읽을 것이다."라 하였는데, 그러나 '雉'를 한국어 중에는 '티새' 또는 '치새'의 발음이 있지 않으니 兩氏는 '雉' 음의 '口駭切'을 자세히 살피지 않고 다만 '直几切'과 한국음을 보고 잘못 해석한 것이다.

(86) 鴿曰弻陀里

①	②	③	④	⑤	⑥	⑦	⑧	⑨	⑩	⑪	⑫	⑬	⑭	⑮	⑯	⑰	⑱
弼	〃	粥	弼	〃	〃	弻	弼	〃	〃	弻	㢸	弻	弼	〃	〃	𢐍	弼
陀	〃	〃	〃	〃	〃	〃	〃	〃	〃	〃	〃	〃	〃	〃	〃	〃	〃
里	〃	〃	〃	〃	〃	〃	〃	〃	〃	〃	〃	〃	〃	〃	〃	〃	〃

『類篇』에 의하면 '弻'과 '弼'은 같다. '㢸', '𢐍'은 '弻'의 誤記이다. 藍格明鈔本에 '粥'은 '弼'의 오기이다.

'鴿'의 고한국어는 '비둘기', '비돌기', '비두로기', '비들기', '비두리'146)로 되어 있어 '弻陀里'의 음가가 '비두리'에 대응될 수 있다. 더 나아가 미루어보면 고려 때 아마도 '비다리'였을 것이다. 제1음절은 종성이 없으나 입성자로 취한 것은 이는 곧 連音變讀의 현상이다.

(87) 鵲曰則寄

張校本의 '鵲曰則寄', 五大本의 '雀曰渴則寄'를 제외하고는 다른 판

144) 麗言攷, p.39를 참고.
145) 鷄林類事研究(pp.141~142)를 참조.
146) 朴諺重(上·5), 譯語(下·25), 時用(維鳩), 同文(下·34), 四解(下·75)를 참조.

본은 모두 '鵲曰渴則寄'로 되어 있다. '雀'은 곧 '鵲'의 誤記이다. '鵲'의 鮮初語는 '가치', '갇치'147)이고 현대 한국어는 硬音化現象148)으로 '까치'이다. 충청도 방언에서는 '까챙이'라고도 한다. 이로써 張校本에서는 '渴'자가 빠졌음을 알 수 있다. 방언과 '渴則寄'의 음가로 보면 고려 때 말에서 변천되었음을 추측할 수 있는데 표시하면 다음과 같다.

* 가즈기〉 가채기〉 까챙이

(88) 鶴曰鶴

각 傳本이 모두 같다. '鶴'의 鮮初語는 '두루미'149)이고 『朝鮮館譯語』에는 '仙鶴曰杜路迷'로 되어 있고, 현대 한국어도 '두루미'이다. 그러나 대부분 한자어휘 '학'을 상용한다. 이로써 보면 고려 때에도 한자어휘를 상용했음을 알 수 있다.

---

147) 龍歌(7), 月曲(61), 杜諺初(八·39)를 참조.

148) 한국어 자음 중 폐쇄음 체계는 12자음을 포괄하여 그 구성은 '三肢相關束'이라고 일컫고 기본 평음 ㄱ, ㄷ, ㅂ, ㅈ인데 곧 激音과 硬音의 관계를 도표로 표시하면 다음과 같다.

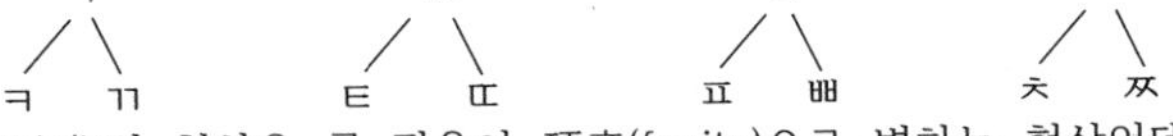

硬音化의 현상은 곧 평음이 硬音(forits)으로 변하는 현상인데 예를 들면 (ㅂ〉ㅃ), (ㄷ〉ㄸ), (ㄱ〉ㄲ), (ㅈ〉ㅉ)이며 鷄林類事에 수록된 어휘 중에 당시 이러한 현상이 없었음을 알 수 있다. 壬辰倭亂(16세기) 이후에 이런 현상이 심하여 현대 한국어에 이르러서는 사전에 평음으로서 표준 되어 있으나 일반 언어 중에는 硬音으로써 평상시 발음하는 것이 적지 않고 남부방언 중에 더욱 심하다.

149) 月釋(七·66)을 참조. 『訓蒙字會』에는 "'又或鷀曰두루미'라고 하였는데 『爾雅翼』에 의하면 "鷀는 물새로 색이 매우 검고 갈구리부리로 물속에 들어가 고기를 쫓기를 잘 하며 또한 노자라고도 일컫고 늙으면 머리와 날개가 점점 하해진다."라 하였으며 『訓蒙字會』에서 말한 바와는 다르다.

(89) 鴉曰打馬鬼

藍格明鈔本의 ‘打虎鬼’를 제외하고는 다른 본은 모두 ‘打馬鬼’로 되어 있다. ‘鴉’의 鮮初語는 ‘가마귀’ 또는 ‘가마귀’ 또는 ‘가마기’150) 이고, 『朝鮮館譯語』에는 ‘烏鴉曰戞罵貴’로 되어 있다. 현대 한국어는 ‘까마귀’이므로 ‘打馬(虎)鬼’의 음가는 ‘鴉’의 한국어에 대음되지 않는다. 兩 明鈔本의 표기가 불명확한 것으로 미루어 보면 아마도 ‘打’는 곧 ‘柯’의 誤記이며, ‘柯’의 반절음 ‘古俄切’(廣韻 平聲 第7歌)로 보면 한국어와 일치한다.

(90) 隼曰笑利彖畿

①	②	③	④	⑤	⑥	⑦	⑧	⑨	⑩	⑪	⑫	⑬	⑭	⑮	⑯	⑰	⑱
隼	鴈	〃	雁	〃	〃	〃	〃	〃	鴈	鴈	〃	〃	〃	〃	〃	鳫	雁
曰	〃	〃	〃	〃	〃	〃	〃	〃	〃	〃	〃	〃	〃	〃	〃	〃	〃
笑	哭	〃	〃	〃	〃	〃	〃	〃	哭	哭	〃	〃	〃	哭	哭	哭	哭
利	〃	弓	利	〃	〃	〃	〃	〃	〃	〃	〃	〃	〃	〃	〃	〃	〃
彖	弓	畿	弓	〃	〃	〃	〃	〃	〃	〃	〃	〃	〃	〃	〃	〃	〃
畿	幾		幾	〃	〃	〃	〃	〃	幾	幾	〃	幾	〃	幾	幾	幾	幾

漢語部의 표기는 張校本에 ‘隼’으로 한 것 외에는 다른 본에는 ‘雁’ 또는 ‘鴈’으로 되어 있고, 『中華大字典』에는 ‘鴈’과 ‘雁’이 같다 하고, 麗言攷에서는 ‘鳫’은 ‘鴈’의 誤記라고 하였다. 字典에 따르면 ‘隼’과 ‘雁’은 같지 않고, 兩 明鈔本의 표기에 의거하면 張校本은 잘못 고친 것이다. ‘雁’의 鮮初語는 ‘긔려기’, ‘그려기’, ‘그러긔’151)이고 『朝鮮館譯語』에는 ‘鴈曰吉勒吉’이라 하고 현대 한국어는 ‘기러기’이다.

---

150) 龍歌(86), 月釋(十八·35), 靑丘(83), 漢淸(417)을 참조.

151) 訓蒙(上·15), 杜諺重(八·21), 楞諺(八·121), 杜諺初(七·9), 杜諺重(二·20·27).

對音部에서는 그 표기가 매우 혼란한 것은 아마도 原本의 필획이 분명치 않았던 까닭이 같은데 그 음가를 살피면 '雁'의 韓國語와도 맞지 않는다. 그 필획과 음가를 자세히 고찰하면 '笑'와 '哭'은 '器'의 誤記일 것이며, '象'와 '弓'은 곧 '兮'의 誤寫일 것이다. '譏'와 '幾'의 反切音은 '渠希切'로 같고, 張校本과 藍格明鈔本은 '譏'로 되어 있다. '器利兮譏'와 '雁'의 선초어는 일치한다.

前間씨는 다만 '弓은 衍文'이라고 하고, 方씨는 '隼曰笑利象譏'와 '雁曰哭利弓幾'를 대조하여 다만 두 항목의 표기를 의심하였을 뿐 설명하지 않고 金喆憲씨는 각 판본을 자세히 살피지 않고 '隼曰'과 '雁曰'로 나누어 풀이하였는데[152] 이것은 큰 잘못이다.

(91) 禽皆曰雀譯

①	②	③	④	⑤	⑥	⑦	⑧	⑨	⑩	⑪	⑫	⑬	⑭	⑮	⑯	⑰	⑱
雀	崔	雀	〃	〃	〃	〃	〃	〃	〃	〃	〃	〃	〃	〃	〃	〃	〃
譯	譚	譂	譚	〃	〃	〃	〃	譚	談	譚	〃	〃	〃	譚	譚	〃	〃

제1음절의 대음자는 港大明鈔本의 '崔'를 제외하고는 다른 판본은 모두 '雀'으로 되어 있다. 제2음절 표기에 있어서 '譯, 譚, 譂, 談' 4종이 있는데 이것은 원본의 필획이 불명확했던 까닭이다.

『爾雅』에서는 '二足而羽謂之禽, 四足而毛謂之獸'라고 하여 이것으로 '禽'은 '새'의 총칭임을 알 수 있다. '禽'의 鮮初語는 '새'[153]이고 현대 한국어도 같다. '雀譯'은 '禽'의 한국어에 대응되지 않는다. 이것은 다음 항과 뒤섞여 그 對音部를 바꾸어놓으면 다음과 같다.

'禽皆曰雀譯'은 마땅히 '禽皆曰賽'이여야 하고

---

152) 鷄林類事硏究(p.103)를 참조.
153) 龍歌(7), 釋譜(九·24), 杜諺初(八·15)를 참조.

‘雀曰賽斯內反’은 마땅히 ‘雀曰譂崔斯乃反’으로 해야 한다.

‘賽’의 음가를 살피면 ‘鳥’의 한국어와 일치한다. 前間씨와 方씨는 모두 풀이하지 못했다.

(92) 雀曰賽斯內反

麗言攷에서는 ‘斯乃反’을 실리지 않고 方씨는 ‘斯反乃’를 잘못 쓴 것이라고 한 것 외에는 다른 傳本에서는 모두 ‘雀曰賽斯乃反’이라고 하였다. 이것은 앞에 항목에서 잘못 전도되었음을 설명하였으니 앞의 항목을 참조. 이 항목의 표기는 마땅히 ‘雀曰譂崔斯乃反’이라고 해야 한다.

○ 譂 : 齒善切(集韻 上聲 第28獮)
○ 崔 : 昨回切, 또는 倉回切(廣韻 平聲 第15灰)

‘雀(麻雀)’의 고한국어는 ‘춈새’154)이고 현대 한국어는 ‘참새’인데 비록 그 표기는 이와 같지만 그 발음은 실로 ‘譂崔’의 음가와 매우 서로 부합되며, ‘춈새’의 ‘새’와 단독발음의 ‘새’가 그 ‘具體音’이 같지 않은데 孫穆은 다만 ‘聽覺映像’(signifiant)에 근거해서 이와 같이 표기하였다. ‘雀曰賽斯乃反’과 같이 쓰는 것은 옳지 않으며 앞에 항목 제(83), 제(85) 항목에 이미 ‘賽’의 대음이 나왔으니 ‘斯乃反’을 기재하지 않고 그 다음 項에 곧 그 反切音을 적어야 마땅하지 않은가?

---

154) 三綱(孝·17), 類合(上·12), 物譜(羽虫)을 참조.

(93) 虎曰監[蒲南切]

①	②	③	④	⑤	⑥	⑦	⑧	⑨	⑩	⑪	⑫	⑬	⑭	⑮	⑯	⑰	⑱
監	監	監	〃	〃	〃	監	監	〃	〃	〃	〃	〃	〃	監	監	〃	〃
蒲	〃	南	蒲	〃	〃	〃	〃	〃	〃	〃	〃	〃	〃	〃	〃	〃	〃
南	〃		南	〃	〃	〃	〃	〃	〃	〃	〃	〃	〃	〃	〃	〃	〃
切	〃		切	〃	〃	〃	〃	〃	〃	〃	反	〃	〃	〃	〃	切	〃

藍格明鈔本에서 '南'은 곧 '蒲南切'을 잘못 빠뜨린 것이며, '反'과 '切'은 같지만 여기서는 明鈔本에 의거하여 '切'로 한다. 이 항목의 대음표기는 제⑪항의 '栗曰監[鋪艦切]'과는 서로 비슷하지만 '栗'의 鮮初語는 '밤'이고 '虎'의 한국어는 '범'으로 다만 모음상의 차이가 있을 뿐인데 그 反切音을 대조하면 다음과 같다.

蒲	平聲, 薄胡切, 並母, 重脣
鋪	平聲, 芳無切, 敷母, 輕脣
	去聲, 普故切, 滂母, 重脣
	平聲, 奔模切, 幫母, 重脣
南	平聲, 那含切, 覃韻, 開口一等
檻	上聲, 胡黤切, 檻韻, 開口二等

이로써 孫穆 역시 그 발음을 분별해서 標記했음을 알 수 있다. 『訓民正音』에 "ㅂ脣音을 '彆'자의 처음 나는 소리와 같고 '步'자의 처음 나는 소리와 같다." 하였으니 '밤', '범'의 초성 ㅂ이 한자음 '幫母'와 같으므로 '鋪檻切'의 音値는 '栗'의 한국어와 일치한다. '虎'의 鮮初語는 '범' 또는 '범'[155] 이고 『朝鮮館譯語』에는 '虎曰半門'이라 하고, 현대 한국어는 '범'이니 이로써 '虎'의 고려 때 한국어는 '범'이었으므로 反切音의 下字인 '南'의 韻腹이 '虎'의 한국어 모음과 약간

155) 杜諺初(八·7), 解例(用字), 釋譜(九·24), 龍歌(87)를 참조.

다름이 있었음을 미루어 알 수 있다.

(94) 牛曰燒[去聲]

각 傳本이 모두 같다. ‘牛’의 鮮初語는 ‘쇼’156)이고『朝鮮館譯語』에는 ‘牛曰杓’로 되어 있고 현대 한국어는 ‘소’이다. ‘燒’의 反切音에 따르면 이와 일치한다. ‘去聲’의 주를 붙인 것은 孫穆이 그 표기상에 정확히 했음을 알 수 있다.

(95) 羊曰羊

각 傳本이 모두 같다. ‘羊’의 鮮初語는 한자어휘 ‘양’이고,『朝鮮館譯語』에는 이르기를 ‘羊曰揚’이라 하고 현대 한국어도 ‘양’이다. 이로써 고려 때도 한자어 ‘羊’을 상용하였음을 알 수 있다.

(96) 猪曰宊

①	②	③	④	⑤	⑥	⑦	⑧	⑨	⑩	⑪	⑫	⑬	⑭	⑮	⑯	⑰	⑱
宊	突	宊	突	〃	〃	突	突	突	突	突	〃	〃	〃	〃	〃	突	突

‘突’자의 오류는 제㊽항에서 이미 서술하여 여기서는 생략한다. ‘猪’의 鮮初語는 ‘돝’ 또는 ‘돋’157)이고,『朝鮮館譯語』에는 ‘猪曰朶’라 하고 현대 한국어는 ‘돼지’이며 방언 중에는 ‘돛’의 발음도 있다. ‘突’의 反切音은 선초어와 매우 일치한다.

156) 龍歌(87), 解例(用字), 月曲(24)을 참조.
157) 龍歌(65), 楞諺(八·122), 類合(上·14)을 참조.

(97) 犬曰家狶

張校本의 ‘家狶’와 大東本의 ‘家豨’를 제외하고는 다른 판본은 모두 ‘家稀’로 되어 있다. 『廣韻』에 의거하면 ‘豨’를 ‘狶’로도 쓰고 ‘豨’는 곧 ‘狶’의 本字이다. ‘狶’와 ‘稀’의 反切音을 분석하면 다음과 같다.

○ 狶 : 虛豈切(廣韻 上聲 第7尾), 또는 賞是切(集韻 上聲 第4紙) 또는 抽遲切(同 平聲 6脂) 또는 盈之切(同 第7之) 또는 香依切(同 第8微)
○ 稀 : 香依切(廣韻 平聲 第8微)

‘狶’와 ‘稀’의 反切音은 ‘香依切’과 같고, 兩 明鈔本의 표기에 근거하면 ‘稀’로 해야 한다. ‘犬’의 鮮初語는 ‘가희’[158]이고 『朝鮮館譯語』는 ‘犬曰改’라 하고 현대 한국어는 ‘개’이며 방언 중에는 ‘가이’의 발음도 있다. ‘家稀’의 음가에 따르면 ‘犬’의 鮮初語와 일치한다.

李基文씨는 表意性標記에서 ‘犬曰家豨’[159]를 예를 들었는데 李氏는 각 傳本의 표기를 자세히 살피지 않고 이 같은 誤謬를 범한 것이다.

(98) 貓曰鬼尼

①	②	③	④	⑤	⑥	⑦	⑧	⑨	⑩	⑪	⑫	⑬	⑭	⑮	⑯	⑰	⑱
貓	猫	猫	猫	〃	〃	〃	〃	〃	猫	猫	猫	〃	〃	猫	猫	〃	〃
曰	〃	〃	〃	〃	〃	〃	〃	〃	〃	〃	〃	〃	〃	〃	〃	〃	〃
鬼	鬼	〃	〃	〃	〃	鬼	鬼	〃	〃	鬼	〃	〃	〃	鬼	鬼	〃	〃
尼	〃	尼	〃	〃	〃	〃	〃	〃	〃	〃	〃	〃	〃	〃	〃	〃	〃

158) 月曲(70), 月釋(七·18), 訓蒙(上·19)을 참조.
159) 「鷄林類事의 再檢討」(p.214)를 참조.

『廣韻』에 '貓'를 '猫'라 쓴다고도 하였는데 兩 明鈔本에 의거하여 '猫'라 하였다. 제2음절의 對音字는 張校本과 港大明鈔本에 '𡰥'를 제외하고는 다른 판본에는 모두 '尼'라 하였다. 『玉篇』을 살펴보면 "𡰥는 古文 夷"라 하였다. 『廣韻』에 "𡰣本古文夷字"라 하였고, 『集韻』에는 "夷 … 或作𡰣尼"라 하였다. 곧 '𡰥, 𡰣, 尼' 3자는 모두 夷와 같다. '猫'의 鮮初語는 '괴'160)이고 현대 한국어는 '고양이'이며, 그 方言은 매우 많아 '고이', '괭이', '고냉이', '꽤내기', '꼬내기' 등이 있다. 『高麗史』에 이르기를 "方言에 '猫'를 칭하여 '高伊'라 말한다." 하고 '鬼𡰣(夷)'의 반절음에 따르면 그 음가는 '猫'의 한국어에 대응된다. 이로써 高麗 때 '猫'의 한국어는 '괴이'였음을 알 수 있다.

(99) 鼠曰觜

각 傳本이 모두 같다. '觜'의 反切音을 분석하면 다음과 같다.

○ 觜 : 即移切(廣韻 平聲 第5支) 또는 即委切(同 上聲 第4紙) 또는 遵爲切(集韻 平聲 第5支)

'鼠'의 鮮初語는 '쥐'161)이고 현대 한국어도 같고 方言 중에는 '지'의 발음도 있다. '觜'의 음가는 선초어와 일치한다.

(100) 鹿曰鹿

각 傳本이 모두 같다. '鹿'의 鮮初語는 '사슴'이고 『朝鮮館譯語』는 '鹿曰洒滲'이라 하고, 현대 한국어는 '사슴'이니 대음부의 '鹿'은 한자

160) 楞諺(八·122), 訓蒙(上·18), 類合(上·)을 참조.
161) 龍歌(88), 訓蒙(上·19), 楞諺(八·119)을 참조.

어휘임을 알 수 있다.

(101) 馬曰末

각 傳本이 모두 같다. '馬'의 선초어는 'ᄆᆞᆯ'162)이고 『朝鮮館譯語』에는 '馬曰墨二'라 하였고, 현대 한국어는 '말'이다. '末'의 음가를 따르면 이 말과 일치한다.

(102) 乘馬曰轄打平聲

藍格明鈔本에 '平聲'을 잘못 빠뜨린 것 외에는 다른 판본은 모두 '乘馬曰轄打平聲'으로 되어 있다. '乘馬'의 '乘'의 뜻은 선초어에는 'ᄐᆞ'163)이고 현대 한국어는 '타'이며, 그 자음은 지금까지 有氣音을 보존하고 있으며 '轄打'의 反切音에 따르면 그 표기방식이 타의 발음과 달라 곧 '轄'의 자음 ㅎ과 '打'음의 '다'로써 결합해서 有氣音 '타'를 이루어 그 발음이 '乘'의 한국어와 일치한다. 또한 '平聲'의 注를 더한 것으로 이로써 그 표기의 정확성을 볼 수 있다. '他'의 反切音을 고찰하면 平聲 '託何切'(廣韻 第7歌)이다. 만약에 '他'자로써 하면 이 같은 복잡함을 피할 수 있는데 '他'자를 취하지 않은 것은 아마도 表意性으로서 표기한 것이다.

方씨가 '홀타'164)로 풀이하고, 金喆憲씨는 漢語部 '乘馬'에서 '타는 말'로써 명사로165) 본 것은 모두 억측이다. 前間씨는 '轄'로써 유기음(aspirate)166)으로 보았는데 그 설명은 옳다.

---

162) 龍歌(31), 月釋(一·27), 月曲(52)
163) 龍歌(100), 杜諺初(八·38), 月曲(14)을 참조.
164) 鷄林類事硏究(pp.151~152)를 참조.
165) 鷄林類事硏究(p.113)를 참조.
166) 麗言攷(p.45)를 참조.

(103) 皮曰渴翅

①	②	③	④	⑤	⑥	⑦	⑧	⑨	⑩	⑪	⑫	⑬	⑭	⑮	⑯	⑰	⑱
渴	渴	〃	渴	〃	〃	渴	渴	渴	〃	渴	〃	〃	〃	渴	渴	渴	渴
翅	趐	〃	翅	〃	〃	〃	〃	〃	趐	翅	趐	翅	〃	〃	〃	〃	〃

제2음절의 대음자에 '趐, 翅' 두 가지가 있는데 그 反切音을 분석하면 다음과 같다.

○ 趐 : 許劣切(玉篇 走部 第126)
○ 翅 : 施智切(廣韻, 集韻 去聲 第5寘) 또는 居企切(集韻 去聲 第5寘)

'彼'의 鮮初語는 '갗', '갓'167)이고 現代韓國語는 '갗'인데, 그러나 이미 그 단독형을 쓰지 않는다. '皮'의 한국어는 單音節이고 그 대음은 두 자의 음이므로 '갓'과 主格助詞 '이'의 연음표기인 까닭이다. 圖示하면 다음과 같다.

* 갓+이(kas+i) → 가시(kasi) → 가(ㆆ)시(ka(ˀ)si) → 가시(kaˀ-si)

이는 곧 連音變讀 현상이며, 이로써 고려 때 '皮'의 한국어 종성은 ㅊ음이 아니라 ㅅ음이었음을 알 수 있다.

前間씨는 '가치'라고 해석하고 方씨 설도 같다. 이밖에 李基文씨는 일찍이 '音節末 字音의 표기를 자세히 論하여' 말하기를 "15세기 국어 중에 'ㅈ' 혹은 'ㅊ' 말음은 기본형 어휘가 類事에서는 어떻게 표기하였을까를 다음과 같이 고찰하였다. '花曰骨'(곶), '皮曰渴翅'(갗), '面曰捺翅'(낯), '問題168)多少曰密翅易成'(몇) 등의 예 중에 제1의 예를 제외하고는 모두 ㅊ의 예인데, 또한 모두 '翅'자로 되었음을 볼

167) 월석(月釋)(二·40), 능언(楞諺)(十·70) ; 훈몽(訓蒙)(下·9), 월석(月釋)(二·40)을 참조.
168) 인용문 '問題多少曰'을 각 傳本에서 살피면 응당 '問物多少曰'의 오기이다.

수 있다."[169] 이상 세 사람이 모두 'ㅊ'음으로써 한 것은 '翅'의 聲類를 자세히 살피지 않아 이와 같은 錯誤를 범한 것이다. '翅'가 審母임을 고찰하면 한국음에 ㅅ과 같아서 有氣音 'ㅊ'이 아니다.

(104) 毛曰毛

각 傳本이 모두 같다. '毛'의 鮮初語는 '털', '터럭', '털럭' 등인데 이로써 이 어항의 대음부 '毛'는 한자어휘임을 알 수 있다.

(105) 角曰角

각 傳本이 모두 같다. '角'의 反切音을 분석하면 다음과 같다.

○ 角 : 古岳切(廣韻 入聲 第4覺) 또는 盧谷切(同 集韻 入聲 第1屋) 또는 訖岳切(集韻 入聲 第4覺)이다.

'角'의 선초어는 '쁠'[170]이고, 현대 한국어는 그 음이 변하여 '뿔'인데 이로써 이 어항의 대음부 '角' 역시 한자어휘임을 알 수 있다. '角'의 反切音을 살피면 見母, 溪母, 來母 3종이 있는데 한국한자음에서는 다만 見母의 발음[171]만이 있다. 이로써 당시에 '角'의 양국음이 모두 見母였음을 알 수 있다.

---

169) 『鷄林類事의 再檢討』(pp.233～234)를 참조.
170) 月釋(十·119), 月曲(162), 楞諺(三·82)
171) 河野六郎의 『朝鮮漢字音의 硏究』(자료음운표 p.82)를 참조.

(106) 龍曰珍

①	②	③	④	⑤	⑥	⑦	⑧	⑨	⑩	⑪	⑫	⑬	⑭	⑮	⑯	⑰	⑱
珍	称	乘	稱	〃	〃	稱	稱	〃	称	稱	〃	稱	〃	稱	稱	稱	稱

도표로써 원본 필획이 불명했음을 알 수 있다. 張校本, 港大明鈔本, 藍格明鈔本 등 3종 판본의 기재가 같지 않아 실로 원본에 어떤 자로 쓰였는지 추측하기가 어렵다. 『玉篇』에 의하면 '珍俗作珎'으로 되어 있는데, 이로써 미루어보면 아마도 원본에 '珎'으로 되어 있을 것이며, 그 반절음을 분석하면 다음과 같다.

○ 珍 : 陟鄰切(廣韻 平聲 第17眞)

'龍'의 선초어는 '미르'[172]이고, 『朝鮮館譯語』에는 '龍曰米立'으로 되어 있다. 오늘날은 다만 한자어휘 '용'을 쓴다. 이것은 '龍'의 한국음이다. '稱'과 '乘', '珍'은 그 발음이 모두 '龍'의 한국어에 대응되지 않는다. 12支의 第5支가 '辰'임을 살피면 그 뜻이 '용'이다. 그 反切音을 분석하면 다음과 같다.

○ 辰 : 植鄰切(廣韻 平聲 第17眞)

兩者의 音價를 살피면 '珍'은 知母이고 '辰'은 禪母이며, 모두 舌音에 속하고, 聲類가 서로 비슷하고 또한 同 韻母이며 同 聲調이며 그 음이 비슷하다. '辰'의 한국음은 별의 뜻으로는 '신'으로 읽고, 용의 뜻으로는 '진'으로 읽어 모두 '珍'음과 서로 합치된다.

前間씨는 "'稱'을 '彌'의 誤字"로[173] 보고 方씨는 "'龍曰龍'의 잘못

172) 訓蒙(上·20)을 참조.
173) 麗言攷 (p.47)를 참조.

이거나 그렇지 않으면 기타 자의 잘못일 것”[174]이라고 풀이하였는데, 모두 억측이며 믿을 수 없다.

(107) 魚曰水脫[剔曰切]

①	②	③	④	⑤	⑥	⑦	⑧	⑨	⑩	⑪	⑫	⑬	⑭	⑮	⑯	⑰	⑱
剔	〃	〃	〃	〃	〃	〃	〃	〃	〃	〃	〃	〃	〃	〃	〃	〃	〃
曰	恙	急	恙	〃	〃	羔	恙	〃	〃	〃	〃	〃	〃	〃	〃	〃	〃
切	〃	〃	〃	〃	〃	〃	〃	〃	〃	〃	〃	〃	〃	〃	〃	〃	〃

각 傳本을 살피면 反切音의 표기가 혼란되어 있어 원본 반절음 下字의 필획이 불명하였음을 알 수 있다. 그 대음자를 분석하면 다음과 같다.

○ 水 : 式軌切(廣韻 上聲 第5旨) 또는 數軌切(集韻 上聲 第5旨)
○ 脫 : 徒活切 또는 他括切(廣韻, 集韻 入聲 第13末) 또는 吐外切(集韻 去聲 第14泰) 또는 欲雪切(同 入聲 第17薛)

‘魚’의 鮮初語는 ‘고기’이고 현대 한국어도 같다. ‘水脫’의 音價를 살피면 이 말에 대응되지 않는다. ⑲⑥항의 ‘魚肉皆曰姑記’ 중에도 ‘魚’항이 있은 것을 고찰하면 ‘姑記’의 音價가 ‘魚’의 한국어와 일치한다. 전후 語項의 배열을 다시 고찰하면 ‘魚’는 ‘獺’의 誤記일 것이며, ‘獺’의 고한국어는 ‘슈달’[175]이고 ‘水脫’ 음가와 이 말은 합치된다. 그래서 ‘剔曰’의 음가는 ‘脫’의 반절음 ‘他括切’에 대응되며, 이로써 그 附記한 것이 ‘剔曰切’임이 마땅함을 알 수 있다. 張校本 외에는 다른 본에 ‘恙, 急, 羔’로 된 것은 모두 ‘曰’의 오기이다.

174) 鷄林類事硏究 (p.106)를 참조.
175) 小諺(五·40), 物譜(水族), 通文館志(卷之三, 事大 上續附 方物數目條)를 참조.

前間씨가 '魚'는 '鰡'의 誤字로 보고, 또 '脫'은 '悅'의 誤字로 보고, 작은 注의 '剔恙'은 '恙剔'의 誤記로 보고서, '鰡'를 '슈어'176)로 풀이한 것은 억측이다. 또한 金喆憲씨는 퉁구스 계통의 각 방언을 대조해서 이르기를 "고려 때 '魚'의 한국어는 '고기' 외에도 'srjuəi-t'jaŋ'이 있었으나 뒤에 死語가177) 되었다."고 한 것은 역시 牽强附會이다. 유독 方씨가 '獺'자의 誤記178)일 것이라고 한 것은 옳다.

(108) 鱉曰园

①	②	③	④	⑤	⑥	⑦	⑧	⑨	⑩	⑪	⑫	⑬	⑭	⑮	⑯	⑰	⑱
鱉	〃	〃	鼈	〃	〃	鱉	鼈	〃	鼈	鼈	〃	〃	〃	鼈	鼈	〃	〃
曰	〃	〃	〃	〃	〃	〃	〃	〃	〃	〃	〃	〃	〃	〃	〃	〃	〃
园	團	〃	〃	〃	〃	〃	〃	團	團	團	〃	〃	〃	團	團	〃	〃

『廣韻』에 의거하면 "鼈俗作鱉"이라고 하였다. 兩 明鈔本과 張校本에 근거하면 원본에는 '鱉'로 된 것 같다. 『集韻』에는 "團莊子作園"이라 하였으니 '團'은 마땅히 '團'의 오기이다. '鼈'의 鮮初語는 '쟈래', '쟈라', '쟈래' 등인데 '團'의 음가에 따르면 위에 인용한 한국어에는 대응되지 않는다. 『訓蒙字會』에 "鼈俗呼王八 또는 團魚, 其殼團板"이라고 하여 高麗 때에도 '鱉曰團魚'라 일컬었으므로 이는 '魚'자가 잘못 빠진 것이다.

---

176) 麗言攷 (p.47)를 참조.
177) 鷄林類事硏究 (p.114)를 참조.
178) 鷄林類事硏究 (P.153~154)를 참조.

(109) 蟹曰慨

朝鮮鈔本에 '蠏'로 쓴 것 외에는 다른 본은 모두 '蟹'로 되어 있고, 『說文解字』에 이르기를 "蠏, 有二敖八足, 旁行, 非它鮮之穴無所庇, 从虫解聲"이라 하여 '蟹'와 '蠏'는 같은 자이다. '蟹'의 古韓語는 '게'[179]이고 『朝鮮館譯語』에 '蝦蟹曰洒必格以'라 하였다. '慨'의 음을 살피면 '苦愛切'(廣韻 去聲 第19代)의 음가로 鮮初語와 서로 합치되며, 溪母로써 한 것은 아마도 분명히 듣지 못한 까닭일 것이다.

(110) 鰒曰必

각 傳本이 모두 같다. '鰒'은 곧 '鮑魚' 전복이다. '鰒'의 古韓語는 '젼복', '싱포'이고 전자는 '全鰒'의 한국음이고, 후자는 '生鮑'의 한국음이다. '必'의 反切音을 살피면 한국어와 맞지 않는다. '必'은 아마도 '包'의 誤記일 것이며, '包'의 음가는 '포'의 한국음과 일치한다. 그러나 단정할 수 없어서 후일에 再考를 기다린다.

(111) 螺曰蓋慨

각 傳本이 모두 같다. '螺'의 古韓語는 2종인데 '海螺'는 '고동', '소라'이고, '田螺'는 '우렁', '우렁이', '우롱이' 등인데 '蓋慨'의 음가는 위에 인용한 여러 말에 대응되지 않으며, 그 표기 또한 오류가 있다. 『四聲通解』[180]에 이르기를 "紫貝斑文者曰蚜蠃(자개 cja-kɛ)"(卷下 27항)이라 하고 '螺'와 '貝'는 동류이며 '蓋慨'는 아마도 '자개(cja-kɛ)'의 誤記일 것이며, '蓋'는 '差'의 誤記일 것이다. '差慨'의 반절음과 '쟈개(cja-kɛ)'는 매우 부합되지만 단정하기는 어려워 후일에 再考를 기다린다.

---

179) 訓蒙(上·20), 類合(上·14)을 참조.
180) 『四聲通解』: 朝鮮 中宗 12년(1517년) 聲韻學者 崔世珍의 편찬. 전2권 간행본.

(112) 蛇曰蛇

각 傳本이 모두 같다. 그 발음을 분석하면 다음과 같다.

○ 蛇 : 食遮切(廣韻 平聲 第9麻) 또는 託何切(同 第7歌) 또는 七支切(同 第5支) 또는 湯何切(集韻 平聲 第8戈)

'蛇'의 鮮初語는 'ᄇᆡ얌', '비얌'이고 현대 한국어는 '뱀'이어서 이 말과는 맞지 않다. 이 項의 對音部 '蛇'는 역시 한자어휘이다. '蛇'의 한국음이 '神母', '透母' 두 종이 있는데 '神母'를 사용하였다.

(113) 蠅曰蠅

각 傳本이 모두 같다. 그러나 필획은 조금 차이가 있다. '蠅'은 '余陵切'(廣韻, 集韻 平聲 第16蒸). '蠅'의 鮮初語는 'ᄑᆞ리'이고 현대 한국어는 '파리'이며 이 말과 맞지 않는다. 이 항의 대음부 '蠅'은 역시 한자어휘이다. '蠅'을 살피면 '喩母'인데 한국음으로 읽으면 '승'[181]이니, 아마도 '繩'과 비슷해서 잘못 읽었을 것이다. 이 책에서 보면 고려 때 '蠅'의 발음은 중국음과 같았을 것이다.

(114) 螘曰螻蟻

①	②	③	④	⑤	⑥	⑦	⑧	⑨	⑩	⑪	⑫	⑬	⑭	⑮	⑯	⑰	⑱
螘	愷	螘	〃	〃	〃	〃	〃	〃	〃	〃	〃	〃	〃	〃	〃	〃	螘
曰	〃	〃	〃	〃	〃	〃	〃	〃	〃	〃	〃	〃	〃	〃	〃	〃	〃
螻	蝼	〃	螻	〃	〃	螻	螻	〃	蝼	螻	〃	〃	〃	螻	螻	〃	〃
蟻																	

181) 『東國正韻』(권1 제4항)을 참조.

港大明鈔本에 '愷'로 되어 있는 것은 곧 '螘'의 誤記이며, 方씨가 '豈'로 한 것은 곧 '螘'의 잘못된 서체이다. 이밖에 張校本에 '螻蟻'로 된 것 외에는 다른 본은 모두 '螻'이다. '螘'의 선초어는 '개야미', '가야미', '개여미'[182] 등이고, 현대 한국어는 '개미'이다. 『廣韻』에는 '螘, 魚倚切'로 '蟻'와 같은 자이다. 곧 疑母字이어서 한국어 초성과 같은 위치이며, 특히 발음방법이 다를 뿐이다. '螘'는 단음절 어휘이고 한국어는 복음절 어휘이어서 서로 합치되지 않는다. 제2음절이 혹 접미어라면 '丐剣'과 같은 류의 말이다. 『文選』 중 司馬遷의 「報任安書」에 이르기를 "假令僕伏法受誅, 若九牛亡一毛, 與螻蟻何以異" (假令 제가 死刑執行을 받아 죽임을 당하는 것이 소 아홉 마리 중에서 터럭 한 올을 뽑는 것처럼 微微한 것이며, 땅강아지나 개미와 무엇이 다르겠습니까.)라 하고 注에 "螻는 螻蛄이다. 蟻는 蚍蜉이다. 모두 벌레의 작은 것으로 스스로 비유한 것이다."라고 하였다. 또는 『楚辭』의 惜誓에 이르기를 "神龍失水而陸居兮, 爲螻蟻之所裁"라 하고 注에 "螻는 螻蛄이다. 蟻는 蚍蜉이다. 蟻는 螘로 쓴다."고 하였다. '螻'와 '蟻'는 본래 다른 벌레여서 '螻'로써 '螘'라고 하는 것은 맞지 않으며, 또는 한자어 '螻蟻'를 연이어서 한 단어로 하는 것은 高麗 때는 곧 '螻蟻'라고 통칭했던 것인지, 또는 '螻'자는 '螘'자의 잘못일 것인지 알 수가 없다.

前間씨는 "…'螻'자 아래 본래 '蜛'자가 있었는데 뒤에 베껴 쓸 때 '裾'자를 다음 항에 잘못 쓴 것이다."라 하고 '螻蜛'는 '루거(ru-kə)'[183]라 하였는데 이것은 '螘'로 '螻蜛'라고 한 것이므로 옳지 않다.

182) 類合(上·15), 釋譜(六·36), 杜諺初(八·8)를 참조.
183) 麗言攷 (p.49)를 참조.

(115) 蝨曰祀

①	②	③	④	⑤	⑥	⑦	⑧	⑨	⑩	⑪	⑫	⑬	⑭	⑮	⑯	⑰	⑱
祀	袘	袍	裾	〃	〃	〃	〃	裾	〃	裾	〃	〃	〃	裾	裾	〃	〃

對音字가 매우 혼란되어 '祀, 袘, 袍, 裾, 裾' 5종이다. '蝨'의 鮮初語는 '니'[184]이고 현대 한국어는 '이'이다. '袘'는 『集韻』에 '年題切'(平聲 第12斉) 또는 '乃倚切'(上聲 第4紙)이다. '袘, 祀'는 字典에 모두 실려 있지 않으며 '袘'의 음가를 살피면 이 말에 대응될 수 있고 나머지 글자는 모두 '袘'의 誤記이다.

前間씨는 "…'裾'자가 앞의 항에서 잘못 들어와서 '蝨' 밑에 '旎'[185]자가 있게 되었을 것"이라고 하였다. 이는 前間씨가 明鈔本을 보지 못하고 이와 같은 억측을 했을 뿐이다.

(116) 蚤曰批動

①	②	③	④	⑤	⑥	⑦	⑧	⑨	⑩	⑪	⑫	⑬	⑭	⑮	⑯	⑰	⑱
批	〃	〃	〃	〃	〃	〃	〃	〃	〃	〃	〃	〃	〃	〃	〃	〃	〃
動	勒	勤	勒	〃	〃	〃	〃	〃	〃	〃	〃	〃	〃	〃	〃	勤	勒

제2음절의 對音字는 原本의 필획이 명확치 않다. '蚤'의 鮮初語는 '벼록'[186]이고 현대 한국어는 '벼룩'이며, 이 말의 方言이 매우 많아 예를 들면 '베록', '베럭', '비럭', '비룩', '벼록', '벼루기', '베리기', '비레기', '베레기', '베루디', '베루지', '베리지', '벼루지' 등이 있으며, 이

184) 訓蒙(上·), 類合(上·16), (譯語(下·35)를 참조.
185) 麗言攷 (p.50)를 참조.
186) 訓蒙(上·23), 類合(上·6), 同文(下·4)을 참조.

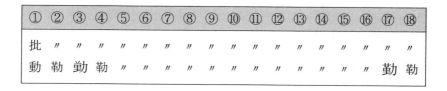

발음이 모두 '批勒'에 가까워서 이로써 '動'과 '勤'은 모두 '勒'의 誤記임을 알 수 있다.

(117) 蟣曰側根施

①	②	③	④	⑤	⑥	⑦	⑧	⑨	⑩	⑪	⑫	⑬	⑭	⑮	⑯	⑰	⑱
蟣	蟣	〃	幾	〃	〃	蟣	幾	蟣	蟣	幾	〃	〃	〃	幾	幾	〃	〃
曰	〃	〃	〃	〃	〃	〃	〃	〃	〃	〃	〃	〃	〃	〃	〃	〃	〃
側	〃	則	側	〃	〃	〃	〃	〃	〃	〃	〃	〃	〃	〃	〃	〃	〃
根	稂	根	根	〃	〃	〃	〃	〃	〃	〃	〃	〃	〃	〃	〃	〃	〃
施	旎	旎	旎	〃	〃	〃	〃	〃	〃	〃	旎	旎	旎	旎	旎	旎	旎

漢語部의 표기는 '蟣'와 '幾' 두 종이 있다. 표로써 보면 陶珽 說郛本에 '幾'로 誤記하여, 五大本, 史庫本, 朝鮮鈔本에 이르러 다시 '幾'를 '蟣'로 고쳤으며, 또한 雍正方輿本, 光緒方輿本, 麗言攷의 對音部 아래에 작은 글자로 "旎자는 字典에 없고 音釋을 고증할 수 없다."고 附記하였으며, 이는 『古今圖書集成』 편찬자가 덧붙인 것이다.

『說文解字』에 따르면 "蟣, 蝨子也. 从虫幾聲"이라 하였고, 段注에서는 "蝨, 齧人蟲也. 子, 其卵也"라 하고, 또 商務刊 『國語辭典』에는 "蟣, 蝨之幼蟲, 水中蛭蟲"이라 하였다. 위의 서술로 보아 '蟣'는 두 가지 뜻이 있는데 하나는 '이의 알'이고 또 하나는 '어린 이'이다. '蝨卵'의 古韓語는 '혀', '셕하'이고 현대 한국어는 '서캐'이며 방언 중에는 '석캥이', '석가리' 등이 있다. '幼蝨'의 한국어는 '가랑니'187)이고, 그 방언은 매우 많아 '갈당니', '석카랑니', '갈다랑니' 등이다. 앞에 항에서 '蝨曰裩'가 이미 나와 있으므로 '蟣'의 한국어는 제3음절에 '蝨'의 韓語와 같다. 그러므로 '施, 桅, 旎' 석자는 모두 '裩'의 誤

187) 李熙昇 박사 편찬의 『國語大辭典』을 참조.

記이다. 그러나 '旎'와 '祀'는 같은 음이지만 '蝨曰祀'조에 따라 '祀'가 맞다. 제2음절의 對音字는 '根, 稂, 桹' 3종이 있는데 '根'자는 한국어와 맞지 않고 '稂'은 字典에 실려 있지 않다. '桹'의 발음을 살피면 '魯當切'[188](廣韻 平聲 第11唐)의 음가와 '蟣'의 한국어 제2음절과 일치한다. 제1음절의 對音자는 '側, 則' 두 종이 있는데 '側'은 마땅히 '割'의 誤記이며, '割'은 '古達切'(廣韻 入聲 第12曷)이다. '割稂祀'의 音價를 고찰하면 '幼蝨'의 한국어 '가랑니'와 일치하며 入聲字로써 '가'음을 한 것은 그 예가 매우 많아 여기에서는 생략한다. 제⑪⑥항을 참조.

前間씨는 '주근니'로 해석하였는데 이것은 곧 '死蝨'의 한국어이며 '蟣'는 '주근니'가 아니니 그 잘못이 분명하다. 方씨는 '未詳'이라고 하였다.

(118) 墓曰蛇鏞

①	②	③	④	⑤	⑥	⑦	⑧	⑨	⑩	⑪	⑫	⑬	⑭	⑮	⑯	⑰	⑱
墓	墓	〃	蟇	〃	〃	〃	〃	〃	蟇	蟆	〃	〃	〃	蟇	蟇	〃	〃
曰	〃	〃	〃	〃	〃	〃	〃	〃	〃	〃	〃	〃	〃	〃	〃	〃	〃
蛇	〃	〃	〃	〃	〃	〃	〃	〃	〃	〃	氤	蛇	氤	蛇	〃	〃	〃
鏞	鋪	〃	〃	〃	〃	舖	鋪	〃	〃	〃	〃	〃	〃	〃	〃	〃	〃

각 傳本을 살피면 그 표기가 매우 혼란되어 있는 것은 원본상의 자획이 불명하였음을 알 수 있다. 『集韻』에는 "蟆或書作蟇"라고 한 것은 한어부의 표기가 '墓, 蟆' 두 종이 있었는데 陶珽 說郛本부터 '蟆'로 한 것이다. 對音部의 제1음절은 雍正理學本과 光緒理學本에

188) 『廣韻』에 의하면 '桹'과 同音字는 다음과 같으니 : '郎, 蓈, 稂, 廊, 榔, 鋃, 硠, 鵖, 浪, 䯖, 蜋, 䱶, 琅, 瑯, 㝗, 狼, 欴, 蓢, 踉, 莨, 崀, 輬, 艆, 駺, 躴, 筤, 㾗, 閬, 哴' 등이 있다. 이로 미루어 보면 港大明鈔本의 '稂'자는 '稂'의 오기이다.

'氭'로 되어 있는데 마땅히 方輿本의 표기가 같은 것으로 보아 곧 '虼'의 誤記이다. 제2음절의 對音字는 '鏞, 鋪' 두 종이 있다. '墓'의 선초어는 '무덤'이고 '蟆'의 선초어는 '두텁', '두텁이', '두터비', '둗거비', '두터비' 등이다. '虼鏞' 또는 '虼鋪'의 음가를 살피면 모두 위에 인용한 한국어 음에 對音되지 않는다. 漢語部에 誤記가 있었을 것이다. 이 語項의 앞에는 '蝨, 蚤, 蟣'로 되어 있는데 이 項에서 갑자기 '墓' 또는 '蟇'가 나타나는 것은 순서 역시 맞지 않으며 '蟇'는 '臭虫' 두 자 형태의 誤記일 것이며 前 語項의 모든 語彙들이 순서로도 일치한다. 그 다음 그 對音을 살피면 '臭虫'의 古韓語는 '빈대'이고 현대 한국어도 같으며 또한 충청도 방언 중은 혹은 '갈보'[189]라 일컫고 '虼鋪'의 음가를 살피면 이 말에 발음과 일치한다. 그러므로 이 語項의 원문은 마땅히 '臭虫曰虼鋪'[190]라 하여야 한다.

前間氏와 方氏는 모두 '蟆'로 해석하여 '두꺼비'[191]라 하고, 또 金喆憲씨는 '虼鋪'를 '吃鋪'로 보고 '두꺼비'로 해석한 것[192]은 옳지 않다.

(119) 人曰人

각 傳本이 모두 같다. '人'의 선초어는 '사름'이고, 이 語項의 대음부는 '人'으로 또한 한자어휘이다. '人'의 선초 한국음은 河野六郎의 『朝鮮漢字音 硏究』에 따르면 그 발음이 '진'이며 현대 한국음은 '인'이고 '半齒音' 음가의 변천에 따라 고려 때 음가가 아마도 '싄(zin)'이었음을 추측할 수 있다. 제5장을 참조.

---

189) 이 방언은 한국 중부 외에서 다른 방언은 거의 이 말을 쓰지 않는다.
190) 李熙昇 박사의 『국어대사전』에 따르면 '臭虫'은 '갈보'이고 또한 '蝨'은 '蝨鋪'라고 하여 족히 증명할 수 있는 자료가 된다.
191) 麗言攷 (p.51), 鷄林類事硏究 (p.158)를 참조.
192) 鷄林類事硏究 (p.106)를 참조.

(120) 主曰主

각 傳本이 모두 같다. 漢語 '主'는 그 뜻이 여러 가지인데 前後項의 어휘를 살펴보면 마땅히 '客'의 대칭어이며 또한 한자어휘이다. '主'의 선초 한국음은 '쥬'이고 현대 한국음은 '주'이다. 선초 이래 문헌에 한국어 중 '主'의 어휘에 대응되는 말이 없으며, 이로써 고려 때에도 그 말이 없었음을 알 수 있다.

(120) 客曰孫

①	②	③	④	⑤	⑥	⑦	⑧	⑨	⑩	⑪	⑫	⑬	⑭	⑮	⑯	⑰	⑱
孫	〃	〃	〃	〃	〃	〃	〃	〃	〃	〃	〃	〃	〃	〃	〃	〃	〃
○	○	○	命	〃	〃	〃	〃	〃	〃	〃	〃	〃	〃	〃	〃	〃	〃

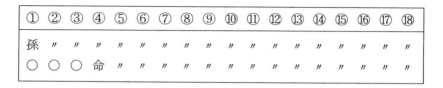

위의 도표를 보면 陶珽의 說郛本부터 '命'자가 추가 되었다. '客'의 한국어는 '손', '손님'[193]이고 현대 한국어도 같다. '孫'의 음가는 '손' 음과 일치한다. 前間氏는 '命'을 衍文이라 하면서 '孫'으로만 '손'[194]이라 풀이하였다. 다음 항의 '命官曰員理'를 살펴보면 '命'은 곧 '吟'의 誤記이며 그 반절음을 살피면 다음과 같다.

○ 吟 : 魚金切(廣韻 平聲 第21侵) 또는 宜禁切(同 集韻 去聲 第52沁)

'孫吟'의 音値를 살피면 '손님'에 대응되며 제2음절의 '님'은 곧 존칭접미사이고 본편 중에 '嫂曰長官滿吟', '女子曰滿吟', '妻亦曰滿吟' 등은 모두 이와 같은 예이다. 이로써 明鈔本에 이 語項과 다음 語項이 뒤섞여있어 바로 고치면 다음과 같다.

---

193) 龍歌(28), 月釋(十三·25), 杜諺初(八·11)를 참조.
194) 麗言攷 (p.52)를 참조.

‘客曰孫’은 ‘客曰孫吟’으로 고쳐야 한다.
‘命官曰員理’는 ‘官曰員理’로 고쳐야 한다.

종래『鷄林類事』연구자들이 모두 ‘손’으로 해석한 것은 잘못이다.

(122) 命官曰員理

①	②	③	④	⑤	⑥	⑦	⑧	⑨	⑩	⑪	⑫	⑬	⑭	⑮	⑯	⑰	⑱	⑲
命	〃	〃	官	〃	〃	〃	〃	〃	〃	〃	〃	〃	〃	〃	〃	〃	〃	命
官	〃	〃	曰	〃	〃	〃	〃	〃	〃	〃	〃	〃	〃	〃	〃	〃	〃	官
曰	〃	〃	員	〃	〃	〃	〃	〃	〃	〃	〃	〃	〃	〃	〃	〃	〃	曰
員	〃	〃	理	〃	〃	〃	〃	〃	〃	〃	〃	〃	〃	〃	〃	〃	〃	員
理	〃	〃																理

앞의 語項과 뒤섞인 것은 앞에서 이미 서술하였으므로 여기서는 생략한다.『龍飛御天歌』에 “俗語稱守令爲員”이라고 하였는데 ‘守令’을 살피면 곧 ‘府尹, 牧使, 府使, 郡守, 縣監, 縣令’ 등의 통칭으로 일반 백성들은 ‘원님’이라고 칭하였다. 이 말은 곧 한자어휘 ‘員’과 위에서 든 존칭접미사 ‘님’의 복합어이며 이로써 ‘員理’의 ‘理’는 ‘吟’의 誤記인 것 같다.

前間氏는 ‘理’를 주격조사라 하여 ‘원이’로 풀이하였다. 이것은 ‘理’의 한국음으로 풀이한 것이라고는 믿을 수가 없다. 方氏는 언급하지 않고 다만 ‘員’으로써 ‘원’이라 하였다.

(123) 士曰進音侈切

①	②	③	④	⑤	⑥	⑦	⑧	⑨	⑩	⑪	⑫	⑬	⑭	⑮	⑯	⑰	⑱
進	〃	〃	〃	〃	〃	〃	〃	〃	〃	〃	〃	〃	〃	〃	〃	〃	〃
音	寺	詩	寺	〃	〃	〃	〃	〃	〃	〃	〃	〃	〃	〃	〃	〃	〃
侈	侭	〃	儘	〃	〃	〃	〃	〃	〃	〃	〃	〃	〃	〃	〃	〃	〃
切	〃	〃	〃	〃	〃	〃	〃	〃	〃	〃	〃	〃	〃	反	〃	〃	切

각 傳本을 살피면 다만 小字부분만 약간의 차이가 있다. '進'의 反切音을 분석하면 다음과 같다.

○ 進 : 卽刃切(廣韻 去聲 第21震) 또는 徐刃切(集韻 去聲 第22稕)

'進'의 反切音은 두 가지인데 하나는 精母이고 또 하나는 邪母이다. '寺'도 邪母이다. 이로써 보면 '寺儘切'과 '徐刃切'이 일치되므로 張校本의 '音侈切'은 곧 '寺儘切'의 誤記이다. '侭'은 '儘'의 간체자이며 『廣韻』, 『集韻』 모두 이 字가 실리지 않았고 『字彙』에서는 "儘同盡, 皆也"라 하고, 그 음은 '慈忍切', '卽忍切'(廣韻 上聲 軫)이다. 商務印書館 간행의 『國語辭典』에 따르면 '士'자의 뜻은 "① 稱硏究學問之人, ② 兵卒, ③ 官名, ④ 男子之通稱, ⑤ 女子亦稱士"라 하였다. 전후 어항의 어휘를 살피면 이 어항의 '士'는 학문을 연구하는 사람이라는 뜻이다. 선초어는 '션빈', '션뷔', '션븨'[195]이고 현대 한국어는 '선비'이다. '進寺儘切'의 발음은 '士'의 한국어 제1음절 '션'에 대음된다. 이로써 보면 제2음절 대음자는 잘못 빠진 것이다. 前間氏는 '進寺儘反'으로써 '進音儘賜音寺'의 誤記라 하고 '진ᄉᆞ'[196]로 풀이하였다. '進賜'는 한국어 '나으리', '나아리'의 吏讀文이니, '進賜'를 '진ᄉᆞ'로 읽는 것은 옳지 않으며 이것은 한자를 차용해서 한국어를 표기한 것일 뿐이다.

195) 龍歌(80), 杜諺初(八·8), 海東(81), 杜諺初(卄一·10), 訓蒙(上·34)을 참조.
196) 麗言攷 (p.52)를 참조.

또한『中宗實錄』에 ‘宗親曰進賜’ 또는 ‘凡人稱王子宗屬曰進賜, 尊之之辭’[197]라 하였다. ‘進賜’의 뜻은 역시 ‘士’에 맞지 않는다.

(124) 吏曰主事

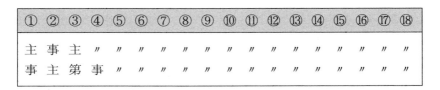

①	②	③	④	⑤	⑥	⑦	⑧	⑨	⑩	⑪	⑫	⑬	⑭	⑮	⑯	⑰	⑱
主事	事主	主第	〃事	〃〃	〃〃	〃〃	〃〃	〃〃	〃〃	〃〃	〃〃	〃〃	〃〃	〃〃	〃〃	〃〃	〃〃

高麗시대 職官에 따르면 ‘主事’는 中書門下省, 尙書都省, 三司, 中樞院, 尙書六部 등의 吏屬이다. 또『續通典』에 이르기를 “主事一官을 살피면 唐宋시대이래 首領官이라 하고, 혹은 吏令史와 同職이며, 洪武時代부터 司官이라 고쳤다. 곧 郞官과 같은 班列이다.”(職官典, 歷代主事). 이로써 보면 對音部의 ‘主事’는 역시 한자어휘이며, ‘事主’ 및 ‘主弟’는 모두 ‘主事’의 오기이다.

(125) 商曰行身

각 傳本이 모두 같다. 이 항의 ‘商’은 곧 ‘商人’의 뜻이다. ‘商人’의 古韓語는 ‘쟝ᄉᆞ’, ‘쟝수’이며 ‘行身’의 음가는 이와 맞지 않다. 이로써 미루어 보면 對音部의 ‘行身’은 ‘雷曰天動’과 같은 예이며, 곧 한국인들이 스스로 만든 한자어휘이다.『說文解字』에 따르면 “商, 行賈也”라 하여 商人은 ‘行賈之身’이므로 ‘行身’이라 칭한 것이다.

---

197) 卷7 第54葉, 卷10 第63葉을 참조.

(126) 工匠曰把指

각 傳本이 모두 같다. '匠'의 선초어는 '바지'[198]이고 '把指'의 음가를 살피면 '匠'의 선초어와 일치한다. 이 어휘는 현대 한국어에서 다만 접미사로 쓰인다. 이로써 고려시대에는 독립명사였음을 알 수 있다.

(127) 農曰宰把指

각 傳本이 모두 같다. 이 항의 대음부는 '宰'와 '把指' 두 어휘로 나눌 수 있다. '把指'는 전항을 참조. '農夫'의 선초어는 '녀름지스리'[199]이고 '宰把指'의 음가를 살피면 이 말과 맞지 않는다. 한국 사람들이 농사지을 때에 반드시 땔 나무 재를 사용하는 것으로 보아 '灰'의 선초어는 '직'[200]이며 '宰'의 음가를 살피면 '灰'의 선초어에 대응되므로 '宰把指'는 '재를 가지고 농사짓는 사람'이라는 복합어이다.

(128) 兵曰軍

각 傳本이 모두 같다. 대음부의 '軍'도 한자어휘이다. 이로써 보면 고려 때 역시 '兵'에 대응하는 한국어는 없다.

(129) 僧曰福田

각 傳本이 모두 같다. '僧'의 선초어는 '즁'이고 현대 한국어는 '중'

---

198) 類合(下·60), 法諺(序·21)을 참조.
199) 楞諺(三·88)을 참조.
200) 楞諺(二·4), 杜諺初(十五·48), 訓蒙(下·35)을 참조.

이므로 '福田'의 발음과는 맞지 않는다. 『高麗圖經』에 이르기를 "福田,袈裟長袖偏衫, 下亦紫裳, 位在國師之下…"(卷18 道敎 三重和尙大師條)이라 하였고, 또한 『無量壽經』 淨影疏에 이르기를 "生世福善, 如田生物, 故名福田"이라 하였으니, 이로써 대음부의 '福田'은 역시 한자어휘임을 알 수 있다.

(130) 尼曰阿尼

港大明鈔本에 '𡰱曰阿𡰱' 외에는 다른 본은 모두 '尼曰阿尼'이니 '𡰱'는 마땅히 '尼'의 誤記이다. 『事物紀原』에 이르기를 "僧史略曰, 漢明帝旣聽劉峻等出家, 又聽洛陽婦女阿潘等出家, 此蓋中國有尼之始"(道釋科敎部)라 하고, 또한 『陔餘叢考』에 이르기를 "俗呼小兒名輒曰阿某, 此自古然, 漢武云, 若得阿嬌, 當以金屋貯之"라 하였으니 이로써 보면 대음부의 '阿尼'은 한자어휘이다.

(131) 遊子曰浮浪人

①	②	③	④	⑤	⑥	⑦	⑧	⑨	⑩	⑪	⑫	⑬	⑭	⑮	⑯	⑰	⑱
遊	〃	游	遊	〃	〃	〃	〃	〃	游	遊	〃	〃	〃	游	遊	〃	〃
子	〃	〃	〃	〃	〃	〃	〃	〃	〃	〃	〃	〃	〃	〃	〃	〃	〃
曰	〃	〃	〃	〃	〃	〃	〃	〃	〃	〃	〃	〃	〃	〃	〃	〃	〃
浮	〃	〃	〃	〃	〃	〃	〃	〃	〃	〃	〃	〃	〃	游	遊	浮	〃
浪	〃	〃	〃	〃	〃	〃	〃	〃	〃	〃	〃	〃	〃	〃	〃	〃	〃
人	〃	〃	〃	〃	〃	〃	〃	〃	〃	〃	〃	〃	〃	〃	〃	〃	〃

『廣韻』을 살피면 '游'는 '遊'와 같다. 海史鈔本에 '游浪人'과 海史印本에 '遊浪人'이라고 한 것은 모두 '浮浪人'의 誤記이다.

『隋書』의 食貨志에 이르기를 "其無貫人不樂州縣編戶者謂之浮浪人"이라 하고 또한 『宋史』의 食貨志에 이르기를 "司馬光奏下戶元不充役, 今例使出錢, 舊日所差皆土著良民, 今皆浮浪人應募"라 하였다. 현대 한국어에서는 곧 '부랑자'라는 말을 상용하니, 이것으로써 대음부의 '浮浪人'도 한자어휘임을 알 수 있다.

前間氏는 '浮浪人'은 '花郎'의 표기로 보고 '화랑'으로 풀이하였는데 牽强附會이다.

(132) 丐曰丐剝

각 傳本이 모두 같으며 '丐剝'의 反切音을 분석하면 다음과 같다.

○ 丐 : 古太切(廣韻 去聲 第14泰) 또는 居曷切(集韻 入聲 第12曷)[201]
○ 剝 : 北角切(廣韻, 集韻 入聲 第4覺) 또는 普木切(集韻 入聲 第1屋)

'丐'의 뜻은 '빌어먹는 사람'이라는 말인데 '乞人'의 고한국어는 '거러치'이고 현대 한국어는 '거지'이며 그 방언은 매우 많아서 '걸버시', '걸어지', '걸박시', '걸바생이', '걸방이', '걸뱅이', '걸부생이', '걸빙이' 등이 있고 각 방언을 대조하면 제1음절은 모두 '걸'인데, '丐'의 反切音을 살피면 '居曷切'은 '걸'과 매우 합치된다. 위에 인용한 방언 중 충청도 방언 '걸방이'는 '걸박'의 변음이며 충청도 방언 중 혹은 '걸박시'라고 이르는 것으로 증명할 수 있다.

종합하면 '걸박'의 어근도 한자어휘이며, 다만 접미사를 더해서 한국어휘가 구성되었을 뿐이다. 다른 예로는 '귓것'[202](鬼와 접미사), '호랑이'[203](虎狼과 접미사) 모두 이와 같은 예이다.

---

201) 『集韻』에서 '匃'으로 쓴 것은 '丐'자의 모양과 다르고 『正字通』에 따르면 '丐'는 '匃'의 俗字라 하였으므로 두 글자가 같다.
202) 釋譜(六·16)를 참조.
203) 靑丘(51)를 참조.

(133) 倡曰水作

각 傳本이 모두 같다. 『說文解字』에 이르기를 "俳, 戱也"라 하고 段注에는 "以其戱言之謂之俳, 以其樂言之謂之倡, 或謂之優, 其實一物也"라 하였다. 고려 때에 '水尺'[204]은 吏讀文인데 한국어로 읽으면 '므자이'[205]이다. '水作'의 표기로 미루어보면 고려 때는 아마도 '水尺'의 발음을 '슈자이'라고 하였을 것이다. '尺'의 선초어는 '자(ㅎ)'이고 '作'의 반절음 去聲 '則箇切'과 일치한다.

(134) 盜曰案兒

①	②	③	④	⑤	⑥	⑦	⑧	⑨	⑩	⑪	⑫	⑬	⑭	⑮	⑯	⑰	⑱
案	婆	妾	婆	〃	〃	〃	〃	〃	〃	〃	〃	〃	〃	〃	〃	〃	〃
皃	児	〃	皃	〃	〃	〃	〃	〃	〃	〃	〃	〃	〃	〃	〃	〃	〃

明鈔本에 따르면 그 표기가 각기 다르다. 이로써 보면 原本의 字劃이 분명치 않았음을 알 수 있다. 이 語項의 '盜'는 前後項의 어휘로 보면 마땅히 名詞이지 動詞가 아니다. '盜'의 선초어는 '도죽' 곧

204) 조선 丁若鏞 편찬의 『雅言覺非』에 이르기를 "水尺者 官妓之別名也 今官婢汲水者 猶稱巫玆伊 以文譯之 卽爲水尺 巫者水也 玆者尺也 非因汲水而得名也 妓之古名 移于婢 吾東本無妓 有楊水尺者 本柳器匠遺種 其種落素無貫籍 好逐水草 遷徙無常 唯事畋獵 販鬻柳器 卽栲栳之屬 高麗李義旼之子至榮 以楊水尺編于妓籍 徵貢不已 自玆以降 男生爲奴 女生爲妓 此吾東有妓之始也 元耶律楚材 久客西番 有贈妓之詩 妓皆長髯 卽西番亦有妓 水尺之名 蓋本於此 今庖奴名曰刀尺 庖丁必治柳器 皆古俗之流傳者"(水尺은 官妓의 별명이다. 지금의 官婢의 물긷는 사람을 '무자이'라고 칭하는 것과 같다. 이것을 번역하면 곧 '수척'이고巫者水也, 玆者尺也 물을 긷는 것으로 인해서 얻은 명칭이 아니다.妓之古名 移于婢 우리나라에서는 본래 기생이 없고 '楊水尺'이란 자가 있었는데, 본래 柳器匠이 남긴 아이이다. 그 아이가 태어난 주소지가 없으므로 水草처럼 떠돌아다니면서 살기 때문에 오직 사냥에 종사하고 버들그릇을 팔았다.卽栲栳之屬 고려 때 李義旼의 자식이 楊水尺으로써 기적에 올라 뽑혀나갔다. 이때부터 남자로 태어나면 奴가 되고 여자로 태어나면 妓가 되어 이는 우리나라 妓의 시초이다. 元耶律楚材久客西番, 有贈妓之詩. 妓皆長髯, 卽西番亦有妓 水尺의 이름은 아마도 본래 여기에서 나왔다. 오늘날 白丁을 刀尺이라 이름하고 白丁은 반드시 버들그릇을 만드는 것은 모두 옛 풍속이 전해 내려오는 것이다.(卷之3)

205) 『行用吏文』에 이르기를 "수척은 '무자이'이고 外邑에서는 汲水漢이다."라고 한다.

'盜賊'의 변음이다. 이밖에 이미 상용하지 않는 어휘 중에 '서리'라는 말이 있는데 그 말뜻은 조금 다르며 '무리를 지어서 닭이나 과일 따위를 훔치는 행위'를 말한다. 이로 미루어 보면 이 語項은 아마도 '盜曰盜兒'의 誤記일 것이다. 『世說新語』에 이르기를 "王子敬除夜齋中臥, 有群偸入其室盜物都盡, 王曰, 偸兒, 青氈是吾家舊物, 可特置之"(雅量下)라 하고 또한 蘇軾의 詩에 이르기를 "偸兒夜探黑白丸, 奮髯忽逢朱子元"(約公擇飮詩)라 하였다. 古文獻 중 아직 '盜兒'라는 말이 발견되지 않지만 高麗 때 사람들이 '偸兒'라는 말을 활용하여 썼을 것이다. 前間氏는 이 項을 설명하지 않았고 方氏는 다만 '바싀' 일 것이라고 말했다.

(135) 倡人之子曰故作

각 傳本이 모두 같고 다만 藍格明鈔本에서는 '曰'자를 빠트렸다. 옛날 '倡人'의 자식은 대부분 '고자'(또는 '火者'라고도 일컬음)로 만들었는데 '宦'의 고한국어는 곧 '고쟈'206)이며 '故作'의 음가에 따르면 이것과 일치한다.

(136) 樂工亦曰故作多倡人子爲之

①	②	③	④	⑤	⑥	⑦	⑧	⑨	⑩	⑪	⑫	⑬	⑭	⑮	⑯	⑰	⑱
樂	〃	〃	〃	〃	〃	〃	〃	〃	〃	〃	〃	〃	〃	〃	〃	〃	〃
工	〃	〃	〃	〃	〃	〃	〃	〃	〃	〃	〃	〃	〃	〃	〃	〃	〃
亦	〃	〃	曰	〃	〃	〃	〃	〃	亦	曰	〃	〃	〃	〃	〃	〃	〃
曰	〃	作	亦	〃	〃	〃	〃	〃	曰	亦	〃	〃	〃	〃	〃	〃	〃

206) 訓蒙(中·2), 類合(上·17), 小諺(二·50)을 참조.

港大明鈔本에는 小註를 기재하지 않았고, 藍格明鈔本의 '亦作'은 '亦曰'의 誤記이며, 麗言攷 또한 小註를 잘못 베끼어 '多倡人之子爲之'라 하였다. 또한 陶珽 說郛本부터 '亦曰'을 '曰亦'이라 하고, 朝鮮鈔本에서만 '亦曰'이라고 고쳤다. '故作'의 해석은 앞의 항에서 이미 말하였음으로 여기서는 생략한다.

(137) 稱我曰能奴台切

①	②	③	④	⑤	⑥	⑦	⑧	⑨	⑩	⑪	⑫	⑬	⑭	⑮	⑯	⑰	⑱
奴	○	奴	〃	〃	〃	〃	〃	〃	〃	〃	〃	〃	〃	〃	〃	〃	〃
台	○	台	〃	〃	〃	〃	〃	〃	〃	〃	〃	〃	〃	〃	〃	〃	〃
反	○	反	○	○	○	○	○	○	切	○	○	○	○	切	〃	〃	○

각 傳本을 살피면 反切音 표기에 약간의 차이가 있을 뿐이다. 港大明鈔本에는 반절음을 빠뜨렸고, 陶珽 說郛本에는 '反'자를 기재하지 않았다. '稱我曰能奴台'의 표기를 살피면 본래 '反'자가 있었는데 그 뒤 잘못 빠진 것이다. 朝鮮鈔本, 海史本, 麗言攷의 '奴台切'은 아마도 필사자가 덧붙였을 것이다. '能'의 반절음을 분석하면 다음과 같다.

○ 能 : 奴登切(廣韻 平聲 第17登) 또는 奴來切(同 第16咍), 奴代切(同 去聲 第19代).

'我'의 선초어는 '나', '내'[207]이고 현대 한국어도 같다. '奴台反'의 음가는 '내'와 일치한다. '能'의 반절음이 登韻에도 있으므로 대음하는 음으로 표시하기 위하여 '奴台反'을 부기한 것이다.

207) 月釋(序·4), 楞諺(一·16), 釋譜(六·5)를 참조.

(138) 問爾汝誰何曰餧箇

①	②	③	④	⑤	⑥	⑦	⑧	⑨	⑩	⑪	⑫	⑬	⑭	⑮	⑯	⑰	⑱
問	〃	〃	〃	〃	〃	〃	〃	〃	〃	〃	〃	〃	〃	〃	〃	門	問
爾	你	汝	你	〃	〃	〃	〃	你	伱	伱	你	你	〃	伱	你	〃	〃
汝	〃	尔	汝	〃	〃	〃	〃	〃	〃	〃	〃	〃	〃	〃	〃	〃	〃
誰	〃	〃	〃	〃	〃	〃	〃	〃	〃	〃	〃	〃	〃	〃	〃	〃	〃
何	〃	〃	〃	〃	〃	〃	〃	〃	〃	〃	〃	〃	〃	〃	〃	〃	〃
曰	〃	〃	日	〃	〃	曰	日	曰	〃	〃	〃	〃	〃	〃	〃	〃	〃
餧	〃	矮	餿	〃	〃	餿	餿	餿	鏤	餿	嘍	餿	嘍	餿	〃	餿	〃
箇	〃	〃	〃	〃	〃	個	箇	〃	〃	〃	〃	〃	〃	〃	〃	〃	〃

각 傳本을 살피면 그 표기가 매우 혼란되어 있는 것은 원본 筆劃이 분명치 않았던 까닭일 것이다. 이것은 漢語部의 두 語項이 잘못 합쳐진 것이니 마땅히 나누어야 한다. 前項에 이미 나온 '稱我曰能奴台反'은 응당 그 대칭어가 다음 항에 기재되어야 한다. 그러나 각 傳本에 그것이 없고 '問汝曰'의 표기와 '稱我曰'의 대칭어가 相應하려면 '問汝曰你', '誰何曰餧箇'의 두 項이어야 한다. 『稱謂錄』에 이르기를 "泛稱伱汝也, 通雅爾汝而若乃一聲之轉, 爾又爲爾, 爾又作伱, 俗書作你"라 하였다. 胡適의 『爾汝篇』을 참조.

麗言攷에는 '問'을 잘못 베껴 '門'이라 하였다. 陶珽의 說郛本은 같은 판 說郛三本중 '日'자를 모두 '曰'로 잘못 板刻하였다. 對音部에 대해서는 雍正理學本, 光緒理學本에는 '嘍'로 되어 있고, 朝鮮鈔本에도 '鏤'로 되어 있는데, 모두 '餿'의 誤記이다. 『集韻』에는 "箇亦作个, 介, 通作個"라고 하였으나, 여기서는 明鈔本에 따라 '箇'로 한다.

'汝'의 鮮初語는 '너'[208]이고 현대 한국어도 같으며 방언 중에는 '니'의 발음도 있다. 『廣韻』에 따르면 '니'의 음가는 泥母止韻이고 방언과 일치한다. 이로서 방언의 발음이 아직도 고려 시대 발음을 보

208) 月釋(八·98), 楞諺(一·90), 杜諺初(八·7)를 참조.

존하고 있음을 알 수 있다.

'誰'의 古韓國語는 '누', '누고', '누구', '뉘'209) 등이며 현대 한국어는 '누구'이며 오늘날 방언 중 또한 '뉘고'도 있다. '餧箇'의 음가는 '誰'의 한국어에 대응될 수 있으므로 '矮, 餿'는 곧 '餧'의 誤記이다.

前間氏는 이 語項을 나누지 않고 다만 '누고'로 풀이하고, 方氏도 역시 나누지210) 않았다. 마땅히 (138) '問汝曰你', (138) '誰何曰餧箇'의 두 項으로 나누어야 한다.

(139) 祖曰漢子祕

①	②	③	④	⑤	⑥	⑦	⑧	⑨	⑩	⑪	⑫	⑬	⑭	⑮	⑯	⑰	⑱
漢	〃	〃	〃	〃	〃	〃	〃	〃	〃	〃	〃	〃	〃	〃	〃	〃	〃
子	了	秘	了	〃	〃	〃	〃	〃	〃	〃	〃	〃	〃	〃	〃	〃	〃
祕	袐		祕	〃	〃	袐	祕	袐	秘	祕	〃	〃	〃	袐	秘	〃	〃

『正字通』에 이르기를 "祕从示必, 俗从禾作秘譌"라 하였으므로 '秘'와 '袐'는 모두 '祕'의 誤記이다. '祖'의 鮮初語는 '한아비'211)이니 '漢子祕', '漢了祕', '漢祕' 등의 음가는 모두 맞지 않다. '了'는 'ㄚ'의 誤記일 것이며, 『廣韻』과 『集韻』에는 'ㄚ'는 '於加切'이라 하여 '漢ㄚ祕'의 음가는 '祖'의 선초어와 일치한다. 前間氏와 方氏 모두 '할료비(漢了祕)'로 풀이한 것은 맞지 않다.

209) 三綱(忠·7), 樂軌(處容), 同文(下·51)을 참조.
210) 麗言攷(p.60), 鷄林類事硏究(p.161)를 참조.
211) 杜諺初(十六·3), 類合(上·17), 三綱(孝·10)을 참조.

(140) 父曰了祕

①	②	③	④	⑤	⑥	⑦	⑧	⑨	⑩	⑪	⑫	⑬	⑭	⑮	⑯	⑰	⑱
了	〃	〃	子	〃	〃	〃	〃	〃	〃	〃	〃	〃	〃	〃	〃	〃	〃
祕	祕	泌	了	〃	〃	〃	〃	〃	〃	〃	〃	〃	〃	〃	〃	〃	〃
			祕	〃	〃	祕	祕	祕	秘	祕	〃	〃	〃	秘	〃	〃	〃

'了' 또한 '丫'의 誤記이다. 藍格明鈔本에 '了'자는 '丫'자와 비슷하다. 또한 이 필사본에 '泌'로 썼는데 이것 역시 '祕'의 誤記이다. 陶珽의 說郛本에 '子'자를 더하여 쓴 것이 어찌해서 원본의 '丫'자의 필획이 분명치 않거나 '子'와 비슷하거나 '了'자와 비슷하므로 '子'자와 '了'자 두 자를 쓴 것 같다. '祕'의 異體字는 前項에서 이미 설명하였으므로 여기서는 생략한다. '父'의 鮮初語는 '아비'212)이고 『朝鮮館譯語』에는 '父曰阿必'이라 하였고 현대 표준한국어는 '아버지'이다. 오늘날 방언 중에는 아직도 '아비'의 발음이 있다. '丫祕'의 음가를 살피면 선초어 및 방언에 정확히 대응될 수 있다.

(141) 母曰了彌

①	②	③	④	⑤	⑥	⑦	⑧	⑨	⑩	⑪	⑫	⑬	⑭	⑮	⑯	⑰	⑱
了	〃	〃	〃	〃	〃	〃	〃	〃	〃	〃	〃	〃	〃	〃	〃	〃	〃
彌	弥	〃	祕	〃	〃	祕	祕	祕	秘	祕	〃	〃	〃	秘	〃	〃	〃

각 傳本을 살피면 '了' 또한 '丫'의 誤記이다. 『玉篇』에는 '弥'와 '彌'가 같다고 하였다. 陶珽의 說郛本에는 '彌'는 '祕'로 잘못 썼다. '母'의 鮮初語는 '어미'213)이고 『朝鮮館譯語』에는 '母曰額密'이라 하고, 현대 표준한국어는 '어머니'이다. 그 방언이 매우 많아 李熙昇 박사가 편찬한 『國語大辭

212) 석보(釋譜)(十一·26), 두언초(杜諺初)(八·67), 월석(月釋)(十七·21)을 참조.
213) 월석(月釋)(八·86), 능언(楞諺)(五·85), 두언초(杜諺初)(八·67)를 참조.

典』에 의거하여 열거하면 다음과 같다.[214](방언의 지명은 생략함.)

어미	어메	어매	어만	어멈	어마이	어마니
어뭉이	어무이	어무니	어머양	엄메	에미	오마니
오매	오망이	옴마이				

조선초기부터 지금까지 제1음절은 대부분 [어]이다. '아(丫)'의 反切音을 따르면 '麻'韻에 있고 그 음가는 '아'에 대응된다. 본편 중 '丫'자의 예는 '漢丫祕, 丫祕, 丫查祕, 丫子彌, 丫兒, 丫慈, 丫姐, 丫加, 丫寸丫姐, 丫寸, 漢丫彌' 등인데 그중에 '漢丫彌'를 제외하고는 모두 '아(a)' 음가로써 대음한국어와 일치한다. '漢丫彌'도 '한어미(han-ə-mi)'의 표기이며 '어미('ə-mi)'도 같은 음이다. 이로써 보면 孫穆이 정확히 듣지 못하여 '丫'자로써 대음표기를 한 것이지 당시의 발음이 '아미'가 아니라 곧 '어미'였다.

(142) 伯叔皆曰了查祕

①	②	③	④	⑤	⑥	⑦	⑧	⑨	⑩	⑪	⑫	⑬	⑭	⑮	⑯	⑰	⑱
伯	〃	〃	〃	〃	〃	〃	〃	〃	〃	〃	〃	〃	〃	〃	〃	〃	〃
叔	叔	〃	叔	〃	〃	〃	〃	〃	〃	〃	〃	〃	〃	〃	〃	〃	〃
皆	亦	〃	〃	〃	〃	〃	〃	〃	〃	〃	〃	〃	〃	〃	〃	〃	〃
曰	皆	〃	〃	〃	〃	〃	〃	〃	〃	〃	〃	〃	〃	〃	〃	〃	〃
了	曰	〃	〃	〃	〃	〃	〃	〃	〃	〃	〃	〃	〃	〃	〃	〃	〃
查	了	〃	〃	〃	〃	〃	〃	〃	〃	〃	〃	〃	〃	〃	〃	〃	〃
祕	查	〃	〃	〃	〃	〃	〃	〃	〃	〃	〃	〃	〃	〃	〃	〃	〃
	祕	〃	祕	〃	〃	祕	祕	祕	秘	祕	〃	〃	〃	秘	〃	〃	〃

214) 『國語大辭典』 중 위에 인용한 方言 외에도 또한 '아미(阿孁)'가 '어미'로 기재된 것이 있고'(p.1877) 孤雲先生文集을 살피면 "…一梵僧謂之曰吾願爲阿孁之子. 孁音彌, 楚人呼母曰阿孁, 江南人稱母曰阿嫗"(卷之2 第19葉 眞監和尙碑銘)라 하였으니 '阿孁'라는 말은 한국어가 아니다.

張校本에는 '亦'자가 빠져있다. 『說文解字』에 따르면 "叔, 從又尗聲"라 하였으므로, 兩 明鈔本의 '𠦑'은 곧 '叔'자의 誤記이다. '了' 또한 'Y'의 誤記이며, '祕'의 異體字는 前項에서 이미 설명하였으므로 여기서는 생략한다.

'伯, 叔'의 古韓語는 '아자비'[215]이고, 『朝鮮館譯語』에는 '伯父曰捎阿必'이고, '伯父'의 현대 한국어는 '큰아버지' 또는 '큰아비'라 하고, '叔父'는 '작은아버지' 또는 '아재비'라 한다. 'Y査祕'의 음가를 살피면 鮮初語와 일치한다. 이로써 鮮初에는 '伯'과 '叔'의 호칭이 같았음을 알 수 있다.

(143) 叔伯母皆曰了子彌

각 傳本이 모두 같으나 兩 明鈔本에 '𠦑'은 前項과 마찬가지로 틀렸다. 前項의 '伯叔曰'은 이 항의 '叔伯母曰'로서 순서상으로도 '伯叔母曰'이여야 마땅하다. '伯叔母'의 고한국어는 '아ᄌᆞ미'[216]이고, 『朝鮮館譯語』에는 '伯母曰捎額密'이라 하고, 方言 중에는 '아지미', '아지매', '아지머니' 등이 있는데 'Y子彌'의 음가를 살피면 方言의 '아지미'에 대응된다.

前間氏와 方氏는 모두 '아ᄌᆞ미'로써 풀이하였고, 또한 李基文氏도 '叔伯母皆曰了子彌'(아ᄌᆞ미)와 '俤妗亦皆曰了子彌'를 'ᄌᆞ'로써 표기한 것이 확실하다고 하였다.(「鷄林類事의 再檢討」 p.230)

'子'의 反切音은 精母이며 止韻이고, 그 音價는 '지'에 대응되므로 '子'로 하는 것은 옳지 않다. 李氏가 '子'의 한국음 'ᄌᆞ'로만 풀이한[217] 것은 옳지 않다.

---

215) 杜諺初(八·31), 類合(上·20), 小諺(六·56)을 참조.
216) 龍歌(99), 三綱(烈·28), 訓蒙(上·31)을 참조.
217) '子'의 선초발음은 'ᄌᆞ'이고 현대 한국음은 '자'이다.

(144) 兄曰長官

각 傳本이 모두 같다. 韓國語의 친족 호칭 중 '兄'의 한국어는 이미 消失된 지 오래고, 오늘날 한국인이 상용하는 한자어는 '형'이며 곧 '兄'의 한국음이다. 『朴通事諺解』는 '咱休別了兄長之言'(初刊本 上卷 25葉)이라 하였는데, 諺解를 살피면 '兄長'의 발음은 '몯'이고 '長官'의 음과도 맞지 않는다. 對音部의 '長官'은 '長哥' 또는 '長兄'의 誤記일 것이며 한자어휘일 것이다.

(145) 嫂曰長官漢吟

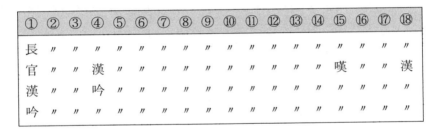

①	②	③	④	⑤	⑥	⑦	⑧	⑨	⑩	⑪	⑫	⑬	⑭	⑮	⑯	⑰	⑱
長	〃	〃	〃	〃	〃	〃	〃	〃	〃	〃	〃	〃	〃	〃	〃	〃	〃
官	〃	〃	漢	〃	〃	〃	〃	〃	〃	〃	〃	〃	〃	嘆	〃	〃	漢
漢	〃	〃	吟	〃	〃	〃	〃	〃	〃	〃	〃	〃	〃	〃	〃	〃	〃
吟	〃	〃	〃	〃	〃	〃	〃	〃	〃	〃	〃	〃	〃	〃	〃	〃	〃

前項에 이미 '兄曰長官'이 나와 있어서 이로서 陶珽의 說郛本에 '官'자가 빠져있음을 알 수 있고, '長官'도 '長哥' 혹은 '長兄'의 誤記이다. 海史本, 麗言攷의 '漢'을 '嘆'으로 잘못 썼다. '嫂'의 선초어는 '아ᄌᆞ미'이고 '漢吟'의 音價를 살피면 이와 맞지 않는다. 前項의 '客曰孫吟'과 '漢吟'의 吟은 모두 존칭접미사이다. '漢吟'은 '滿吟'의 誤記이며 충청도방언 중 '夫人'의 존칭어를 '마님'이라고 하는데 '滿吟'의 음가는 일치한다. '滿'의 대음으로써 '마'로 한 것은 '天曰漢捺'의 표기와 같으며 이것은 이른바 連音變讀 현상이다.

前間氏는 이 項에 대해 설명하지 않았고, 方氏는 '댱관하님'으로 풀었으나, '하님'은 곧 '婢'의 한국어이므로 方氏도 스스로 의문을 가졌다.

(146) 姉曰⿰女奈妹

①	②	③	④	⑤	⑥	⑦	⑧	⑨	⑩	⑪	⑫	⑬	⑭	⑮	⑯	⑰	⑱
姉	〃	姨	娣	〃	〃	〃	〃	〃	〃	〃	〃	〃	〃	〃	〃	〃	〃
曰	〃	〃	〃	〃	〃	〃	〃	〃	〃	〃	〃	〃	〃	〃	〃	〃	〃
⿰女奈	〃	⿰女奈	⿰女奈	〃	〃	〃	〃	〃	⿰女柰	⿰女奈	〃	⿰女柰	⿰女奈	〃	〃	〃	㮈
妹	〃	妹	〃	〃	〃	妺	妺	妺	妺	妺	〃	〃	〃	〃	〃	〃	〃

漢語部의 표기에 '姉, 姨, 娣' 등 3종이 있는데 이 석 자의 뜻을 살피면

○ 姉 : '姉, 女兄也. 从女𠂔聲'(說文解字), '男子謂女子先生爲姉'(爾雅釋親)이라 하였다.
○ 姨 : '姨'의 誤記일 것이다. '妻之女弟同出爲姨. 从女夷聲'(說文解字), '母之姉妹曰姨'(釋名釋親屬)
○ 娣 : '女子同出先生爲姒, 後生爲娣'(爾雅釋親). '娣同夫之女弟也, 从女弟聲'(說文解字)

다음 항의 대칭어 '妹曰'로 미루어보면 이 項의 漢語部는 위에 인용한 3자 중에 마땅히 '姉'로 해야 한다. 그 다음 對音字의 反切音은 다음과 같다.

○ ⿰女奈 : 字典에 이 글자는 없음.
○ ⿰女柰 : 乃帶切(集韻 去聲 第14太)
○ 妹 : 莫佩切(廣韻, 集韻 去聲 第18隊)
○ 妺 : 莫撥切(廣韻 入聲 第13末)

'姉'의 鮮初語는 '누의', '누위'이고, 李崇寧의 『國語方言史』에 의하여 그 방언을 들면 다음과 같다. '누비'(定平, 五老, 甲山, 蓋馬, 會寧), '뉘비'(咸興), '누이'(서울, 延安, 黃州, 咸興, 吉州), '뉘'(公州, 永

同, 博川, 江界), '누의'(舒川, 洪城, 天安), '누부'(蔚山, 東萊, 金海, 永川), '누우'(巨濟, 晉州, 安邊, 永興), '누'(麗水, 谷城, 南原, 晉州), '눙우'(南原)[218] 등이다. 이로써 보면 '嫁妹(妹)'의 음가는 모두 위에 인용한 여러 어휘의 표기에 맞지 않는다. 이밖에 '男妹'의 번역음이 '남미'[219]라는 말이 있지만 그 뜻은 '姉'와 좀 다르고 뜻은 '兄妹'이며, 이것은 한국 사람들이 스스로 만든 한자어휘이며 '嫁妹'의 음가는 이와 비슷하지만 아직 단정할 수 없다.

(147) 弟曰了皃

藍格明鈔本에 '子皃' 외에는 다른 판본은 모두 '了皃'로 되어 있다. '弟'의 鮮初語는 'ᄋᆞᅀᆞ', '아ᄋᆞ', 'ᅀᅡᇫ'[220] 등이며 『朝鮮館譯語』에는 '弟曰阿自'라 하였으며 현대 한국어는 '아우'이다. 이로 보면 이 項의 '子'와 '了'도 'ㄚ'의 誤記이다. '皃'의 反切音은 '汝移切'(廣韻 平聲 第5支) 또 '五稽切'(同 12齊), 하나는 半齒音 日母이고 하나는 '牙'音 疑母인데 '日'母의 音價가 비교적 '弟'의 한국어에 대응된다.

前間氏와 方氏는 모두 'ᄋᆞᅀᆞ'[221]로 풀이하였고, 李崇寧, 李基文, 金完鎭 등도 '아ᅀᆞ'[222]로 읽었다. 朴炳采氏는 '아ᄋᆞ'로 해석하고 '弟'의 鮮初語와 서로 합치된다고 하였으나, 그 음가는 중국 음운에 근거하면 '皃'는 '支'韻이고 中原音韻에는 '支思'韻에 속하여 곧 '지'이다. 이로써 미루어보면 'ㄚ皃'의 음가는 '아지('a-ʐi)'이다. 河野六郎氏가 조사한 방언[223]에 따르면 제주도 방언은 '아시'로서 비교적 古語音을 보존하고 있어 證明할 수 있다.

---

218) 高麗大學校 民族文化硏究所 간행 『韓國文化史大系』V(p.380)를 참조.
219) 閑中(p.176)을 참조.
220) 解例(用字), 月釋(一·5), 小諺(六·34), 龍歌(103)를 참조.
221) 麗言攷(p.64), 鷄林類事硏究(p.165)를 참조.
222) 韓國文化史大系V(pp.352~353), 東亞文化 8집 (p.228), 韓國文化史大系V(p.136)를 참조.
223) 『朝鮮方言學試攷』 '方言語彙' (p.22)를 참조.

(148) 妹曰了慈

각 傳本을 살피면 雍正方輿本, 雍正理學本, 光緖方輿本의 '妹'을 제외하고는 다른 판본은 모두 '妹'이다. '了'도 '丫'의 誤記이다. 『廣韻』에 따르면 '慈'는 '疾之切'(平聲之韻)이고, '妹'의 古韓語는 '아ᅀᆞ누의'[224]이고, 『朝鮮館譯語』에는 '妹曰餧必'로 되어 있다. 方言 중에는 '아시'가 있다. 이밖에 『三國遺事』에 이르기를 "姉妹曰寶姬, 小名阿海, 妹曰文姬, 小名阿之"(卷1 金庾信)라 하였다. 조선 초부터 지금까지 '弟'와 '妹'의 한국어는 '아ᅀᆞ', '아시', '아우'로 통칭하고 다른 호칭은 없다. 이로서 미루어 보면 '弟曰丫兒'와 '妹曰丫慈'는 실로 같은 음이다. 다만 청각시 말하는 사람의 발음과 차이가 있어 그 對音字가 같지 않을 뿐이다. 前間氏는 이 項에 대해 설명하지 않았고 方氏는 '아ᄌᆞ'로 풀이하였다.

(149) 男子曰沙喃

①	②	③	④	⑤	⑥	⑦	⑧	⑨	⑩	⑪	⑫	⑬	⑭	⑮	⑯	⑰	⑱
沙	吵	〃	〃	〃	〃	〃	〃	〃	〃	〃	〃	〃	〃	〃	〃	〃	〃
喃	〃	〃	〃	〃	〃	〃	〃	〃	〃	〃	〃	〃	〃	〃	〃	〃	〃
○	音	○	音	〃	〃	〃	〃	〃	〃	〃	〃	〃	〃	〃	〃	〃	〃
○	耴	○	耴	〃	〃	〃	〃	〃	沙	耴	〃	眇	〃	〃	〃	〃	〃
○	南	○	南	〃	〃	〃	〃	〃	〃	〃	〃	〃	〃	〃	〃	〃	〃

이 項의 順序는 張校本과 藍格明鈔本 외에는 나머지 판본은 제⑮항의 '姊曰㛂妹'의 뒤에 배치되어 있다. 前後項의 어휘로 보면 이 두 판본의 순서가 옳고, 두 판본 모두 小字부분 3자가 빠져 있다. 이로써 이 두 판본이 같은 계열의 판본임을 알 수 있다. '男子'의 鮮初語

224) 月釋(卄一·162), 訓蒙(上·32), 類合(上·19)을 참조.

는 '스나희', '스나희', '스나히' 등이 있다. 비록 '沙喃'의 音價가 이 말과 비슷하지만 張校本 이외에는 모두 '吵喃'으로 되어 있어 '吵'는 마땅히 '沙'의 誤記이다. 小字부분 또한 '吵'자의 음과 맞지 않으며 더욱이 뜻으로써 '眇南'이 되며 모두 믿을 수가 없다.

(150) 女子曰漢吟

①	②	③	④	⑤	⑥	⑦	⑧	⑨	⑩	⑪	⑫	⑬	⑭	⑮	⑯	⑰	⑱	⑲
漢 吟	〃 〃	〃 〃	〃 〃	〃 〃	〃 〃	〃 〃	〃 〃	〃 〃	〃 〃	〃 〃	〃 〃	〃 〃	〃 〃	嘆 〃	〃 〃	〃 〃	漢 〃	〃 〃

각 傳本을 살피면 海史本과 麗言攷의 '嘆' 외에는 다른 板本은 모두 '漢'으로 되어 있다. 이밖에 朝鮮鈔本에는 '女曰漢吟'으로 되어 있고, '子'자가 빠져있다. 이 항의 '漢吟'도 '마님'의 誤記이다. 제⑭항을 참조.

(151) 自稱其夫曰沙會

각 傳本이 모두 같다. 그러나 海史本과 麗言攷 외에는 이 項이 빠져있다. '夫'의 古韓語는 '지사비', '지아비'이다. 그러나 직접 호칭하는 말은 아니며, 현대 한국어 중에 또한 직접 '夫'를 일컫는 고정된 명사는 없다. 『訓蒙字會』에 이르기를 "壻…사회셔(sa-hø-sjə)"라 하고 또 "又妻謂夫亦曰—"라 하고 '女壻'의 古韓語는 곧 '사회'[225]이며, 현대 한국어는 '사위'이다. '沙會'의 음가를 살피면 朝鮮初語와 일치한다. 『說文解字』에서는, "壻, 夫也. 從士胥. 詩曰, 女也不爽, 士貳其

225) 釋譜(六·16), 杜諺初(七·33), 老諺(下·31)을 참조.

行. 士者夫也. 讀與細同"이라 하고, 段注에서는 "夫者, 丈夫也. 然則壻爲男子之美稱, 因以爲女夫之稱"라 하였다. 또 『爾雅釋親』에는 "女子子之夫爲壻"라 하였으니, 이로써 보면 자기 남편을 스스로 호칭하여 '서'라고 하는 것은 실로 한자어에서 나온 것이다.

(152) 妻亦曰漢吟

각 傳本을 살피면 모두 같은데 다만 海史本과 麗言攷에만 이 項이 빠져있다. '妻'의 古韓語는 '마님'이고, 『朝鮮館譯語』에는 '妻曰結直'으로 되어 있는데 '結直'은 곧 '겨집(kjə-cip)'의 표기이며, 또한 '妻'의 古韓語이다. 이 항의 '漢吟'도 '滿吟'의 誤記이며 제⑭항을 참조.

(153) 自稱其妻曰細婢亦曰陟臂

①	②	③	④	⑤	⑥	⑦	⑧	⑨	⑩	⑪	⑫	⑬	⑭	⑮	⑯	⑰	⑱	⑲
陟	〃	〃	陡	〃	〃	陡	陡	〃	〃	陡	〃	〃	〃	陟	〃	〃	〃	○
臂	〃	〃	〃	〃	〃	〃	〃	〃	〃	〃	〃	〃	〃	〃	〃	〃	〃	○

각 傳本을 살피면 大字부분은 모두 같고 小字부분에서 제1자는 '陟, 陡, 陡' 3종이 있고 大東本에는 이 부분을 기재하지 않았다.[226] 『舊唐書』에 이르기를 "西蕃酋長阿史那斛瑟羅家有細婢, 善歌舞"(來俊臣傳)라 하였고, 또한 淸 翟灝가 편찬한 『通俗編』에는 "北夢瑣言, 柳僕射仲賢失意, 將一婢於成都鬻之, 婢語女儈曰, 某雖賤人, 曾爲柳家細婢, 安能事賣絹牙郎耶"(婦女, 細婢)라 하였다. 이로써 보면 '細婢'

226) 雍正理學本과 光緒理學本에서는 '亦曰陡臂'도 大字로 되어 있다.

는 한자어휘이고 '妻'의 謙稱語이다. 對音部 각자의 音價를 열거하면 다음과 같다.

○ 陟 : 竹力切(廣韻, 集韻 入聲 第24職)
○ 陡 : 字典에 이 글자가 없음.
○ 陡 : 當口切(廣韻, 集韻 上聲 第45厚)
○ 臂 : 卑義切(廣韻, 集韻 去聲 第5寘)

충청도 방언 중에 '妻'의 별칭으로 '덕배'가 있다. 그러나 이 말은 '德配'의 음이며 '陟臂' 음가는 이와 가까우나 단정할 수 없으며 再考를 뒤로 미룬다.

(154) 男兒曰了姐亦曰案記

①	②	③	④	⑤	⑥	⑦	⑧	⑨	⑩	⑪	⑫	⑬	⑭	⑮	⑯	⑰	⑱
案	同	漢	同	〃	〃	〃	〃	〃	〃	〃	〃	〃	〃	〃	〃	〃	〃
記	婆	記	婆	〃	〃	〃	〃	〃	〃	〃	〃	〃	〃	〃	〃	〃	〃
	記		記	〃	〃	〃	〃	〃	〃	〃	〃	〃	〃	〃	〃	〃	〃

각 傳本을 살피면 大字부분에서 張校本과 麗言攷에 '了妲'로 되어 있는 것을 제외하고는, 다른 판본은 모두 '了姐'로 되어 있다. 小字부분[227]에서는 張校本과 兩 明鈔本에는 그 표기가 각기 다르다. 陶珽의 說郛本 이후는 모두 '同婆記'로 되어 있다.

'男兒'의 鮮初語는 '아ᄃᆞᆯ'[228]이고 『朝鮮館譯語』에는 '子曰阿得二'로 되어 있다. 현대 한국어는 곧 '아들'이며 모두 '了' 음과 맞지 않으니 '了'는 'Y'의 誤記이다. 'Y妲'의 음가를 살피면 鮮初語와 일치하니 '姐'는 마땅히 '妲'의 잘못이다. '亦曰' 부분에서는 그 표기가 '案記,

227) 雍正理學本과 光緒理學本에는 小字부분도 또한 大字로 되어 있다.
228) 月曲(31), 釋譜(六·9), 杜諺初(八·19)를 참조.

漢記, 婆記' 3종이 있는데 제2음절 대음자는 모두 '記'로 되어 있다. 이로 미루어 보면 '索記'의 誤記인 것 같다. 현대 한국어 중 '子息'의 卑稱은 '새끼'라고 하는데, 이 말의 鮮初語는 곧 '삿기'[229]이니 '索記'의 音價는 이와 일치한다. 前間씨는 이르기를 "同婆記不明"이라 하였고, 方氏도 不明이라고 했다. 그 뒤 劉昌惇씨는 "…아마도 '同婆記'는 곧 '司婆記'의 誤記라고 생각된다."면서 '司婆記'는 '시파기>시아기>삭기'의 표기[230]라고 보았는데 이것은 억측이요 옳지 않다.

(155) 女兒曰寶姐[亦曰古召盲曹兒]

①	②	③	④	⑤	⑥	⑦	⑧	⑨	⑩	⑪	⑫	⑬	⑭	⑮	⑯	⑰	⑱
寶 姐 亦 曰 古 召 盲 曹 兒	宝 〃 〃 〃 〃 員 曺 児	質 姐 〃 〃 〃 君 及 育 曹 児	寶 姐 〃 〃 〃 召 育 曹 兒	〃 〃 〃 〃 〃 〃 〃 〃 〃	〃 〃 〃 〃 〃 〃 〃 〃 〃	〃 〃 〃 〃 〃 〃 〃 〃 〃	〃 〃 〃 〃 〃 〃 〃 〃 〃	〃 〃 〃 〃 〃 〃 〃 〃 〃	宝 〃 〃 〃 〃 色 〃 曺 児	寶 〃 〃 〃 〃 〃 〃 曹 兒	〃 〃 〃 〃 〃 〃 〃 〃 〃	〃 〃 〃 〃 〃 召 〃 〃 〃	〃 〃 〃 〃 〃 〃 〃 〃 〃	寳 〃 〃 〃 〃 〃 〃 曺 児	寶 〃 〃 〃 〃 〃 〃 曹 兒	寳 姐 〃 〃 〃 〃 曹 兒	寶 姐 〃 〃 〃 〃 育 曹 兒

각 傳本을 살피면 그 표기가 매우 混亂되어 있는 것은 원본의 필획이 분명치 않은 까닭일 것이다. '女兒'의 鮮初語는 '쏠', '뚤'[231]이고 현대 한국어는 '딸'이다. '寶姐'의 음가를 살피면 '뚤'에 對應될 수 있는데 이로써 고려 때에 '女兒'의 한국어는 아마도 2음절어였음을

229) 釋譜(十一·41), 月曲(24), 類合(上·12)을 참조.
230) 鷄林類事補敲(pp.145 ~ 147)를 참조.
231) 雍正理學本과 光緖理學本에는 小字부분도 大字로 되어 있다.

마루어 알 수 있다. 小字부분[232]에 대해서는 각 傳本의 표기를 자세히 살피면 글자가 중복되어 있고 이처럼 자획이 분명치 않은 것은 필획의 類似字를 쓴 까닭일 것이다. 처음글자와 맨끝자는 모두 '古'와 '皃'로 되어 있어, 이로써 미루어 보면 아마도 '古盲皃'의 誤記일 것이다. 현대 한국어 중 '小皃'의 칭호를 '꼬맹이'라고 한다. 이밖에 '고명딸'이라는 말이 있는데 곧 '고명'과 '딸'의 복합어이며 곧 '여러 형제 중 외동딸'의 뜻이다. 이로써 보면 고려 때 아마도 '古盲皃' 음가의 韓國語일 것이다. 小字에 대해서는 '古'자와 모양이 비슷해서 생긴 연문일 것이며 '曹'자는 '盲'자와 비슷해서 생긴 연문일 것이다.

(156) 父呼其子曰了加

藍格明鈔本의 '女呼其子曰了加' 외에는 다른 傳本은 모두 '父呼其子曰了加'로 되어 있어 '女'는 마땅히 '父'의 잘못이다. 한국어에서 '幼皃'를 호칭할 때 모두 '아가'라고 한다. 'Y加'의 音價를 살피면 이와 일치하니 '了'는 'Y'의 誤記이다. 孫穆이 고려 사람이 그 아들을 '아가'라고 하는 것만을 듣고 이와 같이 기록했을 것이다.

(157) 孫曰了寸曰了姐

①	②	③	④	⑤	⑥	⑦	⑧	⑨	⑩	⑪	⑫	⑬	⑭	⑮	⑯	⑰	⑱
了	〃	〃	〃	〃	〃	〃	〃	〃	〃	〃	〃	〃	〃	〃	〃	〃	〃
寸	卄	寸	〃	〃	〃	〃	〃	〃	〃	〃	〃	〃	〃	〃	〃	〃	〃
曰	了	〃	〃	〃	〃	〃	〃	〃	〃	〃	〃	〃	〃	〃	〃	〃	〃
了	姐	姐	姐	〃	〃	〃	〃	〃	〃	〃	〃	〃	〃	〃	〃	姐	姐
姐																	

232) 龍歌(96), 靑丘(14), 續三(孝·19)을 참조.

각 傳本 중에 張校本 對音部에는 '曰'자를 잘못 더 하였고, 港大明鈔本의 '卄'은 곧 '寸'의 오기이며, 또 '了'는 '丫'의 誤記이다.

'孫'의 鮮初語는 '손ᄌᆞ'이고 이 말은 곧 '孫子'의 한국음이다. 이밖에 '甥'의 鮮初語는 '아ᄎᆞᆫ아ᄃᆞᆯ'233)이라 하고 '丫寸丫姐'의 음가는 이와 일치한다. 그러나 高麗 때에는 '孫'도 '아찬아달'이라 하였거나 또는 孫穆이 잘못 들었을 수도 있는데 누가 옳은지 알지 못한다.

(158) 舅曰漢子祕

張校本의 '漢子祕' 외에는 다른 판본은 모두 '漢了祕'로 되어 있다. '子, 了'는 모두 '丫'의 誤記이다. 이 어항의 대음표기는 ⑬⑨항의 '祖曰漢丫祕'와 같은 '舅'의 뜻을 고찰하면 일치하지 않아 『說文解字』에는 "䑕, 母之兄弟爲舅, 妻之父爲外舅, 從男臼聲"이라 하였다. 『禮記』 檀弓下에는 "吾舅死於虎" 注에는 "夫之父曰舅"라 하였다. 『禮記』 坊記에는 "壻親迎見於舅姑"라 하고 注에는 "舅姑, 妻之父母也"라 하였다. 『爾雅釋親』에는 "婦稱夫之父曰舅, 稱夫之母曰姑"라 하였다.

다음 項의 어휘도 보면 마땅히 '姑'의 對稱語이며 뜻은 '夫之父' 즉 남편의 아버지라는 뜻'이다. '舅'의 鮮初語는 '싀아비'이니, 이 어항의 대음과 맞지 않는다. 한국인들의 습관 중 며느리가 아이를 낳으면 손자가 그 시아버지를 '한아비'라고 일컫는 것으로 대신하는데, 이 어항의 칭호는 이러한 습관에서 쓰인 말이다.

(159) 姑曰漢子彌

각 傳本을 살피면 張校本의 '漢子彌' 외에는 다른 판본은 모두 '漢丫彌'로 되어 있다. '子'와 '了'는 '丫'의 잘못이다. '姑'의 鮮初語는

---

233) 杜諺初(卄二·38), 類合(上·20), 譯語(上·57)를 참조.

'싀어미', '祖母'의 선초어는 '한어미'[234]이고 이 項과 前 項이 같아서 설명을 생략한다. 'ㄚ' 대음에 '어('ə)'문제는 제⑭항을 참조.

(160) 婦曰了寸

각 傳本이 모두 같다. '婦'의 선초어는 '며느리'이고, 현대 한국어도 같다. '孫曰ㄚ寸ㄚ妲'로 미루어 보면 이 항의 '了寸'도 'ㄚ寸'의 誤記이다. 이밖에 '姪女'의 한국어는 '아촌뜰'[235]이다. 劉昌惇의 『語彙史研究』에서는 '아촌'은 '小, 次, 亞' 뜻의 冠形詞[236]이다. 이로써 미루어 보면 이 항의 'ㄚ寸' 밑에 마땅히 잘못 빠진 어떤 말이 있었을 것이나 그 어휘가 이미 死語가 되어 考證할 수가 없다.

(161) 母之兄曰訓鬱

①	②	③	④	⑤	⑥	⑦	⑧	⑨	⑩	⑪	⑫	⑬	⑭	⑮	⑯	⑰	⑱	⑲
母	〃	〃	〃	〃	〃	〃	〃	〃	〃	〃	〃	〃	〃	〃	〃	〃	〃	〃
之	〃	〃	子	〃	〃	之	子	〃	〃	〃	〃	〃	〃	〃	〃	〃	〃	之
兄	曰	兄	〃	〃	〃	〃	〃	〃	〃	〃	〃	〃	〃	〃	〃	〃	〃	〃
曰	〃	〃	〃	〃	〃	〃	〃	〃	〃	〃	〃	〃	〃	〃	〃	〃	〃	〃
訓	〃	〃	〃	〃	〃	〃	〃	〃	〃	〃	〃	〃	〃	〃	〃	〃	〃	〃
鬱	欝	〃	〃	〃	〃	〃	〃	〃	〃	鬱	〃	〃	〃	欝	鬱	欝	〃	〃

각 傳本을 살피면 한어부분의 표기에서 陶珽의 說郛本 이후에는 '母之兄曰'을 모두 '母子兄曰'로 잘못 썼다. 五大本은 '母之兄曰'이라 하였는데 아마도 임의로 고쳤을 것이며, 또한 港大明鈔本은 '母之曰'

---

234) 譯語(上·56)를 참조.

235) 소언(小諺)(六·96), 노언(老諺)(下·31), 역어(譯語)(上·4)를 참조.

236) 어휘사연구 (p.385)를 참조(선명문화사 간행 1971년 5월)

이라고 하였는데 곧 '母之兄'의 잘못이다.

'母之兄弟'의 한국어는 '외삼촌'이라 하였는데, 이 말은 곧 '外三寸'의 한국음이다. 『老乞大諺解』에는 외삼촌의 한국어도 '어믜오라비'237) 라 하였고, 또한 어머니가 외삼촌의 아내를 칭할 때 '올케', '올에미'238)라고 하였다. 이로써 미루어 보면 '鬱'의 음가는 '올'에 대응될 수 있다. 제1음절 對音字에서는 다음 항의 '母之弟曰次鬱'을 살피고, 또한 제⑶⑺항의 '大曰訓刀'를 살피면 '訓'은 '한(han)'의 표기이며 '한'은 곧 '大'의 韓國語이다. 語形으로 보면 '訓鬱(한올)' 밑에 아마도 '아비' 또는 '압'이 생략되었을 것이며 이것은 곧 '올에미'와 바로 대칭어가 된다.

(162) 母之弟曰次鬱

이 語項은 張校本, 兩 明鈔本, 五大本, 大東本 이외에는 다른 板本은 모두 '母子弟'로 잘못 되어 있다. 對音部는 모두 같다. 『月印釋譜』(一·20), 『杜詩諺解』初刊本(卄五·27), 『金剛經三家解』(二·33)를 살피면 數詞에서 '次序'의 한국어가 '차'로 되었는데 이것은 곧 '次'의 한국음이며, 이로써 보면 이 항의 '次'는 곧 漢字語彙이며 제⑻⑸항의 '雉曰雉賽'와 같은 예이다. '鬱'에 대해서는 前項에 이미 서술하였으므로 여기서는 생략한다.

(163) 姨妗亦皆曰了子彌

각 傳本을 살피면 藍格明鈔本에 '姨妗亦皆曰子了弥'와 五大本에 '姨妗亦皆曰了子彌' 외에는 다른 板本은 모두 張校本과 같다. '姨'는

---

237) 노걸대언해(上·14, 下·31)를 참조.
238) 李熙昇 박사의 『國語大辭典』, 평안도 방언을 참조.

어머니의 자매이며 '妗'은 舅母이며 '姨妗'의 古韓語를 살피면 모두 '아즈미'이니 'Y子彌'의 음가는 이와 일치한다. '子'는 '지'이고 제⑭³항을 참조. 이로써 보면 '了子彌'와 '子了彌'는 모두 'Y子彌'의 잘못이며, 또한 '衿'은 '妗'의 잘못이다.

(164) 頭曰麻帝

각 傳本이 모두 같다. '頭'의 선초어는 '마리', '머리'이고 『朝鮮館譯語』에는 '頭曰墨立'으로 되어 있고, 現代韓國語는 '머리'이다. '麻帝'의 음가를 살피면 앞에 인용한 한국어와는 별로 대응되지 않는다. 古韓語를 살피면 最上은 '마뎌'[239]이고 '麻帝'는 이와 일치하며 이로써 한국어 '頭'의 변천을 다음과 같이 추측할 수 있다.

＊마뎌 > ＊마디 > 마리 > 머리

(165) 髮曰麻帝核試

각 傳本을 살피면 港大明鈔本의 '髮'을 잘못 써서 '髮'로 한 것과 海史本의 '核'을 잘못 써서 '該'라고 한 것 외에는 다른 板本은 모두 '髮曰麻帝核試'라고 썼다. 이 항의 對音部는 '麻帝'와 '核試' 두 부분으로 구분할 수 있다. '麻帝'는 前項의 '頭曰麻帝'와 같다.

'髮'의 선초어는 '머리털', '머리터럭', '머리카락', '머릿터럭' 등이며 『朝鮮館譯語』에는 '髮曰墨立吉'(稻葉氏本에 의함)이다. 이밖에 방언 중에 '머리깔', '머리끄덩이', '머리끼', '머리캉', '머리끄생이', '머리끄대기' 등이 있다. 고려 때 '髮'의 음이 '麻帝核試'로 되어 있는데, '머리끄생이'와 비슷하다. 前間씨와 方씨는 모두 '核試'에 대해서 설명

239) 훈몽(訓蒙)(下·34)을 참조.

하지 않았고 金喆憲씨에 이르러 '核'을 '該'로 고쳐서 '마제개시'[240]라 풀이하였는데 실은 '核'이 'ㄲ'에 대응될 수 있으니 고칠 필요가 없는 것이었다.

(166) 面曰捺翅

①	②	③	④	⑤	⑥	⑦	⑧	⑨	⑩	⑪	⑫	⑬	⑭	⑮	⑯	⑰	⑱
捺 翅	榇 趐	〃 〃	榇 翅	〃 〃	〃 〃	〃 〃	〃 〃	〃 〃	榇 〃	〃 〃	〃 〃	〃 〃	〃 〃	榇 〃	捺 〃	〃 〃	榇 〃

제1음절 대음자는 제①항을 참조하고, 제2음절 대음자는 제⑽항을 참조. '面'의 선초어는 'ᄂᆞᆾ'[241]이고 『朝鮮館譯語』에는 '面曰叐思'로 되어 있고 현대 한국어는 '낯'이며 오늘날 방언에는 대부분 '낫'이며 비록 그 표기는 이처럼 다르지만 발음은 모두 '內破音(implosive)'이므로 그 終聲 音價는 분별하기가 어려우며 주격조사 '이'를 연접해서 도시하면 다음과 같다.

'ᄂᆞᆺ' → 'ᄂᆞᆺ+이' → 'ᄂᆞ시' → 'ᄂᆞ-시'

'捺翅'의 音價를 살피면 'ᄂᆞ-시'와 일치한다. 입성 '捺'로서 'ᄂᆞ' 음으로 한 것은 역시 連音變讀 현상이며 앞에서 이미 설명하였으므로 여기서는 생략한다. 前間氏와 方氏는 모두 'ᄂᆞ치'[242]로 풀이하였고, 李基文씨는 'ᄂᆞᆾ'으로써 풀이[243]한 것은 아마도 '翅'의 음가를 자세히 살피지 않고 다만 한국어 표기음 'ᄂᆞᆾ'에 근거해서 풀이한 것이니 옳지 않다.

---

240) 계림유사연구 (pp.103~104)를 참조.
241) 月釋(八·35), 龍歌(40), 月曲(62)을 참조.
242) 麗言攷(p.70), 鷄林類事硏究(p.166)를 참조.
243) 鷄林類事의 再檢討(pp.233~235)를 참조.

(167) 眉曰嫩步

①	②	③	④	⑤	⑥	⑦	⑧	⑨	⑩	⑪	⑫	⑬	⑭	⑮	⑯	⑰	⑱	⑲
嫩 步	〃 步	步	踈 步	〃 〃	〃 〃	疎 〃	踈 〃	踈 〃	〃 〃	疎 步	〃 〃	〃 〃	疎 〃	踈 步	疎 步	〃 步	踈 步	嫩 涉

각 傳本을 살피면 陶珽 說郛本부터는 '嫩'을 '踈'로 고쳤는데 다음 항의 '眼曰嫩'으로 살펴보면 '踈'는 마땅히 '嫩'의 잘못이다. '眉'의 선초어는 '눈섭'244)이고, 『朝鮮館譯語』에는 '眉毛曰努色'이라 하였고, 현대 한국어도 '눈썹'이다. 이로써 보면 大東本의 '涉'만이 이와 일치하고 다른 본의 '步'라고 한 것은 곧 '涉'의 誤記이다.

前間씨는 '疎步'로써 '섭'이라 하였는데, 이것은 그 표기가 곧 反切音으로 여긴 것이니 各 傳本을 자세히 살피지 않고 誤謬를 범하였으며 方氏의 誤謬도 이와 같다.

(168) 眼曰嫩

①	②	③	④	⑤	⑥	⑦	⑧	⑨	⑩	⑪	⑫	⑬	⑭	⑮	⑯	⑰	⑱
嫩	〃	〃	〃	〃	〃	〃	〃	嫩	嫰	嫩	〃	〃	〃	嫰	嫩	嫰	〃

'嫩'의 字體는 제⑥항에서 이미 서술하였으므로, 여기에서는 생략한다. '眼'의 鮮初語는 '눈'245)이고, 『朝鮮館譯語』에는 '目曰嫩'이라 하였고, 현대 한국어도 '눈'이며, '嫩'의 音價를 살피면 이와 일치한다. 이로써 고려 때부터 현재까지 '眼'의 한국어는 거의 변화가 없음을 알 수 있다.

---

244) 釋譜(十九·7), 月釋(二·41), 杜諺初(八·17)를 참조.
245) 釋譜(十九·10), 月曲(2), 杜諺初(廿五·53)를 참조.

(169) 耳曰瑰

①	②	③	④	⑤	⑥	⑦	⑧	⑨	⑩	⑪	⑫	⑬	⑭	⑮	⑯	⑰	⑱
瑰	愧	塊	愧	〃	〃	愧	愧	〃	〃	愧	〃	〃	〃	愧	愧	愧	愧

각 傳本을 살피면 그 대음자가 '瑰, 愧, 塊' 3종이 있는데 그 反切音을 열거하면 다음과 같다.

○ 瑰 : 戶恢切, 公回切(廣韻 平聲 第15灰) 또는 始回切[246](集韻 平聲 第15灰).
○ 塊 : 苦對切(廣韻 去聲 第18隊)
○ 愧 : 俱位切(廣韻 去聲 第6至)

'耳'의 선초어는 '귀'[247]이고, 『朝鮮館譯語』에는 '耳曰貴'라 하였고 현대 한국어도 '귀'이다. '愧'의 음가를 살피면 이와 일치하므로 '瑰'와 '塊'는 모두 '愧'의 誤記이다.

(170) 口曰邑

각 傳本이 모두 같다. '口'의 선초어는 '입'[248]이고, 『朝鮮館譯語』에는 '口曰以'라 하였고, 현대 한국어는 '입'이며 '邑'의 음가를 살피면 이와 일치한다.

246) 康熙字典을 살피면 '始回切'은 '姑回切'의 잘못이다.
247) 龍歌(六·40), 釋譜(六·28), 月曲(2)을 참조.
248) 龍歌(88), 解例(合字), 釋譜(六·33)를 참조.

(171) 齒曰你

①	②	③	④	⑤	⑥	⑦	⑧	⑨	⑩	⑪	⑫	⑬	⑭	⑮	⑯	⑰	⑱
你	〃	弥	你	〃	〃	〃	〃	伱	你	伱	你	〃	〃	伱	你	〃	〃

藍格明鈔本에 '弥'를 제외하고는 다른 板本은 모두 같다. '伱'의 異體자에 대해서는 제⑬⑧항을 참조. '齒'의 선초어는 '니'[249]이고 『朝鮮館譯語』에는 '齒曰你'로 되어 있고, 현대 한국어는 '이'이다. '伱'의 음가를 살피면 선초어와 일치한다. 그러므로 藍格明鈔本의 '弥'는 곧 '伱'의 잘못이다.

(172) 舌曰竭

①	②	③	④	⑤	⑥	⑦	⑧	⑨	⑩	⑪	⑫	⑬	⑭	⑮	⑯	⑰	⑱
竭	蝎	〃	蝎	〃	〃	蠍	蝎	蝎	蝎	蝎	〃	〃	〃	〃	〃	〃	〃

張校本의 '竭'과 五大本의 '蠍'을 제외하고는 다른 판본은 모두 '蝎'로 되어 있다. 五大本의 '蠍'은 곧 '蝎'의 잘못이다. '竭'과 '蝎'의 反切音을 분석하면 다음과 같다.

○ 竭 : 渠列切(廣韻 入聲 第17薛) 또는 其謁切(同 第10月).
○ 蝎 : 胡葛切(廣韻 入聲 第12曷) 또는 居曷切(集韻 入聲 第12曷).

'舌'의 鮮初語는 '혀'[250]이고, 『朝鮮館譯語』에는 '舌曰解'로 되어 있고, 現代韓國語도 鮮初語와 같다. '蝎(胡葛切)'의 음은 비교적 '舌'의 한국어와 근접하므로 '竭'도 '蝎'의 誤記이다. 그러나 '蝎'은 入聲이니

249) 月釋(二·41), 釋譜(十九·7), 法諺(六·13)을 참조.
250) 解例(合字), 釋譜(六·28), 月釋(十八·4)을 참조.

이로써 '舌'의 선초어와 고려어가 같지 않음을 알 수 있다. 어원상으로 미루어 보면 한국어 '혀'는 아마도 알타이 동계어이기 때문일 것이다. 金完鎭씨는 "일본어의 例에서 대응되는 것처럼(如對應於日本語之例)…韓國語 /혀/舌</*햐/</*히다/</*시다/ cf 日語/시다/(舌)"[251] 이라 하였다. 그 추측이 비록 꼭 맞지는 않지만, '舌'의 韓·日語가 실로 同系語임을 알 수 있다. 또한 趙尺子씨는 蒙古語에서는 '헤레', '헤'로 읽는데 중국어 발음 속에서는 '세(se)'로 되었으며 본래 'he' 음이 '시'로 변하였음을 알 수 있고, '舌'은 방언에서는 '信'으로 읽는데 뱀의 혀를 곧 '信子'라 하며 '話'자는 '言'자로부터 되어 있고, '舌'의 소리는 '話'를 본래 'helemui'라 읽으며 중국음에서는 간편히 하여 'heua'[252]으로 되었다고 했다. '舌'의 반절음은 '下刮切'(廣韻 入聲 第15鎋)이며 또한 '倉列切'(同 集韻 入聲 第17薛)이라 하니, 이로써 보면 趙씨의 설은 매우 牽强附會해서 믿을 수가 없다. '舌曰蝎'라는 것에 不拘하고 일본어 '싯다'와 몽고어 '헤레'[253]로 미루어보면 고려 때 '舌'의 한국어는 舌內入聲이었을 가능성이 있다.

(173) 面美曰捺翅朝勳

①	②	③	④	⑤	⑥	⑦	⑧	⑨	⑩	⑪	⑫	⑬	⑭	⑮	⑯	⑰	⑱
捺	捺	擦	㮈	〃	〃	〃	〃	〃	㮈	〃	〃	〃	〃	㮈	捺	〃	㮈
翅	趐	趐	翅	〃	〃	〃	〃	〃	〃	〃	〃	〃	〃	〃	〃	〃	〃
朝	〃	〃	〃	〃	〃	〃	〃	〃	〃	〃	〃	〃	〃	〃	〃	〃	〃
勳	勳	〃	勳	〃	〃	勳	勳	勳	〃	勳	〃	〃	〃	勳	勳	勳	勳

'面曰捺翅'는 이미 앞에 항에서 살펴보았고 여기서는 다만 '美曰朝

251) 原始國語母音論에 대해서 논한 數三課題(진단학보 제28호 p.83), 國語母音體系의 新考察(진단학보 제24호 p.80)을 참조.
252) 蒙漢語文比較學擧隅 (pp.71~72)를 참조.
253) 日本陸軍省篇 蒙古語大辭典(國書刊行會 간행)을 참조.

勳'을 살핀다. 反切音을 분석하면 다음과 같다.

○ 朝 : 陟遙切, 直遥切(廣韻 平聲 第4宵)
○ 勳 : 許云切(廣韻, 集韻 平聲 第20文)

'好, 善'의 鮮初語는 '됴훈'[254]이고 '朝勳'의 음가는 이와 일치한다.

(174) 面醜曰捺翅沒朝勳

①	②	③	④	⑤	⑥	⑦	⑧	⑨	⑩	⑪	⑫	⑬	⑭	⑮	⑯	⑰	⑱
捺	〃	捺	㮈	〃	〃	〃	〃	〃	㮈	〃	〃	〃	〃	㮈	捺	〃	㮈
翅	趐	〃	翅	〃	〃	〃	〃	〃	〃	〃	趐	翅	〃	〃	〃	〃	〃
沒	没	沒	没	〃	〃	〃	〃	〃	沒	没	〃	〃	〃	〃	沒	没	没
朝	〃	〃	〃	〃	〃	〃	〃	〃	〃	〃	〃	〃	〃	〃	〃	〃	〃
勳	勳	〃	勳	〃	〃	〃	〃	勳	〃	勳	〃	〃	〃	勳	勳	〃	〃

'捺翅'와 '朝勳'은 앞에서 이미 설명 하였으므로 여기서는 생략한다. '沒'도 앞에서 이미 나왔으므로 제㉙항을 참조. '沒'의 音이 否定副詞 '몯'[255]에 대응된다. 이 말은 현대 한국어에서는 반드시 動詞 앞에서 그 動詞를 否定하는 것으로 사용된다. 이 어항으로써 高麗 때 否定副詞가 形容詞 앞에서도 쓰였음을 알 수 있다.

(175) 心曰沁[音尋]

張校本에 '心曰沁' 외에는 다른 판본에는 모두 '心曰心'이다. '心, 沁'의 反切音을 분석하면 다음과 같다.

254) 龍歌(2), 釋譜(十三·58), 月釋(二·10)을 참조.
255) 龍歌(12), 訓諺, 月曲(26)을 참조.

○ 心 : 息林切(廣韻 平聲 第21侵) 또는 思林切(集韻 平聲 第21侵)
○ 沁 : 七鴆切(廣韻, 集韻 去聲 第52沁) 또는 思林切(集韻 平聲 第21侵)

'心'의 鮮初語는 'ᄆᆞᅀᆞᆷ'이고, 『朝鮮館譯語』에는 '心曰墨怎'으로 되어 있고, 현대 한국어는 '마음'이며 新羅 때도 역시 이 말이 있다. 그러므로 이 項의 對音部 '심'도 漢字語彙이다. 이로써 보면 '沁'은 '心'의 誤記이다. 小註 '音尋'에 대해서는 '心'이 心母이고 '尋'은 邪母이다. 이로써 고려 때 사람들이 발음하는 '심' 음과 송나라 발음이 달랐음을 알 수 있다. 그러나 韻母는 같았다.

(176) 身曰門

각 傳本이 모두 같다. '身'의 선초어는 '몸'[256]이고, 『朝鮮館譯語』에는 '身曰磨'로 되어 있고, 현대 한국어도 鮮初語와 같다. '門'의 음가와 '身'의 한국어가 韻尾는 다르지만 漢字 중에 '몸'이라는 발음이 없기 때문이다.

(177) 胸曰軻

藍格明鈔本의 '胸曰柯'를 제외하고는 다른 판본은 모두 '胸曰軻'인데, 海史鈔本에는 '胷'을 '膂'으로 잘못 썼다. '軻'와 '柯'의 反切音을 분석하면 다음과 같다.

○ 軻 : 苦何切(廣韻 平聲 第7歌) 또는 枯我切(同 上聲 第33哿) 또는 口箇切(同 集韻 去聲 第38箇)
○ 柯 : 古俄切(廣韻 平聲 第7歌)

256) 龍歌(105), 月釋(八·80), 月曲(49)을 참조.

'胸'의 鮮初語는 '가솜'[257]이고 현대 한국어는 '가슴'이다. '軻'는 溪母에 속하고 '柯'는 見母에 속하여 '柯' 음이 비교적 '胸'의 한국어 제1음절에 접근한다. 이로써 보면 '軻'는 '柯'의 誤記이며, 또한 '柯' 자 아래에 아마도 빠진 글자가 있을 것이다.

前間氏와 方氏는 모두 '가'라고 풀이하였는데, 이것은 藍格明鈔本을 보지 못하고 다만 '軻'의 한국음에 의해서 풀이하여 잘못을 범한 것이다.

(178) 背曰腿馬末

麗言攷의 '腿馬木' 외에는 다른 판본은 모두 '腿馬末'로 되어 있다. 다음 항에 '腹曰擺'가 나오므로 '背'는 '腹'의 대칭어이다. '背'의 古韓語는 '등'[258]이고 현대 한국어도 같다. 이밖에 '後'의 한국어는 '뒤'이고, 이 말은 '背'와도 통하여 '腿'의 反切音을 살피면 '吐猥切'(廣韻, 集韻 上聲 第14賄)이고 이 말에 대응된다. 이로써 보면 '馬末'은 接尾辭일 것이다.

(179) 腹曰擺

각 傳本이 모두 같다. '擺'의 反切音은 '北買切'(廣韻 上聲 第12蟹)이고 또는 '補買切', '部買切'(集韻 上聲 第12蟹)이다. '腹'의 鮮初語는 'ᄇᆡ'[259]이고 현대 한국어는 '배'이며 '擺'의 음가와 선초어와 일치하며 다만 '部買切'은 竝母에 속하므로 이와 맞지 않는다.

257) 月釋(二·41), 杜諺初(九·17), 類合(下·32)을 참조.
258) 龍歌(28), 釋譜(十九·10), 楞諺(二·118)을 참조.
259) 釋譜(十一·41), 月釋(二·24), 杜諺初(上·7)를 참조.

(180) 手曰遜

각 傳本이 모두 같다. '手'의 鮮初語는 '손'[260]이고 『朝鮮館譯語』에는 '手曰算'으로 되어 있고 현대 한국어도 鮮初語와 같다. '遜'의 反切音을 살피면 '蘇困切'(廣韻 去聲 第26慁)이고 이와 일치한다.

(181) 足曰潑

港大明鈔本에 '足曰撥' 외에는 다른 판본은 모두 '足曰潑'로 되어 있다. 두 글자의 反切音을 살피면 다음과 같다.

○ 潑 : 普活切(集韻 入聲 第13末)[261]
○ 撥 : 北末切(廣韻, 集韻 入聲 第13末) 또는 蒲撥切(集韻 入聲 第13末)

'足'의 鮮初語는 '발'[262]이고 『朝鮮館譯語』에는 '脚曰把二'로 되어 있고 현대 한국어도 鮮初語와 같다. 商務印書館刊 國語辭典에 의거하면 현대 중국어 '足'은 곧 人體下肢의 총칭이다. 그러나 이 '足'은 종아리 이하의 부분을 가리킨 것이다. '普活切'은 滂母에 속하며 '北末切'은 幫母에 속하고 '蒲撥切'은 並母에 속한다. 그중 '北末切'이 '足'의 한국어에 대응된다. 그러므로 '潑'은 곧 '撥'의 잘못이다.

前間氏와 方氏는 모두 '潑'을 '발'로써 풀이하였는데[263] 이것은 港大明鈔本을 보지 못하고 다만 '潑'자의 한국음에 따랐기 때문이다.

---

260) 龍歌(87), 釋譜(十三·10), 解例(用字)를 참조.
261) 廣韻에 '潑'자는 실려 있지 않음.
262) 釋譜(十三·11), 月曲(119), 月釋(一·8)을 참고.
263) 麗言攷(p.74), 鷄林類事研究(p.176)를 참조.

(182) 肥曰骨鹽眞亦曰鹽骨易成

①	②	③	④	⑤	⑥	⑦	⑧	⑨	⑩	⑪	⑫	⑬	⑭	⑮	⑯	⑰	⑱
骨	〃	〃	〃	〃	〃	鹽	骨	〃	〃	〃	〃	〃	〃	〃	〃	〃	〃
鹽	塩	顔	鹽	〃	〃	骨	鹽	〃	塩	鹽	〃	〃	〃	監	鹽	壚	〃
眞	真	〃	眞	〃	〃	真	眞	眞	真	眞	〃	〃	〃	真	眞	〃	〃
亦	〃	〃	〃	〃	〃	〃	〃	〃	〃	〃	〃	〃	〃	〃	〃	〃	〃
曰	〃	〃	〃	〃	〃	〃	〃	〃	〃	〃	〃	〃	〃	〃	〃	〃	〃
鹽	塩	〃	鹽	〃	〃	〃	〃	〃	塩	鹽	〃	〃	〃	監	鹽	壚	〃
骨	〃	〃	〃	〃	〃	〃	〃	〃	〃	〃	〃	〃	〃	〃	〃	〃	〃
易	〃	〃	〃	〃	〃	〃	〃	〃	〃	〃	〃	〃	〃	〃	〃	〃	〃
成	〃	戍	成	〃	〃	〃	〃	〃	〃	〃	〃	〃	〃	〃	〃	〃	〃

對音部의 大字부분은 五大本에 '鹽骨真' 외에는 다른 板本에는 모두 '骨鹽眞'으로 되어 있고, '瘦曰安里鹽骨眞'으로 미루어 보면 五大本이 옳으며, 다른 판본의 '骨鹽真'는 곧 '鹽骨眞'이 誤倒된 것이다. 藍格明鈔本의 '顔'은 아마도 '鹽'의 잘못일 것이다.

다음 항의 '瘦曰'로 미루어 보면 '肥'는 곧 '瘦'의 대칭형용사이다. '肥'의 선초어는 '솔진'이고, 『朝鮮館譯語』에는 '肥曰色尺大'로 되어 있다. 이밖에 '肥'의 동의어 중에는 곧 '實'의 鮮初語 '염골(진)', '염글(진)'[264]이 있고, 방언 중에 아직도 '염그진'이 있다. '鹽骨眞'의 음가를 살피면 이와 일치한다. 小字부분[265]에서는 앞의 두 자 '鹽骨'은 大字부분과 같으며 다만 뒤에 두 자와의 차이만 있다. 제㉝⑨항의 '問物多少曰密翅易戍'의 '易戍'는 '有'(이서)의 標記이며 ㉟⓪항의 '有曰移實'을 참조. 이로써 보면 藍格明鈔本 외에는 다른 판본에 '易成'은 모두 '易戍'의 誤記이다.

---

264) 月釋(二·41), 譯語(下·9)를 참조.

265) 雍正理學本과 光緒理學本에는 小字부분도 大字로 되어 있고, 港大明鈔本에는 '成' 자의 필획이 분명치 않다.

前間氏는 '不明'이라 하였고 方氏는 '기름진'266)으로 표기하였으나 옳지 않다.

(183) 瘦曰安里鹽骨眞

①	②	③	④	⑤	⑥	⑦	⑧	⑨	⑩	⑪	⑫	⑬	⑭	⑮	⑯	⑰	⑱
安	〃	〃	〃	〃	〃	〃	〃	〃	〃	〃	〃	〃	〃	〃	〃	〃	〃
里	〃	〃	〃	〃	〃	〃	〃	〃	〃	〃	〃	〃	〃	〃	〃	〃	〃
鹽	塩	顔	鹽	〃	〃	〃	鹽	鹽	塩	鹽	〃	〃	〃	監	鹽	壏	監
骨	〃	〃	〃	〃	〃	〃	〃	〃	〃	〃	〃	〃	〃	〃	〃	〃	〃
眞	真	真	眞	〃	〃	真	眞	眞	真	眞	〃	〃	〃	真	眞	〃	〃

藍格明鈔本의 '顔'도 '鹽'의 잘못이며, 이밖에 方氏는 '鹽'을 '監'으로 잘못 썼고, 麗言攷 漢語部의 '瘦'는 '廋'로 잘못 썼다. 이 語項은 '安里'와 '鹽骨眞'으로 나눌 수 있고 '鹽骨眞'에 대해서는 앞에서 이미 설명하였으므로 여기서는 생략한다.

'瘦'의 고한국어는 '야외다'이고, 『朝鮮館譯語』에는 '瘦曰耶必大'라 하였다. 이 項에서는 이 말을 취하지 않고 '肥'의 한국어를 취하였는데 그 앞에는 否定副詞를 더해야 한다. '非, 不'의 선초어는 '아니'267)이고 현대 한국어도 같다. '安里'의 음가를 살피면 '里'는 ㄹ聲母인데 口蓋音化 및 連音變讀 현상으로 보면 '아니'와 합치될 수 있다.

(184) 洗手曰遜時蛇

藍格明鈔本에 '時'자를 '㖷' 글자로 한 것 외에는 다른 판본은 모

266) 鷄林類事硏究(p.176)를 참조.
267) 龍歌(2), 月曲(53), 訓諺을 참조.

두 '遜時蛇'로 되어 있다. 字典에 이 字는 실려 있지 않으니 원본상에 '時'의 필획이 분명치 않았으므로 다만 보이는 부분만을 그대로 베낀 '時'의 깨진 글자일 것이다. 漢語부분의 '洗手'는 商務刊 國語辭典에 의거하면 '盜賊等拋棄舊日營生, 改習正業'의 뜻인데 이 항의 '手'는 이 말의 뜻이 아니며 다만 '두 손을 씻는다'는 뜻이다. 현대 한국어에서는 '낯을 씻다'의 뜻으로 '세수'라는 말을 쓰는데 이때 두 손을 씻다의 뜻은 없다. 이 항은 곧 명사 '遜(手)'와 동사 '時蛇(洗)'의 복합어이다. '手曰遜'은 앞의 항에서 이미 설명하였으므로 여기서는 생략한다. '洗'의 鮮初語는 '싯다'268)이고 이 말의 명령형 및 대답형은 곧 '싯어→시서'이고 '時蛇'의 음가를 살피면 이와 일치한다.

(185) 凡洗濯皆曰時蛇

각 傳本이 모두 같다. 現代 韓語 중 물로 때를 제거하는 것을 모두 '씻다'라 하고 이 말은 곧 古語 '싯다'의 硬音化일 뿐이다. 제⑧⑦항 참조. 이로써 高麗 때에는 이 말의 뜻이 광범위하게 쓰였음을 알 수 있다. 제⑱④항의 해석을 참조.

(186) 白米曰漢菩薩

藍格明鈔本의 '漢落薩' 외에는 다른 판본은 모두 '漢菩薩'이다. 이 항은 '白曰漢'과 '米曰菩薩'의 두 어휘로 나눌 수 있으며, 그중 '白曰漢'은 제㉔④항을 참조. '菩薩' 2자의 反切音을 분석하면 다음과 같다.

○ 菩 : 薄胡切(廣韻 平聲 第11模) 또는 房久切(同 上聲 第44有) 또는 蒲北切(同 入聲 第25德) 또는 薄亥切(同 集韻 上聲 第15海)

---

268) 月曲(124), 杜諺初(十七·71), 訓蒙(下·11)을 참조.

○ 薩 : 桑割切(廣韻 入聲 第12曷)[269]

'米'의 선초어는 'ᄡᆞᆯ'[270]이고 『朝鮮館譯語』에는 '米曰色二'로 되어 있고, 현대 한국어는 '쌀'이고 方言 중에는 '살'도 있다. '白'의 鮮初語는 'ᄒᆡᆫ'[271]이다. '漢菩薩'의 음가는 'ᄒᆡᆫᄡᆞᆯ'에 대응되며 鮮初語에는 '米'의 한국어가 비록 單音節語이지만 고려 때에는 2음절어였을 것이다. 이로써 보면 藍格明鈔本의 '落薩'은 곧 '菩薩'의 잘못이다.

(187) 粟曰田菩薩

①	②	③	④	⑤	⑥	⑦	⑧	⑨	⑩	⑪	⑫	⑬	⑭	⑮	⑯	⑰	⑱	⑲
田	〃	〃	〃	〃	〃	〃	〃	〃	〃	〃	〃	〃	〃	菩	〃	〃	田	〃
菩	〃	〃	〃	〃	〃	〃	〃	〃	〃	〃	〃	〃	〃	薩	〃	〃	菩	〃
薩	〃	隡	薩	〃	〃	〃	〃	〃	〃	〃	〃	〃	〃				薩	〃

藍格明鈔本의 '隡'자는 '薩'의 잘못이다. 이밖에 海史本과 麗言攷에는 '田'자를 잘못 빠뜨렸다. '菩薩'에 대해서도 前項을 참조. '粟'의 선초어는 '조', '조ᄡᆞᆯ'[272]이다. '田菩薩'의 音價를 살피면 이 말과는 일치하지 않는다. 이로써 미루어보면 '田菩薩'은 곧 한자어 '田'과 한국어 '보살'의 복합어이다. 조는 반드시 밭에다 심기 때문이며 볍쌀에는 논벼와 밭벼 두 가지가 있다.

---

269) 廣韻, 集韻에 '薩'은 곧 '蕯'을 쓴 것이다.
270) 釋譜(六·14), 月釋(一·45), 月曲(62)를 참조.
271) 龍歌(50), 釋譜(六·43), 訓蒙(中·29)을 참조.
272) '粟'를 찧지 않은 것을 '조'라 하고, 찧은 것을 '조ᄡᆞᆯ'이라 한다. 訓蒙(上·12), 杜諺初(七·39), 老諺(上·8), 杜諺初(十五·5)를 참조.

(188) 麥曰祕

①	②	③	④	⑤	⑥	⑦	⑧	⑨	⑩	⑪	⑫	⑬	⑭	⑮	⑯	⑰	⑱
祕	密	宻	〃	〃	〃	〃	〃	〃	〃	密	蜜	密	蜜	宻	密	宻	密
	豆		頭	〃	〃	〃	〃	〃	〃	〃	〃	〃	〃	〃	〃	○	頭
	日		目	〃	〃	〃	〃	〃	〃	〃	〃	〃	〃	〃	〃	○	目
	大																

港大明鈔本의 '麦曰密豆日大'[273]로 된 것은 마땅히 '麥曰密'과 '豆曰大'의 誤記이며, 다음 항의 '豆曰大'를 참조. 이로써 보면 兩 明鈔本의 표기가 실은 서로 같다. 張校本에는 '密'을 '祕'로 잘못 썼다. 다른 판본은 '宻頭目'이라 하였는데 아마도 陶珽의 說郛本의 '密豆日大'를 '宻頭目'으로 고친 것이며, 또는 '大'字를 다음 항의 '穀曰'의 위에 첨가해서 '大穀曰'이라 한 결과 다음 項의 '豆曰大'를 빠뜨린 것이다. '密'과 '蜜'을 살피면 같은 음이므로 雍正理學本과 光緒理學本에서 '密'을 '蜜'로 잘못 썼다. 『集韻』에 "密俗作宻"이라 하였으므로 '宻'도 괜찮으나 여기서는 兩 明鈔本에 의거해서 '密'로 한다.

麥에는 大麥과 小麥 두 가지가 있다. 齊思和의 『毛詩穀名考』에 이르기를 "來是小麥的原名, 而普通之所謂麥, 也通指小麥而言."[274]이라 하였고, 大麥의 古韓國語는 '보리'이고 小麥의 古韓國語는 '밀'[275]이며 『朝鮮館譯語』에는 '麥曰冊閔'으로 되어 있고, 현대 한국어는 고한국어와 같다. '密'의 音價를 살피면 '美筆切'(廣韻 入聲 第5質) 또는 '覓畢切' 또는 '莫筆切'(集韻 入聲 第5質)'이고 이 석 자의 反切音은 같

273) 『康熙字典』에 이르기를 "按麥从來, 不从夾, 从夊, 不从夕, 來象其實, 夊象其根, 俗作麦, 非"라 하였으므로 港大明鈔本에는 '麦'으로 되어 있고 四庫本과 麗言攷에는 '麥'으로 되어 있는데 모두 필획이 조금 다르다. 또한 前間氏의 麗言攷에 실린 것과 그 底本이 또한 다름이 있다. 白鳥庫吉의 조선어와 우랄알타이어의 비교연구에 이르기를 "밀=小麥 wheat(Gl, 328, a) 密頭目=麥"(계림 p.111)라 하였는데 그 인용도 맞지 않다.

274) 燕京學報 第36期(p.291)를 참조.

275) 訓蒙(七·12), 類合(上·10), 杜諺初(卄二·28)를 참조.

은 성류이고 같은 韻인데 '筆'韻은 '撮口'이고 '畢'韻은 '齊口'이므로 '覓畢切'과 小麥의 한국어가 일치한다.

(189) 豆曰火

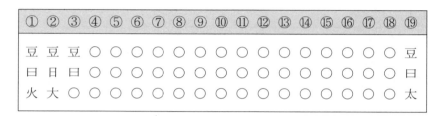

①	②	③	④	⑤	⑥	⑦	⑧	⑨	⑩	⑪	⑫	⑬	⑭	⑮	⑯	⑰	⑱	⑲
豆	豆	豆	○	○	○	○	○	○	○	○	○	○	○	○	○	○	○	豆
曰	日	曰	○	○	○	○	○	○	○	○	○	○	○	○	○	○	○	曰
火	大	○	○	○	○	○	○	○	○	○	○	○	○	○	○	○	○	太

港大明鈔本에는 이 語項이 없어 前項으로부터 나누어서 여기에 옮겨 적으니 前項의 설명을 참고하면 이 책중의 祭器 '日'은 '曰'의 잘못이다. '豆'자의 뜻 중에 곡류 이외에도 또한 옛날 제기의 뜻이 있으나, 이 項의 '豆'는 곧 오직 곡류를 가리킨 것이다. 『廣雅』에 이르기를 "大豆赤也, 小頭荅也"(釋草)라 하였다. 선초어 중에는 大豆는 '콩'이고 小豆는 '퐃' 또는 '퐃'이다. 『朝鮮館譯語』에는 '豆曰孔'으로 되어 있다. 현대 한국어는 鮮初語와 같다. '大, 太, 火' 등의 발음을 살피면 모두 '豆'의 한국어에 대응되지 않는다. 이밖에 『五洲衍文長箋散稿』[276]에 이르기를 "太音泰, 俗訓大荳名. 思齊拓言青菽曰青太, 又見官簿"(卷44 東國土俗字辨證說)라 하였고, 또 이르기를 "東國農書亦有奇異文字, 如姜希孟衿陽雜術, 黃高麗豆, 黑高麗豆, 古則單稱太, 曰黃黑, 火太, 赤大豆 … 青太, 青大豆. 思齊拓言青菽曰青太. 東俗方言以大豆單作太者, 借大豆之大下加一點象菽形, 仍爲菽名, 卽說文假借象形也"(卷25 農家奇文異字辨證說)라 하였다. 현대 한국어 방언 중에 '黃豆'와 '紅豆'를 일러 '두태'라고 하는데, 이 말은 곧 '豆太'의 한국음이다. 이로써 보면 이 語項의 對音部는 곧 한국의 俗字를 쓴 것

276) 朝鮮 憲宗 때 李圭景이 편찬. 총60권 필사본.

이다. 앞에 서술한 것을 종합하면 비록 '大'에도 '太' 音이 있지만 '크다'라는 뜻으로 틀림없이 '太'라는 말을 쓴 것임에 의문이 없으며 이를 '火'로 쓴 것은 곧 원본상에 필획이 분명치 않은데서 온 잘못이다. 大東本에 '豆曰太'는 어떤 판본에 의거했는지 알 수가 없다.

(190) 穀曰田麻帝骨

①	②	③	④	⑤	⑥	⑦	⑧	⑨	⑩	⑪	⑫	⑬	⑭	⑮	⑯	⑰	⑱
穀	穀	穀	大	〃	〃	〃	〃	〃	〃	〃	〃	〃	〃	〃	〃	頭	大
曰	〃	〃	穀	〃	〃	〃	〃	〃	穀	穀	〃	〃	〃	穀	穀	目	穀
田	麻	〃	曰	〃	〃	〃	〃	〃	〃	〃	〃	〃	〃	〃	〃	大	曰
麻	帝	〃	麻	〃	〃	〃	〃	〃	〃	〃	〃	〃	〃	〃	〃	穀	麻
帝	骨	谷	帝	〃	〃	〃	〃	〃	〃	〃	〃	〃	〃	〃	〃	曰	帝
骨			骨	〃	〃	〃	〃	〃	〃	〃	〃	〃	〃	〃	〃	麻	骨
																帝	
																骨	

여기서는 앞서 前項에 이미 언급한 세 語項이 서로 뒤섞인 현상을 알 수 있다. 兩 明鈔本과 張校本 외에는 기타 판본상의 '大'字는 곧 前項의 '豆曰大'에서 잘못 옮겨 적은 것이다. 그러므로 이 項의 漢語部는 마땅히 '穀曰'이어야 한다. 『說文解字』에 이르기를 "穀, 續也. 百穀之總名也. 从禾殸聲"이라 하였고 또 『集韻』에는 "穀或從米"라 하였고, 『廣韻』에는 "穀 … 今經典省作穀"이라 하였으니 '穀'으로 잘못된 것을 제외하고는 기타 字는 모두 같다. '穀'의 古韓語는 '곡셕', '곡식'이고, 이 말은 '穀食'의 한국음이다. 이밖에 '낟'도 있다. '麻帝骨'의 음가를 살피면 위에 인용한 한국어와는 모두 일치하지 않는다. 다시 후일에 살펴보기로 한다.

(191) 酒曰酥孛

藍格明鈔本의 '蘇孛' 외에는 다른 판본은 모두 '酥孛'로 되어 있다. '酥'와 '蘇'를 살피면 同音이므로 어떤 자를 써도 괜찮다. '酒'의 鮮初語는 '수울', '수을', '술'[277]이고 『朝鮮館譯語』에는 '酒曰數本'이라 하였다. 현대 한국어는 '술'이다. '酥孛'의 음가는 '酒'의 鮮初語에 대응될 수 있으나 '酥孛'과 '數本'으로 보면 고려 때 '술'의 한국어는 제2음절이 본래 脣音[278]이 있었는데 그 뒤 消失되어 드디어 현대 한국어 '술'로 변천되어 單音節化가 된 것이다. 그 변천을 추찰하면 다음과 같다.

* 수블〉 수뵬〉 수울〉 수을〉 술

(192) 醋曰生根

각 傳本이 모두 같다. '醋'의 고한어는 '초'이고 이 말은 곧 '醋'의 한국음이다. 『朝鮮館譯語』에는 '醋'의 한국어가 실리지 않았고 다만 '醋'의 한국음 '초'가 실렸을 뿐이다. 이밖에 '醋'는 신맛이 있어서 '신것 → 싱건'이라고도 칭하여 이 말은 '酸者'의 한국어이다. '生根'

---

277) 두언초(杜諺初)(八·28), 삼강(三綱)(孝·6), 석보(釋譜)(九·37), 월석(月釋)(一·43), 두언초(杜諺初)(八·61), 훈몽(訓蒙)(中·21)을 참조.

278) 金富軾의 『三國史記』에 이르기를 "三十三年,(後漢 安帝 6年(112) 冬十月, 王薨. 葬蛇陵園內. 祇摩尼師今立, 或云祇味. 婆娑王嫡子. 母史省夫人, 妃金氏愛禮夫人, 葛文王摩帝之女也. 初婆娑王獵於楡湌之澤, 太子從焉. 獵後, 過韓歧部, 伊湌許婁饗之. 酒酣, 許婁之妻, 携少女子出舞. 摩帝伊湌之妻, 亦引出其女, 太子見而悅之, 許婁不悅. 王謂許婁曰 此地名大庖, 公於此, 置盛饌美醞, 以宴衎之, 宜位酒多, 在伊湌之上. 以摩帝之女, 配太子焉. 酒多後云角干."(卷第1 新羅本紀 제1)라 하였다. 위 글 중 '酒多'는 곧 당시 이두식 기재의 官名인데, '角干' 또한 吏讀文이다. 또 黃胤錫의 「頤齋遺藁」에 이르기를 "按新羅官制, 有曰大舒發翰, 亦曰大舒弗邯, 音寒, 所謂弗邯卽發翰音近而字轉也, 有曰大角干者, 角卽舒發, 舒弗也. 今俗猶呼角爲(뿔), 舒之字母在諺文爲(ㅅ), 發與(불) 近而又直音(불), 若加)(ㅅ) 於[불] 之右上, 卽[뿔], 卽角字方言也. 若[불], 去(ㅂ而直加)[ㅅ]于上, 因以翰音相近之多速呼則曰酒多. 干俗音又呼近翰邯, 羅俗然也. 亦曰蘇判, 亦曰蘇伐, 蘇亦舒之轉聲也"(卷之 25, 華音方言字義解)라 하였다. 이로써 신라에서 고려 때까지 '酒'의 한국어는 '*수블'이었을 것이다.

의 음가를 살피면 이와 비슷하다. 그러나 한국방언 중에는 '醋'의 별칭으로 '단것'이 있고, 이 말은 곧 迷信으로 인해서 개칭된 어휘이며 아마도 풍속에서 '醋'의 본명은 직접 부르게 되면 곧 날아가 남지 않으므로 '醋'를 칭할 때 반드시 '단것'으로 고쳐 불렀던 것인데 이 말은 곧 '甛者'의 별칭이다. 그러나 아직도 확실하다고 볼 수 없어서 후일로 미룬다.

(193) 醬曰祕祖

①	②	③	④	⑤	⑥	⑦	⑧	⑨	⑩	⑪	⑫	⑬	⑭	⑮	⑯	⑰	⑱
祕	密	〃	〃	〃	〃	〃	〃	〃	**宻**	密	〃	〃	〃	**宻**	密	**宻**	密
祖	〃	〃	〃	〃	〃	〃	〃	〃	〃	〃	〃	〃	〃	〃	〃	〃	〃

이 항을 張校本에는 '密'을 '祕'로 잘못 썼으며 제⑱항과 같다. 張校本이 '密'을 '祕'로 고친 것은 아마도 장씨가 현대 한자음에 의해서 두 자가 같은 음으로 여겼기 때문일 것이다. 商務에서 간행한 國語辭典에 이르기를 "醬, ① 種調味之食品 ② 通稱搗爛如泥之食物 ③ 謂流質之稠濃"이라 하였고 『六書故』에는 이르기를 "醬, 今人以豆麥爲黃投鹽與水爲醬"이라 하였다. 또 『正字通』에 이르기를 "醬, 麥麪米豆皆可罨黃加鹽曝之成醬"이라 하여, 이 項의 '醬'은 마땅히 『六書故』와 『正字通』에 말한 바의 물건이요, 國語辭典의 제② ③항의 물건은 아니다. '醬'의 古韓語는 '쟝'이고 이 말은 곧 '醬'의 한국음이다. 이 밖에 '麴, 豉'의 고한어는 '메주', '며조', '며주'이다. 『朝鮮館譯語』에는 '醬曰自盖'라 하였다. 현대 한국어에서는 다만 '醬'을 만들기 이전에 콩을 삶아서 찧는 것을 '메주'라 하고 '醬'을 만든 뒤에는 '장(cang)'이라 한다. 이로써 미루어보면 '醬'의 한국어는 본래 '麴', '豉'와 같으며 뒤에 한자 '醬'에 의해서 그 본뜻은 잃고 오직 그 원명이

‘醬’의 재료에서만 보존되고 있을 뿐이다.

‘醬’의 일본어는 ‘味噌’, ‘미소’인데 新井白石의 『東雅』에 의하면 高麗에서 日本으로 유입되어 ‘彌沙’(ミソ) ‘미소’279)라 하였고 또 『事物起源辭典』에 이르기를 “據說西元前二百年頃, 於中國西域造之, 依高麗人而傳至我國. 因此, 在我國稱‘味噌’謂高麗醬(こまびしお)”(pp.371~372 참조)라 하였다. 만주어는 ‘미순’280)이라 한다. 이로써 보면 ‘醬’의 만주, 한국, 일본어가 동일계통에 속하며, 고려 때는 ‘醬’도 ‘密祖’라 칭했음을 더욱 확신할 수 있다. ‘密祖’의 음가를 살피면 ‘麴’, ‘豉’의 고한국어 및 일본어 ‘미소’에 대응될 수 있다. 入聲 ‘密’로써 ‘미’로 한 것은 곧 連音 變讀現象이다.

(194) 鹽曰酥甘

①	②	③	④	⑤	⑥	⑦	⑧	⑨	⑩	⑪	⑫	⑬	⑭	⑮	⑯	⑰	⑱	⑲
酥 甘	蘇 廿	蕪 廿	蘇 甘	〃 〃	〃 〃	〃 〃	〃 〃	〃 〃	〃 〃	〃 〃	〃 〃	〃 〃	〃 〃	蕪 〃	蘇 〃	〃 〃	〃 〃	〃 〃

張校本의 ‘酥甘’ 외에는 다른 판본은 모두 ‘蘇甘’으로 되어 있다. ‘酥’와 ‘蘇’는 동음자이나 明鈔本에 의하여 ‘蘇甘’으로 한다. 鹽의 鮮初語는 ‘소곰’281)이며, 『朝鮮館譯語』에는 ‘鹽曰所昏’으로 되어 있고, 현대 한국어는 ‘소금’이다. 方言 중에는 ‘소감’도 있다. ‘蘇甘’의 음가를 살피면 鮮初語와 일치한다. 이로써 韓國語 ‘소금’의 변천을 추측하면 다음과 같다.

* 소감 〉 소곰 〉 소금

279) 吉川半七 刊行本(明治 36年 3月, 1903), 제3책 제347페이지 참조.
280) 羽田亨 編纂, 滿和辭典(京都帝國大學 滿蒙調査會刊, 1937년 12월, 京都를 참조)
281) 杜諺初(七·34), 訓蒙(中·22), 類合(上·30)을 참조.

(195) 油曰鐖入聲林

①	②	③	④	⑤	⑥	⑦	⑧	⑨	⑩	⑪	⑫	⑬	⑭	⑮	⑯	⑰	⑱
鐖	〃	幾	鐖	〃	〃	〃	〃	〃	幾	鐖	〃	〃	〃	〃	〃	〃	〃
入	〃	林	入	〃	〃	〃	〃	〃	〃	〃	林	入	林	入	〃	〃	〃
聲	〃		聲	〃	〃	〃	〃	〃	〃	〃	鐖	聲	鐖	聲	〃	〃	〃
林	〃		林	〃	〃	〃	〃	〃	〃	〃	入	林	入	林	〃	〃	〃
											聲		聲				

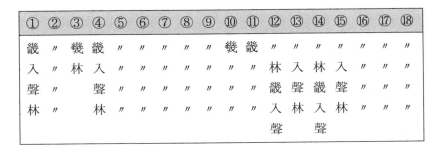

각 傳本을 대조하면 이 項의 원문은 마땅히 '油曰鐖入聲林'이므로 '幾'는 '鐖'의 잘못이다. 雍正理學本과 光緖理學本의 글자 순서 역시 뒤에 고친 것이다. '油'의 선초어는 '기름'282)이고 『朝鮮館譯語』에는 '油曰吉林'으로 되어 있고, 현대 한국어도 鮮初語와 같다. '鐖林'의 음가를 살피면 '油'의 한국어에 대응된다. '入聲'을 附記한 것은 아마도 連音變讀인 까닭일 것이다. 그 다음은 '林'을 '름'이라고 한 것은 방언의 '기림'으로 미루어 보면 고려 때 油의 한국어는 '기림'이었을 것이다.

(196) 魚肉皆曰姑記

港大明鈔本의 '魚曰皆曰姑記'를 제외하고 다른 판본은 모두 '魚肉皆曰姑記'이다. '魚曰'은 마땅히 '魚肉'의 잘못이다. '魚'와 '肉'의 선초어는 모두 '고기'283)이며 현대 한국어도 같다.284) '姑記'의 음가는 이

282) 月釋(十八·29), 楞諺(六·99), 訓蒙(中·21)을 참조.

283) 月釋(一·14), 杜諺初(七·3), 釋譜(六·10)를 참조.

284) 洪起文의 '朝鮮語基本詞彙와 詞彙의 構成 중 고유의 詞彙와 漢語詞彙의 관계'에서는 "현재에 이르기까지 짐승의 고기와 물고기를 다같이 '고기'라고 하였다. 그러나 중부방언 중에는 이미 점점 '생선'을 사용하였고, 서북방언 중에는 점점 '반찬'을 사용한 것은 이와같이 漢字語彙가 대체되었다는 것이다."(『少數民族語文論集』, 中華書局, 周時龍 譯 p.151을 참조.)

와 일치한다.

(197) 飯曰朴擧

①	②	③	④	⑤	⑥	⑦	⑧	⑨	⑩	⑪	⑫	⑬	⑭	⑮	⑯	⑰	⑱
飯	飰	飠卜	飰	〃	〃	飰	飰	飰	〃	〃	飯	飰	飯	飯	飯	飯	飰
曰	〃	〃	〃	〃	〃	〃	〃	〃	〃	〃	〃	〃	〃	〃	〃	〃	〃
朴	飵	补	朴	〃	〃	〃	〃	〃	〃	〃	〃	〃	〃	〃	〃	〃	〃
擧			擧	〃	〃	〃	〃	〃	〃	〃	〃	〃	〃	〃	擧	〃	〃

각 傳本의 漢語部分이 매우 차이가 있어 먼저 漢語부분을 고찰하면 다음과 같다.

○ 飠卜 : 『字彙補』에 이르기를 '飤'와 같다고 하였다.
○ 飤 : 『康熙字典』에 이르기를 "祥吏切, 相吏切, 玉篇食也, 與飼同"이라 하였다.
○ 飰 : 『玉篇』에 '俗飯字'라 하였다. 顧炎武는 "…水經說文汳字唐人亦改作汴路史云隋煬帝惡其從反易之飯字亦或爲飰"라 하였다.(『音論』 卷下 9葉)

이로써 漢語部는 마땅히 '飯(飰)曰'로 해야 하며, 藍格明鈔本의 '飠卜'은 곧 '飰'의 誤記이다. 飯의 鮮初語는 '밥'285)이고, 『朝鮮館譯語』에는 '飯曰把'이며 현대 한국어도 鮮初語와 같다. '朴'의 反切音은 '匹角切'(廣韻, 入聲 第4覺)이고, 또한 '匹候切'(集韻 去聲 第50候)이고 또한 '披尤切'(同 平聲 第18尤)이다.

비록 '朴'의 음가와 飯의 한국어는 韻母가 같지 않으나 漢字 중

285) 解例(用字), 釋譜(六·10), 月釋(二·17)을 참조.

'밥'의 음가가 없으므로 부득이 '朴'자를 사용하여 그 음에 가장 접근하는 것을 취한 것이다. 이로써 보면 '飰, 补'은 모두 '朴'의 誤記이다. 그 다음 兩 明鈔本을 제외한 다른 판본의 '擧'자도 잘못 덧붙인 것이니 다음 項을 참조.

前間氏는 "'擧'는 곧 '不'의 誤字 또는 衍文[286]"이라 하였다. 方氏는 "'朴擧'의 '擧'는 '業'자의 잘못"[287]이라 하였으나 모두 맞지 않다.

(198) 餠曰模做

①	②	③	④	⑤	⑥	⑦	⑧	⑨	⑩	⑪	⑫	⑬	⑭	⑮	⑯	⑰	⑱
餠	㚔	夆	粥	〃	〃	〃	〃	〃	〃	〃	〃	〃	〃	〃	〃	〃	〃
曰	飰	曰	〃	〃	〃	〃	〃	〃	〃	〃	〃	〃	〃	〃	〃	〃	〃
模	曰	飰	謨	〃	〃	〃	〃	〃	〃	〃	〃	〃	〃	〃	〃	〃	〃
做	謨	〃	做	〃	〃	〃	〃	〃	〃	〃	〃	〃	〃	〃	〃	〃	〃
	做	椒															

이 項은 前項의 '飰曰朴(擧)'와 뒤섞였으니 제⑲항을 참조. 도표로써 대조해 보면 비록 明鈔本에서 이미 뒤섰이기는 하였으나, 본래의 모습은 크게 잃어버린 것은 곧 陶珽의 說郛本부터 시작되었고 그 뒤 張校本에서도 잘못되어 혼란이 있었다. 아마도 原本의 筆劃이 분명치 않아 陶씨는 前項의 '飰曰'에 의해서 추단하여 '飰'의 동류어인 '粥曰'을 기재했을 것이다. 張씨도 추측에 따라 '飯'의 동류어인 '餠'으로 한 것이다. 뒤에 『鷄林類事』를 연구하는 사람들은 兩 明鈔本을 보지 못하고 다만 '粥曰', '餠曰'에 의거해서 풀이하였으므로 모두 바른 解釋을 하지 못하였다.

『篇海』에 이르기를 "'㚔'와 '擧'는 같으며 俗字"라 하였다. 이로써

286) 麗言攷(p.79)를 참조.
287) 鷄林類事硏究(p.178)를 참조.

보면 兩 明鈔本의 '峯, 峯'는 곧 '擧'자 이다. 그러므로 港大明鈔本에 의거해서 이 項의 漢語部는 응당 '擧飰曰'이어야 한다.

『周禮』에 이르기를 "王日一擧鼎十有二物皆有俎"라 하였고, 注에서는 "殺牲盛饌曰擧王日一擧以朝食也"288)라 하였다. 『儀禮』에 이르기를 "嗣擧奠盥入北面再拜稽首"라 하였고, 注에 "嗣主人將爲後者擧猶飮也"289)라 하였다. 이밖에 『中文大辭典』에서는 "擧肉猶言食肉也. '韻府引, 黃庭堅, 文' 以病屛酒不擧肉多年."라 하였다. 蘇軾의 '前赤壁賦'에서는 "擧酒屬客"이라 하고, 李白의 '月下獨酌'에서는 "擧杯邀明月, 對影成三人"이라 하였다. 『儀禮』에서는 "凡擧爵三作而不徒爵"(鄕飮酒禮)라 하였고, 『戰國策』 魏策에서는 "酒酣請魯君擧觴"이라 하였다. 위에 인용한 것들로 보면 擧飯과 喫飯의 뜻은 서로 통할 수 있다. 그 다음 대음부의 기재를 고찰하면 다음과 같다.

○ 謨 : 莫胡切(廣韻 平聲 第11模) 또는 蒙晡切(集韻 平聲 第11模) 또는 莫故切(同 去聲 第11莫) 또는 末各切(同 入聲 第19鐸)
○ 做 : 『正字通』에서는 "俗作字"라 하였다.
○ 模 : 字典에 이 자는 실리지 않았다.

'食, 喫'의 鮮初語는 '먹다'290)이고, 이 말의 命令形 또는 請誘形은 '먹자'이고, 방언 중에는 '묵자'도 있다. '謨(入聲)做'의 音價를 살피면 이와 일치한다. 그러므로 '模'는 곧 '謨'의 誤記이며, '椒'는 곧 '做'의 誤記이다.

前間氏는 '謨做'는 곧 '諸故'의 誤記라 하고. '粥(쥭)'으로 풀이291) 하였다. 方氏는 '모주'292)로 풀이하였으나 모두 자세히 살피지 않아 이 같은 오류를 범한 것이다.

---

288) '天官, 膳夫'(권4 제2엽)을 참조.
289) '特牲饋食禮第十五'(권46 제1엽)을 참조.
290) 釋譜(六·32), 月曲(122), 杜諺初(九·2)를 참조.
291) 麗言攷 (p.80)를 참조.
292) 鷄林類事硏究 (p.179)를 참조

(199) 茶曰茶

각 傳本이 모두 같다. ‘茶’의 古韓語는 ‘차’293)이고, 이 말은 곧 ‘茶’의 한국음이다. 그러나 ‘茶’자의 한국음이 ‘다’인 것은 곧 古漢音을 아직도 보존하고 있는 것이다. 茶의 反切音은 ‘宅加切’(廣韻 平聲第9痲) 또는 ‘直加切’(集韻 同韻)이고 모두 澄母이다. 이로써 당시 茶의 양국음이 서로 같았음을 알 수 있다.

(200) 湯曰湯水

①	②	③	④	⑤	⑥	⑦	⑧	⑨	⑩	⑪	⑫	⑬	⑭	⑮	⑯	⑰	⑱
湯	湯	〃	○	○	○	湯	○	○	○	湯	〃	〃	〃	○	○	○	湯
曰	〃	〃	○	○	○	曰	○	○	○	曰	〃	〃	〃	○	○	○	曰
湯	湯	〃	湯	〃	〃	水	湯	湯	湯	水	〃	〃	〃	○	○	○	水
水	〃	〃	〃	〃	〃	〃	水	〃	〃					○	○	○	

294)

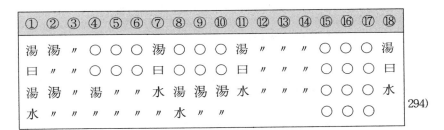

이 項의 표기는 각 傳本의 계통을 분별하는데 중요성이 있다. 각 傳本을 살피면 원본상의 표기가 ‘湯曰湯水’로 되어 있고, 陶珽의 說郛本부터 ‘湯曰’이 누락되어 있어, 그 뒤부터는 모두 ‘湯曰水’로 고쳐졌다. 商務印書館 刊行의 『國語辭典』에는 “湯 ① 熱水. ② 菜肴之具多量汁水者, 如木樨湯. ③ 菜肴中之多量汁水.……”라 하였다. 다음 項의 ‘熱水曰泥根沒’이라 하였으므로, 이 항의 湯은 국어사전에 기재된 제②의 뜻이다.

湯의 고한국어는 ‘국’이고 또한 湯의 한국음 ‘탕’을 병용295)한다. 그러므로 이 項의 對音部 ‘湯水’도 한자어휘이다. 이밖에 『高麗圖經』

293) 杜諺初(十五.12), 訓蒙(中.22). 類合(上.30)
294) 朝鮮鈔本에는 ‘茶曰茶’와 ‘湯水’를 연접해서 곧 ‘茶曰茶湯水’이라 하였다.
295) 朴諺初(上·6), 訓蒙(中·21), 譯語(上·60)를 참조.

에 이르기를 “日嘗三供茶, 以繼之以湯, 麗人謂湯爲藥, 每見使人飮盡, 必喜, 或不能盡, 以爲慢已, 必怏怏而去, 故常勉强爲之啜也”(매일 세 차례씩 내는 차를 맛보게 되는데, 뒤이어 또 湯(끓인 물)을 낸다. 고려인은 탕을 藥이라고 하는데, 사신들이 그것을 다 마시는 것을 보면 반드시 기뻐하고, 혹 다 마셔내지 못하면 자기를 깔본다고 생각하면서 불쾌해져서 가버리기 때문에 늘 억지로 그것을 마셨다.)(卷32 器皿3, 茶俎條)라 하였다. 한국인들이 ‘漢藥’을 ‘湯藥’이라 이르는 것은 ‘漢藥’은 반드시 달이기 때문이다. 이로써 孫穆이 기재한 것이 옳고 徐兢은 잘못 전한 것이다.

(201) 飮酒曰酥孛麻蛇

①	②	③	④	⑤	⑥	⑦	⑧	⑨	⑩	⑪	⑫	⑬	⑭	⑮	⑯	⑰	⑱
酥	〃	蘇	酥	〃	〃	〃	〃	〃	〃	〃	〃	〃	〃	〃	〃	〃	〃
孛	〃	〃	李	〃	〃	〃	〃	〃	〃	孛	李	孛	李	〃	〃	〃	孛
麻	〃	蔴	麻	〃	〃	〃	〃	〃	〃	〃	〃	〃	〃	〃	〃	〃	〃
蛇	〃	〃	〃	〃	〃	〃	〃	〃	〃	〃	〃	〃	〃	〃	〃	〃	〃

‘酒曰酥孛’은 前項에서 이미 설명하였다. ‘李’라고 한 것은 곧 ‘孛’ 자의 잘못이며, ‘蔴’도 ‘麻’의 잘못이다. 이 項의 ‘酒曰酥孛’과 ‘飮曰麻蛇’로 나눌 수 있다. ‘飮’의 鮮初語는 ‘마셔’296)이고 ‘麻蛇’의 음가를 살피면 이와 일치한다.

(202) 凡飮皆曰麻蛇

각 傳本이 모두 같다. 前項을 참조. ‘飮’의 현대 한국어도 모두 ‘마

296) 月曲(159), 月釋(十七·16), 楞諺(七·53)을 참조.

시다'이며, 이 말의 변형이 곧 '마셔'이다.

(203) 暖酒曰蘇孛打里

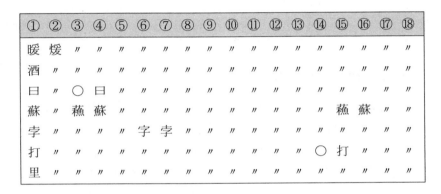

①	②	③	④	⑤	⑥	⑦	⑧	⑨	⑩	⑪	⑫	⑬	⑭	⑮	⑯	⑰	⑱
暖	煖	〃	〃	〃	〃	〃	〃	〃	〃	〃	〃	〃	〃	〃	〃	〃	〃
酒	〃	〃	〃	〃	〃	〃	〃	〃	〃	〃	〃	〃	〃	〃	〃	〃	〃
曰	〃	○	曰	〃	〃	〃	〃	〃	〃	〃	〃	〃	〃	〃	〃	〃	〃
蘇	〃	蘓	蘇	〃	〃	〃	〃	〃	〃	〃	〃	〃	〃	蘓	蘇	〃	〃
孛	〃	〃	〃	〃	字	孛	〃	〃	〃	〃	〃	〃	〃	〃	〃	〃	〃
打	〃	〃	〃	〃	〃	〃	〃	〃	〃	〃	〃	〃	○	打	〃	〃	〃
里	〃	〃	〃	〃	〃	〃	〃	〃	〃	〃	〃	〃	〃	〃	〃	〃	〃

'暖'과 '煖'은 通用字이지만 兩 鈔本에 의거해서 '煖'자를 취한다. 이밖에 藍格明鈔本에는 '曰'자가 빠져 있고, 光緖理學本에는 '打'자가 빠져 있고, 五朝本의 '字'자는 곧 '孛'의 誤字이다. 이 항도 '酒曰蘇孛'과 '暖曰打里'로 나눌 수 있다. '酒曰蘇孛'은 제⑲①항을 참조. '煖'의 고한국어는 '더이다'이다. 그러나 '煎'의 고한국어는 '달히', '다리'[297] 이고, '打里'의 音價를 살피면 이와 일치한다.

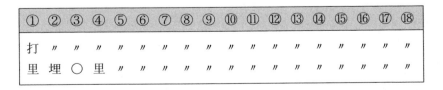

(204) 凡安排皆曰打里

①	②	③	④	⑤	⑥	⑦	⑧	⑨	⑩	⑪	⑫	⑬	⑭	⑮	⑯	⑰	⑱
打	〃	〃	〃	〃	〃	〃	〃	〃	〃	〃	〃	〃	〃	〃	〃	〃	〃
里	埋	○	里	〃	〃	〃	〃	〃	〃	〃	〃	〃	〃	〃	〃	〃	〃

297) 柳物(五·火), 救方(上·51)을 참조.

도표를 보면 원본상 필획이 분명치 않은 것 같다. '安排'의 鮮初語는 '놓타'298)이다. 또는 '버리다'이다. '打里, 打埋'의 음가를 살피면 한국어와는 모두 맞지 않는다. '打'는 '伐'의 誤記일 것이며, '伐里'의 音價는 '버리다'의 어간 '버리'에 대응될 수 있다. 그러나 아직은 확정할 수 없고 고찰을 뒤로 미룬다.

(205) 勸客飮盡食曰打馬此

港大明鈔本에 "勸酒飮盖食曰打馬此"와 麗言攷의 "勸客盡食曰打馬此"를 제외하고는 다른 판본은 모두 張校本과 같다. '盖'는 '盡'의 誤記이며, 麗言攷에는 '飮'자가 빠져있다. '盡(皆)'의 선초어는 '다'299)이고, '畢'의 鮮初語는 '몿다'300)이다. 이 語의 어미변형은 곧 '몿ᄋᆞ → 몿아 → ᄆᆞ-ᄎᆞ'이다. '打馬此'의 音價를 살피면 이와 일치한다.

(206) 醉曰蘇孛速

각 傳本이 모두 같다. 이 項은 '蘇孛'과 '速'으로 나눌 수 있고 '酒曰蘇孛'은 제⑲항을 참조. '醉'의 鮮初語는 '취ᄒᆞ다', '취다'이다. 이 말의 語根 '취'는 '醉'의 한국음이며, 현대 한국어도 같다. '速'의 音價를 살피면 이와 맞지 않다. '速'을 '追'의 誤記로 보면 그 음가와 한국어가 대응된다.

---

298) 月釋(二·73), 同文(下·60), 訓蒙(下·24)을 참조.
299) 龍歌(11), 釋譜(六·2), 月曲(11)을 참조.
300) 杜諺初(八·8), 龍歌(51), 楞諺(一·19)을 참조.

(207) 不善飮曰本道安里麻蛇

①	②	③	④	⑤	⑥	⑦	⑧	⑨	⑩	⑪	⑫	⑬	⑭	⑮	⑯	⑰	⑱
安	〃	〃	〃	〃	〃	〃	〃	〃	〃	〃	〃	〃	〃	〃	〃	〃	〃
里	理	里	理	〃	〃	里	理	〃	〃	〃	〃	〃	〃	〃	里	〃	理
麻	○	麻	〃	〃	〃	〃	〃	〃	〃	〃	〃	〃	〃	〃	〃	〃	〃
蛇	○	蛇	〃	〃	〃	〃	〃	〃	鮀	蛇	〃	〃	〃	鮀	蛇	〃	〃

이 項의 對音部는 '本道', '安里', '麻蛇'의 세 부분으로 나눌 수 있다. '本道' 두 자는 각 판본이 모두 같으며, 港大明鈔本에는 '麻蛇' 두 자가 빠져 있고, '里'와 '理'는 同音이나 앞의 項에서 이미 '安里'로 되어 있어 이 項에서도 '里'라 해야 옳다. '麻蛇'에 대해서는 제㉑항의 '飮酒曰酥孛麻蛇'를 참조.

'本來'의 고한국어는 '본딕'[301]이고, '本道'의 音價를 살피면 일치한다. 이로써 보면 이 項의 對音部는 '本道安里麻蛇'이고 곧 '본래 아니 마셔'의 뜻이다.

(208) 熱水曰泥根沒

漢語부분은 張校本, 五大本, 朝鮮鈔本의 '熱水'를 제외하고는 기타 판본이 모두 '熟水'로 되어 있다. 兩 明鈔本을 살피면 원본상에 '熟水'로 쓰였을 것이다. 이 項의 對音部도 '泥根'과 '沒'의 복합어이니 제⑲항의 '水曰沒'을 참조. 이에 다만 '泥根'의 反切音을 살피면 다음과 같다.

○ 泥 : 奴低切(廣韻 平聲 第12齊) 또는 奴計切(去聲 第12霽)
○ 根 : 古痕切(廣韻, 集韻 平聲 第24痕)

301) 杜諺初(十五·15), 譯語(上·59), 同文(下·46)을 참조.

'熟'의 鮮初語는 '닉다'[302]이고, 이 말의 連體形은 '니근', '니군'이다. '泥根沒'의 音價를 살피면 '니근믈'과 일치한다.

(209) 冷水曰時根沒

각 傳本이 모두 같다. 이 항의 對音部도 '時根'과 '沒'의 복합어이다. '水曰沒'은 이미 앞의 項에서 설명하였으므로 여기서는 생략한다. '冷'의 鮮初語는 'ᄎᆞ다'이고 또한 '식다'[303]이지만, 前者는 본래 '冷'의 形容詞이고, 後者는 뜨거운 것을 차게 한다는 動詞이다. 後者의 連體形은 '식-은 → 시-근'이며 '時根沒'의 음가를 살피면 '시근믈'과 일치한다.

(210) 飽曰擺咱土加反

大字 부분은 각 傳本이 모두 같고, 小字부분은 각 판본이 모두 '七加反'으로 되어 있는데, 다만 張校本에는 '七'이 '土'로 잘못되어 있다. 이 項의 對音部는 '腹曰擺'와 '充曰咱'의 복합어이며 제⑰⑨항을 참조. 여기서 '咱'의 反切音을 분석하면 다음과 같다.

○ 咱 : 子葛切音匝(篇海) 또는 兹沙切(中州音韻 歌麻 平聲)[304]

'飽'의 鮮初語는 '부르다'이다. 또한 '滿, 充, 盈'의 고한국어는 'ᄎᆞ다'[305]가 있고 '七加反'의 음가를 살피면 'ᄎᆞ'와 일치한다.

---

302) 月釋(二·11), 釋譜(十三·60), 訓蒙(下·12)을 참조.
303) 救簡(一·25), 三綱(忠·27), 同文(上·61)을 참조.
304) 廣韻, 集韻 모두 이 자를 싣지 않았다.
305) 月曲(180), 釋譜(十九·39), 類合(下·56)을 참조.

(211) 飢曰擺咱安里

①	②	③	④	⑤	⑥	⑦	⑧	⑨	⑩	⑪	⑫	⑬	⑭	⑮	⑯	⑰	⑱
飢	〃	〃	〃	〃	〃	〃	〃	〃	〃	饑	〃	〃	〃	飢	〃	〃	〃
曰	〃	〃	〃	〃	〃	〃	〃	〃	〃	〃	〃	〃	〃	〃	〃	〃	〃
擺	〃	〃	〃	〃	〃	〃	〃	〃	〃	〃	〃	〃	〃	〃	〃	〃	〃
咱	〃	〃	〃	〃	〃	〃	〃	〃	〃	〃	〃	〃	〃	〃	〃	〃	〃
安	〃	〃	〃	〃	〃	〃	〃	〃	〃	〃	〃	〃	〃	〃	〃	〃	〃
里	埋	理	〃	〃	〃	里	理	〃	〃	〃	里	理	里	理	〃	〃	〃

이 항은 前項의 '飽曰擺咱'의 對稱語이다. 그 漢語부분은 '飢' 또는 '饑'로 되어 있는데 두 자는 오늘날 서로 통용되지만, 그 본래 뜻은 실로 다름이 있어 『說文解字』에는 '飢'의 뜻을 '굶다'라 하였고 '饑'의 뜻은 '곡식이 익지 않은 것'이라고 하였으니, 이것이 곧 두 자의 본뜻이다. 이에 의하면 이 項의 漢語부분은 마땅히 '飢'로 해야 하며 『古今圖書集成本에』 '饑'는 곧 '飢'의 잘못이라 하였다. 이 항의 對音部分은 '擺'(腹)과 '咱'(滿), '安里'(不) 세 어휘로 나눌 수 있고 모두 앞의 항에서 이미 설명하였으니, 제⑰⑨항, ②⑩항, ⑱③항을 참조. '飢'의 鮮初語는 '주리다', '골프다'이다. 그러나 이 항에서는 이 말을 쓰지 않고 '飽'(배차)의 부정법을 썼다. 어순상 마땅히 '擺咱安里'는 '擺安里咱' 또는 '安里擺咱'로 고쳐야 한다.

(212) 金曰郍論義

①	②	③	④	⑤	⑥	⑦	⑧	⑨	⑩	⑪	⑫	⑬	⑭	⑮	⑯	⑰	⑱
郍	邢	那	〃	〃	〃	邢	那	邢	郍	那	〃	〃	〃	〃	〃	〃	〃
論	〃	〃	〃	〃	〃	〃	〃	〃	〃	〃	〃	〃	〃	〃	〃	〃	〃
義	〃	議	義	〃	〃	〃	〃	〃	〃	〃	〃	〃	〃	訍	議	〃	義

'䑩'와 '𨚔' 두 자는 字典에 실려 있지 않아 곧 '那'자의 誤記일 것이다. '那, 論, 義, 議'의 反切音을 살피면 다음과 같다.

○ 那 : 諾何切(廣韻 平聲 第7歌) 또는 奴箇切(去聲 第38箇) 또는 乃可切(集韻 上聲 第33哿)
○ 論 : 力迍切(廣韻 平聲 第18諄) 또는 盧昆切(同 集韻 平聲 第23魂) 또는 盧困切(廣韻 去聲 第26慁)
○ 義, 議 : 宜寄切(廣韻, 集韻 去聲 第26慁)

'義'와 '議' 두 자는 同音이므로 어느 자를 써도 괜찮다. '金'의 鮮初語는 '금'이고 이는 곧 '金'의 한국음이다. 그러나 현 俗語 중에는 '黃金'을 '누렁이'라고도 부르며, 이밖에 '守錢奴'를 '노랭이'라고도 부른다. '那論義'의 音價를 살피면 위에 인용한 한국어에 대응될 수 있다.

前間氏는 마땅히 '那論歲'라 해야 한다고 말하고서 '누른쇠'306)라고 풀이하였다. 다음 항의 '銀曰漢歲'로 보면 그 말도 일리가 있다.

(213) 珠曰區戌

①	②	③	④	⑤	⑥	⑦	⑧	⑨	⑩	⑪	⑫	⑬	⑭	⑮	⑯	⑰	⑱
區	〃	〃	〃	〃	〃	〃	〃	〃	〃	〃	〃	〃	〃	〃	〃	〃	〃
戌	〃	戌	〃	〃	〃	〃	〃	〃	戌	戌	〃	〃	〃	戍	戌	戌	戌

'戌'과 '戍' 두 자가 뒤 섞인 것에 대해서는 제㉓항에서 이미 서술하였으므로 여기에서는 생략한다. '珠'의 鮮初語는 '구슬'307)이고, 『朝鮮館譯語』에는 '珠曰主'라 하여 '珠'의 韓音을 적은 것이며, '珠'의

306) 麗言攷(pp.84~85)를 참조.
307) 月釋(一·15), 釋譜(十三·10), 訓蒙(中·31)을 참조.

韓語을 적은 것이 아니다. 그러나 현대 한국어도 鮮初語와 같다. '區戌'의 音價를 살피면 '珠'의 한국어와 일치하므로 '戌'는 곧 '戌'의 誤記이다.

(214) 銀曰漢歲

①	②	③	④	⑤	⑥	⑦	⑧	⑨	⑩	⑪	⑫	⑬	⑭	⑮	⑯	⑰	⑱
漢 歲	〃 嵗	〃 〃	〃 歲	〃 〃	〃 〃	〃 嵗	〃 歲	〃 嵗	〃 歲	〃 〃	〃 〃	〃 〃	〃 〃	〃 歲	〃 歲	〃 嵗	〃 歲

『說文解字』에는 "歲木星也 … 从步戌聲"이라 하였고, 또 『康熙字典』에는 "歲 … 別作嵗歲, 丛非"이라 하였다. 이에 의거하면 '嵗, 嵗, 歲, 歲, 嵗' 등은 모두 '歲'의 誤字이다.

'銀'의 鮮初語와 韓國音은 '은'이다. 梁柱東의 「萬, 銀의 本語」에 의하면 高句麗 때 '절' 또는 '졸'308)이라고 하였다. 『朝鮮館譯語』에는 '銀曰遂'라 하였고, 현대 한국어 역시 선초어와 같다. 그러나 '銀'은 백색쇠의 종류이므로 이 항의 대음부 '漢歲'는 '白曰漢'과 '鐵曰歲'의 복합어이다. '鐵'의 선초어는 '쇠'이고 '白'의 선초어는 'ᄒᆡᆫ'이다. '漢歲'의 音價를 살피면 이 말과 일치한다.

(215) 銅曰銅

각 傳本이 모두 같다. '銅'의 鮮初語는 '구리'309)이고, 『朝鮮館譯語』에는 '銅曰谷速'이라 하였고, 현대 한국어 역시 鮮初語와 같다. 그러나 漢字語 '銅'자도 병용하였다. 이로써 高麗 때도 한자어휘 '銅'

308) 國學研究論考(1962년 6월, 乙酉文化社 간 pp.277~278)를 참조.
309) 解例(用字), 月釋(一·26), 楞諺(八·80)을 참조.

을 상용하였음을 알 수 있다.

(216) 鐵曰歲

각 傳本이 모두 같다. '歲'의 異體字는 제㉑④항에 이미 서술하였으므로 여기서는 생략한다. '鐵'의 鮮初語는 '쇠'[310]이고, 『朝鮮館譯語』에는 '鐵曰遂'라고 하였다. 현대 한국어도 선초어와 같다. '歲'의 音價를 살피면 이와 일치한다.

(217) 絲曰絲

麗言攷에 '絲曰實' 외에는 다른 板本에는 모두 '絲曰絲'라고 하였다. 麗言攷의 '實'은 곧 '絲'자의 誤記이다. '絲'의 선초어는 '실'[311]이고 현대 한국어도 같다. 이로써 보면 이 항의 對音部는 또한 한자어휘이다.

(218) 麻曰麻

張校本의 '麻曰麻' 외에는 다른 판본은 모두 '麻曰三'이다. 商務刊行의 國語辭典에는 "'麻… ① 種類甚多, 大麻爲織布原料, 胡麻爲搾油原料. ② 喪失知覺, 如麻木. ③ 碎點感覺, 如肉麻. ④ 面上天花瘢痕. ⑤ 大言恫嚇…"이라 하였다. 이 항의 '麻'는 前後 語項으로 살피면 곧 '大麻'를 가리킨다. '大麻'의 鮮初語는 '삼'[312]이고, '三'의 음가에 의하면 이 말과 일치한다. 그러므로 張校本의 '麻曰麻'는 곧 '麻曰三'

310) 月釋(一·26), 楞諺(七·18), 法諺(二·28)을 참조.
311) 楞諺(一·5), 解例(終聲), 釋譜(九·40)를 참조.
312) 杜諺初(八·67), 朴諺初(上·18), 類合(上·26)을 참조.

을 잘못 교정한 것이다.

(219) 羅曰速

각 傳本이 모두 다름이 없다. 먼저 漢語部의 '羅'자의 뜻을 살피면 商務刊行 國語辭典에 이르기를 "羅, ① 捕鳥之網. ② 輕軟而有疏孔之絲織物. ③ 羅列, 廣布. ④ 形圓似篩, 邊較深寬, 下蒙馬尾製之密網, 用以播麪粉或漉流質. ⑤ 鹿梨…"라 하였다. 이 조항의 '羅'자의 뜻은 전후 兩項에 의해서 미루어 보면 응당 위에 인용한 글 중에 제②의 뜻이다. '羅'의 鮮初語는 '노'이고, 『朝鮮館譯語』에는 '羅曰剌'로 되어 있다. '羅'의 한국어는 실리지 않고 다만 '羅'의 한국음 '剌'만을 기재하였다. 이로써 보면 한국어 '노'도 '羅'의 變音일 것이다. '速'의 反切音을 살피면 한국어와 맞지 않다.

前間氏는 '速'은 곧 '剌'의 誤字로 생각하고 '라'[313]라고 풀이하였다. 『朝鮮館譯語』에 '羅曰剌'에 의거해서 보면 그 풀이가 매우 일리가 있는 것 같으나 아직 단정할 수가 없다.

(220) 錦曰錦

각 傳本이 모두 같다. '錦'의 鮮初語는 역시 '금'이며 직접 한자어휘를 쓴 것이다. 『朝鮮館譯語』에는 '錦曰根'으로 되어 있는데, 이것도 '錦'의 한국음을 쓴 것이니 선초이래로부터 그 音이 '금'이다. 그러나 당시 韻尾의 'm'이 이미 사라져 없게 되어 부득이 '根'으로써 취한 것이다. 이로써 보면 '錦'의 한국어는 고려 이래로 별도 다른 말이 없었다.

---

313) 麗言攷(p.87)를 참조.

(221) 綾曰菩薩

각 傳本이 모두 같다. '菩薩'의 語彙는 이미 앞에서 살폈으므로 제 ⑱항을 참조. '綾'의 鮮初語는 '고로'314)이다. 『朝鮮館譯語』는 '綾曰果落'이라 하였고 이는 곧 '고로'의 對音이다. '白米曰漢菩薩' '粟曰田菩薩'로 보면 이 項의 對音部의 표기는 믿을 수 없다. 이밖에 『高麗圖經』에 이르기를 "不善蠶桑, 其絲綫織紝, 皆仰賈人, 自山東閩浙來, 頗善織文羅花綾, 緊絲錦罽…"(養蠶에 서툴러 絲線과 織紝은 다 상인을 통하여 山東이나 閩浙 지방으로부터 사들인다. 극히 좋은 文羅花綾이나 緊絲(결이 곱고 얇은 비단)나 비단[錦]이나 모직물[罽]을 짠다.)(卷23 土産條)라 하였다. 또한 『說文解字』에 이르기를 "綾, 東齊謂布帛之細者曰綾, 从糸夌聲"라 하였고, 또 『正字通』에는 "綾織素爲文者曰綺, 光如鏡面有花卉狀者曰綾"이라 하였으니 위에 引用한 '花曰骨'(⑥⑦)로 미루어 보면 '菩薩'은 '苦隆'의 잘못인 것 같고, 뒤에 음이 변하여 '고로'로 된 것 같으나 아직은 단정할 수가 없다.

(222) 絹曰及

藍格明鈔本의 '絹曰反' 외에는 다른 板本은 모두 '絹曰及'으로 되어 있다. 鮮初語 중에 '縑, 帛, 綺, 綈, 繒, 紈, 綃, 絹' 등은 모두 '깁'315) 이다. 『朝鮮館譯語』에는 '絹曰吉'로 되어 있고, 현대 한국어는 이미 이 말은 상용하지 않는다. '及'의 音價를 살피면 鮮初語와 일치한다. 그러므로 '絹曰反'은 곧 '絹曰及'의 誤記이다.

314) 訓蒙(中·30), 類合(上·25), 小諺(六·98)을 참조
315) 解例(合字), 月曲(23), 訓蒙(中·30)을 참조.

(223) 布曰背

각 傳本이 모두 같다. '布'에는 두 가지 뜻이 있는데 곧 織物과 錢幣이며, 이 항의 '布'는 곧 織物을 가리키는 것이다. '布'의 鮮初語는 '뵈'[316]이고 '背'의 음가를 살피면 이 말과 일치한다.

(224) 苧曰毛施

①	②	③	④	⑤	⑥	⑦	⑧	⑨	⑩	⑪	⑫	⑬	⑭	⑮	⑯	⑰	⑱	⑲
毛 施	〃 〃	〃 〃	〃 ○	〃 ○	〃 ○	〃 ○	〃 ○	〃	〃	〃	〃	〃	〃	〃	〃	〃	〃	〃 施

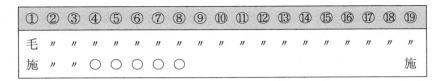

圖表로 보면 陶珽의 說郛本부터 이미 '施'자가 빠졌는데 그러나 ④⑤⑥⑦⑧본 상에 한 글자가 空欄으로 되어 있다. '毛, 施'의 反切音을 살피면 다음과 같다.

○ 毛 : 莫袍切(廣韻 平聲 第6豪) 또는 莫報切(同 集韻 去聲 第37號)
○ 施 : 式支切(廣韻 平聲 第5支) 또는 施智切(同 集韻 去聲 第5寘)

'苧'의 鮮初語는 '모시'[317]이고 현대 한국어도 같다. '毛施'의 '音價와 이 말이 일치한다. 『康熙字典』에 이 항이 인용되어 있는데 "毛…, 又高麗方言謂苧曰毛, 苧布曰毛施背, 見雞林類事"라 하였다. 이로써 보면 『康熙字典』을 편찬할 때에 明鈔本 『說郛』 및 『鷄林類事』 원본을 참고하지 못한 것 같다.

---

316) 龍歌(13), 釋譜(十三·52), 訓蒙(中·30)을 참조.
317) 훈몽(訓蒙)(上·9), 유합(類合)(上·26)을 참조.

(225) 苧布曰毛施背

각 傳本이 모두 같다. 이 항은 '苧曰毛施'와 '布曰背'의 複合語이니 제㉓항과 제㉔항을 참조.

아마도 高麗 말에 처음 출간된 중국어회화 교과서인 『朴通事諺解』 중에 "貴眷稍的十箇白毛施布, 五箇黃毛施布"라는 구절이 있는데 그 註에 이르기를 "모시포는 곧 본국인들이 苧麻布를 일컫는 말이다. 중국인들은 모두 苧麻布라 하거나 麻布라고도 하고, 木絲布라 하며, 혹은 沒絲布로도 썼으며, 또는 漂白布 또는 白布라고도 일컬었다. 오늘날 毛施布라고 이르는 것은 곧 沒絲布의 잘못이다. 중국 사람들이 高麗 사람들이 일컫는 대로 '高麗'의 옷감을 보고 이름 그대로 직접 호칭한 것이다. 기록하는 것은 서로 일컫는 것으로 알맞기 때문에 마침내 그 명칭이 된 것이다"[318]라고 하였다. 이로써 보면 '毛施'라는 말은 孫穆이 임의로 對音字를 쓴 것이 아니라 아마도 그 이전에 있었던 것 같다. 楊聯陞씨가 이르는 것에 따르면 "역대 中國과 高麗의 歷代 조정이 잦은 往來를 하여 友好的이어서 고려말에는 예물단자상에 거의 언제나 苧布가 있었는데 늘 제1위를 차지했다. 그 중요성을 알만하다. 民國初年에 이르기까지도 여전히 毛施布(모사포처럼 읽었음)로 面巾을 만드는 것을 특별히 좋아하는 사람들이 있었다."라 하였다. 楊씨는 또 말하기를 "元나라 때 모시포는 중국에서 환영을 받았는데 元曲 중에서도 볼 수 있다. 『魚樵記』 제2절의 旦帛… '你將來波! 有甚麼大綾大羅, 洗白復生高麗氁絲布, (後略) 氁絲布就是毛施布, 細而耐洗, 所以說「洗白復生」.…… 毛施布之名, 是由muslim 轉借而來, 似無可疑. 不過muslin 一般是棉布, 而高麗毛施布是苧布, 所以還是可以分別的"[319]'이라 하였으니. 이로써 증명할 수 있다.

---

318) 권상 제46엽을 참조.

319) 老乞大朴通事裏的語法語彙(載歷史語言研究所集刊 第29本 上冊) pp.197~208)를 참조.

(226) 幞頭曰幞頭

각 傳本이 모두 같다. 그러나 朝鮮鈔本에는 '幞'으로 되어 있는데 곧 '幞'의 誤體이다. 먼저 '幞頭'의 뜻을 살펴보면 다음과 같다. 『廣韻』에 이르기를 "周武帝所製裁幅巾出四脚以幞頭, 乃名焉"이라 하였고, 『唐書』에는 "幞頭起於後周便武事者也"(車服志)라 하였다. 『二儀實錄』에 이르기를 "古以皁羅三尺裹頭, 號頭巾. 三代皆冠, 列品黔首以皁絹裹髮. 至周武帝依古三尺裁幞頭, 唐馬周交解爲之."라 하였고, 『朱子語類』에 이르기를 "唐人幞頭初上以紗爲之, 後以紗軟砍木, 作一山子, 在前襯起."라 하였다. 『宋史』에는 이르기를 "幞頭一名折上巾, 起自後周, 然止以軟帛垂脚, 隋始以桐木爲之. 唐始以羅代繒, 惟帝服則脚上曲, 人臣下垂, 五代漸變平直. 國朝之制, 君臣通服平脚, 乘輿或服上焉. 其初以藤草巾子爲裏, 紗爲表, 而塗以漆, 後惟以漆爲堅, 去其藤裏, 前爲一折, 平施兩脚, 以鐵爲之."(輿服志)라 하였다. 이로써 보면 '幞頭'는 곧 중국 전래의 일종 모자이므로 명칭도 중국어를 사용했다.

'幞'의 反切音은 '房玉切'(廣韻 入聲 第3燭) 또는 '博木切'(集韻 入聲 第1屋)이고, '頭'는 '度侯切'(集韻 平聲 第19侯)이다. 幞頭의 한국음은 '복두'이므로 당시 '幞'音이 마땅히 『集韻』의 重脣音이다.

(227) 帽子曰帽

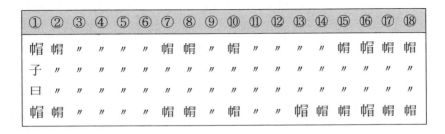

①	②	③	④	⑤	⑥	⑦	⑧	⑨	⑩	⑪	⑫	⑬	⑭	⑮	⑯	⑰	⑱
帽	帽	〃	〃	〃	〃	帽	帽	〃	帽	〃	〃	〃	〃	帽	帽	帽	帽
子	〃	〃	〃	〃	〃	〃	〃	〃	〃	〃	〃	〃	〃	〃	〃	〃	〃
曰	〃	〃	〃	〃	〃	〃	〃	〃	〃	〃	〃	〃	〃	〃	〃	〃	〃
帽	帽	〃	〃	〃	〃	帽	帽	〃	帽	〃	〃	帽	帽	帽	帽	帽	帽

비록 각 傳本의 字體가 조금 다른 것이 있으나 모두 '帽'자이다.

『正字通』에 이르기를 "帽俗从曰从月作帽"라 하였고, 또 이르기를 "帽今作帽"라 하였다. 그러므로 '帽', '帽'는 모두 '帽'의 俗字이다. '帽'의 鮮初語는 '감토'이고 현대 한국어에서는 이 말을 쓰지 않으며 한자어 '帽子'를 상용한다. 비록 고문헌상에 이 말이 보이지 않지만 이로써 보면 고려 때에 이미 한자어휘를 상용하였음을 알 수 있다.

(228) 頭巾曰上倦

張校本의 '上倦'과 藍格明鈔本의 '土倦'을 제외하고는 다른 판본은 모두 '土捲'으로 되어 있다. '頭巾'에 대해서 『事物紀原』은 "古以皂羅裹頭號頭巾, 蔡邕獨斷曰, 古幘無巾, 王莽頭禿, 乃始施巾之始也. 筆談曰, 今庶人所戴頭巾, 唐亦謂之四脚, 二繫腦後, 二繫頷下, 取服勞不脫, 反繫於頂上. 今人不復繫頷下, 兩帶遂爲虛設, 後又有兩帶四帶之異, 蓋自本朝始."(冠冕首飾部, 頭巾)라 하였다. 또한 『本草』에 이르기를 "頭巾, 釋名. 時珍曰, 古以尺布裹頭爲巾, 後世以紗羅布葛縫合, 方者曰巾, 圓者曰帽."(頭巾)라 하였다.

이에 근거하면 중국 頭巾의 제도는 한국과 같지 않으니 한국에서는 喪者가 삼베 건을 쓰는 것을 頭巾이라 칭하고, 이 말의 한국발음은 '두건'[320]이다. 이상 서술한 것으로 보면 당시 頭巾의 양국음이 조금 다르므로 '土捲'으로써 '頭巾'의 음을 표기한 것이다. '倦'은 群母에 속하고 頭巾의 한국음에 대응되지 않으므로 '倦'은 곧 '捲'자의 誤記이다.

(229) 袍曰袍

각 傳本이 모두 같다. 다만 港大明鈔本의 '袍'는 곧 '袍'자의 잘못이다. '袍'의 고한국어는 '관듸옷'이고 『朝鮮館譯語』에는 '袍曰得盖'라

320) 小諺(六·116), 譯補(27)를 참조.

하였다. 이로써 보면 이 항의 對音部의 '袍'는 역시 한자어휘이다.

(230) 帶曰腰帶亦曰子帶

①	②	③[321]	④	⑤	⑥	⑦	⑧	⑨	⑩	⑪	⑫	⑬	⑭[322]	⑮	⑯	⑰	⑱
子	○	謁	謁	〃	〃	〃	〃	謁	〃	謁	〃	〃	〃	謁	謁	〃	〃
帶	○	手	子	〃	〃	〃	〃	〃	〃	〃	〃	〃	〃	〃	〃	〃	〃
	○	帶	〃	〃	〃	〃	〃	〃	〃	〃	〃	〃	〃	〃	〃	〃	〃

圖表로 보면 원본상의 筆劃이 분명치 않았던 것 같다. 張校本에 '謁'자가 빠진 까닭은 제㉛항을 참조. 港大明鈔本에는 小字부분이 없다. '帶'의 고한국어는 '요대', '허리띄'[323]이고 前者는 곧 '腰帶'의 한국음이므로, 이 항의 對音部 '腰帶'는 곧 한자어휘이다.

'腰'의 선초어는 '허리'이고 『朝鮮館譯語』에는 '腰曰黑立'(稻葉氏本에 의함)이라 하였고 현대 한국어도 선초어와 같다. 이밖에 腰帶의 방언 중에 또한 '헐띠', '헐지띠'가 있다. '謁'의 反切音은 '於歇切'(廣韻, 集韻 入聲 第10月)이고, 그 音價는 제1음절 '헐'과 일치하지 않으며 다음 항의 '褐皀衫曰珂門'(張校本에 의함)을 살피면 '謁'은 곧 '褐'의 잘못인 듯 하며, '褐'자의 音價를 살피면 '헐지'와 일치한다. 小字부분 '帶'도 한자어휘이며 어원상으로 미루어보면 한국어의 '띠'는 '帶'의 변음일 것이다. 이로써 보면 고려 때는 아직 그 음이 변치 않았으므로 '帶'字로써 쓴 것이다. 方言 중에도 '허리대'가 있는데 이 '대'는 곧 '帶'의 한국음이니 이로써 증명할 수 있다.

前間씨는 '腰帶'를 '요듸'로 해석하고 별도로 '謁子帶'를 '허리띄'로 해석하였는데 동일한 '帶'자에 대해서 해석을 달리한 것은 스스로

321) 藍格明鈔本의 謁은 역시 大字이다.
322) ⑫ ⑭판본의 小字부분도 大字이다
323) 漢淸(329), 雅言(二·帶子)을 참조.

모순이다.

(231) 褐皂衫曰珂門

①	②	③	④	⑤	⑥	⑦	⑧	⑨	⑩	⑪	⑫	⑬	⑭	⑮	⑯	⑰	⑱
褐	皂	(謁)[324]	皂	〃	〃	〃	〃	〃	皀	〃	〃	皁	皂	皀	皀	〃	皂
皂	衫	皂	衫	〃	〃	〃	〃	衫	衫	〃	〃	〃	〃	衫	衫	〃	〃
衫	曰	山	曰	〃	〃	〃	〃	〃	〃	〃	〃	〃	〃	〃	〃	〃	〃
曰	珂	曰	軻	〃	〃	〃	〃	〃	〃	〃	〃	〃	〃	〃	〃	〃	〃
門		門															

張校本상에서 '褐'자를 잘못 더한 원인은 아마도 前項과 뒤섞인 까닭일 것이니 곧 前項의 '褐子帶'의 '褐'자를 이 項에 잘못 썼을 것이다. 藍格明鈔本에 前項의 기재는 곧 '帶曰腰帶[亦曰手帶]謁'이며, 張校本은 이것에 근거해서 '皂衫曰珂門'을 '褐皂衫曰珂門'으로 고쳐 써서 이와 같이 틀렸을 것이다. 이밖에 藍格明鈔本의 '皂山'은 곧 '皂衫'의 잘못이다. 먼저 '皂, 皁, 皀'의 다름을 살피면 다음과 같다.

○ 皂 : 皂俗皁字(正字通)
○ 皁 : 在早切黑色(集韻), 皁亦黑繒(廣韻)
○ 皀 : 皀穀之馨香也, 象嘉穀在裹中之形, 匕所以扱之(說文解字), 皀本作皀即古香字(正字通)

이로써 보면 ⑩⑪⑫⑮⑯⑰ 판본의 '皀'는 곧 '皂'자의 잘못이며 '衫'도 '衫'자의 잘못이다. 對音部에 있어서는 陶珽의 說郛本부터 '珂'를 '軻'로 고친 뒤에 각 판본이 그대로 좇았다. '珂'와 '軻'의 音價를 살피면 모두 溪母로 同音字이므로 어느 글자를 써도 되지만 兩 明鈔

324) '謁'자는 본래 앞 項에 있어야 하는데 이 항으로 옮겨 쓴 것이다.

本에 의거해서 '珂'를 취한다. '皁衫'은 곧 '검정색 衫'이며 '黑, 玄'의 선초어는 '감다'325)이고, 이 말의 連體形은 '감온→가몬'이며, '珂門'의 音價를 살피면 이와 일치한다. 이로써 보면 '珂門'의 아래에 '衫'의 한국어가 빠져있다. '衫'의 鮮初語는 역시 '삼'이므로 이 항은 응당 '皁衫曰珂門衫'이었을 것이다.

(232) 被曰尼不

①	②	③	④	⑤	⑥	⑦	⑧	⑨	⑩	⑪	⑫	⑬	⑭	⑮	⑯	⑰	⑱	⑲
被	被	〃	被	〃	〃	〃	〃	被	〃	被	〃	〃	〃	被	被	〃	〃	〃
曰	〃	〃	〃	〃	〃	〃	〃	〃	〃	〃	〃	〃	〃	〃	〃	〃	〃	〃
尼	戹	官	泥	〃	〃	〃	〃	〃	〃	〃	〃	〃	〃	〃	〃	〃	〃	尼
不	〃	〃	〃	〃	〃	〃	〃	〃	〃	〃	〃	〃	〃	〃	〃	〃	〃	〃

'被'는 '被'의 誤體이며, '戹, 官' 모두 '尼'의 잘못이다. 陶珽의 說郛本부터 '尼'를 '泥'로 고쳤으며, 각 전본은 이을 따른 것이다. '尼, 泥' 두 자의 音價를 살피면 다음과 같다.

○ 尼 : 女夷切(廣韻, 集韻 平聲 第6脂)
○ 泥 : 奴低切(廣韻, 平聲 第12齊) 또는 奴計切(去聲 第12霽)

'被'자의 뜻은 여러 가지인데 前後 項의 어휘배열을 근거해서 보면 이 항은 곧 '이불'을 가리키는 말이다. '被'의 鮮初語는 '니블'326)이고 『朝鮮館譯語』에는 '錦被曰根你卜二'라 하였고, 현대한어는 '이불'이다. '尼不'의 音價를 살피면 선초어와 일치한다. 그러므로 '泥'는 '尼'자의 잘못이다.

325) 月曲(95), 訓蒙(中·30), 類合(上·5)을 참조.
326) 釋譜(十三·23), 杜諺初(卄三·11), 訓蒙(中·23)을 참조.

前間氏는 '被'를 '着(穿)'의 뜻으로 해서 설명327)하였으나, 실은 큰 잘못이다. 方氏는 '泥'자로써 풀이하였는데328) 이것은 明鈔本을 보지 못하고 誤謬를 범한 것이다.

(233) 袴曰珂背

①	②	③	④	⑤	⑥	⑦	⑧	⑨	⑩	⑪	⑫	⑬	⑭	⑮	⑯	⑰	⑱
袴	袴	袴	袴	〃	〃	袴	袴	袴	袴	袴	〃	〃	〃	袴	袴	袴	袴

'袴, 袴, 袴' 모두 '袴'의 俗體이다. '袴'의 鮮初語는 'ᄀᆞ외', '고외', '고의'329)이다. 『梁書』 新羅傳에 이르기를 "… 其冠曰遺子禮, 襦曰尉解, 袴曰柯半, 靴曰洗"라 하였다. 이로써 高麗 때 '袴'의 한국어 제2 음절의 初聲이 脣音인데 뒤에 脣音이 消失되어 'ᄀᆞ외'로 변한 것임을 알 수 있다.

(234) 裩曰安海珂背

각 傳本이 모두 같다. 다만 港大明鈔本 중에는 이 項과 다음 項의 '裙曰裙'의 순서가 뒤바뀌었다. 『集韻』에 이르기를 "幝或作褌幝裩"이라 하였고, 『說文解字』에 이르기를 "幝, 幒也. 从巾軍聲. 褌, 幝或从衣"라 하였고, 段注에서는 "今之套褲, 古之絝也, 今之滿襠褲, 古之幝也, 自其渾合近身言, 曰幝, 自其兩襱孔穴言, 曰幒"이라 하였다. 이에 의거하면 '裩'은 곧 속옷이다.

이 항의 對音部는 '安海'와 '珂背' 두 어휘로 나눌 수 있다. '珂背'

---

327) 麗言攷(p.41)를 참조.
328) 鷄林類事硏究(p.184)를 참조.
329) 杜諺初(七·5), 觀諺(7), 金三(五·6)을 참조.

(袴)는 前項을 참조. '內'의 선초어는 '안해'[330]이고 '安海'의 音價를 살피면 이와 일치한다. 그러므로 이 항은 곧 '安海'(內)와 '珂背'(袴)의 복합어이다.

(235) 裙曰裙

각 傳本이 모두 같다. '裙'의 古韓語는 '츄마'이고, 『朝鮮館譯語』에는 '裙曰扯罵'로 되어 있고, 현대 한국어는 '치마'이다. 이로써 보면 이 항의 對音部 '裙'도 한자어휘이다.

(236) 鞋曰盛

각 傳本이 모두 같다. '鞋'의 鮮初語는 '신'[331]이고 현대 한국어도 같다. 『梁書』 新羅傳에 이르기를 '靴曰洗'라 하였고, 『朝鮮館譯語』에 이르기를 '靴曰火甚'이라 하였다. '火'는 곧 '靴'의 한국음이며 '甚'은 '신'의 對音이다. '盛'의 음가를 살피면 '鞋'의 한국어와 약간 차이가 있지만 당시 韻尾 ㅇ(ng)과 ㄴ(n)이 분명치 않은 까닭이다.

330) 月曲(50), 龍歌(53), 楞諺(一·64)을 참조.

331) 解例(用字), 杜諺初(七·21), 訓蒙(中·22)을 참조. 이밖에 『高麗圖經』에 이르기를 "草履之形, 前低後昂, 形狀詭異, 國中無男女少長, 悉履之."(卷29 供張2. 草履條)라 하였다. 이로써 당시 '鞋'는 곧 '草履'임을 알 수 있다. '草履'의 방언은 또한 '짚석', '짚세기'이다. 이 말은 '草'의 한국어 '짚'(稻草)과 한자어 '舄'의 복합어이다. 그러므로 한국어 '신'은 곧 '鞋'의 통칭이다.

(237) 襪曰背成

①	②	③	④	⑤	⑥	⑦	⑧	⑨	⑩	⑪	⑫	⑬	⑭	⑮	⑯	⑰	⑱
背	〃	〃	〃	〃	〃	〃	〃	〃	〃	〃	〃	〃	〃	〃	〃	〃	〃
成	戌	〃	戌	〃	〃	〃	〃	〃	〃	〃	〃	〃	〃	戉	戌	戌	戌

圖表를 보면 원본상의 筆劃이 명확하지 않았던 것 같다. '襪'의 선초어는 '보션'332)이고, 『朝鮮館譯語』에는 '襪曰展亭'(文璇奎씨에 의하면 본래 亭展인데 거꾸로 된 것이다 라고 하였다.)이다. '背成'의 音價를 살피면 '襪'의 선초어와 부합되지만 韻尾 ㅇ(ng)과 ㄴ(n)의 차이가 있다. 이로써 보면 '戌, 戌, 戉'는 모두 '成'자의 잘못이다.

(238) 女子蓋頭曰子母蓋

①	②	③	④	⑤	⑥	⑦	⑧	⑨	⑩	⑪	⑫	⑬	⑭	⑮	⑯	⑰	⑱
子	〃	〃	〃	〃	〃	〃	〃	〃	〃	〃	〃	〃	〃	〃	〃	〃	〃
母	毌	毋	母	〃	〃	毋	母	〃	毋	母	〃	〃	〃	毋	母	〃	〃
蓋	盖	〃	葢	〃	〃	蓋	葢	〃	盖	蓋	〃	〃	〃	盖	蓋	葢	〃

'母'와 '毋'가 뒤섞여 있는 것은 제㊼항을 참조. 港大明鈔本에서 이 項과 다음 項의 '針曰板捺'의 순서가 뒤바뀌었으며, 또한 이 항의 좌측란에 거듭 나타나는 것은 모두 옳지 않다.

漢語部의 '女子蓋頭'는 『事物紀原』에 이르기를 "唐初宮人著羃䍦, 雖發自戎夷, 而全身障蔽, 王公之家亦用之. 永徽之後, 用幃帽, 後又戴皁羅, 方五尺, 亦謂之幞頭, 今曰蓋頭. 凶服者亦以三幅布爲之, 或曰白碧絹, 若羅也"(冠冕首飾部·蓋頭)라 하였다. 『夢粱錄』에 이르기를 "凡嫁娶, 男家送合往女家, 至宅堂中, 必請女親夫婦雙全者開合, 及娶

332) 杜諺初(十六·31), 訓蒙(中·23), 類合(上·31)을 참조.

云云, 兩新人竝立堂前, 請男家雙全女親以秤或機杼挑蓋頭, 方露花容參拜"(嫁娶)라 하였다. 『淸波雜志』에 이르기를 "婦女步通衢, 以方幅紫羅障面蔽半身, 俗謂之蓋頭"라 하였다. 이밖에 고려풍속을 기록한 『高麗圖經』에는 '蒙首'와 '冪䍦'에 대해서 이르기를 "婦人之飾, 不喜鄭刻善塗澤, 施粉無朱, 柳眉半額, 皁羅蒙首, 製以三幅, 幅長八尺, 自項垂下, 唯露面目, 餘悉委地…"(부인의 화장은 香油 바르는 것을 좋아하지 않고, 분을 바르되 연지는 칠하지 아니하고, 눈썹은 넓고, 검은 비단으로 된 너울을 쓰는데, 세 폭으로 만들었다. 폭의 길이는 8척이고, 정수리에서부터 내려뜨려 다만 얼굴과 눈만 내놓고 끝이 땅에 끌리게 한다.)(卷20 婦人, 貴婦)라 하였고, 또 이르기를 "婦人出入, 亦給僕馬, 蓋亦公卿貴人之妻也. 從馭不過三數人, 皁羅蒙首, 餘被馬上, 復加笠焉. 王妃夫人, 惟以紅爲飾, 亦無車輿也. 昔唐武德正觀中, 宮人騎馬, 多著冪䍦, 而全身蔽障, 今觀麗俗蒙首之制, 豈冪䍦之遺法歟!"(부인의 출입에도 역시 말과 노복과 靑蓋를 공급하는데, 이는 公卿이나 귀인의 처이고 따르는 종자가 3인에 지나지 않는다. 검은 깁으로 너울을 만들어 쓰는데 끝이 말 위를 덮으며, 또 갓을 쓴다. 王妃와 夫人은 다만 다홍으로 장식을 하되 車輿는 없다. 옛 唐 나라 武德(618~626) · 正觀('貞觀'의 期誤 627~649) 연간에 궁인이 대개 말을 타고 너울을 하고 전신을 가렸다고 하는데, 지금 고려의 풍속을 보니 너울의 제도가 아마 당나라 때 冪籬의 유법이 아니었겠는가?)(卷22 雜俗1, 女騎)라 하였다.

위에서 서술한 것을 종합해서 보면 '蓋頭'의 복장제도를 알 수 있다. 조선말에 이르기까지 곧 그 풍속이 보존되었으나 그 명칭은 '쟝옷'이라 일컬었고, 이 말은 곧 '藏'의 한국음과 '衣'의 한국어가 복합된 말이므로 '子母蓋'의 音價에 대음되지 않는다. 한국어 중 이불의 별칭은 '덥개'이고 '褥'의 별칭은 '깔개'이며 '褓'의 별칭은 '싸개' 등인데, 이들 어휘 중 '개'는 接尾辭이며 한국어의 구조상으로 보면 '子母蓋'의 '蓋'는 이 接尾辭에 대응될 수 있으며, '子母(毋)'는 아마도 어떤 動詞語幹의 대음일 것이다. '使冠'의 古韓語는

'싀우다'[333]이고, 이 語幹 '싀우'와 接尾辭 '개'는 복합명사 '싀우개'가 될 수 있다. '子母蓋'의 음가를 살피면 이와 일치한다. 그러나 다만 추측일 뿐 아직 단정할 수 없다.

(239) 斜曰板捺

①	②	③	④	⑤	⑥	⑦	⑧	⑨	⑩	⑪	⑫	⑬	⑭	⑮	⑯	⑰	⑱
斜	針	斜	針	〃	〃	〃	〃	〃	鈢	針	〃	〃	〃	〃	〃	〃	〃
曰	〃	〃	〃	〃	〃	〃	〃	〃	〃	〃	〃	〃	〃	〃	〃	〃	〃
板	〃	〃	〃	〃	〃	〃	〃	〃	〃	〃	〃	〃	〃	〃	〃	〃	〃
捺	〃	榛	榛	〃	〃	〃	〃	〃	榛	〃	〃	〃	〃	榛	捺	〃	〃

漢語部의 표기는 '斜'와 '針' 兩種이 있다. 對音部의 音價를 살피면 '斜'는 곧 '針'의 誤記이다. '針'[334]의 선초어는 '바늘'[335]이고 '板捺'의 音價를 살피면 이와 일치한다. 그러나 '板'으로써 '바'라고 한 것은 곧 連音變讀 현상이다.

(240) 夾袋曰男子木蓋

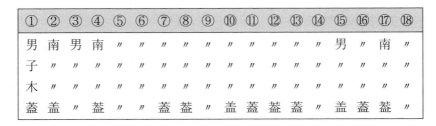

①	②	③	④	⑤	⑥	⑦	⑧	⑨	⑩	⑪	⑫	⑬	⑭	⑮	⑯	⑰	⑱
男	南	男	南	〃	〃	〃	〃	〃	〃	〃	〃	〃	〃	男	〃	南	〃
子	〃	〃	〃	〃	〃	〃	〃	〃	〃	〃	〃	〃	〃	〃	〃	〃	〃
木	〃	〃	〃	〃	〃	〃	〃	〃	〃	〃	〃	〃	〃	〃	〃	〃	〃
蓋	盖	〃	葢	〃	〃	蓋	葢	〃	盖	蓋	葢	蓋	〃	盖	蓋	葢	〃

333) 警民(40)을 참조.
334) '針'에는 옷을 깁는 기구 및 병을 치료하는 기구의 두 가지 뜻이 있다. 古韓國語는 나누지 않고 모두 '바늘'이라고 일컬었다. 그러나 현대 한국어는 나누어 전자를 '바늘'이라 하고 후자는 '針'의 한국음 '침'이라고 한다.
335) 龍歌(52), 杜諺初(七·4), 法諺(二·120)을 참조.

漢語部의 표기에서 藍格明鈔本의 '夾袋'를 '夾帶'로 잘못 썼다. 『中文大辭典』에 "夾袋, 原意卽衣袋"라 하였으므로, '夾袋'는 곧 주머니류이다. 이밖에도 그 다음 項의 '女子勒帛曰實帶'로 미루어 보면, 이 項은 응당 '男子夾袋曰木蓋'라야 하는데 아마도 베껴 쓸 때 잘못된 것 같다.

'囊'의 선초어는 'ᄂᆞᄆᆞᆺ'[336]이고, 또 '젼ᄃᆡ'가 있는데 이것은 곧 '纏帶'의 한국음이다. '木蓋'의 音價를 살피면 모두 위에 인용한 한국어에 대응되지 않는다. 뒷날 다시 考察하기로 한다.

(241) 女子勒帛曰實帶

①	②	③	④	⑤	⑥	⑦	⑧	⑨	⑩	⑪	⑫	⑬	⑭	⑮	⑯	⑰	⑱
實	束	実	實	〃	〃	〃	〃	〃	〃	〃	〃	〃	〃	宗	實	〃	〃
帶	〃	〃	〃	〃	〃	〃	〃	〃	〃	〃	〃	〃	〃	〃	〃	〃	〃

漢語部에 기재하기를 藍格明鈔本에는 '女子勒白'으로 되어 있다 하였는데 '白'은 곧 '帛'의 誤字이다. '勒帛'은 『宋史』에 이르기를 "用銅革帶者, 以勒帛代, 而指揮使都頭仍舊."(儀衛志)라 하였고, 『東京夢華錄』에 이르기를 "三月一日, 開金明池, 瓊林苑, 車駕臨幸, 諸禁衛班直, 簪花披錦繡, 撚金線衫, 袍帶勒帛之類結束, 競逞鮮華"라 하였다. 이에 의거하면 '勒帛'은 곧 허리를 묶는 띠이다.

'勒帛'의 고한국어는 '실ᄯᅴ'[337]이고, 현대 한국어는 '술띠'이다. '實帶'의 音價를 살피면 '실ᄃᆡ'에 對音되므로 '帶'는 한자어휘이다. 제㉚항의 '帶曰腰帶'를 참조. 港大明鈔本의 '束帶'는 곧 '實帶'의 잘못이다.

---

336) 杜諺初(卄·9), 釋譜(九·21), 楞諺(九·108)을 참조.
337) 漢淸(331)을 참조.

前間씨는 ‘實’자에서 다만 그 자음 ㅅ(s)만을 취해서 ‘씌’338)라 한 것은 실로 큰 잘못이다.

(242) 緜曰實

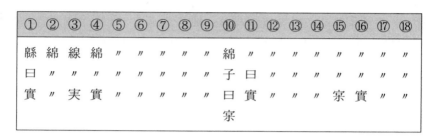

①	②	③	④	⑤	⑥	⑦	⑧	⑨	⑩	⑪	⑫	⑬	⑭	⑮	⑯	⑰	⑱
緜	綿	線	綿	〃	〃	〃	〃	〃	綿	〃	〃	〃	〃	〃	〃	〃	〃
曰	〃	〃	〃	〃	〃	〃	〃	〃	子	曰	〃	〃	〃	〃	〃	〃	〃
實	〃	实	實	〃	〃	〃	〃	〃	曰	實	〃	〃	〃	宗	實	〃	〃
									宗								

朝鮮鈔本에는 ‘綿子’로 되어 있는데 ‘子’자는 잘못 덧붙인 것이다. 이밖에 漢語部의 기재는 ‘緜, 綿, 線’의 3종이 있다. 『玉篇』에 이르기를 “緜新絮也今作綿”이라 하였으므로 ‘緜’과 ‘綿’은 같은 字이다. 對音部의 音價를 살피면 ‘綿’과 ‘緜’은 모두 ‘線’의 誤記이다.

‘絲’와 ‘線’의 선초어는 모두 ‘실’339)이며, 『朝鮮館譯語』는 ‘線曰世二’라 되어 있고, 현대 한국어도 ‘실’이다. ‘實’의 音價를 살피면 이와 일치한다. 한국어 중 ‘絲’와 ‘線’은 분별하지 않으나 前項에서 이미 ‘絲曰絲’라 하였으므로 ‘絲’와 ‘線’은 응당 같지 않은 것이다. 『說文解字』에 이르기를 “絲, 蠶所吐也. 从二糸”라 하였고, 『急就篇』 二注에 이르기를 “抽引精繭出緖者曰絲”이라 하였다. 『玉篇』에 이르기를 “線, 可以縫衣也”라 하였다. 이에 의거하면 ‘絲’는 곧 누에고치실로 짜서 만드는 천이며, ‘線’은 옷을 깁는 실이다. 이로써 보면 고려 때는 그 분별이 매우 분명하였는데 뒤에 와서 분별하지 않고 통용한 것이다.

338) 麗言攷(p.93)를 참조.
339) 解例(終聲), 釋譜(九·40), 楞諺(一·5)을 참조.

(243) 繡曰繡

藍格明鈔本에 '繡曰綉'를 제외하고는 다른 판본에는 모두 '繡曰繡'이다. '繡'의 선초어는 '슈'[340]이고 이것은 곧 '繡'字의 한국음이며 현대 한국어도 같다. 이로써 보면 당시에는 한자어휘를 사용했음을 알 수 있다.

(244) 白曰漢

각 傳本이 모두 같다. '白'의 선초어는 '히다'[341]이고, 이 말의 連體形은 '힌'이다. '漢'의 音價를 살피면 이와 일치한다. 『康熙字典』에 이 語項을 인용하였으니 제1장을 참조.

(245) 黃曰那論

각 傳本이 모두 같다. '黃'의 선초어는 '노ᄅᆞ다'[342]이고 이 말의 連體形은 '노ᄅᆞᆫ'이다. 『朝鮮館譯語』에 이르기를 '黃曰努論必'이라 하였고, '必'은 곧 색의 한국어 對音이다. '那論'의 음가를 살피면 '노ᄅᆞᆫ'과 부합한다.

(246) 靑曰靑

藍格明鈔本의 '靑曰赤' 외에는 다른 板本은 모두 '靑曰靑'이다. '靑曰赤'은 곧 誤記이다. '靑'의 선초어는 '프르다', '프ᄅᆞ다', '프르다',

340) 類合(上·25), 同文(上·56), 訓蒙(下·19)을 참조.
341) 龍歌(50), 釋譜(六·43), 訓蒙(中·29)을 참조.
342) 月釋(一·44), 救方(上·85), 老諺(下·22)을 참조.

'푸루다'이다. 『朝鮮館譯語』에 이르기를 '靑曰噴必'(阿波國文庫本에 의함)로 되어 있다. 그러나 이 항은 한국어를 취하지 않고 한자어휘 '靑'을 썼다.

'靑'의 反切音은 '倉經切'(廣韻, 集韻 平聲 第15靑)이고 또는 '子丁切'(集韻 同韻)이다. 선초이래로 '靑'의 한국음은 '쳥'343)이므로 '子丁切'은 한국음에 대응되지 않는다. 이로써 당시 양국이 '倉經切'로 동음이었음을 알 수 있다.

(247) 紫曰質背

각 傳本이 모두 같다. '紫色'의 선초어는 'ᄌᆞ지'344)이고, 『朝鮮館譯語』에는 '紫曰自'라 하였다. '自'는 곧 '紫'의 한국음이니 '紫'의 한국어는 실리지 않았다. 이로써 보면 '紫'의 한국어는 'ᄌᆞ지'이고 아마도 '紫'와 '芝'의 한국음의 복합어일 것이다.

'芝草'는 곧 한국에서 과거에는 자색의 원료가 되었고 '芝草'의 한국 명칭은 '지치'였으므로 한자 명칭인 '芝草'와는 달랐다.345) 중국에서는 한국의 '芝草'를 '紫草'라고 일컫는다. 『鷄林志에』 이르기를 "高麗人善染彩, 紅紫尤妙, 紫草大梗如牧丹, 擣汁染帛"이라 하였다. 이밖에 『雅言覺非』에 이르기를 "紫草者茈草也, 一名茈莀, 一名紫芺, 一名紫丹, 一名地血又名鴉含草 以染紬帛, 謂之紫的者, 華語也…."(卷1 紫草)라 하였다. 위의 서술로 보면 '質背'는 곧 '芝'音과 '布'의 한국어

---

343) 朴諺重(中·44), 四解(下·72), 訓蒙(中·29)을 참조.

344) 同文(下·25), 譯補(40), 漢淸(323)을 참조.

345) 李熙昇 박사 편찬의 『국어대사전』에 "紫草 : '지치'를 보라. 芝草 : '지치'를 보라. '지치' : '지치'과에 속하는 多年初이다. 뿌리는 굵고 자색이며 줄기 높이가 30~35cm이며 상부에서 가지로 나누어진다. 잎은 互生이며 잎자루가 없이 두텁고 바늘모양의 잎줄기 위에 억센 털이 있다. …… 한국 각지 및 북해도.일본 중국동북부에 분포한다. 그 뿌리를 紫草, 紫根이라 칭하고 약재로써 화상, 동상, 습진 등에 사용하며 또한 염료로도 사용한다. 일명 紫芝, 紫草, 芝草라 한다."라고 하였다.(p.2704)
『中文大辭典』에는 "芝草… 靈芝也, 古以爲瑞草"라 하였고 國語辭典에는(商務刊) 이르기를 "… '芝', '植' ① 菌類 寄生於枯樹, 有靑, 白, 赤等色, 古以爲瑞草"라 하였다.

'뵈'의 복합어이다. '布曰背' 조항을 참조. 위에 인용한 '以染紬帛謂之紫的'의 글로 '質背'가 '紫布'임을 충분히 증명할 수 있다. '芝'는 入聲이 아닌데 入聲 '質'로 그 음을 취한 것은 紫色의 한국어 'ᄌᆞ짓빗'을 참고하면 곧 두 말이 복합될 때 ㅅ(s)음이 삽입된 것이니 이 한국어는 造語上 이른바 '揷入子音'이다. 이로써 말하면 入聲으로 표기한 것이 매우 타당하다. 이 語項에 대해서 前間氏는 原文이 아마도 '紫曰紫質背'로 되었을 것이라 생각하고 'ᄌᆞ지뵈'346)로 풀이하였는데 이는 자세히 살피지 않은 까닭이다.

(248) 黑曰黑

각 傳本이 모두 같다. '黑'의 선초어는 '검다', '감다'이다. 『朝鮮館譯語』에는 '黑曰格悶必'이라 하였다. 이로써 보면 이 항의 對音部 '黑'도 한자어휘이다.

(249) 赤曰赤

藍格明鈔本에 '靑曰赤'으로 잘못된 것 외에는 각본이 모두 같다. '赤'의 선초어는 '븕다'이다. 그러므로 이 어항의 對音部 '赤'도 한자어휘이다.

(250) 紅曰眞紅

각 傳本이 모두 같다. '紅'의 선초어는 '赤'과 같으며, 곧 '븕다'이다. 한국어 중 '赤'과 '紅'의 분별이 분명치 않다. 『朝鮮館譯語』에는

---

346) 麗言攷 (p.95)를 참조.

'紅曰本根必'로 되어 있다. '眞紅'은 곧 '深紅'의 뜻이며, 현대 한국어에서도 이 말을 상용하며 口語상에는 '深紅'을 사용하지 않는다. 이로써 보면 '漆曰黃漆'과 동류이며 한자어휘이다.

(251) 緋曰緋

각 傳本이 모두 같다. 『集韻』에 의하면 '緋'는 '絳'색이며 '絳'은 深紅색이다. 앞의 항에서 '赤曰赤', '紅曰眞紅'은 이 語項의 '緋'와 그 빛깔을 참으로 구별하기 어렵다. 『訓蒙字會』 중 '丹, 雘, 赭, 赬, 赤, 朱, 緋, 紅, 絳' 등의 글자는 모두 한국어 '블글'로 해석한다. 이로써 보면 이 語項의 對音部 '緋'도 한자어휘이다.

(252) 染曰沒涕里

각 傳本이 모두 같다. 그러나 筆寫本 중 '染'은 '染'의 誤體이다.[347] '染'의 鮮初語는 '믈드리다'[348]이고, '沒涕里'의 音價를 살피면 이 말의 語幹 '믈드리'에 일치한다. 이 말은 使動詞이다.

(253) 秤曰雌孛

①	②	③	④	⑤	⑥	⑦	⑧	⑨	⑩	⑪	⑫	⑬	⑭	⑮	⑯	⑰	⑱
秤	〃	称	秤	〃	〃	〃	〃	〃	〃	〃	〃	〃	〃	〃	〃	〃	〃
曰	〃	〃	〃	〃	〃	〃	〃	〃	〃	〃	〃	〃	〃	〃	〃	〃	〃
雌	〃	〃	〃	〃	〃	〃	〃	〃	〃	〃	〃	〃	〃	〃	〃	〃	〃
孛	〃	〃	字	〃	〃	〃	〃	〃	〃	〃	〃	〃	〃	〃	〃	〃	〃

347) 『康熙字典』에 이르기를 "染从九會意, 俗从丸, 非"라 하였다.
348) 楞諺(十·9), 金三(三·46)을 참조.

『集韻』에 이르기를 "稱, 權衡也, 俗作秤."이라 하였고, 宋 元이래 『俗字譜』에 의하면 "稱, 列女傳作称"이라 하였으므로, 이 항의 漢語部는 응당 '稱'이어야 한다. '雌'와 '孛'의 음가를 분석하면 다음과 같다.

○ 雌 : 此移切(廣韻 平聲 第5支) 또는 千西切(集韻 平聲 第12齊)
○ 孛 : 已見前文(제⑤항을 보라)

'稱'의 鮮初語는 '져울', '져올', '저올', '저울', '저을'[349] 등이다. '雌孛'의 音價를 분석하면 '져울'에 대응될 수 있다. 그러나 하나는 脣音이고, 하나는 脣音이 아닌것은 '酒曰酥孛'과 같은 현상이다. 陶珽의 說郛本에서부터 '孛'가 '字'로 잘못 되었고 각 판본이 이에 따랐다.

(254) 尺曰作

각 傳本이 모두 같다. '尺'의 鮮初語는 '자(ㅎ)'[350]이고 '作'의 음가를 살피면 이와 일치한다.

(255) 升曰刀[音堆]

①	②	③	④	⑤	⑥	⑦	⑧	⑨	⑩	⑪	⑫	⑬	⑭	⑮	⑯	⑰	⑱	⑲
刀	〃	乃	力	〃	〃	〃	〃	〃	刀	力	〃	〃	〃	刀	〃	〃	〃	〃
音	〃	〃	〃	〃	〃	〃	〃	〃	〃	〃	○	音	○	音	〃	〃	〃	○
堆	佳	堆	佳	〃	〃	〃	〃	佳	佳	〃	○	佳	○	佳	〃	佳	佳	○

349) 譯語(下·16), 朴諺重(上·38)을 참조.
350) 解例(用字), 月釋(一·6), 龍歌(83)를 참조.

이 項은 이미 '記事部'에서 살펴보았는데 그곳에 이르기를 "一小升有六合爲一刀以升爲刀"(港大明鈔本에 의함)라 하였다. 圖表로 미루어 보면 원본상의 필획이 분명치 않아서 記事部의 기재에 따르면 '乃, 力'은 모두 '刀'의 잘못이며, ① ② ⑲ 판본상에도 '刀'로 되어 있어 확증할 수 있다. 이밖에 ⑩ ⑮ ⑯ ⑰ ⑱에도 '刀'로 되어 있는데 이들 모든 판본이 모두 한국과 일본사람이 편찬한 것이므로 아마도 그 사람들이 底本에 잘못이 있음을 알고서 '刀'로 고쳤을 것이다. 먼저 '刀, 堆'의 音을 분석하면 다음과 같다.

○ 刀 : 都牢切(廣韻 平聲 第6豪)
○ 堆 : 都回切(廣韻·集韻 平聲 第15灰)

'升'의 고한국어는 '되'[351]이며 현대 한국어도 같다. '刀'의 聲類는 '되'의 ㄷ(t)에 對音될 수 있으나 韻母는 對音되지 않는다. 이로써 '音堆'라고를 부기한 이유를 알 수 있다. '堆'의 韻母는 '되'의 'ㅚ'에 대음될 수 있다. 어째서 직접 '堆'를 쓰지 않고 '刀'를 썼을까? 朝鮮 憲宗 때 李圭景이 편찬한 『五洲衍文長箋散稿』에 이르기를 "刀音刀, 俗訓升也. 見孫穆鷄林類事, 又見公私文"(卷44 東國土俗字辯證說)이라 하였다. '公私文'에 실려 있는 것과 『鷄林類事』의 기사부분으로 보면 高麗 때 혹은 그 이전부터 '以升爲刀'라고 한 사실을 알 수 있다. 위의 서술로써 '升曰刀音堆'의 표기된 원인을 알 수 있다. 그러므로 ① ③본 판본 외에 기타 판본에 '隹, 佳'로 된 것은 모두 '堆'자의 잘못이며 또한 ⑫ ⑭본에는 이 부분이 빠져있다.

이밖에 '以升爲刀'의 來源을 조사해보면 다음과 같다. 즉 『正字通』에 이르기를 "刀史李廣傳不擊刁斗注孟康曰, 以銅爲鐎, 晝炊夜擊, 持行夜師. 古刀音貂, 後譌爲刁."라 하였다. 『方言』에 이르기를 "無升謂之刀斗注謂小鈴也. 音貂, 見漢書."(第13)라 하였다. 『史記』에 이르기

351) 三江(忠·19), 救簡(六·7), 訓蒙(中·11)을 참조.

를 "不擊刀斗以自衛 注集解曰, 孟康曰以銅作鐎器, 受一斗, 晝炊飯食, 夜擊持行, 名曰刁斗. 索隱曰 刁音貂. 案荀悅云 刁斗小鈴, 如宮中傳夜鈴也. 蘇林曰, 形如銷, 以銅作之, 無緣受一斗, 故云刁斗. 銷卽鈴也." (李將軍傳)라 하였다. 『洞天淸錄』에 이르기를 "大抵刁斗如世所用, 有柄銚子, 宜炊一人食, 卽古之刁斗. 訛刁斗字爲銚字爾. 字書以銚爲田器, 不言可知也. 若鐎斗亦如今有柄斗而加三足, 蓋刀鐎皆有柄, 故皆謂之斗刁, 無足而鐎有足爾."라 하였다. 위에 인용한 것을 종합해서 보면 '以升爲刀'는 실로 중국에서부터 전하여 한국에 이른 것이다. 이로써 미루어 보면 '升'의 한국어 '되'는 아마도 '刀'자의 변음일 것이다.

(256) 斗曰抹

①	②	③	④	⑤	⑥	⑦	⑧	⑨	⑩	⑪	⑫	⑬	⑭	⑮	⑯	⑰	⑱
抹	〃	栐	抹	〃	〃	〃	〃	〃	〃	〃	抹	抹	〃	〃	〃	〃	〃

남격명초본의 '栐'은 '秣'의 誤字일 것이다. 雍正理學本의 '抹'는 '抹'자의 잘못이다. 먼저 '抹과 '秣'의 음을 살피면 다음과 같다.

○ 抹 : 莫撥切(廣韻 入聲 第13末)
○ 秣 : 莫葛切(集韻 入聲 第13末)[352)]

이 항의 '斗'자의 뜻은 곧 열 되가 한 말이 되는 量器의 명칭이다. '斗'의 선초어는 '말'[353)]이고 현대 한국어도 같다. '抹'의 音은 이 말에 대응되며 발음상 '秣'자를 쓴 것도 옳지만 '秣'은 상용자가 아니므로 '抹'을 취해야 한다.

352) 『廣韻』에는 이 글자가 실리지 않았음.
353) 月釋(九·7), 法諺(七·119), 杜諺初(十五·41)를 참조.

(257) 印曰印

각 傳本이 모두 같다. '印'의 선초어는 '印'의 한국음 '인'[354]이다. 현대 한국어도 같다. 『朝鮮館譯語』에는 '印信曰引沈'으로 되어 있고, 곧 '印信'의 한국음을 쓴 것이다. 印의 제도는 본래 중국에서 전래된 것이므로 그 명칭도 중국어를 사용했다.

(258) 車曰車

각 傳本이 모두 같다. '車'의 선초어는 '술위', '술이', '술의'이고, 또 '車'의 한국음 '챠'도 병용하였다. 대음부 '車'도 한자어휘이다.

(259) 船曰擺

港大明鈔本의 '舡曰擺' 외에 기타 판본은 모두 '船曰擺'로 되어 있다. 『玉篇』에는 "舡, 船也."라 하였고, 또 『集韻』에는 "船, 俗作舡, 非是."라 하였으므로 '舡'은 곧 '船'의 俗字이다.

'船'의 鮮初語는 '비'[355]이고, 현대 한국어는 '배'이다. '擺'의 음가에 의하면 이와 일치한다. '船'과 '腹'의 한국어는 선초부터 지금까지 모두 서로 같다. '腹曰擺'와 '船曰擺'로 보면 고려 때에도 같은 것을 알 수 있다.

354) 訓蒙(上·35), 類合(上·31)을 참조.
355) 龍歌(20), 月釋(九·22), 法諺(五·206)을 참조.

(260) 席曰䔲音席

①	②	③	④	⑤	⑥	⑦	⑧	⑨	⑩	⑪	⑫	⑬	⑭	⑮	⑯	⑰	⑱
䔲	〃	〃	〃	〃	〃	〃	〃	〃	〃	〃	〃	〃	〃	〃	〃	〃	〃
音	○	音	〃	〃	〃	〃	〃	〃	〃	〃	〃	〃	〃	〃	〃	〃	〃
席	○	帝	登	〃	〃	〃	〃	〃	〃	〃	〃	〃	〃	〃	〃	〃	〃
		席															

藍格明鈔本의 '帝曰䔲音帝席'은 그 漢語部의 '帝'자를 前後 項의 어휘 배열을 근거해서 보면 아마도 '席'자의 잘못인 것 같다. 또한 對音部의 표기가 뒤섞인 것으로 미루어보면 원본상의 筆劃이 불명했던 것 같다.

商務刊行 國語辭典에는 '席'의 뜻이 무려 일곱 개나 실려 있다. "① 坐臥所藉之草織物. ② 憑藉. ③ 謂座位, 如'就席'. ④ 謂西席, 如舊稱刑, 錢幕友曰刑席, 錢席是. ⑤ 酒筵. ⑥ 帆, 如'挂席拾海月', 見謝靈運詩…"라 하였다. 이 항의 '席'은 이중 첫째 뜻인 '蓆子'를 가리키는 것이다. '席'자의 鮮初語는 '돗-ㄱ'[356]이고 대음부의 음가는 이 말과 합치되지 않는다.

이밖에 『鷄林志』에는 '席'에 대해서 실려 있기를 "高麗人多織席, 有龍鬚席. 藤席, 今舶人販至者, 皆席草織之, 狹而密緊, 上亦有小團花"라 하였다. 위에 인용한 것 중에 '藤席'[357]과 藍格明鈔本의 '䔲音帝席'으로 미루어 보면 원본상의 記載는 다음과 같았을 것이다.

'席曰藤音登席'

발음상으로 보면 '席曰䔲音登席'도 될 수 있으나, 다만 '䔲'과 '登'은 완전히 같은 음이므로 '䔲音登'으로 하기가 실제로는 합리적이지 못하고 원본상에 '藤'자의 필획이 분명치 않았으므로 뒷사람들이 베껴

---

356) 法諺(三·142), 杜諺初(卄·18), 訓蒙(中·11)을 참조.
357) '藤席'은 고려의 토산품이므로 한국인들이 스스로 만든 한자어휘일 것이며 현대 한국어에서는 여전히 '藤席'으로 쓴다.

쓸 때에 錯誤가 있었을 것이다.

'藤'의 반절음은 '徒登切'(廣韻, 集韻 平聲 第17登)이고 등(藤)은 등(登)과 같은 음이나 성모가 다르므로 '藤[音登]'으로 쓰면 매우 타당하다.

前間氏는 '席曰䔲[音登]'으로써 '등'[358]이라 하였는데, 方氏의 해석도 같다. 이것은 明鈔本을 보지 못하고서 오류를 범한 것이다.

(261) 薦曰質薦

①	②	③	④[359]	⑤	⑥	⑦	⑧	⑨	⑩	⑪	⑫	⑬	⑭	⑮	⑯	⑰	⑱
薦	席	薦	席	〃	〃	〃	〃	〃	〃	〃	〃	〃	〃	〃	〃	〃	〃
曰	薦	曰	薦	〃	〃	〃	〃	〃	〃	〃	〃	〃	〃	〃	〃	〃	〃
質	曰	質	曰	〃	〃	〃	〃	〃	〃	〃	〃	〃	〃	〃	〃	〃	〃
薦	質	為	質	〃	〃	〃	〃	〃	〃	〃	〃	〃	〃	〃	〃	〃	〃
	薦		薦	〃	〃	〃	〃	〃	〃	〃	〃	〃	〃	〃	〃	〃	〃

이 항은 전항과 뒤섞여 있어 전항의 '席曰藤[音登]席'으로 보면 이 項은 漢語部 '席薦'의 '席'은 응당 前項의 끝으로 옮겨야 한다. 『增韻』에 이르기를 "藁秸曰薦, 莞蒲曰席."(볏짚 방석은 薦이라 하고, 왕골 방석은 席이라 한다)이라 하였다. 이로써 보면 '席'과 '薦'은 곧 다른 물건임을 알 수 있다. '質, 薦'의 反切音을 살피면 다음과 같다.

○ 質 : 이미 앞에서 설명하였으므로 제㊼항을 참조.
○ 薦 : 作甸切(廣韻, 集韻 去聲 第32霰)이고 또는 卽略切音爵(字彙補)

358) 麗言攷(p.99)를 참조.
359) ④⑤⑥⑧⑮ 판본상의 기재는 본래 '席曰䔲[音登]席薦曰質薦'으로 두 항으로 나누지 않았으므로 뒤에 나눌 때에 착오가 발생된 것이다.

‘薦’의 鮮初語는 ‘지즑’360)이고, ‘質薦(卽略切)’의 音價는 ‘薦’의 선초어에 對音될 수 있다. 그러나 『廣韻』과 『集韻』이 모두 ‘薦’의 入聲을 기재하지 않았으므로 후일에 再考한다.

(262) 倚子曰馳馬

①	②	③	④	⑤	⑥	⑦	⑧	⑨	⑩	⑪	⑫	⑬	⑭	⑮	⑯	⑰	⑱
倚	椅	掎	椅	〃	〃	〃	〃	〃	〃	〃	〃	〃	〃	柯	〃	椅	〃
子	〃	〃	〃	〃	〃	〃	〃	〃	〃	〃	〃	〃	〃	〃	〃	〃	〃
曰	〃	〃	〃	〃	〃	〃	〃	〃	〃	〃	〃	〃	〃	〃	〃	〃	〃
馳	駞	駝	馳	〃	〃	〃	〃	〃	〃	〃	〃	〃	〃	〃	〃	〃	〃
馬	〃	〃	〃	〃	〃	〃	〃	〃	〃	〃	〃	〃	〃	〃	〃	〃	〃

도표로 보면 한어부가 매우 혼란되어 ‘倚子, 椅子, 掎子, 柯子’ 4종이 있다. 『老學庵筆記』에 이르기를 “更敢用檀香作倚子耶)”라 하였고, 『侯鯖錄』에 이르기를 “廳事有倚子一隻”이라 하였다. 王了一씨가 이르기를 “上古的人們既然坐在席上或牀上, 所以沒有椅子. 南北朝人所謂‘坐’(座), 大約已經是坐具, 椅本作‘倚’, 後作‘椅’, 大約起源於宋代, 據說是因爲後面可以倚靠, 才叫‘椅’”(漢語史稿 p.514)라 하였다. 이로써 보면 倚子와 椅子는 같은 뜻이니 기타는 모두 誤記이다. ‘馳, 駝, 駞, 馬’의 反切音을 살피면 다음과 같다.

○ 馳 : 直離切(廣韻 平聲 第5支) 또는 唐何切(集韻 平聲 第8戈)
○ 駝 : 徒何切(廣韻 平聲 第7歌) 또는 唐何切(集韻 平聲 第8戈)
○ 駞 : 駝之俗字(廣韻) 駝或从㐌通作它(集韻)
○ 馬 : 앞에서 이미 설명했음.(제⑲항을 참조)

360) 朴諺初(上·56), 四解(下·4), 訓蒙(中·11)을 참조.

'椅子'의 선초어는 '交椅'의 한국음 '교으', '교의'이다. 이밖에 '机, 几'의 古韓語는 '도마'[361]이고, '駝馬'의 음가는 이 말에 대음될 수 있다. '도마'도 坐具(坐板)이고 卓子가 아니다. 그러나 오늘날에는 오직 案板(菜板)만을 '도마'로 일컫는다. 이로써 과거 '도마'의 형태를 알 수 있다. 고려 때 坐具에 대해서 『高麗圖經』에 이르기를 "下節之席在殿門之內, 北面東上, 其席不施牀卓, 唯以小俎籍地而坐…"(卷26 燕禮, 下節席條)라 하였다. 또 이르기를 "麗俗重酒醴, 公會惟王府與國官有牀桌盤饌, 餘官吏士民惟坐榻而已. 東漢惟豫章太守陳蕃特爲徐稚設一榻, 則知前古亦有此禮, 今麗人於榻上復加小俎. … 每榻只可容二人, 若會客多, 則隨數增榻, 各相向而坐"(卷22 雜俗一, 鄉飮條)라 하였다. 이에 근거하면 당시 중국인들이 이른바 '椅子'라고 하는 것과 고려인들의 坐具가 달랐음을 알 수 있다.[362] 위에 서술한 바로 보면 陶珽의 說郛本부터 '駝'가 '馳'로 잘못되었고 각본이 이를 따랐다.

(263) 卓子曰食床

①	②	③	④	⑤	⑥	⑦	⑧	⑨	⑩	⑪	⑫	⑬	⑭	⑮	⑯	⑰	⑱
食	床	食	〃	〃	〃	〃	〃	〃	〃	〃	〃	〃	〃	〃	〃	〃	〃
床		抹	床	〃	〃	〃	〃	〃	〃	牀	〃	〃	〃	床	〃	牀	床

漢語部의 기재가 ⑦ ⑪ ⑬ ⑰ 판본상에는 '卓'을 '桌'으로 썼다. 『辭海』에 이르기를 "卓几案也, 俗作桌, 棹, 槕"라 하였고, 또한 王了一氏는 이르기를 "…桌本作'卓', 後來寫作'棹' '桌', 起源很晚, 大約是在宋代(楊億 『談苑』 '咸平景德中, 主家造檀香倚卓'"(漢語史稿, p.514)

361) 訓蒙(中·10), 類合(上·24)을 참조.

362) 胡適 博士가 이르기를 "古代的人都是席地而坐, 與韓國, 日本相同 皇帝, 宰相, 大臣, 小臣, 都是這樣, 故上下尊卑的分別是很少的, 漢朝人尚是席地而坐, 似無可疑. 晋時始有'胡床', 卽是一種可以坐的凳子. 椅子(倚子)是更後起的了."(胡適語粹, p.469)

라 하였다. 明鈔本에 의하면 '卓'으로 하는 것이 옳다. 藍格明鈔本의 '抹'은 곧 '牀'의 잘못이다.

食卓의 고한어는 중국어 '床'의 한국음 '상'363)이며, '食床' 및 '밥상'이란 말을 병용한다. 한국에서는 '床'과 '牀'의 뜻은 같지 않으니 곧 '床'은 食床의 약칭이고, 牀은 寢牀의 약칭이다. 그러나 後者는 상용하지 않는다. 이로 보면 이 項의 食床도 한국인이 스스로 만든 한자어휘이며, 여러 중국 문헌을 고찰하였으나 이 말을 보지 못하였다. 그러므로 '床'과 '食牀'은 모두 '食床'의 잘못이다.

(264) 牀曰牀

①	②	③	④	⑤	⑥	⑦	⑧	⑨	⑩	⑪	⑫	⑬	⑭	⑮	⑯	⑰	⑱
牀	状	牀	林	〃	〃	〃	〃	〃	〃	〃	〃	〃	〃	〃	〃	〃	〃
曰	〃	〃	〃	〃	〃	〃	〃	〃	〃	〃	〃	〃	〃	〃	〃	〃	〃
牀	状	牀	林	〃	〃	〃	〃	〃	〃	〃	〃	〃	〃	〃	〃	〃	〃

前後 語項의 뜻으로 보면 '林曰林'은 곧 '牀曰牀'의 잘못이며 그 잘못은 陶珽의 說郛本부터 시작된 것이다. 港大明鈔本의 '状'도 '牀'의 잘못이다. '牀'의 한국어는 '寢牀'의 한국음 '침상'이며 '牀' 한 자로는 잘 상용하지 않으므로 당시의 文言이었을 것이다. 전항의 설명을 참조.

(265) 燭曰火炬

港大明鈔本의 '烛曰火拒'의 잘못을 제외하고는 다른 본은 모두 같다. '燭'의 선초어는 '죠'이고 이 말은 곧 '燭'의 變音이다. '火炬'에

363) 朴諺初(上·4), 老諺(上·20), 譯語(上·59)를 참조.

대해서 『禮記』에 이르기를 “古者未有蠍燭, 唯呼火炬爲燭也. 火炬照夜易盡, 盡則藏所然殘本.”(曲禮上, 燭不見跋疏)라 하였고, 『宋書』에 이르기를 “故事正月朔, 賀殿下, 設兩百華鐙對於二階之間, 端門設庭燎火炬, 端門外設五尺三尺鐙, 月照星明, 雖夜猶晝矣”(禮志)라 하였고, 『晋書』에 이르기를 “乃作火炬, 長十餘丈, 大十數圍, 灌以麻油在船”(王濬傳)이라 하였다. 이에 의하면 이 項의 對音部 ‘火炬’도 한자어이다.

이밖에 『高麗圖經』의 기록으로 당시에 情形을 살필 수 있는데, 『高麗圖經』에 이르기를 “王府公會, 舊不燃燭, 比稍稍能造, 大者如椽, 小者亦長及二尺, 然終不甚明快…”(卷22 雜俗一. 秉燭條)라 하였고, 또 이르기를 “光明臺, 擎燈燭之具也. 下有三足, 中立一幹, 形狀如竹, 逐節相承, 上有一盤, 中置一甌, 甌中有口, 可以燃燭. 若燃燈, 則易以銅釭, 貯油立炬, 鎭以小白石, 而絳紗籠之高四尺五寸, 盤面闊一尺五寸, 罩高六寸, 闊五寸”(卷28 供張一, 光明臺)라 하였다. 또 王了一 氏는 이르기를 “先秦已有燭字, 但是上古的燭竝不是後世所指的蠟燭, 說文說… ‘燭, 庭燎大燭也’, 燭和庭燎是一樣的東西, 都是火炬. 細分起來, 拿在手上叫燭, 大燭立在地上叫庭燎. 據說大燭是用葦薪做的, 小燭是用麻蒸做的”(古漢語通論, p.269)이라 하였다.

이상 서술한 것으로 보면 이 項의 ‘火炬’는 ‘蠟燭’과 ‘火炬’의 통칭이다.

(266) 簾曰箔[音登]

①	②	③	④	⑤	⑥	⑦	⑧	⑨	⑩	⑪	⑫	⑬	⑭	⑮	⑯	⑰	⑱
箔	〃	箱	箔	〃	〃	〃	〃	〃	〃	〃	〃	〃	〃	〃	〃	〃	〃
音	○	音	○	○	○	○	○	○	○	○	○	○	○	○	○	○	○
登	○	登	○	○	○	○	○	○	○	○	○	○	○	○	○	○	○

藍格明鈔本의 ‘箱’은 ‘箔’의 잘못이다. ‘箔’의 反切音은 ‘傍各切’(廣韻 入聲 第19鐸)이다.

‘簾’의 선초어는 ‘발’364)이고 현대 한국어도 같다. ‘箔’이 ㄱ(k) 入聲으로 되었으나 ‘簾’의 한국어는 비슷하고 또한 ‘簾’과 뜻이 같다. 이로써 미루어 보면 ‘音登’을 부기한 것은 ‘音發’의 誤記일 것이다. ‘發’의 音價를 살피면 ‘北末切’(集韻 入聲 第13末)이고, ‘簾’의 한국어와 일치한다. 이로써 보면 張校本과 藍格明鈔本을 제외하고는 다른 판본은 모두 ‘音登(發)’ 두 자가 탈락되었다.

前間氏와 方氏는 모두 小字부분을 언급하지 않고 다만 ‘箔’으로써 ‘발’로 해석한 것은 맞지 않다.

(267) 燈曰活黃

각 傳本이 모두 같다. ‘燈’의 선초어 역시 ‘燈’의 한국음 ‘등’이다. 이밖에 방언 중에도 ‘호롱’이 있다. ‘活黃’의 음가를 살피면 이와 비슷하지만 古文獻상 아직 이 말이 발견되지 않으므로 확정할 수 없다. 후일에 考察을 기다린다.

(268) 下簾曰箔恥具囉

①	②	③	④	⑤	⑥	⑦	⑧	⑨	⑩	⑪	⑫	⑬	⑭	⑮	⑯	⑰	⑱
下	〃	〃	〃	〃	〃	〃	〃	〃	〃	〃	〃	〃	〃	〃	〃	〃	〃
簾	薕	簾	曰	〃	〃	〃	〃	〃	〃	〃	〃	〃	〃	〃	〃	〃	〃
曰	〃	〃	簾	〃	〃	〃	〃	〃	〃	〃	〃	〃	〃	〃	〃	〃	〃
箔	〃	〃	〃	〃	〃	〃	〃	〃	〃	〃	〃	〃	〃	〃	〃	〃	〃
恥	○	恥	○	○	○	○	○	○	○	○	○	○	○	○	○	恥	○
具	○	且	○	○	○	○	○	○	○	○	○	○	○	○	○	曰	○
囉	○	囉	○	○	○	○	○	○	○	○	○	○	○	○	○	囉	○

364) 訓蒙(中·14), 杜諺初(卄·32), 類合(上·24)을 참조.

이 項과 다음 項의 '恥曰囉' 사이에 혼란이 있다. 곧 陶珽의 說郛本에서 이 項을 둘로 나누었고 그 뒤 각 판본이 모두 앗덜어 틀리게 되었다. 이에 '恥具(且)囉'의 誤記를 擧論하여 보면 다음과 같다. 張校本의 '具'는 곧 '且'자의 잘못이며, 또 港大明鈔本에서는 '恥且囉' 석 자를 빠뜨렸다. 이밖에 다른 판본의 '下曰簾箔'과 '恥曰囉'는 마땅히 '下簾曰箔恥且囉'로 고쳐야 하며, 또한 순서로 보면 이 항은 응당 전항의 '簾曰箔音發' 밑에 나열해야 하는데 뒤에 베껴 쓸 때 잘못 뒤바뀐 것 같다.

①	②	③	④	⑤	⑥	⑦	⑧	⑨	⑩	⑪	⑫	⑬	⑭	⑮	⑯	⑰	⑱
○	○	○	耻	〃	〃	〃	〃	〃	恥	〃	〃	〃	〃	耻	〃	○	○
○	○	○	曰	〃	〃	〃	〃	〃	〃	〃	〃	〃	〃	〃	〃	○	○
○	○	○	囉	〃	〃	〃	〃	〃	〃	〃	〃	〃	〃	囉	〃	○	○

'簾曰箔'은 제㉖⑥항을 참조. 앞 문장의 '簾曰箔'과 '凡下皆曰恥'로 보면 '恥且囉'는 곧 '디다'의 명령형 '디쳐라'이며, 현대 한국어 중 '閉, 下'의 명령형은 '지쳐라'이다. '恥且囉'의 音價를 살피면 이 말에 대응될 수 있다.

前間氏와 方氏는 모두 '下簾曰箔耻囉'가 맞다고 여기고 '발디(티)라'로 풀이하였는데 이것은 明鈔本을 보지 못하고 오류를 범한 것이다.

(269) 匱曰枯孛

港大明鈔本의 '○曰枯孛' 외에는 다른 판본은 모두 '匱曰枯孛'이다. 港大明鈔本에는 '匱'자가 빠진듯하다. 먼저 '匱'의 뜻을 살펴보면 『康熙字典』에 이르기를 "匱, 說文匣也. 六書故今通以藏器之大者爲匱, 次爲匣, 小爲匵, 韻會或作鐀, 俗作櫃 … 又與簣通, 前漢王莽傳綱紀, 咸

張成在一匱."라 하였다. 한국에서는 '櫃'자를 상용한다.

'櫃'의 선초어도 '櫃'의 한국음 '궤'이다. '枯孛'의 음가를 살피면 이 말에 대응될 수 없다. 이밖에 '柳箱'의 선초어는 '고리'365)이며 현대 한국어도 같다. 『廣韻』에 이르기를 "栳栲栳, 柳器也"라 하였고, 또 『雅言覺非』에 이르기를 "…吾東本無妓, 有楊水尺者, 本柳器匠遺種, 其種落素無貫籍, 好逐水草, 遷徙無常, 唯事畋獵, 販鬻柳器即栲栳之屬 … 今庖奴名曰刀尺, 庖丁必治柳器, 皆古俗之流傳者."(卷之三, 水尺)라 하였다. 또한 이르기를 "栲栳誤翻爲枯栳華音本(가오라오)"(卷之二)라 하였다. 이밖에 『鷄林類事』 記事部 중에도 이르기를 "日早晩爲市, 皆婦人挈一柳箱…"라 하였다. 또한 『訓蒙字會』를 살피면 '樻'을 '골독'366)이라 하였다. 이로써 보면 이 項의 對音部의 '枯孛'은 아마도 '枯李'의 誤記일 것이다. '枯李'의 音價를 살피면 '柳箱'의 한국어 '고리'에 부합된다. 이것은 중국어 '栲栳'의 변음일 것이며 제⑳항의 '酥孛'과 '酥李'의 뒤섞임으로 제㉕항의 '雌孛'과 '雌字'의 뒤섞임으로 보면 이 項의 '枯李'는 '枯孛'의 잘못임이 확실하다.

前間氏와 方氏는 '枯孛'을 '고ᄫᅩᆯ'367), '고블'368)로 풀이하였다. 李崇寧씨는 「脣音攷」의 어휘를 방증함에 있어서 『鷄林類事』에 실린 '匱曰枯孛'을 인용해서 이르기를 "고ᄫᅳᆯ> 고ᄫᅩᆯ> 고올> 골"369)이라 하였다. 이밖에 南廣祐370), 李基文371), 李敦柱372)씨 등은 모두 '枯孛'을 '고블'이라 풀이하였다. 이는 모두 자세히 살피지 않고서 잘못 해석한 것이다.

---

365) 四解(下·18), 訓蒙(中·13), 癸丑(41)을 참조.
366) 卷中 第10葉(東京大學中央圖書館 藏本에 의함)을 참조
367) 麗言攷(p.102)를 참조.
368) 鷄林類事研究(p.191)를 참조.
369) 脣音攷(高麗大學校 民族文化研究所篇, 民衆書館, p.206)와 韓國方言史(高麗大學校 民族文化研究所篇, 1967년 5월간 p.354)를 참조.
370) 'ᄀᆞ시게'연구(國語國文學 제25호 p.5, 韓國國語國文學會刊)를 참조.
371) 鷄林類事의 再檢討(p.231)와 國語史槪說(民衆書館刊 1970년 4월 제5판, p.80)을 참조.
372) 國語의 語形擴大攷(藏菴池憲英先生華甲紀念論叢, 1971년 11월간, p.603)를 참조.

(270) 傘曰聚笠

각 傳本이 모두 같다. 먼저 '傘'의 뜻을 살펴보면 『康熙字典』에 이르기를 "傘 : 集韻 … 禦雨蔽日, 可以卷舒者, 通作繖, 亦作㠻. 說文 … 蓋也. 通雅 : 繖, 本因古之縿. 升庵謂傘, 亦古文. 晋輿服志, 功曹吏, 繖扇騎從. 傘始見於南史. 王縉以笠傘覆面. 魏書 : 裵延儁傳 : 山胡持白傘白旛. 按說文 : 幓, 旌旗之斿. 爾雅 纁帛縿.[註] 衆旒所著, 正幅爲縿. 此卽繖之原也."라 하여 이에 의거하면 옛날의 '傘'과 현대의 '傘'은 명칭은 같으나 다른 물건이다. '聚笠'의 反切音을 살피면 다음과 같다.

○ 聚 : 慈庾切(廣韻 上聲 第9麌) 또는 才句切(去聲 第10遇)
○ 笠 : 力入切(廣韻, 集韻 入聲 第26緝)

조선시대에도 한자어휘 '傘'을 사용했다. 이밖에 鮮初 文獻 『訓民正音』에는 곧 "슈룹'은 '雨繖'이다"라고 한 기록이 있다. 『朝鮮館譯語』에 이르기를 '傘曰速路'라 하였고, 文璇奎의 『朝鮮館譯語』 연구에 의거하면 '速路'도 '슈룹'의 대음이 된다. '聚笠'의 음가는 이와 일치한다.

(271) 扇曰孛采

①	②	③	④	⑤	⑥	⑦	⑧	⑨	⑩	⑪	⑫	⑬	⑭	⑮	⑯	⑰	⑱
孛	〃	〃	〃	〃	〃	〃	〃	〃	〃	〃	〃	〃	〃	〃	〃	〃	〃
采	釆	〃	〃	〃	〃	采	釆	采	釆	采	〃	〃	〃	釆	〃	采	釆

『說文解字』에 이르기를 "采, 捋取也. 从木从瓜", "釆, 辨別也. 象獸指爪分別也. 讀若辨, 𢀜, 古文釆"이라 하였다. 이에 근거하면 '采'와

‘釆’은 다른 자이다. ‘釆’은 곧 ‘采’의 誤記이다.

‘扇’의 선초어는 ‘부체’, ‘부취’, ‘부채’[373]이다. 『朝鮮館譯語』에는 ‘扇曰卜冊’이라 하였고 현대 한국어는 ‘부채’이다. ‘孛采’의 音價를 살피면 이와 일치한다. 그러나 入聲字 ‘孛’를 ‘부’라고 한 것은 역시 連音變讀 현상이다.

(272) 笠曰蓋[音渴]

①	②	③	④	⑤	⑥	⑦	⑧	⑨	⑩	⑪	⑫	⑬	⑭	⑮	⑯	⑰	⑱
蓋	盖	〃	葢	〃	〃	盖	葢	〃	〃	〃	〃	〃	蓋	葢	蓋	葢	〃
音	〃	〃	〃	〃	〃	〃	〃	〃	〃	〃	〃	〃	〃	〃	〃	〃	〃
渴	渴	〃	渴	〃	〃	〃	〃	渴		渴	〃	〃	〃	渴	渴	〃	〃

‘蓋’의 발음과 異體字에 대해서는 제⑥③항을 참조. ‘渴’도 이미 나왔으므로 제⑦④항을 참조. ‘笠’의 선초어는 ‘갇’[374]이고 또한 ‘갈’도 있다. ‘渴’의 음은 이 말에 대응되지만 ‘蓋’와 ‘渴’의 음은 관계가 없다. 이로 보면 ‘蓋’는 곧 ‘盍’의 잘못이다. ‘盍’의 反切音은 ‘胡臘切’(集韻 入聲 第28盍) 또는 ‘轄臘切’(集韻 入聲 第28盇) 또는 ‘丘蓋切’(同 去聲 第14盇) 또는 ‘丘渴切’(同 入聲 第12曷)라 하였다. 이로써 보면 ‘盍(丘葛切)’과 ‘渴(丘渴切)’의 음이 서로 같다. 그러나 ‘盍’에는 여러 讀音이 있으므로 ‘盍’자 아래에 ‘音渴’의 두 자를 붙여서 쓴 것이다. 『集韻』 중에 ‘盍’의 동음자를 열거하면 다음과 같다.[375]

373) 杜諺初(卄四·17), 訓蒙(中·15), 物譜(服飾), 杜諺初(卄五·24)를 참조.

374) 解例(用字), 朴諺初(上·29)를 참조. 이밖에 『高麗史』에 이르기를 “聞慶縣本新羅冠文縣, 一云冠縣, 一云高思曷伊城”라 하였다.

375) ‘盇’과 ‘盍’은 같고 『集韻』에 이르기를 “盇, 隸作盍”라 하였고, 『集韻』에 또 이르기를 “盍通作蓋”라 하였으나 ‘蓋’음에는 ‘丘葛切’이 없다. 이로써 보면 ‘盍’, ‘蓋’ 두 자는 뜻은 통하면서 음은 다르다. 그러므로 이 항에서는 마땅히 ‘盍’으로 써야한다.

‘渴, 㪉, 㵣, 㿣, 骹, 嶱, 磕, 碣, 葛, 螖, 磆, 䅬, 鬜, 𧼮, 楬, 髦, 轞, 䴡’(丘葛切) 등이 있고 여러 동음자 중에 더욱 常用되는 자가 있는데 ‘渴’ 등이다. 그러나 무엇 때문에 ‘笠曰渴’로 직접 쓰지 않고 ‘笠曰盇音渴’로 썼을까? 『說文解字』에 의하면, “盇, 覆也. 从血大聲”段注云 “皿中有血而上覆之, 覆必大於下, 故从大.”라 하였다. 이에 의하면 ‘笠’과 ‘盇’ 두 자는 字意上으로도 서로 통하는 것이 있으므로 ‘笠曰盇’이라고 한 것이다.

(273) 梳曰𥬲音必

①	②	③	④	⑤	⑥	⑦	⑧	⑨	⑩	⑪	⑫	⑬	⑭	⑮	⑯	⑰	⑱
𥬲	〃	柲	苾	〃	〃	〃	〃	〃	〃	〃	〃	〃	〃	〃	〃	〃	〃
音	〃	〃	〃	〃	〃	〃	〃	〃	〃	〃	〃	〃	〃	〃	〃	〃	〃
必	〃	〃	〃	〃	〃	〃	〃	〃	〃	〃	〃	〃	〃	〃	〃	〃	〃

도표로 보면 원본상에 필획이 분명치 않았던 것 같다. 먼저 ‘𥬲, 苾, 柲, 心’의 반절음을 살피면 다음과 같다.

○ 𥬲 : 이 글자는 자전에 없다.
○ 苾 : 毗必切(廣韻 入聲 第5質) 또는 頻必切(同 第16屑) 또는 蒲結切)(集韻 入聲 第16屑)
○ 柲 : 毗必切, 鄙密切(廣韻 入聲 第5質) 또는 兵媚切(同 集韻 去聲 第6至) 또는 蒲結切(同 入聲 第16屑)
○ 必 : 卑吉切(廣韻 入聲 第5質)

‘梳’의 선초어는 ‘빗’376)이고, 현대 한국어도 같다. 위에 인용한 反切音으로 보면 ‘苾’과 ‘柲’의 발음은 ‘빗’에 대음될 수 있으나 이미

376) 杜諺初(卄·45), 小諺(六·54), 類合(上·25)을 참조.

‘梳曰苾[音必]’이라고 期錄되어 있으니 ‘苾, 柲’와 ‘梳’는 字義上 마땅히 共通點이 있어야 하며, 그렇지 않다면 ‘梳曰必’로 하는 것이 옳다. ‘苾, 柲’와 ‘梳’는 字意上 실제로 통하는 곳이 없으므로 그것은 틀림없이 誤字일 것임에 의심할 바가 없다. 本人은 明鈔本의 ‘箆’은 곧 ‘笓’의 誤記라고 생각한다. ‘笓’의 反切音은 ‘部迷切’(廣韻 平聲 第12齊) 또는 ‘篇迷切’(集韻 平聲 第12亝) 또는 ‘頻脂切’(同 第6脂) 또 ‘毗至切’(同 去聲 第6至) 또는 ‘簿必切’(同 入聲 第5質)이라 하였다. 그다음 ‘笓’자의 뜻은 『集韻』에 이르기를 ‘笓或作篦筂’라 하였고 또는 ‘枇, 櫛屬, 一曰次也, 或作笓’라 하였고, 『字彙』에 이르기를 “篦, 竹爲之, 去髮垢者”라 하였다. 이로써 보면 ‘笓(簿必切)’과 ‘梳’의 한국어는 비단 발음상 비슷할 뿐만 아니라 字義도 서로 통한다. ‘箆’은 곧 ‘笓’자의 誤字임을 단정할 수 있고 ‘柲’도 ‘枇’자의 誤記이다. 이밖에 ‘苾’자로 잘못 쓴 것은 실로 陶珽의 說郛本에서 시작되었으며 이 項의 기재는 응당 ‘梳曰笓[音必]’로 해야 한다.

‘笓’와 ‘必’은 비록 質韻에 함께 있지만 ‘笓’는 竝母이며 ‘必’은 幫母이다. 幫母는 비교적 ‘梳’의 한국어에 가깝고 이로써 ‘音必’을 부기한 까닭을 알 수 있다. 또한 ‘梳’의 한국어는 ‘빗’인데, 이것은 실로 중국어의 ‘笓’의 음으로부터 변화된 것이다.

(274) 篦曰頻希

①	②	③	④	⑤	⑥	⑦	⑧	⑨	⑩	⑪	⑫	⑬	⑭	⑮	⑯	⑰	⑱
篦	芘	〃	〃	〃	〃	〃	〃	〃	篦	〃	〃	〃	〃	芘	蓖	芘	〃
曰	〃	〃	〃	〃	〃	〃	〃	〃	〃	〃	〃	〃	〃	〃	〃	〃	〃
頻	〃	〃	〃	〃	〃	〃	〃	頻	頻	頻	〃	〃	〃	頻	頻	〃	〃
希	帝	帝	帝	〃	〃	〃	〃	〃	〃	〃	条	帝	条	帝	帝	希	帝

‘篦’의 異體에 대해서는 제㉗③항을 참조하고 ‘希’자의 異體에 대해

서는 제54항을 참조. 먼저 '篦'자의 뜻을 찾아보면 『說文新附』에 이르기를 "篦, 導也, 今俗謂之篦, 从竹㮰聲"이라 하였고, 『廣韻』에 이르기를 "篦眉篦"라 하였다. 『集韻』에는 "笓, 博雅箄筌謂之笓. 一曰可以約物或作篦"라 하였고, 또 이르기를 "笓取鰕具或作篦"라 하였다. 『字彙』에 이르기를 "篦竹爲之去髮垢者"라 하였다. 이에 근거하면 '篦'는 빗의 일종이며 이미 '梳'항은 앞에 나와 있으므로 '篦'는 곧 '簪'자의 잘못임을 알 수 있다. 對音部 '頻'의 反切音을 살피면 '符眞切'(廣韻 平聲 第17眞)이고 또는 '步眞切'(同 第28山)이고 또는 '毗賓切'(集韻 平聲 第17眞)이다.

'簪'의 선초어는 '빈혀'377)이고 '頻希'의 음가에 따르면 이와 일치한다. 前間氏와 方氏는 모두 '篦'에 의거해서 '빈혀'로 풀이하였는데 이는 자세히 살피지 않은 까닭이다.

(275) 齒刷曰養支

港大明鈔本에 '齒曰刷養支'로 잘못된 것 외에는 다른 판본은 모두 같다. 먼저 '養'과 '支'의 反切音을 살피면 다음과 같다.

○ 養 : 餘兩切(廣韻 上聲 第36養) 또는 餘亮切(同 去聲 第41漾)
○ 支 : 章移切(廣韻, 集韻 平聲 第5支) 또는 支義切(集韻 去聲 第5寘)

'漱口'의 선초어는 '양지믈ᄒᆞ다', '양지질ᄒᆞ다', '양지ᄒᆞ다', '양지믈ᄒᆞ다', '양치질ᄒᆞ다', '양치ᄒᆞ다'378) 등이다. 위에 인용한 여러 어휘들은 모두 동사 '刷牙'의 뜻이며 곧 名詞 '양지' 아래에 '하다' 接尾辭가 합쳐서 된 것이다. 이로 보면 이 語項은 漢語部 '齒刷'가 곧 명사이다. '養支'의 음가는 '양지'에 대응된다.

377) 杜諺初(十五·4), 朴諺初(上·20), 類合(上·31), 同文(上·54)을 참조.
378) 譯語(上·47), 朴諺重(下·2), 救方(上·51), 訓蒙(下·11), 小諺(二·2), 同文(上·54), 倭語(上·44)를 참조.

'양지'의 語源에 대해서는 『鷄林志』에 이르기를 "龜山有佛龕, 林木益邃. 傳云 羅漢三藏行化此, 滌齒楊枝挿地成木, 淨水所著, 今爲淸泉, 國人以佛法始興之地, 最所崇奉"(구산에 부처를 모신 절이 있는데 수풀이 매우 그윽하였다. 전하기를 나한삼장이 이곳에 와서 버들가지로 이를 닦고 땅에다 꽂아 나무가 자라서 맑은 물이 나와 오늘날 맑은 샘이 되어 백성들이 불법이 처음 일어난 곳으로 여겨 매우 숭봉하였다.)이라 하였고 이밖에 『佛國記』에 이르기를 "沙祇國南門道, 佛在此嚼楊枝刺土中, 卽生長七尺, 不增不減."(스님이 나라 남문길을 가는데 부처님이 이곳에서 버들가지를 씹고 땅에 꽂았는데 곧 일곱자로 자라서 늘지도 줄지도 않았다)이라 하였다. 『法苑珠林』에 이르기를 "用七物除去七病. 何謂七物, 一者燃火, 二者淨水, 三者澡豆, 四者蘇膏, 五者淳灰, 六者楊枝, 七者內衣. 此是澡俗之法."이라 하였고, 『隋書』에 이르기를 "每旦澡洗, 以楊枝淨齒, 讀經呪. 又澡灑乃食, 食罷還用楊枝淨齒, 又讀經呪."(眞臘傳)라 하였다. 이로써 보면 옛날 楊枝를 사용해서 이를 닦은 사실을 알 수 있다. 일본어 중에 '牙刺(이쑤시개)'를 '楊枝'라고 일컫는데 『事物紀源辭典』에 의하면 平安時代(9세기초)부터 楊枝를 사용하였다. 버들가지로 이를 닦은 이유는 『倭漢三才圖會』에 이르기를 "防風濕, 消腫, 止痛之故也."라 하였다. 이밖에 吳其濬의 『植物名實圖考長編』에 이르기를 "柳, 本草經 : 柳華味苦, 寒. 主風水, 黃疸, 面熱黑. … 韋宙 『獨行方』主丁瘡及反花瘡, 竝煎柳枝葉作膏, 塗之. 今人作浴湯, 膏藥, 齒牙藥, 亦用其枝爲最要之藥."(p.1132)이라 하였다.

現 韓國語 중 '漱口'를 '養齒'[379]라고 쓰는데 이것은 '楊枝(양지)'의 語源을 자세히 살피지 않고 한국식으로 한자어를 附會시킨 것이다. '楊枝'와 '養支'의 音價가 서로 비슷하지만 孫穆이 직접 '齒刷曰楊枝'

---

379) 洪起文은 이르기를 "고대의 어음 중에 거센소리(토기음)가 없었고 다만 평음만 있었을 뿐이다. 그래서 '鹿皮'를 '녹비'라 읽고 '剪板'을 '전반'이라 읽고 '養齒'(물로 입을 씻는 것 곧 '漱口'의 뜻)를 '양지'라 읽었다. … 그러나 뒤에 와서 이러한 중국말들이 대부분 한자음에 따라서 변동된 것이다.'(前書 pp.154~155)라고 하였는데 그러나 이러한 견해는 옳지 않다.

로 쓰지 않은 것은 아마도 당시 宋나라 사람들은 이미 '楊枝'를 칫솔로 쓰지 않았으므로 '養支'로써 對音을 한 것 같다. 이로써 보면 중국 칫솔의 역사가 매우 오래되었다.

(276) 合曰合子

각 傳本이 모두 같다. 먼저 '合'자의 뜻을 살펴보면 다음과 같다. 『康熙字典』에 이르기를 "合 … 廣韻器名, 正韻合子, 盛物器"라 하였고, 商務刊行의 國語辭典에 이르기를 "合子 … 盛物之器, 今通作盒子."라 하였다. 이밖에 다음 項의 '盤子曰盤'으로 보아 '合曰合子'는 '合子曰合'의 잘못이다. '合'의 反切音은 '侯閤切' 또는 '古沓切'(廣韻 入聲 第27合)이라 하였다.

'合子(盒)'의 古韓語는 '합'[380]이고 현대 한국어도 같다. 이 말은 곧 '盒'의 한국음이다. 前間氏는 "合卽盒之誤字"[381]라 하였는데, 이것은 '合'과 '盒'이 통용하는 것을 자세히 살피지 않은 까닭이다.

(277) 盤曰盤

張校本과 藍格明鈔本의 '盤曰盤'을 제외하고 기타 板本은 모두 '盤子曰盤'으로 되어 있다. '盤曰盤'도 통용될 수 있으나, 앞에 항의 '椅子', '卓子' 등으로 보면 原本上에 '盤子曰盤'으로 되었을 것이다.

'盤子'의 고한국어는 '반'[382]이고, 이 말은 곧 '盤'의 한국음이다. 고로 이 항의 對音部 '盤'은 한자어휘이다.

---

380) 訓蒙(中·10), 救方(下·8), 譯語(下·14)를 참조.
381) 麗言攷(p.104)를 참조.
382) 訓蒙(中·10), 類合(上·27)을 참조.

(278) 甁曰甁

각 傳本이 모두 같다. '甁'의 鮮初語는 '甁'의 한국어 '병'383)이므로 對音部의 '甁'도 한자어휘이다.

(279) 銀甁曰蘇乳

각 傳本이 모두 같다. '銀甁'의 고한국어도 '銀甁'의 한국음 '은병'이다. 이밖에 지금까지 다른 용어를 볼 수 없다. 『朝鮮館譯語』에는 '銀甁曰引品'이라 하였는데 '引品'은 곧 '銀甁'의 한국음이며, 고유한 국어가 아니다. 고려 때 화폐로 사용한 '銀甁'을 '闊口'라 일컬었으나 그 말의 뜻이 무엇을 가리키는지 알 수가 없다. 이밖에 '小口甁'의 고한국어는 '소용'384)인데 '蘇乳'의 음가를 살피면 이와 비슷한 점이 있으나 아직 확실한 것을 알 수 없으므로 뒤로 미룬다.

(280) 酒注曰甁碗

①	②	③	④	⑤	⑥	⑦	⑧	⑨	⑩	⑪	⑫	⑬	⑭	⑮	⑯	⑰	⑱
甁	〃	〃	〃	〃	〃	〃	〃	〃	〃	〃	〃	〃	〃	〃	〃	〃	〃
碗	碗	碗	砣	〃	〃	〃	〃	〃	〃	〃	〃	〃	〃	〃	〃	咜	砣

漢語部의 '酒注'는 前後 語項의 어휘배열로 볼 때에 반드시 명사일 것이며 동사가 아니다. 『高麗圖經』에 이르기를 "水甁之形, 略如中國之酒注也. 其制用銀三斤, 使副與都轄提轄官位設之, 高一尺二寸, 腹徑七寸, 量容六升."(卷30 器皿1, 水甁條)라 하였다. 또한 王了一씨

383) 朴諺初(上·2), 訓蒙(中·12), 類合(上·27)을 참조.
384) 譯補(43), 同文(下·14)을 참조.

는 이르기를 "舀叫做挹, 舀後倒到飮器中叫做注. 所以『詩經』小雅大東 說 … '不可以挹酒漿',『詩經』大雅 泂酌 說 '挹彼注玆'"(古漢語通論 p.271). 이에 근거하면 '酒注'는 곧 酒器의 한 종류이다.

'碗, 碗' 두 자는 字典에 실려 있지 않고 '砣'는 '徒禾切'(集韻 平聲第8戈)이고『中華大字典』에는 "碗, 盌俗字"라 하였다. 이로 보면 이 語項도 고려인이 스스로 만든 한자어휘이므로 '碗, 碗, 砣'자는 모두 '碗(盌)'의 잘못이고 응당 '酒注曰甁碗'이라고 해야 한다.

前間氏는 다만 動詞라 추측하고 풀이는 하지 않았다. 方氏는 '未詳'이라 하였다.

(281) 盞盤曰臺盞

①	②	③	④	⑤	⑥	⑦	⑧	⑨	⑩	⑪	⑫	⑬	⑭	⑮	⑯	⑰	⑱
盞	醆	盤	盞	〃	〃	〃	〃	〃	〃	〃	〃	〃	〃	〃	〃	〃	〃
盤	〃	曰	盤	〃	〃	〃	〃	〃	〃	〃	〃	〃	〃	〃	〃	〃	〃
曰	〃	臺	曰	〃	〃	〃	〃	〃	〃	〃	〃	〃	〃	〃	〃	〃	〃
臺	臺	盞	臺	〃	〃	〃	〃	〃	臺	臺	〃	〃	〃	臺	臺	〃	〃
盞	醆		盤	〃	〃	〃	〃	〃	〃	〃	〃	〃	〃	〃	〃	〃	〃

『事物紀原에』 이르기를 "周官司尊彛之職曰 : 六彛皆有舟. 鄭司農云 : 舟, 樽下臺, 若今承盤. 蓋今世所用盤盞之象, 其事已略見於漢世, 則盤盞之起, 亦法周人舟彛之制, 而爲漢世承盤之遺事也."(什物器用部 盤盞)라 하였다. 이밖에『高麗圖經』에 이르기를 "盤琖之制, 皆似中國, 惟琖深而釦斂, 舟小而足高, 以銀爲之, 閒以金塗, 鏤花工巧, 每至勸酒, 則易別杯, 第量容差多耳."(卷30 器皿1, 盤琖條)라 하였다. 또한 王了一씨는 "…'盞'字. 原先一般是用來指酒(亦作'琖'), 例如毛滂詞 '七盞能醒千日臥', 但是現在'盞'字不再用作酒的單位詞, 而是用作燈的單位詞了 這可能是因爲油燈所用的器皿也是'盞'的緣故."(漢語史稿, p.240)

라 하였다. 또한 辭典에 '盞盤'이라는 말이 보이지 않으므로 이 어항의 漢語部 '盞盤'은 '盤盞'이 誤倒된 것 같다.

對音部에 대해서는 『雅言覺非』에 이르기를 "盞托者, 酒盞之承器也, 東語翻爲盞臺盞托華音作'잔타오', 草花有金盞銀臺, 引之爲證, 非矣. 鏡臺, 燭臺, 香臺, 硯臺有之矣, 盞臺無可據."(卷之3)라 하였다. 이로써 보면 '臺盞'도 '盞臺'가 誤倒된 것이며 또한 한국사람들이 스스로 만든 한자어휘이다.

前間氏는 不明이라 하였고, 方氏는 '뎌반'[385]으로 풀이하였다. 이것은 큰 잘못이다.

(282) 釜曰吃枯吃反

①	②	③	④	⑤	⑥	⑦	⑧	⑨	⑩	⑪	⑫	⑬	⑭	⑮	⑯	⑰	⑱
枯	〃	拾	枯	〃	〃	〃	〃	〃	〃	〃	〃	〃	〃	楉	〃	〃	枯
吃	屹	吃	〃	〃	〃	〃	〃	〃	〃	〃	〃	〃	〃	咜	〃	吃	〃
反	〃	〃	〃	〃	〃	〃	〃	〃	〃	〃	〃	〃	〃	〃	〃	〃	〃

도표로 보면 원본상의 反切부분 필획이 분명치 않았던 것 같다. '釜'의 선초어는 '가마', '가매'[386]이다. 『朝鮮館譯語』에 이르기를 '鍋曰戞罵'로 되어 있다. 또한 '솟', '솥'이 있다. 비록 '拾吃反'의 음가가 '솥'과 비슷하지만 대음부 '拾吃' 두 자를 '吃'자의 반절음으로 하여 反切 下字와 被反切字가 서로 같은 매우 이상한 反切의 例가 되었으니 실로 부당하다. 이밖에 『高麗圖經』에 이르기를 "水釜之制, 狀如鬲鼎, 以銅鑄成, 有二鄭刻三獸環貫木, 可以負持, 麗人方言, 無大小皆謂之㑀, 僕射館中諸房皆給之, 高一尺五寸, 闊三尺, 量容一石二斗."(卷31 器皿2, 水釜條)라 하였다. '㑀'자의 音價 역시 이 어항의 대음과

385) 鷄林類事硏究(p.192)를 참조.
386) 月釋(七·13), 類合(上·27), 杜諺重(十一·17)을 참조.

맞지 않는다.

(283) 盆曰鴉救耶

①	②	③	④	⑤	⑥	⑦	⑧	⑨	⑩	⑪	⑫	⑬	⑭	⑮	⑯	⑰	⑱
鵶	〃	〃	雅	〃	〃	〃	〃	〃	〃	〃	〃	〃	〃	〃	〃	〃	〃
救	数	敕	數	〃	〃	數	數	數	数	數	〃	〃	〃	数	數	〃	〃
耶	耶	耶	〃	〃	〃	〃	〃	〃	〃	〃	〃	耶	〃	耶	〃	〃	〃

『集韻』에 이르기를 "雅亦作鵶"라 하였으므로 '鵶'와 '雅'는 동음이며 '耶'는 '耶'의 잘못이다. 제2음절 對音字는 '救, 敕, 數' 3종이다. '盆의 고한국어는 '동희', '딜동희'387)가 보일 뿐이다. 그러므로 이 項은 어떤 그릇을 가리키는지 알 수 없다. 그러나 아래 항에 '沙羅曰戌羅亦曰敕耶'이란 말이 있으니 이로써 이 항도 응당 '盆曰鵶敕耶'일 것이다. 그러므로 '鵶救耶', '鵶數耶'는 모두 '鵶敕耶'의 잘못이다.

(284) 鬲曰窣

①	②	③	④	⑤	⑥	⑦	⑧	⑨	⑩	⑪	⑫	⑬	⑭	⑮	⑯	⑰	⑱
鬲	鬲	〃	鬲	〃	〃	鬲	鬲	〃	〃	〃	〃	〃	〃	鬲	鬲	〃	〃
曰	〃	〃	〃	〃	〃	〃	〃	〃	〃	〃	〃	〃	〃	〃	〃	〃	〃
窣	窣	窣	宰	〃	〃	〃	〃	〃	〃	〃	〃	〃	〃	〃	〃	〃	〃

『五經文字』에 이르기를 "說文作鬲, 經典相承作鬲."이라 하였으므로 '鬲'과 '鬲' 두 글자는 상통한다. '窣, 窣, 宰'의 反切音을 살피면

387) 類合(上·27), 家諺(五·27), 訓蒙(中·12)을 참조.

다음과 같다.

○ 窣 : 蘇骨切(廣韻, 集韻 入聲 第11沒) 또는 蒼沒切(集韻 入聲 同韻)
○ 窣 :『集韻』에 이르기를 "窣, 古作窣"
○ 窣 : 이미 앞에서 설명했음(제㊶항을 참조.)

'鬲'의 뜻을 살펴보면『康熙字典』에 이르기를 "鬲, 說文鼎屬, 實五穀斗二升曰穀. 爾雅釋器, 鼎款足謂之鬲. 註鼎, 曲脚也. 疏款, 闊也. 謂鼎足相去疎闊者名鬲, 前漢郊祀志其空足曰鬲. 註蘇林曰足中空不實者名曰鬲也. 揚子方言鍑, 吳揚之間謂之鬲."이라 하였고, 또 王了一 氏도 이르기를 "上古煮飯用鬲, 蒸飯用甗. 鬲似鼎, 有三隻空心的短足, 下面擧火炊煮."(古漢語通論 p.270)이라 하였다. 이에 근거하면 '鬲'은 '鼎'의 일종이다. 그러나 한국에서는 '鼎'자를 상용하고 '鬲'자를 쓰지 않는다.『雅言覺非』에 이르기를 "鼎者, 飪器也. 三足兩耳, 上橫玉鉉, 和五味之寶器也. … 東人錯認, 乃以鍋銼之等呼之爲鼎, 炊飯蒸餠以爲鼎實. 有自燕京回者, 得周漢古鼎, 蕤光粲然, 傳相撫玩, 猶未悟自己竈下本無此鼎.…"(卷之2)이라 하였으므로 이것으로써 증명할 수 있다. '鼎'의 古韓語는 '솥', '솓', '솣'[388]이고 현대 한국어는 '솥'이다. '窣'의 音價를 살피면 이와 일치한다. 그러므로 '窣, 窣'는 곧 '窣'자의 誤記이다.

前間씨와 方씨 모두 '窣'자로 '솥'이라고 추측한 것은 明鈔本을 보지 못하였기 때문이다.

---

388) 杜諺初(卄一·1), 三綱(孝·2), 訓蒙(中·10), 五輪(一·4)을 참조.

(285) 碗曰巳題

①	②	③	④	⑤	⑥	⑦	⑧	⑨	⑩	⑪	⑫	⑬	⑭	⑮	⑯	⑰	⑱
碗	椀	椀	碗	〃	〃	〃	〃	碗	〃	碗	〃	〃	〃	碗	碗	碗	碗
日	〃	〃	〃	〃	〃	〃	〃	〃	〃	〃	〃	〃	〃	〃	〃	〃	〃
巳	己	〃	巳	〃	〃	己	巳	巳	己	巳	巳	己	〃	〃	〃	己	巳
題	顋	頭	顯	〃	〃	〃	〃	〃	〃	〃	〃	〃	〃	〃	〃	〃	〃

『中華大字典』에 이르기를 "碗, 盌俗字."라 하고, 『集韻』에는 "盌, 說文小盂也. 或作椀."이라 하였다. 그러므로 漢語部의 '椀, 碗, 碗' 등의 글자는 모두 '碗(椀)'자의 잘못이다. '碗(盌)'의 선초어는 '사발'이고 현대 한국어도 같다. 『朝鮮館譯語』에는 이르기를 '碗曰酒擺二'라 하였다. 그러나 對音部의 각종 기재는 모두 '사발'에 대음되지 않는다. 그 記載가 뒤섞여 있는 것을 보면 원본상의 필획이 분명하지 않아서 베껴 쓸 때 誤謬를 범했을 것이다. 이밖에 '鉢'의 선초어는 '바리'[389]이고 또한 '바리때'[390]도 있다. 『正字通』에 이르기를 "鉢, 食器, 梵語鉢多羅, 此云應量器, 謂體色量三俱應法, 故體用鐵瓦二物, 色以藥煙熏治, 量則分上中下, 釋氏皆用鐵, 形圓, 上有蓋, 或用瓦, 形亦如此."라 하였다. 이밖에 『敕修淸規辨道具』에 이르기를 "梵云鉢多羅, 此云應量器, 今略云鉢, 又呼云鉢盂, 卽華梵兼名."라 하였다. '鉢多羅'는 곧 梵語 'pátra'의 漢譯이다. 明鈔本상의 '己顋'와 '己頭'로 보면 이 항의 원문은 '椀曰巴頼'일듯한데 '頼'는 곧 '賴'자의 俗字이다.[391] 그 음가를 살피면 다음과 같다.

○ 巴 : 伯加切(廣韻 平聲 第9麻)

---

389) 月曲(64), 月釋(十八·39), 楞諺(七·12)을 참조.

390) 李熙昇 박사 편찬의 『국어대사전』에 이르기를 "'바리때'는 중이 사용하는 칠목기인데 생략해서 '바리'라고 하는데 또는 '바리'는 곧 여자용 식기를 말하며 놋쇠로 만들었다."고 하였다.

391) 『集韻』에 이르기를 "賴, 古作頋"라 하였고, 『俗書刊誤』에는 "賴, 俗作頼"라 하였다.

○ 賴 : 落蓋切(廣韻, 集韻 去聲 第14泰)

‘巴賴’의 음가를 살펴보면 ‘鉢’의 선초어에 대응될 수 있다.

(286) 楪曰楪至

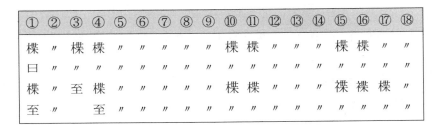

①	②	③	④	⑤	⑥	⑦	⑧	⑨	⑩	⑪	⑫	⑬	⑭	⑮	⑯	⑰	⑱
楪	〃	楪	楪	〃	〃	〃	〃	〃	楪	楪	〃	〃	〃	楪	楪	〃	〃
曰	〃	〃	〃	〃	〃	〃	〃	〃	〃	〃	〃	〃	〃	〃	〃	〃	〃
楪	〃	至	楪	〃	〃	〃	〃	〃	楪	楪	〃	〃	〃	褋	褋	楪	〃
至	〃		至	〃	〃	〃	〃	〃	〃	〃	〃	〃	〃	〃	〃	〃	〃

藍格明鈔本의 ‘楪曰至’는 곧 ‘楪曰楪至’의 잘못이다. 海史本의 ‘褋, 褋’ 두 자는 모두 ‘楪’자의 잘못이다. ‘楪, 至’의 反切音을 살피면 다음과 같다.

○ 楪 : 與涉切(廣韻 入聲 第29葉) 또는 弋涉切(集韻 入聲 第29葉) 또는 悉協切(入聲 第30帖)
○ 至 : 脂利切(廣韻, 集韻 去聲 第6至)

‘楪’의 선초어는 ‘뎝시’, ‘졉시’[392]이다. 『朝鮮館譯語』에 이르기를 ‘碟曰迭世’라 하였다. 현대 한국어는 ‘접시’이다. ‘楪(悉協切, 心母)至’의 음가는 한국어와 별로 일치하지 않는다.

한국어 ‘뎝시’는 ‘楪’자의 한국음일 것이다. 이로써 미루어 보면 ‘楪’의 한국음은 『廣韻』 이후의 발음일 것이다. 『類篇』에 의하면 “楪, 達協切, 音牒.”이라 하였고, ‘達協切’의 음가는 ‘뎝’과 일치한다.

392) 朴諺初(上·4), 訓蒙(中·10), 同文(下·13)을 참조.

(287) 盂曰大耶

①	②	③	④	⑤	⑥	⑦	⑧	⑨	⑩	⑪	⑫	⑬	⑭	⑮	⑯	⑰	⑱
盂	盂	于	盂	〃	〃	〃	〃	〃	〃	〃	〃	〃	〃	〃	〃	〃	〃
曰	〃	〃	〃	〃	〃	〃	〃	〃	〃	〃	〃	〃	〃	〃	〃	〃	〃
大	〃	〃	〃	〃	〃	〃	〃	〃	〃	〃	〃	〃	〃	〃	〃	〃	〃
耶	耶	耶	〃	〃	〃	〃	〃	〃	〃	〃	〃	耶	〃	耶	〃	〃	〃

港大明鈔本의 '盂'과 藍格明鈔本의 '于'는 모두 '盂'자의 잘못이다. '耶'도 '耶'자의 잘못이다.

'盂'의 선초어는 '다야'[393]이고 현대 한국어는 '대야'이다. '大耶'의 음가를 살피면 선초어와 일치한다. 그 어원을 살피면 한국어 '다야'는 아마도 '大匜'[394]의 한국음이다. 『雅言覺非』에 "鐥者, 量酒之器. 吾東之造字也. 郡縣餽贈, 以酒五盞, 謂之一鐥中國無此字. 方言謂之大也. 盥器亦謂之大也. 惟大小不同耳. 按匜者, 酒器, 亦稱盥器, 然則去鐥從匜, 不害爲書同文矣."(卷之2)라 하여 이로써 증명할 수 있다.

(288) 匙曰戌

①	②	③	④	⑤	⑥	⑦	⑧	⑨	⑩	⑪	⑫	⑬	⑭	⑮	⑯	⑰	⑱
戌	戌	戍	戍	〃	〃	〃	〃	〃	戌	戍	〃	〃	〃	戉	戍	戌	戍

'戌'과 '戍' 두 자의 옳고 그름에 대해서는 제㉓항을 참조. 漢語部의 記載에서 藍格明鈔本의 '題'는 곧 '匙'의 잘못이다. '匙'의 선초어는 '숟'이고 『朝鮮館譯語』에는 '匙曰速二'라고 되어 있다. '戌'의 음가

393) 解例(用字), 訓蒙(中·19), 譯語(下·13)를 참조.

394) 說文에 이르기를 "匜, 似羹魁, 柄中有道, 可以水酒"라 하였고 또한 『康熙字典』에 이르기를 "又正譌也, 古匜字, 借爲助辭, 羊者切, 助辭之用既多, 故正義爲所奪, 又加匚爲匜以別之, 實一字也"라 하였다.

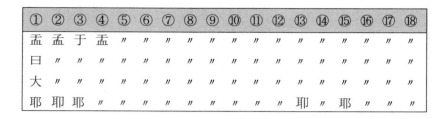

를 살피면 이 말과 일치한다. 그러므로 '戍'는 곧 '戌'자의 잘못이다.

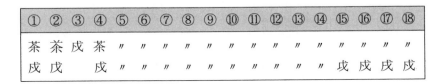

(289) 茶匙曰茶戌

①	②	③	④	⑤	⑥	⑦	⑧	⑨	⑩	⑪	⑫	⑬	⑭	⑮	⑯	⑰	⑱
茶	荼	戍	茶	〃	〃	〃	〃	〃	〃	〃	〃	〃	〃	〃	〃	〃	〃
戌	戊		戌	〃	〃	〃	〃	〃	〃	〃	〃	〃	〃	戉	戍	戌	戍

이 語項은 '茶曰茶'와 '匙曰戌'로 나눌 수 있으니 제⑲⑨항과 ㉘⑧항을 참조. 藍格明鈔本의 '茶匙曰戌'는 '茶匙曰茶戌'의 誤脫이다. 또한 다른 판본의 '戊, 戍, 戉'은 모두 '戌'의 잘못이다.

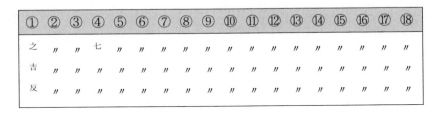

(290) 箸曰折之吉反

①	②	③	④	⑤	⑥	⑦	⑧	⑨	⑩	⑪	⑫	⑬	⑭	⑮	⑯	⑰	⑱
之	〃	〃	七	〃	〃	〃	〃	〃	〃	〃	〃	〃	〃	〃	〃	〃	〃
吉	〃	〃	〃	〃	〃	〃	〃	〃	〃	〃	〃	〃	〃	〃	〃	〃	〃
反	〃	〃	〃	〃	〃	〃	〃	〃	〃	〃	〃	〃	〃	〃	〃	〃	〃

大字부분은 각 傳本이 모두 같다. 小字부분의 '之' 또는 '七'은 그 잘못이 陶珽의 說郛本에서 시작되었다. '折'의 反切音은 '杜奚切'(廣韻 平聲 第12齊) 또는 '旨熱切, 常列切'(同 入聲 第17薛), 또는 '征例切, 時制切'(集韻 去聲 第13祭)이라 하였다.

'箸'의 선초어는 '뎌', '져'395)이고 『朝鮮館譯語』에는 '筯曰哲'로 되어 있다. 방언 중에는 '절'도 있다. 이로써 보면 '折(旨熱切)'의 음가

395) 訓蒙(中·11), 類合(上·27), 樂軌(動動)을 참조.

는 방언 '절'에 대응된다. 위에 인용한 '折'자의 음 가운데 入聲 이외에 平聲과 去聲이 있으므로 '折'의 入聲을 밝히기 위해서 反切音을 덧붙인 것이다.

(291) 沙羅曰戌羅亦曰敖耶

①	②	③	④	⑤	⑥	⑦	⑧	⑨	⑩	⑪	⑫	⑬	⑭	⑮	⑯	⑰	⑱
戌	戌	〃	戌	〃	〃	〃	〃	〃	〃	〃	〃	〃	〃	戉	戌	戌	戌
羅	〃	〃	〃	〃	〃	〃	〃	〃	〃	〃	〃	〃	〃	〃	〃	〃	〃
亦	〃	〃	〃	〃	〃	〃	〃	〃	〃	〃	〃	〃	〃	〃	〃	〃	〃
曰	〃	〃	〃	〃	〃	〃	〃	〃	〃	〃	〃	〃	〃	〃	〃	〃	〃
敖	〃	〃	〃	〃	〃	〃	〃	〃	〃	〃	〃	〃	〃	〃	〃	敎	敖
耶	耶	也	耶	〃	〃	耶	耶	耶	〃	〃	〃	〃	〃	〃	〃	〃	〃

漢語部 '沙羅'의 뜻을 살펴보면 『正字通』에 이르기를, "築銅爲之, 形如盆, 大者聲陽, 小者聲殺. 樂書有銅鑼, 自後魏宣武以後有銅鈸沙羅, 沙羅卽鈔鑼"라 하였고, 또 『雲麓漫鈔』에 이르기를, "今人呼洗爲沙鑼, 又曰廝鑼國朝賜契丹西夏使人皆用此語, 究其說軍行不暇持洗, 以鑼代之. 又中原人以擊鑼爲篩鑼, 東南方亦有言之者, 篩沙音近, 篩文爲廝, 又小轉也. 書傳目養馬者爲廝, 以所執之鑼爲洗曰廝鑼, 軍中以鑼爲洗, 正如秦漢用刁斗, 可以警夜炊飯, 取其便耳."이라 하였다. 이에 근거하면 '沙羅'와 '沙鑼 · 鈔鑼' 세 어휘는 통용되어 모두 銅盆의 일종이다. '戌'과 '戍'에 대해서는 제㉓항을 참조. 藍格明鈔本[396]상의 '也'는 곧 '耶'의 잘못이다.

銅盆의 고한국어는 '소라'[397]이다. 다른 項의 '雲曰屈林', '風曰孛纜', '胡桃曰渴來'에 따르면 곧 連音變讀 현상으로 볼 수 있으며 '戌

396) 藍格明鈔本은 '亦曰敖也' 넉자도 大字로 되어 있다.
397) 救方(下·90), 朴諺初(上·56), 小諺(二·3)을 참조.

羅'의 音價는 이 말에 일치한다. 그러므로 '戊·戉' 두 자 모두 '戌'의 오자이다. 그러나 '敖耶'는 한국어에 대응되지 않으므로 자세한 고찰은 뒤로 미룬다.

(292) 硯曰皮盧

藍格明鈔本의 '皮羅'을 제외하고는 기타 판본은 모두 '皮盧'이다. '硯'의 선초어는 '벼로'[398]이고 『朝鮮館譯語』에는 '硯曰必路'로 되어 있다. 이밖에 방언 중에는 또 '비로', '베루', '베로', '베래', '벼래' 등이 있으며 현 표준어는 '벼루'이다. '皮盧'의 음가를 살피면 방언에 '비로'에 대응될 수 있다. 그러므로 藍格明鈔本의 '皮羅'는 '皮盧'의 잘못이다.

(293) 筆曰皮盧

港大明鈔本에는 이 語項이 실려 있지 않고 다른 판본은 모두 '筆曰皮盧'로 되어 있다. 이 語項의 對音部와 앞의 항이 서로 같으나 筆과 벼루의 선초어는 같지 않고 '筆'의 선초어는 '붇'[399]이다. 『朝鮮館譯語』에는 '筆曰卜'으로 되어 있고, 현대 한국어도 '붓'이다. 이로써 보면 이 어항의 對音部는 前項을 그대로 써서 잘못된 것이다.

(294) 紙曰捶

①	②	③	④	⑤	⑥	⑦	⑧	⑨	⑩	⑪	⑫	⑬	⑭	⑮	⑯	⑰	⑱
捶	捶	搖	垂	〃	〃	〃	〃	〃	〃	〃	〃	〃	〃	垂	垂	垂	垂

398) 解例(用字), 訓蒙(上·34), 類合(上·25)을 참조.
399) 解例(合字), 杜諺初(卄三·15), 訓蒙(上·34)을 참조.

對音部의 기재를 도표로 보면 陶珽의 說郛本부터 '扌(手)'변이 제거되었다. '捶'자는 字典에 실려 있지 않으며 '捶'의 異體일 것이다. '揺'는 곧 '搖'의 略字이다.(『中文大辭典』에 의함) '捶'의 反切音은 '之累切'(廣韻 上聲 第4紙)로 되어 있고, 또는 '主縈切', '是捶切'(集韻 上聲 第4紙)이고 또는 '都果切'(上聲 第34果)이다.

'紙'의 선초어는 '죠ᄒᆞ', 조희', '초희', '죵ᄒᆡ'400)이다. 『朝鮮館譯語』에는 '紙曰着必'로 되어 있다. 현표준어는 '종이'이다. 이밖에 方言에는 '조우', '조외', '조이'도 있다. '捶'(之累切, 主縈切)의 음가는 '紙'의 방언에 대응될 수 있다. 그러므로 '搖, 垂' 두 자는 모두 '捶'의 잘못이다.

前間氏와 方氏는 모두 '垂'자로써 '죠ᄒᆡ'로 해석한 것은 타당하지 못하다.401)

(295) 墨曰墅

①	②	③	④	⑤	⑥	⑦	⑧	⑨	⑩	⑪	⑫	⑬	⑭	⑮	⑯	⑰	⑱
墨	〃	黑	墨	〃	〃	〃	〃	〃	〃	〃	〃	〃	〃	〃	〃	〃	〃
曰	〃	〃	〃	〃	〃	〃	〃	〃	〃	〃	〃	〃	〃	〃	〃	〃	〃
墅	黑	墨	〃	〃	〃	〃	〃	〃	〃	〃	〃	〃	〃	〃	〃	〃	〃

도표로 보면 원본상 필획이 분명치 않아 뒷사람들이 베껴 쓸 때 잘못된 것 같다. 앞 뒤 項目의 어휘의 뜻으로 보아 '墨曰墅', '墨曰黑', '黑曰墨' 등은 모두 '墨曰墨'의 잘못이다. '墨'의 선초어는 '먹'402) 이고 현대 한국어도 같다. 『朝鮮館譯語』에는 '墨曰孟'으로 되어 있다. 墨의 고한국음은 '믁'이고 현대 한국음은 '묵'이다. 이로써 보면

400) 解例(用字), 訓蒙(上·34) : 柳物 ; 倭語(上·38)를 참조.
401) 麗言攷(p.108), 鷄林類事硏究(p.194)를 참조.
402) 杜諺初(十六·53), 楞諺(一·5), 訓蒙(上·34)을 참조.

한국어 '먹'은 '墨'의 고음이다. 또한 당시 墨자의 양국 발음이 서로 같았음을 알 수 있다.

(296) 刀子曰割

朝鮮鈔本의 '刀白子割'로 된 것을 제외하고는 다른 판본은 모두 '刀子曰割'403)이다. '刀'의 선초어는 '갈'404)이고 현대 한국어는 '칼'이다. 『朝鮮館譯語』에는 '刀曰跨二'로 되어 있다. '割'의 반절음은 '古達切'(廣韻 入聲 第12曷)이고 선초어와 일치한다.

(297) 剪刀曰割子蓋

①	②	③	④	⑤	⑥	⑦	⑧	⑨	⑩	⑪	⑫	⑬	⑭	⑮	⑯	⑰	⑱
割	割	〃	〃	〃	〃	〃	〃	割	剳	割	〃	〃	〃	割	割	割	割
子	〃	〃	〃	〃	〃	〃	〃	〃	〃	〃	〃	〃	〃	〃	〃	〃	〃
蓋	盖	葢	〃	〃	〃	蓋	葢	〃	〃	〃	〃	〃	蓋	盖	蓋	葢	〃

港大明鈔本에는 '曰'자가 빠져있다. 그중 '蓋, 葢, 盖' 등의 글자에 대해서는 제⑥③항을 참조. '割, 割, 割, 剳' 등의 글자 중 '割'자가 正字이다. 『麗言攷』에는 '翦刀'인데 곧 '剪'의 正字이며 다만 明鈔本에 근거하여 '剪'자를 취한다.

'剪刀'의 선초어는 'ᄀᆞᅀᅢ·ᄀᆞᇫ애·가ᅀᅵ·ᄀᆞ애'405)이다. 현 표준한국

403) 王了一의 『漢語史稿』에 이르기를 "南部方言(粵, 閩, 客家) 基本上維持着上古漢語的情況, 很少或完全不用詞尾'兒'和'子'. 廣州話只說'刀', 不說'刀子', 只說'鉸剪', 不說'剪子' … 詞尾'兒'字在粵語裏更絶對不用了"(pp.229~230) 이로써 보면 孫穆은 南方人이 아님을 알 수 있다.

404) 解例(合字), 釋譜(九·24), 類合(上·28)을 참조.

405) 訓蒙(中·14), 朴諺初(上·39), 杜諺初(十·33)를 참조.

어는 '가위'이고 방언(경상도) 중에는 또한 '가시개'[406]도 있다. '割子蓋'의 음가는 剪刀의 방언에 대응될 수 있다. 여기서 入聲 '割'과 'ㄱ'를 대응시킨 것은 역시 連音變讀 현상이다.

(298) 骰子曰節

각 傳本이 모두 같다. '節'의 反切音은 '子結切'[407](廣韻·集韻 入聲 第16屑) 또는 '昨結切'(集韻 同韻)이다. 漢語部 '骰子'의 뜻을 살펴보면 『辭海』에 이르기를 "骰子 賭具, 以象牙或獸骨爲之, 立體正方形, 六面, 分刻一二三四五六之數. 相傳爲魏曹植所造. 本祗二粒, 謂之投子, 取投擲之義, 用玉石製, 故又稱明瓊 唐時加至六, 改用牙或骨製, 始名骰子. 其色皆黑, 惟四爲紅 相傳唐玄宗與楊貴妃作骰戲, 玄宗時已大負, 惟得四數可勝, 遂於擲時呼之, 果爲四, 乃以四爲紅色. 後人有僅以紅黑博勝負者, 故又稱色子."라 하였다. '骰子'의 고한국어는 '사ᄉᆞ·ᄉᆞᄋᆞ·쇄ᄉᆞ·ᄉᆞᄋᆡ·ᄉᆞ애'[408] 등이고 현대 한국어는 '주사위'이다.

'骰'의 反切音은 '度侯切'(廣韻 平聲 第19侯)이고 또는 '果五切'(集韻 上聲 第10姥)이다. 이밖에 商務刊行의 『國語辭典』에는 '骰'자의 발음이 "骰 ① ㄕㄞshae圖 ② ㄊㄡtour"라 하였다. 이에 근거하면 '骰子'의 한국어 '사ᄋᆞ'는 곧 '骰兒'의 근대음이다. 그러나 '骰(度侯切·果五切·徒侯切)' 등의 발음이 'ㄕㄞ'로 변하였고 한국문헌에 보면 『訓蒙字會』에 이르기를 '투(骰)'쇄ᄉᆞ투"이므로 그 변한 발음이 마땅히 『訓蒙字會』 출판(1527년) 이전에 있던 일이다. '骰子'의 한국음은 역시 '두자', '투자'이므로 '사ᄉᆞ·쇄ᄉᆞ·ᄉᆞᄋᆡ·사ᄋᆞ' 등이며 곧 중국에서 전입된 외래어이다. 이로써 보면 '骰子'의 한국어의 변천과정을 알 수 있다. 위에 서술한 것을 종합해 보면 이 항의 대음부의

---

406) 河野六郎 著 『朝鮮方言學試攷』(1945년 6월 제3판, 서울간행, p.22) 또한 南廣祐의 (ᄀᆞ시게)연구(국어국문학 제25호 pp.3~16)

407) 『集韻』 중에 '了結切'은 곧 '子結切'의 잘못이다.

408) 訓蒙(中·19), 漢淸(260), 譯補(47)를 참조.

‘節’은 아마도 당시 ‘骰’字의 한국음일 것이다.

(299) 鞭曰鞭

각 傳本이 모두 같다. ‘鞭’의 선초어는 ‘채’이고 현대 한국어도 같다. 이로써 보면 이 항의 對音部 ‘鞭’도 한자어휘이다. ‘鞭’은 幫母이지만 ‘鞭’의 선초음은 ‘편’[409]이고 현대 한국어음도 같다. 이로써 고려와 鮮初의 발음이 다름을 알 수 있으니 곧 高麗 때 ‘鞭’은 激音이 아니다. 『東國正韻』에 실려있는 ‘鞭’의 발음이 ‘변’[410]인 것으로 증명할 수 있다.

(300) 鞍曰末鞍

①	②	③	④	⑤	⑥	⑦	⑧	⑨	⑩	⑪	⑫	⑬	⑭	⑮	⑯	⑰	⑱
未	末	抹	未	〃	〃	〃	〃	〃	末	未	〃	〃	〃	〃	〃	末	未
鞍	〃	〃	〃	〃	〃	〃	〃	〃	〃	〃	〃	〃	〃	〃	〃	〃	〃

‘馬曰末’은 이미 앞에서 보았으므로 이 항은 응당 ‘末鞍’이어야 한다. 이로써 ‘未, 抹’ 등은 모두 ‘末’자의 잘못이다.

‘鞍’의 선초어는 ‘기ᄅᆞ마’, ‘기르마’[411]이다. 현대 한국어는 ‘길마’인데 다만 이 말은 ‘牛鞍’에만 쓰이고 ‘馬鞍’은 달리 ‘안장’이라고 일컬으며 이 말은 곧 ‘鞍裝’의 한국음이다. 『朝鮮館譯語』에는 이르기를 ‘馬鞍曰墨吉林罵’라 하였다. 이로써 보면 이 항의 ‘末鞍’은 곧 ‘馬’의 한국어 ‘말’과 한자어 ‘鞍’의 복합어이다.

---

409) 河野六郎의 朝鮮漢字音의 研究(자료음운표 p.18)를 참조.
410) 東國正韻(3권 제16엽)을 참조.
411) 龍歌(58), 朴諺初(上·28), 杜諺初(十五·1)를 참조.

(301) 轡曰轡頭

①	②	③	④	⑤	⑥	⑦	⑧	⑨	⑩	⑪	⑫	⑬	⑭	⑮	⑯	⑰	⑱
轡	〃	〃	〃	〃	〃	〃	〃	〃	〃	〃	〃	〃	〃	〃	〃	〃	〃
頭	〃	〃	○	○	○	○	○	○	○	○	○	○	○	○	○	○	○

도표로 보면 陶珽의 說郛本부터 '頭'자가 빠져 있으며 후래 판본들은 이에 따라 모두 빠져 있다. '轡'의 선초어는 '혁・셕・셗' 등이다. 이밖에 또 '繮・韁'의 고한국어는 '곳비'[412]이다. 『朝鮮館譯語』에는 이르기를 轡頭는 '主谷'이라 하였다. 『說文通訓定聲』에는 이르기를 "牛曰紖・犬曰紲・馬曰繮"이라 하였고 『爾雅'釋器'』에서는 "轡首謂之革"이라 하였고, 『詩經』에서는 "鞗革冲冲"(小雅 蓼蕭)을 傳에는 "鞗, 轡也. 革, 轡首也"라 하였다. 이로써 보면 '곳비'는 곧 '鼻'의 한국어 '고'와 '轡'의 한국음 '비'의 복합어이며 '혁'은 '革'의 한국음이다. '革'과 '轡'가 본래 다른 것인데 뒤에 혼용되어 구별하지 않았다. 이밖에 杜甫의 詩 중에 '轡頭'라는 말이 있는데 詩에 이르기를 "走馬脫轡頭, 手中挑青絲."라 하였다. 이 말로써 이 항의 對音部 '轡頭'도 중국어임을 알 수 있다. 달리 본다면, 이 항의 '轡曰轡頭'는 '轡頭曰轡'의 誤倒일 수도 있다. 한국 文獻 중 '轡頭'라는 말은 보이지 않고 오직 '轡'만 보이는데 『雅言覺非』에 의하면 "轡者上控馬之索也. … 靮者韁之餘也. 下馬則執靮以牽之, 上馬則執轡以控之, 不可混也"(卷之2)라 하였고, 또한 方師鐸의 『國語詞彙學』에 이르기를 "名詞性詞素後綴輕聲'頭'詞尾之例 轡頭, 碼頭, 饅頭, 苗頭, 木頭…"(p.144)라 하였다. 한국 한자어휘 중 거의 輕聲語尾 '頭'자를 사용하지 않는 것은 이것으로써 증명할 수 있다.

412) 譯補(48), 同文(下·20)을 참조.

(302) 鼓曰濮

①	②	③	④	⑤	⑥	⑦	⑧	⑨	⑩	⑪	⑫	⑬	⑭	⑮	⑯	⑰	⑱
鼓	皷	鼓	皷	〃	〃	〃	〃	〃	鼓	〃	〃	〃	〃	〃	皷	鼓	皷
曰	〃	〃	〃	〃	〃	〃	〃	〃	〃	〃	〃	〃	〃	〃	〃	〃	〃
濮	〃	鼓	濮	〃	〃	〃	〃	〃	㯷	濮	〃	〃	〃	〃	〃	〃	〃

藍格明鈔本의 '鼓曰鼓'는 곧 '鼓曰濮'의 잘못이며, 또한 朝鮮鈔本의 '㯷'은 '濮'의 잘못이다. '濮'의 反切音은 '博木切'(廣韻, 集韻 入聲 第1屋)이다. '鼓'의 선초어는 '붑'이고 또 '북'[413]도 있으며 현대 한국어도 '북'이다. 『朝鮮館譯語』에 이르기를 '銅鼓曰通卜, 皮鼓曰戞足卜'이라 하였다. '濮'의 음가는 '붑'에 일치한다. 『集韻』 중에 '濮'의 同音子를 열거하면 다음과 같다.

'卜·汁·墣·轐·嫼·樸·㯷·獛·蹼·纀·鞻·鳪·驜·撲·鏷·蹼·鬟·鬃·鬉·醭·幞' 이들 同音子 중 '濮'자는 常用字가 아닌데 이 字를 쓴 것은 그 이유가 분명치 않다.

『大漢和辭典』과 『中文大辭典』에 이르기를 "濮… ② 皷也. 高麗之方言. '鷄林類事'高麗方言, 謂鼓曰濮."이라 하고 인용한 것은 실로 『鷄林類事』에 기재된 것을 오해한 것이며 '濮'은 곧 對音일뿐 '鼓'의 뜻이 있는 것이 아니다.

(303) 祺曰祺

張校本의 '祺曰祺'를 제외하고는 다른 판본에는 모두 '旗曰旗'이다. 張校本의 기재는 옳지 않다. '旗'의 고한국어는 '旗'의 한국음 '긔'[414]이므로 이 語項의 '旗'도 한자어휘이다.

413) 月曲(156), 釋譜(六·27), 譯語(上·20), 松江(二·17)을 참조.
414) 訓蒙(中·29), 類合(上·29), 譯語(上·68)를 참조.

(304) 弓曰活

각 傳本이 모두 같다. '活'의 반절음은 '古活切 · 戶括切'[415](廣韻 集韻 入聲 第13末)이다. '弓'의 선초어는 '활'[416]이고 현대 한국어도 같다. 『朝鮮館譯語』에 이르기를 '弓曰華二'로 되어 있다. '活'(戶括切)의 음가는 '弓'의 한국어와 일치한다. 이로써 보면 '弓'의 한국어는 고려 이래로 변치 않았다.

(305) 箭曰薩亦曰矢

①	②	③	④	⑤	⑥	⑦	⑧	⑨	⑩	⑪	⑫	⑬	⑭	⑮	⑯	⑰	⑱
薩	薩	薩	蘳	〃	〃	蘳	蘳	蘳	薩	蘳	矢	蘳	矢	薘	蕯	蕯	薩
亦	〃	〃	〃	〃	〃	〃	〃	〃	〃	亦		亦		亦	〃	○	亦
曰	〃	〃	〃	〃	〃	〃	〃	〃	〃	曰		曰		曰	〃	○	曰
矢	〃	笑	矢	〃	〃	〃	〃	〃	〃	矢		矢		矢	〃	○	矢

圖表로 보면 陶珽의 說郛本에서부터 '薩'자를 잘못 썼으며, 그 뒤로 異體字가 많이 생겨 '蘳 · 薩 · 薘 · 蕯 · 蕯' 등이 있다. 古今圖書集成에서는 '蘳'자 밑에 '字典不載'라고 4자[417]를 附記하였다. 이밖에 藍格明鈔本의 '笑'자는 '矢'자의 잘못이며, 雍正理學本과 光緒理學本의 '箭曰矢'는 곧 '箭曰薩亦曰矢'의 誤脫이며, 또한 麗言攷에는 '亦曰矢' 세글자가 빠져있다. '箭'의 선초어는 '살'[418]이고 현대 한국어도 같다. 『朝鮮館譯語』에 이르기를 '箭曰洒二'라 하였다. '薩'의 음가를 살피면 이와 일치한다. 지금까지도 글과 말 속에서 '矢'자를 병용하고 있으니 이로써 '亦曰矢' 두 자를 부기한 까닭을 알 수 있다.

415) 『集韻』에는 '戶栝切'로 되어 있다.
416) 龍歌(45), 解例(合字), 杜諺初(廿·54)를 참조.
417) 雍正方輿本, 光緒方輿本, 麗言攷 三本 등에는 '亦曰矢'는 대자로 되어 있다.
418) 龍歌(32), 月釋(十·29), 月曲(40)을 참조.

(306) 劍曰長刀

各 傳本이 모두 같다. '刀子曰割'은 이미 앞에서 보았고 다음 항에 '大刀曰訓刀'라는 말이 있으므로 이로써 보면 刀子·劍·大刀는 같은 물건이 아니다. 먼저 劍의 뜻을 살펴보면 다음과 같다. 『玉篇』에 이르기를 "劍, 籒文劒"이라 하였고, 『說文』에는 이르기를 "劒, 人所帶兵也. 从刃僉聲. 籒文劒, 从刀."라 하였고, 『釋名』에 이르기를 "劍, 檢也, 所以防檢非常也. 又斂也, 以其在身時拱斂在臂內也."(釋兵)이라 하였고, 『周禮』에 이르기를 "爲劍云云, 爲之下制."(考工記, 桃氏). 注 "此今之匕首也"라 하고, 또한 이르기를 "爲劍臘, 廣二寸有半寸."(考工記, 桃氏), 注 '臘謂兩刃'이라 하였다. 위에 서술한 바를 근거해서 보면 劍은 곧 短刀이고 長刀가 아니다. 그러므로 이 항의 '長刀'는 중국어의 '長刀'가 아닐 것이다. 한국어 중에 또한 '粧刀'가 있는데 이 칼은 곧 몸에 늘 지니는 短刀이다. 중국어 중에는 '粧刀'라는 말이 보이지 않으므로 여기서 '粧刀'는 한국인들이 스스로 만든 한자어휘이다. '粧'의 반절음을 살피면 다음과 같다.

○ 粧 : 側羊切(字彙補)[419] 韻會 "妝, 俗作粧"
○ 妝 : 側羊切(廣韻, 集韻 平聲 第10陽)

이로써 보면 長刀와 粧刀의 발음이 서로 같으며, 또한 '粧刀'의 고려 때 발음이 '長刀'와 같았던 사실을 알 수 있다. 오늘날 흔히 '銀粧刀'라고 하는 것이 바로 이 高麗 때부터 내려오는 '粧刀'임을 알 수 있다.

前間氏와 方氏는 모두 '長刀'로써 풀이 하였는데 劍의 본뜻을 자세히 살피지 않고 誤謬를 범한 것이다.

---

419) 廣韻, 集韻에는 '粧'자를 실리지 않았다.

(307) 大刀曰訓刀

①	②	③	④	⑤	⑥	⑦	⑧	⑨	⑩	⑪	⑫	⑬	⑭	⑮	⑯	⑰	⑱
大	〃	〃	火	〃	〃	〃	〃	〃	〃	〃	〃	〃	〃	〃	〃	〃	〃
刀	〃	〃	〃	〃	〃	〃	〃	〃	〃	〃	〃	〃	〃	〃	〃	〃	〃
曰	〃	〃	〃	〃	〃	〃	〃	〃	〃	〃	〃	〃	〃	〃	〃	〃	〃
訓	〃	〃	割	〃	〃	〃	〃	割	割	割	〃	〃	〃	割	割	〃	〃
刀	〃	〃	〃	〃	〃	〃	〃	〃	〃	〃	〃	〃	〃	〃	〃	〃	〃

도표로 보면 陶珽의 說郛本에서 '大刀曰訓刀'가 '火刀曰割刀'로 誤記되어 그 뒤 판본은 이에 따라 모두 잘못된 것이다.

『經國雄略』에 이르기를 "大刀, 柄長五尺, 帶刀纂, 共長七尺五寸, 方可大敵, 名爲柳葉刀, 連柄共重五斤, 官秤."이라 하였다. 韓國 古軍刀중에서 大刀를 環刀[420]라 일컬었는데, 이것은 한국인들이 스스로 만든 한자어휘일 것이다. 그러나 『釋名』에 이르기를 "刀, 到也, 以斬伐到其所刀擊之也. 其末曰鋒, 言若鋒刺之毒利也, 其本曰環, 形似環也."(釋兵 제23)라 하였다. 또한 『訓蒙字會』에 이르기를 "劒, 俗呼腰刀, 又曰環刀."(卷中 第27葉)라 하여 이 글 중의 '俗呼'는 중국인들이 일컫는 것을 가리킨 것이다. 이에 근거하면 環刀라는 이름이 취해진 근원도 중국어에서 나온 것이다.

'環刀'의 음가를 살피면 '訓刀'와 매우 가깝다. 이밖에 『眉岩集』[421]에 따르면 "萬曆5年(1577) 5月 初9日, 余釋'類合'劍字云'한도', 礪城君以爲當作'환도', 蓋徒見兵書以環刀置簿, 不知大之爲'한'也 卽還正也."(卷10)라 하였다. 이로써 설사 '大刀'를 한국어로 '한도'라고 일컬을지라도, '環刀'의 한국음이 아님을 알 수 있다. '訓刀'는 곧 大의 한국어 '한'과 한자어 '刀'의 복합어이다. 제⑯항의 '母之兄曰訓鬱'로 보면 더욱 증명할 수 있다. 더 미루어 보면 '한도'라는 말은 한글이 창

420) 同文(上·48), 漢淸(125)을 참조.

421) 朝鮮 明宗~宣祖 때 眉岩 柳希春(1513~1577)이 편찬한 18권 11책. 方鍾鉉의 『一簑國語學論集』(p.319)을 참조.

제되기 이전에 소리도 같고 뜻도 통하는 '環刀' 곧 일종 '吏讀'식 표기일 것이다. 뒤에 단지 '環刀'의 한국음으로만 읽어 마침내 그 본래 발음과 다른 말로 된 까닭일 것이다. 한국어 중 이와 같이 변한 어휘들이 적지 않다.[422]

前間氏는 '火刀曰割刀'로써 '火斗'의 고한국어[423]라고 추측하였다. 이것은 明鈔本을 보지 못하고 오류를 범한 것이다.

(308) 斧曰烏子蓋

①	②	③	④	⑤	⑥	⑦	⑧	⑨	⑩	⑪	⑫	⑬	⑭	⑮	⑯	⑰	⑱
斧	〃	〃	〃	〃	〃	〃	〃	〃	〃	〃	〃	〃	〃	〃	釜	〃	斧
曰	〃	〃	〃	〃	〃	〃	〃	〃	〃	〃	〃	〃	〃	〃	〃	〃	〃
烏	〃	鳥	烏	〃	〃	〃	〃	〃	〃	〃	〃	〃	〃	〃	〃	〃	〃
子	〃	〃	〃	〃	〃	〃	〃	〃	〃	〃	〃	〃	〃	〃	〃	〃	〃
蓋	盖	〃	葢	〃	〃	蓋	葢	〃	盖	葢	〃	〃	蓋	盖	蓋	葢	〃

도표로 보면 藍格明鈔本의 '鳥子蓋'를 제외하고 다른 판본은 모두 '烏子蓋'로 되어 있다. 海史印本과 麗言攷의 '釜'자는 곧 '斧'의 잘못이다.

'斧'의 鮮初語는 '돗귀'[424]이고 후기 문헌 중에도 '도치', '도최', '도최', '돗긔', '독긔' 등이 있다. 현대 한국어는 '도끼'이다. '烏子蓋'의 음가를 살피면 '돗귀'에 대응될 수 있다. '剪刀曰割子蓋'로 미루어 보면 高麗 때 이 말의 제2음절, 3음절은 同語形이었을 것이며 곧 3음

422) 洪起文씨가 이르기를 "如果根據『鄉札式』誦讀法的話, '赫居'是'불구', '世'是'누리'或者是'누이', 就是因爲這個緣故, 所以'赫居世'的足一個名字叫做'弗矩內'. 僅僅是因爲到了後來, 隨着誦讀法的演變, 才不把『赫居世』讀成'불구누리'或'불구뉘', 而把它讀成'혁거세'在這裡, 同一個音的同一個人名, 變成了兩個音彼此完全不同的名字."(전서 p.149)

423) 麗言攷(p.112)를 참조.

424) 月曲(106), 三綱(孝·32), 月釋(一·29)을 참조.

절어였을 것이다. 이로써 보면 '烏'자는 곧 '鳥'자의 잘못이다.

前間씨는 '釜曰烏子蓋'를 고쳐서 '竈曰釜了口'로 하여 '브섭'[425]으로 해석하였다. 이것은 각 판본을 보지 못하고서 오류를 범한 것이다.

(309) 炭曰蘇戌

①	②	③	④	⑤	⑥	⑦	⑧	⑨	⑩	⑪	⑫	⑬	⑭	⑮	⑯	⑰	⑱
蘇	蘇	〃	蘇	〃	〃	〃	〃	〃	蘓	蘇	〃	〃	〃	蘓	蘇	〃	〃
戌	子 戊	戊	成	〃	〃	〃	〃	〃	〃	〃	〃	〃	〃	〃	〃	〃	〃

도표로 보면 원본상 筆劃이 분명치 않았던 것 같다. 陶珽의 說郛本부터 '蘇成'으로 되어 이후 각 판본에는 이와같이 쓰였다.

'炭'의 선초어는 '숫'[426]이고 현대 한국어는 '숯'이다. 이 어항은 '蘇戌'로써 '숫(이)'을 표기한 것이며 '蘇戌'의 음가를 살피면 이와 일치한다. 이로써 보면 '子戊·戊·成' 등은 '戌'자의 잘못이다.

(310) 柴曰孛南木

各 傳本이 모두 같다. 이 어항의 對音字 '孛, 南木'에 대해서는 이미 앞에서 살펴보았으므로 제⑤, 53, 240항을 참조. '柴'의 선초어는 '섭'이고 또는 '블나모'이다. 이 어항은 곧 '火曰孛'과 '木曰南木'의 복합어이다. 그러나 前項의 '木曰南記'와 이 항의 '南木'의 기재가 같지 않은데, 이로써 '木'의 한국어가 鮮初 뿐만 아니라 高麗 때도 두 가

---

425) 麗言攷(p.112)를 참조.

426) 解例(用字), 訓蒙(中·15), 類合(上·27)을 참조.

지 발음이 있었음을 알 수 있다. 현 방언 중에 아직도 '南記' 계통의 어휘가 있으니 예를 들면 '남기', '낭구' 등이다. 『朝鮮館譯語』에는 이르기를 "樹曰那莫, 松曰所那莫"이라고 하였다. '木'의 入聲音에 대해서는 제5장을 참조.

(311) 香曰寸

각 傳本이 모두 같다. '香'의 선초어는 '香'자의 한국음 '향'[427]이고 다른 한국어가 없다. 필획으로 보면 이 어항은 아마도 본래 '香曰香'이었을 것인데 뒤에 베껴 쓸 때 誤謬를 일으킨 것 같다.

(312) 索曰鄹[又曰朴]

①	②	③	④	⑤	⑥	⑦	⑧	⑨	⑩	⑪	⑫	⑬	⑭	⑮	⑯	⑰	⑱
鄹	舺	郍	郍	〃	〃	〃	〃	〃	郉	郍	郍	〃	〃	郍	郍	〃	〃

도표로 보면 원본상의 필획이 명확치 않았던 것 같다. 小字부분은 각 판본이 모두 '又曰朴'[428]으로 되어 있다. '索'의 선초어는 '노'[429]이고 지금까지 이 말이 쓰이고 있다. 『字彙補』를 살피면 '郍'[430]의 反切音은 '諾何切'이고 또한 '房六切'이다. 비록 '諾何切'의 음가가 '노'와 비슷하지만 그러나 다음 항의 '索縛曰那沒香'으로 미루어보면 이 어항도 마땅히 '索曰那[又曰朴]'으로 되어야 한다. '那'의 음가를 살피면(제㉑②항을 참조) 실은 '郍'자의 음과 같으므로 어느 자를 써도 모두 될 수 있다. 이로써 보면 '鄹, 舺, 郉' 등은 모두 '郍(那)'자의 잘

427) 朴諺初(上·8), 小諺(二·4)을 참조.
428) 雍正理學本과 光緖理學本에는 '又曰朴'도 大字로 되어 있다.
429) 釋譜(九·10), 訓蒙(中·14), 法諺(二·34)을 참조.
430) 廣韻, 集韻에는 '郍'자가 실려 있지 않다.

못이다.

'大索'의 고한국어는 '바'431)이며 현대 한국어도 같다. '朴'의 음가를 살피면 이 말에 대응할 수 있다. 入聲인 '朴'자로 '바'라고 한 것은 제5장을 참조.

前間씨는 '郍를 那의 俗字'432)라 하였는데 실은 근거가 없다.

(313) 索縛曰郍木香

①	②	③	④	⑤	⑥	⑦	⑧	⑨	⑩	⑪	⑫	⑬	⑭	⑮	⑯	⑰	⑱
索	〃	〃	〃	〃	〃	〃	〃	〃	〃	〃	〃	〃	〃	〃	〃	〃	〃
縛	縛	縳	縛	〃	〃	縳	縛	縛	縛	縳	〃	〃	〃	縳	縛	〃	縛
曰	〃	〃	〃	〃	〃	〃	〃	〃	〃	〃	〃	〃	〃	〃	〃	〃	〃
郍	刑	鄉	那	〃	〃	刑	那	〃	〃	〃	〃	〃	〃	〃	〃	〃	〃
木	没	木	沒	〃	〃	没	沒	没	浸	沒	〃	〃	〃	〃	〃	没	沒
香	〃	〃	〃	〃	〃	〃	〃	〃	〃	〃	〃	〃	〃	〃	〃	〃	〃

도표로 보면 이 語項도 원본 상의 필획이 명확치 않았던 것 같다. 『韻會』에 이르기를 "縛, 俗, 从専作縳, 誤."라 하였으므로 港大明鈔本과 方氏研究本의 '縳'字는 '縛'자의 잘못이다. 이 어항은 곧 '索曰那'와 '縛曰'의 복합어이다. '索曰那'는 이미 앞에서 살폈으므로 여기서는 다만 '縛曰'의 對音部만 살핀다. '木, 沒, 香'은 이미 앞에서 살펴보았으므로 제㉔㉚, ㉙, ㉛①어항을 참조.

'縛'의 고한국어는 '뭈다', '묽다'433)이다. 이 어항의 對音部의 둘째자는 각 傳本에 記載된 것을 둘로 나눌 수 있으니 곧 하나는 '木'이고 다른 하나는 '沒'이다. 오늘날 '縛'의 한국어로 보면 '木'음이 비교

431) 老諺(下·)을 참조.
432) 麗言攷(p.113)를 참조.
433) 楞諺(八·49), 杜諺初(十六·73), 倭語(下·3)를 참조.

적 '묵다'의 어간 '묵'에 가깝다. 그러므로 '沒'은 곧 '木'의 잘못이다. 이로써 보면 '香'은 곧 '縛'의 한국어 어미부분이지만 한국어 어미 중 '香'음에 상응하는 것이 없으므로, 아마도 '香'은 '皆'의 잘못일 것이다. '木皆'의 음가를 살피면 '묶어→묵거'에 대응될 수 있다.

前間씨는 '那沒香'의 '香'을 衍文이라 여기고 '노믜'로써 해석했다. 金喆憲씨는 '那沒香'의 '香'은 '沓'자의 잘못으로 여기고 '노뮙다(ㅂ)'으로 풀이하였다. 그들은 明鈔本의 기재를 살피지 않았으므로 이와 같은 오류를 범한 것같다. 또한『鷄林類事』중에 動詞 원형의 例가 전혀 없으므로 이들의 설명을 더욱 믿을 수 없음을 증명할 수 있다.

(314) 射曰活孛

①	②	③	④	⑤	⑥	⑦	⑧	⑨	⑩	⑪	⑫	⑬	⑭	⑮	⑯	⑰	⑱
活	〃	〃	〃	〃	〃	〃	〃	〃	〃	〃	〃	〃	〃	〃	〃	〃	〃
孛	〃	〃	索	〃	〃	〃	〃	〃	〃	〃	〃	〃	〃	〃	〃	〃	〃

圖表로 보면 陶珽의 說郛本에서 '孛'을 '索'으로 고쳐 이후 각 판본에는 모두 '索'으로 되어 있다. 그러나 陶氏가 어떤 판본에 근거해서 이와 같이 고쳤는지는 알 수가 없다. 이 어항은 곧 '弓曰活'434)과 '射曰'의 복합어이니 '弓曰活'은 이미 앞에서 살펴보았으므로 제304항을 참조. '索'의 반절음은 '蘇各切'(廣韻 入聲 第19鐸)이고 또는 '山戟切'(同 第20陌) 또는 '山責切'(同 第21麥) 또는 '蘇故切'(集韻 去聲 第11莫) 등이다.

'射'의 선초어는 '소다', '쏘다'435)이다. 현대 한국어도 '쏘다'이다. 索(蘇故切)字의 發音이 '소다'의 語幹 '소'에 대음될 수 있다. 이로써 보면 '孛'자는 '索'자의 잘못이다. 그러나 ⑮4 '男兒曰丫妲[亦曰索記]'로 대

434) 朝鮮鈔本에는 漢語部의 '躬'은 곧 '射'자의 잘못이다.
435) 月釋(十四·62), 金三(二·73), 解例(合字), 龍歌(45)를 참조.

조해 보면 '索'도 옳지 않다. 『鷄林類事』 全篇 중에 한 자로써 두 가지 對音으로 쓰인 것은 그 例가 거의 없다. '孛'과 '索'의 筆劃으로 보면 아마도 '素'자의 잘못일 것이며 그 음가가 '蘇故切'로써 '索(去聲)'자와 음이 같으므로 한국어 '소'와 일치한다. 이로써 보면 당시 '索'의 대표음은 실로 入聲이 없다.

(315) 讀書曰赴鋪

①	②	③	④	⑤	⑥	⑦	⑧	⑨	⑩	⑪	⑫	⑬	⑭	⑮	⑯	⑰	⑱
赴	乞	〃	〃	〃	〃	〃	〃	〃	〃	〃	〃	〃	〃	〃	〃	〃	〃
鋪	〃	〃	〃	〃	〃	餔	鋪	〃	〃	〃	〃	〃	〃	〃	〃	〃	〃

對音部分과 相應하는 한국어로써 살펴보면 張校本의 '赴'는 곧 '乞'자의 잘못이며 五大本의 '餔'는 '鋪'자의 잘못이다. '乞'자의 반절음은 '去訖切'(廣韻 入聲 第9迄)이고 또는 '丘旣切'(集韻 去聲 第8未)이다. '鋪'자는 이미 앞에서 살펴보았으므로 제⑦①항을 참조.

'讀書'의 선초어는 '글보다'[436]이고 현대 한국어도 같다. 『朝鮮館譯語』에는 이르기를 "讀書曰根白昏大"이라고 되어 있다. '乞鋪'의 음가가 어간 '글보'에 대응된다. 이 어휘는 곧 '書曰乞'과 '讀曰鋪'의 複合語이다. 그러나 '鋪'는 곧 '看'의 한국어를 기록한 것이므로 이 항의 漢語部 '讀書'는 실로 '看書'의 뜻이다. 『集韻』 중에 '乞'의 동음자는 '芞, 契, 吃'(欺訖切) 등이다. 이로써 보면 이들 동음자 중 '契'이 '乞'에 비해서 '書'의 대음자에 비교적 적합하다. 『漢書』에 이르기를 "'自書契之作'(古今人表) 注 契謂刻木以記事"라 하였다. '契'자를 취하지 않은 까닭은 앞에 나온 '日曰契[黑隘切]'의 語項으로 보면 당시 '契'의 常用音이 入聲이 아니었음을 알 수 있다.

436) 龍歌(7), 月曲(35), 金三(三·3)을 참조.

(316) 寫字曰乞核薩

港大明鈔本의 '寫'를 '鴈'으로 잘못 쓴 것과 朝鮮鈔本에 '寫曰字乞核薩'로 잘못된 것 외에는 다른 판본은 모두 '寫字曰乞核薩'로 되어 있다. 이 語項도 '字曰乞'과 '寫曰核薩'의 복합어이다. '字曰乞'에 대해서는 제315항을 참조. '核, 薩'의 반절음은 이미 앞에서 살려보았으므로 제165, 186항을 참조.

'寫'의 고한어는 'ᄉᆞ다', '쓰다', 'ᄡᅳ다'437)이다. 『朝鮮館譯語』에 이르기를 "寫字曰根沁大"로 하였는데 '沁大'는 곧 '寫'의 對音이다. 이밖에 '畫'의 고한어는 'ᄀᆞᆺ다'이며, 이 어휘의 연체형은 'ᄀᆞᆺ을→그슬'이므로 '核薩'의 음가는 이 말에 대응될 수 있다.

前間씨는 '글씨'로써 方씨는 '글희술'로써 풀이하였는데 이것은 모두 자세히 살피지 않고 誤謬를 범한 것이다.

(317) 畫曰乞林

각 傳本이 모두 같다. '畫'의 선초어는 '그림'438)이고 현대 한국어도 같다. '乞林'의 음가를 살피면 이와 일치한다. 入聲 '乞'자로써 '그'로 쓴 것은 역시 連音變讀現象이니 제5장을 참조.

(318) 榜曰柏子

각 傳本을 살피면 다만 '柏'과 '栢'의 차이가 있을 뿐이다. 『說文解字』의 段注에 이르기를 "柏經典相承亦作栢"이라 하였으니, '柏'과 '栢'은 같은 字이나 『康熙字典』에 이르기를 "柏從木白聲, 俗作栢, 非."라 하였으니 이에 근거하면 '柏'으로 써야 옳다.

---

437) 杜諺初(卄三·33), 永嘉(下·77)를 참조.
438) 杜諺初(十六·25), 訓蒙(下·20), 類合(下·41)을 참조.

먼저 ‘榜’자의 뜻을 살펴보면 『說文』에 “㮄, 所以輔弓弩也, 从木㫄聲.”이라 하였고, 『廣雅』에 이르기를 “榜, 輔也.”(釋詁3)라 하고, 『說文通訓定聲』에는 “榜, 凡㫄弓必約而攴擊之, 故亦爲榜笞.”라 하고, 『說文解字注箋』에는 “榜, 引申爲凡竹木片之稱, 榜笞, 榜箠, 卽指竹木片而言.”이라 하고, 『集韻』에는 “榜, 進船也. 或從手.”라 하고, 또 이르기를 “榜或作牓, 木片也.”라 하였다. 이밖에 『辭海』에는 “凡取士選官等題名以揭示於衆者, 皆曰榜.”이라 하였다. 前後語項의 뜻으로 보면 이 항의 ‘榜’은 ‘揭示’의 뜻을 가리킨 것이다. 그러나 ‘榜’의 고한국어도 한자어 ‘榜’을 사용한 것이다.

『高麗圖經』에 이르기를 “唯順天館之北, 有小屋數十間, 榜曰順天寺, 自人使至館一月, 僧徒晝夜歌唄不絶, 榜云, 以祈國信使副一行平善, 蓋由衷之信, 非一時矯僞也.”(順天館(송의 사절 일행이 묵는 관사) 북쪽에 작은 집 수십 칸이 있는데 順天寺라는 방이 붙어 있다. 사절이 관사에 와서부터 한 달 동안은 승도들이 계속 범패를 불렀으며, 방에는 ‘以祈國信使副一行平善’이라 하였다. 대체로 충심에서 우러난 진실이지 일시적인 거짓이 아니다.)(卷17 王城內外諸寺條)라 하였다. 이로 미루어 보면 이 어항의 대음부의 ‘柏子’는 ‘額子’의 잘못인 것 같다. 왜냐하면 한국사람들이 ‘扁額’을 가리켜 ‘額子’라 하고 또한 필획상 매우 비슷하기 때문이다. 다음 항의 ‘寢曰作之’와 ‘興曰你之’ 등으로 보면 孫穆이 質問을 할 때 아마도 ‘榜’字의 뜻을 動詞인 ‘揭示하다’로 썼는데 質問받은 사람이 名詞인 그 名稱으로 對答한 것이 아닐까?

前間씨는 ‘柏子板’의 약칭으로 해석하였다.[439] 『雅言覺非』에 이르기를 “東俗謂柏辟鬼恐體魄不安, 遂以果松板爲柏子板, 不用爲棺, 尤大愚矣. 果松筋理細膩, 乃棺材之上品, 冒僞名而廢實用, 可乎?”(卷之1)라 한 것을 보면 ‘柏子板’에는 ‘榜’의 뜻이 없으니 牽强附會한 말이다.

---

439) 麗言攷(p.115)를 참조.

(319) 寢曰作之

藍格明鈔本과 麗言攷의 '寢'을 '㝲'으로 잘못 쓴 것 외에 다른 판본은 모두 '寢曰作之'로 되어 있다. '寢'의 선초어는 '자다'440)이고 현대 한국어도 같다. 이 말의 連用形은 '자지'이다. '作之'의 음가를 살피면 이와 일치한다.

前間씨가 連體形 '잘'441)로 풀이한 것은 자세히 살피지 않고 誤謬를 범한 것이다.

(320) 興曰你之

①	②	③	④	⑤	⑥	⑦	⑧	⑨	⑩	⑪	⑫	⑬	⑭	⑮	⑯	⑰	⑱
你	〃	〃	〃	〃	〃	〃	〃	你	伱	伱	你	伱	〃	伱	伱	〃	〃
之	〃	〃	〃	〃	〃	〃	〃	〃	〃	〃	〃	〃	〃	〃	〃	〃	〃

'伱'자에 대해서는 제⑰항을 참조. '之'자도 이미 앞에서 살펴보았으므로 제㉙항을 참조. 이 어항의 '興'의 뜻은 전항의 '寢'으로 보면 곧 '起'의 뜻이다. 『詩經』 중에 '夙興夜寐'를 참조. '起'의 선초어는 '닐다'442)이고, 이 말의 連用形은 '니지'이니 '伱'의 음가에 의하면 이와 일치한다.

前間씨는 連體形 '닐'로써 해석하였는데443) 앞의 項과 마찬가지로 잘못이다.

440) 月釋(十·24), 杜諺初(八·27), 金三(四·5)을 참조.
441) 麗言攷(p.116)를 참조.
442) 月釋(六·3), 月曲(164), 龍歌(82)를 참조.
443) 麗言攷(p.116)를 참조.

(321) 坐曰阿則家

①	②	③	④	⑤	⑥	⑦	⑧	⑨	⑩	⑪	⑫	⑬	⑭	⑮	⑯	⑰	⑱
阿	〃	⿰阝句	阿	〃	〃	〃	〃	〃	〃	〃	〃	〃	〃	〃	〃	〃	〃
則	〃	〃	〃	〃	〃	〃	〃	〃	〃	〃	〃	〃	〃	〃	〃	〃	〃
家	〃	○	家	〃	〃	〃	〃	〃	〃	〃	〃	〃	〃	〃	〃	〃	〃
○	囉	○	囉	〃	〃	〃	〃	〃	〃	〃	〃	〃	〃	〃	〃	〃	〃

이 항과 다음 항의 '立曰立'이 뒤섞였는데, 곧 다음 항의 기록이 張校本과 藍格明鈔本을 제외하고는 다른 판본에 모두 '立曰立'으로 되어 있다. 그러나 張校本에는 '立曰囉'로 되었고, 藍格明鈔本에는 '家曰羅'와 '立曰立' 두 항으로 나누어져 있다. 이상과 같이 각 板本을 대조하여 보면 이 항은 응당 '坐曰阿則家囉'로 되어야 하고 다음 항도 마땅히 '立曰立'으로 되어야 한다. '阿·則·家·囉'에 대해서는 이미 앞에서 살펴보았으므로 제⑲, ㊇, ㊧, ㉖항을 참조.

'坐'의 선초어는 '앉다'[444]이고 이밖에 또 '앚다', '앉다' 등이 있다. 『朝鮮館譯語』에는 이르기를 "坐曰阿格剌"로 되어 있다. '앚다'의 명령형은 '아자라·아자가라'이며 '阿則家囉'의 음가는 '아자가라'에 대응될 수 있다. 入聲 '則'으로써 '자'음을 표기한 것은 제5장에서 자세히 설명하겠다.

(322) 立曰囉

'立曰囉'는 응당 '立曰立'으로 고쳐야 하고 前項의 설명을 참조. '立'의 선초어는 '셔다'이므로 이 항의 對音部 '立'도 한자어휘이다. 그러나 前後項의 예로 보면 이 항은 원본상 아마도 '立曰○○囉'일 것이다.

---

444) 釋譜(十九·6), 楞諺(一·3), 杜諺重(一·57)을 참조.

(323) 臥曰吃寢

①	②	③	④	⑤	⑥	⑦	⑧	⑨	⑩	⑪	⑫	⑬	⑭	⑮	⑯	⑰	⑱
臥	卧	則	卧	〃	〃	〃	〃	〃	臥	〃	〃	〃	〃	卧	臥	卧	臥
曰	〃	〃	〃	〃	〃	〃	〃	〃	〃	〃	〃	〃	〃	〃	〃	〃	〃
吃	乞	〃	〃	〃	〃	〃	〃	〃	〃	〃	〃	〃	〃	〃	〃	〃	〃
寢	寑	〃	寢	〃	〃	〃	〃	〃	〃	〃	〃	〃	〃	〃	〃	寑	寢

도표상 각 판본의 기재로 보면 원본상의 필획이 불분명했을 것이다. 먼저 漢語부의 '臥'의 뜻을 살펴보면 다음과 같다. 『說文』에 이르기를 "臥, 伏也, 从人臣. 取其他也."라 하고 段注에 "臥與寑異, 寑於牀, 論語寑不尸是也. 臥於几, 孟子隱几而臥是也. 此析言之耳, 統言之則不別."이라 하였고, 『荀子』에는 "心臥則夢"(解蔽) 注 "臥, 寢也."라 하였고, 『山海經』에는 "邊春之山有獸, 見人則臥, 名曰幽鴳."(北山經) 注 "臥, 言佯眠也."라 하였고, 『管子』에는 "臥名利者寫生危"(白心) 注 "臥猶息也."라 하였고, 『廣韻』에는 "臥, 寢也"라 하였다. 이로써 보면 '臥'도 '寢'의 뜻이 있으나 '寢曰作之'가 이미 따로 나와 있으므로 '寢'과 '臥'는 응당 다른 뜻이다. '臥'의 선초어는 '누븅지'이고 '乞寢'의 음가를 살피면 이에 대응되지 않는다. 자세한 考證은 후일로 이룬다.

(324) 行曰欺臨

각 傳本이 모두 같다. '欺, 臨'의 反切音을 살피면 다음과 같다.

○ 欺 : 去其切(廣韻 平聲 第7之)
○ 臨 : 力尋切(廣韻 平聲 第21侵) 또는 良鴆切(去聲 第52沁)

'行'의 선초어는 '거름'445)이고 '欺臨'의 음가는 이와 일치한다. '欺'로써 '거'로 한 것은 제5장을 참조.

(325) 走曰速行打

張校本의 '速行打' 외에는 다른 판본은 모두 '連音打'로 되어 있다. '走'의 고한국어는 '돋다'446)이고 현대 한국어도 같다. 『朝鮮館譯語』에는 이르기를 "走曰格嫩大"로 되어 있다. 이로써 보면 『鷄林類事』의 '走'자는 곧 '疾行'의 뜻이며 『朝鮮館譯語』의 '走'자는 '行'의 뜻이므로 後者는 곧 白話上의 '走'자의 뜻이다. '돋다 → ᄃᆞᄯᅡ'와 '打打'의 음가는 합치되며 이로써 보면 이 항의 對音部 '連音打'의 '連音'은 對音字가 아니라 곧 '打打'의 표현이다. 이 '돋다'는 어형상 기본형 어미를 취한 것 같지만 실은 이같은 문법상의 의미가 포함된 것이 아니라 다만 常用하는 口語의 표출일 뿐이다.

(326) 來曰烏囉

①	②	③	④	⑤	⑥	⑦	⑧	⑨	⑩	⑪	⑫	⑬	⑭	⑮	⑯	⑰	⑱
烏 囉	鳴 〃	鳥 羅	〃 囉	〃 〃	〃 〃	〃 〃	〃 〃	〃 〃	烏 〃	鳥 〃	〃 〃	〃 〃	〃 〃	烏 〃	〃 〃	〃 〃	鳥 〃

'來'의 선초어는 '오다'447)이고 이 말의 명령형은 '오라'이다. 『朝鮮館譯語』에 이르기를 "來曰臥那剌"로 되어 있다. 이로써 보면 '鳴, 鳥' 두 자는 모두 '烏'자의 잘못이다. '羅'자도 '囉'자의 잘못이다. '烏囉'의 음가를 살피면 '오라'와 일치한다. 그러나 '鳴'와 '烏'는 同音이

445) 月曲(126), 月釋(八·93), 訓蒙(下·27)을 참조.
446) 楞諺(四·67), 杜諺初(卄五·51), 月釋(十·25)을 참조.
447) 釋譜(九·24), 月釋(九·43), 龍歌(109)를 참조.

지만 前項의 '今日曰烏捺', '井曰烏沒' 두 항의 用字의 예로 의거하면 '烏'자로 해야 맞다.

(327) 去曰匿家入囉

港大明鈔本의 '匿家入羅'와 朝鮮鈔本의 '匿家八囉'를 제외하고는 다른 판본은 모두 '匿家入囉'로 되어 있다. 응당 朝鮮鈔本의 '匿家八囉'로 해야 옳다.

○ 匿 : 女力切(廣韻 入聲 第24職) 또는 昵力切[448](集韻 入聲 第24職) 또는 惕得切(同 25德)
○ 八 : 博拔切(廣韻 入聲 第14黠)
○ 家・囉는 이미 앞에서 살펴보았으므로 제(97), (268)항을 참조.

'去'의 선초어는 '니다'[449]이고, 이 말의 명령형은 '니가라', '니가바라'이다. 『朝鮮館譯語』에는 이르기를 "去曰你格剌"(倫敦本에 의함)로 되어 있다. '匿家八囉'의 음가를 살피면 '니가바라'와 일치한다. 入聲 '匿, 八'로써 '니'와 '바'를 표기했는데 이것도 連音變讀現象이다.

前間氏는 '入'자를 곧 '音入'을 잘못 쓴 것으로 보고 마땅히 '匿'자 아래에 써야한다고 말하고 '니거라'로 해석[450]하였다. 方氏는 '未詳'이라고 하였다. 이는 자세히 살피지 않고 誤謬를 범한 것이다.

(328) 笑曰胡臨

海史本의 '笑曰臨朝' 외에는 다른 판본은 모두 '笑曰胡臨'이다. 對音部의 기재로 보면 이 語項과 다음 어항의 '哭曰胡住'의 對音部가

448) 康熙字典에 의거하면 이것은 곧 '昵力切'의 잘못임을 알 수 있다.
449) 釋譜(六·29), 月釋(九·50), 龍歌(38)를 참조.
450) 麗言攷(p.118)를 참조.

뒤바뀌어 응당 다음과 같이 고쳐야 한다.

'笑曰胡臨'은 '笑曰胡住'로 고쳐야 하고

'哭曰胡住'를 '哭曰胡臨'으로 고쳐야 한다.

'笑'의 선초어는 '웃다', '웃다'451)이고 이 말의 連用形은 '우스', '우스'이다. '胡住'의 음가를 살피면 '우스'에 대응될 수 있다. 匣母 '胡'자로써 '우'를 표기한 것은 제5장을 참조.

(329) 哭曰胡住

藍格明鈔本에 '曰'자가 빠진 것 외에는 다른 판본은 모두 '哭曰胡住'로 되어 있다. 對音部가 前項과 거꾸로 된 것은 앞에 항에서 이미 서술했으므로 여기서는 생략한다.

'哭'의 선초어는 '우룸'452)이고 '胡臨'의 音價를 살피면 이 말에 대응될 수 있다. 『集韻』에 이르기를 "臨, 哭也"라 하였고, 『左傳』에 이르기를 "楚子圍鄭旬有七日, 鄭人卜行成不吉, 卜臨于大宮且巷出車吉"(宣 12年) 注 "臨, 哭也"라 하였다. 이에 근거하면 '哭曰胡住'와 '笑曰胡臨'의 대음부가 전도되었음을 확신할 수 있다.

(330) 客至曰孫烏囉

①	②	③	④	⑤	⑥	⑦	⑧	⑨	⑩	⑪	⑫	⑬	⑭	⑮	⑯	⑰	⑱
孫	〃	〃	〃	〃	〃	〃	〃	〃	〃	〃	〃	〃	〃	〃	〃	遜	孫
烏	胡	烏	〃	〃	〃	〃	〃	〃	〃	〃	〃	〃	〃	烏	〃	〃	烏
囉	〃	羅	囉	〃	〃	〃	〃	〃	〃	〃	〃	〃	〃	〃	〃	〃	〃

451) 月曲(168), 月釋(一·43), 釋譜(六·24)를 참조.

452) 月釋(一·27)을 참조.

이 어항은 '客曰孫'과 '來曰烏囉'의 복합어이다. 그러므로 '胡囉, 烏囉, 烏羅' 등은 모두 '烏囉'의 잘못이다. 麗言攷의 '遜'자도 '孫'자의 잘못이다. 이 어항의 해석은 제⑫①항의 '客曰孫吟'과 제㉟②항의 '來曰烏囉'를 참조.

(331) 有客曰孫集移室

①	②	③	④	⑤	⑥	⑦	⑧	⑨	⑩	⑪	⑫	⑬	⑭	⑮	⑯	⑰	⑱
孫	〃	〃	〃	〃	〃	〃	〃	〃	〃	〃	〃	〃	〃	〃	〃	〃	〃
集	〃	〃	〃	〃	〃	〃	〃	〃	〃	〃	〃	〃	〃	〃	〃	〃	〃
移	〃	〃	〃	〃	〃	〃	〃	〃	〃	〃	〃	〃	〃	〃	〃	〃	〃
室	〃	宝	室	〃	〃	〃	〃	〃	〃	〃	〃	〃	〃	〃	〃	〃	〃
			延	〃	〃	〃	〃	〃	〃	〃	〃	〃	〃	〃	〃	○	延

도표로 보면 陶珽의 說郛本에서 '延'자가 잘못 더하여져서 그 뒤 판본들은 모두 틀리게 되었다. 이 '延'자는 다음 어항의 漢語部 첫 번째 글자가('迎'의 잘못) 移記되어 이 어항의 對音部에 옮겨졌으므로 이 어항은 응당 '有客曰孫集移室'로 되어야 한다.

'孫集移室'은 곧 '客曰孫', '家曰集', '有曰移實'의 복합어이다. '家'의 선초어는 '집'[453]이고 '集'의 音價를 살피면 이 말과 일치한다. '客曰孫'은 제⑫①항을 참조하고 '有曰移實'은 제㉟⓪항을 참조.

前間씨는 '孫集移室'의 '集'을 衍文[454]으로 보고 자세히 살피지 않은 것은 잘못이다.

453) 龍歌(18), 月曲(45), 釋譜(六·16)을 참조.

454) 前間씨는 '延'자를 제거하고서 다음 항의 漢語부에 써놓았으나 그 이유는 언급하지 않는다.

(332) 延客入曰屋裏坐少時

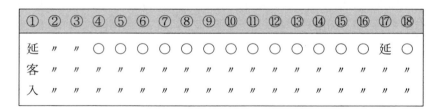

①	②	③	④	⑤	⑥	⑦	⑧	⑨	⑩	⑪	⑫	⑬	⑭	⑮	⑯	⑰	⑱
延	〃	〃	○	○	○	○	○	○	○	○	○	○	○	○	○	延	○
客	〃	〃	〃	〃	〃	〃	〃	〃	〃	〃	〃	〃	〃	〃	〃	〃	〃
入	〃	〃	〃	〃	〃	〃	〃	〃	〃	〃	〃	〃	〃	〃	〃	〃	〃

각 傳本을 살펴보면 대음부의 표기가 모두 같다. 각 판본의 '延'자의 유무의 옳고 그름에 대해서는 前項에서 이미 서술하였으므로 여기서는 생략한다. 그러나 '延客入'의 뜻은 이 어항에 맞지 않으므로 '延'은 '迎'자의 잘못일 것이다.

'請上來'의 고한국어는 '오ᄅᆞ샤쇼셔'[455]이다. 한국인들의 방의 구조가 모두 높은 마루에 있으므로 손님을 맞이할 때 이와같이 말한다. '屋裏坐少時'의 음가를 살펴보면 음운상으로 꼭 맞지는 않지만 이것은 '屋裏坐少時'의 對音으로 미루어 볼 때 그 이유를 알 수 있다. 아마도 孫穆이 억지로 漢字로써 쓴 것 같다. '迎客入'의 한국어를 '屋裏坐少時'로 한 것은 곧 音義의 雙關對音法의 일종인 것이다.

前間씨는 '延客入坐曰耋裏少時'라 고치고 '드르쇼셔'[456]로 풀이하였다. 이것은 자세히 살피지 않고 오류를 범한 것이다. 方氏는 '未詳'이라고 하였다.

455) 龍歌(109), 釋譜(十三·9), 杜諺初(八·25)를 참조.
456) 麗言攷(p.120)를 참조.

(333) 語話曰替黑受勢

①	②	③	④	⑤	⑥	⑦	⑧	⑨	⑩	⑪	⑫	⑬	⑭	⑮	⑯	⑰	⑱
語	〃	〃	〃	〃	〃	〃	〃	〃	〃	〃	〃	〃	〃	〃	〃	〃	〃
話	〃	曰	話	〃	〃	〃	〃	〃	〃	〃	〃	〃	〃	〃	〃	〃	〃
曰	〃	晳	曰	〃	〃	〃	〃	〃	〃	〃	〃	〃	〃	〃	〃	〃	〃
替	〃	里	替	〃	〃	〃	〃	〃	賛	替	〃	〃	〃	〃	〃	〃	〃
黑	里	受	里	〃	〃	〃	〃	〃	〃	〃	〃	〃	〃	〃	〃	〃	〃
受	〃	勢	受	〃	〃	〃	〃	〃	〃	〃	〃	〃	〃	〃	〃	〃	〃
勢	〃		勢	〃	〃	〃	〃	〃	〃	〃	〃	〃	〃	〃	〃	〃	〃

도표를 보면 藍格明鈔本에는 '話'자가 빠져 있고, 朝鮮鈔本의 '賛'자는 곧 '替'자의 잘못이며, 張校本의 '黑'자도 '里'자의 잘못이다. '受勢'의 어휘에 대해서는 제㊽항을 참조.

'語話'의 선초어는 '말ᄒᆞ다'이다. 그러나 '講給我聽'의 고한국어는 '드리쥬셰'457)이고 '替里受勢'의 음가를 살피면 이와 일치한다.

(334) 繫考曰室打里

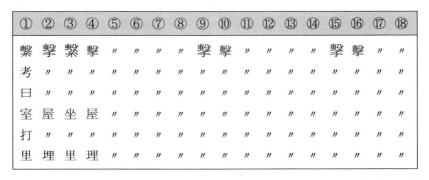

①	②	③	④	⑤	⑥	⑦	⑧	⑨	⑩	⑪	⑫	⑬	⑭	⑮	⑯	⑰	⑱
繫	擊	繫	擊	〃	〃	〃	〃	擊	擊	〃	〃	〃	〃	擊	擊	〃	〃
考	〃	〃	〃	〃	〃	〃	〃	〃	〃	〃	〃	〃	〃	〃	〃	〃	〃
曰	〃	〃	〃	〃	〃	〃	〃	〃	〃	〃	〃	〃	〃	〃	〃	〃	〃
室	屋	坐	屋	〃	〃	〃	〃	〃	〃	〃	〃	〃	〃	〃	〃	〃	〃
打	〃	〃	〃	〃	〃	〃	〃	〃	〃	〃	〃	〃	〃	〃	〃	〃	〃
里	埋	里	理	〃	〃	〃	〃	〃	〃	〃	〃	〃	〃	〃	〃	〃	〃

이 語項의 漢語부의 기재는 '繫考'와 '擊考' 두 종으로 되어 있다.

457) 龍歌(98), 月曲(72), 類合(下·1)을 참조.

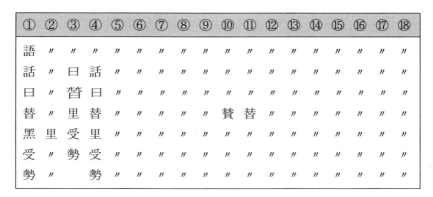

다음 項의 '決罪曰'로 보면 이 어항은 응당 '繫考'로 되어야 한다. 이 밖에 『後漢書』에 이르기를 "建武二年, 恂坐繫考, 上書者免"(寇恂傳)이라 하였다. 또 『高麗圖經』에 이르기를 "輕罪則付刑部, 盜及重罪, 則付獄, 繫以縲紲, 無一人得逸者."(卷16 官府, 囹圄條)라 하였다. 이것으로써 더욱 증명할 수 있다.

한국 고문헌 중에 비록 '繫考'를 직역한 한국어는 없으나 '被苦楚'의 고한국어로써 '시다리다'[458]가 있고 현대 한국어는 '시달리다'이다. '室打里'의 音價를 살피면 이 말의 어간 '시다리'에 일치한다. 入聲 '室'로써 '시'를 표기한 것은 곧 連音變讀 현상이다.

前間씨는 '擊考曰屋打里' 중, '考'는 곧 衍文이고 '屋'은 '耊'의 잘못이다'라 하고 '두드리'[459]로 해석하였는데 이것은 곧 牽强附會이다. 方氏는 '破壞'의 뜻으로 '옥다리'[460]라고 해석하였는데 한국어 중에 실로 이 말이 없으니 역시 맞지 않다.

(335) 決罪曰滅知衣底

①	②	③	④	⑤	⑥	⑦	⑧	⑨	⑩	⑪	⑫	⑬	⑭	⑮	⑯	⑰	⑱
滅	滅	滅	滅	〃	〃	〃	〃	〃	〃	〃	〃	〃	〃	〃	〃	〃	〃
知	絮	之	絮	〃	〃	〃	〃	〃	〃	〃	袽	絮	袽	絮	〃	〃	〃
衣	底	衣	底	〃	〃	〃	〃	〃	〃	〃	〃	〃	〃	〃	〃	〃	〃
底		底															

도표로 보면 원본상의 필획이 명확치 않았던 것 같다. 그 어항의 표기를 둘로 나눌 수 있는데 하나는 藍格明鈔本과 張校本의 4字類이고 또 하나는 港大明鈔本과 陶珽 說郛本의 3字類이다. 이로써 보

458) 漢淸(210)을 참조.
459) 麗言攷(p.121)를 참조.
460) 鷄林類事硏究(p.202)를 참조.

면 각 傳本의 異同[461]은 兩 明鈔本부터 나누어졌다. 『鷄林類事』 記事部에 이르기를 "投束荊, 使自擇, 以牌記其杖數. 最苦執縛, 文臂反接, 量罪爲之, 自一至九, 又視輕重, 制其時刻而釋之."라 하였고, 또한 『高麗圖經』에 이르기를 "凡決杖, 以一大木, 橫縛二手於上, 使之著地, 而後鞭之, 笞杖極輕, 自百至十, 隨其輕重而加損. … 夷性本仁, 死辠多貸而流於山島, 累赦, 則以歲月久近, 量輕重原之."(卷16 官府, 囹圄條)라 하였다. 이로써 보면 '決罪'의 고한국어는 '혜다'[462]이고 이 말은 곧 '量, 數, 計'의 뜻이며 현대 한국어에서는 口蓋音化가 되어 '세다'로 변하였다. 그러나 방언 중에는 아직도 '혜다'가 있다. 미루어 보면 이 어항의 對音字는 아마도 '濊衣底'의 誤記일 것이다. '濊'의 반절음을 살피면 『集韻』에 '呼外切'(去聲 第14夳)이라 하였다. '혜다'의 使動終結語尾는 '혜이디'이고 '濊衣底'의 음가를 살피면 이와 일치한다.

(336) 借物皆曰皮離受勢

①	②	③	④	⑤	⑥	⑦	⑧	⑨	⑩	⑪	⑫	⑬	⑭	⑮	⑯	⑰	⑱
借	〃	〃	〃	〃	〃	〃	〃	〃	〃	〃	〃	〃	〃	〃	〃	〃	〃
物	〃	〃	〃	〃	〃	〃	〃	〃	〃	〃	〃	〃	〃	〃	〃	〃	〃
皆	曰	皆	〃	〃	〃	〃	〃	〃	〃	〃	〃	〃	〃	〃	〃	曰	皆
曰	皮	曰	〃	〃	〃	〃	〃	〃	〃	〃	〃	〃	〃	〃	〃	皮	曰
皮	離	皮	〃	〃	〃	〃	〃	〃	〃	〃	〃	〃	〃	〃	〃	離	皮
離	受	離	〃	〃	〃	〃	〃	〃	〃	〃	〃	〃	〃	〃	〃	受	離
受	勢	受	○	○	○	口	○	受	〃	〃	〃	〃	〃	○	○	勢	受
勢		勢	受	〃	〃	〃	〃	勢	〃	〃	〃	〃	〃	受	〃		勢
			勢	〃	〃	〃	〃							勢	〃		

461) ⑪⑬판본에는 '裂'자 아래에 '字典不載' 4자가 있고, 麗言攷 對音部 아래에는 '裂字典不載)' 5자가 쓰여 있다.

462) 釋譜(十九·11), 月釋(一·19), 法諺(一·26)을 참조.

도표로 보면 港大明鈔本과 麗言攷에는 모두 '皆'자가 빠져있다. 또한 ④⑤⑥⑧⑮⑯판본에는 '離'와 '受'의 2자 사이에 ○표가 있고 ⑦판본에는 □형으로 표시되어 있다. 明鈔本으로 보면 이것은 陶珽의 說郛本으로 말미암아 잘못 판각되어 공백이 있게 되었고 본래는 글자가 없었던 것이다. '受勢'의 어휘는 제㊽항을 참조.

'借'의 선초어는 '빌이다'463)이고 '請借'의 어형은 '비리쥬셰'이다. '皮離受勢'의 음가를 살피면 이 말과 일치한다.

前間씨와 方씨는 모두 '비리쇼셔'로써 풀이하였는데 이것은 곧 '受勢'의 對音을 자세히 고증하지 않고 잘못을 범한 것이다. '受勢'의 풀이는 제㊽항을 참조.

(337) 問此何物曰設審

각 傳本이 모두 같다. '何物'의 선초어는 'ᄆᆞ슴'464)이고 현대 한국어는 '무슨'이다. '設審'의 음가를 살피면 이와 맞지 않는다. '設'은 아마도 '沒'의 잘못일 것이며 '沒審'의 음가는 'ᄆᆞ슴'에 합치한다. 入聲 '沒'로써 'ᄆᆞ'를 표기한 것은 제5장을 참조.

前間씨와 方씨도 '沒心'으로 해석하였다.

(338) 乞物曰念受勢

각 傳本이 모두 같다. '受勢'의 어휘는 제㊽항을 참조. '乞物'의 고한국어는 '受勢' '쥬셰'로 될 수 있으나, 한국어 습관상 '乞物'이나 청구할 때는 謙詞로써 '좀'이란 말이 먼저 나오는데 실로 특별한 뜻은 없으며 다만 語氣일 뿐이다. '念'의 音價는 이 말에 대응되지 않는

463) 釋譜(六·35), 月曲(100), 杜諺初(卄五·41)를 참조.
464) 月曲(124), 月釋(九·36), 釋譜(六·6)를 참조.

다. 필획상으로 미루어보면 아마도 '怎'자의 잘못인 듯하며 '怎'자의 音價를465) 살펴보면 '좀'과 일치한다.

(339) 問物多少曰密翅易成

①	②	③	④	⑤	⑥	⑦	⑧	⑨	⑩	⑪	⑫	⑬	⑭	⑮	⑯	⑰	⑱
密	宻	〃	〃	〃	〃	〃	〃	〃	〃	〃	〃	〃	〃	〃	〃	〃	〃
翅	趐	〃	翅	〃	〃	〃	〃	〃	〃	〃	〃	〃	〃	〃	〃	〃	〃
易	〃	〃	〃	〃	〃	〃	〃	〃	〃	〃	〃	〃	〃	〃	〃	〃	〃
成	〃	○	成	〃	〃	〃	〃	〃	〃	〃	〃	〃	〃	〃	〃	〃	〃

'趐'자는 '翅'자의 잘못이며 제⑩③항을 참조. 이 어항은 '多少曰密翅'와 '有曰'의 복합어이다. 제㉟⓪항의 '有曰移實'과 제⑱②항의 '肥曰鹽骨眞[亦曰鹽骨易戌]'로 보면 '成'자는 곧 '戌'자의 잘못이다.

'問物多少'의 선초어는 비록 문헌에는 보이지 않지만 '多少'의 한국어 '몃'466)과 '有'의 한국어 '이시다'로써 '며시이셔'가 될 수 있다. '密翅易戌'의 음가를 살피면 이 말과 일치한다. 入聲 '密'로 '며'를 표기한 것은 곧 連音變讀現象이니 제5장을 참조.

前間씨는 '密翅易成'으로 '며치이신'467)으로 풀이하였다. 이것은 자세히 살피지 않고 誤謬를 범한 것이다. '翅'자의 음가 '시'와 '치'의 옳고 그름은 제5장을 참조.

---

465) 『廣韻』, 『集韻』에 모두 이 글자가 실려 있지 않다. 『五音集韻』에 의하면 '怎'은 '子吽切'로 되어 있다. 『中州音韻』에는 "怎, 兹荏切, 或曰何也"(尋侵上聲)라 하였다. 이로써 보면 당시 응당 이 자가 있었다.

466) 龍歌(110), 釋譜(六·23), 杜諺初(七·26)를 참조.

467) 麗言攷(p.123)를 참조.

(340) 凡呼取物皆曰都囉

港大明鈔本의 ‘凡’을 ‘几’으로 잘못 쓴 것 외에는 다른 판본은 모두 張校本과 같다. ‘凡呼取物’의 선초어는 ‘달라’468)이고 현대 한국어도 같다. 方言 중에는 ‘도라’도 있다. ‘都囉’의 음가를 살피면 방언과 일치한다. 이로써 보면 ‘도라’가 ‘달라’보다 古語形임을 알 수 있다.

(341) 相別曰羅戲少時

①	②	③	④	⑤	⑥	⑦	⑧	⑨	⑩	⑪	⑫	⑬	⑭	⑮	⑯	⑰	⑱
羅	〃	〃	〃	〃	〃	〃	〃	〃	〃	〃	〃	〃	〃	〃	〃	〃	〃
戲	戱	勢	戲	〃	〃	〃	〃	〃	戯	戲	〃	〃	〃	戱	戲	戲	戲
少	〃	〃	〃	〃	〃	〃	〃	〃	〃	〃	〃	〃	〃	〃	〃	〃	〃
時	〃	〃	〃	〃	〃	〃	〃	〃	〃	〃	〃	〃	〃	〃	〃	〃	〃

藍格明鈔本의 ‘勢’자는 ‘戲’자의 잘못이다. ‘少時’의 어휘는 제㉜항을 참조. ‘相別’의 선초어는 ‘여희다’469)이다. 이로써 보면 高麗 때 ‘羅戲’의 발음이 뒤에 와서 ‘여희’로 변한 것이며 이것은 한국어 어법상 ‘頭音(ㄹ)’을 발음할 수 없어서 變音한 것이므로 현대한국 어휘 중 서양의 외래어를 제외하고는 두음 ‘ㄹ’의 예가 없어서 한국어 문법용어로써 頭音法則이라 이른다. ‘札奇斯欽’의 『蒙古的語言和文字』에 따르면 몽고어에도 이와 같은 현상이 있다.470)

前間씨는 ‘羅戲少時의 ’少時‘는 衍文일 것’471)이라고 하였는데 이것은 자세히 살피지 않고 誤謬를 범한 것이다.

---

468) 杜諺初(卄五·18), 朴諺初(上·34)를 참조.

469) 龍歌(91), 月曲(143), 釋寶(十一·12)를 참조.

470) 札奇斯欽씨는 “‘以(r)’로써 한 글자 또는 단어가 시작되는 것은 매우 드물고 곧 있어도 다만 문자로써 표시할 수 있으며 일반적인 구어에서는 언제나 하나의 모음을 ‘r’ 앞에 놓아서 쓴다. 예를 들면 richin(인명)을 써서 읽을 때 Erinchin이라고 바꾼다’(변강문화논집, p.252)

471) 麗言攷(p.123)를 참조.

(342) 凡事之畢皆曰得

각 傳本이 모두 같다. '得'의 反切音은 '多則切'(廣韻 入聲 第25德)이다. '皆'의 선초어는 '다'[472]이다. 그러므로 前間씨와 方씨는 이 말로써 풀이하였다. 그러나 '得'의 음가는 이 말과 맞지 않으며 제㉑⑤항의 '勸客飮盡食曰打馬此'로 보면 '得'의 대음은 선초어 '다'가 아니다. 또한 이 어항의 漢語部의 기재는 그 글자의 뜻을 자세히 살펴보면 마땅히 '凡事之畢曰得'의 뜻이며 '皆曰得'의 뜻이 아니다. 선초어 '다'는 다만 '皆'의 뜻만 있을 뿐이다. 이로써 보면 양씨의 해석은 모두 옳지 않다.

방언 중에 '凡事之畢' 時 곧 일을 다 마쳤을 때 副詞로써 '딱' 또는 '똑' 등의 말이 있다. '得'의 음가와 이 말은 일치한다. 硬音化 現象[473]을 살피면 高麗 때는 그 발음이 '닥' 또는 '독'이었을 것이니 이로써 보면 더욱 부합된다.

(343) 勞問曰雅蓋

①	②	③	④	⑤	⑥	⑦	⑧	⑨	⑩	⑪	⑫	⑬	⑭	⑮	⑯	⑰	⑱
雅	鵶	⿰爿鳥	雅	〃	〃	〃	〃	〃	〃	〃	〃	〃	〃	〃	〃	〃	〃
蓋	盖	〃	葢	〃	〃	蓋	葢	〃	〃	〃	〃	〃	〃	〃	蓋	葢	〃

도표로 보면 원본상 필획이 명확치 않았던 것 같다. 이 語項에 해당되는 한국어는 '참게 → 창게'이며 '鵶蓋'의 음가는 이 말에 대응되지 않는다. 藍格明鈔本의 '⿰爿鳥盖'에 의거하여 비슷한 글자의 발음을 찾아보면 다음과 같다.

○ ⿰爿鳥 : 千羊切, 牄或从鳥(集韻 平聲 第10陽)

---

472) 龍歌(11), 月曲(11), 釋譜(六·2)를 참조.
473) 제⑧⑦항의 '硬音化現象'을 참조.

○ 牄 : 七羊切(廣韻 平聲 第7陽)

이로써 보면 '鵃蓋' 음가가 '勞問'의 한국어에 대응될 수 있다. 그러므로 '鵃, 鴉' 두 자는 모두 '鵃(牄)'자의 잘못이다. 그러나 '鵃'자가 흔히 쓰는 자가 아니므로 아직 확정할 수가 없다. 자세한 고찰은 뒤로 미룬다.

(344) 生曰生

藍格明鈔本의 '坐曰坐'를 제외하고는 다른 판본은 모두 '生曰生'으로 되어 있다. 앞에서 이미 '坐曰'의 어항을 살펴 보았으므로 '坐曰坐'는 '生曰生'의 잘못이다.

'出生'의 선초어는 '나다'이고 또한 '生活'은 '살다'이고 '生産'은 '낫다', '낳다'이다. 이로써 보면 이 어항의 대음부의 '生'자는 역시 한자어휘이다.

(345) 死曰死

각 傳本이 모두 같다. '死'의 선초어는 '죽다'이고 현대 한국어도 같다. 이로써 보면 이 어항의 대음부의 '死'자도 한자어휘이다.

(346) 老曰刀斤

각 傳本이 모두 같다. '老'의 선초어는 '늘근'[474]이고 현대 한국어는 '늙은'이지만 다만 표기상의 차이가 있을 뿐이다. 이로써 보면 '刀'는 '力'의 잘못일 것이며 '力斤'의 음가를 살피면 '老'의 방언 '느근'에

474) 釋譜(六·17), 月曲(44), 月釋(八·101)을 참조.

대응될 수 있다. 제5장을 참조. 方씨는 평안도 방언에 근거해서 '디근하다'에 근거해서 '디근'으로 풀이[475]하였다. 이것은 '刀'의 음가를 자세히 살피지 않고 오류를 범한 것이다.

(347) 少曰亞退

각 傳本이 모두 같다. '亞退'의 音價를 살피면 다음과 같다.

○ 亞 : 衣嫁切(廣韻 去聲 第40禡) 또는 於加切(集韻 平聲 第9麻)
○ 退 : 他內切(廣韻 去聲 第18隊)

'少'의 선초어는 '졈다', '졂다'이다. 이밖에 또한 '앳되다'도 있다. '亞退'의 음가를 살피면 이 말의 어간 '애(ㅅ)되'에 대응될 수 있다. 이 항은 앞의 어항 '老曰力斤'의 대칭어이므로 마땅히 形容詞로 해석해야 한다. 劉昌惇씨가 명사 '아티'로 해석[476]한 것은 옳지 않다.

(348) 存曰薩囉

각 傳本이 모두 같다. '薩, 囉'의 발음에 대해서는 이미 앞에서 살펴보았으므로 제⑱⑥, ㉖⑧항을 참조. '存'자의 뜻은 여러 가지가 있으나 이 어항에서는 다음 항의 '亡曰朱幾'의 대칭어이다. '生存'의 선초어는 '살다'[477]이고 이 말의 連用形은 '사라'이고 '薩羅'의 음가는 이 말에 대응될 수 있다. 入聲 '薩'로써 'ᄉᆞ'를 표기한 것은 제5장에서 상세히 설명할 것이다.

---

475) 古語研究와 方言(일사국어학논집, pp.233~234)을 참조.
476) 鷄林類事補敲 (pp.154~155)를 참조.
477) 釋譜(十三·10), 月曲(142), 龍歌(110)를 참조.

(349) 亡曰朱幾

각 傳本이 모두 같다. 이 어항의 '亡'자는 곧 '死亡'의 뜻이며 '死亡'의 선초어는 '죽다'[478]이고 이 말의 連用形은 '주그'이다. '朱幾'의 음가를 살피면 이 말과 일치한다.

(350) 有曰移實

藍格明鈔本의 '移買'를 제외하고는 다른 판본은 모두 '移實'이다. 이 어항은 다음 항의 '無曰不鳥實'의 대칭어이다. '有'의 선초어는 '이시다'[479]이고 이 말의 連體形은 '이실'이다. '移實'의 음가를 살피면 이와 일치한다.

(351) 無曰不鳥實

①	②	③	④	⑤	⑥	⑦	⑧	⑨	⑩	⑪	⑫	⑬	⑭	⑮	⑯	⑰	⑱
不	〃	〃	〃	〃	〃	〃	〃	〃	〃	〃	〃	〃	〃	〃	〃	〃	〃
鳥	烏	鳥	〃	〃	〃	〃	〃	〃	〃	〃	〃	〃	〃	〃	〃	烏	鳥
實	〃	〃	〃	〃	〃	〃	〃	〃	〃	〃	〃	〃	〃	〃	〃	〃	〃

港大明鈔本과 麗言攷의 '不烏實'을 제외하고는 다른 판본은 모두 '不鳥實'[480]로 되어 있다. 麗言攷에는 비록 '不烏實'로 되어 있으나 그 底本인『古今圖書集成』本에는 '不鳥實'로 되어 있으니 麗言攷에 베껴 쓸 때 잘못 되었음을 알 수 있다.

'無'의 선초어는 '업슬'[481]이고 현대 한국어는 '없을'인데 다만 표기상에 차이가 있을 뿐이다. 이로써 보면 '不鳥實'은 아마도 '鳥不實'의

478) 龍歌(22), 月曲(43), 杜諺初(十五·42)를 참조.
479) 月曲(135), 法諺(六·52), 楞諺(一·55)을 참조.
480) 海史鈔本에는 이 어항이 '无曰不鳥實'로 쓰여 있다.
481) 月釋(七·69), 釋譜(十一·24), 類合(下·9)을 참조.

誤記일 것이다. '烏不實'의 음가를 살피면 '無'의 선초어에 대응될 수 있다. 前間씨도 이와같이 풀이한 것은 卓見이라고 할 수 있다.

(352) 大曰黑根

각 傳本이 모두 같다. 대(大)의 선초어는 '크다'[482]이고 현대 한국어도 같다. 이 말의 연체형은 '큰'이다. 그러나 한자 중 '큰'음의 글자는 없으므로 '黑根' 두 자로 한국어 '큰'을 표기한 것이며 곧 '黑'의 자음으로써 유기음 'ㅎ'을 나타낸 것이다. 이 어항은 곧 제⑽항의 '乘馬曰轄打'의 표기법과 서로 같다.

方씨는 방언 '흑근하다'에 근거해서 '흑근'으로써 표기하였다.[483] 그 말의 뜻의 변천을 보면 맞지 않다.

(353) 小曰胡根

각 傳本이 모두 같다. '小'의 선초어는 '횩다', '혹다'[484]이다. 이 말의 連體形은 '효ᄀᆞᆫ' 혹은 '호근'이다. '胡根'의 음가를 살피면 이 말과 일치한다. 현대 한국어 중에는 이 말이 없고 이미 死語가 되었다.

(354) 多曰釁何支

①	②	③	④	⑤	⑥	⑦	⑧	⑨	⑩	⑪	⑫	⑬	⑭	⑮	⑯	⑰	⑱
釁	釁	〃	覺	〃	〃	〃	〃	〃	〃	〃	〃	〃	〃	〃	〃	〃	〃
何	合	〃	〃	〃	〃	〃	〃	〃	〃	〃	〃	〃	〃	〃	〃	〃	〃
支	反	友	及	〃	〃	〃	〃	〃	〃	〃	〃	〃	〃	〃	〃	〃	〃

[485]

482) 釋譜(六·12), 龍歌(27), 訓蒙(下·31)을 참조.
483) 古語研究와 方言(前書, p.231)을 참조.
484) 釋譜(十三·53), 月曲(70), 救方(上·33)을 참조.

도표로 보면 원본상의 필획이 분명치 않았던 것 같다. 이 어항의 '多曰'은 다음 항의 '少曰'의 대칭어이다. '多'의 선초어는 '만ᄒᆞ다', '많다', '하다'이다. 이밖에 또한 '흔ᄒᆞ다'486)가 있으며 방언 중에도 '흔합다'가 있으며 이 말의 連用形 및 終結형은 '흔ᄒᆞ지', '흔합지'이다. 대음부의 反切音을 살피면 다음과 같다.

○ 釁 : 許覲切(廣韻 去聲 第21震) 또는 許愼切(集韻 去聲 第22稕)487)

○ 何 : 胡歌切(廣韻 平聲 第7歌), 胡可切(同 上聲 第33哿)

○ 合, 支는 이미 앞에서 살펴보았으므로 제㉗⑥, ㉗⑤항을 참조.

이로써 보면 '釁何支'는 '흔ᄒᆞ지'에 대음되며 '釁合支'도 '흔합지'에 대음된다. 그러므로 원본상에 어떻게 기재되었는가를 단정하기가 쉽지 않다. 그러나 兩 明鈔本이 모두 '合'으로 되어 있고 '何'의 동음자 '河'는 또한 이미 앞에 語項에 쓰였으니 '河'자를 쓰지 않고 '何'자를 쓴 것은 전항의 '用'자의 예와 맞지 않으므로 張校本의 '釁何支'는 매우 의심이 되므로 '合'자를 쓰는 것이 옳다.

위에서 서술한 것을 종합해보면 '釁'은 '覺'으로 잘못 썼고 '支'는 '及'으로 잘못 썼는데 모두 陶珽의 說郛本에서 시작된 것이다. 兩 明鈔本의 '反, 友'자도 모두 '支'자의 잘못이다. 『集韻』 중에 '釁'의 同音字는 오직 '釁, 舋, 璺' 석 자가 있다. 李孝定의 『釋'釁'與沫』488)에 따르면 비록 지금은 이미 僻字가 되었으나 옛날에는 常用者였을 것이다. 이로써 번체자로써 대음한 까닭을 알 수 있다.

前間씨는 '覺合及'을 '覺台及'으로 고쳐서 'ᄀᆞᄃᆞ기'로 풀이하였다.489) 이것은 前間씨가 明鈔本을 보지 못하고 誤謬를 범한 것이다.

---

485) 港大明鈔本에는 이 語項과 다음 항의 '小曰阿捺'이 誤導되었다.

486) 救簡(一·109), 杜諺重(一·33), 月釋(七·28)을 참조.

487) 『廣韻』 중에는 '釁'으로 되었고, 『集韻』 중에는 '釁'으로 되었는데 『說文』에 근거하면 정체자는 마땅히 '釁'으로 써야한다.

488) 中央研究院의 歷史於焉研究所輯刊(집간외편 제4종 하)을 참조.

489) 麗言攷(p.127)를 참조,

(355) 少曰阿捺

①	②	③	④	⑤	⑥	⑦	⑧	⑨	⑩	⑪	⑫	⑬	⑭	⑮	⑯	⑰	⑱
阿	阿	阿	〃	〃	〃	〃	〃	〃	〃	〃	〃	〃	〃	〃	〃	〃	〃
捺	〃	搽	㮈	〃	〃	〃	〃	〃	㮈	〃	〃	〃	〃	捺	㮈	捺	〃

도표로 보면 원본상의 필획이 정확하지 않았던 것 같다. '捺'의 異體에 대해서는 제①항을 참조. 이 어항의 '少曰'은 전항의 '多曰'의 대칭어이다. '多'의 대음부는 곧 '흔ㅎ(ㅂ)지'로 해석하고 이 어항의 대칭어는 '아숩다'490)이며 그 連體形은 '아손'이다. 이로써 보면 藍格明鈔本의 '搽'자는 '孫'자의 잘못이며 기타 字도 '孫'자의 잘못이다. '阿, 孫'의 반절음은 이미 앞에서 보았으므로 제⑲, ⑫어항을 참조. '阿孫'의 音價를 살피면 '아손'에 대음될 수 있다.

前間씨는 '阿捺'을 '珂捺'의 잘못이라 하고 '細'의 뜻인 'ᄀ놀'로 풀이491)하였는데 이것은 자세히 살피지 않고 오류를 범한 것이다.

(356) 高曰那奔

각 傳本이 모두 같다. '高'의 선초어는 '높다'492)이고 현대 한국어도 같다. 이 말의 연체형은 '노폰'이다. '那奔'의 음가를 살피면 이와 일치한다. '奔'은 幫母이니 이로써 고려 때 '높다'의 終聲脣音은 有氣音이 아니었음을 알 수 있다. 제5장을 참조.

490) 『靑丘李』를 참조.
491) 麗言攷(p.127)를 참조.
492) 釋譜(六·2), 訓諺, 龍歌(49)를 참조.

(357) 低曰捺則

①	②	③	④	⑤	⑥	⑦	⑧	⑨	⑩	⑪	⑫	⑬	⑭	⑮	⑯	⑰	⑱
捺	〃	禁	㮈	〃	〃	〃	〃	〃	㮈	〃	〃	〃	〃	捺	㮈	捺	〃
則	〃	〃	〃	〃	〃	〃	〃	〃	〃	〃	〃	〃	〃	〃	〃	〃	〃

'捺'자의 異體에 대해서는 제①항을 참조하고 '則'자는 이미 앞에서 보았으므로 제㊼항을 참조. 이 어항의 '低曰'은 전항의 '高曰'의 대칭어이며 '低'의 선초어는 'ᄂᆞ즉'[493]이다. '捺則'의 음가를 살피면 이와 일치한다. 입성 '捺'로써 'ᄂᆞ'를 표기한 것은 역시 連音變讀 현상이다. 제1음절 대음자는 '捺'이외의 글자는 모두 잘못이다.

(358) 深曰及欣

각 傳本이 모두 같다. '深'의 선초어는 '깁흔'[494]이고 현대 한국어는 '깊은'이다. '及欣'의 음가를 살피면 선초어와 일치한다.

(359) 淺曰泥底

①	②	③	④	⑤	⑥	⑦	⑧	⑨	⑩	⑪	⑫	⑬	⑭	⑮	⑯	⑰	⑱
泥	昵	昵	眼	〃	〃	〃	〃	〃	〃	〃	〃	〃	〃	〃	〃	〃	〃
底	低	〃	〃	〃	〃	〃	〃	〃	〃	〃	〃	〃	〃	〃	〃	〃	〃

도표로 보면 원본상의 필획이 분명치 않았던 것 같다. 제1음절의 對音자는 陶珽의 說郛本부터는 '眼'자로 되어 있다. 이 어항의 '淺曰'

493) 金諺(103), 杜諺初(十五·7), 譯語(上·6)를 참조.
494) 龍歌(2), 類合(下·38), 小諺(四·24)을 참조.

은 전항 '深曰'의 대칭어이다. 먼저 '泥, 昵, 眤, 底, 低'의 반절음을 살피면 다음과 같다.

○ 泥 : 奴低切(廣韻 平聲 第12齊) 또는 奴計切(去聲 第12霽)
○ 昵 : 尼質切(廣韻 集韻 入聲 第5質) 또는 入質切(集韻 入聲 第5質) 또는 質力切(同 第24職)
○ 眤 : 『正字通』에 이르기를 "眤, 昵之譌"이라 하였고, 『集韻』에는 이르기를 "眱, 古作眤"라 하였다.
○ 眱 : 以脂切(廣韻 平聲 第6脂) 또는 延知切(集韻 同韻)
○ 底 : 都禮切(廣韻 上聲 第11薺)
○ 低 : 都奚切(廣韻 平聲 제12齊)

'淺'의 선초어는 '녇다'[495]이고 현대 한국어는 '옅다'이다. 이 말의 종결형은 '녇디'이다. 한국어의 음운 변천으로 미루어보면 고려 때에는 응당 유기음 '녇디'가 아니다. '昵低'의 음가를 살피면 이 말과 일치한다. 그러므로 '泥, 眤, 眼' 등은 모두 '昵'자의 잘못이며 '底'자도 '低'자의 잘못이다.

前間씨는 '淺曰眼底'하여 '여터'[496]로 해석하였는데 이것은 明鈔本을 보지 못하고 오류를 범한 것이다.

495) 釋譜(十九·8), 月釋(十七·22), 杜諺初(卄四·42)를 참조.
496) 麗言攷(p.128)를 참조.

제5장 對音 高麗語의 分析

1. 對音部의 標記

(1) 標記方法

韓國語를 對音한 原 音價를 밝히려면 우선 그 표기방법을 알아야 한다. 對音部의 표기를 보면 '文言'(literature-language)과 '口語'(spoken-language)가 뒤섞여 있음을 볼 수 있으니, 예를 들면[1] 제①항의 '天曰漢捺', 제㊷항의 '溪曰溪' 등인데, 전자는 口語(固有 韓國語)에 속하고, 後者는 文語(漢字語彙)에 속한다. 이렇게 뒤섞인 까닭은 제3장에서 이미 서술하였으므로 다시 설명하지 않는다. '漢語部'와 '對音部'가 같은 표기로 된 것은 모두가 文言이라고 단정 지을 수 없으니, 예를 들면 제㊴항의 '萬曰萬'과 제㊶항의 '江曰江', 제㉖항의 '幞頭曰幞頭' 등이다. 문헌으로 보면 高麗 이전부터 우리말의 口語 중 이미 이와 같은 漢字語彙를 사용한 것이지 文言이 아니다.[2] 전체

1) 매 어항상의 숫자는 주해부의 번호를 표시한 것이다.
2) 洪起文의 『조선어 基本詞彙와 詞彙의 구성 중 固有詞彙와 漢語詞彙의 관계』에 이르기를 "鷄林類事의 고려방언 중에 우리는 능히 어떤 것이 고유어휘이고 어떤 것이 한

360여 語項 중 文言에 속하는 것은 약 15語項으로 그 例가 매우 적다.

口語를 기록한 對音 중 혹간 '表意性'의 표기도 있고 또한 '音義雙關'의 표기도 있는데 예를 들면 제⑦항의 '雨曰霏', ㉖6항의 '簾曰箔音發', ㉗2항의 '笠曰盍音渴', ㉗3항의 '梳曰笓音必', ㉙6항의 '刀子曰割', ㉝2항의 '迎客入曰屋裏坐少時' 등으로, 그 對音字의 語意는 漢語部의 語意와 서로 관계가 있다. 이러한 표기는 아마도 孫穆이 처음으로 高麗語를 들었을 때 그 발음이 같은 뜻의 漢字語 발음과 서로 비슷함을 깊이 깨닫고 곧 그 글자로 표기했을 것이며, 혹간 音價가 차이가 조금 있으면 달리 주를 더하여 그 글자에 대응시킨 것이니 예를 들면 '簾曰箔音發'은 '簾'의 한국어 발음 '발'의 음이 '發'음가와 일치하다는 것이다.[3] 음의 雙關標記의 예가 역대 문헌에 보일 뿐만 아니라, 오늘날 白話 중에도 그러한 例가 있다. 周法高의 『中國語文硏究』에 이르기를 "由於漢字本身具有意義, 所以在譯音上往往選擇字形, 例如'氷淇淋'下二字譯音而選水旁的字, 表示與水接近."(p.101)(한자는 본래 뜻을 갖추고 있으므로 역음에서 종종 자형을 선택하는데 예를들면 '氷淇淋'의 아래 두 자는 譯音하면서 물수(水) 부수자를 선택하여 물과 가까움을 표시하였다). 또한 董同龢의 『語言學大綱』에 따르면 音義雙關의 예를 들었는데, 예를 들면 '邏輯'(logic), '可口可樂'(co-cacola), '愛美的'(amateur) 등 매우 많다. 이와 같은 표기는 고유음가가 매우 서로 가까운 것이기는 하나 음가에서 조금 차이가 있음을 면할 수 없다. 이로써 보면 孫穆이 表意性 對音字 아래에 간혹 註를 더 기록한 이유를 알 수 있다.

대음표기에 있어서 곧 '直音法對音'을 채택한 것으로는 곧 한국어 매 1음절을 한자로 표기하면서 반절이 아닌 것으로 음을 취한 것이다. 예를 들면 ⑰4항의 '面醜曰捺翅沒朝勳'은 그 음가를 분석하여 보

자어휘인 것을 구별해낼 수 있으며 이로부터 우리들은 이미 한어어휘의 수량이 이미 고유어휘와 거의 비슷한 상태임을 볼 수 있다. 이로부터 漢字語彙로 기록된 것을 예를 들면 '바다'를 '海'로 쓰고 '시내'를 '溪'로 쓰고 '털'을 '毛'로 쓰고 '뱀'을 '蛇'로 쓰는 것 등등으로 보면 매우 확실하게 알 수 있으며, 당시 이미 사용한 예를 들면 數量詞의 千, 萬, 方位詞의 東, 西, 南, 北, 名詞의 江, 羊, 車 등등의 漢字語彙들을 사용했음을 알 수 있다."(『少數民族語文論集』, p.144)을 참조.

3) 한국어 [ㄹ] 종성을 '舌內入聲'에 대응한 문제에 대해서는 '韻尾' 편을 참조.

면 다음과 같다.

捺	-	翅	-	沒	-	朝	-	勳	
|		|		|		|		|	
놓		시		몽		죠		훈	(놓시몽죠훈)

대음자 하나 하나의 전체음가와, 해당 한국어의 음절이 일치한다. 이것은 『元史』에 기록된 한자음과 몽고표기가 같지 않은데, 『元史語解』에 의거하여 그 표기를 살펴보면, 그 초성을 취하거나 그 종성을 잘라서 표기한 이른바 '切音法對音'이다. 예를 들면 '尼波羅'(Nipal)(p.80) · '那木 · 忽思'(Nom-Qos)(p.81) · '孛子 · 八里'(Bos-Balik)(p.26) · '惱 · 木連'(Naga-Muren)(p.78) 등이다.

『鷄林類事』 중 오직 두 어항의 예외가 있는데 곧 (102)항의 '乘馬曰轄打[平聲]', (352)항의 '大曰黑根'에서 두 자로 한 음절을 표기한 것인데 그 설명은 주해부를 참조.

『鷄林類事』 중에는 한 語彙로 (혹은 短句로) 한 어항으로 되었고, 또한 간혹 여러 어휘가 한 어항이 된 예도 있는데, ⑫항의 '霜露皆曰率', ㊿항의 '年春夏秋冬同', (53)항의 '東西南北同', (138)항의 '問汝曰你 誰何曰餧箇', (142)항의 '伯叔皆曰丫查祕', (143)항의 '伯叔母皆曰丫子彌', (163)항의 '姨妗亦皆曰丫子彌' 등이다. 이중 (138)항은 곧 뒤에 베껴 쓸 때 잘못 된 것이니, 주해부를 참조.

이밖에 다른 어항의 예로 미루어 보면 응당 두 항으로 나뉘어야 할 것으로서 딱 한 예가 있는데 곧 ⑧항의 '雪下曰嫩耻凡下皆曰耻'이니 주해부를 참조. 필자가 교정을 본 『鷄林類事』 중에서 설사 明鈔本에따라 '359'항이라 하더라도 앞에서 서술한 것을 참작하여 ⑧항과 (138)항을 두 어항으로 나눈다면 곧 '361'항이 되며, 그 나머지 항을 다시 나누어 더하면 곧 『鷄林類事』 譯語部는 모두 '372'어항이[4] 된다.

---

4) 오늘날 각 문헌 중에 그 어항의 수가 일치하지 않게 기록되어 있어 예를 들면 다음과

譯語部 중 小字로 쓴 註를 분류하면 다음과 같다.

① ‘○○切’의 종류 : ‘日曰契[黑隘切]’, ‘三曰洒[厮乃切]’, ‘栗曰監[鋪檻切]’, ‘虎曰監[蒲南切]’, ‘獺曰水脫[剔曰切]’, ‘士曰進[寺儘切]’ 등 모두 6항이다.

② ‘○○反’의 종류 : ‘雀曰譚崔[斯乃切]’, ‘稱我曰能[奴台切]’, ‘飽曰擺咱[七加反]’, ‘釜曰吃[枯吃反]’, ‘箸曰折[之吉反]’ 등 모두 5항이다.

③ ‘音○○’의 종류 : ‘雞曰啄[音達]’, ‘男子曰吵喃[音眇南]’, ‘心曰心[音尋]’, ‘升曰刀[音堆]’, ‘席曰藤[音登]席’, ‘簾曰箔[音發]’, ‘笠曰盍[音渴]’, ‘梳曰箆[音必]’ 등 모두 8항이다.

④ ‘○聲’의 종류 : ‘牛曰燒[去聲]’, ‘乘馬曰轄打[平聲]’, ‘油曰畿[入聲]林’ 등 모두 3항이다.

⑤ ‘亦曰○○’의 종류 : ‘自稱其妻曰細婢[亦曰陟臂]’, ‘男兒曰丫妲[亦曰索記]’, ‘女兒曰寶妲[亦曰古盲兒]’, ‘肥曰鹽骨眞[亦曰鹽骨易戍]’, ‘帶曰腰帶[亦曰褐子帶]’, ‘沙羅曰戍羅[亦曰敖耶]’, ‘箭曰薩[亦曰矢]’ 등 모두 7항이다.

⑥ ‘或言○○’의 종류 : ‘暮曰捻宰[或言占沒]’ 1항뿐이다.

⑦ ‘又曰○○’의 종류 : ‘索曰那[又曰朴]’ 1항뿐이다.

⑧ ‘○○’의 종류 : ‘樂工亦曰故作[多倡人子爲之]’ 1항뿐이다.

앞의 4개항은 음운방면의 註를 붙인 것이고 뒤의 4개항은 同義語를 註를 붙인 것이다. 이 가운데 제①, ②항의 종류는 그 표기를 ‘反’이나 ‘切’로 하였는데 그 내용으로 볼 때 실제로 그 혼용을 한 까닭을 알 수가 없다. 半切의 명칭에 대해서는 顧炎武의 『音論』에 이르기를 “反切이란 명칭은 중국 南北朝시대 以前에는 모두 ‘反’이라고 하였는데, 孫愐의 『唐韻』에서는 ‘切’이라 일컬은 것은 당시 ‘反’자 쓰기를 꺼린 것이다. … 그러나 張參의 『五經文字』에는 결코 ‘反’자를

같다. 方鍾鉉의 『鷄林類事硏究』에는 ‘353항’(그러나 주해항은 ‘356’항)으로 되어 있고, 李基文의 『國語史槪說』에는 ‘350항’(그러나 「鷄林類事의 一考察」에는 ‘350여항’으로 되어 있음)으로 되어 있고, 金敏洙의 『新國語學史』에는 ‘356항’(『順治板說郛』에 의거하였다고 함)으로 되어 있고, 民衆書館 刊行의 『國語大辭典』에는 ‘350항’으로 되어 있고, 高麗大學校 民族文化硏究所 간행의 『韓國圖書解題』에는 ‘353항’으로 되어 있고, 李弘稙 편 知文閣 刊行의 『國史大事典』에는 ‘353항’으로 되어 있고, 學園社 간행의 『大百科事典』에는 ‘360여 항’으로 되어 있다.

꺼리지 않고 썼으니 곧 이러한 현상은 틀림없이 大曆(776~779) 이후에 일어난 것임을 알 수 있다."(卷下)고 하였다. 羅常培씨도 이 말을 인용하여 이르기를 "오늘날 敦煌에서 발견된 唐 寫本의『唐韻』은 대개 '反'을 쓰고 '切'을 쓰지 않았으니, 곧 宋代에 간행한『尙書』,『釋文』등 책에서도 '反'과 '切'을 함께 썼으며, 唐玄度가 말하기를 일시적인 기피일 뿐이다."라고 말했다.(『漢語音韻學導論』p.79) 이로써 孫穆 당시에도 '反'자 쓰기를 꺼리지 않고 '切'자와 병용하였음을 알 수 있다.

對音字 아래에 反切을 註로 붙이는데에는 두가지 원인이 있는데, 그 첫째는 해당 漢字와 韓國語의 對音音價가 확실한 것이었다. 왜냐하면 해당 한자 중 여러 종류의 音價(곧 破音)가 있어서 만약 反切音으로 註를 달지 않으면 잘못 읽을 수 있기 때문이다. 예를 들면 ⑬⑦항의 '稱我曰能[奴台切]'이다. 그 둘째는 중국어에 한국어 음가의 글자에 해당하는 것이 없고 다만 비슷한 것으로써 그것을 표시하게 되면 잘못 읽는 것을 면할 수 있으니, 곧 별도로 반절 주를 붙여 그 정확한 음가를 밝힌 것이다. 예를 들면 ⑦①항의 '栗曰監[鋪檻切]'인데 '栗'의 한국어 발음은 '밤'이고 중국어에는 이러한 音價의 글자가 없어서 곧 韻母가 서로 비슷한 '監'자를 취하여 표기하고 별도로 '鋪檻切'의 註를 붙임으로써 그 발음을 분명히 한 것이다.

같은 발음이 또 나올 때 앞에서 나온 글자를 주로 사용하였는데, 예를 들면 ⑰항의 '佛曰孛'와 ⑤⑥항의 '火曰孛'이니, 그 한국어는 모두 '불'이다. 또한 예외가 있는데 예를 들면 ②⓪①항의 '飮酒曰酥孛麻蛇'와 ②⓪③항의 '煖酒曰蘇孛打里'는 곧 같은 음을 각각 쓴 것이다.

동사, 형용사 등 어휘에서는 결코 기본어미 혹은 존칭어미의 음을 표기하지 않고 대개 같은 年輩 사이의 대화를 위주로 하여 표기하였다. 이것은 전술한『朝鮮館譯語』의 기본어미를 위주로 표기한 방식과 매우 다르다. 종합하여 말하면 孫穆이 對音을 정확히 한 것은 공부를 깊이 하였음을 알 수 있다.

(2) 對音漢字의 範圍

譯語部 중에서 對音으로 약 400개의 漢字가 사용되었는데 ㉔⑹항의 '靑曰靑' 및 ㉚⑽항의 '鞍曰末鞍' 등의 90자가 포함되었으므로, 純 對音字는 300여 자일 뿐이다. 이에 전체 對音字를 重出 횟수 별로 통계를 내면 다음과 같다.

回數	1	2	3	4	5	6	7	8	9	10	11	15	計
用字	259	62	34	15	11	5	5	1	3	1	1	1	398

위에 인용한 표에서 중 2회 이상 사용된 글자는 '祀'자를 제외하고는 모두 民國 21년 5월 7일 教育部에서 공표한 '國音常用字彙'5) 범위 내에 있다. 이로써 孫穆이 사용한 對音字는 모두 비교적 常用字를 위주로 한 것임을 알 수 있다. 2회 이상 사용 글자를 예를 들면 다음과 같다.(괄호 내 숫자는 註解部의 번호를 표시한 것이다.)

① 2회 用字 : 鬱(161・162), 易(182・339), 移(331・350), 兄(144・145), 希(54・274), 海(60・234), 勳(173・174), 合(276・354), 核(165・316), 黃(78・267), 加(156・210), 吃(2822), 姑(79・196), 故(135・136), 鬼(89・98), 幾(15・349), 監(71・93), 慨(109・111), 及(222・358), 畿(90・195), 赦(283・291), 底(52・335), 田(55・129), 突(58・96), 道(16・207), 頭(226・301), 乃(21・92), 祀(115・117), 朝(173・174), 茶(199・289), 尼(130・232), 論(212・245), 盧(292・293), 臨(324・329), 羅(291・341), 支(275・354), 主(120・124), 占(41・42), 指(126・127), 少(332・341), 施(224・225), 室(331・334), 試(80・165), 舜(32・33), 牀(263・264), 生(192・344),

5) 鍾露昇의 『國語語音學』(pp.353～450)을 참조.

咱(210・211), 宰(42・127), 寸(157・160), 心(15・175), 速(206・219), 酥(191・201), 遜(180・184), 必(110・273), 把(126・127), 朴(197・312), 瓶(278・280), 菩(186・187), 箔(266・268), 母(47・238), 門(176・231), 不(232・351).

② 3회 用字 : 安(183・207・234), 鴉(27・36・283), 耶(283・287・291), 割(117・296・297), 鹽(1822・183), 訓(36・161・307), 黑(2・248・352), 胡(328・329・353), 活(267・304・314), 記(68・154・196), 家(97・321・327), 珂(231・233・234), 刀(255・306・307), 帝(164・165・190), 你(138・171・320), 質(79・247・261), 長(144・145・306), 恥(82・268), 林(4・195・317), 人(18・119・131), 兒(134・147・155), 之(290・319・320), 水(107・133・200), 眞(182・183・250), 則(87・321・357), 歲(212・214・216), 賽(83・85・91), 鋪(71・118・315), 毛(104・224・225), 木(240・310・313), 末(101・178・300), 密(188・193・339), 滿(145・150・152), 皮(292・293・336).

③ 4회 用字 : 阿(40・130・321・355), 轄(46・48・54・102), 乞(315・316・317・323), 渴(74・87・103・272), 吟(121・145・150・152), 妲(3・154・155・157), 嫩(6・8・167・168), 載(43・44・46・48), 孫(121・330・331・355), 祕(139・140・142・158), 擺(179・210・211・259), 馬(89・178・205・262), 彌(141・143・159・163), 帶(69・2302・241), 戍(29・182・309・339).

④ 5회 用字 : 逸(24・26・33・34・35), 骨(67・1822・183・190), 那(212・245・312・313・356), 實(30・241・242・350・351), 翅(103・166・173・174・339), 勢(48・49・333・336・338), 受(48・49・333・336・338), 時(184・185・209・332・341), 蘇(194・203・206・279・309), 薩(186・187・305・316・348), 根(192・208・209・352・353).

⑤ 6회 用字 : 打(23・102・203・205・325・334), 南(53・68・73・93・149・310), 蛇(112・184・185・201・202・207), 作(133・135・136・198・254・319), 背(223・225・233・234・237・247).

⑥ 7회 用字 : 戌(23・24・66・213・288・289・291), 烏(45・48・49・65・326・330・351), 蓋(63・111・238・240・297・308・343), 囉(268・321・326・327・330・340・348), 麻(31・164・165・190・201・202・207).

⑦ 8회 用字 : 捺(1・41・45・166・173・174・239・357).

⑧ 9회 用字 : 漢(1・30・83・139・158・159・186・214・244), 里(86・183・203・204・207・211・252・333・334), 沒(29・42・59・65・174・208・209・252・337).

⑨ 10회 用字 : 子(73・77・143・163・230・238・240・297・308・318).

⑩ 11회 用字 : 孛(5・17・20・56・191・201・203・206・253・271・310).

⑪ 15회 用字 : 丫(139・140・141・142・143・147・148・154・156・1572・158・159・160・163).

전체대음자 중 1회 用字 '虼(흘)'과 2회 用字 '咱(찰)'은 『廣韻』, 『集韻』에 모두 실려 있지 않고 『類篇』에도[6] 없으며, 또한 『古今圖書集成』本에 이르기를 "虼字, 字典無音, 釋無考"라 하였다. 明代 『字彙補』[7]에 이르러 말하기를 "虼音未詳, 虼魯, 國名, 至江南, 馬行七月, 見巖蟲錄"이라 하였다. 이로써 '虼'자는 宋나라 때 이미 있었으나, 宋代 韻書 및 字書 중에는 실려 있지 않았음을 알 수 있다. '咱'자는 金나라 韓孝彦의 『四聲篇海』[8]에 이르기를 "咱子葛切音咂俗稱

---

6) 『類篇』 : 宋나라 司馬光(1019~1086년)이 편찬함. 전체 15권 그러나 이 책의 뒤편 부기에 의거하면 실로 寶元間 修韻官인 王洙, 胡宿, 范鎭 등이 修纂하였으며, 司馬光은 황제에게 바치었을 뿐이다. 이 책은 무릇 544부이며 『集韻』에 수록된 글자를 바탕으로 하여 또한 빠진 것을 보충하고 아울러 중문 및 근거가 없는 것들은 걸러냈으며 매 자를 부류별로 묶었다. 張世祿의 『中國音韻學史』 하책(p.114)을 참조.

7) 『字彙』 : 明나라 梅應祚 편찬. 전체 12집. 『說文』 등 책의 부수를 바꾸고 해서체로 고쳐 地支로써 12집으로 나누었다. 淸나라 張自烈이 訂正 增補 하였다. 『續字彙補』 12집에는 '正韻字體辨微' 1권을 더 붙여서 淸나라 吳任臣이 편찬함.

8) 『四聲篇海』 : 金나라 韓孝彦 편찬. 전체 15권. 이 책은 『玉篇』 542部字를 취하고 더욱 『類編』 및 『龍龕手鑑』 등의 책에서 579部를 더하여 36字母 순서에 의하여 同母

自己爲咱"이라 하였다. 『中原音韻』은 '家麻韻平聲陽'에 배열하였고, 張漢의 『重校中州音韻』에 이르기를 "咱茲沙切"이라 하였다. 『鷄林類事』의 譯語部에 실려있는 '咱七加反'이다, 이로써 그 음가가 『篇海』의 入聲韻과 다르지만 『中州音韻』과 비슷함을 알 수 있다.

『中州音韻』에 대해서 『鐵琴銅劍樓藏書目錄』에 이르기를 "卷首冠以燕山卓從之中州樂府類編一卷, 今嘯餘譜中所載, 則稱中州音韻."(太平樂府下注)이라 하였다. 高仲華 선생이 이르기를 "卓從之가 편찬한 『中州樂府音韻類編』은 곧 藍本이다. 卓從之의 책을 간략히 칭해서 『中州音韻』이라고 하고, 오늘날 『嘯餘譜』 중에 남아있는데 곧 明나라 王文璧의 增訂本이며 原本이 아니다."(『中華學苑』, 창간호 p.25)라 하였다. 董同龢씨는 이르기를 "『中原音韻』은 元나라 泰定(1324~1327) 年間에 지어지고, 至正(1341~1367)연간에 이르러 또한 卓從之가 쓴 『中州樂府音韻類編』(혹 약칭 『中州音韻』, 『中州韻』)이라 하였고, 체재와 내용은 『中原音韻』과 대략 같고, 오직 다른 점은 平聲의 아래부분에 '陰·陽'과 '陰陽'의 3종류로 나눈 것이며 … 卓從之가 의거한 것은 필경 周氏의 미확정 원고일 것이다."(『漢語音韻學, pp.70~71)라 하였고, 張世祿씨가 이르기를 "卓書刊行在泰定甲子後不過二十七年, 大概卓氏所得見的, 竟是中原音韻正式刊行以前的那種傳寫本, 所以依據周氏的未定稿而作是書."(『中國音韻學史』 下卷, p.223)라 하였다. 이밖에 日本人 服部四郎과 藤堂明保가 저술한 『中原音韻之硏究』에 의거하면 『中州音韻』은 곧 元나라 至正 10년(1350년)에 간행된 것이다.

'中原'이란 말에 대해서 余濱生은 이르기를 "周(德淸)씨가 일컬은 바의 '中原' 및 卓從至 등이 일컫은 '中州'는 결코 狹義的으로 어느 특정한 지역을 가리킨 것이 아니라(곧 지리적으로 뜻을 말하면 아마도 河南·河北·山東 三省이 만나는 평원 지구를 가리킬 것이다.)

의 部를 각각 4聲의 순서로 분변하여 매 部의 안에 또한 그 字劃의 숫자순으로 나열했다. 뒤에 그 아들 韓道昭가 고치어 병합하여 440部首로 하고, 특수한 체의 僻字를 수록했으나 다 실용되지는 않았다.

天下 가운데 있음을 포함하는 것이며, 天下에 의미가 내재되어 있는 廣義의 代名詞일 것이다. 응당 주의할 것은 이 하나의 聲韻系統이 비록 北方音을 기초라 하였으나, 北京方音과 구분한 것이다."(『國劇音韻及唱念法硏究』, p.50)라고 하였다. 韓孝彦의 生卒年代는 비록 명확치 않지만 그 아들 韓道昭가 편찬한 『五音集韻』의 自序로 미루어 보면, 이 책이 崇慶元年(1212년) 이전에 완성되었으며 『鷄林類事』 편찬연대와 별로 멀지 않음을 알 수 있다. 이로 말미암아 '咱(찰)'로써 對音한 것이 원래 그러한 것이지, 『中原音韻』 출판 후에 고쳐 더한 것이 아님을 알 수 있다.

그 다음 『朝鮮館譯語』와 대조해보면 그 대음용자의 범위가 크게 다른 것은 더욱이 入聲字의 유무 때문에 더욱 그렇게 되었으며, 그로 인해 『朝鮮館譯語』의 標音은 실제로 『鷄林類事』처럼 정확하지 않다. 위에 서술한 바로써 그 對音標記의 正確性 및 그 用字의 平易性을 엿볼 수 있다.

위에 서술한 바로써 그 對音表記의 正確性 및 그 用字의 平易性을 엿볼 수 있다.

2. 聲類의 考察

『鷄林類事』의 編纂年代는 大略 北宋末(12세기 초)인데, 林尹선생의 『中國聲韻學通論』에 서술된 中國聲韻學의 分期에 의하면 곧 '제4기 : 7세기에서 13세기(隋, 唐, 宋)'에 속하며, 또한 董同龢 씨의 『漢語音韻學』에 의하면 곧 近古音期가 되며, 이밖에 鄭再發의 『漢語音韻史의 分期問題』에 의하면 곧 近古早期(10세기 초~12세기 초)에 속한다. 이 시기에 대해서 林尹선생은 이르기를 "이 시기는 韻書의 全盛期이다. 『切韻』, 『唐韻』, 『廣韻』, 『集韻』의 4책은 이 시기에 가장 가치 있는 韻書였다. 오늘날 『切韻』, 『唐韻』은 비록 망실되었으나, 『廣韻』과 『集韻』은 남아있다. 『廣韻』에는 古今南北의 音이 포괄되어 수록되어 있다. 무릇 平仄, 淸濁, 洪細, 陰陽, 諸端 등으로 매우 상세히 분별되어 있다. 오늘날 古音을 연구하려면 마땅히 『廣韻』을 매개로 하여야 하며, 中國音을 製定하려면 또한 마땅히 『廣韻』을 중요 참고물로 해야 한다."(p.13)고 하였다. 『廣韻』은 비록 『切韻』에서 비롯되었지만 현존하는 『大宋重修廣韻』은 北宋初 大中祥符 元年(1008)에 陳彭年, 邱雍 등이 皇帝의 명을 받들어 중수한 것이다. 『集韻』은 『玉海』(권45)에 의거하면 北宋시대 景祐 4년(1037)에 丁度와 李淑 등이 『廣韻』을 개수하여 寶元 2년(1039)에 간행하였는데, 이 책이 『禮部韻略』 및 『廣韻』의 同類本이다.

이 兩 韻書와 『鷄林類事』의 편찬연대의 기간이 비슷하나 그 음운을 대조하여 보면 여전히 같지 않음이 있는데, 이것은 아마도 당시 孫穆이 對音字를 표기함에 반드시 한 方言으로 하였기 때문에 『廣韻』의 反切音이 곧 '論南北是非, 古今通塞'이라고 한 것과 같다.(『切韻序』를 참조) 이밖에 또한 문제가 있는데 곧 對音部의 韓國語 발음이 약 900년을 거치면서 세월이 경과하고 지역이 변천하여 혹은 그 발음이 변하고 혹은 본래 음을 상실한 것이 적지 않으므로, 당시의 원 음가를 알기가 쉽지 않다.

譯語部의 對音을 고찰하기 전에 당시의 한국어 음운체계를 이해하기 위해서는 河野六郎의 『朝鮮漢字音之硏究』와 朴炳采의 『古代國語의 硏究』에 의거해서 중고시대의 한자음과 조선전기의 한자음 체계를 대조하면 다음 표와 같다.(중고시대의 音標는 周法高의 擬音9)을 채택하였다.

(甲) 聲類의 대조

發音部位 / 清濁	喉			牙			舌頭			舌上			半舌			半齒			舌齒		
淸	影	?	·_	見	k	k	端	t	t,t'	知	ṭ	t,t'							照	t´s	c,c'
次淸	曉	x	h	溪	k'	k	透	t'	t',t	徹	ṭ'	t',t							穿	t´s'	c',c
濁	匣	ɣ	h	群	g	k	定	d	t,t'	澄	ḍ	t,t'							神	d´z	s
次濁	喩	o	·_	疑	ng	·_	泥	n	n	娘	ṇ	n	來	l	r	日	ń	z,·_	禪	d´z	s
淸																			審	s´	s

發音部位 / 清濁	正齒			齒頭			重脣			輕脣			備註
淸	莊	tṣ	c,c'	精	ts	c,c'	幫	p	p,p'	非	f	p,p'	*第一行 : 中古漢音 *第二行 : 朝鮮漢字音 *輕脣音 : 據王力漢語音韻學
次淸	初	tṣ'	c',c	淸	ts'	c',c	滂	p'	p',p	敷	f'	p,p'	
濁	牀	dẓ	s,c'	從	dz	c,c'	竝	b	p,p'	奉	v	p,p'	
次濁				邪	z	s	明	m	m	微	ɱ	m	
淸	疏	ṣ	s	心	s	s							

(乙) 韻類의 對照

韻攝 / 韻類 / 等呼 音標		果			遇			止				蟹								效			
		歌	戈	麻	模	魚	虞	支	脂	之	微	咍	灰	泰	佳	皆	夬	祭	齊	豪	宵	蕭	
開	漢音	1.ɑ		2.a		3.io		A.il 3. B.ie	A.ili 3. B.iei	3.i	3.iəi	1.əi		1.ɑi	2.æi	2.ɛi	2.ai	A.iæi 3. B.iai	4.iɛi	1.ɑu	A.iæ 3. B.iau	4.iɛu	
	鮮音	a		a		ə		*ɯi i	ɯi i	ɯi i	ɯi i	ɐi		ai	ai	ɐi	ai	jəi	jəi	o	jo	jo	
合	漢音		1.uɑ		1.uo		3.iuo	A.iu 3. b.iue	A.iui 3. B.iuei		3.iuəi		1.uəi	1.uɑi				A.iuæi 3. B.iuai					
	鮮音		oa		o		u	ui,uai *i	ui,uəi *i		ui,uəi *i		oi	oi				jəi					

9) 『論切韻音』(中國文化硏究所學報 第1卷, 香港中文大學 간행, 1968년 9월). 『論上古音和切韻音』(동 제3권 제2기, 1970년 9월)를 참조.

韻攝 韻類 / 等呼 音標		流		咸						深	山							臻					
		候	尤	覃	談	咸	銜	鹽	添	侵	寒	桓	删	山	仙	元	先	痕	魂	眞	諄	欣	文
開	漢音	1.au	3.iəu	1.əm	1.ɑm	2.æm	2.am	A.iæm 3. B.iam	4.iɛm	A.ilm 3. B.iem	1.ɑn		2.an	2.æn	A.iæn 3. B.ian		4.iɛn	1.ən		A.iln 3. B.ien		3.iən	
	鮮音	u	u	am	am	am	am	əm	jəm	*ɯm *ɐm	an		an	an	ən		jən	ɯn		ɯn		ɯn	
合	漢音											1.uɑn	2.uan		A.iuan 3. B.iuan	3.iuɑn			1.iuan		A.iuin 3. B.iuen		3.iuən
	鮮音											oan an	oan		uən	uən			on un		jun		un

韻攝 韻類 / 等呼 音標		梗			曾		宕			通			備註
		庚	淸	靑	登	蒸	唐	陽	江	東	冬	鍾	(1) 鷄林類事中無用字, 略其韻類
開	漢音	2.aŋ	3.iæ	4.iɛŋ	1.əŋ	3.ieŋ	1.ɑŋ	3.iɑŋ	2.oŋ				(2) 表內數字示「等」 (3) 表內*標部分
	鮮音	ɐing	jəng	jəng	ɯng	ɯng	ang	ang	ang				支:ɯi(牙喉音頭音時)
合	漢音						1.uaŋ			1.uŋ	1.uoŋ	3.iuoŋ	i(脣音頭音時) 侵:ɯm(牙喉音頭音時)
	鮮音						oang			ong	ong	ong	ɐm(齒上音頭音時)

도표로 보면 조선전기의 한자음운체계는 중고시대의 한자음과 매우 다르며 곧 41성모를 조선한자음에 대입시키면 다만 13자음(consonants)인데 열거하면 다음과 같다. 「ㄱ(k), ㄴ(n), ㄷ(t), ㅌ(t'), ㅁ(m), ㅂ(p), ㅍ(p'), ㅅ(s), ㅈ(c), ㅊ(c'), ㅎ(h), ㄹ(r), △(z)인데, 즉 中古漢音 [k, k‘, g]는 모두 [k]에 歸入되고, [n, nj]는 모두 [n]에 歸入되고, [t, t‘, d, ṭ, ṭ‘, ḍ]는 모두 [t, t‘]에 歸入되고, [l]는 [r]과 같고, [m, ɱ]는 [m]에 귀입되고, [d′z, s′, dẓ, ṣ, z, s]는 모두 [s]에 歸入되고, [t′s, t′s‘, tṣ, tṣ‘, ts, ts‘, dz]는 모두 [c, c‘]에 歸入되고, [p, p‘, b, f, f‘, v]는 [p, p‘]에 歸入되고, [χ, ɣ]는 모두 [h]에 歸入되고, [ń]은 [z, ‘-]에 歸入되고, [ʔ, o, ng] 등이 모두 無聲母에 歸入된다.

다음으로 韻母의 對應은 곧 중고시대의 한자음 206韻과 조선한자음의 ‘母音’(vowels)을 대조해 보면 도표(乙)와 같이 비교적 복잡하다. 16韻攝 중 入聲韻尾 즉 [p, t(l), k]를 제거하면 그 韻母는 60種으로 歸納되고, 다시 陽聲韻尾 즉 [m, n, ng]를 제거하면 곧 그 韻母는 21母音인데 열거하면 다음과 같다.

「ㅏ(a), ㅓ(ə), ㅗ(o), ㅜ(u), ㅡ(ɯ), ㅣ(i), ·(ɐ), ㅑ(ja), ㅕ(jə), ㅛ

(jo), ㅠ(ju), ㅐ(ai, ɛ), ㅔ(əi, e), ㅚ(oi, ø), ㅟ(ui, ú), ㅢ(ɯi), ㅘ(oa. wa), ㅝ(uə, wə), ㅞ(uəi, we), ·ㅣ(ɐi), ㅖ(jəi, ye)」

고려 때 한국어의 음운체계는 조선전기의 한자음운체계와 비록 완전히 일치하지는 않지만, 그 음운범위는 크게 차이가 없으므로 참고할 만하다. 이밖에 周祖謨의 『宋代汴洛語音考』[10]를 주로 참작하여 對音漢語의 音價를 귀납하면 다음과 같다.

(1) 聲類

譯語部의 對音字로 쓴 글자는 약 400자(단 그중 한자어휘용자도 포괄)가 있고 同聲母 用字의 음가를 귀납하여 「41聲類表」에 의해서 그 대음자를 분류하면 아래 표와 같다. (좌측끝 한국음은 註解部로써 귀납한 것이며, 곧 대음한국어의 擬音을 시도한 것으로, 한국 한자음의 성모가 아니다. 괄호내의 음표는 周祖謨 씨의 擬音이다. 도 표내의 숫자는 對音字 일람표의 번호를 표시한 것이다.)

音位	聲類	中古音	對音用字					韓擬音	備註
喉	影	ʔ	1 一	2 丫	3 印	4 安	5 衣	’_ [o]	※14 隘 : 切音下字, 故略
			6 亞	7 邑	8 阿	9 於	10 屋		
			11 烏	12 暗	13 腰	15 碗	16 鴉		
			17 鞍	18 噎	19 醞	20 鬱			
	喩 爲	o ɣj	21 羊	22 尸	23 易	24 耶	25 移	’_ [o]	※27楪 : 集韻悉協切, 故不載
			26 逸	28 養	29 蠅	30 鹽			
			31 于	33 員	34 雄			’_ [o]	※32曰 : 切音下字, 故略
	曉 匣	h (x)	35 火	36 兄	37 好	38 希	39 欣	h [x]	※46霍 : 見來母
			40 香	41 海	42 訓	43 稀	44 黑		
			45 漢	47 勳	48 戱	49 釁			
		ɦ (ɣj)	50 兮	51 合	52 行	53 河	54 胡	h [x]	※57核 : 見見母 ※64檻 : 切音下字, 故略
			55 活	56 紅	58 夏	59 黃	60 會		
			61 蝎	62 褐	63 轄	65 鶴			

10) 『輔仁學誌』 제12권 제1 제2합기(보인대학 보인학지편집회간행, 민국 32년 12월)를 참조.

牙	見	k	66 丐	67 斤	68 甘	69 古	70 加	k [k]	※72吉 ： 切音下字, 故略 ※96監 ： 聲母不合, 故不載, 見注解部
			71 江	73 吃	75 姑	76 果	77 急		
			78 皆	79 柯	80 計	81 故	82 蛇		
			83 軍	84 骨	85 根	86 記	87 家		
			88 鬼	89 訖	57 核	90 寄	91 割		
			92 幾	93 愧	94 蓋	95 箇	97 錦		
			98 鶻	99 屈	74 角				
	溪	k'	100 乞	101 坎	102 枯	103 契	104 珂	k [k']	
			105 盍	106 區	107 捲	108 欺	109 渴		
			110 溪	111 慨	112 器				
	群	g	113 及	114 炬	115 裙	116 旗	117 畿	k [k, k']	
			118 橋						
	疑	ng	119 吟	120 敖				'_ 平去入[ng] 上[ɣ, o]	※吟蓋爲(n)
舌頭	端	t	121 丁	122 刀	123 冬	124 打	125 低	t [t]	
			126 妲	127 底	128 東	129 帝	130 帶		
			131 得	132 都	133 堆	135 鳥	136 登		
			137 答	138 短	139 頓	140 啄	134 頂		
	透	t'	141 土	142 天	143 太	144 退	145 涕	t,t'[t']	※150台 ： 切音下字, 故略
			146 剔	147 替	148 湯	149 腿	151 脫		
	定	d	152 大	153 田	154 陀	155 突	156 動	t[t,t']	※168乃 ： 切音下字, 故略
			157 途	158 盜	159 道	160 達	161 團		
			162 臺	163 銅	164 駝	165 頭	166 藤		
			167 屯						
	泥	n	169 奴	170 年	171 那	172 你	173 泥	n平去入[n] 上[n̥]	
			174 念	175 南	176 袮	177 迺	178 能		
			179 捺	180 捻	181 嫁	182 嫩	183 餧		
舌上	知	ṭ	184 知	185 珍	186 陟	187 朝		t[tʂ]	
	徹	ṭ'	188 恥					t[tʂ']	
	澄	ḍ	189 住	190 長	191 茶	192 雉		t,s[tʂ, ts']	※雉: 見註解部
	娘	ṇ	193 尼	194 昵	195 匿	196 喃		n[n̥]	
半舌	來	l	197 力	198 立	199 利	200 李	201 里		
			202 林	203 來	204 浪	205 理	206 鹿		
半舌	來	l	207 勒	208 陸	209 笠	210 隆	211 裏	r 平去入[l] 上[ɦ?]	※霍 ： 見註解部
			212 論	213 魯	214 賴	215 盧	216 螻		
			217 離	218 臨	219 羅	220 囉	221 纜		
			46 霍						
半齒	日	ń	222 人	223 刃	224 兒	225 乳		ʐ平去入[n̥] 上[ʐ, o]	
舌齒	照	t's	226 之	227 支	228 主	229 占	230 至	ts [tʂ]	
			231 朱	232 折	233 指	234 捶	235 質		
	穿	t's'	236 赤	237 春	238 車	239 譂		ts'[tʂ']	
	神	dź	240 食	241 神	242 蛇	243 實		s[ʂ, tʂ']	
	審	ś	244 少	245 水	246 失	247 身	248 戍	s[ʂ]	
			249 施	250 室	251 閃	252 翅	253 試		
			254 勢	255 舜	256 審	257 燒			
	禪	dź	258 成	259 受	260 時	261 涉	262 盛	s[ʂ, tʂ']	

正齒	莊	tʂ	263 側	264 眞	265 盞	266 鮓		ts[tʂ]	
	牀	dʐ	267 事	268 牀	269 査			ts[ʂ, tʂ']	*初母無用例
	疏	ʂ	270 生	271 沙	272 索	273 揀	274 率	s[ʂ]	
齒頭	精	ts	275 子	276 作	277 咱	278 則	279 祖	ts, ts' [ts]	
			280 宰	281 崔	282 進	283 節	284 觜		
			285 載	286 薦					
	淸	ts'	287 七	288 千	289 寸	290 且	291 此	ts, ts' [ts']	
			292 次	293 靑	294 采	295 秋	296 雌		
			297 慘	298 漆	299 寢	300 鵲			
	從	dz	301 坐	302 泉	303 集	304 慈	305 聚	ts, s[ts, ts']	
	心	s	307 三	308 心	309 戌	310 死	311 西	s[s]	※306儘 : 切音下字, 故略
			312 酒	313 蘇	314 孫	315 速	316 細		
			317 斯	318 絲	319 酥	320 仙	321 窣		
			322 遜	323 歲	324 廝	325 賽	326 薩		
	邪	z	327 繡	328 寺	329 席	330 尋			
重脣	幫	p	331 八	332 巴	333 本	334 北	335 必	p [p]	
			336 把	337 板	338 奔	339 柏	340 背		
			341 祕	342 剝	343 濮	344 臂	345 擺		
			346 鞭	347 寶	348 轡	349 敗	350 撥		
	滂	p'	351 朴	352 拔	353 批	354 鋪		p [p']	
	並	b	355 孛	356 笓	357 婢	358 瓶	359 袍	p [p, p']	
			360 菩	361 箔	362 蒲	363 盤			
	明	m	364 毛	365 木	366 母	367 末	368 門	m [m]	
			369 沒	370 抹	371 妹	372 馬	373 密		
			374 悶	375 麻	376 帽	377 蒙	378 滿		
			379 墨	380 謨	381 每				
輕脣	非	f	383 福	382 不	384 發	385 緋		p [f]	
	敷	f'	386 霏					p [f]	
	奉	v	387 皮	388 伐	389 浮	390 弼	391 頻	p [f]	
			392 幞						
	微	ɱ	393 吵	394 盲	395 眇	396 滅	397 萬	m平去入[ɱ] 上[v,o]	
			398 彌						

1) 喉音(glottals and vowels)

① 影母 : 쓰인 글자는 모두 20자인데, 그중 4자는 한자어휘의 用字이다. 影母의 中古音은 破裂音으로써 不帶音[ʔ]인데 對音된 한국어로 미루면 모두 無聲母이며 또한 零聲母 [ㅇ, '—]이며, 朝鮮 前期의 한자음에 의거하면 곧 한자어휘의 用字 '印·腰·碗·鞍'은 역시 零聲母이다.

② 喩母 : 쓰인 글자는 모두 9자인데, 그중 2자는 한자어휘의 用字이다. 對音된 한국어로 미루면 한자어휘의 用字 ㉙항의 '蠅'[11]을 제외하고는 모두 無聲母이며, '蠅'의 한자음은 곧 '승'이나 河野六郎의 『朝鮮漢字音의 硏究』에 의거하면 鮮初音 중에 無聲母 [응('wng)]의 음이 있다. 이로써 보면 고려시대의 '蠅'은 아마도 無聲母였을 것이며, 조선조에 이르러 곧 類推된 변음일 것이다.

周祖謨 씨는 이르기를 "影과 喩 두 모음의 讀音은 현대 方音으로 미루어 보면 마땅히 無聲母의 일종이다. 오늘날 開封의 零母는 一等 開口로 'ɣ'음으로 읽고 疑母와 서로 같으며 '類推의 變化'(analogic change)가 된 것이다. 도표 중 喩母一類의 '爻'자는 『廣韻』에는 '何交切'로 匣母에 속하여, 邵씨는 喩母에 배열시켰고, 오늘날 北方의 '爻'자의 발음은 '如'자 '遙'자 발음과 일치한다. 喩母三等의 '王'자는 본래 匣母의 細音이며 四等의 '寅'자 'j'와는 다르며, 唐나라 시대에 이르러 점점 한 종류의 발음으로 읽었으며, 宋나라 시대에 이르러 모두 無聲母 한 종류로 변하였다."(『宋代汴洛語音考』, p.231)라고 하였다. 또한 王力의 『漢語史稿』에 이르기를 "雲餘合流的時期很早, 至少在第十世紀就已經完成了. 疑母則在十四世紀(中原音韻時代)的普通話裏已經消失, 和喩母(雲餘)也完全相混了. 同時(十四世紀)影母和喩母在北方話裏也只在平聲一類有聲調上的差別, 上去兩聲就完全相混了."(운모와 여모가 합류된 시기는 매우 오래되며 최소한 제10세기에 이미 완성된 것이다. 의모는 곧 14세기(중원음운시대)의 보통화 중에서 이미 소실되었고 유모(운 · 여)와도 완전히 뒤섞였다. 동시대에(14세기) 영모와 유모는 북방어 중에서도 다만 평성일류로써 성조상의 차별이 있었으며 상거양성은 완전히 뒤섞였다.)(p.130) 周씨와 王씨의 설에 따르면 『鷄林類事』의 歸納된 對音과 일치한다.

③ 爲母 : 쓰인 글자는 다만 1항의 두 자가 있으며 아직 그 뜻을 상세히 알 수가 없다. 36字母 체계에서 爲母는 喩母에 속하므로 마

11) 매 '對音字'의 숫자는 『對音字一覽表』의 번호를 표시한 것임.

땅히 零聲母이다.

④ **曉母** : 쓰인 글자는 모두 14字가 있고 그중 한자어에 쓰인 글자는 4자이다. 중고시대 음의 曉母는 곧 舌根摩擦의 不帶音[χ]인데 對音 한국어로 미루어보면 모두 喉音 곧 [ㅎ(h)]음이다.

⑤ **匣母** : 쓰인 글자는 모두 14자이며 그중 4자는 한자어휘의 用字이다. 中古시대 음의 匣母는 또한 舌根摩擦音(高本漢 씨 說[12]에 의거함)이고, 다만 曉母는 不帶音이고 匣母는 對音인 차이가 있을 뿐이다. 대음 한국어로 미루어보면 ㊹항의 '胡'자 외에는 모두 喉音 [ㅎ(h)]이며 '胡'자의 用例는 註解部의 제㉘, ㉙, ㊸항 중 ㊸항의 '小曰胡根'의 '胡'는 역시 喉音 [ㅎ(h)]으로 쓰였으며 기타 두 항은 鮮初韓國語로 보면 마땅히 無聲母이다. '笑'와 '哭'의 한국어는 그 모음이 모두 '우'인데, '우'는 곧 '圓脣後舌元音'(rounded lip-back vowels)이므로 韓國사람들이 [우(u)] 음을 발음하는 것을 자세히 살피면 喉音素를 가지고 발음하는 것을 볼 수 있으며, 이로써 보면 孫穆이 匣母로 對音한 것은 매우 정확하다고 말할 수 있다.

曉母와 匣母의 合流에 대해서는 王力씨가 이르기를 "由於濁音淸化的發展規母(雲母除外) 和曉母合流了. 到了後來, 齊齒字和撮口字的

12) 曉母와 匣母의 擬測音은 각 학자에 따라서 일치하지 않아 高本漢을 제외하고는 대부분 匣母와 (于)母는 그 擬測音을 열거하면 다음 표와 같다. 高仲華 선생의 유인물에 의하면 역시 曉母는 [h]이고 匣母는 [ɦ]이고『鷄林類事』의 對音과 일치한다.

聲母 / 人名	曉	匣
高本漢	χ	匣于 ɣ j
陸志韋	(χʷ)χ	(ɣʷ)ɣ
董同龢	χ	ɣ
李榮	χ	ɣ
王力	χ	ɣ
馬丁	ħ	h
浦立本	h	ɦ
藤堂明保	h	ɦ
周法高	χ	ɣj

舌根音變了 tɕ, tɕʻ, ɕ, 而開合口不變."(탁음에서 청음화 되는 것으로 말미암아 規모와(雲모는 제외) 曉모가 합류되었다. 후래에 이르러 齊齒字와 撮口字의 설근음이 tɕ, tɕʻ, ɕ로 변하였으나 開合口는 변하지 않았다.) (前書, p.121) 또 周祖謨 씨는 이르기를 "曉匣二母, 高本漢所擬切韻讀音爲舌根摩擦音xɣ, 今開封音一等均讀爲x[13], 三四等均讀爲ɕ, 已不分淸濁矣. 依邵氏圖例觀之, 邪母之仄聲當讀爲心, 禪母之仄聲當讀爲審, 是摩擦音之濁聲皆已變爲淸聲, 然則匣母亦將由濁變淸, 而與曉同科, 今故擬爲淸音."(曉匣 2모는 칼그랜 씨가 의측한『切韻』讀音은 설근마찰음 xɣ인데 오늘날 개봉음 1등은 모두 x로 읽고 3, 4등은 모두 ɕ으로 읽으며, 이미 청탁을 분별하지 않는다. 邵씨의 도표 예로 보면 邪母의 측성은 마땅히 '心'으로 읽어야 하고, 禪母의 측성은 마땅히 '審'으로 읽어야 하는데, 이것은 마찰음의 탁성이 모두 이미 청성으로 변한 것이다. 그런 즉 匣母도 탁성이 청성으로 변하여 '曉'와 같은 음으로 되어 오늘날 의측하면 청음이 되기 때문이다.)(前書, p.230)라 하여, 周씨는 宋나라 시대 曉母, 匣母의 음가가 모두 [x]라 여겼다. 음가상으로 말하면 對音 韓國語 [ㅎ(h)]과 같지 않음이 조금은 있지만, 양국 음운의 체계상 차이일 뿐이며 실로『鷄林類事』의 對音과 서로 다름이 없다.

2) 牙音(velars)

① **見母** : 쓰인 글자는 33자이며 그중 한자어휘에 쓰인 글자는 6자이다. 모든 用字 가운데 ⑬항의 '吃', ⑳항의 '訐', ⑱항의 '鶻'이 未詳인 것을 제외하고는 대음한국어로 미루어 보면 모두 파열음이지만 激音이 아닌 [ㄱ(k)]이며 중고시대의 한자음과 다르지 않다.

② **溪母** : 쓰인 글자는 모두 13字이며 그중 한자어휘에 쓰인 글자는 다만 1字가 있다. 중고시대 음의 溪母는 곧 破裂送氣音 [ㅋ(kʻ)]이며, 대음한국어로 미루면 ⑩항의 '契' 외에는 모두 격음이 아닌

13) 원문상 음표가 빠져서 도표에 의거하여 삽입하였음.

[ㄱ(k)]이며 見母와 다르지 않으며, 다만 대음한국어로써는 '見'母와 '溪'母의 차이를 구별할 수가 없다. '契'가 見母가 아닌 까닭에 대해서는 주해부 제(2)항을 참조.

③ **群母** : 쓰인 글자는 모두 6자이며 그중 한자어휘에 쓰인 글자는 모두 4자이다. 중고시대음의 群母는 破裂帶音[g]이며 對音한자어 및 朝初 한자음으로 미루어보면 모두 대음이 아닌 [ㄱ(k)]이니 곧 見母와 같다.

周 씨는 이르기를 "音一古甲九癸爲等韻之見母, 坤巧丘弃爲等韻之溪母, 一爲全淸, 一爲次淸, 此極易辨者也. 至於近揆二字與乾虯二字皆屬全濁群母一類, 今邵氏以仄聲之近揆與見母相配, 以平聲之乾虯與溪母相配, 蓋全濁之仄聲已讀同全淸, 全濁之平聲已讀同次淸矣. 此與今日中原語音正合."(음이 같은 古甲九癸는 等韻의 見母이며, 곧 坤巧丘弃는 等韻의 溪母이지만 하나는 全淸이고 하나는 次淸이어서 매우 분별하기 쉽다. 近揆 두 자와 乾虯 두 자는 모두 全濁群母의 동류에 속하며, 오늘날 邵씨는 仄聲의 近揆와 見母는 서로 짝이 되고 平聲의 乾虯와 溪母는 서로 짝이 되어 全濁의 仄聲은 이미 全淸과 같이 읽으며 全濁의 平聲은 이미 次淸과 같이 읽게 되었다고 하였다. 이것은 오늘날 중원어음과 일치한다.)(전서, p.230)고 하였다.

이로써 宋나라 때는 다만 [ㄱ(k)]과 [ㅋ(k')]은 분별하였지만 대음[g]는 없었음을 알 수 있다. 대음한국어에 대해서 비록 세 가지 韻母가 모두 [ㄱ(k)]으로 쓰였지만 孫穆이 한국어음을 들을 때에는 느낌상 같지 않음이 있었던 것 같다.

④ **疑母** : 쓰인 글자는 다만 두 자가 있는데 모두 대음자이다. 중고시대 음의 疑母는 곧 破裂鼻音 [ㆁ(ng)]이다. 제⑲항의 '吟'의 대음으로써 미루어 보면 그 음가는 '님'이며 제⑳항의 '敖'의 대음은 零聲母일 것이다. 疑母字와 같으면서 그 聲母가 같지 않은 까닭은 무엇인가?

陸志韋 씨에 의하면 "一等二等的'疑'在中原大致也已經消失. '蕭豪'韻去聲'奧', '傲'重出, 有中州音韻可參證. '歌戈'韻上聲'婀' '我'重出, 可

惜卓書不收'婀'字. 這兩個字在八思巴文也都作ŋ. ('敖'字有時沒有ŋ, 也許根據另一種漢方言.) … 我細査耳目資的ŋ字, 得到下面的結論 : 'i前消失或是變爲n…'.)"(일등 이등의 '疑'는 중원에서는 이미 소실되었다. '蕭豪'韻去聲은 '奧', '傲'가 거듭 나오는 것을 『中州音韻』에서 증명할 수 있다. '歌戈' 韻上聲은 '婀', '我'로 거듭나오는데 卓書에서 '婀'자를 실리지 않은 것은 아쉽다. 이 두 字가 八思巴 문자에서도 모두 ㅇ(ŋ)이 없는데('敖'자는 간혹 ŋ이 없을 때가 있는데 아마도 또 다른 한자방언에 근거 했을 것이다) … 내가 耳目資의 ŋ자를 자세히 조사해보고 아래와 같은 결론을 얻었다. 「i가 먼저 소실되었거나 n으로 변한 것이다.…」) (『釋中原音韻』, p.46)라 했다. 또 周祖謨씨는 이르기를 "若夫疑母本爲次濁鼻音, 今圖中分爲兩類, 以五瓦仰□爲清音, 吾牙月堯爲濁音, 與等韻不同. … 案邵氏所列五瓦仰皆爲上聲字, 蓋ng已漸由鼻音變爲口音, 由口音而失去聲母, 故獨成一類. … 考宋代洛陽語音其上聲字必已逐漸演變爲口音ɣ, 甚至失去聲母, 而其他三聲字則未全變, 故邵氏分疑母爲兩類, 一爲清, 一爲濁, 清音旣與曉匣相同, 故亦合爲一音. 今開封疑母開口一等字猶讀爲ɣ, 卽鼻音變爲口音之遺跡也."(만약 의모가 본래 次濁鼻音이라면 지금의 도표 중에 兩類로 분류해서 五瓦仰□는 清音이 되고 吾牙月堯는 濁音이 되어 等韻이 같지 않다. … 邵씨가 나열한 것에 의하면 五瓦仰은 모두 上聲字인데 ng가 이미 점차 鼻音이 口音으로 변하였을 것이며, 口音으로 말미암아 去聲母를 상실하였으므로 동류로 된 것이다. … 宋代 洛陽語音을 고찰하면 그 上聲字는 반드시 이미 점차적으로 口音 ɣ으로 변천되어 심지어 去聲母를 상실하고 기타 三聲字는 완전히 변하지 않았으므로 邵씨는 疑母를 나누어 兩類로 하여 하나는 清音으로 또 하나는 濁音으로 하여 清音이 이미 曉母와 匣母가 서로 같으므로 또한 합하여 하나의 음이 되었다. 오늘날 개봉의 疑母는 開口一等字로 ɣ와같이 읽는 것은 곧 鼻音이 변하여 口音이 된 흔적이다.) (전서 pp.230~231)라 하였다. 또 칼그렌 씨에 의하면 "口部的閉塞, 弛放直到塞音變成摩擦音(ɣ), 是這個傾向的第一步. 北京語有ɣ跟ㅇ(沒

有聲母)兩音互讀的情形, 例如'敖'有au跟ɣau兩讀. 在i,y的前頭, 聲母失落以前是否有顎化作用, 這是不大能決定的. 照上文(發音部位的前移)所研究的現象看起來, 好像是可以的, 例如宜 ŋi 〉 ȵi〉 北京i."(입의 닫힘과 벌림은 직접 塞音이 변하여 摩擦音 (ɣ)으로 이르는 것은 이러한 경향의 시작이다. 北京말의 'ɣ'과 'ㅇ'(無聲母) 兩音이 함께 읽히는 현상이 있는데, 예를 들면 '敖'를 'au'와 'ɣau'로 읽는 것이다. 'i'와 'y'의 앞에 聲母가 떨어지기 이전은 口蓋音化作用이 있었는지 없었는지 확실히 결정할 수 없는 일이다. 위의 글로 (발음부위의 前移) 연구된 현상을 보면 될 수 있는 것 같지만 예를 들면 응당 ŋi 〉 ȵi 〉 북경i로 되는 것이다.)(『中國音韻學硏究』, p.261)라 하였는데, 이상 서술한 바로 宋代 疑母의 情況을 알 수 있다.

3) 舌頭音(apico-alvelar plosives)

① **端母** : 쓰인 글자는 모두 20자이며 그중 한자어휘에 쓰인 것은 4자이다. 중고시대음의 端母는 곧 破裂 無氣音 不帶音 [ㄷ(t)]이며 對音한국어로 미루면 이와 일치한다.

② **透母** : 쓰인 글자는 모두 10字인데, 그중 한자어휘에 쓰인 것은 3자이다. 중고시대음의 透母는 곧 有氣音 [ㅌ(t')]이며 대음한국어로 미루어 보면 대부분 無氣音 [ㄷ(t)]음이다. ⑭항의 '太'가 쓰인 글자는 한국 방언으로 미루어 보면 당시에도 有氣音이었을 것이나 '太'는 대음자가 아니라 곧 한국 俗語를 채택한 것이니 주해부 제⑱항을 참조. 이밖에 '獺曰水脫[剔曰切]'의 표기로 미루어보면 '脫'이 透母임을 밝히기 위하여 '剔曰切'의 주를 붙인 것임을 알 수 있다.

③ **定母** : 쓰인 글자는 모두 16자인데, 그중 한자어휘에 쓰인 글자는 8자이다. 중고음의 定母는 곧 對音 [ㄷ(d)]이고 대음한국어로 미루어보면 모두 대음이 아닌 [ㄷ(t)]이며 端母와 다름이 없다. 한자어휘에 쓰인 글자는 鮮初 한자음으로 살피면 역시 대음이 아닌 [ㄷ(t)]이므로 다만 대음한국어로 써보면 端母와 定母의 차이가 없다.

周씨에 의하면 "音六爲端透定三母. 定母之仄聲與平聲分爲兩類, 依音一音五之例推之, 濁母之仄聲當讀全淸, 濁母之平聲當讀同次淸. … 邵氏不從等韻者, 蓋當時一等韻與二等韻讀爲一類, 元音爲a. 三等韻與四等韻讀爲一類, 具有i介音. 故圖中一等字可列爲發, 四等字可列爲收也."(음6은 端·透·定 3母이다. 定母의 仄聲과 平聲은 양류로 나누어지며 음1과 음5의 예로 미루어보면 濁母의 仄聲은 마땅히 全淸으로 읽어야하고 濁母의 平聲은 마땅히 次淸과 같게 읽어야한다. … 邵씨가 等韻을 따르지 않은 것은 아마도 당시 1等韻과 2等韻을 한가지로 읽어야하고(모음은 a이다.) 3등운과 4등운도 한가지로 읽어야한다.(i 개음을 함께 가지고 있다.) 그러므로 도표 중 1등운의 글자는 發에 배열할 수 있고 4등운의 글자는 收에 배열할 수 있다.)(전서 p.232)라 하였다. 이로써 宋代의 舌頭音은 다만 [ㄷ(t)]과 [ㅌ(t')]으로 나누어지고 대음이 아닌 [ㄷ(d)]은 『鷄林類事』의 對音과 일치함을 알 수 있다.

④ 泥母 : 쓰인 글자는 모두 15자이고, 그중 한자어휘의 用字는 하나뿐이다. 중고시대음 泥母는 곧 비음 [ㄴ(n)]이며 대음한국어로 미루어 보아도 [ㄴ(n)]으로 이와 일치한다.

4) 舌上音(dorso-prepalatal plosives)

① 知母 : 쓰인 글자는 모두 4자이며 모두 대음자이다. ⑱④항의 '知', ⑱⑤항의 '珍', ⑱⑥항의 '陟'의 용자는 아직 그 뜻을 자세히 알 수 없으므로 다만 ⑱⑦항의 '朝' 대음으로 미루어보면, 그 음가는 [ㄷ(t)]에 가깝다. 중고시대음 知母는 곧 舌上破裂音의 [ㄷ(ṭ)]이다.

② 徹母 : 쓰인 글자는 다만 하나가 있으며 중고시대음 徹母는 곧 有氣音 [ㅌ(t')]이며 대음한국어로 미루어보면 그 음가도 역시 [ㄷ(t)]에 가깝다.

③ 澄母 : 쓰인 글자는 모두 4자이며 그중 한자어휘의 用字가 3자이다. 중고시대음 澄母는 대음 [ㄷ(ḍ)]이며 대음자 '住'로 미루어보

면 그 음가는 [ㅿ(z)]음에 가깝고 한자어휘의 용자에서는 鮮初 한자음에 따르면 대개 [ㄷ(t)]이다.

周씨에 의하면 "澄母復分爲兩類, 其仄聲讀同全淸, 故與知母相配 ; 其平聲讀同次淸, 故與徹母相配. 考本組與照穿床相次, 而不與端透定相次, 其讀音或已與照母相混. 淸修性理精義云 : '知徹澄娘等韻本爲舌音, 不知何時變入齒音. 等韻次於舌音之後, 經世次於齒音之後, 則疑邵子之時此音已變也'. 如是則經世之倂知徹澄於照穿床已啓後世刪倂字母之漸矣. 如元陳晉翁切韻指掌圖節要之三十二母, 有知徹澄而無照穿床是也."(澄母는 다시 兩類로 나누어지고 그 仄聲은 全淸과 같게 읽으므로 知母와 서로 짝이 되는데 그 平聲은 次淸과 같게 읽으므로 徹母와 서로 짝이 된다. 本組와 照·穿·床과는 順序대로이나 端·透·定과는 順序대로가 아니며, 그 독음은 이미 照母와 서로 뒤섞이기도 하였다. 淸나라 때 찬수한『性理精義』에 이르기를 '知·徹·澄·娘 等韻은 본래 舌音인데 언제 변하여 齒音이 되었는지 알 수 없다. 等韻은 舌音의 뒤에 놓이는데 經世는 齒音의 뒤에 놓았으니 곧 邵子 때에 이 音韻이 이미 변한 것 같다.'고 했다. 이와 같이 經世에서 知·徹·澄과 照·穿·床을 합쳤고, 이미 후세에 자모가 합쳐지기 시작하면서 점차 삭제되어 갔다. 예를 들면 元나라 陳晉翁의『切韻指掌圖節要』의 32자모에는 知·徹·澄은 있으면서 照·穿·床이 없는 것이 이것이다.)(前書, pp.233~234)라고 하였다. 이로써 보면 3운모의 대음한국어와 鮮初 문헌상에 비록 口蓋音化 표기는 없지만 高麗 때 그 발음이 이미 변한 것이다.

④ **娘母** : 쓰인 글자는 모두 4字이며 모두 대음자이다. 중고시 대음 娘母는 곧 鼻音[ㄴ(ṇ)]이며 대음 한국어로 미루어보면 그 聲母는 모두 [ㄴ(n)]이며 泥母와 다르지 않다.

王力 씨는은 이르기를 "36字母中的泥和娘只算一類. 依照這個看法, 從中古到現代, n始終是個n, 沒有起什麽變化."(36자모 중의 泥와 娘은 동류로 볼 수 있다. 이러한 견해에 비추어 보면 중고시대에서 현대에 이르기까지 [ㄴ(n)]은 시종일관 [ㄴ(n)]이었으며 어떤 변화도 일

어나지 않았다.)(前書, p.128)라 하였다. 또한 周祖謨 씨는 이르기를 "案廣韻乃奴亥切, 妳奴蟹切, 女尼呂切, 三字不同類. 今合而不分, 蓋宋代洛陽泥母上聲已與孃母同讀爲顎音一類矣."(『廣韻』에 의하면 乃는 奴亥切이고 妳는 奴蟹切, 女는 尼呂切로 3자가 같지 않은 발음이다. 오늘날 합쳐서 구별되지 않은 것은 아마도 宋나라 때 洛陽의 泥母 上聲이 이미 孃母를 같이 읽어 둘 다 구개음이 되었다.)(前書, p.232)라 했다. 王씨, 周씨 두 사람의 설에 따르면 『鷄林類事』로 귀납한 대음과 일치한다.

『韻鏡』에서는 泥母와 娘母를 구별하여 前者는 舌頭音이고, 後者는 舌上音이다. 李榮의 『切韻音系』에 의하면 "在這兒附帶說一下孃母的地位, 端透定泥是同部位的. 到切韻的時候, 端透定裏頭分化出來的知徹澄跟端透定已經有對立, 所以切韻的局面是：

端 透 定 泥
知 徹 澄

知徹澄沒有相當的鼻音, 碰巧另外有個日母, 沒有相當的口音, 截長補短, 就拿日配知徹澄, 敦煌掇瑣第一百號『守溫撰論字音之書』云：

舌音	端透定泥是舌頭音 知徹澄日是舌上音

後來的人認爲知徹澄配日不妥當, 便造出一個娘母來：

端 透 定 泥
知 徹 澄 孃
　　　　日

我們說造出來, 因爲無論就切韻系統或者方言演變說, 孃母都是沒有地位的."(여기에서 덧붙여 말하면 孃母의 지위와 端·透·定·泥는 같은 부위이다. 『切韻』의 시대에 와서 端·透·定·裏에서 분화되어 나온 知·徹·澄母와 端·透·定母는 이미 대립되어 있었는데 『切韻』에 다음과 같은 部分 때문이다.

端 透 定 泥
知 徹 澄

知·徹·澄·㳂은 鼻音이 없는데 다른 어떤 日모를 만났을 때 알맞는 口音이 없으면 截長補短하여 日모에 知·徹·澄母를 배합하는데 敦煌의 제100호 『守溫이 편찬한 字音을 논한 책』에 이르기를,

舌音 端透定泥는 舌頭音이고
知徹澄日은 舌上音이다

라고 했는데, 후대사람들이 知徹澄母에 日모를 배합한 것은 타당치 않다고 여겨 곧 하나의 娘母를 만들어내었으니 곧 다음과 같다.

短 透 定 泥
知 徹 澄 孃
　　　　日

우리가 말을 만들어본다면 곧 『切韻』계통을 논할 것도 없이 혹자는 방언이 변천한 것이라고 말하였기 때문에 양모는 모두 자리가 없게 된 것이다.)(p.126)라 하였다. 또한 羅常培 씨의 『切韻探賾』에 이르기를 "…這是泥娘兩紐不分的證據. 張(煊)君所擧名證, 雖然和切韻未能盡合, 不過根據'傳', '長', '綴', '涂', '橈'五字, 已可證明知與端, 澄與定, 泥與娘, 實係一類,"(이것은 泥모와 娘모 두 가지를 나누지 않은 증거이다. 張(煊)군이 들어서 증명한 것이 비록 『切韻』과 다 맞지는 않지만 그러나 傳, 長, 綴, 涂, 橈 5자를 근거한 것으로 이미 知모와 短모, 澄모와 定모, 泥모와 娘모가 실로 동류인 것을 증명할 수 있다)(『切韻硏究論文集』 p.40).라 했다. 이로써 『韻鏡』 36자모를 23행에 배열하여 幫與非·滂與敷·竝與奉·明與微·端與知·透與徹·定與澄·泥與娘·精與照·淸與穿·從與牀·心與審·邪與禪을 합하여 1행으로 한 까닭을 알 수 있다.

5) 半舌音(lateral)

① **來母** : 쓰인 글자는 모두 26자이며 그중 한자어휘로 쓰인 글자는 5자이다. 중고시대음 來母는 곧 邊音 [ㄹ(l)]음이다. 對音韓國語에서 제1음절로 쓰인 글자는 ⑲항의 '力'을 제외하고는 모두 [ㄹ

(r)]이며 (l)과 (r)은 비록 音位가 서로 같지만 그 調音法은 달라서 곧 前者는 '舌側音'(lateral)이고 後者는 '彈舌音'(flap)이므로 음운체계상 그 음가가 조금 다르다.

周法高의 『中國語文硏究』에 이르기를 "有時兩個語言沒有絶對相等的音, 就用相近的音來替代, 叫做 '語音的替代'(phonetic substitution). 例如漢語中沒有r音, 通常用l來代替(有時爲表示區別, 則加「口」旁以表示r音. 例如「囉」譯ra)…."(어떤 때는 두 개의 언어가 절대적으로 꼭 맞는 발음이 없어서 곧 서로 가까운 음을 가지고 代用하게 되는데 이것을 '語音的 代替(phonetic substitution)'이라고 한다. 예를 들면 중국어 중에 r음이 없어서 일반적으로 l을 써서 대체(어떤 때는 구별을 표시하기 위하여 곧 '입구' 부수를 더해서 r음을 표시한다. 예를 들면 '라'를 ra로 번역한다) 한다.(p.100)"고 했다. 또 周씨에 의거하면 "至如來母之兩類, 其淸聲老冷呂諸字均爲上聲, 依泥母之例推之, 蓋亦讀爲顎音."(來母의 兩類로 말하면, 그 淸聲인 老모 冷모 呂모 등의 글자는 모두 上聲이며 泥母의 예로 미루어보아 또한 구개음으로 읽어야한다.)(前書, p.232)고 했다. 곧 周씨는 '平去入聲'의 l과 '上聲ʎ'으로 나누었으니, 이로써 『鷄林類事』의 대음은 '力'으로 한국음 [ㄴ(n)]을 표시한 까닭을 알 수 있다. 주해부 제(346)항을 참조.

來母對音의 用字를 상세히 분석하면 다음과 같다.

(甲) [l]음으로 模作한 글자

④항의 屈林, ⑤항의 孛纜, ⑭항의 渴來, ⑯항의 批勒, ⑰항의 蟣曰割稂裩, ⑮항의 畿入聲林, ⑳항의 伐里, ㉑항의 戌羅, ⑰항의 乞林.

(乙) [r]음으로 模作한 글자

㊼항의 母魯, ㊱항의 弼陀里, ⑳항의 器利兮畿, ⑳항의 蘇孛打里, ⑫항의 那論歲, ㊺항의 那論, ㊷항의 沒涕里, ⑱항의 掐耻且囉, ⑲항의 枯李, ⑳항의 聚笠, ㉟항의 巴賴, ㉒항의 皮盧, ㉑항의 阿則家囉, ㉙항의 胡臨, ⑳항의 孫烏囉, ㊱항의 皮離受勢, ㉝항의 替里受勢, ㉜항의 屋裏坐少時, ㉞항의 室打里, ⑳항의 都囉, ㉔항의 欺臨, ㉖항의 烏囉,

㉗항의 匿家八囉, ㊽항의 薩囉.

(丙) [n]음으로 쓰인 글자

⒅항의 安里鹽骨眞, ⒇항의 本道安里麻蛇, ㉑항의 擺咱安里, ㉞항의 羅戲少時, ㉞항의 力斤.

(丁) 한자어휘로 쓰인 글자

⑭항의 陸橋, ⑭항의 螻, ㉒항의 立, ⑩항의 鹿, ⒀항의 浮浪人.

(戊) 未詳

⑿항의 員理, ⑩항의 霍, ㉑항의 苦隆, ㉙항의 皮盧.

대음한국어로 말하면 (甲)류의 用字 역시 [r]음이다. 다만 上音節이 모두 舌內入聲字를 썼을 때는 아마도 청각상으로 느낀 표기였기 때문일 것이다.

6) 半齒音(dorso-nasal fricatives)

① 日母 : 日母로 쓰인 글자는 모두 4자이며, 그중 한자어휘로 쓰인 글자는 1자이다. ㉕항의 '乳'는 그 대음한국어가 아직 상세치 않으므로 그 音價를 알 수 없다. 日母의 중고시대 한자음에 대해서는 각 학자들의 주장이 일치하지 않아 그중 참고할만한 학설을 들면 다음과 같다. 高本漢 씨는 일찍이 샤반느(Chavanne)와 펠리오(Pelliot)이 가설한 [ǯn̆][14]과, 마스페로(Maspero)의 [ñ]([ń])[15]을 언급하여 "說古日母是[ȵʑ], 跟韻表把這個聲母認爲[j]化是完全相合的. 這個說法把近代方言裏極紛歧的讀音可以很滿意的解釋, 竝且把古代譯音對於日母有的當作濁摩擦音用, 有的當作[ȵ]([ñ])用, 也可以顧到了. (中略) 所以[ȵʑ]據我們看似乎是惟一可能的說法了."[16](日母가 [ȵʑ]임을 처음으로 설명하면서, 韻表에서 이 聲母가 [j]化 되어 완전히

14) Chavanne et Pelliot, Un traite manichéen retrouvé en Chine, JAs, 18, 1911, p.538를 참조.

15) H.Maspero, Le dialecte de Tch'ang-ngan sousles T'ang BEFEO, 20, 1920, p.34를 참조.

16) 중국음운학연구의 번역본을 참조.

일치된다고 보았다. 이는 근대 方言 속에서 수많은 여러 갈래로 갈리진 讀音을 확실히 설명한 것으로 매운 만족할만한 해석이라 할 수 있으며 아울러 古代 日母에 대하여 어떤 것이 濁摩擦音으로 쓰였고, 어떤 것이 [ȵ]([ñ])으로 쓰였는지 까지도 살펴볼 수 있게 되었다.(中略) 이는 [ȵʑ]가 유일한 설명이 될 수 있다는 우리의 생각에 근거하기 때문이다.)라고 하였다.

또한 李榮 씨는 高本漢의 설에 동의하지 않고 이르기를 "…如果切韻日母是[ńź], 娘是[nj]或[ń], 何以善無畏(724年)以前全用日母字對梵文'ña', 到不空(771年)才用'孃'字, 依照我們的說法, 日母一直是[ń], 所以善無畏以前都用來對梵文'ña', 到不空那時候, 日母的音變了, 才用孃[niaŋ]去對梵文'ña'."(…예를 들면『切韻』日母는 [ńź]이며 娘모는 [nj] 또는 [ń]인데 어째서 善無畏(724년)이전은 日母를 梵文 'ña'를 대음하는데 전적으로 사용하였고, 不空(771년)에 이르러서야 '孃'자를 사용했을까? 우리들의 주장에 의거하면 日母는 시종 [ń]인데, 善無畏 이전 모두 來母로 梵文 'ña'를 쓴 까닭에 不空時代에 이르러 日母의 音이 변하여 비로소 '孃[niaŋ]'으로 梵文 'ña'를 대음한 것이다.)(『切韻音系』, p.126)고 하였다. 藤堂明保 씨 또한 이견을 내어 "日母與泥, 娘母n有關時期, 乃自上古至六朝時代爲止, 至於韻鏡, 與舌音已無關而爲[rrj]."(日母와 泥母가 娘母 n과 유관한 시기는 곧 상고 시대부터 육조시대까지이며『韻鏡』에 이르러 舌音과 이미 무관하여 [rrj]로 되었다.)(『中國語音韻論』, pp.170~171 참조)고 하였다. 위에 인용한 제설에 대해서 董同龢 씨는 종합하여 이르기를 "日母的現在讀法分兩派 一派濁擦音, 一派鼻音. 字母以日母爲'次濁' 日母字的聲調變化也與明・泥・來等次濁聲母字同, 他們的上聲字在現在多數方言與全淸同屬一個聲調. 由此可知, 日母在中古不可能是濁擦音. 因爲濁擦音是'全濁', 而上聲全濁現代多與去聲混. 假定日母原來是鼻音, 又因爲字母以爲'半齒'的緣故, 訂爲舌面鼻音, 在聲調變化上是滿說得通的, 與現代鼻音的讀法更相合 現代擦音的演進過程, 也可以設想爲 ȵ- → ʑ- → z → z-, 不過我們應當注意一點, 就是 ȵ- → ȵ- → 時, 原來讀

ʑ- 的禪母該已經變作別的音了."(日母의 현재 독법은 두 가지로 나누어지는데 하나는 濁擦音이고 또 하나는 鼻音이다. 자모는 日母로써 '次濁'이 되고, 日母字의 성조변화도 明母·泥母·來母 등이 次濁聖母字와 같고, 이것들의 上聲字는 현재 다수의 方言과 全淸에서 같은 성조에 속한다. 이로써 보면 日母가 중고시대의 濁擦音이었다는 것은 불가능하다는 것을 알 수 있다. 왜냐하면 濁擦音은 '全濁'이지만 上聲全濁이 현대에는 모두 去聲과 뒤섞였기 때문이다. 가령 日母가 원래 鼻音이었다면, 자모가 '半齒音'의 원인이 되기 때문이어서, 舌面鼻音을 고쳐서 성조가 변했다고 하는 말이 통하면서 현대비음의 독법과 더욱 일치하며 現代擦音의 변천과정도 ȵ- → ʑ- → z → z-이라고 생각할 수 있다. 그러나 우리들은 응당 주의할 점은 곧 ȵ- → ʑ-로 변할 때에 원래에 ʑ-로 읽는 禪母는 아마도 이미 다른 음으로 변했을 것이다.)(『中國語音史』, pp.96~97)라고 하였다. 董씨는 또 이르기를 "… 現時通行的高本漢擬音以日母爲'鼻塞擦音nʑ', 牽强難用."(현재 널리 알려진 칼그렌의 擬測音을 日母로써 '鼻塞擦音 nʑ'로 하는 것은 牽强附會로 허용하기가 어렵다.)(『漢語音韻學』, p.155)라 하였다. 이밖에 王力 씨가 이르기를 "聲母ʐ的基本來源是nʑ(日), 也相當單純. 例如'人'nʑĭěn → ʐən. 但是, 由nʑ到ʐ的過程需要一番解釋. nʑ是一個破裂摩擦音. 當破裂成分佔優勢的時候, 摩擦成分消失, 就成爲今天客家方言和吳方言(白話)的ɲ('人'ɲin), 當摩擦成分佔優勢的時候, 破裂成分消失, 就剩一個ʑ, 後來變z, 成爲今天吳方言文言的z('人'zən)."(성모ʐ의 본래의 출처는 nʑ(日)이며 또한 매우 단순하다. 예를 들면 '人' nʑĭěn → ʐən과 같다. 그러나 nʑ에서 ʐ가 되는 과정은 한번 설명할 필요가 있다. nʑ는 한 개의 파열마찰음이다. 파열성분이 우세할 때에 마찰성분은 소실되어 오늘날 客家方言과 吳方言(白話)의 [ㄴ(인)닌]이며 마찰성분이 우세할 때에 파열성분이 소실되어 하나의 z음만 남고 뒤에 ʑ로 변하여 오늘날 吳方言의 文言적 [z('인')zən]으로 된 것이다.)(『漢語史稿』, p.128)고 하였다.

위에 서술한 여러 이론과 기타 학자의 擬測音을 圖示하면 다음과 같다.

伯希和	žñ
馬伯樂	ñ
高本漢	ȵʑ
馬　丁	nħ
浦立本	ń
藤堂明保	rrj
陸志韋	nʑ
董同龢	ȵ
李　榮	ń
王　力	nʑ
周法高	ń

이와같이 여러 사람의 의견이 일치하지 않으므로 어느 것이 맞고 어느 것이 그른지 결정하기 어렵다. 宋代에 이르러 日母의 음가는 周祖模 씨가 이르기를 "音十爲審禪日三母. (中略) 至於日母之分爲淸濁兩類, 與疑微二母之例相同. 耳爲上聲, 殆已由鼻音變爲口音, 故獨成一類. 卽由ȵʑ變而爲ʑ, ʑ硬化之後乃讀爲ʐ, 故圖中與ʂ相配. 後世ʐ又變爲œr, 則爲今日開封洛陽之方音矣.(參見 『中國音韻學硏究譯本』, p.341) 日母之其他一類仍讀爲鼻音, 故歸之於濁耳."(音 10은 審母·禪母·日母의 三母이다. (중략) 日母의 분파에 대해서도 淸濁의 兩類인데 疑母·微母 二母의 예는 서로 같다. 耳母는 上聲이며 이미 鼻音이 변하여 口音이 되었으므로 하나로 되었다. 곧 ȵʑ가 변해서 ʑ로 된 것이며 ʑ는 硬音化된 뒤에 곧 ʐ로 읽었음으로 도표 중 ʂ와 짝을 이루었다. 후세에 ʐ는 또 변하여 œr이 되었고 곧 오늘날의 開封·洛陽의 방음이 되었다.(『中國音韻學硏究 飜譯本』, p.341 참조) 日母의 기타 一類는 그대로 따라 鼻音으로 읽었으므로 濁音으로 된 것이다.)(『宋代汴洛語音考』, p.273)라 하였다. 또한 도표 상에 나타난 것은 하나는

'平去入聲 ȵ'이고 또 하나는 '上聲 z, o'(前書, p.273)이며, 周祖模 씨는 이처럼 두 가지 音價로 擬測하였다. 『鷄林類事』에서는 그 다음자 ㉛항의 '四十曰麻刃', ⑭⑦항의 '弟曰丫兒'와 ⑱, ⑪⑨, ⑬①항의 '人'(漢字語彙 用字)로 미루어보면 비록 '人'과 '兒'는 平聲이고, '刃'은 去聲이나 그 음가는 모두 [ȵ]이 아니며, 周씨의 擬測音과도 맞지 않는다. '日'母의 鮮初 初聲은 한국어의 자모 'ㅿ'음으로 쓰지만, 이 글자의 測音은 16세기 중엽 이전에 이미 소실되었으므로17) 오늘날 그 음가를 추정하기는 어렵다. 世宗이 한글을 창제할 때(1443년) 'ㅿ'음가를 설정하여 訓民正音18)에서는 "ㅿ半齒音如穰字初發聲"이라 하였고 또한 이르기를 "ㆁㄴㅁㅇㄹㅿ은 不淸不濁音"이라고 하였다. 訓民正音을 창제할 때 『切韻指掌圖』19)에 의하면 그 음명을 채택하여 '不淸不濁'이라 일컬었고, 또한 '次濁'(『黃公紹韻會』 참조)이라 하였

---

17) 李崇寧의 「國語學論攷」, pp.164～174(동양출판사간행, 1960년 10월), 南廣祐의 『朝鮮(吏曹)漢字音研究』, pp.84～87(동아출판사간행, 1969년 3월), 李基文의 『國語史概說』, p.107(민중서관간행, 1970년 4월 제5판)를 참조.

18) 「訓民正音」 : 하나는 창제 당시의 한글의 명칭이며 『世宗實錄』에 이르기를 "是月上親制諺文二十八字, 其字倣古篆, 分爲初中終聲, 合之然後乃成字, 凡于文字及本國俚語, 皆可得而書, 字雖簡要, 轉換無窮, 是謂訓民正音."(이달 상께서 친히 언문 28자를 창제하니 그 글자는 고전을 모방하였고 초중종성으로 나누고 그것을 합하면 곧 글자를 이루고 무릇 한자 및 우리나라 구어도 모두 쓸 수 있으며 글자는 비록 간단하지만 돌려 쓰는 것이 무궁하다. 이것을 훈민정음이라고 이른다.)(권102, 25년 : 1443년 명 정통(正統)8년 계해12월조) 하나는 책의 이름인데 이 책 내에 世宗序, 字母의 音價, 字母의 운용, 制字解, 初聲解, 中聲解, 終聲解, 合字解, 用字例, 鄭麟趾序 등이 실려 있다. 『世宗實錄』에 의거하면 "是月訓民正音성……."(권113, 28년 병인9월조)이라 하였다. 이로써 그 책의 편찬은 1446년에 된 것인데 그러나 원본이 오랫동안 망실되어 볼 수가 없었으나 1940년에 그 원본이 안동의 한 촌가에서 발견되어 오늘날 유일본으로써 한국국보의 첫째가 되었다.

19) 『切韻指掌圖』 : 현전본상에 비록 宋나라 司馬光이 편찬한 것으로 기록되어 있으나, 실은 司馬光이 편찬한 것이 아니다. 張世錄 씨는 이르기를 "今本切韻指掌圖決非司馬光所作 前列的一篇自序, 乃由孫覿切韻類例序改竄而成, (中略) 四庫提要謂 光傳家集中, 下至投壺新格之類, 無不具載, 惟不載此書, 故傳本久絶 實則司馬光何嘗作過此書? 鄒特夫據孫覿書考定原書出於楊中修, 本名切韻類例).」(오늘날 판본 절운지장도는 결코 사마광이 지은 것이 아니며 앞에 열거한 자서는 곧 손적의 절운류의 서를 고쳐서 된 것이며 : (중략) 사고제요에 이르기를 『사마광의 집에 전하는 서적 중에 아래로는 투호신격의 류에 이르기까지 실려 있지 않은 것이 없는데 오직 이 책만 실려 있지 않은 까닭은 전본이 오랫동안 끊겼기 때문이다.』 그런데 사마광이 어떻게 이 책을 지었다고 할 수 있을까? 추특부는 손적의 책에 근거하여 원서가 양중수에서 나왔다고 고증하고 본래 서명은 절운유예라고 하였다.)(전서하책, p.163)

으며, 羅常培 씨에 따르면 "次濁者, 卽帶音之鼻聲, 邊聲及半元音(喩)也."(次濁은 곧 帶音의 鼻聲이며 邊聲 및 반모음(喩)이다.)(『漢語音韻學導論』, p.26)라 하였다. 이로써 '穰字의 처음나는 소리'는 곧 帶音(liquid)의 擦聲齒音이며, 결코 鼻聲舌面前音(prepalatal)이 아니다. 李崇寧 씨의 「△音攷」에 따르면 '△'음가는 곧 [z, ʒ][20]의 音이다. 이 음가는 周 씨의 擬測音 '上聲時[ʐ]'음과 비슷하며, 다만 鮮初音價의 [z, ʒ]음으로써는 아직 어느 것이 맞는지 결정하기 어렵다. 高本漢의 『方言字彙』에 따라 '刃·兒·人'의 方音을 고찰하면 다음과 같다.

字例 / 方音	刃	兒	人
廣州	iɐn	i	iɐn
客家	ȵin	i	ȵin
汕斗	dʑin	dʑi	naŋ
福州	iŋ	nie	nœŋ
溫州	zaŋ	n	naŋ
上海	zəŋ	ȵi	zəŋ
北京	ʐən	œr	ʐən
開封	ʐən	œr	ʐən
懷慶	ʐəȵ	ər	ʐəȵ
歸化	ʐəŋ	ər	ʐəŋ
大同	ʐəŋ	ər	ʐəŋ

20) 前書 (pp.1~175)를 참조.

字例 / 方音	刃	兒	人
太原	zəŋ	ar	zəŋ
興縣	ʐə̃	ər	ʐə̃
太谷	zõ	ər	zõ
文水	ʐə̃	ər	ʐə̃
鳳台	zã	ʐʅ	zã
蘭州	ʐə̃	ɔr	ʐə̃
平涼	ʐə̃	œr	ʐə̃
西安	ʐɛ̃	ər	ʐɛ̃
三水	ʐɛ̃	ər	ʐɛ̃
四川	ʐen	r	ʐen
南京	ʐəŋ	œr	ʐəŋ

도표로 보면 3자의 聲母는 같지 않다. 唐虞의「兒 [ɚ] 音的 演變」에 이르기를 "凡是止攝以外的日母字變成[ʐ]聲的, 則'兒'等變成[ör] [ar] [ər] 一類的音, 若是止攝和其他各攝的日母一律讀作 [dʐ] [ɲ] [n] 等聲, 則'兒'等的韻母也不發生變化. (中略) 由此說來, [ɚ] 音的變成固然在元朝泰定甲子以前, 而周德淸仍舊把牠附屬在支思部也 未當沒有他的立脚點."21)(무릇 止攝이외의 日母字는 [ʐ] 음으로 변한 것이니, 곧 '兒' 등은 [ör] [ar] [ər]류의 음으로 변하였으며, 만약 止攝과 기타 各攝의 日母가 일률적으로 [dʐ] [ɲ] [n] 등의 소리로 읽는다면 곧 '兒' 등의 운모도 변화가 일어날 수 없다. (中略) 이로써 말하면 [ɚ] 음의 변환은 확실히 元나라 泰定甲子年(1324) 이전에 일어난 것이며 周德淸은 곧 옛날에 그것을 支思部에 부속시킨 것도 그의 입장이 타당치 않다.)고 했다. 또한 高本漢이 이르기를 "很容易看出來止攝的主要元音是i, (中略) 開口中 ʅ, ɿ, ɯ, ǎ, y, u 幾個元音只限於摩擦音š (ž) 跟s (z) 的後面, (在塞擦音後面當然也算是在摩擦音後面),

21) 唐虞의 兒(ɚ)音的演變)(역사어언연구소집간제2본제3분에 실려 있음)을 참조.

而且是受這類聲母影響才產生的. 例如日本譯音在這些字裏還保存着本來的元音. 官話裏 œɹ 類的字可以這樣解釋, ȵʐi 〉 ʐi 〉 ʐi 〉 ʐʅ 〉 ʐ̩ 〉 ᵊʐ 〉 œɹ 等."[22](매우 쉽게 볼 수 있는 止攝의 주요 모음은 i이며 (중략) 開口音 중 ʅ, ɿ, ɯ, ǎ, y, u 등 몇 개 모음은 오직 마찰음 š(ž)와 s(z)의 後面(塞擦音後面에 있다함은 당연히 摩擦音後面을 포함한다)에 한정되어서 오직 이런 類의 聲母의 영향을 받아야만 비로소 발생한다. 예를 들면 일본의 譯音은 이들 글자에서 아직도 본래의 모음을 보존하고 있다. 官話(북경어)중의 œɹ류의 글자는 이와 같이 곧 ȵʐi 〉 ʐi 〉 ʐi 〉 ʐʅ 〉 ʐ̩ 〉 ᵊʐ 〉 œɹ 등이다.)라 하였다. 中古時代 한자음은 그 성모가 서로 같음을 알 수 있다. 宋나라 元나라 시기에 이르러 止攝의 '日'母字는 특히 北方語音에서 [əˊ]음으로 읽었다. 또한 『鷄林類事』 對音의 한국어를 보면 北宋 당시는 아직 [əˊ]으로 발음하지 않았다. 또한 北宋 景祐 2년(1035)에 惟淨과 法護가 함께 편찬한 『天竺字源』의 권3에서는 梵文 [ज](ja)의 대음은 '惹仁左切'으로 하였고 『慧琳一切經音義』 卷八 「辨文字功德及出生次第篇」(788~810)에서는 '差慈我山反'으로 하였고, 地婆訶羅의 『方廣大莊嚴經示書品』(685)에서는 '社'[23]로 하여 그 對音의 변천(禪母 → 從母 → 日母)으로 미루어보면 北宋 때 '日'母의 음가는 [əˊ]로 읽지 않은 것이 확실하다.

有坂秀世 씨가 이르기를 "제10세기 開封音에서 日母의 음가는 아직 palatal이었다. (중략) 宋나라 초에 日母는 이미 單純顎聲 [zh]의 단계에 들어갔다."(『國語音韻史の硏究』, pp.313~318 참조)라 했다. 또한 唐虞 씨가 이르기를 "從音理上講 [ʐ] 略開就變成 [ɹ], [ɹ] 再略開就變成 [əˊ], 這種演變總算是順理成章的."(음리상으로 말하는 것에 따르면 [ʐ]음이 변하여 [ɹ]이 되고 [ɹ]은 다시 변하여 [əˊ]이 되어 이러한 변천은 전체적으로 순리적이며 조리에 맞는다.)(前書, p.466)라

22) 『中國音韻學硏究』 (p.490)를 참조.
23) 羅常培의 『梵文顎音五母之藏漢對音硏究』(역사어언연구소집간 제3본제2분에 실려 있음)를 참조.

하였다. 이상 서술로 미루어보면 北宋시대 日母의 讀音은 대개 後齒齦擦聲帶音 [ʐ]였다.

7) 舌齒音(혹은 正齒音三等, dorsale)

① 照母 : 쓰인 글자는 모두 10자이며 그중 한자어휘로 쓰인 것은 오직 한 글자가 있다. 중고시대음 照母는 곧 塞擦無氣音[tś]이고 對音한국어로 미루면 모두 [ts]이고 精母와 같다.

② 穿母 : 쓰인 글자는 모두 4자이고 그중 한자어휘로 쓰인 것은 3자이다. 중고시대음 穿母는 곧 有氣音 [t´s‘]이고 對音한국어로 보면 대개 有氣音 [ts‘]이고 淸母와 같다.

周 씨에 따르면 "照穿二母兩等同列, 當讀同一音. 此自唐五代已然. 今擬爲齒上音ts, tʂ‘"(照穿二母는 兩等同列이므로 마땅히 동일음으로 읽어야한다. 이러한 현상은 唐·五代 때부터 이미 그렇게 된 것이다. 오늘날 擬測하면 齒上音 ts, tʂ‘이다.)(前書, p.233)라 했다.

이로써 보면 周씨의 擬測音과 『鷄林類事』의 對音은 매우 일치한다.

③ 神母 : 쓰인 글자는 모두 4자이며 그중 한자어휘로 쓰인 것은 2자이다. 중고시대음 神母는 곧 [dź]이고 대음한국어로 보면 그 음가는 [s]에 가깝다. 周씨에 따르면 "床母三等未列字, 當與二等平聲字讀音相同."(床母는 3등에 배열되어 있지 않은데 마땅히 2등 平聲字의 독음과 같아야 한다.)(전서, p.233)라 했다. 床母 2등 平聲은 [tʂ‘]이고 仄聲은 [ʂ]이다. 『鷄林類事』의 對音과 仄聲擬測音은 서로 가깝다.

④ 審母 : 쓰인 글자는 모두 4자이며 그중 한자어휘로 쓰인 글자는 2자이다. 중고시대음 審母는 곧 摩擦不帶音 [ś]이며 對音한국어로 보면 그 음가는 [s]에 가깝다.

⑤ 禪母 : 쓰인 글자는 모두 5자이며 모두 대음자이다. 그중 ㉘항의 '成', ㉙항의 '盛'은 아직 그 말의 뜻을 자세히 알 수 없다. 중고

시대음 禪母는 곧 塞擦聲帶音 [dź]이고 對音한국어로 보면 그 음가는 역시 [s]에 가깝다.

周씨에 의하면 "音十爲審禪日三母. 其第一位山手二字爲審母, 山爲二等字, 手爲三等字, 考審母古音二三等有別, 今歸爲一類, 是讀音無異也. 本音第二位爲士石二字, 石爲禪母字, 士則床母二等字. 今床母二等仄聲開口字與禪母同列, 是二者音爲一類矣. 若論審禪二母之音値, 依現代方音推之, 審母與禪母仄聲當讀爲ʂ, 禪母平聲則當讀爲tʂ‘."(音10은 審・禪・日 3母이다. 그중 제1위 山手 2자는 審母이고, 山은 2등자이며, 手는 3등자이며, 審母의 古音을 고찰하면 2등, 3등의 구별이 있으며, 오늘날은 한가지로 되었고 독음상 차이가 없다. 본음 제2위는 士石 2자인데 石은 禪母字이고 士는 곧 床母 2등자이다. 오늘날 床母 2등은 仄聲開口字와 禪母가 동렬이며 두 가지 음은 하나로 되었다. 審禪 2모의 音價를 논하면 현대 方音으로 미루어볼 때 審母와 禪母는 仄聲으로서 마땅히 ʂ로 읽어야 하고 禪母는 平聲으로 곧 tʂ‘으로 읽어야한다.)(前書, p.233)라 했다.

이로써 『鷄林類事』의 대음과 周씨의 擬測音은 서로 가깝다.

8) 正齒音二等(혹은 捲舌音, retroflex)

① 莊母 : 쓰인 글자는 모두 4자이며 그중 한자어휘로 쓰인 것은 1자이다. 중고시대음 長母는 곧 塞擦無氣音 [tʂ]이다. 對音 한국어로 미루어 보면 그 音價는 [ts]에 가깝다.

② 初母 : 쓰인 글자가 없다.

③ 牀母 : 쓰인 글자는 모두 3자이며 그중 한자어휘에 쓰인 글자는 2자이다. 중고시대음 牀母는 곧 塞擦帶音 [dʐ]이고, 對音한국어로 미루면 그 음가는 [ts]에 가깝다.

④ 疏母 : 쓰인 글자는 모두 5자이고 모두 對音字이다. 중고시대음 疏母는 곧 摩擦不帶音 [ʂ]이고 對音한국어로 미루면 그 음가는 [s]에 가깝다.

周씨의 擬測音에 따르면 正齒音 2등과 3등은 구별하지 않았으므로 對音한국어도 이와 서로 부합된다.

(9) 齒頭音(apico-dentals)

① 精母 : 쓰인 글자는 모두 12자이며 모두 대음자이다. 그중 ㉑항의 '崔'자는 그 어휘가 분명하지 않다. 중고시대음 精母는 곧 塞擦無氣音 [ts]이며 對音한국어로 미루면 ㉗항의 '咱'외에는 그 음가가 모두 [ts]이며 곧 중고음과 서로 같다.

② 淸母 : 쓰인 글자는 모두 14자이며 그중 한자어휘로 쓰인 글자는 3자이다. 중고시대음 淸母는 곧 有氣音 [ts']이며 對音한국어로 미루면 ㊻항의 '雌' 외에는 모두 유기음 [ts']이며 중고음과 다르지 않다. '雌'의 음가에 대해서는 주해부 제(253)을 참조.

③ 從母 : 쓰인 글자는 모두 5자이며 그중 한자어휘로 쓰인 글자는 1자이다. 이 중 ㉛항의 '坐'자는 아직 그 뜻을 자세히 알 수 없다. 중고시대음 從母는 곧 塞擦帶音 [dz]이며 對音한국어로 미루면 그 擬測音은 [s] 혹은 [ts]이며 또한 ㉜항의 '泉'의 한자어휘의 用字는 鮮初 한자음에 의하면 곧 유기음 [ts']이다.

周씨가 말한 바에 따르면 "音八爲精淸從三母, 從母之仄聲當讀如精母, 其平聲當讀如淸母. 又自字爲四等字, 今列爲一等, 與等韻不同, 蓋精組之字, 其韻已讀爲ɿ, 故等次亦變, 此與切韻指掌圖合."(音8은 精·淸·從 3母이다. 從母의 측성은 마땅히 精母처럼 읽어야하고, 그 平聲은 마땅히 淸母처럼 읽어야한다. 또한 '自'자는 4등자이며 오늘날 1등자로 배열되어 있고 等韻과는 다르며 대개 精組의 글자는 그 韻을 이미 ɿ로 읽는다. 그러므로 등의 순서도 변하였으며 이것과 『切韻指掌圖』가 부합된다.)(前書, p.233)라 했다. 이로써 宋代의 齒頭音은 다만 [ts]와 [ts']로 분류되고 [dz]음과는 다름을 알 수 있다.

④ 心母 : 쓰인 글자는 모두 20자이며 그중 한자어휘로 쓰인 글자는 5자이다. 중고시대음 心母는 곧 摩擦不帶音[s]이고 對音한국어

로 미루면 이것과 일치한다.

⑤ **邪母** : 쓰인 글자는 모두 4자이고 그중 한자어휘로 쓰인 글자는 2자이다. 중고시대음 邪母는 곧 擦聲帶音 [z]이며 對音한국어로 미루면 그 음가도 [s]에 가깝다.

周씨의 말에 따르면 "音九爲心邪二母, 邪母字寺象均爲仄聲, 當讀同心母. 其平聲依現代開封音推之, 當讀同淸母."(音9는 心·邪 2모이며 邪母字는 寺·象 모두 仄聲이며 마땅히 心母와 같이 읽어야한다. 그 平聲은 현대 開封音으로 미루어보면 마땅히 淸母와 같이 읽어야 한다.)(전서, p.233)라 했다. 周씨의 擬測音과 『鷄林類事』의 對音은 일치하지만 開封音으로부터 擬測한 것은 모두 부합되지는 않는다.

10) 重脣音(혹은 雙脣音, bilabials)

① **幫母** : 쓰인 글자는 모두 20자이며 그중 한자어휘로 쓰인 글자는 3자이다. 중고시대음 幫母는 곧 破裂無氣音 [p]이며 對音한국어로 미루면 이와 일치한다.

② **滂母** : 쓰인 글자는 4자이며 모두 대음자이다. 중고시대음 滂母는 곧 破裂有氣音 [ㅍ(p')]이며 對音한국어로 미루면 그 음가는 幫母와 다르지 않다.

③ **並母** : 쓰인 글자는 모두 9자이며 그중 한자어휘로 쓰인 글자는 4자이다. 중고시대음 並母는 곧 破裂帶音 [ㅂ(b)]이며 對音한국어로 미루면 그 음가도 幫母와 다르지 않다.

周씨에 따르면 "五音爲幫滂並三母. 竝母之仄聲與平聲分爲兩類, 依音一見溪群之例觀之, 其仄聲一類當讀幫母, 其平聲一類當讀同滂母."(五音은 幫·滂·並 3모이다. 竝母의 仄聲과 平聲이 두 가지로 나뉘어져 음1의 見·溪·群의 예로 보면 그 仄聲의 동류는 마땅히 幫母로 읽어야하고, 그 平聲의 동류는 마땅히 幫母와 같이 읽어야한다.)(전서, p.232)라 하였다. 이로써 宋나라 때에는 重脣帶音 [b]가 없었음을 알 수 있다.

④ 明母 : 쓰인 글자는 모두 18자이며 그중 한자어휘로 쓰인 글자는 3자이다. 중고시대음 明母는 곧 鼻音 [ㅁ(m)]이며 대음의 한국어와 일치한다.

周씨의 擬測音에 따르면 "若乃明母之分爲淸濁兩類, 正與疑母相似. 其淸聲均爲上聲字, 濁聲則兼括平去入三聲. 濁聲古讀爲m固無疑義, 而淸聲之音, 則殊難確定."(만약 明母를 淸濁兩類로 분류한다면 매우 疑母와 비슷하다. 그 淸聲은 모두 上聲字이다. 濁聲은 곧 平·去·入 三聲을 포괄하여 겸한 것이다. 濁聲은 옛날 m으로 읽었음이 확실하며 淸聲의 음은 곧 도저히 확정하기 어렵다.)(전서, p.231)라 하였다. 다만 대음의 한국어로써 고찰하여보면 그 淸濁을 분별할 수 없다.

11) 輕脣音(혹은 脣齒音, labio-dentals)

① 非母 : 쓰인 글자는 모두 4자이며 그중 한자어휘로 쓰인 글자는 2자이다. 중고시대음 非母는 곧 摩擦不帶音 [f]이며 대음의 한국어로써 미루면 重脣音 幫母와 다름이 없다.

② 敷母 : 쓰인 글자는 다만 하나뿐이다. 중고시대음 敷母는 곧 有氣音 [f']이며 對音의 한국어로써 미루면 그 음가는 또한 幫母와 다름이 없다.

③ 奉母 : 쓰인 글자는 모두 6자이며 그중 한자어휘로 쓰인 글자는 2자이다. 중고시대음 奉母는 곧 帶音 [v]이며, 對音의 한국어로써 미루면 그 음가는 역시 重脣音 [ㅂ(p)]이다. 『集韻』의 反切音에 따르면 '皮·弼·頻'은 마땅히 並母에 속하고, '幞'은 幫母에 속한다.

④ 微母 : 쓰인 글자는 모두 6자이며 그중 한자어휘로 쓰인 글자는 1자이다. ㊴⑥항의 '滅'자는 '瀎'자의 誤字일 것이며, 계속적인 고찰은 뒷날로 미룬다. 중고시대음 微母는 곧 破裂鼻音 [ɱ]음이며 對音의 한국어로 보면 明母와 같다. 다만 『鷄林類事』의 대음으로는 重脣音과 輕脣音의 차이를 구별하기 어렵다. 『集韻』에 따르면 '吵·

盲・眇・彌'의 자는 모두 마땅히 明母이다. 錢大昕 씨는 이르기를 "神珙五音九弄反紐圖, 有重脣, 無輕脣, 卽涅槃經所列脣吻聲, 亦無輕脣. 大約輕脣之名, 出於齊・梁以後, …"(神珙의 『五音九弄反紐圖』에는 重脣音은 있으나 輕脣音이 없으며, 곧 『涅槃經』에 열거된 脣吻聲에도 輕脣音이 없다. 대략 輕脣의 명칭은 齊・梁시대 이후에 나온 것이다.)(『十駕齋養新錄』 卷五, 古無輕脣音條)라 하였다. 또한 王力은 이르기를 "三十六字母雖不一定是唐末的, 至少是北宋的, 卽十二世紀以前的. 三十六字母和切韻聲母的主要分別是 : (1) 脣音分化爲重脣(雙脣)和輕脣(脣齒)兩類了 ; (中略) 脣音分化的時期不能晩於第十二世紀, (因爲 : (一) 三十六字母一定是唐末宋初的產品, 而三十六字母中有非敷奉微, (二) 集韻成書在1037年, 而集韻的反切已經改爲以雙脣切雙脣, 例如'貶', 悲檢切 ; '漂', 紕招切 ; '憑', 皮氷切 ; '眉', 旻悲切. (中略) 脣齒音的產生還遠在第九世紀(或更早), 因爲白居易琵琶行已經把'婦'字押入遇韻(虞韻去聲)"(36字母는 비록 반드시 唐末의 것이라고는 할 수 없으나 적어도 北宋 때의 것이며, 곧 12세기 이전의 것이다. 36字母와 『切韻』 聲母의 주요한 분별은 (1) 脣音이 分化되어 重脣(雙脣)과 輕脣(脣齒)의 두 가지로 된 것이다. (中略) 脣音이 분화된 시기는 12세기보다 늦을 수 없다. 왜냐하면 ① 36자모는 반드시 唐末 宋初에 생산된 것이며, 36자모 중 非・敷・奉・微가 있으며 ② 『集韻』은 1037년에 이루어졌는데 『集韻』의 反切은 이미 雙脣切로 고쳐졌다. 雙脣의 예를 들면 '貶'은 悲檢切이고, '漂'는 紕招切이고, '憑'은 皮氷切이며, '眉'는 旻悲切이다. (중략) 脣齒音의 발생은 9세기(또는 더 일찍이)보다 더욱 멀다. 왜냐하면 白居易의 「琵琶行」에 이미 '婦'字를 愚韻(虞韻去聲)에 押韻하였기 때문이다.)(前書, pp109~115)라 하였다. 또 鄭再發의 『漢語音韻史的分期問題』에 이르기를 "近古早期 10世紀初到12世紀初. 特徵 a. 脣音分化爲輕脣音與重脣音, b. 非・敷合流, c. 莊・章系合流, d. 于・以兩母合流後, 又納入了影母, e. 濁聲母淸化, f. 入聲韻尾消失, g. 平聲分陰陽, h. 知系有合流於莊・章系的跡象."(근고조기는 곧 10세기초부터 12세기초까지이다. 이때

의 특징은 a. 脣音이 분화하여 輕脣音과 重脣音이 된 것, b. 非모와 敷모가 합류된 것, c. 莊모와 章모계가 합류된 것, d. 于모와 以모 兩母가 합류된 뒤에 또한 影모를 합친 것, e. 濁聲母가 淸化된 것, f. 入聲韻尾가 消失된 것, g. 平聲이 음양으로 분류된 것, h. 知母系가 莊母系와 章모계가 合流된흔적이 있는 것)(p.646)이라 하였다. 이밖에 『切韻指掌圖』와 『五音集韻』[24]에 의하면 『鷄林類事』 간행 이전부터 이미 '重脣'과 '輕脣'이 분류되었음이 명확하다.

輕脣音의 對音字 중 ㉜항과 ㉟항의 '不'을 제외하고는 모두 '首音節'이다. 李崇寧의 「脣音攷」에 의하면 한국어에 있어서 '首音節'은 본래 輕脣音이 없으며 모음의 사이 혹은 변음 아래에 있으며, 그 음가는 곧 '帶音兩脣摩擦音' [β]으로, 高麗 中葉부터 이 음운이 생성된 것이며, 鮮初에 이르러 소실되었다.[25] 또한 『訓民正音』에 이르기를 "○連書脣音之下, 則爲脣輕音者, 以輕音脣乍合而喉聲多也."(○는 아래에 이어쓰면 곧 脣輕音이 되는 것이며 이것은 가벼운 소리로써 입술이 잠시 합쳐서 목구멍소리가 많은 것이다.)(制字解)라 하였다. 鮮初에 訓民正音을 만들 때 이것 역시 '脣輕音'이라 하였으나 그 음가는 한자음에서 이르는 輕脣音과는 일치하지는 않았다. 羅常培의 『漢語音韻學導論』에 의하면 곧 '擦聲不帶音齒脣音' [f]라 일컬었는데 중국어음운상으로 보면 鮮初의 輕脣音 [β]는 역시 重脣音(雙脣音)에 속하였다.[26]

羅常培의 『梵文顎音五母之藏漢對音研究』에 의하여 對音梵文의 脣

---

24) 『五音集韻』 : 金나라 韓道昭의 편찬으로 전15권이다. 『天祿琳琅書目』에 이르기를 "改併五音集韻, 金韓道昭撰, 十五卷, 前昭兄道昇序 前書以字母分 此書以聲韻分排而每韻中亦各以字母分紐, 皆因其父孝彦未成之編, 續加修定者."(오음집운은 금나라 한도소가 고치고 아울러 편찬하였으며 15권인데 전면은 도소의 형 도승이 서를 쓰고 전서에서는 자모를 분배하고 이 책에서는 성운을 분배하여 매 운중 또한 각각 자모를 분류하였는데 모두 그 아버지 효언이 완성하지 못한 편을 근거로 하여 이어서 수정을 더한 것이다.) 이로써 효언이 편찬한 사성편해와 이 책의 관계를 알 수 있다.

25) 『音韻論研究』, pp.167~252(민중서관 간행, 1958년 11월 재판)를 참조.

26) 金完鎭의 『韓國語發達史』 上(고려대학교민족문화연구소편 한국문화대계V, pp.134~136, 1967년 5월)을 참조.

音을 고찰하면 다음 표와 같다.

여기에 인용한 脣音 5母를 重脣音과 輕脣音으로 나눌 수 있으며, ‘व(va)’母는 곧 輕脣音이고, 그 나머지는 모두 重脣音이다. 도표로 그 對音을 보면 그 표기상에서 역시 중순음과 경순음이 뒤섞여있다. 모든 번역문 중 惟淨의 『景祐天竺字源』은 『鷄林類事』와 시기상 서로 가까우며 또한 그 대음은 다른 번역문과 매우 다르다. ‘फ(p‘a)’의 대음 ‘發’에 대해서는 『集韻』에 ‘發’의 본래 반절음은 ‘方伐切’이고 『廣韻』과 같으므로 그 성모는 輕脣音이지만 『鷄林類事』 ㉖⑥항의 ‘簾曰箔[音發]’로 보면 당시의 독음은 경순음이 아니고 마땅히 중순음인 것을 여기에 인용한 『天竺字源』의 대음으로써 증명할 수 있다. 또한 高本漢의 『方言字彙』에 따르면 ‘發’의 汕頭지방의 讀音 역시 중순음 [p‘uat]인 것이 이로써 더욱 증명이 된다.

天城體梵書	作成年代(西元)	प	फ	ब	भ	म	व
羅馬字註音		pa	p′a	ba	b′a	ma	va
法顯譯大般泥洹經文字品	A.D. 417	波	頗	婆	婆[重]	摩	和
曇無懺譯大般涅槃經如來性品	414-421	波	頗	婆	濧	摩	咊
慧嚴修大般涅槃經文字品	424-432	波	頗	婆	重音婆	摩	和
僧伽婆羅譯文殊師利問經字母品	518	波	頗	婆	梵	磨	婆
闍那崛多譯佛本行集經卷十一	589-592	簸	頗	婆	嘙	摩	婆
玄應一切經音義大般涅槃經文字品	649	婆	頗	婆	婆[去]	摩[莫个反]	縛
地婆訶羅譯方廣大莊嚴經示書品	685	波[上聲]	頗	婆[上聲]	婆	摩 [上聲]	婆[上聲]

義淨南海寄歸內法傳 英譯本叙論	690-692	跛	叵	婆	䫈	麼	婆
善無畏譯大毘盧遮那成佛神變加持經百字成就持誦品	724	波	頗	摩	婆	麼	嚩
不空譯瑜伽金剛頂經釋字母品	771	跛	頗	麼	婆重	莽	嚩
不空譯文殊問經字母品	771	跛	頗	麼	婆去	莽鼻聲呼	嚩無可反
智廣悉曇字記	780-804	波鉢下反音近波我反	頗破下反音近破我反	婆羅下反輕音餘國有音麼	婆重音簿我反	麼莫下反音近莫可反餘國有音莽	嚩房下反音近房可反舊有音和
慧琳一切經音義大般涅槃經經辨文字功德及出生次第篇	788-810	跛波下反	頗陂我反	麼莫我反無鼻音一作嚒	啵波賀反去聲重	麼忙牓反鼻音一作莽	嚩無可反
空海悉曇字母釋義	806-835	跛	頗	麼	婆重上呼	莽	嚩
惟淨景祐天竺字源	1035	鉢	發	末	婆	摩	嚩
同文韻統天竺字母譜	1749	巴 邏阿切重脣繁	葩 鋪阿切重脣	拔 鋪阿切重脣緩	拔 拔哈切半脣半喉	嘛 模阿切重脣	斡 無阿切輕音

龍果夫의 『八思巴字與古漢語』27)에 의하면 『鷄林類事』와 脣音 對音字가 같으며 列擧하면 다음 표와 같다.(원문순서에 의거함)

27) 唐虞의 번역본(과학출판사간행, 1959년 11월)과 羅上培의 논용과부적 『팔사파자화고관화』(論龍果夫的 『八思巴字和古官話』) (나상배어언학논문집 pp.184~194, 중화서국간행 1963년 9월)를 참조.

字例	古漢語	古官話	八思巴字
馬	ma	ma	ma
彌	mjie̯	mi	mi
每	mu ə/ai	mue	mue
萬	mji̯wdn	van	wan
本	puən	pun	bu
門	muən	mun	mun
寶	pâu	pau̯	baw
母	mə̯u	muu̯	muw
菩	b'uo	b'u	pu
母	mji̯u	ɣu	wu
滅	mji̯ät	mie	me
伐	b'ji̯wdt	fa	hu̯a
不	puət	pu	bu 28)
木	muk	mu	mu
福	pji̯uk	fu	hu̯u

도표로 보면 [b]로써 [p]를 대음하고, [p]로써 [b']를 대음하고, [h]로써 [f]를 대음한 것은 그 음가가 꼭 맞지는 않지만 두 나라의 음운체계가 같지 않으므로 부득이 가장 가까운 음으로써 표기한 것이다. 『廣韻』과 『集韻』에 따르면 '不'은 '分物切'로서 곧 경순음인데 대음한국어로 미루면 경순음이 아니며 八思巴字의 대음으로 그 음가를 보면 『鷄林類事』의 擬測音은 [pu?] 인 것이 확실하다. 『皇極經世書』의 聲音倡和圖에서 周祖謨 씨에 따르면 이르기를 "音四爲等韻非敷奉微四母, 敷母雖未出字, 實與非母相同. 袁子讓熊士伯之說是也. 考非敷之讀同一類, 原不自宋始, 唐五代之際已然. 至其讀音, 或擬爲pf', 或擬爲f, 均無不可, 然以前後圖例考之, 當已讀爲摩擦音f. 若夫奉母本爲濁音, 今邵氏取父凡吠三字不分平仄而與非母相配, 其讀音蓋亦與非母無異

28) 그 표음에 의하면 마땅의 「무(毋)」자의 잘못이다.

矣. 非敷奉之後, 則爲微母兩類. 武晩尾爲上聲字屬淸, 文萬未爲平去二聲字屬濁. 李光地謂武晩尾爲敷之淸非是. 論其音値, 後一類當讀爲脣齒音ɱ, 與切韻音無異, 前一類則殆已由鼻音ɱ變爲口部摩擦音V. 其合口字或又竝摩擦音而失之矣. 此與疑母之演變相同."(音4는 等韻 非·敷·奉·微 4母이다. 敷母는 비록 나오지 않는 글자이지만 실로 非母와 서로 같다. 袁子讓과 熊士伯의 설이 옳다. 非·敷의 독음을 고찰하면 같은 類이고, 宋代부터 시작된 것이 아니라 唐, 五代 때에 이미 그렇게 된 것이다. 그 독음을 擬測하면 pf' 혹은 f로 모두 될 수 있으나 전후도표의 예로 고찰하면 마땅히 마찰음 f로 읽어야한다. 만약 夫·奉·母가 본래 濁音이었다면 오늘날 邵氏가 취한 父·凡·吠 3자는 平仄을 나누지 않고 非母와 서로 짝이 되어야 하며, 그 독음은 아마도 非母와 다름이 없었을 것이다. 非·敷·奉의 뒤에 곧 微母와 兩類로 된 것이다. 武·晩·尾母는 上聲字로 淸聲에 속하여 文·萬·未은 平去 二聲字이며 濁聲에 속한다. 李光地가 武·萬·尾를 일러 敷母의 淸聲이라고 한 것은 옳지 않다. 그 音價를 논하면, 뒤의 一類는 마땅히 脣齒音 ɱ으로 읽어야 하고 切韻 음과는 다르지 않으며, 앞의 一類는 곧 대체로 이미 鼻音 ɱ으로 인해 口部摩擦音 V로 변하였다. 그 合口字는 또 摩擦音과 어울려져서 消失되기도 하였다. 이것은 疑母의 變遷과 똑같다.)(前書, pp.231~232)라 했다. 이로써 宋代에는 비록 重脣과 輕脣이 분류되었으나 '非·敷·奉'母는 모두 不帶音 [f]였음을 알 수 있다.

요컨대 『鷄林類事』의 對音표기에서 重·輕脣音이 뒤섞인 까닭의 하나는 한국어에는 본래 輕脣音(脣齒音)이 없었음이고, 또 하나는 음운체계가 서로 같지 않은 것이며, 또 하나는 孫穆 자신의 方言을 썼기 때문이다.

(2) 韻類

譯語部의 전체 對音字를 16韻攝體系에 의해서 圖示하면 다음 표와 같다. (표내의 숫자는 「對音字 一覽表」의 번호를 표시한 것이다. 圖表의 음표는 周祖謨 씨가 擬測한 宋代의 汴京과 洛陽의 음을 표시한 것이다. 脣音用字는 모두 開口난에 열거하였다. 만약 『鷄林類事』 중 用例가 없을 때는 도표상에서 운율을 생략하였다. 도표 내의 한국음은 註解部로 귀납이 되도록 한 것이며 곧 대음한국어의 擬測音을 시도한 것이며 한국한자음의 聲母가 아니다. 괄호내의 음표는 周法高의 중고의측음이다.)

韻攝 \ 韻母 (四聲 / 開合)		平		上		去		入		備註
		開	合	開	合	開	合	開	合	
	果一	歌		哿		箇				
	1. 開 [ɑ]	8 阿 53 河 79 柯 104 珂 154 陀 164 駝 171 那 219 羅 220 囉					95 箇 276 作			※ [o] 韻 用 字 : (171)
	擬音	a, ɵ					a			a
	果二	戈		果		遇				
果攝	1.合[uɑ]				35 火 76 果 301 坐					
	擬音				ua					ua
	假一	麻		馬		禡				
	2. 開[a]	2 丫 16 鴉 24 耶 87 家 190 茶 238 車 242 蛇 269 査 271 沙 332 巴 375 麻		266 鮮 290 且 336 把 372 馬		6 亞 58 夏				※ [ja] 韻 用 字 : (24)
	擬音	a, ja		a		a				a

遇攝	遇一	模		姥		暮				
	1. 合[uo]		11 烏 54 胡 75 姑 102 枯 132 都 157 途 215 盧 313 蘇 319 酥 354 鋪 360 菩		69 古 141 土 213 魯 279 祖		81 故			※ [u] 韻 用 字 : (157) (313) (319) (54)
	擬音		o, u		o		o			u
	遇二	魚		語		御				*捒 : 按集韻 「筍勇切」 見注解 部.
	3. 開[io]	9 於		114 炬		273 捒				
	擬音	ə		ə						y
	遇三	虞		麌		遇				
	3. 合[iuo]		31 于 106 區 231 朱		225 乳 228 主		188 住 248 戍			
	擬音		u		ju		u			u
止攝	止一	支		紙		寘				*[jə]
	3. 開 A[il] B[ie] 3. 合 A[iu] B[iue]	25 移 184 知 217 離 224 兒 227 支 249 施 296 雌 387 皮 398 彌	384 觜	176 柅 291 此 357 婢	234 捶	23 易 90 寄 252 翅 48 戲 344 臂				
	擬音	i, jə	ui	i, ja	uei	i, ɯi				i, ʅ, ɿ
	止二	脂		旨		至				*[ɐ]韻用 字 : (310)
	3. 開 A[ili] B[iei] 3. 合 A[iui] B[iuei]	22 层 193 尼		191 雉 234 指 246 矢 310 死	245 水	99 利 230 至 292 次 112 器 341 祕 348 轡	93 愧			
	擬音	i		i, ɐ	ju	i	ui			I, ʅ, ɿ

止攝	止三	之		止		志				*[ə]韻 用字： (108) *[ɐ]韻 用字： (318) (267)
	3. 開[i]	108 欺 116 旗 260 時 304 慈 318 絲		72 伱 192 恥 200 李 201 里 205 理 211 裏 275 子						
	擬音	i, ə, ɐ		i		i, ɐ				i, ʅ, ʅ
	止四	微		尾		未				
	3. 開[iəi] 3. 合[iuəi]	5 衣 38 希 43 稀 92 幾 117 畿 385 緋 386 霏			88 鬼					
	擬音	i			uei					i, ʅ, ʅ
蟹攝	蟹一	咍		海		代				※[əi]韻 用字： (177) (111)
	1. 開[əi]	150 台 162 臺 178 能 203 來		41 海 168 乃 177 迺 280 宰 285 載 294 采		111 慨 325 賽				
	擬音	ai		ai, əi		ai, əi				ui, uei
	蟹二	灰		賄		隊				
	1.合 [uəi]		133 堆 281 崔		149 腿 183 餧 381 每		144 退 340 背 371 妹			
	擬音		oi		oi		oi			ui, uei
	蟹三					泰				
	1. 開[ɑi] 1. 合[uɑi]					94 蓋 130 帶 143 太 152 大 214 賴 181 婡	60 會			
	擬音					ai	oi			ui, uei
	蟹四	佳		蟹		卦				
	2. 開[æi]			345 擺		14 隘				
	擬音			ɐi		ɐi				

蟹攝	蟹五	皆		駭		怪				
	2. 開[ɛi]	78 皆								
	擬音	ɐi								ui, uei
	蟹六					夬				
						349 敗				
	擬音					ɐi				ui, uei
	蟹七	齊		薺		霽				※[i]韻用字：(173)(145) ※[ɐi]韻用字：(129) ※未詳：(80)
	4. 開[iɛi]	50 兮 110 溪 125 低 173 泥 311 西		127 底 145 涕 312 洒		80 計 103 契 129 帝 147 替 316 細				
	擬音	jəi, i		əi, i		jəi, ɐi				ui, uei
效攝	蟹八					祭				
	開 A iæi, B iai 合 A iuæi, B iuai					254 勢	324 歲			
	擬音					ai	oi			ui, uei
	效一	豪		晧		號				
	1. 開[ɑu]	120 敖 122 刀 359 袍 364 毛		37 好 347 寶 159 道		158 盜 376 帽				
	擬音	o		o		o				au, iau
	效二	宵		小		笑				※[ə]韻用字：(393)(395)
	3. 開[iɛu]	13 腰 118 橋 187 朝		244 少 393 吵 395 眇		257 燒				
	擬音	io		io, ə		io				au, iau
	效三	蕭		篠		嘯				
	4. 開[iɛu]			135 鳥						
	擬音			io						au, iau
流攝	流一	侯		厚		候				
	1. 開[əu]	216 螻		366 母						
	擬音	u		ou						ou, iu
	流二	尤		有		宥				※周氏云：非組u
	3. 開[iəu]	295 秋 389 浮		259 受		327 繡				
	擬音	ju		ju		ju				ou, iu

咸攝	咸一	覃		感		勘		合		※[ɐm]韻用字：(297) ※[ɐp]韻用字：(137)
	1. 開[əm]	175 南		101 坎 297 慘		12 暗		51 合 137 答		
	擬音	am		am, ɐm		am		ap, ɐp		am, iam
	咸二	談		敢		闞		盍		
	1. 開[ɑm]	68 甘 307 三				221 纜				
	擬音	am				ɐm				am, iam
	咸三	咸		豏		陷		洽		
	2. 開[æm]	196 喃								
	擬音	əm								am, iam
	咸四	銜		檻		鑑		狎		
	2. 開[am]	96 監		64 檻						
	擬音	am		am						am, iam
	咸五	鹽		琰		豔		葉		
	3. 開 A.[iæm] B.[iam]	30 鹽 229 占		251 閃				261 涉		
	擬音	jəm		əm				jəp		am, iam
	咸六	添		忝		㮇		帖		
	4. 開[iɛm]					174 念		27 楪		
	擬音							jəp		am, iam
深攝	沈一	侵		寑		沁		緝		※[ɯp]韻用字：(77)
	3. 開 A.[ilm] B.[iem]	119 吟 202 林 218 臨 308 心 330 尋		97 錦 256 審 299 寑				7 邑 77 急 113 及 198 立 209 笠		
	擬音	im		ɯm				ip, ɯp		im
山攝	山一	寒		旱		翰		曷		※[ɐt]韻用字：(126)(160)(179)(61)(62)
	1. 開[ɑn]	4 安 17 鞍				45 漢		61 蝎 62 褐 66 丐 91 割 105 盍 109 渴 126 妲 160 達 179 捺 326 薩 82 虼		
	擬音	an				an		at, ɐt		an, ian
	山二	桓		緩		換		末		※[oan]韻用字：(15) ※[ɐt]韻用字：(367) ※[oat]韻用字：(55)
	1. 合[uɑn]		161 團 363 盤		15 碗 138 短 378 滿				55 活 151 脫 350 撥 367 末 370 抹	
	擬音		an		oan an				oat at, ɐt	uan, yan

山攝	山三	刪		潸		諫		黠		
	2. 開[an]			337 板				331 八		
	擬音			an				at		an, ian
	山四	山		產		襇		鎋		
	2. 開[æn]			265 盞				63 轄		
	擬音			an				ɐt		an, ian
	山五	仙		獮		線		薛		※(396)蓋滅之誤. 見注解部
	3. 開 A[iæn] B[ian] 合 A[iuæn] B[iuan]	320 仙 346 鞭	302 泉	239 譂	107 捲			232 折 396 滅		
	擬音	jən	jən	an	ən			jət		an, uan ian, yan
	山六	元		阮		願		月		
	3. 合[iuɑn]						397 萬		32 曰 384 發 388 伐	
							an		oat	uan, yan
	山七	先		銑		霰		屑		
	4. 開[iɛn]	142 天 153 田 170 年 288 千						18 噎 180 捻 283 節 353 批		
		jən						jət		an, ian
臻攝	臻一	痕		很		恨				
	1. 開[ən]	85 根								
	擬音	ən								ən, iən
	臻二	魂		混		慁		沒		※[un]韻用字 ：(182) ※[ɐn]韻用字 ：(289) ※[ut]韻用字 ：(355)
	1. 合[iuən]		167 屯 212 論 314 孫 338 奔 368 門		333 本		139 頓 182 嫩 289 寸 322 遜 374 悶		84 骨 98 鶻 155 突 321 窣 355 孛 369 沒	
	擬音		on		on		on, un ɐn		ut, ot	uən, yən
	臻三	眞		軫		震		質		※[ɯn]韻用字 ：(49) (223) ※[it]韻用字： (1)(235)(243) (250)(390)(298)
	3. 開 A[iln] B[ien]	185 珍 222 人 241 神 247 身 264 眞 391 頻		306 儘		3 印 49 釁 223 刃		1 一 26 逸 72 吉 194 昵 235 質 243 實 250 室 274 率 390 弼 298 漆 335 必 356 筂 373 密		
	擬音	in		jən		ɯn, in		jət, it		ən, iən

臻攝	臻四	諄		準		稕		術		
	3. 合 A[iuln] B[iuen]		237 春				255 舜 282 進		309 戌	
	擬音		jun				jun		jut	uən, yən
	臻五	欣		隱		焮		迄		
	3. 開[iən]	39 欣 67 斤						73 吃 89 訖 100 乞		
	擬音	ɯn						ɯt		ən, iən
	臻六	文		吻		問		物		※[ɐn]韻用字：(47)
	3. 合[iuən]		47 勳 83 軍 115 裙				19 醞 33 員 42 訓		20 鬱 99 屈 382 不	
	擬音		un,ɐn				oən		ut	uən,yən
梗攝	梗一	庚		梗		敬		陌		※(339)柏蓋額之誤字，見注解部
	2. 開[aŋ]	36 兄 52 行 270 生 394 盲						339 柏		
	擬音	jəŋ								əng,ing
	梗二	淸		靜		勁		昔		
	3. 開[iæŋ]	258 成 262 盛						336 赤 329 席		
	擬音	jəŋ						jək		əng,ing
	梗三	靑		迥		徑		錫		
	4. 開[iɛŋ]	121 丁 293 靑 358 瓶		134 頂						
	擬音	iəŋ		iəŋ						əng,ing
曾攝	曾一	登		等		嶝		德		
	1. 開[əŋ]	136 登 166 滕						44 黑 131 得 334 北 207 勒 278 則 379 墨		
	擬音	ɯŋ						ək		əng,ing
	曾二	蒸		拯		證		職		※[ɯk]韻用字：(197)
	3. 開	29 蠅						186 陟 195 匿 197 力 240 食 263 側		
	擬音	ɯŋ						ik, ɯk		əng,ing
宕攝	宕一	唐		蕩		宕		鐸		
	1. 開[ɑŋ] 1. 合[uɑŋ]		黃 59						鶴 65 箔 361 謨 380	
	擬音		oŋ						ak	ang,iang
	宕二	陽		養		漾		藥		
	3. 開 2. [iaŋ]	21 羊 189 長 268 牀 300 鵝		28 養						
	擬音	jaŋ		jaŋ						ang,iang

	江一	江		講		絳		覺		
	2. 開[ɔŋ]	71 江						74 角 342 剝 351 朴		
	擬音	aŋ						ak		ang,iang
通攝	通一	東		董		送		屋		※[ɐk]韻用字 : (140)
	1. 合[uŋ]		34 雄 56 紅 128 東 163 銅 210 隆 377 蒙		156 動				10 屋 140 啄 206 鹿 208 陸 315 速 343 濮 352 扙 365 木 383 福	
	擬音		oŋ		oŋ				ok,ɐk	ung
	通二	冬		(湩)		宋		沃		
	1. 合[uoŋ]		123 冬							
	擬音		oŋ							ung
	通三	鍾		腫		用		燭		
	3. 合[iuoŋ]				273 捒				392 幞	
	擬音				ioŋ				ok	yung

1) 果攝

『經史正音切韻指南』[29]은 비록 '果'攝과 '假'攝을 분류했으나 위의 도표에서 兩攝의 對音을 귀납하여 보면 곧 果攝과 假攝은 동류이며 이것은 『四聲等子』[30] 및 『切韻指掌圖』와 일치한다. 果攝開口의 대

29) 『經史正音切韻指南』 : 元나라 至元2년(1336)에 劉鑑이 編纂. 劉序에 이른 것을 보면 "因其舊制, 次成十六通攝, 作檢韻之法, 析繁補隙, 詳分門類, 幷私述元關六段, 總括諸門, 盡其蘊奧 名之曰經史正音切韻指南 與韓氏五音集韻互爲體用, 諸韻字音皆由此韻而出也."(그 구제로 인하여 16通攝으로 하여 檢韻의 법을 하였으며 번거로움을 분석하고 부족함을 보충하여 자세히 부문을 나누고 아울러 육단으로 묶고 제문을 총괄해서 완벽을 다하여 이름하여 經史正音切韻指南이라 하고 韓氏의 『五音集韻』과 채용을 같이하고 諸韻字의 음은 모두 이 韻으로 말미암아 나온 것이다.)라 하였다. 이 책이 韓道照의 『五音集韻』을 저본으로 한 것을 알 수 있다.

30) 『四聲等子』 : 高仲華 선생이 편찬한 『四聲等子之硏究』(中華學苑 제8기, 國立政治大學中國文學硏究所 간행, 民國60년 9월)에 따르면 "四聲等子乃產生於龍龕手鑑之後 … 最早不能過於此時(宋 至道3年, 997年) … 四聲等子當卽作於智光之手, 或智光創始, 名五音圖式, 而後人又稍有訂正, 改名四聲等子, 然其體例之出於智光, 蓋無疑也."

음자 중 歌韻의 ‘那’와 麻韻의 ‘耶’를 제외하고는 모두 [a]로 귀납된다. 高本漢이 의측한 중고음에 따르면 開口1等은 [ɑ]이고 開口3等은 [a]이며, 前者는 深(grave)모음이며 後者는 淺(aigu)모음이며(『中國音韻學硏究』, p.460을 참조), 한국어의 음운체계에서는 모두 前舌母音 [a]이고 喉舌母音 [ɑ]이다.

開口1等의 ‘那’모음은 그 용례 (212)항의 ‘金曰那論歲’, (245)항의 ‘黃曰那論’, (312)항의 ‘索曰那’, (356)항의 ‘高曰那奔’에 따르면 그 대음 모음(vowels)은 모두 [O]이다. 또한 龍果夫의 『八思巴字興古漢語』[31] 및 『元史語解』[32]에 따르면 ‘那’의 대음도 모두 [no]인 것이 곧 한 증거이다. 開口2等 ‘耶’의 음가는 대음한국어 (283)항의 ‘盆曰鴉敖耶’, (287)항의 ‘盂曰大耶’, (291)항의 ‘沙羅曰戌羅亦曰敖耶)」로 보면 마땅히 [ia]이다. 高本漢의 『方言字彙』에 따르면 그 음가는 다음의 표와 같다.[33]

字例	耶	字例	耶
古音	ĭa	古音	ĭa
廣州	iɛ	太原	ie
客家	ia	興縣	iə
汕頭	ɛ	太谷	iɛ
福州	ia	文水	i
溫州	i	鳳台	ia
上海	ia	蘭州	ie
北京	iɛ	平涼	iə
開封	iɛ	西安	iɛ
懷慶	iɛ	三水	iɛ
歸化	ia	四川	ie
大同	ie	南京	ie

(四聲等子는 곧 龍龕手鑑의 뒤에 產生된 것이며 ……가장 빨라도 이때(宋나라 至道3년, 997년)를 넘을 수 없으며 四聲等子는 마땅히 智光의 손에서 이루어졌으며 혹은 智光이 창시한 것으로 五音圖式이라 명하였고 뒷사람이 또한 조금 정정하여 四聲等子라고 개명하였으나 그 體例는 智光에서 나온 것이 확실하다.)(pp.1~4)

31) 이 책의 p.31을 참조.

32) ‘那木, 忽思’[Nom-Qos](p.81)를 참조.

33) 『中國音韻學硏究』(p.550)를 참조.

도표로써 당시 孫穆이 사용한 方音은 곧 [ia]임을 알 수 있다. 이로써 미루어보면 같은 韻攝字는 모두 같은 擬測音이 되는 것으로 억측을 범하기 쉽다. 合口1等의 戈韻對音은 『切韻』과 鮮初 한자음과 서로 일치되므로 더 설명할 필요가 없다. 周祖謨의 『宋代汴洛語音考』와 서로 맞추어보면 『鷄林類事』 對音과 일치한다.

2) 遇攝

遇攝의 對音을 귀납하면 合口1等의 模韻은 [o], [u] 兩類에 귀납되는데, 예를 들면 ⑮항의 '今日曰烏捺', ⑱항의 '約明日至曰轄載烏受勢', ㉖항의 '來曰烏囉', ⑮항의 '井曰烏沒' 등이며, 鮮初語(註解部 참조)에 따르면 앞의 3항은 [o]이고 뒤의 1항은 [u]이다. 같은 字이면서 두 음이 있는 것은 대개 하나는 음운체계가 不同한 것이고, 하나는 孫穆이 '聽覺映像'(signifiant)의 분획이 확실치 않은 것이며, 하나는 중고시대음 [uo]음이 아직 완전히 소실되지 않은 것이다. 魚韻의 용례는 매우 적어서 다만 ⑭항의 '昨日曰於載' 뿐이며 鮮初魚에 의하면 곧 [ə]이나 그 의측음을 귀납하기 어렵다. 虞韻을 대음한국어로써 보면 모두 [u]로 귀납한다. 周祖模 씨에 따르면 "遇攝爲陰聲韻, 圖中未列入聲字, 依等子及指掌圖以屋沃燭三韻相承, 亦可證魚模二韻擬爲yu殆爲可信."(遇攝은 陰聲韻이며 도표 중 입성자에 배열되어 있지 않고 『等子』 및 『指掌圖』에 의하면 屋·沃·燭 3韻으로써 서로 이어지고 또한 魚·模 二韻을 의측하면 yu가 되는 것으로 거의 확신할 수 있다.)(前書, p.239)라 했다. 또 汴·洛 文士 詩의 分韻 및 오늘날 開封音에 따르면 "畝否部既讀爲-u而本攝模韻相協, 是模韻讀-u無疑也. 至於魚虞二韻, 則當讀y, u二類, 換言之, 卽知照非三組讀u, 餘讀y."(畝·否·部 석자의 音은 이미 -u로 읽으면서 本攝의 模韻은 相協하여 이 模韻이 -u로 읽힌 것이 확실하다. 魚韻·遇韻 二韻에서는 곧 마땅히 y, u의 두 가지 종류로 읽어야 하는데, 바꾸어 말하면 곧 知音·照音·非音 3組는 u로 읽고 나머지는 y로 읽는다.)(前書, p.250)라 했다. 『鷄林類事』의 의측음과 大同小異함을 알 수 있다.

3) 止攝

止攝開口의 대음자는 대음한국어에 따르면 거의 [i]에 귀납되므로 '支·脂·之·微'의 4韻을 구분하기 어렵다. 이 4韻의 합류에 관해서는 宋나라 吳棫의 『韻補』에 이르기를 "脂之微齊灰通."라고 말하고, 陸法言의 『切韻』 序에서는 "支章移切脂旨夷切…共爲一韻"이라 하였고, 北齊시대 顔之推의 『顔氏家訓音辭篇』에서는 "北人 … 以紫爲姊以洽爲押."[34]하고 또는 羅常培와 周祖謨의 공저인 『漢魏晉南北朝韻部演變硏究』에서는 "韻部分合的不同, 在西漢時期最顯著的是魚候合爲一部, 脂微合爲一部, 眞文合爲一部, 質術合爲一部."(韻部를 분합한 것이 같지 않고 西漢시기에 가장 뚜렷한 것은 魚侯가 합쳐서 하나가 된 것이고, 脂微가 합쳐서 하나가 된 것이고, 眞文이 합쳐서 하나가 된 것이고, 質術이 합쳐서 하나가 된 것이다.)(p.13)라 했다. 또한 이 책의 같은 페이지에 있는 도표의 표시에 따르면 『詩經』에서는 脂와 微를 二韻으로 했고, 西漢에 이르러서 합하여 하나가 되었다. 이로써 『切韻』에는 이미 합쳐졌을 뿐만 아니라 漢나라 이전에 확실히 합쳐서 같은 韻이 되었음을 알 수 있다. 그러므로 宋代의 『鷄林類事』는 그 대음이 [i]로 귀납되었음은 실로 타당하다.

周祖謨 씨에 따르면 "聲五四位兼括止攝支脂之微及蟹攝齊祭廢諸韻字. 考蟹攝之細音與止攝相合實自宋始. 其第一第三兩位爲開, 第二第四兩位爲合. 此雖分四位, 而音實相近也. 又圖中止攝精組字皆列爲一等, 其韻母必由i變而爲ɿ同時知組字亦必變而爲ʅ, 故今擬爲iɿʅ三類."(聲54位는 止攝의 支·脂·之·微 및 蟹攝의 齊祭廢의 諸韻字를 아울러 묶은 것이다. 蟹攝의 細音과 止攝을 서로 합친 것을 고찰하면 실로 宋代부터 시작된 것이다. 第一第三 兩位는 開口이고 第二 第四 兩

---

34) 周祖謨의 『顔氏家訓音辭篇注補』에 따르면(輔仁學智 제12권, 제1, 제2합기, 민국32년 12월 간행) 紙韻과 旨韻은 同韻이다.

位는 合口이다. 이들이 비록 四位로 나누어졌지만 音은 실로 서로 가깝다. 또한 도표 중의 止攝의 精組字는 모두 一等에 배열하였고, 그 韻母는 틀림없이 i가 변하여 ɿ로 되고 동시에 知組字도 변해서 ʅ로 된 것이다. 그러므로 이제 의측해보면 i·ɿ·ʅ 3류로 된 것이다.)(『宋代汴洛語音考』, p.239)라 했다. 이와 같은 변음현상은 『鷄林類事』에도 있는데 예를 들면 (267)항의 '事', (091)항의 '此', (292)항의 '次', (296)항의 '雌', (310)항의 '死', (318)항의 '絲' 및 (108)항의 '欺' 등 모두가 [i]에 귀납되지 않는다. 그 聲類에 의하면 牙音 '欺'를 제외하고는 '事'는 正齒音2等이고 기타는 모두 齒頭音이다. 高本漢 씨는 이르기를 "開口중 ʅ·ɿ·ɯ·ǎ·y·u 등 몇 개의 모음은 다만 마찰음 š(ž)와 s(z)의 뒤에 ('塞擦音 뒤'는 당연히 마찰음 뒤에도 포함되어야 한다) 한하여야 하고, 또한 이러한 聲母의 영향을 받을 때에만 일어나는 것이다."(前書, p.490)고 했다.

河野六郎의 『朝鮮漢字音의 硏究』에 따르면 慧琳의 『一切經音義』에서부터 이러한 현상이 일어난 것이다. 이로써 '齒頭音'(dental affricates and fricatives)과 '正齒音二等'(cerebral-affricates and fricatives)의 聲類 아래 [i] 韻母에서 [ə(ɐ)]로 변하는 것을 알 수 있다. 그 다음 '欺'운모가 (i)에 귀납되지 않는 것은 山田孝雄의 『國語中漢語之의 硏究』에 따르면 之韻 '其·期·碁'자는 吳音으로 [ko][35]가 되고 또한 廣州의 方音에 의거하면 '期'는 [hei][36]가 되니 이로써 宋代의 開封音이 [i]가 아님을 미루어 알 수 있다.

合口의 대음자에 대해서는 (284)항의 '觜', (93)항의 '愧', (234)항의 '捶', (88)항의 '鬼' 등이 대음한국어로써 보면 앞의 두 가지는 [ui]에 귀납되고 뒤의 두 가지는 [uei]에 귀납되며 周씨의 의측음과 일치된다.

---

35) 山田孝雄의 『國語中韓語의 硏究』, p.152(동경보문관 간행, 소화33년 11월 정정판)을 참조.

36) 『中國音韻學硏究』(p.561)를 참조.

4) 蟹攝

蟹攝은 비교적 복잡하여 대음한국어를 귀납해서 중고음과 대조하면 아래 도표와 같다.

開合 \ 等 / 韻		一等		二等			三等	四等
開口	韻類	咍	泰	佳	皆	夬	祭	齊
	中古音	əi	ɑi	æi	ɛi	ai	A iæi B iai	iɛi
	韓音	ai	ai	ɐi	ɐi	ɐi	əi	əi
合口	韻類	灰	泰				祭	
	中古音	uəi	uɑi				A iuæi B iuai	
	韓音	oi	oi				oi	

海韻의 '迺'와 代韻의 '慨'는 그 對音이 [əi]이며 기타는 거의 [ai]에 귀납되며 오늘날 방언에서도 별로 분별되지 않아 이로서 對音의 뒤섞임을 알 수 있다. 周씨에 따르면 "聲五四位兼括止攝支脂之微及蟹攝齊廢諸韻字. 考蟹攝之細音與止攝相合實自宋始."(聲54位는 止攝의 支·脂·之·微 및 海攝의 齊·廢의 諸韻字를 아울러 묶은 것이다. 蟹攝의 細音과 止攝을 서로 합친 것을 고찰하니 실로 宋代부터 시작된 것이다.)(前書, p.239)라 했다. 또한 이르기를 "以今音推之, 宋代蟹攝字當讀ai·uai兩類."(오늘날 음으로 미루면 宋代의 海攝字는 마땅히 ai, uai 두 가지로 읽어야 한다.)(동서, p.248)라 했다.

『鷄林類事』에 귀납한 의측음과 서로 가깝다.

5) 效攝

效攝의 대음자는 다만 開口가 있는데 대음한국어로 보면 1等 豪韻은 모두 [o]에 귀납하고 3等 宵韻과 4等 蕭韻은 거의 [io]에 귀납한다. 高本漢의 『方言字彙』에 따르면 歸化·大同·太谷·鳳台·蘭

州[37] 等地의 각 方音과 『鷄林類事』의 대음은 매우 부합된다. 周祖謨 씨의 擬測音은 [au, iau]이며 이와는 별로 부합되지 않은 것은 아마도 음운체계가 같지 않은 까닭일 것이다.

6) 流攝

流攝의 對音字는 매우 적어서 다만 6자인데 그중 4자는 한자어휘의 用字이다. 다만 厚韻의 開口1等 '毋'를 有韻의 開口3等 '受'로 미루면 前者는 [ou]이고 後者는 [iu]이다. 周祖謨 씨는 이르기를 "今音尤侯二韻非組讀-u, 侯韻其他各組及尤韻知組均讀爲-ou, 尤韻見精二組及泥紐與幽韻見幫兩組均讀爲-iu. 宋代當亦如是."(오늘날 음의 尤·侯, 二韻은 非組 -u로 읽어야 하고. 侯韻의 기타 각 組 및 尤韻의 知組는 모두 -ou로 읽어야 하고 尤韻의 見·精 二組 및 泥·紐와 幽韻의 見·幫 兩組는 모두 -iu로 읽어야 한다. 宋代에도 마땅히 이와 같았다.)(前書, p.251)라 했다. 『鷄林類事』의 대음과 서로 부합된다.

7) 咸攝

咸攝의 대음자는 모두 開口音이고 1등의 覃韻과 談韻은 거의 [am·ɐm·ap·ɐp]로 귀납되고, 2등 銜韻도 [am]에 귀납된다. 3등의 鹽韻과 添韻의 대음자는 매우 적어서 다만 '涉'과 '楪'으로 미루면 [iəm]일 것이다.

8) 深攝

深攝의 대음자는 다만 開口音의 3등 侵韻이 있을 뿐이고 대음한 국어에 따르면 거의 [im, ɯm·ip, ɯp]에 귀납된다. 金完鎭의 『國語音韻體系의 硏究』에 의하면 15세기 이전부터 한국어 중 [ɯ]모음은 곧 기본 7모음의 하나이다.[38] 그러므로 고려 때에도 이와 같았다.

37) 前書(pp.651∼661)를 참조

深攝의 對音字에서 [i]와 [ɯ]를 나누지 않았다. 중고음에는 [ɯm, ɯp]이 없었고 宋代에도 그 운모가 없었으므로 [im, ip]의 두 음운이 통용되었다. 周씨에 따르면 이르기를 "侵韻切韻讀-im, 後世方音多變爲-in, 而北宋洛陽語音蓋猶未變, 故邵氏爲圖獨爲一聲."(侵韻은 『切韻』에서 -im으로 읽었고 후세의 방음에서는 모두 -in으로 변하였는데 북송시대 낙양어음에서는 유독히 변하지 않았으므로 邵氏는 도표에서 하나의 음으로 하였다.)(전서, p.239)라 했다. 『鷄林類事』에서 귀납한 대음과 일치한다.

9) 山攝

山攝은 開口音과 合口音으로 나뉘며 開口1等의 寒韻 對音字는 曷韻의 '蝎·褐·丐'를 제외하고는 모두 [an, at]에 귀납된다. ⑥①항의 '蝎', ⑥②항의 '褐', ⑥⑥항의 '丐'는 對音韓國語로써 보면 앞의 하나는 [jet]이고 뒤에 두 개는 [ət]이다. 한국어의 '母音調諧'[39] 및 方言에 따르면서 '舐'의 선초어 [핥(halh)]로 미루어보면 고려 때에 위에 인용한 三字의 모음은 [ɐ]일 것이며 다른 모음과 서로 비슷하다. 2등의 刪韻과 山韻은 거의 [an], [at]에 귀납되며 중고음과 서로 부합된다. 3등의 仙韻과 4등의 先韻에서는 未詳한 것을 제외하고는 거의 [jən], [jət]에 귀납된다.

合口音의 1등 桓韻·3등의 元韻 대음자는 脣音의 聲母를 제외하고는 거의 [uan], [uat]에 귀납되며 중고음과 서로 부합된다. 脣音聲母가 그 合口性을 상실하고 [an]과 [at]가 된 것에 대해서는 앞에서 이미 서술하였으므로 여기서는 생략한다. 周祖謨의 의측음에 따르면, 역시 개구음 [an, ian]과 합구음 [uan, yan]으로 분류하여 『鷄林類事』와 서로 부합된다.

---

38) 이 책 (pp.2～44)을 참조

39) 『母音調諧』(vocal harmony) : 알타이계어에서 모음결구규칙의 하나인데 곧 모음을 양성과 음성으로 나누어 결합할 때 반드시 동류의 모음으로써 결합되는 것을 말한다. 李崇寧의 『母音調和硏究』(음운론연구, pp.3～164, 민중서관간행, 1958년 11월 재판을 참조)

10) 臻攝

臻攝은 開口音과 合口音으로 나누며 개구음의 1등 痕韻은 다만 '根'자뿐이며, 대음한자어에 따르면 그 韻母는 [ən]이다. 3등 眞韻의 대음자는, 대음한국어에 따르면 그 대음은 비교적 복잡하여 역시 深攝과 같은 현상이 있으며, 곧 [in]음이 [ɯn]이 되었으니 深攝을 참조. 3등 欣韻의 대음자는 모두 [ɯn], [ɯt]에 귀납된다.

合口音 1등의 魂韻 대음자는 대음한국어에 따르면 [on, ot]와 [un, ut] 두 가지로 나뉜다. 3등 諄韻의 대음자는 거의 [jun]・[jut]에 귀납된다. 3등 文韻은 그 대음이 일치하지 않으며 그중 [un]・[ut]의 대음은 비교적 많다. 周祖謨의 의측음에 따르면 개구음 [ən, jən]과 合口音 [uən, yən]으로 나뉘며 『鷄林類事』의 대음자와 서로 대조하면 다만 음운체계상의 차이가 있을 뿐이다.

11) 梗攝

梗攝은 合口音의 대음자가 없고 그 용례도 많지 않아 그중 아직 상세히 설명할 수 없는 것이 매우 많으므로 그 韻母를 귀납하기가 매우 어렵다. 다만 몇 개 어항의 대음한자어로 미루면 대개 [jəŋ]과 [jək]로 귀납된다. 周祖謨 씨의 의측음에 따르면 개구음은 [əng, ing]이고 『鷄林類事』와 약간 다르다.

12) 曾攝

『切韻指掌圖』에서는 曾攝과 梗攝을 하나로 합쳤으나 『經史正音切韻指南』에서는 2攝으로 나누었다. 대음한국어에 따르면 曾攝과 梗攝의 운모는 같지 않아서 2攝으로 나누었다. 曾攝의 대음자는 모두 개구음이고 대음 한국어에 따르면 [əŋ], [ək]으로 귀납된다. 職韻의 '匿'운모는 ㉜㉗항의 '去曰匿家八囉'로 보면 마땅히 [nik]이여야 한다. 高本漢의 『方言字彙』에 따르면 廣州와 福州 방음의 [nik][40]이며 이

40) 『中國音韻學研究』(p.719)를 참조.

와 일치한다. 周祖謨 씨에 따르면 이르기를 “惟曾攝蒸登兩韻轉入梗攝, 此爲宋以後之變音, 與四聲等子切韻指掌圖合.”(오직 曾攝의 蒸·登 兩韻만이 梗攝에 전입되었는데 이것은 宋 이후의 변음이며 『四聲等子』와 『切韻指掌圖』에 부합된다.)(전서, p.256)라 하였다. 그러나 『鷄林類事』를 보면 梗攝과 曾攝의 운모가 나누어졌음이 분명하다.

13) 宕攝

『切韻指掌圖』는 宕攝과 江攝을 합하여 하나로 하였으나, 『經史正音切韻指南』에서는 둘로 나누었다. 대음한국어로 살펴보면 宕攝과 江攝의 운모는 차이가 없으므로 두 攝이 합하여 하나가 된다. 宕攝은 개구음과 합구음으로 나누고 개구음의 1등 唐韻과 2등 江韻은 거의 [aŋ], [ak]에 귀납된다. 합구음의 1등 唐韻의 대음자는 다만 두 개가 있을 뿐인데 아직 미상이지만 [jaŋ]일 것이다. 3등 陽韻은 대음한국어로 보면 [iaŋ]에 귀납되고 중고음과 같다. 周祖謨 씨의 의측음에 따르면 개구음 [ang, iang]과 합구음 [uang]으로 나뉜다. 『鷄林類事』와 일치한다.

14) 通攝

通攝의 대음자는 모두 합구음이며 1등의 東韻과 冬韻이 모두 [oŋ], [ok]에 귀납되며 3등의 鍾韻은 ⑫항의 ‘桃曰技㯮’으로 보면 그 韻母는 마땅히 [ioŋ]이다. 周祖謨 씨의 의측음에 따르면 東韻은 [ung]이고 鍾韻은 [yung]인데 이것은 음운체계상의 차이일 뿐이다.

(3) 韻尾

중고시대 한자음의 韻尾를 羅常培와 河野六郞[41]에 의거하여 圖示하면 다음과 같다.

<table>
<tr><th>分別
陰陽</th><th colspan="2">韻尾</th><th>韻攝</th><th>平上去</th><th>入</th></tr>
<tr><td rowspan="3">陰韻</td><td colspan="2">無韻尾</td><td>果(假)遇</td><td>ø</td><td rowspan="3"></td></tr>
<tr><td colspan="2" rowspan="2">元音收尾</td><td>止蟹</td><td>i</td></tr>
<tr><td>效流</td><td>u</td></tr>
<tr><td rowspan="3">陽韻</td><td rowspan="3">輔音
收尾</td><td>收脣</td><td>咸深</td><td>m</td><td>p</td></tr>
<tr><td>收</td><td>山臻</td><td>n</td><td>t</td></tr>
<tr><td>鼻</td><td>梗曾宕(江)通</td><td>ng</td><td>k</td></tr>
</table>

陰韻 중의 果攝・遇攝 [ø]은 다만 主母音(principal vowel)은 있지만 韻尾(final)가 없다. 止攝・蟹攝의 [i] 韻尾를 대음한국어로 보면 合口三等의 용례 중에서 '觜・捶・愧・鬼'의 [i] 韻尾는 비교적 분명히 나타나지만 開口音의 대음자 중에 '齒頭音'(dental affricates and fricatives)과 '正齒音二等'(cerebral affricates and fricatives)의 아래 [i]韻母를 제외하고는 모두 [i]韻尾가 있으나 對音韓國語 중에는 主母音과 韻尾를 구별하기 어려운 것이 있다. 蟹攝의 용례 중 [i]韻尾는 매우 확실하여 오늘날 한국어에서 [ㅐ(ɛ)] [ㅔ(e)] [ㅚ(ø)]는 비록 單母音이지만 鮮初 한국어 및 방언에서는 그 발음이 실제로는 重母音이며 곧 운미가 모두 [i][42]이다. 效攝과 流攝의 대음한국어 역시 [u]운미를 추출하기 어려운데 한국어는 중국어와 달라 역시 二重・三重母音의 중모음어가 아니고 모음생략 및 '收約'(contraction), '重音脫落'(haplology) 등 '單母音化'(monophtongaison)性이 강세인 언어이기 때문이다.

---

41) 『漢語音韻學導論』(p.53)을 참조. 河野六郞의 『朝鮮漢字音의 硏究』(pp.132～138)
42) 許雄의 『言語學槪論』(p.250)을 참조.

陽韻의 咸攝과 深攝의 韻尾 [m]에 대해서는 대음한국어에 의하면 單音節 및 最後音節 對音字가 ⑧①항의 '雌曰暗', ⑤항의 '風曰孛纜' 등과 같이 거의 대음한국어와 일치하지만[43] 2음절의 사이의 [m]의 운미는 표기상 뒤섞임이 있으니, 예를 들면 ㉛항의 '皂衫曰珂門'은 '黑'의 한국어 [감온]이며 대음은 '珂門'인데 前音節의 韻尾 [m]이 後音節로 옮기어 그의 초성이 된 것으로, 이것은 이른바 '語叢'(systagme) 중 '同化作用'(assimilation)이다. 또한 ⑶⑩항의 '柴曰孛南木'의 '木' 入聲韻尾의 유무에 대한 敍述은 뒷날로 미룬다. 여기에서 먼저 [m]의 운미를 논하면, '木'의 한국어는 [나모]인데 '南木'으로 대음하면서 발음할 때 [나모]로 하였다. 이로써보면 '南'의 [m] 운미는 불필요하게 덧붙인 발음이며 이 또한 '連音變讀'(sandhi)현상으로 梵語 [nāma]를 '南無'로 번역한 것과 같은 이야기이다.

山攝과 臻攝의 [n]운미 역시 [m]운미와 같은 현상이 있는데 예를 들면 ①항의 '天曰漢捺', ㉟항의 '針曰板捺'이 있다. '天'의 한국어는 [하놀]이고 '針'의 한국어는 [바놀]이다. 그러므로 '漢·板'의 [n]운미는 모두 불필요하게 덧붙인 발음(衍音)이다. 이러한 衍音의 표기현상은 한국인의 古文獻 중에서도 그 예를 볼 수 있는데 이것은 '具體音'(signifient)에 의해서 표기한 것이므로 音理上에도 잘못이 없다.

梗·曾·宕·通攝의 운미 [mg]는 오직 자음상에만 문제가 있는데 예를 들면 ㉓항의 '五曰打戌', ⑳③항의 '煖酒曰蘇孛打里', ⑳⑤항의 '勸客飲盡食曰打馬此', ㉜⑤항의 '走曰連音打', ㉝④항의 '繫考曰室打里', ⑩②항의 '乘馬曰轄打' 등인데 대음한국어에 따르면 '打'의 음은 모두 [다(ta)]이다. 그러나 『廣韻』·『集韻』 및 『類篇』 중에는 그 反切音이 모두 [ng]운미인데, 『六書故』에서는 '都假切'로 되어 있다. 『中原音韻』에는 上聲家麻韻에 배열되어 있고, 張漢의 重校本 『中州音韻』에는 '當雅切'(家麻韻上聲)로 되어 있는데 곧 『切韻』系 音韻과는 같지 않다. 이로써 미루어보면 宋代의 韻書 및 字典 중에는 비록 '打'가

43) 對音의 韓國語와 맞지 않는 예 : ⑮항의 '鬼曰幾心' 註解部의 제15항을 참조.

梗攝으로 되어 있지만 당시의 음가는 이미 [ng]운미가 없었던 것이 명확하다.[44]

『鷄林類事』의 역어부 중 '入聲韻尾'는 가장 해석하기 어려운 것이다. 과거 『鷄林類事』의 연구자 중 入聲韻尾에 대해서 논급한 사람은 적지 않으나, 지금까지 정론이 없다. 그 까닭이 어디에 있는가? 약술하면 다음과 같다.

하나는 당시 舌內入聲韻尾 [ㄷ(t)]이 [ㄹ(r)]로 변한 것이 아닐까?

또 하나는 당시 喉內入聲韻尾 [ㄱ(k)]의 존재여부가 아닐까?

또 하나는 脣內入聲韻尾 [ㅂ(p)]의 존재여부가 아닐까?

1) 舌內入聲(혹은 抵齶入聲)

舌內入聲에 관해서 李基文씨는 이르기를 "鷄林類事의 표기가 매우 혼란하므로 부득이 예외를 인정해야 하는데 語末舌內入聲字의 예를 보면 그 운미가 송대의 음은 곧 [ㄹ(r)]임을 단정할 수 있다."(『鷄林類事의 再檢討』, p.225를 참조.)라 하였다. 이밖에 朴炳采씨는 비록 李基文씨의 설을 인용해서 舌內入聲이 [ㄷ(-t)〉ㄹ(l)]의 현상을 주장하였으나, 그 관점은 李基文씨와 같지 않다. 朴炳采씨의 주장에 따르면 舌內入聲의 대음한국어는 예를 들면 ⑰항의 '花曰骨', ㊎항의 '猪曰突', ⑫항의 '舌曰蝎', ㊚항의 '箸曰折' 등이 곧 고려 때의 韻尾 [ㄹ(l)]인데 [ㄷ(t)]로 변하였거나 默音化된[45] 것이다.

요컨대 李基文씨는 주장하기를 宋代의 '骨'의 음은 [골(kor)]이고, 朴炳采씨의 주장은 '花'의 한국어는 [곧(kot)]인데 고려 때에는 실제로 [골(kol)]이었으니 아주 다르다.

여기서 먼저 舌內入聲對音字를 뽑아서 분류하면 다음과 같다.

44) 칼그렌이 이르기를, 打遍-taŋ, 其餘方言(跟上海文言音) 讀的好像古音是ta.(전서, p.635)를 참조.

45) 朴駢采의 前書 (pp.274~276)를 참조.

① 대음한어는 마땅히 [ㄹ(l)] 종성이어야 한다.

① 漢捺, ③ 姐, ⑫ 率, ⑰ 孛, ⑳ 途孛, ㉕ 一急, ㉘ 噎, ㉙ 戌沒, ㉚ 實漢, ㊷ 占沒, ㊺ 烏捺, 54 轄希, 56 孛, 58 突, 59 沒, 65 烏沒, 101 末, 107 水脫, 118 蛇鋪, 154 丫姐, 155157 寶姐, 161 訓鬱, 162 次鬱, 181 撥, 186 漢菩薩, 187 田菩薩, 188 密, 191 酥孛, 208 泥根沒, 209 時根沒, 213 區戌, 230 褐子帶, 232 尼不, 239 板捺, 241 實帶, 242 實, 252 沒涕里, 253 雌孛, 256 抹, 266 發, 288289 戌, 290 折, 296 割, 300 末鞍, 304 活, 305 薩, 310 孛南木, 314 活素, 315 乞鋪, 316 乞核薩, 331 移室, 350 移實, 351 烏不實.

② 아래음절 [ㄹ(r)]의 初聲으로 인하여 舌內入聲을 취한 것

④ 屈林, ⑤ 孛纜, 74 渴來, 116 批勒, 117 割稂袍, 195 畿[入聲]林, 291 戌羅, 317 乞林, 348 薩囉.

③ 대음한어가 마땅히 [ㄷ(t)]종성으로 된 것

㉓ 打戌, ㉔ 逸戌, ㊶ 占捺, 67 骨, 174 沒, 172 蝎, 247 質背, 272 渴, 273 必, 284 窣.

④ 아래음절 초성이 설두음 및 치두음으로 된 것으로 인하여 설내입성을 취한 것

㉔ 逸戌, ㉖ 逸答, ㉝ 逸舜, ㉞ 逸短, ㉟ 逸頓, ㊷ 捻宰, ㊸ 訖載, ㊻㊽ 轄載, 102 轄打, 103 渴翅, 166173174 捺翅, 182183 鹽骨眞, 193 密祖, 261 質薦, 271 孛采, 297 割子蓋, 334 室打里, 337 沒審, 339 密翅, 357 捺則, 359 昵低.

⑤ 기타 미상한 것

110 必, 178 腿馬末, 190 麻帝骨, 267 活黃, 282 吃, 298 節, 323 乞寢.

이처럼 한국어의 終聲 [ㄷ(t)]와 [ㄹ(l)]은 모두 舌內入聲字로 표기하였으므로 그 해석이 일치하지 않는다. 위에 인용한 글자 중에서 오직 ①②류의 말대로만 한다면 어쩌면 李基文씨의 설에 흡사할 수 있으나, ③④류에서는 일치하지 않는다. 반드시 宋代의 음운을 상고하지 않고는 곧 그 모순점을 발견할 수 없다. 李基文씨의 송대 [t]가 변하여 [r]운미로 되었다는 설에 따르면 아마도 羅常培 씨의 唐・五代 때의 西北方言에서 나온 것이다. 羅常培씨는 이르기를 "'山' '臻'兩攝入聲收聲的演變在唐代西北方音裏應該經過-d〉 -ð〉 -r的歷程, 不過到了 現代西北方音連這個-r也變的沒影兒了."(山攝・臻攝의 두 攝은 入聲・收聲의 변천이 唐代의 서북방음에서는 당연히 -d〉 ð〉 -r의 歷程을 거쳤을 것이나, 현대에 이르러서는 이 -r조차도 변하여 그 자취마저 없어졌다.)(前書, p.62)라 하였다. 羅씨는 또 이르기를 "四種漢藏對音材料, 我們已然可以約略考見唐五代間的西北方音系統, 而開蒙要訓的注音可以代表後唐明宗時代的燉煌方音, 尤其沒有疑義. (中略) 幾種藏譯漢音的寫本大概都是吐蕃佔據隴西時代爲學習漢語的方便而作的, 所以應該是唐代宗寶應二年(A,D. 763)到唐宣宗大中五年(A.D. 857)之間的東西. 從發見的地域看, 牠們所譯寫的語言似乎就是當時沙州或沙州附近流行的方音."(四種의 漢・藏對音자료는 우리들이 이미 그러한 것을 대략 唐・五代간의 서북방음계통에서 고찰하였는데 『開蒙要訓』의 注音이 後唐 明宗(925~933)시대의 燉煌방음을 대표할 수 있음을 의심할 바가 없다. (중략) 漢音을 티베트語로 번역한 몇 種의 사본은 대부분 토번(티베트)이 隴西를 점거한 시대에 중국어를 학습하기 위하여 편리하게 만든 것인 까닭에 응당 唐나라 代宗의 寶應 2년(763)에서 唐나라 宣宗의 大中5년(857)에 이르기까지 사이의 자료일 것이다. 발견된 지역으로 보면 그것들은 번역되어 베낀 언어로써 곧 당시 沙州 혹은 沙州 부근에서 유행된 방음인 것 같다.)(前書 pp.13~15)라 했다. 이로써 8세기부터 10세기 사이에 서북방음에서 入聲韻尾 [t]가 [r]로 변한 것을 알 수 있다. 이 시기와 孫穆의 생존시의 사이가 별로 멀지 않으므로, 李基文씨는 오직 羅씨가 말한 바에만 근거하여 이와 같이 주장한 것이나, 실은 꼭 그런 것은 아니다. 羅씨가 일찍이 "語音的演變, 空間性的差異比時間性的差異較大."(어음의 변천은, 공간적 차이가 시간적 차이보다 비교적 크다)고 말한 것은 매우 옳으며 더욱이 당시 교통은 오늘날과 같지 않았으며, 沙州와 汴京(開封)은 서로 거리가 매우 멀었을 뿐만 아니라 또한 고산준령으로 두 지방이 가로 막혀서 공간적인 영향을 크게 받았다. 羅씨가 말한 "幾種藏譯漢音的寫本 … 爲學習漢語的方便而作的."(몇 가지 西藏語로 중국음을 번역한 사본이며… 중국어를 학습하기 위하여 편리하게 만든 것)에서 그 표기가 곧 西藏語의 음운체계에 의해서 대음한 것임을 추측할 수 있으며 한국한자음 중의 舌內入聲字가 실은 한국어음운체계에 근거해서 모두 [ㄹ(ㅣ)]운미로 변한 것과 같다는 것을 이로써 증명할 수 있다. 이밖에 古官話의 변천으로 보면 宋代 汴京 음의 舌內入聲 [t]가 [r]로 변했다고 하는 설을 믿을 수가 없다.

羅씨가 주장한 중국어의 入聲과 收聲의 변천과정을 인용하면 다음과 같다.

上古音	中古音	近代音
-b-d*-g〉 *-β*-ð*-ɣ〉	無收聲之陰韻	→ 全國方言
		→ 廣州, 客家, 汕頭, 厦門
	→ -p-t-k	
-p-t*-k		→ 吳語-ʔ
	→ -b-d(-r)-g〉 -β-ð(-r)-ɣ	→ 官語, 西北方言等

羅씨는 이르기를 "照這樣假設, 那麽上古音的入聲收聲便應該有帶音的跟不帶的兩套, 帶音的*-b, *-d, *-g比較容易丟掉或變成部位相近的元音, 所以在中古時代就漸漸的消滅了, 不帶音的*p, *-t, *-k 在中古

時代大部分方音還都照樣的保存着, 但是有一部分方音却變成帶音的-b, -d(r), -g—現在所討論的四種藏音就是屬於這一系的."(이 가설에 따르면, 그러한 상고음의 入聲, 收聲이 응당 帶音과 不帶音의 두 가지가 있었는데, 帶音의 *-b, *-d, *-g는 비교적 쉽게 떨어져 나갔거나 또는 변해진 부위가 모음에 가까워진 까닭에 중고시대에는 점점 소멸되었고 不帶音의 *p, *-t, *-k는 중고시대의 방음 대부분이 아직도 모두 보존되었으나 일부분 방음은 오히려 帶音의 -b, -d(r), -g—로 변하여 현재 토론하고자 하는 4종의 西藏音은 곧 이러한 계통에 속하는 것이다.)(前書, pp.68~69)라 했다.

羅常培 씨는 비록 근고음은 언급하지 않았으나 위에 인용한 글과 도표로 보면 帶音系는 중고시기에 소멸하기 시작해서 宋代에는 이미 無收聲의 陰韻으로 변하였고, 不帶音系는 近古時에, 일부 方音은 곧 [-p, -t, -k]를 보존하고, 일부 方音은 [-β, -ð(r), -ɣ]으로 변하였다. 羅씨의 말이 비록 일반 음운체계에서는 매우 타당하지만『鷄林類事』대음으로써 귀납하면 의문이 없는 것도 아니다.

위에 인용한 舌內入聲의 用字 중에 제①류는 예를 들면 ㊻항의 '火曰孛', ㊾항의 '水曰沒', ⑩①항의 '馬曰末' 등이고, 이 '火·水·馬'의 한국어는 高麗以前부터 지금까지 계속 [ㄹ(l)] 終聲을 보존하고 있는데, 이로써 [t]가 [r]로 변하였다고 잘못 말하기 쉬우나, 이와 같은 주장은 아마도 對音韓國語와 그 對音字가 같은 音價로 여긴 것인데 실은 꼭 그런 것이 아니다. 宋代에는 본래 [l(r)]의 韻尾字가 없었는데, 만약에 舌內入聲을 쓰지 않는다면 '火·水·馬'의 한국어를 표기할 수 없어서 부득이 가장 비슷한 音字로써 쓴 것을 조금도 의심할 수 없다. 만약 [t]가 [r]로 변한 것을 취한다면, 비록 한국어 [ㄹ(l)]終聲에 부합되지만 제③④류의 용자에서는 있어서 그 모순을 볼 수 있는데, 예를 들면 ㊼항의 '花曰骨', ㉘④항의 '扇曰孛', ⑲③항의 '醬曰密祖', ㉝항의 '六十曰逸舜' 등이며. 제③류의 '花·扇'의 한국어는 예로부터 지금까지 계속 [ㄷ(t)]終聲을 보존하고 있고, 제④류의 '醬·六十'의 한국어 역시 모두 終聲이 없다. 더욱이 '醬'의 한국어는 한국어와 동계의 日本, 滿洲[46]에서도 終聲 [l]이 없다. 그러나 舌內入聲字를 쓴 것은 무슨 까닭일까? 李基文 씨와 朴炳采 씨가 [r]韻尾 및 [l]終聲을 주장한 것을 부정할 수 있는 근거의 關鍵이 제④류의 用字에 있다. 그 用字의 歸納으로 그 아래의 音節이 모두 '舌頭音' 및 '齒頭音'의 初聲字인 것을 볼 수 있다. 孫穆이 '單音節'(monosyllabic)의 '孤立語'(isolating)에 처음 듣는 多音節의 連音 '接合語'[47](agglutinative)를 맞추면서 그 音節을 분변하기 어렵고 더욱이 그 音韻體系를 알지 못하고 그 語源 및 '構造'(sentence-construction)를 모르는데 어휘의 '提供者'(informant)도 역시 문법의식이 없고 오직 '聽覺映像'(signifiant)에 根據해서 표기했을 뿐이다.

제④류의 入聲이 [r]음이 아닌 까닭을 圖示하면 다음과 같다.

漢語	韓語		聽覺映像	對音
	標記	發音		
醬	*mi-tsu	[mitsu]	mi(ts)tsu	密祖
六十	*jə-sjun	[jəsjun]	jə(s)sjun	逸舜
八十	*jə-ton	jəton	jə(t)ton	逸頓

한국어휘의 結構상으로 말하면 [mi], [jə]의 대음인 '密'과 '逸'의 入聲韻尾는 모두 덧붙인음(衍音)인데, 그러나 청각영상으로 이와 같은 표기를 한 까닭을 알 수 있다. 이 또한 '連音變讀'(sandhi)현상이다. 兪敏의 『古漢語裏面的連音變讀(sandhi)現象』에서 이르기를 "『爾雅』釋語 '科斗, 活東'. 『釋文』說 '活東', 謝施音括 舍人本作'顆東'. 案'顆東'在漢朝的讀法是[k'uatuŋ]. 顆字到了郭注的本子裡成活[k'uat], 這

46) 註解部 제⑲항을 참조.
47) 韓國語는 비록 每音節 단위로 표기하지만 실제는 발음할 때에 그 음절을 나누지않으므로 衍音變讀(sandhi)현상이 많다.

甭提, 又是老例嘍! 公式 : —k'uatuŋ—k'uattuŋ"(爾雅의 釋語에서 科斗는 活東이다 라고 하였다. 또 釋文에 말하기를 活東은 謝와 施의 음을 묶은 것이고, 舍人은 본래 顆東이라 하였다. 풀이하면 '顆東dml 漢나라 때 독법은 [k'uatuŋ]이다. 顆字를 郭注에서는 [k'uat]이라 하였는데, 이를 言及할 필요는 없으며 일반적으로는 -k'uatuŋ-k'uattuŋ이다.)(『燕京學報』 第35期, p.48 참조)라 했다. 제④류의 용례는 모두 舌頭音 [t]에 均合되고 齒頭音 [ts], [s] 3종에 歸納되므로 제1음절의 韻尾는 응당 [t, ts, s]와 同類音인데 그 이유를 圖示하면 다음과 같다.

mi(ts)tsu → miˀtsu, mirtsu
jə(s)sjun → jəˀsjun, jərsjun
jə(t)ton → jəˀton, jərdon

제1음절의 韻尾를 [ˀ]로 假設하면 그 韻尾와 聲母 [ts, s, t]는 서로 부합된다. 만약 [r]로 假設하면 그 聲母와 不合되면 원래 對音韓國語와 다르게 造成된다. 예를 들면 '密祖'의 음은 [miˀtsu]로 발음해야 하고 한국인은 모두 그것이 '醬'인 것을 알지만 만약 [mirtsu]로 쓰면 한국인들 모두 분별하지 못한다.

제②류의 용례는 예를 들면 ④항의 '雲曰屈林', ⑤항의 '風曰孛纜', ⑶⒄항의 '畫曰乞林' 등인데 鮮初韓國語로써 '雲 · 風 · 畫'의 제1음절은 모두 [ㄹ(l)]종성이 없다. 다만 그 對音字를 모두 舌內入聲字로 하여 圖示하면 다음과 같다.

雲 → *ku-rim[kurim] → kuˀlim → 屈林
風 → *pa-rɐm[parɐm] → paˀlɐm → 孛纜
畫 → *kɯ-rim[kɯrim] → kɯˀlim → 乞林

다만 한국어의 구조 [ku, pa, kɯ]의 對音으로만 말하면 곧 '屈 ·

孛・乞'의 入聲韻尾는 모두 덧붙인음(衍音)인데, 오직 連音變讀現象으로만 말하면 그 표기는 매우 정확하다.

종합컨대 北宋末의 舌內入聲韻尾를 추측할 수 있으니, 아마도 聲門閉鎖音 곧 [ʔ]음 것이며 결코 流音 [r]은 아닐 것이다.

2) 喉內入聲(또는 礙喉入聲)

譯語부분 중의 喉內入聲字를 분류하면 다음과 같다.

① 對音韓國語는 마땅히 [ㄱ(k)]終聲으로 된 것

⑫ 枝揀, ⑻ 啄, ⑾ 批勒, ⑿ 丐剝, ⒅ 謨做, 302 濮, 342 得, 346 力斤, 357 捺則, 261 質薦

② 아래 음절의 [ㄱ(k)]초성으로 인해서 喉內入聲을 취한 것.

⑻ 渴則寄, 154 索記, 321 阿則家囉, 327 匿家八囉, 313 那木皆

③ 對音韓國語가 終聲이 없는 것

133 水作, 316 乞核薩, 319 作之

④ 漢字語彙의 用字인 것

⑭ 陸橋, 53 北, 88 鶴, 100 鹿, 105 角, 129 福田, 226 幞頭, 248 黑, 249 赤, 260 藤席, 263 食床, 295 墨, 266 268 箔, 318 額子(柏子)

⑤ 기타 未詳인 것

⑩ 霍, 153 陟臂, 206 蘇孛速, 219 速, 240 木蓋, 332 屋裹坐少時

제①류의 用字는 예를 들면 ⑫항의 '桃曰枝揀', 116항의 '蚤曰批勒'인데, '桃, 蚤'의 韓國語는 鮮初이래로 文獻語 및 方言 중에 비록 그 모음이 크게 변함이 있으나 여전히 終聲 [ㄱ(k)]를 보존하고 있다. 그 종성은 곧 '內破音'(implosive)이므로 北宋末의 '枝, 勒'의 韻尾는 곧 喉內入聲인 것이 확실하다.

제②류의 用字는 예를 들면 ⑧⑦항의 '鵲曰渴則寄', ③②①항의 '坐曰阿則家囉', ③②⑦항의 '去曰匿家八囉'인데 鮮初이래의 文獻 및 각 方言에 따르면 그 한국어를 다음과 같이 擬測할 수 있다.

鵲	→	*ka-tsɐ-ki[katsɐki]	→	katsɐ(k)ki	→	渴則寄
坐	→	*a-tsɐ-ka-ra[atsɐkara]	→	atsɐ(k)kara	→	阿則家囉
去	→	*ni-ka-pa-ra[nikapara]	→	ni(k)kpara	→	匿家八囉

한국어의 音節結構上으로 말하면 [tsɐ], [ni]의 대음 '則·匿'의 韻尾 [k]는 덧붙인음(衍音)이지만, 連音變讀現象으로 말하면 그 표기는 매우 부합되며, 이로써 더욱 당시 喉內入聲韻尾를 보존하고 있었음을 증명할 수 있다.

제③류 對音의 用字는 예를 들면 ②⑤④항의 '尺曰作', ③①⑩항의 '柴曰孛南木', ③①⑨항의 '寢曰作之' 등인데 鮮初이래의 文獻 및 方言을 살펴보면 거기에서 한국어의 終聲 [ㄱ(k)]는 볼 수 없으니, 곧 모두 終聲이 없어졌다. '作'의 反切音은 『廣韻』, 『集韻』에서 入聲을 제외하면 역시 去聲이 있으므로, 去聲으로써 해석하면 그 대음과 한국어는 일치한다. 王了一의 『漢語史稿』에 이르기를 "駢詞是每一時代都可能産生的. 例如'作'字在唐代有兩種讀音: tsɑk, tsɑ[48], 稍後變爲 tsɔk, tsɔ. 後人爲求分別, 索性造一個'做'(tsɔ)字. '作' '做'顯然是駢詞."(駢詞는 시대마다 모두 생산될 수 있다. 예를 들면 '作'字는 唐代에 두 가지 종류의 독음이 있는데 tsɑk, tsɑ이며, 조금 뒤에 tsɔk, tsɔ로 변하였다. 後人이 분별하기 위하여 아예 '做'(tsɔ)자 하나를 만들었다. '作' '做'은 駢詞임이 명백하다.)(p.48)라 하였다. '木'의 反切은 『廣韻』, 『集韻』, 『禮部韻略』 등에 모두 오직 入聲만을 실었고 다른 反切音이 없으며, 『中原音

48) 王氏의 원주에는 "韓愈詩 '非閣復非船, 可居兼可過, 君去問方橋, 方橋如此作.'이라 하고 '作'과 '過'는 押韻이라고 하였다.

韻』에 이르러 '魚模入聲作去聲' 內에 배열하였고, 張漢의 重校本 『中州音韻』에 이르기를 '木叫暮五行三日'(魚模韻入作去聲)이라 하였으므로 宋代의 木字가 어떠한 音價인지 단정하기 어렵다. 譯語部의 用例 중 木字를 제외하고 또 두 곳이 있으나 아직 未詳이다. 그 중 ⑶⑬항의 '索縛曰那木皆'는 註解部를 참조. 만약 筆者의 추측이 틀리지 않다면 '南木'의 '木'은 역시 喉內入聲[49]이다.

그 다음으로 '核'과 '朴'은 그 對音韓國語가 모두 終聲이 없으며 『廣韻』에는 이 3자가 入聲이외의 反切音은 실리지 않았다. 『集韻』에서는 入聲이외의 反切音을 실렸으므로 『集韻』으로 해석하면 그 對音韓國語에 일치할 수 있다. 『廣韻』애는 비록 다른 음은 실리지 않았지만 『集韻』에서는 함께 실린 것이 무슨 까닭일까? 아마도 『集韻』을 편찬할 때 당시의 실제 음을 增載한 것이며, 위에 인용한 對音字가 만약 中古時代 破音字였다면 『廣韻』은 응당 그 反切音을 실었을 것인데 『廣韻』에 1자 2음 3음의 예[50]가 있는 것을 보면 喉內入聲字가 당시 어떤 것은 이미 그 韻尾를 消失하였음을 알 수 있다.

제④류의 用字는 예를 들면 ⑧⑧항의 '鶴曰鶴', ⑩⓪항의 '鹿曰鹿', ㉙⑤항의 '墨曰墨' 등이 있는데, 이 標記는 곧 同字同音이며 지금까지 여전히 [k] 韻尾가 보존되어 있으니 이로써 당시에도 喉內入聲字였음을 미루어 알 수 있다.

종합컨대 北宋末의 喉內入聲은 다만 『鷄林類事』로 보면 곧 그 韻尾를 보존하고 있었음을 알 수 있으나, 그 音價를 速斷할 수는 없다.

---

49) '木'의 古韓國語는 李基門의 「對於中世國語의 特殊語幹交替」(『震檀學報』 23)에 의거함. 孫洵侯의 『臺灣話考證』(pp.65∼66)을 참조하면 [ㄱ(k)]종성이 있으나 후일 재고한다.

50) 『廣韻』 중 또한 一字七音의 예가 있는데 예를 들면 '哆 : 敕加切(平), 尺氏切(上), 丁可切(上), 昌者切(上), 昌志切(去), 丁佐切(去), 陟駕切(去)이다.

3) 脣內入聲(또는 閉口入聲)

譯語部分 중 脣內入聲의 對音字를 분류하면 다음과 같다.

① 對音韓國語가 [ㅂ(p)] 終聲에 符合하는 것

㉕ 一急, ㉖ 逸答, (170) 邑, (222) 及, (270) 聚笠, (276) 合, (286) 楪至, (331) 孫集移室, (354) 釁合支, (358) 及欣

② [ㅂ(p)] 종성을 표시하지 않은 것

㉗ 鴉好, (197) 朴

③ [ㅂ(p)] 종성의 連書인 것

(356) 那奔, (358) 及欣[51]

제①류의 대음용자는 예를 들면 (170)항의 '口曰邑', (222)항의 '絹曰及' 등인데 鮮初以來로 모두 [ㅂ(p)] 종성이며, 특히 '絹'의 한국어는 한국어와 동계인 蒙古語에도 終聲 [ㅂ(b)]가 있다.(白鳥庫吉의 『朝鮮語와 Ural-Altai어의 비교연구』, 『白鳥庫吉全集』 제3권, p.64를 참조) 이것으로 宋代 제①류의 用字는 모두 脣內入聲임을 알 수 있으나, 이것은 곧 '內破音'(implosive)의 脣內入聲이므로 그 音價는 [p], [b], [β] 중 어떤 것인지 알 수가 없다.

제②류의 用例는 오직 두 항이 있는데 鮮初以來로 '九·飯'의 韓國語는 모두 終聲 [ㅂ(p)]이 있으므로 '好·朴'은 응당 脣內入聲韻尾여야 하는데 脣內韻尾를 쓰지 않은 까닭은 註解部에서 이미 서술하였으므로 여기에서는 생략한다.

제③류의 용례는 다만 두 항이 있는데 이 용례에 의거하면 당시 脣內入聲韻尾의 音價를 알 수 있다. '高·深'의 한국어는 鮮初이래의 문헌 및 방언으로 미루면 다음과 같이 擬測할 수 있다.

---

51) '及欣'은 이미 ①류에 속해 있으나 음운변화상 응당 ③류에 속한다.

高 → *nob-hɐn[nopɐn] → nopan → 那奔
深 → *kib-hɯn[kipɯn] → kibhɯn → 及欣

'那奔'의 '奔'은 幫母이고, 이 자의 聲母는 韓國語 [ㅂ(p)] 子音(consonants)이며, 幫母 [p]는 곧 제1음절의 終聲 [ㅂ(b)]이 제2음절의 初聲 [h]와 結合한 것이다. 이로써 당시 脣內入聲은 곧 [b]였음을 알 수 있다. '及欣'으로써 脣內入聲이 [b]이고 不帶音 [p]가 아닌 것을 더욱 증명할 수 있다. 만약 '及'의 韻尾가 不帶音[p]였다면 이 [p]와 [h]가 연접해서 응당 [p']였을 것이다. 前者의 [놉흔]은 連書로써 '那奔'으로 한 것이 타당하며, 後者의 [깁흔]은 連書로 하지 않은 것이 무슨 까닭일까? 아마도 長短音 또는 聽覺映像의 차이 때문일 것이며, 前者를 들을 때 兩音節의 結合(juncture)을 깨닫지 못하였고, 後者에서는 그 결합(juncture)을 깨달은 까닭일 것이다.

綜合컨데 다만『鷄林類事』의 對音으로써 보면 北宋末은 곧 脣內入聲韻尾를 保存하였으며 그 音價는 不帶音 [p]가 아니었고 곧 帶音 [b]였다.

3. 『鷄林類事』로 宋代의 漢字音을 논함

中古漢字音의 연구에서 高麗譯音(Sino-corean)의 중요성은 일부 학자가 이미 언급하였지만, 그중 陸志韋가 일찍이 말하기를 “從現代方言推求切韻的音值, 中間相隔一千多年, 歷史上留下一個大窟窿. 可以用來塡補這個空隙的材料有兩種. 頭一種是高麗譯音跟日本的吳音, 漢音. 第二種是神珙, 守溫之後, 像韻鏡, 通志七音略之類的等韻學說.”[52] (현대 방언에서 『切韻』의 음가를 깊이 연구해보면 그 중간에는 1,000년간의 오랜 역사를 가진 커다란 구멍이 하나 남아 있다. 이 틈을 보충할 수 있는 자료가 두 종이 있는데, 그 첫째는 高麗 譯音과 日本의 吳音, 漢音이며, 둘째는 神珙과 守溫 후의 『韻鏡』과 『通志』, 『七音略』 종류의 等韻學說이다.)라 말했다.

또한 董同龢 씨는 이르기를 “唐代的語言還流布到了外國, 那就是日本, 韓國以及越南的 ‘譯音’. 所謂‘譯音’, 就是他們把漢字借用了去, 却照自己的語音系統改讀的音. 流傳到現在, 自然也是我們硏究唐代語音的材料, 價值有時與漢語方言差不多.”[53](唐代의 言語가 외국으로 유포되었는데, 그것은 곧 日本, 韓國 및 越南의 ‘譯音’이다. ‘譯音’이라는 것은 곧 그들이 한자를 차용해서 쓴 것이기는 하나 자기들의 어음계통에 따라서 고쳐 읽은 발음이다. 현재까지 널리 전해 내려오며, 자연히 우리들이 唐代의 언어연구의 資料가 되면서 그 가치가 때로는 中國語의 방언과 비슷할 수도 있다.)고 했다.

오직 譯音 재료로만 고찰하여서는 朝鮮初의 한자음을 넘어설 수 없다. 바꾸어 말하면 곧 高麗 때 한자어의 발음을 알 수 없으니, 당시 高麗는 文字가 없었으므로 그 音價를 기재할 방법이 없었고, 오직 中國韻書의 反切音으로 그 발음을 口傳하였으므로, 오늘날 한국인들 역시 高麗 때의 讀音을 알지 못한다. 이로써 보면 陸씨가 말하

---

52) 『古音說略』(『燕京學報專號』 20, 燕京大學 哈佛燕京社刊, 1947년), p.2를 참조.
53) 『漢語音韻學』(民國 59년 8월 재판), p.8을 참조

기를 "一千多年空隙, 可以塡補子材料."(일천년의 오랜 間隙을 메꿀 수 있는 재료)라고 하였는데 高麗 譯音에서가 아니라 『鷄林類事』에서 9세기 전의 對音재료를 가지고 宋代의 한자음을 찾아낼 수 있다. '對音' 재료에 관해서 董씨는 일찍이 이르기를 "在六朝與唐代, 我們曾經大量的飜譯過佛經. 其中主要的是佛經的梵文本子, 也有一部分是當時中央亞細亞的一些本子. 關於不能意譯的專名, 用漢字去翻音的很多, 稱爲 '對音'. 漢字不表音, 可是那些文字是拼音的, 所以那些對音也是很可利用的材料."54)(우리들은 六朝時代와 唐代에 이미 대량의 佛經을 번역하였다. 그중 주요한 것은 佛經의 梵文 책자이며, 또한 일부분은 당시 中央아시아의 약간의 책자이다. 意譯이 불가능한 固有名稱에 대해서는 한자를 써서 표기한 音이 매우 많으며, 이것을 '對音'이라고 일컫는다. 漢字는 表音字가 아니나 그들의 문자는 表音文字였으므로 그들의 對音도 매우 이용할만한 자료들이다.)라 하였다.

또한 기타 학자들의 이른바 對音 資料에 따르면, 현재까지도 『鷄林類事』를 언급하지 않았으며, 그 對音의 字數 및 그 標記의 正確性으로 보면 梵文의 對音 자료만큼 뛰어나며, 더 나아가 말하면 宋代의 對音 자료 중 白眉라고도 할만하다.

『鷄林類事』에 쓰인 對音이 어느 方言과 關係되어 있는지를 밝히려면 孫穆의 生長地를 고찰하는 것이 마땅히 가장 빠른 길이다. 그러나 孫穆의 生涯가 확실치 않아 고찰할 수가 없다. 그러므로 제1장 編纂者 條에서 방증자료만으로 '中東部人'이라는 것을 추측할 수 있을 뿐이다. 위에 서술한 譯語部의 帶音으로 분석하면 '中東部(中原) 사람'이라는 말이 證據의 가치가 있다.

『鷄林類事』의 對音한국어를 보면 그 入聲韻尾 '脣·舌·喉'音의 분별이 매우 확실하니 이것이 곧 佐證의 關鍵이 된다. 董同龢 씨는 『漢語音韻學』에서 이르기를 "中原音韻的四個調類, 系統頗與傳統韻書

54) 前書 같은 페이지를 참조.

的‘平, 上, 去, 入’不同, 而與現代北方官話比較起來, 則大致相合. …… 這裏所謂‘入聲’是在傳統韻書以及當時別的方言裏還與‘平, 上, 去’有分別的一個聲調, 不過在北曲語言裏已經分別變入‘陽平’‘上聲’‘去聲’中去了. 照理想, 周德淸是應該把那些字直接倂入上述三調而無需分列的, 不過他究竟是南方人(江西高安), 總不免受自己方言的影響, 又不能完全擺脫傳統韻書的羈絆, 所以雖倂而仍留痕跡."(中原음운의 4개 聲調는 그 계통이 전통 韻書의 '平, 上, 去, 入聲'과 다르지만, 現代北方官話와 비교해보면 대개 일치된다. …… 여기서 이른바 '入聲'은 전통 韻書 및 당시 다른 방언 중에서는 '平, 上, 去聲'와 구별된 하나의 聲調가 있었으나 北曲의 語彙 중에서 이미 入聲이 갈라져 변하면서 각각 '陽平', '上聲', '去聲' 속으로 들어가면서 사라졌다. 周德淸은 이들 글자를 직접 위에 서술한 3개의 聲調에 넣어서 분별해야만 할 필요는 없었으나, 南方(江西, 高安)人은 결국 자기들의 方言에 전반적으로 영향을 받지 않을 수 없었으며, 또한 전통 韻書의 굴레를 완전히 벗어날 수 없었던 까닭에 비록 倂合은 되었지만 여전히 흔적을 남기었다.)(p.58)라고 했다. 이로써 보면 北方音은 최소한 14세기초 이전에 이미 入聲韻尾가 사라진 것이 확실하다. 『鷄林類事』와 시대상으로 비교적 가까운 對音資料 중에 龍果夫의 『八思巴字與古漢語』에 이르기를 "古漢語的聲隨-p, -t, -k 已經失去, 可是, 如果一個字的主要元音在古漢語屬於-ɑ或-ə類的, 那末 -k 在 -u̯ 或 -i̯ 裏還留下一點痕跡."(古漢語의 入聲 -p, -t, -k는 이미 소실되었다. 그러나 만약 한 글자의 주요 모음이 古漢語에서 -ɑ 또는 -ə류에 속하였다. -k는 -u̯나 -i̯에 아직도 작은 흔적을 남겼을 것이다.)(p.24)라고 했다믄 것이 그 증거가 된다. 그러나 이 두 항의 자료와『鷄林類事』를 서로 대조하면 서로 약 2세기의 사이가 있지만 이미 外方音韻의 영향을 받았으므로, 그 차이는 더욱 멀어져서 符合시킬 수가 없다. 그래서 邵雍의『皇極經世書』는 陸志韋의『記邵雍皇極經世書的'天聲地音'』에서 "邵雍生在第十一世紀(1011~1077), 比周德淸早三百年, 比陸法言晩四百年. 他是范陽人, 可是從年靑的時候就寓居在洛陽,

跟陸法言的地音相同."(邵雍은 제11세기(1011～1077)에 살았으니 周德淸보다 300년 앞섰으며 陸法言보다 400년 늦다. 그는 范陽人이지만 젊었을 때부터 洛陽에 살았고 陸法言의 지방음과 서로 같았다.)[55](p.71)고 하였다.

또한 周祖謨씨에 따르면 이르기를 "比者讀邵雍皇極經世書聲音倡和圖頗怪其分聲析韻與廣韻大相逕庭, 及取其擊壤集讀之, 觀其詩文之協韻, 無不與圖相合, 方知此書實爲特出, 原不以韻書自拘. 其分辨聲母雖未脫宋人三十六母之窠臼, 而能以時音爲重, 迥非當世之等韻圖所可比擬. 由是乃悟欲考宋代語音, 所資雖多, 此其選矣. 至其語音之方域, 史稱雍之先世本籍范陽, 幼從父徙共城, 晩遷河南, 高蹈不仕, 居伊洛間垂三十年, 是其音卽洛邑之方音矣, 然猶未敢自信也. 洎以河南人氏如二程尹洙陳與義四家之詩考之, 果皆若合符節, 因而覃精極思, 以擊壤集及諸家之作與等韻音理相參, 爲聲音倡和圖解一卷, 以詮發其要. 於是洛邑之音始有可考. 比思宋之汴梁去洛未遠, 車軌交錯, 冠蓋頻繁, 則其語音亦必相近. 及取汴京畿輔人士之詩文證之, 韻類果無以異. 卽是而推, 則邵氏之書不廑爲洛邑之方音, 亦卽當時中州之恒言矣."(근래 邵雍의 『皇極經世書』의 「聲音倡和圖」를 꽤 읽어 보았는데 聲韻을 분석한 것이 『廣韻』과 크게 다르고, 또 『擊壤集』을 취해 읽으면서 그 詩文의 協韻을 보니 「聲韻倡和圖」와 서로 부합되지 않는 것이 없어, 이 책이 실로 특출하다는 것을 알았으나, 원래 自體가 韻書라고 생각지 않는다. 聲母를 분변한 것이 비록 宋人의 36字母의 바탕을 벗어나지는 못했지만, 당시의 발음을 중요시 하였고, 當世의 等韻圖에 의측한 것과는 크게 다르다. 이로서 곧 宋代 語音을 고찰하고자 하였으며, 자료로 한 것이 비록 많으나 이것을 선택했다. 그 語音의 지역에 대해서는 역사에서 일컫는 邵雍의 先世는 본적이 范陽이며 어려서 아버지를 따라 共城으로 이사하였고, 말년에는 河南으로 이사하여 벼슬하지 않고 伊과 洛 사이에 30년을 살았는데 이것은 그 말에 발음

55) 燕京學報 제31기(民國 35년 12월간)를 참조.

이 곧 洛邑의 方言인 것이다. 그러나 감히 스스로 믿을 수가 없다. 二程, 尹洙, 陳與義 四家 등과 같은 河南人의 詩를 고찰한 결과 과연 모두 부합되어 그로 因해 치밀하며『擊壤集』및 諸家의 작품과 等韻의 音理가 상합되어『聲音倡和圖解』1권에 그 요점을 모두 나타내었다. 이에 洛邑의 음을 비로소 고증할 수 있었다. 宋代의 汴梁과 洛邑이 멀지않아 교통이 발달하고 벼슬아치들의 왕래가 빈번하여 곧 그 語音도 반드시 서로 가까웠을 것이다. 汴京 부근 인사의 詩文을 취하여 증명하니 韻類는 과연 다름이 없다. 곧 이로 미루어 邵雍의 책이 洛邑의 方音일 뿐만아니라 또한 당시 中州의 日常言語였다.)(前書, p.222)라고 하였다.

陸志韋와 周祖謨 두 사람이 고증한 바에 따르면 두 책의 完成 時期는 같은 시기일뿐만 아니라, 또한 孫穆이 官職에 就任한 汴京 方音이며, 이것은『鷄林類事』의 對音方言을 고찰하는데 서로 對照할 만한 자료이다.

당시의 入聲韻尾의 존재여부에 대해서 陸志韋에 따르면 "圖裡的入聲字見於第一, 第四, 第五, 第七聲, 都配陰聲, 不配陽聲 …… 看來唐朝的塞而不裂的收聲, implosive -p, -t, -k 已經變近乎元音的收聲了."(도표 중의 入聲字는 제1, 제4, 제5, 제7성에서 보이는데 모두 陰聲을 짝하고 陽聲을 짝하지 않았다.… 이를 볼 때에 唐朝에는 막히나 파열되지 않는 收聲 implosive -p, -t, -k는 이미 변하여 모음의 收聲에 가까웠다)(前書, p.75)로 되어 있다.

또한 周祖謨의 고증한 바에 따르면 그 의측음은 다음 표56)와 같다.

56) 圖表 중 '聲一'의 '个, 舌, 八'은 臺灣 中華書局 影印本(『四部備要』本)에서는 '介, 吉, 入'으로 되어 있고, '聲二'의 '亘'은 陸志韋는 '互'로 하였고, '聲三'의 '千, 犬'은 陸志韋는 '干'으로 하였고 中華書局本에서는 '丈', '聲六'의 '烏'는 中華書局本에서는 '鳥'로 하였고, '聲七'의 '妾'은 陸志韋는 '卅'으로 하였다.

擬音 / 聲		邵氏所分十聲(下注廣韻韻目) 平 日	上 月	去 星	入 辰	讀音 入聲	汴洛文士詩詞分韻(合用不分) 廣韻韻目	宋代汴洛語音
聲一	闢	多 歌	可 哿	个 箇	舌 鎋	aˀ, iaˀ	曷末黠鎋	aˀ, iaˀ
	翕	禾 戈	火 果	化 禡	八 黠	uaˀ, yaˀ	月 屑 薛	uaˀ, yaˀ
聲四	闢	刀 豪	早 皓	孝 效	岳 覺	ɔˀ, iɔˀ	藥鐸覺	ɔˀ, iɔˀ
	合	毛 豪	寶 皓	報 號	霍 鐸	uɔˀ, yɔˀ		uɔˀ, yɔˀ
	闢	牛 尤	斗 厚	奏 候	六 屋	uˀ	屋沃燭	uˀ
	合	○	○	○	玉 燭	yˀ		yˀ
聲五	闢	妻 齊	子 止	四 至	日 質	əˀ, ɿˀ知, əˀ	質術迄 物櫛沒	əˀ, iəˀ
	合	衰 脂	○	帥 至	骨 沒	uəˀ, yəˀ		uəˀ, yəˀ
	闢	○	○	○	德 德	eiˀ	陌麥昔 錫職德	əˀ, iəˀ uəˀ, yəˀ eiˀ, ueiˀ
	合	龜 脂	水 旨	貴 未	北 德	ueiˀ		
聲七	闢	心 侵	審 寢	禁 沁	○	ip	緝	ip, iup
	合	○	○	○	十 緝	iup(入字)	合盍葉怗 業洽狎乏	ap
	闢	男 覃	坎 感	欠 梵	○	ap, iap		iap
	合	○	○	○	妾 葉	uap(乏字)		uap

도표로 보면 宋代의 汴洛語音에 '舌內入聲'과 '喉內入聲'이 모두 변하여 聲門閉鎖音[ˀ]이 되었고, '脣內入聲'에는 아직 韻尾 [ㅂ(p)]를 보존하고 있었음을 알 수 있다. '舌內入聲'과 '喉內入聲'이 합류한 것은 周祖謨에 따르면 "然宋代語音尙有與唐人不同者, 卽本攝入聲與梗曾入聲合用一事. 其所以合用者, 由於入聲韻尾之失落. 梗曾之入聲本收-k, 臻之入聲本收-t, 原非一類, 迨-k-t失落以後則元音相近者自相通協矣."(그러나 宋代語音은 아직 唐人과 不同함이 있고, 곧 本攝의 入聲과 梗攝, 曾攝의 入聲이 합하여 하나로 쓰이었다. 合用된 까닭은 入聲韻尾의 탈락으로 말미암은 것이다. 梗攝, 曾攝의 入聲은 본래 收聲-k이고 臻攝의 入聲은 본래 收聲-t로서 원래 동류가 아니었으며 -k, -t가 탈락된 이후에 곧 모음이 비슷하여 서로 通協된 것이다.)(前書, p.265)라 하였다.

이로써 詩韻上에 뒤섞인 까닭을 알 수 있다. 또한 陸志韋에 따르면 "再看本圖第五聲, '衰' 配 '骨', '龜' 配 '北'. '衰' 跟 '龜'無疑的是收i的. '骨' 是切韻的[kwət]), '北' 是 [pʷək]. 這-t跟-k已經變到同能叶i的程度, 而 '骨北' 又是入聲字. 我以爲最合乎情理的擬音是kụ(ə)ɥ, pʷẹɥ."(다시 본 도표의 제5성을 보면 '衰'는 '骨'을 짝하고 '龜'는 '北'을 짝한다. '衰'와 '龜'는 의심할 것 없이 韻尾가 i인 것이다. '骨'은 『切韻』의 [kwət]이고 '北'은 [pʷək]이다. 여기서 -t와 -k는 이미 변하여 둘다 i정도로 된 것이나 「骨北」은 역시 입성자이다. 나는 가장 부합되는 의측음이 kụ(ə)ɥ, pʷẹɥ라고 생각한다.)(前書, p.75)고 하였다.

'脣內入聲'에 대해서 또한 이르기를 "也許這方言的脣收全然沒有失去. '心男' 收-m, 不同 '臣干' 收-n, 同樣的, '十卅' 還是收-p的."(아마도 이 方言의 脣音終聲은 전연 탈락되지 않았다. '心男'의 -m종성은 '臣干'의 -n종성과 같지 않다. 마찬가지로 '十卅'은 여전히 종성이 -p이다.)(前書, p.76)라고 하였다.

이와 같이 周祖謨와 陸志韋의 의측음을 서로 대조해보면 그 주장이 大同小異하지만 [ʔ]와 [ɥ]의 음운표기상의 차이가 있을 뿐이다. 羅常培의 『漢語音韻學導論』에 따르면 [ʔ]는 塞聲不帶音 무기음 喉音이며 [ɥ]는 자음화 모음의 가장 높은 圓脣音이며 곧 前者는 자음에 속하고 후자는 모음에 속한다. 양자는 모두 『鷄林類事』의 對音과 꼭 맞지는 않지만 脣內入聲에서는 일치한다.

다음으로 同時期의 漢字와 梵文의 對音 중 또한 더욱 좋은 자료가 있으니 羅常培가 增補 修訂한 「四十九根本字諸經譯文異同表」에 따라 인용하면 다음의 표와 같다.[57)]

57) 『歷史語言硏究所集刊』 第3本 第2分(民國 20년 12월간), pp.263~276을 참조.

次序	天城體梵書	羅馬字註音	法顯譯大般泥洹經文字品	空海悉曇字母釋義	惟淨景祐天竺字源	同文韻統天竺字母譜
1	अ	a	短阿	阿上聲呼	遏	阿厄雅切喉
2	आ	ā	長阿	阿去聲長引呼	阿引	阿阿喉
3	इ	i	短伊	伊上聲	壹	伊乙衣切喉
4	ई	ī	長伊	伊去聲長引呼	翳引	伊伊喉
5	उ	u	短憂	塢	嗢	烏屋巫切喉
6	ऊ	ū	長憂	汙長聲	汙引	烏烏喉
7	ऋ	ṛ	釐	哩彈舌呼	哩	唎哩伊切彈舌
8	ॠ	ṝ	釐	哩彈舌去聲引呼	梨	唎伊彈舌
9	ऌ	ḷ	樓	呂彈舌上聲	魯	利力伊切半舌
10	ॡ	ḹ	樓	嚧彈舌長聲	盧	利伊半舌
11	ए	e	哩	曀	伊	厄吾未切今用遏紇切喉
12	ऐ	āi	野	愛	愛引	厄厄喉
13	ओ	o	烏	汙長聲	鄔	鄂五梧切今用烏倭切喉
14	औ	au	炮	奧去聲引	奧引	鄂鄂喉
15	अं	aṁ	安	闇	暗	昂阿岡切喉
16	अः	aḥ	最後阿	惡	惡	阿斯半喉半齒
17	क	ka	迦	迦上聲	葛	嘎古黠切今用哥阿切牙緊
18	ख	k‘a	呿	佉上呼	渴	喀苦格切今用珂阿切牙
19	ग	ga	伽	誐去	哢五割切	噶歌阿切牙
20	घ	g‘a	伽重	伽	竭	噶哈噶哈切半牙半喉
21	ङ	ña	俄	仰鼻聲呼	誐迎可切	迎阿迎阿切半鼻半喉
22	च	ca	遮	遮上聲	拶左末切	匝咨阿切齒頭緊
23	छ	c‘a	車	磋上聲	擦七曷切	搽雌阿切齒頭
24	ज	ja	闍	惹	惹仁左切	雜資阿切齒頭緩
25	झ	j‘a	闍重	酇上聲	嵯昨何切	雜哈雜哈切半齒半喉
26	ञ	ña	若	孃上聲	倪倪也切	尼雅尼雅切舌頭
27	ट	ṭa	吒	吒上聲	哲涉轄切	査支阿切正齒緊
28	ठ	ṭ‘a	侘土家反	咤上聲	詫丑轄切	义蚩阿切正齒

29	ड	ḍa	茶	拏上	疕尼轄切	楂之阿切正齒頭
30	ढ	ḍ'a	茶重	搽去	搽字源作茶	楂哈楂哈切半齒半喉
31	ण	ṇa	拏	拏陀鼻爽聲反呼仍	拏	那吶阿切卷舌
32	त	ta	多	多上	怛	答得阿切舌頭緊
33	थ	t'a	他	他上	撻他達切	塔忒阿切舌頭
34	द	da	陀	娜	捺	達德阿切舌頭緩
35	ध	d'a	陀重	馱	達	達哈達哈切半舌半喉
36	न	na	那	曩	那	納訥阿切舌頭
37	प	pa	波	跛	鉢	巴逋阿切重脣緊
38	फ	p'a	頗	頗	發	葩鋪阿切重脣
39	ब	ba	婆	麽	末	拔鋪阿切重脣緩
40	भ	b'a	婆重	婆重上呼	婆	拔哈拔哈切半脣半喉
41	म	ma	摩	莽	摩	嘛模阿切重脣
42	य	ya	邪	野	耶	鴉鴉衣阿切喉
43	र	ra	囉	囉	囉歷加切	喇時阿切彈舌
44	ल	la	輕羅	邏上	羅	拉勒阿切半舌
45	व	va	和	嚩	嚩	斡無阿切輕脣
46	श	śa	賒	捨	設	沙師阿切正齒
47	ष	ṣa	沙	灑	沙	卡哢阿切喉
48	स	sa	娑	沙上	薩	薩思阿切齒頭
49	ह	ha	呵	賀	訶	哈呵阿切喉
50	क्ष	kṣa		乞灑二合	刹	嘎刹墒阿切正齒
51	ळं	llaṁ	羅			

法顯이 번역한 『大般泥洹經文字品』은 東晋의 義熙 13년(417)에 된 것이며, 空海가 편찬한 『悉曇字母釋義』는 日本의 大同 元年부터 承和 2년사이(806~835)에 된 것이며, 惟淨이 편찬한 『景祐天竺字源』은 宋代의 景祐 2년(1035)에 되었으며, 『同文韻統』 『天竺字母譜』는 淸代의 乾隆 14년(1749)에 편찬되었다. 이 네 가지 책 중 『景祐天竺字源』의 출간은 『皇極經世書』(1050년경)와 『集韻』(1039)과 同時

期이다. 『佛祖統紀』 권43[58]에 따르면 惟淨은 南唐시대 李從謙의 아들이며 北宋 太宗 8년(983)부터 開封의 太平興國寺 譯經院에서 童子로 피선되어 梵文을 傳習하였다. 이로써 보면 3책은 모두 汴京과 洛陽의 방음으로 되었다. 趙元任의 『語言問題』에 따르면 "[pɑ]顯然不是一個輔音, 乃是一個字或是一個音節. 光說一個輔音是很不自然的. …… 所以爲便利起見, 稱述輔音的時候不單獨的讀那一些輔音, 而加一個元音在後頭說[pɑ, ta] 等等. 這其實就是梵文的習慣(或是嚴格說來, 是[pɐ], [pɐʻ], [bɐ]等等)."([pɑ]는 확실히 하나의 자음이 아니며 곧 하나의 글자 혹은 하나의 음절이다. 다만 하나의 자음으로 말하면 매우 부자연스럽다. … 그러므로 편리하게 하려고 자음으로 일컬을 때는 단독이 아닌 하나의 자음으로 읽었으며 하나의 모음을 뒷부분에 더하여 [pɑ][tɑ]로 말한 것이다. 이것은 실로 梵文의 습관(혹은 엄격히 말해서 [pɐ], [pɐʻ], [bɐ] 등등)이다.)(p.16)라고 하였다.

도표로 보면 범문은 이와 같이 '音節文字'임을 알 수 있다. 51자 중 ⑮항의 [aṁ] ⑯항의 [aḥ] ⑸항의 [llaṁ]을 제외하고는 모두 어떠한 終聲도 없으며 모두 모음이다. 위에 인용한 5세기 초에서 9세기 초까지의 對音으로 쓰인 한자에는 入聲字(다만 破音字만 있음)는 보이지 않고 기타 인용 되지 않은 12종의 여러 經書 飜譯文 上에는 역시 입성자가 없다. 『景祐天竺字源』에서 이르러서는 곧 入聲對音字를 볼 수 있다. 兪敏이 일찍이 말하기를 "那些和尙爲保存咒語的神祕的力量起見, 譯音非常認眞, 力求正確."[59](그들 승려들은 신비하고도 역량이 있는 呪術語를 보존하기 위하여 매우 점잖은 번역음을 힘써 정확을 구하였다.)라 하였다. 5세기 초에서부터 9세기까지의 사이에 14종 여러 經書의 飜譯文으로 보면 兪敏이 이른 바가 사실과 매우 부합된다. 이로써 『景祐天竺字源』에 쓰인 對音字는 비록 앞의 여러 경서의 역문과는 매우 다르지만 절대로 오역이 없으며,

58) 『佛祖統紀』 : 宋나라 志磐의 편찬. 전54권, 天台宗의 正史, 本宗을 숭상하는 것을 기록하였고 다른 파를 배척하여 공정성을 잃었음.

59) 『燕京學報』 제35기(p.47)를 참조.

더욱이 이 책은 정통 梵文의 惟淨과 中天竺 摩伽陀國의 승려 法護와의 공저이며, 太宗이 御覽하고서 상을 내린 책임을 알 수 있다.

그 對音標記에서 다만 '以遏爲a', '以壹爲i', '以嗢爲 u', '以葛爲 ka', '以渴爲 k'a', '以竭爲 g'a', '以怛爲 ta', '以捺爲 da', '以鉢爲 pa', '以發爲 p'a', '以末爲 ba', '以設爲 śa', '以薩爲 sa', '以剎爲 kṣa' 등에 따르면 혹은 당시 對音으로써 다만 '初中聲'만을 취하고 '入聲韻尾'를 취하지 않았으나, 그 다음의 標記에 따르면 'ga爲吘[五割切]', 'ca爲拶[佐末切]', 'c'a爲擦[七曷切]', 'ṭa爲哲[涉割切]', 'ṭ'a爲詫[丑割切]', 'ḍa爲痆[尼割切]', 't'a爲撻[他達切]' 등과 같이 절대로 다만 '初中聲'만을 취한 표기법이 아니다. 이것은 入聲韻尾 [t]의 消失이 나타난 것이다. 長短音의 分辨에 따르면 'a爲遏'과 'ā爲阿[引]', 'i爲壹'과 'ī爲翳[引]', 'u爲嗢'과 'ū爲汙[引]' 등과 같이 당시 '舌內入聲'의 音價는 [ʔ]음이었을 것이며 완전히 소실된 것이 아니다. 혹은 'aḥ爲惡'에 따르면 곧 당시 '喉內入聲'의 音價는 [ʔh]의 음이었을 것이다. 앞에서 서술한 바에 비록 陸志韋와 周祖謨가 모두 [t]와 [k]가 서로 뒤섞여 나누어지지 않았다고 여겼는데 『景祐天竺字源』과 『鷄林類事』로 보면 꼭 그런 것은 아니다. 비록 이미 [t]와 [k]의 본래 음가는 소실되었으나 아직도 뒤섞이지는 않았다. 동시에 출간된 『集韻』과 『韻鏡』에서 비록 그 入聲의 실제적인 음가는 알 수 없으나, 3종의 입성으로 나누어져서 배열되었던 것은 매우 확실한 것을 증명할 수 있다. 『同文韻統』, 『天竺字母譜』에 이르러서는 入聲對音者가 분별된 차이가 없었다.

결론적으로 말하면 『鷄林類事』에 실린 對音字는 곧 北宋시대 汴京(開封)方音이었음이 조금도 의심되지 않는다. 당시 入聲韻尾의 音價는 '脣內入聲'은 [b]이고, '舌內入聲'은 [ʔh]이고, '喉內入聲'은 [ʔ]이다. 뒤의 兩者는 모두 塞聲不帶音 喉音이고, 다만 有氣音과 無氣音의 차이가 있었다. 이로써 非韻書性의 邵雍의 『皇極經世書』에서 '舌內入聲'과 '喉內入聲'을 구분하지 않았으나, '脣內入聲'을 구분한 까닭을 알 수 있다. 『鷄林類事』 譯語部에 기록된 入聲의 용례를 이 3종 입성의 音價로 해석하면 모두 일치한다.

『鷄林類事』가 출간된 시기는 중국 聲韻學의 分期를 보면 학자에 따라 일치하지 않으며, 혹은 中古音期나 近古音期에 속한다. 謝雲飛 씨가 이르기를 "……及今可見之切韻系韻書, 始於隋代的陸法言 '切韻', 直至宋代前期, 仍爲切韻系韻書期之賡續, 因此本書列 '隋, 唐, 宋' 期爲中古音時期, 宋代後期, 語音已漸起變化, 這現象可從宋末若干歸併韻目的韻書中看出, 而其中以『古今韻會擧要』爲重要代表. (中略) 因此我們把宋代後期以下, 已起了變化的切韻系之餘緒的韻書, 特別列出一個『近古期』的語音期來, 除了廣韻, 集韻, 禮部韻略以外, 我們把那些已經起了很大變化的切韻系韻書, 在『古今韻會』之前的, 或遲至淸初的『音韻闡微』, 都把它列入『近古音』期中去."(오늘날에 볼 수 있는 『切韻』系의 운서는 隋代의 陸法言의 『切韻』에서 시작하여 宋代 前期에 이르기까지, 곧 『切韻』系 韻書期로 계속된다. 이 책으로 인하여 '隋, 唐, 宋' 시대는 中古音 時期가 되며 宋代의 後期는 語音이 이미 점점 변하였으며, 이러한 현상은 宋末부터 약간 韻目을 아우른 것이 韻書 중에 나타나기 시작하였고, 그중 『古今韻會擧要』가 중요한 대표 韻書가 되는 것이다. (中略) 그러므로 우리들이 宋代 後期 이하를 이미 변화된 『切韻』계의 운서가 일어나기 시작하였고 특별히 하나의 '近古期'의 語音期가 나타나 『廣韻』과 『集韻』과 『禮部韻略』을 제외하고는 우리들은 그것들이 이미 크게 변화된 切韻系 韻書가 일어났으며, '古今韻會' 이전에 혹은 늦어도 淸初의 '音韻闡微'에 이르러 모두 그것을 '近古音'期 중에 列入한 것이라고 생각한다.)(『中國聲韻學大綱』, pp.6~7)라고 했다.

謝氏는 전후기의 연대를 언급하지 않았는데 『鷄林類事』는 前期에 속하여 곧 中古音期이다. 『鷄林類事』의 對音韓國語를 고찰하면 당시 한자음은 곧 入聲韻尾를 보존하고 있었으나 그 음가는 中古音의 [p] [t] [k]와는 달랐으므로 『鷄林類事』는 곧 近古音期에 속하며 이로써 미루어보면 北宋말 이미 近古音期에 가까웠고 이것은 소위 中古와 近古의 過渡音期인 것이다. 謝씨는 또한 이르기를 "廣韻以後的切韻系韻書, 如禮部韻略和集韻均歸入本期來介紹, 但禮部韻略和集韻大致還與廣韻相近, 應是列入本期來討論的重要材料."(『廣韻』이후의 『切

韻』계 운서는 『禮部韻略』과 『集韻』이 모두 本期에 소개해야 하는 것이며, 다만 『禮部韻略』과 『集韻』은 아직도 『廣韻』과 서로 가까우며 응당 本期에 넣어서 토론해야할 중요한 자료이다.)(前書, p.8)라고 했다.

謝氏가 말한 것에 따르면 『禮部韻略』과 『集韻』은 곧 近古音期에 속한다. 『鷄林類事』의 對音으로 미루어보면 謝氏가 서술한 것이 매우 옳다. 많은 부분에서 『集韻』과 『廣韻』이 서로 같지만 두 책의 切音을 고찰하여 보면 『集韻』의 切音이 『廣韻』보다 『鷄林類事』에 부합된다. 예를 들면 ㉗항의 '楪', ㊻항의 '霍', ㊼항의 '核', ㊽항의 '丐', ⑯항의 '盍', ⑱항의 '捻', ㉝항의 '批', ㉞항의 '筂', ㊳항의 '謨' 등이 『廣韻』의 切音으로써는 그 對音韓國語를 해석할 수 없으나, 『集韻』의 切音은 그 대음과 매우 부합된다. 이로써 『集韻』에 실려 있는 切音은 곧 당시의 讀音임을 알 수 있다. 『集韻』과 『廣韻』의 같지 않은 점에 대해서 張世祿 씨은 이르기를 "…集韻對於廣韻的變更, 除了韻目上改併十三處以外, 又不僅是增字, 易注, 析五卷爲十卷而已, 牠對於廣韻裏的切語, 有很多的改訂. …… 在集韻當中, 便把這種類隔的切語統統改爲音和, 公然採用當時的讀音, 不願守着古人的藩籬了. …… 集韻本來收字特多, 而反切上字旣須顧到字調, 又須顧到細音, 於是所用反切上字也特別繁雜, 廣韻反切上字僅四百數十個, 到了集韻便有八百六十餘個了."(…『集韻』은 『廣韻』의 변화에 대해서 韻目上의 13곳을 고쳐 아우른 것 이외에는 또한 增字, 易注 뿐만 아니라 5권을 나누어서 10권으로 하였으며, 그것들은 『廣韻』 중의 切音에 대해서 많은 개정이 있었다. …『集韻』 중에 이러한 類隔의 切語를 모두 音和로 고치고 정식으로 當時의 讀音을 취해 썼으며, 옛사람들의 범위를 지키려 하지 않았다. 『集韻』은 본래 글자를 수록한 것이 특별히 많은데 反切 上字는 이미 글자의 聲調를 반드시 살피고 또한 반드시 細音을 살폈으며, 그리하여 사용한 反切 上字도 특별히 번잡하여서 『廣韻』의 反切 上字는 다만 400 수십 개인데 『集韻』에 이르러서는 860여 개였다.)(『中國音韻學史』 下冊, pp.116~118)고 했다.

張氏의 상세한 연구로써 『集韻』에 수록된 反切音이 비교적 『鷄林類事』에 부합되는 까닭을 설명할 수 있다. 『韻鏡』에서도 그 분류가 역시 『鷄林類事』에 부합된다. 羅常培씨는 이르기를 "至其所收之字見於集韻而不見於廣韻者, 尤不勝枚擧. 此竝可證明七音略與韻鏡之歸字從宋音而不從唐音."[60](수록된 글자가 『集韻』에는 보이는데 『廣韻』에 보이지 않은 것이 일일이 列擧할 수 없을 정도이다. 이것은 『七音略』과 『韻鏡』의 귀속자가 宋音을 따르고 唐音을 따르지 않은 것을 아울러 증명할 수 있다.)고 말하였다. 또한 편찬연대에 대해서는 張氏가 이르기를 "…現今所傳的韻鏡, 是張麟之在紹興辛巳(1161)所刊行."(현재 전하는 『韻鏡』은 장인지가 紹興에서 辛巳(1161년)에 간행한 것이다.)(前書, p.149)라고 말했다. 이로써 『韻鏡』 역시 北宋音이며 『鷄林類事』와 거의 같은 시기임을 알 수 있다. 종합컨대 中古와 近古 과도기 사이에 한자음을 연구하기 위해서는 『集韻』, 『韻鏡』과 『鷄林類事』의 세 책은 실로 鼎足의 관계를 가지고 있으며, 더욱이 『鷄林類事』의 對音으로 당시 한자의 음가를 擬測할 수 있고, 切音의 단점을 보충할 수 있다.

譯語部分의 對音字 중 그 音價가 『集韻』과 『韻鏡』에 거의 부합되지만 아래의 몇 字는 어떤 것은 불합하고 어떤 것은 실려 있지 않다.

① 不合의 예 : 打(㉓, ⑽, ⒇, ⒇, ㉕, ㉞), 薦(㉖)
② 不載의 예 : 虼(⑽), 咱(㉑)

이 4자에 관해서 註解部에서 이미 간략히 서술하였으므로 여기서 종합해서 다시 서술하면 다음과 같다. 『集韻』의 切韻에 따르면 '打'는 '都挺切'(上聲 41迥)이고 또한 '都令切'(上聲, 38梗)인데 『韻鏡』에는 이 글자를 실리지 않았으며, 『六書故』에서는 곧 '都假切'로 실렸

60) 『通志七音略研究』(歷史語言研究所集刊, 第5本 第4分), pp.521~522를 참조.

고, 이에 따라 기타 韻書에서는 모두 [ng]韻尾가 없다. 칼그렌의 『方言字彙』에 따르면 上海의 白話音을 제외하고는 기타 方音은 모두 [다(ta)]이다. '打'의 對音韓國語 6항에서 그 對應音은 모두 [다(ta)]이며, 이로써 그 음이 『集韻』에는 不合하지만 『六書故』의 切音에는 부합된다. 『六書故』의 편찬자 戴侗은 곧 南宋人[61]이며, 이를 기준으로 하면 당시 韻書上에는 비록 아직 그 切音을 고치지 않았지만 실제의 독음은 이미 [ng]韻尾가 없었음이 확실하다. '薦'音은 『集韻』의 反切音에 따르면 그 음이 곧 '作甸切'(去聲 32霰)이며, 또한 '才甸切'(同)이며, 『韻鏡』에는 "外轉第二十三開, 去聲霰韻四等, 齒音淸."이며 『中原音韻』에는 '先天韻去聲'에 배열되어 있는데, 『字彙補』에 이르기를 "薦即略切音爵"이라 하였고, '薦曰質薦'의 對音韓國語로 말미암아 오히려 『字彙補』의 切音에 부합된다. 이로써 당시 '薦'의 讀音은 또한 喉內入聲韻尾가 있었음을 알 수가 있다. 『詩經』 大雅에 "醓醢以薦, 或燔或炙, 嘉殽脾臄, 或歌或咢."(권제17지2, 3엽)이라 하여 곧 '薦'과, '臄'과 '咢'이 운이 되며 '臄'은 渠略反이며 '咢'은 五洛反이므로 증명할 수 있다.

『集韻』과 『韻鏡』은 비록 '蛇', '咱'을 실리지 않았지만 전술한 것으로 미루면 당시에 그 글자가 없었던 것이 아니라 실리지 않았을 뿐이다.

여기에 전술한 대음자의 聲類, 韻類, 韻尾에 근거해서 그 음가를 귀납하면 宋代의 開封音을 다음과 같이 의측할 수 있다. (漢字語彙의 用字, 反切用字, 未詳字는 제외한다. 숫자는 대음자 일람표의 번호를 표시한 것이다.)

61) 『四庫全書總目提要』에 이르기를 "『六書故』 33卷兩江總督採進本 元 戴侗 撰, 考姓譜, 侗字仲達, 永嘉人, 淳祐登進士第……"(제9책, 卷41, 經部41, 小學類2)라 하였다. 中央研究院 所藏 乾隆 甲辰중전 師竹齋 장판육서고「重刻六書故序」에 이르기를 "『六書故 33卷 宋 戴侗 撰……"이라 하였다. 이로써 戴侗은 곧 南宋人임이 확실하고 『四庫全書總目提要』에 실린 '元戴侗'이라 한 것은 어디에 근거했는지 알 수 없다.

北宋 汴梁(開封) 語音

編號	用字	擬音	編號	用字	擬音	編號	用字	擬音
1	一	iˀ	62	褐	hɑˀ	126	妲	tɑˀ
2	丫	a	63	轄	haˀ	129	帝	tie
4	安	ɑn	66	丐	kɑˀ	130	帶	tɑi
6	亞	a	67	斤	kən	131	得	təˀh
7	邑	ib	68	甘	kɑm	132	都	tuo
8	阿	ɑ	69	古	ku̇o	133	堆	toi
9	於	əu̇	70	加	ka	135	鳥	tio
11	烏	u̇o	75	姑	ku̇o	136	登	təŋ
12	暗	ɑm	77	急	kib	137	答	tɑb
16	鴉	a	79	柯	kɑ	138	短	tu̇ɑn
18	噎	ieˀ	81	故	ku̇o	139	頓	tu̇ən
19	醞	uən	82	蛇	kɑˀ	140	啄	toˀh
20	鬱	uə̇ˀ	84	骨	kuəˀ	144	退	tʻoi
22	乬	i	85	根	kən	145	涕	tʻie
23	易	i	86	記	ki	147	替	tʻie
24	耶	*ia	87	家	ka	149	腿	tʻoi
25	移	i	88	鬼	kʷei	151	脫	tʻu̇ɑˀ
26	逸	ieˀ	89	訖	kaˀ	152	大	tɑi
28	養	iaŋ	90	寄	ki	154	陀	tɑ
30	鹽	iəm	91	割	kɑˀ	155	突	tuəˀ
37	好	hou̇	92	幾	ki	157	途	tʻuo
38	希	hi	93	愧	kʷi	159	道	to
39	欣	hən	94	蓋	kɑi	160	達	tɑˀ
42	訓	hȯən	95	箇	kɑ	164	駝	tʻɑ
43	稀	hi	99	屈	kuə̇ˀ	171	那	*no
44	黑	həˀh	100	乞	kʻəˀ	172	你	ni
45	漢	hɑn	101	坎	kʻɑm	173	泥	nie
47	勳	hoən	104	珂	kʻɑ	175	南	nɑm
48	戲	hi	106	區	kʻiu	176	袮	ni
49	釁	hən	108	欺	*kʻə	177	迺	nɑi
50	兮	hie	109	渴	kʻɑˀ	178	能	*nɑi
51	合	hɑb	111	慨	kʻɑi	179	捺	nɑˀ
53	河	hɑ	112	器	kʻi	182	嫩	nuə̇n
54	胡	huo	113	及	kib	183	餧	noi
55	活	huɑˀ	117	畿	ki	187	朝	tʂio
57	核	*kə	119	吟	ŋim	188	住	tʂiu
60	會	hoi	122	刀	to	189	長	tʂiaŋ
61	蝎	hɑˀ	124	打	*ta	192	恥	tʻʂi

編號	用字	擬音	編號	用字	擬音	編號	用字	擬音
194	昵	nieˀ	256	審	ʂim	333	本	puən
195	匿	niˀh	257	燒	ʂio	335	必	piˀ
197	力	liˀh	259	受	ʂiəu	336	把	pa
199	利	li	260	時	ʂi	337	板	pan
200	李	li	261	涉	ʂiəb	338	奔	puən
201	里	li	264	眞	tʂin	340	背	puɑi
202	林	lim	266	鲊	tʂa	341	祕	pi
203	來	lɑi	269	査	tʂa	342	剝	pɔˀh
205	理	li	271	沙	ʂa	343	濮	puˀh
207	勒	ləˀh	272	索	ʂaˀh	345	擺	pai
209	笠	lib	273	捒	ʂioŋ	349	敗	pai
212	論	lu̇ən	274	率	ʂiəˀ	350	撥	pu̇ɑˀ
213	魯	luo	275	子	tsi	351	朴	pʻɔˀh
215	盧	luo	276	作	tsɑ	352	抜	pʻu̇oˀh
217	離	li	277	咱	*tsʻɑ	353	批	pʻieˀ
218	臨	lim	278	則	tsəˀh	354	鋪	pʻu̇o
219	羅	lɑ	279	祖	tsu̇o	355	孛	puəˀ
220	囉	*rɑ	284	觜	tsʷie	356	笓	piˀ
221	纜	lɑm	285	載	tsɑi	360	菩	pʻuo
223	刃	ʐən	286	薦	tsəˀh	361	箔	pɑˀh
224	兒	ʐi	289	寸	tsʻuən	364	毛	mɑu
226	之	tʂi	290	且	tsʻa	365	木	mu̇oˀh
227	支	tʂi	291	此	tsʻie	366	母	məu
229	占	tʂiəm	294	采	tsʻɑi	367	末	mu̇ɑˀ
230	至	tʂi	296	雌	tsiə	368	門	mu̇ən
231	朱	tʂiu	297	慘	tsʻɑm	369	沒	mu̇əˀ
232	折	tʂiəˀ	303	集	tsib	370	抹	mu̇ɑˀ
233	指	tʂi	304	慈	tsʻi	372	馬	ma
234	捶	tʂʷie	305	聚	tsiu	373	密	miˀ
235	質	tʂiˀ	307	三	sɑm	375	麻	ma
242	蛇	ʂa	309	戌	siueˀ	378	滿	mu̇ɑn
243	實	ʂiˀ	312	洒	sie	380	謨	mɑˀh
244	少	ʂio	313	蘇	suȯ	381	每	muɑi
245	水	ʂʷi	314	孫	su̇on	382	不	puəˀ
248	戍	ʂiu	319	酥	suȯ	384	發	pʷɐˀ
249	施	ʂi	321	窣	su̇əˀ	386	霏	fi
250	室	ʂiˀ	322	遜	su̇ən	387	皮	pi
252	翅	ʂi	323	歲	siʷɛi	388	伐	fʷɐˀ
253	試	ʂi	325	賽	sɑi	390	弼	piˀ
254	勢	ʂie	326	薩	sɑˀ	391	頻	pin
255	舜	ʂiun	331	八	paˀ	398	彌	mi

제6장 整理 및 結論

1. 『鷄林類事』의 校定本

凡例

(1) 張校本을 底本으로 함.
(2) 전체를 (1)記事部分과 (2)譯語部分으로 나누어 교정함.
(3) 記事部分에 句讀點을 붙임
(4) 譯語部分에 번호를 붙임
(5) 19種의 板本을 對照해서 교정하여 歸納함.(단 각 傳本上 비록 그 표기가 모두 동일하더라도 誤寫인 것이 분명하면 校定하였음)
(6) 각 傳本上 簡體字가 간혹 있을 때는 이것을 正體字로 교정함.
(7) 校定의 근거는 제2장과 제4장을 참조.

鷄林類事 卷三 宋 孫穆 奉使高麗國信書狀官

(1) 記事部

高麗王建自後唐長興中, 始代高氏爲君長.

傳位不欲與子孫, 乃及于弟. 生女不與國臣爲姻. 而令兄弟自妻之. 言王女之貴, 不當下嫁也. 國人婚嫁無聘財, 令人通說, 以米食爲定, 或男女相欲爲夫婦則爲之.

夏日群浴于溪流, 男女無別, 瀕海之人, 潮落舟遠, 則上下水中, 男女皆露形.

父母病, 閉于室中, 穴一孔, 與藥餌, 死不送.

國城三面負山, 北最高峻, 有溪曲折貫城中, 西南當下流, 故地稍平衍, 城周二十餘里, 雖雜沙礫築之, 勢亦堅壯.

國官月六參. 文班百七十員, 武班五百四十員. 六拜蹈舞而退, 國王躬身還禮. 稟事則膝行而前, 得旨復膝行而退. 至當級, 乃步. 國人卑者見尊者亦如之. 其軍民見國官甚恭. 尋常則胡跪而坐. 官民子拜父, 父亦答以半禮, 女僧尼就地低頭對拜.

夷俗不盜, 少爭訟. 國法至嚴, 追呼唯寸紙, 不至卽罰. 凡人詣官府, 少亦費米數斗. 民貧, 甚憚之. 有犯不去巾, 但褫袍帶, 杖笞頗輕. 投束荊, 使自擇, 以牌記其杖數. 最苦執縛, 交臂反接, 量罪爲之, 自一至九, 又視輕重, 制其時刻而釋之. 唯死罪可久, 甚者髀骨相摩, 胸皮折裂. 凡大罪, 亦刑部拘役也. 周歲待決, 終不逃. 其法, 惡逆及詈父母乃斬, 餘止杖肋, 亦不甚楚. 有賂或不免, 歲以八月論囚, 諸州不殺, 咸送王府. 夷性仁, 至期多赦宥, 或配送靑嶼黑山, 永不得還. 五穀皆有之, 粱最大, 無秫糯, 以粳米爲酒. 少絲蠶, 每一羅直銀十兩, 故國中多衣麻苧. 地瘠惟產人參, 松子, 龍鬚席, 藤席, 白硾紙.

日早晚爲市, 皆婦人挈一柳箱, 一小升有六合, 爲一刀以升爲刀. 以稗米定物之價, 而貿易之. 其他皆視此爲價之高下. 若其數多, 則以銀瓶, 每重一斤, 工人製造用銀十二兩半, 入銅二兩半, 作一斤, 以銅當工匠之直. 癸未年倣朝鑄錢交易, 以海東重寶, 三韓通寶爲記.

고려 왕건이 후당 장흥 중부터 비로소 고씨를 대신해서 군장이 되었다.

왕위를 그 자손에게 넘겨주고자 하지 않고 곧 그 동생에게 전해주었다.

딸을 낳으면 신하와 혼인하지 않고 형제로 하여금 스스로 아내를 삼게 하였다.

왕의 딸이 귀한데 신분을 낮추어 결혼하는 것은 옳지 않다고 하였다.

백성들이 혼인함에 빙재가 없고 중매쟁이로 하여금 말을 통하여 쌀밥으로 정하였으며, 또는 남녀가 서로 좋아하면 곧 부부가 되었다.

여름날 시냇물에서 군욕을 하는데 남녀구별이 없었다.

바닷가의 사람들이 썰물이 되어 배가 멀어지면 곧 사람들의 몸 전체가 물속에 있던 몸이 남녀 모두 노출되었다.

부모가 병들면 토실 안에 가두고 한 구멍을 내어 약과 음식을 넣어주다가 죽으면 장사지내지 않았다.

나라의 성이 삼면이 산을 등지고 있는데, 북쪽이 가장 높고 험준하며 시냇물이 성을 꼬불꼬불 꿰뚫어나가니 서남쪽이 당연히 하류이며, 그러므로 땅이 조금 서남쪽으로 평평하다. 성 주위는 20여리이고 비록 모래와 자갈로 쌓았지만 매우 튼튼하였다.

나라의 관리는 매월 여섯 번 참예한다. 문반은 170명이고 무반은 540명이다. 여섯 번 절하고 춤추듯 뛰면서 물러난다. 국왕은 몸을 굽혀 답례한다. 일을 임금에게 아뢸 때는 무릎으로 기어서 앞으로 나아가서 임금의 재가를 얻으면 다시 무릎으로 기어서 물러났다. 해당 위치에 이르면 곧 걸었다. 백성들 중 신분이 낮은 사람은 신분이 높은 사람을 보면 또한 이와 같이 했다. 군인이나 백성들이 나라의 관리를 보면 매우 공손하였다. 평상시는 곧 무릎을 꿇고 앉았다. 관리의 자제들이 아버지에게 절하면 아버지는 반례로 답하였다. 여자와 중은 땅에 머리를 대고 절하였다.

고려 사람들의 풍속이 훔치지 않고 다투어 송사하는 일이 적었다.

국법이 지극히 엄격하여 호출할 때 오직 작은 종이쪽지로 해도 이르지 않으면 곧 벌하였다. 무릇 백성들이 관청을 잘 알아서 적으면 쌀 몇 알만 써도 되었다. 백성들이 가난해서 그것을 꺼리었다. 범법자가 있어도 두건은 벗기지 않고 다만 도포의 띠를 풀게 하고 매를 치는 것도 매우 가벼웠다. 구속하여 투옥하는 것은 자신이 택하게 하고 나무 조각에 그 매질의 수를 기록하였다. 가장 고통스러운 것은 잡아 묶는 것이고 팔을 반대로 접어 엮는 것이며 죄의 양에 따라 처리하는데 하나에서 아홉까지이며 또한 죄의 경중을 보아 그 시간을 정해서 풀어주었다. 오직 사형수의 죄는 오래가는데 심하면 넓적다리 뼈를 서로 마찰하고 가슴의 살을 찢어내었다.

무릇 대죄는 또한 형부에서 부역하였다. 일 년을 기다려 결죄하지만 끝내 도망가지 않았다. 그 법이 악질적인 반역이거나 부모를 매도하면 곧 참수하고 나머지는 갈비대를 치는 것으로 그쳐 별로 고초롭지 않았다. 항복이 있어도 면치 못하고 매해 팔월로써 범죄자를 절단하고 각 고을에서는 사형하지 않고 모두 도성으로 보냈다. 고려 사람들의 성품이 어질어서 시기에 이르면 모두 사면하고 혹은 청서도와 흑산도로 유배를 보내어 영원히 돌아오지 못하게 하였다.

오곡이 모두 있으며 수수가 가장 많고 찹쌀은 없어서 멥쌀로 술을 빚었다. 명주실은 적어서 한 필에 은 열 냥이라 나라 사람들이 대부분 삼베와 모시옷을 입었다. 땅이 척박해서 오직 인삼, 잣, 용수석, 등나무 자리, 백추지(한지)가 생산 되었다.

하루에 아침부터 저녁까지 저자가 서고 부인들이 모두 하나의 버들상자를 끼고 시장에 가고 작은 한 되와 여섯 홉이 한 되이다. 승을 되라고 했다. 핍쌀로써 물가를 정하고 물건을 사고 팔았다. 기타는 모두 이것으로 가치의 값의 고하를 정하였다. 만약 그 수량이 많으면 곧 은병으로 했는데 매 중량은 한 근이고 공인들이 은 열두 냥만을 사용하고 동 두 냥 반을 넣어서 한 근을 만들고 구리에 해당되는 것은 공장의 몫이었으며, 계미년에 송나라를 모방해서 돈을 만들어 사용했는데 해동중보 또는 삼한통보라고 새기었다.

(2) 譯語部

方言

① 天曰漢捺
② 日曰契[黑隘切]
③ 月曰姮
④ 雲曰屈林
⑤ 風曰孛纜
⑥ 雪曰嫩
⑦ 雨曰霏
⑧ 雪下曰嫩恥
⑧[A] 凡下皆曰恥
⑨ 雷曰天動
⑩ 雹曰霍
⑪ 電曰閃
⑫ 霜露皆曰率
⑬ 霧曰蒙
⑭ 虹曰陸橋
⑮ 鬼曰幾心
⑯ 神曰神道
⑰ 佛曰孛
⑱ 仙人曰仙人
⑲ 一曰河屯
⑳ 二曰途孛
㉑ 三曰洒[厮乃切]
㉒ 四曰迺
㉓ 五曰打戍
㉔ 六曰逸戍
㉕ 七曰一急
㉖ 八曰逸答
㉗ 九曰鴉好
㉘ 十曰噎
㉙ 二十曰戍沒
㉚ 三十曰實漢
㉛ 四十曰麻刃
㉜ 五十曰舜
㉝ 六十曰逸舜
㉞ 七十曰一短
㉟ 八十曰逸頓
㊱ 九十曰鴉訓
㊲ 百曰醞
㊳ 千曰千
㊴ 萬曰萬
㊵ 旦曰阿慘
㊶ 午曰占捺
㊷ 暮曰捻宰[或言占沒]
㊸ 前日曰訖載
㊹ 昨日曰於載
㊺ 今日曰烏捺
㊻ 明日曰轄載
㊼ 後日曰母魯
㊽ 約明日至曰轄載烏受勢
㊾ 凡約日至皆曰烏受勢
㊿ 年春夏秋冬同
51 上曰頂

(52) 下曰底

(53) 東西南北同

(54) 土曰轄希

(55) 田曰田

(56) 火曰孛

(57) 山曰每

(58) 石曰突

(59) 水曰沒

(60) 海曰海

(61) 江曰江

(62) 溪曰溪

(63) 谷曰丁蓋

(64) 泉曰泉

(65) 井曰烏沒

(66) 草曰戌

(67) 花曰骨

(68) 木曰南記

(69) 竹曰帶

(70) 果曰果

(71) 栗曰監[鋪檻切]

(72) 桃曰技棟

(73) 松曰鮓子南

(74) 胡桃曰渴來

(75) 柿曰坎

(76) 梨曰敗

(77) 林禽曰悶子計

(78) 漆曰黃漆

(79) 茭曰質姑

(80) 雄曰鶻試

(81) 雌曰暗

(82) 雞曰啄音達

(83) 鷺曰漢賽

(84) 鳩曰于雄

(85) 雉曰雉賽

(86) 鴿曰弼陀里

(87) 鵲曰渴則寄

(88) 鶴曰鶴

(89) 鴉曰柯馬鬼

(90) 雁曰器利兮畿

(91) 禽皆曰賽

(92) 雀曰譚崔[斯乃反]

(93) 虎曰監[蒲南切]

(94) 牛曰燒[去聲]

(95) 羊曰羊

(96) 猪曰突

(97) 犬曰家稀

(98) 貓曰鬼尼

(99) 鼠曰觜

(100) 鹿曰鹿

(101) 馬曰末

(102) 乘馬曰轄打[平聲]

(103) 皮曰渴翅

(104) 毛曰毛

(105) 角曰角

(106) 龍曰珍

(107) 獺曰水脫[剔曰切]

(108) 鱉曰團

(109) 蟹曰慨

110 鰒曰必

111 螺曰蓋慨

112 蛇曰蛇蟻

113 蠅曰蠅

114 螘曰螻

115 蝨曰裩

116 蚤曰批勒

117 蟣曰割稂裩

118 臭虫曰蛇鋪

119 人曰人

120 主曰主

120 客曰孫吟

122 官曰員理

123 士曰進[寺儘切]

124 吏曰主事

125 商曰行身

126 工匠曰把指

127 農曰宰把指

128 兵曰軍

129 僧曰福田

130 尼曰阿尼

131 遊子曰浮浪人

132 丐曰丐剁

133 倡曰水作

134 盜曰盜兒

135 倡人之子曰故作

136 樂工亦曰故作[多倡人子爲之]

137 稱我曰能[奴台切]

138 問汝曰你

138A 誰何曰餧箇

139 祖曰漢丫祕

140 父曰丫祕

141 母曰丫彌

142 伯叔皆曰丫查祕

143 伯叔母皆曰丫子彌

144 兄曰長兄

145 嫂曰長兄滿吟

146 姉曰嫀妹

147 弟曰丫兒

148 妹曰丫慈

149 男子曰沙喃[音眇南]

150 女子曰滿吟

151 自稱其夫曰沙會

152 妻亦曰滿吟

153 自稱其妻曰細婢[亦曰陟臂]

154 男兒曰丫妲[亦曰索記]

155 女兒曰寶妲[亦曰古盲兒]

156 父呼其子曰丫加

157 孫曰丫寸曰丫妲

158 舅曰漢丫祕

159 姑曰漢丫彌

160 婦曰丫寸

161 母之兄曰訓鬱

162 母之弟曰次鬱

163 姨妗亦皆曰丫子彌

164 頭曰麻帝

⑯⑤ 髮曰麻帝核試
⑯⑥ 面曰捺翅
⑯⑦ 眉曰嫩涉
⑯⑧ 眼曰嫩
⑯⑨ 耳曰愧
⑰⑩ 口曰邑
⑰① 齒曰你
⑰② 舌曰蝎
⑰③ 面美曰捺翅朝勳
⑰④ 面醜曰捺翅沒朝勳
⑰⑤ 心曰心[音尋]
⑰⑥ 身曰門
⑰⑦ 胸曰柯
⑰⑧ 背曰腿馬末
⑰⑥ 腹曰擺
⑱⑩ 手曰遜
⑱① 足曰撥
⑱② 肥曰鹽骨眞[亦曰鹽骨易戍]
⑱③ 瘦曰安里鹽骨眞
⑱④ 洗手曰遜時蛇
⑱⑤ 凡洗濯曰時蛇
⑱⑥ 白米曰漢菩薩
⑱⑦ 粟曰田菩薩
⑱⑧ 麥曰密
⑱⑨ 豆曰太
⑲⑩ 穀曰麻帝骨
⑲① 酒曰酥孛
⑲② 醋曰生根
⑲③ 醬曰密祖
⑲④ 鹽曰蘇甘
⑲⑤ 油曰畿[入聲]林
⑲⑥ 魚肉皆曰姑記
⑲⑦ 飯曰朴
⑲⑧ 擧飯曰謨做
⑲⑨ 茶曰茶
⑳⑩ 湯曰湯水
⑳① 飮酒曰酥孛麻蛇
⑳② 凡飮皆曰麻蛇
⑳③ 煖酒曰蘇孛打里
⑳④ 凡安排皆曰伐里
⑳⑤ 勸客飮盡食曰打馬此
⑳⑥ 醉曰蘇孛速
⑳⑦ 不善飮曰本道安里麻蛇
⑳⑧ 熟水曰泥根沒
⑳⑨ 冷水曰時根沒
㉑⑩ 飽曰擺咱[七加反]
㉑① 飢曰擺安里咱
㉑② 金曰那論歲
㉑③ 珠曰區戊
㉑④ 銀曰漢歲
㉑⑤ 銅曰銅
㉑⑥ 鐵曰歲
㉑⑦ 絲曰絲
㉑⑧ 麻曰三
㉑⑨ 羅曰速
㉒⑩ 錦曰錦
㉒① 綾曰苦隆
㉒② 絹曰及

223 布曰背

224 苧曰毛施

225 苧布曰毛施背

226 幞頭曰幞頭

227 帽子曰帽

228 頭巾曰土捲

229 袍曰袍

230 帶曰腰帶[亦曰褐子帶]

231 皂衫曰珂門

232 被曰尼不

233 袴曰珂背

234 裩曰安海珂背

235 裙曰裙

236 鞋曰盛

237 襪曰背成

238 女子蓋頭曰子母蓋

239 針曰板捺

240 男子夾袋曰木蓋

241 女子勒帛曰實帶

242 線曰實

243 繡曰繡

244 白曰漢

245 黃曰那論

246 青曰青

247 紫曰質背

248 黑曰黑

249 赤曰赤

250 紅曰眞紅

251 緋曰緋

252 染曰沒涕里

253 稱曰雌孛

254 尺曰作

255 升曰刀[音堆]

256 斗曰抹

257 印曰印

258 車曰車

259 船曰擺

260 席曰藤[音登]席

261 薦曰質薦

262 椅子曰駝馬

263 卓子曰食床

264 牀曰牀

265 燭曰火炬

266 簾曰箔[音發]

267 燈曰活黃

268 下簾曰箔耻具囉

269 匱曰枯李

270 傘曰聚笠

271 扇曰孛采

272 笠曰蓋[音渴]

273 梳曰笓[音必]

274 簪曰頻希

275 齒刷曰養支

276 合子曰合

277 盤子曰盤

278 瓶曰瓶

279 銀瓶曰蘇乳

280 酒注曰瓶碗

281 盤盞曰盞臺

282 釜曰吃[枯吃反]

283 盆曰鴉敖耶

284 鬲曰窣

285 碗曰巴賴

286 楪曰楪至

287 盂曰大耶

288 匙曰戌

289 茶匙曰茶戌

290 箸曰折[之吉反]

291 沙羅曰戌羅[亦曰敖耶]

292 硯曰皮盧

293 筆曰皮盧

294 紙曰捶

295 墨曰墨

296 刀子曰割

297 剪刀曰割子蓋

298 骰子曰節

299 鞭曰鞭

300 鞍曰末鞍

301 轡頭曰轡

302 鼓曰濮

303 旗曰旗

304 弓曰活

305 箭曰薩[亦曰矢]

306 劍曰長刀

307 大刀曰訓刀

308 斧曰烏子蓋

309 炭曰蘇戌

310 柴曰孛南木

311 香曰香

312 索曰那[又曰朴]

313 索縛曰那木皆

314 射曰活素

315 讀書曰乞鋪

316 寫字曰乞核薩

317 畫曰乞林

318 榜曰額子

319 寢曰作之

320 興曰伱之

321 坐曰阿則家囉

322 立曰立

323 臥曰乞寢

325 行曰欺臨

326 走曰連音打

326 來曰烏囉

327 去曰匿家八囉

328 笑曰胡住

329 哭曰胡臨

330 客至曰孫烏囉

331 有客曰孫集移室

332 迎客入曰屋裏坐少時

333 語話曰替里受勢

334 繫考曰室打里

335 決罪曰濊衣底

336 借物皆曰皮離受勢

337 問此何物曰沒審

338 乞物曰怎受勢

339 問物多少曰密趐易戍
340 凡呼取物皆曰都囉
341 相別曰羅戲少時
342 凡事之畢皆曰得
343 勞問曰[illegible]蓋
344 生曰生
345 死曰死
346 老曰力斤
347 少曰亞退
348 存曰薩囉
349 亡曰朱幾
350 有曰移實
351 無曰烏不實
352 大曰黑根
353 小曰胡根
354 多曰釁合支
355 少曰阿孫
356 高曰那奔
357 低曰捺則
358 深曰及欣
359 淺曰眠低

2. 結論

예로부터 지금까지 韓·中 兩國은 한마디로 말하면 소위 '脣亡齒寒'의 關係이다. 이로써 역대 중국의 인사들이 韓國文化의 발전에 공헌한 사람이 적지 않고 宋나라 孫穆이 그중에서도 著名하다. 그는 한국 땅에 그 功이 지대하여 다른 사람이 미칠 수 없다. 애석하게도 시대가 오래되고 세상이 달라져 그 이름을 이미 오늘날 중국 땅에서 다시 들어볼 수 없다. 孫穆이 편찬한 『鷄林類事』 3권은 곧 高麗旅行記이며 譯語集으로 그 책은 浩繁한 大作 名著가 아니라, 陳振孫이 일찍이 '不著名氏'라고 이른 바와 같이 다만 일개 書狀官의 著作일 뿐이다. 오늘날 전하는 板本도 곧 元나라 陶宗儀의 발췌본이지만, 그러나 오늘날 한국 사람들은 그 책을 寶典과 같이 생각한다. 이로써 보면 사람은 참으로 壽命이 있고 책도 壽命이 있으나, 사람의 壽命은 짧으나 책의 壽命은 長久하여 그 책은 연년이 수를 더하여 오늘날 여전히 내려오고 있다.

한국인들이 『鷄林類事』를 이와 같이 중요시하는 것은 무슨 까닭일까? 이 책에 서술한 바를 要約해서 말하면 그 까닭은 3가지가 있는데, 이 책에 기재된 것은 곧 지금부터 9세기 이전의 韓國語이며, 시대가 바뀌면서 땅이 變하여 역사가 흘러 오래된 것이 그 하나이다. 이 책은 비록 陶宗儀의 拔萃를 거쳐 또한 여러 차례 옮겨 쓰기를 거쳤으나, 다만 譯語部分에서는 다행히 그 原貌가 아직도 남아있는 것이 그 둘째이다. 당시에 아직 한글이 없었고 頻繁한 外患으로 인하여 漢文과 吏讀로 기록한 문헌도 거의 소실되었지만 고려어의 片貌는 다행히 이 책에 근거하여 全豹 一斑을 볼 수 있어 新羅와 朝鮮朝語의 교량역할을 할 수 있는 것이 그 셋째이다.

한국인들이 異口同聲으로 이 책을 重視하지만 그러나 지금까지 상세히 연구한 사람은 별로 없는데 그 까닭도 세 가지가 있으니, 하나는 아직 그 原本을 볼 수 없음이요, 또 하나는 傍證資料가 부족함이요, 또 하나는 中國 聲韻學에 별로 밝지 않음이다. 필자는 다행히 明代의 筆寫本

2종을 찾아보았다. 하나는 中華民國 中央圖書館에 소장된 明鈔本『說郛』本이며, 또 하나는 홍콩대학 馮平山圖書館 所藏의 明鈔本『說郛』本인데, 이 두 책을 위주로 하여 기타 자료를 아울러 考察하여 前人들이 해석하지 못한 것을 풀이한 것이 상당수가 있는데 열거하면 다음과 같다.

(1)『鷄林類事』의 採錄年代는 앞사람들이 상세히 究明할 수 없었으나, 北宋 徽宗 崇寧 2年 癸未(高麗 肅宗 8年, 1103年) 6월 壬子 곧 5일(양력 7월 10일)에서 동년 7월 辛卯 곧 14일(양력 8월 18일)사이임을 考證하여 알았다.

(2)『鷄林類事』 傳本의 源流는 지금까지 분명치 않았는데, 그 傳本의 相互關係와 내려오는 傳本의 系譜를 밝혔다. 이로써 그 原本뿐만 아니라 곧 明板本의 陶宗儀『說郛』본이 散失된지 이미 오래되었으므로 오늘날 參考할 수 있는 가장 오래된 古本은 2종의 明鈔本 중에 있다는 것을 알 수 있다. 이 때문에『鷄林類事』를 연구함에 이 두 책의 가치가 매우 크다.

(3) 孫穆의 生涯에 대해서는 비록 확실하지는 않지만, 본편에 서술한 몇 가지로 미루어 증명하면 汴京(開封)임을 단정할 수 있다.

(4) 한국어를 採錄한 것은 어느 지방의 언어일까? 당시의 王城인 開城이라는 사실 외에는 그 語彙나 音韻으로 미루면, 마땅히 지금의 韓國中部의 方言인 것이 거의 확실하다. 筆者의 本籍이 마침 韓國中部의 충청도인 까닭에 충청도 방언으로써 대음되는 예를 찾아낸 것이 적지 않은데 여기에 특별히 言及하여 예를 들면 '臭虫曰蛇鋪'(빈대를 갈보라 함)인데 오늘날까지 비록 여러 학자들이 그 말의 뜻을 열심히 연구하였으나 그 정확한 해석을 얻지 못하고 모두 牽强附會했을 뿐이다. 오늘날 한국 中部이외에서는 거의 이 말을 쓰지 않으므로 증명할 수 있다.

(5) 譯語部分의 語項 數는 종래 그 語項의 數가 자세하지 않아 각 책에 기재된 것이 一致하지 않다. 각 傳本을 모아 교정한 것에 의하면, 그 항수는 응당 361項이어야 하며, 만약 '東西南北同'과 같은 류의 語項은 4項으로 나누면 곧 372項이 된다. 여기서 明鈔本의 原貌를 다치지 않고 그 번호를 부여한 것이 곧 359項이다. 그러나 第⑧項과 第⑬⑧項의 兩項은 각각 둘로 나누어 4項으로써 '⑧, ⑧[A], ⑬⑧, ⑬⑧[A]'로 표시해야 한다. 이제부터는 『鷄林類事』를 引用할 경우 그 語項 數를 361項으로 하여야 함을 잊지 말아야 할 것이다.

(6) 『鷄林類事』의 표기법은 지금까지 일찍이 詳察한 바가 없어서 잘못 해석한 것이 매우 많다. 전체 對音標記를 귀납하면, 그 표기의 방식이 잘 나타나 있다. 여기에 그 關鍵을 요약하면, 앞 음절의 '終聲'이 아래 음절의 '初聲'에 미치어 연음될 때 '終聲'과 '初聲'을 분별하지 못하고, '同類의 重子音'으로써 對音하는 것이 이른바 '連音變讀(sandi)'인데 이러한 變化는 곧 語音의 자연적인 현상이며 어법상의 문제가 아니다. 왜냐하면 이러한 변화는 결코 어떠한 의미상의 차이를 표시할 수 없다. 예를 들면 다음과 같다.

上音節 終　聲	下音節 初　聲	對音 標記	對應用例	備註
無終聲	m-	-mm-	⑶⑽ 孛南木 ㊷ 占沒	
無終聲	n-	-nn-	① 漢捺 ㉓⑼ 板捺	
無終聲	k-	-ˀhk-	⒂④ 索記 ㉜① 阿則家囉	
-k	無輔音	-ˀhk-	⑶⒀ 那木皆 ㉞⑹ 力斤	
無終聲	r-	-ˀl-	④ 屈林 ⑤ 孛纜	[r]對應漢音[l]
無終聲	s-	-ˀs-	㉝ 逸舜 ⑽③ 渴翅	
無終聲	t-	-ˀt-	㉖ 逸答 ㉞ 一短	
無終聲	c(ts)-	-ˀts-	㊸ 訖載 ⒆③ 密祖	[c]則韓文「ㅈ」
無終聲	c'(ts')-	-ˀts'-	㉗① 孛采	[c']則韓文「ㅊ」

(7) 聲類 및 韻類의 分析은 譯語部分 全篇에서 보면, 그 對音字는 약 400字가 있는데 41聲類와 16韻攝에 따라 그 音價를 분석하면 다음과 같은 결론을 얻게 된다.

(甲) 聲類

① 影·喩·疑母는 모두 零聲母에 歸入된다.
② 曉母와 匣母는 구분하지 않고 모두 [h]음에 歸入된다.
③ 泥母와 娘母는 구분하지 않고 모두 [n]음에 歸入된다.
④ 來母는 한국어음 [r]에 대음된다.
⑤ 半齒音 日母의 音價는 곧 [ʑ]음이다.
⑥ 濁聲母는 모두 淸化된다.
⑦ 重脣音과 輕脣音은 구분하지 않고 모두 重脣音에 歸入된다.

(乙) 韻類

① 果攝과 假攝은 구분되지 않고 곧 같은 韻類이다.
② 開口音과 合口音의 차이는 매우 분명하다.
③ 止攝의 開口用字 중 齒頭音 및 正齒音 2등의 아래 [i]韻母는 모두 [ə], [ɐ]음으로 변한다.
④ 韻尾 [m]과 [n]의 分辨은 매우 확실하다.
⑤ 對音韓國語 [i], [ɯ] 母音은 구분하지 않고 모두 [i]韻母로써 표기 하였다.
⑥ 曾攝과 梗攝의 韻母는 同韻類에 歸入되지 않는다.

(8) 당시의 入聲韻尾는 어떤 音價로 考究해야 할까? 종래 각 학자들의 주장이 일치하지 않으나, 對音韓國語에 따르면 그 音價를 歸納할 수 있으니, 곧 脣內 入聲韻尾는 [b]이고, 舌內 入聲韻尾는 [ʔ]이고, 喉內 入聲韻尾는 [ʔh]이다.

(9) 漢語部와 對音部가 같은 표기로 된 것을 예를 들면 '蠅曰蠅', '東西南北同' 등으로 미루면, 당시 兩國의 漢字音이 거의 서로 가까웠음을 알 수 있다. 徐兢의 『高麗圖經』에 이르기를 "大經則有華嚴般若, 小者不可悉數, 亦有本繙自中國, 能爲華言者, 嘗令誦之, 歷歷可聽, 至其梵唄, 則又鴂舌不復可辨矣."(大經은 곧 華嚴과 般若가 있고, 작은 것은 그 수를 다 알 수 없고, 또한 중국에서 연구하여 中國語를 할 수 있는 자에게 朗誦시켜 보았더니 역력히 알아 들을 수 있었으며, 梵唄에서는 때까치가 지저귀는 것 같아서 분변할 수가 없었다.)(卷18, 道敎, 釋氏條)라 하였는데 이로써 족히 佐證할 수 있다.

(10) 각 語項의 해석은 앞 사람들의 공헌이 매우 커서 대부분 그 語彙의 뜻을 중시하여, 그 대음되는 韓國語를 힘써 찾을 수 있었던 까닭이다. 그러나 韓國漢字音으로써 그 어휘를 해석하였으므로 잘못 풀이한 것도 적지 않다. 여기에 매 對音字의 聲類·韻類·韻尾를 분석하여 韓國語와 그 音價를 대조하여 그 발음을 擬測할 수 있었으며, 아울러 北宋 당시의 讀音도 擬測하였다. 그 擬測의 옳고 그름은 고명한 분들의 판단을 기다린다.

(11) 記事部分과 譯語部分의 綜合 校正은 오늘날 전하는 각 판본이 서로 다른 것이 적지 않으므로 板本에 따라서 그 해석이 같지 않다. 그런데도 모두가 明鈔本을 보지 않은채 다만 字劃의 유사함만을 보고서 임의로 그 불명한 것을 추측하였기 때문에 誤釋·臆斷·徒勞·附會 등을 면하기 어려웠다. 이에 그 誤謬를 교정하기 위하여 오늘날까지 남아있는 17種의 板本과 기타 引用本 및 연구논문 등 20여 종을 모두 수집해서 대조하여 이에 『鷄林類事』 校訂本을 작성하였다. 그러나 明鈔本 上에 아직도 불명한 몇 곳이 있는데, 오늘날 존재하는 자료만으로는 그 원모를 考究할 수 없으므로 이 校訂本도 완벽한 것은 아니다. 미흡한 부분은 보충하여 완벽한 연구를 이룰 것은 後日을 기다려주기를 바라는 바이다.

— 附錄 —

鷄林類事 對音字一覽表

參考書目

添附論文

『鷄林類事』의 重要板本

鷄林類事 對音字一覽表

범례

(1) 본 표는 譯語部分의 對音字를 분석함으로써 對音韓國語와 宋 對音의 擬測을 考證하기 위한 기본 자료이다.

(2) 번호는 곧 「41聲類表」에 따른 순서이다.

(3) 『廣韻』·『集韻』·『韻鏡』을 위주로 하여 그 음가를 정리하였다.

(4) 칼그렌의 『方言字彙』를 참고해서 北宋의 讀音을 擬測하였다.

(5) 『廣韻』·『集韻』에 기재되지 않은 글자는 기타 韻書에 근거해서 그 反切音을 표기하였다.

(6) 註解部 語項 밑의 「*」표는 漢字語彙의 用字임을 표시한 것이다.

(7) 註解部 語項 숫자의 우측 상면의 표시는 同項兩例임을 나타낸 것이다.

(8) 切音項 아래의 횡선은 그 음가에 근거해서 對音韓國語를 擬測한 것을 나타낸 것이다.

(9) 朝鮮 前期의 漢字音은 河野六郎의 『朝鮮漢字音의 硏究』(資料音韻表)를 참조.

編號	對音字	註解部語項	切音		聲類	發音部位	發送收	韻類	等呼	四聲	高本漢擬測古漢音	朝鮮前期漢字音	備註
			廣韻	集韻及他韻書									
1	一	25	於悉	益悉	影	喉	發	質	開3	入	ˀĭět	il	
2	丫	139, 140, 141, 142, 143, 147, 148, 154, 156, 157², 158, 159, 160, 163	於加	同	〃	〃	〃	麻	〃2	平	ˀa	a	
3	印	*257	於刃	伊刃	〃	〃	〃	震	〃3	去	ˀĭěn	in	
4	安	183, 207, 234	烏寒	於寒	〃	〃	〃	寒	〃1	平	ˀɑn	an	
5	衣	335	於希	同	〃	〃	〃	微	〃3	〃		ɯi	
6	亞	347	衣駕	同.於 加	〃	〃	〃	禡	〃2	去	ˀa	a	
7	邑	170	於汲	乙及.遏合	〃	〃	〃	緝	〃3	入	ˀĭəp	ɯp	
8	阿	40, 130, 321, 355	烏何	於河	〃	〃	〃	歌	〃1	平		a	

9	於	44	央居	衣虛.汪胡	〃	〃	〃	魚	〃3	〃	ˀĭʷo	ə	
10	屋	332	烏谷	同	〃	〃	〃	屋	〃1	入		ok	*未詳
11	烏	45, 48, 49, 65, 326, 330, 351	哀都	汪胡	〃	〃	〃	模	〃	平	ˀuo	o	
12	暗	81	烏紺	同	〃	〃	〃	勘	〃	去	ˀɑ̣m	am	
13	腰	*230	於霄	伊消	〃	〃	〃	宵	開3	平		jo	
14	隘	2	烏懈	同	〃	〃	〃	卦	〃2	去		ɐi	
15	碗	*280	烏管	鄔管	〃	〃	〃	緩	合1	上		wan̥	
16	鴉	27, 36, 283	於加	同	〃	〃	〃	麻	開2	平	ˀa	a	
17	鞍	*300	烏寒	於寒	〃	〃	〃	寒	〃1	〃	ˀɑn	an	
18	噎	28	烏結	一結	〃	〃	〃	屑	〃4	入	ˀiet	jəl	
19	醞	37	於問	紆問.委隕	影	喉	發	問	合3	去		on	
20	鬱	161, 162	紆物	同	〃	〃	〃	物	〃	入	ˀĭuət	ul	
21	羊	*95	與章	余章	喩	〃	〃	陽	開3	平	ĭaŋ	jaŋ	
22	㞑	98	以脂	延知	〃	〃	〃	脂	〃	〃	i	i	
23	易	182, 339	以鼓	同	〃	〃	〃	寘	〃	去	iĕ	i	
24	耶	283, 287, 291	以庶	余遮	〃	〃	〃	麻	〃2	平	ĭa	ja	
25	移	331, 350	戈支	余支	〃	〃	〃	支	〃3	〃	ie	i	
26	逸	24, 26, 33, 34, 35	夷質	弋質	〃	〃	〃	質	〃	入	iĕt	il	
27	楪	*286	與涉	弋涉.悉協	〃	〃	送	帖	開4	〃		tiəp	
28	養	275	餘兩	以兩	〃	〃	〃	養	〃3	上	ĭaŋ	jaŋ	
29	蠅	*113	余陵	同	〃	〃	〃	蒸	〃	平	ĭəŋ	ɯŋ sɯŋ	
30	鹽	182^2, 183	余廉	同.以瞻	〃	〃	〃	鹽	〃	〃	ĭɛm	jəm	
31	于	84	羽俱	雲俱	爲	〃	〃	虞	〃	〃		u	*未詳
32	曰	107	王伐	同	〃	〃	〃	月	合3	入	jĭʷɐt	wal	
33	員	*122	王問	同	〃	〃	〃	問	〃	去	jĭʷɛn	wən	
34	雄	84	羽弓	胡弓	〃	〃	〃	東	開1	平		uŋ	*未詳
35	火	*265	呼果	虎果	曉	〃	〃	果	合1	上	xuɑ	hwa	
36	兄	*144, *145	許榮	呼榮	〃	〃	〃	庚	開2	平	xjĭʷɐŋ	hjəŋ	
37	好	27	呼皓	許皓	〃	〃	〃	皓	〃1	上	xɑu	ho	
38	希	54, 274	香衣	同	〃	〃	〃	微	〃3	平	kjĕi	hwi	

39	欣	358	許斤	同	〃	〃	〃	欣	〃	〃	xjĭən	hwn	
40	香	*311	許良	虛良	〃	〃	〃	陽	〃	〃	xjĭaŋ	hjaŋ	
41	海	*60, 234	呼改	許亥	〃	〃	〃	海	開1	上	xɑi	hɐi	
42	訓	36, 161, 307	許運	吁運	〃	〃	〃	問	合3	去	xjĭuən	hun	
43	稀	97	香衣	香依	〃	〃	〃	微	開3	平	xjĕi	hɯi	
44	黑	2, *248, 352	呼北	迄得	〃	〃	〃	德	〃1	入	xək	hɯk	
45	漢	1, 30, 83, 138, 158, 159, 186, 214, 244	呼旰	虛旰	〃	〃	〃	翰	〃	去	xɑn	han	
46	霍	10	虛郭	忽郭.歷各	〃	〃	〃	鐸	合1	入		hwak	
47	勳	173, 174	許云	同	〃	〃	〃	文	〃3	平	xjĭuən	hun	
48	戱	341	香義	同	〃	〃	〃	寘	開3	去		hɯi	
49	舋	354	虛覲	許愼	〃	〃	〃	震	〃	〃		hɯn	
50	兮	90	胡雞	弦雞	匣	〃	〃	齊	〃4	平		hje	
51	合	*276, 354	侯閤	曷閤	〃	〃	〃	合	〃1	入	ɣɒ̣p	hap	
52	行	*125	戶庚	何庚	〃	〃	〃	庚	〃2	平	ɣɐŋ	hɐiŋ, haŋ	
53	河	19	胡歌	寒歌	〃	〃	〃	歌	〃1	〃	ɣɑ	ha	
54	胡	328. 329, 353	戶吳	洪孤	〃	〃	〃	模	〃	〃	ɣuo	ho	
55	活	267, 304, 314	戶括	同	〃	〃	〃	末	合1	入	ɣuɑt	hwal	
56	紅	*250	戶公	胡公	〃	〃	〃	東	開1	平	ɣuŋ	hoŋ	
57	核	165, 316	下革	同.居諧	〃	〃	〃	皆	〃2	〃	ɣæk	hɐik	*依集韻
58	夏	*50	胡駕	亥駕	〃	〃	〃	禡	〃	去	ɣa	ha	
59	黃	*78, 267	乎光	胡光	〃	〃	〃	唐	合1	平	$ɣ^wɑŋ$	hwaŋ	
60	會	151	黃外	戶栝	〃	〃	〃	泰	〃	去	ɣuɑi	hoi	
61	蝎	172	胡葛	何葛	〃	〃	〃	曷	開1	入	ɣɑt	həl	
62	褐	230	胡葛	何葛	〃	〃	〃	曷	〃	〃	ɣɑt	hal	
63	轄	46, 48, 54, 102	胡瞎	下瞎.何葛	〃	〃	〃	鎋	〃2	〃	ɣạt	hal	
64	檻	71	胡黤	戶黤	匣	喉	送	檻	開2	上		kam	
65	鶴	*88	下各	曷各	〃	〃	〃	鐸	〃1	入	ɣɑk	hak	
66	丐	*132	古太	居太.居曷	見	牙	發	曷	〃	〃	kɑi	kai	*依集韻
67	斤	346	擧欣	同	〃	〃	〃	欣	〃3	平	kjĭən	kɯn	

68	甘	194	古三	沽三.古暗	〃	〃	〃	談	〃1	〃	kam	kam	
69	古	155	公戶	果五	〃	〃	〃	姥	〃1	上	kuo	ko	
70	加	156, 210	古牙	丘加.居牙	〃	〃	〃	麻	〃2	平		ka	
71	江	*61	古雙	同	〃	〃	〃	江	〃	〃	kɔŋ	kaŋ	
72	吉	290	居質	激質	〃	〃	〃	質	〃3	入	kjĭĕt	kil	
73	吃	282^{2}	居乞	居乙	〃	〃	〃	迄	〃	〃		kəl	
74	角	*105	古岳	訖岳	〃	〃	〃	覺	〃2	〃	kɔk	kak	
75	姑	79, 196	古胡	攻乎	〃	〃	〃	模	〃1	平	kuo	ko	
76	果	*76	古火	同	〃	〃	〃	果	合1	上	kuɑ	kwa	
77	急	25	居立	訖立	〃	〃	〃	緝	開3	入	kjĭəp	kɯp	
78	皆	313	古諧	居諧	〃	〃	〃	皆	〃2	平	kại	kɐi	
79	柯	89, 177	古俄	居何	〃	〃	〃	歌	〃1	〃		ka	
80	計	77	古詣	吉詣	〃	〃	〃	霽	〃4	去	kiei	kje	*未詳
81	故	135, 136	古暮	同	〃	〃	〃	暮	〃1	〃	kuo	ko	
82	乫	118	○○	○○(kat)	〃	〃	〃	末	〃	入		kəl	*依訓蒙字會
83	軍	*128	舉云	拘云	〃	〃	〃	文	合3	平	kjĭuən	kun	
84	骨	67, 182^{2}, 183, 190	古忽	吉忽	〃	〃	〃	沒	〃1	入	kuət	kol	
85	根	192, 208, 209, 352, 353	古痕	同	〃	〃	〃	痕	開1	平	kən	kɯn	
86	記	68, 154, 196	居吏	同	〃	〃	〃	志	〃3	去	kji	ki	
87	家	97, 321, 327	古牙	居牙	〃	〃	〃	麻	〃2	平	ka	ka	
88	鬼	89, 98	居偉	矩偉	〃	〃	〃	尾	合3	上	kjʷĕi	kui	
89	訖	43	居乞	居乙.訖許	〃	〃	〃	迄	開3	入	kjĭət	kɯl	
90	寄	87	居義	同	〃	〃	〃	寘	〃	去	kjiĕ	ki	
91	割	117, 296, 297	古達	居曷	〃	〃	〃	曷	〃1	入	kɑt	hal, kal	
92	幾	15, 349	居依	居希	〃	〃	〃	微	〃3	平	kjĕi	ki	
93	愧	169	俱位	位基	〃	〃	〃	至	合3	去	gʻjʷi	koi	
94	蓋	63, 111, 238, 240, 297, 308, 343	古太	居太	〃	〃	〃	泰	開1	〃	kɑi	kai	

95	箇	138	古賀	居賀	〃	〃	〃	箇	〃	〃	kɑ	ko	
96	監	71, 93	古銜	居銜	〃	〃	〃	銜	〃2	平	kam	kam	
97	錦	*220	居飮	同	〃	〃	〃	寑	開3	上	kjĭəm	kɯm	
98	鶻	80	古忽	吉忽	〃	〃	〃	沒	合1	入			*未詳
99	屈	4	九勿	同	〃	〃	〃	物	〃3	〃	kjĭuət	kul	
100	乞	315, 316, 317, 323	去訖	欺訖	溪	〃	送	迄	開3	〃	k'jĭət	kəl	
101	坎	75	苦感	同	〃	〃	〃	感	〃1	上	k'ɑ̣m	kam	
102	枯	269, 282	苦胡	空胡	〃	〃	〃	模	〃	平	k'uo	ko	
103	契	2	苦計	詰計	〃	〃	〃	霽	〃4	去	k'iei	kje	
104	珂	231, 233, 234	苦何	丘何	〃	〃	〃	歌	〃1	平		ka	
105	盍	272	胡臘	轄臘.丘葛	〃	〃	〃	曷	〃	入			*依集韻
106	區	213	豈俱	虧于	〃	〃	〃	虞	〃3	平	k'jĭu	ku	
107	捲	228	居轉	古轉	〃	〃	〃	獮	合3	上	kjĭʷɛn	kwən	
108	欺	324	去其	丘其	〃	〃	〃	之	開3	平	k'ji	kɯi	
109	渴	74, 87, 103, 272	苦葛	丘葛	溪	牙	送	曷	開1	入	k'ɑt	kal	
110	溪	*62	苦奚	牽奚	〃	〃	〃	齊	〃4	平		kje	
111	慨	109, 111	苦愛	口漑	〃	〃	〃	代	〃1	去		kai	
112	器	90	去冀	同	〃	〃	〃	至	〃3	〃	k'ji	kɯi	
113	及	222, 358	其立	極入	群	〃	〃	緝	〃	入	g'jĭəp	kip	
114	炬	*265	其呂	臼許	〃	〃	〃	語	〃	上			
115	裙	*235	渠云	衢云	〃	〃	〃	文	合3	平	g'jĭuən	kun	
116	旗	*303	渠之	同	〃	〃	〃	之	開3	〃	g'ji	kɯi	
117	畿	90, 195	渠希	同	〃	〃	〃	微	〃	〃		kɯi	
118	橋	*14	巨嬌	渠嬌	〃	〃	〃	宵	〃	〃	g'jĭɛu	kjo	
119	吟	121, 145, 150, 152	魚金	魚音	疑	〃	收	侵	〃	〃	ŋjĭəm	ɯm	
120	敖	283, 291	五勞	牛刀.魚到	〃	〃	〃	豪	〃1	〃	ŋɑu	o	
121	丁	63	當經	同	端	舌頭	發	青	〃4	〃		tsɐiŋ, tsjəŋ	
122	刀	255, *306, *307	都牢	都勞	〃	〃	〃	豪	〃1	〃	tɑu	to	
123	冬	*50	都宗	同	〃	〃	〃	冬	〃	〃	touŋ	toŋ	

124	打	23, 102, 203, 205, 325, 334	德冷	都令.<u>都假</u>	〃	〃	〃	禡	〃2	去	tieŋ	ta, tjəŋ	*依六書故
125	低	359	都奚	都黎	〃	〃	〃	齊	〃4	平	tiei	tjə	
126	妲	3, 154, 155, 157	當割	同	〃	〃	〃	曷	〃1	入		tal	
127	底	*52, 335	都禮	典禮	〃	〃	〃	薺	〃4	上	tiei	tjə	
128	東	*53	德紅	都籠	〃	〃	〃	東	〃1	平	tuŋ	toŋ	
129	帝	164, 165, 190	都計	丁計	〃	〃	〃	霽	〃4	去	tiei	tje	
130	帶	69, *230^{2}, *241	當蓋	同	〃	〃	〃	泰	〃1	〃	tɑi	tɐi, tai	
131	得	342	多則	的則	〃	〃	〃	德	〃	入	tək	tɯk	
132	都	340	當孤	東徒	〃	〃	〃	模	〃	平	tuo	to	
133	堆	255	都回	同	〃	〃	〃	灰	合1	〃	tuại	t‘oi	
134	頂	*51	都挺	同	〃	〃	〃	迥	開4	上	tieŋ	tjəŋ	
135	鳥	308	都了	丁弓	〃	〃	〃	篠	〃	〃		tjo	
136	登	260	都滕	都騰	〃	〃	〃	登	〃1	平	təŋ	tɯŋ	
137	答	26	都合	德合	〃	〃	〃	合	〃	入	tạp	tap	
138	短	34	都管	都緩	〃	〃	〃	緩	合1	上	tuɑn	tan	
139	頓	35	都困	同.徒困	〃	〃	〃	慁	〃	去		ton	
140	啄	82	丁木	都木	〃	〃	〃	屋	開1	入		tak	
141	土	228	他魯	統五	透	〃	送	姥	〃	上	t‘o	t‘o	
142	天	*9	他前	他年	〃	〃	〃	先	〃4	平	t‘ien	t‘jən	
143	太	*189	他蓋	同	〃	〃	〃	泰	〃1	去		t‘ai	
144	退	347	他內	吐內	〃	〃	〃	隊	合1	〃		t‘oi	
145	涕	252	他禮	土禮	〃	〃	〃	薺	開4	上	t‘iei	t‘je	
146	剔	107	他歷	同.施隻	〃	〃	〃	錫	〃	入	t‘iek	t‘jək	
147	替	333	他計	同	〃	〃	〃	霽	〃	去	t‘iei	t‘je	
148	湯	*200	吐郎	他郎	〃	〃	〃	唐	〃1	平	t‘ɑŋ	taŋ	
149	腿	178	吐猥	同	〃	〃	〃	賄	合1	上	t‘uại	t‘oi	
150	台	137	土來	湯來	〃	〃	〃	咍	開1	平	t‘ại	t‘ɐi	
151	脫	107	他括	同	〃	〃	〃	末	合1	入	t‘uɑt	t‘al	
152	大	287	徒蓋	同	〃	〃	〃	泰	開1	去	d‘ɑi	tai	
153	田	*55, *129, 187	徒年	亭年	〃	〃	〃	先	〃4	平	d‘ien	tjən	

154	陀	86	徒何	唐何	透	舌頭	送	歌	開1	平		t'a	
155	突	58, 96	陀骨	陀沒.他骨	〃	〃	〃	沒	合1	入	d'uət	tol	
156	動	*9	徒揔	覩動	〃	〃	〃	董	〃3	上	d'uŋ	toŋ	
157	途	20	同都	同	〃	〃	〃	模	開1	平		to	
158	盜	*134	徒到	大到	〃	〃	〃	號	〃	去	d'ɑu	to	
159	道	*16, 207	徒皓	杜皓	〃	〃	〃	皓	〃	上	d'ɑu	to	
160	達	82	唐割	陁葛	〃	〃	〃	曷	〃	入	d'ɑt	tal	
161	團	*108	度官	徒官	〃	〃	〃	桓	合1	平	d'uon	tan	
162	臺	*281	徒哀	堂來	〃	〃	〃	咍	開1	〃		tɐi	
163	銅	*215	徒紅	徒東	〃	〃	〃	東	〃	〃	d'uŋ	toŋ	
164	駝	262	徒何	唐何	〃	〃	〃	歌	〃	〃	d'ɑ	t'a	
165	頭	*226, *301	度侯	徒侯	〃	〃	〃	侯	〃	〃	dəu	tu	
166	藤	*260	徒登	同	定	〃	〃	登	〃	〃		tɯŋ	
167	屯	19	徒渾	都昆	〃	〃	〃	黿	合1	〃	d'uən	tun	
168	乃	21, 92	奴亥	曩亥	泥	〃	收	海	開1	上	nại	nai	
169	奴	137	乃都	農都	〃	〃	〃	模	〃	平	nuo	no	
170	年	*50	奴顚	寧顚	〃	〃	〃	先	〃4	〃	nien	njən	
171	那	212, 245, 312, 313, 356	諾何	乃可	〃	〃	〃	歌	〃1	〃	nɑ	na	
172	伱	138, 171, 320	乃里	同	〃	〃	〃	止	〃3	上	ni	ni	
173	泥	208	奴低	年題	〃	〃	〃	齊	〃4	平	niei	ni	
174	念	338	奴店	同	〃	〃	〃	㮇	〃	去	niem	njəm	*蓋怎之誤
175	南	*53, 68, 73, 93, 149, 310	那含	同	〃	〃	〃	覃	〃1	平	nạm	nam	
176	袮	115, 117	○○	年題.內倚	〃	〃	〃	紙	〃3	上			
177	迺	22	奴亥	曩亥	〃	〃	〃	海	〃1	〃		nai	
178	能	137	奴來	囊來	〃	〃	〃	咍	〃	平	nəŋ	nai	
179	捺	1, 41, 45, 166, 173, 174, 239, 357	奴曷	乃曷	〃	〃	〃	曷	〃	入		nal	
180	捻	42	奴協	諾葉.乃結	〃	〃	〃	屑	〃4	〃	niep	njəp	*依集韻
181	㚏	146	○○	乃帶	〃	〃	〃	泰	〃1	去			

182	嫩	6, 8, 167, 168	奴困	同	〃	〃	〃	慁	合1	〃	nuən	nun	
183	餧	138	奴罪	努罪	〃	〃	〃	賄	〃	上	ˀʷie	noi	
184	知	335	陟離	珍離	知	舌上	發	支	開3	平	ţiĕ	ti, tsi	
185	珍	106	陟隣	知鄰	〃	〃	〃	眞	〃	〃	ţĭĕn	tsin, tin	
186	陟	153	竹力	同	〃	〃	〃	職	〃	入		tsʻjək, tʻjək	*未詳
187	朝	173, 174	陟遙	同	〃	〃	〃	宵	〃	平	ţĭɛu	tjo	
188	恥	8^2, 268	敕里	丑里	徹	〃	送	止	〃	上	ţʻi	tsʻi, tʻi	
189	住	328	持遇	株遇	澄	〃	〃	遇	〃	去	d̦ʻĭu	tsju	
190	長	*144, *145, 306	直良	仲良	〃	〃	〃	陽	〃	平	d̦ʻĭaŋ	tjaŋ	
191	茶	*199, *289	宅加	直加	〃	〃	〃	麻	開2	〃	d̦ʻa	ta, tsʻa	
192	雉	85	直几	同.<u>口駭</u>	〃	〃	〃	旨	〃3	上	d̦i	tʻi	*依集韻
193	尼	130, 232	女夷	同.延知	娘	〃	收	脂	〃	平		ni	
194	昵	359	尼質	同	〃	〃	〃	質	〃	入		nil	
195	匿	327	女力	昵力	〃	〃	〃	職	〃	〃	njĭək	nik	
196	喃	149	女咸	尼咸.那含	〃	〃	〃	咸	〃2	平		nam	
197	力	346	林直	六直	來	半舌	〃	職	〃3	入	ljĭək	rjək, njək	
198	立	*322	力入	同	〃	〃	〃	緝	〃	〃	ljĭəp	rip	
199	利	90	力至	同	來	半舌	收	至	開3	去	lji	ri	
200	李	269	良士	兩耳	〃	〃	〃	止	〃	上	lji	ri, ni	
201	里	86, 183, 203, 204, 207, 211, 252. 333, 334	良士	兩耳	〃	〃	〃	〃	〃	〃	lji	ri, ni	
202	林	4, 195, 317	力尋	犁針	〃	〃	〃	侵	〃	平	ljĭəm	rim	
203	來	74	落哀	郞才	〃	〃	〃	咍	〃1	〃	lại	rɐi, nɐi	
204	浪	*131	魯當	盧當.郞宕	〃	〃	〃	唐	〃	〃	laŋ	raŋ	
205	理	122	良士	兩耳	〃	〃	〃	止	〃3	上	lji	ri	
206	鹿	*100	盧谷	同	〃	〃	〃	屋	〃1	入	luk	rok	
207	勒	116	盧則	歷德	〃	〃	〃	德	〃	〃	lək	rɯk	
208	陸	*14	力竹	同	〃	〃	〃	屋	〃	〃	ljĭuk	rjuk, njuk	
209	笠	270	力入	同	〃	〃	〃	緝	〃3	〃		rip	
210	隆	221	力中	良中	〃	〃	〃	東	〃1	平	ljĭuŋ	riuŋ	

211	裏	332	良士	兩耳	〃	〃	〃	止	〃3	上	lji	ri	
212	論	212, 245	盧昆	同	〃	〃	〃	覂	合1	平	luən	ron	
213	魯	47	郎古	籠五	〃	〃	〃	姥	開1	上	luo	ro	
214	賴	285	落蓋	同	〃	〃	〃	泰	〃	去	lɑi	roi, rai	
215	盧	292, 293	落胡	龍都	〃	〃	〃	模	〃	平	luo	ro	
216	螻	*114	落侯	郎侯	〃	〃	〃	侯	〃	〃		ru	
217	離	336	呂支	鄰知	〃	〃	〃	支	〃3	〃	ljiě	ri	
218	臨	324, 329	力尋	犁針	〃	〃	〃	侵	〃	〃	ljĭəm	rim	
219	羅	291, 341	魯何	良何	〃	〃	〃	歌	〃1	〃	lɑ	ra	
220	囉	268, 321, 326, 327, 330, 340, 348	魯何	良何.朗可	〃	〃	〃	〃	〃	〃		ra	
221	纜	5	盧瞰	同	〃	〃	〃	闞	〃	去		ram	
222	人	*18, *119, *131	如鄰	而鄰	日	半齒	〃	眞	〃3	平	ȵʑĭėn	zin,in	
223	刃	31	而振	同	〃	〃	〃	震	〃	去	ȵʑĭěn	zin	
224	兒	134, 147, 155	汝移	如支	〃	〃	〃	支	〃	平	ȵʑiě	zɐ,ɐ	
225	乳	279	而主	欒主	〃	〃	〃	麌	〃	上	ȵʑĭu	zju	*未詳
226	之	290, 319, 320	止而	眞而	照	半齒間	發	之	〃	平	ʨi	tsi	
227	支	275, 354	章移	同.翹移	〃	〃	〃	支	〃	〃	ʨiě	tsi	
228	主	*120, *124	之庚	腫庚	〃	〃	〃	麌	〃	上	ʨĭu	tsju	
229	占	41, 42	職廉	之廉	〃	〃	〃	鹽	〃	平	ʨĭɛm	tsjəm	
230	至	286	脂利	同	〃	〃	〃	至	〃	去	ʨi	tsi	
231	朱	349	章俱	鍾輸	〃	〃	〃	虞	〃	平	ʨĭu	tsju	
232	折	290	旨熱	之列	〃	〃	〃	薛	〃	入	ʨĭɛt	sjəl, tsjəl	
233	指	126, 127	職雉	軫視	〃	〃	〃	旨	〃	上	ʨi	tsi	
234	捶	294	之累	主欒	〃	〃	〃	紙	合3	〃		ts'juje, ts'jui, ts'ju	
235	質	79, 247, 261	之日	職日	〃	〃	〃	質	開3	入	ʨĭět	tsi, tsil	
236	赤	*249	昌石	同.七迹	穿	〃	送	音	〃	〃	ʨ'ĭɛk	tsjək	
237	春	*50	昌脣	樞倫	〃	〃	〃	諄	合3	平	ʨ'ĭuem	ts'jun	
238	車	*258	尺遮	昌遮	〃	〃	〃	麻	開2	〃	ʨ'ĭa	ts'ja, kə	

239	譂	92	○○	齒善	〃	〃	〃	獮	〃3	上			
240	食	*263	乘力	實職	神	〃	〃	職	〃	入	dʑĭək	sik	
241	神	*16	食鄰	乘人	〃	〃	〃	眞	〃	平	dʑĭěn	sin	
242	蛇	*112, 184, 185, 201, 202, 207	食遮	時遮	〃	〃	〃	麻	〃2	〃	dʑĭa	sja	
243	實	30, 241, 243, 350, 351	神質	食質	〃	〃	〃	質	〃3	入	dʑĭět	sil	
244	少	332, 341	書沼	始紹	審	半齒間	收	小	開3	上	ɕĭɛu	sjo	
245	水	107, 133, *200	式軌	數軌	〃	〃	〃	旨	合3	〃	ɕʷi	sju	
246	矢	*305	式視	矧視	〃	〃	〃	〃	開3	〃	ɕi	si	
247	身	125	失人	升人	〃	〃	〃	眞	〃	平	ɕĭěn	sin	
248	戍	29, 182, 309, 339	傷遇	舂遇	〃	〃	〃	遇	〃	去		sju	
249	施	224, 225	式支	商支	〃	〃	〃	支	〃	平	ɕiě	si	
250	室	331, 334	式質	同	〃	〃	〃	質	〃	入	ɕĭět	sil	
251	閃	*11	失冉	同	〃	〃	〃	琰	〃	上	ɕĭɛm	sjəm	
252	翅	103, 166, 173, 174, 339	施智	同	〃	〃	〃	寘	〃	去		si	
253	試	80, 165	式吏	同	〃	〃	〃	志	〃	〃	ɕi	si	
254	勢	48, 49, 333, 336, 338	舒制	始制	〃	〃	〃	祭	〃	〃	ɕĭɛi	sje,sjə	
255	舜	32, 33	舒閏	輸閏	〃	〃	〃	稕	合3	〃		sjun	
256	審	337	式荏	同	〃	〃	〃	寑	開3	上	ɕĭəm	sim	
257	燒	94	失照	同	〃	〃	〃	笑	〃	去	ɕĭɛu	sjo,ts'jo	
258	成	237	是征	時征.辰陵	禪	〃	〃	淸	〃	平	ʑĭɛŋ	sjəŋ	
259	受	48, 49, 333, 336, 338	殖酉	是酉	〃	〃	〃	有	〃	上	ʑĭəu	sju	
260	時	184, 185, 209, 332, 341	市之	同	〃	〃	〃	之	〃	平	ʑi	si	
261	涉	167	時攝	實攝	〃	〃	〃	葉	〃	入	ʑĭɛp	sjəp	
262	盛	236	是征	時征	〃	〃	〃	淸	〃	平	ʑĭɛŋ	sjəŋ	
263	側	117	阻力	札色	莊	正齒	發	職	〃	入	ts'ĭək	ts'ɯk	*蓋'割'之誤
264	眞	182, 183, *250	職鄰	之人	〃	〃	〃	眞	〃	平	ʨĭěn	tsin	

265	盞	*281	阻限	同	〃	〃	〃	産	〃2	上	tʂan	tsan	
266	鲊	73	側下	同	〃	〃	〃	馬	〃	〃		tsa	
267	事	*124	鉏吏	仕吏	牀	〃	送	志	〃3	去	dʐ‘ï	sɐ	
268	牀	263, *264	士莊	仕莊	〃	〃	〃	陽	〃	平	d‘y(ʷ)aŋ	saŋ, tsaŋ	
269	査	142	鉏加	鋤加	〃	〃	〃	麻	〃2	〃	dʐ‘a	sa,ts‘a	
270	生	192, *344	所庚	師庚	疏	〃	收	庚	〃	〃	ʂɐŋ	sɐiŋ	
271	沙	151	所加	師加	〃	〃	〃	麻	〃	〃	ʂa	sa	
272	索	154, 314	山戟	色窄	〃	〃	〃	陌	〃	入	sɑk	sak, sɐik	*314當作「素」
273	捒	72	色句	筍勇	〃	〃	〃	御	〃3	去		su	
274	率	12	所律	師加	〃	〃	〃	質	〃	入	ʂĭuĕt	sol	
275	子	73, 77, 143, 163, 230, 238, 297, 308, 318	卽里	色窄	精	齒頭	發	止	〃	上	tsi	tsɐ	
276	作	133, 135, 136, 198, 254, 319	則箇	筍	〃	〃	〃	箇	〃1	去	tsɑk	tsɐk	*未載入聲
277	咱	210, 211	○○	○○.茲沙	〃	〃	〃	佳	〃2	平		tsa,tsam	*依中州音韻
278	則	87, 321, 357	子德	卽得	〃	〃	〃	德	〃1	入	tsək	ts‘ɯk, tsɯk	
279	祖	193	則古	總古	〃	〃	〃	姥	〃3	上	tsuo	tso	
280	宰	42, 127	作亥	子亥	〃	〃	〃	海	〃1	〃	tsɑ̣i	tsɐi	
281	崔	92	昨回	同	〃	〃	〃	灰	合1	平		ts‘oi	
282	進	123	卽刃	同.<u>徐刃</u>	〃	〃	〃	稕	〃3	去		tsin	*依集韻
283	節	298	子結	昨結	〃	〃	〃	屑	開4	入	tsiet	tsjəl	*未詳
284	觜	99	卽移	遵爲	〃	〃	〃	支	合3	平		tsɐ	
285	載	43, 44, 46, 48	作亥	子亥	〃	〃	〃	海	開1	上	tsɑ̣i	tsɐi	
286	薦	261	作甸	同.卽略	〃	〃	〃	霰	〃4	去	tsien	ts‘jən	*依字彙補
287	七	210	親吉	戚悉	淸	〃	送	質	〃3	入	ts‘ĭĕt	ts‘il	
288	千	*38	蒼先	倉先	〃	〃	〃	先	〃4	平	ts‘ien	ts‘jən	
289	寸	157, 160	倉困	同	淸	齒頭	送	慁	合1	去	ts‘uən	ts‘on	
290	且	268	七也	淺野	〃	〃	〃	馬	開2	上	ts‘ĭa	ts‘ja	

291	此	205	雌氏	淺氏	〃	〃	〃	紙	〃3	〃	tsʻiĕ	tsʻɐ	
292	次	162	七四	同	〃	〃	〃	至	〃	去	tsʻi	tsʻɐ	
293	靑	*246	倉經	同.子丁	〃	〃	〃	靑	〃4	平	tsʻieŋ	tsʻjəŋ	
294	采	271	倉宰	此宰	〃	〃	〃	海	〃1	上	tsʻɑ̣i	tsʻɐi	
295	秋	*50	七由	雌由	〃	〃	〃	尤	〃3	平	tsʻĭə̆u	tsʻju	
296	雌	253	此移	七移.千西	〃	〃	〃	支	〃	〃	tsʻiĕ	tsɐ	
297	慘	40	七感	同.楚錦	〃	〃	〃	感	〃1	上	tsʻɑ̣m	tsʻam	
298	漆	*78	親吉	戚悉	〃	〃	〃	質	〃3	入	tsʻĭĕt	tsʻil	
299	寢	323	七稔	同	〃	〃	〃	寑	〃	上	tsʻĭəm	tsʻim	
300	鶬	343	七羊	千羊	〃	〃	〃	陽	〃	平			
301	坐	332	徂果	粗果	從	〃	〃	果	合1	上	dzʻuɑ	tswɑ	
302	泉	*64	疾緣	從緣	〃	〃	〃	仙	〃3	平	dzʻĭʷɛn	tsʻjən	
303	集	331	秦入	籍入	〃	〃	〃	緝	開3	入	dzʻiəp	tsip	
304	慈	148	疾之	牆之	〃	〃	〃	之	〃	平	dzʻi	tsɐ	
305	聚	270	慈庾	在庾	〃	〃	〃	麌	〃	上	dzʻĭu	tsʻjui, tsʻju	
306	儘	123	慈忍	子忍	〃	〃	〃	軫	〃	〃	dzʻĭĕn	tsin	
307	三	218	蘇甘	同	心	〃	收	談	〃1	平	sɑm	sam	
308	心	15, *175	息林	思林	〃	〃	〃	侵	〃3	〃	sĭəm	sim	
309	戌	23, 24, 66, 213, 288, 289, 291	辛聿	雪律	〃	〃	〃	術	合3	入	sĭuĕt	sjul	
310	死	*345	息姊	想姊	〃	〃	〃	旨	開3	上	si	sɐ	
311	西	*53	先稽	先齊	〃	〃	〃	齊	〃4	平	siei	sjə	
312	洒	21	先禮	小禮	〃	〃	〃	薺	〃	上		sje	
313	蘇	194, 203, 206, 279, 309	素姑	孫租	〃	〃	〃	模	〃1	平	suo	so	
314	孫	121, 330, 331, 355	思奩	蘇昆	〃	〃	〃	奩	合1	〃	suən	son	
315	速	206, 219	桑谷	蘇谷	〃	〃	〃	屋	開1	入	suk	sok	*未詳
316	細	*153	蘇計	思計	〃	〃	〃	霽	〃4	去	siei	sje	
317	斯	92	息移	相支.山宜	〃	〃	〃	支	〃3	平	siĕ	sɐ	
318	絲	*217	息玆	新玆	〃	〃	〃	之	〃	〃	si	sɐ	
319	酥	191, 201	素姑	孫租	〃	〃	〃	模	〃1	〃		so	

320	仙	*18	相然	同	〃	〃	〃	仙	〃3	〃	sĭɛn	sjən	
321	窣	284	蘇骨	同.蒼沒	〃	〃	〃	沒	〃	入		sol	
322	遜	180, 184	蘇困	同	〃	〃	〃	慁	合1	去		son	
323	歲	212, 214, 216	相銳	須銳.蘇臥	〃	〃	〃	祭	〃3	〃	sĭʷɛi	sje	
324	廝	21	息移	山宜相支	〃	〃	〃	支	開3	平	sie	swi	
325	賽	83, 85, 91	先代	同	〃	〃	〃	代	〃1	去	sạ̣i	sai,sɐi	
326	薩	186, 187, 305, 316, 348	桑割	桑葛	〃	〃	〃	曷	〃	入		sal	
327	繡	*243	息救	同.先彫	〃	〃	〃	宥	〃3	去	sĭə̆u	sju	
328	寺	123	祥吏	時吏	邪	〃	〃	志	〃	〃	zi	sɐ	
329	席	*260	祥易	祥亦	〃	〃	〃	昔	〃	入	zĭɛk	sjək	
330	尋	175	徐林	徐心	〃	〃	〃	侵	〃	平	zĭəm	sim	
331	八	327	博拔	布拔	幫	重脣	發	黠	〃2	入	pʷat	p'al	
332	巴	285	伯加	邦加	〃	〃	〃	麻	〃	平	pa	p'a	
333	本	207	布忖	補袞.逋昆	〃	〃	〃	混	合1	上	puən	pon	
334	北	*53	博墨	必墨	幫	重脣	發	德	開1	入	pək	pɯk, puk	
335	必	110, 273	卑吉	壁吉	〃	〃	〃	質	〃3	〃	pjĭĕt	p'il	
336	把	126, 127	博下	補下	〃	〃	〃	馬	〃2	上	pa	p'a	
337	板	239	布綰	補綰.蒲限	〃	〃	〃	潸	〃	〃	pʷan	p'an	
338	奔	356	博昆	逋昆.補悶	〃	〃	〃	魂	合1	平	puən	pun	
339	柏	318	博陌	同	〃	〃	〃	陌	開2	入	pėk		*蓋'額'之誤
340	背	223, 225, 233, 234, 237, 247	補妹	同	〃	〃	〃	隊	合1	去	puạ̣i	pɐi	
341	祕	139, 140, 142, 158	兵媚	同	〃	〃	〃	至	開3	〃	pjʷi	pi	
342	剝	132	北角	同.普木	〃	〃	〃	覺	〃2	入	pɔk	pak	
343	濮	302	博木	同	〃	〃	〃	屋	〃1	〃		pok	
344	臂	153	卑義	同	〃	〃	〃	寘	〃3	去	pjie	pi	*未詳
345	擺	179, 210, 211, 259	北買	補買	〃	〃	〃	蟹	〃2	上	pai	p'ai	
346	鞭	*299	卑連	同	〃	〃	〃	仙	〃3	平	pjĭɛn	p'jən	
347	寶	155	博抱	補抱	〃	〃	〃	晧	〃1	上	pɑu	po	

348	轡	*301	兵媚	同	〃	〃	〃	至	〃3	去	pjʷi	pi	
349	敗	76	補邁	北邁	〃	〃	〃	夬	〃2	〃	bʻʷai	pai	
350	撥	181	北末	同.蒲撥	〃	〃	〃	末	合1	入	puɑt	pal	
351	朴	197, 312	匹角	同.匹候	滂	〃	送	覺	開2	〃		pak	
352	扙	72	普木	同	〃	〃	〃	屋	〃1	〃			
353	批	116	匹迷	篇迷.蒲結	〃	〃	〃	屑	〃4	〃	pʻiei	pi, pje, pʻi	*依集韻入聲
354	鋪	71, 118, 315,	普胡	奔模	〃	〃	〃	模	〃1	平	pʻuo	pʻu,pʻo	
355	孛	5, 17, 20, 56, 191, 201, 203, 253, 206, 271, 310	蒲沒	薄沒.敷勿	竝	〃	〃	沒	合1	入		pɐl	
356	箆	*273	部迷	篇迷.簿必	〃	〃	〃	質	開3	〃			
357	婢	*153	便俾	部弭	〃	〃	〃	紙	〃	上		pi	
358	瓶	*278, *280	薄經	旁經	〃	〃	〃	青	〃4	平	bʻieŋ	pjəŋ	
359	袍	*229	薄褒	蒲褒	〃	〃	〃	豪	〃1	〃	bʻɑu	pʻo	
360	菩	186, 187	薄胡	薄亥.扶缶	〃	〃	〃	模	〃	〃		po, pu	
361	箔	266, 268	傍各	白各	〃	〃	〃	鐸	〃	入		pak	
362	蒲	93	薄胡	蓬逋	〃	〃	〃	模	〃	平	bʻuo	pʻo, pʻu	
363	盤	*277	薄官	蒲官	〃	〃	〃	桓	合1	〃	bʻuɑn	pan	
364	毛	*104, 224, 225	莫袍	謨袍	明	〃	收	豪	開1	〃	mɑu	mo	
365	木	240, 310, 319	莫卜	同	〃	〃	〃	屋	〃	入	muk	mok	
366	母	47, 238	莫厚	莫後.蒙晡	〃	〃	〃	厚	〃	上	mə̆u	mo	
367	末	101, 178, 300	莫撥	莫葛	〃	〃	〃	末	合1	入	muɑt	mal	
368	門	176, 231	莫奔	謨奔	〃	〃	〃	黿	〃	平	muən	mun	
369	沒	29, 42, 59, 65, 174, 208, 209, 252, 337	莫勃	同	〃	〃	〃	沒	〃	入	muət	mol	
370	抹	256	莫撥	莫葛	〃	〃	〃	末	〃	〃	muɑt	mal	
371	妹	146	莫佩	同	〃	〃	〃	隊	〃	去	muại	mɐi	
372	馬	89, 178, 205, 262	莫下	母下	〃	〃	〃	馬	開2	上	ma	ma	

373	密	188, 193, 339	美筆	莫筆.覓畢	〃	〃	〃	質	〃3	入	mjĭět	mil	
374	悶	77	莫困	同	〃	〃	〃	慁	合1	去	muən	min	*未詳
375	麻	31, 164, 165, 190, 201, 202, 207	莫霞	謨加	〃	〃	〃	麻	開2	平	ma	ma	
376	帽	*227	莫報	同	〃	〃	〃	號	〃1	去	mɑu	mo	
377	蒙	13	莫紅	謨蓬	〃	〃	〃	東	〃1	平	muŋ	moŋ	
378	滿	145, 150, 152	莫旱	母件	〃	〃	〃	緩	合1	上	muɑn	man	
379	墨	*295	莫北	密北	明	重脣	收	德	開1	入	mək	muk, mək, mwk	
380	謨	198	莫胡	莫故.末各	〃	〃	〃	鐸	〃	〃	muo	mo, mu	*依集韻
381	每	57	莫佩	同.母罪	〃	〃	〃	賄	合1	上	muɑ̣i	mɐi	
382	不	232, 351	分勿	分物	非	輕脣	發	物	〃3	入		pu, pɯl	*應重脣音
383	福	*129	方六	同.敷救	〃	〃	〃	屋	開1	〃	pjĭuk	pok	
384	發	266	方伐	同.北末	〃	〃	〃	月	合3	〃	pjĭ^{w}ɐt	pal	*應重脣音
385	緋	*251	甫微	匪微	〃	〃	〃	微	開3	平	pj^{w}ĕi	pɐi, pi	
386	霏	7	芳非	芳微	敷	〃	送	〃	〃	〃		pi	
387	皮	292, 293, 336	符羈	蒲糜	奉	〃	〃	支	〃	〃	bʻjiĕ	pʻi	*應重脣音
388	伐	204	房越	同	〃	〃	〃	月	合3	入	bʻjĭ^{w}ɐt	pəl	
389	浮	*131	縛謀	房尤	〃	〃	〃	尤	開3	平	bʻjĭəu	pu	
390	弼	86	房密	薄宓	〃	〃	〃	質	〃	入	bʻjiĕt	pʻil	*應重脣音
391	頻	274	符眞	毗賓	〃	〃	〃	眞	〃	平		pin	*應重脣音
392	幞	*226	房玉	逢玉.博木	〃	〃	〃	燭	〃	入		pok	*應重脣音
393	吵	149	亡沼	弭沼	微	〃	收	小	〃	上			*應重脣音
394	盲	155	武庚	眉耕	〃	〃	〃	庚	〃2	平	mɐŋ	maŋ	*應重脣音
395	眇	149	亡沼	弭沼	〃	〃	〃	小	〃3	上		mjo	*應重脣音
396	滅	335	亡列	莫列	〃	〃	〃	薛	〃	入			*蓋'滅'之誤
397	萬	*39	無販	同	〃	〃	〃	願	合3	去	mjĭ^{w}ɐn	man	
398	彌	141, 143, 59, 163	武移	民卑	〃	〃	〃	支	開3	平	mjiĕ	mi	*應重脣音

參考書目

1. 中國書目

毛詩正義, 孔穎達, 藝文印書館(十三經注疏 本)
周禮注疏, 賈公彥, 藝文印書館(十三經注疏 本)
儀禮注疏, 賈公彥, 藝文印書館(十三經注疏 本)
禮記正義, 孔穎達, 藝文印書館(十三經注疏 本)
春秋左傳正義, 孔穎達, 藝文印書館(十三經注疏 本)
爾雅注疏, 邢昺, 藝文印書館(十三經注疏 本)
爾雅翼, 羅願, 藝文印書館(學津討原 本)
小爾雅, 孔鮒, 新興書局(顧氏文房小說 本)
廣雅疏證, 王念孫, 廣文書局
方言, 楊雄, 國民出版社
釋名, 劉熙, 國民出版社
說文解字, 許愼, 中華書局(四部備要本)
說文解字注, 段玉裁, 藝文印書館
說文段注箋, 段玉裁, 徐灝, 廣文書局
說文通訓定聲, 朱駿聲, 京華書局
說文新附考, 鈕樹玉
急就篇, 史游, 藝文印書館(天壤閣叢書本)
玉篇, 顧野王, 中華書局(四部備要本)
類篇, 司馬光, 光緒二年川東官舍 重刊本
六書故, 戴侗, 乾隆甲辰刊本
字彙, 梅應祚
正字通, 張自烈
一切經音義, 彗林, 大通書局

校正宋本廣韻, 藝文印書館
集韻, 中華書局(四部備要本)
禮部韻略, 商務印書館(四部叢刊本)
古今韻會擧要, 黃公紹(中央硏究院藏本)
五音集韻, 韓道昭
四聲篇海, 韓孝彦
中原音韻, 周德淸
中原音韻硏究, 趙蔭棠
音注中原音韻, 劉德知, 廣文書局
中州音韻, 卓從之編, 張漢 重校(本大學圖書館藏本)
洪武正韻, 樂韶鳳, 世界書局(永樂大典本)
切韻指掌圖, 廣文書局(音韻學叢書本)
韻補, 吳棫, 廣文書局(音韻學叢書本)
韻鏡校注, 龍宇純, 藝文印書館
四聲等子, 咫進齋叢書本
經史正音切韻指南, 劉鑑, 成化三年刊本
音學五書, 顧炎武, 廣文書局(音韻學叢書本)
切韻考—外篇附, 陳澧, 廣文書局(音韻學叢書本)
至元譯語 鈔本(中央硏究院藏本)
華夷譯語, 朝鮮館譯語(阿波國文庫本・漢城大學圖書館藏本)
語言學名詞解釋, 北京大學語言學敎硏室編, 商務印書館
臨川音系. 羅常培
漢語音韻學導論, 羅常培
漢魏晉南北朝韻部演變硏究, 羅常培・周祖謨
切韻硏究論文集, 羅常培・丁山等, 實用書局
梵文顎音五母之藏漢對音硏究, 羅常培, 史語所集刊第三本第二分
通志七音略硏究, 羅常培, 史語所集刊第五本第四分
唐五代西北方言, 羅常培, 史語所單刊甲種之十二
說淸濁, 趙元任, 史語所集刊第三本下冊

中國音韻學研究, 高本漢著, 趙元任・李方桂譯, 商務印書館
語言學論叢, 林語堂, 文星書店
古漢語通論, 王了一
漢語史稿, 王了一
漢語史論文集, 王了一
中國聲韻學通論, 林師景伊, 世界書局
中國聲韻學, 姜亮夫, 文史哲出版社
古音說略, 陸志韋, 燕京學報專號二十
記邵雍皇極經世書的天聲地音, 陸志韋, 燕京學報第三十一期
國語入聲演變小注, 陸志韋, 燕京學報第三十四期
試擬切韻聲母之音值竝論唐代長安語之聲母, 陸志韋, 燕京學報第二十八期
三四等與所謂喩化, 陸志韋, 燕京學報第二十六期
廣韻研究, 張世祿, 商務印書館
中國音韻學史, 張世祿, 商務印書館
切韻音系, 李榮, 鼎文書局
漢語音韻學, 董同龢, 民國五十九年再版本
中國語音史, 董同龢, 中華大典編印會
語言學大綱, 董同龢, 中華叢書編審委員會
切韻指掌圖中幾個問題, 董同龢, 史語所集刊第十七本
論古漢語之齶介音, 王靜如, 燕京學報第三十五期
論開合口, 王靜如, 燕京學報第二十九期
集韻聲類考, 白滌洲, 史語所集刊第三本
漢字標音方法之演進, 白滌洲, 國學季刊第四卷第四號
宋代汴洛語音考, 周祖謨, 輔仁學志第十二卷
顏氏家訓音辭篇注補, 周祖謨, 輔仁學志第十二卷
老乞大朴通事裏的語法語彙, 楊聯陞, 史語所集刊第二十九本上冊
福州語之語叢聲母同化, 高名凱, 燕京學報第三十三期
論切韻音, 周法高, 香港中文大學中國文化研究所學報第一卷

論上古音和切韻音, 周法高, 香港中文大學中國文化研究所學報第三卷第二期
廣韻重紐的研究, 周法高, 史語所集刊第十三本
中國語文研究, 周法高, 中文出版社
兒[ɚ]音的演變, 唐虞, 史語所集刊第二本第三分
古漢語裏面的連音變讀(Sandhi)現象, 俞敏, 燕京學報第三十五期
古漢語裏的俚俗語源, 俞敏, 燕京學報第三十六期
蒙古的語言和文字, 札奇斯欽, 邊疆文化論集
蒙古語文的概況, 札奇斯欽, 蒙古研究
中國聲韻學叢刊初編敍錄, 高師仲華, 中華學苑創刊號
反切以前中國字的標音法, 高師仲華, 中華學苑第四期
四聲等子之研究, 高師仲華, 中華學苑第六期
少數民族語文論集, 中國語文雜誌社
國語語音學, 鍾露昇, 語文出版社
蒙古字韻跟跟八思巴字有關的韻書, 鄭再發, 國立臺灣大學文學院
漢語音韻史的分期問題, 鄭再發, 史語所集刊第三十六本
蒙漢語文比較學擧隅, 趙尺子, 中國邊疆語文研究會
國語詞彙學一構詞篇, 方師鐸, 益智書局
中國聲韻學大綱, 謝雲飛, 蘭臺書局
臺灣話攷證, 孫洵侯, 商務印書館
國劇音韻及唱念法研究, 余濱生, 中華書局
爾汝篇, 胡適, 胡適文存第一集
毛詩穀名考, 齊思和, 燕京學報第三十六期
釋孌與沫, 李孝定, 史語所集刊外編第四種下
古今正俗字詁, 鄭詩, 藝文印書館
史記, 司馬遷, 藝文印書館(二十五史本)
後漢書, 范曄, 藝文印書館(二十五史本)
三國志, 陳壽, 藝文印書館(二十五史本)
晋書, 房喬 等, 藝文印書館(二十五史本)

南史, 李延壽, 藝文印書館(二十五史本)
梁書, 姚思廉, 藝文印書館(二十五史本)
北史, 李延壽, 藝文印書館(二十五史本)
周書, 令狐德棻等, 藝文印書館(二十五史本)
隋書, 魏徵, 藝文印書館(二十五史本)
舊唐書, 劉昫, 藝文印書館(二十五史本)
新唐書, 歐陽修, 宋祚, 藝文印書館(二十五史本)
宋史, 托克托, 藝文印書館(二十五史本)
宋書, 沈約, 藝文印書館(二十五史本)
元史, 宋濂, 藝文印書館(二十五史本)
文獻通考, 馬端臨, 商務印書館
續通典, 商務印書館
山海經箋疏, 郝懿行, 中華書局(四部備要本)
戰國策, 高誘 注, 藝文印書館
宣和奉使高麗圖經, 徐兢, 商務印書館
宣和奉使高麗圖經[附]鷄林類事, 朝鮮賦, 鈔本(中央研究院藏本)
鷄林志, 張校本說郛本
奉使金鑑, 文海出版社
宋史資料萃編第一, 二輯, 趙鐵寒, 文海出版社
歷代人物年里碑傳綜表, 姜亮夫, 中華書局
宋代政教史, 劉伯驥, 中華書局
朝鮮賦, 董越, 朝鮮史料叢刊本
八紘譯史, 陸次雲, 廣文書局
中韓文化論集, 董作賓 等, 中華大典編印會
北宋汴梁的輸出入貿易, 全漢昇, 史語所集刊第八本第二分
兩千年中西曆對照表, 國民出版社
中國歷代經籍典, 中華書局
郡齋讀書志, 晁公武, 廣文書局
直齋書錄解題, 陳振孫, 叢書集成初編本

遂初堂書目, 尤袤, 張校本說郛本卷二十八
經籍考, 馬端臨
千頃堂書目, 黃虞稷, 廣文書局
四庫全書總目提要, 永瑢等, 商務印書館
鐵琴銅劍樓藏書目錄, 瞿鏞, 廣文書局
五十萬卷樓藏書目錄初編, 莫伯驥, 廣文書局
中興館書目輯考, 趙士煒, 國立北平圖書館
小學考, 謝啓昆, 廣文書局
北京人文科學研究所藏書簡目(民國二十七年刊)
錢譜, 董逌, 順治本說郛弓九十七之一
孫氏世乘, 孫兆熙等, 乾隆二十年孫際渭補刊本
本草綱目, 李時珍, 文友書店
神農本艸經, 孫星衍, 孫馮翼, 中華書局(四部備要本)
植物名實圖考長編, 吳其濬, 世界書局
太平御覽, 李昉, 新興書局
古今注, 崔豹, 中華書局(四部備要本)
冊府元龜, 中華書局
玉海, 王應麟, 廣文書局
淵鑑類函, 新興書局
管子, 戴望 校, 商務印書館
荀子集解, 王先謙, 藝文印書館
佛祖統紀, 志磐(中央圖書館藏本)
佛國記, 法顯, 新興書局(筆記小說大觀本)
顏氏家訓, 顏之推, 中華書局(四部備要本)
東坡先生志林, 蘇軾, 叢書集成初編本
事物紀原, 高承, 叢書集成初編本
翠寒集, 宋无, 鈔本(中央圖書館藏本)
野菜博錄, 鮑山, 古亭書局
皇極經世書, 邵雍, 中華書局(四部備要本)

困學記聞, 王應麟, 商務印書館
中州集, 元好問, 鼎文書局
東京夢華錄, 孟元老, 商務印書館
少室山房筆叢正集, 胡應麟(中央研究院藏本)
夢溪筆談, 沈括, 商務印書館
陔餘叢考, 趙翼, 上海鴻章書局
稱謂錄, 梁章鉅, 光緒乙亥—甲申刊本
倦游錄, 張師正
淸波雜志, 周煇, 藝文印書館(知不足齋叢書本)
十駕齋養新錄, 錢大昕, 商務印書館
國故論衡, 章太炎, 世界書局(章氏叢書本)
胡適語粹, 大西洋圖書公司
黃侃論學雜著, 黃侃, 中華書局
世說新語, 劉義慶, 世界書局(新編諸子集成本)
杜工部詩集, 杜甫, 中華書局(四部備要本)
五朝小說, 馮夢龍(中央研究院藏・心遠堂藏板本・中央圖書館藏本・日本內閣文庫本二種)
五朝小說大觀, 上海掃葉山房刊(石印板)
說郛, 陶宗儀(涵芬樓校印 明鈔鉛印本・香港大學馮平山圖書館藏 明鈔本・中華民國國立中央圖書館藏 藍格明鈔本・京都大學圖書館藏 近衛文庫本・京都大學人文科學硏究所 藏本・國立臺灣大學圖書館藏 順治板・日本東洋文庫藏本・欽定四庫全書本)
說郛考, 伯希和撰, 馮承鈞譯, 國立北平圖書館館栞第六卷第八號
說郛板本考, 景培元, 中法漢學硏究圖書館館刊第一號
說郛考, 昌彼得, 中國東亞學術硏究計劃委員會年報第一期
說郛新考, 饒宗頤, 國立中央圖書館館刊新三卷第一期
古今圖書集成, 陳夢雷, 蔣廷錫(雍正板・光緖板)

2. 韓國書目

三國史記, 金富軾, 朝鮮史學會
三國遺事, 釋一然, 朝鮮史學會
破閑集, 李仁老, 亞細亞文化社
均如傳, 赫連挺, 海印寺藏板
高麗史, 鄭麟趾等, 延世大學校
高麗史節要, 金宗瑞 等, 亞細亞文化社
高麗古都徵, 韓在濂, 亞細亞文化社
朝鮮王朝實錄, 國史編纂委員會
訓民正音, 朝鮮語學會
龍飛御天歌, 權踶 等, 亞細亞文化社
月印釋譜, 金守溫 等, 延世大東方學研究所
釋譜詳節, 首陽大君, 한글학회
東國正韻, 成三問 等, 建國大學校
大東韻府群玉, 權文海, 正陽社
星湖僿說, 李瀷
青莊館全書, 李德懋
五洲衍文長箋散稿, 李圭景, 古書刊行會
古今釋林, 李儀鳳
頤齋遺藁, 黃胤錫
眉巖日記, 柳希春, 朝鮮史料叢刊第八
月印千江之曲(上), 朝鮮 世宗, 通文館
海東繹史, 韓致奫
四聲通解, 崔世珍
老乞大諺解・朴通事諺解, 崔世珍, 亞細亞文化社
訓蒙字會, 崔世珍, 檀國大東洋學研究所
東言考略, 鄭喬
東史綱目, 安鼎福
雅言覺非, 丁若鏞, 朝鮮光文會

道路考, 申景濬
新字典, 朝鮮光文會
法華經諺解, 尹師路等, 東國大學校
同文類解, 英祖二十四年刊, 延世大東方學硏究所
松江歌辭, 鄭澈, 通文館
時用鄕樂譜, 延世大東方學硏究所
新增類合, 檀國大東洋學硏究所
樂學軌範, 成俔等, 古書刊行會
倭語類解, 洪舜明, 京都大學
靑丘永言, 金天澤, 珍書刊行會
漢淸文鑑, 李洙, 延世大東方學硏究所
吏讀集成, 朝鮮總督府中樞院
官案, 韓國圖書館學硏究會
老朴集覽考, 李丙疇, 進修堂
朝鮮(李朝)漢字音硏究, 南廣祐, 東亞出版社
國語學論攷, 李崇寧, 東洋出版社
音韻論硏究, 李崇寧, 民衆書館
語彙史硏究, 劉昌惇, 宣明文化社
李朝國語史硏究, 劉昌惇, 宣明文化社
言語學槪論, 許雄, 正音社
國語音韻學, 許雄, 正音社
中世國語硏究, 許雄, 正音社
正音發達社, 洪起文, 서울新聞社出版局
新國語學史, 金敏洙, 一潮閣
注解訓民正音, 金敏洙, 通文館
朝鮮館譯語硏究, 文璇奎, 景仁文化社
東國正韻硏究, 兪昌均, 螢雪出版社
國語史槪說, 李基文, 民衆書館
古代國語의 硏究, 朴炳采, 高麗大學校

國語音韻體係의 研究, 金完鎭, 一潮閣
韓國語接尾辭에 關한 研究, 陳泰夏, 韓國國語敎育學會
古歌研究, 梁柱東, 一潮閣
麗謠箋注, 梁柱東, 乙酉文化社
古歌註釋, 金亨奎, 白映社
高麗時代의 研究, 李丙燾, 乙酉文化社
韓國古書綜合目錄, 韓國國會圖書館
韓國圖書解題, 高麗大民族文化研究所
李朝語辭典, 劉昌惇, 延世大學校
國語大辭典, 李熙昇, 民衆書館
古語辭典, 南廣祐, 東亞出版社
國史大辭典, 李弘稙, 知文閣
鷄林類事高麗方言考, 劉昌宣, 한글 第六卷第三號
雞林類事研究, 方鍾鉉, 東方學志第二輯
雞林類事補敲, 劉昌惇, 崔鉉培先生還甲紀念論文集
雞林類事의 一考察, 李基文, 一石李熙昇先生頌壽記念論叢
雞林類事의 再檢討, 李基文, 東亞文化第八輯
鷄林類事(解題), 金敏洙, 한글124호
高麗語之資料, 金敏洙, 高大語文論集第十輯
雞林類事의 編纂年代, 高炳翊, 歷史學報第十輯
雞林類事研究, 金喆憲, 國語國文學第二十五號
雞林類事와 朝鮮館譯語의「ㄹ」表記法考察, 文璇奎, 國語國文學第二十二號
雞林類事片攷, 文璇奎, 國語國文學第二十三號
鷄林類事表記分析試圖, 李敦柱, 全南大國文學報1
古語研究와 方言, 方鍾鉉, 一簑國語學論集
類合의 解題, 方鍾鉉, 一簑國語學論集
東西南北과 바람, 方鍾鉉, 一簑國語學論集
님, 梁柱東, 國學研究論攷
萬・銀의 본말, 梁柱東, 國學研究論攷

脣音攷, 李崇寧, 國語學論攷
母音調和硏究, 李崇寧, 音韻論硏究
韓國方言史, 李崇寧, 韓國文化史大系V
15世紀 國語의 音韻體系, 劉昌惇, 國語學1
ㄱ시개硏究, 南廣祐, 國語國文學第二十五護
中世國語의 特殊語幹交替에 대하여, 李基文, 震檀學報 二十三號
韓國語發達史, 金完鎭, 韓國文化史大系V
原始國語母音論에 關係된 數三의 課題, 金完鎭, 震檀學報, 第二十八號
國語母音體系의 新考察, 金完鎭, 震檀學報第二十四號
國語의 語形擴大攷, 李敦柱, 藏菴池憲英先生華甲紀念論叢
奎章閣所藏漢語老乞大 및 諺解本에 대하여, 張基槿, 亞細亞學報第一輯
麗宋貿易小考, 金庠基, 東方文化交流史論攷
韓致奫之史學思想, 黃元九, 人文科學第七輯
語源資料集成(講義), 小溪學人, 國語國文學資料叢書第四輯
群都目, 金根洙, 國語國文學資料叢書第一輯

3. 日本書目

東雅, 新井白石, 吉川半七刊本
中原音韻の硏究, 服部四郎・藤堂明保, 江南書院
中國語音韻論, 藤堂明保, 江南書院
韻鏡硏究法大意, 佐藤仁之助, 松雲堂書店
國語音韻史の硏究, 有坂秀世, 三省堂
朝鮮漢字音の硏究, 河野六郎, 天理時報社
朝鮮方言學試攷, 河野六郎, 東都書籍
雞林類事麗言攷, 前間恭作, 東洋文庫
朝鮮語學史, 小倉進平, 刀江書院
國語の中に於ける漢語の硏究, 山田孝雄, 寶文館

世界言語概說, 市河三喜, 服部四郎, 硏究社辭書部
亞洲・非洲言語調查票, 東京外國語大學, 亞洲非洲言語文化硏究所
中國方志所錄方言滙編, 波多野太郎, 橫浜市立大學
滿和辭典, 羽田亨, 京都帝國大學滿蒙調查會
蒙古語大辭典, 陸軍省, 國書刊行會
前間先生小傳, 末松保和, 古鮮冊譜附錄
說郛攷, 渡邊幸三, 京都大學東方學報九
說郛板本諸說硏究, 倉田淳之助, 京都大學人文科學硏究所二十五周年紀念論文集
朝鮮語とUral-Altai語との比較硏究, 白鳥庫吉, 白鳥庫吉全集
國語及び朝鮮語の數詞につぃて, 新村出, 東方言語史叢考

4. 歐美書目

Bernhard Karlgren, Analytic Dictionary of Chinese and Sino-Japanese, Paris, 1923.

Samuel E. Martin, The Phonemes of Ancient Chinese, Supplement to the Journal of the American Oriental Society, No. 16, 1953.

E.G. Pulleyblank, The Consonantal System of old Chinese, Asia Major, New Series, Vol. IX, part 1, 1962.

G.J. Ramstedt, Studies in Korean Etymology, Helsinki, 1949.

Johannes Rahder, Etymological Vocabulary of Chinese, Japanese, Korean and Ainu 亞細亞硏究 第一卷 第一, 二號, 第二卷

Von Julius Klaproth, Asia Polyglotta XVll, Koreaner, Paris, 1923.

Chavanne et Pelliot, Un traite manichéen retrouvé en Chine, JAS. 18, 1911.

M. Maspero, Le dialecte de Tch'ang-ngan sousles T'ang, BEFEO, 20, 1920

添附論文

- 鷄林類事 編纂 年代考
- 鷄林類事의 誤寫・誤釋・未解讀 語彙考
- 鷄林類事의 板本考
- 宋代 韓・中 漢字音 比較硏究
- 前間恭作,「鷄林類事 麗言攷」
- 「打」字의 音韻 變遷考
- 鷄林類事 譯語部 正解를 위한 硏究
- 高麗・宋朝之間使臣路程考

鷄林類事 編纂 年代考

1.

鷄林類事의 原撰年代를 考察하기 전에 먼저 現傳하는 各板本間의 關係와 刊年을 圖示하면 다음과 같다.(參看 次頁圖表) 中興館閣書目[1]과 遂初堂書目[2]에 의하면 늦어도 南宋 孝宗 淳熙五年(1178年) 이전에 孫穆原撰의 鷄林類事가 單行本으로 出刊되었음을 推斷할 수 있다. 이 單行本이 元末까지 傳來되다가 至正二十六年(1366年) 以前에 陶宗儀가 說郛[3]에 採錄한 후 逸失되고, 그 후부터는 說郛板本과 運命을 같이 하여 왔다. 그러므로 現傳하는 鷄林類事는 當時 陶宗儀 主觀에 따라 土風과 朝制에 關한 記事部分은 十餘條만 拔萃되고, 口宣刻石等文의 附錄部分은 完全히 删除된 節錄本이다.[4] 그러나 高麗語彙를 採錄한 譯語部分만

---

1) 中興館閣書目三十卷에 대하여 直齋書錄解題에 다음과 같이 記錄하였다. 「秘書監臨海陳騤叔進等撰. 淳熙五年上之. 中興以來, 庶事草創, 網羅遺逸, 中秘所藏視前世獨無歉焉, 殆且過之, 大凡著錄四萬四千四百八十六卷, 蓋亦盛矣. 其間攷究疏謬, 亦不免焉.」(卷八目錄類.第十葉) 以上과 같이 臨海.陳騤.叔進 等이 淳熙五年(1178年)에 編纂하여 孝宗에게 御覽시킨 것인데 그 후 亡佚되었다. 趙士煒의 中興館閣書目輯考에 依하면 玉海에 九百餘條, 山堂考索에 約二百條, 直齋書錄解題에 百餘條, 이밖에 困學記聞.漢書藝文志考證.詞學指南.小學紺珠.宋史藝文志 等에 少數가 傳한다고 한다.

2) 遂初堂書目 : 宋 常州 無錫人 尤袤(1127~1194)가 撰한 書目으로 益齋書目이라고도 함. 全一卷. 다만 書名만 있고 卷數.撰者名.解題가 없다. 四部로 分記하여 經部九類.史部十八類.子部十二類.集部五類로 되어 있다. 鷄林類事는 地理類 第二十葉에 記載되어 있는데, 高柄翊氏가 遂初堂書目에 실려 있지 않다(參看 : 鷄林類事의 編纂年代 (p.122<註 18>)고 한 것은 詳察하지 않은 탓일 것이다.

3) 說郛 : 元來 陶宗儀가 明朝 以前의 小說史志를 節錄하여 一百卷을 撰하였으나, 出刊前에 三十卷이 散佚된 것을 郁文博이 一百卷으로 補編하여 出刊하였고, 明末에 이르러 陶珽이 다시 一百二十卷으로 重編하였고, 清朝 順治四年에 李際期가 重校刊行하였다.

4) 金庠基氏가 高麗時代史에서 「……全帙은 散佚되고 다만 說郛(陶宗儀)에 風土.朝制.方

은 排列된 語彙의 內容과 順序로 볼 때, 陶宗儀에 의하여 拔萃된 것이 아님을 알 수 있다. 그리하여 鷄林類事는 비록 異域人에 依하여 記錄되고, 保存되어 오고 있지만 高麗語를 硏究함에 있어서는 唯一無二한 寶典이 된 것이다. 收錄된 語彙는 三百六十一項5)이지만 그중의 約六十%가 五百基礎語彙6) 內에 속하므로 高麗語의 一斑을 足히 살필 수 있다.

言 등 三四條가 收錄되어 있을 뿐이며…」(p.859)라고 言及하였는데, 그 基準을 알 수 없다.

5) 至今까지 各文獻에 引用된 鷄林類事의 語彙數는 다음과 같다.
方鍾鉉 : 鷄林類事硏究 - 353項(但 註解에는 356項으로 됨)
李基文 : 國語史槪說 - 350項(但 鷄林類事의 一考察, 「一石 李熙昇先生頌 壽記念論叢」에는 350餘項으로 됨.)
金敏洙 : 新國語學史 - 356項
李弘稙 : 國史大辭典 - 353項
安秉禧 : 韓國語發達史(中)文法史 - 約 350項
民衆書館 : 국어대사전 - 350項
民族文化硏究所 : 韓國圖書解題 - 353項
學園社 : 大百科事典 - 360餘項
東亞文化硏究所 : 國語國文學事典 - 356項
以上과 같이 區區不一하지만 筆者가 明鈔本에 依하여 考證한 바로는 正確히 361語項이 된다.

6) 東京外國語大學 아시아.아프리카 言語文化硏究所에서 發行한 「아시아 아프리카 言語調査票」에 依함.

鷄林類事 板本系譜

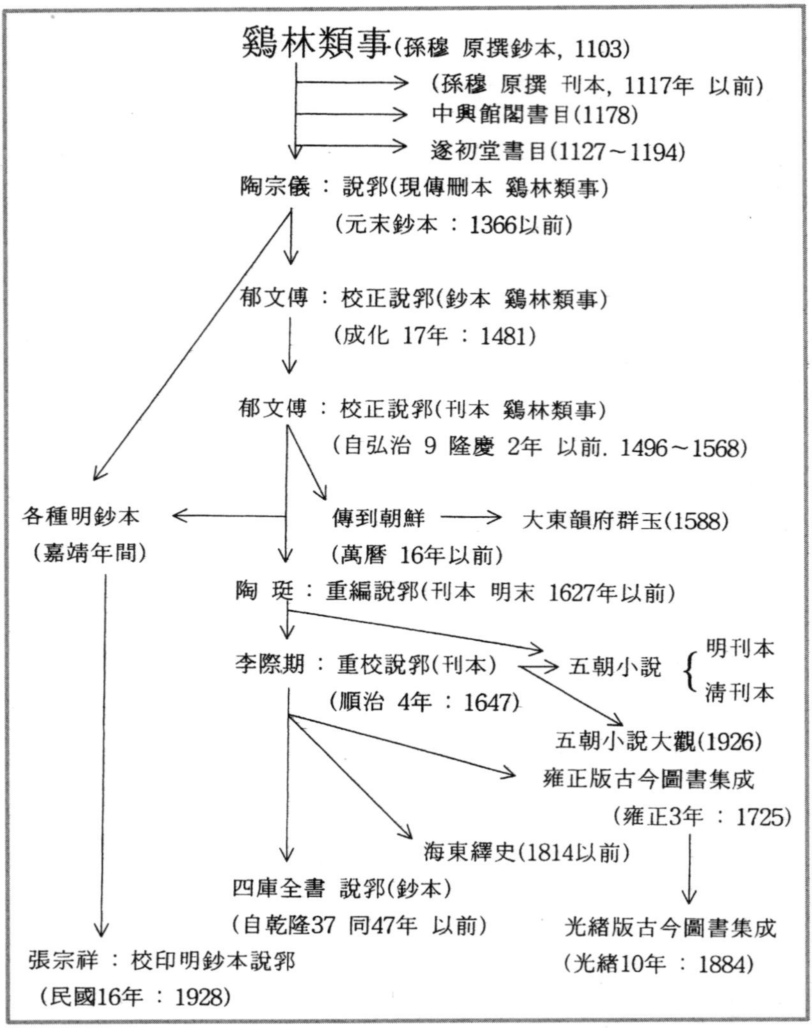
鷄林類事(孫穆 原撰鈔本, 1103)
(孫穆 原撰 刊本, 1117年 以前)
中興館閣書目(1178)
遂初堂書目(1127~1194)
陶宗儀 : 說郛(現傳刪本 鷄林類事)
(元末鈔本 : 1366以前)
郁文傳 : 校正說郛(鈔本 鷄林類事)
(成化 17年 : 1481)
郁文傳 : 校正說郛(刊本 鷄林類事)
(自弘治 9 隆慶 2年 以前. 1496~1568)
各種明鈔本
(嘉靖年間)
傳到朝鮮
(萬曆 16年以前)
大東韻府群玉(1588)
陶 珽 : 重編說郛(刊本 明末 1627年以前)
李際期 : 重校說郛(刊本)
(順治 4年 : 1647)
五朝小說
明刊本
清刊本
五朝小說大觀(1926)
雍正版古今圖書集成
(雍正3年 : 1725)
海東繹史(1814以前)
四庫全書 說郛(鈔本)
(自乾隆37 同47年 以前)
光緒版古今圖書集成
(光緒10年 : 1884)
張宗祥 : 校印明鈔本說郛
(民國16年 : 1928)

2.

鷄林類事의 編纂年代에 대해서는 方鍾鉉[7]氏에 의하여 제일 먼저 詳考된 바 있다. 그러나 時間的으로는 方氏의 考證 以前에 日人 前間恭作[8]에 의하여 다음과 같이 言及된 바 있다.

「孫穆의 鷄林類事는 十二世紀의 初부터 高麗語에 어두운 사람의 손으로 轉寫되어 왔기 때문에 傳本은 原形을 매우 傷하게 했다고 認定해도 좋을 것이다.」(鷄林類事麗言攷 序)

아무런 考證도 없이 「十二世紀의 初」라고 言及한데다가, 前後 文義를 볼 때 孫穆의 原撰年代를 言及한 것이 아니고 轉寫된 年代를 推斷한 것에 不過하다. 그러나 傳本의 源流를 考察하여 보면 轉寫年代와도 符合되지 않는다.

年代를 보아 方鍾鉉氏의 鷄林類事硏究가 出刊된 뒤가 되지만, 日人 末松保和氏는 「前間先生小傳」에서 다음과 같이 言及하였다.

「鷄林類事 麗言攷二冊(菊大版・石印・一三四頁)은 王氏高麗의 中期, 肅宗八年(1103)에 來朝한 宋使一行의 孫穆이 지은 『鷄林類事』에서, 漢字를 가지고 記錄한 高麗語 三百五十餘에 대해서 考證한 것이다.」(參看: 前間恭作編 古鮮冊譜 第三冊附錄, p.13)

末松氏 亦是 아무런 考證도 없이 言及하였으나, 實年代와 符合함은 方氏의 鷄林類事硏究를 參考한 것일까?

方氏는 鷄林類事의 記事部分에서 貨幣에 관한 記錄을 詳考하여 다음과 같이 言及하였다.

> 「…肅宗 八年癸未(西紀 1093)로부터 毅宗十七年癸未(西紀 1153)[9] 以內에서, 이 鷄林類事가 編纂된 것이라고 해도 大過 없을 것이리라 생각되는 바이다.」(東方學志 第2號 鷄林類事硏究, p.30)

---

7) 參見 : 鷄林類事硏究(東方學志 第二輯, 1955)
8) 參見 : 鷄林類事麗言攷(東洋文庫刊, 1925)
9) 西紀 「1093」은 1103의 誤記이고, 西紀 「1153」은 1163의 誤記다.

以上과 같이 上下限線을 前提한 뒤 다음과 같이 結論的으로 推定하였다.

「…孫穆이가 鷄林類事의 高麗方言을 記寫한 것은, 高麗 肅宗八年 直後의 일일 것이라고 推定하는 것이, 그 順序인 듯하다.」(前揭書, p.30)

「肅宗八年 直後」라는 表現에 模糊함이 없지 않지만, 鷄林類事의 編纂年代를 硏究함에 있어서 그 基壇을 쌓아 준 것이다. 方氏의 硏究에 이어 高柄翊氏는 새로운 資料를 發見함으로써 進一步의 考證이 있었다. 高氏는 우선 論文 註에서 다음과 같이 方氏의 言及을 指摘하였다.

「…그러나 鷄林類事 緖頭에 들어가 있는 이 『癸未年』을 肅宗八年(1103) 또는 毅宗十七年 癸未(1153)라고 본다면 『肅宗八年癸未로부터 毅宗十七年 癸未以內에서 이 鷄林類事가 編纂된 것이라고 해도 大過없을 것이라』고 推斷한 것은 잘못이고 오히려 肅宗八年以後의 어느 時期 또는 毅宗十七年 以後의 어느 時期에 編纂된 것이라고 해야 할 것이다.」(歷史學報第十輯 鷄林類事의 編纂年代, p.117)

方氏의 鷄林類事硏究 全文을 읽어보면, 方氏는 累次 高麗 肅宗 當時라고 言及하였고, 또 다음과 같이 明確히 밝혔다.

「…이 『癸未』는 孫穆이 生存中에 두 번째 오지 않은 그 當時임을 말해 주는 것이라고 보여진다.」(前揭書, pp.29~30).

그러므로 高氏가 「… 또는 毅宗十七年以後의 어느 時期에 編纂된 것이라고 해야 할 것이었다.」라고 指摘한 것은 오히려 錯覺인 것 같다. 만일 方氏의 表現을 嚴密히 따진다면 「毅宗十七年癸未以內」에는 「癸未」年이 또 한 번 包含되므로 「毅宗十六年壬午以內」라 하면 될 것이다.

高氏는 宋末 王應麟이 지은 玉海[10] 卷十六地理篇 異域圖書條에 記錄된 「書目…鷄林類事三卷 崇寧初 孫穆撰 叙土風朝制方言 附口宣刻石等

文」을 引用하여 다음과 같이 結論을 내렸다.

「…『癸未年』이라고 한 것은 肅宗八年癸未를 指稱하는 것임은 거의 確實하다고 생각된다. 그렇다면 『崇寧初』에 著作되었다는 鷄林類事는 崇寧年間(1102~1106)의 初期(1102~1104) 中에서도 肅宗八年(崇寧二年 1103) 癸未以後에 되었을 것이니 結局 그 編纂年代는 肅宗八~九年(崇寧二~三年, 西紀 1103~1104)의 兩年間의 어느 時期라고 推定되는 바이다.」(前揭書, pp. 120~121)

高氏의 玉海의 記錄을 引用하여 方氏가 이미 推斷한 「肅宗八年 直後」의 說을 確信시켰을 뿐, 실로 明確한 年代는 玉海의 記錄 以上 밝혀지지 못 하였다.

以上 諸氏의 硏究를 바탕으로 더욱 確實한 編纂年代를 追跡하여 보면 다음과 같다.

우선 鷄林類事 記事部分의 「其君民見國官甚恭. 尋常則胡跪而坐」에서 「胡跪」[11] 一詞에 대하여 考察하여 본 즉 高麗史에 다음과 같은 記錄이 있다.

「司憲府出榜禁胡跪, 行揖禮」(恭讓王 元年 刑法二禁令條)

이로써 鷄林類事 編纂年代의 下限線이 恭讓王 元年(1389年) 以下로는 내려갈 수 없음을 알 수 있다. 記事部分 中 또 다음과 같이 더욱 具體的인 記錄이 있다.

「…一小升有六合, 爲一刀以升爲刀. 以稗米定物之價, 而貿易之. 其他皆視此爲價之高下. 若其數多, 則以銀瓶, 每重一斤, 工人製造用銀十二兩半, 入銅二兩

10) 王應麟(1223~1296)이 撰한 全二百卷인데, 天文.律曆.地理.帝學.聖文.藝文.詔令.禮儀.車服.器用.郊祀.音樂.學校.選擧.官制.兵制.朝貢.宮室.食貨.兵捷.祥瑞 等 二十一門으로 分類하였음.

11) 胡跪 : 胡人式의 跪坐를 말한 것인데, 慧琳의 一切經音義에 다음과 같이 說明하였다. 「右膝著地竪左膝危坐」. 明鈔本과 涵芬樓本 外에는 모두 「胡」를 「朝」로 고쳤다.

半, 作一斤, 以銅當工匠之直. 癸未年倣朝鑄錢交易, 以海東重寶・三韓通寶爲記.」(依筆者校訂本)

우선 高麗史에서 鑄錢에 關한 記錄을 찾아보면 다음과 같다.

「成宗十五年四月始用鐵錢」(卷七十九食貨・貨幣條)
「成宗丙申十五年夏四月辛未鑄鐵錢」(卷三)

이것으로 鷄林類事 編纂年代의 上限線이 成宗 15年(宋太宗至道二年, 996年)을 넘어 갈 수 없음을 알 수 있다. 더욱 範圍를 좁혀서 肅宗時 鑄錢에 관한 記錄을 列擧하여 보면 다음과 같다.

「肅宗 二年十二月敎曰自昔我邦, 風俗朴略, 迄于交宗, 文物禮樂於斯爲盛. 朕承先王之業, 將欲興民間大利, 其立鑄錢官, 使百姓通用.(高麗史卷七十九食貨・貨幣條)

肅宗…六年四月鑄錢都監奏: 國人始知用錢之利, 以爲便, 乞告于宗廟. 是年亦用銀甁爲貨, 其制以銀一斤爲之, 像本國地形, 俗名闊口. 六月詔曰: 金錢, 天地之精, 國家之寶也. 近來奸民和銅盜鑄, 自今用銀甁, 皆標印以爲永式, 違者重論.」(前書卷七十九食貨, 貨幣條)

「(肅宗)七年十二月 制富民利國, 莫重錢貨. 西北兩朝, 行之已久. 吾東方獨未之行. 今始制鼓鑄之法, 其以所鑄錢一萬五千貫, 分賜宰樞文武兩班軍人, 以爲權輿. 錢文曰『海東通寶』. 且以始用錢告于太廟. 仍置京城左右酒務, 又於街衢兩傍, 勿論尊卑, 各置店舖, 以興使錢之利.」(前書卷七十九食貨 貨幣條)

高麗史 中의 「肅宗六年銀甁之使用」과 「肅宗七年海東通寶之始鑄」는 鷄林類事의 記錄과 相合된다. 그러나 高麗史에는 海東通寶[12]를 始鑄한 것이 肅宗七年 十二月이니 곧 「壬午年」이 된다. 鷄林類事의 「癸未年」과는

12) 鷄林類事에는 「海東重寶」와 「三韓通寶」로 되어 있고, 高麗史에는 「海東通寶」로 되어, 錢文이 一致되지 않으나, 國立博物館에 所藏된 高麗鐵錢의 錢文을 보면 海東通寶.三韓重寶.東國通寶.東國重寶.海東重寶 等이 있다.

一年의 差異가 있으나, 壬午年 十二月에 始鑄하였다 하였으니 鑄錢이 完了된 것은 이듬해 初 곧 「癸未年」이 될 것이다.

以上으로써 高麗 成宗 15年(996年)부터 恭讓王元年(1389年)까지의 거듭되는 「癸未」 中에서 肅宗八年(1103年)의 「癸未」임이 確定되었으나, 아직도 鷄林類事가 癸未年 그 해에 編纂된 것이라고는 斷言할 수 없다. 그러므로 至今까지 鷄林類事의 編纂年代를 考究하여 왔으나 確定한 年代를 밝히지 못하고, 高氏의 肅宗 八～九年 說에 固着되고만 것이다.

3.

以上 參考한 資料 外에 有關記錄을 列擧하면 다음과 같다.

「臣(徐兢)嘗觀崇寧中王雲所撰鷄林志, 始疏其說, 而未圖其形. 比者使行取以稽考, 爲補已多.」(徐兢撰 宣和奉使高麗圖經 序)

「高麗故事, 每人使至, 則聚爲大市, 羅列百貨, 丹漆繒帛, 皆務華好, 而金銀器用, 悉王府之物, 及時鋪陳, 蓋非其俗然也. 崇寧大觀使者猶及見之, 今則不然. 蓋其俗無居肆, 惟以日中爲墟, 男女老幼官吏工伎各以其所有, 用以交易, 無泉貨之法. 惟紵布銀瓶, 以準其直.」(前揭書 卷三貿易)

「…崇寧間從臣劉逵吳拭等奉使至彼, 値七夕.」(前揭書卷二十賤使)

「鷄林志三十卷 先謙案袁本入地理類 右皇 先謙案舊鈔宋 朝崇寧中王雲編次. 崇寧中劉逵吳拭使高麗, 案拭字原本誤作城, 署鈔本作成, 袁本通考作拭, 今據書錄解題改正 先謙案舊鈔訛城 雲爲書記官, 旣歸, 攟輯其會見之禮, 聘問之辭類分爲八門. 先謙案袁本無王雲編次七字. 崇寧中麗下有王字 」

(晁公武撰 郡齋讀書志卷第七僞史類)

「(肅宗)癸未八年…夏…六月…壬子宋遣國信使戶部侍郎劉逵·給事中吳拭來賜王, 衣帶·匹段·金玉器·弓矢·鞍馬等物. 甲寅·王迎詔于會慶殿. 詔曰卿世紹王封, 地分日域. 奏函屢達, 常懷存闕之心, 貢篚荐豐, 遠效旅庭之實, 載嘉亮節, 特致隆恩. 輟侍從之近臣, 將匪頒之異數, 事雖用舊, 禮是倍常, 宜承眷遇之私, 益懋忠勤之報, 幷遣醫官牟介·呂昞·陳爾猷·范之才等 四人來, 從表請也.」(高麗史卷十二)

「(肅宗)癸未八年…秋七月辛卯國信使劉逵等還, 王附表以謝, 兼告改名. 宋醫官牟介等館于興盛宮, 敎訓醫生.」(前書卷十二)

「…崇寧二年詔戶部侍郎劉逵·給事中吳拭往使…」(宋史卷四百八十七·列傳第二百四十六)

以上의 引用 中에서 「崇寧中」·「崇寧」·「崇寧間…値七夕」…「(肅宗)癸未八年…七月」·「崇寧二年」 等과 前引한 玉海 中의 「…鷄林類事三卷 崇寧初 孫穆撰」을 綜合하여 보면, 孫穆이 高麗 肅宗八年(崇寧二年) 六月에 劉逵·吳拭·王雲 等과 함께 高麗에 왔었음을 알 수 있다.

宋朝 徽宗時 崇寧年間은 高麗 肅宗七年(1102年)부터 睿宗一年(1106年)까지로 五年間에 不過하다. 그러므로 肅宗七·八年이 곧 中興館閣書目 中의 「崇寧初」에 해당한다. 그러나 肅宗七年은 壬午年이므로 鷄林類事에 記錄된 癸未年과 符合되지 않을뿐더러, 高麗史·宋史 等 文獻에서 崇寧五年間의 記事를 살펴보아도 癸未年 外에는 宋朝 使臣이 高麗에 來往한 일이 없다. 高麗史에서 崇寧年間 外人이 來朝한 記錄을 拔萃하여 보면 다음과 같다.

「(肅宗)壬午七年…四月……甲辰東女眞酋長盈歌遣使來朝, 盈歌卽金之穆宗也.」(卷十一·第三十四葉)

「(同)七年…六月…戊戌宋商黃朱等七十二人來.」(同卷同葉)

「(同)七年…閏月甲寅朔宋商徐脩等三人來.」(同卷·第三十五葉)

「(同)七年…(閏月)丙子宋商朱保等四十餘人來.」(同卷同葉)

「(同)七年…(九月…癸卯…宋商林白徇等二十人來.」(同卷・第三十六～三十七葉)
「(同)七年…十月…癸巳…東女眞霜昆等三十人來獻馬.」(同卷・第三十七葉)
「(同)七年…十月…丁未東女眞盈歌遣使請銀器匠, 許之.」(同卷・第三十八葉)
「(同)七年…十二月壬子遼遣橫宣使歸州管內觀察使蕭軻來. 癸丑又遣中書舍人孟初來賀生辰.」(同卷・第三十八葉)
「(同)七年…十二月壬申東女眞酋長古羅骨等三十人來獻馬.」(同卷・第三十八葉)
「(肅宗)癸未八年春正月…己丑東女眞古羅骨等三十人來朝.」(卷十二・第一葉)
「(同)八年正月…辛卯西女眞芒閒等二十四人來朝.」(同卷同葉)
「(同)八年二月丙辰東女眞將軍高夫老等三十人來獻土物. 東女眞將軍高夫老等三十人來獻馬.」(同卷同葉)
「(同)八年二月 己巳宋明州敎練使張宗閔許從等與綱首楊炤等三十八人來朝. 東女眞豆門恢八等九十人來朝.」(同卷同葉)
「(同)八年六月…壬子宋遣國信使戶部侍郞劉逵, 給事中吳拭來賜王衣帶・四段・金玉器・弓矢・鞍馬等物…」(同卷…第二葉)
「(同)八年六月…丙寅遼報冊使邊唐英來…」(同卷・第二～三葉)
「(同)八年秋七月辛卯宋國信使劉逵等還, 王附表以謝, 兼告改名, 宋醫官牟介等館于興盛宮, 敎訓醫生.」(同卷・第三葉)
「(同)八年七月…甲辰東女眞太師盈歌遣使來朝.」(同卷・第三～四葉)
「(同)八年十月…庚申遼東京回禮使禮賓副使高維玉等來.」(同卷・第四葉)
「(同)八年十一月丙申東女眞太師盈歌遣古酒率夫阿老等來獻土物.」(同卷・第五葉)
「(同)八年…十二月戊申遼遣烏興慶來賀生辰.」(同卷・同葉)
「(同)八年…十二月壬申北蕃將軍從昆阿老等四十七人來獻土物.」(同卷同葉)
「(肅宗)甲申九年…二月戊申宋醫官牟介等還.」(同卷・同葉)
「(同)九年…八月…丁巳宋都綱周頌等來獻土物.」(同卷・第十一葉)
「(睿宗)丙戌元年…秋七月…癸丑御重光殿西樓, 召投化宋人郞將陳養, 譯語

陳高兪坦試閱兵手, 各賜物.」(同卷・第二十五葉)

以上과 같이 高麗史에는 宋使뿐 아니라 宋商이 來往한 事實까지도 日誌式으로 詳載되어 있다. 이로 미루어 볼 때, 崇寧年間中 癸未年 外에 宋使가 來朝한 事實이 있었다면 高麗史에 漏落될 리가 없다.

崇寧年間中 高麗에 來往했던 宋使에 대한 傳記를 찾아보면 다음과 같다.

「劉逵字公路, 隨州隨縣人. 進士高第, 調越州觀察判官, 入學太學太常博士, 禮部考功員外郞, 國子司業. 崇寧中, 連擢祕書少監. 太常少卿. 中書舍人. 給事中. 戶部侍郞, 使高麗. 遷尙書. 繇兵部同知樞密院, 拜中書侍郞. …而卒年五十, 贈光祿大夫.」(宋史 卷三百五十一列傳)

「王雲字子飛, 澤州人. 父獻可, 仕至英州刺史, 知瀘州黃庭堅謫於涪, 獻可遇之甚厚, 時人稱之. 雲擧進士, 從使高麗, 撰鷄林志以進, 擢祕書省校書郞, 出知簡州, 遷陝西轉運副使. 宣和中從童貫宣撫幕, 入爲兵部員外部, 起居中書舍 人.」(前揭書 卷三百五十七列)

「…崇寧元年命戶部侍郞劉逵・給事中吳拭持節往使, 禮物豐腆, 恩綸昭回, 所以加惠麗國, 而褒寵鎭撫之, 以繼神考之志, 益大而隆. 二年五月由明州道梅岑絶洋而往.」(高麗圖書卷二, 王氏)

「癸未崇寧二年…二月…是月遣戶部侍郞劉逵・給事中吳拭, 使高麗.」
(眉山李𡌴編 皇宋十朝綱要卷第十六)

위에 引用한 劉逵・吳拭・王雲 모두 崇寧二年(癸未)에 高麗에 來往하였음이 分明하다. 이때 孫穆은 書狀官의 資格으로 隨行하였음도 疑心할 餘地가 없다. 以上의 崇寧二年 宋使가 高麗에 온 時期가 六月夏節인데, 鷄林類事에 다음과 같은 記錄이 있다.

「夏日群浴於溪流, 男女無別. 瀕海之人, 潮落舟遠, 則上下水中, 男女皆露形.」

孫穆이 夏日에 男女群浴의 情景을 親覩하고 奇俗으로 생각하여 記錄하였음이 歷歷하다. 高麗圖經 中에 또 다음과 같은 記錄이 있다.

「…自元豐以後, 每朝廷遣使, 皆由明州定海放洋, 絶海而北, 舟行皆乘夏至後南風, 風便, 不過五日, 即抵岸焉.」(卷三封境)
「…每人使至, 正當大暑, 飮食臭惡, 必推其餘與之.」(卷二十一房子)

以上의 諸記錄으로써 綜合하여 보면, 鷄林類事의 草稿가 北宋 徽宗崇寧二年(高麗肅宗八年癸未 1103年)六月壬子卽五日(陽曆七月十日)부터 同年 七月 辛卯卽十四日(陽曆八月十八日)[13] 사이에 이루어졌음을 알 수 있다. 鷄林類事中에서 記事部分은 回國하여서도 그 記錄이 可能하겠으나 譯語部分은 回國後 記錄이 거의 不可能하므로, 上記 期間中에 採錄되었음이 틀림없을 것이다.

4.

孫穆에 대하여 崇寧 以後의 關係記錄을 中央硏究院 所藏의 八閩通志[14]에서 찾아보면 다음과 같다.

「宋建寧府(知府事)…鄭邦彦・葉祖武・陳擧・上官公裕・陳惟綱・劉震・

13) 陽曆은 臺灣 國民出版社의 兩千年中西曆對照表(民國 47年 11月刊)에 依據하여 換算한 것임.
14) 八閩通志: 明朝 黃仲昭 撰, 全八十七卷, 弘治四年刊本.

孫穆・洪中・虞芹・蘇曄・陸蘊 見名宦志俱 政和間任」

(卷三十一秩官・歷官・郡縣・建寧府・九十七葉)

孫穆이 政和年間에 建寧府의 知府事를 歷任하였음을 알 수 있다. 政和年間은 亦是 徽宗時代로 西紀 1111年부터 1117年 사이가 된다. 當時 建寧府의 戶數는 197,137戶이고, 人口는 439,677名이었다.[15] 이로써 미루어 볼 때, 鷄林類事가 單行本으로 出刊된 것이 늦어도 1178年 以前이 되므로, 孫穆이 建寧府의 知府事로 在任中에 板刻된 것으로 推測할 수 있다.

<새국어교육 21호, 한국국어교육학회, 1975. 5>

15) 參見：八閩通志 卷二十 食貨條.

鷄林類事의 誤寫·誤釋·未解讀 語彙考

目次

1. 序言

鷄林類事는 본래 高麗의 朝制·土風을 기록한 記事部分과 高麗의 語彙를 蒐錄한 譯語部分과 口宣[1)]·刻石의 附錄 등 三卷 單行本이었으나,

---

1) 「국어대사전」(民衆書館刊)에는 '口宣'에 대하여 "말로써 베풀어 아룀"이라고 풀이하여 놓았으며, 高柄翊氏는 '鷄林類事의 編纂年代'에서 "帝王이 口頭로 내린 宣旨일 것이나 뒤의 「刻石等文」으로 보아서 여기서는 역시 詔勅等과 같은 뜻이라고 생각된다. 上引 書目輯考에서는 口字가 闕字로 되어 있는데 그렇다면 그 闕字가 무슨 字였는지 分明치 않지마는 「勅」字도 생각해 볼 수 있다. ……順序는 다르지마는 勅宣二字의 成語를 찾아 볼 수 있는 것이다. 要컨대 高麗王의 勅詔書를 가리키는 것이다. 그런데 이는 또 高麗王이 宋帝에게 올리는 表文을 말하는 것이 아닌가로 생각된다."고 하였다.
高氏는 趙士煒 輯 中興館閣書目輯考에 「口宣」의 「口」가 闕字되었으므로 번다히 考證하여, 「口」字 대신 「勅」字로 추측하여 「宣勅」의 顚倒로 보았으나, 玉海에 분명히 「口宣」으로 되어 있으므로 그 考證은 徒勞에 不過하다.
徐師曾 撰 文體明辯에 「按口宣者, 君諭臣之詞也. 古者天子有命于其臣, 則使使者傳言, 若春秋內外傳所載諭告之詞是已. 未有撰爲儷語使人宣於其第者也. 宋人始爲之, 則待下之禮愈隆, 而詞臣之撰著愈繁矣. 蓋諭告之變體 也.」라 하였고, 徐兢撰 高麗圖經에 「十四日丙寅, 遣供衛大夫相州觀察使直睿思殿關弼, 口宣詔旨, 錫冲於明州之廳事.」라 하였다.
이상을 종합하여 보면, '口宣'의 본 뜻은 天子가 臣下에게 命할 것이 있을 때, 使者로 하여금 傳言하는 것이나, 여기서는 高麗王이 口頭로 말한 내용을 記錄한 것으로 보아야 할 것이다.

元末에 陶宗儀[2)]에 의하여 說郛에 節錄되면서 附錄篇은 완전히 刪除되고, 記事篇은 10餘條項만 拔萃되었으며, 다만 譯語篇만이 全載되어 傳하게 되었다.

그러므로 鷄林類事는 본래의 遊記로서 보다도 譯語集으로서 비중을 더 차지하게 되었다. 이에 따라 中國에서는 鷄林類事를 說郛 外에도 五朝小說[3)]·五朝小說大觀[4)]·古今圖書集成[5)] 등 大部書의 일부분으로서 누차 板을 바꾸어 轉載하여 오면서도 깊이 연구한 바는 없었다. 오히려 高麗語를 모르는 中國人으로서는 對音部分의 借音表記를 誤認하여, 同一한 漢字를 高麗에서는 다른 字義로 해석하는 것으로 생각하고 勅撰인 康熙字典에서도 鷄林類事를 잘못 引用하는 결과를 초래하였다.[6)] 이러한

---

2) 陶宗儀의 字는 九成, 號는 南村, 浙江省 台州 黃巖人. 陶氏의 生卒年은 불확실하지만, 昌彼得의 說郛考에 의하면 元朝 仁祖 3年(1316) 前後로부터 明朝 惠帝 3年(1401) 사이로 되어 있다. 著書에 說郛 外에도 輟耕錄, 書史會要, 南村詩集, 滄浪櫂歌, 草莽私乘, 古刻叢鈔, 國風尊經, 四書備遺, 金丹密語 等 매우 많다.
說郛는 陶氏가 元末에 經史傳記, 諸子, 百氏雜著 等 1,000餘人의 著書中에서 摘錄하여 본래 100卷으로 편찬하였으나, 未刊狀態에서 30卷이 散佚된 것을 成化 17年(1481)에 郁文博이 補校한 뒤, 弘治 9年(1496) 이후 隆慶 2年(1568) 이전에 刊行하였고, 明末(1627年 以前)에 陶珽이 120卷으로 重編刊行하였고, 清朝 順治 4年(1647)에 李際期가 重校本을 刊行하였다.

3) 五朝小說은 明末 吳縣人 馮夢龍이 편찬한 것으로 總 474卷 80冊이다. 鷄林類事는 이 책의 宋人百家小說中에 編載되어 있다. 五朝小說에는 '夷俗不盜', '夷性仁' 等의 '夷'字를 '其'字로 고친 板本이 있다. 이로써 볼 때, 明末刊本과 清代 改板本이 있음을 알 수 있다.

4) 五朝小說大觀은 明代 佚名人의 편찬인데, 民國 15年(1926)에 上海 掃葉山房에서 石印板으로 刊行하였다. 總 40冊. 鷄林類事는 이 冊의 第27冊 宋人小說中에 編載되어 있다.

5) 古今圖書集成은 雍正板과 光緖板이 있는데, 原書名은 古今圖書彙編이다. 康熙中에 시작하여 10여 년을 걸리어 雍正 3年(1725)에 完成되었다. 總 1萬卷, 目錄 40卷, 6,109部의 叢書이다. 光緖板은 光緖 10年(1884)에 上海 圖書集成局에서 鉛印한 것으로 雍正板과 大同小異하다. 이 兩板本의 方輿彙編 邊裔典에는 鷄林類事를 全載하였고, 理學彙編 字學典에는 方言部만을 실었다.

6) 康熙字典中에 鷄林類事의 對音字를 다음과 같이 5個處에 引用하였다. ①潑……又孫穆鷄林類事高麗方言謂足曰潑(水部 12畫). ②毛……又高麗方言謂苧曰毛, 苧布曰毛施背, 見鷄林類事(毛部). ③漢……又高麗方言謂白曰漢, 見孫穆鷄林類事(水部 11畫). ④濮……又孫穆鷄林類事高麗方言謂鼓曰濮(水部 14畫). ⑤活……又孫穆鷄林類事高麗方言謂弓曰活(水部 6畫)
여기서 附言해 둘 것은, 權在善氏가 「麗代 親族 및 男女呼稱語에 對한 考察」에서 "筆者가 調査한 康熙字典의 「白日曰漢見」은 딴 책에서 볼 수 없는 것으로 現傳하는 어느 異本도 原本의 語項數를 다 싣고 있지 못함을 端的으로 드러내는 例가 되겠다."(韓國語文學會編 高麗時代의 言語와 文學, p.137)라 하였는데, "白曰漢見孫穆鷄林類事"의 原文에서 「曰」字의 字劃을 「日」字로 잘못 보고, 「見」字를 잘못 띄어 읽은

현상은 근래에까지도 계속되어 中國 當代의 碩學 林語堂도 鷄林類事를 언급한 그의 論文에서 큰 誤謬를 범하고 있다.[7)]

이에 反하여 韓國에 있어서는 高麗時代의 語彙를 살필 수 있는 우리 스스로의 자료를 가지지 못하고 있기 때문에, 國語學的인 면에서 鷄林類事의 價値는 遊記로서 보다도 譯語集으로서 유일무이한 寶典의 位置를 차지하게 되었다. 그러므로 지금까지 국내의 많은 학자들이 鷄林類事에 관심을 가지고 깊은 硏究를 하여 왔다. 그러나 그 硏究熱에 비하여 결과에 있어서는 큰 進展이 있었다기 보다도 오히려 徒勞가 적지 않았다. 그 理由로서 가장 큰 문제는 各板本의 對照考證을 거치지 않고, 板本 자체에 誤謬가 많은 淸代 板本中의 어느 一種을 底本으로 하여 主觀的으로 해석하여 왔기 때문이다.

本稿에서는 주어진 論題에 따라 鷄林類事의 記事部分에 대하여서는 언급을 보류하고, 方言篇 곧 譯語部分에 대해서만 살펴보고자 한다.

2. 譯語部 解讀의 諸問題

約 9世紀前에 漢字의 中國音으로 高麗語를 표기한 鷄林類事의 譯語部分을 정확히 해석하려면, 적어도 다음과 같은 問題들이 상세히 고증되어야 할 것이다.

① 鷄林類事의 編纂年代
② 孫穆의 生長地
③ 各板本의 對照
④ 宋使의 路程

데서 큰 誤謬를 범한 것이요, 결코 새로 調査하여 찾은 것이 아니다.
7) 參見, 林語堂 著 語言學論叢中「古有複輔音說」

⑤ 宋代의 中國音韻現象
⑥ 對音表記의 特徵

지금까지 鷄林類事를 연구한 諸論文의 內容을 살펴보면, 대부분 이러한 문제들의 考證作業을 거치지 않고, 韓國 漢字音, 심지어는 現代 中國音으로 解讀하여, 해당하는 鮮初 語彙와 결부시키는 데만 급급하여 왔다. 게다가 板本上에 誤字·脫字가 있는 부문에 대해서는 主觀的으로 추측하고 고쳐서 오히려 牽强附會를 빚은 것이 적지 않다.

鷄林類事의 編纂年代를 밝히는 것은 譯語部分의 語彙를 정확히 해독하는 데 있어서 매우 중요한 요건이 된다. 편찬연대가 밝혀짐으로써 해당시대의 中國音韻을 고찰하여 對音表記의 정확한 音價를 분석해 낼 수 있다.

그리하여 필자는 前人들의 연구를 토대로 하여 拙著 『鷄林類事硏究』[8]에서 정확한 편찬 연대를 밝혀 놓았다. 그 내용을 요약하여 보면, 徐兢의 宣和奉使高麗圖經·晁公武의 君齋讀書志, 王應麟의 玉海·脫脫의 宋史·鄭麟趾의 高麗史 등의 기록에 근거하여 孫穆이 宋의 國臣 戶部侍郞 劉逵와 給事中 吳拭 등을 隨行하여 書狀官으로서 1103年(高麗 肅宗 8年·宋 徽宗 崇寧 2年) 6月 壬子日(陽曆 7月 10日)에 高麗에 來朝하여 同年 7月 辛卯日(8月 18日)에 떠났다. 그러므로 鷄林類事의 朝制·土風 등 記事部分은 귀국하여서도 遊記로서의 기록이 가능하였겠으나, 약 360語彙나 되는 譯語部分의 採錄은 상기 39日間 開京에 滯留하는 동안 이루어졌음을 알 수 있다.

鷄林類事의 編纂者인 孫穆의 生長地를 밝혀야 하는 까닭은 역시 譯語部分의 對音 音價를 바로 알기 위해서다. 中國은 지역적으로 광대하여 이질적인 方言이 많기 때문에 종적인 時代와 횡적인 地域이 밝혀지지 않고는 정확한 音韻을 알 수 없다. 곧 孫穆이 崇寧 2年에 鷄林類事를 편찬한 것으로 밝혀졌으나, 孫穆이 中原人이냐, 福建人이냐에 따라 譯語部의 對音 音價는 전연 달라지게 된다.

---

8) 參見, 陳泰夏 著 中文本 「鷄林類事硏究」(初版 1974年 7月 中國 發刊, 再版 1975年 6月, 서울, 塔出版社 發行).

아직까지 孫穆의 生卒年代는 알 수 없으며, 다만 黃仲昭의 八閩通志等에 의하면, 孫穆이 書狀官으로서 高麗를 다녀간 뒤, 宋 徽宗 政和(22~37) 年間에 福建省 建寧府의 知府事를 歷任한 記錄이 있을 뿐이다.[9] 이러한 기록에 따라 孫穆을 福建省 出身으로 추측하는 사람도 있으나, 鷄林類事에 수록된 어휘로써 고증하여 볼 때, 孫穆은 일시 지방에 出仕한 것으로, 꼭 福建 出身이라고 단정할 수 없으며, 당시 北宋의 수도인 汴京(지금의 開封)을 중심한 中原人이었을 것으로 생각된다. 즉 鷄林類事의 譯語部 漢語에 「刀子」·「卓子」·「盤子」 등의 接尾辭 「子」가 中原語에서는 唐朝 이전부터 사용되었으나, 福建省 등 남방방언에서는 당시는 물론 지금까지도 사용되지 않고 있다.[10]

앞에서도 言及하였지만 鷄林類事의 올바른 解讀을 위해서는 무엇보다도 板本에 대한 고증 작업이 중요하다.

宋代의 中興館閣書目[11]과 遂初堂書目[12]에 의하면 늦어도 1178年(南宋 孝宗 5年) 이전에 孫穆 원찬의 鷄林類事가 單行本으로 간행되었음을 추단할 수 있다. 이 單行本이 元末까지 전래되다가 1366年(元 至正 26年) 이전에 陶宗儀가 說郛에 채록한 뒤 소실되고, 그 뒤부터는 說郛板本

---

9) 八閩通志 外에도 李元植氏의 調査에 의하면, 「福建通志」(卷92 職官)에 "宋 建州, 陳維綱.劉震.孫穆.洪中, 見知連江縣, 「建甌縣志」(卷8 職官)" 陳擧閩縣人, 元豊二年進士, 陳維綱.官公祐光澤人, 治平四年進士, 劉震, 孫穆, 洪中見知連江縣, 虞芹, 蘇煜蒲田人元符三年進士, 陸蘊見知福州, 倶政和間任. 「中國方志叢書」(第95冊, 建甌縣志 卷八職官)에 "宋, 建州知軍州事, 孫穆" 等의 記錄이 있다.

10) 王力 著 「漢語史稿」(pp229~230)에 "南部方言(粵.閔.客家) 基本上維持着上古漢語的情況, 很少或完全不用詞尾「兒」和「子」. 廣州話只說「刀」, 不說「刀子」; 只說「鉸剪」, 不說「剪子」…詞尾「兒」字在粵語裏更絶對不用了."라 하였다.

11) 中興館閣書目은 宋朝 秘書監 陳騤.叔進 等이 淳熙 5年(1178)에 편찬한 三十卷의 書目으로 總44,486卷을 收錄하였었다. 그러나 이미 亡佚되어, 玉海中에 900餘條, 山堂考索에 約200條, 直齋書錄解題에 100餘條, 이밖에 困學記聞, 漢書藝文志考證, 詞學指南, 小學紺珠, 宋史藝文志 等에 小數가 收錄되어 있다. 參見, 趙士煒 輯 「中興館閣書目輯考」(1933 北平刊)

12) 遂初堂書目은 宋朝 常州無錫人 尤袤(1127~1194)가 撰한 1卷의 書目으로 益齋書目이라고도 함. 그 書目은 經部九類, 史部十八類, 子部十二類, 集部五類 等 總44類로 나누어져 있다.
高柄翊氏는 「鷄林類事의 編纂年代」에서 "鷄林類事는 遂初堂書目이나 萬卷堂書目, 國史經籍志 같은 明代의 書目에는 나타나지 않고 淸代의 書目에도 大體로 보이지 않는 것 같다"(歷史學報 第十輯 p.122)고 하였는데, 筆者가 調査한 바, 「遂初堂書目」에 분명히 「鷄林類事」가 收錄되어 있으니, 高氏의 未詳察일 것이다.

에 따라 보존되어 왔음을 알 수 있다.

이들 板本 가운데 중요한 板本을 열거하면 다음과 같다.

① 涵芬樓校印 明鈔說郛本(張宗祥 校正 上海 商務印書館鉛印板 1927年)
② 香港大學 馮平山圖書館藏, 明鈔說郛本(明 嘉靖年間 1522~1566年)
③ 中華民國 國立中央圖書館藏, 藍格明鈔說郛本(明 嘉靖年間)
④ 日本 京都大學圖書館藏 近衛文庫說郛本(陶珽 重編 明末 1627年 以前 刊本)
⑤ 中華民國 國立中央圖書館藏 說郛本(陶珽 重編 明末 刊本)
⑥ 日本 京都大學 人文科學硏究所藏, 說郛本(陶珽 重編 明末 刊本)
⑦ 北京 中法漢學硏究所藏 說郛本(陶珽 重編 明末 刊本)
⑧ 日本 內閣文庫藏 五朝小說本(24冊本 明末 刊本)
⑨ 日本 內閣文庫藏 五朝小說本(15冊本 淸代 改板 重印本)
⑩ 中華民國 國立中央圖書館藏 五朝小說本(80冊本 淸代 改板 重印本)
⑪ 中華民國 中央硏究院藏 五朝小說本(淸代 改板 重印本)
⑫ 五朝小說大觀本(明代 輯 民國15年 上海 掃葉山房 石印板 1926年)
⑬ 順治板 說郛本(淸 順治 4年)
⑭ 欽定四庫全書 說郛本(淸 乾隆 44年)
⑮ 朝鮮 烏絲欄鈔本(中華民國 中央硏究院 傳斯年圖書館藏)
⑯ 雍正板 古今圖書集成本(淸 雍正 3年)
⑰ 光緖板 古今圖書集成本(淸 光緖 10年)
⑱ 海東繹史本(朝鮮 正祖時 韓致奫 著)

이상 열거한 板本·鈔本 中에 현재로서는 「香港大學 馮平山圖書館藏, 明鈔說郛本」(以下 簡稱 香港大 明鈔本)과 「中華民國 國立中央圖書館藏 藍格明鈔說郛本」(以下 簡稱 藍格明鈔本)이 最古本으로 밝혀졌다.

위에서 열거한 鷄林類事 板本들의 系譜를 도시하면 다음과 같다.

지금까지 國內外에서 鷄林類事를 硏究한 論文 또는 引用한 책의 底本을 살펴보면, 대부분 順治板 說郛本을 비롯하여 古今圖書集成本과 海東繹史本인데, 이것들은 모두 明末 陶珽이 重編한 說郛本에서 연원되었다. 또한 順治板 說郛本은 順治 4年에 李際期가 重校한 것으로 陶宗儀의 원찬 說郛本과는 상당한 차이가 있다. 孫穆 원찬의 鷄林類事와 陶宗儀 節錄本의 鷄

林類事와도 이미 상당한 차이가 있었음이 발견되는데, 이른바 淸板本인 說郛本에 근거하여 鷄林類事를 解讀함은 정확을 기할 수 없음이 확연하다. 그러므로 재삼 강조하건대, 지금까지 國內外의 學者들이 鷄林類事를 硏究하여 왔으나 많은 오류를 범하지 않을 수 없었던 이유가 여기에 있었다.

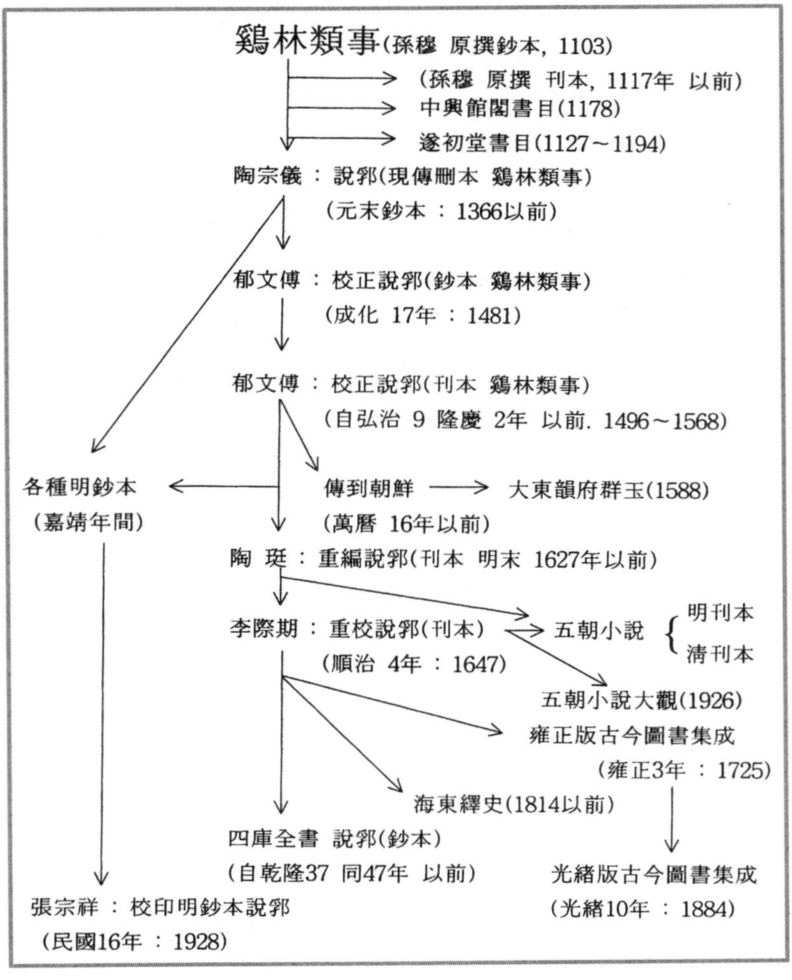

필자에 의하며 새로 발견된 兩明鈔本은 지금까지의 誤釋을 바로 잡는데 많은 자료를 제공하였다. 그러나 明鈔本에도 轉寫時의 誤記가 있었

음이 발견된다. 兩明鈔本이 모두 嘉靖年間의 鈔本으로 되어 있으나, 內容을 對照하여 보면, 同一本을 底本으로 한 것은 아니다. 兩明鈔本과 다른 板本들과 내용을 대조하여 본 결과 鷄林類事 板本은 다시 다음과 같은 兩種系譜를 이룬다.

(1) 陶宗儀 編 說郛本 → 郁文博 校正 說郛本 → 藍格 明鈔本系 說郛本 → 張宗祥 校印 說郛本
(2) 陶宗儀 編 說郛本 → 香港大 明鈔本系 說郛本 → 陶珽 重編 說郛本 → 各種 現傳 說郛本

宋使 劉逵·吳拭·孫穆 일행의 麗宋間 路程을 밝히는 것도 역시 譯語部의 올바른 解讀과 중요한 관계를 갖는다. 곧 路程을 밝히어 이들의 高麗內 滯留地를 앎으로써 譯語部에 수록된 高麗語의 方言區域을 찾아낼 수 있다.

鷄林類事 자체로서는 孫穆 일행의 路程을 알 수 없으나, 徐兢의 高麗圖經을 통하여 추찰할 수 있다. 徐兢의 高麗 來朝年代가 宣和5年(1123年) 6月 13日로 되어 있으니, 孫穆의 來朝年代와는 불과 20年의 相距가 있을 뿐이다.

高麗圖經中「其國在京師之東北, 自燕山道陸走, 渡遼而東之, 其境凡三千七百九十里, 若海道則河北, 京東·淮南·兩浙·廣南·福建皆可往…… 自元豐以後, 每朝廷遣使, 皆由明州定海放洋, 絶海而北, 舟行, 皆乘夏至後南風便, 不過五日, 卽抵岸焉.」(卷三 封境條)의 記錄으로 보면, 元豐은 곧 宋朝 神宗年間(1078~1085)으로, 孫穆이 來朝한 崇寧 2年(1103)은 元豐 이후, 宣和 5年(1123) 이전이니, 孫穆 일행이 海路로 왔음은 의심의 여지가 없다.

高麗圖經에 상세히 밝힌 麗宋間의 路程을 간추려 보면 다음과 같다.

汴京 → 黃河 → 運河 → 明州 → 白水洋 → 夾界山(華夷以此爲界限) → 白山 → 黑山 → 竹島 → 苦苫 → 群山島 → 橫嶼 → 馬島 → 大靑嶼 → 蛤窟 →

龍骨 → 禮成港 → 開京

宋使가 高麗 領海에 進入한 뒤 開京에 이르기 전까지 高麗人을 만난 섬들은 苦苫·群山島·馬島·紫燕島와 禮成港이다. 이들 지점은 當時 麗宋間에 있어서 正常海路上의 通路이었으니 孫穆 일행의 路程도 이와 별차이 없었을 것이다. 그러고 보면, 孫穆이 高麗人을 만나면서부터 高麗語를 採錄하였더라도 상기 지역을 지나는 西海岸一帶에 한하였을 것이다. 그러나 高麗圖經에 의하면, 群山島·馬島·紫燕島 등에 客館이 있기는 하였지만, 酒宴의 대접을 받고 즉시 出發한 것으로 되어 있으니, 별로 高麗語를 採錄할 만한 시간적인 여유가 없었을 것으로 생각된다. 또한 高麗圖經에 「然在高麗, 纔及月餘, 授館之後, 則守以兵衛, 凡出館不過五六.」의 記錄으로 보면 開城을 떠나 他地方을 巡視할 만한 기회도 별로 없었을 것으로 생각된다.

이상을 종합하여 볼 때, 鷄林類事에 수록된 高麗語는 당시의 王京인 開城 地方의 말로서, 지금의 中部方言系에 속함을 알 수 있다.

鷄林類事의 편찬 연대와 孫穆의 生長地가 밝혀짐으로써 당시의 中國 音韻現象을 고찰할 수 있게 되었다. 鷄林類事의 編纂年代인 1103年과 거의 동시대의 韻書로서는 廣韻·集韻·韻鏡 等을 들 수 있다. 廣韻은 陳彭年·戚倫 等에 의하여 1008年에 편찬되었으나, 실은 隋代에 이루어진 切韻으로부터 唐韻의 音韻體系를 이어 받은 切韻系 韻書이기 때문에, 鷄林類事의 對音部에 나타난 音價와 廣韻의 反切音과 비교하여 보면 부합되지 않는 것들이 나온다. 集韻도 역시 北宋時代인 1066年에 이루어졌지만, 切韻系 音韻體系를 따르면서도 당시의 현실음을 많이 취하였기 때문에 鷄林類事의 對音部 音價와 대부분 부합된다. 卽 廣韻의 反切音으로는 解讀이 되지 않는데, 集韻의 反切音으로는 解讀이 되는 것들이 상당수가 있다.

그러나 廣韻이나 集韻의 反切音으로도 解讀되지 않는 것들이 있다. 例를 들면 鷄林類事에 「打」字가 6個處나 對音字로 쓰였는데, 모두 [ta]

의 音으로 解讀되어야 한다. 「打」字의 反切音이 廣韻에는 「德冷 切」, 集韻에는 「都挺切」, 「都令切」로 되어 있어, 모두 終聲 [ŋ]을 가지고 있다. 說文解字에 의하면 從手丁聲의 形聲字이므로 「丁」의 音을 가진 字音이겠으나, 南宋의 戴侗이 編纂한 六書故에는 「都假切」로 되어 있으며, 現代 中國音도 [ta]로 되어 있다. 이로 보면, 「打」字의 古音은 形聲字로서 「丁」의 音이었으나, 孫穆이 鷄林類事를 편찬하던 당시의 現實音은 이미 [ta]로 變하였음을 알 수 있다.

鷄林類事는 곧 中國音韻史上 中古音期와 近古音期의 過渡期에 속하는 對音資料이다. 또한 地域으로는 北宋의 수도인 汴京 즉 지금의 開封을 중심한 中原音이다. 當時 中原音에 있어서 音韻現象의 特徵을 보면, 入聲音이 탈락되는 과도기현상이 일어나고 있었다. 즉 p, t, k의 入聲에 있어서 [p]脣內入聲은 [b]로 약화되고, [t]舌內入聲은 有氣 聲門閉塞音 [ʔh]로 變하고, [k]喉內入聲은 聲門閉塞音 [ʔ]로 변하는 과도기였다.[13] 그러다가 元代 初에는 入聲音이 완전히 탈락되어 버린다. 또 하나의 두드러진 현상으로는 [m]終聲이 [n]으로 合流되는 현상이 이미 이때에 일어나고 있었음을 알 수 있다.

그러므로 鷄林類事의 對音部分을 해독함에 있어서는 우선 이러한 音韻現象을 참작하지 않으면 안된다. 종래에 鷄林類事 硏究者들 가운데는 이러한 音韻現象을 모르고, 唐・五代 西北方言의 현상을 연관시키어 誤釋하는 결과를 초래하였다. 例를 들면 「猪曰突」에 있어서 「突」의 對音字를 [t]入聲으로 해독하지 않고, [l]終聲字로 解讀하여 猪의 高麗語를 「돌」로 해독하는 과오를 범하였다.[14] 어떤 사람은 「花曰骨」에 있어서 花의 高麗語를 「골」로 주장하는 과오도 범하였다.[15]

끝으로 鷄林類事의 正釋을 위해서는 孫穆이 사용한 對音表記의 특징을 알아야 한다. 孫穆의 表記法을 깊이 분석하지 않고, 피상적으로 보면

13) 參見, 拙著 鷄林類事硏究中 「三, 以鷄林類事論宋代漢音」(pp.750~768).

14) 參見, 李基文 : 鷄林類事의 一考察(一石李熙昇先生頌壽記念論叢, pp.398~399)과 鷄林類事의 再檢討(東亞文化 八輯, p.225)

15) 參見, 朴炳采 : 「古代國語의 硏究」 音韻篇(pp.274~276)

무질서하고 조잡하게 표기된 것으로 보기 쉽다. 그러나 자세히 살펴보면, 明代初에 이루어진 朝鮮館譯語나 近代 中國人들의 韓國語를 對音한 어떠한 資料보다도 體系的이면서도 거의 正確하게 表記되었음을 알 수 있다.

첫째로 特徵的인 表記法으로 「直音法」 對音이다. 中國에 있어서 字音 表示의 변천을 보면, 魏晋南北朝時代로부터 反切法을 쓰기 전까지지는 「讀若」·「讀如」·「讀爲」·「讀與…同」 等 또는 「某字音某」의 直音法을 썼다. 鷄林類事에 사용한 直音法의 例를 들면, 「髮曰麻帝核試」·「面美曰捺翅朝勳」·「洗手曰遜時蛇」 等이다. 이처럼 일종의 直音法을 원칙으로 하였으나, 直音 表記를 한 것이 高麗語와 同音이 되지 않을 때는 反切法을 써서 附記하였다.

예를 들면 「三曰酒(斯乃切)」·「栗曰監(鋪檻切)」·「稱我曰能(奴台切)」 等이다.

둘째는 「音義雙關」의 表記法이다. 漢字는 본래 表意文字이기 때문에, 中國人들은 對音表記에 있어서도 완전히 字義를 배제하지 못하는 습성이 현재까지도 지속되고 있다. 例를 들면 「비타민」을 「維他命」, 「에스페란토」를 「愛斯不難讀」과 같이 音을 假借하면서도 意味도 有關하게 표기하는 것이다. 이와 같은 表記法을 鷄林類事에서도 발견할 수 있는데, 例를 들면 「傘曰聚笠」·「迎客入曰屋裏坐少時」 등이다.

셋째는 「連音變讀」(sandhi) 현상이다. 中國人들이 多音節語로 된 外國語를 對音表記할 때는 音節의 구분이 불명확하기 때문에 後續音節의 初聲이 前音節의 終聲에서부터 連音되는 것으로 認識하여 前音節의 對音字를 그 後續音節의 初聲과 同類의 有終聲字를 취하여 對音하는 현상이다. 이러한 표기방법은 佛經飜譯에서도 많이 나타나는데, 例를 들면 梵語 「nāma」를 「南木」으로 표기하는 것이다. 이러한 표기법이 鷄林類事에 있어서도 거의 철저하게 나타나고 있다. 例를 들면 「天曰漢捺」, 「風曰孛纜」, 「醬曰密祖」 등으로 高麗語의 第一音節에 終聲音이 없음에도 불구하고 모두 有終聲의 漢字를 借音한 것은 곧 連音現象이다.

이상 여섯 가지 요건 외에도 各語項의 漢語部分에 대한 정확한 해석과 內容上의 類別 分類는 역시 鷄林類事의 정확한 해독을 위해서 필요하다.

譯語部에 수록된 語彙의 항목을 살펴보면, 완전히 分類되어 있지는 않으나, 前後語項의 연결된 내용에 따라 나누어보면 다음과 같다. 天文門 14項, 地理門 11項, 時令門 9項, 花木門 18項, 鳥獸門 22項, 虫魚門 12項, 器用門 57項, 人物門 46項, 人事門 46項, 身體門 23項, 衣服門 26項, 顔色門 8項, 珍寶門 6項, 飮食門 11項, 文史門 5項, 數月門 21項, 方隅門 3項, 其他 23項으로 總 361項으로 되어 있다.

鷄林類事 譯語部에 수록된 語項數가 지금까지 조사자에 따라 구구불일하게 기록되어 왔으나[16], 筆者가 고증한 바로는 359項으로 되어 있다. 이 중에는 당연히 分項되어야 할 語項이 한데 섞인 것이 있어 이것을 나누어 계산하면 361語項이 된다.

이들 語項을 音節數에 따라 분류하면 보면, 一音節의 名詞語彙가 127項, 2音節의 名詞語彙가 119項으로 대부분 名詞 基礎語彙로 되어 있다. 이 밖에 動詞·數詞·形容詞·代名詞·副詞의 順으로 차지하고 있다. 短句도 22項이나 되는데, 그중에 「不善飮曰本道安里麻蛇」가 六音節로 가장 길다.

---

16) 지금까지 各文獻에서 言及한 鷄林類事의 語彙數는 다음과 같다.
① 前間恭作：鷄林類事麗言攷 - 353項
② 方鍾鉉：鷄林類事研究 - 353項(但 註解에는 356項으로 됨)
③ 高柄翊：鷄林類事의 編纂年代 - 350餘項
④ 李基文：國語史槪說 - 350項(但 鷄林類事의 一考察에서는 350餘項, 鷄林類事의 再檢討에서는 359項으로 言及함.)
⑤ 金敏洙：新國語學史 - 356項
⑥ 李弘稙：國史大辭典 - 353項
⑦ 安秉禧：韓國語發達史(中)文法史 - 約 350項
⑧ 李熙昇：國語大事典(民衆書館) - 350項
⑨ 民族文化研究所：韓國圖書解題 - 353項
⑩ 學園社：大百科事典 - 360餘項
⑪ 東亞文化研究所：國語國文學事典 - 356項
⑫ 李元植：「鷄林類事」略攷(朝鮮學報 第67輯) - 356項
⑬ 李承旭：「鷄林類事」의 文法資料(國語文法體系의 史的 研究) - 350餘項
⑭ 姜信沆：鷄林類事 「高麗方言」研究 - 350餘項(但 語釋例의 項에는 81, 87, 185項의 重複과 355項을 합쳐 358項으로 됨)
⑮ Werner Sasse：Das Glossar Koryŏn-pangŏn im Kyerim-yosa - 357項

語項 전체의 排列을 보면, 312項까지는 주로 體言類 語彙가 採錄되어 있고, 간혹 體言과 有關한 用言類 語彙가 삽입되어 있으며, 313項부터는 완전히 用言類와 短句로만 採錄되어 있다.

3. 從來의 誤寫·誤釋·未解讀 語項

먼저 지금까지 鷄林類事를 硏究한 國內外 學者들의 硏究論文을 時代別로 列擧하여 보면 다음과 같다.

① 前間恭作：鷄林類事麗言攷(日本 東洋文庫 1925年)[17)]
② 劉昌宣：“鷄林類事” 高麗方言考(한글 通卷 第54號 1938年)
③ 劉昌惇：鷄林類事補敲(崔鉉培先生 還甲紀念論文集 1954年)
④ 方鍾鉉：鷄林類事硏究(延世大學校 東方學志 第2輯 1959年)[18)]
⑤ 李基文：鷄林類事의 一考察(一石李熙昇先生頌壽記念論文叢 1957年)
⑥ 高柄翊：鷄林類事의 編纂年代(歷史學報 10輯 1958年)[19)]
⑦ 金敏洙：鷄林類事(解題)(한글 通卷 第124號 1959年)
⑧ 李敦柱：鷄林類事 表記分析試圖(全南大學校 國文學報 第1號 1959年)

17) 前間恭作은 鷄林類事麗言攷 序文에서 古今圖書集成에 실린 鷄林類事에 依據하였다고 밝혀 놓았으나, 內容을 對照하여 본 결과, 古今圖書集成本과는 顯著히 다르며, 오히려 海東繹史本과 同一하다. 前間氏가 底本으로 삼은 것은 실로 海東繹史本인데, 序文과 本文에서는 海東繹史本은 전연 言及하지 않고, 古今圖書集成本에 依據하였다고 밝힌 것은 무슨 理由인지 알 수 없다. 그러나 鷄林類事 記事部分이 海東繹史에는 없는데, 古今圖書集成本과 비교적 같은 것을 앞에 揭載하여 놓았으므로 실로 무엇을 底本으로 하였는지 不確實하다.

18) 方鍾鉉氏의 本論文 原稿는 이미 1949年에 된 것이나, 遺稿本으로서 1955年에 비로소 東方學志에 上梓되어, 本原稿를 보고 쓴 劉昌惇氏의 鷄林類事補敲보다 뒤에 배열하였음을 밝혀 둔다. 方氏는 本論文 總論에서 參考本으로서 順治板說郛, 古今圖書集成, 民國板說郛(卽 涵芬樓校印本說郛를 指稱함)를 들었으나, 內容을 對照하여 보면, 역시 그 底本이 不確實하다.

19) 高柄翊氏는 鷄林類事의 編纂年代를 「崇寧二.三年(高麗 肅宗八.九年, 西紀 1103~1104)의 兩年間」으로 考證하여 놓았다.

⑨ 文璇奎 :「鷄林類事」와 『朝鮮館譯語』의 「ㅣ(ㄹ)」 表記法 考察(국어국문학 第22號 1960年)

⑩ 文璇奎 : 鷄林類事 片攷(국어국문학 第23號 1961年)

⑪ 金喆憲 : 鷄林類事研究(국어국문학 第25號 1962年)

⑫ 金敏洙 : 高麗語의 資料(高麗大學校 語文論集 第10輯 1967年)

⑬ 李基文 : 鷄林類事의 再檢討(東亞文化 第8號 1968年)

⑭ 李承旭 :「鷄林類事」의 文法資料(國語文法體系의 史的研究 一潮閣 1973年)

⑮ 李元植 :『鷄林類事』略攷(日本 朝鮮學會 朝鮮學報 第67輯 1973年)[20]

⑯ 陳泰夏 : 鷄林類事研究(中華民國 國立臺灣師範大學 博士學位論文 1974年)

⑰ 陳泰夏 : 鷄林類事 編纂 年代考(한국국어교육학회 새국어교육 제21호 1975年)

⑱ 姜信沆 : 鷄林類事와 宋代音資料(檀國大學校 東洋學 第5輯 1975年)

⑲ 李基文 : 高麗時代의 國語의 特徵(檀國大學校 第5回 東洋學學術會議 講演鈔 1975年)

⑳ 姜信沆 : 鷄林類事「高麗方言」語釋(成均館大學校 大東文化研究 第10輯 1975年)

㉑ 朴恩用 : 回顧와 展望(韓國語文學會編 高麗時代의 言語와 文學 螢雪出版社 1975年)[21]

㉒ 兪昌均 : 高麗時代의 言語 槪觀(前揭書)

㉓ 權在善 : 麗代 親族 및 男女呼稱語에 對한 考察(前揭書)[22]

㉔ Werner Sasse : Das Glossar Koryŏ-pangŏn im Kyerim-yosa (OTTO HARRASSOWITZ-WIESBADEN 1976)[23]

---

20) 李元植氏의 「鷄林類事略攷」가 1973年 4月에 發表되었으나, 拙著 「鷄林類事研究」가 完成될 때까지는 參考하지 못했던 관계로 1974年까지의 鷄林類事 研究論文目錄에서 누락되었었다.

21) 朴恩用氏는 本稿에서 拙著 「鷄林類事研究」中 耳「귀」를 [ky], 「鐵」(쇠)를 [sø]로 表記한 것을 지적하여 [kuj], [soj]로 表記하였어야 옳을 것이라고 하였는데, 朴氏는 筆者의 論文을 자세히 읽지 않은 데서 잘못 指摘하였음을 밝혀 둔다. 「鷄林類事研究」에서 國文字母와 發音符號表記를 對照表로 밝힌 바와 같이 中國人들이 한글 字母를 모르기 때문에 發音符號로 바꾸어 表記한데 불과한 것이요, 鮮初語의 音韻 表記를 한 것이 아니었다.

22) 權在善氏는 本稿에서 筆者의 論文에서 引用했음을 밝히지도 않고 "藍格明鈔本에는 「女兒曰妲質 亦曰古君及育曹兒」로 되어 있다."(p.154)고 함은 잘못이라고 생각한다.

23) 明鈔本이 發見된 뒤에 쓴 論文이면서도 明鈔本을 對照하지 않아 여전히 誤謬를 답

㉕ 姜信沆 : 鷄林類事「高麗方言」의 聲母와 中世韓國語의 子音(李崇寧先生古稀紀念國語國文學論叢 1977年)
㉖ 姜信沆 : 鷄林類事「高麗方言」의 聲母音과 中世國語의 母音 및 末音(成均館大學校 大東文化硏究 第12編 1978年)
㉗ 姜信沆 : 鷄林類事「高麗方言」硏究(成均館大學校 出版部 1980年)

이 밖에도 이미 1823年에 獨逸人 東洋學者 J.Klaproth가 Asia Polyglotta 誌에 韓國語彙 약 370 어휘를 소개할 때에, 대부분 古今圖書集成에 실려 있는 鷄林類事의 語彙를 인용한 바 있다. 그러나 對音部分을 近代 中國音으로 해석하여 韓語와는 대응되지 않는 부정확한 해석을 하였다.[24] 또한 中國에서는 梁章鉅가 淸 道光 28年(1848)에 稱謂錄을 편찬하면서 淸板本 鷄林類事에서 주로 家族號稱에 대한 語彙 10餘項을 引用한 바 있다. 梁章鉅 역시 淸板本에 誤記된 대로 引用하여 부정확함을 면치 못하였다.

이상 열거한 諸論文을 대조하여 본 결과, 아직까지 未解讀되거나 誤釋된 語彙가 상당수 있다. 誤釋된 語項이 약 80項, 未解讀이 語項이 약 30項이나 되지만, 紙面 관계로 중요한 것만을 뽑아 考證하기로 한다.

(1) 顚倒・未分・誤脫・誤添 語項

鷄林類事 譯語部에 실린 語項數에 대해서는 앞에서 언급한 대로 361項이 되겠으나, 어떤 語項이 顚倒・未分・誤脫・誤添되었는가를 明鈔本과 淸板本을 대조하여 구체적으로 지적하여 보면 다음과 같다.

습하였다.

24) 例를 들면, 獨逸語 'Floh'를 韓國語로는 p'i-li로 對應시켜 놓았는데, 이것은 곧 古今圖書集成本 鷄林類事의 「蚤曰批勒」을 近代中國音으로 表記하여 놓은 것이다. 卽 「批」를 近代音에서의 送氣音으로 읽고, 喉內入聲字 「勒」은 [k]入聲이 脫落된 뒤의 近代音으로 읽었기 때문에 「蚤」의 韓語 「비륵」이나 「벼륵」과는 거리가 멀게 되었다.

1) 顚倒된 語項

第2項의「日曰姮」과 第3項의「月曰契黑隘切」이 顚倒된 것에 대해서는 이미 前間恭作으로부터 지적된 바 있다.25) 그러나「姮」을「烜」의 誤寫로,「契」를「突」의 誤寫로 본 것은 音韻上의 고증을 거치지 않는 억측이었다.

第328項의「笑曰胡臨」과 第329項의「哭曰胡住」가 顚倒된 것에 대해서는 劉昌惇氏에 의하여 지적된 바 있다.26)

이와 같이 前後 兩項이 顚倒된 語項이 또 있음이 筆者에 의하여 발견되었다.

第41項의「午曰捻宰」와 第42項의「暮曰占捺或言占沒」은 곧「午曰占捺」과「暮曰捺宰或言占沒」의 顚倒로 보아야 한다. 이 兩項에 대하여 前間氏는「午曰稔宰」로 보아「나지」에 대응시켰고,「暮曰占捺或言占沒」은「占捺」을「捺占」의 誤寫로 보아「나조」에 대응시켰으며,「占沒」은「져믈」로 해석하였다.27) 이에 대하여 方鍾鉉氏는「午曰捻宰」를「棕宰」의 誤寫로 보고「나직」에 대응시키고,「暮曰占棕或言占沒」에 대해서는「져믈」로만 풀이하였다.28) 그 뒤 李元植氏도 方氏의 풀이대로 解讀하였고29), 姜信沆氏는「占捺」을「졈은날→졈날」로 볼 수 있다고만 덧붙였다.30)

그러나 이상의 풀이는 板本 考證과 漢語部「午」에 대한 해석이 바르지 못한 데서 오류를 범하였다. 여기에서「午」는 일반적인 의미에서의 밤과 낮의「낮」이 아니라,「午曰」·「暮曰」 前項의「旦曰阿慘」으로 보면, 곧「한낮」을 지칭하고 있음을 알 수 있다. 그러므로 兩項이 顚倒된 것으로 보아「午曰占捺」의「졈낫」으로 解釋하고,「暮曰捺宰或言占沒」을「나 직」와「져믈」로 解釋하면 완전히 대응된다.

---

25) 參見, 鷄林類事麗言攷(pp.3～4)
26) 參見,「鷄林類事」補敲(崔鉉培先生還甲記念論文集 pp.150～151)
27) 參見, 麗言攷(pp.17～18)
28) 參見, 鷄林類事硏究(東方學志 第二輯, pp.115～116)
29) 參見,「鷄林類事」略攷(朝鮮學報 第67輯 pp.97～98)
30) 參見, 鷄林類事「高麗方言」硏究(pp.42～43)

第91項의 「禽皆曰雀譚」과 第92項의 「雀曰賽斯乃反」은 「禽皆曰賽」와 「雀曰譚崔斯乃切」의 顚倒로 보아야 할 것이다. 이 兩項에 대하여 前間氏는 모두 「새」로만 解釋하였다.[31] 方氏도 「새」이상 더 풀 길이 없다고 하였다.[32]

이 兩項의 顚倒에 대해서는 먼저 漢語部를 살펴 보아야 한다. 譯語部 전체에서 「某皆曰某」項을 찾아보면 다음과 같다. 第8項下 「凡下皆曰恥」, 第49項의 「凡約日至皆曰烏受勢」, 第142項의 「伯叔皆曰丫査祕」, 第143項의 「伯叔母皆曰丫子彌」, 第163項의 「姨妗亦皆曰丫子彌」, 第196項의 「魚肉皆曰姑記」, 第202項의 「凡飲皆曰麻蛇」, 第204項의 「凡安排皆曰伐里」, 第336項의 「借物皆曰皮離受勢」, 第340項의 「凡呼取物皆曰都囉」, 第342項의 「凡事之畢皆曰得」 等이다. 위의 例들을 살펴보면 第336項을 제외하고는 둘로 나누어진다. 곧 名詞類는 「某皆曰」로 되어 있고, 非名詞類는 「凡某皆曰」로 되어 있다. 또한 對音部가 중첩되어 同一할 때는 「某亦皆曰」을 써서 명확히 구별하였다. 「某皆曰」이나 「凡某皆曰」은 앞에 列擧한 語項들을 총괄하거나, 그 語項 자체로서도 총괄하는 의미가 있을 때에 사용되었다. 前者에 해당하는 語項 앞에는 有關語項들이 나열되어 있는데, 「禽皆曰」이 이에 속한다. 「禽皆曰」의 앞에 「雞曰」·「鷺曰」·「鳩曰」·「雉曰」·「鴿曰」·「鵲曰」·「鶴曰」·「鴉曰」·「雁曰」 等과 바로 뒤에는 다만 「雀曰」의 1項만이 나열되어 있다. 이로써 「雀曰」과 「禽皆曰」이 顚倒되었음을 알 수 있다. 따라서 對音部에도 서로 뒤바뀌어 誤寫되었음을 발견할 수 있다. 곧 「雀曰譚崔斯乃切」로 보아 「참새」로 解釋하고, 「禽皆曰賽」로 보아 「새」로 解釋하면 合理的인 대응이 된다.

第149項의 「男子曰沙喃音眇南」의 순서가 앞에서 列擧한 涵芬樓校印本과 藍格明鈔說郛本을 제외한 其他本에는 모두 第146項 「姉曰�妹」의 다음에 배열되어 있다. 이 兩種 板本의 배열에 있어서 어느 것이 맞는가를 고증하기 위하여 前後項의 배열을 살펴 보면, 곧 前者에는 「姉曰·弟

31) 前揭書(pp.41～42)
32) 前揭書(pp.146～147)

曰・妹曰・男子曰・女子曰」로 되어 있고, 後者에는 「姊曰・男子曰・弟曰・妹曰・女子曰」로 되어 있으니, 前者의 板本이 맞는 것을 알 수 있다.

종래의 鷄林類事 硏究者들은 모두 淸板本에 근거하였기 때문에, 모두 「姊曰・男子曰・弟曰・妹曰・女子曰」의 순서로 배열하는 오류를 빚었다.

2) 未分된 語項

鷄林類事의 板本에 따라 譯語部 語項의 배열이 上下 兩段・四段 또는 語項間에 一字間의 사이를 두어 連續되어 있기 때문에 前後語項이 연속 배열된 것도 있고 혼효되어 하나의 語項처럼 된 것도 있다.

第8項의 「雪下曰嬾恥凡下皆曰恥」는 兩明鈔本을 제외하고는 涵芬樓校印本과 其他 淸板本에 모두 未分되어 있다. 그러므로 此項은 兩明鈔本에 의하여 응당 「雪下曰嬾恥」와 「凡下皆曰恥」로 分項하여야 한다.

第138項의 「問如爾誰何曰餧箇」는 板本에 따라 그 表記字의 다름이 심함은 이미 원본상에 불명료함이 있었음을 추측할 수 있다. 此項의 漢語部分을 그대로 두고도 語意가 통하기는 한다. 그러나 前項의 「稱我曰能奴台反」으로 보면, 此項은 응당 「問汝曰你」와 「誰何曰餧箇」로 分項되어야 한다. 「稱我曰」에 대하여 「問汝曰」로 되어야 그 表現도 합당할 뿐만 아니라, 二人稱의 語項을 무단히 闕하지 않음에도 타당하다. 다시 말하여 一人稱의 語項下에 二人稱의 語項이 빠질 리가 없다.

此項에 대하여 前間氏는 「問你汝誰何曰饅箇」로 보아, 「누고」로 해독하였고[33], 方氏와 姜信沆氏는 「問你汝誰何曰饅箇」로 보아, 「누구, 누고」로 해독하였고[34] 李元植氏는 역시 「問你汝誰何曰饅箇」로 보아 「누구」로 해독하였다.[35]

33) 前揭書(p.60)
34) 前揭書(p.161)
35) 前揭書(p.103)

「饅」字는 字典에도 없는 字를 가지고 「누구·누고」로 해독함은 明鈔本을 참고하지 않은 탓이며, 分項하지 않음은 前後 語項의 詳考가 없었기 때문이다.

3) 誤脫된 語項

第84項의 「鳩曰于雄」은 涵芬樓校印本과 兩明鈔本에만 있고, 陶珽 重編說郛本 이하 其他本에는 記錄되어 있지 않다. 그러므로 此語項의 有無는 明鈔本 이상의 古本 與否를 考證하는 데에 매우 중요한 자료가 된다.

오늘날 우리나라에서는 「鳩」와 「鴿」을 혼동하여, 오히려 「鳩」를 비둘기로 指稱하고 있으나, 실은 「鴿」이 비둘기이고, 「鳩」는 「鴿」과 類似하나, 머리가 작고 가슴이 튀어 나오고, 꼬리가 짧고, 날개가 긴 새이다. 그러므로 鷄林類事에서는 「鳩」와 「鴿」을 구별하여 「鴿曰弼陀里」 語項이 별도로 採錄되어 있다.

前間氏는 明鈔本을 보지 못하였기 때문에 此項을 누락시켰고, 方氏로부터 비로소 言及되었다.[36] 方氏에 의하면 愼河濱의 豚窩雜著에 鳩俗稱雨收의 記錄이 있으니, 「于雄」은 이에 對應시킬 수 있을 것이다.

此項에 대하여 劉昌宣氏는 「鳩」는 「鴨」의 誤寫, 「于雄」은 「于離」의 誤寫로 추측하여 「올히」로 해독하는 억설을 편 바 있다.[37] 이것은 곧 鴿과 鳩를 同一 鳥類로 본데서 빚은 착오일 것이다.

第188項이 淸板本에는 「麥曰密頭目」으로, 第190項이 「大穀曰麻帝骨」로 誤記되어 있어 종래 鷄林類事 硏究者들은 第189項의 「豆曰太」를 誤脫시켰다. 곧 「麥曰密頭目」과 「大穀曰麻帝骨」은 明鈔本에 의하여 고증한 결과, 「麥曰密」·「豆曰太」·「穀曰麻帝骨」의 三語項이 淸板本에는 위와 같이 二語項으로 誤寫되었음이 밝혀졌다. 淸板本에 이와 같이 誤脫된 것은 香港大明鈔本의 「麥曰密豆日大」·「穀曰麻帝骨」을 보면, 그 誤

36) 前揭書(p.141)
37) 參見, "鷄林類事"高麗方言攷(한글 通卷 54號 p.8)

寫 경위를 엿볼 수 있다.

이로써 앞에서 지적한 未分項 곧 第138項의 「問汝曰你」와 아울러 2個 語項이 增加된 것이다.

第200項의 「湯曰湯水」는 明末刊 說郛本에서부터 「湯水」로 誤寫된 뒤, 五朝小說大觀本에서는 「湯曰水」로 誤寫되므로써 各淸板本에 그 出入이 심하게 되었다. 또한 海東繹史本에서는 此項이 완전히 탈락됨으로써 前間氏의 麗言攷에서도 탈락시켰다. 此項의 出入은 오히려 淸板本의 系統을 살피는데 방증 자료가 된다.

4) 誤添된 語項

第90項 「雁曰器利兮畿」의 表記가 板本에 따라 크게 다른데다가, 涵芬樓校印本에는 「隼曰笑利象畿」로 되어 있어, 劉昌宣氏의 "鷄林類事" 高麗方言考에서는 「古今圖書集成의 採錄本에는 "雁曰哭利弓畿"라고 했으므로 前間氏는 이것을 "그려기"로 解釋했으나 "說郛"本에는 "隼曰笑利象畿"라고 했다. 나는 이것을 "쇠로기(鳶)"로 읽을 것이라고 생각한다. "象"은 衍文일 것이다.」라 하였고[38] 方氏는 鷄林類事研究에서 涵芬樓校印本의 「隼曰笑利象畿」와 古今圖書集成本의 「雁曰哭利弓幾」는 同一 語項이었을 것이라고 언급하고서도 「쇠로기」와 「그려기」로 해독하고, 어느 것이 맞느냐에 대해서는 결론을 내리지 않았다.[39] 金喆憲氏는 鷄林類事研究에서 「雁曰哭利弓幾」를 「哭利兮幾」로 수정하여 「그리혜긔」로 해독하고, 涵芬樓校印本에 「隼曰笑利象畿」로 記寫된 이유는 알 수 없다고 하면서, 「笑利喙畿」로 수정하여 「쇠리훼긔」로 해독하여, 결국 兩項을 인정하였다.[40] 이에 따라 李元植氏와 姜信沆氏도 「隼曰笑利象畿」·「雁曰哭利弓幾」를 別項의 兩語項으로 간주하고, 「笑利象畿」의 「象」音이 「通貫切」임에도 불구하고 「소릐기·소로기」에 억지로 대응시켰고, 「哭利弓幾」의 「哭」의 音이 「空谷切」이고, 「弓」의 音이 「居戎切」임에도 불구하

38) 前揭書(p.8)
39) 前揭書(pp.144~145)
40) 參見 鷄林類事研究(국어국문학 25호 p.103)

고 「그려기・그러긔」에 억지로 대응시켜 견강부회를 초래하면서, 原本에도 없는 一語項을 誤添하게 되었다.

이렇게 「雁曰」・「隼曰」 兩語項으로 해석한 것은 各板本의 對照考證이 소홀했던 탓이다. 兩明鈔本과 各種 淸板本에는 동일하게 「雁曰」로 되어 있고, 涵芬樓校印本에서만 「隼曰」로 되어 있다. 이것은 涵芬樓校印本을 張宗祥이 여러 가지 明鈔本을 對照하여 校印할 때에 오히려 誤寫한 것으로 보아야 한다. 이밖에도 涵芬樓校印本에 오히려 誤校된 것이 不少하다.

그러므로 此項은 우선 「雁曰」 一項만을 취하여야 하며, 對音部의 表記는 兩明鈔本의 「哭利弓幾」・「哭弓畿」와 涵芬樓校印本의 「笑利象畿」를 대조하여 볼 때, 이들 明鈔本의 底本에 表記가 불명료함을 추측할 수 있다. 이에 따라 「笑」와 「哭」은 「器」의 誤寫이며, 「象」와 「弓」은 「兮」의 誤寫임을 알 수 있다. 「畿」와 「幾」는 모두 「渠希切」의 同音이니 어느 字를 써도 對音에는 관계 없으나, 涵芬樓校印本과 藍格明鈔本에 따라 「畿」를 취함이 타당하겠다.

이상을 종합하여 第90項은 「雁曰器利兮畿」로 校正하여 鮮初語 「그려긔」에 대응시켜 해독해야 할 것이다.

(2) 誤釋 語項

지금까지 발표된 鷄林類事 研究論文들을 살펴보면, 약 80項의 誤釋語項이 발견된다. 거듭 말하지만 이렇게 많은 誤釋을 빚은 이유는 무엇보다도 板本 考證의 소홀에 기인하고 있다.

本稿에서는 紙面 관계로, 그 동안 여러 論文에서 誤釋을 거듭한 語項만을 뽑아 살펴 보기로 한다.

① 第16項은 涵芬樓校印本과 香港大明鈔本에는 「神曰神道」로 되어 있고 其他本에는 모두 「神曰神通」으로 되어 있다.

이에 따라 前間恭作·方鍾鉉·李元植·姜信沆 諸氏는 모두 新通으로 해석하였다.

그러나 此項의 神은 前項의 「鬼曰幾心」으로 미루어 볼 때, 「神通」은 「神道」의 誤寫로 보아야 한다. 神通에는 「變化神妙, 通達無礙」의 뜻이 있으나, 此項의 「神曰」에는 맞지 않는다. 神道는 「鬼神의 尊稱」의 뜻이 있으니 「神曰」에 맞는다. 그러므로 神道는 第9項의 「雷曰天動」과 同類의 漢字語이다.

② 第18項은 涵芬樓校印本과 兩明鈔本에는 僊人曰僊人(仙人曰仙人)으로 되어 있으나, 陶珽 重編說郛本에서부터는 모두 「仙人曰遷」으로 되어 있다.

이에 대하여 前間氏는 「遷」으로서 「仙」의 麗音을 記寫한 것으로 여겨 「션」이라 해석하였고[41] 方氏는 涵芬樓校印本에 따라 「遷」이 아니라, 「僊」인 듯하다고만 言及하였다.[42]

「遷」에도 「仙」音이 있으니, 「僊」·「仙」·「遷」 어느 것을 對音字로 써도 무방하지만, 明鈔本에 따라 「仙人曰仙人」으로 보아야 할 것이다. 그러므로 종래 「遷」이나 「僊」으로써 「션」으로 해석한 것은 잘못이다.

③ 第43項은 涵芬樓校印本과 兩明鈔本에는 「前曰訖載」로 되어 있고, 陶珽 重編說郛本에서부터는 모두 「前曰記載」로 되어 있다.

먼저 漢語部의 고증을 위하여 此項의 다음 語項을 살펴 보면, 「昨日曰」·「今日曰」·「明日曰」·「前日曰」로 되어 있으므로 「前曰」은 「前日曰」의 誤脫임을 알 수 있다. 「前日」의 우리말은 지나간 날을 指稱하지만, 中國語로서는 우리말의 그제에 해당하는 말이다. 그러므로 여기서는 당연히 中國語의 前日로서 해석하여야 한다.

對音部 表記 「訖載」와 「記載」는 孫穆의 對音表記法에 대한 중요한 자료를 제공한다. 「前日」에 대한 우리말 「그제」가 있으므로 일반상식적인 解讀으로는 「訖載」보다는 「記載」가 합당한 것으로 보인다. 前間氏는 明

41) 前揭書(p.9)
42) 前揭書(p.105)

鈔本을 보지 못하였기 때문에 의문의 여지가 없이 「記載」로써 「그제」라 해석하였고[43], 方氏는 涵芬樓校印本의 「訖載」와 대조하고서도 「訖」의 음이 「글」·「흘」이라 하여 「記載」가 「그제」의 音에 가깝다고 하였다.[44] 이에 따라 劉昌惇·李元植·姜信沆 諸氏도 「記載」로써 「그제」라 해석하는 큰 誤謬를 범하였다. 姜信沆氏는 「記나 訖이나 音이 비슷하나 記를 취한다」[45]고 한 것은 더욱 不當하다. 곧 「訖」은 「居乞切」·「居乙切」·「許訖切」이고, 「記」는 「居吏切」이니 그 音이 비슷하지 않다.

孫穆이 高麗語 「그제」에 대하여 第1音節 對音字로 [t]入聲韻尾의 「訖」字를 취한 것은 連音變讀法을 철저히 지킨 것이다. 곧 「六曰逸戌」·「八曰逸答」·「醬曰密祖」 等에서 第一音節字로서 모두 [t]入聲字를 취한 것과 同一表記法이다. 그러므로 「訖」字의 타당성은 明鈔本에 記寫된 것으로 根據할 뿐만 아니라, 鷄林類事 전체의 對音表記法에도 합당하다. 諸硏究者들이 對音表記法의 특징도 살피지 않고, 더구나 엄연히 後來本인 陶珽의 重編說郛本에서부터 誤記된 「記載」로써 「그제」에 附合시키려 함은 잘못된 태도이다.

그런데 此項에 「昨日曰訖載」가 있어 對音部 중복이 문제되지 않을 수 없다. 「昨日」에 대한 우리말은 「어제」이니, 此項의 「訖載」는 誤記임을 알 수 있다. 이에 방증자료로서는 大東韻府群玉에 인용된 鷄林類事에는 「昨日曰於載」로 되어 있는 것이다. 「於載」를 「어제」에 대응시킬 수는 있으나, 明鈔本에도 모두 「訖載」로 되어 있는데, 大東韻府群玉이 어떤 板本에 근거한 것인지가 문제이다.

④ 第46項의 「明日曰轄載」는 各板本의 表記가 동일하다. 그러면서도 종래 對音解讀은 구구불일하였다. 그 주된 이유는 「明日」에 대한 우리말이 鮮初文獻으로부터 「ᄂᆡ실·ᄂᆡ일·ᄂᆞ실」 외에는 나타나지 않기 때문이다. 그러나 「내일」은 곧 「來日」의 韓漢音이니, 결국 明日이나 마찬가지로 漢字語이다.

---

43) 前揭書(p.18). 「前日」 사이에 「日」字를 임의로 첨가함.
44) 前揭書(pp.116~117)
45) 前揭書(p.43)

이로써 우리는 「今日·前日·昨日·後日」에 대한 우리말은 「오늘·그제·어제·모레」가 있는데, 明日에 대한 우리말은 漢字語 「來日」의 침식으로 적어도 鮮初 以前에 死語化되었음을 알 수 있다.

次項의 「約明日至曰轄載烏受勢」에서도 明日에 해당하는 轄載가 또 나타나는 것으로 보면, 對音表記 「轄載」 자체에는 틀림이 없음을 알 수 있다.

먼저 此項에 대하여 前人들의 解釋을 살펴 보면 다음과 같다. 前間氏는 「載」에 대하여 「제」로만 추측하였을 뿐 不明이라 하였다. 方氏는 對音대로 읽으면 「할지·홀제」로 읽어야 할 것이나, 통치 않는다고 하여, 「닉실」로 解讀하여 놓았다. 方氏에 앞서 田蒙秀氏는 「明日曰轄載」에 대하여 言及하여 「前」의 義 「앒」과 「時」의 義 「제」를 합쳐 「앒제」로 해독하고, 當時에는 明日의 義에 「앒제」와 「알패」를 併用한 성 싶다[46]고 추측하였다. 劉昌惇氏는 「鷄林類事」補敲에서 「轄은 胡瞎切(廣韻)로 "할"이 原音이나 集韻에는 "若會切"로 되어 初聲이 "ㅇ"임을 表記하였다」라고 言及한 뒤, 구구히 논증하여 「轄載」를 「올제」로 해석하였다.[47] 그러나 集韻에 「轄」의 反切이 「若會切」이라 한 것은 곧 「苦會切」의 誤認이니, 「올제」는 견강부회한 해석임이 자명하다.

「轄載」의 第2音節 「載」는 「前日曰訖載」와 「昨日曰於載」에서와 마찬가지로 「제」로 읽어 무리가 없다. 그러나 第1音節의 「轄」은 그 反切音에 상이한 音이 있기 때문에 해독이 간단하지 않다. 먼저 轄의 反切音을 살펴 보면 다음과 같다.

胡瞎切(廣韻 入聲 第15鎋)
苦蓋切(廣韻 入聲 第14泰)
下瞎切(集韻 入聲 第15舝)
何葛切(集韻 入聲 第12曷)
丘蓋切(集韻 去聲 第14太)
苦會切(集韻 去聲 第14太)

46) 參見, 語源攷(3)(한글 通卷58號 pp.30~31)
47) 前揭書(pp.134~139)

이처럼 「轄」音에 舌內入聲과 去聲이 있을 뿐만 아니라, 聲母도 胡·下·何의 匣母와 苦·丘의 溪母가 있다. 이 兩種 反切音中 어느 것을 擇할 것인가를 고증하기 위하여 「轄」字가 他語項에 쓰인 對音된 例를 찾아보면 다음과 같다.

· 約明日至曰轄載烏受勢
· 土曰轄希
· 乘馬曰轄打平聲

孫穆의 對音表記를 전체적으로 살펴보면, 一字多音의 破音字를 使用함에 있어 반드시 同一音으로만 對音하였다. 다시 말해서 一字多音으로 對音한 例를 찾아볼 수 없다. 그러므로 轄의 對音도 同一한 원칙하에 해독함이 당연하다. 이에 따라 「轄希」와 「轄打」를 볼 때에, 둘 다 匣母 入聲으로 對音하였음이 분명하다. 「轄打」에 대해서는 역시 해독이 구구불일하므로 別項에서 詳論하기로 한다.

「轄」의 對音은 土의 鮮初語 「흙」과 乘馬의 鮮初語 「ᄐᆞ다」로 볼 때에 [xaʔ]로 읽어야 할 것이다. 그러나 「轄載」 전체의 對音은 高麗語 「ᄒᆞ제」의 表記로 보아야 할 것이다. 「ᄒᆞ제」의 表記를 함에 있어서 舌內入聲字를 취한 것은 앞에서 言及한 「前日曰訖載」와 마찬가지로 連音變讀 現象이다.

이처럼 明日을 지칭하던 「ᄒᆞ제」가 점점 語義가 擴大되어 「後日」 즉 막연한 미래를 지칭하는 말로 사용되자, 漢字語 來日이 代置使用된 것으로 생각된다. 그 방증으로 「후제」라는 말을 들 수 있다. 뒤에 「ᄒᆞ제」가 「후제」로 變音하자, 이제 와서는 同音漢字 「後」와 「제」의 合成語로 착각하여 國語辭典에 「後제」로 語源을 밝히어 쓰고 있다. 이는 마치 뒤에서 論及할 「齒刷曰養支」에 있어서 「양지」가 變音하여 「양치(질하다)」로 쓰이자, 類義同音 漢字를 造語하여 國語辭典에 「養齒(질하다)」로 수록한 것과 同一한 例이다.

前人들이 轄載를 「할지 · 홀제」 · 「앖제」 · 「올제」 等으로 해독하려 한 것은 鷄林類事 자체의 對音表記法과 中國音韻學의 고찰을 철저히 하지 않고, 대응이 가능한 우리말을 부합시키는 일에만 급급하였기 때문이다.

⑤ 第71項의 「栗曰監舖檻切」이 涵芬樓校印本 外에는 「舖」字가 「銷」와 「消」로 되어 있다. 前間氏가 「銷」는 「鋪」의 誤字일 것이라고 추측하여 「밤」으로 解釋한 것은 매우 정확하였다. 此項을 「밤」으로 해석하는 것은 비록 對音字가 「監」으로 되어 있어도 「舖檻切」의 反切 表記로 解讀함으로써 異論이 있을 수 없다.

그런데 栗의 高麗語 「밤」에 대한 對音字를 「監」으로 쓴데 대하여, 朴恩用氏는 第93項의 「虎曰監蒲南切」과 묶어 다음과 같이 言及하였다.

「(前略) 高麗人이 범(虎)이란 말은 禁忌語이기 때문에 말하지 못하고 日常生活에서 흔히 써오던 kam이란 말을 대었으나 原語는 pam이란 語形이기 때문에 「蒲南切」이란 註를 부쳤던 것이라 보인다. 그러므로 虎의 pam과 同音語인 栗의 pam도 그 音이 虎의 뜻이 되기 때문에 忌避하고 「虎曰監」과 마찬가지로 栗曰監이라 하였던 것이 아니였던지? 그러면 何必이면 왜 kam의 (監)으로 代身하였을까? 여기에는 또한 當時의 社會制度로서 說明되지 않으면 안 된다. 大體로 監이라면 新羅以來 各部置의 長이란 觀念이 있었고 特히 大監은 新羅는 勿論 高麗時代에도 初期에는 있었는데 이것은 弟監 少監과 더불어 新羅에서는 高級武官이었고 그 儀仗의 花 大監이 大虎頰皮를 使用하였고 弟監은 熊頰皮를 使用하였다. 이로 미루어 虎의 威嚴은 監으로 代替할 수 있었고 또한 高級武官을 虎로서 象徵할 수 있었던 當時의 社會的 背景을 알 수 있다. 그러므로 「栗曰監」도 栗의 當時 韓國語形이 虎의 pam과 全同했기에 이 亦 忌避하여 監이라 했으므로 오늘날과 같은 「밤, 범」의 形態差는 高麗初期 以後에 成立된 것 같다.」[48]

장황히 인용할 필요도 없는 것이지만, 後人들의 誤導를 막기 위하여 밝히려 한다.

---

48) 參見, 回顧와 展望(韓國語文學會 編, 高麗時代의 言語와 文學, pp.23~24)

孫穆의 表記法과 音韻學을 모르는 사람으로서는 「栗曰監鋪檻切」과 「虎曰監蒲南切」에 대하여 의문을 갖지 않을 수 없다. 그러나 의문의 실마리를 찾지 않고, 前引과 같이 상상을 확대하여 마음대로 附會한다면, 의문은 영원히 해결되지 않을뿐더러, 그 誤導의 결과는 수습하기 어려울 것이다.

鷄林類事 全體의 對音表記法을 살펴보면, 同一한 對音字가 없을 때는 가장 가까운 音의 字를 쓰고, 反切音을 附記하는 원칙이 있음을 엿볼 수 있다. 이와 같은 例로 「日曰契黑隘切」을 들 수 있다.

單音節語는 일반적으로 同一音韻에서 분파되는 현상보다 異形態에서 音韻의 변천에 따라 때로는 同一語形으로 변하는 것이 정상적인 현상이다. 그러므로 栗과 虎가 同一하게 「밤」이었던 것이 高麗 初期 以後에 와서 「밤」과 「범」의 異形態로 成立되었다고 하는 說은 우선 타당성이 없다.

孫穆이 栗에나 虎에 모두 對音字로서 「監」을 취한 것은 단순히 高麗語 「밤」·「범」에 대한 宋代의 漢字音이 없었기 때문이다. 그러므로 聲母는 다르지만 韻母가 對應되는 「監」字를 對音字로 취하고, 다시 정확한 발음 표시를 위하여 反切音을 附한 것이다. 실로 中國 中古 漢字音에서뿐만 아니라, 韓漢音에서도 「밤」을 對音할 수 있는 漢字는 없다. 韓國漢字音으로서 「범」으로 表音되는 字를 廣韻에서 찾아보면, 「凡·帆·仉·氾·颿·柉·范·範·軓·笵·犯·梵·汎」等이 있으나, 宋代 中國音에 있어서는 모두 輕脣音으로 重脣音 高麗語 「범」과는 거리가 멀다. 反切音으로 附記한 音을 대조하여 보면 다음과 같다.

- 鋪 : 普胡切(廣韻 上平聲 11模)
  芳無切(廣韻 上平聲 10虞)
  普故切(廣韻 去聲 11暮)
- 蒲 : 薄胡切(廣韻 上平聲 11模)
- 檻 : 胡黤切(廣韻 上聲 54檻)
- 南 : 那含切(廣韻 下平聲 22覃)

鋪에는 輕脣音도 있으나, 重脣音 滂母를 취하였음을 알 수 있다. 蒲는 並母이고, 檻은 上聲·開口二等韻이고, 南은 平聲·開口一等韻이니, 栗과 虎가 同一音이 아니었음을 示唆하여 준다. 그러나 孫穆의 귀에 栗과 虎의 高麗語가 상당히 類似하게 들렸음도 엿볼 수 있다.

또한 朴恩用氏는 鷄林類事에 晝夜의 午는 나와 있지만, 그 反對의 夜가 없는 것도 그 語形이 虎와 同一하기 때문에 忌避하였을 것이라고 추측하였다. 이 또한 억설이 아닐 수 없다. 語項의 배열을 보면, 「旦 曰」·「午曰」·「暮曰」로 되어 있어, 하루를 晝夜로 二分하여 採錄하려는 의식이 없는데서 일어난 현상이요, 결코 「虎」의 似音語 「밤」을 忌避하려 한 것이 아니다.

⑥ 第102項의 「乘馬曰轄打平聲」은 藍格明鈔本에 「平聲」 2字가 誤脫된 외에는 各板本의 表記가 同一하다.

此項에 대하여 前間氏는 特別한 論證없이 「轄」은 氣音의 發音을 적은 것이라고 言及하고 「ᄐᆞ」로 해독하였다.[49] 이에 대하여 方氏는 "홀타"로 읽을 것인데 "打"字 아래에 "平聲"이라고 한 것은 아마 "五曰打戌"의 "打"와는 좀 다른 것임을 말한 듯하다고 하였다.[50] 金喆憲氏는 「乘馬」를 타는 말로 해석하여, 「轄打」를 [had-ta], 즉 타는 말의 종류를 나타내는 名詞로 해석하려는 억측도 한 바 있었다.[51] 姜信沆氏는 拙著 鷄林類事研究에서 「轄」字가 「打」字音의 有氣音을 表示한 것이라고 본데 대하여, 異見으로서 方氏의 「홀타」, 또는 「걸터 앉다」의 「걸터」가 가까울 것이다라고 하였다.[52]

「打」의 韓漢音은 有氣音으로서 「타」이지만 中國音은 有氣音이 아니므로, 「乘」의 鮮初語 「ᄐᆞ」에 대응될 수 없다. 「打」가 廣韻에는 「德冷切」·「都挺切」, 集韻에는 「都令切」·「都挺切」로 되어 있어 「ᄐᆞ」에 대응시킬 수 없으나, 六書故에는 「都假切」로 「ᄐᆞ」에 대응시킬 수 있다.

---

49) 前揭書(p.45)
50) 前揭書(pp.151～152)
51) 參見, 鷄林類事研究(국어국문학 25호, p.113)
52) 前揭書(p.55)

여기서 다시 부언해 둘 것은 「打」가 形聲字로서 본래 「丁」音의 聲符를 가진 字이므로 廣韻뿐 아니라, 集韻에까지도 [J]韻母의 反切로 表記되어 있으나, 鷄林類事의 對音으로 쓰인 「五曰打戌」·「暖酒曰蘇孛打里」·「勸客飮盡食曰打馬此」 等과 此項의 「轄打」로 미루어 볼 때, 孫穆 生存當時에 이미 「都假切」 즉 [ta]의 音으로 變音되었음을 알 수 있다.

「都假切」의 「都」는 端母로 有氣音이 아니기 때문에, 乘의 高麗語 「ᄐᆞ」에 대응하는 有氣音을 表示하기 위하여 「打」 앞에 「轄」을 취한 것이다. 하필 「轄」을 취한 이유는 「打」와 同類의 中聲이며, 「打」의 初聲과 「轄」의 終聲이 同類의 音으로서 완전한 合成音으로서 「ᄐᆞ」의 對音을 摸索한 것이다. 卽 轄의 音 [hɐʔ]과 打의 音 [ta]의 合音으로 [hɐʔ+tɐ]→[htɐ]→[t'ɐ]를 순조롭게 발음할 수 있다.

⑦ 第115項은 「蝨曰」에 대한 對音表記가 涵芬樓校印本에는 「𧙀」, 香港大明鈔本에는 「𧙀」, 藍格明鈔本에는 「袍」, 陶珽 重編說郛本 이하 其他 淸板本에는 「裾」로 되어 있다.

그리하여 前間氏는 前項과 연결시켜 「螘曰蝼」의 밑에 「蜛」字가 表記되어야 할 것인데, 「裾」字로 誤記되어 「蝨曰裾」가 되었으나, 본래는 「蝨曰旎」였을 것이라고 추측하여 「니」로 解讀하였다.[53] 이것은 곧 明鈔本을 보지 못하여 억측을 빚은 것이다. 方氏도 「裾」는 唐韻에 「九與切」이요, 韻會에 「斤於切」이라고 밝혀 놓고도 「니」로 해독하였다.[54]

「蝨」의 鮮初語는 「니」이니, 먼저 各種 對音字를 考察하여 보면, 「𧙀」는 字典에 보이지 않고, 「袍」와 「裾」의 音은 「니」와는 對應되지 않는다. 「祢」는 集韻에 「年題切」·「乃倚切」로 되어 있어, 곧 「니」에 대응된다. 그러므로 此項은 明鈔本에 의하여 정확한 해독을 하게 된 것이다.

⑧ 第117項은 板本에 따라 漢語部도 「蟣曰」과 「幾曰」로 되어 있고, 對音部의 表記는 古今圖書集成本에는 「字典無 音釋無考」의 附註할 만큼 字形의 다름이 심하다. 우선 漢語部의 고증을 위하여 前後語項의 배열

53) 前揭書(p.50)
54) 前揭書(p.157)

을 보면 「蟣曰」임을 알 수 있다. 그런데 「蟣」에는 蝨卵과 幼蝨의 두 가지 뜻이 있다. 蝨卵의 우리말은 古語로 「혀」·「셕하」, 現代語로 「서캐」, 方言으로 「서캥이」·「서케」·「서까래」·「서까랭이」·「서카래」·「소카리」·「씨가리」 等이 있고, 幼蝨의 우리말은 古語로 「갈랑니」, 現代語로 「가랑니」, 方言으로 「까랑니」·「까랭이」·「깔방니」·「깔당니」·「서카랑니」·「깔다랑니」[55] 等이 있다.

此項에 대하여 前間氏는 「幾曰側根旄 旄字字典無音釋無考」의 古今圖書集成本에서 「幾」는 「蟣」의 誤文, 「旄」는 「旎」의 誤寫로 보고, 「亡曰朱幾」項에 근거하여 「주근니」로 해독하였다.[56] 他本을 참고하지 않고, 兩字를 추찰로 정정하였으나, 그 결과는 정확하였다. 그러나 「蟣」를 「죽은 이」로 해석함은 큰 잘못이었다. 方氏는 여러 가지로 추측한 뒤 결국 未詳이라 하였다. 그 뒤 李元植氏는 前間氏의 해석대로 「주근니」로 보았고, 姜信沆氏는 對音字의 音만 나열했을 뿐 해석을 내리지 않았다. 이처럼 此項의 해독은 지금까지 별진전을 보이지 못하고 있었다.

筆者는 실마리를 풀기 위하여 먼저 第3音節 異體對音字 「施·梔·桅·旄·旎」를 모두 대조한 결과, 陶珽 重編說郛本부터 「旄」字로 表記된 뒤, 古今圖書集成本에서도 方輿本에는 그대로 「旄」字로 되어 있고, 理學本에서부터 「旎」字로 바뀌었다. 卽 方輿本篇에서는 「旄音釋無考」로 附註하여 놓고, 같은 册의 理學本篇에서는 「旎」로 고쳐 놓고 註文을 빼버린 것을 根據하여 해독할 수는 없다.

그러므로 前項의 「蝨曰𧙣」와 연결하여 此項의 各異體字들을 대조하여 볼 때, 곧 兩明鈔本의 「桅·梔」는 「𧙣」의 誤寫임을 알 수 있다. 그런데 「𧙣」와 「旎」는 集韻에 「乃倚切」(上聲 第四紙)로 同音이기 때문에 對音字로는 어느 字를 써도 관계없으나 前項과 같이 「𧙣」를 취한다. 이로써 此項의 「蟣」는 蝨卵의 뜻이 아니라, 幼蝨의 뜻임을 알 수 있다.

第2音節 對音字가 「根·稂·椴」 等으로 表記된 것을 보면, 역시 원본

55) 參見, 崔鶴根 : 韓國方言辭典(p.1019)
56) 前掲書(p.50)

의 字劃이 不明했음을 추측할 수 있다. 陶珽 重編說郛의 「根」보다는 兩明鈔本의 「根」과 「㭂」을 먼저 찾아보면, 「根」字는 字典에 없고, 「㭂」字는 廣韻에 「魯當切」(平聲 第11唐)로 되어 있어 幼蟲의 韓語 「갈랑니」·「가랑니」의 第2音節에 대응된다. 「根」도 「㭂」의 誤寫로 보면, 根과 同音이다.

第1音節 對音字는 藍格明鈔本에 「則」으로 表記된 외에 其他本에는 모두 「側」으로 되어 있다. 그러나 此項 表記 전체의 다름이 심한 것으로 보아 第1音節 對音字도 원본에 「割」로 된 것인데 字劃이 不明하여 「側」또는 「則」으로 誤寫된 것으로 보고자 한다.

이상을 종합하여 「蟣曰割根祀」로 교정하면, 蟣 즉 幼蟲의 韓語 「갈랑니」·「가랑니」에 합일된다. 거듭 강조하지만 鷄林類事 전체를 고찰하여 보면 明鈔本의 底本上에 이미 字劃이 심히 훼손되어 筆寫時 誤寫가 많았음을 엿 볼 수 있다. 그러므로 鷄林類事의 바른 解讀을 위해서는 牽强附會가 아닌 字劃의 考證이 매우 필요하다.

⑨ 第118項도 各板本에 따라 그 表記의 다름이 심하다. 兩明鈔本에는 「墓曰蛇鋪」로 되어 있고, 涵芬樓校印本에는 「墓曰吃鏞」으로 되어 있고, 陶珽 重編說郛本부터는 「蟆曰蛇鋪」로 되어 있다.

이상의 表記를 크게 나누어 보면, 즉 明鈔本에는 漢語部가 「墓曰」로 되어 있고, 陶珽의 重編說郛本으로부터 各種 淸板本에는 「蟆曰」로 바뀌었다. 이로써 우선 「蟆曰」은 신빙성이 없는 表記이다.

그런데 종래 鷄林類事의 研究者들은 이에 대한 詳考도 없이 대부분 淸板本의 記錄에 따라 「蟆曰」로 해석하여 왔다. 前間氏는 「蛇鋪」 위에 一字가 誤脫된 것으로 추측하여, 「蟆」의 鮮初語 「둗거비·두더비·두터비」 等에 대응시키려 하였다.[57] 方氏는 설명도 없이 「둣거비·두터비·머고리」의 例만 들었으나, 역시 「蟆曰」로 해석하려 한 것이다.[58] 金喆憲氏는 「蟆曰蛇鋪」에서 「蛇」은 「吃」의 誤字로 보아 「吃鋪」로써 「둗겁」의

57) 前揭書(pp.50～51)
58) 前揭書(p.158)

第2音節「겁」의 音寫로 보고, 第1音節은 孫穆이 未聽取한 것으로 억측을 하였다.59) 李元植氏도 第1音節을 未聽取한 것으로 추측하여「거비」로 해독하였다.60) 姜信沆氏는「螟曰虼鋪」의 音을 찾아 他人의 解釋만을 열거하여 놓았다. 이상과 같이 모두 後來本의 誤寫에 불과한「螟曰」에 집착하여, 우리말「두꺼비」로 解讀하려는 愚를 벗어나지 못하였다.

此項의 前後 語項의 배열을 볼 때,「螟」는 물론「墓」도 배치될 語項이 아니다. 卽, 此項의 앞에는「蝨曰, 蚤曰, 蟣曰」等으로 집안에서 人身을 괴롭히는 害虫이 나열되어 있고, 뒤에는「人曰, 主曰, 客曰, 官曰, 士曰, 吏曰」等의 人物門이 나열되어 있다.

筆者는 이에 착안하여, 對音字의 音韻을 詳考한 결과「墓曰」,「螟曰」은「臭虫曰」의 誤寫임을 밝히게 되었다. 臭虫은 곧 우리말의 빈대이니, 前項에 나열된「이·벼룩·가랑니」다음에 빈대가 배열된 것이 매우 합당하다. 이로써 보면 縱書로 쓴「臭虫」2字가 墓 또는 螟 1字로 誤寫된 것인데, 그 理由는 거듭 말하지만, 原本의 字劃이 상당히 훼손된 상태에서 轉寫되었기 때문이다. 字樣으로 보아도 臭虫이 훼손되어 墓나 螟처럼 보여서 誤寫될 가능성이 충분히 있다.

이에 따라 對音字「虼鋪」의 音을 찾아보면 다음과 같다.「虼」에 대하여 中文大辭典에는「音未詳, 虼魯國名(字彙補)」으로 되어 있으나, 訓蒙字會에는「벼룩걸」로 字音이 나와 있다. 字形으로 보아도 形符 虫과 聲符 乞의 形聲字임을 알 수 있다. 鋪는 廣韻에「普胡切」로 되어 있으니, 滂聲母·模韻母이다.

빈대의 우리말 異名으로는「갈보」라는 말이 있다. 現在는 거의 死語化되어 使用이 되지 않으나, 筆者가 어릴 때만 하여도 고향인 忠州地方에서 흔히 듣던 말이다. 그동안 필자가 조사한 바로는 京畿道·忠淸道 일대의 老人들은 빈대의 異名으로「갈보」를 알고 있으나, 他地方의 老人들은 알고 있는 사람을 만나지 못하였다. 또한 李熙昇 博士 編「국어

59) 前揭書(p.106)
60) 前揭書(p.102)

대사전」에는 빈대의 俗語로 「갈보(蝎甫)」, 이의 異名으로 「슬보(蝨甫)」를 수록하여 놓았다.

이상을 종합하여 볼 때, 此項은 「臭虫曰蛇鋪」로서 빈대의 麗朝 中部 方言 「갈보」를 나타내고 있음이 분명하다. 그러고 보면 「갈보」는 빈대의 俗語가 아니라, 古語라 할 수 있다.

「蛇」字에 대하여 古今圖書集成 方輿本에는 「蛇字字典無 音釋無考」로 附註하고, 같은 冊 理學本에는 「蛇」을 「氣」로 고쳐 놓고 註를 떼어 버렸으나, 이미 明朝의 彭大翼이 撰한 山堂肆考에 「蚤生積灰, 俗呼爲疙蚤 · 注 : 疙蚤俗作蛇蚤」의 記錄으로 보면, 이미 中國에서 오래 전부터 「蛇」字를 사용하였음을 알 수 있다.

이로써 此項은 종래의 엉뚱한 誤釋으로부터 비로소 바른 解讀을 할 수 있게 되었으며, 死語化한 麗朝 語彙 「갈보」가 빛을 보게 된 것이다.

⑩ 第121項은 兩明鈔本과 涵芬樓校印本에는 「客曰孫」으로 되어 있고, 陶珽의 重編說郛本부터는 모두 「客曰孫命」으로 되어 있다. 그런데 明鈔本에 「命」이 完全히 탈락된 것이 아니라, 次項으로 옮겨져 第122項이 「命官曰員理」로 되어 있다. 이로써 兩項의 表記에 出入이 있음을 알 수 있다.

우선 前後項의 漢語部를 살펴볼 때, 곧 「人曰 · 主曰 · 客曰」과 「士曰 · 吏曰」로 되어 있으니 此項의 「命官曰」은 합당하지 않다. 응당 「官曰」이 되어야 한다. 따라서 「命」字는 前項의 對音字로 보아, 陶珽의 重編說郛本에서처럼 「客曰孫命」이 되어야 한다.

此項에 대하여 前間氏는 「命」을 衍文으로 간주하고 「손」으로만 해석하였다.[61] 方氏는 說明도 없이 「손」으로 해석하였다.[62] 李元植氏는 아무 說明도 없이 兩項에서 모두 「命」을 삭제하고 「손」으로 해석하 였다.[63]

客의 韓語는 「손」으로도 되지만, 일반적으로 「손님」으로 敬稱한다. 筆

61) 前揭書(p.52)
62) 前揭書(p.158)
63) 前揭書(p.103)

者는 이에 착안하여 「命」이 衍文이 아니라, 「님」의 對音字로서 表記된 것임을 추적하게 되었다. 곧 「命」은 「吟」의 誤寫로 보았다. 「吟」의 「音」은 廣韻에 魚全切<尹聲 第二十一侵>로 되어 있어, 疑母 侵韻이므로 「孫吟」은 「손님」에 대응될 수 있다. 別項의 「嫂曰長官漢吟」·「女子曰漢吟」·「妻亦曰漢吟」 等의 「吟」이 곧 「님」의 對音으로 사용된 例가 방증될 수 있다.

⑪ 第197項은 兩明鈔本에 「飦曰飵」·「飦曰朴」으로 되어 있는데, 其他本에는 모두 「飯曰朴擧」로 되어 있다. 第198項은 兩明鈔本에 「夆曰飦謨做」·「夆曰飦謨做」로 되어 있는데, 涵芬樓校印本에는 「餅曰模做」로, 其他本에는 모두 「粥曰謨做」로 表記되어 있다.

이처럼 板本에 따라 兩項의 出入과 混記가 심한 것을 볼 때, 原本上의 不明을 엿볼 수 있다. 먼저 漢語部를 살펴보면, 「飦」은 「飯」의 俗字이니 第197項은 「飯曰」임을 알 수 있고, 第198項은 兩明鈔本의 不明한 字劃의 表記를 推察하여 보면, 陶珽 重編說郛本의 板刻時 字劃을 알 수 없으므로 前後項의 「飯曰」과 「茶曰」의 同類語인 「粥曰」로 추측하여 고쳐 놓으므로써 其他 淸板本에서는 이에 따라 「粥曰」로 고정되었음을 알 수 있고, 涵芬樓校印本에서는 「飦」·「飦」 等으로 미루어 「粥」字 보다는 「餅」字로 보는 것이 타당하다고 느껴서 「餅曰」로 다시 고쳤음을 알 수 있다.

그러나 此項은 「粥曰」도 「餅曰」도 아니다. 對音部의 對音字와 兩明鈔本의 表記로 볼 때, 「擧飯曰」임을 알 수 있다. 中文大辭典에 「擧肉猶言食肉也」로 되어 있으니 「擧」는 「食」의 뜻으로 될 수 있다. 그러므로 此項은 「馬曰」의 次項에 「乘馬曰」이 배열된 것과 同一類의 語項 이다.

前間氏는 「飯曰朴擧」에 대하여 「擧」는 「不」의 誤字이거나 衍文이라고 추측하고 「밥」으로 해석하였다. 「粥曰謨做」에 대해서는 「謨做」를 「諸做」의 誤寫로 보고 「죽」으로 해석하였다.64) 실로 황당한 억측이었다. 方氏는 「朴擧」의 「擧」를 「業」의 誤로 추측하여 「밥」으로 해석하였고, 「謨做」는 「모주」로 추측하면서도 회의를 나타내었다.65) 이에 대하여 劉昌

64) 前揭書(pp.79~80)

惇氏는 「朴擧」의 「擧」는 「攀」의 誤記로 추측하고 「바븐」으로 해석하는 억측을 폈다.66) 이러한 억측은 이미 劉昌宣氏가 前間氏의 說에 대한 異見으로 제기한 바 있다.67) 李元植氏도 「朴擧」의 「擧」를 「業」의 誤로 보면 「밥」으로 통할 수 있다고 하고, 「粥曰謨做」와 「餅曰模做」에 대해서는 未詳이라 하였다.68) 姜信沆氏도 여전히 淸板本의 表記에 따라 「죽」이나 「모주」로 풀어보려 하였다.69)

이상은 모두 板本의 考證을 거치지 않고, 後來本에 誤記된 대로 해독하려한 까닭에 구구불일한 억측만을 펴게 된 것이다.

다시 결론적으로 정리하면, 第197項은 「飯曰朴」이고 第198項은 「擧飯曰謨做」로서, 「밥」에 대하여 [p]入聲字를 對音字로 취하지 않고 [k]入聲字를 취한 것은 漢字音에 「밥」을 對音할 수 있는 脣內入聲字가 없기 때문이다. 그러므로 가장 近似音을 취한 것이다. 「擧飯」에 대한 우리말은 「먹다」가 있으니, 「謨」는 莫胡切(廣韻)・末各切(集韻)이고, 「做」는 「作」의 俗字이니 「먹자」에 對應될 수 있으나, 「做」字를 「故」 또는 「估」의 誤寫로 보아 「먹어→머거」의 對音表記로 보는 것이 타당할 것이다.

⑫ 第242項은 藍格明鈔本에 「線曰實」, 朝鮮烏絲欄鈔本에 「綿子曰 宲」, 海東繹史鈔本에 「綿曰宲」로 되었고, 其他本에는 모두 「綿曰實」로 되었다.

此項에 대하여 前間氏는 別項의 「絲曰絲」를 「絲曰實」로 誤寫하여 「실」로 해독하고, 「綿曰實」도 「실」로 해독하는 모순을 빚었다.70) 方氏도 아무런 說明도 없이 「실」로 해석하였다. 李元植氏와 姜信沆氏도 「綿曰實」로써 「실」로 해석하였다.

漢語部를 「綿曰」로 해석함은 잘못이다. 당시는 아직 우리나라에 「木綿」이 들어오기 이전이며, 우리말 「실」에 대한 語項은 이미 앞에서 「絲

65) 前揭書(pp.178～179)
66) 前揭書(p.148)
67) 前揭書(p.9)
68) 前揭書(p.107)
69) 前揭書(pp.78～79)
70) 前揭書(p.86, pp.93～94)

曰絲」로 나왔으므로 此項은 응당 藍格明鈔本의 表記와 같이 「線曰實」로써 「실」로 해석하여야 한다.

韓國에서는 일반적으로 「絲」를 「실」이라고 稱하지만, 中國에서는 說文解字에 「絲, 蠶所吐也」라 하고, 玉篇에 「線, 可以縫衣也」라 하여 엄연히 구별하였다. 朝鮮館譯語에서도 「綿曰」은 없고, 「線曰世二」로써 「실」을 表音하였다.[71] 「綿」에 대한 鮮初語는 「소옴」으로서, 「綿」으로 「실」을 指稱하지는 않았다.

⑬ 第260項은 香港大明鈔本에는 「席曰䔲」, 藍格明鈔本에는 「帝曰䔲(音帝)席」, 涵芬樓校印本에는 「席曰䔲(音席)」으로 되어 있고, 陶珽의 重編說郛本부터는 모두 「席曰䔲(音登)」으로 表記되어 있다. 이로써 볼 때, 原本上에 字劃의 不明이 심하였음을 알 수 있다.

먼저 漢語部의 混淆를 고증하여 보면, 前後 語項의 배열로 보아 藍格明鈔本의 「帝」는 「席」의 誤寫이다. 또한 「席」에는 여러 가지 뜻이 있으나, 此項에서는 「薦子」 곧 「자리」의 뜻으로 쓰였다. 그러나 對音部의 「䔲」音으로는 「자리」에 대응되지 않는다.

此項에 대하여 前間氏는 「席曰䔲(音登)」으로 「등」이라 해독하고, 뜻은 「橙」 곧 「사오리」로 해석하려 하였다.[72] 劉昌宣氏는 이에 대한 異見으로, 「사오리」의 「橙」은 「上馬臺」 또는 「板䔲」이니, 「席」이 될 수 없다고 지적하고, 「삳자리」의 「삳」으로 해석하였다.[73] 方氏는 席曰席으로 추측하고는 결국 未詳이라 하였다. 李元植氏는 或 「席」字가 脫字된 것이 아닐까라고만 추측하였다. 姜信沆氏는 「등민」로 해석하였다.[74]

이상과 같이 諸說이 불일함은 板本의 고증과 語彙의 바른 해석이 미흡한데서 온 현상이다. 먼저 對音部의 對音字 고증을 위하여 次項의 表記를 보면, 香港大明鈔本에는 「席薦曰質薦」, 藍格明鈔本에는 「薦曰質

---

71) 參見, 文璇奎 : 朝鮮館譯語硏究(p.290)
72) 前揭書(p.99)
73) 前揭書(p.9)
74) 前揭書(pp.91～92)

爲」·涵芬樓校印本에는 「薦曰質薦」으로 表記되어 있고 其他本은 모두 香港大明鈔本과 同一하다. 前後 兩語項의 混淆를 정리하여 보면 다음과 같다.

(260) 席曰䔲音登席

(261) 薦曰質薦

그러나 「席曰䔲音登席」에 있어서 「䔲音登」의 表記는 合理性이 없다. 왜냐하면 「䔲」과 「登」은 「都滕切」(廣韻 下平聲 第17登)로서 完全히 同音이니 「登」에 「音登」을 附註할 필요가 없다. 또한 對音部 「䔲席」은 漢字語의 形態로 되어 있으나, 䔲草로는 자리를 맬 수 없으므로 역시 「席曰䔲席」은 될 수 없다.

孫穆과 같이 高麗에 使行하였던 王雲의 鷄林志에 「高麗人多織席, 有龍鬚席·藤席·今舶人販至者, 皆席草織之, 狹而密緊, 上亦有小團花」라는 記錄이 있다. 이로 推察할 때, 「席曰䔲音登席」은 「席曰藤音登席」의 誤寫임을 알 수 있다. 「藤」音은 「徒登切」(廣韻·集韻 平聲 第17登)로 「登」과는 同韻母이나, 聲母가 定母와 端母로 다르다. 이로써 高麗人이 發音하는 「藤」字의 音대로 적기 위하여 「音登」을 附註한 理由도 알 수 있다. 藤席은 韓國의 土産品으로서 지금까지도 「藤蓆」이라는 漢字語가 사용되고 있다.

此項 「薦曰質薦」에 대해서 前間氏는 淸板本의 表記대로 「席薦曰質薦」으로 보고, 「質薦」의 「薦」은 誤字로 추측하여 「지즑」으로 해석하였다.[75] 方氏는 「質薦」의 音대로 해독하면 「지천」으로 돼야 한다고 하였다. 姜信沆氏는 薦을 「作甸切」이라 밝혀 놓고도 「質薦」을 「지즑」이라 해석하였다.[76] 李元植氏는 「席薦曰質薦」으로 「지즑」이라고만 해독하였다.[77]

「薦」의 音으로 「作甸切」 外에도 字彙補에 「即略切 音爵」이 있다. 「薦」

---

75) 前掲書(pp.99~100)
76) 前掲書(p.92)
77) 前掲書(p.92)

의 뜻에도 여러 가지가 있으나, 여기서는 「자리」의 일종으로 보아야 한다. 增韻에 「藁秸薦, 莞蒲曰席」의 記錄에 의하면, 薦과 席이 다름을 알 수 있다. 「質薦」의 薦의 音을 「卽略切」로 취하면, 볏짚에 왕골(莞草)을 싸서 맨 「지즑」자리에 대응된다. 이로 보면 「薦」의 音으로 「卽略切」이 이미 孫穆 당시에도 발음된 듯하다.

⑭ 第266項은 香港大明鈔本에 「簾曰箔」, 藍格明鈔本에 「簾曰箱(音登)」, 涵芬樓校印本에 「簾曰箔(音登)」으로 表記되어 있고, 其他本은 香港大本과 同一하다. 이로써 우선 「箱」은 「箔」의 誤寫임을 알 수 있다.

「簾」에 대한 鮮初語로 「발」이 있으니, 「箔」의 音으로 대응시킬 수 있다. 그런데 「音登」의 附註가 문제이다.

此項에 대하여 前間氏와 方氏는 「발」로만 해석했을 뿐 「音登」의 附記에 대해서는 言及을 하지 않았다. 方氏는 涵芬樓校印本을 보지 못하였으니까 言及할 수 없겠지만, 方氏는 涵芬樓校印本에 의하여 對校하고도 「音登」을 아무런 설명도 없이 除去하여 버렸다.[78] 이 점은 李元植氏도 同一하다.

「音登」은 衍文이 아니므로 除去해서는 안 된다. 「音登」은 字劃上으로 보아, 우선 「音發」의 誤寫임을 알 수 있다. 「發」의 音이 廣韻에 「方伐切」로 되어 있으나, 集韻에 「北末切」(入聲 第13末)의 音도 있다. 卽 「方伐切」은 「非」聲母로 輕脣音이고, 「北末切」은 「幫」韻母로 重脣音이므로 「北末切」의 音은 곧 「발」의 對音이 될 수 있다. 그러나 「發」의 音을 本音 「非」聲母로 보면 高麗語 「발」의 初聲을 輕脣音처럼 發音된 것으로 보아야 할 것이다.

「簾曰箔」에 「音發」을 附註하여 「簾曰箔(音發)」로 表記한 理由는 前節에서 言及한 바와 같이 音義雙關 表記法의 一例이다. 卽 「箔」도 「簾」의 義이며 音도 비슷한데서 對音字로 취하였으나, [k]入聲字로서 「발」과 차이가 있으므로 다시 「音發」을 附註한 것으로 볼 수 있다.

---

78) 前揭書(p.190)

次項에 「燈曰」이 있고, 다음에 「下簾曰」이 배열되어 있는데, 「簾曰」의 前項에 「燭曰」이 배열된 것으로 볼 때, 아마도 原本上의 次序는 「燭曰 · 燈曰 · 簾曰 · 下簾曰」이었을 것이다.

⑮ 第268項은 香港大明鈔本에는 「下簾曰箈」, 藍格明鈔本에는 「下簾曰箈恥且囉」, 涵芬樓校印本에는 「下簾曰箈恥且囉」로 되어 있는데, 陶珽 重編說郛本부터는 「下曰簾箈」과 「耻曰囉」로 分項되어 있다.

이러한 表記의 混淆를 前出한 「簾曰箈音弼」項과 「凡下皆曰恥」項으로써 미루어 보면, 본래의 表記는 「下簾曰箈耻囉」였음을 알 수 있다.

此項에 대하여 前間氏는 「下簾曰箈耻囉」의 誤寫로 추측하여 「발디라」로 해석하였다.[79] 方氏도 「下簾曰箈耻囉」로 보고 「발티라」로 해석하였다.[80] 李元植氏도 方氏와 동일하게 해독하였다. 姜信沆氏는 淸板本대로 「下曰簾箈」과 「耻曰囉」로 分項하여 놓고, 筆者와 의견을 달리하여 「下簾曰箈恥具囉」로써 「발티거라」로 해석하였다.[81]

此項은 우선 分項해서는 안된다. 「且」와 「具」의 타당여부는 우선 涵芬樓校印本에만 表記된 「具」보다는 여러 板本에 同一하게 表記된 「且」를 취함이 더 타당할 것이다. 「恥」 對音의 해독에 대해서는 이미 前出한 「雪下曰嫩恥 凡下皆曰恥」項에서 「디」로 해독하여 놓고, 此項에서는 「티」로 해독함은 모순이 아닐 수 없다. 「且」의 音이 「七也切」 · 「淺野切」로 「淸」聲母 · 馬韻開口二等이다. 그러므로 「下簾曰箈耻具囉」는 「발 디챠라」로 해독함이 옳을 것이다.

⑯ 第269項은 香港大明鈔本에 「匱」字가 誤脫된 外에 其他本에는 모두 「匱曰枯孛」로 表記되어 있다.

먼저 「匱」의 原義를 찾아보면, 說文解字에는 「匣也」로 되어 있고, 六書故에는 「今通以藏器之大者爲匱, 次爲匣, 小爲匵」으로 되어 있고, 韻會에는 「匱或作鐀, 俗作櫃……又與簣通」으로 되어 있어, 「匱」가 반드시 나무상자를 指稱하는 것이 아님을 알 수 있다.

79) 前揭書(p.102)
80) 前揭書(p.190)
81) 前揭書(p.93)

匱에 대한 鮮初語로는 例를 찾을 수 없고, 「匱」의 音대로 「궤」라는 말이 있을 뿐이며, 다만 訓蒙字會中 「櫝」字에 대한 訓音으로 「골독」이라 한 것이 있다. 이에 따라 前間氏는 「匱曰枯孛」을 「고뵐」로 해독하였고[82], 方氏도 「고뵐」로 추측은 하였으나, 아직 그 例를 찾을 수 없으므로 未詳이라 하였다.

李元植氏는 「孛」을 「委」의 誤字로 추측하여 「궤」를 해독하였다.[83] 姜信沆氏는 「고볼>골」로써 해독하였다.[84] 李崇寧氏는 「고뵐>고뵐>고올>골」로 변음된 것으로 추측하였다.[85] 이밖에 李基文·南廣祐·李敦柱 諸氏도 「고블」로 해독하였다.[86] 그러나 이상 諸說은 다만 「枯孛」의 表記에 의한 추측일 뿐, 결코 語例를 찾아 고증된 것이 아니다.

筆者는 第201項의 「飮酒曰酥孛麻蛇」가 陶珽의 重編說郛本부터는 「飮酒曰酥李麻蛇」로 出入된데 근거하여, 「枯孛」은 「枯李」의 誤寫로 보고자 한다. 柳箱에 대한 「고리」라는 말이 「枯李」에 합일된다.

雅言覺非에 「(前略)吾東本無妓, 有楊水尺者, 本柳器匠遺種, 其種落素無貫籍, 好逐水草, 遷徙無常, 唯事畋獵, 販鬻柳器, 卽栲崎之屬 (中略) 今庖奴名曰刀尺, 庖丁必治柳器, 皆古俗之流傳者.」(卷之三, 水尺)와 「栲栳誤翻爲枯棍 華音本 갇랖」(卷之二)의 記錄이 있어, 「枯李」와 「枯棍」의 類似性을 찾을 수 있다. 또한 「栲栳」에 대한 中國이 기록으로는 이미 廣韻에 「栳·栲栳, 柳器也」라 하였고, 中文大辭典에서도 「栲栳, 柳條箱」이라 하였다. 日本에서도 대나무나 버들로 만든 箱을 「行李」라 表記하면서 발음은 우리말의 「고리」와 비슷하다. 이로써 보면, 語源의 先後는 아직 단정하기 어려우나, 三國語가 同語源에서 분파되었음을 추측할 수 있다.

결론적으로 筆者는 「匱曰枯李」로써 「고리」로 해독하고자 하며, 訓蒙

82) 前揭書(p,102)
83) 前揭書(p.111)
84) 前揭書(p.94)
85) 參見, 李崇寧 : 脣音攷(民衆書館)(p.206)
86) 參見, 李基文 : 鷄林類事의 再檢討(p.231), 南廣祐 ᄀ시개研究(국어국문학 25호 p.5), 李敦柱 : 國語의 語形擴大攷(藏菴池憲英先生華甲紀念論叢 p.603)

字會의 「골」은 「고블」의 變音이 아니라, 마치 「노로」(獐)가 「놀」로도 축약되는 형태와 마찬가지로 「고리」가 「골」로도 나타난 것으로 보고자 한다.

⑰ 第273項은 香港大明鈔本과 涵芬樓校印本에는 「梳曰⿱竹必音必」, 藍格明鈔本에는 「梳曰柲音必」로 되어 있고, 陶珽 重編說郛本부터 其他本에는 모두 「梳曰苾音必」로 되어 있어 原本上에 字劃이 不明함을 알 수 있다.

우선 對音字를 찾아보면, 「⿱竹必」字는 字典에 나오지 않고, 「苾」과 「柲」은 廣韻에 「毗必切」(入聲 第五質)로 同音이다. 「音必」의 「必」은 廣韻에 「卑吉切」(入聲 第五質)이다.

「梳」의 鮮初語는 「빗」으로, 「苾」과 「柲」은 音에 대응될 수 있다. 그러나 「苾」과 「柲」이 「梳」와 音義雙關의 字라면, 「梳曰苾音必」 또는 「梳曰柲音必」의 表記가 합리성이 있지만, 그렇지 않다면 「梳曰必」로 직접 썼어야 할 것이다. 그런데 「苾」과 「柲」은 字義가 「梳」와 無關하니, 「苾」과 「柲」은 原本上의 表記가 아님을 알 수 있다.

此項에 대하여 前間恭作・方鍾鉉・李基文・姜信沆 諸氏가 지금까지 아무런 의문 없이 「梳曰苾音必」로써 「빗」으로 해독하여 왔다. 더욱이 李元植氏는 「梳曰⿱竹必」로써 「빗」으로 해독하였다.87)

筆者는 明鈔本의 「⿱竹必」이 字劃上 「笓」과 相似한데 근거하여, 原本上에 「梳曰笓音必」로 表記된 것이 後來本에 여러 가지로 誤寫된 것으로 보고자 한다. 「笓」의 音은 廣韻에 「部迷切」(平聲 第12齊)로 되어 있고 集韻에는 「簿必切」(入聲 第5質)의 入聲音도 있다. 「笓」의 字義는 集韻에 「笓或作篦罷」로 되어 있고, 字彙에는 「笓・竹爲之, 去髮垢者」로 되어 있다. 이로써 「笓」는 梳의 高麗語와 발음상 비슷할 뿐만 아니라, 字義上도 서로 同意語임을 알 수 있다. 「笓」와 「必」은 質韻으로 疊韻이 되지만, 「笓」는 竝母이고, 「必」은 幫母이므로 「빗」의 初聲과 同音價인 「幫」母를 취하기

87) 前揭書(p.111)

위하여 「梳曰篦」에 「音必」을 附註하여 「梳曰篦音必」로 表記한 것이다. 集韻에 「枇·櫛屬, 一曰次也, 或作篦」로 되어 있으니, 「柲」을 「枇」의 誤寫로 보면, 「篦」와 「枇」 중 어느 것을 취하여도 관계 없으나, 여기서 「篦」를 취한 것은 多數本에 「箆」와 「苾」로 表記 되어 있기 때문이다.

⑱ 第274項은 明鈔本이나 淸板本에 漢語部의 表記가 同一하게 「篦曰」로 되어 있다. 그러나 對音部의 對音字가 字劃의 차이는 있으나, 모두 「頻希」의 表記이므로 「篦」의 韓語에 대응되지 않는다.

「篦」에 대하여 集韻에 「篦取鰕具或作篦」, 字彙에 「篦·竹爲之, 去髮垢者」라 하였으니, 「篦」와 「梳」는 同一物은 아니지만, 「篦」도 梳類임을 알 수 있다. 또한 對音部 「頻希」에 대응되는 鮮初語 「빈혀」가 있으나, 이것은 「簪」의 韓語이니, 字劃上으로 推察할 때, 「篦」는 「簪」의 誤寫임을 알 수 있다.

此項에 대해서도 前間氏 이래 지금까지 모두 「篦曰頻希」로써 「빈혀」로 해석하여 왔다. 이것은 漢語部의 字義에 대하여 소홀히 여겨왔기 때문이다.

⑲ 第275項은 香港大明鈔本에 「齒曰刷養支」로 誤寫된 外에는 諸板本에 「齒刷曰養支」로 表記되어 있다.

此項에 대하여는 「漱口」에 대한 말로 「양지믈ᄒᆞ다」·「양지질ᄒᆞ다」 等이 있기 때문에, 前間氏와 方氏는 「養支」의 對音을 그저 「양지」에 대응시키는 것으로 그쳤다.

그런데 此項에 대해서는 좀 더 상세한 고증이 필요하다. 먼저 漢語部 「齒刷」를 現代語로 말하면 「칫솔」이 된다. 그러므로 此項에서 「齒刷」 곧 「칫솔」을 高麗時代에 「양지」라고 指稱한 것으로 보면 誤釋을 범하게 된다. 더욱이 지금까지는 「漱口」의 동작을 나타내는 「양지질ᄒᆞ다」 卽 現代語의 「양치(養齒)질하다」와 연관하여 動詞로 해석하여 왔다. 그러나 漢語部의 뜻이 「刷齒」가 아니라 「齒刷」 곧 名詞이기 때문에 「養支」도 高麗語 名詞의 對音으로 보아야 한다.

「양지」의 語源을 찾아보면, 鷄林志에 「龜山有佛龕, 林木益邃, 傳云 :

羅漢三藏行化此, 滌齒楊枝挿地成木, 淨水所著, 今爲淸泉, 國人以佛法始興之地, 最所崇奉.」이라는 記錄이 있고, 또한 佛國記에는 「沙祇國南門道, 佛在此嚼楊枝刺土中, 卽生長七尺, 不增不滅.」이라는 記錄이 있다. 이로써 과거에 「楊枝」는 刷齒의 도구였음을 알 수 있다. 또한 法苑珠林에는 「用七物除去七病, 何謂七物, 一者燃火, 二者淨水, 三者澡豆, 四者蘇膏, 五者淳灰, 六者楊枝, 七者內衣. 此是澡俗之法.」이라는 記錄이 있다. 이로써 보면 「楊枝」로 刷齒하는 習俗은 멀리 印度에서부터 佛教儀式의 하나로 시작된 것임을 알 수 있다. 이것이 佛教의 傳播와 더불어 다른 나라에 傳해진 것이다. 隋書에는 「每旦澡洗, 以楊枝淨齒, 讀經呪. 又澡灑乃食, 食罷還用楊枝淨齒, 又讀經呪.」(眞臘傳)의 記錄이 있다. 또한 日本에서는 事物起源辭典에 의하면, 平安時代(九世紀初)부터 「楊枝」를 使用하였다고 한다. 이상의 記錄으로 보면, 「楊枝」로 「淨齒」 곧 이를 깨끗이 하던 習俗은 印度에서 中國을 거쳐 韓國으로 들어오고, 다시 日本으로 전파되었음을 알 수 있다.

지금에 와서는 다시 우리가 「楊枝」의 倭音을 되받아들여 「요지」라고 함은 人類文化交流의 一斷面을 보는 듯한 느낌이다. 이에 따라 우리는 「이쑤시개」라는 新造語를 만들어 쓰고 있는데, 지금이라도 우리는 잃어버렸던 우리말 「양지(楊枝)」를 되찾아 써야 할 것이다.

옛사람들이 許多한 나무 가운데 楊枝를 淨齒의 도구로 한 것은, 吳其濬의 植物名實圖考長編에 「柳 · 本草經 : 柳華味苦, 寒. 主風水, 黃疸, 面熱黑...... 韋宙 獨行方 : 主丁瘡及反花瘡, 竝煎柳枝葉作膏, 塗之. 今人作浴湯, 膏藥, 齒牙藥, 亦用其枝爲最要之藥.」이라는 記錄으로 그 理由를 알 수 있다.

이상의 考證으로써 볼 때에, 現代 國語에 있어서 「양치」 · 「양치물」 · 「양치질하다」라고 함은 「양지」의 第二音節이 激音化된 현상이라 할 수 있겠는데, 國語辭典에 이를 同音漢字로 附合시켜 「養齒」로 쓴은 큰 잘못이다. 「養齒」는 곧 韓國 古文獻 뿐 아니라, 中國 古文獻에도 記錄이 없으며, 新造語도 아니요, 附會된 語彙이다.

洪起文이 韓國語의 古代語音 中에는 强音 卽 有氣音이 없었고, 다만 普通語音 卽 平音만이 있었다는 것을 주장하면서 「鹿皮」를 「록비」, 「剪板」을 「전반」, 「養齒」를 「양지」로 發音하던 것 等을 例로 들고, 뒤에 와서 漢字音에 따라 변천하여, 「록피」·「양치」로 되었다[88]고 說明한 것은 그 語源을 詳考하지 않고, 「양지」를 「녹비」나 「전반」과 同類의 漢字語彙로 간주한 큰 잘못이다.

⑳ 第301項은 涵芬樓校印本과 兩明鈔本에는 「轡曰轡頭」로 되어 있는데, 陶珽 重編說郛本부터는 「轡曰轡」로서 各板本에 「頭」字가 脫落되었다. 그러므로 此項도 明板 與否를 區別하는데 資料가 된다.

前間氏와 方氏가 「轡曰轡」로서 「비」로 해독한 이래 지금까지 모두 「轡曰轡」의 表記가 올바른 것으로 간주하였다. 그러나 明鈔本에는 엄연히 「轡曰轡頭」로 되어 있으니, 「頭」字를 무조건 衍文으로 생각하여 除去시킬 수는 없다.

杜甫詩中에 「走馬脫轡頭, 手中挑青絲」라는 句節이 있고, 朝鮮館譯語에도 「轡頭爲主谷」[89]으로 表記되었음을 볼 때에 「轡頭」도 漢字語임을 알 수 있다. 그러나 韓國語彙中에는 「轡頭」라는 말을 古文獻에서 찾아볼 수 없다. 雅言覺非에서도 「轡者上控馬之索也. ……靮者羈之餘也. 下馬則執靮以牽之, 上馬則執轡以控之, 不可混也.」(卷之二)라 하여 「轡」로만 言及되었다. 方師鐸의 國語詞彙學에 「名詞性詞素後綴輕聲『頭』詞尾之例 : 轡頭·碼頭·饅頭·苗頭·木頭」[90]와 같이 言及하였다. 卽 中國에서는 이미 일찍부터 「頭」를 接尾辭로 使用되었음을 알 수 있다. 그러나 韓國漢字語에서는 現在에도 「頭」가 接尾辭로 쓰이지 않는다.

그러므로 此項은 「轡曰轡頭」는 「轡頭曰轡」의 誤寫로 보아야 할 것이

---

88) 參見, 洪起文 : 朝鮮語基本詞彙和詞彙的構成中固有詞彙和漢語詞彙的關係(少數民族語文論集 第1集 pp.154~155)
89) 前揭書(pp.224~225)
90) 參見, 方師鐸 : 國語詞彙學(構詞篇, 益智書局 p.144)

다. 그런데 「轡」의 鮮初語는 「혁·셕·셕」 等이고, 「繮」·「韁」의 韓語는 「곳비」이다. 說文通訓定聲에 「牛曰紖, 犬曰紲, 馬曰繮」, 爾雅에 「轡首謂之革」, 詩傳에 「鞗·轡也. 革·轡首也」 等의 記錄으로 보면, 「轡」의 字音 「혁>셕>셕」을 「轡」의 韓語처럼 쓰게 된 것이다. 또한 「곳비」는 卽 「鼻」의 韓語 「고」에 「轡」의 字音을 연결하여 使用한 複合語임을 알 수 있다.

이상을 종합하여 볼 때, 此項의 「轡頭曰轡」는 곧 漢字語 「轡」를 그대로 對音字로 쓴 것이다. 「轡」는 「兵媚切」로 重脣音 幫聲母 至韻母이기 때문에 당시 麗宋 漢字音이 동일하였음을 알 수 있다.

第306項은 各板本이 「劍曰長刀」로 同一하다. 그럼므로 前間氏·方氏 이래 지금까지 모두 對音部 「長刀」를 그대로 漢字語로 보고 「당도」로 해석하여 왔다.

칼에 대한 語項이 「劍曰長刀」 外에도 「刀子曰割과 大刀曰訓刀」가 있다. 이로써 볼 때, 먼저 「劍」의 뜻을 詳考하지 않으면 안 된다. 釋名에 「劍, 檢也. 所以防檢非常也. 又斂也. 以其在身時拱斂在臂內也.」로, 또 周禮에서는 「爲劍云云 謂之下制」(考工記 桃氏), 注: 「此今之匕首也」로 推察할 때, 「劍」은 곧 「短刀」요, 「長刀」가 아니므로 此項의 「長刀」는 그대로 漢字語가 아님을 알 수 있다.

「劍」이 「短刀」라는 점에 유의할 때, 옛부터 장신구의 일종으로 남녀가 휴대하던 칼 「장도(粧刀)」를 대응시킬 수 있다. 中國文獻에서는 「粧刀」라는 語彙를 찾을 수 없으므로, 곧 우리가 만든 漢字語인 것 같다. 「粧」은 「側羊切」(字彙補)로 莊母 陽韻平聲이고, 「長」은 「直良切」·「仲良切」로 澄母陽韻 平聲이니, 兩字의 音이 비슷하므로 對音된 것임을 알 수 있다. 「刀」는 音義雙關對音字로 쓰인 것이다.

第307項은 兩明鈔本과 涵芬樓校印本에는 「大刀曰訓刀」로 되어 있으나, 陶珽 重編說郛本부터는 「火刀曰割刀」로 誤寫되어 淸板本에서는 다

른 語項으로 되었다.

이에 따라 前間氏는 「火刀曰割刀」로써 「인도」의 古語로 추측하였다.[91] 方氏도 「갈도」로 讀音만을 적어 놓고, 未詳이라 하였다. 李元植氏는 涵芬樓校印本에 따라 「훈도」로 讀音만을 적어 놓았고, 姜信沆氏는 未解讀하였다. 그런데 劉昌宣氏는 "鷄林類事" 高麗方言考에서 「古今圖書本에는 "火刀曰訓刀"라고 했으므로, 前間氏는 지금 "인도"란 古語를 記寫한 것인 듯하다고 했지마는 이것은 "訓刀" 곧 "환도"로 읽을 것이다. "환도"란 勿論 "한도"의 變音이며, "한도"란 "큰칼"이란 뜻이니 "한"이란 古語가 크다는 意味인 것은 벌써 常識化한 말이다.」[92]라고 言及한 것은 卓見이다.

經國雄略에 「大刀, 柄長五尺, 帶刀簒, 共長七尺五寸, 方可大敵, 名爲柳葉刀, 連柄共重五斤, 官秤」이라고 記錄되어 있는데, 韓國의 古軍刀 中에는 大刀를 「環刀」로 稱하는 것이 있다. 「環刀」는 韓國 漢字語인 듯하나, 釋名에 「刀・到也, 以斬伐到其所刀擊之也, 其末曰鋒, 言若鋒刺之毒利也 ; 基本曰環, 形似環也」라 한 것과 訓蒙字會에 「劒・俗呼腰刀, 又曰環刀」라 한 것으로 미루어 보면, 그 語源은 中國에 근거함을 알 수 있다. 또한 眉岩集에 「萬曆 午年 五月 初九日, 余釋類合劍字云한도, 礪城君以爲當作환도, 蓋徒見兵書以環刀置簿, 不知大之爲한也, 卽還正也.」(卷10) 이로써 보면, 「大刀」를 韓語로 「한도」라 함은 「環刀」의 字音이 아님을 알 수 있다.

이상을 종합하여 볼 때, 「大刀曰訓刀」의 「訓」은 「大」의 韓語 「한」을 對音하고, 「刀」는 「劍曰長刀」와 同一하게 漢字語를 그대로 쓴 것 이다.

第327項은 香港大明鈔本에는 「匿家入羅」, 朝鮮烏絲欄鈔本에는 「匿家八囉」로 되어 있고, 他本에는 모두 「匿家入囉」로 되어 있다. 朝鮮烏絲欄鈔本은 비록 後來本이지만, 오히려 올바로 表記되었다.

此項에 대하여 前間氏는 「去曰匿家入囉」의 「入」을 匿字下에 「音入」으로

---

91) 前揭書(p.112)
92) 前揭書(p.10)

附註된 것의 誤寫로 보고 「니거라」로 해석하였다.[93] 方氏는 「入」字의 삽입은 未詳이라 하고, 「니가라」로 해석하였다.[94] 李元植氏도 「니거라」로 해석하였고 姜信沆氏는 「니거(지라)」로 해석하였다.[95]

「去」의 鮮初語가 「니다」이고, 朝鮮館譯語에 「去曰你格剌」로 對音된 것을 미루어, 「匿家入囉」는 「匿家八囉」의 誤寫로 보고, 「니다」의 命令形 「니가바라」의 對音으로 보고자 한다. 그러나 第1音節 第3音節 對音字로 入聲인 「匿」과 「八」을 취한 것은 이미 言及한대로 連音變讀 현상이다. 卽 「家」의 初聲이 牙音이므로 第一音節 對音字는 喉內入聲字를 取하고, 囉의 初聲이 舌音이므로 第三音節 對音字는 舌內入聲字를 取한 것은 지극히 합리적이다.

第342項은 各板本에 모두 「凡事之畢皆曰得」으로 表記되어 있다.

此項에 대하여 前間氏는 「皆」에 대한 韓語 「다」를 대응시켰고[96], 方氏도 「득」으로 해독하고 「皆」의 뜻으로 보았다.[97] 李基文氏는 鷄林類事의 再檢討에서 「"凡事之畢皆曰得"은 15世紀의 "다ᄋᆞ-"(盡) 또는 "다"(皆)에 對應할 것으로 생각되므로 語末 子音이 있었다고 보기 어렵다.」[98]라 하여 역시 「皆」의 뜻으로 해석하려 하였다. 姜信沆氏도 「皆」의 뜻으로 「다」로 해석하였다.[99]

이들은 모두 此項의 漢語部 「凡事之畢皆曰」을 誤解하여 「皆」의 뜻으로 해석하였다. 此項은 곧 「凡事之畢曰得」이요, 「皆曰得」이 아니다. 또한 「皆曰」에 대한 말은 이미 「勸客飮盡食曰打馬此」에서 나왔는데, 此項의 「k」 入聲의 「得」 對音에서 終聲을 除去하면서까지 「皆」의 韓語 「다」에 對應시키려 함은 모순이 아닐 수 없다.

그러므로 「凡事之畢皆曰得」은 어떠한 일이고 마친 것은 모두 일러 高

93) 前揭書(pp.118~119)
94) 前揭書(p.201)
95) 前揭書(pp.106~107)
96) 前揭書(pp.113~114)
97) 前揭書(p.202)
98) 前揭書(p.221)
99) 前揭書(p.110)

麗語로 「得」이라 한다로 해석하여야 한다. 現代韓語中에 「完了」를 뜻하는 副詞로 「딱」이나 「뚝」이 있으니, 이것을 硬音化 이전의 발음으로 「得」에 대응시키면 합일될 수 있다고 본다.

第347項도 各板本에 모두 「少曰亞退」로 表記되어 있다. 前項에 「老曰刀斤」이 있으니, 이 兩項을 對稱語項으로 보면, 「少」는 곧 「젊다」의 뜻으로 해석하여야 한다.

此項에 대하여 前間氏는 不明이라 하였고, 方氏는 「아퇴」로 해독하였다. 劉昌惇氏는 「아ᄎᆞ」과 同語源으로 보고 「아티」, 「앁」으로 해석하였다.[100] 李元植氏는 「애티」로 해독하였고[101], 姜信沆氏는 「아ᄎᆞᆫ」으로 해독하였다.[102]

此項은 우선 前項의 對稱語項으로 볼 때, 名詞語形 「아티」·「애티」로 해석 하여서는 안 된다. 또한 「亞」가 「衣嫁切」(廣韻)·「於加切」(集韻)이고 「退」가 「他內切」(廣韻)이니, 「아ᄎᆞᆫ」·「앁」은 더욱이 대응되지 않는다. 그러므로 「少」의 韓語 「앳되다」를 그저 口語形으로 「앳되」라고 말한 것을 「亞退」로 表音한 것이다.

第354項은 香港大明鈔本에는 「多曰釁合反」, 藍格明鈔本에는 「多曰釁合右」, 涵芬樓校印本의 「多曰釁何支」로 되어 있고, 陶珽 重編說郛本부터는 「多曰覺合及」으로 되어 있다. 이로써 볼 때, 原本上의 字劃이 不明함을 알 수 있다. 此項에 대하여 前間氏는 「合」을 「台」의 誤寫로 보고 「覺台及」으로써 「ᄀᆞᄃᆞ기」로 해석하였고[103], 劉昌宣氏는 「釁何支」로써 「흔ᄒᆞ게」[104]로, 方氏도 「釁何支」로써 「흔ᄒᆞ기」로 해석하였다.[105] 李元植氏는 「흔하지」[106]로, 姜信沆氏는 「흔ᄒᆞ디」[107]로 해석하였다.

100) 前揭書(pp.154~155)
101) 前揭書(p.115)
102) 前揭書(p.111)
103) 前揭書(p.127)
104) 前揭書(p.11)
105) 前揭書(p.204)

前間氏를 제외하고는 「多」의 鮮初語로 「흔ᄒᆞ다」가 있으니, 涵芬樓校印本의 表記대로 「釁何支」에 대응시킨 것이다. 그러나 兩明鈔本에 엄연히 「何」가 「合」으로 되어 있는데, 다만 涵芬樓校印本에만 「何」로 表記된 것에 따른다는 것은 타당성이 없다. 또한 「하」 音의 對音字로 前項 「一曰河屯」에서 이미 「河」를 取하였는데, 完全히 同音字인 「何」를 다시 取했다는 것도 鷄林類事 전체의 對音用例로 보아 합리성이 없다.

「흔하다」의 忠淸道方言에 「흔합다」가 있다. 그러므로 筆者는 兩明鈔本의 表記에서 「反」과 「友」는 「支」의 誤寫로 보고, 「釁合支」로써 「흔합다」의 口語 終結形인 「흔홉지」에 대응시키고자 한다. 「支」는 이미 「齒刷曰養支」에서 「지」에 대응되었기 때문에 「디」로 對音하는 것은 모순이다.

「釁」의 同音子로는 集韻에 다만 「亹・璺・舋」 三字가 있으니, 「釁」을 對音字로 취함에는 의심할 바가 없으나, 後項의 「深曰及欣」에서 第2音節 對音字 「欣」과 次項의 「釁」이 同一音 「흔」의 表音으로 생각되는데, 다른 字를 쓴 것은 「釁」은 「許覲切」(廣韻 去聲 第21震), 「欣」은 「許斤切」(廣韻 平聲 第21欣)로 兩字가 모두 「曉」母 開口 三等韻이나, 四聲의 차이가 있기 때문인 것 같다.

第355項은 香港大明鈔本과 涵芬樓校印本에는 「少曰阿捺」, 藍格明鈔本에는 「阿㨿」, 其他本에는 모두 「阿捺」・「阿榛」로 表記되어 第2音節 對音字의 混淆를 볼 수 있다. 此項에 대하여 前間氏는 「阿」를 「珂」의 誤字로 보고 「ᄀᆞ놀」로 해석하였고[108] 方氏는 「아놀」로 讀音하고 未詳이라 하였다. 李元植氏는 「가늘」로 추측하고[109], 姜信沆氏는 字音만 찾았을 뿐 未解讀하였다.

此項의 「少曰」은 前項 「多曰」의 對稱語이므로 먼저 「多」의 대응어 「흔

106) 前揭書(p.115)
107) 前揭書(p.113)
108) 前揭書(p.127)
109) 前揭書(p.115)

합지」에 착안하여 볼 때, 「細」의 뜻인 「ᄀᆞᄂᆞᆯ」이나 「가늘」로 해석한 것은 잘못이다. 「흔합다」의 대칭어로 현대어 「아쉽다」의 古語 「아ᄉᆞᆸ다」가 있다. 藍格明鈔本의 「阿㮸」의 不明한 字劃을 「阿孫」의 誤寫로 보면, 「아ᄉᆞᆸ다」의 連體形 「아소온>아손」이 잘 대응된다. 現代語로서 「아쉽다」의 뜻은 좀 變義되어 쓰이고 있으나, 본래의 語義로는 「흔하다」의 對稱語로 매우 적합하다.

(3) 未解讀 語項

앞에서 본 바와 같이 鷄林類事 研究者들이 최대한으로 語項 解讀을 위하여 여러 가지로 추측해 보고, 심지어 견강부회한 억측까지도 짜내어 해석하려 하였으나, 그중에는 전연 손을 대지 못한 未解讀 語項도 상당수가 있다. 이 가운데 몇 가지만 뽑아 살펴보면 다음과 같다.

① 第13項은 各板本에 모두 「霧曰蒙」으로 되어 있다. 「霧」의 鮮初語는 「안개」, 方言으로는 「우내 · 우무 · 으네 · 으남」110) 等이 있으나, 모두 「蒙」에 대응되지 않는다.

그런데 「霧」의 音이 廣韻에 「亡遇切」로 되어 있으나, 集韻에는 「雺霿霧霚」가 모두 「謨蓬切」로 되어 있어, 「蒙」(莫紅切)과 「明」母 「東」韻으로 완전 同音이다. 그러므로 당시 高麗에서도 「霧」의 音을 「謨蓬切」로 發音하였음을 알 수 있다. 그러나 孫穆은 그 音이 「霧」의 字音인 줄 모르고 高麗語로 생각하고, 同音字 「蒙」으로 對音한 것 같다. 結局 此項은 「霧曰霧」나 마찬가지로 漢字語이다.

② 第72項은 香港大明鈔本에는 「桃曰支棘」, 藍格明鈔本에는 「桃曰枚棘」으로 字劃이 不明하게 表記되었고, 涵芬樓校印本과 其他本에는 모두 「桃曰枝棘」으로 되어 있다.

---

110) 參見, 崔鶴根 : 韓國方言辭典(pp.43～44)

「桃」에 대한 韓語로는 朝鮮館譯語에 「桃曰卜賞」으로 되어 있고, 古語로는 「복셩・복셩와・복셩화・복숑아・복쇼와」 等이 있고, 方言으로는 「복상・복생・복성・복송・복수애・복숭개・뽁쌍・복생이」111) 等이 있으나, 對音字 「枝棘」에 대응되는 어형은 찾아볼 수가 없다. 또한 古語와 方言의 形態를 종합하여 볼 때, 第1音節은 「복」의 音에서 크게 달라진 것이 없이 유지되어 왔으므로 高麗語로 소급하여도 「복」이었음을 추측할 수 있다.

이에 따라 兩明鈔本의 「攴」와 「杴」의 不明한 字劃으로 推察할 때, 原本에 「枝」字가 아니었음을 알 수 있다. 集韻에 「擈・匹角切・或作攴皮・撲・扙・扑・攴」(入聲第四覺), 廣韻에 「攴・擊也, 凡從攴者作攵同, 普木切」(入聲 第一屋)로 되어 있다.

이로써 볼 때, 對音部 第1音節 對音字의 「枝・枚・杴」 等은 곧 「扙」의 誤寫임을 알 수 있다. 그러므로 第二音節 對音字로 誤寫되었을 것으로 추단하여 「棘・棘・棘」 等의 不明한 字劃과 비슷한 字를 찾아보면, 集韻에 「竦捒・筍勇切. 說文, 敬也. ……或從手」(上聲 第二腫)로 되어 있다.

이상을 종합하여 보면, 原本上에는 「桃曰扙捒」 또는 「桃曰扙竦」으로 表記 되었던 것이 字劃의 不明으로 後來本에서는 「桃曰枝棘」으로 板刻되었음을 알 수 있다. 「扙捒」의 集韻 反切音이 「桃」의 鮮初語 「복셩」에 잘 대응된다.

③ 第262項은 香港大明鈔本에 「椅子曰駝馬」 藍格明鈔本에는 「掎子曰駝馬」, 涵芬樓校印本에는 「倚子曰馳馬」로 表記되어 있고 其他本에는 「椅子曰馳馬」로 同一하다.

먼저 「倚子」와 「椅子」의 구별에 대하여, 王力은 「上古的人們既然坐在席上或牀上, 所以沒有椅子. 南北朝人所謂 『坐』(座), 大約已經是坐具. 椅後作 『倚』, 大約起源於宋代 : 據說是因爲後面可以倚靠, 才叫 『椅』」112)라 하였다. 이로써 「倚子」와 「椅子」는 同義語이나, 이미 宋代부터 「椅」字로

---

111) 前揭書(pp.759~761)

112) 參見, 王力 : 漢語史稿(p.514)

고쳐 썼으므로 鷄林類事에서도 「椅子」로 썼을 것이다.

다음 第一音節 對音字 「馳·駝·駞」 三字의 音을 찾아보면 다음과 같다.

·馳 : 直離切(廣韻 平聲 第五支)·唐何切(集韻 平聲 第八戈)
·駝 : 徒何切(廣韻 平聲 第七歌)·唐何切(集韻 平聲 第八戈)
·駞 : 「駝之俗字」(廣韻)·「駝或從㐌通作它」(集韻)

以上으로 볼 때, 「駝」와 「駞」는 正俗字로 同一字이고, 「馳」는 集韻에 「唐何切」의 音도 있어 「駝」와 同音이 될 수 있다.

椅子의 鮮初語는 「교의」가 있으나, 이는 곧 「交椅」의 字音이다. 이 밖에 「机·几」의 古韓語 「도마」가 있는데, 기실은 「机」 곧 「卓子」가 아니라, 「座具」(座板)이었다. 그러나 지금은 다만 「菜板」을 지칭하는 말로만 쓰이지만, 고려시 「座板」으로서의 形態를 현재의 「도마」로써 짐작할 수 있다.

高麗時 「座具」에 대한 기록으로 高麗圖經에 「下節之席在殿門之內, 北面東上, 其席不施牀卓, 唯以小俎籍地而坐.」(卷26燕禮, 下節席), 또한 「麗俗重酒醴公會惟王府與國官有牀桌盤饌, 餘官吏士民惟坐榻而已. 東漢惟豫章太守陳蕃特爲徐稚設一榻, 則知前古亦有此禮, 今麗人於榻上復加小俎. (中略) 每榻只可容二人, 若會客多, 則隨數增榻, 各相向而坐.」(卷22 雜俗一, 鄕飮) 이로써 당시 宋의 「椅子」와 高麗의 「座具」가 달랐음을 알 수 있다.

이상을 종합하여 볼 때, 당시 中國人들이 指稱한 「小俎」가 高麗에서는 「도마」로 불리었으며, 「駝馬」는 곧 「도마」의 對音임을 알 수 있다. 뒤에 漢字語 「椅子」의 침투로 「도마」는 「椅子」로서의 명칭을 상실하고, 다만 같은 형태의 「菜板」의 명칭으로만 남게 되었을 것이다.

④ 第265項은 香港大明鈔本에 「燭曰火拒」로 誤寫된 外에 其他本에는 모두 「燭曰火炬」로 表記되었다.

「燭」의 解初語는 「조」로서 對音部 「火炬」에 대응되지 않는다. 그런데 禮記 疏에 「古者未有蠟燭, 唯呼火炬爲燭也. 火炬照夜易盡盡, 則藏所然殘本.」(曲禮上・燭不見跋疏). 宋書에 「故事正月朔, 賀殿下, 設兩百華鐙對於二階之間, 端門設庭燎火炬, 端門外設五尺三尺鐙, 月照星明, 雖夜猶晝矣.」(禮志), 또한 晋書에 「乃作火炬, 長十餘丈, 大十數圍, 灌以麻油在船.」(王濬傳) 이로써 볼 때, 「火炬」는 對音된 말이 아니라, 그대로 漢語임을 알 수 있다.

高麗圖經의 記錄으로 당시 상황을 엿볼 수 있다. 「王府公會, 舊不燃燭, 比稍稍能造, 大者如椽, 小者亦長及二尺, 然終不甚明快.」(卷22雜俗一, 秉燭)라 하고, 또 「光明臺, 擎燈燭之具也. 下有三足, 中立一幹, 形狀如竹, 逐節相承上有一盤, 中置一甌, 甌中有口, 可以燃燭, 若燃燈, 則易以銅缸, 貯油立炬, 鎭以小白石, 而絳紗籠之高四尺五寸, 盤面闊一尺五寸, 罩高六寸, 闊五寸.」(卷28供張一, 光明臺)이라 하였다. 이로써 당시 燭을 「火炬」라 부른 까닭을 알 수 있다.

「火炬」에 대하여 王力은 상세히 설명하여 「先秦已有燭字, 但是上古的燭竝不是後世所指的蠟燭・說文說：『燭・庭燎大燭丹』, 燭和庭燎是一樣的東西, 都是火炬・細分起來, 拿在手上叫燭, 大燭立在地上叫庭燎. 據說大燭是用葦薪做的, 小燭是用麻蒸做的.」113)이라 하였다.

그러므로 此語項에서의 燭은 現在의 「초」를 지칭한 것이 아니며, 또한 「초」라는 말은 中國에서 「燭」字의 入聲音이 탈락된 뒤에 事物과 함께 渡來된 「火炬」이후의 명칭임을 알 수 있다.

⑤ 第280項은 兩明鈔本과 涵芬樓校印本에 「碗」의 字劃이 약간 차이가 있을 뿐, 모두 「酒注曰甁碗」으로 되어 있으나, 陶珽 重編說郛本부터는 「碗」字가 「砣」로 誤寫되었다.

此項에 대해서는 劉昌宣氏가 鷄林類事 高麗方言考에서 「銀甁曰蘇 乳」

113) 參見, 王力：古漢語通論(p.269)

와 「酒注曰甁碗」을 「銀甁曰蘇甁」과 「酒注曰孛吒」로 고쳐 「銀甁」은 「쇠병」으로, 「酒注」는 「브△다」 卽 動詞로 해석한 일이 있다.114) 그러나 이것은 誤釋이라기보다 臆斷이었기 때문에 여기서 다룬다.

「酒注」는 前後語項의 배열로 보아 결코 動詞로서 해석할 語項이 아니다. 「酒注」에 대한 記錄으로 高麗圖經에 「水甁之形, 略如中國之酒注也. 其制用銀三斤, 使副與都轄提轄官位設之, 高一尺二寸, 腹徑七寸, 量容六升.」(卷30器皿一・水甁)이라고 있어, 此項에서의 「酒注」는 곧 名詞인 酒器의 一種으로 쓰였음을 알 수 있다.

「碗」은 中華大字典에 「盌」의 俗字로 되어 있으니, 「甁碗」은 곧 對音으로 쓰인 것이 아니라, 「虹曰陸橋」, 「雷曰天動」 類의 韓國 漢字語인 것 같다.

⑥ 第291項은 香港大明鈔本에서는 「沙羅曰戌羅 亦曰敖耶」, 藍格明鈔本에 「戌羅 亦曰敖耶」, 涵芬樓校印本과 其他本에는 「戌羅 亦曰敖耶」로 表記되어 있다.

먼저 「沙羅」의 뜻을 찾아보면, 正字通에 「築銅爲之, 形如盆, 大者聲陽, 小者聲殺. 樂書有銅鑼, 自後魏宣武以後有銅鈸沙羅, 沙羅卽鈔鑼.」로 記錄되어 있고, 또한 雲麓漫鈔에 「今人呼洗爲沙羅, 又曰廝鑼國朝賜契丹西夏使人皆用此語, 究其說軍行不暇持洗, 以鑼代之. 又中原人以擊鑼爲篩鑼, 東南方亦有言之者, 篩沙音近, 篩文爲廝, 又小轉也. 書傳目養馬者爲廝, 以所執之鑼爲洗曰廝鑼, 軍中以鑼爲洗, 正如秦漢用刁斗, 可以警夜炊飯, 取其便耳.」로 記錄되어 있다. 이로써 보면, 「沙羅」와 「沙鑼」・「鈔鑼」는 同一物로 본래는 軍中에서 사용하던 銅盆 모양의 一種 樂器였으나, 洗面盆으로도 兼用된데서 뒤에 그릇의 名稱이 되었음을 알 수 있다.

「銅盆」의 古韓語는 「소라」이나, 이것은 곧 「少羅」와 同語源일 것이다. 자료에 따라 「구리소라」(銅盆)・「딜소라」(瓦盆)로도 분별하였으며, 뒤에 變音하여 「소래」・「소래기」로도 불리고 있다. 지금에 와서는 일반적으

114) 前揭書(p.10)

로 항아리 뚜껑으로도 사용하는 굽이 얕은 넓은 질그릇만을 「소래」·「소래기」라고 부른다.

이상을 종합하여 볼 때, 此項의 바른 對音 表記는 連音變讀 현상에 따라 「戌羅」로 보아야 할 것이다. 「亦曰敖耶」는 「盆曰雅敖耶」와 「盂曰大耶」로 보아 「소라」의 별칭이 있었던 것 같다.

⑦ 第298項은 各板本에 모두 「骰子曰節」로 表記되어 있다.

먼저 漢語部 「骰子」의 뜻을 찾아보면, 辭海에 「骰子：賭具, 以象牙或獸骨爲之, 立體正方形, 六面, 分刻 一二三四五六之數. 相傳爲魏曹植所造, 本祗二粒, 謂之投子, 取投擲之義；用玉石製, 故又稱明瓊；唐時加至六, 改用牙或骨製, 始名骰子. 其色皆黑, 惟四爲紅；相傳唐玄宗與楊貴妃作骰戲, 玄宗時已大負, 惟得四數可勝, 遂於擲時呼之, 果爲四, 乃以四爲紅色. 後人有僅以紅黑博勝負者, 故又稱色子.」로 되어, 「骰子」는 곧 賭具였으며, 그 名稱은 「投子」·「明瓊」·「骰子」·「色子」 等으로 변천하였음을 알 수 있다.

「骰子」의 古韓語로는 「쇄슥」·「사슥」·「사ᄋᆞ」·「ᄉᆞ익」·「ᄉᆞ애」 等이 있으며, 現代語로서는 「주사위」라 부른다.

「骰」의 音은 「度侯切」(廣韻 平聲 第19侯), 또는 「果五切」(集韻 上聲 第10姥)로도 되어 있다. 現代 中國音은 商務印書館 刊行의 國語辭典에 shae와 tour로 되어 있다. 그런데 「骰子」의 「骰」는 「投子」의 「投」로부터 만들어진 字이므로 그 原音은 投(tour)여야 될 것이다. 「骰」의 音이 shae로 된 것은 「色子」의 「色」(shae)의 音을 따른 것으로 보아야 한다.

「骰子」의 韓國音은 「두자」·「투자」로 되어 있고, 訓蒙字會에 「骰：쇄슥투」로 訓音된 것으로 보면, 「사슥」·「쇄슥」·「ᄉᆞ익」·「사ᄋᆞ」 等은 中國에서 「色」字의 入聲音이 탈락된 뒤에 들어온 말임을 알 수 있다.

이상을 종합하여 볼 때, 此項 對音部의 「節」은 「骰」의 당시 高麗音을 表記한 것으로 생각된다.

4. 結論

筆者의 中文本 鷄林類事硏究가 아직 國譯되지 않았기 때문에 전체적인 고찰은 후일로 미루고, 本論文에서는 板本上의 誤寫와 종래 諸硏究者들의 誤釋 및 未解讀 語項中 일부를 뽑아 살펴 보았다.

鷄林類事 譯語部 361語項中에서 종래 諸硏究論文을 종합하여 對照考察한 결과 약 80語項의 誤釋과 약 30語項의 未解讀이 나타났다. 本論文에서는 顚倒·未分·誤脫·誤添된 語項으로서 9個項, 誤釋語項으로서 27個項, 未解讀語項으로서 7個項을 뽑아 考察하였다.

考察方法에 있어서는 종래의 諸硏究者들이 淸板本의 記錄 자체만으로 語彙解釋에 급급하여 많은 誤謬를 빚은 前轍을 피하고자, 우선 明鈔本과 各種板本을 對照하여 板本考證을 마친 뒤, 더욱 정확한 해석을 기하여, 鷄林類事의 編纂年代, 孫穆의 出生地, 宋使의 路程, 宋代의 中國音韻現象, 對音表記의 特徵 等을 詳考하여 各語項을 考察하였다. 그 결과 종래 많은 억측 속에 誤釋·未解讀된 語項 뿐만 아니라, 板本上의 誤寫된 語項도 해결할 수 있었다.

그러나 이와 같은 考證을 통하여서도 아직 완전히 解讀되지 못한 語項이 15個項 정도나 남아있다. 이것은 대부분 板本 자체상의 誤記로 생각되기 때문에, 앞으로 明鈔本 이상의 鷄林類事 板本이 發見되기를 기대할 수밖에 없을 것이다. 앞으로 鷄林類事 板本으로서 發見되기를 기대하는 重要한 자료는 淸末 莫伯驥가 撰한 「五十萬卷樓藏書目錄」에 收錄된 一百卷 說郛本이다. 이 說郛本은 莫伯驥에 의하면 弘治 9年(1496) 郁文博의 校正說郛序가 있는 八行本이다. 此本이 陶宗儀 撰說郛로서는 最古 刊本이 된다. 筆者가 지금까지 調査한 바로는 此本의 發見을 우리나라와 自由中國·日本 等地에서는 기대할 수 없고, 다만 中共 大陸 어느 곳에 所藏되어 있지 않을까 期待하는 바이다.

本論文에서 언급하지 않은 나머지 誤釋·未解讀 語項은 앞으로 中文本 鷄林類事硏究를 補完하여 國譯本을 出刊할 때에 다루기로 한다.

<東方學志, 연세대학교 국학연구원, 1982.12>

鷄林類事의 板本考

鷄林類事는 北宋의 徽宗 崇寧 2年(高麗 肅宗8年 西紀 1103年)에 孫穆이 書狀官으로서 使臣을 隨行하여 高麗에 다녀간 뒤 당시 高麗의 朝制와 土風을 記錄한 遊記이며, 高麗語를 收錄한 譯語集으로서 본래 三卷이다.

現傳本은 本來의 單行本은 전하지 않고, 大部書인 說郛・五朝小說・五朝小說大觀・古今圖書集成 등에 採錄되어 있다.

鷄林類事가 說郛에 節錄되기 이전의 경위에 대해서는 상세히 알 수 없으나, 南宋末 王應麟이 編한 玉海에 引用된 中興館閣書目에 분명히 「鷄林類事三卷, 崇寧初, 孫穆撰, 叙土風朝制方言, 附口宣刻石等文」으로 記錄된 것을 보면, 宋 淳熙五年(西紀 1178年) 陳騤가 中興館閣書目 편찬시에 鷄林類事의 單行本이 있었음을 알 수 있다. 또한 南宋初 尤袤가 편찬한 遂初堂書目에도 鷄林類事가 인용되어 있다. 거의 같은 時期에 다른 書目에 鷄林類事가 기록되어 있는 것을 보면, 이 때의 單行本이 鈔本이 아니라, 刊本이었음을 추측할 수 있다.

說郛의 편찬 연대는 정확하지 않으나 陶宗儀의 다른 著書인 輟耕錄의 편찬연대로 보면 元朝 至正 26年(西紀 1366年) 이전이 되니, 中興館閣書目의 편찬연대인 淳熙 5年(西紀 1178年)으로부터 계산하여도 鷄林類事의 單行本이 약 200年間 傳하다가 散失된 것으로 생각된다.

그러므로 現傳本의 鷄林類事은 본래 孫穆이 지은 三卷의 單行本中에서 元末 陶宗儀가 임의로 발췌한 朝制・土風에 관한 十餘條項과 譯語部곧 高麗語彙 약 360語項이 說郛에 採錄된 것만을 볼 수 있기 때문에 주로 說郛板本의 변천을 考察하므로써 鷄林類事의 板本源流를 밝힐 수 있게 된다.

說郛板本의 刊行에 대하여 臺灣의 昌彼得은 說郛考에서 元末까지 未刊行되었다고 언급하였으나. 불란서의 펠리옷(Pelliot)은 이미 元代에 刊行되었다고 주장하였다. 그러나 兩者의 主張을 비교하여 볼 때 元代에 도저히 刊行될 수 없었다는 論據가 더욱 타당하다. 昌氏 역시 확실한 年代는 考證하지 못하였으나 적어도 隆慶2年(西紀 1568年) 이전이라고 언급하였다. 이 밖에 日本의 倉田淳之는 펠리옷의 元代 刊行說에는 反對하면서도 明末 重校 說郛板本 이전에 刊行되지는 않은 것 같다고 언급하였고, 渡邊幸三은 陶宗儀 生存中에 또는 死後 얼마되지 않아 刊行되었을 것이라고 언급한 바 있다.

說郛의 刊行이 隆慶 2年 이전이라는 주장에 대하여 傍證資料로서 韓國內 자료를 들 수 있다. 곧 宣祖 22年(萬曆 16年 · 西紀 1588年)에 權文海가 편찬한 大東韻府群玉에 說郛本 鷄林類事 語彙部分이 33個處나 引用되어 있다. 이 책의 刊年이 隆慶 2年(西紀 1568年)보다 20年 뒤지므로 胡應麟의 少室山房筆叢正集에 이른 「戊辰之歲, 余偶過燕中書肆得殘刻十餘紙, 題趙飛燕別傳, 閱之, 乃知卽說郛中陶氏刪本」에 근거한 戊辰 곧 隆慶 2年 이전 刊行說은 매우 타당하다.

說郛가 編撰된 이후 成化 17年(西紀 1481年)까지는 刊行되지 않고 鈔本으로 전한 것이 확실하므로 그 후 隆慶 2年(西紀 1568年)이전까지의 87年 사이에 刊行된 것이다. 따라서 現傳本 鷄林類事도 이 시기에 刊行된 것이다.

莫伯驥의 五十萬卷樓藏書目錄에 의하면 弘治 9年(西紀 1496年)에 이미 郁文博의 校正說郛 半葉八行本이 刊行되었다. 그러나 이 板本이 아직까지 發見된 바 없으므로 詳細한 것을 알기 어렵다. 만일 앞으로 弘治板 說郛가 발견된다면 鷄林類事板本의 最古本이 될 것이다.

그 동안 鷄林類事 硏究者들이 參考한 板本은 거의 모두 淸板本 說郛 이후의 資料들이기 때문에 板本 자체의 부정확으로 많은 誤謬를 범하게 되었다.

筆者가 처음으로 兩種 明代의 鈔本 鷄林類事板本을 찾아내므로써 지금까지의 誤謬를 補完할 수 있게 되었다. 곧 中華民國 國立中央圖書館藏 明鈔本說郛板과 香港大學 馮平山圖書館藏 明鈔本說郛板의 兩種 板本이다.

明鈔本說郛板의 來源에 대하여 饒宗頤는 說郛新考에서 「可推知百卷鈔本之說郛, 實多出自同源, 皆出弘治初郁文博重編之本」이라고 하였으니, 앞에서 언급한 五十萬卷樓書目錄에 실린 說郛板의 내용도 兩種 明鈔本과 同一함을 알 수 있다. 이 밖에도 明鈔本說郛로서 약 十種이 있으나, 目錄만 傳하기 때문에 앞에서 언급한 兩明鈔本說郛는 鷄林類事를 硏究하는데 가장 중요한 資料라고 할 수 있다.

弘治 9年(西紀 1496年)으로부터 隆慶 2年(西紀 1568年) 이전에 郁文博의 校正說郛가 刊行된 이후 明末(西紀 1627年 以前)에 陶珽의 重編說郛가 刊行되었다. 陶珽의 重編說郛에 대하여 景培元·渡邊幸三·昌彼得諸氏의 考證에 의하면 明鈔本과 陶珽의 重編說郛本과는 體制·內容面에 있어 크게 다름을 알 수 있다.

淸朝에 들어와서는 世祖 順治 4年(西紀 1647年)에 李際期가 陶珽의 重編說郛를 重校하여 刊行한 것이 이른바 順治板說郛이다. 그러나 楊維楨과 郁文博의 序文만이 있고 李際期와 王應昌의 序文이 없는 明末本으로서 日本 京都大學圖書館所藏의 近衛文庫說郛本과 比較하여 볼 때, 「夷」字를 削除한 것 외에는 다른 점을 발견할 수 없다. 그러므로 順治板李際期 序에서 「重定較梓」라 이른 것은 誇張된 表現이라고 볼 수 있다.

順治板說郛本은 뒤에 欽定四庫全書說郛에 鈔錄됨으로써 鷄林類事板本은 현재까지 약 九世紀동안 傳해 오게 되었다.

이 說郛本으로부터 異本을 이룬 鷄林類事板本으로는 五朝小說本, 五朝小說大觀本이 있고, 古今圖書集成本이 있다.

五朝小說은 明末 馮夢龍이 編한 것으로 鷄林類事는 이 책 중 宋人百家小說에 收錄되어 있다. 初刊本은 明末에 刊行되었으나, 陶珽의 重編說郛本보다는 빠르지 않으며, 淸代에 들어와서 刊行된 板本도 있다. 五朝

小說本의 款式을 보면 順治板說郛本이나 近衛文庫說郛本과 거의 同一하다. 이로써 보면 五朝小說은 說郛板中에서 뽑아 體裁를 달리하였을 뿐이다.

五朝小說大觀은 明朝 佚名人의 編으로서 民國15年(西紀 1926年) 上海掃葉山房에서 石印板으로 發行되었다. 鷄林類事는 이 책의 宋人小說部 마지막에 收錄되어 있다. 順治板과 大同小異하다.

古今圖書集成本에는 雍正板과 光緖板이 있다. 雍正板은 康熙中에 시작해서 雍正 3年(西紀 1725年)에 完成되었으므로 順治板보다 약 78年 뒤에 刊行되었다. 그 內容도 順治板과 大同小異한 것으로 보면 順治板說郛에 根據해서 刊行되었음을 알 수 있다. 光緖板은 光緖10年(西紀 1884年)에 刊行되었으나 雍正板과 大同小異하다.

이 밖에 鷄林類事가 收錄된 資料로는 臺灣 中央硏究院의 傳斯年圖書館에 所藏되어 있는 朝鮮烏絲欄鈔本으로서 宣和奉使高麗圖經에 附錄으로 鷄林類事가 있고, 朝鮮 正祖時 韓致奫이 편찬한 海東繹史에도 鷄林類事가 收錄되어 있다. 이 책에는 方言部만 揭載하였으며, 順治板說郛本과 비교적 같으나 다른 점도 있다.

이상 열거한 鷄林類事의 現傳本을 體裁와 內容을 比較하여 보면 그 系統이 다음과 같이 分類된다.

甲類 : 陶宗儀 編原本說郛 → 郁文博校正說郛 → 臺灣中央圖書館藏明鈔本系說郛 → 張宗祥校正說郛本

乙類 : 陶宗儀編原本說郛 → 香港大藏明鈔本系說郛 → 陶珽重編說郛 → 各種現傳本說郛

또한 鷄林類事板本의 源流를 系譜로 보이면 다음과 같다.

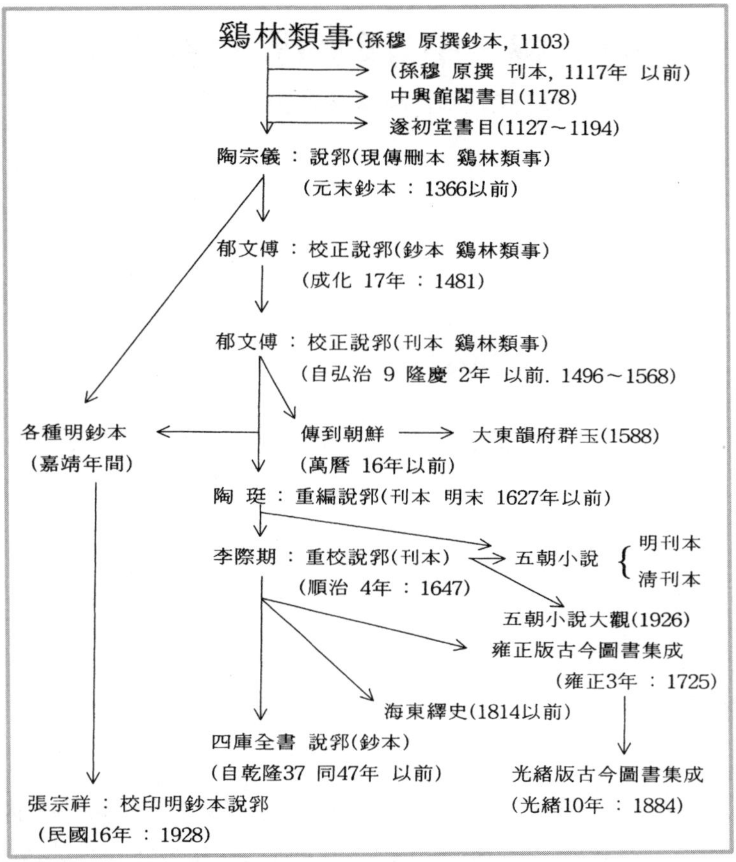
鷄林類事(孫穆 原撰鈔本, 1103)
(孫穆 原撰 刊本, 1117年 以前)
中興館閣書目(1178)
遂初堂書目(1127~1194)
陶宗儀 : 說郛(現傳刪本 鷄林類事)
(元末鈔本 : 1366以前)
郁文傅 : 校正說郛(鈔本 鷄林類事)
(成化 17年 : 1481)
郁文傅 : 校正說郛(刊本 鷄林類事)
(自弘治 9 隆慶 2年 以前. 1496~1568)
各種明鈔本
(嘉靖年間)
傳到朝鮮
大東韻府群玉(1588)
(萬曆 16年以前)
陶 珽 : 重編說郛(刊本 明末 1627年以前)
李際期 : 重校說郛(刊本)
(順治 4年 : 1647)
五朝小說
明刊本
淸刊本
五朝小說大觀(1926)
雍正版古今圖書集成
(雍正3年 : 1725)
海東繹史(1814以前)
四庫全書 說郛(鈔本)
(自乾隆37 同47年 以前)
光緖版古今圖書集成
(光緖10年 : 1884)
張宗祥 : 校印明鈔本說郛
(民國16年 : 1928)

<제3회 중국역외한적국제학술회의, 건국대학교, 1988. 9. 14>

宋代 韓·中 漢字音 比較研究

-鷄林類事의 高麗譯音을 위주로-

目次

1. 序言

鷄林類事는 12세기 초 北宋末의 孫穆이 高麗의 朝制·風俗과 高麗語에 대해서 편찬한 일종의 高麗遊記이며 高麗譯語集이다. 鷄林類事는 본래 高麗의 朝制와 土風을 기록한 記事部分과 高麗의 어휘를 蒐錄한 譯語部分과 口宣·刻石의 附錄 등 3卷 단행본이었으나, 元末 陶宗儀에 의하여 說郛에 節錄되면서, 附錄篇은 완전히 删除되고, 記事部分은 10여 조항만 발췌되었으며, 다만 譯語部分만이 全載되어 傳한다.

먼저, 鷄林類事의 편찬 연대를 고증하여 본 결과 高麗 肅宗 8년(崇寧 2년 癸未, 1103년) 6월5일 (陽曆 7월10일)에서 7월 14일(陽曆 8월18일) 사이에 孫穆이 書狀官의 자격으로 使臣을 따라 高麗에 와서 당시 王京인 開城에 머물면서 採錄한 것을 귀국하여 편찬한 것이다. 鷄林類事의 譯語部分의 對音漢字語를 올바로 解讀하는데는 採錄年代와 아울러 당시

孫穆이 地域的으로 어느 方言에 속하는 人物인가를 고증하는 것도 매우 중요하다.

孫穆의 관직이 미미한 탓인지, 中國의 여러 典籍을 살펴보아도 孫穆의 生卒年代가 기록되어 있지 않다. 다만 黃仲紹의 八閩通志 등에 의하면, 孫穆이 書狀官으로서 高麗에 다녀간 뒤, 宋 徽宗 政和(22~37)年間에 福建省 建寧府의 知府事를 역임한 기록이 있을 뿐이다.

이러한 기록에 따라 孫穆을 福建省 출신으로 추측하는 사람도 있으나, 鷄林類事에 收錄된 어휘로써 고증하여 볼 때, 孫穆은 일시 지방에 出仕하였을 뿐, 福建省에서 生長하였다고 볼 수 없다. 그 이유는 鷄林類事의 譯語部 漢語에 「刀子」·「卓子」·「盤子」 등의 접미사 「子」가 中原語에서는 唐朝 이전부터 사용되었으나, 福建省 등 남방 방언에서는 당시는 물론 현재까지도 사용되지 않고 있기 때문이다.

그러므로 孫穆은 北宋의 수도인 汴京(지금의 開封)을 중심한 中原人이었을 것으로 생각된다.

따라서 鷄林類事의 譯語部 對音 漢字音은 12세기 初 中原音으로 해독하여야 한다.

2. 鷄林類事의 板本

鷄林類事의 올바른 해독을 위해서는 약 9세기 동안을 여러 책에 轉載되어 내려오는 板本에 대한 고증도 매우 중요하다.

宋代의 中興館閣書目과 遂初堂書目에 의하면, 늦어도 1178년(南宋 孝宗 5年) 이전에 孫穆 원찬의 鷄林類事가 단행본으로 간행되었음을 추단할 수 있다. 이 단행본이 元末까지 전래되다가 1366年(元 至正 26年) 이전에 陶宗儀가 說郛에 채록한 뒤 소실되고, 그 뒤부터는 說郛板本 등에 따라 보존되어 왔음을 알 수 있다.

이들 板本 가운데 중요한 板本을 열거하면 다음과 같다.

① 香港大學 馮平山圖書館藏 明鈔說郛本(明 嘉靖年間 1522~1566년)
② 台灣 國立中央圖書館藏 藍格明鈔說郛本(明 嘉靖年間)
③ 日本 京都大學圖書館藏 近衛文庫說郛本(陶珽 重編 明末 1627年 以前 刊本)
④ 台灣 國立中央圖書館藏 說郛本(陶珽 重編 明末 刊本)
⑤ 日本 京都大學 人文科學研究所藏 說郛本(陶珽 重編 明末 刊本)
⑥ 北京 中法漢學研究所藏 說郛本(陶珽 重編 明末 刊本)
⑦ 日本 內閣文庫藏 五朝小說本(24冊本 明末 刊本)
⑧ 日本 內閣文庫藏 五朝小說本(15冊本 淸代 改板 重印本)
⑨ 台灣 國立中央圖書館藏 五朝小說本(80冊本 淸代 改板 重印本)
⑩ 台灣 中央硏究院藏 五朝小說本(淸代 改板 重印本)
⑪ 五朝小說大觀本(明代 輯 民國 15年 上海 掃葉山房 石印板 1926年)
⑫ 順治板 說郛本(淸 順治 4年)
⑬ 欽定四庫全書 說郛本(淸 乾隆 44年)
⑭ 朝鮮 烏絲欄鈔本(台灣 中央硏究院 傅斯年圖書館藏)
⑮ 雍正板 古今圖書集成本(淸 雍正 3年)
⑯ 光緖板 古今圖書集成本(淸 光緖 10年)
⑰ 涵芬樓校印 明鈔說郛本(張宗祥 校正 上海 商務印書館鉛印板 1927年)
⑱ 海東繹史本(朝鮮 正祖時 韓致奫 著)

위의 鷄林類事 板本들의 系譜를 圖示하면 다음과 같다.(p.233 參見)

3. 鷄林類事로써 고찰한 宋代 漢字音

中古漢音 연구에 있어서 高麗譯音의 중요성에 대해서 陸志韋・董同龢 등이 언급한 바 있지만, 구체적으로 鷄林類事에 대하여 연구한 바는 없다. 이밖에 林語堂은 그의 논문 「古有複輔音說」에서 鷄林類事의 對音을 인용하였으나, 鷄林을 新羅의 別稱으로 誤認하고, 신라시대 자료로 고증한 것부터가 잘못되어 있다.

鷄林類事의 對音 字數나 그 표기의 정확성으로 보면, 宋代 對音 연구에 있어서 기타 어떠한 對音資料보다도 중요하다고 말할 수 있다.

이미 앞에서 언급한 바와 같이 鷄林類事는 中原音韻으로 對音된 자료이기 때문에 中原音韻의 변천을 살펴보아야 한다.

陸志韋는 「記邵雍皇極經世書的 《天聲地音》」에서 "邵雍生存第十一世紀(1011~1077), 比周德清早三百年, 比陸法言晚四百年, 他是范陽人, 可是從年青的時候就寓居在洛陽, 跟陸法言的地音相同"이라 하였고, 周祖謨도 皇極經世書 聖音倡和圖에 대하여 "至其語音之方域, 史稱雍之先世本籍范陽, 幼從父徙共城, 晚遷河南, 高踏不仕, 居伊洛間垂三十年, 是其音卽洛邑之方音矣. (中略) 比思宋之汴梁去洛未遠, 車軌交錯, 冠蓋頻繁, 則其語音亦必相近. 及取汴京畿輔人士之詩文證之, 韻類果無以異. 卽是而推, 則邵氏之書不廑爲洛邑之方音, 亦卽當時中州之恒言矣."라 하였다.

陸・周 2氏의 考究에 의하면, 鷄林類事와 皇極經世書는 거의 同時代에 편찬되었으며, 또한 孫穆 역시 汴京方音으로서 陸・周의 皇極經世書를 통한 音韻考證은 鷄林類事 對音 연구에 중요한 자료가 된다.

당시 入聲韻尾의 存在與否에 대하여 陸志韋는 "圖裡的入聲字見於第一, 第四, 第五, 第七聲, 都配陰聲, 不配陽聲 (中略) 看來唐朝的塞而不裂的收聲 implosive -p, -t, -k, 已經變近乎元音的收聲了."라 하였고, 周祖謨의 擬音表는 다음과 같다.

圖表로 보면, 宋代 汴洛語音에 있어서 舌內入聲과 喉內入聲은 모두 聲門閉鎖音[ʔ] 로 변하였고, 脣內入聲은 아직 韻尾[p]를 보존하고 있었음을 알 수 있다.

周祖謨와 陸志韋의 擬音을 비교하여 보면 大同小異한데, 다만 [ʔ](塞聲不帶音不送氣喉音)과 [ɰ](聲化母音最高圓脣音)의 音標上 차이가 있을 뿐이다. 곧 前者는 子音에 속하고, 後者는 母音에 속한다.

<table>
<tr><th colspan="2">七 聲</th><th colspan="2">五 聲</th><th colspan="2">四 聲</th><th>一 聲</th><th>聲 / 音擬</th></tr>
<tr><td colspan="2">合 闢 合 闢</td><td colspan="2">合 闢 合 闢</td><td colspan="2">合 闢 合 闢</td><td>合 闢</td><td rowspan="2">邵氏所分十聲(下注廣韻韻目)
平 上 去 入
日 月 星 辰</td></tr>
<tr><td colspan="2">○ 男 ○ 心
覃 侵
○ 坎 ○ 審
感 寑
○ 欠 ○ 禁
梵 沁
妾 ○ 十 ○
葉 緝</td><td colspan="2">龜 ○ 衰 妻
脂 脂 齊
水 ○ ○ 子
旨 止
貴 ○ 帥 四
未 至 至
北 德 骨 日
德 德 沒 質</td><td colspan="2">○ 牛 毛 刀
尤 豪 豪
○ 斗 寶 早
厚 晧 晧
○ 奏 報 孝
候 號 效
玉 六 霍 岳
燭 屋 鐸 覺</td><td>禾 多
戈 歌
火 可
果 哿
化 个
禡 箇
八 舌
黠 鎋</td></tr>
<tr><td colspan="2">(乏子)
(入字)
uap ap
iup ip
,
iap</td><td colspan="2">ueiʔeiʔ uəʔ əʔ
, ɿʔ知
yəʔ əʔ</td><td colspan="2">yʔ uʔ uɔʔ ɔʔ
, ,
yɔʔ iɔʔ</td><td>uaʔ aʔ
, ,
yaʔ iaʔ</td><td>入聲
聲音</td></tr>
<tr><td>業 合
洽 盍
狎 葉
乏 怗</td><td>緝</td><td>錫 陌
職 麥
德 昔</td><td>物 質
櫛 術
沒 迄</td><td>屋
沃
燭</td><td>藥
鐸
覺</td><td>月 曷
屑 末
薛 黠
鎋</td><td>汴洛文士詩詞
分韻(合用不分)
廣韻韻目</td></tr>
<tr><td>uap iap ap</td><td>ip
iup</td><td>eiʔ uəʔ əʔ
ueiʔ yəʔ iəʔ</td><td>uəʔ əʔ
yəʔ iəʔ</td><td>yʔ uʔ</td><td>uɔʔ əʔ
yɔʔ iɔʔ</td><td>uaʔ aʔ
yaʔ iaʔ</td><td>宋代汴
洛語音</td></tr>
</table>

兩氏의 擬音을 鷄林類事로써 對應시켜보면, 脣內入聲은 相合하지만, 舌內入聲과 喉內入聲은 相合되지 않는다.

거의 同時期의 중요한 對音資料로서 惟淨이 撰한 景祐天竺字源(宋 景祐2年 1035년)의 梵文資料가 있다.

羅常培의 「四十九根本字諸經譯文同表」에 의하면, 5세기 초에서 9세기 초 사이의 對音漢字에는 전연 入聲字가 없는데, 景祐天竺字源에서는 入聲對音字가 나타난다. 당시 長短音을 구별한 對音表記를 보면, 舌內入聲의 音은 [ʔ]로서 그 韻尾가 완전히 탈락되지 않은 것 같고, 喉內入聲의 音은 [ʔɦ]이었던 것 같다. 陸志韋와 周祖謨는 모두 [t]와 [k]가 구별되지 않은 것으로 생각하였는데, 景祐天竺字源과 鷄林類事로 보면 兩人의 고증은 맞지 않다. 同時期의 集韻과 韻鏡에서도 三入聲을 구별하여 배열한 것으로 보아도 방증이 된다.

여러 가지 資料를 종합하여 볼 때 鷄林類事의 對音은 北宋時代 汴京(開封) 方音이 틀림없다. 당시 入聲韻尾의 音價를 정리하면, 脣內入聲은 [b]이고, 舌內入聲은 [ʔh]이고, 喉內入聲은 [ʔ]이다. 後兩者는 모두 「塞聲不帶音喉音」으로서 다만 送氣와 不送氣의 차이가 있을 뿐이다. 이로써 非韻書性의 皇國經世書에 舌內入聲과 喉內入聲은 구별하지 않고, 脣內入聲만을 구별하여 놓은 緣由를 알 수 있다.

中國에서의 音韻史分期에 따르면 鷄林類事의 편찬시기는 中古音期에 속하지만, 入聲韻尾의 音價로 보면 中古音 [p], [t], [k]와는 다르다. 따라서 北宋末期는 이미 近古音期에 접어들었음을 알 수 있다. 필자는 이 시기를 中古音과 近古音의 「過渡音期」로 보고자 한다. 謝雲飛는 禮部韻略과 集韻을 近古音期의 韻書로 보았는데, 鷄林類事의 對音으로 볼 때 相合한다.

일반적으로 廣韻과 集韻을 대동소이한 것으로 보는데, 兩者의 反切音으로 鷄林類事에 대응시켜 보면, 「檏, 霍, 核, 丐, 盍, 捻, 批, 笓, 謨」 등의 對音字는 廣韻의 反切音으로는 해독이 되지 않는데, 集韻으로는 相合한다. 이로써 集韻의 切音은 상당수가 당시의 讀音이 실려져 있음을 알 수 있다.

中古音과 近古音의 過渡期의 漢音을 연구하는 데는 集韻, 韻鏡과 더불어 鷄林類事가 실로 鼎足관계의 중요한 자료이다.

鷄林類事의 對音字中 다음 몇 자는 集韻이나 韻鏡과도 맞지 않고, 실려 있지 않은 것도 있다. 不合字의 例를 들면 「打, 薦」 등이 있고, 不載字의 例를 들면 「虼, 咱」 등이 있다. 集韻에는 「打」의 切音을 「都挺切」(上聲, 41迥)과 「都令切」(上聲, 38梗)로 되어 있다. 그런데 六書故에는 「都假切」로 되어 있다. 集韻의 切音으로는 鷄林類事의 對音에 不合하나 六書故의 切音으로는 一致한다. 이로써 볼 때, 六書故의 撰者 戴侗은 南宋人이지만, 당시 韻書上에는 아직 그 反切音을 改載하지 않았지만, 실제 통행된 讀音에는 「打」가 [ŋ]의 韻尾가 탈락되고 [ta]로 발음되었음을 알 수 있다. 「薦」 字도 集韻에 「作甸切」 (去聲 32霰)과 「才甸切」 (同)로 되어 있고, 中原音韻에도 「先天韻 去聲」에 배열하였는데, 字彙補에서는 「卽略切 音爵」으로 되어 있다. 鷄林類事의 「薦日質薦」의 對音이 字彙補의 切音과 一致한다. 이로써 볼 때 당시 「薦」의 현실 讀音이 喉內入聲韻尾였음을 알 수 있다. 이상으로 볼 때 集韻과 韻鏡에 「虼」과 「咱」를 不載한 것도 당시 그 字가 없던 것이 아니라, 실리지 않았음을 알 수 있다.

紙面관계로 鷄林類事 譯語部에 쓰인 對音字의 개별적인 고증은 생략하고, 그 고증된 對音字의 聲類, 韻類와 韻尾를 귀납하여 宋代 開封音을 표기하면 다음과 같다.

北宋 汴京(開封)의 漢字音

編號	用字	擬音	編號	用字	擬音
1	一	iʔ	49	釁	hən
2	丫	a	50	兮	hie
4	安	ɑn	51	合	hɑb
6	亞	a	53	河	hɑ
7	邑	ib	54	胡	huo
8	阿	ɑ	55	活	huaʔ
9	於	əù	57	核	*kə
11	烏	ùo	60	會	hoi
12	暗	ɑm	61	蝎	hɑʔ
16	鴉	a	62	褐	hɑʔ
18	噎	ieʔ	63	轄	haʔ
19	醞	uən	66	丐	kɑʔ
20	鬱	uəʔ	67	斤	kən
22	层	i	68	甘	kɑm
23	易	i	69	古	kùo
24	耶	*ia	70	加	ka
25	移	i	75	姑	kùo
26	逸	ieʔ	77	急	kib
28	養	iaŋ	79	柯	kɑ
30	鹽	iəm	81	故	kùo
37	好	hoù	82	紇	kɑʔ
38	希	hi	84	骨	kuəʔ
39	欣	hən	85	根	kən
42	訓	hóən	86	記	ki
43	稀	hi	87	家	ka
44	黑	həʔh	88	鬼	k^{w}eikəʔ
45	漢	hɑn	89	訖	
47	勳	hoən	90	寄	ki
48	戲	hi	91	割	kɑʔ

編號	用字	擬音
92	幾	ki
93	愧	kʷi
94	蓋	kɑi
95	箇	kɑ
99	屈	kuəʔ
100	乞	k‘əʔ
101	坎	k‘ɑm
104	珂	k‘ɑ
106	區	k‘iu
108	欺	*k‘ə
109	渴	k‘ɑʔ
111	慨	*k‘ɑi
112	器	k‘i
113	及	kib
117	譏	ki
119	吟	ŋim
122	到	to
124	打	*ta
126	妲	tɑʔ
129	帝	tie
130	帶	tɑi
131	得	təʔh
132	都	tuo
133	堆	toi
135	鳥	tio
136	登	təŋ
137	答	tɑb
138	短	tuan
139	頓	tuən
140	啄	toʔh

編號	用字	擬音
144	退	t‘oi
145	涕	t‘ie
147	替	t‘ie
149	腿	t‘oi
151	脫	t‘uɑʔ
152	大	tɑi
154	陀	tɑ
155	突	tuəʔ
157	途	t‘uo
159	道	to
160	達	tɑʔ
164	駝	t‘ɑ
171	那	*no
172	你	ni
173	泥	nie
175	南	nɑm
176	袮	ni
177	迺	nɑi
178	能	*nɑi
179	捺	nɑ
182	嫩	nuən
183	餒	noi
187	朝	tʂio
188	住	tʂiu
189	長	tʂia
192	恥	t‘ʂi
194	昵	nieʔ
195	匿	niʔh
197	力	liʔh
199	利	li

編 號	用 字	擬 音
200	李	li
201	里	li
202	林	lim
203	來	lɑi
205	理	li
207	勒	ləʔh
209	笠	lib
212	論	luən
213	魯	luo
215	盧	luo
217	離	li
218	臨	lim
219	羅	la
220	囉	*ra
221	纜	lɑm
223	刃	ən
224	兒	zi
226	之	tʂi
227	支	tʂi
229	占	tʂIəm
230	至	tʂi
231	朱	tʂiu
232	折	tʂiəʔ
233	指	tʂi
234	捶	tʂ^{w}ie
235	質	tʂiʔ
242	蛇	ʂa
243	實	ʂiʔ
244	少	ʂio
245	水	ʂ^{w}i

編 號	用 字	擬 音
248	戍	ʂiu
249	施	ʂi
250	室	ʂiʔ
252	翅	ʂi
253	試	ʂi
254	勢	ʂie
255	舜	ʂiun
256	審	ʂim
257	燒	ʂio
259	受	ʂiəu
260	時	ʂi
261	涉	ʂiəb
264	眞	tʂin
266	鮓	tʂa
269	查	tʂa
271	沙	ʂa
272	索	ʂaʔh
273	捒	ʂioŋ
274	率	ʂiəʔ
275	子	tsi
276	作	tsɑ
277	咱	*ts‘ɑ
278	則	tsəʔh
279	祖	tsúo
284	觜	ts^{w}ie
285	載	tsɑi
286	薦	tsəʔh
289	寸	ts‘uən
290	且	ts‘a
291	此	ts‘ie

編號	用字	擬音
294	采	tsʻɑi
296	雄	tsiə
297	慘	tsʻɑm
303	集	tsib
304	慈	tsʻi
305	聚	tsiu
307	三	sɑm
309	戌	siueˀ
312	洒	sie
313	蘇	suó
314	孫	súon
319	酥	suó
321	窣	súəʔ
322	遜	súən
323	歲	siʷɛi
325	賽	sɑi
326	薩	saʔ
331	八	paʔ
333	本	puən
335	必	piʔ
336	把	pa
337	板	pan
338	奔	puən
340	背	puɑi
341	祕	pi
342	剝	pɔʔh
343	濮	puʔh
345	擺	pai
349	敗	pai
350	撥	púaʔ

編號	用字	擬音
351	朴	pɔʔh
352	技	pʻuoʔh
353	批	pʻieʔ
354	鋪	pʻuo
355	孛	púəʔ
356	筂	piʔ
360	菩	pʻuo
361	箔	paʔh
364	毛	mau
365	木	múoʔh
366	母	məu
367	末	muɑʔ
368	門	múən
369	沒	múəʔ
370	抹	mùɑʔ
372	馬	ma
373	密	miʔ
375	麻	ma
378	滿	múɑn
380	謨	mɑʔh
381	每	muɑi
382	不	puəʔ
384	發	pʷɐˀ
386	霏	fi
387	皮	pi
388	伐	fʷɐʔ
390	弼	piʔ
391	頻	pin
398	彌	mi

4. 結論

鷄林類事 譯語部의 對音字로 쓰인 字數는 약 400자이다. 이 對音字들을 聲類와 韻類로 분석하여 그 음가를 擬測하여 귀납하여 보면, 다음과 같은 사실을 찾아낼 수 있다.

(1) 聲類部分

① 影·喩·疑母가 모두 零聲母에 속하였다.
② 曉母와 匣母를 구별하지 않고, 모두 [h]音으로 나타났다.
③ 泥母와 娘母를 구별하지 않고 모두 [n]音으로 나타났다.
④ 來母는 韓語의 [r]음에 대응하였다.
⑤ 半齒音 日母의 音價는 [z]音으로 나타났다.
⑥ 濁聲母는 모두 淸聲母로 바뀌었다.
⑦ 脣音에 있어서 重脣音과 輕脣音을 구별하지 않고, 모두 重脣音으로 나타났다.

(2) 韻類部分

① 果攝과 假攝을 구별하지 않고 同韻類로 나타났다.
② 開口音과 合口音의 구별이 매우 뚜렷하였다.
③ 止攝開口의 對音字中 齒頭音과 正齒音 二等의 [i]韻母가 모두 [ə]·[ɐ]音으로 변하였다.
④ 韻尾 [m]과 [n]의 분별이 뚜렷이 나타났다.
⑤ 韓語의 [i]와 [ɯ]母音을 구별하지 못하고, 모두 [i]音으로 對音하였다.
⑥ 曾攝과 梗攝의 韻母는 당시 아직 同韻類로 합치지 않았다.
⑦ 入聲韻尾의 脣內入聲은 [b], 舌內入聲은 [ʔ], 喉內入聲은 [ʔh]音으로 나타났다.

－ 参考文獻 －

六書故：戴侗(乾隆 甲辰刊本)

字　彙：梅應祚(清, 張自然訂正增補板)

集　韻：丁度(中華書局, 四部備要本)

語言學論叢：林語堂(文星書店 1965)

記邵雍皇極經世書的天聲地音：陸志韋(燕京學報 第31期)

宋代汴洛語音考：周祖謨(輔仁學志 第12卷), 輔仁大學志編輯會刊, 1943.

切韻研究論文集：羅常培 等(實用書局 1972)

國語入聲演變小注：陸志韋(燕京學報 第34期)

漢語音韻學：董同龢(民國 59年 再版本)

增訂「四十九根本字諸經譯文異同表」：羅常培(歷史語言研究所集刊 第3本 第2分)

鷄林類事硏究：陳泰夏(塔出版社, 1975)

<二重言語學會誌 第6號, 1990. 6>

前間恭作(1925), 「鷄林類事 麗言攷」

目次

1. 前間恭作의 韓國學에 대한 貢獻

前間恭作의 略傳을 먼저 소개하면, 慶應 3년 12월 25일(1868년 1월 23일) 對馬島에서 출생하여 昭和 17년(1942) 1월 2일, 향년 75세로 졸하였다.

明治 24년(1891)에 慶應義塾을 졸업하고, 그 해 7월 外務省 朝鮮留學生 모집에 응모하여 11월 13일 서울에 도착한 뒤, 兪炳文을 교사로 맞이하여 興夫傳을 교과서로 한국어를 연구하기 시작하였다.

약 2년 반의 유학기간을 거쳐 1894년 日本領事館 書記生에 피명되었다. 1990년 濠洲 시드니 日本領事館에 근무하다가 다시 1901년 한국으로 발령되었다. 1902년 日本領事館 2등통역관, 1906년 統監府 통역관, 1907년 統監官房 인사과장 대리, 1910년 總督府 통역관 등을 거쳐 1911년에 의원면직하고 귀국하였다.

前間恭作은 한국에 전후 18년간 체류하면서 많은 古書를 수집하여 일본으로 가져 가서 관직생활을 마치고, 한국 고서 연구에 전심전력하여 한국에 관한 많은 논문과 저서를 남겼다.

열거하면 불후의 대저인 古鮮冊譜 3책을 비롯하여 단행본으로 韓語通(1909), 朝鮮의 板本(1937), 龍歌故語箋(1924), 鷄林類事麗言攷(1925), 訓讀吏文(1942)과 논문으로 三韓古地名考補正(1925), 新羅王의 世次와 그 名에 대하여(1925), 若木石塔記의 解讀(1926), 吏讀便覽에 대하여(1929), 小倉博士著 「鄕歌及吏讀의 硏究」에 대하여(1929), 處容歌解讀(1929), 眞興碑에 대하여(1931), 庶孼考(1953~1954), 開京宮殿簿(1963) 등과 1943년 6월, 유족에 의하여 당시 京城帝國大學에 기증한 朝鮮關係 遺稿本(약 17종)으로 校註歌曲集, 朝鮮古語辭典稿本, 食譜, 開京宮殿簿, 在山樓叢鈔 吏文, 在山樓叢鈔 名世譜, 在山樓叢鈔 朝鮮及第名案捷見, 在山樓叢鈔 拾抄三種 : 1. 節長賞樂 · 2. 營造宮室 附營造名類 · 3. 道術名義, 國朝榜目續, 四色通檢 등이 있다(참조 : 東洋文庫叢刊 제11, 前間恭作編 古鮮冊譜 제3책 부록, 末松保和 前間先生小傳, 1957. 京都大學國文學會, 前間恭作著作集 下卷, 1974).

前間恭作은 韓國으로 유학 오기 전에 이미 對馬島 嚴原中學校 韓學部 최초의 입학생으로서 한국어를 전문 학습하여 자유로이 한국어를 구사할 수 있는 실력을 갖추었으며, 明治16년(1883) 곧 16세에 이미 釜山 여행을 하면서 한국과 인연을 맺었다.

그는 明治 44년(1911) 3월 곧 44세에 퇴관하여 東京으로 돌아갔으니, 비교적 젊은 나이에 관리 생활을 청산한 것이다. 그의 75년 생애를 살펴볼 때, 44세까지 관리생활을 하였으나, 전후 18년간 한국에 체류 중 비록 관방의 통역관 생활을 하면서도 고서자료를 수집하였으며 또한 對馬島에서 한국어 학습기간이 약4년이나 되니, 그의 전반생의 대부분은 한국어 학습 및 한국관계 고서 자료 수집기간이었으며, 후반생은 30여 년을 한국에서 수집해 간 고서자료를 전심 연구하여, 많은 전문성의 한국관계 저서와 논문을 남겼으니, 외국인으로서 평생 한국학 연구로서 일관하여 생애를 마친 최초의 한국학 전문학자였다고 영광스러운 칭호를 명명하여도 부족함이 없을 것이다.

그의 한국학관계 저서 중에서도 국어학관계 연구 저서인 龍歌故語箋

(菊大版, 石印, 156頁, 東洋文庫論叢第二, 1924)과 鷄林類事麗言攷(菊大版, 石印, 134頁, 東洋文庫論叢第三, 1925)는 국어학사상 중요한 위치를 차지하고 있다.

위의 兩大硏究業績 중에서도 鷄林類事의 연구는 당시 한국인으로서도 손도 못대고 있던 미개척분야이며, 더구나 한글로 기록된 자료도 아닌 약 9세기 전 고려시대 언어를 외국인으로서 자국인의 추종을 불허할 정도로 깊이 연구했다는 점에서 前間恭作의 한국어학 연구업적 중 제일로 손꼽는 불후의 명저라 할 수 있다.

이제라도 민족감정을 초월해서 前間恭作의 韓國語學 연구에 대한 업적과 공헌을 새로이 인식하여 그를 기리는 기념사업이 있기를 국어학계에 적극 촉구하는 바이다.

2.「鷄林類事 麗言攷」의 根據本

鷄林類事의 원본은 北宋 徽宗(崇寧 2년 癸未, 高麗 肅宗 8년, 1103년) 때[1] 孫穆이 편찬한 책이므로 약 9세기 동안 많은 傳本[2]이 내려오고 있어서, 前間恭作이 어떠한 傳本을 底本으로 하여 연구하였는가를 중요시하지 않을 수 없다. 왜냐하면 각종 판본을 비교하여 볼 때, 각판본상의 부동한 점과 오류가 적지 않기 때문에 어떤 판본에 근거하여 연구하였느냐에 따라 그 연구 결과가 전연 달라지기 때문이다.

前間恭作은 麗言攷 서문에서 古今圖書集成에 채록된 傳本을 근거하여

1) 陳泰夏 : 鷄林類事硏究(塔出版社, 1975. 6. 재판) 중 2. 編纂年代(pp.40～56) 참조.
陳泰夏 : 鷄林類事의 誤字.誤譯.未解讀 語彙考(東方學志, 第三十四輯, 延世大學校 國學硏究院, 1982. 12) 참조.
安炳浩 :「鷄林類事」及 其硏究(北京大學 學報, 「哲學社會科學版」, 1986. 第6期)
2) 前揭書(塔出版社) 중 三. 鷄林類事版本之源流及 現傳本(pp.94～107) 참조.

연구하였다고 밝혀 놓았다. 古今圖書集成本에도 雍正 3년(1725)에 출간한 雍正版과 光緖 10년(1884)에 출간한 光緖版이 있으며, 雍正版과 光緖版에서도 각각 方輿本과 理學本이 있다. 前間氏가 이 중 어느 것을 저본으로 하였는지도 분명치 않다.

그래서 필자가 麗言攷와 古今圖書集成本(雍正版, 光緖版)과 대조하여 본 결과 그 내용이 일치하지 않는다. 또한 기타 전본과 비교하여 보아도 일치하지 않으므로 麗言攷의 저본이 어느 것인지 불분명하다.

먼저 鷄林類事의 記事部分에서 古今圖書集成本과 다른 것을 찾아보면 다음과 같다.

(1) 其俗不盜 → 其俗不資(麗言攷) : 盜가 資로 잘못 쓰였다.
(2) 亦不甚楚 → 亦不其楚(麗言攷) : 甚이 其로 잘못 쓰였다.
(3) 惟産人參 → 惟産人蔘(麗言攷) : 參이 蔘으로 잘못 쓰였다.

그러나 위의 誤字들은 傳寫할 때 틀린 것으로 보인다.

다음은 譯語部分(方言條)에서 古今圖書集成本과 麗言攷가 다른 것을 찾아보면 다음과 같다.

(1) 四十曰麻兩 → 麻雨(麗言攷) : 海東繹史本(이하 海史本이라 약칭)과 동일
(2) 暮曰占標或言古沒 → 占捺或言占沒(麗言攷) : 海史本과 동일
(3) 土曰轄希 → 轄希(麗言攷) : 上海涵芬樓(商務印書館)鉛印 說郛 張宗祥校正本(이하 張校本이라 약칭)과 동일
(4) 士曰進寺儘切 → 寺儘反 (麗言攷) 海史本과 동일
(5) 稱我曰能奴台 → 奴台切(麗言攷) → 海史本과 동일
(6) 嫂曰長漢吟 → 長嘆吟(麗言攷) : 海史本과 동일
(7) 男子曰吵喃 → 沙喃(麗言攷) : 張校本과 동일
(8) 自稱其夫曰沙會 → 麗言攷와 海史本에 동일하게 此項이 누락되어 있음.
(9) 妻亦曰漢吟 → 麗言攷와 海史本에 동일하게 此項이 누락되어 있음
(10) 栗曰田菩薩 → 栗曰菩薩(麗言攷) : 海史本과 동일
(11) 湯曰水 → 麗言攷와 海史本에 동일하게 此項이 누락되어 있음.

⑿ 金曰那論義 → 那論議(麗言攷) : 海史本 및 臺灣 國立中央圖書館所藏 藍格舊鈔說郛本(이하 藍格明鈔本이라 약칭)과 동일
⒀ 釜曰烏子蓋 → 麗言攷와 海史印本만이 「斧」를 「釜」로 誤記하였음.

이상의 대조로 볼 때, (3), (7), (12)항의 3항만이 타전본과 같고, 나머지 10항은 모두 麗言攷와 古今圖書集成本이 동일한 것이 아니라, 麗言攷와 海東繹史印本이 동일하다.

張校本과는 2항이 동일하지만, 張校本은 民國16년(1927) 上海에서 출간되었고, 麗言攷는 1925년에 東京에서 출간되었으니, 시기적으로 前間氏가 張校本을 참고할 수가 없었음을 알 수 있다. 또한 藍格明鈔本과 1항이 동일하지만, 前間氏의 小傳을 참고하여 볼 때, 中國에 가본 일이 없으니 藍格明鈔本을 참고하였을 리도 없다.

그러므로 위의 3항이 張校本이나 藍格明鈔本과 동일한 것은 轉寫時 우연한 일치의 오류로 보아야 할 것이다. 또한 실제 誤寫된 「斋 → 希」, 「吵 → 沙」, 「義 → 議」 등의 자획으로 보아도 약간 부주의하면 誤寫되기 쉬운 字들이다. 「斋」는 海史本 및 기타 淸板本에 분명히 있으나, 字典에 이러한 字가 없으므로 풀이에 맞추어 前間氏 스스로 고쳐 쓴 것으로 생각된다. 그러나 明鈔本 說郛에 「希」로 되어 있으니, 前間氏가 「斋」를 「希」로 고친 것은 卓見이었다.

다시 종합해 볼 때, 麗言攷의 譯語部分(高麗方言)은 海東繹史本을 底本으로 한 것이 분명한데, 前間氏가 麗言攷에서 海史本은 전연 언급하지 않고, 古今圖書集成本을 근거했다고 序文에 밝혀 놓은 것은 무슨 이유인지 석연치 않다.

記事部分(朝制土風)은 海東繹史에 게재되어 있지 않기 때문에 다른 傳本에서 인용하였을 것이다.

이상을 종합하여 추찰할 때, 譯語部分(高麗方言)을 먼저 海史本에 근거하여 연구하여 놓고, 뒤에 古今圖書集成本(方輿本)을 발견하여 記事部分(朝制土風)만을 이용하고, 譯語部分은 대충 보아 비슷하므로 자세히 대조도 않음으로써 오류를 범하게 된 것 같다. 또한 실제로는 海史本에

근거했으면서도, 古今圖書集成本을 底本으로 했다고 밝힌 것은 中國의 原典을 참고했다는 권위의식 같은 것이 작용했을 것이다.

그 내적인 이유야 어찌되었든 간에 麗言攷의 씻을 수 없는 결함은 前間氏가 밝힌 底本과 실제 내용이 부합되지 않는 점이다.

3.「麗言攷」中의 卓見과 誤謬

前間氏의 鷄林類事를 통한 高麗語 연구는 완전히 개척자의 입장에서 탐색한 것이기 때문에, 더구나 원전 자체에 오류가 적지 않은 淸板本의 傳本을 底本으로 하여 연구하였으므로 오늘날 明鈔本이 발견된 상태에 비교하여 볼 때, 많은 오류를 발견할 수 있다.

그러나 전인의 연구도 없는 상태에서 스스로의 고증과 견해만으로 해석하였어도, 때로는 원전에 부합되는 해독을 한 卓見도 없지 않다.

먼저 탁견으로 볼 수 있는 예를 들면 다음과 같다.

① 서문에서 鷄林類事의 편찬 연대를 어떠한 고증도 없이 12세기 초라고 언급하였는데, 필자가 많은 자료를 찾아서 고증한 결과 1103년으로 판명된 것과 일치한다.

② 「月曰契黑隘切」의 割註 「黑隘切」은 전항의 「日曰姮」 다음에 있어야 한다고 본 것은 탁견이다. (陳泰夏 : 鷄林類事硏究, pp.250~252 참조. 이하부터는 페이지만 표시함.)

③ 「九十曰鴉順」에서 「順」자를 「訓」자의 오자로 본 것은 탁견이다. 明鈔本과 부합된다. (p.289)

④ 「土曰轄希」의 「希」을 아무런 설명도 없이 「希」로 고쳐 놓았으나, 明鈔本과 부합되는 것은 탁견이다. (pp.306~307)

⑤ 「乘馬曰轄打平聲」의 「轄打」에서 「轄」을 有氣音의 발음을 적기 위한 것

으로 보고 「ᄐᆞ」로 해석한 것은 탁견이다. (p.348)

⑥ 「父曰子了秘」에서 「子」를 衍文으로 본 것은 탁견이다. 明鈔本과 부합된다. (p.140)

⑦ 「金曰那論議」에서 「議」를 「歲」의 오사로 본 것은 탁견이다. (pp. 468~469)

⑧ 「苧曰毛」에서 「毛」자 밑에 「施」자가 탈락된 것으로 보고 「모시」로 해석한 것은 탁견이다. 明鈔本과 부합된다. (pp.477~478)

⑨ 「皂衫曰軻門」에서 「門」자 밑에 탈자되었다고 본 것은 탁견이다. (pp.485~487)

⑩ 「襪曰背戌」에서 「戌」을 「成」의 오사로 본 것은 탁견이다. 明鈔本과 부합된다. (p.492)

⑪ 「升曰刀(音隹)」에서 割註의 「隹」를 「堆」의 오자로 본 것은 탁견이다. 明鈔本과 부합된다. (pp.508~511)

⑫ 「林曰林」에서 「林」자를 「牀」자의 오자로 보아 「牀曰牀」으로 고쳐서 「상」으로 해독한 것은 탁견이다. 明鈔本과 부합된다. (pp.521~522)

⑬ 「箭曰蘁(字典不在)」에서 「蘁」자를 「薩」자의 俗字로 본 것은 탁견이다. 明鈔本과 부합된다. 그러나 割註의 「亦曰矢」를 빼놓은 것은 잘못이다. (pp.574~575)

⑭ 「炭曰蘇成」에서 「成」자를 「戌」자의 오자로 본 것은 탁견이다. 明鈔本과 부합된다. (pp.582~583)

⑮ 「問此何物曰設審」에서 「設」자를 「沒」자의 오자로 본 것은 탁견이다. (pp.612~613)

⑯ 「無曰不烏實」에서 「不烏實」을 「烏不實」의 誤寫로 본 것은 탁견이다. (pp.623~624)

다음은 麗言攷에서 해석을 하지 못하고, 「不明」이라고 언급한 語項을 찾아보면, 모두 45개 어항이다. 그렇다고 해서 나머지 어항은 모두 올바로 풀이가 된 것은 아니다.

이제 前間氏의 解讀 어항 중에서 지나친 억측이나 무근으로 크게 誤釋한 것만을 들어보면 다음과 같다.

① 「暮曰占捺 或曰占沒」에서 「占捺」을 「捺占」의 誤寫로 보고 「나조」로 해석한 것은 억측이다. 이 어항은 前項의 「午曰稔宰」와 對音部分이 뒤바뀐 것이다. (pp.292~296)

② 「前日曰記載」와 같이 麗言攷에서는 표기하였으나, 다른 淸板本 이후의 傳本에서는 모두 「前曰記載」로 되어 있는데 前間氏는 아무런 설명도 없이 「日」字를 더하였다. 그 다음 항의 「昨日曰, 今日曰, 明日曰, 後日曰」 등으로 추찰할 때 「前曰」에서 「日」자가 누락되었음은 명백하다. 문제는 「記載」가 明鈔本에는 「訖載」로 되어 있는 것이다. 표면적으로 보면 「前日」에 해당하는 「그제」에 「記載」가 대응될 것 같지만, 孫穆의 對音部 전체의 표기방식으로 보면 이른바 「連音變讀(Sandhi)」에 따라 明鈔本대로 「訖載」로써 「그제」를 풀어야 한다. (pp.296~297)

③ 「昨日曰訖載」를 아무런 對音 표기의 고증도 없이 「어제」로 해독한 것은 잘못이다. (p.298)

④ 「上曰項」이라 표기해 놓고, 「項」자는 「頂」자의 誤寫하고 부기하였다. 어느 판본에도 본래 「上曰頂」으로 되어 있는데, 스스로 誤記해 놓고, 추측한 것은 큰 잘못이다. (pp.304~305)

⑤ 「茇曰質姑」의 「茇」를 「葛」의 誤寫로 추측하고 「質姑」를 「츩」으로 풀이한 것은 큰 잘못이다. 「茇」는 誤寫된 것이 아니며, 「칡」과는 전연 다른 식물이다. (pp.325~326)

⑥ 「鵲曰渴則寄」에서 「寄」자를 衍文으로 보고, 「가치」로 해독한 것은 큰 잘못이다. (pp.334~335)

⑦ 「魚曰水脫 剔恙切」에서 「魚」자를 「鯔」자의 誤寫로 보고, 「脫」자는 「悅」자의 잘못으로 보고, 割註의 「剔恙」은 「恙剔」의 誤寫로 생각하여 「슈어」로 풀이한 것은 지나친 억측이다. 이 語項은 明鈔本에 의거하여 고증한 결과 본래 「獺曰水脫 剔曰切」이었는데 뒤에 誤記된 것이며 「獺」에 대응되는 「수달」로 풀어야 한다. (pp.354~356)

⑧ 「蠎曰虼鋪(虼字字典無 音釋無考)」에서 「虼」자를 俗字로 보고, 또한 「虼」자 위에 「둗」을 對音한 字가 빠졌을 것이라 추측하여, 「둗거비」로 해석한 것은 큰 잘못이다.

板本 자체에 誤記된 것을 생각하지 않고, 漢語部 「蠎曰」에 억지로 맞추어 對音部 「虼鋪」를 해석하려다 보니 엉뚱한 억측을 빚게 된 것이다.

본항은 「墓」도 「蟆」도 아니며, 본래 「臭虫曰蛇鋪」로서 「臭虫」 곧 빈대의 古語인 「갈보」로 해석해야 한다. (pp.366~368)

⑨ 「客曰孫命」에서 「命」자를 衍文으로 보고 「손」으로만 풀이한 것은 큰 잘못이다.

「命」자는 곧 「吟」자의 誤記로 보고, 「손님」으로 해석해야 한다. (pp.369~370)

⑩ 「門你汝誰何曰餿箇」를 1개 어항으로 보아 「누고」로 해석한 것은 잘못이다. 前項이 「稱我曰能奴台切」로 되어 1인칭 곧 「나」로 되어 있는데, 2인칭을 생략하고 「누고」가 연결될 수 없다.

그러므로 이 語項은 마땅히 「問汝曰你」와 「誰何曰餧箇」로 分項되어야 한다. 明鈔本에도 分項되어 있지 않은 것으로 보면 일찍부터 兩項의 혼란이 있었던 것 같다. 古今圖書集成本이나 海史本뿐 아니라, 他傳本에도 모두 「問」으로 되어 있는데 麗言攷에만 「門」으로 된 것은 間前氏 스스로의 誤寫일 것이다. 明鈔本의 「餧」가 陶珽의 說郛本부터 「餿」로 誤刻되었다. 字典에도 없는 「餿」字로써 「누」로 해석한 것도 잘못이다.

종래의 鷄林遺事 연구자들이 間前氏와 마찬가지로 모두 此項이 「問汝曰你(爾)」와 「誰何曰餧固」로 分項되어야 하는 것에 착안한 사람이 없음을 볼 때, 間前氏가 1개 어항으로 본 것은 오히려 당연하였던 것으로 생각할 수도 있다. (pp.385~388)

⑪ 「祖曰漢了秘」·「父曰子了秘」·「母曰了秘」·「伯叔亦皆曰了查秘」·「叔伯母皆曰子彌」 등에서 「了」자에 대하여 아무런 설명도 없이 「아」로 해석한 것은 잘못이다. 「了」자는 「丫」자의 誤寫라는 것을 밝히고 「아」로 해석해야 한다.

「父曰子了秘」는 明鈔本에 「父曰了秘」로 되어 있는데 陶珽의 說郛本부터 「子」자가 덧붙여진 것은 明鈔本에서 「丫」자의 자획이 불분명하므로 「子」자인 것 같기도 하고, 「了」자인 것 같기도 하여 兩字를 모두 刻字해 놓은데서 연유된 것으로 생각된다. (p.388)

⑫ 「眉曰疎步」에서 「疎步」 2자로써 「섭」으로 해석한 것은 잘못이다. 次項의 「眼曰嫩」을 연관 지어 고찰하였으면 이런 주관적인 해석은 하지 않았을 것이다. 明鈔本의 「眉曰嫩步」와 次項의 「眼曰嫩」을 참고할 때, 「眉曰嫩步」의 잘못임을 알 수 있다. 따라서 마땅히 「눈썹」으

로 해석해야 한다. (pp.418~419)

⑬ 「背曰腿馬木」의 「木」은 麗言攷에서만 나타나고, 他傳本에는 모두 「末」로 되어 있으므로 「木」의 표기는 前間氏 스스로의 誤寫로 볼 수 있다. 이것 「뒤몸」으로 해석하려는 선입관에서 빚어진 잘못일 것이다. (p.429)

⑭ 「廋曰安里臺骨眞」에서 「廋」는 他傳本에서 모두 「瘐」로 되어 있고, 前項의 「肥曰」을 참고할 때, 前間氏 스스로의 誤寫임을 알 수 있다. 또한 「臺骨」을 「骨臺」의 顚倒로 본 것도 잘못이다. (pp.434~435)

⑮ 「麥曰密」이 古今圖書集成本과 海史本에는 「麥曰密頭目」으로 되어 있고, 次項의 「頭目大穀曰麻帝骨」이 淸板本에는 모두 누락되어 있고, 그 다음 어항의 「穀曰麻帝骨」(明鈔本)이 古今圖書集成本과 海史本에는 「大穀曰麻帝骨」로 되어 있는데, 麗言攷에는 완전히 누락되어 있다. 이상으로 볼 때 3개 語項이 혼란되어 있는 것을, 前間氏 스스로 「麥曰蜜」과 「頭目大穀曰麻帝骨」로 주관적인 기준에 따라 分項함으로써 卓見과 오류를 동시에 초래한 것이다. 다시 말해서 淸板本의 「麥曰密頭目」의 표기를 아무런 고증도 없이 무시하고 「麥曰蜜」로 잘라내어 「밀」로 해석한 것은 明鈔本의 표기와 일치하지만, 그 다음 語項을 한데 묶어 「頭目大穀曰麻帝骨」로 표기해 놓고 「不明」이라고 한 것은 큰 잘못이다.

이 3개 語項의 표기가 혼란된 연유를 살펴보면, 明鈔本(홍콩大學 馮平山圖書館 소장본)의 「麥曰密豆日大」를 陶珽의 說郛本에서부터 「麥曰密頭目」으로 하고, 「大」자를 다음 語項으로 끌어내려 「穀曰麻帝骨」을 「大穀曰麻帝骨」로 誤記한 데서 큰 혼란이 발생한 것이다.

다른 明鈔本에 근거하여 고증한 결과, 이 3개 語項은 「麥曰密」, 「豆曰太」, 「穀曰麻帝骨」로 分項되어야 한다. (pp.438~440)

⑯ 「飯曰朴擧」에서 前間氏는 「擧」자를 「不」자의 誤字이거나 衍文으로 보고 「밥」으로 해석한 것은 잘못이다.

明鈔本에는 「飯曰朴」으로 되어 있는데, 陶珽의 說郛本부터 「飯曰朴擧」로 誤記되었다. 그렇게 틀린 연유를 살펴보면, 次項의 「擧飯曰謨做」에서 「擧」자를 잘못 올려 붙인 데서 「飯曰朴擧」가 된 것이다. (pp.452~454)

⑰ 「粥曰謨做」에서 「謨做」를 「諸故」의 誤寫로 보고 「죽」으로 해석한 것

은 큰 잘못이다.

陶珽의 說郛本에서부터 前項의 「飯曰朴」을 「飯曰朴擧」로 잘못 分項하고 보니, 이 語項의 「擧飯曰謨做」가 「飯曰謨做」로서 漢語部가 「飯曰」로 중복되자, 앞뒤 語項의 「飯曰」과 「茶曰」, 「湯曰」 등을 참작하여 「飯曰」을 「粥曰」로 추측하여 고쳐 놓음으로써 其他 清板本의 傳本에는 모두 「粥曰」로 고정되었으며, 張校本에는 「粥曰」보다는 「餅曰」이 타당하다고 추측하였는지 「粥曰」을 「餅曰」로 고쳐 놓았다.

明鈔本에 근거하여 고증하여 볼 때, 本語項은 「粥曰」도 「餅曰」도 아니며, 「擧飯曰謨做(故)」로서, 「먹자」 또는 「먹어」로 해석해야 한다. (pp.454~457)

⑱ 古今圖書集成本에는 엄연히 「湯曰水」의 語項이 있는데, 麗言攷에는 此項이 누락되어 있다. 그러나 海史本에도 此項이 누락된 것으로 보아도 前間氏의 麗言攷는 古今圖書集成本을 底本으로 연구한 것이 아니라, 海史本을 근거로 하였음이 틀림없다.

陶珽의 說郛本에서부터 「湯曰」이 누락되고 「湯水」로만 표기되어 있는데, 五朝小說大觀本과 古今圖書集成本에서는 「湯曰水」와 같이 「曰」자를 삽입하여 놓았으나, 明鈔本에 의하면 임의로 첨자한 것이다. 本語項의 올바른 표기는 「湯曰湯水」 또는 「湯曰湯」이어야 한다. (pp.457~459)

⑲ 「煖酒曰蘇孛打里」에서 「打里」를 「더비」로 해석한 것은 잘못이다. 「打里」는 「煎」의 뜻을 가진 「달히다」의 「달히→다리」로 해석해야 한다. (pp.460~461)

⑳ 「凡安排皆曰打里」를 「成」이나 「化」의 뜻인 「ᄃᆞ빅」로 해석하고, 孫穆이 前項의 「더빅」와 音이 비슷해서 동일어로 생각하였을 것이라고 추측한 것은 잘못이다.

前間氏가 漢語 「安排」의 본뜻을 잘 이해하지 못한 점에서 오류를 범한 것 같다. 이곳의 「打里」는 「伐里」의 誤寫로 보고 「버리다(벌이다)」(鋪設)의 「버리」로 해석해야 할 것이다. (pp.461~462)

㉑ 「絲曰實」은 麗言攷를 제외하고는 다른 傳本에는 모두 「絲曰絲」로 되어 있음을 볼 때, 한국어의 「실」에 대한 선입관을 가지고 임의로 고친 것 같다. (pp.472~473)

㉒ 「被曰泥不」에서 우선 「被」를 「입다(着)」의 뜻으로 보고, 「泥不」을

「닙다」의 「닙」으로 해석한 것은 큰 잘못이다. 「被」에는 「이불」의 뜻이 있음을 모른 것이다.

明鈔本에는 「被曰尼不」로 되어 있으며, 宋代 漢字音으로는 「尼」와 「泥」가 다르며, 「泥」는 陶珽의 說郛本에서부터 誤記된 것이므로 마땅히 「尼不」로써 「니불」로 해석해야 한다. (pp.487~489)

㉓ 「女子勒帛曰實帶」에서 「實」을 「ㅅ」음의 표기로 보고, 「實帶」를 「띄」로 해석한 것은 잘못이다. 「實帶」는 그대로 「실되」로서 해석하는 것이 마땅하다. (pp.497~499)

㉔ 「綿曰實」에 대해서 前間氏는 高麗에 棉花가 없었음을 언급하고도 「綿」을 「실」로 해석한 것은 큰 잘못이다.

明鈔本에 의하면 「綿曰實」이 아니라, 「線曰實」로 되어 있다. 또한 文益漸이 棉花의 種子를 옮겨 온 것은 高麗 말엽 元나라에서 가져 온 것이므로 孫穆이 高麗에 왔을 때는 「綿」이 없었음은 당연한 일이다. 그러므로 이 項은 「綿曰實」이 아니라, 「線曰實」로써 「실」로 해석해야 옳다. 또한 漢語 「線」과의 뜻과도 일치한다. (pp.499~500)

㉕ 「席薦曰質薦」에서 「薦」을 誤字로 보고, 아무런 설명도 없이 「지즑」으로 해석하였다.

明鈔本에 의하면 이 語項은 前項과 혼란되어 誤記된 것으로, 本項의 漢語部 「席薦曰」의 「席」은 前項의 對音部로 올라 붙고, 本語項은 「薦曰質薦」으로 표기되어야 옳다.

增韻에 「藁秸曰薦, 莞蒲曰席」이라 한 것으로 보아도 「席」과 「薦」은 다른 종류의 자리임을 알 수 있다.

「薦」에 대응되는 鮮初語에 「지즑」이라는 말이 「質薦」에 합치된다. 前間氏는 「薦」자에 「천」의 音만 있는 줄 알고 誤字로 생각한 것 같은데, 「薦」의 音으로 「卽略切」(字彙補)이 있어서 「지즑」의 「즑」에 대응된다. (pp.516~517)

㉖ 「下曰簾箔耻曰囉」에 대해서 「下簾曰箔耻囉」의 顚倒 誤記로 보고 「발디라」라 해석한 것은 잘못이다.

明鈔本에 의하면 「下簾曰箔耻且囉」로 되어 있는데, 陶珽의 說郛本부터 「下曰簾箔」과 「耻曰囉」로 分項되어 혼란이 생겼다. 前間氏는 古今圖書集成本이나 海史本의 表記와는 달리 「下曰簾箔耻曰囉」로 合項하여 「下簾曰箔耻囉」의 誤記로 본 것은 卓見인 동시에 오류를 범

하였다. 이 語項은 이미 前出한 「雪下曰嫩恥」와 「凡下皆曰恥」에서 「디」로 해석한 것을 참작할 때, 「下簾曰箔恥且囉」로써 「발 디쳐라」로 해석해야 할 것이다. (pp.526~527)

㉗ 「篦曰頻希」에서 漢語部 「篦」에 대해서 고증도 하지 않고, 「빈 혀」로 해석하였는데, 「篦」의 뜻을 찾아보면, 集韻에 「笓取鰕具或作篦」라 하였고, 字彙에 「篦, 竹爲之, 去髮垢者」라 하였으니, 「篦」와 「梳」가 동일물은 아니지만, 「篦」도 梳類이지, 「빈혀」의 뜻으로 쓰이는 字는 아님을 알 수 있다.

그러므로 前後項의 對音部 「頻希」로 추찰할 때, 「篦」는 곧 「簪」의 誤寫임을 알 수 있다. (pp.537~538)

㉘ 「酒注曰甁碗」에서 漢語部 「酒注」를 술을 붓다의 動詞로 해석하고자 한 것은 큰 잘못이다. 여기서 「酒注」는 酒器의 일종으로서 名詞로 해석해야 한다. (pp.544~545)

㉙ 「箸曰折七吉切」에서 「七吉切」의 反切音까지 표기하여 놓았는데도 「져」로 해석한 것은 한국 방언에 「절」이라는 말이 있음을 모르고 문헌에만 의존한 잘못이다. (pp.558~559)

㉚ 「釜曰烏子蓋」에서 漢語部 「釜曰」의 표기는 海史本과 麗言攷에만 있고, 다른 傳本에는 모두 「斧曰」로 되어 있는데, 前間氏는 「釜曰」이 前出하였으니, 此項은 「竈曰釜了口」의 誤寫로 억측하고 「브섭」으로 해석한 것은 큰 잘못이다.

明鈔本에 의하면 「斧曰烏子蓋」로서 「돗귀」로 대응시켜 해석해야 한다. (pp.580~582)

㉛ 「索縛曰那沒香」에서 「香」을 衍文으로 보고 「노미」로 해석한 것은 잘못이다.

明鈔本에 의하면 「索縛曰那木皆」로 보아 「노묵거(노묶어)」로 해석하는 것이 옳다. (pp.585~587)

㉜ 「寫字曰 乞核薩」에서 「核」자를 「ㅅ」音의 표기를 위한 것으로 보고 「글써」로 해석한 것은 잘못이다. 「核薩」은 「畫」의 뜻인 「긋」에 「올」이 연음된 것으로 보고, 「乞核薩」은 「글그술」로 해석해야 한다. (pp.590~591)

㉝ 「寢曰作之」와 「興曰你之」에서 「자지」, 「니지」로 해석하지 않고, 「자다」와 「니다」의 連體形으로 보고 「잘」, 「닐」로 해석한 것은 잘못이

다. (pp.593~594)

㉞ 「走曰連音打」에서 「連音打」를 「打連音」의 誤寫로 억측하여 「ᄃᆞ롬」으로 해석한 것은 잘못이다.

「連音打」는 「打打」로 읽으라는 표기로 보아야 한다. 「走」의 뜻인 「ᄃᆞᆮ다」는 「打打」의 音에 부합된다. (pp. 598~599)

㉟ 「去曰匿家入囉」에서 「入」은 「入音」의 誤寫로, 「匿」자 밑에 있어야 할 割註로 보고, 「니거라」로 해석한 것은 잘못이다.

「入」은 「八」자의 誤寫로 보고 「니가바라」로 해석해야 한다. (pp.600~601)

㊱ 「笑曰胡臨」을 「우숨」으로 해석하고, 次項의 「哭曰胡住」를 「울」로 해석한 것은 잘못이다.

이 兩語項의 對音部가 도치된 것으로 보아야 漢語部에 부합되는 해석을 할 수 있다. 곧 「笑曰胡臨」을 「笑曰胡住」로, 「哭曰胡住」를 哭曰胡臨」으로 바꾸어야 「胡住」를 「우수」로 「胡臨」을 「우룸」으로 대응시켜 해석할 수 있다.

부언할 것은 海史本에는 「笑曰臨朝」로 되어 있는데, 麗言攷에는 다른 傳本과 같이 「笑曰胡臨」이라 표기한 것을 보면, 前間氏의 말대로 古今圖書集成本을 일부 참고한 것도 같다. (pp.601~602)

㊲ 「有客曰孫集移室」에서 「集」자를 衍文으로 보고, 「손이시」로 해석한 것은 잘못이다.

또한 陶珽의 說郛本부터 모두 「有客曰孫集移室延」으로 되어 있는데, 麗言攷에서만은 「延」자를 떼어 次項의 漢語部에 붙인 것은 임의적인 것이었겠으나, 明鈔本과 부합되는 것은 신기한 일이다.

對音部의 「孫集移室」은 「客曰孫」, 「家曰集」, 「有曰移室」의 복합어로 「손접이실」로 해석해야 한다. (pp.603~604)

㊳ 「延客入曰屋裏坐少時」에서 「屋」은 「耋」의 誤寫로 보고, 또한 全文을 「延客入坐曰耋裏少時」의 顚倒로 보고, 「드르쇼셔」로 해석한 것은 심한 억측이다.

明鈔本에도 漢語部가 「延客入曰」로 되어 있으나, 前後項으로 미루어 볼 때, 「延」자는 「迎」자의 誤寫임을 알 수 있다. 따라서 「屋裏坐少時」는 「오ᄅᆞ샤쇼셔」를 孫穆이 뜻도 통할 수 있도록 音義雙關對音法으로 표기하였음을 알 수 있다. (pp.605~606)

㊴ 「語話曰替里受勢」에서 「率」이나 「携」의 뜻인 「ᄃᆞ리」를 「對話」의 上代語로 보고, 「ᄃᆞ리쇼셔」로 해석한 것은 잘못이다. (pp.606~607)

㊵ 「擊考曰屋打里」에서 漢語部 「擊考曰」은 明鈔本에 「繫考曰」로 되어 있는데 陶珽의 說郛本부터 「擊考曰」로 誤記된 것이다.
前間氏는 이러한 사실을 모르고, 「考」는 衍文, 「屋」은 「耋」의 誤寫로 보고, 「두드리」로 해석한 것은 큰 억측이다. (pp.607~609)

㊶ 「借物曰皮離受勢」는 다른 淸板本에는 모두 「借物皆曰皮離受勢」로 되어 있는데, 麗言攷에서만 「皆」자를 누락시킨 것은 잘못이다. (pp.611~612)

㊷ 「問物多少曰密翅易成」을 「며치이신」으로 해석한 것은 잘못이다.
「成」은 다른 語項의 표기를 참고할 때, 「며치」가 아니라, 「며시」에 대응시켜 해석해야 한다. (pp.613~615)

㊸ 「相別曰羅戲少時」에서 「少時」를 衍文으로 보고, 「여희」로 해석한 것은 잘못이다. (pp.615~617)

㊹ 「凡事之畢皆曰得」에 대해서 前出한 「勸客盡食曰打馬此」를 예로 들어 「다」로 해석한 것은 잘못이다.
此項의 「皆曰」의 뜻을 찾는 것이 아니라, 「凡事之畢曰」의 뜻을 찾아야 한다. (pp.617~618)

㊺ 「勞問曰雅蓋」에서 「蓋」를 「差」의 誤寫로 보고 「厭·嫌·惡」의 뜻인 「아쳐」로써 「아챠」로 해석한 것은 漢語部 「勞問曰」의 올바른 뜻을 모르고 잘못 해석한 것이다. (pp.618~619)

㊻ 「老曰刀斤」에서 「刀斤」으로 「늘근」이라고 해석한 것은 「以升爲刀」나 「升曰刀音堆」의 해석과 모순된 일이다. 「刀」를 「力」자의 誤寫로 보아야 한다. (p.620)

㊼ 「多曰覺合及」에서 「合」을 「台」자의 誤寫로 보고, 「滿」의 뜻인 「ᄀᆞ독ᄒᆞ다」의 副詞形인 「ᄀᆞᄃᆞ기」로 해석한 것은 심한 억측이다.
明鈔本에 의하면 「多曰釁合支」로 되었던 것인데, 陶珽의 說郛本에서부터 「覺合及」으로 誤寫된 것이다. 此項은 「多」의 뜻으로 쓰이는 「흔하다」로써 「흔하지」 또는 방언으로 쓰이는 「흔합지」로 해석해야 한다. (pp.625~627)

㊽ 「少曰阿捺」에서 「阿」를 「珂」자의 誤寫로 보고, 「ᄀᆞ놀」 곧 「細」의 뜻으로 해석한 것은 큰 잘못이다.

明鈔本의 표기로 볼 때, 본래 「少曰阿孫」이었는데, 陶珽의 說郛本부터 「少曰阿捺」로 誤記되었으며, 前間氏는 古今圖書集成本의 「榛」와 海史本의 「榛」와는 달리 「捺」로 표기하여 「ᄀ놀」로 부회시킨 것이다.

이 語項은 前項의 「흔하다」와 대칭되는 「아숩다」로써 「아손」으로 해석해야 한다. (p.628)

㊾ 「淺曰眼底」에서 「眼底」로써 「여터」로 해석한 것은 잘못이다.

明鈔本에 「淺曰眠低」로 되어 있는데, 陶珽의 說郛本부터 「淺曰眼低」로 誤寫된 것이다. 또한 古今圖書集成本이나 海史本에도 「低」로 되어 있는데 麗言攷에만 「底」로 표기된 것은 前間氏 스스로의 誤記일 것이다.

「眠低」는 「여터」가 아니라, 「녇디」로 해석해야 한다. (pp.630~632)

麗言攷에 있어서 이상의 誤釋 외에도 「眉曰疎步」를 「섭」으로, 「飯曰朴不」을 「밥」으로 「粥曰諸故」를 「쥭」으로, 「被曰泥不」을 「닙」으로, 「女子勒帛曰實帶」를 「쯰」로, 「炭曰蘇戌」를 「숫」으로, 「寫字曰乞核薩」을 「글써」로, 「走曰打連音」을 「ᄃ롬」 등으로 해석한 것과 같이 마치 反切音 표기로 보고 해석한 것은 큰 잘못이다.

孫穆은 오히려 필요시에만 「稱我曰能(奴台切)」, 「箸曰折(之吉切)」, 「飽曰擺咱(七加切)」 등에서와 같이 反切音을 덧붙여 本對音部의 표기 원칙과 구별하였는데, 前間氏는 그 표기 원칙을 이해하지 못하고 아무데서나 反切音 표기로 해석하려는 오류를 범하였다.

결론적으로 말해서 거듭 강조하지만 외국인으로서 남의 나라말을 그것도 현대어도 아닌 약 9세기 전의 古語를 국내인이 손도 대기 전에 해독했다고 하는 것만으로도 그 개척의 공로를 높이 기려야 할 것이다. 개척자로서 그 해독에 오류가 있을 것은 당연한 일이니, 이제 새삼스러이 그의 오류를 내세워 강조할 일은 아니라고 생각하는 바이다.

그러므로 앞에서 지적한 것들은 鷄林類事를 통하여 高麗語 연구의 발전을 도모하고자 함에 있을 뿐이다.

- 参考文獻 -

陳泰夏, 鷄林類事硏究(初版 ; 1974. 7. 1 台湾에서 발행, 再版 ; 1975. 6. 1. 서울, 塔出版社에서 발행)

京都大學 文學部 國語學國文學硏究室 編, 前間恭作著作集(上・下卷, 1974. 6. 30. 京都大學 國文學會 발행)

韓致奫, 海東繹史(上・下卷, 1974. 4. 20 景仁文化社 影印本)

前間恭作, 鷄林類事 麗言攷(1925. 6. 26. 東洋文庫論叢第三으로 東洋文庫 발행)

安炳浩, 「鷄林類事」及其硏究(北京大學報「哲學社會科學版」, 1986. 第六期)

안병호, 계림류사와 고려시기조선어(1985. 8. 흑룡강조선민족출판사, 목단강시 발행)

<周時經學報, 주시경연구소, 1992.7>

「打」字의 音韻 變遷考

-≪鷄林類事≫를 중심으로-

目次

1. 「打」字의 造字 時期

漢字 곧 古韓契(고한글)[1]의 造字過程을 살펴보면, 먼저 依類象形으로 이루어진 象形·指事의 獨體로 된 「文」과 形聲相益으로 이루어진 會意·形聲의 合體로 된 「字」로 구별할 수 있다.

漢字의 모든 獨體字가 合體字보다 반드시 먼저 形聲되었다고 단정할 수는 없으나, 會意字와 形聲字는 二字 이상의 獨體 곧 文이 合成되어 造字된 것이므로 그 字의 合成된 文보다 뒤에 形成되었음은 부정할 수 없는 사실이다.

1) 筆者는 「漢字」라는 명칭은 옳지 않으며, 「古韓契」 또는 「東方文字」로 稱해야 할 것을 考證하여 提言한 바 있다. 拙著 ≪生活漢文≫ 中 <漢字에 대한 새로운 認識> 參照(金星教科書(株), 1990)

이미 甲骨文(甲骨契)에도 상당수의 會意字와 形聲字가 있는 것을 보면, 造字의 初期過程에서 形聲相益의 造字方法을 摸索했음을 알 수 있다.

이러한 造字過程에 의거해서 「打」字의 字形을 분석하여 볼 때, 「打」는 獨體인 「文」이 아니라, 合體인 「字」임을 바로 알 수 있다.

合體字도 形形相益의 會意字와 形聲相益의 形聲字로 나누어진다. 「打」字가 어느 것에 속하는지 먼저 文字學的으로 考察할 필요가 있다.

「打」字가 언제부터 出現되었는지를 찾아보면, 甲骨文이나 金文은 물론, 漢代의 ≪說文解字≫에도 收錄되어 있지 않다.

그러나 ≪說文解字≫ 木部(六篇, 上六十一)에 「朾 : 撞也. 從木丁聲.」이라 하였고, 段玉裁는 "朾之字俗作打"라고 注하였다.[2] ≪說文解字詁林≫에서도 "打 : 擊也從手丁聲."이라고 하였으나, "打卽朾之俗字"라고 덧붙였다.[3]

이로써 볼 때, ≪正中形音義綜合大字典≫에서도 "甲骨文金文打字闕"[4]이라고 언급한 바와 같이 周·秦代는 물론 漢代 許愼이 ≪說文解字≫를 편찬할 때(A.D. 100년경)까지도 「打」字가 造字되지 않았음을 알 수 있다.

現在 文獻中 최초로 「打」字가 출현한 것은 東漢 王延壽의 ≪夢賦≫中에 "撞縱目, 打三顱"(≪全上古三代秦漢三國六朝文≫, 中華書局影印本, p.791)이다. 王延壽의 卒年이 桓帝 建和(A.D. 147~149)中임을 근거로 추찰하면 「打」字가 造字된 시기는 後漢 和帝(A.D. 100 이후) 桓帝(A.D. 149)이전 사이라는 것을 알 수 있다.[5]

---

2) 許愼撰.段玉裁注 : ≪說文解字注≫, (上海古籍出版社, 1981)
淸.朱駿聲撰 : ≪說文通訓定聲≫, (台彎, 京華書局, 1970)에서는 "朾 : 撞也, 從木丁聲, 通俗文撞出曰朾, 謂以比物撞彼物使出也. 按則丁字之轉注, 因丁謂借義所專, 別製比字, 字亦作揨, 俗又作打."(p.41)라 하여, 역시 「打」를 「朾」의 俗字로 보았다.

3) 丁福保 編纂 : ≪說文解字詁林≫ (北京, 中華書局, 1988)

4) 高樹藩 編纂 : ≪正中形音義綜合大字典≫ (台北, 正中書局, 1974)

5) 「打」字의 출현 시대에 대하여 胡明陽은 唐 玄應의 ≪一切經音義≫에 引用된 ≪說文≫에서의 「打」字, 또는 역시 ≪一切經音義≫에 引用된 ≪蒼頡篇≫의 「打」字로 본다면 ≪說文解字≫ 原本 편찬 이전, 또는 ≪蒼頡篇≫이 편찬된 秦代에 이미 「打」字가 만들어졌다고 보아야 하겠으나, 믿을 수 없다고 하였다.(北京, 中國人民大學出版社, ≪語

≪廣雅疏證≫에 "担, 笞, …打, 伐, …擊也"(卷三上 釋詁)[6]라 한 것으로 보아도 魏代 이전에 「打」字가 造字되었음은 확실하다.[7]

≪說文解字≫에서부터 「朾(打)」字의 造字形成을 「從木丁聲」으로 분석한 것에서 시작하여, 淸代의 여러 ≪說文≫ 연구가들도 「從手丁聲」으로 분석한 것은 곧 六書 가운데 形聲相益의 形聲字로 본 것이다.

「打」字의 字義를 ≪說文≫에서는 「撞」으로 풀이하고, ≪廣雅≫이후 기타 ≪說文≫硏究書에서는 「擊」으로 풀이하였으나, 곧 「撞」과 「擊」은 同義字이다.[8]

言論集≫ 第二集, 「說 "打"」, p.155, 1984) 이 밖에 淸代 鄭珍의 ≪說文新附考≫에서도 "打：擊也, 從手丁聲, 都挺切. (中略) 德下切, 非古也, 王延壽：夢賦 打三顱, 見此文, 蓋漢時字." (≪說文解字詁林≫ 十二上 手部, p.5, 515)와 같이 「打」字를 漢代에 造字된 것으로 언급하였다.

6) 王念孫 著 鍾宇訊 點校：≪廣雅疏證≫(北京, 中華書局, 1983). 본래 ≪廣雅≫는 魏代 張揖의 撰書. 張揖의 生卒年代는 확실하지 않으나, 明帝 太和中(227～229)에 博士를 지냈다. 王氏는 "打者, 衆經音義卷二引倉頡篇云：椎, 打也. 王延壽云：椎, 打也. 王延壽夢賦云. 撞縱目. 打三顱. 後漢書杜篤傳云：椎鳴鏑, 釘鹿蠡, 釘與打通, 說文, 朾, 撞也, 朾與打, 亦聲近義이라고 설명하였다.(p.88)

7) 淸, 鈕樹玉 撰：≪說文新附攷≫(台灣商務印書館, 1966)에 "打卽朾之俗字, 博雅打訓擊, 又訓棓, 玉篇無打字, 廣韻上聲四十一迥, 打, 都挺切, 擊也, 又都冷切, 按說文, 朾訓撞, 次在椓下, 椓亦相類, 說文次序率如此, 則打卽朾之俗字矣. 玉篇尙不收打, 則博雅當時從木之字, 故又訓棓也."(pp.232～233)라 하였고, 明, 顧炎武 撰：≪音學五書≫中 ≪唐韻正≫(台灣, 廣文書局印行, 1966)에서는 "打 德冷都挺二切, 古音都挺反 穀梁傳宣十八年, 註捝謂捶打也. 陸德明音頂, 說文打從手丁聲, 李膺益州記曰鼎鼻山周德旣衰, 九鼎淪散一沒於此, 或見其鼻, 故名, 一名打鼻山, 山上有城, 亦名鼎鼻, 打鼎音近也. 今按舊唐書玄宗紀. 開援二十二年四月丁未, 眉州鼎鼻山下江水中得寶鼎, 正作鼎字, 趙宧光曰打字胡音丁瓦切, 而世通習之, 反以正音爲誤, 朱彛尊曰古書自六朝以前無用打字者, 始自莫愁樂云艇子打兩槳催送莫愁來, 按晋書鄧攸爲吳郡太守, 吳人歌曰紞如打五鼓, 雞鳴天欲曙, 鄧侯挽不留, 謝令推不去, 南史孫挹爲延陵縣令國子助敎高爽詣之, 取筆書鼓面曰徒有此大腹了, 自無肝腸, 面彼如許厚, 被打未渠央, 則不始於莫愁曲也, 後漢王延壽夢賦, 捎魍魎拂諸渠, 撞縱目打三顱, 則又不始於晋人也, 若史書之文, 則見於宋書後廢帝紀手加撲打, 梁書侯景傳, 我在北打賀拔勝打, 邵陵王於北山, 後周書宇文護傳, 被正州官軍打敗, 自此相沿以爲戰鬪之稱矣, 李因篤曰打者擊物之名, 若乃官府之鞭笞, 師儒之楚朴, 皆撻字也, 轉上聲, 又減筆作打, 是借字, 今此字兩收於三十八梗, 四十一迥部中."(pp.52～53)이라고 한 것을 종합하여 볼 때, '六朝以前無用打字'說은 믿을 수 없고, 後漢代에 이미 「打」字가 쓰였음을 알 수 있다.

8) 宋 司馬光等撰：≪類篇≫ (北京, 中華書局, 1984)에서는 "朾：中莖切伐木聲, 又除庚切說文橦也, 又癡貞切地名在宋, 又當經切赤蚍蜉也, 又湯丁切, 又唐丁切, 又除更切楔也, 又都冷切擊也, 又都挺切棓也. 文一重音八." (p206). "打：都挺切擊也, 文一."(p.450)이라 하였고, ≪廣韻≫에서는 "朾：伐木聲也, 中莖切."(P.188), "朾：爾雅曰蠪朾螘, 郭璞云赤駁蚍蜉."(P.189), "打：擊也, 德冷切, 又都挺切."(p.317)이라 하였고, ≪集韻≫에서는 "朾：中莖切, 伐木聲 或作丁."(平聲, 四, 耕十三) "朾：(除耕切)說文撞也, 或作揨敦揨瞉."(同), "朾：(當經切) 蟲名, 赤蚍蜉也."(平聲四, 靑十五), "朾：(湯丁切)

이상의 고찰을 종합하여 볼 때, 「打」字는 곧 左形右聲(從手丁聲)의 形聲字라는 前提下에 本硏究를 진행해야 함은 의문의 여지가 없다.

2. 「打」字의 音韻 考察

「打」字의 反切音 表記를 우선 시대적으로 ≪廣韻≫보다 앞선 ≪唐五代韻書集存≫[9]에서 찾아보면, ≪唐寫本切韻殘卷三≫에 「朾：伐木聲中莖反二」(卷第二 平聲下, 十四耕)과 「打：德冷反又都定反一」(卷第三 上聲, 三十七梗)으로 표기하였고, ≪箋注本切韻≫에 「打：德冷反又都挺反一」(上聲, 三十七梗)으로 표기 하였고, ≪王人昫刊謬補缺切韻二≫에 「朾：中莖反伐木聲三」(卷第一 平聲, 四十耕), 「朾特丁反撞」(卷第一 平聲, 四十淸)과 「打：德冷反又都行反擊一」(卷第三 上聲, 三十七梗), 「打：(丁挺反)擊」(卷第三 上聲, 四十逈)으로 표기 하였고, ≪裴務齊正字本刊謬補缺節韻≫에 「朾：中莖反伐目聲三」 (平聲二, 三十六耕)과 「朾：(宅硬反)出楔又吐丁反」(去聲 三十八更)으로 표기하였다.[10]

≪說文解字≫에는 「朾：撞也. 後木丁聲, 宅耕切」(六篇上 木部)[11], ≪廣韻≫에는 「朾：伐木聲也, 中莖切」(下平聲 十三耕), 「朾：(宅耕切)爾雅曰䖓朾螘, 郭璞云赤駁蚍蜉」(下平聲 十三耕), 「朾：擊也, 德冷切, 又都挺切」(上聲, 三十八梗), 「打：(都挺切)擊也, 又都冷切」(上聲, 四十一逈), ≪集韻≫에는 「朾：中莖切, 伐木聲, 或作丁」 (平聲四, 十三耕), 「朾：(除耕切)說文

地名在宋." (同), "朾：(唐丁切)撞也."(同), "打：都令切, 擊也."(上聲, 梗三十八), "打：(都挺切)廣雅掊也."(上聲, 逈四十一)라고 한 것으로 보면, 唐.宋代에 와서는 「打」字가 「朾」字의 俗字로서 쓰인 것이 아니라, 「朾」字는 伐木聲 또는 蟲名 等으로 쓰였고, 「打」字는 擊의 뜻으로 구별되어 쓰였음을 알 수 있다.

9) 周祖謨 編(全二冊, 北京, 中華書局 出版, 1983)

10) 裴務齊正字本에는 「打」字는 없고, 「朾」字만 수록되어 있다.

11) ≪說文解字注≫本이 비록 淸代 段玉裁의 편찬이나, 每字의 反切音은 宋代 初期(雍熙3年, 986)에 徐鉉이 ≪唐韻≫에 근거하여 붙인 것이다.

撞也, 或作揨敦揨𣪠」(平聲四, 十三耕), 「虰朾 : (當經切)蟲名, 赤蚍蜉也, 或作朾」(平聲四, 十五靑), 「朾 : (當經切)地名, 在宋」(平聲四, 十五靑), 「朾 : (唐丁切)撞也」(平聲四, 十五靑), 「朾 : 都令切 擊也」(上聲, 三十八梗)12) 「打 : (都挺切)擊也」(上聲, 四十一迥), ≪大廣益會玉篇≫에는 「朾 : 徒丁切, 橦也, 又音汀」(卷第十二, 木部)13)으로 표기되어 있다.

宋代 韻圖上에는 「打」字의 배열은 찾아볼 수 없고, 「朾」字를 ≪韻鏡≫에서는 耕韻, 舌音, 淸音, 平聲(外轉第三十五開)에 배열하였고, ≪七音略≫에서는 耕韻, 端(知)聲母 平聲에 배열하였고, ≪四聲等子≫에서는 曾攝의 耕韻, 端(知)聲母 平聲에 배열하였고, ≪經史正音切韻指南≫에서는 梗攝의 端(知)聲母 平聲에 배열하였고, ≪切韻指掌圖≫에서는 「朾」과 「打」字를 모두 배열하지 않았다.14)

宋代 司馬光 等이 편찬한 ≪類篇≫에는 「朾 : 中莖切伐木聲, 又除庚切說文橦也, 又癡貞切地名在宋, 又當經切赤蚍蜉也, 又湯丁切又唐丁切又除更切楔也, 又都冷切擊也, 又都挺切棓也. 文一重音八.」(卷第六上). 「打 : 都挺切擊也, 文一.」(卷第十二上)이라 하였다.15)

金나라 韓都昭의 ≪五音集韻≫에는 「打 : (張梗切)擊也又都挺切」(知母二等, 梗韻 上聲)과 「打 : 擊也又都冷切」(端母四等, 迥韻 上聲)로 되어 있다.16)

---

12) ≪集韻≫에 「朾」字로 되어 있으나 「打」字의 誤字로 보아야 한다.

13) 淸代 鈕樹玉의 ≪說文新附攷≫(1798)에서는 "玉篇無打字"라 하였으나, ≪玉篇≫ 手部에 「擊經歷切打也扣也」, 「扑普卜切打也」 등과 같이 訓解小字中에는 「打」字가 많이 쓰인 것으면 보면, 본래 梁나라 顧野王의 ≪玉篇≫(543) 原本에는 「打」字가 收錄되었던 것인데, 뒤에 脫字된 것이거나, ≪說文解字≫에 根據하여 「朾」字만을 수록하고, 그러나 당시 「打」字가 이미 널리 통용되고 있었기 때문에 訓解小字로는 사용한 것으로도 생각할 수 있다.
中華書局出版의 ≪原本玉篇殘卷≫(1985)이 있으나, 手部, 木部가 모두 不傳하여 原本에 「打」字가 收錄되었는지 여부를 확인할 수 없다.

14) ≪等韻名著五種≫(台灣 泰順書局, 1972) 參照. ≪切韻指掌圖≫의 부록편 ≪檢圖之例≫에는 下平聲 耕韻類에 「朾 : 知趟(切)」과 上聲 梗韻類에 「打 : 端等(切)」으로 구별하여 놓았다.

15) ≪類篇≫은 司馬光 등이 宋 仁宗 寶元2年(1039)에 시작하여 英宗 治平3年(1066)에 완성한 字書로서 同時代 편찬된 韻書 ≪集韻≫과는 相輔의 관계로서 ≪說文解字≫나 ≪玉篇≫에 빠진 것을 補完한 字典이다. 이 책에 수록된 字數는 31,319字이다. 本文中 "說文橦也"의 '橦'은 '撞'의 誤字이다. 北京, 中華書局 影印本(1984) 參照.

이상의 韻書와 字書의 기록을 통하여 볼 때, 비록 王念孫은 ≪廣雅疏證≫에서 「朾」과 「打」에 대하여 "亦聲近義同"이라 하고 鈕樹玉은 ≪說文新附攷≫에서 "打卽朾之字俗字矣."라고 했으나, 실제로는 이미 唐五代 韻書上에 분명히 「打」와 「朾」의 反切音과 字義를 구별하여 기록하였다.

그러므로 여기서는 「打」字의 反切音만을 취하여 고증하고자 한다.

· 德冷反 (唐寫本切韻殘卷三)
· 都定反 (〃 〃)
· 德冷反 (箋注本切韻)
· 都挺反 (〃 〃)
· 德冷反 (王仁昫刊謬補缺切韻二)
· 都行反 (〃 〃)
· 丁挺反 (〃 〃)
· 德冷切 (廣韻)
· 都挺切 (廣韻)
· 都令切 (集韻)
· 都挺切 (集韻)
· 都挺切 (類篇)
· 張梗切 (五音集韻)
· 都挺切 (五音集韻)
· 都冷切 (五音集韻)

이상의 反切上字를 聲類別로 분류하면 「德·都·丁」은 端聲類에, 「張」은 知聲類에 속한다.

反切下字를 韻類別로 분류하면, 「冷·泠·令·梗」은 上聲 梗韻類에, 「定」은 去聲 徑韻類에 「挺」은 上聲 迥韻類에 「行」은 平聲 庚韻類에 속하지만, 다시 韻攝으로 대별하면 모두 梗攝에 속한다. 開口度로 구별하면 「冷·泠·令·梗」은 上聲 開口 二等韻에 속하고, 「定」은 去聲 合口

16) 台灣 商務印書館 影印 文淵閣四庫全書本 參照. 본래의 ≪五音集韻≫은 金나라 永濟 崇慶元年(1211)에 편찬.

四等韻에 속하고, 「行」은 平聲 開口 二等韻에 속하고, 「挺」은 上聲 開口 四等韻에 속한다.[17)]

이상의 反切上字와 反切下字의 聲母와 韻母를 中古音 音値로 표기하면 다음과 같다.

<反切上字>

德·都·丁 → 端母(全淸) : [t]
張 → 知母(全淸) : [ʈ]

<反切下字>

冷·泠·令·梗 → (上聲, 開二) : [ɐŋ]
定 → 徑 (去聲, 合四) : [ieŋ]
挺 → 迥 (上聲, 開四) : [ieŋ]
行 → 庚 (平聲, 開二) : [ɐŋ]

이상의 音韻分析을 결합하여 「打」字의 中古音 곧 切韻系音値를 적어보면, 모두 陽韻尾로서 [tɐŋ], [tieŋ], [ʈɐŋ] 등의 音韻이었으며, 反切下字로 쓰인 「行」이 平聲, 去聲이고, 「定」이 去聲이지만 모두 上聲으로 썼기 때문에 中古音에 있어서 「打」字의 四聲은 上聲이었음을 알 수 있다. 胡明揚은 ≪續一切經音義≫卷九 「捲打」의 注를 引用하여 「打」字의 切韻時代 聲調가 上聲 또는 去聲이었다고 말할 수 있다고 하였다.[18)]

여기서 「打」字의 切韻系 音韻인 唐宋代의 ≪唐韻≫·≪廣韻≫·≪集韻≫ 등의 反切音이 현대 中國語 [ta′], 한국 漢字音의 [t‘a], 越南 漢字音의 [tà][19)], 日本 漢字音의 [ta] 등과는 韻尾面에서 볼 때, 매우 異質的인 音韻으로 변하였음을 발견할 수 있다.

---

17) 方孝岳著, ≪漢語語音史概要≫(商務印書館香港分館, 1979), 參照.

18) 遼代 希麟의 ≪續一切經音義≫에 「捲打 : (前略)切韻, 都挺反, 擊也, 秦音得耿反, 說文云, 以杖擊也, 又去聲.」(卷第九)(台灣 大通書局 影印, 1985 再版)이라고 하였으나, ≪說文≫에는 「打」字가 未收錄 되어 있어 믿기 어렵다.

19) 三根谷徹 著, ≪越南漢字音の硏究≫(東京東洋文庫, 1972) 參照

[ŋ] 陽韻尾의 「打」字의 音韻이 어떤 계통의 韻書에서부터 陽韻尾의 「打」字의 音韻이 어떤 계통의 韻書에서부터 陰韻尾의 音韻으로 변음되었는가를 反切音 表記로 찾아보면 다음과 같다.

「打」字의 反切音을 宋代의 ≪集韻≫ 이전의 韻書와는 달리 陰韻尾로도 표기한 것은, ≪六書故≫에 「都挺切, 都冷切」, 「都假切」[20], ≪古今韻會擧要≫에 「都瓦節」(上聲, 二十一 馬), 都冷切(上聲, 二十三 梗), 「都挺切」(上聲, 二十四 迥),[21] ≪洪武正韻≫에 朾은 「除庚切」(平聲下, 十八 庚), 打는 「都瓦切」(上聲, 十五 馬), 「都領切」(上聲, 十八 梗)[22] ≪合併字學集韻≫에 打는 「昭省切」(上聲, 等韻, 照聲母), 「貂井切」(等韻, 照聲母), 「詀生切」(等韻, 穿聲母), 「掂旌切」(登韻, 端聲母), 「天青切」(登韻, 透聲母)[23] 등이다. ≪蒙古字韻≫에서는 「朾」字만을 陽韻尾字에 배열하여 놓았다.[24] ≪西儒耳目資≫에는 「打」字의 表音을 tim̗, tà 2가지로 표기하였다.[25]

「打」字의 音韻이 ≪廣韻≫·≪集韻≫ 이후의 韻書에서는 「都假切」·「都瓦切」·「登喇切」과 같이 陰韻尾와 「都挺切」·「都冷切」·「都領切」·「昭省切」·「貂井切」과 같이 陽韻尾의 2가지로 發音되었음을 알 수 있다.

≪中原音韻≫에 이르면 「打」字를 완전히 陰韻尾로 처리하여 上聲 家麻韻에 排列하였다. 中原音韻 板本中에서도 葉以震의 ≪重訂中原音韻本≫에서는 「打」의 反切音을 「當雅切」로써 분명히 陰韻尾임을 밝혀 놓았다.[26]

---

20) ≪六書故≫ : 台灣 商務印書館 影印 文淵閣四庫全書本 第226冊, p.264 參照. 본래 ≪六書故≫는 南宋의 戴侗(1244~1252年間에 進士)이 편찬한 字書이나, 元나라 延祐7年(1320)에 刊行.

21) ≪古今韻會擧要≫(1297) : 서울, 亞細亞文化社 影印本, 1975, 參照.

22) ≪洪武正韻≫(1375) : 서울 亞細亞文化社 影印本 , 1973, 參照.

23) ≪合併字學韻集 : 明朝 神宗 萬曆34年(1606)에 徐孝가 편찬한 字書 겸 韻書이다.≫

24) ≪蒙古字韻≫ : 日本 關西大學 東西學術硏究所 影印 大英博物藏舊鈔本, 1956 參照. 본래 ≪蒙古字韻≫은 元代 朱宗文이 武宗 至大元年(1308)에 편찬한 蒙漢韻書. ≪至元譯語≫(1325)에도 「打」字가 蒙古語[da] 表音에 쓰였다. (賈敬顏.朱風 合輯≪蒙古譯語 女眞譯語滙編≫ 天津古籍出版社, 1990, 參照)

25) ≪西儒耳目資≫ : 프랑스의 宣教師 金尼閣(Nicolas Trigault)가 明朝 天啓6年(1626)에 漢字를 反切音 表記로부터 로마자로 표음한 최초의 韻書. 서울大學校 中央圖書館藏本.

≪四聲切韻表≫에서도 「打」字를 反切音 「丁把」로 표기하고, 端聲母의 馬韻(二等開口呼)에 排列하여[27] 現代中國音의 [ta]로 이미 굳어져 있음을 나타내고 있다.

「打」字의 現代中國 各方音을 비교하여 보면 다음과 같다.[28](聲調는 모두 陽上 곧 3聲이다.)

地名	北京	濟南	西安	太原	漢口	成都	揚州	蘇州	溫州
方音	ta	ta	ta	ta	ta	ta	tɑ	taŋ	tiɛ
地名	長沙	雙峰	南昌	梅縣	廣州	夏門	潮州	福州	
方音	ta	ta	ta	ta	ta	tã	ta	ta	

이상의 方音表로 볼 때, 蘇州의 [taŋ]音을 제외하고는 모두 陰韻尾임을 알 수 있다. 現代中國音에서 蘇州의 方音만이 切韻系의 中古音을 지키고 있음은 매우 특수한 현상이다. 이에 대하여 胡明揚은 中國現代 各方言에 있어서 「打」字의 聲母는 端母로서 ≪切韻≫에 합치되는데, 韻母는 分岐하여 吳方言은 陽聲韻으로서 「德冷切」에 합치되고, 官話區나 粵方言, 客家方言은 모두 陰聲韻으로서 「丁雅切」에 합치된다. 그렇다면 ≪切韻≫에서 「打」字의 音韻을 吳音에서 취한 것이 아닌가 하는 의문을 가질 수 있다고 언급하였다. 또한 「打」字가 經傳에 보이지 않아 전통적인 反切音이 없기 때문에 吳音을 채용했을 것이라는 可能性을 절대적으로 부인할 수는 없다고 강조하였다.

胡氏는 부언하여 先秦文獻中에 「打」字가 없고, 閩方言과 潮汕方言에도 「打」字가 없다는 것은 「打」字가 늦게 생긴 語彙라는 것을 추측케 하

26) 服部四部.藤堂明保 著, ≪中原音韻の研究≫(東京, 江南書院, 1958)와 寧繼福著 ≪中原音韻表稿≫(吉林文史出版社, 1985) 參照.

27) ≪四聲切韻表≫ : 淸나라 江永이 乾隆53年(1788)에 편찬한 韻書. 四聲切韻表에서 「朾」字는 反切音 「中莖」으로 표기하고, 知聲母의 耕韻(二等開口呼)에 배열하여 「打」字와 완전히 구별하였다.(台灣, 廣文書局, 1966)

28) 北京大學 中國語言文學系 語言學敎硏究室 編 ≪漢語方音字滙≫(北京 文字改革出版社, 1962) 參照. 葉祥苓著 ≪蘇州方言志≫(江蘇敎育出版社, 1988)에서는 「打」의 字音을 鼻音化 [ã]로써 [tã]로 표기하였다. p.189, 243 參照.

며, 아마도 古閩語가 上古漢語로부터 分化된 이후에 비로소 발생된 것이라고 설명하였다.[29)]

胡氏가 「打」字에 대하여 古閩語가 上古漢語로부터 分化된 이후에 造字되었을 것이라는 생각은 일리가 있으나, ≪切韻≫에서 吳方言의 反切音을 취하여 陽韻尾字가 되었을 것이라는 推測은 긍정하기 어렵다.

왜냐하면 우선 文字學的인 면에서 볼 때, 「丁·玎·艼·訂·靪·亭·朾·頂·汀·町·釘·飣」(說文聲類 下篇)[30)]이 모두 丁聲인데, 「打」字의 音韻만이 본래 陰韻尾이었지만, 吳音을 취하여 陽韻尾가 되었다고 하는 주장은 매우 합리성이 없다. 또한 「打」字는 六書上으로도 形聲字임이 분명한데, 吳方言을 제외한 他方言에서는 모두 본래부터 形聲字로서 丁聲을 이탈하여 陰韻尾로 발음되었다고 본 것은 잘못된 견해이다.

우리나라 漢字音에서 「打」字의 音韻 표기를 살펴보면 다음과 같다.

≪東國正韻≫의 上聲一肯韻에서는 「:딍」, 七景韻에서는 「:뎡」, 二十四箇韻에서는 「:딩」, ≪洪武正韻譯訓≫에 「打」는 「:다」(上聲, 十五 馬端聲母), 「:딩」(上聲, 十八 梗端聲母), 朾은 「찡」(平聲, 十八 庚牀聲母), 「텅」(平聲, 十八 庚, 透聲母), ≪四聲通解≫에는 「딩打 : 蒙韻 : 둥 擊也, 今俗徒馬韻」(梗, 上聲), 「다打 : 擊也」(麻, 上聲), ≪三韻補遺≫에는 「打 : 擊」(馬, 二十二 上), 「打 : 擊」(迥, 二十五 上), ≪增補三韻通考≫에는 「打 : 擊也」(馬, 二十二 上聲), 「打 : 擊也」(梗, 二十四, 上聲), ≪正音通釋≫에는 「打 : 擊也, 다타」(上聲, 馬卄二), 「딩 뎡」(上聲, 梗卄四), 「딩뎡」(上聲, 迥卄五), ≪三韻聲彙≫에는 「타다打 : 擊也, 梗, 迥, 端」(馬, 上聲 二十一), 「뎡딩打 : 互馬, 迥, 端」(梗, 上聲, 二十三), 「뎡딩 打 : 互馬梗」(迥, 上聲 二十四), ≪奎章全韻≫에는 「打 : 擊也, 다타」(上聲, 馬 二十一), 「딩뎡」(上聲, 梗 二十三), 「딩뎡」(上聲, 迥二十四), ≪全韻玉篇≫에는 「打 : 타 擊也馬 뎡義同, 梗, 迥」(手部), ≪訓蒙字會≫에는 「打 : ·틸:타」 等으로 나타나 있다.

---

29) 胡明陽, 前揭書(p.161) 參照.
30) ≪說文聲類≫ : 淸나라 嚴可均이 嘉慶7年(1802)에 編纂.

이로써 볼 때, 우리나라에서도 「打」字의 音을 中國韻書에 의거하여 朝鮮朝後期까지도 韻書上으로 古音을 固守하여 切韻系의 陽韻尾로도 表記하였음을 알 수 있다. 「打」의 中國 역대 反切音을 살펴보면, 聲母에 있어서, 端母, 知母, 照母 等의 차이는 있으나, 有氣音 곧 激音으로는 發音된 일이 없다. 또한 中國 各方音에서는 물론, 越南漢字音이나 日本漢字音에서도 有氣音으로 발음되지 않는다.

우리나라에서도 ≪東國正韻≫, ≪洪武正韻譯訓≫, ≪四聲通解≫, ≪三韻補遺≫, ≪增補三韻通考≫, ≪老乞大諺解≫, ≪朴通事諺解≫ 等의 「打」字에 대한 表音으로 볼 때, 처음에는 中國에서의 端母 發音대로 곧 有氣音이 아닌 「:다」로 실현되었음을 알 수 있다.

뒤에 「打」字의 發音이 「:타」로 나타난 것은 文獻上으로 ≪訓蒙字會≫(1527)를 비롯하여 ≪三韻聲彙≫(1746), ≪奎章全韻≫(1792), ≪全韻玉篇≫(1792) 등이다.

≪四聲通解≫(1517)와 ≪訓蒙字會≫(1527)는 同一人인 崔世珍이 편찬한 韻書요, 字書인데, 「打」字의 表音을 ≪四聲通解≫에는 「다」로 표기하고, ≪訓蒙字會≫에는 「:타」로 표기한 것을 보면, 「打」가 「:다」에서 「:타」로 變音된 것은 中宗 12年(1517) 이후일 것이다.

이상의 고증으로 볼 때 有氣音인 「타」로 변한 것은 中國音의 영향이 아니라, 우리나라 자체에서의 音韻變異 현상에 의한 것이다. 이밖에도 中國 漢字音의 平音이 우리나라에서는 有氣音으로 또는 有氣音이 平音으로 轉換되어 發音되는 현상은 많이 있다. 그러나 「打」字의 경우는 「擊」 곧 「치다」, 「때리다」의 뜻을 강조하기 위한 激音化 현상의 語感的인 작용이 없지도 않을 것이다.

3. ≪鷄林類事≫의 「打」字 表音

≪鷄林類事≫에서 表音字로 쓰인 「打」字를 열거하면 다음과 같다.

(23) 五曰打戌
(102) 乘馬曰轄打平聲
(203) 煖酒曰蘇孛打里
(204) 凡安排皆曰打里
(205) 勸客飮盡食曰打字馬此
(325) 走曰連音打
(334) 繫考曰室打里[31]

(23) 五曰打戌

「打戌」을 鮮初語 「다·숫」에 대응시킬 수 있으므로 「打」字의 表音이 「ŋ」의 陽韻尾가 아니라, 「ta」의 陰韻尾로 쓰였음을 알 수 있다.

(203) 煖酒曰蘇孛打里

이미 前項 (191)酒曰酥孛에서 酥孛를 「수불」 곧 수울(술)로 해석이 되었으므로, 「煖曰打里」로 볼 때, 煖에 대한 鮮初語 「달·히·다>다·리·다」의 「다·리」에 「打里」를 대응시켜 조금도 무리가 없다. 此項에서도 「打」字의 表音은 [ta]임을 알 수 있다.

---

31) 拙著 : ≪鷄林類事硏究≫(塔出版社, 1975, 再版) 參照. 各語項의 괄호 내 數字는 拙著에서 各語項에 붙인 固定番號.

(205) 勸客飮盡食曰打馬此

漢語部「勸客飮盡食」의 含意와 前項의 (201)飮酒曰酥孛麻蛇, (202)凡飮皆曰麻蛇를 종합하여 볼 때, 對音部의「打馬此」를「打馬蛇」의 誤記로 보아「:다 마・셔(샤)」로 볼 수도 있으나, 있는 表記대로 鮮初語「:다 ᄆᆞᆾ」에「打馬此」를 대응시켜도 무리는 없다. 어느 쪽을 택하여도「打」의 表音은「盡」에 대한「:다」의 音이므로「打」字의 해석에는 조금도 문제가 없다. 此項에서도「打」字의 表音이 [ta]임은 의문의 여지가 없다.

(325) 走曰連音打

此項의 해석에 대해서는 많은 異見이 있다. 前間恭作은「連音打」를「打連音」의 誤記로 보고,[32]「ᄃᆞ롬」으로 해독한 것은 지나친 附會라고 생각되나, 孫穆의 對音法 基準으로 보아도「打連音」을「ᄃᆞ롬」으로 해독한 것은 맞지 않다. 姜信沆은 "漢語「走」의 뜻에는「간다」는 뜻도 있어서 년다로 보았다."고 하고,「連音打」를「년다」로 해독하였다.[33]「走」가「가다」의 뜻으로 쓰이는 것은 現代白話에서 變意된 현상이며, 더욱 중요한 것은 此項의 前後項에「行曰」과「去曰」項을 두어「走曰」과의 뜻을 對立시켰는데,「走曰」을 중복하여「行」이나「去」의 뜻으로 해독한 것은 ≪鷄林類事≫ 전체의 語彙排列體系를 詳察하지 못한데서 誤釋한 것이다. 또한「連音打」를「년다」로 해독한 것은 孫穆의 對音 表記基準에도 맞지 않다.

安炳浩는 몽골어(iorts'tsiomoi), 서장어(ts'ɛ), 위글어(iorosato), 일본어(hasiru), 만주어(uəlimpi) 등과「走」의 우리말「달리다」를 비교하여 접근되는 말이 없다고 설명하면서, 前間恭作의 해독이 비교적 합리하다고

---

32) 前間恭作 著, ≪鷄林類事 麗言攷≫(東京, 東洋文庫, 1925), p.118 參照. 李元植氏는「走曰連音打」를「놀은다」로 해석하였는데,「走」의 뜻과는 어긋난다. (『鷄林類事略攷』), ≪朝鮮學報≫ 第67輯, p.114, 天理大學, 朝鮮學會, 1973, 參照.

33) 姜信沆 著, ≪鷄林類事「高麗方言」研究≫(成均館大學校 出版部, 1980), p.106 參照.

했다.[34)]

「走」의 鮮初語는 「듣·다」이다. 그러므로 「走曰連音打」에서 「連音」은 表音字로 쓰인 것이 아니라, 「打」를 連音하라는 뜻으로 쓰인 漢字語로 보아야 合當한 해석이 될 수 있다. 곧 「打打」의 表音이 鮮初語 「듣·다」에 무리없이 대응된다. 따라서 此項에서도 「打」字의 表音이 [ta]임은 부정할 수 없다.

(334) 繫考曰室打里

此項은 漢語部의 표기 자체가 板本에 따라 다르다. 곧 「繫考曰」과 「擊考曰」로 되어 있다. 古文獻에 「擊考」라는 語彙는 없고, 「拘繫考問」의 뜻으로 「繫考」라는 어휘는 있으며, 또한 此項의 「決罪曰」로 볼 때, 明板本에 따라 「繫考」가 바른 표기로 본다.

前間恭作은 「擊考」로 보고, 또한 「考」는 衍文으로 추단하였다. 對音部의 「屋」은 「臺」의 誤記로 추측하여 「擊曰臺打里」로써 「두드리」로 풀이한 것은[35)] 편리한 대로 附會시킨 결과만을 초래하였다.

安炳浩는 역시 板本에 대한 考證을 하지 않고, 「擊考」라는 語彙 자체가 틀린 것도 모르고, 무단히 몽골어(tələttomoi), 서장어(tsiak), 위글어(nukui), 일본어(utsu), 만주어(tumpi) 등과 비교해 본 것은[36)] 徒勞에 불과하다.

對音部의 表記를 보면, 板本에 따라, 「室打里」, 「屋打埋」, 「坐打里」, 「屋打里」 등으로 다르다. 이로써 보면 板刻傳來過程에서 상당히 혼란이 있었음을 알 수 있다.

古語中에 「괴로움을 당하다」의 뜻으로 「시다리다」라는 말이 있다. 「시다리」를 「室打里」에 대응시킬 수 있다. 「때리다」의 古語에 「ᄣᅡ리다」가 있고, 「繫」의 뜻으로 「얽믜·다」의 古語가 있으니, 「繫考」의 뜻으로

34) 안병호 저, ≪계림유사와 고려시기 조선어≫(흑룡강조선민족출판사, 1985), pp.334~335 參照.

35) 前揭書, p.121

36) 前揭書, pp.341~342.

「얽미+짜리다>얽짜리다」라는 말이 있었다고 가상하면, 「얽짜 리」를 「屋打里」에 대응시킬 수도 있다. 또한 「욱다(욱어들다)」, 「욱박지르다」라는 말로 볼 때, 「욱짜리다」라는 말도 가상할 수 있다. 여하간 此項에서도 「打」字의 표음을 [ta]로 보는데는 무리가 없다고 생각된다.

(204) 凡安排皆曰打里

此項은 前項의 (203)煖酒曰蘇孛打里에서 「打里」가 「煖」 곧 「다리 다」의 뜻으로 쓰인 것을 볼 때, 또한 安排에 대응되는 우리말에 「다 리」라는 語形은 없으므로 誤記된 것으로 생각된다.

安排에 대응되는 우리말로는 古語에 「버리·다」가 있고, 「차리다」가 있다. 이로써 볼 때 「打里」의 「打」를 「伐」의 誤記로 보면, 「伐里」가 「버리」에 잘 대응된다. 또한 「打」를 「扎」의 誤記로 보면, 「扎里」는 「차리」에 대응될 수 있다. 字劃의 類似性으로 보아도 가능성이 크다.

그러므로 此項의 「打」字는 [ta]의 表音字로 볼 수 없다.

此項에 대하여 前間恭作은 「되다」의 古語 「ᄃᆞᄫᅵ」를 「打里」에 대응시켰고,[37] 姜信沆은 아무런 설명도 없이 「·다·리(다)」로 해독하였고,[38] 安炳浩는 「다루다」로 보는 것이 「되다」보다 실지에 부합된다고 생각한다고 부언하였다.[39] 모두 漢語部 「安排」 자체의 뜻을 정확히 해석하지 못한데서 오류를 범하였다.

(102) 乘馬曰轄打平聲

此項의 解語를 최후로 돌린 이유는 (23)五曰打戍, (203)煖酒曰蘇孛打里, (204)凡安排皆曰打里, (205)勸客飲盡食曰打馬此, (325)走曰連音打,

---

37) 前揭書, p.81.
38) 前揭書, p.80.
39) 前揭書, pp.247~248.

(334)繫考曰室打里 諸項에서 (204)凡安排皆曰打里의 誤記된 것을 제외하고는 모두 「打」字의 對音을 [ta]로 할 수 있는데, 「乘馬曰轄打平聲」에서 「打」를 곧바로 [ta]로 해독할 수 없는 例外項이기 때문이다.

「乘馬」에 대응되는 우리말의 鮮初語는 「·ᄐᆞ·다」이다. 高麗 당시도 有氣音인 「·ᄐᆞ·다」로서 변함이 없었을 것이다.

孫穆이 「乘馬」에 대응되는 高麗語 「·ᄐᆞ」를 聲取했을 때, 「다·ᄉᆞᆺ」, 「다·리」, 「:다ᄆᆞᆺ」, 「ᄃᆞᆯ·다」, 「사다리」 등의 「다[ta]」와는 달리 有氣音을 가진 [t'ɐ]임을 알았기 때문에 다만 「打」로써 表音할 수가 없었을 것이다. 孫穆은 有氣音 [t'ɐ]를 表音하는 방법에 있어서 有氣音 聲母字로서 [t]入聲字인 「轄」을 택하여 곧 「轄打」로써 「haˀ + ta > t'a」의 상당히 合理的인 對音法을 摸索하였다. 註까지 붙여서 平聲으로 發音해야 함을 제시한 것을 보면, 孫穆으로서는 乘馬에 해당하는 高麗語 「·ᄐᆞ」를 發音하는데 있어서 상당히 세심한 주의를 기울였음을 알 수 있다.

此項에 대하여 方鐘鉉은 「홀타」로 해석하고[40], 金喆憲은 漢語部 「乘馬」를 名詞로 誤認하여 「had-ta」로 해석하고[41], 姜信沆은 「홀타, 걸 터」로 해석하고[42], 安炳浩는 역시 다른 外國語들과 공연히 비교하여 보고 「轄」字는 誤記일 것이라고 추단하였다.[43] 모두 孫穆의 ≪鷄林類事≫ 語彙 전체를 表音하는 基準을 살피지 않고, 다만 此項만의 表記 자체로써 해석하려는 데서 오류를 범한 것이다. 이에 대하여 前間恭作이 일찍이 「轄」을 氣音 表示로 본 것은 卓見이었다.[44]

孫穆의 表音表記 基準에 있어서 同一字를 여러 가지의 表音으로 쓰지 않은 엄중한 사실을 살피지 않고, 「打」의 表音을 「다」에도 대응시키고 「타」에도 대응시킨 것은 큰 잘못이다. 또한 「타」音에 대응시킨 것은 당시의 中國音을 살피지 않고, 오늘날 韓國 漢字音으로 附會시키는 결과가 된다. 「轄」을 「걸」로 해독한 것은 「轄」이 다른 語項의 表音字로 쓰

---

40) 方鐘鉉, <鷄林類事硏究>(延世大學校 ≪東方學志≫ 第二輯, 1955) 參照.
41) 金喆憲, <鷄林類事硏究>(≪국어국문학≫ 25호, 1962), p.113 參照.
42) 前揭書, p.55.
43) 前揭書, pp.165~166.
44) 前揭書, p.45.

인, 곧 「明日曰轄載」, 「約明日至曰轄載烏受勢」, 「土曰轄希」 등에서 「轄」을 해독한 것과 상호 모순이 된다는 것을 스스로 발견할 수 있을 것이다. 재삼 강조하지만 孫穆은 결코 하나의 表音字를 여러 가지로 무질서하게 對音하지 않았다.

얼핏 생각하면 당시 宋音으로써 高麗語의 「·ᄐᆞ」를 직접 表音할 수 있는 글자로 「他·佗·它·詑·拕」 등이 있다. 이 글자들은 모두 平聲, 透聲母, 歌韻母로서 어느 한 字로도 高麗語音 「·ᄐᆞ」를 表音 할 수 있었는데도 택하지 않은 理由는 우선 석연치 않다.

<宋濂跋本 王仁昫≪刊謬補缺切韻≫音節表>에 의하면, 「他」字가 果攝에 배열되어 있고, 假攝으로서 [t'a]에 해당하는 字는 배열되어 있지 않다.45)

또한 「他·佗·它」字를 ≪廣韻≫에는 平聲 歌韻에 배열하였는데, ≪集韻≫에는 平聲 戈韻에 배열하였다. 「歌」나 「戈」가 果攝에 속하지만, 「歌」는 開口一等韻으로서 [ɑ]이고, 「戈」는 合口一等韻으로서 [uɑ]이다.46)

이로써 推察하면, 「打」字의 字音이 ≪廣韻≫과는 달리 宋代 당시에는 戈韻 곧 [t'uɑ]로 發音되었기 때문에 孫穆이 「他·佗·它」 등자를 취하지 않고, 번거롭지만 「轄打」로써 「·ᄐᆞ」를 表音한 이유를 알 수 있다.

지금까지 ≪鷄林類事≫ 研究者들의 공통된 誤謬는 各板本 자체에 誤字·脫字·顚倒 등의 심한 차이가 있음을 考證하지 않고, 어느 하나의 淸代 후기 板本을 택하여 그대로 해독하거나, 자신의 추측하에 임의로 고쳐서 해독한 것이다. 또한 ≪鷄林類事≫ 語彙 전체의 연관된 表記 基準의 특징을 먼저 考察한 뒤에 해독을 하지 않고, 어느 한 語彙를 따로따로 분리시켜 놓고, 해독한 데서 不合理한 해독으로 附會시키는 결과를 초래하였다. 더욱 문제는 거듭 강조하지만 孫穆 당시의 宋代 中國音을 철저히 考證 根據하지 않고, 적당히 韓國 漢字音에 맞추어 해석한 데

---

45) 邵榮芬, ≪切韻研究≫(北京, 中國社會科學出版社, 1982), pp.137~167 參照.
46) 方孝岳, 前揭書, p.93.

서 심한 誤謬를 범하였다.

이상의 해독을 종합하여 볼 때, ≪鷄林類事≫에서 6項의 表音字로 쓰인 「打」字가 모두 陰韻尾를 곧 [ta]로 表音된 것을 알게 되었다. 다시 말해서 切韻系의 [ŋ]韻의 陽韻尾로 쓰인 語項은 하나도 없었음을 확실히 考證하게 되었다.

4. 「打」字音이 陰韻尾로 變遷한 時期

「他」字의 본래 字音이 切韻系 韻書에서는 陽韻尾로 持續되어 오다가 [ŋ]韻尾가 탈락되어 陰韻尾로 變遷된 時期를 韻書上으로 소급하여 볼 때, 元나라 泰定元年(1324)에 이루어진 周德淸의 ≪中原音韻≫에는 완전히 陰韻尾로만 表音되어 있으니, 中國에 있어서 現代의 [ta']音이 적어도 14세기 초부터 일반적으로 發音되었음을 알 수 있다. 이보다 더 소급하여 ≪古今韻會擧要≫(1297)에는 「都冷切」, 「都瓦切」과 같이 陽韻尾와 陰韻尾가 竝起되어 있기 때문에 韻書上으로는 大德元年(1297) 당시 실제 어느쪽으로 發音되었는지 판단할 수 없다. 더욱 소급되는 자료로서 비록 韻書는 아니지만 ≪六書故≫가 있다. 이 책은 宋代 淳祐年間(1241~1252)에 進士를 역임한 戴侗이 편찬한 것인데, 이 책에도 「打」字의 反切音이 「都挺切, 都冷切」과 「都假切」로 되어 있어 문헌상의 反切音 기록으로는 「打」字가 陰韻尾로 變音된 것을 알 수 있는 最古의 자료이다. 이에 대하여 台灣의 竺家寧은 "「打」字廣韻見梗韻「德冷切」, 迥韻「都挺切」, 按理國語應念ㄉㄥ³ㄉㄧㄥ³, 但是今日的國語却念作ㄉㄚ³, 這時個後起的音, 始於南宋戴侗之六書故, 韻會有「都冷切」一音, 又有「都瓦切」一音(見馬韻) 可見國語的念法在韻會中已經有了."[47]라 하여, 「打」字가 陰韻尾로 變音

47) ≪「古今韻會擧要」的語音系統≫, p.79 參照.

한 것이 ≪六書故≫에서 처음 始作되었다고 본 것은 지나친 速斷이었다. 앞에서 考證한 결과에 의하면, 北宋 徽宗 崇寧 2年(1,103)에 편찬된 孫穆의 ≪鷄林類事≫에 表音字로 쓰인 「打」字가 모두 [ta]音으로 나타나 있으니, ≪古今韻會擧要≫보다는 194年이 앞서고 ≪六書故≫보다는 약 140年이나 앞서 「打」字가 陰韻尾로 發音되었음을 알 수 있다.

이처럼 「打」字가 中國內 韻書上의 기록보다 훨씬 앞서서 陰韻尾 곧 [ta]로 發音되었는가를 傍證할 수 있는 기록을 찾아보면 다음과 같다.

北宋 歐陽修(1007~1072)의 <歸田錄>에 "其義主考擊之打, 自音謫耿, 以字學言之, 打字從手從丁, 丁又擊物之聲, 故音謫耿爲是, 不知因因何轉爲丁雅也(≪歐陽文忠公文集≫, 四部叢刊本 總996頁)[48]라 한 것을 보면, 歐陽修 생존 당시도 현실음으로는 이미 「打」字의 發音이 「謫耿切」(陽韻尾)이 아닌 「丁雅切」(陰韻尾)로 轉音되어 있었음을 알 수 있다.

≪古今韻會擧要≫에는 "「打」: 都瓦切, 徵淸音, 擊也, 北史張彛傳擊打其門, 杜詩有觀打魚歌, 又詩云棗熟從人打, 又迥韻.(後略)(上聲二十一馬獨用)[49]이라 하여 ≪北史≫의 著者인 唐나라 李延壽와 杜甫(712~770)의 생존시대에 이미 「打」字가 馬韻 곧 陰韻尾로 발음되었음을 實句를 들어 보였다.

그러나 앞에서 考證한 바와 같이 ≪唐五代韻書集存≫에 「打」字의 字音이 어디에도 陰韻尾 反切音으로 表記된 바 없고, 심지어 ≪一切經音義≫[50], ≪廣韻≫(1008), ≪禮部韻略≫(1037)[51], ≪集韻≫(1039) 等에도

---

48) 胡明揚, 前揭書, p.160.

49) 같은 內容이 ≪洪武正韻≫(上聲 十五馬), ≪洪武正韻 譯訓≫(上聲 十五馬)에도 끝에 '皆無音'을 더하여 引用되어 있다.

50) 玄應 編纂, ≪一切經音義≫(大唐衆經音義)는 唐 太宗 貞觀年間(627~647)에 完成된 佛經音義辭典이다. 이 책에 "捶打 : 之蘂反, 下音頂, 說文以杖擊之也."(卷六, p.266)이라 하여 분명히 「打」字의 音을 「頂」이라 하였다.
彗琳 編纂 ≪一切經音義≫는 唐 憲宗 元和 12年(817)에 완성된 역시 佛經音義辭典이다. 이 책에는 「打」字가 무려 80여 차례나 引用되어 있지만, "捶打 : (前略)下德梗反, 廣雅打擊也, 埤蒼棓也. 古今正字從手丁聲也, 江外音丁挺反, 說文闕也."(卷第三, 第二十六張), "檛打 : (前略)下德耿反, 廣雅打亦擊, 埤蒼棓也, 棓音龎卷反, 說文從手丁聲也, 陸法言云都挺反吳音, 今不取也."(卷第八 第三張), "打治 : 打吳音爲頂, 今不取, 集說音德冷反, 廣雅打擊也, 埤蒼棓也, 白降反"(卷第十二 第九張), "棒打 : (前略)說文擊也從木也.(卷第十四 第三張) 等과 같이 분명히 陽韻尾로 發音되었음을 밝혔

전연 陰韻尾로 기록된 바 없는데, 唐 太宗 貞觀中(627~649)에 御史臺注簿를 역임한 李延壽와 杜甫(712~770) 時代에 이미 陰韻尾로 變音되었다는 것은 믿기 어렵다.

부언하면, ≪北史≫에 "擊打其門"의 기록이 있다 하여도 그 자체로는 「打」가 당시 如何히 發音되었는지 알 수 없으며, 杜詩의 原文이 "秋野日荒蕪, 寒江動碧虛, 繫舟蠻井絡, 卜宅楚村墟, 棗熟從人打, 葵荒欲自鋤, 盤飧老夫食, 分減及溪魚."(秋野五首)[52]의 五言律詩로 되어 있는데, "棗熟從人打"의 「打」가 押韻字도 아니고, 平仄法으로 검토하여도 「打」字가 당시 韻書上에 陽韻尾 上聲이었으니 仄聲으로서 平仄法에도 어긋남이 없는데, 馬韻이었다고 단정할 근거가 전연 없다.

≪古今韻會擧要≫의 記錄은 熊忠이 元代 당시 이미 「打」字를 陰韻尾로 發音함에 따라, 다만 古文에서 「打」字가 「擊」의 뜻으로 쓰인 것을 찾아 引用한데 불과한 誤謬로 보아야 할 것이다.

≪唐詩三百首詳析≫의 <詩韻易檢>[53]에서도 「打」字를 上聲 二十三梗韻에 배열한 것으로 보아도 杜詩中 "棗熟從人打"의 「打」子는 응당 梗韻으로 발음해야 한다.

孫穆이 ≪鷄林類事≫를 편찬한 年代(1103)와 歐陽修의 生卒年代(1007~1072)는 거의 同時代이며, 歐陽修가 비록 江西省 廬陵縣(現 吉安)에서 出生하였으나, 34세시(1041) 諫訓院 右正言으로 당시 首都인 開封에서 官職生活을 하며 거의 晩年까지 居住하였다.[54] 이로써 볼 때 歐陽修와

다. 다만 "都挺反吳音, 今不取也"나 "打吳音爲頂, 今不取"로 볼 때, "都挺反"이나 「頂」同音으로서 上聲 迥韻(開口四等)에 속하고 「德梗反」이나 「德冷切」은 上聲 梗韻(開口二等)에 속하고, 「德耿反」은 上聲 耿韻(開口二等)에 속한다. 方孝岳의 中古音 音値表(前揭書)에 의하면 당시 「打」의 吳音은 [tieŋ]이고, 일방통용음은 [teŋ], [tæŋ]이었음을 알 수 있다.

51) ≪新刊排字禮部韻略≫(萬曆43年, 1615年 刊本)에 「打 : 擊也, 德冷切, 又都挺切」(上聲, 二十三梗)과 같이 陽韻尾 反切音으로만 표기되어 있다.

52) 李丙疇 著, ≪杜詩諺解批注≫(通文館, 4291年), pp.172~173 參照. 秋野五首 第一首의 押韻字는 「虛, 墟, 鋤, 魚」이다. 이 詩는 杜甫 56歲(大曆2年, 767) 때 夔州 瀼西에서 지었다.

53) ≪唐詩三百首詳析≫ : 臺灣中華書局, 1980, p.358 參照.

54) 楊家駱 主編, ≪中國文學家大辭典≫(台灣, 世界書局, 1971, 三版) 上冊 p.587 參照. ≪歐陽文忠公文集≫(日本 寶曆14年(1764), 日本, 浪華書林刊行)의 ≪歸田錄≫ 序에

孫穆은 당시 言語生活地域도 開封을 중심으로 거의 동일하다. 또한 <歸田錄>(治平 4年, 1067)은 歐陽修가 벼슬을 마치고 田舍에 돌아와 朝廷舊事 및 士大夫談諧之言을 기록한 것이니 더욱 孫穆의 生存時代와 가깝다. 또한 歐陽修의 "不知因何轉爲丁雅也."의 어투로 보아도 歐陽修가 <歸田錄>을 저작하던 당시로부터 멀지 않은 시기에 轉音된 현상임을 알 수 있다.

지금까지의 考證을 종합하여 볼 때 中國에서 「打」字가 切韻系의 陽韻尾에서 陰韻尾로 轉音한 시기는 ≪廣韻≫(1008), ≪禮部韻略≫(1037), ≪集韻≫(1039), ≪類篇≫(1039~1066) 等이 편찬된 이후, ≪鷄林類事≫(1103)가 편찬된 이전의 기간임을 알 수 있다.

이로써 지금까지 中國內의 韻書 및 字書 등의 자료로는 「打」字의 字音變遷을 ≪六書故≫(1241~1252) 이상 소급하여 고증하지 못했던 問題를 ≪鷄林類事≫로써 그 變音 時期를 확증하게 된 것이다.

그러므로 ≪鷄林類事≫는 우리나라 高麗朝 言語를 연구하는데 有一無二한 寶典일 뿐만 아니라, 이처럼 中國語의 音韻變遷을 연구하는데도 매우 중요한 자료임이 立證된 것이다. 앞으로 더욱 많은 參考資料가 될 것으로 확신하는 바이다.

5. 結言

漢字中 聲部가 「丁」字인 「玎·艼·訂·靪·亭·村·頂·汀·町·釘·飣·跁·虰·仃·叮·盯·紅·阞·奵·酊·圢·虳·鼎·疔·耵·飣」 等이 모두 丁聲을 유지하고 있는데, 「打」字만 유독히 이미 北宋時代부터 陰韻尾로 變音한 이유가 무엇일까?

"治平四年(1067)九月乙未歐陽修序"로 기록되어 있다.

이에 대하여 宋初期의 歐陽修가 "打字從手從丁, 丁又擊物之聲, 故音謫耿爲始, 不知因何轉爲丁雅也.(歸田錄)"라고 한 것으로 보면, 당시 歐陽修 같은 碩學도 「丁雅切」로 變音한 이유를 몰랐던 것이다.

顧炎武의 ≪唐韻切≫에서는 "趙宧光曰打字胡音丁瓦切, 而世通習之, 反以正音爲誤."(廣文書局 : 音學五書)와 같이 明代의 趙宧光(熹宗 天啓五年, 1625卒)이 「打」字音의 「丁瓦切」을 胡音의 영향으로 생각한 것은 이미 宋代에 變音한 것을 모르고, 元代에 變한 것으로 誤認함일 것이다.

淸代 王玉樹는 ≪說文拈字≫에서 "打 : 擊也. 從手丁聲, 都挺切, 按古無打字, 只用撻字, 轉上聲, 則得打音, (中略)朾, 朾旣從丁, 亦當讀如朾, 自俗以打代朾, 以德馬切代都挺切, 則形聲俱失矣."(說文解字詁林, 十二上, 手部)라 하고, 顧炎武의 ≪唐韻正≫에서는 "李因篤曰打者擊物之名, 若乃官府之鞭笞, 師儒之楚朴, 皆撻字也. 轉上聲, 又減筆作打, 是借字, 今此字兩收於三十八梗, 四十一逈部中."(音學五書)이라 하였다. 이들의 설명으로 보면. 「撻」字가 上聲으로 바뀌어 「打」의 字音 「德馬切」로 되고, 字劃도 「撻」字를 減筆하여 「打」字가 되었다는 것이다.

≪說文≫에 "撻 : 鄉歙酒罰不敬, 撻其背, 從手達聲, 他達切."(十二篇上, 手部)이라 하였고, ≪廣韻≫, ≪龍龕手鏡≫[55] 「撻 : 打撻」, ≪唐五代韻書集存≫(≪唐寫本切韻殘卷三≫, ≪箋注本切韻≫, ≪王仁昫刊謬補缺切韻≫, ≪王仁昫刊謬補缺切韻二≫, ≪裴務齊正字本刊謬補缺切韻≫)에 모두 「撻 : (他達反)打」으로 되어 있다. 字義로만 보면, 李因篤(明, 思宗 崇禎6年生, 1633, 陝西省 富平人)의 「撻」字가 上聲으로 轉音하여 「打」가 되었다는 說이 가능하다.

그러나 淸代 毛際盛은 ≪說文新附通誼≫에서 "打 : 擊也, 從手丁聲都挺切, 卽笪當割切, 說文曰笪笞也, 俗讀打爲丁瓦切, 卽笪之聲轉也, 或以爲卽朾字."(說文解字詁林, 十二上 手部)라 하여 「打」字의 變音에 대하여 李因篤의 說과는 달리 「笪之聲轉」이라 하였다.

---

55) ≪龍龕手鏡≫, 遼僧 行均(姓于, 字廣濟)이 統和 15년(宋太宗 至道3年, 997)에 편찬(서울, 亞細亞文化社 影印本, 1975) 卷第二 手部 入聲 參照.

≪說文≫에 "笪 : 答也, 從竹旦聲, 當割切."(五篇上, 竹部)이라 하고, 段玉裁注로 "笪者可以撻人之物."이라 하였으니, 字義로 보면 「笪」도 가능하다. 字音으로 비교하여 보면, 「撻」은 「他達切」로 透聲母이고, 「笪」은 「當割切」로 端聲母이니 「打」(丁瓦切)에 부합되는 字音은 「笪」이다.

北宋時 開封音에 있어서 舌內入聲音値를 고증한 결과 [t] 終聲이 탈락하여 聲門閉鎖音 곧 [ʔ]의 發音으로 轉音되는 시기였다.[56]

이상의 考證을 종합적으로 생각해 볼 때, 본래 伐木聲을 뜻한 形聲字인 「朾」字를 造字하였는데, 뒤에 「擊」의 뜻과 구별하기 위하여 「從手丁聲」의 「打」字를 다시 造字하니, 한 때 일부에서 混用되다가, 「打」字는 形聲字로서의 聲部音을 상실하고, 同義字인 「撻」 또는 「笪」字의 入聲音이 탈락한 [ta]로 轉音되어 쓰였음을 알 수 있다. 다시 말해서 앞에서 열거한 丁聲部字들이 모두 聲部音이 탈락된 일이 없는데,[57] 「打」字에서만 [ŋ]韻尾가 탈락되어 [ta]가 된 것이 아니라, 同義의 「撻」 또는 「笪」의 入聲音이 宋代에 탈락되면서 字劃이 간편한 「打」字를 假借字로 썼다는 것이다. 이렇게 假借字로 쓰인 또 다른 이유는 唐代 이후 「打」字가 ≪古今韻會擧要≫에서 "項氏家說曰俗閒助語多與本辭相反, 其於打字用之尤多, 凡打疊, 打聽, 打請, 打量, 打睡, 無非打者, 不但擊打之義而已."(卷之十五, 二十一馬)라고 한 바와 같이 白話에서 다양하게 활용되므로써 字劃이 간편한 「打」字를 취하여 쓴 것으로 생각된다.

「打」字의 字形은 본래 「從木丁聲」의 形聲字로서 ≪說文解字≫가 편찬된 이후, 곧 後漢 和帝(A.D. 100年頃)이후, 後漢 王延壽의 ≪蒙賦≫ 이전, 곧 桓帝 建和3年(A.D. 149) 이전에 造字되었다.

현존하는 唐·宋代의 字書·韻書에 분명히 「朾」字와 「打」字의 字形뿐만 아니라, 字音, 字義도 구별하여 놓은 것을 볼 때, 段玉裁를 비롯하여

---

56) ≪鷄林類事硏究≫(前揭書)「三, 以鷄林類事論宋代漢音」, pp.750~768 參照.
許寶華, <論入聲>, ≪音韻學硏究≫ 第一輯, pp.433~446 參照(中國音韻學硏究會, 北京, 中華書局出版, 1984).

57) ≪漢語方音字匯(前揭書)에 의하면 「丁, 釘, 頂, 訂, 亭」 等의 「丁」聲部 字들이 현대 揚州(江蘇省)方音에서는 [ŋ]韻尾가 모두 탈락되고 [i]母音이 鼻音化되어 [tĩ]로 발음된다.

「打」字를 「朾」字의 俗字로 본 종래의 學說은 옳지 않다.

「打」字의 宋代 이전의 字音은 上聲, 陽韻尾로서 [tɐŋ]·[tieŋ]·[ʈɐŋ] 等의 音韻이었다.

「打」字의 反切音이 陽韻尾와 陰韻尾의 兩種으로 표기된 최초의 기록은 南宋 戴侗(1244~1252年間에 進士)의 ≪六書故≫로 여겨 왔으나, 이미 北宋初 歐陽修(1007~1072)의 <歸田錄>에 言及되어 있다.

「打」字의 字音이 元 周德淸의 ≪中原音韻≫(1324)에서는 陰韻尾 단일음으로서 端聲母의 馬韻(二等開口呼)에 배열되어 現代中國音의 [ta]와 일치한다.

現代 中國 各方言에 있어서 「打」字의 발음이 吳方音 곧 蘇州에서만 陰韻尾 [taŋ]으로 나타난다.

우리나라 漢字音에서도 「打」字의 字音이 韻書上에서는 朝鮮 後期까지도 陽韻尾와 陰韻尾로 표기되어 왔다. 陰韻尾의 發音은 中國의 發音대로 「:다」로 읽히다가 有氣音 「:타」로 變音된 것은 中宗 12年(1517)이후부터이다.

≪鷄林類事≫(1103)에서는 「打」字의 表音이 6개 語項에 쓰였는데, 모두 [ta]에 對應된다.

≪古今韻會擧要≫, ≪洪武正韻≫ 等에서 「打」字의 字音이 이미 唐代 杜詩, 또는 그 이전 ≪北史≫(唐太宗時 御史臺主簿를 지낸 李延壽 撰)에서 陰韻尾 馬韻으로 쓰였다고 본 것은 無根한 誤謬이다.

「打」字의 音韻이 陽韻尾에서 陰韻尾로 轉音한 時期는 ≪集韻≫(1039), ≪類篇≫(1039~1066) 等이 편찬된 이후 ≪鷄林類事≫(1103)가 편찬된 이전의 기간이다. 곧 音韻資料로써 「打」字의 音韻이 陰韻尾로 轉音한 것을 알 수 있는 最古의 자료는 ≪鷄林類事≫임이 비로소 밝혀지게 되었다.

中國에 있어서 北宋時代 開封을 중심으로 中原音韻, 특히 당시 현실음을 연구하는데, 정확한 對音資料로써 ≪鷄林類事≫의 音韻學的 價値는 새로이 認識되어야 한다.

－ 参考文獻 －

許愼撰・段玉裁注, ≪說文解字注≫, 上海古籍出版社, 1981.

丁福保, ≪說文解字詁林≫, 北京, 中華書局, 1988.

朱駿聲, ≪說文通訓定聲≫, 台灣, 京華書局, 1970.

王念孫著・鍾宇訊點校, ≪廣雅疏證≫, 北京, 中華書局, 1983.

鈕樹玉, ≪說文新附攷≫, 台灣, 商務印書館, 1966.

顧炎武, ≪音學五書≫, 台灣, 廣文書局, 1966.

司馬光, ≪類篇≫, 北京, 中華書局, 1984.

陳彭年, ≪廣韻≫, 台灣, 藝文印書館, 1968.

丁度, ≪集韻≫, 台灣, 中華書局, 1970.

周祖謨, ≪唐五代韻書集存≫, 北京, 中華書局, 1983.

顧野王撰・孫强改加字, ≪大廣翼會玉篇≫, 台灣, 新興書局, 1968.

顧野王, ≪原本玉篇殘卷≫, 北京, 中華書局, 1985.

釋元應, ≪一切經音義≫, 台灣, 商務印書館, 1966.

釋慧琳撰正編・釋希麟撰續編, ≪一切經音義≫, 台灣, 大通書局, 1985.

釋行均, ≪龍龕手鏡≫, 서울, 亞細亞文化社, 1975. 同書, 北京, 中華書局, 1985.

熊忠, ≪古今韻會擧要≫, 서울, 亞細亞文化社, 1975.

≪等韻學名著五種≫, 台灣, 泰順書局, 1972.

申叔舟等, ≪東國正韻≫, 서울, 建國大學校 出版部, 1973.

申叔舟等, ≪洪武正韻譯訓≫, 서울, 高麗大學校 出版部, 1974.

戴侗, ≪六書故≫, 台灣, 商務印書館, 四庫全書本.

韓道昭, ≪五音集韻≫, 台灣, 商務印書館, 四庫全書本.

嚴可均, ≪說文聲類≫, 台灣, 廣文書局, 1966.

朱宗文, ≪蒙古字韻≫, 日本, 關西大學 東西學術硏究所, 1956.

徐孝, ≪合併字學集韻≫(1606), 奎章閣圖書藏本.

金尼閣, ≪西儒耳目資≫(1626), 서울大學校 中央圖書館藏本.

服部四郎・藤堂明保, ≪中原音韻の硏究≫, 日本, 江南書院, 1958.

寧繼福, ≪中原音韻表稿≫, 吉林文史出版社, 1985.

江永, ≪四聲切韻表≫, 台灣, 廣文書局, 1966.

≪老乞大・朴通事諺解≫, 亞細亞文化社, 1973.

崔世珍, ≪四聲通解≫(1517), 奎章閣圖書藏本.(一蓑文庫本)

崔世珍, ≪訓蒙字會≫, 檀國大學校 出版部, 1971.

朴斗世, ≪三韻補遺≫(1702), 國立圖書館藏本.

朴性源, ≪五音通釋≫, 辛丑新印, 內閣藏板.

金濟謙・成孝基, ≪增補三韻通考≫(1720), 國立圖書館藏本(葦滄文庫本)

徐命膺・李德懋, ≪奎章全韻≫(1792) 內閣藏板, ≪全韻玉篇≫(1792), 內閣藏板.

洪啓禧, ≪三韻聲彙≫(1746), 奎章閣圖書藏本(己丑季氏 完營開板)

劉淵, ≪新刊排字禮部韻略≫(1615), 奎章閣圖書藏本.

前間恭作, ≪鷄林類事麗言攷≫, 日本, 東洋文庫, 1925.

方鐘鉉, <鷄林類事研究>, ≪東方學志≫ 第二輯, 延世大學校 國學研究院, 1955.

陳泰夏, ≪鷄林類事研究≫, 서울, 塔出版社 再版, 1975.

李元植, <『鷄林類事』 略攷>, ≪朝鮮學報≫ 第67輯, 天理大學, 朝鮮學會, 1973.

姜信沆, ≪鷄林類事 「高麗方言」研究≫, 成均館大學校 出版部, 1980.

안병호, ≪계림유사와 고려시기 조선어≫, 흑룡강조선민족출판사, 1985.

北京大學中國語言文學系 語言學教研究室編, ≪漢語方音字滙≫, 北京, 文字改革出版社, 1962.

方孝岳, ≪漢語語音史概要≫, 商務印書館, 香港分館, 1979.

李丙疇, ≪杜詩諺解批注≫, 서울, 通文館, 4291.

邵榮芬, ≪切韻研究≫, 北京, 中國社會科學 出版社, 1982.

林尹, ≪文字學概說≫, 台灣, 正中書局, 1971.

臺灣中華書局編輯部, ≪唐詩三百首詳析≫, 台灣, 中華書局, 1980.

金喆憲, <鷄林類事研究>, ≪국어국문학≫ 25호, 국어국문학회, 1962.

胡明揚, <說"打">, ≪語言論集≫, 第二輯, 北京, 中國人民大學出版社, 1984.

楊家駱主編, ≪中國文學家大辭典≫, 台灣, 世界書局, 1971.

葉祥苓, ≪蘇州方言志≫, 上海, 江蘇教育出版社, 1988.

許寶華, <論入聲>, ≪音韻學研究≫, 第一集, 中國音韻學研究會, 北京, 中華書局, 1984.

<새국어교육 제48, 49호, 한국국어교육학회, 1993. 12>

鷄林類事 譯語部 正解를 위한 研究

目次

1. 序言

≪鷄林類事≫에 수록된 高麗朝 語彙를 올바로 解讀하려면, 그 編纂年代, 孫穆의 生長地, 板本의 考證, 宋使의 路程, 宋代의 漢字音, 對音表記의 特徵, 開城을 중심으로 한 中部方言 등의 研究가 종합적으로 고증 연구되어야 한다.

그러나 종래 ≪鷄林類事≫ 연구 論文들을 살펴보면 板本 考證을 하지 않고, 誤謬가 적지 않은 淸板本의 어느 하나를 底本으로 연구하거나, ≪鷄林類事≫의 對音表記의 特徵을 살피지 않고, 임의로 몇 語彙를 뽑아 解讀하거나, 宋代의 漢字音을 研究하지 않고, 現在 韓國 漢字音이나 심지어는 現代中國音으로 解讀함으로써 적지 않은 誤謬를 범하였다.

그러므로 本稿에서는 필자의 ≪鷄林類事≫[1]를 중심으로 뒷사람들의 좀더 정확하고 체계적인 ≪鷄林類事≫ 연구를 위하여 上記 7個項에 대하여 考證하고자 한다. 아직까지 ≪鷄林類事≫에 대하여 잘 모르는 일반인들을 위하여 概況을 간단히 附言한다.

≪鷄林類事≫는 12세기 초 北宋末에 孫穆이 劉逵, 吳拭, 王雲 등[2] 使臣 隨行의 書狀官[3]으로서 高麗에 와서 당시 朝制, 土風, 口宣[4], 刻石 등과 漢字音으로써 高麗語를 記錄한 일종의 遊記이며 譯語集이다.

---

1) 鷄林類事硏究 : 陳泰夏, 1974년 7월 臺灣 臺北에서 初版이 國立臺灣師範大學에서 博士學位論文으로 발표되었고, 再版은 1975년 6월 서울 塔出版社에서 간행되었고, 三版은 1987년 3월 明知大學校 出版部에서 간행됨.

2) 劉逵 : 字는 公路, 湖北省 隨州 隨縣人. 50才에 卒. 贈光祿大夫. ≪宋史≫列傳에 "崇寧二年詔戶部侍郎劉逵, 給事中吳拭往使."(卷487 列傳 第246, 高麗)의 記錄과 ≪高麗史≫에 "(肅宗)癸未八年…夏…六月…壬子宋遣國信使戶部侍郎劉逵, 給事中吳拭來."(卷12) 또한 "癸未八年…秋七月辛卯宋國信使劉逵等還"(卷12)의 기록으로 보아 戶部侍郎으로서 崇寧2年(癸未)에 高麗를 다녀간 正使임을 알 수 있음.
吳拭 : 福建省 甌寧人. 給事中으로서 劉逵와 함께 高麗를 다녀간 副使임을 알 수 있음.
王雲 : 字는 子飛, 山西省 澤州人, 宋史 列傳에 "雲擧進士, 從使高麗, 撰鷄林志以進, 擢祕書省校書郎, 出知簡州, 遷陝西轉運副使.(後略)"의 기록과 南宋時 陳振孫의 ≪直齋書錄解題≫에 "奉使鷄林志三十卷, 宣德郎王雲撰. 崇寧元年, 雲以書狀官從劉逵, 吳拭使高麗, 歸而爲此書以進.(後略)"의 기록으로 보아 역시 劉逵를 수행하였던 書狀官이었음을 알 수 있다.

3) 書狀官 : ≪高麗圖經≫에 使行中 書狀官의 서열에 대하여 「正使 → 副使 → 都轄 → 提轄 → 法籙道官 → 碧虛郎 → 書狀官宣教郎」(節仗條)이라 하였고, 또한 館舍條에서는 "書狀官位在都轄提轄之東, 其堂三間, 其制差殺, 亦分官序居之. 室中簾幕之屬, 與都轄, 提轄位略同, 特易銀以銅耳."(卷27)라 한 것으로 보아 「書狀官」의 서열이 都轄, 提轄의 다음임을 알 수 있다. 書狀官의 임무는 使臣을 수행하면서 직접 記錄을 담당하고 일체의 文書를 관장해야 함으로 博識하고 文章을 잘 쓰는 사람으로 선발하게 되어 있음.

4) 口宣 : 본 뜻은 天子가 臣下에게 命할 것이 있을 때, 使者로 하여금 傳言하는 것이나, 여기서는 高麗王이 口頭로 말한 내용을 記錄한 것으로 보아야 함.

「鷄林類事」900周年 紀念 國際學術大會 論文集

孫穆이 본래 편찬한 單行本으로서의 ≪鷄林類事≫는 元代까지 傳來되다가 元末 陶宗儀[5]가 ≪說郛≫[6]에 節錄한 뒤 失傳되었다. 그 뒤 ≪五朝小說≫, ≪古今圖書集成≫, ≪五朝小說大觀≫ 등에도 轉載되어 전해지고 있다. 현재 節錄本으로서 ≪鷄林類事≫는 朝制, 土風 부분은 다만 10

5) 陶宗儀 : 浙江省 台州 黃岩人. 字는 九成, 號는 南村. 生卒年 未詳이나 昌彼得의 ≪說郛考≫에 의하면 元朝 仁祖3年(1316) 전후부터 明朝 惠帝3年(1401) 사이에 生存한 것으로 되어 있음. 著書에 ≪說郛≫ 외에도 ≪輟耕錄≫, ≪書史會要≫, ≪南村詩集≫, ≪滄浪櫂歌≫, ≪草莽私乘≫, ≪古刻叢鈔≫, ≪國風尊經≫, ≪四書備遺≫, ≪金丹密語≫ 등이 있음.

6) ≪說郛≫ : 본래 陶宗儀가 明朝 이전에 經史傳記, 諸子, 百氏雜著 등 1,000여인의 著書中에서 節錄하여 一百卷을 편찬하였으나, 出刊 전에 三十卷이 산질된 것을 成化17年(1481)에 郁文博이 一百卷으로 補校한 뒤 弘治9年(1496) 이후 隆慶2年(1568) 이전에 간행되었고, 明末(1627年 이전)에 陶珽이 120卷으로 重編刊行하였고, 淸朝 順治4年(1647)에 李際期가 重校本을 刊行함.

여 조항만 拔萃되어 있고 譯語부분은 약 360개 語彙가 그대로 轉載되어 있어, 현재는 史的인 資料로서 보다도 語學的인 자료로서 가치가 더 높다고 할 수 있다.

≪鷄林類事≫는 訓民正音 創制(1443年에 創制와 동시에 頒布된 것을 한글학회와 政府 당국에서는 1446年에 頒布되었다고 誤認하여 3年이나 늦추어 한글날을 紀念하는 것은 하루 속히 시정되어야 한다.) 이전의 文獻으로서 高麗時代 口語의 실상을 살필 수 있는 唯一無二한 寶典이라고 할 수 있다.

지금까지 中國에서는 ≪鷄林類事≫가 900年 동안 資料로서 轉載되어 올 뿐, 깊이 硏究된 바 없지만, 宋代 漢字音을 연구함에 있어서도 매우 귀중한 資料가 될 수 있으므로 中國側에서도 앞으로 깊이 관심을 가지고 硏究되어야 할 것이다.

安炳浩氏는 ≪鷄林類事≫를 中國側의 입장에서 “현대에 이르기까지 우리나라 학자들은 ≪계림유사≫에 대하여 아무런 중시를 돌리지 않고 있다.”고 하면서 “12세기 조선어의 연구에는 더 말할 필요도 없지만 12세기의 중국 한자음 연구에도 구하기 어려운 귀중한 보물로 된다”고 中國에서의 硏究를 促求하였다.7)

---

7) 安炳浩 : ≪계림유사와 고려시기 조선어≫ 흑룡강조선민족출판사. 1985. 8. 목단강 參照.

2. 編纂年代

≪鷄林類事≫ 자체에는 編纂年代가 記錄되어 있지 않으므로 有關資料를 통하여 고증하지 않을 수 없다.

編纂年代에 대해서는 필자가 1974년 ≪鷄林類事硏究≫에서 이미 ≪高麗史≫, ≪宋史≫ 등 관계 자료를 통하여 孫穆의 使行이 高麗 肅宗 8年(宋 徽宗 崇寧 2年 癸未年, 1103) 6월 壬子 卽 5日(陽 7月 10日)에서 同年 7月 辛卯 卽 14日(陽 8月 18日)까지 39日間 開城에 滯留하는 동안 採錄한 바를 귀국하여 편찬한 것이라고 처음으로 명확히 考證한 바 있다.[8)]

朝制, 土風 등에 관한 것은 見聞한 바를 귀국하여 기록하였겠으나, 譯語 부분은 그 분량으로 보아 불가능하므로 高麗에 滯留하는 동안 상세히 기록하였을 것이다.

그러므로 ≪鷄林類事≫의 譯語部를 중심으로 고찰할 때, 草稿 完成을 上記 開京 滯留 39日間으로 보아도 별 잘못이 없을 것이다.

오늘날 우리들의 경험으로 보아도 상당량의 남의 나라말을 채록함에 있어, 현장에서 채록한 것으로 정리해야지 귀국하여 原稿를 고치는 것은 불가능한 일이다.

필자 외에도 李元植[9)], 安炳浩 敎授도 編纂年代에 대하여 考證한 바 있는데, 李元植 교수는 1973年 日本에서, 安炳浩 교수는 1985年 中國에서 論文을 발표한 관계로 서로 論文을 참고하지 못한 것 같은데도 모두 ≪鷄林類事≫의 編纂年代를 1103年(癸未)으로 斷定하는 공통점을 가지고 있다.

우선 中國의 ≪中興館閣書目≫[10)]과 ≪遂初堂書目≫[11)]에 의하면 ≪鷄

---

8) 陳泰夏 : <鷄林類事 編纂 年代考>, 한국국어교육학회, ≪새국어교육≫ 제21호. 1975. 5. 參照.

9) 李元植 : 「鷄林類事」 略攷, 日本 天理大學 朝鮮學會, ≪朝鮮學報≫, 第67輯. 1973. 4. 參照.

10) ≪中興館閣書目≫ : 宋 淳熙 5年(1178) 陳騤 叔進 等 편찬한 書目. 全30卷.

11) ≪遂初堂書目≫ : 宋 無錫人. 尤袤(1127~1194)가 편찬한 書目. ≪益齋書 目≫이라고도 칭함. 全1卷.

林類事≫가 單行本으로서 刊行된 것은 늦어도 南宋 孝宗 淳熙 5年(1178) 이전이라고 생각된다.

孫穆이 高麗를 다녀간 후의 활동을 살펴보면, ≪八閩通志≫[12]에 "宋建寧府(知府事)……鄭邦彦, 葉祖武, 陳擧, 上官公裕, 陳維綱, 劉震, 孫穆, 洪中, 虞芹, 蘇曄, 陸蘊見名宦志俱政和間任"(卷三十一秩官 歲官, 郡縣, 建寧府, 九十七葉)의 記錄으로써 孫穆이 政和年間에 建寧府의 知府事를 歷任하였음을 알 수 있다[13]. 政和年間은 역시 徽宗時代로 1111年부터 1117年 사이가 된다. 당시 建寧府의 戶數는 197,137戶이고, 人口는 439,677名이나 되는 큰 地域이었다.[14]

이로써 미루어 볼 때, ≪鷄林類事≫가 單行本으로 刊行된 것이 늦어도 淳熙 5年(1178) 이전이 되므로 孫穆이 建寧府의 知府事로 在任中 곧 1117年 이전에 刊行되었을 가능성이 크다.

≪鷄林類事≫를 통하여 高麗 때 우리말을 硏究함에 있어서는 그 刊行年代가 중요한 것이 아니라, 採錄된 年代가 중요하므로 孫穆이 직접 高麗에 와서 語彙를 채록한 1103年(癸未)이 今年(癸未)으로서 정확히 900周年이 되므로 이를 紀念하는 國際學術大會를 열게 됨은 國語學史上 큰 意義가 있다고 할 수 있다.

附言할 것은 아직도 國語學界 일부 著書에 ≪鷄林類事≫의 編纂年代를 1103年으로 밝히지 않고 模糊하게 표기하고 있는데, 이번 學術大會를 契機로 모든 記錄에 1103年으로 분명히 밝혀지기를 바라는 바이다.

12) ≪八閩通志≫ : 明朝 黃仲昭가 편찬. 全87卷. 弘治 4年(1491)에 刊行.
13) ≪福建通志≫ (卷92), 建甌縣志(卷 8), 中國方志叢書(第95冊, 建甌縣志 卷8, 職官) 등에도 孫穆이 政和年間에 知連江縣, 建州知軍州事를 역임한 기록이 있다. 李元植氏 前揭書 參照.
14) ≪八閩通志≫ (卷 12, 食貨條) 參照.

3. 孫穆의 生長地

≪鷄林類事≫에 실린 高麗語를 연구하는데 孫穆의 生長地를 알 필요가 있느냐고 할지 모르겠으나, 실은 매우 중요하다. 왜냐하면 中國의 地域이 넓기 때문에 孫穆의 生長地가 어디냐에 따라 對音表記의 解讀이 크게 달라지기 때문이다.

다시 말해서 孫穆이 北宋의 수도였던 汴京(지금의 開封)에서 生長하였다면 對音字를 中原音으로 해독해야 하고, 福建에서 生長하였다면 南方音으로 해독해야 한다.

孫穆의 生卒年代는 알 수 없으나, 전술한 바와 같이 ≪八閩通志≫에 의하면, 孫穆이 書狀官으로서 高麗를 다녀간 뒤, 宋 徽宗 政和(22~37)年間에 福建省 建寧府의 知府事를 지냈음을 알 수 있다.

이로써 孫穆을 福建省 出身으로 추측하는 사람도 있으나, ≪鷄林類事≫에 수록된 語彙로써 고증하여 볼 때, 孫穆은 일시 地方에 出仕한 것이지, 福建省 出身이라고 볼 수 없다.

譯語部에 실린 漢語에 "刀子・卓子・盤子" 등 '子' 接尾辭가 붙어 있는데 '子'가 中原語에서는 唐朝 이전부터 사용되었으나, 福建省 등 南方에서는 宋代 당시는 물론 지금까지도 사용되지 않고 있다.15)

이로써 볼 때, 孫穆은 北宋의 수도인 汴京(開封)을 중심한 中原人이었을 것으로 생각된다.

또한 北宋時代 孫氏 가운데 名士들의 貫籍을 살펴볼 때, 河南省, 江蘇省, 浙江省 등 대부분 中東部 出身인 것으로 보아도 孫穆은 中原 내지 中東部 出身으로 추단할 수 있다.16)

---

15) 王力：≪漢語史稿≫ (pp.229~230)에 "南部方言(粵.閩.客家) 基本上維持着上古漢語的情況, 很少或完全不用詞尾「兒」和「子」. 廣州話只說 「刀」, 不說 「刀子」; 只說 「鉸剪」, 不說 「剪子」…詞尾 「兒」字在粵語裏更絶對不用了."라 밝혀 놓았다.

16) 拙著 ≪鷄林類事研究≫ (pp.66~67) 參照.

4. 板本의 考證

譯語部에 수록된 高麗語를 올바로 해독하려면, ≪鷄林類事≫가 900年이나 전해지는 동안 수차 改版되었기 때문에 무엇보다도 板本이 올바로 考證되어야 함은 贅言이 불필요하다.

筆者의 ≪鷄林類事硏究≫에서 考證한 바와 같이 ≪鷄林類事≫가 崇寧 2年(1103)에 編纂된 뒤, 이르면 徐兢의 ≪宣和奉使高麗圖經≫이 편찬된 宣和 6年(1124)이전에 간행되었을 것이며,[17] 늦어도 南宋 孝宗 5年(1178) 이전에 刊行되었을 것이다.

이 單行本이 元末까지 전래되다가 昌彼得氏의 <說郛考>에 의하면 至正 20年(1366) 이전에 陶宗儀가 ≪說郛≫에 拔萃한 뒤 失傳되고, 그 뒤부터는 ≪說郛≫ 各板本과 ≪古今圖書集成≫, ≪五朝小說≫ 등에 節錄本으로서 전래되었다.

필자가 그 동안 蒐集한 ≪鷄林類事≫ 節錄本의 異本이 20餘種 되는데, 그중 홍콩대학 馮平山圖書館藏 明鈔 說郛本과 臺灣 國立中央圖書館藏 藍格明鈔 說郛本이 最古本이 된다.[18] 張宗祥이 6種 明鈔 說郛本을 대조 校正하여 1927年에 발간한 涵芬樓校印 鉛印本은 ≪鷄林類事≫ 부분으로 볼 때, 오히려 誤謬를 범한 것이 적지 않다.

北京圖書館에도 數種의 明鈔本 ≪說郛≫가 소장되어 있으나, 필자가 1984년부터 누차 찾아가 조사한 바로는 上記 兩明鈔本보다 粗雜하고 誤記가 많아 별로 새로운 것을 찾을 수가 없었다.

上海古籍出版社에서 1988年 10月에 간행한 ≪說郛三種≫ (全十册, 明 陶宗儀等編)을 구입하여 살펴보았으나, 새로운 板本이 아니라, 張宗祥의 上海涵芬樓(商務印書館) 說郛本과 順治4年 王應昌撰의 ≪說郛≫ 本으로서 「夷」字를 「其」字로 改刻한 것으로 보아 淸代에 改板한 것이 분명한데, 「出版說明」에 "我社在調査 ≪說郛≫ 上列各種版本情況後, 決定將涵

17) ≪高麗圖經≫과 ≪鷄林類事≫의 記事部를 對照하여 보면 徐兢이 高麗使行前에 ≪鷄林類事≫를 參考하였음을 알 수 있다. 拙著 前揭書 (pp. 189~200) 參照.

18) 拙著 前揭書 (pp.144~156) 參照.

芬樓百卷本, 明刻 ≪說郛≫ 一百二十卷本及≪說郛續≫ 四十六卷本三種彙集影印, 定名 ≪說郛三種≫"과 같이 「明刻」이라고 한 것은 잘못이다. 여기에서도 새로운 것을 찾을 수 없었다.[19)]

필자가 지금까지 ≪說郛≫ 板本을 수집하여 考證한 결과, 莫伯驥가 편찬한 ≪五十萬卷樓藏書目錄≫에 실린 「八行 ≪說郛≫」本이 발견된다면 ≪鷄林類事≫로서는 最古의 明板本이 될 것이나, 아직까지 발견되지 않았다.[20)]

필자가 처음으로 발견한 兩明鈔本 ≪說郛≫ 本은 지금까지 ≪鷄林類事≫ 연구의 誤謬를 바로 잡는데 많은 자료를 제공하였다. 그러나 兩明鈔本에도 轉寫時의 오류가 발견된다.

兩明鈔本이 모두 嘉靖(1522~1566)年間의 鈔本으로 되어 있으나, 對照하여 보니 底本이 同一하지 않다. 兩明鈔本과 다른 板本들과 대조하여 보니 다음과 같이 兩種系譜로 분류된다.

(1) 陶宗儀 編 說郛本 → 郁文博 校正 說郛本 → 藍格 明鈔本系 說郛本 → 張宗祥 校印 說郛本

(2) 陶宗儀 編 說郛本 → 香港大藏 明鈔本系 說郛本 → 陶珽 重編 說郛本 → 各種 現傳 說郛本

---

19) ≪說郛三種≫ : 上海古籍出版社 出版, 新華書店 上海發行所 發行, 全十冊, 明 陶宗儀等編, 1988. 10. 參照.

20) 昌彼得氏는 <說郛考>에서 "莫氏藏書, 近聞已售出, 此書之下落更不祥, 如有得者能予影印傳佈, 於 ≪說郛≫ 之硏究, 當甚有貢獻."과 같이 莫氏 藏書目錄 所收의 ≪說郛≫의 귀중성을 강조하였음. 이 目錄은 民國25年(1936)에 刊行됨.

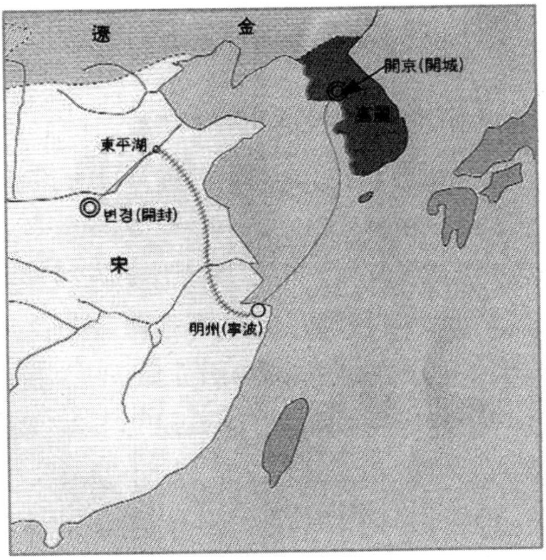

▲ 宋使의 路程圖

지금까지 전래되는 각종 ≪鷄林類事≫ 板本들의 系譜를 참고로 도시하면 다음과 같다. (p. 233 參見)

5. 宋使의 路程

宋使의 路程 역시 譯語部에 실린 高麗語를 올바로 해독하는데 중요한 위치를 차지한다. 孫穆이 劉逵, 吳拭 등을 隨行하여 高麗에 왕래한 路程과 高麗에 와서 滯留한 지역을 밝힘으로써 譯語部에 실린 高麗語의 方言區域을 찾아낼 수 있다.

≪鷄林類事≫ 자체로서는 孫穆의 使行을 밝힐 수 없으나, 徐兢의 ≪高麗圖經≫[21]을 통하여 추단할 수 있다. 徐兢의 高麗使行이 宣和5年

---

21) 本 書名은 ≪宣和奉使高麗圖經≫, 宋 徽宗 宣和 6年(1124) 徐兢 편찬. 全40卷,

(1123年) 6月 13日로 되어 있으니, 孫穆의 使行과는 불과 20年의 相距가 있을 뿐이다.

그 사이에도 宋使의 來朝를 보면, 徽宗 大觀 4年(1110) 王寧, 張邦昌 등이 왔다 갔고, 徽宗 重和元年(1118年)에는 宋 醫官이 왔다 간 일이 있다.[22]

≪高麗圖經≫에 "其國在京師之東北, 自燕山道陸走, 渡遼而東之, 其境凡三千七百九十里, 若海道則河北, 京東, 淮南, 兩浙, 廣南, 福建皆可往…… 自元豐以後, 每朝廷遣使, 皆由明州定海放洋, 絶海而北, 舟行, 皆乘夏至後南風便, 不過五日, 卽抵岸焉."(卷三 封境條)의 記錄으로 보면 「元豐」은 곧 宋朝 神宗年間(1078~1085)으로 孫穆이 來往한 崇寧 2年(1103)은 元豐 이후이니 孫穆 使行이 海路로 왔음은 의심의 여지가 없다. ≪高麗圖經≫에 또한 "且高麗海道, 古猶今也. 考古之所傳, 今或不覩, 而今之所載, 或昔人所未談, 非固爲異也."(卷三十四 海道)라고 분명히 같은 海路였음을 강조하였다.

宋朝 張師正의 ≪倦游錄≫에 "元豐元年春, 命安燾陳陸二學士使高麗, 勅明州造萬斛船二隻, 仍賜號, 一爲凌虛致遠安濟舟, 一爲靈飛順濟神舟, 令御書院勒字明州造碑"[23]라 하고, ≪高麗圖經≫에 "臣側聞神宗皇帝遣使高麗, 嘗詔有司造巨艦二, 一曰凌虛致遠安濟神舟, 二曰靈飛順濟神舟, 規模甚雄. ……仍詔有司, 更造二舟, 大其制而增其名, 一曰鼎新利涉懷遠康濟神舟, 二曰循流安逸通濟神舟, ……是宜麗人迎詔之日, 傾國聳觀, 而歡呼嘉嘆也."[24]라고 한 것을 보면, 孫穆 使行도 25년전 元豐 元年(1078)에 건조한 「凌虛致遠安濟神舟」와 「靈飛順濟神舟」의 二船을 이용하여 海路로 來往했음을 佐證할 수 있다.

宣和 5年(1123) 提轄官으로서 正使 給事中 路允迪과 副使 中書舍人 傅墨卿을 수행하여 高麗를 다녀간 뒤 見聞한 바를 그림과 글로 편찬한 遊記인데, 金나라 侵入으로 인한 靖康之變 때 그림은 망실되고 글만 남은 것을 乾道 3年(1167)에 出刊하였음.

22) 李元植氏 前揭書(p.83) 參照.

23) 張宗祥校印說郛 卷37 第13葉 參照.

24) ≪高麗圖經≫ 卷34, 海道一 神舟條 參照.

宋朝 眉山 李㙜 편찬 ≪皇宋十朝綱要≫에 "癸未崇寧二年…二月…是月遣戶部侍郞劉逵·給事中吳拭, 使高麗."(卷第十六)와 ≪高麗圖經≫의 "…崇寧元年命戶部侍郞劉逵·給事中吳拭持節往使, …二年五月由明州道梅岑絶洋而往."(卷二)과 ≪高麗史≫의 "癸未八年…夏…六月…壬子宋遣國信使戶部侍郞劉逵給事中吳拭來. …甲寅, 王迎詔于會慶殿." 또한 "癸未八年…秋七月辛卯宋國信使劉逵等還."(卷十二) 등의 孫穆 使行의 日程과 徐兢 使行 日程의 "宣和六年三月十四日, 錫宴於永寧寺, 是日解舟出汴, …五月十六日, 神舟發明州, …六月十二日, 隨潮至禮成港, …次日遵陸入於王城"(卷三十九)을 비교하여 보면, 孫穆과 徐兢 使行의 汴京 출발이 各 2月과 3月로 차이가 있으나, 共히 5月에 明州를 거쳐 孫穆 使行은 6月 5日, 徐兢 使行은 6月 13日에 開京에 오고, 또한 孫穆 使行은 7月 14日, 徐兢 使行은 7月 13日에 開京을 떠난 것을 보아도 그 往來路程이 같았음을 알 수 있다.

≪高麗圖經≫에 상세히 밝힌 麗宋間의 海上路程을 갖추려 보면 다음과 같다.

> 汴京(開封) → 明州 → 定海縣 → 虎頭山 → 蛟門 → 蘆浦 → 沈家門 → 海岑 → 赤門 → 鱸焦 → 蓬萊山 → 半洋焦 → 白水洋 → 黃水洋 → 黑水洋 → 夾界山(華夷以此位界限) → 五嶼 → 排島 → 白山(島) → 黑山(島) → 闌山島 → 白甲苫 → 跪苫 → 檳榔焦 → 菩薩苫 → 竹島 → 苦苫苫 → 群山島 → 橫嶼 → 富用倉山(芙蓉山) → 軋子苫 → 馬島 → 九頭山 → 唐人島 → 雙女焦 → 大青嶼 → 和尙島 → 牛心嶼 → 聶公嶼 → 小青嶼 → 紫燕島 → 急水門 → 蛤窟 → 龍骨 → 禮成港 → 碧瀾亭 → 開京[25]

宋使 일행이 高麗 領海에 진입한 뒤, 開京에 도착하기 전까지 高麗人을 만난 섬은 苦苫[26], 群山島, 馬島, 紫燕島와 禮成港이다. 이곳들은 당시 麗宋間 왕래의 正常海路上의 通路이었으니, 孫穆 일행의 路程도 이와

25) ≪高麗圖經≫ 卷39 海道六 禮成落條 參照.
26) 苦苫은 곧 苦苫苫으로 고려어의 고슴(돌)섬을 表音한 것으로 지금의 蝟島(위도)를 말함.

별 차이 없었을 것이다.

이로써 볼 때, 孫穆이 高麗人을 만나면서부터 高麗語를 採錄하였더라도 상기 지역을 지나는 西海岸一帶에 한하였을 것으로 생각된다.

그러나 ≪高麗圖經≫에 의하면 群山島, 馬島, 紫燕島 등에 客館이 있기는 하였지만, 酒宴을 대접받고 즉시 出發한 것으로 되어 있으니, 별로 高麗語를 採錄할 만한 時間的 여유가 없었을 것이다.

또한 ≪高麗圖經≫에 "然在高麗, 纔及月餘, 授館之後, 則守以兵衛, 凡出館不過"27)의 기록으로 보면, 開京을 떠나 他地方을 巡視할 만한 기회도 없었을 것이다.

이상으로 추찰할 때, ≪鷄林類事≫에 수록된 高麗語는 당시의 王京인 開城地域의 말로서, 지금의 中部方言系에 속했던 말임을 알 수 있다.

6. 宋代의 漢字音

≪鷄林類事≫의 編纂年代와 孫穆의 生長地가 밝혀지므로써 譯語部의 對音을 고증할 수 있게 되었다. ≪鷄林類事≫의 편찬연대인 1103年과 거의 동시대의 韻書로서는 ≪廣韻≫, ≪集韻≫, ≪韻鏡≫ 등이 있다.

≪廣韻≫은 1008年에 편찬되었으나, 실은 隋代에 陸法言이 편찬한 ≪切韻≫으로부터 ≪唐韻≫의 音韻體系를 이어 받은 切韻系韻書이기 때문에, 譯語部 對音의 音價와 ≪廣韻≫의 反切音과 비교하여 보면 부합되지 않는 것들이 적지 않다. ≪集韻≫도 北宋시대인 1039年에 편찬되었지만, 切韻系 音韻體系를 따르면서도 당시의 現實音을 많이 취하였기 때문에 ≪鷄林類事≫의 對音部 音價와 대부분 부합된다. 즉 ≪廣韻≫의 反切音으로는 해독이 되지 않는데, ≪集韻≫의 反切音으로는 解讀이 되

---

27) 高麗圖經 序 參照.

는 語彙들이 있다.

譯語部中「霧曰蒙」의「霧」가 ≪廣韻≫에는「亡遇切」로 곧「무」音으로 되어 있으나, ≪集韻≫에는「謨蓬切, 蒙弄切, 莫鳳切」로서「蒙」音과 同音인 것으로 보아 高麗에서도 당시는「무」로 읽지 않고「뭉」으로 읽었을 가능성이 크다. 筆談時에 대답하는 사람이「霧」에 대한 高麗語가 아니라 그 字音을 대답하였음을 알 수 있다.

「暮曰捻宰(或言占沒)」의「捻」이 ≪廣韻≫에는「奴協切」로 되어 있으나, ≪集韻≫에는「乃結切」로 되어 있어,「暮」의 高麗語「나죄」를 對應시켜 볼 때, 連音變讀 현상으로 ≪廣韻≫보다는 ≪集韻≫의 反切音이 더 부합된다. 그러나 ≪廣韻≫이나 ≪集韻≫의 反切音으로도 해독되지 않는 것도 있다. ≪鷄林類事≫에「打」字가 6개 처나 對音字로 쓰였는데, 모두 [ta]의 音으로 해독되어야 한다.「打」字의 反切音이 ≪廣韻≫에는「德冷切」, ≪集韻≫에는「都挺切」,「都令切」로 되어 있어, 모두 [ŋ]終聲을 가지고 있다. ≪說文解字≫에 의하면 從手丁聲의 形聲字이므로「丁」의 音을 가진 字音이어야 한다. 南宋의 戴侗이 편찬한 ≪六書故≫에는「都假切」로 되어 있으며, 現代 中國음도 [ta]로 發音한다.

이상을 종합하여 보면,「打」字의 古音은 形聲字로서「丁」의 音이었으나, 孫穆이 ≪鷄林類事≫를 편찬하던 당시의 現實音은 이미 [ta]로 변음하였음을 알 수 있다.

우리 漢字音에서「打」를「타」로 발음하는 것은 宋代의 [ta]음이 우리나라에서 激音化된 것임도 알 수 있다.[28]

≪鷄林類事≫는 中國音韻史上 中古音期와 近古音期의 過渡期에 속하는 對音資料이다. 地域으로는 北宋의 수도인 汴京 즉 지금의 開封을 중심한 中原音이다.

당시 中原音에 있어서 音韻現狀의 특징을 보면, 入聲音이 탈락되는 과도기현상이 일어나고 있었다. 즉 p, t, k의 入聲에 있어서 [p]脣內入聲

---

28) 陳泰夏 : <「打」字의 音韻 變遷考> - ≪鷄林類事≫를 中心으로 -, ≪韓中音韻學論叢≫1, 서광학술자료사 1993. 參照.

은 [b]로 약화되고, [t]舌內入聲은 有氣聲門閉塞音 [ʔh]로 變하고, [k]喉內入聲은 聲門閉塞音 [ʔ]로 변하는 과도기였다.

周祖謨는 <宋代汴洛語音考>에서 舌內入聲과 喉內入聲은 모두 聲門閉塞音[ʔ]으로 변하고, 脣內入聲은 아직 [p]入聲을 保存하고 있었다고 언급하였는데, ≪鷄林類事≫의 對音部 자료로 고증할 때는 수긍할 수 없다. 이 때 또 하나의 두드러진 音韻現象으로는 [m]終聲이 [n]으로 合流되는 현상이 일어나고 있었다.29)

≪鷄林類事≫의 譯語部에서 對音字로 쓰인 漢字를 聲類, 韻類, 韻尾로 구별하여 고증한 결과 宋代 開封音을 다음과 같이 擬測할 수 있었다. (編號는 필자의 ≪鷄林類事硏究≫에서 對音一覽表의 數字임.)

北宋 汴京(開封)語音

編號	用字	擬音
1	一	iʔ
2	丫	a
4	安	ɑn
6	亞	a
7	邑	ib
8	阿	ɑ
9	於	əù
11	烏	ùo
12	暗	ɑm
16	鴉	a
18	噎	ieʔ
19	醞	uən
20	蔚	uəʔ
22	戻	i
23	易	i
24	耶	*ia
25	移	i

編號	用字	擬音
26	逸	ieʔ
28	養	iaŋ
30	鹽	iəm
37	好	hoù
38	希	hi
39	欣	hən
42	訓	hóən
43	稀	hi
44	黑	həʔh
45	漢	hɑn
47	勳	hoən
48	戱	hi
49	釁	hən
50	兮	hie
51	合	hɑb
53	河	hɑ
54	胡	huo

編號	用字	擬音
55	活	huaʔ
57	核	*kə
60	會	hoi
61	蝎	hɑʔ
62	褐	hɑʔ
63	轄	haʔ
66	丐	kɑʔ
67	斤	kən
68	甘	kɑm
69	古	kùo
70	加	ka
75	姑	kùo
77	急	kib
79	柯	kɑ
81	故	kùo
82	虼	kɑʔ
84	骨	kuəʔ

29) 拙著 ≪鷄林類事硏究≫ (pp.750~768) 參照.

編號	用字	擬音
85	根	kən
86	記	ki
87	家	ka
88	鬼	kʷei
89	訖	kəʔ
90	寄	ki
91	割	kɑʔ
92	幾	ki
93	愧	kʷi
94	蓋	kɑi
95	箇	kɑ
99	屈	kuəʔ
100	乞	k‘əʔ
101	圪	k‘ɑm
104	珂	k‘ɑ
106	區	k‘iu
108	斯	*k‘ə
109	渴	k‘ɑʔ
111	慨	*k‘ɑi
112	器	k‘i
113	及	kib
117	饑	ki
119	吟	ŋim
122	刀	to
124	打	*ta
126	姮	tɑʔ
129	帝	tie
130	帶	tɑi
131	得	təʔh
132	都	tuo
133	堆	toi
135	鳥	tio
136	登	təŋ
137	答	tɑb

編號	用字	擬音
138	短	tuan
139	頓	tuən
140	啄	toʔh
144	退	t‘oi
145	涕	t‘ie
147	替	t‘ie
149	腿	t‘oi
151	脫	t‘uɑʔ
152	大	tɑi
154	陀	tɑ
155	突	tuəʔ
157	途	t‘uo
159	道	to
160	達	tɑʔ
164	駝	t‘ɑ
171	那	*no
172	你	ni
173	泥	nie
175	南	nɑm
176	祢	ni
177	迺	nɑi
178	能	*nɑi
179	捺	nɑ
182	嫩	nuən
183	餧	noi
187	朝	tʂio
188	住	tʂiu
189	長	tʂia
192	恥	t‘ʂi
194	昵	nieʔ
195	匿	niʔh
197	力	liʔh
199	利	li
200	李	li

編號	用字	擬音
201	里	li
202	林	lim
203	來	lɑi
205	理	li
207	勒	ləʔh
209	笠	lib
212	論	luən
213	魯	luo
215	盧	luo
217	離	li
218	臨	lim
219	羅	la
220	囉	*ra
221	纜	lɑm
223	刃	ən
224	兒	zi
226	之	tʂi
227	支	tʂi
229	占	tʂɪəm
230	至	tʂi
231	朱	tʂiu
232	折	tʂiəʔ
233	指	tʂi
234	捶	tʂʷie
235	質	tʂiʔ
242	蛇	ʂa
243	實	ʂiʔ
244	少	ʂio
245	水	ʂʷi
248	戍	ʂiu
249	施	ʂi
250	室	ʂiʔ
252	翅	ʂi
253	試	ʂi

編號	用字	擬音
254	勢	ʂie
255	舜	ʂiun
256	審	ʂim
257	燒	ʂio
259	受	ʂiəu
260	時	ʂi
261	涉	ʂiəb
264	眞	tʂin
266	鮓	tʂa
269	査	tʂa
271	沙	ʂa
272	索	ʂaʔh
273	捒	ʂioŋ
274	率	ʂiəʔ
275	子	tsi
276	作	tsɑ
277	咱	*tsʻɑ
278	則	tsəʔh
279	祖	tsúo
284	觜	ts^{w}ie
285	載	tsɑi
286	薦	tsəʔh
289	寸	tsʻuən
290	且	tsʻa
291	此	tsʻie
294	采	tsʻɑi
296	雌	tsiə
297	慘	tsʻɑm

編號	用字	擬音
303	集	tsib
304	慈	tsʻi
305	聚	tsiu
307	三	sɑm
309	戌	siue^{ʔ}
312	酒	sie
313	蘇	suó
314	孫	súon
319	酥	suó
321	窣	súəʔ
322	遜	súən
323	歲	si^{w}ɛi
325	賽	sɑi
326	薩	saʔ
331	八	paʔ
333	本	puən
335	必	piʔ
336	把	pa
337	板	pan
338	奔	puən
340	背	puɑi
341	祕	pi
342	剝	pɔʔh
343	濮	puʔh
345	擺	pai
349	敗	pai
350	撥	púaʔ
351	朴	pɔʔh

編號	用字	擬音
352	技	pʻuoʔh
353	批	pʻieʔ
354	鋪	pʻuo
355	孛	púəʔ
356	芘	piʔ
360	菩	pʻuo
361	箔	paʔh
364	毛	mau
365	木	múoʔh
366	母	məu
367	末	muɑʔ
368	門	múən
369	沒	múəʔ
370	抹	mùɑʔ
372	馬	ma
373	密	miʔ
375	麻	ma
378	滿	múɑn
380	謨	mɑʔh
381	每	muɑi
382	不	puəʔ
384	發	p^{w}ɐ^{ʔ}
386	霏	fi
387	皮	pi
388	伐	f^{w}ɐʔ
390	弼	piʔ
391	頻	pin
398	彌	mi

7. 對音表記의 特徵

譯語部의 정확한 해독을 위해서는 孫穆이 對音表記를 여하히 하였는지, 그 特徵을 알아야 한다. 피상적으로 보면 무질서하고 조잡하게 표기된 것으로 보기 쉽다. 그러나 자세히 살펴보면 역시 中國人의 對音表記 자료인 明代의 ≪朝鮮館譯語≫[30]보다는 체계적이고 정확한 표기로 되어 있음을 알 수 있다.

(1) 대부분 直音法의 對音表記를 취하였다. 字音 表示의 변천을 살펴보면, 魏晉南北朝 시대부터 反切法을 쓰기 전까지지는 「讀若」·「讀如」·「讀爲」·「讀與…同」 등 또는 「某字音某」의 直音法을 썼다. 예를 들면 「凍讀如東」과 같이 「凍」의 音은 「東」과 같다고 표시하는 방법이다.

≪鷄林類事≫에서 사용한 直音法의 예를 들면 「木曰南記」, 「面美曰捺翅朝勳」, 「染曰沒涕里」 등과 같은 표기 방법이다.

直音法 표기를 한 것이 高麗語와 語音上 차이가 있을 때는 反切法을 써서 附記하였다. 예를 들면 「三曰廝乃切」, 「栗曰監鋪檻切」, 「稱我曰能奴台切」 등과 같이 표기하였다.

(2) 音義雙關의 表記法을 취하였다. 中國人들은 對音表記에 있어서도 완전히 字義를 배제하지 못하고 있다. 예를 들면 코카콜라를 「可口可樂」, 비타민을 「維他命」, 에스페란토를 「愛斯不難讀」 등과 같이 借音表記를 하면서도 意味도 유관하게 표기하는 방법이다. 이와 같은 音義雙關 表記法을 ≪鷄林類事≫에서도 발견할 수 있다. 예를 들면 「傘曰聚笠」, 「迎客入曰屋裏坐少時」, 「梳曰苾音必」, 「簾曰箔音發」, 「鷄曰啄音達」 등과 같은 표기법

---

30) ≪朝鮮館譯語≫ : 明朝 永樂間(1403~1424)에 會同館 官撰의 華夷譯語 중에 朝鮮, 琉球, 日本, 安南, 占城, 暹羅, 韃靼, 畏兀兒, 西番, 回回, 滿剌刺加, 女眞, 百夷 등 13國 館譯語가 있는데, 漢字音으로 朝鮮語를 표기한 語彙가 597개 19門으로 구별하여 수록되어 있음. 런던本에 朝鮮館譯語가 傳함.

이다.

(3) 連音變讀(sandhi) 현상의 表記法을 철저히 취하였다. 中國語는 單音節語이기 때문에 多音節語로 된 外國語를 對音表記할 때는 音節의 구분이 불분명하기 때문에 後續音節의 初聲이 前音節의 終聲에서부터 連音되는 것으로 인식하여 前音節의 對音字를 그 後續音節의 初聲과 同類의 有終聲字를 취하여 對音하는 현상이다.

이러한 표기법은 佛經飜譯에서도 많이 나타난다. 예를 들면 梵語「na-mas」를「南無」(歸依),「buddha」를「佛陀」(부처)로 표기하는 현상이다.

이와 같은 連音變讀(sandhi) 현상의 표기법이 ≪鷄林類事≫의 對音表記에 거의 철저하게 나타난다. 예를 들면「天曰漢捺」,「風曰孛纜」,「醬曰密祖」,「前日曰訖載」,「針曰板捺」등과 같이 高麗語에는 第一音節에 終聲音이 없는데도 불구하고 모두 同類의 有終聲의 對音字로써 표기하였다.

이러한 對音表記의 특징을 알지 못하면 엄연히 明板本에「前日曰訖載」로 되어 있는 것을 틀리다고 생각하고, 淸板本에 誤記된「前日曰記載」를 취하여「그제」로 해독하는 誤謬를 범하게 된다.

(4) 對音部에「或言」,「亦曰」,「又曰」등의 表記法으로써 高麗語에 또 다른 말이 있음을 밝히는 소상함을 보였다. 예를 들면「暮曰捻宰或言占沒」,「女兒曰寶姐亦曰古盲兒」,「男兒曰丫姐亦曰索記」,「肥曰鹽骨眞亦曰鹽骨易戌」,「索曰那又曰朴」등과 같이 지금도 쓰이는 異語의 표현까지 기록하여 놓았다.

이로써 볼 때 孫穆의 高麗語에 대한 관심이 얼마나 깊었던가를 짐작할 수 있다.

(5) 高麗語의 聲調에도 관심을 보였다. 譯語部 361語彙 가운데 聲調 표시를 한 것은「牛曰燒去聲」,「油曰畿入聲林」의 단 두 개 어휘뿐이지만, 高麗

人의 「쇼」의 발음이 당시 宋音으로 볼 때, 去聲에 해당함을 附記하여 놓은 것을 보면 高麗語의 音韻을 매우 정확히 표기하고자 한 노력을 엿볼 수 있다.

「心曰心音尋」, 「升曰刀音堆」, 「梳曰笓音必」, 「笠曰盍音渴」 등의 예는 聲調 표시는 아니지만, 對音字의 발음을 좀더 정확히 표기하고자 함을 엿볼 수 있다. 「笠曰盍音渴」에서 「音渴」을 附記한 것은 「盍」字에 覆(뒤집힐 복, 덮을 부) 곧 덮다의 뜻이 있으므로 音義雙關의 表記法으로 썼으나, 「盍」에는 「丘蓋切」과 같이 去聲도 있기 때문에, 高麗語의 「갓(갈)」에 일치한 발음을 표시하기 위하여 「渴」을 附記함으로써 대음표기의 정확을 기한 것이다.

8. ≪鷄林類事≫와 中部方言

孫穆 使行의 路程이 밝혀졌으므로 譯語部에 수록된 語彙들이 高麗의 수도인 開城을 중심한 方言임을 알 수 있게 되었다.

그러므로 譯語部의 語彙들을 中部方言을 對應시켜 해독함으로써 정확한 풀이를 기대할 수 있다. 필자의 ≪鷄林類事硏究≫를 통하여서도 譯語部의 어휘들이 中部方言임을 확인하게 되었다.

≪高麗圖經≫의 海道에 대한 기록에 의하면 夾界山이란섬에서부터 '華夷以此爲界限'이라 하여 여기서부터 高麗의 領海에 들어오면서 '白甲苫, 跪苫, 春草苫, 菩薩苫, 苦苫苫, 案苫, 紫雲苫, 鴉子苫(軋子苫)' 등의 섬을 거치게 된다.

'苦苫苫'에 대해서는 "麗俗謂刺蝟毛爲苦苫苫, 此山林木茂盛而不大, 正如蝟毛, 故以名之"(卷36)라 하여, 바로 이 섬이 '고슴돋섬'으로서 오늘날 핵폐기물 반대의 對政府 示威를 하고 있는 '蝟島'임을 알 수 있다.

또한 "鴉子苫, 亦名軋子苫, 麗人謂笠爲軋, 其山形似之, 因以得名"(劵37)라고 하였는데 곧 '笠曰軋'이란 말이니, ≪鷄林類事≫ 중의 '笠曰蓋音渴'과 비교하여 볼 때, '軋(子)'도 역시 '갓'을 나타낸 말이었던 것 같다.

이상으로 볼 때 孫穆도 같은 海上路程에서 많은 '섬'들을 거치며, 高麗語彙 採錄中 무엇보다도 '島曰苫'을 먼저 기록하였겠는데 ≪鷄林類事≫ 中에 '島曰'이 없는 것은 매우 이상하다. 오히려 渡海中에 많이 듣고 잘 알기 때문에 빼 놓은 것은 아닌지 모르겠다.

종래 ≪鷄林類事≫의 연구자들이 明板本을 보지 못한 까닭에 淸板本에 의거하여 「蟇曰蚱鋪」의 표기를 믿고 前間氏는 「蚱鋪」위에 一字가 誤脫된 것으로 추측해서 「蟇」의 鮮初語 「듯거비, 두터비, 머고리」 등에 대응시키려 하였다. 方鐘鉉氏는 설명도 없이 「듯거비, 두터비, 머고리」의 예만 들었으나, 역시 「蟇曰」로 해석하려 한 것이다. 金喆憲氏는 「蟇曰蚱鋪」에서 「蚱」은 「吃」의 誤字로 보고, 「吃鋪」로써 「둗겁」의 第2音節 「겁」의 音寫로 보고, 第1音節은 孫穆이 未聽取한 것으로 억측을 하였다. 李元植氏도 第1音節을 未聽取한 것으로 추측하여 「거비」로 해독하였다. 姜信沆氏는 「蟇曰蚱鋪」의 音을 찾아 他人의 해석만을 열거하여 놓았다. 이상과 같이 모두 板本의 誤寫에서 초래된 「蟇曰」에 집착하여, 우리말 「두꺼비」로 해독하려는 고착성을 벗어나지 못하였다.

此項의 前後 語項의 배열을 볼 때, 「蟇」는 물론 「墓」도 배치될 語項이 아니다. 즉, 此項의 앞에는 「蝨曰, 蚤曰, 蟣曰」 등으로 집안에서 人身을 괴롭히는 害虫이 나열되어 있고, 뒤에는 「人曰, 主曰, 客曰, 官曰, 士曰, 吏曰」 등의 人物門이 나열되어 있다.

필자는 이에 착안하여 對音字의 音韻을 詳考한 결과 「墓曰」, 「蟇曰」은 原本에 「臭虫曰」이었던 것이 誤寫되었음을 밝히게 되었다. 中國語의 「臭虫」은 곧 우리말의 빈대이니, 前項에 나열된 「이(蝨), 벼룩(蚤), 가랑니(蟣)」 다음에 빈대가 배열됨이 매우 합당하다.

이로써 보면 縱書로 쓴 「臭虫」 2字가 墓 또는 蟇 1字로 誤寫된 것인데, 그 理由는 原本의 字畫이 상당히 훼손된 상태에서 轉寫되었기 때문이다. 字樣으로 보아도 縱書上의 臭虫이 훼손되어 墓나 蟇처럼 보여서 誤寫될 가능성이 충분히 있다.

이에 따라 對音字「虼鋪」의 音을 찾아 보면 다음과 같다.「虼」에 대하여 ≪中文大辭典≫에는「音未詳, 虼魯國名(字彙補)」으로 되어 있으나, ≪訓蒙字會≫에는「벼룩걸」로 풀이하였다. 字形으로 보아도 形符「虫」과 聲符「乞」의 形聲字임을 알 수 있다.「鋪」는 ≪廣韻≫에「普胡切」로 되어 있으니, 滂聲母, 模韻母이다.

빈대의 우리말 異名으로는「갈보」라는 말이 있다. 현재는 거의 死語化되어 쓰이지 않고 있으나, 필자가 어릴 때, 고향인 忠州地方에서는 흔히 듣던 말이다. 그동안 필자가 조사한 바로는 京畿道 忠淸道 일대의 老人들은 빈대의 異名으로「갈보」를 알고 있으나, 他地方의 老人들은 알고 있는 사람을 만나지 못하였다. 또한 李熙昇 編 ≪국어대사전≫에는 빈대의 俗語로「갈보(蝎甫)」, 이의 異名으로「슬보(蝨甫)」를 수록하여 놓았다.

「虼」字에 대하여 ≪古今圖書集成≫ 方輿本에는「虼字字典無 音釋無考」로 附註하고, 같은 책 理學本에는「虼」을「氣」로 고쳐 놓고 註를 떼어 버렸으나, 이미 明代의 彭大翼이 편찬한 ≪山堂肆考≫에「蚤生積灰, 俗呼爲疙蚤 注:疙蚤俗作虼蚤」의 기록으로 보면, 이미 中國에서 오래전부터「虼」字를 사용하였음을 알 수 있다.

이상을 종합하여 볼 때「蟇(墓)曰虼鋪」의 語項은 본래「臭虫曰虼鋪」로서 빈대의 麗朝 中部方言「갈보」를 對音表記하였음이 분명하다. 그러고 보면「갈보」는 빈대의 俗語가 아니라, 古語로 보아야 마땅하다. 賣春婦를「갈보」라고 하는 것도 빈대의 古語「갈보」에서 轉義되어 쓰임을 알 수 있다.

附言할 것은 필자가 中部方言에 속하는 忠州人이기 때문에 지금까지 ≪鷄林類事≫ 연구자들이 억측으로 오류를 범한 어휘를 올바로 해석하게 된 것이다.

「多曰孾合支」 語項에 대해서도 대부분 淸板本의 「多曰覺合及」 또는 涵芬樓校印本의 「多曰孾何支」에 의거하여 前間氏는 「合」을 「台」의 誤寫로 보고 「覺台及」으로써 「ᄀᄃ기」로 해석하였고, 劉昌宣氏는 「孾何 支」로써 「흔ᄒᆞᆫ게」로, 方鐘鉉氏는 「孾何支」로써 「흔ᄒᆞ기」로, 李元植氏는 「흔하지」로, 姜信沆氏는 「흔ᄒᆞ디」로 해석하였다.

그러나 兩明鈔本과 淸板本에 엄연히 「何」가 「合」으로 되어 있는데, 다만 涵芬樓校印本에만 「何」로 誤校한 것에 의거한다는 것은 옳지않다.

「흔하다」의 忠淸道方言에 「흔합다」가 있다. 그러므로 필자는 兩明鈔本에 의거하여 「孾合支」로써 「흔ᄒᆞᆸ지」로 풀이하였다. 「支」는 아마 「齒刷曰養支」에서 「양지」로 풀이되었는데, 여기서는 「디」로 해독하는 것은 옳지 않다.[31]

이 語項 역시 필자가 「흔하다」의 中部方言인 「흔합다」를 알고 있기 때문에 올바로 해석할 수 있었다.

이상의 어휘로 볼 때, ≪鷄林類事≫에 수록된 어휘가 開城을 중심한 中部方言에서 採錄되었음을 확인할 수 있게 되었다.

9. 結言

序言에서도 언급하였지만, ≪鷄林類事≫의 譯語部에 실린 語彙를 올바로 해독하려면 本論에서 7個 部面에 걸쳐 考察한 바와 같이 綜合的인 연구가 반드시 선행되어야 한다.

지금까지 ≪鷄林類事≫ 硏究 論文들을 살펴볼 때, 어떤 것은 지나칠 정도로 臆測과 誤謬를 범하고 있다. 그 理由는 무엇보다도 종합적인 연

31) 陳泰夏 : <鷄林類事의 誤寫, 誤釋, 未解讀 語彙考>, 延世大學校 國學硏究院 ≪東方學志≫ 第34輯, 1982. 12. 參照.

구를 거치지 않고, 부분적인 해독에 급급한데서 초래된 誤謬였다.

900年 전의 宋代 漢字音으로 對音表記된 자료를 中國音韻學의 基礎知識도 없이, 더구나 板本 考證도 없이 그저 先入見을 가지고 主觀的으로 해석하려 하는 것은 無謀라 아니할 수 없다. 그러한 治學方法으로는 절대로 올바른 해석이 나올 수 없다.

(1) 編纂年代 考證을 통하여 ≪鷄林類事≫의 譯語部는 1103年 7月 10日에서 8月 18日(39日) 사이에 草稿가 완성되었음을 밝혔다. 편찬된 原稿가 單行本으로서 刊行된 것은 적어도 政和7年(1117) 이전으로 추단할 수 있다.

(2) 孫穆의 生長地는 汴京(지금의 開封)을 중심한 中原으로 考證함으로써 福建省 出身으로 추단하는 의혹을 排除하게 되었다.

(3) 지금까지 20여 종의 ≪鷄林類事≫ 板本과 鈔本을 대조 고찰하여 홍콩大學 馮平山圖書館藏 明鈔說郛本과 臺灣 國立中央圖書館藏 明鈔說郛本이 最古本으로서 밝혀졌다. 따라서 앞으로 ≪鷄林類事≫를 연구하려면 淸板本을 底本으로 할 것이 아니라. 上記 兩明鈔本을 底本으로 연구해야 할 것이다.

(4) 宋使의 路程이 명확히 밝혀짐으로써 孫穆이 당시 高麗語를 수집한 지역은 거의 開城內에 국한되었음을 알게 되었다.

(5) 宋代 漢字音 중에서도 汴京(開封)을 중심한 中原音의 音韻現象을 고찰한 결과, 入聲이 탈락되는 과도기로서 [p]脣內入聲은 [b]로, [t]舌內入聲은 有氣聲門閉塞音 [ʔh]로 變하고, [k]喉內入聲은 聲門閉塞音 [ʔ]로 변하고, [m]終聲이 [n]으로 合流되는 현상이 일어나고 있음을 알게 되었다.

따라서 ≪鷄林類事≫의 어휘해독은 이러한 音韻現象을 기준으로 해야 올바른 해독을 할 수 있다.

對音字로 쓰인 漢字를 聲類, 韻類, 韻尾로 구별하여 당시 開封音을 ≪鷄林類事≫ 對音을 통하여 擬測하게 된 것은 ≪鷄林類事≫

가 高麗語 연구의 寶典일 뿐만 아니라, 中國의 中古音과 近古音의 過渡期音을 연구하는데도 귀중한 자료라는 것을 입증하게 되었다.

(6) 孫穆의 對音表記에 있어 무엇보다도 특징적인 것은 連音變讀(sandhi) 현상이라는 것을 밝힘으로써 종래 ≪鷄林類事≫ 연구자들이 범한 誤謬의 근본 원인을 밝힐 수 있었다. 앞으로 ≪鷄林類事≫의 譯語部를 연구하는 이들은 반드시 連音變讀 현상을 착안하지 않으면 안 될 것이다.

(7) 孫穆이 高麗語를 採錄함에 있어 開城을 중심하였다는 고증과 譯語部에 수록된 어휘를 상고한 결과 일치되며, 中部方言으로 지금까지도 전래되고 있음이 밝혀졌다.

本論에서는 언급하지 못하였으나, 譯語部 361 語項을 배열함에 있어서 명확한 분별은 아니지만, 天文類로 시작하여 其他類까지 18部門으로 나누고, 312項까지 23項을 제외하고는 名詞語項, 313項부터는 動詞, 形容詞, 副詞, 短句 등을 분류한 것도 語彙의 정확한 해석을 하는데 큰 도움이 되었다.

이상과 같은 綜合的 분석과 고증을 통하여 ≪鷄林類事≫의 譯語部에 실린 361語彙를 연구한 결과 종래 약 80語項의 誤釋과 약 30語項의 未解讀을 바로 잡고 풀이할 수 있었다.

아직까지 풀이하지 못한 語項이 15個 정도 남아 있다. 이것은 대부분 板本 자체상의 誤記로 생각되기 때문에, 앞으로 明鈔本 이상의 좀 더 정확한 古板本이 발견되기를 기대할 수밖에 없다.

- 參考文獻 -

鷄林類事「高麗方言」研究：姜信沆, 成均館大學校 出版部, 1980

「鷄林類事」略考：李元植, 朝鮮學報 第67輯, 1973

鷄林類事의 板本考：陳泰夏, 第三屆中國地域外漢籍國際學術大會議論文集

鷄林類事 編纂 年代考：陳泰夏, 새국어교육 제21호

鷄林類事麗言攷：前間恭作, 東洋文庫

鷄林類事研究：方鐘鉉, 東方學志 第2輯

鷄林類事研究：陳泰夏, 臺灣 國立臺灣師範大學, 塔출판사, 明知大學校出版部

계림유사와 고려시기조선어：안병호, 흑룡강조선민족출판사, 1985

鷄林類事의 誤寫, 誤釋, 未解讀 語彙考：陳泰夏, 東方學志 第34輯

鷄林類事의 編纂年代：高柄翊, 歷史學報 第10輯

鷄林志：張宗祥校印本 說郛

古今圖書集成：陳夢雷, 張廷錫, (雍正板, 光緒板)

高麗 宋朝之刊使臣路程考：陳泰夏, 古代中韓日關係研究, 中古史研討會論文集之一 香港大學, 1987

高麗史：鄭麟趾等, 延世大學校

古漢語裏面的連音變讀(sandhi)現象：俞敏 燕京學報 第35期

校正宋本廣韻：臺灣 藝文印書館

國語入聲演變小註：陸志韋, 燕京學報 第34期

倦游錄：張師正, 張校本 說郛

反切以前中國的標音法：高明, 中華學苑 第4期

宣和奉使高麗圖經：徐兢, 商務印書館

說郛考：昌彼得, 中國東亞學術研究計劃委員會年報 第1期

說郛三種：陶宗儀, 上海古籍出版社

孫氏世乘：孫兆熙等 乾隆20年 孫際渭 補刊本

宋代汴洛語音考：周祖謨, 輔仁學志 第12卷

宋史：托克托, 藝文印書館(二十五史本)

遂初堂書目：尤袤, 張校本 說郛本 卷28

兩千年中西曆對照表：臺灣 國民出版社

五十萬卷樓藏書目錄初編：莫伯驥, 廣文書局
玉海：王應麟, 廣文書局
韻鏡校註：龍宇純, 藝文印書館
六書故：戴侗, 乾隆 甲辰 刊本
朝鮮館譯語硏究：文璇奎, 景仁文化社
中國聲韻學大綱：謝雲飛, 臺灣 蘭臺書局
中興館書目輯考：趙士煒, 國立北京圖書館
直齋書錄解題：陳振孫, 叢書集成初編本
集韻：中華書局(四部備要本)
「打」字의 音韻 變遷考：陳泰夏, ≪韓中音韻學論叢≫ 1. 서광학술자료사
漢語史稿：王力(王協) 臺灣 泰順書局
華夷譯語(朝鮮館譯語)：阿波文庫本, 서울大學校 도서관 소장본
皇宋十朝綱要：李埴

Abstract

A Research on Correct Solution for the Translated Versions of "Gyerim-Yusa"

Jin, Tae-Ha(陳泰夏)

In order for objective decipher for the Korean language during the period of "Koryeo" collected in the "Gyerim-Yusa", it is recommended to analyze them with intensive synthetic approach, i.e., by the study of compiled period, "Son-Mok"s birth place and his growth, research on the wood-block printed books, the path and itinerary of the envoy dispatched by the Song Dynasty, pronunciation of Chinese characters during the period of Song Dynasty, characteristics of marking the phonetic borrowings, and research on the dialect of "Gae Seong" area.

According to the various research thesis on "Gyerim-Yusa" read so far, some of them are in either excessive conjecture or committing errors. The reason of which should be in the lack of synthetic approach in the research, by interpreting part by part independently with a haste.

Without having basic concept of Chinese phonology and even

without research on the wood-block printed books, interpreting the materials marked with borrowed phoneme from the Chinese characters used 900 years ago in the Song Dynasty with subjectivity and preconceptions are no less than a recklessness.

(1) The manuscript of translated version of “Gyerim-Yusa” has been completed during the period of July 10 to August 18, 1103AD (in 39 days), which is “8th year of Koryeo king Suk-Jong” or “2nd year of Sung-Nyung, Song Huy-Jong era, the year of Gyemi”

An independent volume of which is believed to be issued before 1147AD (7th year of Jung-Wha).

(2) According to an investigation, Son-Mok is a mid-China man centering around Byun-Gyung(汴京), present name of which is Gae-Bong, but he is not from Fuken Province (福建省) whatsoever.

(3) According to more than 20 different version of “Gyerim-Yusa” books collected by the writer so far, the Yangmyung-Chobon(兩明鈔本) possessed in the library of Hong Kong University and Taiwan Central Library are the oldest. And, it was able to rectify the many mistakes from the wood block printed books from the Cheong Dynasty.

(4) Since the path and the itinerary of the envoy dispatched by the Song Dynasty has been cleared definitely, it is known as the area in which Son-Mok's collection of Koryeo language is from Gae Seong.

(5) According to the investigations made on the pronunciations and the meanings of the Chinese characters of mid-China centering around Byun-Gyung where Son-Mok lived, it is found as the transitional period disappearing by [p]－[b], [t-?h], [k-?], and the final consonant [m] has been merged to [n].

(6) Since the peculiarity on phoneme marking system of Son-Mok is sandhi phenomenon, it is recommended to observe it accordingly.

(7) In order to decipher the vocabularies appeared in the translated version, it is also needed to decipher the central dialect, which denote Son-Mok collected Gae Seong language.

As the investigations made above, the problems with misinter-pretations of about 80 words, as well as about 30 words in pending among 361 words were able to be solved.

<高麗朝語硏究論文集, 韓國國語教育學會, 2003. 10>

高麗·宋朝之間使臣路程考

目次

1. 序言

本研究之原來目的, 不是爲了考證麗 · 宋之間使臣來往路程, 而是爲了研究高麗朝語言之資料, 卽 ≪鷄林類事≫ 編撰者之路程.

≪鷄林類事≫ 乃十二世紀初北宋末人孫穆就高麗朝制 · 風俗與高麗語所撰之一種高麗遊記與高麗譯語集. ≪鷄林類事≫ 現無單行本,只存於 ≪說郛≫, ≪五朝小說≫, ≪古今圖書集成≫ 等書中. 原本 ≪鷄林類事≫ 現已不復得觀, 現傳本係元末陶宗儀之節錄本, 所載高麗朝制及風俗者, 僅十餘條而已; 惟於高麗語彙, 則所載詳乃爲最初之韓語譯語集.

由於 ≪鷄林類事≫ 成書時尙無韓文, 韓國內幾無採錄高麗語之書, 於是此書乃成爲著錄高麗語之唯一資料, 至今在中國文獻中尙保存而流傳, 誠幸事也. 抑尤有進者, ≪鷄林類事≫ 中韓語部分, 係以當時宋音之漢字記之, 因之在宋代漢字音之硏究上, 亦有重要之價値.

但是孫穆所撰之 ≪鷄林類事≫ 未記載其編撰年代及其往高麗時路

程. 利用 ≪高麗史≫, ≪宋史≫ 等史料, 可找出孫穆使行年代, 是高麗肅宗八年 (宋徽宗崇寧二年癸未, 1103) 六月壬子卽五日 (陽曆七月十日) 至同年七月辛卯卽十四日 (陽曆八月十八日) 之間 (參看拙著≪鷄林類事硏究≫).

自宋太祖建隆元年卽高麗第四代光宗十一年(960), 至衛王祥興二年南宋之滅亡, 卽高麗第二十五代忠烈王(1279), 此三百多餘年間, 高麗朝與宋朝之間使臣與商人的路程, 與三國時代(高句麗, 百濟, 新羅), 近世朝鮮時代不同. 因爲在麗, 宋的北方, 有契丹與女眞, 故當時使臣的來往, 不能利用陸路, 只好利用海路, 海路亦與新羅時代不同.

2. 麗 · 宋之通交

宋朝以前, 高麗與中國之關係如次：高麗太祖天授六年(923)六月, 福府卿尹質以使臣遣到後梁, 此就是兩國最早的交通, 尹質回國時帶有五百羅漢之畵像. 太祖八年以後, 與後唐交聘頻繁, 而且交換兩國文物. 太祖十二年八月, 廣評侍郞張芬等五十三人以使節遣到後唐, 當時的貢物是：銀獅子香鑪, 金裝鈒鏤, 雲星刀劍, 馬匹, 金銀鷹條鞲, 白紵, 白氎, 頭髮, 人參, 香油, 銀鏤剪刀, 鉗鈸, 松子等；從後唐送來賜與品是曆書, 銀器, 綢緞等. 又太祖十七年十月, 高麗使者遣到後唐進貢物後, 在山東省靑州行市易(≪冊府元龜 · 外臣部≫, ≪高麗史≫ <世家> 太祖十六年條). 此後, 又與後晉, 後漢, 後周通交, 其中與後周交涉最爲頻繁, 通交始在第四代光宗二年(951). 同七年, 後周遣來使節中, 節度巡官將仕郞試大理評事雙冀, 因患病不能回國, 高麗國王與後周交涉, 使雙冀在高麗奉職, 其父雙哲亦來而被用. 此事以後, 自後周歸化高麗的中國人不少. 光宗優待他們, 同九年依雙冀之進言, 開始實施科擧制度(≪高麗史≫列傳). 同年, 周遣水部員外郎韓彦卿等, 齎帛數千匹, 來市銅, 後王遣使獻銅五萬斤, 紫白水晶各二千顆(朝鮮英祖時, 安鼎福撰 ≪東史綱目≫). 又同十年, 王遣使獻 ≪別序孝經≫一卷, ≪越王孝經新義≫八卷, ≪皇靈孝經≫一卷, ≪孝經雌雄圖≫三卷等. 高麗亦自後周求人釋慧琳撰 ≪一切經音義≫.

高麗與宋朝之通交, 按 ≪高麗史≫, 在光宗十三年(962)冬, 以遣廣評侍郎李興祐等如宋獻方物才開始, 自此兩國交涉頻繁, 而且維持親善關係. 當時兩國通交之目的不同：在宋朝方面是, 爲牽制當時北方契丹與女眞的勢力：在高麗方面是, 爲輸入當時先進文物與歲賜之利(馬端臨 ≪文獻通考≫).

自高麗光宗十三年(962) 至第十八代毅宗二十四年(1170) 之間, 高麗使臣遣宋之數, 達於五十七次, 宋朝使臣遣高麗之數, 達於三十次.

麗・宋之間國信物, 文獻上記錄如次：高麗國信物爲金器, 銀罽, 銅器, 刀劍, 鞍勒, 馬, 香油, 人參, 細布, 硇黃, 青鼠皮等(依第八代顯宗二十一年, 御史民官侍郎元穎等二九三人使節團之貢物). 宋國信物爲各種匹緞, 襲衣, 金帶, 銀器, 鞍馬, 儒書, 佛典, 曆書, 陰陽書, 醫書等.

高麗朝廷派遣金行成(第五代景宗時), 崔罕, 王琳(第六代成宗時) 等於宋朝, 使他們入學於國子監, 在宋朝登科. 第七代穆宗時, 金成積亦登科於宋朝. 宋朝時, 從中國南方歸化高麗者亦不少. 按 ≪高麗史≫ 擧例如次：穆宗時周佇(溫州人), 顯宗時葉居腆, 林德, 王皓, 戴翼(閩人), 歐陽徵, 陳億(泉州人)等. 當時譯官者, 大部分爲歸化宋人. ≪高麗史≫載：「肅宗七年……夏四月丁酉, 御乾德殿覆試……並召試投化宋進士章忱, 賜別頭及第」; 又載：「睿宗丙戌元年秋七月……癸丑, 御重光殿西樓, 召投化宋人郎將陳養, 譯語陳高, 兪坦, 試閱兵手, 各賜物.」 ≪宋史≫載：「王城有華人數百, 多閩人, 因買船至者, 密試其所能, 誘以祿仕, 或强留之終身.」 由此觀之, 當時歸化宋人, 大部分爲中國南方人, 故應渡海而來. 又按 ≪高麗史≫ 光宗十四年, 宋遣冊命使時贇來, 在海遇風溺死者九十人, 贇獨免, 王特厚勞之. 以此可知當時海道之難.

成宗十二年(993), 麗·宋之間通交, 因契丹侵攻高麗, 變成疏遠. 蓋高麗朝廷派遣元郁於宋, 要求軍援, 但宋朝不應, 故高麗斷交. 此事以前, 亦有自宋要求援軍之事:「宋將伐契丹, 收復燕薊, 以我與契丹接壤, 數爲所侵, 遣監察御史韓國華, 賫詔來諭曰:……王久慕華風, 素懷明略, 效忠純之節, 撫禮儀之邦, 而接彼犬戎, 羅於蠆毒, 舒泄積忿, 其在玆乎, 可申戒師徒, 迭相犄角, 協比隣國, 同力盪平, 奮其一鼓之雄, 戡此垂亡之虜, 良時不再, 王其圖之云云.」(≪高麗史≫, 成宗四年) 又 ≪高麗史≫文宗十二年(1058) 八月條載:「王欲於耽羅及靈岩, 伐材造大船, 將通於宋. 內史門下省上言:國家結好北朝, 邊無警急, 民樂其生, 以此保邦, 上策也.……況我國文物禮樂, 興行已久, 商舶絡繹, 珍寶日至, 其於中國, 實無所資, 如非永絶契丹, 不宜通使宋朝, 從之.」

宋神宗時, 中國再施行親麗政策以牽制遼之勢. ≪宋史·高麗傳≫云:「熙寧二年(1069), 其國禮賓省, 移牒福建轉運使羅拯云, 本朝商人黃眞, 洪萬來稱, 運使奉密旨, 令招接通好, 奉國王旨意……三年, 拯以聞, 朝廷議者, 亦謂可結之, 以謀契丹, 神宗許焉, 命拯諭以供擬腆厚之意, 徽遂遣民官侍郎金悌等百十人來, 詔待之如夏國使往時, 高麗人往反, 皆自登州. 七年, 遣其臣金良鑑來言, 欲遠契丹, 乞改塗由明州詣闕, 從之. ……又表求醫藥書塑之工, 以敎國人, 詔羅拯募願行者. 九年, 復遣崔思訓來, 命中貴人, 倣都亭西驛例治館, 待之寖厚, 其使來者亦益多.」 至於徽宗時, 更加强親麗策. ≪宋史·高麗傳≫載:「政和中, 升其使. 爲國信, 禮在夏國上, 與遼人皆隸樞密院, 改引伴押件官, 爲接送館件……至宴使者于睿謨殿中.」

南宋因爲新興金國之南侵, 圖謀聯麗制金策. 靖康之難後, 宋向高麗請假道, 高麗卻恐金國之銳鋒, 不應於宋朝之要求. 此麗朝之中立政策, 使宋朝向高麗感情漸漸疏遠. 南宋高宗時, 兩國關係, 從 ≪宋史·高麗傳≫可窺知如次:「建炎三年(1129)八月, 上謂輔臣曰:上皇遣內臣宮女各二人, 隨高麗貢使來, 朕聞之, 喜悲交集. 呂頤浩曰:此必金人之意, 不然, 高麗必不敢, 安知非窺我虛實以報」. 又紹興元年(1131) 十月, 「高麗將入貢, 禮部侍郎柳約言：四明殘破之餘, 荒蕪單弱, 恐起戎心, 宜屯重兵, 以俟其至……三十二年三月, 高麗綱首徐德榮, 詣明州言：本國欲遣賀使. 守臣韓仲通以聞, 殿中侍御史吳芾奏曰：高麗與金人接壤, 昔稚圭之來, 朝廷懼其爲間亟遣還. 今兩國交兵, 德榮之請, 得無可疑, 云云.」

如此, 麗・宋兩國之間通交, 漸次杜絶, 其影響及民間貿易. 按 ≪宋史・高麗傳≫, 南宋慶元年間(1195~1200), 以詔書下令, 商人不可帶銅錢入高麗.

3. 宋商之活動

自宋太祖時, 積極推與海外貿易, 按 ≪文獻通考≫：「恭惟我藝祖開基之歲, 首定商稅規例, 自後, 累朝守爲家法」. 又李心傳 ≪建炎以來繫年要錄≫云：「紹興二十九年九月, 詔委官, 詳定閩浙廣三路市舶司條法, 用御史臺主簿張闡請也, 舊蕃商之以香藥至者, 十取其四, 十四年, 詔旨卽貴細者, 十取其一, 闡前提擧兩浙市舶, 還朝, 爲上言, 三舶司歲抽及和買, 約可得二百萬緡」. 由此可知宋代商人活動之情況.

自高麗第八代顯宗三年(1012) 至第二十五代忠烈王四年(1278) 二六○餘年間, 宋商到高麗的達於一二○餘回, 商人之總數達於五千餘名. 顯宗三年, 宋朝南楚人陸世寧, 以海道來而獻方物, 卽爲宋商到高麗之開始. 宋商人中, 幫助兩國通交者亦不少. 高麗仁宗六年 (1128) 三月, 宋商綱首蔡世章帶南宋高宗登基詔書, 交於高麗朝廷. 又仁宗九年, 宋都綱卓榮來奏云：「少師劉光世, 遣將黃夜叉, 將大兵過江, 擊破金人, 橫屍蔽野……皆言, 遣一介行李, 告奏便」. 同十六年, 「宋商吳迪等六十三人, 持宋明州牒來報, 徽宗皇帝及寧德皇后鄭氏, 崩于金」. 毅宗十六年, 「宋都綱候林等四十三人來, 明州牒報云：宋朝與金，擧兵相戰，至今者大捷……蓋宋人欲示威我朝，未必盡如其言」.

因南宋之衰頹，宋商人之活動亦有影響. 南宋末，高麗明宗二十七年間，宋商之出入不過三回，神宗七年間全無宋商之來往，熙宗七年間只有一回，高宗四十六年間只有二回. 忠烈王四年(1278)，馬曄之渡來，爲宋商在高麗活動之閉幕.

由宋商來航表觀之，宋商之出身地方，以泉州人最多，其次就是廣南，明州，福州，台州等地. 以此可知，高麗與中國南方交涉較頻繁.

宋商在七・八月時利用西南季節風自宋出發，自高麗返國，則利用十・十一月時西北風. 但亦有逆風時來航者，因爲高麗在宮中擧行八關會時，宋商要獻貢物. ≪高麗史≫載：「靖宗卽位之年十一月庚子，設八關會，御神鳳樓，賜百官酺，夕幸法王寺，翌日大會，又賜酺觀樂，東西二京，東北兩路兵馬使，四都護八牧，各上表陳賀，宋商客，東西蕃，耽羅國，又獻方物，賜坐觀禮，後以爲常.」

按 ≪高麗史≫，表示宋商來航情況如次：

宋商來航表

年代	來航宋商員數	宋商進獻品目	年代	來航宋商員數	宋商進獻品目
顯宗三年十月	宋南楚(淮實)人陸世寧等	方物	同十八年八月	宋江南人李文通等	書冊凡五百九十七卷
同八年七月	宋泉州人林仁福等四十人	方物	同十九年九月	宋泉州李顗等三十餘人	方物
同九年閏四月	宋江南王肅子等二十四人	方物	同二十年八月	宋廣南人莊文寶等八十人	土物
同十年七月	宋泉州人陳文軌等一百人	土物	同二十一年七月	宋泉州人盧遵等	方物
同年同月	宋福州盧瑄等百餘人	香藥	德宗卽位元年六月	宋台州商客陳惟志等六十四人	

年代	來航宋商員數	宋商進獻品目	年代	來航宋商員數	宋商進獻品目
同十一年二月	宋泉州人懷贄等	方物	同二年八月	宋泉州商都綱林藹等五十五人	土物
同十三年八月	宋福州人陳象中等	土物	端宗卽位元年十一月	宋商客(八關會時)	土物
同年同月	廣南人陳文遂等	香藥	同二年七月	宋商陳諒等六十七人	土物
同十七年八月	宋廣南人李文通等三人	方物	同年十一月	宋商(八關會時)	土物
同三年八月	宋商朱如玉等二十人		同年八月	宋商傳男等	方物
同年同月	宋商林贇等	方物	同十四年七月	宋商黃助等三十二人	土物
同四年八月	宋明州商陳亮台州商陳維績等一百四十七人	方物	同年同月	宋商徐意等三十九人	土物
同五年八月	宋商惟積等五十人	方物	同年同月	宋商黃元載等四十九人	土物
同七年十一月	宋商王諸等	方物	同十五年八月	宋商郭滿等	土物
同十一年五月	宋泉州商林檣等	土物	同十七年九月	宋商郭滿等	土物
文宗元年九月	宋商林機等	土物	同年十月	宋商林寧黃文景	土物
同三年八月	宋台州商徐贊等七十一人	珍寶	同十六年七月	宋商陳鞏等	土物
同年同月	宋泉州商王易從等六十二人	珍寶	同年八月	宋商林寧等	珍寶
同六年八月	宋商林興等三十五人	土物	同十九年四月	宋商郭滿黃宗等	土物
同年九月	宋商趙受等二十六人	土物	同二十一年九月	宋人黃愼洪萬	

年代	來航宋商員數	宋商進獻品目	年代	來航宋商員數	宋商進獻品目
同年同月	宋商蕭宗明等四十人	土物	同二十二年七月	宋商林寧等	土物
同八年七月	宋商趙受等六十九人	犀角象牙	同二十三年八月	宋商楊從盛等	土物
同年九月	宋商蕭宗明等四十人		同年七月	宋商王寧等	土物
同九年二月	宋商葉德寵等一百五人 黃助等四十八人		同二十四年八月	宋人黃愼發運使拯送	
同年九月	宋都綱黃忻狀稱云云		同二十五年八月	宋商郭滿等三十三人	土物
同十年十一月	宋商黃拯等二十九人	土物	同年九月	宋商元積等三十三人	土物
同十一年八月	宋葉德寵等二十五人	土物	同年同月	宋商王華等三十人	土物
同年同月	宋商郭滿等三十三人	土物	同年十月	宋商許滿等六十一人	土物
同十二年八月	宋商黃文景等	土物	同二十七年十一月	宋人(八關會時)	禮物
同十三年四月	宋商蕭宗明等(法駕瞻望)		同二十九年五月	宋商王舜滿等三十九人	土物
同年六月	宋商林寧等三十五人	土物	同三年十一月	宋商洪保等二十人	
同三十一年七月	宋商林慶等二十九人	土物	同五年九月	宋都綱李琦等三十人	
同年九月	宋商楊從盛等四十九人	土物	同年十一月	宋商(八關會時)	土物
同三十三年八月	宋商林慶等二十九人	土物	同六年十一月	宋商(八關會時)	土物

年代	來航宋商員數	宋商進獻品目	年代	來航宋商員數	宋商進獻品目
同三十五年二月	宋商林慶等三十人	土物	同七年六月	宋商黃朱等五十二人	
同年八月	宋商李元績等六十八人	土物	同年閏六月	宋商徐脩等三人	
同三十六年八月	宋商陳儀等	珍寶	同年同月	宋商朱保等四十餘人	
宣宗四年三月	宋商徐戩等二十人	新註華嚴經板	同年九月	宋商林白徇等	
同年四月	宋商傳高等二十人	土物	同八年二月	宋明州敎練使張宗閔許從等與綱首楊炤等三十八人來朝	
同六年十月	宋商楊註等四十人	土物	同九年八月	宋都綱周頌等	土物
同年同月	宋商徐成等五十九人	土物	睿宗五年六月	宋商李榮等三十八人	
同年同月	宋商李球楊甫楊俊等一百二十七人	土物	同年七月	宋商池貴等四十二人	
同七年三月	宋商徐成等一百五十人	土物	同八年五月	宋都綱陳守	白鷴
獻宗卽位元年六月	宋都綱徐祐等六十九人	方物(賀卽位)	同十五年六月	宋商林淸等	花木
同年七月	宋都綱徐義等	土物	仁宗二年五月	宋商柳誠等四十九人	
同年同月	宋都綱歐陽保劉及楊保等六十四人		同六年三月	宋綱首蔡世章(高宋卽位詔待來)	
同元年二月	宋商黃沖等三十一人(與慈恩宗僧惠珍來)		同九年四月	宋都綱卓榮	

年代	來航宋商員數	宋商進獻品目	年代	來航宋商員數	宋商進獻品目
同年八月	宋商黃沖等三十一人(與慈恩宗僧惠珍來)		同十四年九月	商客陳舒	
同年八月	宋商陳義黃宜等六十二人	土物	同十六年三月	宋商吳迪等六十三人(持宋明州牒來報)	
肅宗元年十月	宋商洪輔等三十人	土物	毅宗元年五月	宋都綱黃鵬陳誠等八十四人	
同二年六月	宋商愼魚等三十六人		同二年八月	宋都綱郭英莊華黃世英等三百三十人	
同年十二月	宋商譚全陳寶等十四人		同年六月		
同三年七月	宋都綱丘迪徐德榮等百五人		同年同月	宋都綱徐德榮等八十九人吳世全等一百四十二人	
同年八月	宋都綱寥悌等六十四人		同年七月	宋都綱河富等四十三人	
同年同月	林大有黃辜等七十一人		同十七年七月	宋都綱徐德榮等	孔雀珍翫之物宋帝密旨金銀合二副盛以沈香
同年同月	宋都綱陳誠等八十七人				
同五年七月	宋都綱丘通等四十一人				
同年同月	宋都綱丘迪等三十五人徐德英(榮誤?)等六十七人		明宗三年六月	徐德榮	
同年同月	宋都綱陳誠等九十七人		同五年八月	宋都綱張鵬擧謝敦禮吳秉直吳克忠等	
同年同月	林大有等九十九人		同二十二年八月	宋商	太平御覽
同六年七月	宋都綱許序等四十九人		熙宗元年八月	宋商般將發禮成江……	
同年同月	宋都綱黃鵬等七十七人		高宗八年十月	宋商鄭文擧等百十五人	

年代	來航宋商員數	宋商進獻品目	年代	來航宋商員數	宋商進獻品目
同年八月	宋都綱寥悌等七十七人		同十六年二月	宋都綱金仁美等二人	
同十一年七月	宋商	鸚䳇孔雀異花	元宗元年十月	宋商陳文廣等……	
同十六年三月	宋都綱侯林等四十三人		忠烈王四年十月	宋商人馬曄	方物

4. 麗·宋之間航路

此論文考究麗·宋之間使臣路程的目的, 是要知道崇寧使者孫穆一行之路程. 但據 ≪鷄林類事≫ 之內容, 不能知當時路程, 幸而由 ≪高麗圖經≫中徐兢一行之記錄, 可以推知. 撰 ≪鷄林類事≫ 的孫穆被遣到高麗之年代是崇寧二年(1103), ≪高麗圖經≫ 之撰者徐兢被遣到高麗之年代是宣化六年(1124), 故孫與徐一行之至高麗朝, 相距不過二十一年, 且同在宋徽宗之時. ≪高麗圖經≫ 中, 數次提及「崇寧使者」之事, 此「崇寧使者」當卽爲孫穆隨行之使者. ≪高麗圖經≫ 序云:「臣嘗觀察崇寧中王雲所撰鷄林志, 始疏其說, 而未圖其形. 比者使行, 取以稽考, 爲補已多.」可知徐兢一行遣到高麗之前, 曾參考「崇寧使者」之記錄, 其後乃循舊道而行. ≪高麗圖經≫云:「……其國在京師之東北, 自燕山道陸走, 渡遼而東之, 其境凡三千七百九十里, 若海道則河北, 京東, 淮南, 兩浙, 廣南, 福建皆可往. ……自元豐以後, 每朝廷遣使, 皆由明州定海放洋, 絶海而北, 舟行, 皆乘夏至後南風便, 不過五日, 卽抵岸焉.」(卷三<封境>條). 由此可證元豐以後, 遣使高麗皆自明州出發, 經海路往來. 元豐卽神宗年間(1078~1085), 崇寧二年(1103)卽在元豐以後, 宣和六年(1124)以前. 故孫穆一行循還路來往, 實毫無可疑, ≪高麗圖經≫又云：「且高麗海道，古猶今也. 考古之所傳，今或不覩；而今之所載，或昔人所未談，非固爲異也.」(卷三十四 <海道>).

由此可知，元豐以來遣使之路程相同，並且可確信崇寧與宣和遣使之往來路亦無異. 宣和奉使遣到高麗之路程如次：

三月十四日：錫宴於永寧寺，是日解舟出汴.

五月十六日：神舟發明州.

十九日：達定海縣. ……故以招寶名之. 自此方謂之出海口.

廿四日：登招寶山，焚御香. 過虎頭山（已距定海二十里). 過虎頭山，行數十里，卽至蛟門，歷松柏灣，抵蘆浦.

廿五日：出浮稀頭，白峰，窄額門，石師顔，而後至沈家門. ……尙屬昌國縣.

廿八日：出亦門，食頃……過海驢焦，蓬萊山望之甚遠，……其島尙屬昌國封境. ……過此，則不復有山. 過蓬萊山之後，……洋中有石曰半洋焦.

廿九日：入白水洋. 黃水洋沙尾也. ……其沙自西南而來，橫於洋中千餘里，卽黃河入海之處. ……自中國的句麗，唯明州道則經此，若自登州版橋以濟，則可以避之. 黑水洋卽北海洋也.

六月 一日：正東望一山如屛，卽夾界山也，華夷以此爲界限. ……前有二峰，謂之雙髻山，後有小焦數十.

三日：皆謂之五嶼矣. ……午後過是嶼. 遠望三山並列，中一山如堵，舟人指以爲排島，亦曰排垜山. 東北望一山極大，連亘如城，見山勢重複，前一小峰，中空如洞，兩間有澳，可以藏舟. 月嶼二，距黑山甚遠，前曰大月嶼，……後曰小月嶼，……可以通小舟行. 闌山島又曰天仙島. 白衣島三山相連，前有小焦附之，……亦曰白甲苫. 跪苫在白衣島之東北. 春草苫又在跪苫之外.

四日：檳榔焦以形似得名. ……澄碧如鑑，可以見底.……夷猶鼓鬣，洋洋自適，殊不顧有舟楫過也. 午後過菩薩苫. 酉後舟至竹島拋泊，……其上亦有居民. ……使者回程至此，適値中秋月出.

五日：過苦苫苫，苫距竹島不遠，……亦有居民. 麗人挐舟載水來獻.

六日：辰刻至羣山島拋泊，其山十二峰相連，環遶如城. ……請使副上羣山亭相見. …近西小山上有五龍廟，資福寺，又西有崧山行宮，橫嶼在羣山島之南，一山特大，亦謂之案苫.

七日：午刻解舟宿橫嶼.

八日：南望一山, 謂之紫雲苫. 午後過富用倉山卽舟人所謂芙蓉山也. 其山在洪州境內. ……富用山. 洪州山又在紫雲苫之東南數百里. 鴉子苫亦名軋子苫. 卽泊馬島, 蓋淸州境內, ……有客館曰安興亭.

九日：過九頭山, 其山云有九峰. 唐人島未詳其名, 山與九頭山相近. 雙女焦, 其山甚大, 不異島嶼, ……不可通舟. 大靑嶼, 和尙島, ……山中多虎狼. 牛心嶼在小洋中, 聶公嶼以姓得名, 小靑嶼, 紫燕島卽廣州也. 倚山爲館, 榜曰慶源亭.

十日：未刻到急水門. 申後抵蛤窟拋泊, ……民居亦衆, 山之脊有龍祠, 華人往還必祀之, 分水嶺, ……小海自此分流之地.

十一日：國王遣劉文志持先書, 使者以禮受之, 酉刻前進至龍骨拋泊.

十二日：隨潮至禮成港, 使副遷入神舟, ……入於碧瀾亭, 奉安詔書訖. ……次日遵陸入於王城.」(≪高麗圖經≫ 卷三十九 <海道六禮成港> 條)

總之, 宋朝時高麗人先泛海至明州, 再由二浙遡汴至都下, 謂之南路, 或先至宓州, 再由京東陸至行京師, 謂之東路, 而元豐(1078~1085) 以後, 宋朝遣使皆由明州定海放洋, 絶海而北, 舟行皆乘夏至後南風, 風便不過五日, 卽抵岸焉, 但若不得順風, 歸日較晩. 當時渡海之船, 皆爲帆船, 故利用季節風而來往, 卽夏節東南風時, 自宋遣到高麗, 秋節西北風時, 自高麗返國.

由上記錄, 可知當時詳細之海程. 宋遣使到高麗, 自五月十六日發明州, 至六月十三日入於王城計之, 乃二十六日間. 回程以七月十三日發順天館, 十五日復登大舟, 八月二十七日過蛟門, 望招寶山, 午刻到定海縣. 自離高麗到明州界, 凡海道四十二日間.

關於當時渡海至舟名, 史書上記錄如次：宋張師正撰 ≪倦游錄≫云：「元豐元年春, 命安壽陳陸二學士使高麗, 敕明州造萬斛船二隻, 仍賜號, 一爲凌虛致遠安濟舟, 一爲靈飛順濟神舟, 會御書院勒字明州造碑.」元豐元年(1078), 與孫穆遣高麗之崇寧二年(1103), 相距不過二十五年. 關於上記二神舟, ≪高麗圖經≫云：「臣側聞神宗皇帝遣使高麗, 嘗詔有司造巨艦二, 一曰凌虛致遠安濟神舟, 二曰靈飛順濟神舟, 規模甚雄. 皇帝嗣服, 羹牆孝思, 基所以加惠麗人, 實推廣熙豊之續, 爰自崇寧, 以迄於今, 薦使綏撫, 恩隆禮厚, 仍詔有司, 更造二舟, 大其制而增其名, 一日鼎新利涉懷遠康濟神舟, 二日循流安逸通濟神舟, 巍如山嶽, 浮動波上, 錦帆鷁首, 屈服蛟螭, 所以暉赫皇華……」, 由上述推之, 孫穆使者一行, 蓋亦用元豐神舟至高麗.

由上述路程觀之, 徐兢一行宋使進入高麗領海以後, 至開城之前遇見高麗人, 卽在苫苫苫, 羣山島, 馬島, 紫燕島, 禮成港等地, 此諸島卽麗宋之間正常海路上之島. 孫穆來往之海路, 亦與此路同.

<古代中韓關係研究, 香港大學, 1987>

替里受勢。 擊考曰屋打理。 決罪曰滅知衣底。 借物皆曰皮離□受勢。 問此何物
曰設審。 乞物曰念受勢。 問物多少曰密翅易成。 凡呼取物皆曰都囉。 相別曰
羅戲少時。 凡事之畢皆曰得。 勞問曰雅蓋。 生曰生。 死曰死。 老曰刀斤。 少
曰亞退。 存曰薩囉。 亡曰朱幾。 有曰移實。 無曰不鳥實。 大曰黑根。 小曰胡
根。 多曰覺合及。 少曰阿捺。 高曰那奔。 低曰捺則。 深曰及欣。 淺曰眼低。

盞 針曰板捺 夾袋曰南子木蓋 女子勒帛曰實帶 綿曰實 繡曰繡 白曰
漢 黄曰那論 青曰青 紫曰質背 黑曰黑 赤曰赤 紅曰真紅 緋曰緋
染曰沒涕里 秤曰雌字 尺曰作 升曰刀 音佳 斗曰抹 印曰印 車曰車 船曰
擺 席曰簦 音登 席薦曰質薦 椅子曰馳馬 桌子曰食床 林曰林 燭曰火炬
簾曰箔 燈曰活黄 下曰簾箔 耻曰囉 匱曰枯孛 傘曰聚笠 扇曰孛采
笠曰蓋 音㴱 梳曰苾 音必 篦曰頻希 齒刷曰養支 合曰合子 盤子曰盤 瓶曰
瓶 銀瓶曰蘇乳 酒注曰瓶砣 盞盤曰臺盤 釜曰吃 枯吃反 盆曰雅數耶 鬲曰
窣 碗曰已顛 楪曰楪至 盂曰大耶 匙曰戍 茶匙曰茶戍 箸曰折 七吉反 沙
羅曰戍羅 亦曰敎耶 硯曰皮盧 筆曰皮盧 紙曰垂 墨曰墨 刀子曰割 剪刀曰割
子盞 骰子曰節 鞭曰鞭 鞍曰末鞍 轡曰轡 鼓曰濮 旗曰旗 弓曰活
箭曰蕯 亦曰矢 劍曰長刀 火刀曰割刀 斧曰烏子蓋 炭曰蘇成 柴曰孛南木
香曰寸 索曰鄉 又曰朴 索縛曰那沒香 射曰活索 讀書曰乞鋪 寫字曰乞核
薩 畫曰乞林 榜曰柘子 寢曰作之 興曰你之 坐曰阿則家囉 立曰立
臥曰乞寢 行曰欺臨 走曰連音打 來曰烏囉 去曰匿家入囉 笑曰胡臨
哭曰胡住 客至曰孫烏囉 有客曰孫集移室延 客入曰屋裏坐少時 語話曰

婢亦曰陡臂男兒曰了姐亦曰婆記同女兒曰實姐亦曰古召育曾兒父呼其子曰了加　孫曰了寸了
姐　舅曰漢了秘　姑曰漢了彌　姊曰了寸　母之兄曰訓鬱　母之弟曰次鬱　眼曰
姨妗亦皆曰了子彌　頭曰麻帝　髮曰麻帝核試　面曰捺翅　眉曰踈步　眼曰
嫩　耳曰愧　口曰邑　齒曰你　舌曰蠍　面美曰捺翅朝勳　面醜曰捺翅沒朝
勳　心曰心音寄　身曰門　胸曰軻　背曰腿馬末　腹曰擺　手曰遜　足曰潑
肥曰鹽骨真亦曰鹽骨易成　瘦曰安里鹽骨真　洗手曰遜時蛇　凡洗濯皆曰時蛇　白
米曰漢菩薩　粟曰田菩薩　麥曰密頭目　大穀曰麻帝骨　酒曰酥孛　醋曰生
根　醬曰密祖　鹽曰蘇甘　油曰畿入林　魚肉皆曰姑記　飦曰朴擧　粥曰謨
做　茶曰茶　湯曰水　飲酒曰酥孛麻蛇　凡飲皆曰麻蛇　煖酒曰蘇孛打里
凡安排皆曰打里　勸客飲盞食曰打馬此　醉曰蘇孛速　不善飲曰本道安里麻
蛇　熱水曰泥根沒　冷水曰時根沒　飽曰擺咱七加反　飢曰擺咱安里　金曰那論
義　珠曰區戍　銀曰漢歲　銅曰銅　鐵曰歲　絲曰絲　麻曰三　羅曰速　錦
曰錦　綾曰菩薩　絹曰及　布曰背　苧曰毛　苧布曰毛施背　幞頭曰幞頭
帽子曰帽　頭巾曰土捲　袍曰袍　帶曰腰帶亦曰謁子帶　皂衫曰軻門　被曰泥不
袴曰珂背　裩曰安海珂背　裙曰裙　鞋曰盛　襪曰背戍　女子蓋頭曰子母

山曰每 石曰突 水曰沒 海曰海 江曰江 溪曰溪 谷曰丁蓋 泉曰泉
井曰烏沒 草曰戌 花曰骨 木曰南記 竹曰帶 栗曰監(蒲檻切) 桃曰枝棘
松曰鮓子南 胡桃曰渴來 柿曰坎 梨曰敗 林檎曰悶子訖 漆曰黃漆 茭
曰質姑 雄曰骨試 雌曰暗 雞曰喙(音達) 鷺曰漢賽 雉曰雉賽 鴿曰彌陀里
雀曰渴則寄 鶴曰鶴 鵝曰打馬鬼 雁曰哭利弓幾 禽皆曰雀譚 雀曰賽
(斯乃反) 虎曰監(蒲南切) 牛曰燒(去聲) 羊曰羊 猪曰突 犬曰家稀 猫曰鬼尼 鼠曰
觜 鹿曰鹿 馬曰末 乘馬曰轄打(平聲) 皮曰渴翅 毛曰毛 角曰角 龍曰稱
魚曰水脫(剔羔切) 鱉曰團 蟹曰慨 鰒曰必 螺曰蓋慨 蛇曰蛇 蠅曰蠅 蛙
曰蠖 蝨曰裾 蚕曰批勒 蟣曰側根施 蟻曰蛇鋪 人曰人 主曰主 客曰
孫命 官曰員理 士曰進(時儘切) 吏曰主事 商曰行身 工匠曰把指 農曰窣
把指 兵曰軍 僧曰福田 尼曰阿尼 遊子曰浮浪人 丐曰丐剎 倡曰水作
盜曰婆兒 倡人之子曰故作 樂工曰亦故作(多倡人子爲之) 稱我曰能(奴台) 問你汝
誰何曰鏤個 祖曰漢了秘 父曰子了秘 母曰了秘 伯叔亦皆曰了查秘 叔伯
母皆曰了子彌 兄曰長官 嫂曰長漢吟 姊曰姝妹 男子曰吵喃(音眇南) 弟曰了
兒 妹曰了慈 女子曰漢吟 自稱其夫曰沙會 妻亦曰漢吟 自稱其妻曰細

八月論囚諸州不殺咸送王府其性仁至期多赦宥咸配送青嶼黑山永不得還
五穀皆有之粱最大無秫糯以粳米爲酒少絲蠶每羅一疋直銀十兩故國中多衣麻苧
地瘠惟產人參松子龍鬚布藤席白硾紙日早晚爲市皆婦人挈一柳箱一小升有六合
爲一刀以升爲刀以稗米定物之價而貿易之其地皆視此爲價之高下若其數多則以銀瓶
每重一斤工人制造用銀十二兩半入銅二兩半作一斤以銅當工匠之直癸未年做本
朝鑄錢交易以海東重寶三韓通寶爲記
方言天曰漢捺 日曰姮 月曰契黑隘切 雲曰屈氷 風曰孛纜 雪曰嫰 雨曰霏
微 雪下曰嫰耻凡下皆曰耻 雷曰天動 雹曰霍 電曰閃 霜露皆曰率 霧
曰蒙 虹曰陸橋 鬼曰幾心 神曰神通 佛曰孛 仙人曰遷 一曰河屯 二
曰途孛 三曰洒厮乃切 四曰迺 五曰打戍 六曰逸戍 七曰一急 八曰逸荅
九曰鴉好 十曰噎 二十曰戍沒 三十曰實漢 四十曰麻兩 五十曰舜 六
十曰逸舜 七十曰一短 八十曰逸頓 九十曰鴉順 百曰醞 千曰千 萬曰
萬 旦曰阿慘 午曰捻宰 暮曰占捺或言古沒 前曰記載 昨日曰訖載 今日曰
烏捺 明日曰轄載 後日曰母魯 約明日至曰轄烏受勢凡約日至皆曰受勢年
春夏秋冬同 上曰頂 下曰底 東西南北同 土曰轄希 田曰田 火曰孛

雞林類事

宋　孫穆

高麗王建自後唐長興中始代高氏為君長傳位不欲與其子孫乃及于弟生女不與國臣為姻而令兄弟自妻之言王姬之貴不當下嫁也國人婚嫁無聘財令人通說以米食為定或男女相欲為夫婦則為之夏日群浴于溪流男女無別瀕海之人潮落舟遠則上下水中男女皆露形父母病閉於室中穴一孔與藥餌死不送

國城三面負山北最高峻有溪曲折貫城中西南當下流故地稍平衍城周二十餘里雖雜沙礫築之勢亦堅壯

國官月六叅文班七百十員武班五百四十員六拜蹈舞而退國王躬身還禮稟事則膝行而前得旨復膝行而退至當級乃步國人卑者見尊者亦如之其軍民見國官甚恭尋常則朝跪而坐官民子拜父父亦答以半禮女僧尼就地低頭對拜其俗不盜少爭訟國法至嚴追呼唯寸紙不至即罰凡人詣官府少亦費米數斗民貧甚憚之有罪不去巾衣但褫袍帶杖笞頗輕役束荆使自擇以牌記其杖數最苦執縛交臂反接量罪為之自一至九又視輕重制其時刻而釋之惟死罪可久甚者髀骨相摩胸皮折裂凡大罪亦刑部拘役也周歲待決終不逃其法惡逆及詈父母乃斬餘止杖肋亦不甚楚有賂或不免歲

五朝小說大觀本

曰眼低

替里受勢　擊考曰屋打理　決罪曰滅絮底　借
物皆曰皮離受勢　問此何物曰設審　乞物曰念
受勢　問物多少曰察趙易成　凡呼取物皆曰都
囉　相別曰羅戲少時　凡事之畢皆曰得　勞問
曰雅盔　生曰生　死曰死　老曰刀斤　少曰亞
退　存曰薩囉　亡曰朱幾　有曰移實　無曰不
鳥實　大曰黑根　小曰胡根　多曰覺合及　少
曰阿㮈　高曰那奔　低曰㮈則　深曰及欣　淺

矢劍曰長刀 火刀曰割刀 斧曰烏子蓋 炭曰
蘇成 柴曰孛南木 香曰寸 索曰鄒朴又曰索縛
曰那没香 射曰活索 讀書曰乞鋪 寫字曰乞
核薩 畫曰乞林 榜曰栢子 寢曰作之 興曰
你之 坐曰阿則家囉 立曰立 卧曰乞寢 行
曰欺臨 走曰連音打 來曰烏囉 去曰匿家入
囉 笑曰胡臨 哭曰胡住 客至曰孫烏囉 有
客曰孫集移室延 客入曰屋裏坐少時 語話曰

箆曰頻希　齒刷曰養支　合曰合子　盤子曰盤
瓶曰瓶　銀瓶曰蘇乳　酒注曰瓶砣　盞盤曰
臺盤　釜曰吃枯吃反　盆曰雅數耶　鬲曰窣　碗曰
已顯　楪曰楪至　盂曰大耶　匙曰戍　茶匙曰
茶戍　箸曰折七吉反　沙羅曰戍羅亦曰敖耶　硯曰皮盧
筆曰皮盧　紙曰垂　墨曰墨　刀子曰割　剪
刀曰割子蓋　骰子曰節　鞭曰鞭　鞍曰末鞍
轡曰轡　鼓曰濮　旗曰旗　弓曰活　箭曰虄亦曰

勒帛曰實帶 綿曰實 繡曰繡 白曰漢 黃曰
那論 青曰青 紫曰質背 黑曰黑 赤曰赤
紅曰眞紅 緋曰緋 染曰沒涕里 秤曰雌字
尺曰作 升曰力音佳 斗曰抹 印曰印 車曰車
船曰擺 席曰蓬音登 席薦曰質薦 椅子曰馳
馬 卓子曰食床 林曰林 燭曰火炬 簾曰箔
燈曰活黃 下曰簾箔 耻曰囉 匱曰枯孛
傘曰聚笠 扇曰孛采 笠曰蓋音渴 梳曰苾音必

反飢曰擺咱安理 金曰那論義 珠曰區戌 銀
曰漢歲 銅曰銅 鐵曰歲 絲曰絲 麻曰三
羅曰速 錦曰錦 綾曰菩薩 絹曰及 布曰背
苧曰毛 苧布曰毛施背 幞頭曰幞頭 帽子
曰帽 頭巾曰土捲 袍曰袍 帶曰腰帶 亦曰謁子帶
皂衫曰軻門 被曰泥不 袴曰珂背 裩曰安海
珂背· 裙曰裙 鞋曰盛 襪曰背戌 女子蓋頭
曰子母蓋 針曰板榛· 夾袋曰南子木蓋 女子

洗濯皆曰時蛇　白米曰漢菩薩　粟曰田菩薩
麥曰密頭目　大穀曰麻帝骨　酒曰酥孛　醋曰
生根　醬曰密祖　鹽曰蘇甘　油曰畿入聲林　魚
肉皆曰姑記　飰曰朴舉　粥曰謨做　茶曰茶
湯水　飲酒曰酥孛麻蛇　凡飲皆曰麻蛇　煖酒
曰蘇孛打里　凡安排皆曰打里　勸客飲盡食曰
打馬此　醉曰蘇孛速　不善飲曰本道安理麻蛇
熟水曰泥根沒　冷水曰時根沒　飽曰擺咱七加

了寸了姐　舅曰漢了祕　姑曰漢了彌　婦曰了寸　母子兄曰訓鬱　母子弟曰次鬱　姨妗亦皆曰了子彌　頭曰麻帝　髮曰麻帝核試　面曰㮈翅　眉曰疎步　眼曰嫩　耳曰愧　口曰邑　齒曰你　舌曰蝎　面美曰㮈翅朝勲　面醜曰㮈翅没朝勲　心曰心（音尋）　身曰門　胸曰軻　背曰腿馬末　腹曰擺　手曰遜　足曰潑　肥曰骨鹽真（亦曰鹽骨易成）　瘦曰安里鹽骨真　洗手曰遜時蛇　凡

婆兒倡人之子曰故作樂工曰亦故作[多倡人子爲之]稱我曰能[奴台]問你誰何曰餿箇祖曰漢了祕父曰子了祕母曰了祕伯叔亦皆曰了查祕叔伯母皆曰了子彌兄曰長官嫂曰長漢吟娣曰嫁妹男子曰吵喃[音眇南]弟曰了兒妹曰了慈女子曰漢吟自稱其夫曰沙會妻亦曰漢吟自稱其妻曰細婢[亦曰陛臂]男兒曰了姐[亦曰同婆]記女兒曰寶姐[亦曰古召育曹兒]父呼其子曰了加孫曰

曰末 乘馬曰轄打平聲 皮曰渴翅 毛曰毛 角
曰角 龍曰稱 魚曰水脫剔恙切 鼈曰團 蟹曰慨
鰒曰必 螺曰蓋慨 蛇曰蛇 蠅曰蠅 螘曰
螻 蝨曰裾 蚕曰批勒 蟣曰側根施 蟇曰虼
鋪 人曰人 主曰主 客曰孫命 官曰員理
士曰進寺儘切 吏曰主事 商曰行身 工匠曰把指
農曰宰把指 兵曰軍 僧曰福田 尼曰阿尼
遊子曰浮浪人 丐曰丐剌 倡曰水作 盜曰

曰骨 木曰南記 竹曰帶 栗曰監(銷檻切) 桃曰枝
棘 松曰鮓子南 胡桃曰渇來 柿曰坎 梨曰
敗 林檎曰悶子計 漆曰黃漆 荽曰質姑 雄
曰鶻試 鵐曰暗 雞曰啄(音達) 鷺曰漢賽 雉曰
雉賽 鴿曰弼陀里 鵲曰渇則寄 鶴曰鶴 鴉
曰打馬鬼 雁曰哭利弓幾 禽皆曰雀譚 雀曰
賽(斯乃反) 虎曰監(蒲南切) 牛曰燒(去聲) 羊曰羊 猪曰突
犬曰家稀 猫曰鬼尼 鼠曰觜 鹿曰鹿 馬

頓 九十曰鴉順 百曰醞 千曰千 萬曰萬
旦曰阿慘 午曰稔宰 暮曰占㮈 或言古没 前曰記載
昨日曰訖載 今日曰烏㮈 明日曰轄載 後
日曰母魯 約明日至曰轄烏受勢凡約日至皆曰
受勢 年春夏秋冬同 上曰頂 下曰底 東西
南北同 土曰轄希 田曰田 火曰孛 山曰每
石曰突 水曰没 海曰海 江曰江 溪曰溪
谷曰丁盎 泉曰泉 井曰烏没 草曰戍 花

風曰孛纜　雪曰嫩　雨曰霏微　雪下曰嫩耻
凡下皆曰耻　雷曰天動　雹曰霍　電曰閃　霜
露皆曰率　霧曰蒙　虹曰陸橋　鬼曰幾心　神
曰神通　佛曰孛　仙人曰遷　一曰河屯　二曰
途孛　三曰洒厮乃切　四曰廼　五曰打戍　六曰逸
戍　七曰一急　八曰逸荅　九曰鴉好　十曰噎
二十曰戍沒　三十曰實漢　四十曰麻兩　五
十曰舜　六十曰逸舜　七十曰一短　八十曰逸

一疋值銀十兩故國中多衣麻苧地瘠惟産人參松子
龍鬚布藤席白硾紙日早晩為市皆婦人挈一柳箱一
小升有六合為一刀以升為刀以稗米定物之價而貿易之
其地皆視此為價之高下若其數多則以銀瓶每重一
斤工人制造用銀十二兩半入銅二兩半作一斤以銅
當工匠之直癸未年倣本朝鑄錢交易以海東重寶三
韓通寶為記

方言天曰漢捺　日曰姮　月曰契黑隘切　雲曰屈林

貧甚憚之有犯不去巾衣但褫袍帶杖笞頗輕投束荆
使自擇以牌記其杖數最苦執縛交臂反接量罪為之
自一至九又視輕重制其時刻而釋之惟死罪可久甚
者髀骨相摩胸皮拆裂凡大罪亦刑部拘役也周歲待
决終不逃其法惡逆及詈父母乃斬餘止杖肋亦不甚
楚有賂或不免歲八月論囚諸州不殺咸送王府其性
仁至期多赦宥或配送青嶼黑山永不得還
五穀皆有之粱最大無秫糯以粳米為酒少絲蠶每羅

流故地稍平衍城周二十餘里雖雜沙礫築之勢亦堅
壯
國官月六衮文班七百十員武班五百四十員六拜蹈
舞而退國王躬身還禮稟事則膝行而前得旨復膝行
而退至當級乃步國人卑者見尊者亦如之其軍民見
國官甚恭尋常則朝跪而坐官民子拜父父亦荅以半
禮女僧尼就地低頭對拜其俗不盜少爭訟國法至嚴
追呼唯寸紙不至即罰凡人詣官府少亦費米數斗民

雞林類事 孫穆

高麗王建自後唐長興中始代高氏為君長傳位不欲與其子孫乃及于弟生女不與國臣為姻而令兄弟自妻之言王姬之貴不當下嫁也國人婚嫁無聘財令人通說以米食為定或男女相欲為夫婦則為之夏日羣浴于溪流男女無別瀕海之人潮落舟遠則上下水中男女皆露形父母病閉于室中穴一孔與藥餌死不送國城三面負山北最高峻有溪曲折貫城中西南當下

欽定四庫全書薈要本

少曰阿㮈 高曰那奔 低曰㮈則 深曰及欣 淺曰眼低

曰胡住 客至曰孫烏㒲 有客曰孫集移室延
客入曰屋裏坐少時 語話曰替里受勢 擊
考曰屋打理 決罪曰滅䋎底 借物皆曰皮離
受勢 問此何物曰設審 乞物曰念受勢
問物多少曰密翅易成 凡呼取物皆曰都囉
相別曰羅戯少時 凡事之畢皆曰得 勞問曰
雅蓋 生曰生 死曰死 老曰刀斤 少曰亞
退 存曰薩囉 亡曰朱幾 有曰移實 無曰
不烏實 大曰黑根 小曰胡根 多曰覺合及

剖　剪刀曰剖子盖　骰子曰節　鞭曰鞭　鞍
曰末鞍　轡曰轡　鼓曰濮　旗曰旗　弓曰活
箭曰蘧亦曰矢　劍曰長刀　火刀曰割刀　斧曰
烏子盖　炭曰蘇成　柴曰孛南木　香曰寸
索曰郝又曰朴　索縛曰那没香　射曰活索　讀書
曰乞鋪　寫字曰乞核薩　畫曰乞林　榜曰柏
子　寢曰作之　興曰你之　坐曰阿則家囉
立曰立　臥曰乞寢　行曰欺臨　走曰連音打
來曰烏囉　去曰匿家入囉　笑曰胡臨　哭

食床 林曰林 燭曰火炬 簾曰箔 燈曰活
黄 下曰簾箔 耻曰囉 匱曰枯孛 傘曰聚
笠 扇曰孛采 笠曰蓋音渇 梳曰苾音必 篦曰
頻希 齒刷曰養支 合曰合子 盤子曰盤
瓶曰瓶 銀瓶曰蘇乳 酒注曰瓶砣 盞盤曰
臺盤 釜曰吃枯吃反 盆曰雅數耶 鬲曰宰 碗
曰巴顯 楪曰楪至 盂曰大耶 匙曰戍 茶
匙曰茶戍 箸曰折七吉反 沙羅曰戍羅亦曰敖耶 硯曰
皮盧 筆曰皮盧 紙曰垂 墨曰墨 刀子曰

帶曰腰帶亦曰謁子帶 皂衫曰軻門 被曰泥不
袴曰珂背 裩曰安海珂背 裙曰裙 鞋曰盛
襪曰背戍 女子蓋頭曰子母蓋 針曰板㮈
夾袋曰南子木蓋 女子勒帛曰實帶 綿曰
實 繡曰繡 白曰漢 黃曰那論 靑曰靑
紫曰質背 黑曰黑 赤曰赤 紅曰眞紅 緋
曰緋 染曰沒涕里 秤曰雌字 尺曰作 升
曰力音佳 斗曰抹 印曰印 車曰車 船曰擺
席曰登音登 薦曰質薦 椅子曰馳馬 卓子曰

水 飲酒曰酥李麻蛇 凡飲皆曰麻蛇 湲酒
曰蘇孛打里 凡安排皆曰打里 勸客飲盡食
曰打馬此 醉曰蘇孛速 不善飲曰本道安理
麻蛇 熟水曰泥根沒 冷水曰時根沒 飽曰
擺咱七加反 飢曰擺咱安理 金曰那論義 珠曰
區戍 銀曰漢蔵 銅曰銅 鐵曰蔵 絲曰絲
麻曰三 羅曰速 錦曰錦 綾曰菩薩 絹曰
及 布曰背 苧曰毛 苧布曰毛施背 幞
頭曰幞頭 帽子曰帽 頭巾曰土捲 袍曰袍

耳曰愧 口曰邑 齒曰你 舌曰蝎 面美曰㮈趐朝勳 面醜曰㮈趐没朝勳 心曰心(音尋) 身曰門 胸曰軻 背曰腿馬末 腹曰擺 手曰遜 足曰潑 肥曰骨鹽眞(亦曰鹽骨易戚) 瘦曰安里鹽骨眞 洗手曰遜時蛇 凡洗濯皆曰時蛇 白米曰漢菩薩 粟曰田菩薩 麥曰密頭目 大穀曰麻帝骨 酒曰酥孛 醋曰生根 醬曰密祖 鹽曰蘇甘 油曰畿(入聲)林 魚肉皆曰姑記 飰曰朴擧 粥曰謨做 茶曰茶 湯

了查祕　叔伯母皆曰了子彌　兄曰長官　嫂
曰長漢吟　娣曰㛐妹　男子曰吵喃音眇南　弟曰
了兒妹曰了慈　女子曰漢吟　自稱其夫曰沙
會　妻亦曰漢吟　自稱其妻曰細婢亦曰陛臂　男兒
曰了姐亦曰同婆記　女兒曰寶姐亦曰古召育曹兒　父呼其子
曰了加　孫曰了寸了姐　舅曰漢了祕　姑曰
漢了彌　婦曰了寸　母子兄曰訓鬻　母子弟
曰次鬻　姨妗亦皆曰了子彌　頭曰麻帝　髮
曰麻帝核試　面曰捺翅　眉曰嫩步　眼曰嫩

、㒓 蛇曰蛇 蠅曰蠅 螘曰螻 蝨曰裾 蚤

曰批勒 幾曰側根施 蟇曰蚢鋪 人曰人

主曰主 客曰孫命 官曰員理 士曰進 寺儘切

吏曰主事 商曰行身 工匠曰把指 農曰

宰把指 兵曰軍 僧曰福田 尼曰阿尼 遊

子曰浮浪人 丐曰丐剝 倡曰水作 盜曰婆

兒 倡人之子曰故作 樂工曰亦故作 多倡人子爲之

稱我曰能 奴台 問你汝誰何曰餧箇祖 曰漢

了祕 父曰子了祕 母曰了祕 伯叔亦皆曰

梨曰敗　林檎曰悶子計　漆曰黄漆　苂曰質
姑　雄曰鶻試　雌曰暗　雞曰㖨音達　鷺曰漢
賽　雉曰雉賽　鴿曰弼陀里　鵲曰渴則寄
鶴曰鶴　鴉曰打馬鬼　雁曰哭利弓幾　禽皆
曰雀譚　雀曰賽斯乃反　虎曰監蒲南切　牛曰燒去聲
羊曰羊　猪曰突　犬曰家稀　猫曰鬼尾
鼠曰觜鹿曰鹿　馬曰末　乘馬曰轄打平聲　皮
曰渴翅　毛曰毛　角曰角　龍曰稱　魚曰水
脫剔恙切　鼈曰團　蟹曰慨　鰒曰必　螺曰蓋

暮曰占捺或言古没 前曰記載 昨日曰訖載

今日曰烏捺 明日曰轄載 後日曰母魯 約

明日至曰轄烏受勢凡約日至皆曰受勢 年春

夏秋冬同 上曰頂 下曰底 東西南北同

土曰轄希 田曰田 火曰孛 山曰毎 石曰

突 水曰没 海曰海 江曰江 溪曰溪 谷

曰丁盎 泉曰泉 井曰烏没 草曰戌 花曰

骨 木曰南記 竹曰帶 粟曰監銷檻切 桃曰

枝棘 松曰鮓子南 胡桃曰渴來 柿曰坎

嫩耻凡下皆曰耻　雷曰天動　雹曰霍　電曰
閃　霜露皆曰率　霧曰蒙　虹曰陸橋　鬼曰
幾心　神曰神通　佛曰孛　仙人曰遷　一曰
河屯　二曰途孛　三曰洒厮乃切　四曰迺　五曰
打戍　六曰逸戍　七曰一急　八曰逸荅　九
曰鴉好　十曰噎　二十曰戍沒　三十曰實漢
四十曰麻兩　五十曰舜　六十曰逸舜　七
十曰一短　八十曰逸頓　九十曰鴉順　百曰
醞　千曰千　萬曰萬　旦曰阿慘　午曰稔宰

羅一疋値銀十兩故國中多衣麻苧地瘠惟產人參
松子龍鬚布藤席白硾紙日早晩爲市皆婦人挈一
柳箱一小升有六合爲一刀以升爲刀以稗米定物之價
而貿易之其地皆視此爲價之高下若其數多則以
銀瓶每重一斤工人制造用銀十二兩半入銅二兩
半作一斤以銅當工匠之直癸未年倣本朝鑄錢交
易以海東重寶三韓通寶爲記
方言天曰漢捺 日曰姮 月曰契黒隘切 雲曰屈
林 風曰孛纜 雪曰嫩 雨曰霏微 雪下曰

亦費米數斗民貧甚憚之有犯不去巾衣但褫袍帶
杖笞頗輕投東荆使自擇以牌記其杖數最苦執縛
交臂反接量罪爲之自一至九又視輕重制其時刻
而釋之惟死罪可久甚者髀骨相摩胸皮折裂凡大
罪亦刑部拘役也周歲待決終不逃其法惡逆及罵
父母乃斬餘止杖肋亦不甚楚有路或不免歲八月
論囚諸州不殺歲送王府夷性仁至期多赦宥或配
送青嶼黑山永不得還
五穀皆有之粱最大無秫糯以粳米爲酒少絲蠶無

國城三面負山北最高峻有溪曲折貫城中西南當下流故地稍平衍城周二十餘里雖雜沙礫築之勢亦堅壯

國官月六叅文班七百十員武班五百四十員六拜蹈舞而退國王躬身還禮稟事則膝行而前得旨復膝行而退至當級乃步國人卑者見尊者亦如之其軍民見國官甚恭尋常則朝跪而坐官民子拜父父亦荅以半禮女僧尼就地低頭對拜夷俗不盜少爭訟國法至嚴追呼雖寸紙不至即罰凡人請官府少

雞林類事

宋　孫穆撰　陶宗儀輯

高麗王建自後唐長興中始代高氏爲君長傳位不欲與其子孫乃及于弟生女不與國臣爲姻而令兄弟自妻之言王姬之貴不當下嫁也國人婚嫁無娉財令人通說以米食爲定或男女相欲爲夫婦則爲之夏日羣浴于溪流男女無別瀕海之人潮落舟遠則上下水中男女皆露形父母病閉于室中穴一孔與藥餌死不送

日本內閣文庫藏五朝小說本

不烏實　大曰黑根　小曰胡根　多曰釁何支　少曰阿捺
高曰那奔　低曰捺則　深曰及欣　淺曰泥底

曰割　剪刀曰割子蓋　骰子曰節　鞭曰鞭　鞍曰末鞍　轡
曰轡頭　鼓曰濮　祺曰祺　弓曰活　箭曰薩(亦曰矢)　劍曰長刀
大刀曰訓刀　斧曰烏子蓋　炭曰蘇戍　柴曰孛南木　香
曰寸　索曰鄒(又曰朴)　索縛曰鄒木香　射曰活孛　讀書曰赴
鋪　寫字曰乞核薩　畫曰乞林　榜曰柏子　寢曰作之　興
曰你之　坐曰阿則家　立曰囉　臥曰吃寢　行曰欺臨　走
曰速行打　來曰烏囉　去曰匿家入囉　笑曰胡臨　哭曰胡
住　客至曰孫烏囉　有客曰孫集移室　延客入曰屋裏坐少
時　語話曰替黑受勢　繫考曰室打里　決罪曰滅知衣底
借物皆曰皮離受勢　問此何物曰設齊　乞物曰念受勢　問
物多少曰密翅易成　凡呼取物皆曰都囉　相別曰羅戲少時
凡事之畢皆曰得　勞問曰雅蓋　生曰生　死曰死　老曰
刀斤　少曰亞退　存曰薩囉　亡曰朱幾　有曰移實　無曰

珂門　被曰尼不　袴曰珂背　裩曰安海珂背　裙曰裙　鞋曰盛　襪曰背成　女子蓋頭曰子母蓋　斜曰板捺　夾袋曰男子木蓋　女子勒帛曰實帶　絲曰實　繡曰繡　白曰漢

黃曰那論　靑曰靑　紫曰質背　黑曰黑　赤曰赤　紅曰眞紅　緋曰緋　染曰沒涕里　秤曰雌孛　尺曰作　升曰刀(音堆)

斗曰抹　印曰印　車曰車　船曰擺　席曰䔲(音席)　薦曰質薦

倚子曰馳馬　卓子曰食床　牀曰牀　燭曰火炬　簾曰箔(音登)

燈曰活黃　下簾曰箔恥具囉　匱曰枯孛　傘曰聚笠　扇曰孛采　笠曰蓋(音渴)　梳曰笓(音必)　篦曰頻希　齒刷曰養支　合曰合子　盤曰盤　瓶曰瓶　銀瓶曰蘇乳　酒注曰瓶碗　盞盤曰臺盞　釜曰吃(枯吃反)　盆曰鴉救耶　鬲曰窣　碗曰已題　楪曰楪至　盂曰大耶　匙曰戍　茶匙曰茶戍　箸曰折(之吉反)　沙羅曰戌羅(亦曰敖耶)　硯曰皮盧　筆曰皮盧　紙曰捶　墨曰墨　刀子

勳 心曰沁音尋 身曰門 胸曰軻 背曰腿馬末 腹曰擺 手

曰遜 足曰潑 肥曰骨鹽眞亦曰鹽骨易成 瘦曰安里鹽骨眞 洗手

曰遜時蛇 凡洗濯皆曰時蛇 白米曰漢菩薩 粟曰田菩薩

麥曰祕 豆曰火 穀曰田麻帝骨 酒曰酥孛 醋曰生根

醬曰祕祖 鹽曰酥甘 油曰幾入聲林 魚肉皆曰姑記 飯

曰朴舉 餅曰模做 茶曰茶 湯曰湯水 飲酒曰酥孛麻蛇

凡飲皆曰麻蛇 暖酒曰蘇孛打里 凡安排皆曰打里 勸

客飲盡食曰打馬此 醉曰蘇孛速 不善飲曰本道安里麻蛇

熱水曰泥根沒 冷水曰時根沒 飽曰擺咱土加反 飢曰擺咱

安里 金曰那論義 珠曰區戌 銀曰漢歲 銅曰銅 鐵曰

歲 絲曰絲 麻曰麻 羅曰速 錦曰錦 綾曰菩薩 絹曰

及 布曰背 苧曰毛施 苧布曰毛施背 幞頭曰幞頭 帽

子曰帽 頭巾曰上僉 袍曰袍 帶曰腰帶亦曰子帶 褐皂衫曰

命官曰員理 士曰進(音佟切) 吏曰主事 商曰行身 工匠曰把指 農曰窣把指 兵曰軍 僧曰福田 尼曰阿尼 遊子曰浮浪人 丐曰丐剝 倡曰水作 盜曰案兒 倡人之子曰故作 樂工亦曰故作(多倡人子爲之) 稱我曰能(奴台反) 問爾汝誰何曰餧箇 祖曰漢子祕 父曰了祕 母曰了彌 伯叔皆曰了查祕 叔伯母皆曰了子彌 兄曰長官 嫂曰長官漢吟 姊曰嫔妹 弟曰了兒 妹曰了慈 男子曰沙喃 女子曰漢吟 自稱其夫曰沙會 妻亦曰漢吟 自稱其妻曰細婢(亦曰陟臂) 男兒曰了姐(亦曰案記) 女兒曰寶姐(亦曰古召育曾兒) 父呼其子曰了加 孫曰了寸曰了姐 舅曰漢子祕 姑曰漢子彌 婦曰了寸 母之兄曰訓鬱 母之弟曰次鬱 姨姈亦皆曰了子彌 頭曰麻帝 髮曰麻帝核試 面曰捺翅 眉曰嫩步 眼曰嫩 耳曰瑰 口曰邑 齒曰你 舌曰竭 面美曰捺翅朝勳 面醜曰捺翅沒朝

下曰底 東西南北同 土曰轄希 田曰田 火曰孛 山
曰每 石曰突 水曰沒 海曰海 江曰江 溪曰溪 谷曰
丁蓋 泉曰泉 井曰烏沒 草曰戌 花曰骨 木曰南記
竹曰帶 果曰果 栗曰監 鋪檻切 桃曰枝棘 松曰鮓子南 胡
桃曰渴末 柿曰坎 梨曰敗 林禽曰悶子計 漆曰黃漆
菱曰質姑 雄白鵠試 雌曰暗 雞曰喙 音達 鷺曰漢賽 鳩曰
于雄 雉曰雉賽 鴿曰弼陀里 鵲曰則寄 鶴曰鶴 鴉曰
打馬鬼 隼曰笑利彖畿 禽皆曰雀譯 雀曰賽 斯乃反 虎曰監
蒲南切 牛曰燒 去聲 羊曰羊 豬曰突 犬曰家豨 貓曰鬼昰 鼠曰
嵩 鹿曰鹿 馬曰末 乘馬曰轄打 平聲 皮曰渴翅 毛曰毛
角曰角 龍曰珍 魚曰水脫 剔曰切 鱉曰团 蟹曰慨 鰒曰必
螺曰蓋慨 蛇曰蛇 蠅曰蠅 螘曰螻蟻 蝨曰裩 蚤曰
批動 蟣曰側根施 墓曰蛇鏞 人曰人 主曰主 客曰孫

銅當工匠之直癸未年倣本朝鑄錢交易以海東重寶三韓通寶
爲記
方言天曰漢捺　日曰姮　月曰契黠[illegible]切　雲曰屈林　風曰孛纜
雪曰敕　雨曰霏微　雪下曰敕耻凡下皆曰耻　雷曰天動
雹曰霍　電曰閃　霜露皆曰率　霧曰蒙　虹曰陸橋　鬼曰
幾沁　神曰神道　佛曰孛　僊人曰僊人　一曰河屯　二曰
途孛　三曰栖厮乃切　四曰迺　五曰行戌　六曰逸戌　七曰一
急　八曰逸荅　九曰鴉好　十曰噎　二十曰戌沒　三十曰
戌漢　四十曰麻刃　五十曰舜　六十曰逸舜　七十曰逸短
八十曰逸頓　九十曰鴉訓　百曰醞　千曰千　萬曰萬
且曰阿摻　午曰捻宰　暮曰占捺或言占沒　前曰訖載　昨日曰訖
載　今日曰烏捺　明日曰轄載　後日曰毋魯　約明日至曰
轄載烏受勢　凡約日至皆曰受勢明年春夏秋冬同　上曰頂

夷俗不盜少爭訟國法至嚴追呼唯寸紙不至卽罰凡人詣官府少亦費米數斗民貧甚憚之有犯不去巾但褫袍帶杖笞頗輕投束荆使自擇以牌記其杖數最苦執縛交臂反接量罪爲之自一至九又視輕重制其時刻而釋之唯死罪可久甚者牌髀骨相摩胸皮拆裂凡大罪亦刑部拘役也周歲待決終不逃其法惡逆及罵父母乃斬餘止杖肋亦不甚楚有降或不免歲以八月論囚諸州不殺咸送王府夷性仁至期多赦者或配送靑嶼黑山永不得還

五穀皆有之粱最大無秫糯以粳米爲酒少絲蠶每一銀直羅十兩故國中多衣麻苧地瘠唯產人參松子龍鬚布藤席白硾紙

日早晚爲市皆婦人挈一柳箱小一升有六合爲一刀（以升爲刀）以稗米定物之價而貿易之其他皆視此爲價之高下若其數多則以銀餅每重一斤工人製造用銀十二兩半入銅二兩半作一斤以

高麗王建自後唐長興中始代高氏爲君長
傳位不欲與其孫乃及於弟生女不與國臣爲姻而令弟兄自妻
之言王姬之貴不當下嫁也國人婚嫁無聘財令人通說以來食
爲定或男女相欲爲夫婦則爲之
夏日羣浴於溪流男女無別瀕海之人潮落舟遠則上下水中男
女皆露形
父母病閉於室中穴一孔與藥餌死不送
國城三面負山北最高峻有溪曲折貫城中西南當下流故地稍
平衍城周二十餘里雖沙礫築之勢亦堅壯
國官月六參文班百七十員武班五百四十員六拜蹈舞而退國
王躬身還禮稟事則膝行而前得旨復膝行而退至當級乃步國
人卑者見尊者亦如之其軍民見國官甚恭尋常則胡跪而坐官
民子拜父父亦答以半禮女僧尼就地低頭對拜

翼雖別也首先於犯順而焦然中苦於黨奸孤城其如彈丸謂靴尖之踢倒長江雖曰罪固欲提鞭而斷流凶燄如斯先聲屢至臣能死爾仰天而哭伏地而哀男既生埰析骸而爨易子而食倘冀廟堂之念我急會鄰郡之聚兵委病痛於九年之間案肌肉於羣虎之口因念張巡之死守不如李陵之詐降猶期後圖可作內應國手局敗留著此豈變尋常之機俗眼圖耳觀形奈不識驪黃之馬蓋使忠臣偶陷於夷狄從今絕意不念於鄉閭固知死也何補於生安有食焉不任其事因銜北命乃擁南兵視以犬馬報亦仇讎非曰子弟攻其父母不得已也尚何言哉今皇上亶其好生開以自新之路明公都督雖是問罪藹然念舊之情安敢固違永爲背叛見今按兵不動臥轍不驚撫此良臣伏覩景命且秦穆公之赦殺馬在野人猶知報恩如齊威公之相射鉤願君子終無忌怨

雞林類事 五知

宋孫穆 奉使高麗國信書狀官

涵芬樓校印明鈔說郛本

凢呼取物皆曰都囉　相别曰羅勢少㫉　凢事之畢皆曰得

勞問曰鵯盖　坐曰坐　死曰死　老曰刀斤

少曰亞退　存曰薩囉　盲曰朱幾　有曰移買

無曰不鳥實　大曰黑根　小曰胡根　多曰釁合支

少曰阿捺　高曰那奔　低曰禁則　深曰及欣

淺曰眼低

說郛卷第七終

鑾曰鑾頭 鼓曰鼓 旗曰旗 弓曰活
箭曰薩矢音 劒曰長刀 大刀曰訓刀 斧曰鳥子盖
炭曰蘇戌 柴曰孛南木 香曰寸 索曰那又曰朴
索縛曰鄉木香 射曰活孛 讀書曰乞鋪 寫字曰乞核薩
畫曰乞林 榜曰柏子 寢曰作之 興曰你之
坐曰阿則 家曰羅 立曰立 則曰乞寢
行曰欺臨 走曰連音打 來曰烏羅 去曰匿家入囉
笑曰胡臨 哭胡住 客至曰孫烏羅 有客曰孫集移宝
延客入曰屋裏坐少時 語曰替里受勢
繫考曰坐打里扶罪曰減之衣底 借物皆曰皮離受勢
問此何物曰設審 乞物曰念受勢 問物多少曰密翅易

車曰車　船曰擺　帝曰蓌(音帝)席　薦曰質爲
椅子曰駝馬　卓子曰食床　床曰床　燭曰火炬
簾曰箔(音登)　燈曰活黃　下簾曰箔恥且囉　匱曰枯孛
傘曰聚笠　扇曰孛采　笠曰蓋(音渴)　梳曰板(音以)
篦曰頻帝　齒刷曰養支　合曰合子　盤曰盤
瓶曰瓶　銀瓶曰蘇乳　酒注曰瓶碗　盤曰臺盞
金曰吃(音吃拾反)　盆曰鴉敎耶　鬲曰窄　椀曰己頭
楪曰至　子曰大耶　題曰戍　茶匙曰戍
著曰折(音之吉反)　沙羅曰戍羅　亦曰敎也　硯曰皮羅
筆曰皮盧　紙曰掄　黑曰墨　刀子曰割
剪刀曰割子蓋　骰子曰節　鞭曰鞭　鞍曰抹鞍

珠曰區戍　銀曰漢歲　銅曰銅　鉄曰歲　絲曰絲
麻曰三　羅曰速　錦曰錦　綾曰菩薩　綃曰反
布曰背　苧曰毛施　苧布曰毛施背　幞頭曰幞頭
帽子曰帽　頭巾曰土捲　袍曰袍　帶曰腰帶音謁手帶
皂衫曰珂門　袯曰官不　袴曰珂背　裩曰安海珂背
裙曰裙　鞋曰盛　襪曰背戍　女子蓋頭曰子母蓋
斜曰板榛　夾帶曰男子木蓋　女子勒白曰实帶
線曰实　鑷曰綉　白曰漢　黄曰那論
青曰赤　紫曰質背　黒曰黒　青曰赤
紅曰真紅　緋曰緋　染曰沒涕里　秤曰雌孛
尺曰作　針曰刀音堆　斗曰抹　印曰印

齒曰弥 舌曰蝎 面美曰捺翅朝勳 面醜曰捺翅沒朝勳

心曰心音尋 身曰門 胸曰柯 背曰腿馬末 腹曰擺

手曰遜 足曰潑 肥曰骨顙眞亦曰鹽骨眘戌 瘦曰安里顙骨眞

洗手曰遜時蛇 凡洗濯皆曰時蛇 白米曰漢菩薩 粟曰田菩薩

麥曰密 豆曰太 穀曰麻帝谷 酒曰酥孛

醋曰生根 醬曰密祖 鹽曰蘇甘 油曰畿林

魚肉皆曰姑記 飰曰朴 夆曰飰謨做 茶曰茶

湯曰湯水 飲酒曰酥孛麻蛇 凡飲皆曰麻蛇

煖酒酥孛打里 凡安排皆曰打 勸客飲盡食曰打馬此

醉曰酥孛速 不善飲曰本道安里麻蛇 熟水曰泥根沒

冷水曰時根沒 飽曰擺咱加七反 飢曰擺咱安里 金曰那論議

尼曰阿尼　游子曰浮浪人　丐曰丐剥　倡曰水作

盜曰婆兒　倡人之子故作　樂工亦作故作（多倡人子爲之）稱我曰能（奴台反）

問汝誰何曰餧箇　祖曰漢祕　父曰了秘　母曰了彌

伯叔亦皆曰了査祕　叔伯母皆曰了子彌　兄曰長官　嫂曰長官漢吟

姨曰嫽妹　弟曰子兒　妹曰了慈　男子曰吵喃

女子曰漢吟　自稱其夫曰沙會　妻亦曰漢吟　自稱其妻曰細婢

（音臂）　男兒曰了姐（音漢記）　女兒曰質姐（亦曰古君 及音曾兒）

女呼其子曰了加　孫曰了寸了姐　舅曰漢了祕　姑曰漢了彌

婦曰了寸　母之兄曰訓鬱　母之弟曰次鬱

姨妗亦皆曰了彌　頭曰麻帝　髮曰麻帝核試　面曰捺翅

眉曰步　眼曰嫩　耳曰愧　口曰邑

鴿曰彿陀里　鵲曰渴則寄　鸛曰鸛　鵶曰打虎鬼
鴈曰哭亐幾　禽皆曰雀譚　雀曰賽(斯乃反)　虎曰監(南)
牛曰燒(去声)　羊曰羊　猪曰突　犬曰家稀
猫曰鬼尼　鼠曰嚙　鹿曰鹿　馬曰末
乘馬曰轄打　皮曰渴翅　毛曰毛　角曰角
龍曰稱　魚曰水脫(劃兔切)　鼈曰團　蟹曰慨
蝦曰必　螺曰蓋慨　蛇曰蛇　蠅曰蠅
螘曰螻　蝨曰袍　蚤曰批勤　蟣曰則根施
墓曰蛇鋪　人曰人　主曰主　客曰孫
命官曰員理　士曰進(詩尽切)　吏曰主弟　商曰行身
工匠曰把指　農曰宰把指　兵曰軍　僧曰福田

萬曰萬 昼曰阿捺 午曰捻宰 暮曰具捺 前日曰訖載
昨日曰訖載 今日曰烏捺 明日曰轄載 後日曰母
魯 約明日至日轄載烏受勢 凡約日至皆曰受勢
年春夏秋冬同
上曰頂 下曰底 東西南北同 土曰轄希 田曰田
火曰孛 山曰每 石曰突 水曰沒 海曰海
江曰海 溪曰溪 谷曰丁蓋 泉曰泉 井曰烏沒
草曰戌 花曰骨 木曰南記 竹曰帶 果曰果
栗曰監 消檻切 桃曰枚棘 松曰鮓十南 胡桃曰渴來 柿曰坎
梨曰敗 木檎曰悶子計 漆曰黃漆 菱曰質姑 雄曰鶵
嶋曰暗 鷄曰啄 音達 鷺曰漢賽 鳩曰于雄 雉曰雉賽

而貿易之其他皆視此爲價之高下其若數多則以銀瓶每重一斤
工人製造用銀十二兩半入銅二兩半作一斤以銅當工匠之直癸未年倣本
朝鑄錢交易以海東重寶三韓通寶爲記
方言天曰漢捺　日曰姮　月曰契黑隘切　雲曰屈林
風曰孛纜　雪曰嫩　雨曰霏微　雪下曰嫩上　凡下皆曰恥
雷曰天動　雹曰霍　電曰閃　霜露皆曰率　霧曰蒙
虹曰陸橋　鬼曰幾心　神曰神通　佛曰孛　仙人曰仙人
一曰阿乇　二曰途孛　三曰洒斯乃切　四曰迺　五曰打戍
六曰逸戍　七曰一急　八曰逸答　九曰鴉好　十曰噎
二十曰戍沒　三十曰實漢　四十曰麻刄　五十曰舜　六十曰逸舜
七十曰一短　八十曰逸頓　九十曰鴉訓　百曰醞　千曰千

父父亦荅以半礼女僧尼就地低頭對拜夷俗不盜少争訟國法至嚴
呼喉寸紙不至即罰凡人詣官府少亦費米數斗民貧甚憚之有犯
不去巾但褫袍帶杖笞頗輕授吏荊使自擇以牌記其杖數最若執
縛交臂反按量罪為之自一至九又視輕重制其時刻而釋之唯死
罪可久甚者髀骨相摩胸皮折裂凡大罪亦刑部拘役也周歲待決
終不避其法惡逆及害父母乃斬餘止杖肋亦不甚楚有賂或不免
歲以八月論囚諸州不殺咸送王府夷性仁至期多赦宥或配送青嶼
黑山永不得還
五穀皆有之粱最大無秫糯以粳米為酒少絲蚕每一銀直羅十兩故
國中多衣麻苧地瘠惟產人參松子龍鬚布藤席白硾紙
日早晚為市皆婦人挈一柳箱一小升有六合為一刀（以升為刀）以稗米定物之價

鷄林類事

宋孫穆 奉使高麗國信書狀官

高麗王建自後唐長興中始代高氏為君長傳位不欲與其子孫乃及于弟生女不與國臣為姻而令兄弟自妻之言王女之貴不當下嫁也國人婚嫁無聘財令人通説以來食為定或男女相歡為夫婦則為之卜日群浴于溪流男女無别瀕海之人潮落舟遠則上下水中男女皆露形父母之病閉于堂中冗一孔與藥死不送

國城三面負山北最高浚有溪曲折貫城中西南當下流故地稍平衍城周三十余里雖雜沙礫築之勢亦堅壯

國官月六祭文班百七十員武班五百四十員六拜蹈舞而退國王躬身還禮稟事則膝打而前得旨復膝行而退至當級乃步國人卑者見尊者亦如之其軍民見国官甚恭尋常則胡跪而答官民子拜

臺灣國立中央圖書館藏明鈔說郛本

擊考曰屋打埋
決罪曰滅絜底
借物曰皮離受勢
問此何物曰設審
乞物曰念受勢
問物多少曰密趐易成
凡呼取物皆曰都囉
相別曰羅戲少時
凡事之畢皆曰得
勞問曰雞盖
生曰生
死曰死
老曰刀斤
少曰亞退
存曰薩囉
亡曰朱幾
有曰移實
無曰不鳥實
大曰黑根
小曰胡根
小曰阿捺
多曰釁合及
高曰那奔
低曰捺則
深曰眠低
深曰及欣
淺曰眠低

箭曰薩亦曰天　劒曰長刀
大刀曰訓刀　斧曰烏子蓋
炭曰蘇子戊　柴曰孛南木
香曰寸　索曰郍又曰枚
索縛曰那没香　射曰活孛
讀書曰乞鋪　傴字曰乞核薩
畫曰乞林　榜曰栢子
寢曰作之　興曰你之
坐曰阿則家囉　立曰立
臥曰乞寢　行曰欺臨
走曰連音打　來曰嗚囉
去曰匿家入羅笑曰胡臨　哭曰胡住
客至曰孫胡囉　有客曰孫集移室
延客入曰屋裏坐少時　語話曰替里受勢

合曰合子
盤子曰盤
瓶曰瓶
銀瓶曰蘇乳
酒注曰瓶碗
盞盤曰臺盞
釜曰吃枯吃反
盆曰鴇數耶
甑曰牢
梳曰已頸
楪曰楪至
盂曰大耶
匙曰戌
茶匙曰茶戌
箸曰析之吉反
沙羅曰戌羅亦曰敖耶
硯曰皮盧
紙曰棰
墨曰黑
刀子曰割
剪刀割子蓋
骰子曰節
鞭曰鞭
鞍曰末鞍
鑾曰鑾頭
鼓曰濮
旗曰旗
弓曰活

黑曰黒　赤曰赤
紅曰真紅　緋曰緋
染曰沒涕里　秤曰雌孛
尺曰作　升曰刀音佳
斗曰抹　印曰印
車曰車　舡曰擺
席曰簦　席薦曰質薦
椅子曰馳馬　卓子曰床
牀曰牀　燭曰火炬
簾曰箔　灯曰活黄
下簾曰箔　曰枯孛
傘曰聚笠　扇曰孛采
笠曰蓋音渴　梳曰苾音必
篦曰頻希　齒曰剌養文

綾曰菩薩　綃曰及

布曰背　苧曰毛施

苧布曰毛施背　幞頭曰幞頭

帽子曰帽　頭巾曰土捲

袍曰袍　帶曰腰帶

皂衫曰珂門　被曰庄不

袴曰珂背　裙曰裙

裩曰安海珂背　鞋曰盛

襪曰背戌　針曰板捺

女子蓋頭曰子毋蓋　夾袋曰南子木蓋

女子蓋頭曰子毋蓋　女子勒帛曰束帶

線曰實　繡曰繡

白曰漢　黃曰那論

青曰青　紫曰質背

醬曰密祖　塩曰蘇甘
油曰畿入声林　魚曰皆曰姑記
飰曰飰　夆飰曰謨做
茶曰茶　湯曰湯水
飲酒曰酥孛麻蛇　凡飲皆曰麻蛇
煖酒曰蘇孛打里　凡安排皆曰打埋
勸酒飲盞食曰打馬此　醉曰蘇孛速
不善飲曰本道安理　熟水曰泥根没
冷水曰時根没　飽曰擺咱七加反
飢曰擺咱安理　金曰那論義
珠曰區戍　銀曰漢歲
銅曰銅　鐵曰歲
絲曰絲　麻曰三
羅曰速　錦曰錦

頭曰麻帝　髮曰麻帝核試
面曰捺翅　眉曰嫩步
眼曰嫩　耳曰愧
口曰邑　齒曰你
舌曰蝎　面美曰捺翅朝勲
面醜曰捺翅沒朝勲　心曰心音尋
身曰門　胸曰軻
背月腿馬末　腹曰擺
手曰遜　足曰撥
肌曰骨塩真亦曰塩骨鄧成　瘦曰安里塩骨真
洗手曰遜時蛇　凡洗濯皆曰時蛇
白米曰漢菩薩　粟曰田菩薩
麥曰密　豆曰大　穀曰麻帝骨
酒曰酥孛　醋曰生根

樂工亦曰故作　稱我曰能
問你汝誰何曰餒箇　祖曰漢了祕
父曰了祕　母曰了彌
伯叔亦皆曰了查祕　叔伯母皆曰了子彌
兄曰長官　嫂曰長官漢吟
姉曰嫽妹　男子曰吵喃(音眇南)
弟曰了兒　妹曰了慈
女子曰漢吟　自稱其夫曰沙會
妻亦曰漢吟　自稱其妻曰細婢(亦曰陟臂)
男兒曰了姐(亦曰婁記同)　女兒曰寶姐(亦曰古員曺兒)
父呼其子曰了加　孫曰了廿了姐
舅曰漢了祕　姑曰漢了彌
婦曰子寸　母之曰曰訓欝
母之弟曰次欝　姨妗亦皆曰了子彌

鷺曰園　蟹曰慨
鰒曰必　螺曰盖慨
蛇曰蛇　蠅曰蠅
螘曰螻　蝨曰𧘂
蚤曰批勒　蟣曰側根枆
蟇曰虼鋪　人曰人
主曰主　客曰孫
命官曰員理　士曰進 寺佟切
吏曰事主　商曰行身
工匠曰把指　農曰宰把指
兵曰軍　僧曰福田
匠曰阿匠　遊子曰浮浪人
丐曰丐剌　倡曰水作
盜曰婆兒　倡人之子曰故作

雉曰鷂試　嶋曰稖
鷄曰喙音達　鷺曰漢賽
鳩曰于雉　雛曰雛賽
鴿曰弼陀里　鵲曰渴則寄
鶴曰鶴　鴉曰打馬鬼
鴈曰哭利弓幾　禽皆曰雀譚
雀曰賽斯乃反　虎曰監蒲南切
牛曰燒去声　羊曰羊
猪曰突　犬曰家稀
猫曰鬼尼　鼠曰嚙
鹿曰鹿　馬曰末
乘馬曰轄打平声　皮曰渴翅
毛曰毛　角曰角
龍曰稱　魚曰水脫剔恙切

下曰底　東西南北同
土曰轄希　田曰田
火曰孛　山曰每
石曰突　水曰没
海曰海　江曰江
溪曰溪　谷曰丁蓋
泉曰泉　井曰烏没
草曰戌　花曰骨
木曰南記　竹曰帶
果曰果　栗曰監 鎖檻
桃曰支棘　松曰鮓子南
胡桃曰渴来　柿曰坎
梨曰敗　林檎曰悶子計
漆曰黄漆　葵曰質姑

六曰逸戍 七曰一急
八曰逸答 九曰鴉好
十曰噎 二十曰戍没
三十曰實漢 四十曰麻刃
五十曰舜 六十曰逸舜
七十曰一短 八十曰逸頓
九十曰鴉訓 百曰醞
千曰千 萬曰萬
旦曰阿慘 午曰捻宰
暮曰占捺（或言占沒） 前曰訖載
昨日曰訖載 今日曰烏捺
明日曰轄載 後日曰毋魯
約明日至曰轄載烏受勢 凡約日至皆曰受勢
年春夏秋冬同 上曰頂

傚本朝鑄錢交易以海東重宝三韓通宝為記

方言

天曰漢捺　日曰姮

月曰契黑隘切　雲曰屈林

風曰孛纜　雪曰嫩

雨曰霏微　雪下嫩恥

凡下皆曰恥　雷曰天動

雹曰霍　電曰閃

霜露皆曰率　霧曰蒙

虹曰陸橋　鬼曰幾心

神曰神道　佛曰孛

仙人曰僊人　一曰河屯

二曰途孛　三曰洒厮乃切

四曰迺　五曰打戍

不至即罰凡人詰官府少亦賚米數斗民貧甚憚之有犯
不去巾但褫袍帶杖笞頗輕挍束棘使自擇以牌記其
数最苦執縛交臂反接量罪 之自一至九又視輕重制
其時刻而釋之唯死罪可久甚者胛胛骨相摩胸皮折裂
凡大罪亦刑部拘役也周歲待决終不逃其法悪逆及詈
父母乃斬餘止杖肋亦不甚楚有賂或不免歲以八月論
囚諸州不殺咸送王府夷性仁至期多赦宥或配送青嶼
黑山永不得還
五穀皆有之梁最大無秋糯以粳米為酒少絲蚕每一羅
直銀十兩故国中多衣麻苧地瘠惟産人参松子龍須布
藤席白 紙 日早晚為婦人挈一柳箱一小升有六合
為一刀(以升為刀)以稗米定物之價而貿易之其他皆視此為
價之高下若其數多則以銀瓶每重一斤工人製造用銀
二十兩半入銅二兩半作一斤以銅當工匠之直癸未年

鷄林類事 三卷　　宋孫穆 奉使高麗國信書狀官

高麗王建自後唐長興中始代高氏為君長傳位不欲與其子孫乃及於弟生女不與中国臣為姻而令兄弟自妻之言王姬之貴不當下嫁也国人婚嫁無聘財令人通說以米食為定或男女相歡為夫婦則為之夏日君浴于溪流男女無別瀕海之人潮落舟遠則上下水中男女皆露形父毋病閉於室中穴一孔與藥餌死不送国城三面負山北最高峻有溪曲折貫城中西南當下流故地稍平衍城周二十餘里雖雜沙礫築之勢亦堅壯

國官司六叅文班百七十員武班五百四十員六拜蹈舞而退国王躬身還礼稟事則膝行而前得旨復膝行而退至當級乃步国入卑者見尊者亦如之其軍民見国官甚恭尋常則胡跪而坐官民子拜父父亦荅以半礼女僧尼就地低頭對拜夷俗不盜少爭訟国法至嚴追呼唯寸紙

香港大學圖書館藏明鈔說郛本

後記

鷄林類事乃高麗肅宗八年 癸未北宋末
孫穆就高麗朝制風俗與高麗語所撰之
一種高麗遊記與高麗譯語集此鈔本爲
紀念孫穆撰鷄林類事九百周年至今所蒐
集之二十餘種異本對校考證之本也

癸未 十月 十日

清凡 陳泰夏 謹書

十二

小曰胡根　多曰釁合支
少曰阿孫　高曰那奔
低曰捺則　深曰及欣
淺曰眠低

語話曰替里受勢　繫考曰室打里
決罪曰濊衣底　借物皆曰皮離受勢
問此何物曰沒審　乞物曰怎受勢
問物多少曰密翅易成　凡呼取物皆曰都囉
相別曰羅戲少時　凡事之畢皆曰得
勞問曰鴉蓋　生曰生
死曰死　老曰力斤
少曰亞退　存曰薩囉
亡曰朱幾　有曰移實
無曰烏不實　大曰黑根

十一

索縛曰那木皆　射曰活索

讀書曰乞鋪　寫子曰乞核薩

畫曰乞林　榜曰額子

寢曰作之　興曰你之

坐曰阿則家囉　立曰立

臥曰乞寢　行曰欺臨

走曰連音打　來曰烏囉

去曰匿家八囉　笑曰胡住

哭曰胡臨　客至曰孫烏囉

有客曰孫集移室　迎客入曰屋裏坐少時

筆曰皮盧　紙曰捶

墨曰墨　刀子曰割

剪刀曰割子蓋　骰子曰節

鞭曰鞭　鞍曰末鞍

轡頭曰轡　鼓曰濮

旗曰旗　弓曰活

箭曰薩亦曰矢　劍曰長刀

大刀曰訓刀　斧曰烏子蓋

炭曰蘇戌　柴曰孛南木

香曰香　索曰那又曰朴

十一

梳曰苾音必

篦曰頻希

齒刷曰養支

合子曰合

盤子曰盤

瓶曰瓶

銀瓶曰蘇乳

酒注曰瓶碗

盤盞曰盞臺

釜曰吃枯吃反

盆曰鴉敖耶

鬲曰窣

碗曰巴賴

楪曰楪至

盂曰大耶

匙曰戌

茶匙曰茶戌

箸曰折之吉反

沙羅曰戌羅亦曰敖耶

硯曰皮盧

稱曰雌孛　尺曰作

升曰刀音堆　斗曰抹

印曰印　車曰車

船曰擺　席曰藤音登席

薦曰質薦　椅子曰駝馬

卓子曰食床　牀曰牀

燭曰火炬　簾曰箔音發

燈曰活黄　下簾曰箔恥且囉

匳曰枯孛　傘曰聚笠

扇曰孛采　笠曰蓋音渴

九

袴曰珂背
裩曰安海珂背

裙曰裙
鞋曰盛

襪曰背戍
女子蓋頭曰子母蓋

針曰板捺
男子夾袋曰木蓋

女子勒帛曰實帶
綫曰實

繡曰繡
白曰漢

黃曰那論
青曰青

紫曰質背
黑曰黑

赤曰赤
紅曰眞紅

緋曰緋
染曰沒涕里

珠曰區戌　銀曰漢歲
銅曰銅　鐵曰歲
絲曰絲　麻曰三
羅曰速　錦曰錦
綾曰苦隆　絹曰及
布曰背　苧曰毛施
苧布曰毛施背　幞頭曰幞頭
帽子曰帽　頭巾曰土捲
袍曰袍　帶曰腰帶亦曰褐子帶
皂衫曰珂門　被曰尼不

八

醬曰密祖　鹽曰蘇甘
油曰畿入聲林　魚肉皆曰姑記
飯曰朴　擧飯曰謨做
茶曰茶　湯曰湯水
飲酒曰酥孛麻蛇　凡飲皆曰麻蛇
煖酒曰蘇孛打里　凡安排皆曰伐里
勸客飲盡食曰打馬此　醉曰蘇孛速
不善飲曰本道安里麻蛇　熟水曰泥根沒
冷水曰時根沒　飽曰擺咱七加反
飢曰擺安里咱　金曰那論歲

面美曰捺翅朝勳　面醜曰捺翅沒朝勳
心曰心音尋　身曰門
胸曰柯　背曰腿馬末
腹曰擺　手曰遜
足曰撥　肥曰鹽骨眞亦曰鹽骨易戍
瘦曰安里鹽骨眞　洗手曰遜時蛇
凡洗濯曰時蛇　白米曰漢菩薩
粟曰田菩薩　麥曰密
豆曰太　穀曰麻帝骨
酒曰酥孛　醋曰生根

七

自稱其妻曰細婢(亦曰陟臂)　男兒曰丫妲(亦曰索記)

女兒曰寶妲(亦曰古盲兒)　父呼其子曰丫加

孫曰丫寸丫妲　舅曰漢丫秘

姑曰漢丫彌　婦曰丫寸

母之兄曰訓鬱　母之弟曰次鬱

姨妗亦皆曰丫子彌　頭曰麻帝

髮曰麻帝核試　面曰捺翅

眉曰嫩涉　眼曰嫩

耳曰愧　口曰邑

齒曰你　舌曰蝎

盜曰盜兒　倡人之子曰故作

樂工亦曰故作(多倡人子爲之)　稱我曰能(奴台切)

問汝曰你　誰何曰餧箇

祖曰漢丫秘　父曰丫秘

母曰丫彌　伯叔皆曰丫查秘

伯叔母皆曰丫子彌　兄曰長兄

嫂曰長兄滿吟　姊曰嫽妹

弟曰丫兒　妹曰丫慈

男子曰沙喃(音眇南)　女子曰滿吟

自稱其夫曰沙會　妻亦曰滿吟

六

螘曰螻蟻

蝨曰柅

蚤曰批勒

蟣曰割裉柅

臭虫曰蛇鋪

人曰人

主曰主

客曰孫吟

官曰員理

士曰進〔寺儘切〕

吏曰主事

商曰行身

工匠曰把指

農曰窣把指

兵曰軍

僧曰福田

尼曰阿尼

遊子曰浮浪人

丐曰丐剎

倡曰水作

牛曰燒(去聲)　羊曰羊
猪曰突　犬曰家稀
猫曰鬼尸　鼠曰觜
鹿曰鹿　馬曰末
乘馬曰轄打(平聲)　皮曰渴翅
毛曰毛　角曰角
龍曰珍　獺曰水脫(剔曰切)
鱉曰團　蟹曰慨
鰒曰必　螺曰蓋慨
蛇曰蛇　蠅曰蠅

五

胡桃曰渴來　柿曰坎

梨曰敗　林檎曰悶子計

漆曰黃漆　荽曰質姑

雄曰鵲試　雌曰暗

雞曰啄音達　鷺曰漢賽

鳩曰于雄　雉曰雉賽

鴿曰弼陀里　鶬曰渴則寄

鶴曰鶴　鴉曰柯馬鬼

雁曰器利弓幾　禽皆曰賽

雀曰譚崔斯乃反　虎曰監蒲南切

土曰轄希 田曰田
火曰孛 山曰每
石曰突 水曰沒
海曰海 江曰江
溪曰溪 谷曰丁蓋
泉曰泉 井曰烏沒
草曰戌 花曰骨
木曰南記 竹曰帶
果曰果 栗曰監鋪檻切
桃曰技棟 松曰鮓子南

四

七十曰一短　八十曰逸頓
九十曰鴉訓　百曰醞
千曰千　萬曰萬
旦曰阿慘　午曰占捺
暮曰捻宰 或言占沒　前日曰訖載
昨日曰於載　今日曰烏捺
明日曰轄載　後日曰母魯
約明日至曰轄載烏受勢　凡約日至皆曰烏受勢
年春夏秋冬同　上曰頂
下曰底　東西南北同

虹曰陸橋 鬼曰幾心

神曰神道 佛曰孛

仙人曰仙人 一曰河屯

二曰途孛 三曰洒厮乃切

四曰迺 五曰打戌

六曰逸戌 七曰一急

八曰逸荅 九曰鴉好

十曰噎 二十曰戌沒

三十曰實漢 四十曰麻刃

五十曰舜 六十曰逸舜

三

銀十二兩半入銅二兩半作一斤以銅當工匠之直

癸未年倣朝鑄錢交易以海東重寶三韓通寶為記

方言

天曰漢捺　日曰契黑隘切

月曰姮　雲曰屈林

風曰孛纜　雪曰嫩

雨曰霏　雪下曰嫩恥

凡下皆曰恥　雷曰天動

雹曰霍　電曰閃

霜露皆曰率　霧曰蒙

釋之唯死罪可久甚者髀骨相摩胸皮拆裂凡大罪亦刑部拘役也周歲待決終不逃其法惡逆及詈父母乃斬餘止杖肋亦不甚楚有賂不免歲以八月論囚諸州不殺咸送王府夷性仁至期多赦宥或配送青嶼黑山永不得還五穀皆有之粱最大無秫糯以粳米為酒少絲蠶每一羅直銀十兩故國中多衣麻苧地瘠惟產人參松子龍鬚席藤席白硾紙

日早晚為市皆婦人挈一柳箱一小升有六合為一刀（以升為刀）以稗米定物之價而貿易之其他皆視此為價之高下若其數多則以銀瓶每重一斤工人製造用

二

亦堅狀

國官月六參文班百七十員武班五百四十員六拜
蹈舞而退國王躬身還禮稟事則膝行而前得旨復
膝行而退至當級乃步國人卑者見尊者亦如之其
軍民見國官甚恭尋常則胡跪而坐官民子拜父父
亦答以半禮女僧尼就地低頭對拜夷俗不盜少爭
訟國法至嚴追呼唯寸紙不至即罰凡人詣官府少
亦費米數斗民貧甚憚之有犯不去巾但褫袍帶杖
笞頗輕役束荊使自擇以牌記其杖數最苦執縛交
臂反接量罪爲之自一至九又視輕重制其時刻而

鷄林類事 三卷

宋 孫穆 奉使高麗國信書狀官

高麗王建自後唐長興中始代高氏爲君長傳位不欲與子孫乃及于弟生女不與國臣爲姻而令兄弟自妻之言王女之貴不當下嫁也國人婚嫁無聘財令人通說以米食爲定或男女相欲爲夫婦則爲之夏日群浴于溪流男女無別瀕海之人潮落舟遠則上下水中男女皆露形父母病閉于室中穴一孔與藥餌死不送

國城三面負山北最高峻有溪曲折貫城中西南當下流故地稍平衍城周二十餘里雖雜沙礫築之勢

一

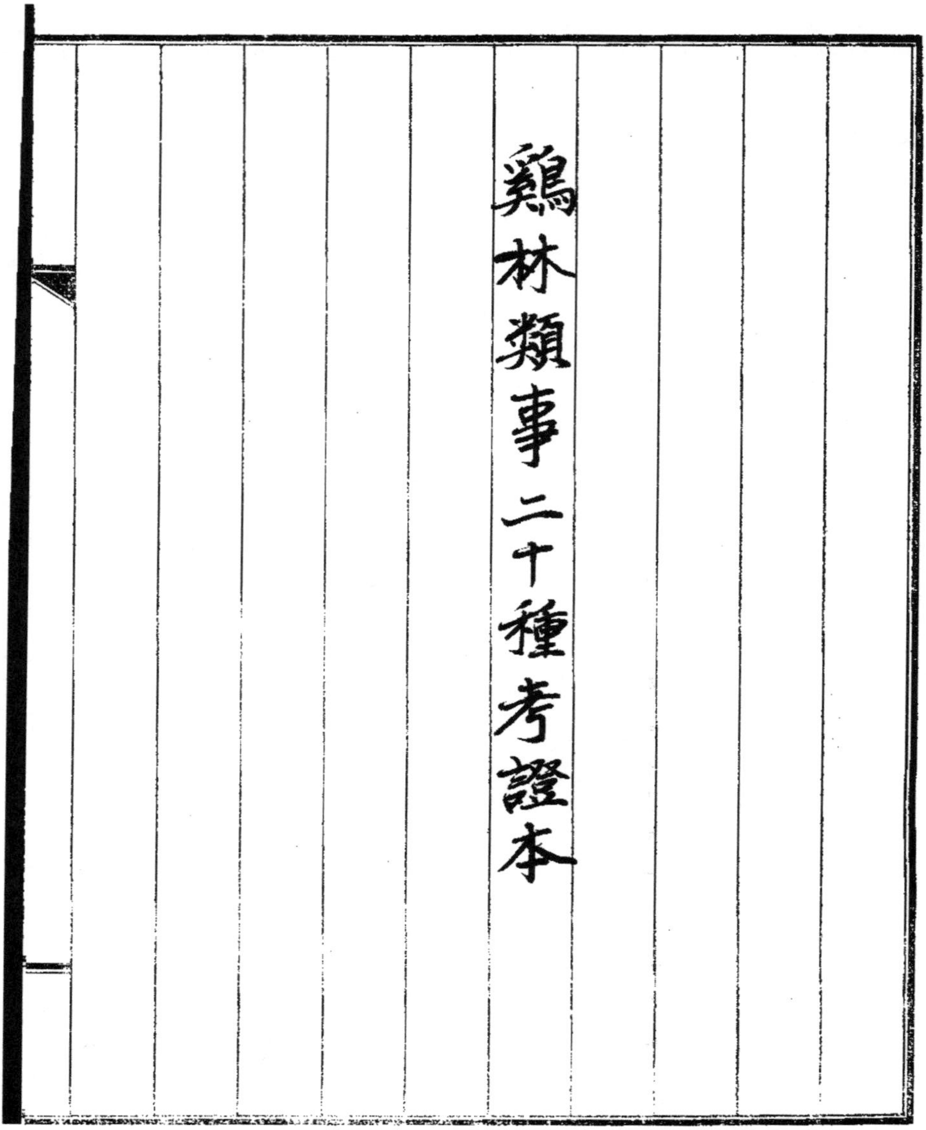
鷄林類事二十種考證本

<著者가 鷄林類事 板本 20種을 對照하여 原本을 復原한 考證本>

鷄林類事 板本